U0647679

2015年国家社科基金西部项目"格律文化的体系构建与传承创新研究"（15XZW015）成果

2020年海南热带海洋学院学术著作出版资助项目

海南热带海洋学院2020年中央财政支持地方高校改革发展专项资金（下拨经费）项目"中国语言文学硕士学位授权一级学科点建设"资助项目

格 律 学

柯继红/著

ZHEJIANG UNIVERSITY PRESS

浙江大学出版社

·杭州·

图书在版编目（CIP）数据

格律学/柯继红著.—杭州：浙江大学出版社，
2022.11（2023.3重印）
　　ISBN 978-7-308-22281-5

　　Ⅰ.①格… Ⅱ.①柯… Ⅲ.①诗词格律-研究-中国
Ⅳ.①I207.21

　　中国版本图书馆CIP数据核字（2022）第010662号

格律学

柯继红　著

策划编辑	吴伟伟
责任编辑	马一萍
责任校对	陈逸行
封面设计	浙信文化
出版发行	浙江大学出版社

（杭州市天目山路148号　邮政编码310007）

（网址：http://www.zjupress.com）

排　　版	杭州浙信文化传播有限公司
印　　刷	广东虎彩云印刷有限公司绍兴分公司
开　　本	787mm×1092mm　1/16
印　　张	72.75
字　　数	1600千
版 印 次	2022年11月第1版　2023年3月第2次印刷
书　　号	ISBN 978-7-308-22281-5
定　　价	298.00元

版权所有　翻印必究　　印装差错　负责调换

浙江大学出版社市场运营中心电话（0571）88925591；http://zjdxcbs.tmall.com

|目 录|

绪 论

0.1 格律学的基本概念

律是单元在时空关系中有规律的呈现，有时又指在时空关系中呈现出的有规律系列。律包含单元与配合两个要素。律的最合适用范围是声音，包括乐音和语音。

律学是研究律现象及其规律的学问，从微观上看是研究律的单元及其配合的学问。

律的单元称律元。律元的寻求是律学的第一问题。

律的配合称律化。律化遵循复现、协对、节奏、侧重四大原理。

律化的成熟方式称律式。律式的创造是律学的第二问题。

格律有狭义、广义、泛义三种含义。狭义的格律是指汉语声调的律化，即声律；广义的格律是指一种语言中所有语音要素的律化，包括韵化、节奏化、调化（也称协韵、协节、协调）等基本方式；泛义的格律则指一切声音的律化，包括乐音与语音的律化。本书取广义，即界定。格律是指语音的律化，即一种语言中所有语音要素在时空关系中有规律地呈现，格律的最适用范畴是语言。

格律有三种基本方式——韵化、节化、调化，分别形成语言的韵律、节律、声律。

韵化是韵的律化的简称，即言语中韵的配合，又称叶韵，其结果形成韵式；韵化是语言律化（格律）的初级形式之一。韵制是一定时代一定语言体系内在生成的韵类体系，如《广韵》《切韵》《平水韵》、十三辙等。韵式是协韵的方式。

节化是节奏化或节的律化的简称，即言语中节的配合，又称调节，其结果形成节奏体式；节化是语言律化（格律）的初级形式之一。

调化是言语中声调的律化的简称，即言诣中声调的配合，又称协调，其结果形成调式；调化是语言律化（格律）的高级形式之一。调化包括字调、句调、篇调的律化，平仄分化是字调律化的一种结果，竹竿律是句调律化的一种结果，粘对律和叠式律是篇调律化的两种结果。调化的目标是形成语调，简称为调；调是语言律化的高级存在形式。

韵化的律元称韵元；节化的律元称律节；调化的律元称调元。韵元、律节、调元是目前使用最普遍的三种格律元。

格律文化是一切与格律（语音律化）相关的文化现象的总称。

格律文化样式是由稳定的语音律化模式衍生形成的特征文艺样式，包括格律文学及其衍生文艺，总称为格律文艺。格律文艺是格律文化的存在方式，是格律文化的核心与载体。从构成上讲，格律文艺包括底层特征语音律化模式及表现语言附着体。

格律文化体系是指全部格律文化现象综合形成的逻辑体系，它包含三个层面，即底层的格律发生原理、中层的格律文艺和上层的格律文化传播。每种语言从理论上讲都能发生语音律化，形成与其语音特征相适应的格律文化体系。

汉语格律文化是建立在汉民族共同语基础上，以汉语格律（汉语语音律化）为核心，以诗词曲文为基础载体，以文学（诗、词、曲、骈文、赋）、声乐（歌曲）、吟诵、曲艺表演、音像艺术、对联等为宏观表现样式的一种综合文化形式，是中华民族最具传统、最具民族特色、最具文化品质，曾经最流行的文化类型之一，其存在对中国人的气质产生过深远影响。

汉语格律文艺样式包括诗、词、曲、骈文、骚体、赋、对联、汉语说唱、吟诵、曲艺、汉语民歌、汉语地方戏曲等。

格律学是研究语音律化现象及其规律的学问。从微观上看，格律学研究语音的格律单元及其配合，包括韵律学、节律学、声律学；从宏观上看，格律学研究一切格律文化现象及其规律，包括格律发生学、格律文艺学、格律传播学。

0.2　格律学的基本体系

格律学的基本体系如图0-1所示。

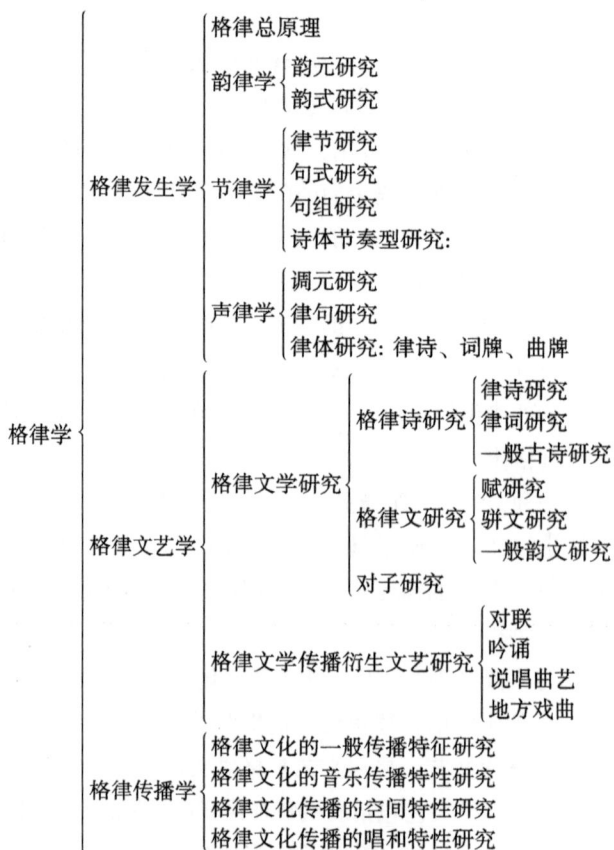

图0-1　格律学基本体系

0.3 格律学样本之一：常用百体

科学研究之成败，必依于研究方法之合适与否。欲破除传统经验之谈，对诗文韵律、节律、声律规律做彻底研究，舍实证统计而无他法。实证之法，首求一典型之研究样本，一切研究皆可系于该研究样本之上。本节介绍古典汉语格律研究样本——常用百体——之厘定过程。此一过程概而言之，有三步：从《全唐五代词》排名、《全宋词》排名、《全金元词》排名到全唐宋金元词总排名；从《唐宋金元词》总排名到常用百调；从常用百调到常用百体。

0.3.1 格律学研究目标

诗文的节律（"言"）、声律（"律"）、韵律（"韵"）

0.3.2 格律学所取样本

长短句词之"常用百体"

0.3.3 取样的前提

（1）三大词谱的出现：《词律》《钦定词谱》《词系》
（2）三大总集的出现：《全唐五代词》《全宋词》《全金元词》
（3）两大格律理论的形成：律诗"粘对律"、律句"竹竿律"

0.3.4 取样的依据

第一，基于长短句组合的两个潜在原则，将研究对象定于有"长短句"之称的词。长短句组合的两个潜在原则：一是节奏；二是格律。从节奏上看，词与曲的节奏最为丰富，远胜于诗经的主四言，楚辞的有限"兮"字句，汉魏至唐的五、七齐言；而词较曲又更为严谨，有所谓"篇有定句，句有定字"，更便于研究。从格律上看，以永明体为界，1500年之前是自然律阶段，1500年之后中国诗歌进入格律阶段，1500年前，自然非为本书研究重点，而1500年后，成熟的格律见于永明，唐律、宋词、元曲，以词曲最为丰富，永明渺远，尚难完备，唐律完备，规律早出，曲以四声，研究繁难，不以词律为基础，恐陷入痴人说梦之呓语境界，故亦宜以词为最佳研究对象。

第二，基于简化和典型化原则，将研究对象定于词之"常用百体"。"常用百体"，是笔者的概括，这个研究对象的选择经历了几个步骤。首先，将研究对象约束于唐宋金元词范围。词萌芽于隋唐，确立于中唐，成熟于晚唐五代，一盛于北宋，再盛于南宋，三盛于清①，当以何者为限，何者为研究对象？具体做法是，以金元为限，主要考察唐宋金元词，这样做的好处有二：一是清词以诵，唐宋金元词唱、诵二元（本书其后有辨），以唐宋金元词为研究对象，更为客观；二是从资料上作考虑，《全唐五代词》《全宋词》《全金元词》皆已出，更便于研究。其次，将对唐宋金元词的研究简化为对词牌研究。《全唐五代词》三千余，《全宋词》三万余，《全金元词》七千余，词的数目，实为浩繁，若作为研究对象，万万不可，所幸清人万树、王奕清、秦巘等已作词牌归纳，《钦定词谱》归纳八百余词牌组织结构，足可以直接援入研究。再次，从全部八百余词牌中精选一百个常用词牌作为研究代表。最后，将研究对象固定于"常用百调"之"常用百体"。一百个常用词牌的词体数量亦为庞大，遂于每一词牌挑选一代表词体进行研究，形成本书最终研究对象：词之"常用百体"。

0.3.5　取样的具体步骤及方法

第一步：以唐宋金元词数量排名为依据，确定一百个常用词调，简称"常用百调"。具体方法是：

（1）以《全宋词》及其检索为依据，作《全宋词》词调排名表。

（2）以《全唐五代词》及其检索为依据，作《全唐五代词》词调排名表。

（3）以《全金元词》为依据，统计并作《全金元词》词调排名表。

（4）混合三个排名表，作《唐宋金元词》词调排名总表。

（5）从总表中挑选前一百的词调，作为"常用百调"。

第二步：针对"常用百调"，按每一词牌选定一代表词体的原则，以《钦定词谱》所载正体为基本依据，以《词律》《词系》为参考，厘定出一百个具有代表性的词体，

---

①关于词史六期——"词萌芽于隋唐，确立于中唐，成熟于晚唐五代，一盛于北宋，再盛于南宋，三盛于清"，此系本书概括，用以说明词的六个发展阶段。词体发展史，最著名莫过于胡适的三阶段说，即《词选》（《胡适学术文集·中国文学史上》，北京：中华书局，1998年，第468—469页）所论："我以为词的历史有三个大时期：第一时期：自晚唐到元初（850—1250），为词的自然演变时期。第二时期：自元到明、清之际（1250—1650），为曲子时期。第三时期：自清初到今日（1650—1900），为模仿填词的时期。……我的本意想选三部长短句的选本：第一是《词选》，表现词的演变；第二部是《曲选》，表现第二时期的曲子；第三部是《清词选》，代表清朝一代才人借词体表现的作品。这部《词选》专表现第一个大时期。这个时期，也可分作三个段落。（1）歌者的词，（2）诗人的词，（3）词匠的词。苏东坡以前，是教坊乐工与娼家妓女歌唱的词；东坡到稼轩、后村，是诗人的词；白石以后，直到宋末元初，是词匠的词。"胡适的意见，于创作主体及词的功能演变划分词史，固极重要。然胡说持杂文学观，首先于"词"杂用"词牌"与"一切长短句"两个含义，分歧不明，时见抵牾；其次于"词牌"之词的发展史只讲宋以前，于清词的中兴现象却归入广义"长短句"一类，于词的内在统一性实有割裂之嫌。本书欲确立长短句之文学本体，兼顾词的史学事实，故别立文字，以概括词史的六个发展阶段。关于词史分期，众说纷芸，详细意见参考王兆鹏《唐宋词史论》上篇"从代群分期看宋词的演变"一节综述（《唐宋词史论》，北京：人民文学出版社，2000年，第3—50页）。王持"代群分期"观，亦可参考。

确定为"常用百体"。

常用百调96％具有一调多体现象，要研究词体的普遍构成规律，就必须继续缩小研究对象范围。每调厘定一体作为研究样本在理论上具有必要性，在方法上则是可能的。

从一调多体的地位和数量上看，厘定一体作为研究对象是绝对必要的。其必要性体现在：

（1）一调多体往往在"言"和"律"上大同小异，形成一个具有渊源的相似句型体系（可以将一调多体形成的词体系列称为一个**词系**；词系概念比词调概念更能说明词调的集合性质，也能澄清关于一调多体的诸多误解和混淆；在词系中，不同词体的地位是不一样的），这决定了必须选择一个代表词体进入研究视野。如将全部词体作为长短句研究对象，则势必造成资料上的极大重复。

（2）一调的多数体式往往存词数量不多，不具有典型性，不可以作为研究代表。

厘定一调一体在方法上也是可能的。其可能性表现在：

（1）一调多体往往在"言"和"律"上大同小异，形成具有渊源的相似句型体系，保证了选择一个词体作为整个词牌格式代表的可能性。

（2）实际操作层面，钦定词谱经过繁复比勘，推出了"正体"概念，开创了选择代表性词体的先河。词谱将最常用词体确定为某词牌的"正体"，具有科学性，为本书一调一体的选择提供了基本依据。因为同一词调宋代或早期大家填得最多的词体自然是最成熟，最能代表该词调性质的文学体式。这种体式往往集合了其先出体式的优势，对其后出词体具有示范意义，为多数后期词家所效仿模拟，在一定程度上可视为该词牌的词体代表。

（3）理论上的代表词体应该是该词牌存词最多最好的词体，而存词多、早、好正是"正体"的选择标准，多数情况下，存词最多最好的词体恰好就是"正体"。

基于以上原因，我们简化"每调一体"的选择方法：以钦定词谱所定"正体"为基本参考对象，斟酌存词数量，每调择出最能代表该调特征的一个体式，集为"常用百体"。

0.3.6 研究样本原定流程

研究样本原定流程如图0-2所示。

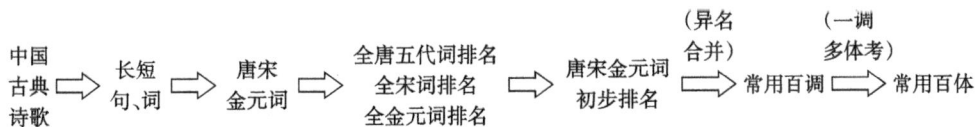

中国古典诗歌 ⇒ 长短句、词 ⇒ 唐宋金元词 ⇒ 全唐五代词排名 全宋词排名 全金元词排名 ⇒ 唐宋金元词初步排名 ⇒（异名合并）常用百调 ⇒（一调多体考）常用百体

图0-2 研究样本原定流程

0.3.7　厘定结果之一：常用百调

常用百调如表0-1所示。

表0-1　常用百调

序号	调名	常见异名	唐词存量	宋词存量	金元词存量	总数
1	浣溪沙(玩丹砂)		95	820	176	1091
2	望江南(兵要望江南、望蓬莱、忆江南)	梦江南、江南好、梦江口、望江梅、归塞北、春去也、谢秋娘	746	189	96	1031
3	鹧鸪天	思佳客、思越人	0	712	213	1025
4	水调歌头	花犯	1	772	175	948
5	念奴娇	百字令	1	617	176	794
6	菩萨蛮	子夜歌,重叠金,巫山一段云	86	614	69	769
7	西江月	江月令	47	491	220	758
8	满江红		0	550	171	721
9	临江仙	谢新恩	34	494	176	704
10	满庭芳		1	350	330	681
11	沁园春		20	438	177	635
12	蝶恋花	凤栖梧	1	501	72+38	612
13	减字木兰花		1	439	144	584
14	点绛唇		1	393	139	533
15	清平乐		18	366	129	513
16	贺新郎	金缕曲	0	439	43	482
17	南乡子	减字南乡子为讹误	39	265	141	445
18	玉楼春(律7木兰花)		13	351	36	400
19	踏莎行	踏云行	0	229	152	381
20	渔家傲		5	266	107	378
21	虞美人		24	307	35	366
22	南歌子	春宵曲、望秦川、风(虫捷)令、碧窗梦	27	261	70	358
23	木兰花慢		0	153	197	350
24	江城子		15	222	103	330
25	如梦令(无梦令)	比梅忆仙姿、宴桃源	0	184	142	326
26	卜算子		1	243	79	323
27	好事近		0	302	16	318
28	水龙吟		1	315		316
29	朝中措		0	259	49	308
30	十二时		272	36		308
31	谒金门		17	236	39	292
32	浪淘沙	双调又名:曲入冥、过龙门、卖花声(与谢池春亦别名卖花声不同)	21	186	48	255

续表

序号	调名	常见异名	唐词存量	宋词存量	金元词存量	总数
33	鹊桥仙		0	185	70	255
34	蓦山溪		0	191	50	241
35	摸鱼儿(摸鱼子)		0	198	37	235
36	柳梢青		0	188	30	218
37	生查子	遇仙楂	19	183	11	213
38	采桑子(律4丑奴儿)		17	178	15	210
39	诉衷情	一丝风、桃花水	11	161	33	205
40	阮郎归		1	179	23	203
41	忆秦娥		2	138	62	202
42	洞仙歌		4	164	30	198
43	长相思(长思仙、长相思慢)	长思仙、双红豆、山渐青、忆多娇、吴山青	11	120	63	194
44	感皇恩(典359—209泛青苕，1084苏幕遮1278小重山)		5	108	63	176
45	青玉案		0	142	29	171
46	渔父(律1铺1典1453渔歌子,典1452渔父引)	渔歌子	48	90	32	170
47	瑞鹧鸪		0	66	102	168
48	杨柳枝(谱1、3添声杨柳枝)		135	15	17	167
49	小重山		6	120	26	152
50	八声甘州		0	126	23	149
51	醉落魄(一斛珠)		0	143	4	147
52	齐天乐		0	119	27	146
53	瑞鹤仙		0	121	22	143
54	喜迁莺		10	101	30	141
55	苏幕遮		0	28	108	136
56	太常引		0	20	114	134
57	行香子		0	63	66	129
58	定风波		12	86	29	127
59	风入松		0	65	54	119
60	醉蓬莱		0	107	5	112
61	乌夜啼(相见欢)		7	88	17	112
62	声声慢		0	87	22	109
63	永遇乐		4	78	27	109
64	雨中花(雨中花慢、雨中花令、夜行船)		1	90	14	105?
65	导引		0	99	5	104
66	眼儿媚		0	94	10	104
67	霜天晓角		1	99	3	103

续表

序号	调名	常见异名	唐词存量	宋词存量	金元词存量	总数
68	一剪梅		0	68	30	98
69	巫山一段云		8	7	82	97
70	桃源忆故人		0	56	38	94
71	更漏子	无漏子	27	62	3	92
72	汉宫春		1	78	10	89
73	千秋岁(念奴娇)		0	76	11	87
74	祝英台近		0	85	2	87
75	少年游		0	83	4	87
76	忆王孙(典1408—378河传)		0	54	32	86
77	清心镜(典421红窗迥)		0	0	81	81
78	五陵春		0	47	27	74
79	五更转		69	0		69
80	酒泉子		37	22	9	68
81	糖多令(也作唐)(律9典1112唐多令)		0	50	17	67
82	烛影摇红(律6忆故人)		0	48	17	65
83	风流子(又调内家娇,故单独立目)		3	48	9	60
84	最高楼		0	45	15	60
85	望海潮		0	39	18	57
86	捣练子		11	0	52	52
87	一落索		0	47	2	49
88	人月圆		0	12	35	47
89	天仙子		11	29	5	45
90	苏武慢(选冠子)		0	0	45	45
91	杏花天		0	43	1	44
92	河传		19	19	5	43
93	花心动		0	34	9	43
94	鹦鹉曲(典413黑漆弩)		0	0	43	43
95	昭君怨		0	33	9	42
96	满路花(促拍满路花)		0	28	13	41
97	拨棹歌		39	0	0	39
98	水鼓子		39	0	0	39
99	应天长		13	26	0	39
100	恋绣衾		0	34	4	38

0.3.8　厘定结果：常用百体

见附录"常用百体"[①]。

0.3.9　常用百体的代表性检讨

我们将词牌常用百体确定为一个研究样本，现在对已确定的常用百体的代表性作简要分析。

在常用百体中，各种项目比例如下：

（1）小令：中调：长调＝64：17：19

（2）单调：双调＝12：88

（3）平韵：仄韵：混韵＝42：44：14

（4）全首完全合律：56首

（5）盛中唐：晚唐：北宋：南渡：南宋：金元＝7：31：57：1：3：1

（6）温、韦、冯、欧、柳、苏、周＝5：4：4：4：7：6：5

从词体常用百体的基本状况看，常用百体在各方面都具有良好的代表性，可以胜任研究样本的任务。这主要体现在：从小令、中调、长调的比例看，小令约占60％，中调、长调数量相当，各占20％左右，这与宋词的基本情况是大致吻合的；从单双调的比例看，双调占到近90％，这与"双调作为词体最成熟的体制"的事实是吻合的；从押韵情况看，平韵词、仄韵词大致相当，平仄混韵词约占到一半，词体的各种押韵情况全都包含在内了；从合律情况看，全首完全合律（以后还要详细考察）的词体占到一半，这也说明这些词体是完全成熟的词体；从选词的创作时间看，晚唐五代和北宋词占常用百体的90％左右，这与词体从成熟到兴盛的时期是大致吻合的（值的注意的是，常用百体中，南宋词只选有三首，这与我们通常情况下关于词在南宋又发展到一个高潮的印象似乎不合，但是考虑到本书研究对象是"词体"，从词体创生角度看，南宋已不突出，这个样本与客观事实还是基本吻合的）；最后，就这些样本的创造者、作家而言，也具有非常良好的代表性，晚唐五代作家包括温庭筠、韦庄、冯延巳，北宋作家包括欧阳修、柳永、苏轼、周邦彦，七大家选词共占35％，选词最多的作家包括晚唐五代及北宋各大作家，这很符合词体创造的客观实际情况。

总之，从各个方面看，本章厘定的"常用百体"在词体中具有非常全面的代表性，今后将被作为格律研究的重要样本而广泛使用。

---

①常用百体的厘定，实际上是一个更为复杂的过程，不仅面临着复杂的一调多体现象，还面临着更为复杂的词牌异名现象。由于篇幅关系，本书上述厘定过程实际上做了简化，省略掉了词牌异名辨析与合并等过程，它实际上来自一个更为复杂精细的厘定过程，见附录"研究样本厘定的详细方案"。

0.4　格律学样本之二：新诗百首

为探索与研究现代汉语诗歌格律规律，兹选定一百首现代汉语白话诗作为典型研究样本。以下对样本诗歌的选择条件、资料来源、最终结果作一说明。

0.4.1　样本诗歌的选择条件

（1）现代汉语白话诗。

（2）数目确立为一百首。

（3）选择标准以诗歌的汉语品质为绝对标准。①不关注覆盖面；②不区别作者国别；③吸纳翻译的作品。

（4）公认的名作，所谓公认包括：①名家的代表作；②选集的常选之作；③评论家广泛关注的作品；④广被接受的作品，满足其中之一即可认为是公认。

（5）也可以是非公认、目前影响不大、但被本书确认为佳作的作品。这类多为网络之作。

0.4.2　样本诗歌的主要来源

（1）华文诗人的作品，包括：①个人诗集；②选集，如《中国新诗鉴赏大辞典》（吴奔星，江苏文艺出版社，1988年）；③《诗刊》等期刊登载作品；④网络作品。

（2）翻译之作，包括：①译作专著，特别是诺贝尔获奖诗人译著；②《诗刊》《外国文学》《当代外国文学》《译林》等登载译作；③《世界名诗鉴赏辞典》（飞白，漓江出版社，1989年）《外国名诗鉴赏辞典》（飞白，河北人民出版社，1989年）等辞典型著作。

0.4.3　样本确立结果：新诗百首

见附录"新诗百首"。

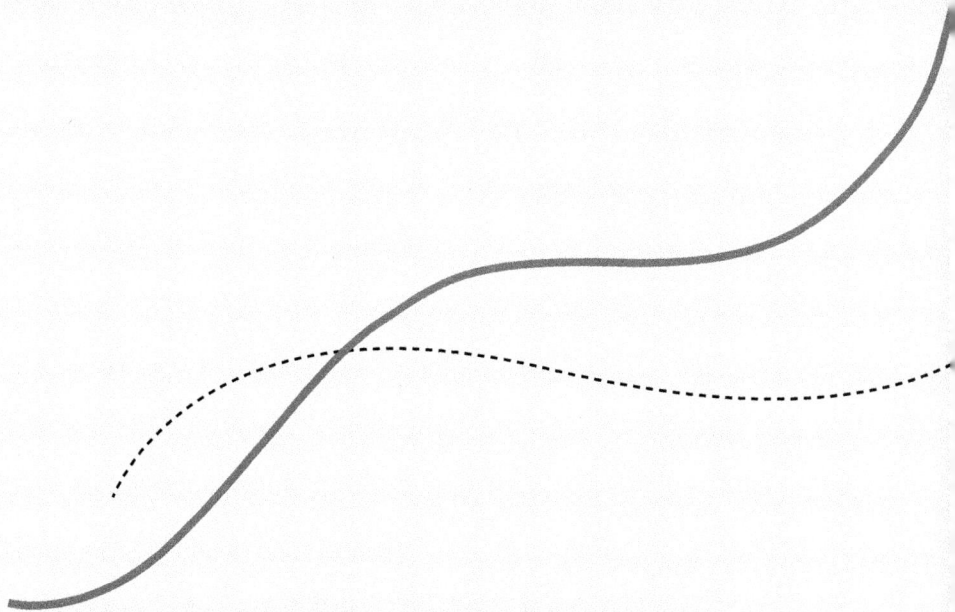

1. 论格律的发生

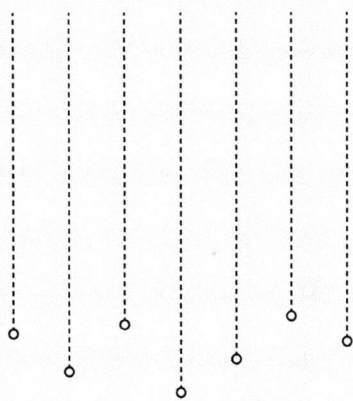

本编以汉语诗歌特别是古代诗歌为基本对象，全面研究格律发生的韵律原理、节律原理、声律原理在中国古、现代汉语诗歌中的实践。

1.1 格律发生总原理

本章陈述格律发生的总原理，主要给出格律发生范畴的基本概念。

1.1.1 律的原理

律是单元在时空关系中有规律的呈现，有时又指在时空关系中呈现出的有规律系列，它包含单元与配合两个内在要素。律的适用范畴是声音。

律的单元称律元。律元的寻求是律学的第一问题。

律的配合称律化，遵循复现、协对、节奏、侧重四大原理。

律化的成熟方式称律式。律式的创造是律学的第二问题。

律学是研究一切律化现象及其规律的学问，包括乐律学、格律学等。

1.1.2 格律的原理

声律是声调的律化。

格律包含狭义、普通义、广义三种内涵。狭义的格律是指声调的律化，即声律；普通义的格律是指语音的律化，包括声调的律化（声律，其过程称调化或协调）、节奏的律化（节律，其过程称节化或调节）、韵位的律化（韵律，其过程称韵化或协韵）等；广义的格律指一切声音的律化，包括音律、乐律等一切声音的问题。本书取普通义，即格律是指语音的律化。

格律的对象是语音，格律的载体则是文字、语言、文学（诗文）。

格律学是研究一切语音律化现象及其规律（即押韵、协节、调声）的学问。

1.1.3 律学与格律学

律学是研究声音律化现象（包括律元与律式）及其规律的学问，包括乐律学、格律学等。

格律学是研究语音律化现象（押韵、协节、调声）及其规律的学问。

1.1.4　格律的四原则

1.1.4.1　复现原则——律化原则之一

复现原则是为达到某种效果而有目的地重复呈现声音或声音要素的原则。复现原则广泛存在于声音领域，如音乐领域乐音的形成，旋律、节奏的构造与呈现，语言领域韵语的形成，节奏、声律的构造与呈现。复现原则是律化过程中使用的最基本原理之一。复现原则可符号化为"比"，简称比原则。

复现原则在汉语格律学领域的十二种运用：双声说；正纽、旁纽说；叠韵说；协韵；叠字；复沓修辞格；顶针修辞格；诗文体式"齐言"现象；重章叠唱；诗文体式"节配律"；律诗粘对律的"粘"；词牌叠式律。

1.1.4.2　协对原则——律化原则之二

协对原则是有目的地使用对立特点的声音或声音要素以达到某种声音效果的原则。协对原则也是声音律化组织的最基本原则之一。协对原则可符号化为"北"，简称北原理。

协对原则在汉语格律领域的典型应用包括：对仗；声调二元化；竹竿律中的"平仄递变"；粘对律中的"对"。

1.1.4.3　节奏原则——律化原则之三

节奏原则是重复运用对立声音以达到节奏化的原则。节奏原则是复现原则和协对原则交合使用的结果，可符号化为"北北"，简称北北原则。

节奏原则在汉语格律学中的运用主要体现在构造汉语语言节奏上，特别表现在韵文和诗的句式及体式节奏构造上。

1.1.4.4　侧重原则——律化原则之四

侧重原则是利用声位地位不对等构造声音系列的原则。

侧重原则在汉语格律学构造中往往并不单独存在，而是与其他原则一起使用，形成许多重要的律式。汉语格律中的下列现象都与侧重原则相关：头韵、尾韵现象；"一三五不论、二四六分明"的声律规则；竹竿律三字尾的声律从严现象；诗体构造的"节配律"；词律构造的"叠式律"；律诗的平声韵现象。

1.1.5　格律的研究方法

格律学的研究方法是研究某种语音体系的所有要素及组合；寻求其中的律化现象，归类推定律元；确定律元的律式体系；通过求定的律元与律式体系，研究并创造新律式以应用于文字实践。

格律学研究方法的核心是寻求律元。

通过上述格律学的研究方法，可以确定汉语格律学的基本研究内容。其步骤及结果大致如下：第一步，寻求得到汉语语音体系的所有要素及组合现象，它们包括属于字音体系的声母、韵母、声调、平仄，属于句音体系的各言句式、律句、拗句，以及属于篇章声音体系的各种诗文体式（四言诗、骚体、骈文、韵文、五言诗、律诗、绝句、词牌、曲牌）；第二步，寻求其中的各种律化现象并归类，首先得到以下几类重要的律化现象：与声调相关的声律现象、与诗文句式和体式相关的节化现象、与韵相关的协韵现象；第三步，探求这几类律化现象的律元，得到声律现象的律元是汉语的声调或平仄，节奏化现象的律元是汉语的律节，韵化现象的律元是韵；第四步即利用这些律元创造新的律式并应用于格律诗文实践。

1.1.6　三种律元

语音律化的三种律元，即语音配合的三种基本单位，分别是音步、声调（调元）和韵元（元）。

汉语语音律化的三种律元暨汉语格律的三种格律元，分别是律节、声调、韵元。

律节是汉语节奏化的格律元，是汉语一切语音节奏化的基本单位。律节形成节律；通过律节构成节奏型句式，通过节奏型句式构成节奏型诗体或文体，这是汉语诗歌与韵文的节奏的全部根源。汉语节奏的研究从某种意义上讲就是律节的研究。

声调是汉语声律的格律元，是一切声律的基本单位。声调形成声律，通过字调的配合构成律句，通过律句的配合构成声律型诗体（如律诗、律词）甚至文体（如律赋），这是汉语诗文的声律的全部根源。汉语声律学的研究从本质上讲就是声调调元的研究。

韵元是汉语韵化的律元，是一切韵语即韵文的基本单位。韵元形成韵律（为研究方便，本书指定以后韵律的概念专指"韵的律"）；通过协韵形成韵语，通过韵语形成韵文，这是汉语诗文的韵律所在。韵元的研究在古典汉语文字与文学中享有重要的地位。

1.1.7　格律发生学的三门类

由上述三种基本格律元，可以推定汉语格律发生学的三个基本研究门类：韵律学、节律学和声律学。

1.2　论格律之韵律的发生

本章以下论述韵律原理及其在中国古代、现代汉语诗歌中的实践。首先，论述韵律学及其概念；其次，简单介绍古典汉语韵律学的特点，再次，论述韵元的构成及实践、韵式的构成及实践；最后，对汉语韵律体系从体系和流变两个角度进行总结，并归纳出汉语格律发生模式。

1.2.1　论韵律学

韵律学是一个相当模糊的概念，其模糊源于韵律概念的模糊。韵律可指"韵的律"，也可指"韵与律"，后者还可引申为泛指一切声音现象中的格律。为研究起见，本书约定，韵律学中的韵律指的是"韵的律"，它区别于以下两种概念：语音中的律以及语音中的"韵和律"。这样我们得到韵律学的概念：韵律学是研究韵元形成韵律的学问，通俗地讲，就是研究协韵的学问，亦可称为协韵学，简称为韵学。

关于韵律学，有以下几个辨别。

·韵律学不同于音韵学。韵律学需要借助音韵学知识，但它的目标内容涵盖范畴与音韵学均不相同：韵律学的研究目标是韵律，音韵学的目标是音韵客观规律；韵律学的内容包括韵元与韵式研究，音韵学的研究内容则包括韵母、声调还有声母在内的所有语音的研究；韵律学从属于文学范畴，音韵学则从属于语言学研究。

·韵律学不同于格律学。格律学包括节律学、韵律学、声律学各范畴，韵律学是其中一个分支。

·韵律学不同于节律学、声律学。三者同属于语音律化的范畴，但韵律学侧重于研究韵的配合，节律学侧重于研究节奏的配合，声律学侧重于研究声调的配合。

根据韵律学的界定，韵律学的研究范畴包括：韵元性质研究；韵元的分类暨韵部与韵制研究；韵式研究和韵律效果研究。

·韵元研究，即研究韵元的性质、构成要素、韵律效果等。

·韵类研究，即研究韵的语音学分类暨韵部。韵制研究，即研究一定时间一定地域内某种语言的韵类构成体系及其演变。

·韵式研究，即研究用韵的具体方式，如隔句押韵、转韵、抱韵、交韵等。

·韵律效果研究，即研究用韵的客观效果，如和谐与审美特征等，包括韵元的语音效果和韵式的美学效果。

1.2.2　论古典汉语韵律学的特点

古典韵律学有三个特点。一是实践发达，理论相对薄弱；二是韵类研究发达，韵式研究极为薄弱；三是韵书发达。

1.2.3　论韵元

1.2.3.1　论韵元的要素及其等级

韵元的要素即韵素。

按韵素对韵元的贡献大小，可以将韵素划分等级。韵素的等级性是韵元研究的重要内容。

汉语韵元的要素包括韵母与声调，其中韵母又含韵头、韵腹、韵尾等要素，韵头要素在协韵中的贡献非常之小，几乎可以忽略不计。声调又分四声或平仄，故汉语韵元的实际韵素是韵腹、韵尾、平仄与声调。

汉语韵素的等级地位依次是韵腹、韵尾、平仄、声调。

与汉语韵素等级地位相关联的是汉语协韵标准的宽严[①]。协韵的最严标准是要求韵元的韵腹、韵尾、声调完全一致；协韵的次严标准是要求韵元的韵腹、韵尾、平仄一致；协韵的较低标准是只要求韵元的韵腹韵尾相近而不计声调；协韵的最低要求是只论韵元的韵腹或韵尾，但一些时候这已经不能成韵了。

一个时代一种语言韵素的标准合成形成韵部。韵部有阴、阳、入的区别。阴阳入各韵部之间因其一定的可区别的声音关系也可以通协，通协包括对转、旁转、对旁转

[①] 王力在《汉语诗律学》中提出的"宽韵、中韵、窄韵、险韵"中的"宽窄"概念，与本处提出的用韵标准的"宽严"概念，含义完全不同，请自行辨认。详参《汉语诗律学（上）》，《王力文集》第十四卷，济南：山东教育出版社，1989年，第53页。

三种类型①。

1.2.3.2 论复韵元

下面讨论汉语韵元的一种特殊现象——双连韵元与复韵元现象。

（1）复韵元现象

在汉语诗歌或韵文中，有一种特殊的协韵现象，就是韵位双字或多字连协，即协韵的韵元是双连韵元或多连韵元的现象，本书将其命名为双连韵或多连韵，总称为复元韵元或复韵②。复元韵以双连韵元居多，如《诗经》中著名的双连韵例子《伐檀》《采薇》：

> 坎坎伐檀兮，置之河之干兮。河水清且涟猗。不稼不穑，胡取禾三百廛兮？
> 不狩不猎，胡瞻尔庭有县貆兮？彼君子兮，不素餐兮！
> 坎坎伐辐兮，置之河之侧兮。河水清且直猗。不稼不穑，胡取禾三百亿兮？

---

①关于通协的三种方式说明。通协的系统探讨参见王力《诗经韵读》中对"通韵和合韵"的讨论，（《王力文集》第六卷，济南：山东教育出版社，1986年，第33—41页）；张耀参考王力的叙述，融合张双棣的看法，做了一些改动，在"韵部之间的密切关系"论述中总结了韵部互转互协的三种方式：

最后，先秦时代用韵还存在通韵、合韵的情况，即当时韵文押韵不仅限于一个韵部内相押，两个有密切联系（即发音相近）的韵部里的字也可以互押。从本质上看，这是当时押韵宽缓的最极致体现，而这种情况在先秦诸子的韵文中则特别常见，远超诗骚及其它韵文，这反映了诸子散文用韵宽松随意的特点。上文提到韵部间的"密切联系"，这主要有三种类型，为了后文更好的表述，这里对三者做些简单介绍。

一、对转关系。在上表中我们可以看到韵部根据韵尾类型的不同可分为阴、阳、入三声，表中它们被依次排成了三列，同一列下的韵部都是同一类。而根据韵腹元音的异同，三十部又分成了不同的行，每一行中各韵部的韵腹元音相同。故同一行中的阴阳入王部发音较为接近，两两之间便有对转关系，跨这些韵部而入韵的情况被称之为通韵。

二、旁转关系。每一列中的韵部，主元音相近的两部发音相近，可以发生旁转关系，跨这两个韵部入韵的情况便是合韵。

三、旁对转关系。是指不同行不同列的韵部，因为主元音相近，从而发音也较为接近，这两者之间的关系便成为旁对转关系。旁对转的两个韵部间的字也是可叶韵的，但情况较少，而且确认亦需要严格的标准。张双棣先生将此种情况看做合韵的一种，称为"混合合韵"，本文从之。

需要说明的是江有诰的《先秦韵读》也用了通韵、合韵的概念，但与本文所指内涵不一样，江氏的通韵是指相邻的两部合用，合韵是指两部相隔一部合用。（张耀：《先秦诸子散文中韵文现象的研究》，中国海洋大学硕士论文，2015年，第11页）。本书从协韵的角度，倾向于直接将非基础韵部的三种关系类协韵合称为通协，它包括了王力枚举的通韵、合韵及混合合韵等情况。

②"复韵"与王力"富韵"辨。王力在《诗经韵读》"韵例"篇提出了"富韵"的概念，并列举了之、兮、矣、也、止、思、忌、只、焉、载、与、乎而、我、女（汝）等13类"虚字脚"型富韵及大量诗例，（详《诗经韵读》，《王力文集》第六卷，济南：山东教育出版社，1986年，第47—54页）。但王力的概念也有不足，一是指称含糊，第47页的描述性定义，一方面可以理解为指称复韵元，另一方面也可以理解为指称复韵元中虚字脚之外的那个韵字；二是与王力本人在《汉语诗律学》中提出的"贫韵"概念不协调，"贫韵"概念（《王力文集》第十五卷《汉语诗律学（下）》济南：山东教育出版社，1986年，第206—209页）；三是过多注重"虚字脚"，没有看到复韵的更普遍意义，《诗经韵读》第53页页下注提出"非虚字脚则不再倒数第二字用韵"的错误判断即证明了其较为偏狭的视野。由以上几个不足，本书提出复连韵元概念。本书提出的复韵概念，与王力另处所提出的复韵概念也不一样，本书不再辨析。

不狩不猎，胡瞻尔庭有县特兮？彼君子兮，不素食兮！

坎坎伐轮兮，置之河之漘兮。河水清且沦猗。不稼不穑，胡取禾三百囷兮？不狩不猎，胡瞻尔庭有县鹑兮？彼君子兮，不素飧兮！

——《魏风·伐檀》

采薇采薇，薇亦作止。曰归曰归，岁亦莫止。靡室靡家，猃狁之故。不遑启居，猃狁之故。

采薇采薇，薇亦柔止。曰归曰归，心亦忧止。忧心烈烈，载饥载渴。我戍未定，靡使归聘。

采薇采薇，薇亦刚止。曰归曰归，岁亦阳止。王事靡盬，不遑启处。忧心孔疚，我行不来！

彼尔维何？维常之华。彼路斯何？君子之车。戎车既驾，四牡业业。岂敢定居？一月三捷。

驾彼四牡，四牡骙骙。君子所依，小人所腓。四牡翼翼，象弭鱼服。岂不日戒？猃狁孔棘！

昔我往矣，杨柳依依。今我来思，雨雪霏霏。行道迟迟，载渴载饥。我心伤悲，莫知我哀！

——《小雅·采薇》

复韵也有极少用三连韵元的，如《诗经》中的《周南·螽斯》：

螽斯羽，诜诜兮。宜尔子孙，振振兮。
螽斯羽，薨薨兮。宜尔子孙，绳绳兮。
螽斯羽，揖揖兮。宜尔子孙，蛰蛰兮。

——《周南·螽斯》

(2) 诗经大量使用双连韵元

双韵元在《诗经》中运用非常普遍，如《周南》十一篇即有六篇用到双韵元协韵：

参差荇菜，左右流之。窈窕淑女，寤寐求之。

——《周南·关雎》次章

南有樛木，葛藟累之。乐只君子，福履绥之。
南有樛木，葛藟荒之。乐只君子，福履将之。
南有樛木，葛藟萦之。乐只君子，福履成之。

——《周南·樛木》

桃之夭夭，灼灼其华。之子于归，宜其室家。

——《周南·桃夭》首章

采采芣苢，薄言采之。采采芣苢，薄言有之。
采采芣苢，薄言掇之。采采芣苢，薄言捋之。

采采芣苢，薄言袺之。采采芣苢，薄言襭之。

——《周南·芣苢》

南有乔木，不可休思；汉有游女，不可求思。

——《周南·汉广》首章

遵彼汝坟，伐其条枚。未见君子，惄如调饥。

——《周南·汝坟》首章

诗经其他部分也多有双韵元的运用，如《召南》的《摽有梅》《小星》《何彼秾矣》首章，《邶风》的《击鼓》第三章、《雄雉》首章、《旄丘》第三章、《新台》尾章，《墉风》的《墙有茨》《桑中》，《卫风》的《河广》《柏兮》第二章、第四章等。

以上所举例子中，较多是双韵元中有一韵元是重复用字的情况，也有双韵元皆为不同用字的，如：

爰居爰处？爰丧其马？于以求之？于林之下。

——《邶风·击鼓》第三章

雄雉于飞，泄泄其羽。我之怀矣，自诒伊阻。

——《邶风·雄雉》首章

狐裘蒙戎，匪车不东。叔兮伯兮，靡所与同。

——《邶风·旄丘》第三章

鱼网之设，鸿则离之。燕婉之求，得此戚施。

——《邶风·新台》尾章

爰采唐矣？沬之乡矣。云谁之思？美孟姜矣。期我乎桑中，要我乎上宫，送我乎淇之上矣。

——《墉风·桑中》首章

谁谓河广？一苇杭之。谁谓宋远？跂予望之。
谁谓河广？曾不容刀。谁谓宋远？曾不崇朝。

——《卫风·河广》

伯兮朅兮，邦之桀兮。伯也执殳，为王前驱。
自伯之东，首如飞蓬。岂无膏沐？谁适为容！
其雨其雨，杲杲出日。愿言思伯，甘心首疾。
焉得谖草？言树之背。愿言思伯。使我心痗。

——《卫风·柏兮》

(3) 楚辞较多使用双连韵元

楚辞对于双连韵元的运用也是十分丰富的。

其中，最集中的运用有三种，一是《天问》对"之"字尾双连韵的运用；二是《九章·橘颂》对"兮"字尾双连韵的运用；三是《招魂》对"些"字尾双连韵的运用。

首先，《天问》对"之"字尾双连韵的运用，如：

日：遂古之初，谁传道之？上下未形，何由考之？
冥昭瞢暗，谁能极之？冯翼惟象，何以识之？
……

天何所沓？十二焉分？日月安属？列星安陈？
……

鸱龟曳衔，鲧何听焉？顺欲成功，帝何刑焉？
……

洪泉极深，何以窴之？地方九则，何以坟之？
……

四方之门，其谁从焉？西北辟启，何气通焉？
……

蓱号起雨，何以兴之？撰体协胁，鹿何膺之？
鳌戴山抃，何以安之？释舟陵行，何之迁之？
……

厥萌在初，何所亿焉？璜台十成，谁所极焉？
登立为帝，孰道尚之？女娲有体，孰制匠之？
舜服厥弟，终然为害。何肆犬豕，而厥身不危败？
……

简狄在台，喾何宜？玄鸟致贻，女何喜？
……

干协时舞，何以怀之？平胁曼肤，何以肥之？
……

比干何逆，而抑沈之？雷开阿顺，而赐封之？
……

何冯弓挟矢，殊能将之？既惊帝切激，何逢长之？
……

迁藏就岐，何能依？殷有惑妇，何所讥？
……

师望在肆，昌何识？鼓刀扬声，后何喜？
武发杀殷，何所悒？载尸集战，何所急？
……

皇天集命，惟何戒之？受礼天下，又使至代之？
……

兄有噬犬，弟何欲？易之以百两，卒无禄？

薄暮雷电，归何忧？厥严不奉，帝何求？

……

吴光争国，久余是胜。何环穿自闾社丘陵，爰出子文？

——《天问》

《橘颂》对"兮"字尾双连韵的运用，如：

> 后皇嘉树，橘徕服兮。受命不迁，生南国兮。
> 深固难徙，更壹志兮。绿叶素荣，纷其可喜兮。
> 曾枝剡棘，圆果抟兮。青黄杂糅，文章烂兮。
> 精色内白，类任道兮。纷缊宜修，姱而不丑兮。
> 嗟尔幼志，有以异兮。独立不迁，岂不可喜兮？
> 深固难徙，廓其无求兮。苏世独立，横而不流兮。
> 闭心自慎，终不失过兮。秉德无私，参天地兮。
> 愿岁并谢，与长友兮。淑离不淫，梗其有理兮。
> 年岁虽少，可师长兮。行比伯夷，置以为像兮。

——《九章·橘颂》

《招魂》对"些"字尾双连韵的运用，如：

> 魂兮归来！
> 东方不可以讬些。长人千仞，惟魂是索些。
> 十日代出，流金铄石些。彼皆习之，魂往必释些。
> ……
> 魂兮归来！
> 西方之害，流沙千里些。旋入雷渊，靡散而不可止些。
> 幸而得脱，其外旷宇些。赤蚁若象，玄蜂若壶些。

——《招魂》

其次，《离骚》《九歌》《九章》等其他篇章对双连韵也有不同程度的运用，如《离骚》中：

> 惟草木之零落兮，恐美人之迟暮。
> 不抚壮而弃秽兮，何不改乎此度？
> ……
> 忽反顾以游目兮，将往观乎四荒。
> 佩缤纷其繁饰兮，芳菲菲其弥章。
> ……
> 邅吾道夫昆仑兮，路修远以周流。

扬云霓之晻蔼兮，鸣玉鸾之啾啾。
朝发轫于天津兮，夕余至乎西极。
凤皇翼其承旗兮，高翱翔之翼翼。
……
余以兰为可恃兮，羌无实而容长。
委厥美以从俗兮，苟得列乎众芳。

——《离骚》

《九歌》中：

沅有芷兮醴有兰，思公子兮未敢言；
荒忽兮远望，观流水兮潺湲。

——《九歌·湘夫人》

《九章》中：

入溆浦余儃徊兮，迷不知吾所如。
深林杳以冥冥兮，猿狖之所居。

——《九章·涉江》

悲秋风之动容兮，何回极之浮浮。
数惟荪之多怒兮，伤余心之忧忧。
……
与美人抽思兮，并日夜而无正。
憍吾以其美好兮，敖朕辞而不听。
……
长濑湍流，溯江潭兮。狂顾南行，聊以娱心兮。
轸石崴嵬，蹇吾愿兮。超回志度，行隐进兮。
低徊夷犹，宿北姑兮。烦冤瞀容，实沛徂兮。
愁叹苦神，灵遥思兮。路远处幽，又无行媒兮。

——《九章·抽思》

（4）汉代以后双连韵使用极少

汉代以后作家，很少注意到双连韵的运用。如以创造协韵方式灵活多变著称的温庭筠，其六十多首词没有一首运用双韵元，可见其确实没有注意到这一现象。注意到这一现象的[1]，是辛弃疾和蒋捷。辛弃疾的《水龙吟》和蒋捷的《瑞鹤仙·寿东轩立冬前一日》分别仿拟《楚辞》与《诗经》中的复韵运用：

---

[1]辛词和蒋词的复韵现象，是由王力发现并明确指出的。见《汉语诗律学（上）》，《王力文集》（第十四卷），济南：山东教育出版社，1989年，第808—809页。

听兮清佩琼瑶些。明兮镜秋毫些。君无去此，流昏涨腻，生蓬蒿些。虎豹甘人，渴而饮汝，宁猿猱些。大而流江海，覆舟如芥，君无助、狂涛些。

路险兮山高些。块予独处无聊些。冬槽春盎，归来为我，制松醪些。其外芳芬，团龙片凤，煮云膏些。古人兮既往，嗟子之乐，乐箪瓢些。

——辛弃疾《水龙吟》

玉霜生穗也。渺洲云翠痕，雁绳低也。层帘四垂也。锦堂寒早近，开炉时也。香风递也。是东篱、花深处也。料此花、伴我仙翁，未肯放秋归也。

嬉也。缯波稳舫，镜月危楼，醽琼酽也。笼莺睡也。红妆旋、舞衣也。待纱灯客散，纱窗日上，便是严凝序也。换青毡、小帐围春，又还醉也。

——蒋捷《瑞鹤仙·寿东轩立冬前一日》

不过也是偶尔为之，不能成阵。可以说，先秦诗经与楚辞中的双连韵运用在后代成了绝响。

（5）现代诗中双连韵运用探索

复韵或双韵元现象到目前为止，很少被人注意到，在现代诗歌中，更是少有人用，但是却极具声音意味。在现代诗歌中，也有探索的前景。试作两首诗以抛砖引玉：

街头女孩

她的眼睛是含着愁怨的
她的声音是滴着羞叹的
她的模样儿是瘦俏俏的
她的发鬈是乌云幽远的

我目睹她的细细的娥眉儿
细得像故乡水中的鱼肥儿
我担心她的消瘦的腰蕾儿
恐扶不起她一身的凝水儿

漂亮的小姑娘哦恁地孤零
她企盼着街头阳光驱散乌云
她幻想着微笑是不分贵贱的
却不知她的一生原属无名

我忍受着同样的孤单颓唐
清楚这不过是命运回响
却仍然无法释怀面前的姑娘
她渐渐遗忘的此生的归乡

悲伤的馈赠

我有一块麦田
但是不能种植鲜花
拿走它吧，拿走它
我愿你能把它种上鲜花

我有一支曲笛
但是不能吹奏歌乐
拿走它吧，拿走它
我愿你能用它吹奏歌乐

我有一树藤萝
但是不能织就美梦
拿走它吧，拿走它
我愿你能用它织就美梦

我有许多梦想
但是不能编织自由
拿走它吧，拿走它
我愿你能用它编织自由

后一首采用了重韵的方式，重韵是一种特殊的双韵元。

1.2.3.3　论韵制

(1) 几个新概念：韵制、自然韵制、非自然韵制（人工韵制）

韵制是一定言语体系内全部韵部构成的逻辑体系。韵制研究即研究韵部的分类及其逻辑关系。

在研究中，有必要区分自然韵制和非自然韵制。自然韵制是一定时空范围内部自然语言的韵部体系；非自然韵制是指各种原因人为约定的非自然语言的韵部体系。常见的自然韵制主要指各种方言的韵制；非自然韵制则有较多类型，包括韵书的韵制、官话的韵制如普通话、特定历史著作如《诗经》和《说文解字》、律诗、宋词等用韵的韵制。韵制研究的根本目标是了解某种语言的自然韵制，非自然韵制研究在总体上也服从这一目标。

汉语用韵经历了从自然韵制向人工韵制的转变。大抵而言，《切韵》以前，多随自然韵制，《切韵》以后，逐渐转入人工韵制。人工韵制起自三国魏《声类》；唐的官方韵制用《切韵》；宋的官方韵制用《广韵》（1008），后来简化定型为《平水韵》（1252），诗中沿用至今，词中则夹杂自然韵制，较为随意，至清代出《词林正韵》，始有词林正毂；元代又为北曲专出《中原音韵》（1324），曲中习用；明代官韵用《洪武正韵》（1375），然方曲丛生，自然韵制蜂起，私家韵书可见者不下百部，诗词仍用平水韵；清官韵用《佩文韵府》，简化本为《佩文诗韵》，流行甚广；民国出《中华新韵》（1941）；新中国韵书迟出，今日尚在讨论之中。汉语向来重视人工韵制，故人工韵制发达，与自然韵制相沉浮，代有更替，其发展可看宁忌浮《汉语韵书史》[①]。

汉语语言的非自然韵制研究非常发达，各种韵书的创制及围绕韵书产生的研究，形成了传统音韵学的主要内容，已经产生了李登、吕静、陆法言、孙愐、李舟、陈彭年、丁度、毛晃、刘渊、韩道昭、黄公绍、熊忠、周德清、乐韶凤、兰茂、毕宏宸、樊腾凤、张玉书、周敦儒、胡文焕、傅燮诇、沈谦、谢元淮、戈载、余煐、郑春波、叶中襄、卜隐子、李渔、许昂宵、朱权、蒲松龄、萟翡轩、陈铎、范继善、周昂、沈乘麐、王鵙、吴梅、吴棫、郑庠、陈第、顾炎武、江永、段玉裁、戴震、钱大昕、孔广森、王念孙、江有浩、姚文田、严可均、张成孙、朱骏声、夏折、章炳麟、黄侃、顾炎武、柴绍炳、毛先舒、方以智、王夫之、毛奇龄、熊士伯、邵长衡、李因笃、李光地、潘咸、阎若璩、潘耒、叶嵩巢、张晴峰、蒋骥、张叙、刘维谦、龙为霖、王植、仇廷模、万光泰、王力等一大批学者。其中以较明确自然语音为目标的研究，似乎只有兰茂、毕宏宸、樊腾凤以及现代一些研究者等数家，另有周德清、朱权、李渔等的研究，因为为时曲所作，似乎较为靠近明确的自然语音，其他，即使是诗韵及词韵的研究，也大多保守，缺乏明确的时间地域观念，难以指实其实际的自然语音对

[①] 宁忌浮：《汉语韵书史》（明代卷、金元卷），上海：上海人民出版社，2009年、2016年。

象。书面语、读书音与口语方言之间的矛盾，大约确实是横亘在研究者面前的一道难以突破的障碍，缺乏现代方言调查的较为科学的研究方法，以及这一方法本身的难度，可能是造成传统音韵学的特点的原因。从这个角度讲，自然韵制的研究，尤其显得必要而可贵。

（2）汉语普通话（1955）韵制的民间约定：十三辙十八韵

汉语普通话韵制是汉语普通话的韵部体系。汉语普通话，是指以北京官话语音为基础音并加以修改，以滦平话为一般标准，以北方话为基础方言，以典范的现代白话文著作为语法规范，并于1953年在河北省承德市滦平县采集标准音，制定标准后于1955年向全国推广的汉语通行语言。作为国家宪法和通用语言法规定的官话，汉语普通话对全国大部分范围都具有非自然语言性质，因而普通话韵制作为一种非自然韵制，只有对于其标准音采集地滦平县而言，才具有自然韵制性质。

"十三辙"，又称"十三道大辙"，指在北方说唱艺术中，韵母按照韵腹相同或相似（如果有韵尾，则韵尾必须相同）的基本原则归纳出来的分类，目的是使诵说、演唱顺口且易于记忆，富有音乐美。十三辙的名目是：发花、梭波、乜斜、一七、姑苏、怀来、灰堆、遥条、油求、言前、人辰、江阳、中东。特别指出的是，十三辙中每一辙的名目不过是符合这一辙的两个代表字，并没有其他意义，所以同样也可以用这一辙的其他字来代表该辙，如"梭坡辙"也可以叫作"婆娑辙""言前辙"也可以称作"天仙辙"。十三辙可视为北方话的一种自然韵制。

汉语普通话本就以北方话为基础方言，北京官话语音为基础音，故其韵部分类与北方说唱艺术中的"十三辙"总结较为吻合。因此，可以以"十三辙"为基础，将汉语普通话的韵制约定为由十三辙十八韵34种韵母构成的体系，简称为"十三辙十八韵"，"十三辙十八韵"式普通话语音的自然总结，故是一种自然韵制。用汉语拼音字母可以表示，如表1-1所示。

表1-1　十三辙韵辙

十三辙	普通话韵母	例字
发花辙(发家花)	a、ia、ua	发达、霞家、画瓜
波哥辙(波国哥)	o、uo	坡摸、多国
	e	俄车
也斜辙(斜月也)	ie、üe	斜野、月缺
姑苏辙	u	图书
衣期辙 (四鱼食衣儿)	i(前)、i(后)	私自、志士
	er	而耳
	ü	雨区
	i	西医
怀来辙(快来)	ai、uai	派来、外快

续表

十三辙	普通话韵母	例字
灰堆辙（飞回）	ei、uei（ui）	飞雷、推回（悲灰）
遥迢辙（窈窕）	ao、iao	高考、笑料（高遥）
由求辙（由求）	ou、iou	口头、流油
言前辙（言前转圈）	an、ian、uan、üan	斑斓、先前、转弯、圆圈
人辰辙（人亲春君）	en、in、uen（un）、ün	根深、金银、温顺、均匀
江阳辙（江阳光）	ang、iang、uang	方刚、响亮、狂妄
中东辙（冬泳风鸣瓮）	eng、ing、ueng	风筝、英明、翁瓮
	ong、iong	空中、汹涌

（3）历史上几种韵制：《声类》《切韵》《广韵》《平水韵》《中原音韵》《词林正韵》《中华新韵》（1941）

关于韵制的制作，非常之多。表1-2是常见几种历史上出现的韵制。

表1-2　历史上几种韵制对照

作者	朝代/年份	韵书名称	韵类	声部	字数	备注
李登	三国魏	声类	？	五声	11520	
吕静	三国魏	韵集	？	宫商角徵羽		
陆法言	隋初	切韵	193		11500	
孙愐	唐732年之后	唐韵	195	五声		
陈彭年	宋1007年	广韵	206韵311韵类（28,29,55,60,34）	五声	26194	
丁度	宋1039年	集韵	同上	同上	53525（32381）	
丁度	宋1037年	礼部韵略	同上	同上	9590	诗韵专书
李渊	金1252年	壬子新刊礼部韵略	107		9540	诗韵专书
韩道昭	金1212年	五音集韵	160(44,43,47,26)		53525	
周德清	元1324年	中原音韵	19X4	四声	5876	曲韵专书
乐韶凤、宋濂等	明1375年	洪武正韵	76(22,22,22,10)	四声		
张玉书等	清1704—1716年	佩文诗韵	106	五声	10235	诗韵专书
戈载	道光1821年	词林正韵	19韵部(14,5)	五声	？	词韵专书
	1941年	中华新韵	18	五声	？	诗词通用

兹将几种经典韵制简介如下，在这些韵制中，《中原音韵》《中华新韵》基本上可以断定为自然韵制。

1)《声类》《韵集》

中国最早的韵书是三国时期李登编著的《声类》和晋代吕静编著的《韵集》，两书均已亡佚，仅见资料。《隋书·经籍志》云："《声类》十卷，魏左校尉李登撰。"唐人封演《闻见记》云："魏时有李登者，撰《声类》十卷，凡一万一千五百二十字，以五声命字，不立诸部。"《魏书·江式传》有云："忱弟静，别放（仿）故左校令李登《声类》之法，作《韵集》五卷，宫、商、角、徵、羽各为一篇。"《隋书·潘徽传》云"末有李登《声类》、吕静《韵集》，始判清浊，才分宫羽，而全无引据，过份浅局，诗赋所须，卒难为用。""五声"或"宫商角徵羽"与后世的声、韵、调是什么关系，两书的体制类型是否与后世的韵书相似，都无从深考。根据《颜氏家训·音辞》所说"自兹厥后，音韵蜂出，各有土风，递相非笑"，可以肯定的是，六朝是韵书的大发展时期，出现了很多韵书。

2)《切韵》

隋代陆法言著《切韵》，成于隋文帝仁寿元年（601），共5卷，收1.15万字。分193韵：平声54韵，上声51韵，去声56韵，入声32韵。唐代初年被定为官韵。增订本甚多。《切韵》原书已佚，其所反映的语音系统因《广韵》等增订本而得以完整地流传下来。现存最完整的增订本有两个，一为唐写本王仁昫《刊谬补缺切韵》，一为北宋陈彭年等编的《大宋重修广韵》。《切韵》原本已佚，法国巴黎国家图书馆藏有《敦煌唐写本切韵》残卷三种，是目前所存最古的、与陆法言编撰《切韵》最相近的版本。《切韵》开创了韵书修撰的体例，从隋唐至近代一直沿用不废。而其归纳的语音体系，经《唐韵》《广韵》《集韵》等一脉相承的增补，一直是官方承认的正统。

《切韵》系由隋陆法言等八人讨论，陆法言主笔编写，初为私家著作，折中"南北之言"，融而合之，所谓"我辈数人人，定则定与矣"，是典型的非自然韵制。但是关于这个问题，学界却有争论。学界普遍认同《切韵》反映了当时汉语的语音，这一语音系统完整的保存在后来的《广韵》，甚而《集韵》等书中，因此将依据后两者复原出来的语音系统称为"切韵音"，作为中古汉语的代表，这没有问题。但是这个"切韵音"代表了何地的语音呢？学界有争论。一派认为《切韵》代表长安的方言（如：高本汉）。一派认为《切韵》代表洛阳的方音。一派认为，《切韵》是金陵和洛阳的综合体系（学界主流，切韵代表了南北朝晚期金陵、洛下两地士族所使用的语音），这一派认为，陆法言是河北人，颜之推是山东人，陆法言《切韵序》又说"因论南北是非，古今通塞，欲更捃选精切，除削疏缓，萧颜多所决定"，如果仅是记录实际语音，何须讨论决定呢，因推"切韵音"起码是折衷了南北的音系，主要是同出于洛阳旧音一系的金陵、洛下两支当时的官音。还有一派极少数人认为，南北音系未必尽指同出于洛阳旧音一系的金陵、洛下两支当时官音，还可能涉及更广的南北汉语方言。后二派认为，韵的选择，陆氏采取从分不从合的原则：只要在他参考的某一个方言里，两个字的韵类不同，他在《切韵》里用不同的反切下字来记这两个字的韵母，尽管在其他方言里这两个字发音相同，所以《切韵》的音类（声类、韵类和调类）代表所有方言里的所有音类的对立，《切韵》分的音类比任何一个具体的方言分的音类都要多。

3)《唐韵》

《唐韵》由唐人孙愐著，时间约在唐玄宗开元二十年（732）之后，是《切韵》的一个增修本，但原书已佚失。

据清代卞永誉《式古堂书画汇考》所录唐元和年间《唐韵》写本的序文和各卷韵数的记载，全书5卷，共195韵，与稍早的王仁昫的《刊谬补缺切韵》同，其上、去二声都比陆法言《切韵》多一韵。因为它定名为《唐韵》，曾献给朝廷，所以虽是私人著述，却带有官书性质，比起较它早出的王仁昫《刊谬补缺切韵》还更著名。《东斋记事》上说："自孙愐集为《唐韵》，诸书遂废"。王仁昫的《刊谬补缺切韵》和孙愐的《唐韵》，都对韵字加入注释，并且引文都有出处，于是韵书便同时具有辞书和字典的功能。不过从卞永誉所录《唐韵》序文中所记载的《唐韵》收字、加字的数目看，又不像是根据王仁昫《切韵》编修的。《唐韵》对字义的训释，既繁密又有出处、凭据，对字体的偏旁点画也极考究，使得韵书更加具有字典的性质。这也是《唐韵》更加受人重视的一个原因。

《唐韵》还有另外一种，是清代末年（1908）吴县蒋斧在北京得到的一部唐写本《唐韵》残卷。只有去声（有阙漏）、入声两卷。王国维认为这部《唐韵》残卷，就是《广韵》卷首所载孙愐《唐韵序》的后一部分所说的孙愐在天宝十年（751）对开元年间所作《唐韵》的修订本。其他学者虽然多不同意王国维的这种看法，但也有人认为蒋斧所收《唐韵》残卷是孙愐《唐韵》的一种增修本，只是成书时间可能稍晚于唐玄宗天宝年间。这部《唐韵》残卷，去声分59韵，比《切韵》的去声多出3韵；入声分34韵，比《切韵》的入声多出两韵。按照这种情形看来，同这些去、入声相应的平声、上声，分韵也应该都有增加。全书可能分204韵。这已经很接近于《广韵》分韵的数目了。《唐韵》小韵的数目，也较王仁昫《切韵》有增加。但所收字的总数却比王韵可能要少，注释很详细，引书极多，特别详于官制、地名、人名和姓氏。唐代还有一部李舟《切韵》，它在收鼻音和收m音的阳声韵部的次序排列及入声韵部和平、上去三声韵部的配合方面，都有一些特点，对后世的韵书中韵目的排列是有影响的。但原书早已失传了。

4)《广韵》

《广韵》全称《大宋重修广韵》，是北宋时代官修的一部韵书，是现存最重要的一本韵书。北宋初年，陈彭年、丘雍等人奉皇帝的诏令据《切韵》及唐人的增订本对《切韵》进行了修订。修订本于真宗景德四年（1007）完成，于真宗大中祥符元年（1008）改名为《大宋重修广韵》，简称《广韵》。这是第一部官修性质的韵书，是《切韵》最重要的增订本。《广韵》虽距《切韵》成书时间已有四百多年，但其语音系统与《切韵》基本上是一致的，只是收字大为增加，计有26194字，比《切韵》的字数（11000余字）多出一倍以上，注释也较详细，共用了191692字。此外，《广韵》分韵为二〇六韵，比《切韵》多出13韵，这是分韵粗细宽严的问题，并非语音系统有什么变化。由于《广韵》继承了《切韵》《唐韵》的音系，是汉魏以来集大成的韵书，所以对研究古音有重要的作用。

《广韵》共5卷（上平、下平、上、去、入），计206韵，包括平声57韵（上平声28韵，下平声29韵），上声55韵，去声60韵，入声34韵。每一个声调中的每一个韵部和其他声调中相应的韵部有一定的搭配关系。入声韵只和有鼻音韵尾的阳声韵相配，不和阴声韵相配。阴声韵部都有平上去。全书平上去韵数不等；阳声类韵数与入声韵数也不相符。这是因为去声泰、祭、夬、废4韵都没有平上入声相配，所以多出4韵；冬韵、臻韵的上声，臻韵的去声，痕韵的入声，字数都极少，附见于邻近的韵，没有单独列出韵目来。这样，原则上每一个阳声韵部都有平上去入四声相配，每一个阴声韵部都有平上去三声相配，音系是比较清楚的。《广韵》206韵中有193韵和陆法言的《切韵》分韵相同；有2韵和王仁昫《刊谬补缺切韵》增加的相同（即增加上声广韵，去声酽韵）；有11韵和蒋伯斧印本《唐韵》增加的相同（据合理的推测，蒋伯斧印本《唐韵》从真韵分出谆，从轸韵分出准，从震韵分出稕，从质韵分出术，从寒韵分出桓，从旱韵分出缓，从翰韵分出换，从曷韵分出末，从歌韵分出戈，从哿韵分出果，从箇韵分出过）。《广韵》和《切韵》《唐韵》的韵目用字有些不同。

《广韵》206韵，如不计算声调，而以四声或三声归为一类（有4韵只有去声一种声调）（以"东董送屋"为一韵，"支纸寘"为一韵，用平声包括上去入三声，那么平声57韵，再加上没有平上入相配的那4个去声韵），实际上只有61韵。如果34个入声韵独立，则有95韵。用系联法细分，如每韵中的字音又按洪音细音不同的等呼分析，使每韵都只有一呼，韵数还可分得更多。五个声调。

《广韵》的韵类、韵母为什么这样多，历来有两种不同的看法。章炳麟在《国故论衡·音理论》中说："《广韵》所包，兼有古今方国之音，非并时同地得有声势二百六种也。"陈澧在《切韵考》中却说：陆氏分206韵，每韵又分二类三类四类者，"非好为繁密也，当时之音实有分别也"。据黄侃对《切韵考》统计，206韵共有311个韵类。高本汉的看法与陈澧类似。这仍是学术界讨论的问题。

《广韵》每卷的韵目下都有一些韵目加注"独用"，或与某韵"同用"的字样。这对研究《广韵》音系和唐宋的实际语言，以及后来的韵书韵目的归并很有关系，非常值得注意。

5)《集韵》

《集韵》是古代音韵学著作，共十卷，属于中国宋代编纂的按照汉字字音分韵编排的书籍。宋仁宗景祐四年（1037），即《广韵》颁行后31年，宋祁、郑戬给皇帝上书批评宋真宗年间编纂的《广韵》多用旧文，"繁省失当，有误科试"（李焘《说文解字五音谱叙》）。与此同时，贾昌朝也上书批评宋真宗景德年间编的《韵略》"多无训释，疑混声、重叠字，举人误用"（王应麟《玉海》）。宋仁宗令丁度等人重修这两部韵书。《集韵》在仁宗宝元二年（1039）完稿。

《集韵》分韵的数目和《广韵》全同。只是韵目用字，部分韵目的次序和韵目下面所注的同用、独用的规定稍有不同。唐代初年，许敬宗等人曾经上奏请求把《切韵》里的窄韵和音近的邻韵合并使用。宋景祐初年，贾昌朝也奏请"窄韵凡十有三，听学者通用之"（《玉海》）。《集韵》韵目下面所注的独用、通用的规定和《广韵》不同的，可能就是按照贾昌朝的建议修订了的。

《集韵》和《广韵》主要的不同之处还在于《集韵》收字多，而且收的异体字特别多。一个字不管有多少不同的写法，又不管是正体，还是古体、或体、俗体，只要有点根据就收进来。有的字竟多到八九个写法。《集韵》号称共收53525字，比《广韵》多收了27331字，一度被认为是中国古代收字最多的字书。但根据《汉语大字典》四川大学编写组编的《集韵通检》统计，《集韵》实际收字应为32381个（少于康熙字典的47000余字），跟同时期编出的字书《类篇》字数31319相差不远（由于《集韵》《类篇》二书收字大体相当，且释义极其近似，故而有些学者认为这两部书是同一套材料用不同体例编成两部实际相同的书）。《集韵》之所以会被误点成五万多字，原因是韵书按韵来编排字，汉字的又读（音）多，同一个字的不同读音，韵书就列在不同的韵部，同一个字可以多次出现。所以按字头一算，字数就多了很多。

《集韵》的缺点是对字的来源不加说明，不过字训以《说文解字》为根据，反切多采自《经典释义》，《集韵》是一本较好的字书。

6）《礼部韵略》

《礼部韵略》和《集韵》都是宋仁宗景祐四年（1037）由丁度等人奉命编写的。《集韵》成书稍晚两年，《礼部韵略》在当年就完成了。这部书是宋真宗景德《韵略》的修订本。由于它在收字和字的注释方面注意举子们应试常用的，较《广韵》《集韵》都简略，所以称为《韵略》。又由于它是当时考官和应考的举子共同遵守的官韵，而官韵从唐代开元以来就由主管考试的礼部颁行，所以叫《礼部韵略》。

《礼部韵略》只收9590字，仍为206韵。这书虽在当时引人注意，但对音韵学研究来说实在没有什么价值。然而，它同《集韵》一样，在韵目下面所注的"独用、通用"的规定已与《广韵》的不同，这对后来的韵书中韵部的并合，韵部数目的减少却是很有影响的。

《礼部韵略》的原本已不存在。目前只能看到《附释文互注礼部韵略》（5卷）。这本书没有写作者姓名，书的前面有两篇序。第一篇是南宋理宗绍定三年（1230）袁文熥序（"袁"或误，当作"余"），第二篇是宋理宗景定五年（1264）上元日紫云山民郭守正序。两篇序文都提到欧阳德隆《押韵释疑》一书，大约《附释文互注礼部韵略》一书内包括着《押韵释疑》的"互注"。书中每个字下的注释是先列"官注"，即传统的一般解释，后附的"互注"，大致是对官注的疏解或补充。中间用一个带括号的"释"字隔开。韵部中上平声三十六桓的"桓"字作"欢"，是南宋重刊时修改的。

能看到的另一部《礼部韵略》的增修本，是南宋毛晃增注，他的儿子毛居正校勘重增的《增修互注礼部韵略》（5卷），简称《增韵》。此书曾于宋高宗绍兴三十二年（1162）表进，大约成书就在那个时候。这原是毛氏的私人著述，它较《礼部韵略》

增加了2655字，增圈1691字（《礼部韵略》的体例：凡是某字有别体、别音的，它的周围都有个墨圈作为记号，叫作圈字），订正485字。毛居正校勘后又增加了1402字。《增韵》一书，清代无刻本，现难以看到。

7)《壬子新刊礼部韵略》（平水韵）

南宋理宗淳祐十二年（1252），金朝江北平水（今山西临汾）人刘渊编写《壬子新刊礼部韵略》，把同用的韵合并，成107韵，世称为平水韵。在这稍前，金代王文郁的《新刊韵略》（1227）和金代张天锡的《草书韵会》（1229），都分106韵，这同宋末元初阴时夫《韵府群玉》分106韵是一样的。《壬子新刊礼部韵略》早已不存在，只能从元初黄公绍、熊忠的《古今韵会举要》一书了解到一些概况。

平水韵为宋以来影响最大的人工韵制，是中国诗韵的第一书，直到现在仍被广泛使用。它是它之前主要韵书的简省，也是它之后主要诗词韵书的参考对象，它最大的特点就是韵部的数目设置合理，易于使用。

平水韵的产生与发展大致经历了以下一些历程。

隋朝陆法言的《切韵》分为193个韵部。

唐初，许敬宗奏议合并、修整韵书。唐玄宗开元二十年（732），孙愐编制《唐韵》（原书已佚失），是《切韵》的一个增修本，全书5卷，共195个韵部，与稍早的王仁昫的《刊谬补缺切韵》同，其上、去二声都比陆法言《切韵》多一个韵部。

北宋陈彭年编纂的《大宋重修广韵》（《广韵》）在《切韵》的基础上又细分为206个韵部。但《切韵》《广韵》的分韵都过于琐细，后来有了"同用"的规定，允许人们把临近的韵合起来用。

金朝，江北平水（今山西省临汾市尧都区）人刘渊著《壬子新刊礼部韵略》把同用的韵合并，成107韵，其书今已散佚。

元光二年（1223），山西平水（平水为隶属于金朝河东南路绛州之乡级行政区）官员王文郁著《平水新刊韵略》为106个韵部。

元初阴时夫著《韵府群玉》，定106韵的版本为"平水韵"。

明代以后，文人则沿用106韵。清代嘉庆年间，因避讳（清嘉庆帝颙琰），故改"琰"为"俭"。

清代康熙年间，后人所编的《佩文诗韵》《佩文韵府》《诗韵合璧》把《平水韵》并为106个韵部，共收录汉字9504个，全篇韵表采用繁体字（正体字）以便于读者检索查找。这就是广为流传的平水韵。

2001年，敦煌莫高窟北区石窟出土的古韵书《排字韵》的残片，其内容与王文郁的《新刊韵略》完全一致，具有106韵的组织，是更早的206韵的《广韵》的一种略本。

2004年，中华诗词学会提出"倡今知古，双轨并行；今不妨古，宽不碍严"。这四条诗词创作用韵方针，将《平水韵》重新校订，后被收入《中华新韵》中。

8)《五音集韵》

金代韩道昭作《五音集韵》。韩道昭，字伯晖，真定松水人。据《至元庚寅重刊改并五音集韵》的第一篇序说，作序的时间是"崇庆元年岁次壬申长至日"，那是金卫绍王时，即1212年，较刘渊《壬子新刊礼部韵略》的刊行还早40年。这本书的情形可分三点来说：①全书分160韵，比《广韵》少46韵，比《壬子新刊礼部韵略》多53韵。平声共44韵，上声43韵，去声47韵，入声26韵。从韵部的归并情形及其在韵目下所注的独用、同用的规定来看，它不遵守唐宋人在韵书的韵目下注明的通用、独用的条例。经过归并比《广韵》减少的46韵，都分别记载在各有关韵目的后边，并加圆圈作为记号。②旧的韵书每一韵不同音字的排列，没有什么规则，使用起来很不方便。这本书是按三十六字母排列，次序是见组、端组、知组、帮组、非组、精组、照组、晓组、匣组、影组、喻组、来组、日组。正如序文所说："以见母牙音为首，终于来日字。"这就等于注明声类，每一韵的字，都知道各属于什么声纽。每一声类的字如有开合口的分别，都分开排列，并且注明等次。这在韵书的编辑体例上是一种很大的改革。所谓《五音集韵》的"五音"大约就是指喉牙舌齿唇。③据《至元庚寅重刊改并五音集韵》的第二篇序文可知，该书共53525字，新增27330字；注文335840字，新增144148字。《五音集韵》清代没有重印，现在只有少数元明刊本，一般不容易看到。

9)《古今韵会》

黄公绍在元世祖至元二十九年（1292）以前编过一部《古今韵会》，简称《韵会》。这是一部征引典故很多，很注重训诂的书。黄公绍的同乡，在他家坐过馆的熊忠嫌《韵会》注释太繁，在元成宗大德元年（1297）编成《古今韵会举要》。比《壬子新刊礼部韵略》晚45年，共分107韵，完全依照刘渊归并《礼部韵略》的方法。和后来流行的诗韵相比，就是多了一个拯韵。

但是这书有三点值得注意。

①"韵例"中说："旧韵所载本无次序，今每韵并分七音、四等，始于'见'，终于'日'，三十六母为一韵。"实际上书中并未明白注出从"见"到"日"这三十六个字母，只是详注七音：角、徵、宫、商、羽、半徵商和半商徵。书中也没有注明字音的四等。所以此书在每韵下注明声类，和《五音集韵》的体例基本相同，但声类的划分和标注却有差异。

②表面上虽为刘渊平水韵的韵目，而内中却隐藏着一种新韵目。可能反映元代的北方官话。"韵例"说："旧韵所载，考之《七音》，有一韵之字而分入数韵者，有数韵之字而并为一韵者。今每韵依《七音》韵名以类聚，注云'已上案《七音》属某字母韵'。"作者于东韵"拢"字下举例说："且如东韵公东是一音，弓芎是一音，此二韵混为一韵者也；冬韵攻冬与公东同，恭銎与弓芎同，此一韵分为二韵者也。"这里所谓"旧韵"，指传统的韵部，注明"属某字母韵"，才是作者认为合乎实际的语音系统。如东韵里公、东、通、空、同、蓬等组字后注"以上属公字母韵"，东韵里弓、芎、穷、虫、融、隆、戎等组字后注"已上属弓字母韵"；东韵里雄、熊两字后注"已上属雄字母韵"。这"公、弓、雄"就是作者选用的韵母代表字。这种"某字母韵"，平声韵有

67个，入声韵有29个。这种"字母韵"的实际语音意义，是颇值得研究的。

③入声韵里，p、t、k三个尾音的界线已经打破了。旧的入声韵韵尾，是很确定的。在本书里按照旧韵应分三种不同韵尾的韵部，却往往属于同一"字母韵"。这也是很值得注意的。本书明刊本载有《礼部韵略七音三十六母通考》，内中提到"韵书始于江左，本是吴音，今以《七音》韵母通考韵字之序，惟以雅音求之，无不谐叶"。看来本书的"字母韵"是反映当时的"雅音"，即当时一般的官话读书音的。此外，从本书注释的引文还可以辨析古书中许多异体字、通假字，可据以校勘有些书上引文的错误。这一点也是值得注意的。

10）《中原音韵》

《中原音韵》是元代周德清的戏曲（北曲）曲韵专著，是我国出现最早的一部北曲曲韵和北曲音乐论著。作者在其创作实践和对北曲的研究过程中，深感一般北曲作者和演唱者在语言、声韵、格律等方面存在许多问题，于是在泰定元年（1324）秋，写成《中原音韵》，后又作了多次修订。

该书内容主要包括三个方面内容：曲韵韵谱、"正语作词起例"和"作词十法"。《中原音韵》无论是音韵学方面，还是曲学理论方面，都对后世产生了极其深远的影响。

第一部分，曲韵韵谱，是北曲创作和演唱者审音定韵的标准。周氏提出："欲作乐府，必正言语，欲正言语，必宗中原之音。"（《中原音韵·自序》）所谓"中原之音"，也就是指元代已经开始形成的，在当时北方河北、河南等地各种场合通用的共同语言。周氏以"中原之音"为依据，以北曲杂剧作品为对象，总结其发声规律，收集了北曲中用作韵脚的常用单词5000多个，将声韵规范为19个韵部，每个韵部之下又分为平声、上声、去声。入声在当时北方方言中实际已无，故分别派入平、上、去三声之中，平声则又分为阴平和阳平。

第二部分，"正语作词起例"，主要论述曲韵韵谱的编制和审音原则，以及宫调曲牌和作曲方法等。周氏说明韵谱只收5000多个单字，有些单字则不宜作为曲韵韵脚。对一些易误混为同音的词，也列表两两对比，加以区别。周氏列举了北曲中常用的12宫调和335支曲牌。每个宫调下列有属于此宫调的各种曲牌。另外，周氏还对元代北曲十七宫调的调性色彩，分别做了描述说明。

第三部分，"作词十法"，主要表述了周氏的曲学理论主张。"十法"为：知韵、造语、用事、用字、入声作平声、阴阳、务头、对偶、末句和定格。"知韵"就是要求作曲者掌握北曲声韵规律，"究其词之平仄阴阳"，"考其词音"。"造语"是要求作曲时注意遣词造句，务造"俊语"并以"语、意俱高为上"。"用事"，周氏要求"明事隐使，隐事明使"，也即在运用古事时做到既含蓄又浅显，雅俗共赏。"用字"则是说"作曲切不可用生硬字、太文字、太俗字、衬字"。"入声作平声"是言入声作平声时不可不谨。"阴阳"是说阴平字和阳平字的用法。"务头"则是说要"知某调、某句、某字是务头，可施俊语于其上"。"对偶"则言扇面对、重叠对、救尾对。"末句"则讲曲尾末句的做法。"定格"是列举 [仙吕]、[中吕]、[南吕]、[正宫]、[商调]、[越调]、[双调]所属曲牌的曲子，以及马致远[双调·夜行船]《秋思》一套散曲，作为定格，每支曲牌后各有评语，以这些定格曲牌作为作曲者的范本。随着元曲的兴起和发展，元代有了适应北曲需要的曲韵。《中原音韵》就是根据元代许多著名戏曲中押韵的字编成，又用来指导作曲用韵，调平仄声律的。周德清在《自序》中称曲为乐府，说："欲作乐府，必正言语，欲正言语，必宗中原之音。"这种明标以中原语音为编写韵书标准的主张，是对传统韵书编写原则的重大改革（见《中原音韵》音）。

《中原音韵》收的字数不多，只收5876字（一说5877字）。它和曲律、曲谱之类的书印在一起，单行本不多。比较好的本子有铁琴铜剑楼本、啸馀谱本和讷庵本。

11)《洪武正韵》

这是明太祖洪武八年（1375）乐韶凤、宋濂等11人奉诏编成的一部官韵。《洪武正韵》是在明太祖朱元璋"亲阅韵书，见其比类失伦，声音乖舛"的情况下提议修纂的。编纂原则是朱元璋御定的"一经中原雅音为定"，共16卷。从编辑人员的籍贯来看，绝大多数是南方人，而宋濂作的序文中却说，《洪武正韵》"一以中原雅音为定"。序文中批评《礼部韵略》的韵部"有独用当并为通用者，如东冬清青之属，亦有一韵当析为二韵者，如虞模麻遮之属"。他们根据所谓中原雅音，把旧韵归并分析之后，共得平、上、去声各22部，入声10部，共76部。

《洪武正韵》的归并旧韵，不同于刘渊等人只是把整个的韵部合并在一起，而是要把每一个字都重新归类。这种方法与编《中原音韵》一样；但何字归何韵，却与《中原音韵》有许多不同的地方。根据刘文锦的研究，《洪武正韵》的纽部是31类（刘文锦《洪武正韵声类考》，中央研究院历史语言研究所《集刊》3本2分）。清纽、浊纽的界限分明。这就出现了一个问题：同是根据中原的语音，较《洪武正韵》早出51年的《中原音韵》只分阴阳，不分清浊，又取消入声韵部，一概派入三声；为什么过了51年，《洪武正韵》里又有了浊音、入声呢？一种看法认为《洪武正韵》是朱元璋定都南京后，以南京语音为蓝本命令编著的，所以《洪武正韵》音系不仅异于《中原音韵》，反而与具有"清浊上去入声"之分的"沈韵""等韵"相符。而且平声不分阴阳，又设立10个入声韵部，有31个声母，并保留全浊音。另一种看法以罗常培为代表，认为14世纪前后，北方有两种并行的读音系统："一个是代表官话的，一个是代表方言的；也可以说一个是读书音，一个是说话音"[1]。《中原音韵》是反映方言即说话音的，《洪武正韵》是反映官话即读书音的，所以二者有同有异。两种看法似以前者更有说服力。也就是说，宋濂所谓"中原雅音"，其实不是指北方音，而是以南朝雅音为准的。

《洪武正韵》在明代屡次翻刻，影响很大。而清代对此书却很轻视，没有翻刻过它。这固然有政治原因，但更大原因可能是它的南方音。

---

[1]罗常培：《论龙果夫的八思巴字和古官话》，载《中国语文》1959年12月号。

12)《佩文韵府》与《佩文诗韵》

《佩文韵府》，类书，是清代官修大型词藻典故辞典之一，专供文人作诗时选取词藻和寻找典故，以便押韵对句之用的工具书。清张玉书、陈廷敬、李光地等76人奉敕编撰。"佩文"是康熙的书斋名。其正集四百四十四卷，引录诗文词藻典故约一百四十万条。《佩文韵府》以元阴时夫《韵府群玉》和明凌稚隆《五车韵瑞》为基础，再汇抄类书中有关材料增补而成。书中以单字统词语，按《平水韵》106韵排列，每一字下注出反切音和较早字义，下收尾字与标目字相同的词。收词又分"韵藻""增""对语""摘句"四类，每类以构词字数排列。"韵藻"为阴氏、凌氏两书原有部分；"增"为阴氏、凌氏两收未见补之词；"对语"为二字、三字对使词；"摘句"为以该字为尾的五、七言诗。同字数的词以经、史、子、集为序，兼顾时间。每词下引古书用例，少时一二条，多者数十条，引文一般只注书名，引诗只标作者。每一韵部后有"韵藻补"一项，收不见于阴、凌两书之字。与其他词典的不同之处在于，《佩文韵府》的检索方法却是要查词的最后一个字，即以词的最后一个字检索。

《佩文诗韵》是清代科举用的韵书，士子进考场作试帖诗，必须遵守这部标准韵书的规定，和宋代的《礼部韵略》的作用差不多，与《佩文韵府》同在康熙四十三年（1704）到五十五年（1716）期间编辑成书，可能是大辞典式后者的单字本或节略本。《佩文诗韵》分平上去入四声（平声分上下），共106韵10235字。这些韵目本来是南宋、金删定沿袭下来，一般认为承袭江北平水刘渊《壬子新刊礼部韵略》107韵，后来减为106韵，故相沿称为平水韵，是宋以来旧体五七言诗人奉为金科玉律的《诗韵》。每韵中常用字列在前，罕用字排在后，而又每字都加了反切，这就把韵书向来以小韵统率同音字的好体例给打破了，使用起来很不方便，除供作诗的人猎取资料以外，也没有研究的价值。所以《佩文诗韵》虽然流行很广，在音韵学上却没有地位。

13)《词林正韵》

《词林正韵》为清嘉庆年间江苏吴县人戈载所撰。戈氏世其家学，尤擅倚声之业。他弃官不做，以词学终老，所撰《词林正韵》为世所重，为清中叶以后词家奉为圭臬。此书从道光元年（1821）至光绪十七年（1891）先后五次刊印。1981年，上海古籍出版社出过影印本，2004年古籍出版社《中华韵典》载有除序言和凡例（说明）外的全部分韵部分。该书书分三卷，分平、上、去三声各为十四部，入声为五部，一共是十九个韵部。

这部书主要是戈载依据前人作词用韵的情况归纳的词韵。他的分部，实际上是依据前人作词用韵的情况归纳而来，这就是他所说的"取古人之名词参酌而审定"。戈氏的分韵虽是归纳、审定工作，但其结论却多为后人所接受，论词韵之士多据以为准。

戈氏所分的词韵十九部，事实上也是进一步归纳诗韵即"平水韵"而来。其十九部所归并的，主要是：第一部：东冬钟（平赅上去）；第二部：江阳唐；第三部：支脂之微齐灰及去声的祭泰（之半）队废；第四部：鱼虞模；第五部；佳（之半）皆帕及去声怪、央泰（之半）韵字；第六部：真谆臻文欣魂痕；第七部：元寒桓删山先仙；第八部：萧宵交豪；第九部：歌戈；第十部：佳（之半）麻，第十一部：庚耕清青蒸登；第十二部：尤侯幽；第十三部：侵；第十四部：军谈盐添咸衔严凡；第十五部：屋沃烛；第十六部：觉药泽；第十七部：质术栉陌麦昔锡职德缉，第十八部：物迄月没离末黠锡屑薛叶帖。第十九部：合盍洽帖业之。

他所归纳的韵类，基本上与唐宋人作词的用韵情况相合。这十九部大约只能适合宋词的多数情况.其实在某些词人的笔下，第六部早已与第十一部、第十三部相通，第七部早已与第十四部相通。其中有语音发展的原因，也有方言的影响。

14）《中华新韵》

由中华民国国民政府于1941年10月10日公告，共列出十八个韵（见表1-3）。

表1-3　中华新韵（1941年版）

名称	对应之注音符号	对应之汉语拼音	名称对应之注音符号	对应之汉语拼音
一麻	ㄚ	a, ia, ua	十姑　ㄨ	u
二波	ㄛ	o, uo	十一鱼　ㄩ	ü
三歌	ㄜ	e	十二侯　ㄡ	ou, iu
四皆	ㄝ	ie, üe	十三豪　ㄠ	ao, iao
五支	ㄭ	-i	十四寒　ㄢ	an, ian, uan, üan
六儿	ㄦ	er	十五痕　ㄣ	en, in, un, ün
七齐	ㄧ	i	十六唐　ㄤ	ang, iang, uang
八微	ㄟ	ei, ui	十七庚　ㄥ、ㄧㄥ、ㄨㄥ	eng, ing, ueng
九开	ㄞ	ai, uai	十八东　-ㄨㄥ、ㄩㄥ	ong, iong

*读音为"翁"（ㄨㄥ weng）者为庚韵，以翁为韵母而有其他声母者，如东（ㄉㄨㄥ dong）为东韵。

（4）《中华新韵》

2005年，汉语普通话推广50年后，为规范诗词写作用韵，中华诗词学会以普通话为标准语，推出了"四声十四韵"为特征的普通话韵制——《中华新韵》。《中华新韵》可视为普通话的自然韵制，虽然没有入声，于填词甚有遗憾，但这是普通话本身的问题，于韵制没有关联，除非改变普通话，否则韵制是无法更改的（至于普通话是否适合作为全民通语，这已经不是能讨论的了）。兹将其原文主要部分摘录如下：

中华新韵

（中华诗词学会　2005年5月颁布）

前言

中华诗词学会《21世纪初期中华诗词发展纲要》指出："为促进声韵改革和推行新声新韵，很有必要组织学者、专家尽快编出新韵书。新韵书可先出简本，以应急需，然后在简本试行的基础上再出繁本。"

中华诗词学会会长孙轶青在今年8月第十七届中华诗词研讨会及9月中华诗

词学会浏阳工作会议的主题报告中指出："《21世纪中华诗词发展纲要》提出以普通话作基础，实行声韵改革。这是从语言发展现状出发，获得最大诗词效果，深受广大群众欢迎的必要措施。《中华诗词》杂志去年公布了两种声韵改革简表，一边试行，一边听取意见，准备经过认真研究，综合为一种试行简表。"

据此，《中华诗词》编辑部组织力量，对去年公布的两种简表及诗词界传用的几种简表，进行了分析、研究、比较和归纳，征求了一些诗词作者的意见，经过集体讨论，整理出了《中华新韵（十四韵）简表》（以下简称《简表》）。在此基础上，又邀请全国著名语言学家、音韵学家专门进行座谈，听取了他们的意见。参考和借鉴了现代音韵学家对普通话音韵的研究成果。现将《简表》正式公布试行。

下面，对于这个简表制定时所考虑、所参照、所依据的几个原则性的问题，向读者做一简要的说明。

1. 韵部划分的依据——普通话

以普通话为读音的依据，以《新华字典》的注音为读音的依据。将汉语拼音的35个韵母，划分为14个韵部：麻波皆开微豪尤，寒文唐庚支齐姑。为了便于记忆，可用两句七言韵语来代表14个韵部：中华诗国开新岁，又谱江涛写玉篇。

2. 韵部划分的标准——同身同韵

用《汉语拼音》注音，韵母可分为韵头、韵腹、韵尾三个部分。韵母中开头的 i、u、ü，称为韵头；韵头后面的元音部分称为韵腹，它是韵母发音的主部；韵腹后面的辅音部分，即 n、ng，称为韵尾。韵腹和韵尾合称韵身。

有的韵母没有韵头，只有韵身。有的韵母没有韵尾，韵腹即是韵身。显然，韵身相同的字，发音取同一收势，读起来是和谐统一的，因而是押韵的。

所谓"同身同韵"，即是将韵身相同的字，归于同一韵部。这样就使音韵划分有了明确的可操作的标准和尺度，从而使其建立在科学的基础之上。考虑到汉语拼音使用英文字母时的具体情况，在判字"同身"时，对个别具体情况有所调整。

用《注音字母》注音，韵头称为介母，没有韵尾，韵母即是韵身。韵母相同，自然同韵，同身等韵就更是理所当然的了。

3. 平仄区分的原则——只分平仄，不辨入声

每个韵部中发音为阴平、阳平的字，即为平声字；发音为上声、去声的字，即为仄声字。不再区分入声字。

这样，每个韵部实际上自然分成了平声、仄声两个部分。用入声韵的词牌曲牌，用新韵时改用仄声。

为了同时使用《平水韵》时更加方便，在每个韵部的后面标出该韵部平声字中所含的原入声字。仄声部分中的原入声字不再标出。

4. 多音字的归属原则——音随意定，韵依音归

对于多音字，根据其不同的读音，分别归属于相应的韵部。在使用时，根据该字在句子中的具体含义确定其读音，从而确定其所属韵部及其平仄划分。

5. 与旧韵书的关系——倡今知古，双轨并行；今不妨古，宽不碍严

创作旧体诗，提倡使用新韵，但不反对使用旧韵，如《平水韵》。但在同一首诗中，对于新旧韵的不同部分不得混用。为了便于读者欣赏、便于编者审稿，使用新韵的诗作，一般应加以注明。

一般说来，新韵比旧韵要简单、宽泛，且容量大，这对于繁荣诗词创作应该是有促进作用的。但这并不妨碍继续使用旧韵，这就是"今不妨古"的原则。而且，即使使用新韵，也可以使用比《中华新韵》更严、更细的韵目，这就是"宽不碍严"的原则。

我们认为，声韵改革是一件大事，不是一蹴而就的。《简表》并不是十全十美的，通过一个阶段的试行，还要进行修订和完善。希望这个《简表》能够对广大诗词作者和爱好者起到一定的帮助作用，希望诗坛能够涌现出一大批使用新声韵的好诗，这是我们公布这个简表的根本目的。

6. 关于几个具体问题的说明

一是 e、o 同韵。

e 与 o 在汉语拼音中发音的区别，是依赖于声母的，当其与 b、p、m、f 相拼时，发 o 音，与其他声母相拼时，发 e 音。它两个其实是一个韵母，只是与不同的声母相拼时，才造成了读音的微小差别。《平水韵》同归五歌，《十三辙》同入"梭波"，说明古时差别更小。《注音字母》中用ㄛ、ㄜ表示，采用两个形近的字母，正是反映了读音的实际情况。因此，把 e、o 归入同一韵部，是在实际发音上是不违反"同身同韵"的标准的。

二是 eng、ong 同韵。

韵母 ong 的使用，只是《汉语拼音方案》的特殊处理。从音韵学角度上讲，ong、iong 的韵腹都不是 o，而是 e，即应为 ueng、üeng，其韵身都是 eng。《汉语拼音方案》中还有一个韵母 ueng，与 ong 同音，可见 ong 与 ueng 是等效的。在《注音字母》中，ong、iong 即为ㄨㄥ、ㄩㄥ。介母不同，韵母同为ㄥ，其与 eng 同身同韵的状况，更是一目了然。《平水韵》分为一东二冬八庚九青十蒸，至《十三辙》统归中东，反映出古人已经认识到它们可以是同韵的。

三是 ie、ue 的韵身不是 e，而是 ê。

我们所说的"同身同韵"的标准，是以字的实际读音为依据的。《汉语拼音方案》为了简便，对个别字母的使用做了调整。比如，ie、ue 中的 e 实际应是ê，即《注音字母》中的ㄝ，为了简便，以 e 代之。注音时是简便了，划韵时却增加了一层假面具。必须抛开假面具，按照其实际读音划韵。因此 ie、ue 不应与 e 同韵，而应自成一韵。《平水韵》中，此二韵杂于九佳六麻，《十三辙》始辟"乜斜"，反映出读音的发展分化状况。

四是 an、en 不同韵。

这两个韵母的字，有一部分在古代读音是相同或相近的，因而《平水韵》把

它们归入同一个韵部（十三元）。现在有些地方方言中还保留着这种坊音，但普通中已明显的区别出来了。这两个韵母虽然都是以鼻音n作为韵尾，但做了韵腹的主元音不同，因而韵身不同。按照"同身同韵"的标准，不应同韵。

五是en、eng不通押。

古人多有en、eng通押现象，多见于词。现在有的地方方言中，仍有en、eng不分的现象，即是古音的残留。普通话中，它们的读音差别是非常明显的，不能通押。且新韵只有十几个韵部，字量大，余地大，用韵再无放宽的必要。因此，不论从"同身同韵"的标准来说，还是从具体操作的尺度来说，这两个韵部都不应再通押。

为简便起见，本书所举旧韵部仅为平声韵部（见表1-4），对其仄声韵部，根据"同身同韵"的标准，读者用者自会解决其韵部归属，兹不赘。

表1-4　韵部表

一、	麻	aㄚ,iaㄧㄚ,uaㄨㄚ
二、	波	oㄛ,eㄜ,uoㄨㄛ
三、	皆	ieㄧㄝ,üeㄩㄝ
四、	开	aiㄞ,uaiㄨㄞ
五、	微	eiㄟ,ui(uei)ㄨㄟ
六、	豪	aoㄠ,iaoㄧㄠ
七、	尤	ouㄡ,iu(iou)ㄧㄡ
八、	寒	anㄢ,ianㄧㄢ,uanㄨㄢ,üanㄩㄢ
九、	文	enㄣ,in(ien)ㄧㄣ,un(uen)ㄨㄣ,ün(üen)ㄩㄣ
十、	唐	angㄤ,iangㄧㄤ,uangㄨㄤ
十一、	庚	engㄥ,ing(ieng)ㄧㄥ,ong(ueng)ㄨㄥ,iong(eng)ㄩㄥ
十二、	齐	iㄧ,erㄦ,üㄩ
十三、	支	一i(零韵母)
十四、	姑	uㄨ

中华新韵（十四韵）常用字简表（略）。

(5) 汉语韵制研究的最大问题

汉语韵制研究的最大问题是不做自然韵制与非自然韵制区分。这个问题带来以下一系列问题：现代汉语研究缺乏方言韵制的编订；由于方言韵制缺乏导致作家对普通话韵制和新诗韵缺乏清晰认知；古代汉语研究缺乏方言韵制的研究；由于古代汉语缺乏方言韵制的精细研究，故无法精确指认《切韵》《广韵》《平水韵》《中原音韵》《洪武正韵》《词林正韵》、明清各种曲韵等各种韵制的性质，无法细致辨认韵制中各种韵类的自然来源和非自然来源。由于古代汉语中缺乏方言韵制的精细观念，故常混淆《诗经韵》《唐诗韵》《中原音韵》与上古韵、中古韵、近古韵等概念，特别是将非自然韵制当成自然韵制进行研究。

要解决这些问题，舍深入研究自然韵制特别是方言韵制，以这些韵制来剖析历史上形成的韵书，并判定其编纂过程中掺入的自然因素与非自然因素，别无它法。

1.2.4　论韵式

1.2.4.1　论韵式及其影响因子

韵式是韵元在语言章节（节奏）系列中的有规则呈现方式。

韵式与韵元、语言的章节系列两个底层要素密切相关。探讨韵式必须同步考虑韵元的情况和语言的章节系列情况。

首先，韵式与韵元相关。韵元的变化是导致韵式的原因之一，这包括以下一些常见情况。韵元的多少决定了韵式的一部分情况，如单韵与复韵（双连韵、多连韵）；韵元的宽严决定了韵式的一部分情况，如宽韵与严韵、通押现象（上去通押、平仄通押、入声独押）；韵元在节奏系列中的位置与变化决定了韵式的另一部分情况，如头韵与尾韵，明韵与暗韵，一韵到底与换韵（包括转韵、抱韵、交韵、插韵等）。

其次，韵式与语言的章节系列情况相关。韵式是建立在章节系列之上，受语言章节环境内在影响的，我们在研究韵式的时候，实际上必须先明确章节环境。语言的章节环境可以概括为联节成列、联列成章、联章成体［列是为了区别句（意义句，复句）与句读（语音句，单句）而提出的一个概念，指的是语言中一个自然停顿的音列，在一般意义相当于诗歌中的最小"行"］，与韵式相关的章节环境主要是章和体，其中，章是自然单位，体是章的自然延伸。

章列是韵式的中心载体，包含着基础韵式的大部分变换可能，为了研究的方便，本书指定，韵式研究可以简化为以章列为自然单位的研究，从章列自然单位中抽析出来的韵式，本书将其称为单章韵式。这一简化并不必然，越是高级的韵式，越有跨过单章限制，而形成联章协韵的可能，本书将这种联章协韵的方式称之为联章韵式。

章列的分类是韵式研究的一个基础。章列按列的数目特征可以分为奇列体、奇行体（包括三列体、五列体、七列体）与偶列体、偶行体（包括双列体、四列体、六列体、八列体等）。例如，汉语的律诗是八列体，西方的十四行诗包含两个四列体加两个三列体。奇列体中最普遍的是三列体，偶列体中最普遍的是四列体。三列体与四列体是韵式研究的最自然单位。

最后需要指山，韵式研究的一个基本特点，就是韵式描述的不完整性。任何韵式描述都不可能完全反映诗中韵式的所有变化，在一些精妙协韵的诗歌中尤其如此，如《诗经》《花间集》等，而这一点在传统韵式研究中往往会被忽视，即便如此，韵式分析也仍然是我们理解诗歌韵律的最直接途径。

1.2.4.2　论《诗经》的特征韵式：联章韵式

从《周南》《召南》25首诗看《诗经》的特征韵式。

关于韵式的一般类型，参照王力《诗经韵读》①及张双棣《淮南子用韵考》②及王力《汉语诗律学》。关于《诗经》的韵元，以王力《诗经韵读》拟定的29个韵部为参考标准。③《诗经》的一般韵式，王力的探讨较为翔实，本书不再赘述。本书探讨的是《诗经》中是否存在某种特征韵式。

为了解《诗经》的特征韵式运用，本书选择诗经《周南》《召南》作为基本样本进行研究，总计诗25首，其中奇列诗6首，包括三列诗3首、五列诗2首、七列诗1首，偶列诗17首，包括四列诗14首、六列诗2首、八列诗1首，奇偶混列诗2首，分别是三六混列诗《行露》与四三混列诗《野有死麕》。

（1）奇列体的韵式

1）三列体

《诗经》中的三列体包括样本中的2首，样本外的2首，其韵式描述于下。

周南·麟之趾

麟之趾，振振公子，于嗟麟兮。

麟之定，振振公姓，于嗟麟兮。

麟之角，振振公族，于嗟麟兮。

韵式描述：aa主–bb主–cc主

召南·甘棠

蔽芾甘棠，勿剪勿伐，召伯所茇。

---

① 王力：《诗经韵读》，《王力文集》第六卷，济南：山东教育出版社，1986年。
② 张双棣：《淮南子用韵考》，北京：商务印书馆，2010年。
③ 王力在《诗经韵读》中将《诗经》韵部分为29部，列《〈诗经〉韵分二十九部表》。今将其表抄录如下：

阴声	入声	阳声
1. 之部ə	10. 职部ək	21. 蒸部əng
2. 幽部u	11. 觉部uk	（冬部）(ung)
3. 宵部ô	12. 药部ôk	
4. 侯部o	13. 屋部ok	22. 东部ong
5. 鱼部a	14. 铎部ak	23. 阳部ang
6. 支部e	15. 锡部ek	24. 耕部eng
7. 脂部ei	16. 质部et	25. 真部en
8. 微部əi	17. 物部ət	26. 文部ən
9. 歌部ai	18. 月部at	27. 元部an
	19. 缉部əp	28. 侵部əm
	20. 盍部ap	29. 谈部am

详见王力：《诗经韵读》，《王力文集》第六卷，济南：山东教育出版社，1986年，第13页。

> 蔽芾甘棠，勿剪勿败，召伯所憩。
>
> 蔽芾甘棠，勿剪勿拜，召伯所说。

韵式描述：主aa-主bb-主cc

召南·驺虞

> 彼茁者葭，壹发五豝，于嗟乎驺虞！
>
> 彼茁者蓬，壹发五豵，于嗟乎驺虞！

韵式描述：同《麟之趾》

王风·采葛

> 彼采葛兮，一日不见，如三月兮！
>
> 彼采萧兮，一日不见，如三秋兮！
>
> 彼采艾兮，一日不见，如三岁兮！

韵式描述：a主a-b主b-c主c

魏风·十亩之间

> 十亩之间兮，桑者闲闲兮，行与子还兮。
>
> 十亩之外兮，桑者泄泄兮，行与子逝兮。

韵式描述：aaa-bbb

韵式描述总结：三列体主要采取两类韵式，一类是章内一韵到底加章间转韵，如《十亩之间》；另一类是章内一句不入韵加章间转韵，如《甘棠》首句不入韵，《采葛》次句不入韵，《麟之趾》尾句不入韵。或者可以将其概括为，一类是章间转韵，韵式简单描述为aaa；另一类是篇主韵加章间转韵，韵式简单描述为aa主、a主a、主aa。

2）五列体与七列体

召南·小星

> 嘒彼小星，三五在东。肃肃宵征，夙夜在公。实命不同！
>
> 嘒彼小星，维参与昴。肃肃宵征，抱衾与裯。实命不犹！

韵式描述：主a主aa-主b主bb

召南·江有汜

> 江有汜，之子归，不我以。不我以，其后也悔。
>
> 江有渚，之子归，不我与。不我与，其后也处。
>
> 江有沱，之子归，不我过。不我过，其啸也歌。

韵式描述：a主aaa-b主bbb

召南·草虫

喓喓草虫，趯趯阜螽。未见君子，忧心忡忡。亦既见止，亦既觏止，我心则降。

陟彼南山，言采其蕨。未见君子，忧心惙惙。亦既见止，亦既觏止，我心则说。

陟彼南山，言采其薇。未见君子，我心伤悲。亦既见止，亦既觏止，我心则夷。

韵式描述：aa主a主主无-（次主）b主b主主b-（次主）c主c主主c

韵式描述总结：五列体与七列体的韵式运用较为复杂，但基本的规律都可以看成是篇主韵加章间转韵的方式，不过主韵的涵盖范围可能扩大到章内的多列。

《诗经》奇列诗的韵式描述总结：《诗经》奇列诗多为三列诗，也有五列、七列诗，一般为三章结构，主要采用篇主韵加章间转韵的韵式，其主韵一般覆盖每章中的一列，也有覆盖每章多列的情况。

（2）偶列体的韵式

1）四列诗

周南·关雎

关关雎鸠，在河之洲。窈窕淑女，君子好逑。

参差荇菜，左右流之。窈窕淑女，寤寐求之。

求之不得，寤寐思服。悠哉悠哉，辗转反侧。

参差荇菜，左右采之。窈窕淑女，琴瑟友之。

参差荇菜，左右芼之。窈窕淑女，钟鼓乐之。

韵式描述：章间的偶列转韵加二、四、五章的章间奇列二主韵；首章出现了首句入韵，二四五章皆偶句韵，三章出现了首尾韵

周南·卷耳

采采卷耳，不盈顷筐。嗟我怀人，置彼周行。

陟彼崔嵬，我马虺隤。我姑酌彼金罍，维以不永怀。

陟彼高冈，我马玄黄。我姑酌彼兕觥，维以不永伤。

陟彼砠矣，我马瘏矣，我仆痡矣，云何吁矣。

韵式描述：章间偶列转韵；首章偶句韵，二、四章皆一韵到底，第三章为首句入韵绝句体韵式

周南·樛木

南有樛木，葛藟累之。乐只君子，福履绥之。

南有樛木，葛藟荒之。乐只君子，福履将之。

南有樛木，葛藟萦之。乐只君子，福履成之。

周南·螽斯

螽斯羽，诜诜兮。宜尔子孙，振振兮。
螽斯羽，薨薨兮。宜尔子孙，绳绳兮。
螽斯羽，揖揖兮。宜尔子孙，蛰蛰兮。

周南·桃夭

桃之夭夭，灼灼其华。之子于归，宜其室家。
桃之夭夭，有蕡其实。之子于归，宜其家室。
桃之夭夭，其叶蓁蓁。之子于归，宜其家人。

周南·兔罝

肃肃兔罝，椓之丁丁。赳赳武夫，公侯干城。
肃肃兔罝，施于中逵。赳赳武夫，公侯好仇。
肃肃兔罝，施于中林。赳赳武夫，公侯腹心。

召南·鹊巢

维鹊有巢，维鸠居之。之子于归，百两御之。
维鹊有巢，维鸠方之。之子于归，百两将之。
维鹊有巢，维鸠盈之。之子于归，百两成之。

召南·摽有梅

摽有梅，其实七兮。求我庶士，迨其吉兮。
摽有梅，其实三兮。求我庶士，迨其今兮。
摽有梅，顷筐塈之。求我庶士，迨其谓之。

以上上六篇韵式描述：均为章间的奇列二主韵加章间的偶列转韵

周南·芣苢

采采芣苢，薄言采之。采采芣苢，薄言有之。
采采芣苢，薄言掇之。采采芣苢，薄言捋之。
采采芣苢，薄言袺之。采采芣苢，薄言襭之。

韵式描述：章间的奇列一主韵加章间的偶列转韵

周南·汝坟

遵彼汝坟，伐其条枚。未见君子，惄如调饥。
遵彼汝坟，伐其条肄。既见君子，不我遐弃。

鲂鱼赪尾，王室如毁。虽则如毁，父母孔迩。

韵式描述：章间的偶列转韵，第一、二章出现了章间的奇列二主韵，第四章出现了一韵到底

召南·采蘩

于以采蘩？于沼于沚。于以用之？公侯之事。

于以采蘩？于涧之中。于以用之？公侯之宫。

被之僮僮，夙夜在公。被之祁祁，薄言还归。

韵式描述：第一、二章为章间的奇列二主韵加章间的偶列转韵，第三章为章内双句转韵

召南·采蘋

于以采蘋？南涧之滨。于以采藻？于彼行潦。

于以盛之？维筐及筥。于以湘之？维锜及釜。

于以奠之？宗室牖下。谁其尸之？有齐季女。

韵式描述：第一章为章内双句转韵，第二、三章为章间的奇列一主韵加章间的偶列转韵

召南·羔羊

羔羊之皮，素丝五紽。退食自公，委蛇委蛇。

羔羊之革，素丝五緎。委蛇委蛇，自公退食。

羔羊之缝，素丝五总。委蛇委蛇，退食自公。

召南·何彼襛矣

何彼襛矣，唐棣之华？曷不肃雍？王姬之车。

何彼襛矣，华如桃李？平王之孙，齐侯之子。

其钓维何？维丝伊缗。齐侯之子，平王之孙。

以上2篇韵式描述：章间的偶列转韵

四列体韵式总结分析：①14首四列诗全都具有章间偶列转韵模式；②14首四列诗中有11首具有章间奇列主韵模式，包括2首章间奇列一主韵和9首章间奇列二主韵模式；③出现了1次章内首句入韵、2次章内一韵到底、2次章内前后转韵，其模式分别是aa无a、aaaa、aabb三种韵式，这三种韵式在诗经中不占主导地位，但其中的aa无a模式，后来发展成为唐诗绝句的最重要韵式，成为了汉语诗歌最具特色的一种协韵方式。

2）其他偶列诗

周南·葛覃

葛之覃兮，施于中谷，维叶萋萋。黄鸟于飞，集于灌木，其鸣喈喈。
葛之覃兮，施于中谷，维叶莫莫。是刈是濩，为絺为绤，服之无斁。
言告师氏，言告言归。薄污我私，薄浣我衣。害浣害否，归宁父母。

韵式描述：第一、二章为三六列的章间转韵；第三章为双句转韵

召南·殷其雷

殷其雷，在南山之阳。何斯违斯，莫敢或遑？振振君子，归哉归哉！
殷其雷，在南山之侧。何斯违斯，莫敢遑息？振振君子，归哉归哉！
殷其雷，在南山之下。何斯违斯，莫或遑处？振振君子，归哉归哉！

韵式描述：一三五六列四列主韵加二四偶列章间转韵；单章为ababcc韵式

周南·汉广

南有乔木，不可休思。汉有游女，不可求思。
汉之广矣，不可泳思。江之永矣，不可方思。
翘翘错薪，言刈其楚。之子于归，言秣其马。
汉之广矣，不可泳思。江之永矣，不可方思。
翘翘错薪，言刈其蒌。之子于归。言秣其驹。
汉之广矣，不可泳思。江之永矣，不可方思。

韵式描述：部分偶列的章间转韵加篇主韵；单章前四句为偶句韵，后四句为abba韵式

其他偶列诗的韵式总结分析：主要为章间转韵与章间主韵的多重结合模式。

《诗经》偶列诗的韵式总结：诗经偶列诗以四列诗为主，主要采取章间偶列转韵模式，较多融合章间奇列主韵模式，章内偶尔使用一韵到底、隔句押韵或首句入韵模式。

（3）奇偶列混合诗的韵式

召南·行露

厌浥行露，岂不夙夜，谓行多露。
谁谓雀无角？何以穿我屋？谁谓女无家？
何以速我狱？虽速我狱，室家不足！
谁谓鼠无牙？何以穿我墉？谁谓女无家？
何以速我讼？虽速我讼，亦不女从！

召南·野有死麕

野有死麕，白茅包之。有女怀春，吉士诱之。

林有朴樕，野有死鹿。白茅纯束，有女如玉。

舒而脱脱兮，无感我帨兮，无使尨也吠。

周南召南中奇偶列混合诗只有以上2首，其韵式相当于奇列诗韵式和偶列诗韵式的混合使用。

（4）结论：《诗经》特征韵式为联章韵式

从单章看，《诗经》中的单章出现了一韵到底、隔句协韵、首句入韵、前后转韵等几种韵式，但《诗经》的单章韵式并不足以概括诗经的特征韵式。

《诗经》的特征韵式体现在联章体中。《诗经》包括以三列体为主的奇列体与以四列体为主的偶列体，多为三章体，其最基本的韵式为章间列转韵加章间列主韵模式，故可将其视为《诗经》的特征韵式，其中偶列诗主要采用章间偶列转韵加章间奇列主韵的韵式，其主韵一般覆盖每章中的一列，也有覆盖每章多列的情况。

最后，我们得出结论，《诗经》的特征韵式就是章间列转韵加章间列主韵模式，它是一种联章韵式。

（5）联章韵式与乐体构成

诗的多样化联章韵式与歌的多样化乐体构成（如单部曲、二部曲、叠唱、应和、和声）具有互读、互释关系。如李纯一曾在《先秦音乐史》[1]述及诗的多样化的乐体构成：

> 与雅乐日渐崩坏的同时，世俗音乐却日渐兴盛起来，比如晋平公之喜爱"新声"、孔子之斥责"郑声之乱雅乐"，就是两个很好的例子。世俗音乐之所以能在统治阶层中得以流行，还有其艺术方面的原因，即它比起雅乐来，要新颖生动得多。比如孔子所肯定的《诗》，虽然是他以前时代的作品，但有好多却是属于春秋时期的，从这些流传下来的歌词中可以推知它们艺术形式的多样化。下面试举六例：

> 例1：《王风·采葛》。

> 单一部曲式：

> 1. 彼采葛兮，一日不见，如三月兮。

> 2. 彼采萧兮，一日不见，如三秋兮。

> 3. 彼采艾兮，一日不见，如三岁兮。

> 例2：《秦风·车邻》。

> 单一部曲式，但在第二、三段开头部分加以变化发展，类似后世的换头。

---

[1] 李纯一：《先秦音乐史》，北京：人民音乐出版社，1994年，第93—95页。

1. 有车邻邻，有马白颠。未见君子，寺人之令。

2. （换头）阪有漆，隰有栗。既见君子，并坐鼓瑟。今者不乐，逝者其耋。

3. （换头）阪有桑，隰有杨。既见君子，并坐鼓簧。今者不乐，逝者其亡。

例3：《召南·行露》。

有引子的单一部曲式：

1. （引子）厌浥行露，岂不夙夜，谓行多露。

2. 谁谓雀无角，何以穿我屋。谁谓女无家，何以速我狱。虽速我狱，室家不足。

3. 谁谓鼠无牙，何以穿我墉。谁谓女无家，何以速我讼。虽速我讼，亦不女从。

例4：《郑风·女曰鸡鸣》。

有尾声的单一部曲式：

1. 女曰鸡鸣。士曰昧旦。子兴视夜。明星有烂。将翱将翔，弋凫与雁。

2. 弋言加之，与子宜之。宜言饮酒，与子偕老。琴瑟在御，莫不静好。

3. （尾声）知子之来之，杂佩以赠之。知子之顺之，杂佩以问之。知子之好之，杂佩以报之。

例5：《邶风·简兮》。

单二部曲式：

1. （A）简兮简兮，方将万舞。日之方中，在前上处。硕人俣俣，公庭万舞。

2. （A）有力如虎，执辔如组，左手执龠，右手秉翟，赫如渥赭，公言锡爵。

3. （C）山有榛，隰有苓。云谁之思，西方美人。彼美人兮，西方之人兮。

例6：《秦风·黄鸟》。

叠歌体单二部式：

1. （A）交交黄鸟，止于棘。谁从穆公？子车奄息。维此奄息，百夫之特。

（B叠歌）临其穴，惴惴其栗。彼苍者天，歼我良人！如可赎兮，人有其身。

2. （A）交交黄鸟，止于桑。谁从穆公？子车仲行。维此仲行，百夫之防。

（B叠歌同上）

3. （Λ）交交黄鸟，止于楚。谁从穆公？子车针虎。维此针虎，百夫之御。

（B叠歌同上）临其穴，惴惴其栗。彼苍者天，歼我良人！如可赎兮，人百其身！

显然，这种多变的乐体结构与诗歌联章主韵及其他韵式有重要关联。

此一关联的细节则尚需更细致更全面的证明。

（6）联章韵式在新诗中的使用与探索

1）现代诗对于联章主韵或曰篇主韵带来的民歌风味的喜好

篇主韵能够造成灌注全篇的一种缠绵往复的音韵效果，颇为现代诗人所钟爱。其中，使用最多的是单纯的篇主韵韵式，如余光中脍炙人口的《乡愁》即使用了篇主韵模式：

乡愁

余光中

小时候　　　　　　　　　　　　后来啊
乡愁是一枚小小的邮票　　　　　乡愁是一方矮矮的坟墓
我在这头　　　　　　　　　　　我在外头
母亲在那头　　　　　　　　　　母亲在里头

长大后　　　　　　　　　　　　而现在
乡愁是一张窄窄的船票　　　　　乡愁是一湾浅浅的海峡
我在这头　　　　　　　　　　　我在这头
新娘在那头　　　　　　　　　　大陆在那头

扑面而来的民歌风味令人沉醉。再如当代诗人柯继安的经典之作《如果》，也是使用篇主韵的典范：

如果

柯继安

如果你随我到了山上
我不会为你唱一支歌
因为那儿有风儿在轻轻的吹
如果你随我到了山上
我不会跟你说一句话
因为那儿有山花和绿叶
如果你随我到了山上
我什么也不会跟你说
因为那儿有鸟叫和虫鸣

不仅民歌风味极浓，更有一种王维山水的淡远的调子，其境界不减唐人高处。

也有更为杂糅的篇主韵模式，如广为人知的刘半农的名作《叫我如何不想她》，使用的即是篇主韵加章间列转韵的模式，与《诗经》的特征韵式不谋而合：

叫我如何不想她

刘半农

天上飘着些微云，　　　　　　　　水面落花慢慢流，

地上吹着些微风。　　　　　　　　水底鱼儿慢慢游。

啊！　　　　　　　　　　　　　　啊！

微风吹动了我头发，　　　　　　　燕子你说些什么话？

教我如何不想她？　　　　　　　　教我如何不想她？

月光恋爱着海洋，　　　　　　　　枯树在冷风里摇。

海洋恋爱着月光。　　　　　　　　野火在暮色中烧。

啊！　　　　　　　　　　　　　　啊！

这般蜜也似的银夜，　　　　　　　西天还有些儿残霞，

教我如何不想她？　　　　　　　　教我如何不想她？

2）探索与研究

篇主韵对于韵式的启示：①篇主韵就像一首诗歌的灵魂，具有统摄全局的意义，在韵式中具有较高的地位；②篇主韵及章间列主韵配合章间列转韵，可以营造极为动人而整饬的声音效果；③篇主韵是汉语诗歌在声音上显示民歌风味的一个重要原因。

下面是笔者对篇主韵韵式的尝试，希望抛砖引玉，吸引更多有才华的诗人参与韵式技巧的讨论与创新。

启示

岁月不曾跟我开玩笑——

它在黑暗中曾对我说过

那些花儿开过了就不会再谢

岁月不曾跟我开玩笑——

它在睡梦中曾启示过我

那些鸟儿唱过了就不会飞走

岁月不曾跟我开玩笑——

它小时候就曾经对我说过

人一旦爱过了就不会再死

1.2.4.3　论词及早期词的韵式扩张

六朝及唐诗叶韵方式简单，词则叶韵方式复杂，而早期词的叶韵模式尤其灵活且具有极强的示范性，这是学界还没有注意到的事实。本书即是针对这一事实所做的相

关研究。本书证明，除常规一韵到底外，词体大量采用以转韵为主体，包括抱韵、交韵、插韵等多样形式在内的换韵方式；温庭筠词以转韵为主体的灵活多变韵式体现了早期词的叶韵规律，为词体韵式创造的杰出典范。

（1）叶韵研究历史及王力对词的叶韵研究

探讨之前，我们先来回顾一下叶韵研究的历史和现状。

对叶韵研究的重视，始自刘勰。《文心雕龙》称："若乃改韵从调，所以节文辞气。贾谊、枚乘，两韵辄易；刘歆、桓谭，百句不迁；亦各有其志也。昔魏武论赋，嫌于积韵，而善于资代。陆云亦称'四言转句，以四句为佳'。观彼制韵，志同枚、贾。然两韵辄易，则声韵微躁；百句不迁，则唇吻告劳。妙才激扬，虽触思利贞，曷若折之中和，庶保无咎。"①叶韵研究，大约包括性质研究、类型研究、历史演变研究等基本内容。我国叶韵研究，首推韵书，余概不发达。古代韵书发达，叶韵研究，独取韵类，其他如性质研究、类型研究、演变研究至为简略。如果说，唐前押韵研究受实际影响——六朝及唐诗叶韵简单，以"一韵到底"为主，辅以简单"转韵"——其只重韵类尚可以理解；那么，唐以后，诗词叶韵情况已发生巨变，叶韵类型十分发达，而叶韵模式等研究仍近于空白，则不能不令人遗憾。改变这种状况的是近代语言学家王力。王力在《汉语诗律学》中，借助西方韵律学说，第一个对中国诗歌韵文的叶韵规律进行了系统说明，为汉语叶韵研究打下了坚实的基础。王力之后，叶韵研究走向纵深，虽无明显理论突破，但取径甚广，所获甚丰。段宝林、过伟、刘琦等1985年编定《民间诗律》，1991年编定《民间诗律》第二集《中外民间诗律》，1999年编定《民间诗律》第三集《古今民间诗律》，是为"民间三律"。是书历时15年，编定183.2万字，王力、臧克家、冯至、公刘作序，参与作家100余人，收集论文154篇，讨论涉及汉族各省市主要方言区民歌格律，55个少数民族的民歌格律，以及外国主要国家主要语种的诗歌民歌格律，资料丰赡，内容广泛，近20年诗律研究尽入斛中，新中国诗律研究范围亦莫超于此，允为新中国以来诗律研究长篇资料巨著。可以说，若以此书为基础，不难创立中国诗歌叶韵体系。惜乎尚无人做这一工作。

王力的叶韵研究，与词的研究最为相关。是为本书的研究基础，主要有以下几点。提出中国诗歌用韵"三分期"说。王力认为："诗歌及其他韵文的用韵标准，大约可分为三个时期，如下：唐以前为第一期。在此时期中，完全依照口语而押韵。唐以后，至五四运动以前为第二期。在此时期中，除了词曲及俗文学之外，韵文的押韵，必须依照韵书，不能专以口语为标准。五四运动以后为第三期。在此时期中，除了旧体诗之外，又回到第一期的风气，完全以口语为标准。"②同时他还着重指出："词曲因为不受科举的拘束，所以用韵另以口语为标准。"③依次列举古体诗、近体诗、

---

①范文澜：《文心雕龙注》，北京：人民文学出版社，1958年，第571页。
②王力：《汉语诗律学》，上海：上海教育出版社，1962年，第3页。
③王力：《汉语诗律学》，上海：上海教育出版社，1962年，第3页。

词、曲、新诗的韵类和叶韵现象。王力的叶韵研究，以"韵类"研究为基础（此部分本书从略，本书着重介绍与换韵相关的内容），旁及韵式等研究。在古体诗中，王力指出了"本韵""通韵""转韵"[①]"奇句韵""首句入韵""柏梁体""畸零句"[②]等现象；在词中，王力举例介绍了"平转仄""仄转平"的转韵现象，"连环式"的转韵现象，以及"随韵""抱韵""近似抱韵""交韵""介于抱韵和交韵之间的一种韵式"[③]等各种韵式，同时还指出了"韵的疏密"[④]现象；在曲中，王力指出了曲特殊的"借韵""赘韵""暗韵""重韵"[⑤]等现象；在白话诗和欧化诗中，王力结合西方诗介绍了"耳韵""眼韵"，"常韵""贫韵""富韵""阴阳韵"，"随韵"（"偶体""二随式""三随式""多随式"）"交韵"（单交、双交、三行交韵）"抱韵""杂体"（"遥韵"、交随相杂、交抱相杂、随抱相杂、交随抱相杂），"叠句"[⑥]等一系列的叶韵现象。在所有这些现象中，除"本韵""通韵""借韵""贫韵""富韵""阴阳韵"等是涉及韵类混用的叶韵现象外，其他都是建立在正常韵类运用上的叶韵现象，它们之间的区别主要是由叶韵方法上的不同而不是由韵类细微的不同造成的。

由王力的探讨可知，词的叶韵相对于诗的最大变化是韵式多变。

（2）以王力为基础对本书所用普通韵式的再约定

王力借助西方韵式模式对词叶韵方式的探讨给我们带来了巨大启示。但是，王力的探讨也有些问题。第一，借用西方的韵式，过分拘泥，未充分考虑词的特性给这一韵式带来的灵活变化；第二，对词的叶韵方式只运用，不辨析，类型略显混乱，前后常有混淆。

前者如王力对"随韵""交韵""抱韵"的借用。王力在举例说明词的韵式时，以"aabb"韵式为"随韵"，以"abab"韵式为"交韵"，以"abba"韵式为"抱韵"，并在后文特意补充文字说明：

> 西洋诗以每段四行为最常见；如果每段八行，往往可以认为两个四行的结合。而四行的韵式大致可以分为三种：
>
> 1. 第一行和第二行押韵，第三行和第四行押韵（aabb），叫作随韵（法文 rimes suivies）
>
> 2. 第一行和第三行押韵，第二行和第四行押韵（abab），叫作交韵（法文 rimes croisees）
>
> 3. 第一行和第四行押韵，第二行和第三行押韵（abba），叫作抱韵（法文

---

①王力：《汉语诗律学》，上海：上海教育出版社，1962年，第316—362页。
②王力：《汉语诗律学》，上海：上海教育出版社，1962年，第362—379页。
③王力：《汉语诗律学》，上海：上海教育出版社，1962年，第578—581页。
④王力：《汉语诗律学》，上海：上海教育出版社，1962年，第578—581页。
⑤王力：《汉语诗律学》，上海：上海教育出版社，1962年，第75—762页。
⑥王力：《汉语诗律学》，上海：上海教育出版社，1962年，第870—899页。

rimes embrassees）

其他各种韵式都可以认为这三种韵式的变相。①

这里面就存在一个严重的问题：何为诗词的"行"？特别是作为长短句的词，这个问题就显得更为突出。是一个小句为一行呢，还是一个韵段为一行？从对词的举例看，很多"×××，×××"的句子，王力都是将它作为一"行"来看待，说明王力是将一个韵段作为一行的。但是对于首句不押韵的绝句，王力又很肯定地断定它的押韵模式为"单交"，即"abcb"②，则又是将一个韵段中的一个小句看成是一"行"。王力前后的看法显然是矛盾的，问题出在哪里呢？这就是因为词作为长短句，有其独特性，不能照搬西方的叶韵类型来解释。同样的情况还发生在关于"连环式"的说明中。王力举陆游的《钗头凤》和吕渭老的《惜分钗》为连环式，我们看这两首词：

钗头凤　陆游

红酥手，黄縢酒，满城春色宫墙柳。东风恶，欢情薄，一怀愁绪，几年离索，错，错，错。

春如旧，人空瘦，泪痕红浥鲛绡透；桃花落，闲池阁，山盟虽在，锦书难托，莫，莫，莫。

惜分钗·撷芳词　吕渭老

春将半。莺声乱。柳丝拂马花迎面。小堂风。暮楼钟。草色连云，暝色连空。重。重。

秋千畔。何人见。宝钗斜照春妆浅。酒霞红。与谁同。试问别来，近日情悰。忡。忡。

这两首词都是典型的由A韵转为B韵，又转为A韵，又转为B韵，具有交替转韵的性质，如果抛弃"行"对交韵的拘束，显然可以归入"交韵"类型。为什么王力没有这样做呢，因为他要顾及西方韵式关于"行"的规定的特点，显然他忽视掉了他是在运用西方理论讲中国的词，必须要讲通变才行，其实如果他意识到这种区别，也不必再麻烦创造出一个新名词，只需将概念稍做变化，让它适合于解释词的情况就可以了。要知道，这种情况在词中可不是少数，是不能像西方一样作为例外的。

后者如王力所列举的词的七种叶韵方式："平转仄""仄转平"，"连环式"转韵、"随韵""抱韵""近似抱韵""交韵""介于抱韵和交韵之间的一种韵式"。王力在使用时均未作分类介绍和适用性说明。其中"平转仄""仄转平"是一种分类方式，"随韵"

①王力：《汉语诗律学》，上海：上海教育出版社，1962年，第890页。
②王力：《汉语诗律学》，上海：上海教育出版社，1962年，第898页。

"抱韵""近似抱韵""交韵"是另外一种分类方式，"连环式"转韵既可以入前类，也可以入后类，要看定义，王力将七者放在一起讨论，不做辨析说明，似乎是有欠妥当的。

本书目的虽是探讨词的叶韵规律，不对叶韵类型进行理论探讨，但为了讨论的清楚，避免混淆的发生，仍有必要在王力的基础上，对一些基本韵式及其分类依据，从中国诗歌实际情况出发，给予重新的界定和简单说明。

为方便见，我们称一首诗的全部韵构成一个"韵系"。

根据一个"韵系"所用韵类的精粗，可以将用韵分为"宽韵"和"严韵"。宽韵和严韵是对举的，没有绝对区别，只有相对意义，而且必须放在同一时代语言背景中考察才有意义。如，若我们将押韵理解为韵母声调均相协，则四声分押是严韵，宋词的平仄通押、曲的四声通押和当代诗歌的四声通押就是宽韵。某些特殊的叶韵情况如"借韵""贫韵"都属于宽韵。

根据韵的在句中位置的不同，可以将押韵分为"头韵""腰韵""尾韵""头尾连环韵""头腰连环韵""腰尾连环韵"等。这些韵式在民歌中都有生动体现，可参看前文介绍过的"韵律三书"。"尾韵"是古典诗歌的主要韵式。

根据"韵系"用韵类型的数目，我们将一个"韵系"的叶韵分为一韵到底、两韵互转、三韵互转等。

根据韵系的形状特点，我们将叶韵分为"转韵""抱韵""交韵""插韵"等，并特别征对词的状况规定：所谓"转韵"，就是指"aa…bb…cc…dd…"类型的叶韵，可以形象称它为"台阶韵"。王力称"随韵"，但"随韵"名目费解，故弃用，复用容易理解的"转韵"为之命名。最简单的"转韵"是"aabb"型。所谓"抱韵"，就是指"aa…bb…aa"类型的叶韵，可以形象称它为"回头韵"。最简单的"抱韵"是"abba"型。所谓"交韵"，就是指"aa…bb…aa…bb…"类型的叶韵，可以形象称它为"拉锯韵"。最简单的"交韵"为"abab"型。所谓"插韵"，就是指"aaaa…bb…aaaaa…"类型的叶韵，可以形象称它为"点睛韵"。"插入韵"常常发生在词的上片或下片当中。某些"插韵"与"抱韵"有相似处，不同在于，当"韵系"中某种韵的个数少到非常小的比例，以至于看上去像是插入似的，我们就称它为"插韵"。

关于"转""抱""交""插"四种韵式的命名，有三点值得注意：第一，它们虽是常用韵式，但均非排它性的韵式，一般情况下相互之间并不具有对举关系；第二，它们都是针对换韵情况而言的，有些如五绝七绝中，虽然也含有某种"aba"或"abcb"形式，但因是一韵到底，所以不属于这里所说的"抱韵"或"交韵"，还有如某些"赘韵""暗韵""小韵"，如不涉及换韵情况，也不能算是这里所说的"插入韵"；第三，无论"转""抱""交""插"，都是针对整个"韵系"而言的，指的是叶韵句之间的关系，对于词而言，指的就是韵段之间的关系。

还有一些特别的韵式，如"暗韵""赘韵""叠韵"等，也是对某一叶韵特点的形象概括，不具有排他性。如果非要作出说明，那可以作这样的理解，"暗韵"与"非暗韵"对立，"赘韵"与"非赘韵"对立，"叠韵"与"非叠韵"，后三者的"非×韵"，都是指常规形态韵式而言的。

上述的各种韵式，有的具有对举关系，有的没有严格对举关系，这是在运用中要特别注意的。

(3) 常用百体中平仄杂韵词的一般叶韵规律分析

借助上述韵式约定，我们对词的"常用百体"①中15体首平仄换韵词的叶韵特性分析如下。

1) 转韵（随韵）类：10体

百体第6　　　　　　　　**菩萨蛮**　李白

平林漠漠烟如织。寒山一带伤心碧。/暝色入高楼。有人楼上愁。
/玉阶空伫立。宿鸟归飞急。/何处是归程。长亭更短亭。

百体第12　　　　　　　　**减字木兰花**　欧阳修

歌檀敛袂。缭绕雕梁尘暗起。/柔润清圆。百啭明珠一线穿。
/樱唇玉齿。天上仙音心下事。/留住行云。满座迷魂酒半醺。

百体第21　　　　　　　　**虞美人**　南唐李煜

风回小院庭芜绿。柳眼春相续。/凭阑半日独无言。依旧竹声新月似当年。
/笙歌未散尊罍在。池面冰初解。/烛明香暗画阑深。满鬓清霜残雪思难禁。

百体第71　　　　　　　　**更漏子**　温庭筠

玉炉香，红烛泪。偏照画堂秋思。/眉翠薄，鬓云残。夜长衾枕寒。
/梧桐树。三更雨。不道离情正苦。/一叶叶，一声声。空阶滴到明。

百体第95　　　　　　　　**昭君怨**　万俟咏

春到南楼雪尽。惊动灯期花信。/小雨一番寒。倚阑干。
/莫把阑干频倚。一望几重烟水。/何处是京华。暮云遮。

百体第15　　　　　　　　**清平乐**　李白

禁闱清夜。月探金窗罅。玉帐鸳鸯喷兰麝。时落银灯香炧。
/女伴莫话孤眠。六宫罗绮三千。一笑皆生百媚，宸游教在谁边。

---

① "常用百体"系笔者为研究需要，从30696首唐宋金元词中按存词量多少选拔出的一百个最常用词体，笔者常以其为标准样本，对词体各种现象进行普遍性研究。详见本书绪论。

百体第53　　　　　　　　**喜迁莺**　韦庄

街鼓动，禁城开。天上探人回。凤衔金榜出云来。平地一声雷。
/莺已迁，龙已化。一夜满城车马。/家家楼上簇神仙。争看鹤冲天。

百体第69　　　　　　　　**巫山一段云**　唐昭宗

蝶舞梨园雪，莺啼柳带烟。小池残日艳阳天。芒萝山又山。
/青鸟不来愁绝。忍看鸳鸯双结。/春风一等少年心。闲情恨不禁。

百体第17　　　　　　　　**南乡子**　欧阳炯

画舸停桡。槿花篱外竹横桥。/水上游人沙上女。回顾。笑指芭蕉林里住。

百体第92　　　　　　　　**河传**　温庭筠

湖上。闲望。/雨萧萧。烟浦花桥路遥。谢娘翠蛾愁不销。终朝。梦魂迷
晚潮。
/荡子天涯归棹远。春已晚。莺语空肠断。/若耶溪。溪水西。柳堤。不闻郎
马嘶。

2）插韵类：2体

百体第61　　　　　　　　**相见欢**　薛昭蕴

罗袜绣袂香红。画堂中。细草平沙蕃马小屏风。
（卷罗幕。凭妆阁。）思无穷。暮雨轻烟魂断隔帘栊。

百体第83　　　　　　　　**最高楼**　辛弃疾

花知否，花一似何郎。又似沈东阳。瘦棱棱地天然白，冷清清地许多香。笑
东君，还又向，北枝忙。
（着一阵霎时间底雪。更一个缺些儿底月。）山下路、水边墙。风流怕有人知
处，影儿守定竹旁厢。且饶他，桃李趁，少年场。

3）抱韵类：2体

百体第57　　　　　　　　**定风波**　欧阳炯

暖日闲窗映碧纱。小池春水浸明霞。
（数树海棠红欲尽。争忍。）玉闺深掩过年华。
（独凭绣床方寸乱。肠断。）泪珠穿破脸边花。
（邻舍女郎相借问。音信。）教人羞道未还家。

百体第80　　　　　　　　**酒泉子**　温庭筠

花映柳条。（闲向绿萍池上。凭阑干，窥细浪。）雨潇潇。

（近来音信两疏索。洞房空寂寞。掩银屏，垂翠箔。）度春宵。

4）交韵类：1体

百体第7　　　　　　　　**西江月**　柳永

凤额绣帘高卷，兽钚朱户频摇。两竿红日上花梢。/春睡恹恹难觉。

好梦枉随飞絮，闲愁浓胜香醪。不成雨暮与云朝。/又是韶光过了。

对这个归类，我们简化一下，得到表1-5。

表1-5　常用百体15体杂韵词韵式统计

韵式	词体数量	韵式细分	词体名
插韵	2		乌夜啼、最高楼
抱韵	2		定风波、酒泉子
交韵	1		西江月
转韵	5	双句转韵	菩萨蛮、减字木兰花、虞美人、更漏子、昭君怨
	1	上下片互转	清平乐
	2	下片双句转韵	喜迁莺、巫山一段云
	2	混合类	河传、南乡子

从表2-5归纳可以看出：①平仄杂韵词皆以小令为主，无长调，15首中有两首《定风波》和《最高楼》是中调；②平仄转韵词中，转韵是最常见的换韵情况，占绝大部分；其次是抱韵、插韵，各有2首词；交韵则较少，只有1首词。③而在转韵词中，又分为三种情况："上下片各2转"为主流，有7首，其中双行转最典型，有6首；"上片一韵到底下片2转"也有2首；"上下片互转"则只有1首。

其中，最有趣的当数《定风波》的韵式特点。前文均将它归为"抱韵"，如果换另一个角度看，则有完全不同的结论。将《定风波》的诗句作一个重排，并将标点符号也做调整，如下：

定风波　欧阳炯

暖日闲窗映碧纱，小池春水浸明霞。

数树海棠红欲尽，（争忍，）玉闺深掩过年华。

独凭绣床方寸乱，（肠断，）泪珠穿破脸边花。

邻舍女郎相借问，（音信，）教人羞道未还家。

观察这首词的用韵情况，这难道不就是所谓的"插入韵"吗？而且，从词体生成意义上看，把它看成是"插韵"似乎更有道理些。当然，本书仍将它归入"抱韵"类，主要是为维护"插韵"的特性——如果全首词插入韵与原韵比例相当，从形态上看，把它当成"插韵"显然已不合适。这也验证了"插韵"和"抱韵"并非相互排斥的两种叶韵形式，某些特殊情况下，两者可能是相似的。

平仄换叶是小令常常采用的韵段组织方式，中调罕用，而长调则基本采用一韵到底的韵段组织方式。小令的平仄换叶方式灵活多变，包括"转韵""抱韵""交韵""插韵"等各种模式，各种模式中"转韵"占主体，其中又以"上下片各二转"为最常用模式。

（4）温词叶韵规律分析

诗的叶韵方式简单，而词的叶韵方式特别是小令的是如此灵活多变，这使我们很疑惑。为进一步了解从诗到词叶韵方式的具体转变，我们选择对温庭筠所用词体进行一个全面分析，看看早期词在叶韵方面到底有些什么特点。

温词今存69首。计有《菩萨蛮》15首、《更漏子》6首、《归国谣》2首、《酒泉子》4首、《定西番》3首、《杨柳枝》8首、《南歌子》7首、《河渎神》3首、《女冠子》2首、《玉蝴蝶》1首、《清平乐》2首、《遐方怨》2首、《诉衷情》1首、《思帝乡》1首、《梦江南》2首、《河传》3首、《蕃女怨》2首、《荷叶杯》3首、《新添杨柳枝》2首。[1]

根据叶韵方式将温词按词牌进行合并，每类韵式以一首词为代表，按曾昭岷、王兆鹏版《全唐五代词》顺序排列如下：

【遐方怨】2首

　　凭绣槛，解罗帏。未得君书，断肠潇湘春雁飞。不知征马几时归。海棠花谢也，雨霏霏。

【思帝乡】1首

　　花花。满枝红似霞。罗袖画帘肠断，卓香车。回面共人闲语，战篦金凤斜。唯有阮郎春尽，不归家。

【梦江南】2首

　　梳洗罢，独倚望江楼。过尽千帆皆不是，斜晖脉脉水悠悠。肠断白蘋洲。

【南歌子】体二4首

　　似带如丝柳，团酥握雪花。帘卷玉钩斜。九衢尘欲暮，逐香车。

【南歌子】体三1首

　　懒拂鸳鸯枕，休缝翡翠裙。罗帐罢炉熏。近来心更切，为思君。

【玉胡蝶】1首

　　秋风凄切伤离。行客未归时。塞外草先衰。江南雁到迟。

　　芙蓉凋嫩脸，杨柳堕新眉。摇落使人悲。断肠谁得知。

---

[1] 曾昭岷、王兆鹏：《全唐五代词》，北京：中华书局，1999年，第99—132页。

【归国遥】2首

双脸。小凤战篦金飐艳。舞衣无力风敛。藕丝秋色染。

锦帐绣帏斜掩。露珠清晓簟。粉心黄蕊花靥。黛眉山雨点。

【杨柳枝】8首【新添声杨柳枝】2首（均为平起首句入韵七绝）

宜春苑外最长条。闲袅春风伴舞腰。正是玉人肠绝处，一渠春水赤栏桥。

——以上为一韵到底类，8体23首（平韵7体21首，仄韵1体2首）

【菩萨蛮】15首（有仄有入）

小山重叠金明灭。鬓云欲度香腮雪。懒起画蛾眉。弄妆梳洗迟。

照花前后镜。花面交相映。新帖绣罗襦。双双金鹧鸪。

【更漏子】6首

玉炉香，红烛泪。偏照画堂秋思。眉翠薄，鬓云残。夜长衾枕寒。

梧桐树。三更雨。不道离情正苦，一叶叶，一声声。空阶滴到明。

——以上为两句一换韵类，2体21首

【河渎神】3首（上平下入）

河上望丛祠。庙前春雨来时。楚山无限鸟飞迟。兰棹空伤别离。

何处杜鹃啼不歇。艳红开尽如血。蝉鬓美人愁绝。百花芳草佳节。

【清平乐】体一（上仄下平）**1首**

上阳春晚。宫女愁蛾浅。新岁清平思同辇。争奈长安路远。

凤帐鸳被徒熏。寂寞花锁千门。竞把黄金买赋，为妾将上明君。

【清平乐】体一（上入下平）**1首**

洛阳愁绝。杨柳花飘雪。终日行人恣攀折。桥下水流呜咽。

上马争劝离觞。南浦莺声断肠。愁杀平原年少，回首挥泪千行。

——以上为上下片换韵类，3体5首

【河传】体一2首

（江畔。相唤。）晓妆鲜。仙景个女采莲。请君莫向那岸边。少年。好花新满船。

（红袖摇曳逐风暖。垂玉腕。肠向柳丝断。）浦南归。浦北归。莫知。晚来人已稀。

【河传】体二1首

（湖上。闲望。）雨萧萧。烟浦花桥路遥。谢娘翠蛾愁不销。终朝。梦魂迷晚潮。

（荡子天涯归棹远。春已晚。莺语空肠断。）若耶溪。溪水西。柳堤。不闻郎马嘶。

【蕃女怨】2首

（万枝香雪开已遍。细雨双燕。钿蝉筝，金雀扇。画梁相见。）雁门消息不归来。又飞回。

——以上为片前后换韵，3体5首

【酒泉子】体一3首

花映柳条。（闲向绿萍池上。凭栏干，窥细浪。）雨萧萧。

（近来音信两疏索。洞房空寂寞。掩银屏，垂翠箔。）度春宵。

【酒泉子】体二1首

罗带惹香。（犹系别时红豆。泪痕新，金缕旧。）断离肠。

一双娇燕语雕梁。（还是去年时节。绿阴浓。芳草歇。）柳花狂。

【诉衷情】1首

（莺语。花舞。春昼午。）雨霏微。（金带枕。宫锦。）凤皇帷。柳弱燕交飞。依依。辽阳音信稀。梦中归。

【荷叶杯】3首

（一点露珠凝冷。波影。）满池塘。（绿茎红艳两相乱。肠断。）水风凉。

——以上为抱韵类，4体8首

【南歌子】体一2首

（手里金鹦鹉。）胸前绣凤皇。偷眼暗形相。（不如从嫁与。）作鸳鸯。

【定西番】体一1首

（汉使昔年离别。）攀弱柳，折寒梅。上高台。

（千里玉关春雪。）雁来人不来。（羌笛一声愁绝。）月徘徊。

【定西番】体二1首

（海燕欲飞调羽。萱草绿。）杏花红。隔帘栊。

（双鬓翠霞金缕。）一枝春艳浓。（楼上月明三五。）琐窗中。

【定西番】体三1首

（细雨晓莺春晚。）人似玉，柳如眉。正相思。

（罗幕翠帘初卷。）镜中花一枝。肠断塞门消息，雁来稀。

——以上为交韵类，4体5首

【女冠子】体一1首

（含娇含笑。宿翠残红窈窕。）鬓如蝉。寒玉簪秋水，轻纱卷碧烟。

雪胸鸾镜里，琪树凤楼前。寄语青娥伴，早求仙。

【女冠子】体二1首

（霞帔云发。钿镜仙容似雪。）画愁眉。遮语回轻扇，含羞下绣帏。

玉楼相望久，花洞恨来迟。早晚乘鸾去，莫相遗。

——以上相当于插入韵，2体2首

为方便观察，将上述结果制成表1-6。

表1-6　温庭筠词叶韵类型统计

韵式	词调及数量	韵式细分	用韵种数
通韵	【遐方怨】2首		一韵到底
	【思帝乡】1首		一韵到底
	【梦江南】2首		一韵到底
	【南歌子】体二4首		一韵到底
	【南歌子】体三1首		一韵到底
	【玉胡蝶】1首		一韵到底
	【归国遥】2首		一韵到底
	【杨柳枝】8首	平起首句入韵七绝	一韵到底
	【新添声杨柳枝】2首	平起首句入韵七绝	一韵到底
转韵	【菩萨蛮】15首	两句一换韵类	四韵互转
	【更漏子】6首	两句一换韵类	四韵互转
	【河渎神】3首	上下片换韵类	两韵互转
	【清平乐】2首	上下片换韵类	两韵互转
	【河传】3首	片前后换韵类	三韵互转
	【蕃女怨】2首	片前后换韵类	两韵互转
抱韵	【酒泉子】4首		三韵互转
	【诉衷情】1首		三韵互转
	【荷叶杯】3首		三韵互转
交韵	【南歌子】体一2首		两韵互转
	【定西番】3首		两韵互转
插韵	【女冠子】2首		两韵互转

　　从表1-6可以清楚看出，温庭筠极善于在小令中运用灵活多变的叶韵方式组织韵段。温词完全打破了律诗一韵到底、古风转韵等简单叶韵体制，创造了灵活多变的叶韵模式。从运用韵类的数目看，温词既有常见一韵到底的叶韵模式，又有双韵互转、三韵互转、四韵互转等叶韵模式。从平仄换韵词的情况看，温词囊括了"转韵""抱韵""交韵""插韵"等众多叶韵模式，其中转韵最为常见，抱韵次之，其情况与上述常用百体的考察结果基本一致。

（5）温词叶韵规律灵活多变原因初探

　　那么，是什么造成了这种叶韵方式的灵活多变？

　　首先是音乐原因。音乐方面的第一手资料已荡然无存，已无从知晓为什么作家在这个词调里选用平韵，在那个词调里选用仄韵，在另一个词调里选用入声韵，或者同一个词调既可以做成平韵，又可以做成仄韵；我们更无从知道一个词调为什么在这些地方用平韵，在另一些地方用仄韵——其中许多模式后来被固定化，另一些模式则被抛弃，音乐散佚后，这种固化因为无法被理解而达到了极致，又因为达到了极致而不再需要被理解，被抛弃的模式亦然——笔者宁愿把温词的这些选择称为伟大的自由创造，而不愿意称它为失败的尝试，而把后人的机械模仿称为失败。为什么笔者有这样强烈的倾向性呢，这是因为温词叶韵本身就透漏了这种自由创造的气质——那些作为诗而不是作为歌的因素潜在地支配着词的叶韵，使诗歌恢复了形式本身的创造性，几乎每一首歌词都是一个诗体的天才创造，抱韵、交韵、插韵、各种形式的转韵，这些形式即使不是绝无仅有的，在总体规模和创造深度上也绝对是空前的。

　　这种由诗体因素内在驱动的自由创造在同词牌的词体用韵上体现得更为清楚。例如：

　　《南歌子》，温词6首，却选用了三种叶韵模式：

　　【南歌子】3首——"一韵到底"的常规情况

　　　　似带如丝柳，团酥握雪花。帘卷玉钩斜。九衢尘欲暮，逐香车。

　　【又】1首——首句有意插入一个"宽韵"

　　　　懒拂鸳鸯[枕]，休缝翡翠裙。罗帐罢炉熏。近来心更切，为思君。

　　【又】1首——插入两个小韵，形成"交韵"模式

　　　　手里金鹦[鹉]。胸前绣凤皇。偷眼暗形相。不如从嫁[与]。作鸳鸯。

其中"一韵到底"为最常见，除"一韵到底"的通韵外，温庭筠还有意在叶韵上加以变化；第二体，就是在首句加入一个"宽韵"；第三体，则更奇妙地加入两个韵，形成了一种"交韵"的模式，将格律的缠绵发挥到了极致——《钦定词谱》将第三种归纳为"正体"，不能不说是有眼光的——这些创造与其说是音乐上的要求，毋宁说是诗律上的自由创造，可以认为是与具体音乐乐句无关的。

　　再如《酒泉子》。温词有4首，都用"抱韵"叶韵模式，却尝试了在细节上作出变化：

　　【酒泉子】体一 3首——

　　　　花映柳条。（闲向绿萍池[上]。凭栏干，窥细[浪]。）雨萧萧。
　　　　（近来音信两疏[索]。洞房空寂[寞]。掩银屏，垂翠[箔]。）度春宵。

　　【又】体二1首

　　　　罗带惹香。（犹系别时红豆。泪痕新，金缕旧。）断离肠。
　　　　一双娇燕语雕梁。（还是去年时[节]。绿阴浓。芳草[歇]。）柳花狂。

前后两体只在下片首句的用韵上作出不同选择，诗歌的诵读节奏就显得完全不同。从

形式上看，第二体用韵更整齐，但是从效果上看，第一体凸显了最后一句"度春宵"在整个韵系中的独立地位，读起来既有一种斩钉截铁的感觉，又似乎有一种特别的凝滞感，其音律效果也是很突出的。

还有《定西番》，温词有3首，选用了三种叶韵方式：

【定西番】

（汉使昔年离别。）攀弱柳，折寒梅。上高台。

（千里玉关春雪。）雁来人不来。（羌笛一声愁绝。）月徘徊。

【又】

（海燕欲飞调羽。）萱草绿，杏花红。隔帘栊。

（双鬓翠霞金缕。）一枝春艳浓。（楼上月明三五。）琐窗中。

【又】

（细雨晓莺春晚。）人似玉，柳如眉。正相思。

（罗幕翠帘初卷。）镜中花一枝。肠断塞门消息，雁来稀。

第一首和第二首选择的是很奇妙的"抱韵"，但第一首仄韵用入声，第二首仄韵用上声。第三首相对于前两首只改变了一个句子的叶韵模式，即将倒数第二小句由仄韵去掉①，整首词的叶韵模式就突然由"抱韵"变成了典型的"转韵"。

还有如《河传》，温词有3首，都选用"转韵"，但两首采用"三韵互转"，一首采用"四韵互转"，又呈现出细微的不同。

【河传】

（江畔。相唤。）晓妆鲜。仙景个女采莲。请君莫向那岸边。少年。好花新满舡。

（红袖摇曳逐风暖。垂玉腕。肠向柳丝断。）浦南归。浦北归。莫知。晚来人已稀。

【又】

（湖上。闲望。）雨萧萧。烟浦花桥路遥。谢娘翠娥愁不销。终朝。梦魂迷晚潮。

（荡子天涯归棹远。春已晚。莺语空肠断。）若耶溪。溪水西。柳堤。不闻郎马嘶。

如果说，不同词牌间的韵式差别可以由音乐得到部分解释，那么，上述同词牌在句式选择也相同的情况下呈现出的韵式差别，就绝对不是音乐上的原因了。我们只能

---

① "息"在入派三声之后，由入声转为平声，但变化究竟起于何时，并不清晰。而词用俗韵，且多方言入韵，故本处"息"字似也可理解为平声字，则相当于加入了一个平声的"宽韵"。如果能够这么理解，则这首韵式尝试从创造性上讲就更杰出了。

把这个理解为词体创造时的自由抉择——其本质是由词律内在驱动而不是由音乐内在驱动的。这些灵活多变的韵式大概是有清一代机械审音论者所没有注意到或者故意视而不见的。

由此可以得出结论：温庭筠所用词体以其丰富的叶韵方式，打破了律诗一韵到底的韵式统治，奠定了小令词灵活多变的叶韵体系，给中国新型诗歌——词的发展带来了前所未有的活力。"转韵""抱韵""交韵""插韵"等韵式，即使不是温庭筠首创，也在温庭筠手中达到了空前成熟。

（6）结论

常用百体平仄换韵词的韵式研究表明，词体具有丰富多彩的换韵方式，包括转韵、抱韵、交韵和插韵等多种换韵类型，其中又以转韵最为常见。温庭筠词韵式研究表明，温词善于运用以转韵为主体的灵活多变的叶韵方式组织小令韵段，为小令韵段体系的形成提供了更为多样化的选择，替小令的发展打下了广阔的基础，从而使其本身成了早期词体韵式创造的杰出典范。

1.2.4.4　论首句入韵体绝句韵式

青青子衿

悠悠我心

但为君故

吟咏至今

——曹操

我们总是在历史中寻求自己的印记，这首首句入韵绝句体韵式的诗歌，给出了我们这么做的充分理由。诗歌的韵式，是一种富有中国特色的首句入韵绝句体韵式，这种韵式，就像诗歌本身一样，充分显示了它的中国特色：简洁、优美。看上去简单，但是要想追寻和步履，却绝非一件容易的事。本书探讨这一具有中国特色的汉语首句入韵绝句体韵式的历史、特点以及它可能的未来。

（1）首句入韵绝句体韵式的历史

1）悠远的历史

我们不清楚在时光河流中，已经消失了多少精美的诗歌。那些口耳相传的韵律，能够被后代记录下来，是多么幸运的一件事情。但是这种记录，在经过了漫长的历史之后，却仍然要面临着变得模糊不清、令人质疑的遗憾。史载能见的首句入韵绝句体韵式，最早的要算是《乐府诗集》所载的《卿云歌》首章，相传为舜所作：

卿云烂兮
·
纠缦缦兮
·
日月光华
旦复旦兮
·

——《卿云歌》

诗歌全篇是歌颂万物的生息和天人的秩序，首章短短四句三韵，描写了星云灿烂、日月光华的壮美气象，渲染了一种热烈豪迈的气氛，为全篇的政治抒情奠定了基调。

2)《诗经》的盛唱

《诗经》中四列体的单章韵式包括了句句韵、偶句韵、首尾协韵、转韵aabb、交韵abab、抱韵abba等多种模式。其中，以偶句韵和转韵最为常见。偶句韵中又以首句不入韵为常见。首句入韵的偶句韵，表现为aa无a韵式，即是我们现在所说的首句入韵绝句体韵式，在《诗经》中其实并不占多数，但它所呈现出来的诗歌，却影响极大。兹举几例：

关关雎鸠
在河之洲
窈窕淑女
君子好逑

——《关雎》

青青子衿
悠悠我心
纵我不往
子宁不嗣音

——《子衿》

蒹葭苍苍
白露为霜
所谓伊人
在水一方

——《国风·蒹葭》

自伯之东
首如飞蓬
岂无膏沐
谁适为容！

——《伯兮》

从孙子仲
平陈与宋
不我以归
忧心有忡。

——《邶风·击鼓》

陟彼高冈
我马玄黄
我姑酌彼兕觥
维以不永伤

——《周南·卷耳》

静女其姝
俟我于城隅
爱而不见
搔首踟蹰

——《静女》

爰采唐矣？沐之乡矣。云谁之思？美孟姜矣。

爰采麦矣？沐之北矣。云谁之思？美孟弋矣。

爰采葑矣？沐之东矣。云谁之思？美孟庸矣。

——《桑中》

风雨凄凄，鸡鸣喈喈。既见君子，云胡不夷？

风雨潇潇，鸡鸣胶胶。既见君子，云胡不瘳？

风雨如晦，鸡鸣不已。既见君子，云胡不喜？

——《风雨》

月出皎兮，佼人僚兮。舒窈纠兮，劳心悄兮。

月出皓兮，佼人懰兮。舒慢受兮，劳心慅兮。

月出照兮，佼人燎兮。舒夭绍兮，劳心惨兮。

——《陈风·月出》

其中，《关雎》《子衿》《蒹葭》《伯兮》《击鼓》几首诗歌，几乎要算是诗经中艺术性最高，传唱最广的几首了。不能不说，正是这些经典的诗歌，使得首句入韵绝句体韵式深入人心，赢得了每一个中国人的喜爱。

3）战国秦汉魏晋的冷落

战国四言衰落，楚辞盛行，秦汉魏晋五言渐起，但尚属新流，这两期诗歌，皆尚隔句入韵，首句入韵韵式或未入实践，或尚未开掘，所作者皆寥寥。

偶有所作者，前者如《山鬼》片段：

乘赤豹兮从文狸，

辛夷车兮结桂旗。

被石兰兮带杜衡，

折芳馨兮遗所思。

……

采三秀兮于山间，

石磊磊兮葛蔓蔓。

怨公子兮怅忘归，

君思我兮不得闲。

但是，在楚辞中，受体制的影响，作家显然没有找到首句入韵绝句体韵式的一般调子。要在《楚辞》中寻找到上述的例子，也是相非常不容易的。

后者如三曹七子、竹林七子等人的个别作品：

对酒当歌
人生几何
譬如朝露
去日苦多

慨当以慷
忧思难忘
何以解忧
唯有杜康

青青子衿
悠悠我心
但为君故
沉吟至今

呦呦鹿鸣
食野之苹
我有嘉宾
鼓瑟吹笙
……

月明星稀
乌鹊南飞
绕树三匝
何枝可依
……
　　——曹操《短歌行》

饮马长城窟
水寒伤马骨
往谓长城吏
慎莫稽留太原卒

官作自有程
举筑谐汝声
男儿宁当格斗死
何能怫郁筑长城
……

报书往边地
君今出语一何鄙
身在祸难中
何为稽留他家子

生男慎莫举
生女哺用脯
君独不见长城下
死人骸骨相撑拄

结发行事君
慊慊心意关
明知边地苦
贱妾何能久自全
　　——陈琳《饮马长城窟行》

步出上东门
北望首阳岑
下有采薇士
上有嘉树林
　　——阮籍《咏怀其一》

徘徊蓬池上
还顾望大梁
绿水扬洪波
旷野莽茫茫
　　——阮籍《咏怀其一》

就连陶渊明作品中亦只出现极个别这样的韵式：

> 蔼蔼堂前林
>
> 中夏贮清阴
>
> 凯风因时来
>
> 回飙开我襟

——陶渊明《和郭主簿》

可见在五言诗兴起的第一个时代，人们并没有太注意到诗歌的韵式特色问题。

4）南朝民歌的再发现

五言诗发展到南朝，宫廷诗人民间诗人都开始意识到韵式的问题。

尤其是民间诗人，更是生发了天才的热情。今天所见到的所谓南朝民歌，多为无名氏所作，其中能够发现许多首句入韵绝句体韵式的诗歌的例子：

> 自从别欢来，奁器了不开。头乱不敢理，粉拂生黄衣。
>
> 驻箸不能食，蹇蹇步闱里。投琼着局上，终日走博子。
>
> 郎为傍人取，负侬非一事。摘门不安横，无复相关意。
>
> 侬年不及时，其于作乖离。素不如浮萍，转动春风移。
>
> 人各既畴匹，我志独乖违。风吹冬帘起，许时寒薄飞。

——《子夜歌》

> 春风动春心，流目瞩山林。山林多奇采，阳鸟吐清音。
>
> 光风流月初，新林锦花舒。情人戏春月，窈窕曳罗裾。
>
> 渊冰厚三尺，素雪覆千里。我心如松柏，君情复何似？

——《子夜四时歌》

> 鸳鸯翻碧树，皆以戏兰渚。寝食不相离，长莫过时许。
>
> 红罗复斗帐，四角垂珠珰。玉枕龙须席，郎眠何处床。

——《长乐佳》（魏晋·无名氏）

> 隐机倚不织，寻得烂漫思。成匹郎莫断，忆侬经绞时。

——《青阳度》

> 郁金黄花标，下有同心草。草生日已长，人生日就老。
>
> 君子防未然，莫近嫌疑边。瓜田不蹑履，李下不正冠。

——《来罗》

> 逆浪故相邀，菱舟不怕摇。妾家扬子住，便弄广陵潮。

——《长干曲》

闻欢下扬州，相送楚山头。探手抱腰看，江水断不流。

——《莫愁乐》

欢欲见莲时，移湖安居里。芙蓉绕床生，眠卧抱莲子。

——《杨叛儿》

朱丝系腕绳，真如白雪凝。非但我言好，众情共所称。
新罗绣行缠，足跌如春妍。他人不言好，独我知可怜。

——《双行缠》

这些例子中有首句本韵的，也有首句借韵的。最能代表南朝民间诗人的杰出天赋的，是《西洲曲》对首句入韵绝句体韵式的杰出运用：

忆梅下西洲，折梅寄江北。
单衫杏子红，双鬓鸦雏色。

西洲在何处？两桨桥头渡。
日暮伯劳飞，风吹乌臼树。

树下即门前，门中露翠钿。
开门郎不至，出门采红莲。

采莲南塘秋，莲花过人头。
低头弄莲子，莲子清如水。

置莲怀袖中，莲心彻底红。
忆郎郎不至，仰首望飞鸿。

鸿飞满西洲，望郎上青楼。
楼高望不见，尽日栏杆头。

栏杆十二曲，垂手明如玉。
卷帘天自高，海水摇空绿。

海水梦悠悠，君愁我亦愁。
南风知我意，吹梦到西洲。

——《西洲曲》

除了首章、四章外，其他每章都是首句入韵绝句体韵式。不断重复的韵调给人带来一种往复回环、缠绵旖旎的情思，不愧为南北朝民歌双璧。顺便说一句，与《西洲曲》极为相似声韵形式的杰作，还有唐张若虚的《春江花月夜》、刘希夷的《代悲白头吟》、明唐寅的《桃花庵》、清曹雪芹的《黛玉葬花词》,其中的韵式也多用首句入韵绝句体韵式。

同期的北方无名氏民歌中,也有同类韵式的尝试:

青青黄黄,雀石颓唐。追杀野牛,押杀野羊。

——《地驱乐歌》

遥看孟津河,杨柳郁婆娑。我是虏家儿,不解汉儿歌。

——《折杨柳歌辞》

门前一株枣,岁岁不知老。阿婆不嫁女,那得孙儿抱。

敕敕何力力,女子临窗织。不闻机杼声,只闻女叹息。

问女何所思,问女何所忆。阿婆许嫁女,今年无消息。

——《折杨柳枝歌》

唧唧复唧唧,木兰当户织。不闻机杼声,惟闻女叹息。

……

万里赴戎机,关山度若飞。朔气传金柝,寒光照铁衣。

——《木兰辞》

与民间诗人同步,宫廷诗人与士大夫在诗歌中也越来越注意到这一韵式。大抵越近隋唐,这类韵式的运用就越多,越成熟。谢灵运、鲍照、谢朓、王融、沈约、庾信、萧纲、萧绎等诗人,均有此类佳作。略举数例:

步出西城门,遥望城西岑。连鄣叠巘崿,青翠杳深沉。

——谢灵运《晚出西射堂》

殷忧不能寐,苦此夜难颓。明月照积雪,朔风劲且哀。

——谢灵运《岁暮》

春日迟迟,蚕何凄凄。红桃含夭,绿柳舒荑。

——谢惠连《秋胡行》

黄河流无极,洛阳数千里。坎坷戎旅间,何由见欢子。

——刘骏《丁督护歌》

直如朱丝绳,清如玉壶冰。何惭宿昔意,猜恨坐相仍。

——鲍照《代白头吟》

建旗出敦煌,西讨属国羌。除去徒与骑,战车罗万箱。

——鲍照《建除》

辞家远行去,侬欢独离居。此日无啼音,裂帛作换书。

——刘义庆《乌夜啼》

易阳春草出，踌躇日已暮。莲叶尚田田，淇水不可度。

——谢朓《江上曲》

佳期归未归，望望下鸣机。徘徊东陌上，月出行人稀。

——谢朓《同王主簿有所思》

桂楫晚应旋，历岸扣轻舷。紫荷擎钓鲤，银筐插短莲。

——萧纲《江南思》

杨柳乱成丝，攀折上春时。叶密鸟飞碍，风轻花落迟。

——萧纲《折杨柳》

汀洲采白苹，日落江南春。洞庭有归客，潇湘逢故人。
故人何不返，春华复应晚。不道新知乐，只言行路远。

——柳恽《江南思》

櫂歌发江潭，采莲渡湘南，宜须闲隐处，舟浦予自谙。

——沈约《江南思》

飞鸟起离离，惊散忽差池。啾嘈绕树上。翩翩集寒枝。

——萧衍《古意》

咸阳春草芳，秦帝卷衣裳。玉检茱萸匣，金泥苏合香。

——吴均《秦王卷衣》

春从何处来，拂水复复惊梅。云障青琐闼，风吹承露台。

——吴均《春咏》

可怜江上血，回风起复灭。本欲映梅花，翻悲似玉屑。

——何逊《咏春雪寄族人治书思澄》

鼓枻浮大川，延睇洛城观。洛城何郁郁。杳与云霄半。

——刘峻《自江州还入石头》

从军戍陇头，陇水带沙流。时观胡骑饮。常为汉国羞。

——刘孝臧《陇头水》

晨树日新晴，临镜出雕楹。风吹桃李气，过传春鸟声。

——刘令娴《听百舌》

远游武威郡，遥望姑臧城。车马相交错，歌吹日纵横。
路出玉门关，城接龙城坂。但事弦歌乐，谁道山川远。

——温子升（北魏）《凉州乐歌》

今日小园中，桃花数数红。开君一壶酒，细酌对春风。

——庾信《答王司空饷酒》

在上述诗人中，谢灵运、吴均、萧纲、庾信等人皆制作甚多。其中，庾信尤盛。如下面的这些作品，已经接近唐音了。

昨夜鸟声春，惊鸣动四邻。今朝梅树下，定有咏花人。
竟日坐春台，芙蓉承酒杯。水流平涧下，山花满谷开。

——庾信《咏画屏风》

树似新亭岸，沙如龙尾湾。犹言吟溟浦，应有落帆归。

——庾信《望渭水》

家住金陵县前，嫁得长安少年。回头望乡泪落，不知何处天边。

——庾信《怨歌行》

上述列举的多五言作品，七言中的情况似乎要稍晚稍少一些，但却发展异常迅速。到了唐代，七言诗中此类韵式的运用反倒后来居上，超过了首句不入韵的运用。下面这些运用可谓肇其先声：

秋寒依依风过河，白露萧萧洞庭波。
思君末光光已灭，眇眇悲望如思何！

——汤惠休《秋思引》

河中之水向东流。洛阳女儿名莫愁。
莫愁十三能织绮。十四采桑南陌头。

——萧衍《河中之水歌》

洞庭水上一株桐，经霜触浪困严风。
昔时抽心耀白日，今旦卧死黄沙中。

——吴均《行路难》

故年花落今复新，新年一故成故人。
那得长绳系白日。年年月月但如春。

——沈炯《谣》

代北云气昼昏昏，千里飞蓬无复根。
寒雁嗈嗈渡辽水，桑叶纷纷落蓟门。

——庾信《燕歌行》

5）盛世唐音

首句入韵的绝句体韵式，到唐宋获得了极大的发展，与首句不入韵的诗歌竟至于分庭抗礼。关于这一韵式在唐宋的情况，王力在《汉语诗律学》中有两处做了详细说明，一处是在近体诗中，另一处是在古风中。近体诗中的较为简切，今将其说明引录如下[①]：

第五节　首句用韵问题（摘录）

5.1　上节郑重地说明，近体诗必须一韵到底，不得通韵；但是，凡读过中晚唐的诗尤其是宋诗的人，都会注意到好些似乎通韵的近体诗，看起来好像是邻韵可以同用似的。其实借用邻韵只限于首句。钱大昕注意到了这一点，他在十驾斋养新录里说："五七言近体第一句，借用旁韵，谓之借韵。"现在我们来谈一谈首句用韵的问题。

5.2　原来诗的首句本可不用韵，其首句入韵是多余的。所以古人称五七律为四韵诗，排律则有十韵二十韵等，即使首句入韵，也不把它算在韵数之内。诗人们往往从这多余的韵脚上讨取多少的自由，所以有偶然借用邻韵的办法。盛唐以前，此例甚少，中晚唐渐多。谁知这样一来，竟成了一种风气！宋人的首句用邻韵似乎是有意的，几乎可以说是一种时髦，越来越多了。现在我们依照某韵与某韵为邻韵，分成若干种类，然后依类举例于下。在这些例子中，首句虽入韵而不同韵，只可谓之"衬韵"，录引时就不必独自为一行了。

5.3　（一）东韵与冬韵。……

5.4　（二）江韵与阳韵。……

5.5　（三）支韵与微韵。……

5.6　（四）鱼韵与虞韵。……

5.7　（五）齐韵与支微。……

5.8　（六）佳韵与灰韵。……

5.9　（七）真韵与文韵。……

5.10　（八）元韵与真文。……

5.11　（九）删韵与元寒。……

5.12　（十）先韵与删寒元。……

5.13　（十一）萧韵与豪韵。……

5.14　（十二）麻韵与佳韵。……

5.15　（十三）庚韵与青蒸。……

5.16　（十四）蒸韵与侵韵。……

5.17　（十五）覃韵与盐咸。……

5.18　上面所举首句用邻韵的近体诗（包括律诗、绝句与排律）其作者除王维，李颀，刘长卿，杜甫是盛唐人，韩琮，王建，李商隐，张籍，王涯，沈亚

①王力：《汉语诗律学》，上海：上海教育出版社，2005年，第53—72页。

之，韩偓，许浑，马戴，张蠙，刘沧，方干，姚合，韦庄，白居易，崔珏，罗邺是中唐或晚唐的人外，其余都是宋代的人，可以证明此风始于盛唐，到中晚唐逐渐成为风气，到了宋代更是变本加厉了。

5.19　所谓"邻韵"，除江与阳，佳与麻，蒸与侵为罕见的特例之外，大约总依诗韵的次序，以排列相近而音又相似的韵认为邻韵。所谓"相近"，不因上平声和下平声的界限而有所间隔。这样，我们可以把相近的韵分为八类如下：

（一）东冬为一类。

（二）支微齐为一类，支与微较近，它们与齐较远。

（三）鱼虞为一类。

（四）佳灰为一类。

（五）真文元寒删先六韵为一类，真与文近，元与文近，寒与删近，删与先近，先又与元近；真与元，寒与先，元与删较远；至于真与寒，寒与元，文与删先，先与真文则原则上不能认为邻韵。

（六）萧肴豪为一类。

（七）庚青蒸三韵为一类，庚与青较近，它们与蒸较远。

（八）覃盐咸为一类。

5.20　综上所述，我们得到以下的结论：

（一）近体诗不得通韵，仅首句可用邻韵；现代诗人作律绝任意通韵者，不合于唐宋诗人的格律。

（二）首句用邻韵，仅以本节所举同类之韵为限；现代诗人以真庚通押，删咸通押之类，纵然用于首句，亦不合于唐宋诗人的旧规。

王力的探讨着重于首句入韵的借用邻韵问题。综合起来看，首句入韵的绝句体韵式在唐宋发生了以下三个变化：第一，由六朝的偶尔为之变成了与首句不入韵分庭抗礼，成为诗人最喜爱的韵式之一；第二，在七言中逐渐压倒首句不入韵，成为七言的常规，诗人们尤其喜欢；第三，自唐至宋，诗人们逐渐形成了首句入韵但使用借韵的习惯。

至于唐诗的运用首句入韵绝句体韵式的例子，不胜枚举，兹以"孤篇横绝全唐"的"诗中的诗"《春江花月夜》为代表：

春江潮水连海平，海上明月共潮生。滟滟随波千万里，何处春江无月明。
江流宛转绕芳甸，月照花林皆似霰。空里流霜不觉飞，汀上白沙看不见。
江天一色无纤尘，皎皎空中孤月轮。江畔何人初见月，江月何年初照人？
人生代代无穷已，江月年年望相似。不知江月待何人，但见长江送流水。
白云一片去悠悠，青枫浦上不胜愁。谁家今夜扁舟子，何处相思明月楼？
可怜楼上月徘徊，应照离人妆镜台。玉户帘中卷不去，捣衣砧上拂还来。
此时相望不相闻，愿逐月华流照君。鸿雁长飞光不度，鱼龙潜跃水成文。

昨夜闲潭梦落花，可怜春半不还家。江水流春去欲尽，江潭落月复西斜。

斜月沉沉藏海雾，碣石潇湘无限路。不知乘月几人归，落月摇情满江树。

——张若虚《春江花月夜》

全诗九章，四句一转韵，除第四章外，其他各章皆以首句入韵绝句体韵式为模式，可以想见诗人对这一韵式的喜爱程度。

由于唐诗的影响，包括五七言绝句和律诗，首句入韵的绝句体韵式成了汉语诗歌中运用最广泛，也是阅读接受最广泛的韵式之一。晚唐出现了新的诗歌体式"词"之后，首句入韵也自然成了长短句作家们创作词牌的特定手段，如《浣溪沙》词牌上片的主用体式就采用了首句入韵韵式。关于宋词元曲中的情况，不再缀论。

（2）首句入韵绝句体韵式的特性

首句入韵绝句体韵式在汉语诗歌中取得了巨大成功，成为中国诗人和读者最青睐的诗歌韵式之一，这对于我们创造具有民族特色的新体诗歌韵式具有巨大的启发意义。

考察首句入韵绝句体韵式在汉语诗歌中的成功原因，大概离不开以下几点。一是它简洁但不简单，意味丰富；二是它可塑性强，能够适应变化；三是它声音效果集中而有顿挫，耐人寻味。而这几点正是好的韵式所必须达到的几个要求。所谓简洁但不简单，就是它比隔句押韵要丰富，但比其转韵抱韵等又显得简单，四句三韵，既不显得过于呆板，也不会因为过于复杂而让人生畏。所谓可塑性强，能够适应变化，是指它的基本单元是四句三韵，但很容易扩充内容，如变为六句，八句、十句诗，并根据实际情况增删协韵的多少，或者决定是否转韵，但仍能保持基本单元与规则的不变，如在绝句和律诗和排律中遇到的不同情况一样。所谓声音效果集中而富有顿挫，是指它的一、二、四句押韵位置的非对称感带来的特殊节奏，较之偶句协韵，显得要更为和谐，相对于句句韵，又显得更生动活泼。当然，首句入韵绝句体的成功，还与它所参与的那些经典的诗歌有关。没有诗经和六朝隋唐的经典性应用，再好的韵式恐也只是空中楼阁。总的来看，首句入韵绝句体在汉语韵式中的成功，确实有其深远的理由，在白话诗和新诗中，是可以而且应该得到传扬的。

1.2.4.5 论汉语韵式的分类及韵式词典

本书简要介绍汉语韵式的分类，希望读者能够在分类的基础上建立汉语韵式辞典。

（1）汉语韵式分类简表如表1-7所示。

表1-7　汉语韵式简要分类

头韵					/
尾韵	宽韵（通合韵）				
	严韵	复韵（双连韵元）			
		单韵（单独韵元）	联章韵式	篇主韵（章间主韵）	
			单章韵式	一韵到底	句句韵、偶句韵（隔句入韵）、首句入韵绝句体韵式（四列体）
					111韵式、110韵式、101韵式、011韵式
					1111韵式、0101韵式、1101韵式、0111韵式、1110韵式
				换韵	转韵1122、抱韵1221、交韵1212、插韵1211（暗韵、小韵）
					双句换韵、四句换韵、上下片换韵

（2）汉语韵式举例词典

头韵：句首押韵，汉诗少用，用则多表现为句首叠唱形式。

诗例——

古：

> 采采芣苢，薄言采之。
>
> 采采芣苢，薄言有之。
>
> 采采芣苢，薄言掇之。
>
> 采采芣苢，薄言捋之。
>
> 采采芣苢，薄言袺之。
>
> 采采芣苢，薄言襭之。

——《诗经·芣苢》

今：

> 啊，我年青的女郎！
>
> 我自从重见天光，
>
> 我常常思念我的故乡，
>
> 我为我心爱的人儿
>
> 燃到了这般模样！

——郭沫若《炉中煤》

尾韵：句尾押韵，汉诗常用。

诗例——

古：

蒹葭苍苍，白露为霜。所谓伊人，在水一方。

——《诗经·蒹葭》

今：

这是一沟绝望的死水，

清风吹不起半点漪沦。

不如多扔些破铜烂铁，

爽性泼你的剩菜残羹。

——闻一多《死水》

宽韵：与严韵对应，声调或韵母方面不严格遵循韵制的押韵，如诗的邻韵通押、词的上去通押、新诗的四声通押；因韵制有宽严，故韵的宽严无绝对界限，仅具相对意义，大抵而言，旧体诗严于词、词严于曲，曲严于新诗。

诗例——

古：

枯藤老树昏鸦。

小桥流水人家。

古道西风瘦马。

夕阳西下。

断肠人在天涯。

——马致远《天净沙》

今：

啊，我年青的女郎！

我不辜负你的殷勤，

你也不要辜负了我的思量。

我为我心爱的人儿

燃到了这般模样！

——郭沫若《炉中煤》

这是一沟绝望的死水，

清风吹不起半点漪沦。

不如多扔些破铜烂铁，

爽性泼你的剩菜残羹。

——闻一多《死水》①

---

①以闻一多家乡浠水方言读则为严韵，以普通话读则为宽韵。

严韵：在声调、韵母方面严格遵循韵制的押韵。

双联韵元：韵脚押两字。

诗例——

古：

> 月出皎兮。佼人僚兮。舒窈纠兮。劳心悄兮。

——《诗经·月出》

今：（缺）

联章韵式（篇主韵）：各章之间的部分协同押韵。

诗例——

古：

> 蔽芾甘棠，勿剪勿伐，召伯所茇。
>
> 蔽芾甘棠，勿剪勿败，召伯所憩。
>
> 蔽芾甘棠，勿剪勿拜，召伯所说。

——《诗经·甘棠》

今：

> 天上飘着些微云，地上吹着些微风。啊！微风吹动了我头发，教我如何不想她？
> 月光恋爱着海洋，海洋恋爱着月光。啊！这般蜜也似的银夜，教我如何不想她？
> 水面落花慢慢流，水底鱼儿慢慢游。啊！燕子你说些什么话？教我如何不想她？
> 枯树在冷风里摇。野火在暮色中烧。啊！西天还有些儿残霞，教我如何不想她？

——刘半农《教我如何不想她》

> 小时候，乡愁是一枚小小的邮票，我在这头，母亲在那头。
> 长大后，乡愁是一张窄窄的船票，我在这头，新娘在那头。
> 后来啊，乡愁是一方矮矮的坟墓，我在外头，母亲在里头。
> 而现在，乡愁是一湾浅浅的海峡，我在这头，大陆在那头。

——余光中《乡愁》

单章韵式（篇主韵）：章内押韵。

诗例——

古：

> 思往事，渡江干。
> 青蛾低映越山看。
> 共眠一舸听秋雨，
> 小簟轻衾各自寒。

——朱彝尊《桂殿秋》

今：

　　我已走到了幻想底尽头，

　　这是一片落叶飘零的树林。

　　每一片叶子标记着一种欢喜，

　　现在都枯黄地堆积在内心。

——穆旦《智慧之歌》

一韵到底： 全章的韵脚押同一个韵部。

诗例——

古：

　　梳洗罢，独倚望江楼。

　　过尽千帆皆不是，斜晖脉脉水悠悠。

　　肠断白蘋洲。

——刘禹锡《梦江南》

　　我是个蒸不烂煮不熟捶不扁炒不爆响珰珰一粒铜豌豆，

　　恁子弟每谁教你钻入他锄不断斫不下解不开顿不脱慢腾腾千层锦套头。

　　我玩的是梁园月，饮的是东京酒。赏的是洛阳花，攀的是章台柳。

　　我也会围棋，会蹴鞠，会打围，会插科，会歌舞，会吹弹，会咽作，会吟诗，会双陆。

　　你便是落了我牙，歪了我口。瘸了我腿，折了我手。天赐与我这几般儿歹症候。尚兀自不肯休。则除是阎王亲自唤，神鬼自来勾。三魂归地府，七魄丧冥幽。

　　天那，那其间才不向烟花路儿上走。

——关汉卿《一枝花·不伏老》

今：

　　啊，我年青的女郎！

　　我不辜负你的殷勤，

　　你也不要辜负了我的思量。

　　我为我心爱的人儿

　　燃到了这般模样！

——郭沫若《炉中煤》

句句韵

诗例——

古：

　　双脸。小凤战篦金飐艳。舞衣无力风敛。藕丝秋色染。

　　锦帐绣帏斜掩。露珠清晓簟。粉心黄蕊花靥。黛眉山雨点。

——温庭筠《归国谣》

枯藤老树昏鸦。

小桥流水人家。

古道西风瘦马。

夕阳西下。

断肠人在天涯。

——马致远《天净沙》

弹破庄周梦。两翅驾东风。

三百座名园一采一个空。难道是风流孽种？

吓杀寻芳的蜜蜂。轻轻扇动。把卖花人扇过桥东。

——王和卿《醉中天·咏大蝴蝶》

今：

屋子外躺着一个叫花子，

咬紧了牙齿对着北风喊要死！

可怜屋外与屋里，

相隔只有一层薄纸。

——刘半农《相隔只有一层纸》

隔句韵

诗例——

古：

白日依山尽，黄河入海流。欲穷千里目，更上一层楼。

——王之涣《登鹳雀楼》

今：

我想那缥缈的空中，

定然有美丽的街市。

街市上陈列的一些物品，

定然是世上没有的珍奇。

——郭沫若《天上的街市》

首句入韵体绝句韵式1101

诗例——

古：

人生几何，对酒当歌。譬如朝露，去日苦多。

——曹操《短歌行》

今：

屋子里拢着炉火，

老爷吩咐开窗买水果，

说"天气不冷火太热，

别任它烤坏了我。"

——刘半农《相隔一层纸》

换韵：一首诗押韵时换韵部的情况。包括转、抱、交、插韵等多种复杂形式。

诗例——

古：

平林漠漠烟如织。寒山一带伤心碧。/暝色入高楼。有人楼上愁。

/玉阶空伫立。宿鸟归飞急。/何处是归程。长亭更短亭。

——百体第6　李白《菩萨蛮》

今：

总得叫大车装个够，他横竖不说一句话，背上的压力往肉里扣，他把头沉重地垂下！

这刻不知道下刻的命，他有泪只往心里咽，眼里飘来一道鞭影，他抬头望望前面。

——臧克家《老马》

双句换韵

诗例——

浔阳江头夜送客，枫叶荻花秋瑟瑟。

主人下马客在船，举酒欲饮无管弦。

——白居易《琵琶行》

小山重叠金明灭。鬓云欲度香腮雪。/懒起画蛾眉。弄妆梳洗迟。/

照花前后镜。花面交相映。/新帖绣罗襦。双双金鹧鸪。

——温庭筠《菩萨蛮》

三句换韵

诗例——

轮台九月风夜吼，一川碎石大如斗，随风满地石乱走。

匈奴草黄马正肥，金山西见烟尘飞，汉家大将西出师。

将军金甲夜不脱，半夜军行戈相拨，风头如刀面如割。

马毛带雪汗气蒸，五花连钱旋作冰，幕中草檄砚水凝。

——岑参《走马川行》

四句换韵

诗例——

春寒赐浴华清池，温泉水滑洗凝脂。

侍儿扶起娇无力，始是新承恩泽时。

云鬓花颜金步摇，芙蓉帐暖度春宵。

春宵苦短日高起，从此君王不早朝。

……

后宫佳丽三千人，三千宠爱在一身。

金屋妆成娇侍夜，玉楼宴罢醉和春。

姊妹弟兄皆列土，可怜光彩生门户。

遂令天下父母心，不重生男重生女。

——白居易《长恨歌》

上下片换韵

诗例——

禁闱清夜。月探金窗蟀。玉帐鸳鸯喷兰麝。时落银灯香妣。

/女伴莫话孤眠。六宫罗绮三千。一笑皆生百媚，宸游教在谁边。

——百体第15　李白《清平乐》

转韵 1122

诗例——

古：

歌檀敛袂。缭绕雕梁尘暗起。/柔润清圆。百琲明珠一线穿。

/樱唇玉齿。天上仙音心下事。/留住行云。满座迷魂酒半醺。

——百体第12　欧阳修《减字木兰花》

风回小院庭芜绿。柳眼春相续。/凭阑半日独无言。依旧竹声新月似当年。

/笙歌未散尊罍在。池面冰初解。/烛明香暗画阑深。满鬓清霜残雪思难禁。

——百体第21　南唐李煜《虞美人》

玉炉香，红烛泪。偏照画堂秋思。/眉翠薄，鬓云残。夜长衾枕寒。

/梧桐树。三更雨。不道离情正苦。/一叶叶，一声声。空阶滴到明。

——百体第71　温庭筠《更漏子》

春到南楼雪尽。惊动灯期花信。/小雨一番寒。倚阑干。

/莫把阑干频倚。一望几重烟水。/何处是京华。暮云遮。

——百体第95　万俟咏《昭君怨》

今：

水面落花慢慢流，水底鱼儿慢慢游。啊！燕子你说些什么话？教我如何不想她？

——刘半农《教我如何不想她》

假若我是一朵雪花，翩翩的在半空里潇洒，

我一定认清我的方向——飞扬，飞扬，飞扬，这地面上有我的方向。

——徐志摩《雪花的快乐》

抱韵：1121

诗例——

古：

暖日闲窗映碧纱。小池春水浸明霞。

（数树海棠红欲尽。争忍。）玉闺深掩过年华。

（独凭绣床方寸乱。肠断。）泪珠穿破脸边花。

（邻舍女郎相借问。音信。）教人羞道未还家。

——百体第57　欧阳炯《定风波》

花映柳条。（闲向绿萍池上。凭阑干，窥细浪。）雨潇潇。

（近来音信两疏索。洞房空寂寞。掩银屏，垂翠箔。）度春宵。

——百体第80　温庭筠《酒泉子》

今：

我是天空里的一片云，

偶尔投影在你的波心。

你不必讶异，

更无须欢喜

在转瞬间消灭了踪影。

你我相逢在黑夜的海上，

你有你的，我有我的，方向；

你记得也好，

最好你忘掉

在这交会时互放的光亮！

——徐志摩《偶然》

交韵1212

诗例——

古：

凤额绣帘高卷，兽环朱户频摇。两竿红日上花梢。/春睡恹恹难觉。

好梦枉随飞絮，闲愁浓胜香醪。不成雨暮与云朝。/又是韶光过了。

——柳永《西江月》

今：

那榆荫下的一潭，

不是清泉，是天上虹；

揉碎在浮藻间，

沉淀着彩虹似的梦。

——徐志摩《再别康桥》

插韵12211（暗韵、小韵）

诗例——

古：

罗袜绣袂香红。画堂中。细草平沙蕃马小屏风。

卷罗幕。凭妆阁。思无穷。暮雨轻烟魂断隔帘栊。

——百体第61　薛昭蕴《相见欢》

花知否，花一似何郎。又似沈东阳。瘦稜稜地天然白，冷清清地许多香。笑东君，还又向，北枝忙。

着一阵霎时间底雪。更一个缺些儿底月。山下路、水边墙。风流怕有人知处，影儿守定竹旁厢。且饶他，桃李趁，少年场。

——百体第83　辛弃疾《最高楼》

今：

小时候

乡愁是一枚小小的邮票

我在这头

母亲在那头

——余光中《乡愁》

(3) 弃而不用的韵式名称：富韵、贫韵、合韵

1.2.5　论汉语的韵律体系

1.2.5.1　古典汉语韵律发展小史

(1) 古典汉语韵式选择

古典汉语韵式选择如表1-8所示。

表1-8　古典诗歌的韵式选择

类型	严韵	单韵	尾韵	篇主韵与章转韵	句句韵	隔句韵	绝句韵	四韵体	双句转韵	四句转韵	备注
诗经	✓	✓	✓	✓							
离骚						✓				✓	
古诗						✓					
绝句						✓	✓				
律诗						✓	✓				

续表

类型	严韵	单韵	尾韵	篇主韵与章转韵	句句韵	隔句韵	绝句韵	四韵体	双句转韵	四句转韵	备注
歌行										✓	
中、长调								✓			
小令											复杂
元曲					✓						复杂

(2) 古典诗文的韵律流变概要

古典汉语诗歌的韵式以尾韵、单韵元为基本特点，在章列形式不断变化的基础上，形成了各代诗歌不同的韵律特点。基于章列样式的变化，综合考虑韵元、韵式的演变情况，可以将古典汉语诗歌的韵律发展大致划分为六个阶段，它们分别是：

·诗经的联章韵式阶段

·离骚的多句转韵阶段

·汉魏六朝隋唐的隔句押韵、四句转韵阶段

·晚唐五代的复杂小令转韵阶段

·宋词的四韵体阶段

·元曲的句句韵阶段

值得注意的是，古典诗歌的韵律发展不是嬗变关系，而是累加的，也就是说，新韵式的兴起往往并不淘汰原有的韵律模式，而只是对原有韵律模式的扩充。

《诗经》是韵式发展的第一个高峰，与重章叠唱的章列式样相适应，《诗经》主要发展了篇主韵与章转韵的独特联章韵式。

《离骚》与《楚辞》是韵律发展的第二个阶段，与段落式长篇章列样式相适应，主要采用了多句转韵的模式，韵式有简化的趋势。

汉魏六朝隋唐是韵律发展的第三个阶段，主要发展了与绝句律诗的四言八句章列相适应的隔句押韵模式，以及与长篇歌行相适应的四句转韵模式，同时发展了首句押韵和首句不押韵两种补充模式，韵律更趋稳定而简单。

古典汉语韵律发展的第四个阶段是晚唐五代的复杂小令转韵模式。在小令中，适应复杂多变的音乐节奏形成的复杂多变的章列形式，温庭筠、韦庄等人探索了包括转韵、抱韵、交韵、插韵等在内的复杂多变的转韵模式，极大丰富了中国诗歌的韵律模式。晚唐五代的复杂小令转韵模式是汉语诗歌韵律发展的另一次高峰。

古典汉语诗歌韵律发展的第五个发展阶段是宋词中长调中的四韵体模式，这种模式适应词牌上下片四段体一般结构，是中长调词牌较为稳定的韵律选择。

古典汉语诗歌韵律发展的最后一次变化是元曲的句句韵韵律，为适应戏曲的听觉模式，元曲曲牌主要采取了具有显赫听觉效果的句句韵。句句韵是密韵，也是汉语诗歌韵律模式的最后一站。

明清阶段，四言体、骚体、五七言体、词体、曲体仍然在诗人中流行，但因为没有新的章列形式的发明，所以在诗歌韵律领域并没有太多新的内容出现。倒是在民间诗歌、少数民族诗歌中，出现了一些诸如头韵等特殊的韵律模式，但总体上看，其成就和影响不能与上述六大阶段形成的稳定韵律模式相媲美。

汉语诗歌韵律发展从总体上看，具有以下一些特点。一是发展不平衡，六个发展阶段出现了两次发展高峰，分别是诗经的联章韵式和小令的复杂转韵韵式，韵律的发展方向既不是沿着简化方向，也不是沿着复杂化方向，规律性不明显；二是发展受章列样式潜在制约，章列样式对韵式的影响巨大，从某个角度来说，不同的章列形式决定了韵式创造的不同方向。

我们知道，章列样式基本上会形成诗歌的不同节奏，所以，从某个角度来说，诗歌的不同节奏对韵式是有潜在影响，并不是可有可无的。这一点也启示新诗。在新诗中，人们较多采取一种简单的隔句押韵形式，而忽略了韵律的选择实际上受制于诗歌节奏的创造。这也解释了为什么新诗的韵律十分粗糙，很多人甚至认为诗歌可以不押韵，新诗也许只有在需要寻找到适应白话口语的各种节奏之后，才能对于韵律有更深的理解和更深入的探索。

1.2.5.2　汉语韵律体系大纲

汉语的韵律体系主要是由韵式决定的。汉语韵律发展虽然不平衡，但整个韵律表现仍然构成了一个较为严密的体系。这个体系与《汉语韵式简表》的体系基本吻合。今以树图表现，见图1-1。

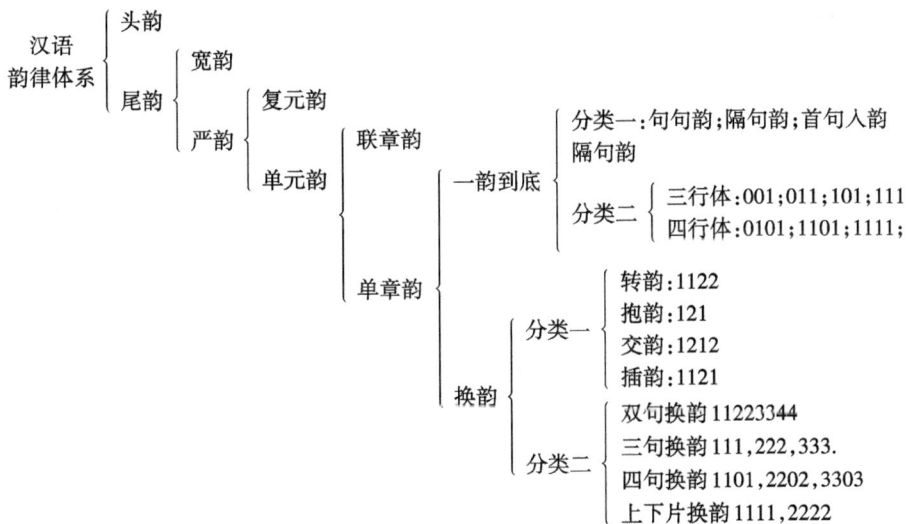

图1-1　汉语韵律体系

1.2.5.3　汉语韵律发生模式

汉语韵律发生模式，如图1-2所示。

韵头
韵腹　⟹　韵母　⟹　韵元　⟹　韵式：
韵尾　　　　声调

章列

单韵元/复韵元
头韵/尾韵
严韵/宽韵
单章韵式/联章韵式
隔句韵/句句韵
一韵到底/换韵（转、抱、交、插）

图1-2　汉语韵律发生模式

1.3　论格律之节律的发生

本章以下论述节律原理及其在中国古、现代汉语诗歌中的实践。首先论述节律学原理及其概念；其次介绍古现代汉语节律学研究的一般样本；再次分别从节律元组成句式、句式组成句式组合、句式组合组成句群和节奏型诗体三个层次论述节律学原理在中国古、现代汉语诗歌中的实践；最后分别归纳出古、现代汉语诗歌的节奏体系和节律发生模式。

1.3.1　论节律学

节律学是研究语言节奏的学问。

从语言的节奏性来讲，诗歌的节奏强于韵文，韵文的节奏又强于散文，故语言的节律问题宜以诗歌为研究对象，参合节奏性较强的韵文，散文则一般不在研究范围之内。

节律学对于诗歌研究而言，具有头等重要的地位。从诗歌的语言看，韵律、节律、声律等声音因素中，节律是诗歌声音最重要的音素。没有声调旋律的语言仍然可以为诗，证明声律对于诗并非不可或缺，不押韵的自由诗仍然是诗，证明协韵对于诗的重要性也要低于节律；而反过来如果没有节奏，即使再押韵，再讲求声调，也不可能称其为诗，不能形成诗的有效声音。因此，我们说，节律是诗歌声音的核心构成。节律学对于诗歌而言，是第一要研究的问题。

根据格律的普遍方法，我们可以推断节律学的中心任务是寻求语言（或诗歌）的节律元，以及寻求节律元的配合方式。为简便，我们将语言的节律元称为律节。从理论上我们应该明确，节奏的核心问题是律节，节律学的核心任务就是寻求每种语言的自身律节。

虽然节奏千变万化，但我们相信，一种语言的律节总是简洁的和有限的。

音步、顿，是律节的另外两种表述方式。

节律学的其他任务还包括：研究律节形成诗句、诗句形成句群、句群形成篇章的节奏规律。如果诗句的律节模式规律性强而容易重复，我们就得到一个句式，如果句群的组合模式规律性强而容易重复，我们就得到一个句式组合，如果篇章的节奏模式规律性强而容易重复，我们就得到一个节奏型诗体。句式、句式组合、节奏型诗体，是节律学的三个重要结果。任何一门语言，都有潜力形成这样三种结果。

一种语言是否形成诗歌句式、句式组合、节奏型诗体这样三种结果，取决于其内部的条件，也取决于其成熟与否。古代汉语诗歌探索形成了极为成熟的句式、句式组合与节奏型诗体，现代汉语诗歌在句式、句式组合、节奏型诗体方面则尚未成熟，尚在形成之中，尚需要大量探索。

1.3.2　论节律学的样本

1.3.2.1　古典汉语节律学的典型样本：百体句系

本书以下确定词学研究暨古典汉语节律学研究的一个典型样本：百体句系。

本书认为，从形式上看，词体就是由一系列具有固定格律的句式构成的一个稳定的声律体系。为突出这个体系的特殊性，本书今后将这一系列具有固定格律的句式组合称为"句系"。很显然，"句系"是词体最直接的外观形式。从一个词体的"句系"，我们可以直接看到这个词体的以下几个特征：一是这个词体包含哪些句式；二是这些句式怎样构成一个个具体韵段；三是这些韵段按怎样的规律配置形成一首词。

下面我们首先给出常用百体的"句系"——为方便，给它一个简单名称："百体句系"（见表1-9）。"百体句系"是本章，同时也是以下几章的研究基础。

表1-9　百体句系①

序号	常用百体	总	句系	分类一：中13 长19	分类二：齐6（七5五1）杂二21 杂三24	含四言	唐词	宋词	金元词
1	浣溪沙	1091	▲<u>7-7-7</u>|77-7	小	七言		95	820	176
2	望江南	1031	定35-77-5	小	<u>357</u>		746	189	96
3	鹧鸪天	1025	定7-7-77|33-7-77	小	<u>37</u>	✓		712	213
4	水调歌头	948	定55-47-665-55|333-47-665-55	长		✓	1	772	175
5	念奴娇	794	定454-76-445-46|645-76-445-46	长		✓	1	617	176
6	菩萨蛮	769	(7-7)-(5-5)|(5-5)-(5-5)	小	<u>75</u>		86	614	69
7	西江月	758	定66-7-(6)|重	小	<u>67</u>		47	491	220
8	满江红	721	定434-344-77-353|33-33-54-77-353	长		✓		550	171
9	临江仙	704	定76-7-7|重	小	<u>67</u>		34	494	176
10	满庭芳	681	定446-45-634-345|544-36-634-345	长		✓	1	350	330
11	沁园春	635	定444-5444-447-354|6-35-5444-447-354	长		✓	20	438	177
12	蝶恋花	612	定7-45-7-7|重	小	<u>457</u>	✓	1	501	72+38
13	减字木兰花	584	(4-7)-(4-7)|重	小	<u>47</u>	✓	1	439	144
14	点绛唇	533	定47-4-5|45-3-4-5	小		✓	1	393	139
15	清平乐	513	定(4-5-7-6)|(6-6-66)	小		✓	18	366	129
16	贺新郎	482	定5-344-76-34-735-33|7-344重	长		✓		439	43
17	南乡子	445	(4-7)-(7-2-7)	小		✓	39	265	141
18	玉楼春	400	定7-7-77|重	小	七言		13	351	36
19	踏莎行	381	定44-7-77|重	小	<u>47</u>	✓		229	152
20	渔家傲	378	定7-7-7-3-7|重	中	<u>37</u>		5	266	107
21	虞美人	366	(7-5)-(7-63)|重	小			24	307	35
22	南歌子	358	定55-5-53	小	<u>35</u>		27	261	70
23	木兰花慢	350	定533-544-2-48-66|2-4-33-364-2-48-66	长		✓		153	197
24	江城子	330	定7-3-3-45-733	小		✓	15	222	103
25	如梦令	326	★6-6-56-<u>22</u>-6	小				184	142
26	卜算子	323	定55-75|重	小	<u>57</u>		1	243	79

①说明：

（1）表中一般符号说明：小破折号——韵段分隔符号；直竖号——上下片分隔符号；重——此处重复上片格律

（2）表中特殊符号释义："▲＋下划线"——上下片句式全同情况下，一片此处使用了小韵：浣溪沙、行香子、少年游、眼儿媚、恋绣衾；"★＋下划线"——此处有"重言"情况：十二时、如梦令、长相思、五更转、风流子；（　）——此处有一片两换韵：菩萨蛮、减兰、南乡子、虞美人、巫山一段云、更漏子、河传、昭君怨；（　）——此处有插入韵情况：诉衷情、定风波、乌夜啼；"§＋下划线"——上下片位置相似，此处所用句式不同：摸鱼儿、太常引、花心动、鹦鹉曲、拨棹歌

（3）上述五种符号标示的情况，只有第二种"重言"情况下将两句并作一个韵段处理，其他皆作两韵段处理。

（4）表3-1末三列显示的是三种较简单的"句系"："齐言词""两句式词""三句式词"的情况。

续表

序号	常用百体	总	句系	分类一：中13 长19	分类二：齐6 (七5五1) 杂二21 杂三24	含四言	唐词	宋词	金元词
27	好事近	318	定56-65|75-65	小	567			302	16
28	水龙吟	316	定76-444-444-5433|6-34-444-444-544	长		✓	1	315	
29	朝中措	308	定7-5-66|444-66	小		✓	272	36	
30	十二时	308	★33-7-77|77-77	小	37			259	49
31	谒金门	292	定3-6-7-5|6-6-7-5	小			17	236	39
32	浪淘沙	255	定5-4-7-74|重	小	457	✓	21	186	48
33	鹊桥仙	255	定446-734|重	小		✓		185	70
34	蓦山溪	241	定45-534-45335|重	中		✓		191	50
35	摸鱼儿	235	§346-76-3-37-4-545|36-6-76-3-37-4-545	长		✓		198	37
36	柳梢青	218	定4-44-444|6-34-444	小	346	✓		188	30
37	生查子	213	定55-55|重	小	五言		19	183	11
38	采桑子	210	定74-4-7|重	小	47	✓	17	178	15
39	诉衷情	205	7-5-65|33-3-444	小		✓	11	161	33
40	阮郎归	203	定7-5-7-5|33-5-7-5	小	357		1	179	23
41	忆秦娥	202	定3-7-3-44|7-7-3-44	小	347	✓	2	138	62
42	洞仙歌	198	定45-7-3636|547-5434-3536	中		✓	4	164	30
43	长相思	194	★33-7-5|重	小	357		11	120	63
44	感皇恩	176	定54-7-46-53|44-7-46-53	中		✓	5	108	63
45	青玉案	171	定7-33-7-44-5|7-7-7-44-5	中		✓		142	29
46	渔父	170	定7-7-33-7	小	37		48	90	32
47	瑞鹧鸪	168	定77-77|77-77	小	七言			66	102
48	杨柳枝	167	定7-7-77	小	七言		135	15	17
49	小重山	152	定7-53-7-35|5-53-7-35	小	357		6	120	26
50	八声甘州	149	定85-544-65-54|654-55-3435-344	长		✓		126	23
51	醉落魄	147	定4-7-7-45|7-7-7-45	小	457	✓		143	4
52	齐天乐	146	定76-446-4-54-47|654-446-4-54-45	长		✓		119	27
53	瑞鹤仙	143	定5-36-5-36-4-34-544|644-4-33-366-5-6	长		✓		121	22
54	喜迁莺	141	定33-5-7-5|重【(33-5)-(7-5)】	小	357		10	101	30
55	苏幕遮	136	定33-45-7-45|重	小				28	108
56	太常引	134	§7-5-5-34|445-5-34	小		✓		20	114
57	行香子	129	▲44-7-44-433|447-44-433	中	347	✓		63	66
58	定风波	127	7-7-(7-2)-7|(7-2)-7-(7-2)-7	中	27		12	86	29
59	风入松	119	定7-4-734-66|重	中		✓		65	54
60	醉蓬莱	112	定544-45-445-444|4444-45-445-444	长	45	✓		107	5
61	乌夜啼	112	6-3-63|(3-3)-3-63	小	36		7	88	17
62	永遇乐	109	定444-445-446-346|446-445-446-344	长		✓	4	78	27
63	声声慢	109	定446-64-634-354|636-64-634-354	长		✓		87	22

续表

序号	常用百体	总	句系	分类一：中13长19	分类二：齐6(七5五1)杂二21杂三24	含四言	唐词	宋词	金元词
64	雨中花	105	定6-6-75|7-34-355	小		✓	1	90	14
65	导引	104	定45-5-75|7-5-75	小	<u>457</u>	✓		99	5
66	眼儿媚	104	▲<u>7-5</u>-444|75-444	小	<u>457</u>	✓		94	10
67	霜天晓角	103	定4-5-633|2-3-5-633	小		✓	1	99	3
68	一剪梅	98	定7-44-744|重	小	<u>47</u>	✓		68	30
69	巫山一段云	97	55-(7-5)|(6-6)-(7-5)	小	<u>567</u>		8	7	82
70	桃源忆故人	94	定7-6-6-5|重	小	<u>567</u>			56	38
71	更漏子	92	(33-6)-(33-5)|(3-3-6)-(33-5)	小	<u>356</u>		27	62	3
72	汉宫春	89	定454-64-434-346|654-64-434-346	长		✓	1	78	10
73	少年游	87	▲<u>7-5</u>-445|75-445	小	<u>457</u>	✓		76	11
74	千秋岁	87	定4-5-33-55-37|5-5-33-55-37	中		✓		85	2
75	祝英台近	87	定335-45-6434|3-65-45-6434	中		✓		83	4
76	忆王孙	86	定7-7-7-3-7	小	<u>37</u>			54	32
77	清心镜	81	定33-54-6-5|754-6-5	小		✓			81
78	五陵春	74	定75-7-5|重	小	<u>57</u>			47	27
79	五更转	69	★<u>33</u>-7-77	小	<u>37</u>		69		
80	酒泉子	68	定4-(6-33)-3|(7-5-33)-3	小		✓	37	22	9
81	唐多令	67	定5-5-34-733|重	中		✓		50	17
82	烛影摇红	65	定47-75||6-34-444	小		✓		48	17
83	风流子	60	★6-6-336-<u>22</u>-6	小	<u>236</u>		3	48	9
84	最高楼	60	定35-5-77-333|(35-35)-33-77-333	中	<u>357</u>			45	15
85	望海潮	57	定446-446-5-54-443|654-446-5-54-65	长		✓		39	18
86	捣练子	52	定33-7-77	小	<u>37</u>		11		52
87	一落索	49	定6-4-75|重	小		✓		47	2
88	人月圆	47	定75-444|444-444	小	<u>457</u>	✓		12	35
89	苏武慢	45	定446-446-644-544|3446-446-464-56	长		✓	11	29	5
90	天仙子	45	定7-7-73-3-7	小	<u>37</u>				45
91	杏花天	44	定7-34-7-6|34-34-7-6	小		✓		43	1
92	花心动	43	§436-446-734-344|6-36-446-734-36	长		✓	19	19	5
93	河传	43	(2-2)-(3-6-7-2-5)|(7-3-5)-(3-3-2-5)	小				34	9
94	鹦鹉曲	43	§7-7-346|346-3434	小		✓			43
95	昭君怨	42	(6-6)-(5-3)|重	小				33	9
96	满路花	41	定55-7-45-564|65-7-45-546	中		✓		28	13
97	拨棹歌	39	§<u>3</u>-3-7-34-37|7-7-34-37	小	<u>347</u>	✓	39		
98	水鼓子	39	定7-7-77	小	七言		39		
99	应天长	39	定7-7-33-7|33-6-6-5	小			13	26	
100	恋绣衾	38	▲<u>7</u>-34-333-4|734-333-4	小	<u>347</u>	✓		34	4

1.3.2.2　现代汉语节律学的样本：新诗百体句系

依据上节相似方法，我们可以对新诗的一个良好范本（所选录诗歌在格律方面至少达到良好听觉效果）进行句系分析，形成关于新诗节律分析的一个可靠样本，通过这个良好样本，我们可以详细分析新诗从句式构造、句式组合构造到诗体句系构造的所有节律现象，以期找到现代汉语诗歌节律的基本构成和基本规律。

这个良好样本，本书将其暂定为《新诗一百首》，由此，我们得到关于现代汉语节律研究的一个相对可靠样本：新诗一百体句系。

1.3.3　节律学之一：论句式

1.3.3.1　论古典汉语的双音节奏观

古典诗歌，以双音节奏为准；双音节的正常重音，推断为后重。

(1)"双音节奏点"的存在（这是一三五不论的声律学基础）

"双音节奏点"的存在——"前重"还是"后重"？这是汉语节律学的基础。"双音节奏点"的存在具有现代语音学证据。

关于汉语双音节奏点的存在，我们引用语音学最新的研究成果来说明。

史宝辉[①]的研究结果支持"普通话双音节词重音在后"的结论。其基本观点如下：

> 本论文是针对普通话词重音所做的一项音系学研究。已有的研究表明，普通话词重音是一种缺少规律的现象，无论是基于直觉，还是基于声学实验的研究，乃至于海外学者基于节律音系学和优选音系学的讨论，都没有能够很好地把握普通话词重音的一致模式。
>
> 作者通过对已有音系理论的总结和归纳、与外语（特别是英语）词重音研究的对比，认为目前的音系学理论足以对普通话词重音的规律做出解释。
>
> 研究采取语音学实验和音系学解释相结合的方法，在不重复前人实验的基础上，设计和实施了一系列的重音实验，发现标志普通话重音位置的是音强（或能量）。
>
> 对实验结果的进一步考察发现，普通话的词重音与英语等语言的词重音分属不同的概念，实际上是针对"有声调"音节的相对轻重而言的，有声调音节的重读和轻读与轻声音节无关，因为轻声音节不参与音步的建立。这样轻声音、节就作为"超节律"成分附着在其左面的音节，而这个音节必然是重读，以建立抑扬格的双音节音步。
>
> 在此基础上，研究得出了普通话重音指派算法和制约条件相互作用的排序。

[①]史宝辉：《汉语普通话词重音的音系学研究》，北京语言大学博士论文，2004年。

研究发现，普通话词重音的规律由以下几点组成：

1. 两个有声调的音节构成一个音步，右面一个音节重读；

2. 轻声音节不构成音步，而是附着在前面一个有声调音节上；

3. 音步的组成不考虑语法构成因素，因此可以跨词生成音步；

4. 逻辑重音或带有长元音的音节经延长音时可以充当一个音步，并且在时长上也相当于一个音步，这个音节必然重读。

5. 在较长的词序列中，重音是有层次的，亦即某些重读音节会比其他重读音节更重。这一点往往取决于说话人的逻辑、强调、情感等外在因素，是说话方式问题，不是由语言的内部规律所决定的，因此其位置和数量都不稳定。

鉴于音步可以跨词生成，上述重音规律已超出了词重音的范围，是普通话整个重音音系的规律。（论文提要）

……

已有文献一般认为，普通话是双音节音步，中心成分在右侧（即"轻重式"），但对如何解释大量存在的其他形式的音步尚无好的方法。冯胜利（1997，1998）承认普通话音步的中心成分在右侧，但他认为两个音节可以组成一个音步、三个音节也可以组成一个音步（1998：42）。端木三（1997，2000，2004）则认为普通话音步的中心成分在左侧。本论文否定了这些观点，坚持"双音节音步，中心成分在右侧"的看法，依照推导音系学的非线性方法提出了普通话重音指派算法，并运用优选音系学的制约条件相互作用方法进行了验证。（页108）"

日本早稻田大学吴志刚、杨达 2010 年合作《双音节声调组合的轻重音的听辨现象》①，该文总结汉语重音研究结果，重申了"汉语两字组的"正常重音"因为声学上的表现是"前短后长"，所以是"前轻后重""的结论。该文基本观点摘录如下：

目前，有关轻重音的问题，大家普遍认为：

1. 汉语中存在着轻重音问题。（徐世荣：《普通话语音讲话》，文字改革出版社，1958。）

2. 汉语的重音可分为词重音和语句重音两类。（厉为民：《试论轻声和重音》，中国语文，1981年第一期）

3. 汉语的轻重音与语义有直接的关系。（周殷福：《艺术语言发音基础》，中国社会科学出版社，1980）

4. 汉语的重音按其程度来划分共有三种："正常重音""对比重音"和"弱重音"。（赵元任：1968，P35，中译本23—27页，从音位学观点看，最好分为三种

---

① ［日］吴志刚、杨达：《双音节声调组合的轻重音的听辨现象》，《第六届国际汉语教学讨论会论文选》，北京：中国社会科学出版社，2010年，第374页。

重音：正常重音、对比重音和弱重音，并说弱重音就是轻声。）

5. "正常重音"是前轻后重。（吴宗济、林茂灿：《实验语音学概要》，高等教育出版社，1989年。文章中介绍了林茂灿等的研究文章，他们通过调查发现：发音人发得两字组多数都是后一个音长于前一个音。同样听音人在听辨时，认为后重的占大多数。详见P240—242）

6. "正常重音"是与发音时的声学现象有着密切的关系的。有关人在自然状态下发一组双音节词的声学表现，林茂灿等学者的研究指出：它的声学现象是：后一个字比前一个字发得更长些、更全些。他们进一步指出："普通话两字组正常重音的声学表现，是哪个字音有较大的时长和较完整的音高模式，而不是有较大的强度……普通话的不带轻声的两字组的重音，只是大多数或绝大多数后字比前字读得重一些，听起来突出清晰一些；也有一些前字比后字重一些，清晰一些。"（同上）

7. 有关人耳的认知问题。一组在正常状态下读的双音节词，90%左右被听成是后重。（同上）

综上所述，人们在对汉语词的轻重音的多方研究后认为：汉语两字组的"正常重音"因为声学上的表现是"前短后长"，所以是"前轻后重"。

(2)"古典双音节奏观"——这是竹竿律的三大声律学要素之一

"双音节奏观"的形成和演化，牵系2000年来中国诗歌的演变方向。

对于2000年这样大尺度范围内，汉语诗歌节奏的变化情况，新加坡石毓智[1]有一个极透彻的看法：唐前漫长的双音化过程最终凝成古典诗词的双音化节奏，唐以后漫长的语音轻声化过程最终撕裂了这种稳定的节奏，导致了古典诗词形式的崩溃。这个看法出自他的一篇论文，在国内似乎尚未引起足够重视。现摘引如下：

> 语言形式对诗歌体裁演化的影响主要来自两个方面：一是对业已存在的语言事实的发现和利用，二是语言系统自身的演化。魏晋南北朝时期学者对声调的确认和分类，为后来律诗的平仄格式准备了条件。关于这一点一些学者已经进行了论述，如郭绍虞等；然而关于第二种因素迄今尚未引起足够的注意。单凭声调自身尚无法解释律诗的韵律格式何以如此……双音词一直都有。郭锡良〔汉语史论集[M].北京：商务印书馆，1997.(P150)〕的考察显示，先秦汉语双音词已占20%左右。他同时又指出，双音词的构词法到公元前7世纪开始萌芽，到2世纪渐趋完善。随着语言的发展，双音词的数目不断增加，到中古汉语时获得了强劲的发展……双音化趋势在六朝时期开始加强，它不仅影响到语音、词汇和语法，而且还影响到诗文的创作……魏晋南北朝时期双音化趋势的迅速发展，使得双音节成为汉语的基本韵律单位，这是唐代律诗以双音节为基本韵律单位的语言因

---

① 〔新加坡〕石毓智：《中古的音节演化与诗歌形式变迁》，《学术研究》2005年第2期。

素。律诗的形成，正是这两种语言因素相互作用的结果。

唐末及其后的相当长一段时期，汉语的语音系统发生了一个重要的变化，即"轻音"现象的产生……轻音的出现是汉语语音发展史上的一件大事，它与声调很不相同，不是依赖音高的旋律格式，而是音强的高低变化，它与那时一批语法标记的产生密切相关，大约产生在12世纪前后……轻声字与语法的发展密切相关，现代汉语中读轻声的语法标记绝大部分都是在宋元时期出现的，主要包括以下各种类型：

1. 结构助词"的"
2. 体标记"了""着""过"
3. 复数标记"们"
4. 常见的补语和量词
5. 补语标记"得"和可能式的中缀：动＋得/不＋补
6. 动词重叠的第二个音节。

这些新兴的语法标记出现的频率极高，几乎每句话都不可避免地使用它们。这样就从根本上改变了汉语句子的韵律特征。在它们没有产生以前，每个字都有自己独立的调值，因此诗歌可以依靠声调的交错变换而产生韵律之美。然而轻声的出现就撕裂了这种靠平仄的律诗的韵律格式，那么宋以后依照当时活的语言的诗歌创作，就不可能再依循原来律诗的格式了。我们推测，肇端于唐代、兴盛于宋代的词就是顺应这种变化而产生的一种新兴诗歌体裁词与律诗的共同之处是都讲究平仄，不同之处是，律诗句子的长度是固定的，词的句子则是参差不齐的。利用较为自由的句子长度，比较有利于避免不能参与组织平仄格式的轻声字的出现。关于这一问题还有待于进一步的研究。更为强有力的证据是元曲的衬字。"衬字"是曲子在曲律规定的字以外为了表意的需要而增加的字。根据我们的调查（Shi Yuzhi. The effect of grammatical changes onpoetic forms: a study on the padding-words in the Yuan verses [J]. Journal of The Chinese Language Teachers Associa2tionVol. 35(2000).1.)，元曲中的衬字相当大一部分都是这些新兴的语法标记……元曲是讲究平仄的律诗向完全不讲究平仄的现代诗转变的过渡诗体，虽然它还勉强维持六朝诗歌以来的讲究平仄的特点，但是常常被这些轻声字所"破坏"……现代诗歌则完全不讲究平仄格式，而往往依靠轻重音的对比来构成韵律结构。其背后的根本原因也是语言的发展。跟宋元时代相比，现代汉语轻声字的使用频率高得多，范围也大得多，因而讲究平仄的诗歌创作的难度也随之大得多。但是，从另一方面看，正是因为轻声字丰富，靠轻重音的交替使用而形成的韵律格式就容易的多……现代诗歌中的轻重音使用规律问题，是一个值得深入研究的课题。

根据这一见解，我们就能理解，在唐宋以后长达1000多年的历史里，古典诗词体系事实上一直在试图对抗自然语音的轻声化变化，而极力维持其"双音节奏"控制形式，这种对抗使得古典诗词节奏体系越来越脱离口语形式，而终于在20世纪轰轰烈烈的白话诗运动面前轰然崩溃。由此，我们也能看出，"双音节奏观"统治中国诗歌长达千年之久，它对古典诗词具有多么重要的意义。关于双音节奏的具体表现形式，我们在下文将有详细探讨。

1.3.3.2　论古典汉诗的律节与句式通用模式

以下通过研究各齐言诗、词、骚体，确定古典汉诗的律节与句法公例。由于词体在长短句节奏上最丰富具有代表性，本书的研究从诗体开始、以词体为中心、并延及骚体。

（1）齐言诗的律节与句式节奏通用模式

根据常识，我们知道，词以前中国成熟的诗体，除楚辞外，有四言诗、五言诗、七言诗。四言诗的句式主导节奏为"二二"，五言诗的句式主导节奏为"二三"，七言诗的句式主导节奏为"二二三"。这启示我们，构成诗歌句式的基本节奏单位是"二言节"和"三言节"。由此我们很容易推断出普遍的关系，对于各齐言诗体的成熟句式而言：

四言：二言节＋二言节（以后简写为2＋2）

句例——

昔我往矣	老骥伏枥
杨柳依依	志在千里
今我来思	烈士暮年
雨雪霏霏	壮心不已
——《小雅·采薇》	——曹操《龟虽寿》

五言：二言节＋三言节（以后简写为2＋3）

句例——

木末芙蓉花	昔闻洞庭水
山中发红萼	今上岳阳楼
涧户寂无人	吴楚东南坼
纷纷开且落	乾坤日夜浮
——王维《辛夷坞》	——杜甫《登岳阳楼》

六言：二言节＋二言节＋二言节（以后简写为2＋2＋2）

句例——

桃红复含宿雨	山高路远沟深
柳绿更带朝烟	大军纵横驰奔
花落家童未扫	谁敢横刀立马
莺啼山客犹眠	唯我彭大将军
——王维《田园乐其六》	——毛泽东《给彭德怀同志》

七言：二言节＋二言节＋三言节（以后简写为2＋2＋3）

句例——

葡萄美酒夜光杯	南湖秋水夜无烟
欲饮琵琶马上催	耐可乘流直上天
醉卧沙场君莫笑	且就洞庭赊月色
古来征战几人回	将船买酒白云边
——王翰《凉州词》	——李白《游洞庭湖》

八言：二言节＋二言节＋二言节＋二言节（以后简写为2＋2＋2＋2）

句例——

止戈见于绝辔之野	祥瑞不在凤凰麒麟
称伐闻于丹水之征	太平须得边将忠臣
信义俱存乃先忘食	仁得百僚师长肝胆
五材并用谁能去兵	不用三军罗绮金银
——庾信《燕射歌辞·周五卢调曲》	——卢群《吴少诚席上作》

九言：二言节＋二言节＋二言节＋三言节（以后简写为2＋2＋2＋3）

句例——

无奈朝来寒雨晚来风
自是人生长恨水长东

——李煜《相见欢》

故国不堪回首月明中
恰似一江春水向东流

——李煜《虞美人》

玄冬小春十月微阳回
绿萼梅蕊早傍南枝开
折赠未寄陆凯陇头去
相思忽到卢仝窗下来。

——杨慎《九字梅花》

由此，我们得出结论：

1）汉语齐言诗有三个基本律节

节奏是由比句式更小的节奏单位构成，为方便起见，我们将这个节奏单位称为"律节"。在轻声出现之前，汉诗只有三个基本律节："单言节""双言节"和"三言节"。"三言节"虽本于"单言节"和"双言节"或三个"单言节"组合，但基于中国诗歌的事实，"三言节"一旦形成，就成为一个强有力的节奏整体，往往具有非凡的内向性和稳定性，所以本书倾向于把"三言节"看成一个基本的节奏单位，而只有在非常特殊的情况下才对其进行节奏细分。①

2）汉语齐言诗有通用的句式节奏模式

汉语古典齐言诗的律节是二言节和三言节，其中三言节只能著于句尾，俗称三字尾，容易拟定汉语古典齐言诗的句式通用模式为：2n＋3q（其中n＝1、2或3，q＝0或1）。

（2）词体的律节与句式节奏通用模式

关于词的句式节奏，历史上向无全面研究。相关研究体现在对句读的片段认识上。《词律》②发凡云：

> 分句之误更仆难宣。既未审本书之理路语气，又不校本调之前后短长，又不收他家对证；随读随分，任意断句；更或因字讹而不觉，或因脱落而不疑，不惟律调全乖，兼致文理大谬。坡公水龙吟"细看来不是杨花点点是离人泪"，原于是字点字住句，昧昧者读一七两三，因疑两体，且有照此填之者，极为可笑。升庵谓淮海"念多情但有当时皓月照人依旧"以词调拍眼言当以"但有当时"作一拍，"皓月照"作一拍，"人依旧"作一拍——盖欲强同于前尾之三字二句也，其说乖谬，若竟未读他篇者，正词综所云"升庵强作解事与乐章未谐"者也。沈天羽谓"太拘拘"，此是误处，岂得谓之拘拘而已。乃今时词流尚有守杨说者，吾不知词调拍眼今已无传，升庵何从考定乎？时流又谓："句皆有定数，词人语意所到时有参差，如瑞鹤仙第四句"冰轮桂花满溢"为句"，此论更奇。满字是叶韵，自有此调此句皆五字，岂伯可忽作六字乎？如此读词论词，真为怪绝。今遇此等，俱加驳正。虽深获罪于前谱，实欲辨示于将来，不知顾避之嫌，甘蹈穿凿之谤。词中惟五言七言句最易淆乱。七言有上四下三如唐诗一句者，若鹧鸪天"小窗愁黛淡秋山"玉楼春"桦沉云去情千里"之类，有上三下四句者，若唐多令"燕辞归客尚淹留"，瓜茉莉"金风动冷清清地"之类，易于误认。诸家所选明词往往失调。故今于上四下三者不注，其上三下四者皆注豆字于第三字旁，使人易晓无误。整句为句，半句为读，读音豆，故借书豆字。其外有六字八字语气折下者亦用豆字注之。五言有上二下三如诗句者，若一络索"暑气昏池馆"、锦堂春"肠断欲栖鸦"之类，有一字领句而下则四字者，如桂华明"遇广寒宫女"燕归梁"记一笑千金"之类，尤易误填，而字旁又不便注豆，此则多辨于注中，作者须以类推之。盖尝见时贤有于齐天乐尾用"遇广寒宫女"句法者，因总是五字句不留心而率填

---

① 刘大白《白屋说诗》主张"不必有三音步"，本文从林庚、松浦友久，不同意其说。（"中国诗篇的分步，只需有单音步和两音步两种，而不必有三音步"，参看《白屋说诗》"中国诗篇到底分几步"节；《白屋说诗》，北京：中国书店，1983年，上海：开明书店，1935年，第272页。）

② （清）万树：《词律》，上海：上海古籍出版社，1984年影印本，第12—13页，标点为笔者所加。

之，不惟上一下四不合，而广字仄宫字平遂误同好事近尾矣。又四字句有中二字相连者如水龙吟尾句之类，与上下各二者不同，此亦表于注中。向因谱图皆概注几字句，无所分辨，作者不觉，因而致误。至沈选天仙子后起用上三下四，解语花后尾用上二下三等，将以为人模范而可载此失调之句乎？沈氏全于此事茫然，观其自作多打油语，至如贺新郎前结用"星逢五"之平平仄，后结用"夜未午"之三仄，真足绝倒。而他人之是非又乌能辨察耶？

其中谈及五七言的特殊节奏现象，皆从分句句读角度出发，其见解既未见高明，所谈也仅止于一体一式规律，缺乏全面分析。

《词谱》①凡例第九条云：

词中句读，不可不辨。有四字句而上一下一中两字相连者；有五字句而上一下四者；有六字句而上三下三者；有七字句而上三下四者；有八字句而上一下七，或上五下三，上三下五者；有九字句而上四下午，或上六下三，上三下六者。此等句法，不胜枚举。

列举各种句式的别例，虽略有条贯，然仍以句读代言节奏，且语言简略，不能令人满意。

根据常识，我们知道，词以前的中国成熟的诗体，除楚辞外，有四言诗、五言诗、七言诗，其句式的基本节奏单位是"二言节"和"三言节"。那么，我们就有两个疑问：一是词的句式是否也是由"二言节"和"三言节"构成？二是无论是或不是，其具体构成方式是怎样的？本书以下试图解决这两个问题。

我们试以词常用百体的句式为研究对象，从中综合出词体所用句式所有节奏模式，使用的方法是：第一步，假定词的句式均由"二言节""三言节"构成，并由此假定各言句式的最普遍节奏模式；第二步，寻求凡不符合普遍节奏模式的句式例外；第三步，对句式例外进行详尽分析，根据实际情况修正我们关于词的句式节奏的假定。下面我们按这个程序进行。

1）词的句式最普遍节奏模式假定

我们假定词的句式均是由"二言节"和"三言节"构成，依据经验容易得到以下"最普遍"节奏模式：

四言：二言节＋二言节（以后简写为2＋2）
五言：二言节＋三言节（以后简写为2＋3）
六言：二言节＋二言节＋二言节（以后简写为2＋2＋2）
七言：二言节＋二言节＋三言节（以后简写为2＋2＋3）

---

① （清）王奕清：《钦定词谱》，北京：中国书店，1983年影印本（据康熙五十四年内府刻本影印），凡例第九条。

八言：二言节＋二言节＋二言节＋二言节（以后简写为2＋2＋2＋2）待定

九言：二言节＋二言节＋二言节＋三言节（以后简写为2＋2＋2＋3）待定

2）寻求"百体"特殊节奏句

我们找出所有不符合上述节奏模式的句式：在1209个句子中，共得到50例。分类列举如下。

共50例：

悄郊园带郭。（周邦彦《瑞鹤仙·悄郊园带郭》）

任流光过却。犹喜洞天自乐。（周邦彦《瑞鹤仙·悄郊园带郭》）

——1＋（2＋2），单独成韵句2例

绕严陵滩畔，鹭飞鱼跃。（柳永《满江红·暮雨初收》）

渐月华收练，晨霜耿耿，云山摛锦，朝露溥溥。（苏轼《沁园春·孤馆灯青》）

有笔头千字，胸中万卷，致君尧舜，此事何难。（苏轼《沁园春·孤馆灯青》）

坼桐花烂漫，乍疏雨，洗清明。（柳永《木兰花慢·坼桐花烂漫》）

正艳杏烧林，缃桃绣野，芳景如屏。（柳永《木兰花慢·坼桐花烂漫》）

乍望极平田，徘徊欲下，依前被，风惊起。（苏轼《水龙吟·霜寒烟冷蒹葭老》）

念征衣未捣，佳人拂杵，有盈盈泪。（苏轼《水龙吟·霜寒烟冷蒹葭老》）

任翠幕张天，柔茵藉地，酒尽未能去。（晁补之《摸鱼儿·买陂塘》）

便做得班超，封侯万里，归计恐迟暮。（晁补之《摸鱼儿·买陂塘》）

渐霜风凄紧，关河冷落，残照当楼。（柳永《八声甘州·对潇潇暮雨洒江天》）

叹年来踪迹，何事苦淹留。（柳永《八声甘州·对潇潇暮雨洒江天》）

叹重拂罗裀，顿疏花簟。（周邦彦《齐天乐·绿芜凋尽台城路》）

正玉液新篘，蟹螯初荐。（周邦彦《齐天乐·绿芜凋尽台城路》）

有流莺劝我，重解雕鞍，缓引春酌。（周邦彦《瑞鹤仙·悄郊园带郭》）

渐亭皋叶下，陇首云飞，素秋新霁。（柳永《醉蓬莱·渐亭皋叶下》）

叹年华一瞬，人今千里，梦沈书远。（周邦彦《选冠子·水浴清蟾》）

但明河影下，还看疏星几点。（周邦彦《选冠子·水浴清蟾》）

早窗外乱红，已深半指。（周邦彦《红窗迥·几日来》）

——1＋（2＋2），句首18例

凭空眺远，见长空万里，云无留迹。（苏轼《念奴娇·凭空眺远》）

微吟罢，凭征鞍无语，往事千端。（苏轼《沁园春·孤馆灯青》）

身长健，但优游卒岁，且斗尊前。（苏轼《沁园春·孤馆灯青》）

不忍登高临远，望故乡渺渺，归思难收。（柳永《八声甘州·对潇潇暮雨洒江天》）

黯黯离怀，向东门系马，南浦移舟。（晁冲之《汉宫春·黯黯离怀》）

回首旧游如梦，记踏青斗饮，拾翠狂游。（晁冲之《汉宫春·黯黯离怀》）

有个人人生济楚，向耳边问道，今朝醒未。（周邦彦《红窗迥·几日来》）

重湖叠巘清佳，有三秋桂子，十里荷花。（柳永《望海潮·东南形胜》）

——1＋（2＋2），句中8例

冰肌玉骨，自清凉无汗。（苏轼《洞仙歌·冰肌玉骨》）

天气骤生轻暖，衬沈香帷箔。（宋祁《好事近·睡起玉屏风》）

昨夜一庭明月，冷秋千红索。（宋祁《好事近·睡起玉屏风》）

华阙中天，锁葱葱佳气。（柳永《醉蓬莱·渐亭皋叶下》）

嫩菊黄深，拒霜红浅，近宝阶香砌。（柳永《醉蓬莱·渐亭皋叶下》）

南极星中，有老人呈瑞。（柳永《醉蓬莱·渐亭皋叶下》）

此际宸游，凤辇何处，度管弦清脆。（柳永《醉蓬莱·渐亭皋叶下》）

算未肯，似桃含红蕊，留待郎归。（晁补之《声声慢·朱门深掩》）

花影被风摇碎。拥春醒未起。（周邦彦《红窗迥·几日来》）

花知否，花一似何郎。（辛弃疾《最高楼·花知否》）

——1＋（2＋2），句末10例

以上皆为1＋2＋2＝1＋4，合计38例

但醉同行，月同坐，影同归。（晁补之《行香子·前岁栽桃》）

对林中侣，闲中我，醉中谁。（晁补之《行香子·前岁栽桃》）

对佳丽地，信金罍罄竭玉山倾。（柳永《木兰花慢·坼桐花烂漫》）

——1＋3，3例

前岁栽桃，今岁成蹊。更黄鹂久住相知。（晁补之《行香子·前岁栽桃》）

何妨到老，常闲常醉，任功名生事俱非。（晁补之《行香子·前岁栽桃》）

——1＋（2＋2＋2）＝1＋6，2例

对潇潇暮雨洒江天，一番洗清秋。（柳永《八声甘州·对潇潇暮雨洒江天》）

尽寻胜赏，骤雕鞍绀幰出郊坰。（柳永《木兰花慢·坼桐花烂漫》）

对佳丽地，信金罍罄竭玉山倾。（柳永《木兰花慢·坼桐花烂漫》）

——1＋（2＋2＋3）＝1＋7，3例

著一阵，霎时间底雪。（辛弃疾《最高楼·花知否》）

更一个，缺些儿底月。（辛弃疾《最高楼·花知否》）

——4＋1，2例

情性漫腾腾地。恼得人越醉。（周邦彦《红窗迥·几日来》）

还记章台往事，别后纵，青青似旧时垂。（晁补之《声声慢·朱门深掩》）

——2＋4，2例

瘦棱棱地天然白，冷清清地许多香。（辛弃疾《最高楼·花知否》）

——4＋3，2例

侬家鹦鹉洲边住。是个不识字渔父。（白无咎《鹦鹉曲·侬家鹦鹉洲边住》）

——2＋3＋2，1例

3）百体特殊节奏句节奏分析

为观察方便，我们处理上述分类结果，制成常用百体各言句式节奏模式表（见表1-10）。

表1-10　常用百体各言句式节奏模式

	(最普遍模式)一般律节组	(例外)特殊律节组	(例外)罕见组合
一言句(0)	无		
二言句(15)	二言节		
三言句(234)	三言节		
四言句(339)	2＋2	1＋3(3例)	
五言句(226)	2＋3	1＋4(38例)	4＋1(2例)
六言句(152)	2＋2＋2		2＋4(2例)
七言句(240)	2＋2＋3	1＋6(2例)	4＋3(2例)　2＋3＋2(1例)
八言句(3)	1＋7	1＋7(3例)	无
九言句(0)	2＋2＋2＋3	无	无
总计(1209句)	1159(95.2％)	46(3.8％)	7(0.6％)

我们对表1-10两类特殊节奏句进行节奏分析。

①归入"罕见组合"类句式的节奏性质

这类句式只有7例，极少，从节奏效果来看，都不很好，故可归入不成熟的节奏模式的范畴。

A.首先看五言句的4＋1型节奏，有2例。分别是：

> 着一阵，霎时间底雪。（辛弃疾《最高楼·花知否》）
> 更一个，缺些儿底月。（辛弃疾《最高楼·花知否》）

这两句均为辛弃疾所作，从两个角度看它的效果不好。第一，这句中引入了轻声[1]，使得整个节奏变得比较慵散，与一般词的较严整的节奏似乎不太搭配，而有点近于曲的口语特点。第二，《词谱》所列又一体的同位置其他词人皆不用此节奏。《最高楼》、《词谱》列11体，其他10体在同位置用句分别是：

> 君莫笑，闲忙慕得势。也莫笑，浮沉鱼得计。（方岳《秋崖底》）
> 问华屋高赀，谁不恋。美食大官，谁不美。（元好问《商于路》）
> 也休说读，玉堂金马乐。也休说，竹篱茅舍恶。（司马昂父《登高懒》）
> 分散去，轻如云与雪。剩下了，许多风与月。（毛滂《微雨过》）
> 花不向，沉香亭上看。树不着，连昌宫里玩。（陈亮《春乍透》）

---

[1]关于轻声现象对古典诗词双音节奏的撕裂，参看前文"论古典汉语的双音节奏观"的讨论。该讨论引入新加坡石毓智的观点，下文出现轻声现象讨论皆以此观点为基础，不再出注。

> 漫良夜月圆，空好意。恐落花流水，终寄恨。（毛滂《新睡起》）
>
> 也谁料，春风吹已断。又谁料，朝云飞亦散。（程垓《旧时心事》）
>
> 元不逊，梅花浮月影；也知妒，梨花带雨枝。（《全芳备祖》无名氏《司春有序》）
>
> 后会也难期；未知何日重欢会。（柳富《人间最苦》）
>
> 岭上故人千里外。寄去一枝君要会。（《梅苑》无名氏《梅花好》）

其中，与辛作相同句式的有①④⑤⑦⑧，分别出自方岳、毛滂、陈亮、无名氏、程垓之手，皆用"2＋3"节奏，无一与辛同。可见辛作所用节奏带有实验性质，并不为大多数人所接受。综上所论可以推断，五言的4＋1型节奏，声律效果比较差。

B.其次看六言句的"2＋4"节奏2例。分别是：

> 情性漫腾腾地。恼得人越醉。（周邦彦《红窗迥·几日来》）
>
> 还记章台往事，别后纵，青青似旧时垂。（晁补之《声声慢·朱门深掩》）

这两个句式，前者中四言用"三一"节奏，借助了轻声，读起来更近于曲的感觉，后者中四言用"一三"节奏，感觉上像散文。这说明词中四言节，"2＋2"节奏可能是最合适的节奏，其他节奏读起来总有别扭的感觉。

C.再看七言的两种不同节奏：

> 瘦棱棱地天然白，冷清清地许多香。（辛弃疾《最高楼·花知否》）
> ——4＋3，1例
> 侬家鹦鹉洲边住。是个不识字渔父。（白无咎《鹦鹉曲·侬家鹦鹉洲边住》）
> ——2＋3＋2，1例

应该说，前者"4＋3"节奏读起来感觉还是不错的，但如果仔细分析，"瘦棱棱地"和"冷清清地"皆是由轻声构成的四言节，带有明显的口语性质，其"一二的"小节奏普遍性不强，与词的相对典雅风格也不合，同时我们读的时候也可能还是勉强把它处理成"二二三"节奏，可见这种"4＋3"节奏仍然不甚成熟。后者"是个不识字渔父"为"2＋3＋2"节奏，如果不是因为习惯，我们打破语法惯例，将其读为"2＋2＋3"节奏，显然不好听，说明这个节奏显然也不是诗歌好的节奏——这还可以从它前面一句"侬家鹦鹉洲边住"的读法得到证明——虽然也存在语法的错位，但它很容易被读成"侬家—鹦鹉—洲边住"节奏，所以读起来感觉仍不错。从七言的两种罕见节奏分析，如果阅读时能够被处理成"2＋2＋3"模式，则效果较好，如果不能，则不好。

以上我们分别分析了表格中几种"罕见"节奏。从分析可以得知，这七例罕见节奏，包括五言的"四一"节奏，七言的"四三"节奏、"二三二"节奏，要么较拗口，要么不合词的风格，均可归入不成熟的节奏模式的范畴。

②归入"特殊律节组"类句式的节奏性质

归入"特殊律节组"类句式全部可以看作"一字豆"模式，共44例，占整个句式的3.8%，为词中常见句式。

A.关于一字豆的句式节奏类型。一字豆句式节奏以"1+4"占绝大多数（82.6%），余下有少数的"1+3""1+6""1+7"（共计11.4%），百体中没出现"1+5"样式。尤其值得注意的是，"一字豆"模式中，剩余的四言段、三言段、六言段、七言段仍遵循各言"最普遍的节奏模式"，均由"二言节"和"三言节"构成。

B.关于"一字豆"的产生时间。王力曾判断："唐五代的词里还没有"一字豆"，因此，上述两种情形只能产生于宋代：北宋还是很少，南宋渐渐多起来。"①洛地则说：""一字领'句，单就句式而言，并非词体所首创。如唐陈子昂《登幽州台歌》：'前不见古人，后不见来者；念天地之悠悠，独怆然而泣下'，四句全用"一字领'，然而并非诗之句式（诗中似仅此一见）。即使在'律词'之早期，如'单调'中亦无'一字领'句；在《花间集》《尊前集》中，在南唐二主词中，'一字领'极为罕见，几乎可以说无有。'一字领'句，系词体（律词）成熟之后方形成为一类稳定的特殊的句式。在其当时，即'元（北）曲'未显现之前，系词体的特有的句式。"②从笔者的统计看，王力的说法并不确切，洛地的说法若剔除对骚体的考虑则较近于事实③。本书统计，常用百体中"一字豆"出自柳、苏、周、晁、宋、辛五人，其中北宋占五人大部分④（见表1-11）。

表1-11　常用百体中主要词人一字豆使用统计

	柳永	苏轼	周邦彦	晁补之	宋祁	辛弃疾
一字豆(总计46例)	15例	8例	11例	9例	2例	1例

C.关于一字豆的功能。一字豆的存在，分别改变了四言、五言、七言的惯常节奏，甚至成为八言的主导节奏，成为词中惯常节奏的一种有力补充，给词带来了全新的活力。特别是在长调中运用充分。本书统计，百体中共计17首词用到一字豆，全为双调，分别是：瑞鹤仙、满江红、沁园春、木兰花慢、水龙吟、摸鱼儿、八声甘州、齐天乐、醉蓬莱、选冠子、红窗迥、念奴娇、汉宫春、望海潮、最高楼、行香子，其中除红窗迥、行香子外，余皆为长调。为什么长调中多用一字豆呢？这是因为一字豆具有提示作用，往往含有一种强烈的"语言期待感"，容易延长时段形成铺陈叙

①王力：《汉语诗律学》，上海：上海教育出版社，1962年，第660页。

②洛地：《词体构成》，北京：中华书局，2009年，第98—99页。

③骚体的核心句式乃特殊之一字豆，本文下面有专门研究，参看下文"论领配句式组合原则的泛化与词体构成"节。

④本书统计对象皆为最早或较早词体，词体数盛唐：中唐：晚唐：北宋：南渡：南宋：金元=7：31：57：1：3：1，则可知唐宋元39首代表词体竟无一体出现此种格式。由此可判断，词中"一字豆"产生并成熟于北宋各大词家之手，南宋多是相承关系。

述，很适合于长调铺陈蔓衍的表达效果。我们常常将"一字豆"的这种功能称为"一字领"，并将具有"一字领"效果的句子称为"领字句"。那么，这种提示作用是怎样产生的呢？这大概与一字豆的提示词或曰标志词有很大的关系。关于"一字豆"的类型，还有另一种分类方式，就是根据标志词的词性来划分。王力分为2类：副词一字豆和动词一字豆①。本书补充两类：名词一字豆和介词一字豆。副词一字豆、动词一字豆较常用，各占一半；名词一字豆、介词一字豆较少用。现根据标志词词性将百体一字豆句式分类，列举如表1-12所示。

表1-12　常用百体中一字豆类型

副词一字豆	动词一字豆	介词一字豆	名词一字豆
任流光过却 任翠幕张天 任功名生事俱非 渐月华收练 渐霜风凄紧 渐亭皋叶下 正艳杏烧林 正玉液新篘 但醉同行 但优游卒岁 但明河影下 自清凉无汗 乍望极平田 悄郊园带郭 便做得班超 早窗外乱红 更黄鹂久住相知 骤雕鞍绀幰出郊坰	有笔头千字 有流莺劝我 有三秋桂子 有老人星瑞 叹年来踪迹 叹重拂罗裀 叹年华一瞬 念征衣未捣 见长空万里 望故乡渺渺 记踏青斗饮 凭征鞍无语 度管弦清脆 拥春醒未起 绕严陵滩畔 信金罍罄竭玉山倾 锁葱葱佳气 圻桐花烂漫 近宝阶香砌 似桃含红蕊 衬沈香帏箔 泠秋千红索	对佳丽地 对林中侣 对潇潇暮雨洒江天 向耳边问道 向东门系马	花一似何郎
18例	22例	5例	1例
标志词：任、渐、但、正、乍悄早便更骤	标志词：有、叹、见望记念、凭度拥绕信、锁圻近似衬泠	标志词：对、向	

从表1-12中可以看出，大多数一字豆的标志词是副词或虚化的动词，无论这些词原来作定语、状语、补语还是作谓语，一旦提到句首，便具有了一种统摄全句的作用，从而为全句提供了一种状态或气氛，并且很容易将相邻句子也纳入这种气氛之中，形成丰富多彩的一字领二句，一字领三句、一字领四句，甚至一字领五六句的情况，如洛地在文中所举的例子：

---

①王力：《汉语诗律学》，上海：上海教育出版社，1962年，第659—660页。

看万山红遍，层林尽染，漫江碧透，百舸争流。鹰击长空，欲翔浅底，万类霜天竞自由。

惜秦皇汉武，略输文采，唐宗宋祖，稍逊风骚。一代天骄，成吉思汗，只识弯弓射大雕。

这两处一字领甚至跨越了两个韵段，一个字领了七个句子，最能看出一字领的结构和功能上的特点。这也就无怪于长调喜欢用它了。

③结论

以上我们分析了"各言句式节奏模式表"中的"罕见"节奏和一字豆节奏，下面我们将它与"最普遍节奏"结合起来，抽象出关于词的句式节奏的一般规律。

A.词的句式由三个基本律节构成

词的句式包含所有三个基本律节。其中，"双言节"和"三言节"构成词的主导句式，形成词的句式的95.8%，"单言节"作为有意味的补充，形成词的句式的3.6%。"单言节"和"三言节"作为节奏组合，在位置上有严格的限制："单言节"只能放在句首，形成所谓的"一字豆"；"三言节"只能放在句尾，形成所谓的"三字尾"。本书详细讨论了"一字豆"的诸般性质，"三字尾"的性质则参考林庚关于"三字尾"的讨论①，本处不重复。

B.词的句式有两种标准节奏：普通节奏和一字豆节奏

律节组合形成诸种句式节奏。词的句式节奏主要有以下两类：一般节奏类和一字豆节奏类。这两类形成词的句式的99.4%。其他类则既少又不成熟，甚至可以说词的句式的标准节奏就这两类②。其细致分类可见于表1-13。

表1-13　词的标准句式节奏构成

	一般节奏（普遍模式）	特殊节奏（一字豆模式）
一言句(0)	一言节	
二言句(15)	二言节	
三言句(234)	三言节	
四言句(339)	2+2	1+3
五言句(226)	2+3	1+4
六言句(152)	2+2+2	1+5
七言句(240)	2+2+3	1+6
八言句(3)	2+2+2+2无	1+7
九言句(0)	2+2+2+3	缺

①林庚：《五七言和它的三字尾》，《文学评论》1959年第2期。
②一是增添了"1+5"类"一字豆"：此类虽不见于常用百体，但见于其他体，如柳永《昼夜乐》中"便只合长相聚"；二是增添了"九言句"：此类词谱中皆断作两逗，如断作"谁怕，一蓑烟雨任平生""恰似一江春水，向东流"，今皆有争议，本书律句统计中皆按词谱断句，但此处则存"九言句"。

本节我们讨论了词的句式节奏，我们简单小结一下。

词的最小节奏单位有三个，"单言节""双言节"和"三言节"，简称三种律节；成熟的词的句式对三律节的位置有严格要求，"单言节"只能出现于句首，"三言节"只能出现于句尾；三种律节组合形成词的两种标准句式：普通句式和一字豆句式，除两种标准句式外，词中出现的其他句式极少，可以认为都是不成熟的句式。据此，可以拟定词的句节奏通用模式：

$p\times$[一字豆]$+n\times$[二言节]$+q\times$[三字尾]（$1p+2n+3q$，其中 p、$q=0$ 或 1，$n=0\sim3$）

（3）骚体的律节和句式一般模式

大家都知道骚体以兮字句为标志，但是关于骚体的句式节奏，目前还缺乏细致而透彻的分析。本书认为，骚体体式亦具有较为单一的律节和核心句式模式，我们以《离骚》为例来加以说明。

我们首先对《离骚》全部句式组合的节奏类型进行统计。

在统计之前，首先说明两个统计前提。①据林庚观点，本书将《离骚》中所用"兮"字作句读处理，不计为句式内容。[1] ②凡句尾出现"而求索""之迟暮""以善淫"等"虚字+二言段"模式，统计时简称为"之+二言段"或"之2"。

在这两个前提控制下，我们来对《离骚》所有句式组合的节奏类型进行统计，得到表1-14。

表1-14　《离骚》句式组合类型数量统计

组合类型	数量	典型句例	句式节奏类型及数量
6兮6	106	惟草木之零落兮,恐美人之迟暮。 吾令羲和弭节兮,望崦嵫而勿迫。	3之2兮,3之2(103例) 222兮,3之2(3例)
6兮7	28	路漫漫其修远兮,吾将上下而求索。 汩余若将不及兮,恐年岁之不吾与。	3之2兮,22之2(14例) 3之2兮,3之3(7例) 3之2兮,33也(3例) 3之2兮,223(2例) 3之2兮,222也(1例) 3之2兮,34(1例)
7兮6	16	众皆竞进以贪婪兮,凭不厌乎求索。	13之2兮,3之2(13例) 3之3兮,3之2(3例)

---

①林庚《楚辞里"兮"字的性质》一文中，曾把《诗经》中用"兮"字的情况与"楚辞"相比较，认为像"楚辞"中这样的一些句式，如"名余曰正则兮，字余曰灵均"，"朝搴阰之木兰兮，夕揽洲之宿莽"，"变黑以为白兮，倒上以为下"，等等，实际上是起着句读的作用（参看林庚：《诗人屈原及其作品研究》，棠棣出版社，1953年）。褚斌杰在《中国古代文体概论》中认为"这一意见是颇值得重视的，因为'楚辞'的句式一般是两句为一小节，构成上下对称性的长句，因此，正需要上下句之间稍加停顿，以增强诗歌的节奏感"（北京大学出版社，1990年，第66页）。本文认为此一观点对《离骚》尤其适用，离骚中的全部兮字，均为连接上下两个句式，都可视为近似句读。（值得注意的是，《九歌》中兮字句情况要复杂得多，如闻一多在《怎样读《九歌》》中归纳出"兮"字在《九歌》中的各种用法和性质，兮字在九歌中具有替代其他虚词如"之""而""以""然""于"的语法作用，这与后代句读在作用上相差甚远，所以要具体分析）

续表

组合类型	数量	典型句例	句式节奏类型及数量
5兮6	16	鸷鸟之不群兮, 自前世而固然。	2之2兮, 3之2(15例) 2之2兮, 2之3(1例)
5兮5	2	屈心而抑志兮, 忍尤而攘诟。	2之2兮, 2之2
8兮6	2	余固知謇謇之为患兮, 忍而不能舍也。	32之2兮, 1之3也(1例) 32之2兮, 3之2(1例)
7兮7	3	众女嫉余之蛾眉兮, 谣诼谓余以善淫。	22之2, 22之2(2例) 223, 22之2(1例)
6兮5	4	吾令凤鸟飞腾兮, 继之以日夜。	222兮, 2之2(3例) 3之2兮, 2之2(1例)
6兮8	3	恐鹈鴃之先鸣兮, 使夫百草为之不芳。	3之2兮, 2222
8兮6	2	曰勉远逝而无狐疑兮, 孰求美而释女?	13之3兮, 3之2
9兮6	1	苟余情其信姱以练要兮, 长顑颔亦何伤。	33之2, 3之2
5兮7	1	众不可户说兮, 孰云察余之中情?	32, 22之2
6兮9	1	怀朕情而不发兮, 余焉能忍而与此终古?	3之2, 31之22
8兮7	1	灵氛既告余以吉占兮, 历吉日乎吾将行。	23之2, 3之3
7兮8	1	既莫足与为美政兮, 吾将从彭咸之所居!	13之2, 32之2
总计	187		

从表1-14统计结果中我们得到一些基本结论:

1)《离骚》的句式组合有15个大的类型。

2)《离骚》全部15个组合类型均为"n言段＋兮＋n言段"模式。

3)《离骚》15大组合中"6兮6"组合占据大半,因"6兮6"可视为"齐言类型",故从这个角度看,《离骚》接近齐言诗歌。

4)去掉句尾兮字后的"某言段",有六言段、七言段、八言段、九言段;其中六言段占绝大部分,七言、五言段较少;八九言段极少。绝大部分"某言段"均可分解为二言节、三言节;其一般构成规律是:五言＝二言节＋之＋二言节,六言＝三言节＋之＋二言节,七言＝"二二之二"或"一三之二"或"三之三"。我们将"某言段"看成是《离骚》的实体句型,从表3-7推算出《离骚》各种实体句式的具体比例及一般构成(见表1-15)。

表1-15　离骚句式类型比例统计

《离骚》句式统计	五言段	六言段	七言段	八言段	九言段
数量374	25(6.9%)	285(76.2%)	53(14.2%)	9	2
一般构成	2之2	3之2	22之2; 13之2; 3之3	32之2; 13之3	

5)93.6%的三言节为一二节奏。我们发现,"三言节"对《离骚》有特殊意义,我们对所有《离骚》中出现的实义"三言节"进行语法节奏分析,最终得到表3-8。

这一结果表明,《离骚》三言节以一二节奏为主。

表1-16　《离骚》三言节类型比例统计

三言节	一二节奏	一一一节奏	二一节奏
327	308（93.6%）	2	17（5.2%）

以上是我们对《离骚》句式节奏得出的基本结论。下面我们对这些结论进行分析。

本书认为,《离骚》的节奏虽然纷繁复杂,但从上文对15种句式组合——某言段——三言节、之＋二言节——三言节的"一二节奏"的一系列考察可以看出:"一二之二"型六言段一字领句式是《离骚》的主体构成句式;"一二节奏三言节"是《离骚》句式的核心节奏单元,是整个《离骚》体式的核心,骚体就是对这一核心节奏丰富多彩的复沓显现。

我们可以从以下两个方面来分述这个问题。

首先,"一二节奏三字尾"几乎是所有《离骚》句式的结构特征。从《离骚句式组合类型—数量统计表》《离骚句式类型—比例统计表》均可以看出,《离骚》去掉兮字后的"某言段",虽然有五言、六言、七言、八言、九言的区别,但几乎所有句式的尾部都为"之＋二言"模式,这种模式可以看成是"一二节奏三言节"。尾部节奏的相似,使得《离骚》的句式与句式可以构成节奏良好的组合,组合与组合可以构成节奏良好的篇章段落,这保证了《离骚》各个部分在诵读时非常一致的节奏感觉。显然,"节配原则"支配了《离骚》主要句式组合以及整体诗体的构成。

其次,"节配原则"对《离骚》句式的内部结构也有极强控制作用。《离骚》各言句式的主体结构单元有两种,一种是"之＋二言",一种"三言节",而后一种"三言节"绝大部分又采取"一二节奏三言节"模式,"一二节奏三言节"与"之＋二言"式三言节无疑具有非常好的节配组合优势。

我们以《离骚》的一个段落来简单说明"一二节奏三言节"通过"节配原则"对《离骚》整体节奏的支配和控制的具体情况:

帝高阳/之苗裔（兮）,朕皇考/曰伯庸。

摄提贞/于孟陬（兮）,惟庚寅/吾以降。

皇览揆/余初度（兮）,肇锡余/以嘉名。

名余/曰正则（兮）,字余/曰灵均。

纷吾既有/此内美（兮）,又重之/以修能。

扈江离/与辟芷（兮）,纫秋兰/以为佩。

汩余若/将不及（兮）,恐年岁之/不吾与。

朝搴阰/之木兰（兮）,夕揽洲/之宿莽。

日月忽/其不淹（兮）,春与秋/其代序。

惟草木/之零落（兮）,恐美人/之迟暮。

在这简单的一段中，所有句式都具有"一二节奏三字尾"；同时其主要结构单元为"三言节"，只有加点三处是"非三言节"，所有"三言节"中又只有"日月忽"与"摄提贞"这两处三言节不能读成"一二节奏"。可见"一二节奏三言节"对整个句式具有极强的"节配型"控制，从中可见节配原则在骚体句式组织中发生作用的一般情况。

由此，我们可以拟定，骚体句式的律节是一言节和二言节，其中一言节包括两种，普通一言节和"之"字型一言节，骚体的主体句式模式为"一二之一二"，通用句式模式可以表示为：

1p＋2n＋3（其中p＝0或1，n＝1或2，1表示一字领，3表示"之二"型三字尾）

（4）古典汉诗的通用律节与句法公例

从以上关于骚体、齐言诗、长短句的句式的律节构成与节奏讨论可以看到，三种诗体具有相同的律节单元，相通的句式构成。这种律节特征和句式构成实际上也广泛适用于其他类成熟的汉语古典诗歌，在此，我们对其他类诗歌不再作详细讨论。我们将这一结论直接推广到汉语古典诗歌的全部范畴，得到关于古典汉诗的一般性结论。

1）古典汉诗有三个基本律节

汉诗的节奏是由比句式更小的节奏单位"律节"构成。在轻声出现之前，汉诗（包括骚体）只有三个基本律节："单言节""二言节"和"三言节"。"三言节"虽本于"单言节"和"双言节"或三个"单言节"组合，但基于中国诗歌的事实，"三言节"一旦形成，就成为一个强有力的节奏整体，往往具有非凡的内向性和稳定性，所以本书倾向于把"三言节"看成一个基本的节奏单位，而只有在非常特殊的情况下才对其进行节奏细分，如骚体中的"之二"型三字尾。[①]古典汉诗对一言节与三言节有严格的位置要求，一言节只能在句首，形成一字领，三言节只能在句尾，形成两种类型三字尾（普通三字尾或"之二"型三字尾）。

2）古典汉诗有通用的句法公例

古典汉诗句法结构极具逻辑性，具有统一的句法公例，可以据此拟定古典汉诗的句式通用模式，表示为：

p×［一字领］＋n×［二言节］＋q×［三字尾］（1p＋2n＋3q，其中p、q＝0或1，n＝0～3）

1.3.3.3　论古典四言

本节以"百体句系"和"句式组合统计总表"为基础，研究四言的源流、特点，以及在词体中的应用情况。

（1）四言是词体中最活跃的句式

哪种句式是词体最常用的句式？此前，并没有人做过这方面的研究。按照经验，

[①]刘大白《白屋说诗》主张"不必有三音步"，本文从林庚、松浦友久，不同意其说。（"中国诗篇的分步，只需有单音步和两音步两种，而不必有三音步"，参看《白屋说诗》"中国诗篇到底分几步"节，《白屋说诗》，北京：中国书店，1983年，据开明书店，1935年版影印，第272页。）

一般人都会认为是七言，或者至少是五言，七言的机会更大一些。理由很简单，一方面，七言在唐代极为发达，又是唐声诗的主要形式，从发生学的角度看，进入词体的机会当更大；另一方面，七言作为长言，其意义更丰富，似乎也更容易成为句群组合中心，出现机会也应该多一些。但事实上，从句系统计的结果看，词体最常用的句式，既不是七言，也不是五言，甚至也不是三言，而是四言。

为什么说四言是词体最普遍运用的句式呢？这有两个方面的表现。

1）四言是词体中数量最多的句式

据《常用百体各言句式及律句率统计表》，四言（28.0%）是三言（19.4%）、五言（18.7%）、七言（19.9%）的1.5倍。一般认为，唐词仍以五七言为主，而三言是最早进入词体的非五七言的主流句式①，这很容易给人感觉五七言或三言会是词体的主要句式。但统计结果表明，四言的在词体中的总体比例远高于其他各言。四言才是词体的最主要句式。

2）四言是词体中参与组合最多的句式

（四言的组合能力）四言最多组合——据《常用百体句式组合频率表》，四言组合在词的前9位组合中独占5席，前12位组合中独占6席，前13位组合中独占7席，前17位组合中独占9席，前21位组合中独占11席；整个76种组合中，含四言的句式组合占到46种。这个数据统计远远大于其他各言。可见四言具有最强大的组合能力。[据《常用百体句式组合频率表》，词中排前十的组合是：33型（30）、77型（22）、45型（22）、444（18）、446（17）、34型（17）、55型（15）75型（13）、44型（12）445（9）、76型（9）]。

在排名前十位的句式组合中，有两类含四言的组合，一类是44型的组合，包括44型、444型、445型、446型，一种是非44型的组合，包括45型、34型，共计组合7种。

为了使大家有更直观的认识，我们据《常用百体句式组合频率表》，统计出常用百体句式组合中各言的使用份额，制成表1-17。

表1-17 常用百体句式组合中各言使用份额统计

组合出现频率	组合种目	实例	含三言	含四言	含五言	含七言
9次以上	12种	33型（30）77型（22）45型（22）444（18）、446（17）、34型（17）55型（15）75型（13）44型（12）445（9）76型（9）66型（9）	2种	6种	4种	3种
8次	1种	54型（8）		1种	1种	
7次	4种	35（7）65型（7）544（7）734（7）	2种	2种	2种	1种
6次	4种	36型（6）37型（6）344（6）、346（6）	4种	2种		1种
5次	1种	53型（5）	1种		1种	
4次	5种	46型（4）47型（4）64型（4）74型（4）654（4）		5种	1种	2种

---

① "唐五代时期，三言句式与五言、七言共同成为词的主流句式。"见白朝晖：《三言句式在词中的出现及其词体意义》，《文学遗产》2010年第5期。

续表

组合出现频率	组合种目	实例	含三言	含四言	含五言	含七言
3次	6种	56型(3)63型(3)、333(3)、733(3)、447(3)、434(3)	4种	2种	1种	2种
2次	18种	22型(2)、48型(2)454(2)、633(2)、433(2)644(2)、744(2)665(2)353(2)634(4)—345(2)354(4)735(2)、534(2)、545(2)5444(2)6434(2)、3334(2)、	10种	13种	9种	2种
1次	25种	73型(1)85型(1)336、335、533、443、366、355、564、546、464、436、636、547、645、364、754、—5433、5434、3434—、3435—、3446、3636、3536、4444—	17种	15种	13种	3种
总计	76		40	46	32	14

从表1-17可以更细致地观察到各言句式组合能力的巨大差别。四言作为组合能力最强大的句式，在表中凸显无疑，本书不再赘论。

四言既是词体中数量最多的句式，又是词体中组合能力最强的句式，这充分证明了四言是词体最普遍运用的句式。当然，关于四言的普遍性，还需要有一些说明。首先，四言的普遍性，是针对词体而言的，是从词体运用句式的角度考虑的。如果单纯就词作四言数量看，由于含七言的词体如浣溪沙等往往词作数量特别庞大，故七言绝对数量亦当不少，所以四言绝对数量未必是最多的。其次，从句式组合的角度考察句式使用的普遍性，也只是一个参考，还必须综合整个情况才能得出结论。例如，从句式组合看，含七言的句式组合比含五言、三言要少得多，但这并不表明七言就一定少，因为七言很可能单独成韵，这些情况就是组合包括不了的，所以只是一个参考标准。

(2) 为什么四言会成为词体最活跃的句式

为什么四言会成为词体最常用的句式？本书认为，这既有历史渊源又与四言本身的特点分不开。由于音乐的缺失，我们很难从音乐的角度给出直接的回答。但是，我们仍然能够从四言的历史特点中寻找到间接答案。

1）四言在汉语诗歌乃至汉语言文体系中都具有基础性地位，这为词体运用四言提供了宽阔的基础

关于四言在中国诗文乃至语言中的基础性地位，可以从下面几个方面得到证明。

①四言有着极为古老的而崇高的传统

如果将诗经视为中国文学的源头的话，那么四言就是中国语言最早最成熟的言文方式。二言三言也许是中国是个最早出现的句式，但对后世文学语言的影响均不及四言。我们对比一下二言和三言和四言在先秦的情况，很容易明白这一点。首先看二言——虽然刘文斌推测说"现存二言诗的数量虽然不多，但可以想见的是，在四言诗之前，二言诗应该经历了一个辉煌的时代"，"二言诗之后的文体演变奠定了基础，三言诗和四言诗就是直接在二言诗的基础上发展起来的"①，但从现存的先秦二言诗数量

①刘文斌：《二言诗的成因及其意义》，《鸡西大学学报》2009年5期。

看，不过也就是上古的《弹歌》、周的《襄田者祝》《易卦》所载卦爻辞、《诗经》所载片段、《八佾》所载片段等二十几首①，这样的数量对后代的影响是很有限的。再次看三言——先秦三言诗比二言多不了多少，有上古的《葛天氏之乐》、商的《盘铭》《商颂》《易卦》若干片段、《召南·江有汜》《鲁颂·有駜》《郑风·溱洧》《吴夫差时童谣》《春秋时长春谣》《鲁连子》引谣等②；虽然陈伟湛推测"《商颂》原始记录（与其歌唱形式当然不同），不是四言诗而是三言诗。其四言诗形式是后世添加虚词、副词、迭音词等的结果。如此说成立，则中国诗歌的原始阶段固在商代，其文字记录形式实为三言句或以三言句为主"③，但显然，给予后代直接影响的仍然是诗经的四言诗。

②四言源远流长，至唐而不衰，影响深远

四言萌于商，盛于周，散绮于战国，变体于汉赋，凝体于六朝唐宋骈文，前后两盛，一诗一文，彪炳文类，影响深远。具体来讲，二三言经古歌谣《周易》发展到《诗经》和《尚书》的四言（如盘庚三篇），奠定了四言的基础地位；战国诗文受其影响，皆重四言，如《楚辞》之《天问》、《橘颂》全篇几用四言，散文如《老》《庄》《墨》《荀》《孙子》《左传》《国语》《国策》皆重四言；至汉代，四言通过《楚辞》进入汉赋，又经汉赋发展变化为骈文，成为骈文的主体句式之一，统治六朝隋唐文坛近四五百年，其间虽经唐古文运动，并无大的动摇，可以想见其句式势力④。《诗经》主四言，骈文主四六，则四言的应用，可见一斑。这种庞大的使用，无疑对词的句式形成有潜在推动。

③至唐，四言应用范围已极为广泛，已成为中国语言应用范围最广泛的句式

孙建军通论汉语四言的历史功用：①早期诗歌的主流；②早期韵文的主流；③雅颂影响箴铭颂赞碑诔；④汉赋四言为主；⑤骈文为应用高潮；⑥散文中尚老庄荀最多，先秦记言散文论语国语国策中也多用；⑦汉语成语最主要形式（增删合并的方式）；⑧当代宣传口号和固定短语。四言句式的崇高地位是历史赋予的，这个过程在唐代已经完成，是其他任何一种文言句式都不及的。⑤

2）四言一直是汉语乐歌词的最普遍句式形式，这为词体运用四言提供了直接借鉴

四言作为句式，最大的两个特点就是二分节奏和简短，这种节奏性和灵活性可能天然适用于作为歌词。四言作为乐歌词的巨大影响，首先来源于《诗经》。《诗经》的存在，奠定了汉语乐歌词的四言模式，虽然到汉乐府多杂言，南北朝民歌多五言，唐声诗用七言，但四言作为乐府传统句式，仍牢牢占据郊庙祭祀等重要战场，四言在乐歌辞中显示的天然亲和力，仍然通过杂言歌辞传承下来。唐词兴起，四言进入唐词可以说是顺理成章的。当然，其间过程和细节仍需要进一步考察。但观所谓百代词调之

①张应斌：《二言诗与中国文学的起源》，《嘉应大学学报》1998年4期。

②张应斌：《论三言诗》，《武陵学刊》1998年1期。

③陈伟湛：《商代甲骨文词汇与《诗——商颂》的比较》，《中山大学学报（社会科学版）》2002年第1期。

④孙建军：《汉语四言句式略论》，《西南民族学院学报（哲学社会科学版）》1996年第2期。

⑤孙建军：《汉语四言句式略论》，《西南民族学院学报（哲学社会科学版）》1996年第2期。

祖《忆秦娥》四言运用之自然，则四言对于乐曲节奏的天适应性，是不必怀疑的。

四言既具有源远流长的传统，又具有乐歌词的天然禀赋，所以成为词体最普遍的句式模式，是很自然的事情。至于四言是如何进入具体词牌的，则需要具体分析，其中涉及音乐的部分，由于音乐的缺失，至今仍然是一个谜。

（3）词体用四言的特点

由于四言的传统和功能，它成了词体最倚重的句式模式。那么，词体用四言到底有些什么特点呢？这个问题比较宽泛，我们选用以下一些角度来给出回答。

1）首先，词体在四言格律运用上有鲜明的特点——词之四言几乎全用律句

四言是词中律句率最高的句式——从《常用百体律句率统计表》看，四言非律句率低达2.1％。远低于五言的4.9％，七言的7.5％，更不用说与六言的14.5％、三言的21.4％相比。这说明四言虽整体上比三言可能晚进入词，但词人对其格律的运用却更加注意了。

2）其次，四言运用在小令中调长调中呈现出不平衡性——长调全用四言，中调多用四言，小令半用四言

（四言与小令中调长调的关系）长调全用四言，中调多用四言，小令半用四言——据《百体句系》，常用百体中含四言的有61体，其中长调全部含四言，中调只3首不含四言，小令则有36首不含四言。其结论可以简化为表1-18。

表1-18　四言与小令中调长调相关度统计

总100体	小令68	中调13	长调19
含四言：61体	32	10调（除最高楼、定风波、渔家傲）	全部

长调全用四言，这从侧面反映了作为"短言"的四言具有较强调节词体节奏的功能。由于长调形成较晚，这还可从侧面说明四言在词体中成熟的时间总体上偏晚。

3）再次，不同时期的词体四言使用程度上也存在差别——唐以后词调使用四言更为普遍

为了了解不同时期词调在运用四言上的差别，我们对百体四言进行归纳。据《百体句系表》，变换得到《唐词调用四言情况表》《唐以后词调用四言情况表》（见表1-19、表1-20）[1]。

①《常用百体》显示，唐词53体。其中，41体存词2首以上，为：望江南、十二时、杨柳枝、浣溪沙、菩萨蛮、五更转、渔父、西江月、南乡子、拨棹歌、水鼓子、酒泉子、临江仙、南歌子、更漏子、虞美人、浪淘沙、沁园春、生查子、河传（以上存词19首以上）、清平乐、谒金门、采桑子、江城子、玉楼春、应天长、定风波、诉衷情、长相思、捣练子（以上存词11首以上）、天仙子、喜迁莺、巫山一段云、乌夜啼、小重山、渔家傲、感皇恩、洞仙歌、永遇乐、风流子（以上存词3首以上）、忆秦娥；12体存词1首，为：水调歌头、满庭芳、蝶恋花、点绛唇、卜操作数、水龙吟、阮郎归、霜天晓角、雨中花、汉宫春、念奴娇、减字木兰花；后12体存词1首者，除蝶恋花、点绛唇系唐词外，据王兆鹏《全唐五代词》皆定为宋后伪托。则唐词实为43体。

表1-19　唐词调用四言情况

序号	常用百体	总	分类一:中13;长19	含四言	唐词	宋词	金元词
1	朝中措	308	小	✓	272	36	
2	南乡子	445	小	✓	39	265	141
3	拨棹歌	39	小	✓	39		
4	酒泉子	68	小	✓	37	22	9
5	浪淘沙	255	小	✓	21	186	48
6	沁园春	635	长	✓	20	438	177
7	花心动	43	长	✓	19	19	5
8	清平乐	513	小	✓	18	366	129
9	采桑子	210	小	✓	17	178	15
10	江城子	330	小	✓	15	222	103
11	诉衷情	205	小	✓	11	161	33
12	苏武慢	45	长	✓	11	29	5
13	感皇恩	176	中	✓	5	108	63
14	洞仙歌	198	中	✓	4	164	30
15	永遇乐	109	长	✓	4	78	27
16	忆秦娥	202	小	✓	2	138	62
17	蝶恋花	612	小	✓	1	501	72+38
18	点绛唇	533	小	✓	1	393	139
19	望江南	1031	小		746	189	96
20	杨柳枝	167	小		135	15	17
21	浣溪沙	1091	小		95	820	176
22	菩萨蛮	769	小		86	614	69
23	五更转	69	小		69		
24	渔父	170	小		48	90	32
25	西江月	758	小		47	491	220
26	水鼓子	39	小		39		
27	临江仙	704	小		34	494	176
28	南歌子	358	小		27	261	70
29	更漏子	92	小		27	62	3
30	虞美人	366	小		24	307	35
31	生查子	213	小		19	183	11
32	谒金门	292	小		17	236	39
33	玉楼春	400	小		13	351	36
34	应天长	39	小		13	26	
35	定风波	127	中		12	86	29
36	长相思	194	小		11	120	63
37	捣练子	52	小		11		52

续表

序号	常用百体	总	分类一:中13;长19	含四言	唐词	宋词	金元词
38	喜迁莺	141	小		10	101	30
39	巫山一段云	97	小		8	7	82
40	乌夜啼	112	小		7	88	17
41	小重山	152	小		6	120	26
42	渔家傲	378	中		5	266	107
43	风流子	60	小		3	48	9

表1-20　唐以后词调用四言情况

序号	常用百体	总	分类一:中13;长19	含四言	唐词	宋词	金元词
1	水调歌头	948	长	✓	1	772	175
2	念奴娇	794	长	✓	1	617	176
3	满庭芳	681	长	✓	1	350	330
4	减字木兰花	584	小	✓	1	439	144
5	水龙吟	316	长	✓	1	315	
6	雨中花	105	小	✓	1	90	14
7	霜天晓角	103	小	✓	1	99	3
8	汉宫春	89	长	✓	1	78	10
9	鹧鸪天	1025	小	✓		712	213
10	满江红	721	长	✓		550	171
11	贺新郎	482	长	✓		439	43
12	踏莎行	381	小	✓		229	152
13	木兰花慢	350	长	✓		153	197
14	鹊桥仙	255	小	✓		185	70
15	蓦山溪	241	中	✓		191	50
16	摸鱼儿	235	长	✓		198	37
17	柳梢青	218	小	✓		188	30
18	青玉案	171	中	✓		142	29
19	八声甘州	149	长	✓		126	23
20	醉落魄	147	小	✓		143	4
21	齐天乐	146	长	✓		119	27
22	瑞鹤仙	143	长	✓		121	22
23	苏幕遮	136	小	✓		28	108
24	太常引	134	小	✓		20	114
25	行香子	129	中	✓		63	66
26	风入松	119	中	✓		65	54
27	醉蓬莱	112	长	✓		107	5
28	声声慢	109	长	✓		87	22

续表

序号	常用百体	总	分类一：中13；长19	含四言	唐词	宋词	金元词
29	导引	104	小	✓		99	5
30	眼儿媚	104	小	✓		94	10
31	一剪梅	98	小	✓		68	30
32	少年游	87	小	✓		76	11
33	千秋岁	87	中	✓		85	2
34	祝英台近	87	中	✓		83	4
35	清心镜	81	小	✓			81
36	糖多令	67	中	✓		50	17
37	烛影摇红	65	小	✓		48	17
38	望海潮	57	长	✓		39	18
39	一落索	49	小	✓		47	2
40	人月圆	47	小	✓		12	35
41	杏花天	44	小	✓		43	1
42	鹦鹉曲	43	小	✓			43
43	满路花	41	中	✓		28	13
44	恋绣衾	38	小	✓		34	4
45	卜算子	323	小		1	243	79
46	阮郎归	203	小		1	179	23
47	如梦令	326	小			184	142
48	好事近	318	小			302	16
49	十二时	308	小			259	49
50	瑞鹧鸪	168	小			66	102
51	桃源忆故人	94	小			56	38
52	忆王孙	86	小			54	32
53	五陵春	74	小			47	27
54	最高楼	60	中			45	15
55	天仙子	45	小				45
56	河传	43	小			34	9
57	昭君怨	42	小			33	9

对此两表稍作归纳，如表1-21、表1-22所示总。

表1-21　唐词调用四言状况汇总

总43体	小令35	中调4	长调4
含4言者：18体	12	2	4（全部）
	朝中措、南乡子、拨棹歌、酒泉子、浪淘沙、清平乐、采桑子、江城子、诉衷情、忆秦娥、点绛唇、蝶恋花	感皇恩、洞仙歌	沁园春、花心动、苏武慢、永遇乐

表1-22　唐以后词调用四言状况汇总

总57体	小令33	中调9	长调15
含4言者：44体	21	8	15（全部）
	雨中花、霜天晓角、鹧鸪天、踏莎行 鹊桥仙、柳梢青、醉落魄、苏幕遮 太常引、导引、眼儿媚、一剪梅 少年游、清心镜、烛影摇红、一落索 人月圆、杏花天、鹦鹉曲、恋绣衾	蓦山溪、青玉案 行香子、风入松 千秋岁、祝英台近 糖多令、满路花 （只最高楼不含）	水调歌头、念奴娇、 满庭芳、水龙吟、汉宫春 满江红、贺新郎、声声慢 木兰花慢、摸鱼儿 八声甘州、齐天乐 瑞鹤仙、醉蓬莱、望海潮

从表1-21、表1-22中可以看出：词体用四言虽始于唐，但盛于宋——

①43体唐词中，只18体含四言〔为：朝中措、南乡子、拨棹歌、酒泉子、浪淘沙、沁园春、河传（以上存词19首以上）、清平乐、采桑子、江城子、诉衷情（以上存词11首以上）、天仙子、感皇恩、洞仙歌、永遇乐（以上存词3首以上）、忆秦娥、蝶恋花、点绛唇〕；而宋以后词57体有44体含四言。

②无论从小令、中调还是从长调的情况看，宋调用四言比例均高于唐调。

也就是说，四言虽从唐代即进入词体，但在唐词中使用尚不普遍，只有到宋代才得到普遍使用。这也从另外一个方面说明，四言进入词体的时代与其在词体中兴盛的时代并不一致，词中普遍使用四言的时代应该是宋代；或者简单说，词体四言使用的成熟时期是宋代。

4）强大的组合能力也是词体使用四言的显著特点之一

四言是各言中句式组合能力最强的句式。四言多组合——常用百体76种句式组合中，四言句式组合数量高达46种；同时，还形成了一批诸如44型、444型、445型、446型、45型、34型等非常稳定的固定组合模式，给中国诗歌的句式组合策略带来了深远的影响。

46种四言句式组合使用程度并不一样。词体常用的四言句式组合有：45型、444型、446型、34型、44型、445、54型、544型、734型、344型、346型。关于这些句式组合，前文已有概说，我们将在下一章进行更为深入的讨论。

总之，四言的使用在词体中具有鲜明的个性特点。首先，几乎全用律句；其次，类型不同对四言的使用量也不相同；再次，不同时代四言的使用普遍程度也不一样；最后，四言的使用多以句式组合的方式出现。

本节小结：四言是词体中最活跃、组合最发达的句式；四言在词体中的广泛应用与其崇高的传统、源远流长的历史、丰富多彩的言文功能，以及其作为乐歌歌词的深远背景等有着密切的关系；四言在词体中的应用呈现出的自己的特性，首先是四言几乎全用律句，其次四言在小令中调长调中的应用程度并不一样，长调几乎缺少不了四言，中调也多用四言，小令则只有一半用到四言，再次不同时代的对四言的使用程度也不一样，宋调显然比唐调更普遍地运用到四言；最后，四言多使用句式组合，四言是各言中组合能力最强的句式。

1.3.3.4　论古典三言

本节在"百体句系"、《句式组合统计总表》《常用百体句式组合频率表》《常用百体句式组合各言使用份额表》的基础上，研究三言的源流、结构、功能，以及它在词体中的存在状态和应用特点。

（1）三言研究现状及本书目标

三言研究以林庚、黄凤显、张应斌、葛晓音、周远斌、周仕慧、白朝晖等人的研究最值得注意。

林庚最早探讨了"三字顿"对于中国诗歌的意义。黄凤显 2003 年发表《屈辞"三字结构"与古代诗歌句式》[①]一文，探讨了屈原将"二字结构"改造为"三字结构"对后代五言、七言、词曲句式的深远影响。张应斌 1998 年发表《论三言诗》[②]一文，整理了先秦的三言诗作，论述了汉代五类三言诗，探讨了三言诗的古老性和奇音步特征。葛晓音 2006 年发表《论汉魏三言诗的发展及其与七言的关系》[③]，论述了汉魏三言诗的两种类型（源于《九歌》三兮三句式的主赞颂劝诫的郊庙祭祀歌辞和源于自发的主讽刺的民间谣谚）、两个缺点（短促少抒情变化，限于艰涩与直白之间）及一种成熟的搭配方式"三三七"式。周远斌 2007 年发表《论三言诗》[④]，综合详细论述了三言诗的起源、发展历史、体式优劣和诗体学意义。周仕慧发表《论乐府诗中的三言节奏与词》[⑤]，作为对葛晓音先生论文的补充，详论乐府诗中三言节奏的类型（连续叠用、和送声、与五七言组合）、体式特征（多用反复排比对偶顶真等修辞手法）及其"偶言易适，奇字难安"的内在原因。白朝晖 2010 年发表《三言句式在词中的出现及其词体意义》[⑥]，据"一调多体"的"句式替代"现象和同调上下片的"句式替代"现象，详细讨论了词中三言单句、33 型组合、333 型组合的特点和形成机制，提出三言具有打破齐言、提供调节词体节奏新方法、促进对仗协声应韵等词体美学形式发生新变等等重要功能。

从五人的论文中可以看到"三言"作为诗歌句式幽微可辨的演进脉络：古老的起源——屈原的改造——隐退郊庙与民间——以"三三七"成熟搭配方式进入诗歌——以各种形式进入词体。同时也能看到早期词体三言句式的一些特点和生成机制。但是，关于三言句式在词体中的成熟时间、分布情况、格律特点、组合特性等诸多问题，仍然没有得到解答。本书试图进一步研究这些问题。

---

①黄凤显：《屈辞"三字结构"与古代诗歌句式》，《广西民族学院学报（哲学社会科学版）》2003 年第 3 期。

②张应斌：《论三言诗》，《武陵学刊》1998 年第 1 期。

③葛晓音：《论汉魏三言诗的发展及其与七言的关系》，《上海大学学报》2006 年第 3 期。

④周远斌：《论三言诗》，《文学评论》2007 年第 4 期。

⑤周仕慧：《论乐府诗中的三言节奏与词》，《纪念辛弃疾逝世 800 周年学术研讨会论文汇编》，2007 年。

⑥白朝晖：《三言句式在词中的出现及其词体意义》，《文学遗产》2010 年第 5 期。

（2）三言句式在词体中的成熟时间

三言句式在词体中的成熟时间，不是指某个词体使用三言的时间，而是指在某一段时间里，大量词体开始普遍使用三言句式的时间。由于词体的生成过程从唐一直持续到宋金元，经历了漫长的时间，三言句式在词体中的成熟也必然经历一段较长时间。我们限定该时段，将三言使用划分为唐宋两个阶段，将问题转化为三言的成熟到底是在唐代，还是在宋代？这个问题的另一个说法是：大量词体对三言的普遍使用到底发生在唐，还是发生在宋？

这是一个需要统计才能给出答案的问题。下面我们给出一种统计方案——以常用百体为研究对象，分别统计使用三言的唐宋词体的比例，以确定唐宋词体在三言运用上的差别，从而寻求问题的答案。

首先，我们在《百体句系表》中加入"含三言的词体"一列统计，得到《百体句系含三言表》（略）；然后，我们分解《百体句系含三言表》，得到表1-23、表1-24。

表1-23　唐词调用三言情况

序号	常用百体	总计	句系	分类一：中13 长19	含三言	唐词	宋词	金元词
1	定风波	127	7-7-(7-2)-7|(7-2)-7-(7-2)-7	中		12	86	29
2	渔家傲	378	定7-7-7-3-7|重	中	✓	5	266	107
3	感皇恩	176	定54-7-46-53|44-7-46-53	中	✓	5	108	63
4	洞仙歌	198	定45-7-3636|547-5434-3536	中	✓	4	164	30
5	望江南	1031	定35-77-5	小	✓	746	189	96
6	朝中措	308	定7-5-66|444-66	小		272	36	
7	杨柳枝	167	定7-7-77	小		135	15	17
8	浣溪沙	1091	▲7-7-7|77-7	小		95	820	176
9	菩萨蛮	769	(7-7)-(5-5)|(5-5)-(5-5)	小		86	614	69
10	五更转	69	★33-7-77	小	✓	69		
11	渔父	170	定7-7-33-7	小	✓	48	90	32
12	西江月	758	定66-7-(6)|重	小		47	491	220
13	南乡子	445	(4-7)-(7-2-7)	小		39	265	141
14	拨棹歌	39	§3-3-7-34-37|7-7-34-37	小	✓	39		
15	水鼓子	39	定7-7-77	小		39		
16	酒泉子	68	定4-(6-33)-3|(7-5-33)-3	小	✓	37	22	9
17	临江仙	704	定76-7-7|重	小		34	494	176
18	南歌子	358	定55-5-53	小		27	261	70
19	更漏子	92	(33-6)-(33-5)|(3-3-6)-(33-5)	小	✓	27	62	3
20	虞美人	366	(7-5)-(7-63)|重	小	✓	24	307	35
21	浪淘沙	255	定5-4-7-74|重	小		21	186	48
22	生查子	213	定55-55|重	小		19	183	11
23	清平乐	513	定(4-5-7-6)|(6-6-66)	小		18	366	129

续表

序号	常用百体	总计	句系	分类一：中13 长19	含三言	唐词	宋词	金元词
24	谒金门	292	定3-6-7-5∣6-6-7-5	小	✓	17	236	39
25	采桑子	210	定74-4-7∣重	小		17	178	15
26	江城子	330	定7-3-3-45-733	小	✓	15	222	103
27	玉楼春	400	定7-7-77∣重	小		13	351	36
28	应天长	39	定7-7-33-7∣33-6-6-5	小	✓	13	26	
29	诉衷情	205	7-5-65∣33-3-444	小	✓	11	161	33
30	长相思	194	★33-7-5∣重	小	✓	11	120	63
31	捣练子	52	定33-7-77	小	✓	11		52
32	喜迁莺	141	定33-5-7-5∣重【(33-5)-(7-5)】	小	✓	10	101	30
33	巫山一段云	97	55-(7-5)∣(6-6)-(7-5)	小		8	7	82
34	乌夜啼	112	6-3-63∣(3-3)-3-63	小		7	88	17
35	小重山	152	定7-53-7-35∣5-53-7-35	小	✓	6	120	26
36	风流子	60	★6-6-336-22-6	小		3	48	9
37	忆秦娥	202	定3-7-3-44∣7-7-3-44	小	✓	2	138	62
38	蝶恋花	612	定7-45-7-7∣重	小		1	501	72+38
39	点绛唇	533	定47-4-5∣45-3-4-5	小	✓	1	393	139
40	沁园春	635	定444-5444-447-354∣6-35-5444-447-354	长	✓	20	438	177
41	花心动	43	§436-446-734-344∣6-36-446-734-36	长	✓	19	19	5
42	苏武慢	45	定446-446-644-544∣3446-446-464-56	长	✓	11	29	5
43	永遇乐	109	定444-445-446-346∣446-445-446-344	长	✓	4	78	27

表1-24　唐以后词调用三言情况

序号	常用百体	总	句系	分类一：中13 长19	含三言	唐词	宋词	金元词
1	蓦山溪	241	定45-534-45335∣重	中	✓		191	50
2	青玉案	171	定7-33-7-44-5∣7-7-7-44-5	中	✓		142	29
3	行香子	129	▲44-7-44-433∣447-44-433	中	✓		63	66
4	风入松	119	定7-4-734-66∣重	中	✓		65	54
5	千秋岁	87	定4-5-33-55-37∣5-5-33-55-37	中			85	2
6	祝英台近	87	定335-45-6434∣3-65-45-6434	中	✓		83	4
7	糖多令	67	定5-5-34-733∣重	中			50	17
8	最高楼	60	定35-5-77-333∣(35-35)-33-77-333	中	✓		45	15
9	满路花	41	定55-7-45-564∣65-7-45-546	中			28	13
10	减字木兰花	584	(4-7)-(4-7)∣重	小		1	439	144
11	卜算子	323	定55-75∣重	小		1	243	79
12	阮郎归	203	定7-5-7-5∣33-5-7-5	小	✓	1	179	23

续表

序号	常用百体	总	句系	分类一：中13长19	含三言	唐词	宋词	金元词
13	雨中花	105	定6-6-75|7-34-355	小	✓	1	90	14
14	霜天晓角	103	定4-5-633|2-3-5-633	小	✓	1	99	3
15	鹧鸪天	1025	定7-7-77|33-7-77	小	✓		712	213
16	踏莎行	381	定44-7-77|重	小			229	152
17	如梦令	326	★6-6-56-<u>22</u>-6	小			184	142
18	好事近	318	定56-65|75-65	小			302	16
19	十二时	308	★<u>33</u>-7-77|77-77	小	✓		259	49
20	鹊桥仙	255	定446-734|重	小	✓		185	70
21	柳梢青	218	定4-44-444|6-34-444	小	✓		188	30
22	醉落魄	147	定4-7-7-45|7-7-7-45	小			143	4
23	苏幕遮	136	定33-45-7-45|重	小			28	108
24	太常引	134	§<u>7-5</u>-5-34|445-5-34	小	✓		20	114
25	瑞鹧鸪	168	定<u>77</u>-77|77-77	小			66	102
26	导引	104	定45-5-75|7-5-75	小			99	5
27	眼儿媚	104	▲<u>7-5</u>-444|75-444	小			94	10
28	一剪梅	98	定7-44-744|重	小			68	30
29	桃源忆故人	94	定7-6-6-5|重	小			56	38
30	少年游	87	▲<u>7-5</u>-445|75-445	小			76	11
31	忆王孙	86	定7-7-7-3-7	小	✓		54	32
32	清心镜	81	定33-54-6-5|754-6-5	小	✓			81
33	五陵春	74	定75-7-5|重	小			47	27
34	烛影摇红	65	定47-75|6-34-444	小	✓		48	17
35	一落索	49	定6-4-75|重	小			47	2
36	人月圆	47	定75-444|444-444	小			12	35
37	天仙子	45	定7-7-73-3-7	小	✓			45
38	杏花大	44	定7-34-7-6|34-34-7-6	小	✓		43	1
39	河传	43	(2-2)-(3-6-7-2-5)|(7-3-5)-(3-3-2-5)	小	✓		34	9
40	鹦鹉曲	43	§<u>7-7</u>-346|346-3434	小	✓			43
41	昭君怨	42	(6-6)-(5-3)|重	小	✓		33	9
42	恋绣衾	38	▲<u>7-34</u>-333-4|734-333-4	小	✓		34	4
43	水调歌头	948	定55-47-665-55|333-47-665-55	长	✓	1	772	175
44	念奴娇	794	定454-76-445-46|645-76-445-46	长		1	617	176
45	满庭芳	681	定446-45-634-345|544-36-634-345	长	✓	1	350	330
46	水龙吟	316	定76-444-444-5433|6-34-444-444-544	长	✓	1	315	
47	汉宫春	89	定454-64-434-346|654-64-434-346	长	✓	1	78	10
48	满江红	721	定434-344-77-353|33-33-54-77-353	长	✓		550	171
49	贺新郎	482	定5-344-76-34-735-33|7-344 重	长	✓		439	43

续表

序号	常用百体	总	句系	分类一:中13长19	含三言	唐词	宋词	金元词
50	木兰花慢	350	定533–544–2–48–66|2–4–33–364–2–48–66	长	✓		153	197
51	摸鱼儿	235	§346–76–3–37–4–545|36–6–76–3–37–4–545	长	✓		198	37
52	八声甘州	149	定85–544–65–54|654–55–3435–344	长	✓		126	23
53	齐天乐	146	定76–446–4–54–47|654–446–4–54–45	长			119	27
54	瑞鹤仙	143	定5–36–5–36–4–34–544|644–4–33–366–5–6	长	✓		121	22
55	醉蓬莱	112	定544–45–445–444|4444–45–445–444	长			107	5
56	声声慢	109	定446–64–634–354|636–64–634–354	长	✓		87	22
57	望海潮	57	定446–446–5–54–443|654–446–5–54–65	长	✓		39	18

最后,我们简化这两个表格,并在统计中加入上一节关于唐宋词调使用四言的数据,得到表1–25、表1–26。

表1–25　唐调用三言状况汇总

唐调总43体	小令35	中调4	长调4
含三言者:27体(占62.9%)	20	3	4(全部)
含4言者:18体(41.9%)	12	2	4(全部)

表1–26　唐以后词调用三言状况汇总

宋调总57体	小令33	中调9	长调15
含三言者:38体(66.7%)	18	8(例外:满路花)	12(例外:念奴娇、齐天乐、醉蓬莱)
含4言者:44体(77.2%)	21	8	15(全部)

对比表1–25、表1–26可以看出:唐调含三言比例62.9%略低于唐以后词调的66.7%;而唐调含四言的比例(41.9%)则显著低于唐以后词调的77.2%。这说明,相比于四言,三言在词体中的成熟时间要早些,在唐词调中三言即已被普遍运用,并达到成熟状态,而四言的普遍使用则要一直推延到宋。

(3) 三言在词体中的基本状况

1) 三言的使用程度——三言是词体使用较多的句式,但不是使用最多的句式

三言不是词体中数量最多的句式。我们将三言和其他言对比起来看,据《常用百体各言句式及律句率统计表》[①],四言(28.0%)是三言(19.4%)、五言(18.7%)、七言(19.9%)的1.5倍。一般认为,唐词仍以五七言为主,而三言是最早进入词体的非五七言的主流句式,这很容易给人感觉五七言或三言会是词体的主要句式。但统计结果表明,四言的在词体中的总体比例远高于其他各言,四言才是词体的最主要句

---

①参看"论词用律句"部分。

式。三言的使用，仅仅是与五七言相当而已。

2）三言的分布情况——三言在词体中比四言分布更广泛

综合《唐调用三言状况汇表》《唐以后词调用三言状况汇表》给出的数据，得到表1-27。

表1-27　常用百体中的三言、四言情况

常用百体	含三言	含四言
	65体	61体

对比数据可以看出，常用百体中含三言的词体数目已经超出了含四言的词体数，这说明，三言虽然不是词体中使用最多的句式，但三言却是词体中分布最广的句式之一。

3）小令、中调、长调在三言运用上的差别——三言在中调、长调中远比在小令中运用普遍

综合《唐调用三言状况汇表》《唐以后词调用三言状况汇表》，得到表1-28。

表1-28　三言与小令中调长调的关系

常用百体	小令68体	中调13体	长调19体
含三言者：65体	38（占小令总数55.9%）	11（占中调总数84.6%）	16（占长调总数84.2%）

从表1-28可以看出，小令中调长调的三言使用率是不一样的，超过80%的中调长调都用到三言，而只有约一半的小令用及三言。也就是说，三言在中调、长调中远比在小令中运用普遍。这从一个侧面反映了三言作为"短言"，在形成句式组合方面的天然优势。

（4）三言的格律特性

三言的格律特性可以从三个角度来分析，一是三言的总体律句率；二是三言律句的具体情况；三是三言非律句的具体情况。

三言总律句率的统计，具体参看《常用百体各言句式及律句率统计表》，三言占所有句式的比例是19.4%，其非律句率则高达21.4%，是所有句式中非律句率最高的。

三言律句与非律句的情况，则需要重新统计。统计方法是，据《百体非律句图示》，分析其中所有三言律句与非律句，统计其格律使用情况。根据这一方法，我们统计出三言各种格律类型使用情况，将结果制成表1-29。

表1-29　三言的格律类型分析

三言格律类型	数量	百分比	总计	总计
平平仄	40	16.9%	律句：184 占77.6%	237
平仄仄	56	23.6%		
仄仄平	5	2.1%		
仄平平	83	35.0%		
仄仄仄	28	10.6%常用	非律句数：53例 占22.4%	
仄平仄	22	8.9%常用		

续表

三言格律类型	数量	百分比	总计	总计
平仄平	3	少用	非律句数:53例 占22.4%	237
平平平	0	无		

从这两个表中,我们得到关于词体三言用格律的三个特点:

一是三言是词体中非律句使用率最高的句式——从《常用百体律句率统计表》看,三言非律句率高达21.4%,远高于六言的14.5%,更不用说五言的4.9%,七言的7.5%,以及同为"短言"的四言的2.1%。三言非律句率雄踞各言榜首,远高于其他各言。毫无疑问,三言是词中非律句率最高的句式。二是三言非律句多用"仄仄仄"和"仄平仄"格式,另外两种格式基本不用——从《三言的格律类型分析表》看,"仄仄仄"和"仄平仄"两种非律句比例分别达到了10.6%和8.9%,按每种格律类型理论比例1/8看,这个数据已很接近,说明两种句式达到了常用的状态。三是三言律句的四种类型中,很奇怪的是"仄仄平"格式用得极少。

为什么会出现上述情况呢?下面我们试图作出简单的解释。

关于三言多拗句的原因,我们在第二章曾经讨论过,在这里再综合一下。我们认为,三言之所以多拗句,与两个方面的原因相关:一是三言具有天然节奏优势,这可能削弱了格律在三言中所起的作用;二是三言的合律性受位置影响——当三言被用于韵段首和韵段中时,其格律要求显著下降,体现在文中就是,三言拗句一般都出现在韵段首和韵段中,韵段尾句三言拗句极少。

关于前者,我们把它当成显而易见的理论推测。关于后者,我们则可以在此找到较为严格的证据。在第二章,我们已经有《三言非律句类型——句位分析表》[①]。下面,我们再总结出百体三言句式的句位情况(见表1-30)。

表1-30　常用百体三言句位

位置	韵段发端(句首)	韵段中(句中)	韵段尾(句尾)	单韵段(独立成句)	总计
句数	98	50	54	35	237

将二表合并,得到表1-31

表1-31　三言非律句率—位置关系

位置	韵段发端(句首)	韵段中(句中)	韵段尾(句尾)	单韵段(独立成句)	总计
句数	98	50	54	35	237
非律句数	31例	15例	4例	3例	53例
各位置非律句率	31.6%	30%	7.4%	8.6%	

从表1-31中,我们很清晰地看到:当三言处于韵段尾和作为单韵段的时候,即作

---

①参看"论词用律句"部分。

为押韵句的时候，其非律句率与百体各言平均非律句率接近；而当三言处于韵段发端和韵段中央位置的时候，其非律句率迅速增加。这说明，当三言远离押韵位置的时候，其格律特性受到一定程度的削弱。

关于三言格律，还有一个奇怪的现象，那就是"仄仄平"格式的律句数量极少。这一现象背后的原因，尚有待进一步研究。

三言是词体中非律句率最高的句式，三言非律句主要包括"仄仄仄""仄平仄"两种拗句，三言多非律句现象与三言的在词体中的位置和三言本身强劲的节奏有密切关系。

（5）三言的组合特性

我们分三个层面来说明三言的组合特性。

1）三言具有较强的组合能力

三言的组合能力首先体现在三言是词体中仅次于四言的组合种类最多的句式。据《常用百体句式组合中各言使用份额表》的统计，76个组合中有40个包含三言，其数量仅次于四言组合。

三言的组合能力还体现在三言构成了词体使用频率最高的组合。据《常用百体句式组合中各言使用份额表》的统计，词体使用频率最高的组合是33型组合，常用百体中有高达30处用到该组合。白朝晖曾撰文指出，33型句式是早期词的主流形式，对早期词体形成有重大影响[1]。实际上33型组合作为乐歌的主要组织形式，远比白朝晖所述的古老，一直要上诉到楚辞，这点在后面还要详细讨论。

2）三言的常用组合

那么，三言到底有哪些常用组合呢？我们简化《常用百体句式组合频率表》，得到《三言句式组合表》（见表1-32）。从表中，我们可以直观看到所有常见三言组合及其使用频率。

表1-32　三言句式组合

组合等级	出现频率	组合种目	实例
特级组合（出现9次以上）	9次以上	2种	33型(30)34型
一级组合（出现5到8次）	7次	2种	35(7)734(7)
	6次	4种	36型(6)37型(6)344(6)、346(6)
	5次	1种	53型(5)
二级组合（出现2到4次）	3次	4种	63型(3)、333(3)、733(3)、434(3)
	2次	10种	633(2)、433(2)353(2)634(4)-345(2)354(4)735(2)、534(2)、6434(2)、3334(2)、
三级组合（出现1次）	1次	17种	73型(1)336、335、533、443、366、355、436、636、364、-5433、5434、3434、-3435-、3446、3636、3536

从表1-32中可以看出，百体中使用频率超过9次的三言特级组合有33型、34型；

---

[1]白朝晖：《三言句式在词中的出现及其词体意义》，《文学遗产》2010年5期。

使用频率在5到8次的三言一级组合有35型、36型、37型、53型、734型、344型、346型、53型等7种。

3）使用率排名前八的三言组合

词体中，使用频率最高的八种三言组合分别是：33型、34型、35型、734型、36型、37型、344型、346型。这些组合由于使用频率高，而成为词体具有独特表达功能的固定模式，在形成词体的审美特征方面起到了不可估量的作用。但是，关于这些组合的性质特点和审美功能的研究目前还十分欠缺。

本节小结："三言"经历了以下演进脉络：古老的起源——屈原的改造——隐退郊庙与民间——"三三七"式成熟搭配进入诗歌——各种形式进入词体。相比于四言，三言在词体中普遍应用的时间要早得多，早在唐词调中三言即已被广泛运用，并达到成熟状态。从各言句式的使用程度看，三言是词体中使用较多的句式，但不是使用最多的句式。从各言句式的分布情况看，三言是词体中分布最广的句式。小令、中调、长调在三言运用上也存在差别，中调、长调用三言远比小令普遍。三言具有自己的格律特点，所有句式中，三言最多非律句，三言非律句主要包括"仄仄仄""仄平仄"两种拗句，三言多非律句现象与三言的位置和节奏存在着密切关系。从组合能力看，三言具有较强的组合能力。三言拥有使用频率最高的组合为33型组合。常见的三言组合包括：百体中使用频率超过9次的特级组合33型、34型；使用频率在5到8次的一级组合35型、36型、37型、53型、734型、344型、346型。排名前八位的三言组合分别是：33型、34型、35型、734型、36型、37型、344型、346型。

1.3.3.6　论古典汉诗的句式发展历史

（1）句式发展总纲

句式革新，是中国汉语诗歌发展的核心动力。总体上来看，汉语句式经历了周的四言、战国的兮字杂言、汉的三言、魏晋六朝的骈赋四六及诗歌五七言、盛唐的六言、晚唐两宋的九言的逐渐创造和积累，最后在词牌中达到一到九言的大汇合的过程。大致而言，汉语句式发展可划分为五个发展阶段。

1）春秋之前，是二三言逐渐融合形成成熟四言并大发展的阶段，代表作品为《诗经》

这个时期可划分为两个小的阶段，在西周之前，证明出现过二言（如《弹歌》《南风》）和三言（如《葛天氏之歌》）；西周之后，则四言大兴，笼罩了诗坛近六百年，形成了辉煌的《诗经》，此前的二言句和三言句，也通过合并和兮字化（如《月出皎兮》）等手段，被巧妙改变为四言形式。

2）战国时期，兮字句式成为探索的重点

在战国时期，以楚辞为代表的作品，在句式方面探索以兮字为特征的各种句式节奏，形成了一二兮二（离骚中）、二兮二（湘君中）、三兮三（国殇中）、三言兮（九歌中）、四言（招魂中）些等复杂的句式，对后世普通五七言节奏的形成都具有强烈的启示。

3）汉魏六朝隋唐，五七六言创造并成熟

从汉魏六朝到隋唐，经历汉赋各言实践，五七言句式逐渐成熟并成为汉语齐言诗歌主体句式，在六朝隋唐大行其道；四六言首先在骈文中发展到高峰，然后在盛唐王维等人手上发展成成熟的六言诗歌句式。

4）晚唐两宋，一言进入词牌，九言成熟、各言一字逗句式成熟

晚唐五代，各言进入词牌之中，获得了融合性的大发展。其中，《一七令》《十六字令》引入了一言句式；《虞美人》《乌夜啼》等词牌引入了二七节奏的九言句式；各种一字逗句式（一字领四言、一字领五言、一字领六言、一字领七言、一字领八言）得到空前重视。

5）元代以后，轻声节奏进入诗歌，形成了散曲各种不成熟的句式

散曲的部分句式与词牌无异，部分句式则试图糅合口语的轻声节奏，创造一种新的节奏，但造成了一种文不文、言不言的半文言半白话的不成熟句式。由于不清楚轻声节奏的各种特征，这种探索并未取得成功，直到白话诗歌时代到来，这种探索也仍然没有取得令人满意的进展。这种状况一直延续到今天，白话诗句的合适的节奏模式，仍然是所有白话诗人最大的困惑，也是所有诗人需要探索的方向。

（2）各言句式小史

1）一言未足以成言，然亦并非无有，长吁短叹，加强节奏，亦间有用之

在《诗经》有《郑风》缁衣之敝、萚兮之倡、丰之悔驾，在汉则有五噫之叹，在隋则有一九之诗，在词则入定格，有一七令、十六字令。一言而成定格，虽若游戏，然不污词体。

> 缁衣之宜兮，敝，予又改为兮。适子之馆兮，还，予授子之粲兮。
>
> ——《郑风·缁衣》

> 萚兮萚兮，风其吹女。叔兮伯兮，倡，予和女。
>
> ——《郑风·萚兮》

> 子之昌兮，俟我乎堂兮，悔，予不将兮。
> 衣锦褧衣，裳锦褧裳。叔兮伯兮，驾，予与行。
>
> ——《郑风·丰》

> 陟彼北芒兮，噫！顾瞻帝京兮，噫！宫阙崔嵬兮，噫！民之劬劳兮，噫！辽辽未央兮，噫！
>
> ——汉梁鸿《五噫歌》

> 游。愁。
> 赤县远。丹思抽。
> 鹫岭寒风驶。龙河激水流。

既喜朝闻日复日。不觉年颓秋更秋。

已毕著山本愿诚难住。终望持经振锡往神州。

　　　　——《先秦两汉魏晋南北朝诗》隋诗卷十《一三五七九言诗》释慧英

诗。

绮美，瑰奇。

明月夜，落花时。

能助欢笑，亦伤别离。

调清金石怨，吟苦鬼神悲。

天下只应我爱，世间惟有君知。

自从都尉别苏句，便到司空送白辞。

　　　　　　　　　　　　　　　　　　　　——白居易《一七令·诗》

天，休使圆蟾照客眠。人何在？桂影自婵娟。（宋蔡伸《十六字令》，又名《苍梧谣》《归字谣》）

2）二言殆始成语，然至为原始

前有黄帝之弹歌，后有涂山之候人。易卦诗经，间有其用。四言兴起，或扩入四言。其后凡有杂歌言辞，皆有二言介入。至词中，则常以复沓方式入格，如调笑令、无梦令，或以组合方式入格，如定风波、南乡子、河传。

断竹。续竹。飞土。逐宾。

　　　　　　　　　　　　　　　　　　　　　　　　　——《弹歌》

候人兮猗！

　　　　　　　　　　　　　　　　　　——涂山氏之女《候人歌》

屯如，邅如，乘马，班如。匪寇，婚媾。

　　　　　　　　　　　　　　　　　　　　——《周易·屯卦》

胡马，胡马，远放燕支山下。跑沙跑雪独嘶，东望西望路迷。迷路，迷路，边草无穷日暮。

　　　　　　　　　　　　　　　　　　——韦应物《调笑令》

昨夜雨疏风骤，浓睡不消残酒。试问卷帘人，却道海棠依旧。知否？知否？应是绿肥红瘦。

　　　　　　　　　　　　　　　　　　——李清照《如梦令》

莫听穿林打叶声，何妨吟啸且徐行。竹杖芒鞋轻胜马，谁怕？一蓑烟雨任平生。

料峭春风吹酒醒，微冷，山头斜照却相迎。回首向来萧瑟处，归去，也无风雨也无晴。

　　　　　　　　　　　　　　　　　　——苏轼《定风波》

画舸停桡，槿花篱外竹横桥。水上游人沙上女，回顾，笑指芭蕉林里住。

——欧阳炯《南乡子》

湖上，闲望，雨萧萧。烟浦花桥路遥，谢娘翠蛾愁不销。终朝，梦魂迷晚潮。荡子天涯归棹远，春已晚，莺语空肠断。若邪溪，溪水西。柳堤，不闻郎马嘶。

——温庭筠《河传·湖上》

3) 三言始能自足

葛天氏之乐，推为三言之祖。商颂初貌，推为三言。楚歌兴，以一字豆三言为节，普通三言则皆受抵牾，且多受限于杂言歌辞体裁，或民歌，或郊庙祭祀，经汉魏南北朝入唐，方渐渐与一字豆抗衡。至词兴，则收泯于词中形成稳定之三言格。

昔葛天氏之乐，三人操牛尾，投足以歌八阕：一曰载民，二曰玄鸟，三曰遂草木，四曰奋五谷，五曰敬天常，六曰建帝功，七曰依地德，八曰总禽兽之极。

——《吕氏春秋·古乐》

将现存《商颂》中显系后人添加的词语删去，将双音词易为同义的单音词，再除去不见于甲骨文及同期金文之虚词、形容词、副词，居然基本上仍能成诗，而其句式大致可易为三言句……《商颂》的原始记录（与其歌唱形式当然不同）不是四言诗而是三言诗。其四言诗形式是后世添加虚词、副词、迭音词等的结果。如果此说成立，则中国诗歌的原始阶段固在商代，其文字记录形式实为三言句或以三言句为主。[1]

操吴戈兮被犀甲，车错毂兮短兵接。旌蔽日兮敌若云，矢交坠兮士争先。
凌余阵兮躐余行，左骖殪兮右刃伤。霾两轮兮絷四马，援玉枹兮击鸣鼓。
天时怼兮威灵怒，严杀尽兮弃原野。出不入兮往不反，平原忽兮路超远。
带长剑兮挟秦弓，首身离兮心不惩。诚既勇兮又以武，终刚强兮不可凌。
身既死兮神以灵，魂魄毅兮为鬼雄。

——《九歌·国殇》

大楚兴，陈胜王。

——《秦末民谣》

安其所，乐终产。乐终产，世继绪。飞龙秋，游上天。高贤愉，乐民人。

——《汉乐府·安世房中歌》

于是乎背秋涉冬，天子校猎。乘镂象，六玉虬，拖蜺旌，靡云旗，前皮轩，后道游。孙叔奉辔，卫公参乘，扈从横行，出乎四校之中。鼓严簿，纵猎者，河江为阹，泰山为橹，车骑雷起，殷天动地，先后陆离，离散别追。淫淫裔裔，

---

①陈伟湛：《商代甲骨文金文词汇与〈诗商颂〉的比较》，《中山大学学报》2001年1期。

缘陵流泽，云布雨施。生貔豹，搏豺狼，手熊黑，足埜羊，蒙鹖苏，绔白虎，被班文，跨埜马，凌三峻之危，下碛历之坻。径峻赴险，越壑厉水。椎蜚廉，弄獬豸，格虾蛤，鋋猛氏，羂騕褭，射封豕。箭不苟害，解脰陷脑，弓不虚发，应声而倒。于是乘舆弭节徘徊，翱翔往来，睨部曲之进退，览将帅之变态。然后侵淫促节，儵夐远去，流离轻禽，蹴履狡兽。辖白鹿，捷狡兔，轶赤电，遗光耀。追怪物，出宇宙，弯蕃弱，满白羽，射游枭，栎蜚遽。择肉而后发，先中而命处，弦矢分，艺殪仆。然后扬节而上浮，凌惊风，历骇猋，乘虚无，与神俱。蹴玄鹤，乱昆鸡，遒孔鸾，促鵔鸃，拂鹥鸟，捎凤凰，捷鸳鸰，掩焦明。道尽途殚，回车而还。消遥乎襄羊，降集乎北纮，率乎直指，晻乎反乡。蹷石阙，历封峦，过鳷鹊，望露寒，下棠梨，息宜春，西驰宣曲，濯鹢牛首，登龙台，掩细柳。观士大夫之勤略，均猎者之所得获，徒车之所辚轹，步骑之所蹂若，人臣之所蹈籍，与其穷极倦㑊，惊惮詟伏，不被创刃而死者，他他籍籍，填坑满谷，掩平弥泽。

——司马相如《上林赋》

幽兰露，如啼眼。无物结同心，烟花不堪剪。

草如茵，松如盖。风为裳，水为珮。

油壁车，夕相待。冷翠烛，劳光彩。西陵下，风吹雨。

——李贺《苏小小墓》

长淮望断，关塞莽然平。征尘暗，霜风劲，悄边声。黯销凝。追想当年事，殆天数，非人力，洙泗上，弦歌地，亦膻腥。隔水毡乡，落日牛羊下，区脱纵横。看名王宵猎，骑火一川明。笳鼓悲鸣。遣人惊。　　念腰间箭，匣中剑，空埃蠹，竟何成。时易失，心徒壮，岁将零。渺神京。干羽方怀远，静烽燧，且休兵。冠盖使，纷驰骛，若为情。闻道中原遗老，常南望、羽葆霓旌。使行人到此，忠愤气填膺。有泪如倾。

——张孝祥《六州歌头》

4）四言兴于《诗经》，魏晋小兴，汉以来多居杂言歌辞首列，至唐宋词则演为律句（详细探讨见"论古典四言"篇）

5）五言起于汉，兴盛于魏晋，永明体始考其格律，初唐完成平仄律句构建（详细探讨见"论五言诗确立于秦汉"篇）

6）六言形成于魏晋，间入骈文而渐成四六，初唐王维手中完成平仄律化，入词曲成为稳定句式

其后熏鬻作虐，东夷横畔，羌戎睚眦，闽越相乱，遐氓为之不安，中国蒙被其难。

——杨雄《长杨赋》

涨迤平原，南驰苍梧涨海，北走紫塞雁门。柂以漕渠，轴以昆岗。重关复江之隩，四会五达之庄。当昔全盛之时，车挂辖，人驾肩。廛闬扑地，歌吹沸天。

——鲍照《芜城赋》

余乃窜身荒谷……三日哭于都亭，三年囚于别馆……追为此赋，聊以记言，不无危苦之辞，唯以悲哀为主……荆璧睨柱，受连城而见欺；载书横阶，捧珠盘而不定。钟仪君子，入就南冠之囚；季孙行人，留守西河之馆……遂乃分裂山河，宰割天下。岂有百万义师，一朝卷甲，芟夷斩伐，如草木焉……将非江表王气，终于三百年乎？是知并吞六合，不免轵道之灾；混一车书，无救平阳之祸。呜呼！山岳崩颓，既履危亡之运；春秋迭代，必有去故之悲。

——庾信《哀江南赋》

桃红复含宿雨，柳绿更带朝烟。花落家童未扫，莺啼山客犹眠。

——王维《田园乐七首·闲居》

野花芳草，寂寞关山道。柳吐金丝莺语早，惆怅香闺暗老。
罗带悔结同心，独凭朱栏思深。梦觉半床斜月，小窗风触鸣琴。

——韦庄《清平乐》

枯藤老树昏鸦，小桥流水人家，古道西风瘦马。夕阳西下，断肠人在天涯。

——马致远《天净沙》

7）七言起于战国，《国殇》有"三兮三"，是为先导，荀子有《成相篇》，已臻成立，秦汉成熟，汉武有《秋风辞》，魏文有《燕歌行》，鲍照有七言歌行，初唐则完成格律构建，成为中国诗歌最常用的句式

操吴戈兮被犀甲，车错毂兮短兵接。旌蔽日兮敌若云，矢交坠兮士争先。

——《九歌·国殇》

请成相，世之殃，愚暗愚暗堕贤良。人主无贤，如瞽无相何伥伥。

——荀子《成相篇》

秋风萧瑟天气凉，草木摇落露为霜，群燕辞归雁南翔。
念君客游思断肠，慊慊思归恋故乡，何为淹留寄他方？
贱妾茕茕守空房，忧来思君不敢忘，不觉泪下沾衣裳。
援琴鸣弦发清商，短歌微吟不能长。明月皎皎照我床，
星汉西流夜未央。牵牛织女遥相望，尔独何辜限河梁？

——曹丕《燕歌行》

8）八言罕有，词人偶用，皆为"一七"节奏，已是律句

　　对潇潇暮雨洒江天，一番洗清秋。

——柳永《八声甘州》

　　对佳丽地，信金罍罄竭玉山倾。

——柳永《木兰花慢·折桐花烂漫》

9）九言唐前罕有，以"长言"为词所用，并于词中完成格律化，如《虞美人》《乌夜啼》之末句，后渐漫成九言诗篇，如北宋卢赞元《酷酿花》，惜乎竟未于齐言诗中完成格律化

　　问君能有几多愁，恰似一江春水向东流。

——李煜《虞美人》

　　桃花谢了春红，太匆匆，无奈朝来寒雨晚来风。

——李煜《乌夜啼》

　　天将花王国艳殿春色，酥酿洗妆素颊相追陪。
　　绝胜农英缀枝不韵李，堪笑横斜照水挽先梅。

——北宋卢赞元《酷酿花》

（3）一字豆句式小史

一字豆句式乃中国诗歌之特别句式，一字豆有三用，一用于楚辞，一用与四六，一用于词。

一字豆三言（即一字领二言）兴于楚辞，其首为山鬼国殇之"三兮三"形式，其中三言皆一字豆，后独立自足，减为一字豆三言，在汉大赋及汉以后郊庙祭祀、民间歌谣中占据领地，至宋词而不衰。

一字豆六言（即一字领五言）为楚辞核心句式，然其形式更为特殊，皆为"一二之二"节奏，骚体、九歌三分之二用其式，大赋沿用，至骈文四六中之"六言"，沿用不衰。常波及散文。

除一字豆三言、一字豆五言特殊之外，其余一字豆句俱在北宋词中兴起并成熟；词中一字豆三言一字豆五言也一改楚歌"一二之二"风格而变为普通"一二三"风格。诸种一字豆句式皆在北宋词中完成格律化。

1.3.3.7　论现代汉语的"轻声节奏观"

本书认为，"轻声节奏观"是现代汉语节律的基础。所谓"轻声节奏观"，就是相对于古典诗律双音节奏观而言，以轻声现象为主要节律特征的由轻重音交替构成句式节奏的现代汉语节奏观念。

(1) 轻声的普遍性

关于轻声现象的普遍性，刘海霞指出：

> 轻声是普通话语音的重要特点之一。轻声配合声调从音长、音强等方面加强汉语的音乐性，构成汉语独特的节奏韵律，是一个涉及语音、词汇、语法的综合概念。虽然普通话中轻声词的绝对数量并不是很多，以《现代汉语词典》（据2012年发行第六版，推测此处应为第五版，作者案）而言，其收集的轻声词只占到双音节词的6%左右，这些轻声词却十分活跃，曾有人做过这样的统计，在一般语流中，5—7个音节里便有一个轻声音节，而在用普通话写作的文艺作品中，轻声词大约占到15%～20%。在学习普通话过程中如果掌握不好轻声，不仅会出现发音错误，而且会影响到整个普通话的语音面貌。所以说，轻声在普通话里占有显著的地位。[1]

从《现代汉语辞典》的6%，到文艺作品中的15%～20%，明显可以看出，文艺作品对于轻声词更加注重。实际上，把这个情况推到最重节奏表达的诗歌，则这个比例还要大大增加。

当然，需要说明的是，这些统计都是针对汉语普通话而言的，对于汉语方言而言，需要另行统计。另外，因为轻声词的流变性和不稳定性，就是对于普通话，轻声词的统计各家实际上也有些出入。兹将刘美娟[2]2007年对历史上历次统计的综述摘录如下，供大家参考：

> 最早对轻声词作系统整理的是1937年出版的《国语辞典》，该词典把轻声词分成轻声和"可轻声（不按轻声读亦可者）"两类分别注音。新中国成立以后，进行过多次整理。1956年张洵如编《北京话轻声词汇》收录轻声词4000个左右。1963年编的《普通话轻声词汇编》遴选必读轻声词1500个。20世纪70年代编《现代汉语词典》将一些认为必读轻声的词语标为轻声，另外把一些有时读轻声，有时读非轻声的词语标为轻重两读（即两可）。1985年孙修章先生编的《普通话轻声词汇编》从《现代汉语词典》收录的轻声词中辑录了普通话双音节轻声词约1400多条，其中"子"尾词418条，选取时删除了方言词、较冷僻的词和一部分可轻可不轻的词。1996年版的《现代汉语词典》（以下简称96版《现汉》），收录词语总数有六万多条，其中轻声词有3100个，轻声词占比例约为5%，除去重复出现的派生词553个，如由"算盘"派生出来的词语"铁算盘、小算盘、打算盘"，由"葡萄"派生出来的"葡萄干、葡萄灰、葡萄酒、葡萄胎、葡萄糖、葡萄紫"等，再除去《现代汉语词典》中明确标注了"〈方〉"表明其为方言用法的词语397

---

[1] 刘海霞：《普通话轻声的声学特征和读法》，《语文学刊》2008年第9期，第174—176页。

[2] 刘美娟：《轻声词规范的柔性化趋势——〈普通话水平测试事实纲要〉评析》，《语文学刊》2007年第22期，第125—128页。

个，1996年版《现汉》的轻声词总数是2150个。同时1996年版的《现汉》针对轻声词存在的问题，对轻声词的注音进行了一些修订，把一部分原来标为必读轻声的词语改成了非轻声或轻重两读，比如：把"近视、松动、程度"等词改成了非轻声，把"白天、点缀、支撑"等词改成了轻重两可。1994年的《普通话水平测试大纲》（以下简称《大纲》）共收词语23921个，其中表一收轻声词499个，表二收轻声词743个，共收轻声词1242个，占比例约为5.2％。2004年的《普通话水平测试实施纲要》中的《普通话水平测试用普通话词语表》共收词语17055条，其中"表一"6595条，"表二"10460条，共计收录轻声词789个（包括两可的），占比例约为4.6％。同时《纲要》根据《普通话水平测试用普通话词语表》编制了《普通话水平测试用试用必读轻声词语表》，本表共收词语545个（其中"子"尾词206条）。原来《大纲》的许多必读的轻声词现已归为轻重两读。所以这次对轻声词整理总的情况是必读词减少，两可词增加。

近十年来轻声词的判断无论《现代汉语词典》还是《普通话水平测试大纲》都有增损，也是需要大家注意的。

（2）轻声的本质

轻声是非常复杂的语音现象，受到20世纪以来研究者的广泛关注。关于轻声研究，李伶俐①《20世纪汉语轻声研究综述》（2002）有非常详细而条理的介绍，可以参看。

本书界定，轻声，是变调的一种特殊情况，就是发生在特殊语言环境中读起来感觉轻短的变调。

对于这个定义，本书做以下说明：

1）轻声是变调的一种特殊情况，变调是有声调语言更为普遍的一种现象

所谓变调，就是指在语流压迫下，由于语音或语义关系而不得不临时采取的改变声调形态方式，这种改变包括声调的音长、音强、调形、音色等各种变化。变调是汉语普通话和各方言普遍存在的现象，不仅在日常语言交流中有重要应用，在汉语传统吟诵、歌曲、戏曲等音乐融媒文艺样式中有更为重要的应用。变调的研究，尤其是方言变调的研究，在传统上是以魏良辅、沈宠绥、徐大椿、叶堂等明清戏曲家的歌曲研究为代表的，科学的研究则要到最近近十年，最近十年则得到了研究界越来越多的重视，但总体上讲，还没有形成宏观的视野和体系化成果。

2）轻声是经验性现象，其本质是语感上的轻短，它并不必然指向音长、音强、音高（实际为调形）、音色等物理量中的任何一种

注意，这种又轻又短是宏观语感上的，而不单纯指向音长、音强、音高（实际为调形）、音色等微观物理量中的任何一种变化。在不同的方言、不同的语流环境中，它

---

①李伶俐：《20世纪汉语轻声研究综述》，《语文研究》2002年第3期，第43—47页。

可能表现为音长的缩短，或者音强的变弱，或者调形的变化（压缩、截断、丢失、变形）带来的语感，或者音色变化等带来的语感（元音央化，不送气塞音、塞擦音浊化等），它既可能是其中的某一项变化，也可能是其中几种变化的综合，甚至还可能连带着发生其他比如韵母变形等变化。李伶俐①列举20世纪的研究结果证明了这种复杂性：

> 轻声声学性质的研究在80、90年代经过实验语音学的努力取得了令人瞩目的成绩。这些研究成果推进了学术界对轻声本质的认识。主要有：1.音强不是轻声的本质属性；2.轻声与音长和音高关系密切；3.轻声音高有曲线变化，即有调形，不是传统认定的一个点；4.证实了轻声音节的元辅音音色的伴随性变化：主要元音央化，不送气塞音、塞擦音浊化，此外还发现鼻音韵尾有时会脱落。这些成果刷新了人们对轻声的认识，尤其关于轻声与音强关系的结论，纠正了过去对轻声由音强决定的误解。在这些研究中，影响比较大的有：林茂灿、严景助的《北京话轻声的声学性质》，林焘的《探讨北京话轻声性质的初步实验》，曹剑芬的《普通话轻声音节特性分析》，杨顺安的《普通话轻声音节的规则合成》。他们分别对北京话轻声做了声学分析、听辨实验和合成实验，从不同角度研究轻声的音长、音高、音色和音强。

3）普通话轻声的主要语音特征是音长缩短

普通话轻声的研究最多。

传统研究的结论，可以引用李伶俐②的总结来加以说明：

> （接上文）他们分别对北京话轻声做了声学分析、听辨实验和合成实验，从不同角度研究轻声的音长、音高、音色和音强。他们的结论有的很接近，有的有分歧。下面分述。
>
> 音长。曹剑芬声学分析的结论是：轻声音节的长度大约为正常音节的五分之三，林茂灿、严景助测定为45%。杨顺安用一般音节二分之一的音长合成轻声，听感自然。林焘的听辨实验证明，北京话双音节"重重"型第二音节的音长越短，听成轻声的比率就越高，并且没有例外。他们的不同研究一致证明，音长缩短是构成轻声的重要因素。
>
> 音高。关于音高的实验研究结论有两点很集中：一、轻声音高随着时长的变化发生变化，这证明轻声有调形，并非原先认定的音高变化无调域，仅为一个音高点；二、轻声的音高曲线取决于前一个音节，阴平、阳平、去声后是降调，上声后是平调（或先平后降，或先平后升）。关于音高的分歧主要有三点。第一，音高和音长哪个是轻声的首要特性。实验证明，音高和音长都是构成轻声的重要因素，但哪个是首要因素，看法不一。林焘认为，对声调语言而言，音高和音长

---

① 李伶俐：《20世纪汉语轻声研究综述》，《语文研究》2002年第3期，第43—47页。
② 李伶俐：《20世纪汉语轻声研究综述》，《语文研究》2002年第3期，第43—47页。

有明确分工，"音高的变化在重音音节中已经起了非常重要的辨义作用，在分辨轻重音时以音长为主"，音高的升降在轻声听辨中虽然也起作用，但比较小，远没有音长重要。他认为音长是轻声的第一特性。曹剑芬认为，音长和音高是构成轻声的两个重要因素，但"或许还是音高的作用更大些"。第二，轻声调形（型）在分辨轻声中的作用。林焘听辨实验的结论是：听辨中调型的升降起一定作用，但要受音长的制约，音长越短，调型升降对听辨所起的作用就越小，"调型的升降显然不是轻音的本质特点"。但曹剑芬认为"调形可能对轻声的听辨具有重要作用"。第三，测定的轻声

调值不统一。见下表。

作者	阴平后轻声	阳平后轻声	上声后轻声	去声后轻声
林茂灿	41	51	44/33/32	21
王韫佳	41	52	33	21[10]
曹剑芬	51	52	45	31
高玉振	41	51	35	31[11]

（注：表中的"/"代表"或"。表中曹剑芬和高玉振的五度制数据系笔者据曹文高文——文献的相关数据所折算）

音色。用实验证实了轻声音节音色的变化：不送气清塞音和塞擦音常浊化，曹剑芬统计浊化比例约60％；主要元音央化，复合元音动程缩小，韵母鼻韵尾会消失。

音强。一致认为不是轻声的本质特征：轻声音节的音强不一定就比非轻声音节弱。

杨顺安根据普遍认同的轻声特性，制定出合成轻声音节的一套方案，合成了《普通话常用轻声词汇》中的双音节词语，合成结果"大多数都较为清晰、自然，其中的轻声音节，在音强、音高、音长和音色方面，都比较满意"。①

而最新的研究结果，则引入最近刘海霞②的研究做以说明。什么是轻声？刘海霞②中指出：

> 轻声既是普通话语音的重要特点，也是国家普通话水平测试的必考内容。本书通过对普通话水平测试用所选定的545条必读轻声词的示范性读音进行声学考察，认为轻声最主要的语音特征是音长的缩短，其次是音高和银音色的变化，音强不起主要作用。（摘要部分）

刘海霞在论文中结合重新作出的语音试验，对普通话轻声在音长、音高、音色、音强

---

①李伶俐：《20世纪汉语轻声研究综述》，《语文研究》2002年第3期，第43—47页。
②刘海霞：《普通话轻声的声学特征和读法》，《语文学刊》2008年第9期，第174—176页。

四个方面的具体变化给出了重新界定：

（一）轻声音节的音长变化

……

关于普通话轻声的音长，林茂灿、颜景助及林焘等语言学家都曾设计声学实验进行过考察，证实了轻声词的后字比非轻声词短的事实。本书则是在《普通话水平测试实施纲要》的"普通话水平测试用必读轻声词语表"中选定了545条必读轻声词，将其示范性的标准读音作为语音资料，逐一进行统计分析。这些词语是普通话口语中较为稳定且必须读轻声的词语，也是我们应该掌握的轻声词语，加之语料相对而言是标准而规范的，故分析结果对我们学习轻声有一定的参考价值。下面是音长的统计结果：

（1）前音节（非轻声音节）平均音长为374.3ms，后音节（轻声音节）的平均音长为112.6ms。也就是说，在一个双音节词组中，非轻声音节占到整个音节音长的80%，而轻声音节只占整个音长的20%，前音节音长为后音节的四倍左右。

（2）各轻声字的音长相对于其正常状态下的音长已大大缩减，其中音长较长的接近于200ms，较短的小于100ms，一般在100—200ms。轻声音节的音长主要受前一音节的影响，尤其是受其声调的影响突出。一般来说，当前一音节为上声时，轻声音节的音长相对较长，而当前一音节为去声时，轻声音节的音长最短。此外，轻声本身的音节构成也是影响其音长的因素之一。

（3）非轻声音节的音长与往常无明显变化，即接近于该音节本来的读音面貌。虽然非轻声音节的音长受其自身的音节构成和声调的影响各不相同，较长的超过400ms，较短的不到300ms，尽管它们也有稍长和烧断的变化，带有一定的随意性，但总的说来变化不大，可以说基本不变。

……

（二）轻声音节的音高变化

……

轻声音节并没有固定的音高，它的声调变化是由它前面的非轻声音节的调值决定的。赵元任（1948）指出轻声在四声后的音高分别为"半低、中、半高、低"；后来，罗常培、王均据此观点描写轻声在"阴、阳、上、去"后面的调值分别为"2、3、4、1"，可以标成【□²】【□³】【□⁴】【□¹】，这也是目前采纳较多的观点。轻声音节音高变化的这一特点与音长变化表现相似，可以说，轻声音节在上声音节后音高相对最高音最长，而在去声音节后音高相对最低且音长最短。实际上，轻声音高并非只有一个最高点，它也有调形上的升降变化，有音高变化的调域。……以上轻声音节音高的变化是在比较正式读的时候，才有这些高低升降的变化，而当它们楚语一般语流中时，其音高变化的分别就不太明显了。除了在上声之后有时还显得略高之外，其他均为略低一些的轻音。

音长缩短，引起音高幅度的压缩，是构成轻声的另一个重要因素。

（三）轻声音节的音色变化

……轻声音节的音色远不如重读音节那样清晰……其中声母可能发生变化，但主要还是云母带变化，轻声对韵母元音音色有较大影响。常见的变化有：

（1）一些韵母中较高或较低元音向央元音靠拢，韵母变得比较含混甚至脱落。例如"头发"的"发"单念是【fa⁵⁵】，念轻声是【fe²】；"哥哥"的前一个"哥"念【k□⁵⁵】，后一个念【ke²】；"豆腐"的"腐"念【fu²¹⁴】，年轻声时可以认为是【f】，即韵母实际已不存在了。

（2）不送气的清塞音和清塞擦音声母浊音化。如"桌子"的"子"单念是【□□²¹⁴】，轻声是【□□²】。

……

（四）轻声音节的音强变化

……近些年来国内外的一些实验研究已证明，音强在辨别轻重音方面所起的作用很小，它甚至不是轻重音分别的主要声学参数。轻与重属于感知范畴，而非纯物理量，轻声音节听觉上的轻短模糊主要是心理感知作用，音节时长的缩短采诗轻声的主要征兆。正因为轻声音节音长的大幅缩减，振幅曲线所包含的能量随之也会明显减少，这便是听起来响度降低的主要原因。林焘先生通过对北京话轻声性质的实验，用听辨人工合成语音的方法亦得出同样的结论，他指出"单纯改变音强对听辨音影响不大"，认为"音长在听辨轻音时是起了非常重要作用的"。从本书所观测到的语音资料的语图来看，有的轻声音节非但不比前一音节轻，有时反而更强，但从听感上我们仍然可以辨别出它是轻声，如……这说明人耳对轻声的感知主要是音长的相对差别，一个字只要读得足够短（这里是指与前一音节相比较），就能显明它的轻声性质。

从刘海霞的结论看，它比传统上更果断也更精确的对普通话轻声的语音特点作出了界定：普通话轻声的主要语音特征是音长的缩短。这个结论是否还会反复，就要看以后进一步的研究成果。在没有更全面的实验出来之前，本书暂时支持这一看法。

4）不同方言中轻声表现具有复杂性

刘海霞的结论"轻声主要不是音强变轻而是音长变短"主要是针对普通话做出的，对其他方言是否也合适，需要做进一步研究。实际上，这个研究也早已展开。

李伶俐[①]指出：

1987年曹德和报告了巴里坤汉语方言轻声不轻、读高降调的事实，刘俐李1988年发现焉耆汉语方言的相类事实，比如，"桃子、孩子"的"子"读高降调53。王旭东1992年报告和分析了北京话轻声去化现象，即"读轻为去"，比如轻

①李伶俐：《20世纪汉语轻声研究综述》，《语文研究》2002年第3期，第43—47页。

声词"朋友"的"友"读为去声。其中的一些词经过几十年的轻声去化后，其去声读音已被审定为规范音，如"绩""迹"。2000年魏刚强系统梳理了轻声的各种现象，区别出"调值的轻声和调类的轻声"，"调值的轻声指连读时读得很短的字调，即使原调类依然保持；调类的轻声指失去原调类的字调，即使调值并不短"。有的方言只有调值的轻声，有的方言只有调类的轻声，有的方言二者并存，或包含，或交叉。魏文推测出8种可能出现的方式，并找到了7种方言实例，将魏文的概括表照录如下：

从两种轻声的关系看相关的轻声现象（A表示调值的轻声，B表示调类的轻声）

编号	意义	方言现象	代表方言
1	AB不相容	调值轻短的字都不失原调，失去原调的字调值都不轻短	？
2	AB交叉	调值轻短的字不都失去原调，失去原调的字调值不都轻短	北京话
3	A包含B	失去原调的字调值都轻短，调值轻短的字不都失去原调	娄底话
4	A包含于B	调值轻短的字都失去原调，失去原调的字调值不都轻短	万荣话
5	AB重合	调值轻短的字都失去原调，失去原调的字调值都轻短	北京话
6	有A无B	调值轻短的字都不失原调，没有失去原调的字	浏阳话
7	无A有B	失去原调的字调值都不轻短，没有调值轻短的字	上海话
8	无AB	没有调值轻短的字和失去原调的字	广州话

其中，魏刚强的确较早注意到不同方言中轻声的复杂性和分类问题。他在《调值的轻声和调类的轻声》将轻声分为调值的轻声和调类的轻声两类，并结合赣语系湖南耒阳方言、湖南浏阳方言、娄底方言、萍乡方言进行了说明[1]。但他的研究分法却存在着概念的逻辑上的问题。

最近几年，方言轻声问题获得了更多的关注。如2018年连续出现了关于方言轻声研究的几篇论文：孔慧芳《合肥话轻声模式研究——基于频率效应的视角》，年玉萍、何丹妮《千阳方言轻声字声学特性分析》，翟春龙《山东淄博张店方言的"轻声前变调"》，沈丹萍《河北乐亭方言的连续标调和轻声》，说明最近方言的轻声复杂性已经得到了充分的注意。

孔慧芳[2]的论文回顾了前人关于合肥方言轻声的研究：

> 与多数北方官话相似，合肥话中有轻声现象。关于它的研究，目前主要是描述性研究为主，声学研究为辅，取得了一定进展。李金陵运用传统方言学的办法，通过田野调查获得材料，对合肥方言中的轻声现象进行了音系描写；孟庆惠则在安徽省方言志的研究中对合肥方言中的轻声现象进行了描述，使用的是传统的口耳听辨法。研究表明：合肥话由于没有儿化韵，"儿"被"子"取代。一些单音节

---

[1] 魏刚强：《调值的轻声和调类的轻声》，《方言》2000年第1期，第20—29页。
[2] 孔慧芳：《合肥话轻声模式研究——基于频率效应的视角》，《安徽理工大学学报》2018年第5期，第54—59页。

词或没有后缀的双音节词也加上了"子"尾，这类轻声词比较多（举例见下表1）；孔慧芳则运用声学实验的方法，在西方主流音系学理论—优选论的框架下对合肥话中的轻声现象进行了探讨。研究表明：合肥话轻声音节的时长平均约占重读音节的60%—70%，与海安话相近。

指出合肥话轻声的本质是时长变短、音强变弱、音高（实际为调形）降低，但主要表现则是时长缩短60%—70%。在此基础上，论文研究了词频与轻声化程度的关系，得出结论：

> 运用语音实验法，采用主客观相结合的频率确定方法，对江淮官话方言代表之一的合肥话的轻声，进行了定量和定性研究。研究结果表明：合肥话的轻声音节和词汇的频率有着密切的相关性。越是高频的轻声词汇其时长越短、音高越低、音强越弱；越是低频的轻声词汇其时长越长、音高越高、音强越强。但这种显著的词频效应主要体现在高频、低频两个频率组别之间；高频、中频组的声学差异尚未达到统计学上的显著性。同时，入声与轻声的组合在音高、音强、时长三个维度方面没有体现出明显的频率效应。这说明，我们需要重新考虑入声与轻声在合肥话中的语音性质。

年玉萍、何丹妮[1]《千阳方言轻声字声学特性分析》则真正全面研究了千阳方言中轻声字的音长、音强、音高、音色特征，其中，对于大家最注重的音长变化，论文指出：

> 曹剑芬对普通话轻声音节也进行了研究，得出轻声音节与前面音节总平均长度之间的比例为60∶100。曹德和通过声学实验，对巴里坤话进行了研究，结果为轻声字和前面的非轻声字之间的平均时长之比为90%。魏玉清认为，乌鲁木齐话中的轻声与非轻声时长比为91%。通过统计，千阳方言中，轻声字与前面字总平均长度之间的比例为81∶100，二者间的分数比为五分之四。可见，在双音节词语中，千阳方言的轻声字时长，比普通话的轻声字长，但是，比新疆一些方言的轻声字短。

除此之外，论文[2]还得出了一系列的结论：

> 利用计算机praat软件，对千阳方言四种声调后的轻声字音高、音长、音强和音色进行声学分析。在千阳方言的双音节词语中，后一个字读轻声时，轻声字音高模式为高降调和中降调两个等级，阳平和去声后的轻声为高降调，阴平和上声

---

[1]年玉萍、何丹妮：《千阳方言轻声字声学特性分析》，《宝鸡文理学院学报（社会科学版）》2018年第4期，第104—109页。

[2]年玉萍、何丹妮：《千阳方言轻声字声学特性分析》，《宝鸡文理学院学报（社会科学版）》2018年第4期，第104—109页。

后的轻声为低降调。音长后一个字比前一个字短，但是，比普通话的轻声音节长。重叠词中，轻声字音强并不是都比前面音节弱。音色方面，重叠词中，第二个字读轻声后，舌位前后、高低都略有变化，但变化有的略大，有的略小，也没有规律。从语图上看，辅音方面浊化现象不明显。

(3) 轻声在语言学中的功能

从赵元任提出轻声现象起，人们就开始思考轻声的功能，并逐渐关注到轻声现象对语音、语法、文字乃至韵律等各方面的影响。

徐枢是较早研究轻声功能的学者，他在《轻声的作用》一文中列举了轻声的五种作用：

> 一、区别不同的构词方式（复合、附加、重叠）。如"老子"
>
> 二、区别词和词组。如"买卖"
>
> 三、区别不同的句法结构。如"爬过"
>
> 四、区别意义。如"还好"
>
> 五、区别疑问代词的不同用法。如"找谁"

这种列举是非常粗浅的，可见直到20世纪80年代关于轻声功能的研究都是非常初步的。

此后研究者多起来。值得注意的是冯胜利从韵律学的角度给出轻声—语法关系研究。冯胜利[1]提出了一些轻声—语法关系的思考：

> 汉语韵律中一个非常有意思的问题是轻声。北京话的轻声很有特点（胡明扬1987：154—155）。我们知道，轻声、声调、元音，都是相互关联的。轻声可以看作普通话的第五声。轻声没调，但有长度。我们先看前人的研究。林焘（1962，1990：71—72）拿"东西 dōng xī"和"东西 dōng·xi""生活 shēng huó"和"生活 shēng·huo""多少 duō shǎo"和"多少 duō·shao""兄弟 xiōng dì"和"兄弟 xiōng·gi"来比较。声调足全的"兄弟 xiōng dì"是兄长和弟弟的意思，"兄弟 xiōng·di"是弟弟的意思。根据林焘的研究，轻声音节的时长约是标准音节时长的50%。曹剑芬（1986）的分析也很有意思，她说："总体来说轻声音节的时长约为前音节长度的60%，但二者之间没有始终一致的比例关系"。这一观察非常重要。因为轻声是一种现行变化（参下文（5）"双音节轻化规则"），所以"二者之间没有始终一致的比例关系"。
>
> 邓丹（2010）做过一个试验，试验报告中谈到轻声的作用。该文指出"＊打牢固基础"这个话一般不能接受，但"想明白问题"可以说。在她实验设计的例子里，"打牢固"的"固"不能轻读，"想明白"的"白"则是轻声。"轻不轻"

---

[1] 冯胜利：《北京话的轻声及其韵律变量的语法功能》，《语言科学》2012年第6期，第586—594页。

与"合法不合法"直接相关。于是她设计了一组句子，找北京人来测验，得出一个重要的结论：有无轻声是这里句子合法与否的关键。其关键之处在于轻声与核心重音的交互作用。譬如，"打牢固基础"不好，因为"打牢固"这个三音节的复杂动词不能把核心重音指派到补述语"基础"上来。音足调实的三音节动词不能指派核心重音。与"打牢固"不同，"想明白"的"白"不是一个音节，是半个音节，是一个韵素（参 Duanmu 1990），所以"想明白问题"合法。这非常奇怪，难道这半个音节就能起这么大作用吗？邓丹的文章证明了这一点（详见第五节）。这就是单韵素的作用。

……根据 Duanmu（1990）的说法，十足带调的韵母最少是两个韵素。比如"妈mā"，看起来似乎只有一个a，实际是一个长的aa，是两个韵素。这种分析的好处是把"mā"和"什么"的"么m鹋"分开了。我们不能说"什么"的"m鹋"不是韵素。如果"m鹋"包含一个韵素，那么不能说"mā"也只包含一个韵素。……很多意义都没有声调，如"了、过、着"，都没调。……我们把意义分成功能（functional）的和词汇（lexical）的两类；于是，凡是没调的，一般都不是词汇的，而是功能的。所以，我们可以说，每调的音节都是功能性的。于是，单韵素都具有一个共同的特征，就是表功能性的特征，也就是它的语法意义。

……我们可以推出："凡是一个韵素的音节都不足以承载声调。"对不对呢？能不能反过来说，"凡是没调的形式都只包含一个韵素"。这两个推理实际互为因果。韵素太小了，声调就实现不了了。我们还可以从另外一个角度来理解：凡是丢了调的，就变成了一个韵素。于是"天啊 tiān＋a"可以变成"天呐tiān＋na"——打破了不能"跨词界音节化（resyllabification）"的常规。如果是这样的话，那么语音上的"丢调""减量（变成单韵素）"就总和语言中的另一个层面相互对应，那个层面就是词汇语法的层面。在词汇领域，它不是词汇词，是功能词；在语法领域里，它不是实词而是黏着性语素（或系联句法单位之间的那些功能成分），像"的、在"一类表达语法意义的虚词（参庄会彬等（2012）有关进一步区分"G—的"与"P—的"的不同）。

于是乎，我们可以归纳出一大批具有功能语法意义的单韵素成分。助词"了、着、过"是一类；词缀"—子、—头"又是一类……

北京话还有一些单韵素功能化的语法成分，如"—在""—进"等都可以归入到韵律层级里面的"附着成分"（clitic forms）。"放在桌上"北京人可以说成"放d鹋桌上"……

北京话里还有一种叫"一个半（即1.5）音节"的。"一个半音节"指的是我们说的轻声化的双音节词。比如"清楚"，不是"qīng chǔ"，而是qīng·chu；"明白"不是 míng bái，而是 míng·be。"漂亮、红火、得罪、摩挲、眨么"都是这样，越口语越轻……

　　还有一批单韵素的功能词是代词。譬如，"想他"这个"他"，非常轻。北京人说"放那儿一本书"，其中的"在"字都没了，要是说成"放在那里一本书"就不是北京话了。还有"给他俩耳刮子"里的"他"，后面还可以带"了"："给他了俩耳刮子"。这更证明这个"他"字是动词上的附着成分了，附到了"给"字身上，变成动词的一部分了，有点像"靠在""放在"的'在'，要加"了"的话，就得加到"在"的后头，跟说成"放在了桌子上"一样。就上边的理论上说，做到这一步必须是单韵素……

　　……我们可以发现：北京话的轻声不是一成不变的。轻声可以看作北京话里的韵律变量。什么是变量？变量是一种可变化的、可隐可现的、可算可不算的，既可以是也可以不是的一种韵律单位。有了"变量"这个概念后，"想明白"的"白"就可以不计算了，我们可以把"想明白"当做两个音节的韵律分量（多出来的轻声韵素不计算在内）。……根据上面的设想，北京话里的轻声可能是一种变量（variable）：它既是"节律外成分（extrametrical-ity）"，又有"辅重作用"。

　　……

　　据王志洁等（2006）研究，汉语双音节词汇里有一批是典型的右重，有一批是典型的左重（轻化），还有一大批说不出来是哪儿重。所以有人管它叫等重的……

　　在轻声重音的问题上，我觉得有必要介绍一下邓丹等（2008）的研究。该文对动补带宾句的韵律句法学现象进行了分析。动补带宾句中的动补式一般以双音节结构为主，可以出现在此结构中的三音节结构都有一个共同的倾向，即动补式中的补语部分出现了轻化的现象……不轻就不合法，换句话说，如果补语是双音节就不合法，是单音节才合法的话，那么补语是一个半音节呢？结论很有意思，测试中很多人认为一个半音节的形式都合法。但是如果那半个音节再增加一点，就不合法……实验的结果告诉我们：动补带宾句的合法性程度和补语时长间的关系可以量化为：

　　1）补语的时长如果达到或超过两个非轻声音节的长度，整个句子的合法性就会降低；

　　2）补语的时长如果小于两个非轻声音节的长度，整个句子的合法性就会增加。

　　这说明：人们合法度的语感来自语音，而这个影响语感的语音是音节的长短。不仅如此，时长数据的统计结果还表明：

　　1）汉语的轻声是不断发展变化的（证明了上面（5）中的公式）；

　　2）轻声词衰减与增长的趋势同时存在，共同制约着汉语轻声的发展；

　　3）轻声调剂句法，同时也受到句法制约与影响。

　　邓丹等的测验有很多的启发性：一个半音节的轻声形式在人们嘴里是个变量，这个变量可能是社会语言学的因素，如年龄、性别、教育程度等因素影响的结果。这都是非常重要的、有待研究的重要课题。

思考是如此艰深，可见，轻声的语法功能，这绝不是一个容易的话题。

（4）轻声节奏观

关于"轻声"及其对传统节律的撕裂，以及它对新型语言格律的影响，石毓智[①]指出：

……

（详见"论古典汉语的双音节奏观"节引文，本处从略）

本书认同石毓智的轻声现象是现代汉语的基础的观念，认同石毓智关于轻声现象撕裂了传统双音节奏的观念，认同石毓智关于轻声现象的语法标志的几个判断，同时尤其认同石毓智关于"现代诗歌则完全不讲究平仄格式，而往往依靠轻重音对比构成韵律结构"的判断。但比较可惜的是，石毓智对最后一个判断并没有太过注重，没有做进一步挖掘和考察，这大概是因为他没有节律、声律分辨观念，对这个问题的重要性缺乏深入认知。本书认为，正是轻声现象构成了现代汉语的节奏基础，建立在轻声节奏观基础之上的轻声节和重音节的配合，不是往往，而是必然地成为现代汉语诗歌节奏的核心。关于这个方面，我们留待下一节继续研究。

1.3.3.8　论现代汉诗的律节

（1）现代汉诗的两种律节

现代汉语诗歌的句式由轻声节和非轻声节构成，或者说现代汉语诗歌包含两种基本律节：轻声节和非轻声节。

1）轻声节

所谓轻声节，就是指包含轻声字、读为轻声的律节。如以下一些常见标志构成的音节：

· 结构助词"的"；
· 体标记"了""着""过"；
· 复数标记"们"；
· 常见的补语和量词；
· 补语标记"得"和可能式的中缀：动＋得/不＋补；
· 动词重叠的第二个音节。

2）非轻声节

即不包含轻声词的律节，因为非轻声节一般都会重读，故又称为重音节。它们包括：普通单音词；普通双音词；普通三音节词。

为使大家看得更为清晰，我们将现代汉语诗歌句式律节与古典诗歌句式律节区别见表1-33。

---

① ［新加坡］石毓智：《中古的音节演化与诗歌形式变迁》，《学术研究》2005年第2期。

表1-33 古、现代汉语节律构成区别

	古代汉语	现代汉语
节奏观	双音节奏观	轻声节奏观
律节	单音节、双音节、三音节	轻声节、非轻声节（单音节、双音节、三音节）
句式节律模式	1P＋2N＋3Q	?

那么，轻声节与重音节按怎样的方式组合才能形成现代汉语的成熟节律呢？下面我们试着回答这个问题。

（2）各家对"轻声节"的分类

轻声节的类型主要由轻声词决定。"轻声节"的类型非常之多，为了了解轻声节的各种构成，以下列举历史上各家对轻声现象的分类和讨论。

1）赵元任将轻声分作"永远轻读的"和"偶尔轻读的"两类。同时列出六类可类推的轻声词：

- ·语助词；
- ·"但是、后头、我们"等"虚字词尾"；
- ·动词后的趋向动词；
- ·表方位的后置词；
- ·不特指的作宾语的代词；
- ·"要不要"式中的后二字[①]。

2）林焘将普通话轻音按功能分为语调轻音和结构轻音两类（代词和副词通常读成语调轻音）

3）徐枢的《轻声的作用》列举了轻声的五种作用

- ·区别不同的构词方式（复合、附加、重叠）。如"老子"；
- ·区别词和词组。如"买卖"；
- ·区别不同的句法结构。如"爬过"；
- ·区别意义。如"还好"；
- ·区别疑问代词的不同用法。如"找谁"[②]；

可以看成是从功能的角度对轻声的粗略分类。这个分类仍然是十分初步的。

4）魏刚强将轻声按声学表现分为调值的轻声和调类的轻声两类。见上文的讨论

---

① "赵元任于1922年、1929年、1933年发表的《国语罗马字的研究》《北平语调的研究》和《汉语的字调和语调》先后讨论了轻声问题。这些论述包括：1.轻声音节的调值变化规则和元音变化规则；2.轻声类别和轻声词范围；3.轻声和轻音的关系。"见李伶俐《20世纪汉语轻声研究综述》，《语文研究》2002年第3期，第43—47页。

②徐枢：《轻声的作用》，《语文学习》1980年第7期，第51—52页。

5）戚雅君①的《应视"轻声"为一种独立的声调》分为两大类计九类

《普通话水平测试大纲》中共有23951条词语，94.3%的词语不能变读轻声。此外，凡是读轻声的音节，都是相对固定的。其中，一部分是有规律可循的：

（1）结构助词"的、地、得"，动态助词"着、了、过"等。

如："带头的、飞快地、红得（很）、跑着、长了、来过"等。

（2）语气词"啊、吧、吗、呢"，

如："好啊、去吧、是吗、他呢、对呀"等。

（3）用于词缀的"子、头、们、巴、家、拉、价、么、气、处"等，

如："扣子、木头、咱们、尾巴、人家、扒拉、展天价响、什么、阔气、长处"等。

（4）叠音词和名词、动词重叠形式后一音节，

如："妈妈、哥哥、姥姥、星星、看看、走走、解释解释、商量商量"等。

（5）用在名词、代词后面表方位的词，

如："桌上、树下、屋里、那边"等。

（6）用在谓词后面表趋向的词，

"来、去、起来、回来、下去、进来、出去、唱起来、夺回来、冷下去"等。

（7）中间夹"得、不"的轻声词，

如："合得来，合不来"等。

（8）联绵词中，第二个音节读轻声：如

"薄荷、葡萄、枇杷、槟榔、荸荠、萝卜、馄饨、糟把、玫瑰、茨藜、转辘、喇叭、骨朵、窟窿、喇嘛、蚂蚱、牢骚、漂亮、腼腆、遢遢、滑稽"等。

无规律可循的轻，即习惯轻声词，

是由于各种各样语音语义上的原因，末尾音节读轻声，而在其他词语中均重读，无规律可循，只是习惯使然并约定俗成。这类词有一定数量，在《普通话水平测试大纲》表一、表二中，这类词约有218个。

6）李钟秦②的《轻声词趣谈》分为七类

"轻声节"，包括以下一些类型。

一、结构助词"的、地、得"，时态助词"着、了、过"，语气词"吧、吗、嘛、呢、啊"

……的，……地，……得：教学的　认真地　说得好

……着，……了，……过：唱着歌　笑了、听说过

……吧，……吗，……嘛，……呢，……啊：来吧　是吗　很好嘛　你呢　谁啊

---

①戚雅君：《应视"轻声"为一种独立的声调》，《语文月刊》2000年第5期。
②李钟秦：《轻声词趣谈》，《学科教学》2006年第3期，第12页。

二、后缀词"子、头、朵"，表群体意义的词"们"

……子：桌子　本子　鞭子　虫子　村子　儿子　谷子　个子　步子

……头：丫头　跟头　石头　舌头　馒头　前头　上头　码头　想头

……朵：骨朵　耳朵

……们：我们　它们　同志们　朋友们

三、叠音词及词组

爷爷　叔叔　妈妈　姑姑　哥哥　婆婆　嫂嫂　舅舅　娃娃　星星　谢谢
看看　问问　等等　坐坐

打扮打扮　活动活动　观察观察　考虑考虑　研究研究　收拾收拾　整理整理
明明白白　高高兴兴　说说闹闹

四、名词、代词后表方位的词

……上：天上　书上　马路上　地下　山下　地底下

……里：村里　洞里　教室里　后面　里面　墙外面　前边

……边：左边　河这边

五、动词、形容词后面表示趋向的"来"、"去"，量词"个"常读轻声

……来，……去：进来　出去　起来　过去　想起来　说出来　抢回来　扔
过去　跳下去

……个：这个　三个

六、相当一批常用的双音节口语词，第二个音节习惯上读轻声

这类词主要是名词、动词、形容词。列举如下：

1. 名词

爱人　丈夫　护士　干部　脑袋　胳膊　指甲　指头　算盘　扫帚　石榴
蘑菇　菱角　葫芦　骆驼　苍蝇　刺猬　云彩　风筝　秀才　学生　棉花　庄
稼　东西　帐篷　枕头　衣裳　钥匙

2. 动词

转悠　折腾　招呼　张罗　应酬　吆喝　认识　挪动　闹腾　咳嗽　琢磨
搅和　逛荡　拾掇　对付　嘀咕　嘟囔　耷拉　凑合　提防　答应　伺候　扒
拉　蹦达

3. 形容词

白净　富裕　含糊　寒碜　厚道　糊涂　机灵　结实　快活　宽绰　困难
阔气　老实　厉害　利索　凉快　麻利　勤快　软和　舒服　玄乎　严实　滑溜

七、意义决定的轻声

书上　山下　老子　孙子　本事　大意　本领　马虎　这件事　运气　大爷
言语　正当　对头

7）张旭[①]的《试论现代汉语双音节轻声词》分为2大类若干小类。

论文以《现代汉语词典》（2002年修订本）所收轻声词为对象，首先统计轻声词数量：

《现代汉语词典》共收词60000余条，其中的双音节词语有34000多个。另外，《现代汉语词典》中的轻声词总数大约是3100个，其中标注的必读和可读双音节轻声词共有2300多个。简单地计算一下，在《现代汉语词典》中，双音节词占到了词汇总数的58%左右。因为三音节以上的轻声词很少，所以轻声词中的双音节轻声词占到74%了左右。可见，双音节词、双音节轻声词分别在现代汉语词汇中和轻声词中占有优势地位。

《现代汉语词典》中收录的词语总数约有60000条，其中轻声词有3100多个（包含有双音节以及多音节的轻声词），轻声词所占比例约为5%。

《现代汉语词典》中的双音节轻声词总共有60000余个，其中包括明确标注轻声的词以及标为间或轻声的词—也就是本书区分的必读轻声词和可读轻声词—分别是1960余个和360多个。

《普通话水平测试大纲》中，“表一”收词8438个，“表二”收词15418个，两表中共收轻声词1240多个，轻声词所占比例约为5.2%。

然后选择双音节轻声词作为研究对象，将双音节轻声词划分为2大类若干小类：

1.有规律必读轻声词

1.1词缀与派生式

1.1.1后缀

–子：虫子　案子　鞭子　刀子　碟子　蹄子　鞋子　宅子（名词+子）
矮子　瘪子　痴子　憨子　胖子　瘦子　秃子　辣子（形容词+子）
扳子　拨子　掀子　掸子　拐子　拢子　捻子　骗子（动词+子）

–头：熬头　扒头　奔头　屏头　鼻头　尺头　锄头　搭头　当头　调头
对头　额头　盖头　篙头　跟头　骨头　罐头　后头　花头　唤头
荐头　浇头　趣头　口头　扣头　盘头　来头　狼头　榔头　螂头
浪头　里头　笼头　码头　妈头　馒头　苗头　木头　念头　盼头
匹头　拼头　俏头　饶头　日头　肉头　前头　上头　舌头　石头
说头　榫头　甜头　外头　下头　想头　行头　兴头　丫头　押头
由头　芋头　灶头　找头　兆头　折头　枕头　指头　砖头　赚头
准头

–巴：催巴　嘎巴　干巴　哈巴　倔巴　磕巴　拉巴　力巴　尾巴　下巴

①张旭：《试论现代汉语双音节轻声词》，天津师范大学硕士论文，2005年，第2页、第4页。

丫巴　哑巴　眨巴　嘴巴

–么：多么　那么　什么　要么　怎么　这么

–们：哥们　姐们　你们　娘们　人们　他们　它们　她们　我们　爷们
　　　咱们

–乎：二乎　近乎　类乎　乱乎　忙乎　全乎　热乎　温乎　险乎　邪乎
　　　玄乎　悬乎　在乎

1.1.2 前缀

老–（其中的部分）：老苍、老到、老婆、老鼠、老相、老爷、老鸪

1.2 "–的、地、得"尾和"–着、了、过"尾

–的：似的　是的　伍的　有的　怎的

–地：怎地

–得：懂得　记得　见得　觉得　懒得　来得　落得　免得　认得　舍得
　　　省得　使得　显得　晓得　由得　值得　值得、亏得、了得

–着：跟着　归着　接着　紧着　可着　来着　为着　向着　悠着　有着
　　　（动词＋着）

–了：罢了　除了　得了　为了（动词＋了）

–过：经过、路过、来过、问过、听过　（可读为轻声）

1.3 "–个"尾：哪个、那个、些个、夜个、这个

一个、两个、三个、百个、千个、万个、整个、半个（可读为轻声）

1.4 "–是"尾：不是、还是、横是、要是、真是：

1.5 方位语素与双音节轻声词

–上：春上、晚上、早上（表时间）
　　　柜上、路上、身上（表方位）
　　　山上、书上、墙上、楼下、月下、嘴上（可读为轻声）

–下：黑下、节下、年下（表时间）
　　　底下、地下、乡下（表方位）

–边：北边　后边　里边　那边　南边　前边　上边　外边　西边　下边
　　　右边　左边

–里：哪里　那里　头里　下里　心里　夜里

–面：后面　前面　上面　外面　下面

1.6 叠音形式的

奋奋　爸爸　拜拜　宝宝　伯伯　喳喳　吵吵　抽抽　叨叨　道道　弟弟
调调　爹爹　兜兜　泰泰　嘎嘎　杠杠　哥哥　公公　姑姑　乖乖　帼帼　哈
哈　回回　混混　姐姐　揪揪　舅舅　框框　姥姥　嘟嘟　老老　咧咧　妈妈
毛毛　妹妹　奶奶　娘娘　婆婆　蛾灿　嚷嚷　人人　嫂嫂　婶婶　叔叔　太
太　套套　头头　娃娃　谢谢　星星　猩猩　痒痒　爷爷　蛛蛛　暗暗　白白

常常　处处　匆匆　刚刚　好好　哗哗　缓缓　渐渐　仅仅　茫茫　明明　默默　偏偏　恰恰　悄悄　时时　统统　偷偷　往往　斑斑　苍苍　草草　潺潺　沉沉　冲冲　重重　蠢蠢　耽耽　耿耿　乖乖　滚滚　赫赫　凛凛　绵绵　年年　区区　稍稍　滔滔　熊熊　早早（非轻声迭音词）

2.无规律必读轻声词

2.1复合词与双音节轻声词

2.1.1表层结构形式与深层结构形式产生矛盾的轻声词

烧饼、动弹、端详、恭维、眉目、棉花、特务、笑话、运动、针眼、知识、作料

2.1.2语音形式与语义形式的不一致的轻声词

褒贬、生日、摆设、比试、裁缝、答应、分寸、告示、露水、犁杖、首饰、休息、衣裳、指甲、棉花

2.1.3口语化轻声词

名词类（约占一半以上）：膏药、黄瓜、嫁妆、脊梁、棉花、月亮、云彩、帐篷

动词类（约占1/4）比试、撮合、掂掇、服侍、告送、盘算、揉搓、喜欢、央告、琢磨

吸收自方言类轻声词：编派、掂对、兜翻、多嫌、就合、暮生、顺摸（多为北方方言）麻烦、磨烦、絮烦、腻烦（北京土语）

2.2单纯词中的双音卷二轻声词

嘀咕、嘟噜、嘟囔、呱嗒、卿咕（轻声类）

丁当、丁冬、扑哧、哗啦（非轻声类）

玻璃、琵琶、葡萄、八哥、补丁、点心、激灵、马虎、盘缠

3.可读轻声词（《现代汉语词典》标注两读365个）

3.1部分双音节趋向动词：出来、出去、过去、回来、回去、进来、进去、起来、上来、上去、下来、下去"。而"过来、开来、开去

"动趋"的形式：跑上车、跳下马、走进屋、掏出钱、拿回书

3.2类词缀形式轻声词：

－处：长处　错处　短处　害处　好处　坏处　苦处　难处　下处　益处　用处　住处（必轻）

－搭：抽搭　凑搭　勾搭　抹搭　扭搭　配搭

－打：抽打　磕打　拍打　扑打　捽打　敲打（必轻）

－当：便当　行当　快当　顺当　停当　妥当　稳当　勾当（必轻）　家当（必轻）

－荡：逛荡　晃荡

－道：霸道　厚道　地道　妇道　公道　行道　筋道　门道　说道　外道
　　　味道　运道　怪道（必轻）知道（必轻）

－分：辈分　部分　福分　生分　成分（必轻）　情分（必轻）

－夫：姑夫　妹夫　姨夫　大夫　工夫　功夫

－和：搀和　搅和　乐和　热和　软和　顺和　说和　随和　温和　匀和
　　　拌和（必轻）调和（必轻）

－化：造化

－家：船家　东家　公家　行家　娘家　婆家　铺家　亲家　人家　冤家
　　　庄家　管家（必轻）输家（必轻）赢家（必轻）

－见：看见　碰见　瞧见　听见　意见　遇见

－匠：木匠　皮匠　漆匠　石匠　铁匠　铜匠　瓦匠　锡匠　鞋匠

－快：凉快　勤快　爽快　松快　敞快（必轻）　痛快（必轻）

－拉：扒拉　拨拉　粗拉　奔拉　划拉　扒拉　足及拉　稀拉

－量：比量　打量　端量　分量　间量　力量　身量　思量　掂量　饭量
　　　估量　衡量　考量　商量　酌量（后7种必轻）

－溜：光溜　滑溜　顺溜　吸溜　匀溜　直溜　出溜　提溜　瘦溜

－弄：拨弄　播弄　拨弄　摔弄　逗弄　糊弄　和弄　卖弄　捏弄　团弄
　　　传弄　搓弄（必轻）　哄弄（必轻）

－气：才气　服气　和气　客气　狂气　阔气　名气　牛气　女气　脾气
　　　贫气　丧气　时气　俗气　外气　文气　小气　腥气　秀气　义气
　　　硬气　运气　财气　虎气　晦气　娇气　骄气　口气　老气　力气
　　　流气　霉气　神气　土气　洋气　志气（此组必轻）

－钱：工钱　价钱　脚钱　酒钱　力钱　利钱　喜钱　佣钱　月钱　租钱
　　　本钱　茶钱　船钱　吊钱　定钱　房钱　赏钱（必轻组）

－人：爱人　保人　别人　大人　道人　媒人　男人　女人　上人　用人
　　　丈人　证人　夫人　工人　客人　老人　内人　主人（必轻组）

－实：板实　瓷实　粗实　敦实　肥实　预实　厚实　欢实　老实　密实
　　　皮实　塌实　踏实　严实　硬实　圆实　匀实　扎实　壮实　苗实
　　　诚实（必轻）　富实（必轻）　牢实（必轻）

－士：道士　护士

－手：把手　扳手　帮手　扯手　扶手　拉手　枪手

－腾：蹿腾　倒腾　倒腾　发腾　乱腾　闹腾　扑腾　踢腾　暄腾　折腾
　　　翻腾（必轻）

－性：记性　快性　气性　人性　忘性　悟性　耳性（必轻）

－悠：晃悠　转悠　颤悠　忽悠　飘悠

辞典未收录的3～400个

古代形成的：大人、妇人、府人、封人、夫人、国人、贾人、商人、寡人、库人、隶人、民人、玉人、庶人、寿人、兽人（以上出自左传）

后来形成的：本人、别人、病人、常人、超人、成人、仇人、蠢人、大人、单人、敌人、动人、犯人、非人、夫人、妇人、个人、工人、坏人、佳人、巨人、客人

3.3 口语与书面语不一致形成可读轻声词

《普通话水平测试大纲》为非轻声词但日常读为轻声：

避讳、父亲、吩咐、感激、光滑、憨厚、衡量、荒唐、忌讳、家具、娇气、琵琶、葡萄、情分、生日、体谅、修行、匀整、坐位、做派

8）孟茜的《现代汉语双音节轻声词的轻声化功能动因研究——以〈现代汉语词典〉（第5版）为例》将轻声词分为两大类若干小类

1.有规律的轻声词，包括3类

1.1 含有词尾、词缀等虚化成分的词。如"-了、-得、-子、-头"。

1.2 重叠词。包括2类

1.2.1 叠音单纯词。如奶奶、猩猩。

1.2.2 叠音合成词。如爸爸、妈妈。

1.3 复合趋向动词。如"起来、回去、过来、进去、出来、上去、下来"等。

2.习惯轻声词

2.1 隐喻成词或产生新义。包括

2.1.1 短语经隐喻成词。如委屈、舒坦、红火、分寸。

2.1.2 词经隐喻成新词。如风光。

2.1.3 词经隐喻产生新义。如买卖、憋闷。

2.2 转喻成词或产生新义。包括

2.2.1 短语经转喻成词。包括

2.2.1.1 语法功能无变化的。如规矩。

2.1.1.2 语法功能发生变化的。如火烧、绑腿、裁缝、买卖。

2.2.2 词经转喻成新词。如意思、埋汰。

2.2.3 词经转喻产生新义。如歇息、舌头。（以上参看第6—11页）

同时，作者对《现代汉语词典》（第5版）的双音词进行了量化统计：

《现汉》收词约65000条，其中双音节词语有34000多个，约占词汇总数的52.31％，可见，双音节词是现代汉语的主流。作为词汇部分的轻声词，同样体现出双音节轻声词在轻声词总体中的主体地位，轻声词总数约3000个（包含双音节及多音节后字为轻声的词），双音节轻声词约有2220多个，占轻声词总数的74.10％。双音节轻声词中，有规律的轻声约1300条，其中含"子、头"词缀的

就有740多条，约占有规律轻声的56.92%。习惯轻声词的数量为923条，占双音节轻声词的41.58。（第23页）

并由此展开了对《现代汉语词典》（第5版）2220余双音轻声词的分类分析。其分析所包含的分类大致如下：

1.有规律轻声词。包括2大类：

1.1含轻声词缀的轻声词。包括3类：

1.1.1真词缀类。按马庆株的分类统计，其中最可靠两类为：

1.1.1.1本身不能独立成词且意义较为虚灵的定位语素。如：

－子：例子　－巴：尾巴　－腾：闹腾　－头：前头　－里：那里

－当：满当　－么：这么　－们：他们　－搭：抽搭　－尔：偶尔

－然：忽然　－溜：直溜　－咕：叨咕　－悠：忽悠　－家：孩子家

1.1.1.2本身能构成词的语法成分。如：

以：致以　于：等于　者：编者　地：猛地

了：除了　着：接着　得：觉得　乎：邪乎

实：严实　道：厚道　阿：阿姨　老：老虎

1.1.2准词缀类。较少读为轻声，读为轻声类包括以下一些类型：

－匠（基本读为轻声）：木匠、皮匠、漆匠、石匠、铁匠、铜匠、瓦匠、鞋匠、
　　　　　　　　　　　锡匠

－处（基本读为轻声）：长处、好处、用处等，计14个，但"大处、深处"等
　　　　　　　　　　　不轻声外

－气（基本读为轻声）："俗气、小气、腥气、秀气、文气"等，计36个，但
　　　　　　　　　　　"风气、淘气"等不读轻声

－法：活法、讲法、看法、写法、做法、说法、想法、刑法

－生：先生、学生、后生、营生、嫩生、脆生、安生

－性：德性、记性、快性、气性、死性、忘性、耳性、人性

－手（部分为轻声）："枪手、帮手、扳手、打手"等少数"扳、打"

但水手、老手、快手、选手、能手、狙击手"等词语都不轻声

－派（大多不轻声）：编派、做派、势派、支派

－夫（多不读轻声）：大夫、功夫、工夫

（姑夫、姐夫、妹夫、丈夫"中也读轻声，但不视为词缀）

－师（少读为轻声）：牧师、军师

－士（基本不读为轻声）：只有"道士"标为轻声，

"护士、战士、硕士、博士"在很多场合都能听到轻声，

而"女士、男士"很少听到轻声。

－人：道人、保人（计18个）

-和：搅和、掺和（计13个）

-分：辈分、福分（计7个）

-食：扁食、茶食，（计6个）

-量：估量、身量（计15个）

-糊：烂糊、砧糊（计9个）

-拉：扒拉、拨拉（计9个）

-弄：糊弄、卖弄（计8个）

-快：痛快、敞快（计5个）

-摸：思摸、寻摸（计8个）

-磨：琢磨、缠磨（计5个）

-打：抽打、磕打、拍打、扑打、敲打、摔打

（在所有读轻声的词缀中，含各词缀的词的实例的数目差距甚大，这和词缀的能产性有关，其中频率最高的是"-子"，约650多个其次是"-头"，约有80多个；其余都比较少，多于10个的有"-巴""-们""-得""-乎""-实""-道""-气""-处,"，其余大都少于10个）

1.1.3 不稳定类。包括：

"名词方位词"结构里，只有"上"和"里"常轻读，

-上：柜上、皇上、路上、身上、府上、天上、早上、晚上、春上，

-里：头里、心里、暗里、明里、这里、那里、夜里，

-下：乡下、地下、底下、节下、年下

-是：不是、还是、横是、先是、要是、真是、敢是、老是、横、就是

-个：这个、那个、哪个、些个

1.2 重叠式轻声词，20余例。包括2小类：

1.2.1 单纯词，共约27个。包括3类：

亲属称谓词7个：姥姥、奶奶、伯伯、公公、姥姥、婆婆、爷爷

名物词11个：太太、格格、娃娃、帼姻儿、娘娘、猩猩、灿灿儿、悖悖、糊糊、糸糸

言语动词9个：如"喳喳、叨叨、嘚嘚、哝哝、哈哈"等

1.2.2 合成词，共约29个。包括3类：

亲属称谓词12个：爸爸、妈妈、爹爹、弟弟、哥哥、姑姑、姐姐、舅舅、妹妹、嫂嫂、婶婶、叔叔

名物词11个：套套、头头儿、调调、道道儿、杠杠、框框、兜兜、星星、混混儿、宝宝、回回

动词4个：嚷嚷、抽抽儿、谢谢、吵吵

2. 习惯轻声词。包括2大类：

2.1 单纯词。约90余个，包括以下4类：

音译词，约21个：如"玻璃、葡萄、吉他、石榴、弥撒、喇嘛、逻辑、靴翰、橙借、琵琶、批把、菩萨、芫荽"等

联绵词，约28个："蜘蛛、趔趄、枯护、骨碌、埋汰、吩咐、狐狸、馄饨、鸳鸯、伶俐、冼惚"等

拟声动词，约20个："吧嗒、嘀嗒、吧唧、咕嘟、咕噜、咕唧、嘟囔、哼唧、吭哧、呱唧"等

难于归类的，约20个：如"篱笆、恰铬、王八、高粱、豆腐、女由嫂、核桃、筑篱"等

2.2 合成词。约800多个。包括2类：

2.2.1 未经隐喻转喻的约230余个。包括2类：

2.2.1.1 派生词20余个：来自北方方言加前缀"圪-、忽-、扑-"等的，如

圪-：圪针、圪节、圪墩、圪挞

忽-：忽闪、忽扇、忽悠

扑-：扑腾、扑闪、扑扇、扑棱

2.2.1.2 复合词210余个。基本上都是口语词。

2.2.2 经隐喻转喻成词或成新词570余个。其中隐喻成词230、转喻成词370余个。包括：

联合结构350多个，约占61.40%，如"泼辣、颜色、铺盖、抠搜、自然、舒坦、热火、清亮、通融、屈枉、窝囊、眉目、针线、买卖"等。

偏正结构170条，约占29.82%，如"冷战、光棍、亏空、情形、脑袋"等。

主谓结构18个，约占3.16%，如"月亮、官司、火烧、金贵、都督、头发、面筋"等。动宾结构16个，约占2.81%，如"得罪、干事、点心、花费"等。

补充结构7个，约占1.23%，如"养活、隔断、惊醒、开通"等。（以上参看第23—30页）

9）耿振生[①]的《北京话轻声探源》对轻声分类有一个全面的学术梳理

学者们对轻声做出了分类，而出于不同的研究的或研究视角，他们对于轻声的分类也不尽相同，在这里我们做一简要回顾。

一、林焘为了解释北京话中轻音和语法的关系，将北京的轻音分为"语调轻音"和"结构轻音"两类。

二、历为民出于语言规范的目的，将轻声词分为A、B两类

A类轻声词在说话和朗读时都轻读、分歧很小，包括（1）通常轻读的单音节虚和词缀（如"吧""吗""呢"等，共47个）；（2）带有"子""头""了""么""着""里"等较声词缀的双音节词。

---

①耿振生：《北京话轻声探源》，北京大学硕士论文，2013年，第7—9页。

　　B类轻声词比较复杂，都是双音节的，占双音节轻声词总数的 65%，可以继续分为两类：B1类包括a，一部分单纯词、连绵词、象声词，如："玻·璃"、"枇·杷""啰·嗦"；b，有叠的词素，如"哥·哥""姐·姐"；c，一部分历史较久的合成词，如"豆·腐""衣·裳""钥·匙""耳·朵"。但是哪些词属于B1类还需要专门列一个词表，因为单纯词、连绵词中还有许多非轻声词，如"蚯·蚓""玛·瑙""逍·遥"、彷·徨"。总的说来，B类词数量有限，其中a、c两小类是大体封闭的，小类有规律可循，也不是规范的重点对象。剩下的轻声都属于B2类，这一类轻声词和非轻声词之流源的关系，没有固定界限，因此这类轻声词是规范的困难所在，也是规范的重点对象。

　　二、曹建芬从轻声的辨义功能的用度，将北京话的轻声分为两类：一类是对比性的辨义轻声（如"孙子—孙·子""老子—老·子"），这类的轻声词不多；另一类是非对比性的，像"苦·的""瞧·瞧""姑·娘"之类，在北京话中大量存在的都是这炎非对比性的轻声，这类时声又可以细分为助词型、叠字型和综合型几个小类。

　　四、鲁允中为了教学的方便，将轻声分为两大类：一类是有规则的轻声（本书称之为"规则轻声"），类是不规则的轻"（本书称之为"不规则轻声"）。规则轻声词多属封闭性词类的为数多，可以做穷尽描写，包括如下十一小类：

　　1. 结构助同，"的""地""得"；

　　2. 比况助词，"似的""一样"；

　　3. 时态助词，常用的只有"着"、了""过""来着"；

　　4. 语气词，包括三部分：表陈述语气的"的""了""吧""呢"、嘛""呗""啦""嘞""咯""着呢""罢了"等；表疑问语气的"吗""吧""呢""啊"等；表祈使语气的吧""呢""了""啊""哇""哪"等；"

　　5. 叠音的亲属称谓，如"爷爷""奶奶""爸爸""妈妈"等；

　　6. 几个常用的意义较虚的词素，如"们"（同志·们）、"么"（怎·么）、"来"（十·来斤）、"把"（个·把月）、"子"（案·子）、"头"（盼·头）等

　　7. 趋向动词，如"来"、去""上来""下去"、进来"、出去"等；

　　8. 方位词，如"上""下""里""边儿""外头""里边儿""外面儿"等；

　　9. 夹在重叠的动词或形容词中间的"一"和"不"（看一看、好不好）

　　10. 口语色彩强的四音节词，当第二个字是嵌进去的无意义的音节时，都读轻声。如"哗！"小·里小气""黑·不溜秋""黑·咕隆咚"。

　　11. 其他的轻声词都属于无规则的轻声间，数量大，无规律。

　　五、赵杰为了区分北京话轻声的两个不同来源，将北京话的轻声分为语法轻声"和"语音轻音"两类，"语法较声"是指汉语固有系统发展到中古以后由语法原因引起的声调弱读，这种弱读同语法虚字（或词缀）和语义类化有关；而所谓的"语音较音"则是由于满语京语的：音规则移入汉语而形成的北京话（尤其

是旗人汉语）的双音节同"前重后轻"和三音节词"重轻重"的节律中的"轻音"部分。

六、王志洁根据耗卢的调值农现，将轻分为"无本调轻声词""失本调轻声词"和"带调轻声洞"三类。

七、劲松从语音功能的角度，将轻声分为"功能性轻声"和"非功能性轻声"两类。

八、陆继伦、王嘉龄为了对北京话的轻声进行优选论分析，将北京话的轻声分为三类：动词型轻声（如助词"的""了""着"等和后缀"子"）、重叠二字组中的轻声（如"奶·奶""姐·姐"等）和综合型轻声（如"巴·掌""脾·气"等）。

从轻声在词汇中的分布情况来看，劲松和赵杰两人的分类和鲁允中基本上是一致的（即，劲松的"非功能性轻声"、赵杰的"语法轻声"相当于鲁允中分类中的"规则轻声"，劲松的"功能性轻声"、赵杰的"语音轻音"相当于鲁允中的"不规则轻声"）。

本书出于以下两个原因，决定采用鲁允中的分类：

第一，本书要对北京话和其他汉语方言的轻声做一比较，这种分类同样可以适用于其他汉语方言；第二，对于北京话的规则轻声，那些持"满义汉语"观点的学者们也认同它们是从汉语自身系统产生出来的（在这一点上人家并无分歧），而"满式汉语"论者所认定为"满式轻音"的，都属于北京话的不规则轻声部分。所以，我们要讨论北京话的轻声究竟是不是"满式轻音"，只需要把研究的重点放在不规则轻声的部分就可以了。

(3) 轻声节实用汇编

"轻声节"作为现代汉语区别性标志，是非常复杂的语言现象，但却是现代汉诗节律构成的关键，是现代诗人们不得不面对和掌握的知识。这里参考上述当代关于"轻声"的各种讨论，做一个关于轻声节的实用型汇编，以供诗歌写作者们参考（见表1-34）。

表1-34　轻声节实用汇编

轻声节总类型	轻声节小类	构型	标志词
三大助词节	结构助词＋时态助词结构	-的-地-得，-着-了-过	的地得着了过
	语助结构	-吧-吗-呢，啊噢哦	吧吗呢啊噢哦
叠音节	叠音结构	名动形副单叠；名动形副双叠	爷爷开开心心好好玩玩
一大前缀节	指示结构	这-那-	这那
五大后缀节（普通＋方位、趋向、数量、判断）	后缀结构	-子-头-巴-么-们-乎-朵-家-价-拉-气-出	子头巴么们乎、朵家价拉气出
	方位结构	-上-里-边-下-面	上里边下面

续表

轻声节总类型	轻声节小类	构型	标志词
五大后缀节（普通＋方位、趋向、数量、判断）	趋向结构	动趋:-来-去,-上来-上去-下来-下去-进来-进去-出来-出去-回来-回去	来去,上下进出回
	数量结构	-个	个
	判断结构	-是	是
得不复合节	合得来、好不好结构		得、不
习惯性轻声节	习惯性轻声节		

关于轻声节词的一般判断，请大家参考张询如《北京话轻声词词汇》、史定国《普通话中必读的轻声词》、宋欣桥《普通话轻声词规范的语音依据》《现代汉语词典》《普通话水平测试大纲》《普通话轻声词、儿化词汇编》等标注。值得说明的是，汉语轻声节是一个流变的、尚未稳定的、存在较大争议的现象，各家实际标注均有出入，不用说同期《词典》与《水平测试大纲》标注不尽相同，就是同一《现代汉语词典》，第五版和第六版页标注也出入颇大。《轻声词规范的柔性化趋势——〈普通话水平测试事实纲要〉评析》①、《〈现代汉语词典〉（第6版）轻声词处理问题刍议》②等文章在这个方面有一定的比较阐述，可资参看。

1.3.3.9 论现代汉诗的句式通用模式

轻声节与非轻声节按怎样的方式组合才能构成成熟的句式节律呢？这显然不是一个容易回答的问题。本书以《新诗一百首》为考察对象，详细考察了其中节律较好的诗句的轻声词与非轻声词安排，发现了一些现代汉语诗句的律节组合的基本模式，从中抽绎出现代汉语律节组合的一些经验规则。

鉴于现代汉诗的节奏的尚未成型，《新诗一百首》的节奏示范性远没有《常用百体》那样规范强烈，无法对其作严格统计考察，因此，本书所得规则只能是经验性的，片段的，为表述严谨，今仍称其为假设。以下，我们先陈述这个假设，然后举例说明，最后依据假设和举例，构造出现代汉诗的句式通用模式。

（1）现代汉诗句式的律节组合规则假设

在大量考察《新诗一百首》的句式节奏的基础上，我们发现以下一些现象：

1）句式节律总是由轻、非轻音节共同形成的，单纯的非轻音节形成的句式节奏近于旧体诗，如"山高路远沟深""梅花如雨"，单纯的轻声节则不容易成句，且容易造成意义单调，如郭沫若《凤凰涅槃》中的使用；

---

①刘美娟：《轻声词规范的柔性化趋势——〈普通话水平测试事实纲要〉评析》，《语文学刊》2007年第22期，第125—128页。

②林瑀欢、李丽云：《〈现代汉语词典（第6版）〉轻声词处理问题刍议》，《河北师范大学学报》2017年第6期，第101—106页。

2）轻、非轻音节的交替使用，能形成一种较为稳定的句式节奏，如"轻轻的我走了，正如我轻轻的来。我轻轻的挥手，作别西天的云彩"；

3）在轻、非轻交替的基础上，轻声节的额外加入似乎并不降低诗句的节律，或者说，句子中轻声节越多越好，如"我独自徘徊在悠长悠长又寂寥的雨巷"那等在季节里的容颜如莲花凋落"；

4）非轻声节虽然包括单音节词、双音节词、三音节词，但三者运用方式不太一样：双字节词似乎最稳定，运用也最多，可在任何位置；三字节词基本不用在句中，用单用成句外，常用于句首成三字头，且形成的三字头性质很特别，往往有轻声的味道，如"葬我在荷花池类，耳边有水蚓拖声"，三字头若用于句尾，则容易形成一种与古典诗词相似的唱读节奏，如"教我如何不想她"，故亦不多用；单音节词则任用灵活，由于时值相当于正常双音词汇的一半，所以往往有灵活句子的作用，但却不容易把握其节奏——所以以下在做各种实验的时候，我们先将单音节律节搁置，这个做法既有古典诗句的前例，也有现代汉语双音节词占主体的考量在里头；

5）一般句子多以重音节或曰非轻声节结尾，押韵句的句尾则必用重音节——重音节结尾的句子如"蓝天盖着大海，黑水托着孤舟"，如以轻声节结尾的句子"轻轻的我走了"则极少，且绝对不用在押韵句的位置，应该与轻声节的轻声特性与韵脚的强调特性相冲突有关；

6）句尾可以用两个重读音节连用，如"索性泼它些破铜乱铁"；但其他位置很少连续使用重音节；

7）三字头任用较多，似乎具有轻声节的作用；

8）选音词的使用也非常具有韵律，在感觉上似乎读为轻声节，如"我肚子徘徊在悠长悠长又寂寥的雨巷""唱一支古旧，古旧的歌……说一句悄然、悄然的话……落一滴迟缓，迟缓的泪……"。

鉴于以上现象的经验，我们假定，现代汉语句式按以下一些规则构造律节，具有较好节律：

·轻、重音节共用；

·轻声节越多越好，不降低节律，但不宜全用（除单独成句外）；

·句尾可连续使用重音节，但不超过双连，除此，重音节不宜连用；

·轻、重音节交替使用形成均衡节奏；

·韵尾须用重音节；

·重音节主用双字节；

·三字节慎用，若用，则或单独成句，或用于句首成三字头；

·三字头读为轻声节；

·选音词、在字结构、这字结构、那字结构，读为轻声节。

(2) 现代汉诗的句式类型示范

下面，我们举一些例子来说明上述各种经验规则。为方便理解，按单律节、二律节，三律节句、四律节句的顺序来举例。

1）单律节句

主要是三字节单用，语气一般不完整，后面应连接其他句子，形成完整句。如：

> 小时候
> ··· ·
> 乡愁是一枚小小的船票。

2）双律节句

双律节句可以单独形成完整句式，其两个律节可以使用任意律节。如：

> 有的人/活着，（轻轻）
>
> 他已经/死了；（轻轻）
>
> 有的人/死了，（轻轻）
>
> 他还/活着。（重轻）

——臧克家《有的人》

> 假使我们不去打仗，
>
> 敌人用刺刀
>
> 杀死了/我们，（轻轻）
>
> 还要用手指着我们骨头说：
>
> "看，
>
> 这是/奴隶！"（轻重）
> ··· ·
> 小时候
>
> 乡愁是一枚小小的邮票
> ··· ·
> 我/在这头（重轻）
>
> 母亲/在那头（重轻）

——余光中《乡愁》

3）三律节句

三律节句是现代汉语短诗最常用句式。

根据以上规则，我们看到三律节句除不支持"重＋重＋重"（以后简写成"重重重"，余下类推）外，其他几种模式都可以使用。

① "重轻重"

这是最均衡的用法，如：

> 蓝天盖着大海
>
> 黑水托着孤舟
>
> 远看不见山
> ····· ·

> 那天边只有云头
> 也看不见树
> 那水上只有海鸥
>
> 轻轻的我走了
> 正如我轻轻地来
> 我轻轻地挥手
> 作别西天的云彩

② "轻重轻"

如：

> 轻轻的我走了
> 正如我轻轻地来

③ "轻轻重"

如：

> 轻轻的我走了
> 正如我轻轻地来

④三律节句中有一种特殊句式，就是三字头型三律节句，其中三字头作轻声节，其节奏接近半白话半文言。

如：

> 葬我在/荷花/池内，（轻重重）
> 耳边有/水蚓/拖声。（轻重重）
> 在绿荷叶的灯上，
> 萤火虫/时暗/时明。（轻重重）

4）四律节句

其次是四律节句。

根据规则，四律节句除"连续重读（句尾双连除外）"情况不允许外，其他律节组合模式都可以使用。最著名的例子是闻一多在《死水》中的构造：

> 这是一沟绝望的死水，（重轻轻重）
> 清风吹不起半点漪沦。（重轻轻重）
> 不如多扔些破铜烂铁，（重轻重重）
> 爽性泼你的剩菜残羹。（重轻重重）
> 也许铜的要绿成翡翠，（重轻轻重）
> 铁罐上绣出几瓣桃花；（轻重轻重）
> 再让油腻织一层罗绮，（重重轻重）

霉菌给他蒸出些云霞。（重重轻重）

让死水酵成一沟绿酒，（轻轻轻重）

漂满了珍珠似的白沫；（轻轻重）

小珠们笑声变成大珠，（轻重轻重）

又被偷酒的花蚊咬破。（轻轻重重）

那么一沟绝望的死水，（轻轻轻重）

也就夸得上几分鲜明。（重轻轻重）

如果青蛙耐不住寂寞，（重重轻重——例外）

又算死水叫出了歌声。（重重轻重——例外）

这是一沟绝望的死水，（轻轻轻重）

这里断不是美的所在，（轻轻轻重）

不如让给丑恶来开垦，（轻重轻重）

看他造出个什么世界。（重轻轻重）

我们看到，这首诗全部由"四律节句"组成；律节包括"轻声节"和"重音节"；律节组合除连续重音外（句尾连续重音节例外），各种组合都有；且句尾全部使用重读音节。这首诗歌读起来节奏整饬，相当好听，与其精心的律节安排是分不开的。

5）五律节句式

五律节句式较为绵长，适合表达较为复杂缜密的思想。如：

我不辜负你的殷勤，（重轻轻重）

你/也不要/辜负了/我的/思量。（重轻轻轻重）

——郭沫若《炉中煤》

不信，请看那朵流星。（重，重轻重）

那是/他们/提着/灯笼/在走。（轻轻轻重重）

——郭沫若《天上的街市》

恨的是/不能/握一握/最后的/手，（轻轻轻轻重）

再独立地向前途踏进。（重轻轻重）

——殷夫《别了，哥哥》

我已/走到了/幻想底/尽头，（重轻轻重）

这是/一片/落叶/飘零的/树林，（轻轻重轻重）

每一片/叶子/标记着/一种/欢喜，（轻轻轻轻重）

现在都/枯黄地/堆积在/内心。（轻轻轻重）

——穆旦《智慧之歌》

6）各律节句混用

更多的诗歌是以三、四律节句为主体，融合多种律节句组成的，其律节的构成，依然符合上述律节组合规则。下面给出一些例子：

　　啊，我年青的女郎！（重轻重）
　　我不辜负你的殷勤，（重轻轻重）
　　你也不要辜负了我的思量。（重轻轻轻重——例外的五律节）
　　我为我心爱的人儿（轻轻轻）
　　燃到了这般模样！（轻重重）

——郭沫若《炉中煤》

　　远远的街灯明了，（轻重轻）
　　好像闪着无数的明星。（重轻轻重）
　　天上的明星现了，（轻重轻）
　　好像点着无数的街灯。（重轻轻重）

　　我想那缥渺的空中，（轻轻重）
　　定然有美丽的街市。（轻轻重）
　　街市上陈列的一些物品，（轻轻轻重）
　　定然是世上没有的珍奇。（轻重轻重）

　　你看，那浅浅的天河，（重，重轻重）
　　定然是不甚宽广。（轻轻重）
　　我想那隔河的牛女，（重轻重）
　　定能够骑着牛儿来往。（轻轻轻重）

　　我想他们此刻，（重轻重）
　　定然在天街闲游。（轻重重）
　　不信，请看那朵流星。（重，重轻重）
　　那是他们提着灯笼在走。（轻轻轻重重——例外的五律节）

——郭沫若《天上的街市》

　　为人进出的门紧锁着，（重轻重轻）
　　为狗爬出的洞敞开着，（重轻重轻）
　　一个声音高叫着：（轻重轻）
　　——爬出来吧！给你自由！（轻重重）

——叶挺《囚歌》

　　别了，我最亲爱的哥哥，（轻，重轻轻）

你的来函促成了我的决心，（轻重轻轻重——例外的五律节）

恨的是不能握一握最后的手，（轻轻轻轻重——例外的五律节）

再独立地向前途踏进。（重轻轻重）

——殷夫《别了，哥哥》

假若我\是一朵\雪花，（轻轻重）

翩翩的\在半空里\潇洒，（轻轻重）

我一定\认清\我的\方向（轻重轻重）

——飞扬，飞扬，飞扬，（轻，轻，轻）

这地面上\有\我的方向。（轻重轻重）

不去那\冷寞的\幽谷，（轻轻重）

不去那\凄清的\山麓，（轻轻重）

也不上\荒街\去\惆怅（轻重轻重）

——飞扬，飞扬，飞扬，

——你看，我有\我的\方向！（重，重轻重）

在半空里\娟娟的\飞舞，（轻轻重）

认明了\那\清幽的\住处，（轻重轻重）

等着她\来\花园里\探望（轻重轻重）

——飞扬，飞扬，飞扬，

——啊，她身上\有\朱砂梅的\清香！（轻重轻重）

那时我\凭藉\我的\身轻，（轻重轻重）

盈盈的，沾住了\她的\衣襟，（轻，轻轻重）

贴近她\柔波\似的\心胸（轻重轻重）

——消溶，消溶，消溶

——溶入了\她柔波\似的\心胸。（轻重轻重）

——徐志摩《雪花的快乐》

我是天空里的一片云，（重轻轻重）

偶尔投影在你的波心（重轻轻重）

你不必讶异，（重轻重）

更无须欢喜（重轻重）

在转瞬间消灭了踪影。（重轻轻重）

你我相逢在黑夜的海上，（重轻轻重）

你有你的，我有我的，方向；（重轻，重轻，重）

你记得也好，（重轻重）

最好你忘掉（重重重——例外）

在这交会时互放的光亮！（重轻轻重）

——徐志摩《偶然》

葬我在荷花池内，（轻重重）

耳边有水蚓拖声。（轻重重）

在绿荷叶的灯上，（重轻重）

萤火虫时暗时明。（轻重重）

葬我在马缨花下，（轻重重）

永做芬芳的梦。（重轻重）

葬我在泰山之巅，（轻重重）

风声呜咽过孤松。（重轻重）

不然，就烧我成灰，（轻，重轻重）

投入泛滥的春江。（重轻重）

与落花一同漂去，（轻轻重）

无人知道的地方。（轻轻重）

——朱湘《葬我》

唱一支古旧，古旧的歌……（轻轻轻重）

朦胧的，在月下，（轻，重重）

回忆，苍白着，远望天边（重，轻，重重）

不知何处的家……（轻轻重）

撑着油纸伞，独自（轻重，轻）

彷徨在悠长、悠长（重轻，轻）

又寂寥的雨巷（重轻重）

我希望逢着（重轻）

一个丁香一样地（轻重轻）

结着愁怨的姑娘（轻轻重）

她是有（轻）

丁香一样的颜色（重轻重）

丁香一样的芬芳（重轻重）

丁香一样的忧愁（重轻重）

在雨中哀怨（轻重）

哀怨又彷徨（重重）

——戴望舒《雨巷》

假使我们不去打仗，（重轻轻重）

敌人用刺刀（重重重）

杀死了我们，（轻轻）

还要用手指着我们骨头说：（重重轻轻轻重）

"看，（重）

这是奴隶！"（轻重）

小时候（轻）

乡愁是一枚小小的邮票（重重轻轻重）

我在这头（重轻）

母亲在那头（重轻）

——余光中《乡愁》

我打江南走过（轻重轻）

那等在/季节/里的/容颜/如/莲花的/开落（轻重轻重轻轻重）

——郑愁予《错误》

我已/走到了/幻想底/尽头，（重轻轻重）

这是/一片/落叶/飘零的/树林，（轻轻重轻重）

每一片/叶子/标记着/一种/欢喜，（轻轻轻轻重）

现在都/枯黄地/堆积在/内心。（轻轻轻重）

——穆旦《智慧之歌》

她把/带血的/头颅，（轻轻重）

放在/生命的/天平上，（轻轻重）

让/所有的/苟活者，（重轻重）

都/失去了（重轻）

——重量（重）

——韩翰《重量》

白云抚摸着月亮（重轻重）

就好像怕他着了凉（轻重轻重）

(3) 现代汉诗的句式通用节律模式

综合上述二、三、四、五律节句式，可以拟定一种关于现代汉语诗歌句式的通用节律模式，表示如下：

P×三字头＋N×（轻声节·非轻声节）＋Q×双连非轻声节尾（其中，P，Q＝0或1）

除句尾外非轻声节不得连用

1.3.4　节律学之二：论句式组合

1.3.4.1　古典句式组合统计四表

"各言句式的组合情况"，讨论的是"句系"第二个层面的特征——这些句式是怎样构成一个一个具体韵段的。本章将直接以"百体句系"为对象，对"百体句系"进行句式组合统计，根据结果分析各言句式的组合情况，以作为本章句组节律研究的基础。

（1）统计方法说明

关于常用百体的句式组合统计，有以下说明：

1）句式组合统计的主要对象是韵段。

2）事实上的两韵段，如果存在明显的局部组合，将另外讨论。

3）分析词的句系时，下列五种情况，实际为多韵段，但外形颇像一韵段，除第二种"重言情况"视为特殊情况作一韵段处理外，其他皆依韵作多韵段处理。

　　①上下片"首句用韵"情况：浣溪沙、行香子、少年游、眼儿媚、恋绣衾

　　韩偓《浣溪沙》双调四十二字，前段三句三平韵，后段三句两平韵

　　宿醉离愁慢髻鬟，六铢衣薄惹轻寒。慵红闷翠掩青鸾。

　　罗袜况兼金菡萏，雪肌仍是玉琅玕。骨香腰细更沈檀。

　　晁补之《行香子》双调六十六字，前段八句四平韵，后段八句三平韵

　　前岁栽桃，今岁成蹊。更黄鹂久住相知。微行清露，细履斜晖。对林中侣，闲中我，醉中谁。

　　何妨到老，常闲常醉，任功名生事俱非。衰颜难强，拙语多迟。但醉同行，月同坐，影同归。

　　左誉《眼儿媚》双调四十八字，前段五句三平韵，后段五句两平韵

　　楼上黄昏杏花寒。斜月小阑干。一双燕子，两行归雁，画角声残。

　　绮窗人在东风里，洒泪对春闲。也应似旧，盈盈秋水，淡淡青山。

　　晏殊《少年游》双调五十字，前段五句三平韵，后段五句两平韵

　　芙蓉花发去年枝。双燕欲归飞。兰堂风软，金炉香暖，新曲动帘帷。

　　家人并上千春寿，深意满琼卮。绿鬓朱颜，道家装束，长似少年时。

　　朱敦儒《恋绣衾》双调五十四字，前段四句三平韵，后段四句两平韵

　　木落江南感未平。雨潇潇，衰鬓到今。甚处是，长安路，水连空。山锁暮云。

　　老人对酒今如此，一番新，残梦暗惊。又是洒，黄花泪，问明年。此会怎生。

　　分别断为：7-7；44-6；7-5；7-5；7-33

②重言情况：十二时、如梦令、长相思、五更转、风流子

《十二时》（禅门十二时）

夜半子，夜半子。众生重重萦俗事。不能禅定自观心，何日得悟真如理。
豪强富贵暂时间，究竟终归不免死。非论我辈是凡尘，自古君王亦如此。

后唐庄宗《如梦令》单调三十三字，七句五仄韵、一叠韵

曾宴桃源深洞。一曲舞鸾歌凤。长记别伊时，和泪出门相送。如梦。如梦。
残月落花烟重。

白居易《长相思》双调三十六字，前后段各四句三平韵、一叠韵

汴水流。泗水流。流到瓜州古渡头。吴山点点愁。
思悠悠。恨悠悠。恨到归时方始休。月明人倚楼。

《五更转》（维摩五更转）

一更初，一更初。医王设教有多途。维摩权疾徙方丈，莲花宝相坐街衢。

孙光宪《风流子》单调三十四字，八句六仄韵

楼依长衢欲暮。瞥见神仙伴侣。微傅粉，拢梳头，隐映画帘开处。无语。无
绪。慢曳罗裙归去。

③一片两换韵情况：菩萨蛮、减兰、南乡子、虞美人、巫山一段云、更漏
子、河传、昭君怨

李白《菩萨蛮》双调四十四字，前后段各四句，两仄韵、两平韵

平林漠漠烟如织。寒山一带伤心碧。暝色入高楼。有人楼上愁。
玉阶空伫立。宿鸟归飞急。何处是归程。长亭更短亭。

欧阳修《减字木兰花》双调四十四字，前后段各四句，两仄韵、两平韵

歌檀敛袂。缭绕雕梁尘暗起。柔润清圆。百啭明珠一线穿。
樱唇玉齿。天上仙音心下事。留住行云。满座迷魂酒半醺。

万俟咏《昭君怨》双调四十字，前后段各四句，两仄韵、两平韵

春到南楼雪尽。惊动灯期花信。小雨一番寒。倚阑干。
莫把阑干频倚。一望几重烟水。何处是京华。暮云遮。

欧阳炯《南乡子》单调二十七字，五句两平韵、三仄韵

画舸停桡。槿花篱外竹横桥。水上游人沙上女。回顾。笑指芭蕉林里住。

南唐李煜《虞美人》双调五十六字，前后段各四句，两仄韵、两平韵

风回小院庭芜绿。柳眼春相续。凭阑半日独无言。依旧竹声新月，似当年。
笙歌未散尊罍在。池面冰初解。烛明香暗画阑深。满鬓清霜残雪，思难禁。

温庭筠《河传》双调五十五字，前段七句两仄韵、五平韵，后段七句三仄韵、四平韵

湖上。闲望。雨萧萧。烟浦花桥路遥。谢娘翠蛾愁不销。终朝。梦魂迷晚潮。

荡子天涯归棹远。春已晚。莺语空肠断。若耶溪。溪水西。柳堤。不闻郎马嘶。

唐昭宗《巫山一段云》双调四十六字，前段四句三平韵，后段四句两仄韵、两平韵

蝶舞梨园雪，莺啼柳带烟。小池残日艳阳天。苎萝山又山。

青鸟不来愁绝。忍看鸳鸯双结。春风一等少年心。闲情恨不禁。（组合）

温庭筠《更漏子》双调四十六字，前段六句两仄韵、两平韵，后段六句三仄韵、两平韵

玉炉香，红烛泪。偏照画堂秋思。眉翠薄，鬓云残。夜长衾枕寒。

梧桐树，三更雨。不道离情正苦。一叶叶，一声声。空阶滴到明。（组合）

一片两换韵，有两种情况：（1）两句一换韵：菩萨蛮、减兰、昭君怨；（2）多句一换韵：其他

④插入韵情况：诉衷情、定风波、乌夜啼

温庭筠《诉衷情》单调三十三字，十一句五仄韵、六平韵

莺语。花舞。春昼午。雨霏微。金带枕。宫锦。凤凰帷。柳弱莺交飞。依依。辽阳音信稀。梦中归。

欧阳炯《定风波》双调六十二字，前段五句三平韵、两仄韵，后段六句四仄韵、两平韵

暖日闲窗映碧纱。小池春水浸明霞。数树海棠红欲尽。争忍。玉闺深掩过年华。

独凭绣床方寸乱。肠断。泪珠穿破脸边花。邻舍女郎相借问。音信。教人羞道未还家。

薛昭蕴《相见欢》双调三十六字，前段三句三平韵，后段四句两仄韵、两平韵

罗袜绣袂香红。画堂中。细草平沙蕃马，小屏风。

卷罗幕。凭妆阁。思无穷。暮雨轻烟魂断，隔帘栊。

⑤上下片同位置相似句式的情况：摸鱼儿、太常引、花心动、鹦鹉曲、拨棹歌

尹鹗《拨棹子》双调六十一字，前段五句五仄韵，后段四句四仄韵

风切切。深秋月。十朵芙蓉繁艳歇。凭小槛，细腰无力。空赢得，目断魂飞何处说。

寸心恰似丁香结。看看瘦尽胸前雪。偏挂恨，少年抛掷。羞睹见，绣被堆红闲不彻。（33变7）

晁补之《摸鱼儿》双调一百十六字，前段十句六仄韵，后段十一句七仄韵

买陂塘，旋栽杨柳，依稀淮岸湘浦。　　东皋雨足轻痕涨，沙嘴鹭来鸥聚。堪爱处。最好是，一川夜月光流渚。无人自舞。任翠幕张天，柔茵藉地，酒尽未能去。

青绫被，休忆金闺故步。儒冠曾把身误。弓刀千骑成何事，荒了邵平瓜圃。君试觑。满青镜，星星鬓影今如许。功名浪语。便做得班超，封侯万里，归计恐迟暮。（346变356）

辛弃疾《太常引》双调四十九字，前段四句四平韵，后段五句三平韵

仙机似欲织纤罗。仿佛度金梭。　　无奈玉纤何。却弹作，清商恨多。珠帘影里，如花半面，绝胜隔帘歌。世路苦风波。且痛饮，公无渡河。（75变445）

白无咎《鹦鹉曲》双调五十四字，前段四句三仄韵，后段四句两仄韵

侬家鹦鹉洲边住。是个不识字渔父。浪花中，一叶扁舟，睡煞江南烟雨。觉来时，满眼青山，抖擞绿蓑归去。算从前，错怨天公，甚也有，安排我处。

（2）句式组合统计结果

整个句式组合类型统计结果由表1-35、表1-36、表1-37、表1-38组成，合称为古典句式组合统计四表。

表1-35　句式组合统计总一：齐言双句型组合

句型	22型	33型	44型	55型	66型	77型
数量	2	30	12	15	9	22
另		333(3)、733(3) 633(2)、433(2) 336、335、533	444(18)、445(9) 446(17)、447(3) 443 344(6)、544(7) 644(2)、744(2)	355	665(2) 366	

表1-36　句式组合统计总二：杂言双句型组合

句型	34型	35型	36型	37型	45型	46型	47型	48型	56型			
数量71	17	7	6	6	22	4	4	2	3			
句型		53型	63型	73型	54型	64型	74型		65型	75型	85型	76型
数量55		5	3	1	8	4	4		7	13	1	9

表1-37　句式组合统计总三：三句型组合

346(6)654(4)353(2)634(4)-345(2)354(4)735(2)、734(7)534(2)、545(2)434(3)454(2)、564、546、464、436、636、547、645、364、754

表1-38　句式组合统计总四：四句型组合

5444(2)-5433、5434、3434、-3435-、3446、3636、3536、4444-、6434(2)，3334(2)

(3) 句式组合统计结果简析

对于上述76种句式组合，我们以后还要详细分析其组合规律。本小节对上述统计结果，先作一个简单概括。

从"百体句系"，共统计出二句组合25类（其中齐言组合6类，杂言组合19类）、三句组合40类、四句组合11类，共计组合76类。应该说基本囊括了词类所有可能句式组合类型。

据组合出现的频率，排名前十的组合分别是：33型（30）、77型（22）、45型（22）、444（18）、446（17）、34型（17）、55型（15）75型（13）、44型（12）445（9）、76型（9）66型（9）【其中445（9）、76型（9）66型（9）并列第十位】。

为更清楚的看到各种组合的使用率，我们对各种组合出现频率进行详细统计，制成表1-39。

表1-39　常用百体句式组合频率

组合等级	出现频率	组合种目	实例
特级组合(出现9次以上)	9次以上	12种	33型(30)77型(22)45型(22)、444(18)、446(17)、34型(17)55型(15)75型(13)44型(12)445(9)76型(9)66型(9)
一级组合(出现5到8次)10种	8次	1种	54型(8)
	7次	4种	35(7)65型(7)544(7)734(7)
	6次	4种	36型(6)37型(6)344(6)、346(6)
	5次	1种	53型(5)
二级组合(出现2到4次)29种	4次	5种	46型(4)47型(4)64型(4)74型(4)654(4)
	3次	6种	56型(3)63型(3)、333(3)、733(3)、447(3)、434(3)
	2次	18种	22型(2)、48型(2)454(2)、633(2)、433(2)644(2)、744(2)665(2)353(2)634(4)-345(2)354(4)735(2)、534(2)、545(2)5444(2)6434(2)、3334(2)、
三级组合(出现1次)25种	1次	25种	73型(1)85型(1)336、335、533、443、366、355、564、546、464、436、636、547、645、364、754、-5433、5434、3434、-3435-、3446、3636、3536、4444-

说明：考虑到"常用百体"使用的普遍性，表中统计的76种组合实际上皆是常用的组合类型。但为突出"常用性"特点及以示区分，本书作出更为严格的规定：本表中，出现9次以上的组合称为特级组合，有12类；出现5到9次的称为一级组合，有10类；出现2到4次的称为二级组合，有29类，剩下出现一次的为三级组合。特级组合与一级组合是句式组合的研究重点。

1.3.4.2　论古典叠配句式组合原则及其运用

各言句式都有通过叠加搭配形成齐言组合的潜力。我们将这种句式通过叠加搭配形成组合的原则称为"叠配原则",将遵循"叠配原则"形成的齐言组合称为"叠配型组合"。叠配原则是最古老的句式组合原则,在漫长的诗歌发展史中一直占据中心地位。词体虽然负长短句之名,但并没有抛弃这种句式组合原则。相反,词体将"叠配原则"很好地融入了其形式创造之中,形成各种各样的叠配型组合。本节研究词体对叠配原则的使用状况。

(1) 常用百体"叠配型组合"使用状况分析

从理论上讲,词体通过叠配方式可以形成的组合有以下一些常见类型(见表1-40)。

表1-40　叠配型组合理论类型

叠配型组合分类	理论类型
双叠型(即两句组合)	2-2型、3-3型、4-4型、5-5型、6-6型、7-7型、8-8型、9-9型
多叠型(即三句及三句以上组合)	3-3-3型、4-4-4型

那么,实际中词体是否使用了这些组合呢?我们可以据常用百体句式组合使用频率表,给出常用百体实际使用到的"叠配型组合"(见表1-41)。

表1-41　常用百体"叠配型组合"

组合等级	出现频率	组合种类总数	叠配型组合种数	叠配型组合
特级组合 (出现9次以上)	9次以上	12种	6	33型(30)、77型(22)、55(15)、44型(12)、66型(9)、444(18)
一级组合 (出现5到8次)10种	8次	1种	0	
	7次	4种	0	
	6次	4种	0	
	5次	1种	0	
二级组合 (出现2到4次)29种	4次	5种	0	
	3次	6种	1	333(3)
	2次	18种	1	22型(2)
三级组合 (出现1次)25种	1次	25种	1	4444型

对比两表,我们可以看出:常用百体几乎使用到了所有理论上可能的叠配组合类型;同时,从实际使用量来看,常用百体中使用的全部9类"叠配型组合"中,有7类为特级组合,使用次数超过9次,还有两个为二级组合。这两个情况说明,"叠配型组合"是词体使用非常广泛的一类组合。词体虽以"长短句"命名,但并没有放弃对"叠配型组合"的熟练运用。

(2)"叠配型组合"分类

根据组合中句式重复的次数，我们可以将叠配型组合分为"双叠"和"多叠"两类。据常用百体"叠配型组合"使用表，两类组合分别包括以下组合：

"双叠型组合"：22型、33型、44型、55型、66型、77型组合

"多叠型组合"：444型、333型、4444型组合。

其中，"双叠型组合"涵盖了从二言到七言的所有二句齐言组合情况，组合类型非常完整；"多叠型组合"则只出现了三类，并且都是"短言"组合。

从不同类型的"叠配型组合"使用频率看，"双叠型组合"全部为特级组合，使用率非常高（22型组合实际上都是"重言"，且句式稀少，此处不计算在内）。我们知道，5-5型组合是五言诗的主要构成单元，7-7型组合是七言诗的主要构成单元，其他3-3型、4-4型、6-6型组合也都是各自齐言诗的主体构成形式，也就是说，词作为"长短句"并没有丢弃掉此前齐言诗的句式模式，相反，它吸收了此前所有齐言诗的句式构成精华，将这些句式模式转化成了自己的形式构成。"双叠型组合"的完整呈现再次佐证了词体作为中国诗歌句法构成集大成者的身份。

需要指出的是，在大量实践中，"双叠型组合"多以"对仗"面貌出现，"多叠型组合"多以"排比"面貌出现。对仗和排比的大量使用，更加重了词体的形式化倾向。

(3)"双叠型组合"的格律组织特点

我们知道，五七言律诗形成完整的格律模式。从组合角度讲，五七律中5-5型组合与7-7型组合各只有两种格律组织模式，如下：

完全对：即律诗额联、颈联的对仗模式

对-粘：即首联入韵律诗的首联格律模式

那么，词体在使用5-5型组合与7-7型组合时是怎样组织格律的呢？其格律组织是否也遵循这两种律诗对模式呢？下面我们来作一考察。

我们对常用百体所有"双叠型组合"进行格律分析，分析过程参看第六章，本处引用第六章研究结果（见表1-42、表1-43）。

表1-42　奇言双叠型组合格律关系统计

总		3-3型(24例)	5-5型(12例)	7-7型(17例)	小结
××, |— （平韵）	—|,|— （完全对）		3	3	完全对4种31例； 对-粘2种8例， 缺"平平/平仄"类； 粘-对3种11例； 重律2种3例皆平韵
	|| （粘-对）				
	—— （对-粘）				
	重律 （粘-粘）	1			
××, —— （平韵）	||,—— （完全对）	9	1	5	
	—| （粘-对）		1	3	
	|— （对-粘）				
	重律 （粘-粘）	2			

续表

总		3-3型(24例)	5-5型(12例)	7-7型(17例)	小结
××,—| (仄韵)	|—,—|（完全对）		1		完全对4种31例； 对-粘2种8例， 缺"平平/平仄"类； 粘-对3种11例； 重律2种3例皆平韵
	—— （粘-对）		4	2	
	|| （对-粘）	3	2	2	
	重律 （粘-粘）				
××,|| (仄韵)	——,||（完全对）	7		2	
	|— （粘-对）	1			
	—| （对-粘）	1			
	重律 （粘-粘）				

表1-43　偶言双叠型组合格律关系统计

		2-2型(2例)	4-4型(12例)	6-6型(9例)
○仄,○平 (相对关系)	○平平仄,○仄仄平(完全对)			
	○平仄仄,○仄平平(完全对)		2	3
	○平平仄,○仄平平(粘对)		1	6
	○平仄仄,○仄仄平(粘对)			
○平,○仄 (相对关系)	○仄仄平,○平平仄(完全对)			
	○仄平平,○平仄仄(完全对)		3	
	○仄仄平,○平仄仄(粘对)			
	○仄平平,○平平仄(粘对)			
○仄,○仄 (相粘关系)	○平平仄,○平仄仄(对粘)			
	○平仄仄,○平平仄(对粘)			
	○平平仄,○平平仄(重律)	2	3	
	○平仄仄,○平仄仄(重律)			
○平,○平 (相粘关系)	○仄仄平,○仄平平(对粘)			
	○仄平平,○仄仄平(对粘)			
	○仄仄平,○仄仄平(重律)			
	○仄平平,○仄平平(重律)		3	

　　从表1-42和表1-43可以看出：首先，各言"双叠型组合"格律组织策略不尽相同。

　　3-3型以"完全对"关系为主，5-5型、7-7型、6-6型均以"对仗"关系为主，4-4型为"全对"或"全粘"，2-2型为全粘。其具体情况如下：

　　33型：　完全对：对-粘：粘-对：粘-粘＝16：4：1：3

　　55型：　完全对：对-粘：粘-对：粘-粘＝5：2：5：0

　　77型：　完全对：对-粘：粘-对：粘-粘＝10：2：5：0

　　22型：　完全对：对-粘：粘-对：粘-粘＝0：0：0：2

　　44型：　完全对：对-粘：粘-对：粘-粘＝5：0：1：6

　　66型：　完全对：对-粘：粘-对：粘-粘＝3：0：6：0

其次，从总体上看，词的句式组合打破了"平韵""对仗"两个限制，在格律上倾向于寻求自由组合：五五型、七七型组合虽受律诗对身份制约，但仍然出现了约1/3的"粘-对"型非律诗对；六六型以"粘-对"型非律诗对为主；三三型不受制约更是出现了少数重言类型的非律诗对，四四型则出现大量重律关系，22型则全部为重言。

（4）常见的"多叠型组合"

常见的"多叠型组合"有三个，分别是4-4-4型组合、3-3-3型组合、4-4-4-4型组合。

1）4-4-4型组合——词体最常见的"多叠配型组合"

4-4-4型组合是词体最常用的句式组合之一。据常用百体句式组合频率表统计，4-4-4型组合属于词体的特级句式组合，使用频率位列十二大句式组合的并列末位，常用百体中共有10体17次用到该组合。这10体分别是《沁园春》《水龙吟》《朝中措》《柳梢青》《醉蓬莱》《永遇乐》《眼儿媚》《烛影摇红》《人月圆》《诉衷情》。其中使用4-4-4型组合的小令6体，长调4体，可见作为复合型组合，4-4-4型组合不仅仅用于慢词长调，其应用范围还是很广泛的。

四言作为乐歌句式有漫长的历史和崇高的地位。444型组合虽然是奇数句组合，其常见程度不如4-4型组合，但仍然在历代诗歌特别死乐府诗歌中占有一席之地。当然，到词体中，这种句式有了长足的发展。

4-4-4型组合的节奏类型与格律关系均较复杂。对其句末字的格律关系分析如下。

444型：（17例）
平韵10例
文章太守，挥毫万字，一饮千钟。（欧阳修《朝中措·平山阑槛倚情空》）
一双燕子，两行归雁，画角声残。（左誉《眼儿媚·楼上黄昏杏花寒》）
也应似旧，盈盈秋水，淡淡青山。（左誉《眼儿媚·楼上黄昏杏花寒》）
年年此夜，华灯竞处，人月圆时。（王诜《人月圆·小桃枝上春来早》）
禁街箫鼓，寒轻夜永，纤手同携。（王诜《人月圆·小桃枝上春来早》）
夜阑人静，千门笑语，声在帘帏。（王诜《人月圆·小桃枝上春来早》）
——○平○仄，○平○仄，○仄○平（前重后对）
雨后寒轻，风前香细，春在梨花。（秦观《柳梢青·岸草平沙》）
门外秋千，墙头红粉，深院谁家。（秦观《柳梢青·岸草平沙》）
——○仄○平，○平○仄，○仄○平（前后皆对）
孤馆灯青，野店鸡号，旅枕梦残。（苏轼《沁园春·孤馆灯青》）
——平平，平平，仄平（前后皆重）
此情拼作，千尺游丝，惹住朝云。（晏殊《诉衷情·青梅煮酒斗时新》）
——平仄-平平-平平-（前对后重）
仄韵7例
银河秋晚，长门灯悄，一声初至。（苏轼《水龙吟·霜寒烟冷蒹葭老》）

万重云外，斜行横阵，才疏又缀。（苏轼《水龙吟·霜寒烟冷蒹葭老》）

——平仄，平仄，仄仄（前后皆重）

应念潇湘，岸遥人静，水多菰米。（苏轼《水龙吟·霜寒烟冷蒹葭老》）

仙掌月明，石头城下，影摇寒水。（苏轼《水龙吟·霜寒烟冷蒹葭老》）

玉宇无尘，金茎有露，碧天如水。（柳永《醉蓬莱·渐亭皋叶下》）

太液波翻，披香帘卷，月明风细。（柳永《醉蓬莱·渐亭皋叶下》）

明月如霜，好风如水，清景无限。（苏轼《永遇乐·明月如霜》）

——平平，平仄，平仄（前对后重）

橘奴无恙，蝶子相迎，寒窗日短。（毛滂《烛影摇红·老景萧条》）

——平仄，平平，仄仄（前后皆对）

从分析看，4-4-4型组合的格律关系较复杂，仄韵与平韵类格律选择不同。平韵类4-4-4型组合倾向于"前对后重"格律模式，仄韵4-4-4型组合则倾向于"前重后对"的格律模式，但两者也不排除其他格律模式。

2）3-3-3型组合

3-3-3型组合是词体的二级句式组合。据常用百体句式组合频率表统计，常用百体中《水调歌头》和《最高楼》两体用到该组合。

三言作为乐歌句式也像四言一样具有漫长的历史。3-3-3型组合虽然是奇数句组合，其常见程度不如3-3型组合，但仍然在历代诗歌特别是乐府诗歌中占有一席之地。词体只是自然继承了这一句式。

虽然常用百体对3-3-3型组合使用并不多，但某些特殊词体对这一组合则有大量运用。最典型的是《六州歌头》。我们选用两首最著名的《六州歌头》——张孝祥《六州歌头·长淮望断》和贺铸《六州歌头·少年侠气》作为考察对象（见表1-44）。

表1-44　两首《六州歌头》句式对比

【宋】张孝祥《六州歌头·长淮望断》	【宋】贺铸《六州歌头·少年侠气》
长淮望断，关塞莽然平。	少年侠气，交结五都雄。
征尘暗，霜风劲，悄边声。	肝胆洞，毛发耸。立谈中，
黯销凝。	死生同。
追想当年事，殆天数，非人力，洙泗上，弦歌地，亦膻腥。	一诺千金重，推翘勇，矜豪纵，轻盖拥，联飞鞚，斗城东。
隔水毡乡，落日牛羊下，区脱纵横。	轰饮酒垆，春色浮寒瓮，吸海垂虹。
看名王宵猎，骑火一川明。	闲呼鹰嗾犬，白羽摘雕弓。
笳鼓悲鸣，遣人惊。	狡穴俄空，乐匆匆。
念腰间箭，匣中剑，空埃蠹，竟何成！	似黄粱梦，辞丹凤，明月共，漾孤蓬。
时易失，心徒壮，岁将零。	官冗从，怀倥偬，落尘笼。
渺神京。	簿书丛。
干羽方怀远，静烽燧，且休兵。	鹖弁如云众，供粗用，忽奇功。
冠盖使，纷驰骛，若为情。	笳鼓动，渔阳弄，思悲翁。
闻道中原遗老，常南望、翠葆霓旌。	不请长缨，系取天骄种，剑吼西风。
使行人到此，忠愤气填膺。	恨登山临水，手寄七弦桐。
有泪如倾。	目送归鸿。

这两首词各有五处用到 3-3-3 型组合，1 处用到 3-3-3-3 型组合，大量三言"多叠配组合"的存在使得整首词格调慷慨，风格劲动，非常适宜于表达慷慨悲昂的思想情感，充分显示了"多叠配型组合"在营造气势方面的特殊优势。3-3-3 型组合的这种劲动气势与早期汉大赋的三言铺排有密切的关系。

3-3-3 型组合的格律关系较为简单。从以下常用百体 3 例的使用看，其基本格律关系保持"末对"关系。

> 朝元去，锵环佩，冷云衢。（毛滂《水调歌头·九金增宋重》）
> ——平仄，平仄，平平（前重后对）
> 笑东君，还又向，北枝忙。（辛弃疾《最高楼·花知否》）
> 且饶他，桃李趁，少年场。（辛弃疾《最高楼·花知否》）
> ——平平，仄仄，平平（前后皆对）

如果将《六州歌头》中的 3-3-3 型组合格律关系纳入考虑范围——三言齐言组合 10 例，除方框中 1 例"前后皆对"外，余皆为"前重末对"关系——则可以看出，"前重末对"是 333 型组合最重要的格律组织模式。

3）4-4-4-4 型组合

4-4-4-4 型组合是一种特殊的"多叠组合"。常用百体中该组合主要出现在《醉蓬莱》一调中，其例如下：

> 正值升平，万几多暇，夜色澄鲜，漏声迢递。（柳永《醉蓬莱·渐亭皋叶下》）
> —— "平-平-平-仄"（前重末对）

4-4-4-4 型该组合一般选择"前重末对"的格律模式，并且多选择排比句式。该组合如同其他多叠型组合一样，具有节奏明快、声音流畅的特点，非常适宜于表达明快流畅的思想情感。

1.3.4.3　论古典 3-3 型句式组合

3-3 型组合在词体中使用排名居首，是词体使用最频繁的句式组合，也是词体最常见的"叠配型组合"。本节研究 3-3 型组合的来源、词体使用特点及功能特点。

（1）3-3 型组合的来源

谈及 3-3 型组合的来源，我们首先要澄清一个误解，即认为"词体三言句法脱胎于唐声诗，词长短句乃唐五七言句式的变体"。白朝晖[1]所作《三言句式在词中的出现及其词体意义》，可能就含有这一误解：

> 词中的三言句式与古三言诗的联系并不明显，主要因为：1. 古三言诗为纯

---

[1] 白朝晖：《三言句式在词中的出现及其词体意义》，《文学遗产》2010年第5期。

三言句式，词中的三言句式多与其他句式搭配，且一般不是主导句式。2.古三言诗主要适用于郊庙歌辞和谣谚铭文中，与词的旖旎宛转的抒情功用截然不同。3.年代相隔久远，二者依托的音乐关联性弱。因以上原因，二者在句法、意象、情韵等方面的关联性也弱。倒是含有三言句式的杂言诗与词的句法有些许相通之处。刘永济在《词论》中所说："溯词体之缘起者多矣。……探索远源者，谓词者六代乐府之流变也……推求近因者，谓词乃唐人律、绝之所嬗化也。"可见先唐杂言乐府也只是词的远源，词的句法直接脱胎于唐代声诗。所以本书重点研究三言句式与唐代五言、七言句式的源流关系。

3+3句式是五、六、七言句式的变体。

事实上，词的三言句法，绝不能只看成是脱胎于唐声诗。三言作为乐歌辞的句式，有着非常久远的历史，即使是在唐代，三言也仍然被广泛使用于杂言歌辞。与其说词体三言脱胎唐声诗，乃声诗五七言句式的变体，毋宁说词体三言脱胎于杂言歌辞及其以前所有成功的三言句法。3-3型句式亦当作如是观。所以要讲三言句式源流，绝不能单看声诗。

关于这一点，任半塘[1]先生有非常精彩的评述：

> 再举长短句词如何兴起一点为例。此事向以为已有定论，无复致疑。如夏敬观之说曾曰"铁证"，龙沐勋之说曾曰"公认"。实则此等所谓"定论"均有偏无全，甚至舍本逐末，难邀公认。"本"者，应指词乐，声之所在也；必循此所谓"本"者求之，斯独及事实之最要关键。敢问：方长短句之兴业，其自身究有结合杂言之词乐独立存在否？"独立"云者，于辞于声，或完全自发而生，或对前代之专体有所继承，要不至自身一无基础，而全就同时外在之他体所有，袭为己有也。此间倘得确解，则其他有关之疑义，均将涣然冰释。盖论长短句词曲之发展与造诣，在我国历代歌词中，已蔚为大国，不同凡艺，揣其音乐性能，理应具有上述之独立性，即歌诗应先有诗乐，歌杂言亦应先有杂言之乐。因之，绝大部分之长短句格调，应为倚杂言之声而辞，不假他辞；应协杂言之乐而声，不假他声。果尔，其兴也，即亦另有历史之根源于运行之主流在；惟其有独立性，与同时他体之优劣与兴替等必并无大涉。事理如此，不为不明，顾何必凭人为之想象，先挽当时风行之歌诗为母体，若作纠缠，继假五、七言绝句为基调，从而增加字数，填实虚声，以形成杂言，复于一转手间，直袭其乐，以充词乐，不烦另制，验之史实，果一一皆有"铁证"欤？

当然，任文批评主要针对"和声说""虚声说"。但是，任文批评亦可以看成是针对所有"齐言增减字句形成长短句"类似观点。以任文的观点看，词体长短句法的形

---

[1] 任半塘：《唐声诗》上篇，上海：上海古籍出版社，1982年，第6页。

成，本源于音乐，实不必借助于声诗变体。若要谈句法渊源，近处可推唐杂曲歌辞，远处涉及历代杂言歌辞，必不局限于五七言。

澄清此点，方可以较从容探讨词体33型组合的来源。

33型组合产生极为古老，作为是诗歌与乐歌辞最古老的句法形式之一，其兴起与发展与三言诗同步。三言诗的出现，其源可以推及先秦。张应斌[1]推测三言诗是历史和文化转折期的诗体：

> 从侗族民歌和"葛天氏之乐"等已经可以初步确定，三言诗是一种古老的民间诗体。先秦三言诗，也能印证这一点……三言诗的民歌性和古老性还可以在汉代的三言诗中得到证明……三言诗是历史和文化转折期的诗体。它的背景是以舜为代表的远古的原始民族公社行将终结，历史和文化正在向以大禹为代表的新兴的家天下社会转化……它既把原始的一字一顿的奇音步诗发展到一个新的历史高度，又为即将诞生的四言诗奠定了基础。

周远斌[2]从葛天氏之乐推断三言诗在葛天氏时代即已出现：

> 三言诗的始出时间，在古代众说不一，观点虽多，但均有偏失。据葛天氏之乐歌，三言诗应在葛天氏时期就已经出现了。

如果两人的观点正确，那么，33型组合至少在葛天氏时代即已伴随三言出现。

陈炜湛[3]据古文字研究推断《商颂》的原始记录是三言诗，并推断三言诗歌是商代诗歌的主要形式：

> 我推测《商颂》的原始记录（与其歌唱形式当然不同）不是四言诗而是三言诗。其四言诗形式是后世添加虚词、副词、迭音词等的结果。如此说成立，则中国诗歌的原始阶段固在商代，其文字记录形式实为三言句或以三言句为主。

如果陈文推测属实，那么，33型句式在商代即已有较大发展。

入周以后，中国诗歌有一个较大转变，进入了四言诗统治的诗经时代。此时，三言诗或经改造成为四言，或流行于民间，在易卦辞和诗经中还保留着其痕迹。关于这段时期三言诗自身状况以及相对于四言诗发展的弱势，张应斌[4]描述说：

> 三言诗在《周易》中最多，篇幅也最短，这与《周易》的原始性是一致的。在《诗经》中，民歌《国风》中的三言诗要比贵族的雅、颂为多。《诗经》中

---

[1]张应斌：《论三言诗》，《武陵学刊》1998年第1期。
[2]周远斌：《论三言诗》，《文学评论》2007年第4期。
[3]陈炜湛：《商代甲骨文金文词汇与〈诗·商颂〉的比较》，《中山大学学报（社会科学版）》2002年第1期。
[4]张应斌：《论三言诗》，《武陵学刊》1998年第1期。

的三言诗篇幅远较《周易》长，艺术水准较高，较为成熟，反映出三言诗发展的历史进程。

四言诗兴盛后期，三言诗作为古老民间诗体的体式劣势已臻极致。对其进行改造的是屈原和荀子。屈原首先在诗歌中将"三字结构"成分化。黄凤显①仔细研究了屈原辞的"三字结构"，指出：

> "三字结构"在古代诗歌典型的句式中是一个相当稳定的语词结构，有时候甚至令人感到它是汉语诗歌组词的一个终极结构。
>
> 把汉语"三字结构"大量纳入诗歌语言中，是屈原的伟大创举，是屈子对中国诗歌样式的重大革新。它对后世中国古典诗歌样式的发展、定型和不断完善，具有关键的作用和意义。

在屈原对"三字结构"的天才运用中，"三兮三"句式是一个重要成果。作为3-3型组合的一个特殊变体，"三兮三"句式对汉代三言诗的发展构成了直接的影响。与屈原同时，荀子作《成相篇》，第一次将33型组合与七言句式紧密联系在一起，创造了影响深远的"3-3-7型"句式组合。

受楚辞屈辞的鼓励，汉代三言诗取得了较大发展。特别是汉代前期五言兴盛之前，三言及四言成为了诗歌句式的主力军。独立的三言诗无论从篇幅、章节体制、韵式特点还是从微观节奏上看，都有了长足发展。据张应斌②归纳：

> 汉代的三言诗可以分为五类　第一，儿歌童谣……第二，民歌、民谣、民谚……第三，汉乐府中也有规范的三言诗……第四，神歌。汉代神歌中的三言诗较多……第五，文人诗歌……前三类都是民歌（儿歌是最真最幼稚的民歌），部分文人的三言诗实际上采用的是民歌体。祭神诗歌是古老民歌的遗存，所以汉代的三言诗基本上是古老的民间诗歌。

自然，3-3型组合在这种民歌体制中发生了巨大作用。

值得注意的是，三言句式的使用巅峰不是在诗歌中，而是在汉大赋中。汉大赋中出现了巨量的三言句式，例如司马相如《上林赋》中的这段文字：

> 于是乎背秋涉冬，天子校猎。乘镂象，六玉虬，拖蜺旌，靡云旗，前皮轩，后道游。孙叔奉辔，卫公参乘，扈从横行，出乎四校之中。鼓严簿，纵猎者，河江为陆，泰山为橹，车骑雷起，殷天动地，先后陆离，离散别追。淫淫裔裔，缘陵流泽，云布雨施。生貔豹，搏豺狼，手熊罴，足野羊，蒙鹖苏，绔白虎，被班

---

①黄凤显：《屈辞"三字结构"与古代诗歌句式》，《广西民族学院学报（哲学社会科学版）》2003年第3期。

②张应斌：《论三言诗》，《武陵学刊》1998年第1期。

文，跨壄马，凌三峻之危，下磧历之坻。径峻赴险，越壑历水。椎蜚廉，弄獬豸，格虾蛤，铤猛氏，羂骚衰，射封豕。箭不苟害，解脰陷脑，弓不虚发，应声而倒。于是乘舆弭节徘徊，翱翔往来，睨部曲之进退，览将帅之变态。然后侵淫促节，儵夐远去，流离轻禽，蹴履狡兽。轶白鹿，捷狡兔，轶赤电，遗光耀。追怪物，出宇宙，弯蕃弱，满白羽，射游枭，栎蜚遽。择肉而后发，先中而命处，弦矢分，艺殪仆。然后扬节而上浮，凌惊风，历骇猋，乘虚无，与神俱。蹴玄鹤，乱昆鸡，遒孔鸾，拂鹥鸟，捎凤凰，捷鸳□，揽焦明。道尽途殚，回车而还。消遥乎襄羊，降集乎北纮，率乎直指，晻乎反乡。蹶石阙，历封峦，过□鹊，望露寒，下棠梨，息宜春，西驰宣曲，濯鹢牛首，登龙台，掩细柳。观士大夫之勤略，均猎者之所得获，徒车之所辚轹，步骑之所蹂若，人臣之所蹈籍，与其穷极倦□，惊惮詟伏，不被创刃而死者，他他籍籍，填坑满谷，掩平弥泽。

……

于是酒中乐酣，天子芒然而思，似若有亡，曰："嗟乎！此大奢侈。朕以览听馀闲，无事弃日，顺天道以杀伐，时休息于此。恐后叶靡丽，遂往而不返，非所以为继嗣创业垂统也。"于是乎乃解酒罢猎，而命有司曰："地可垦辟，悉为农郊，以赡萌隶，隤墙填堑，使山泽之人得至焉。实陂池而勿禁，虚宫馆而勿仞，发仓廪以救贫穷，补不足，恤鳏寡，存孤独，出德号，省刑罚，改制度，易服色，革正朔，与天下为更始。"

于是历吉日以斋戒，袭朝服，乘法驾，建华旗，鸣玉鸾，游于六艺之圃，驰骛乎仁义之涂，览观《春秋》之林，射《狸首》，兼《驺虞》，弋玄鹤，舞干戚，载云□，揜群雅，悲《伐檀》，乐乐胥，修容乎礼园，翱翔乎书圃，述《易》道，放怪兽，登明堂，坐清庙，次群臣，奏得失，四海之内，靡不受获。于斯之时，天下大说，乡风而听，随流而化，□然兴道而迁义，刑错而不用，德隆于三王，而功羡于五帝。若此故猎，乃可喜也。若夫终日驰骋，劳神苦形，罢车马之用，抏士卒之精，费府库之财，而无德厚之恩，务在独乐，不顾众庶，亡国家之政，贪雉兔之获，则仁者不繇也。从此观之，齐楚之事，岂不哀哉！地方不过千里，而囿居九百，是草木不得垦辟，而人无所食也。夫以诸侯之细，而乐万乘之侈，仆恐百姓被其尤也。

这些三言句主要以三言排比的形态出现，与四言排比、五言排比、六言排比、七言排比一起构成了汉大赋的排比系列，并进一步与罗列手法一起形成了汉大赋铺排夸张的文体属性和铺排扬厉的风格特征①。汉大赋的三言运用导源于楚辞楚民歌三言节奏和"三兮三"节奏，其巨大的存在对三言诗的发展产生了无可估量的影响。其中，3-3型组合作为汉大赋三言排比的基本单位，从中自然起到了巨大作用。

①柯继红：《论汉大赋的崇高风格》，《四川文理学院学报》2010年第4期。

汉魏至唐，虽然五七言逐渐成为诗歌句式的主体，但三言句式及33型组合仍然在乐歌辞中得到广泛应用。关于汉魏三言诗的发展倾向，葛晓音①总结说：

> 从汉魏三言体的内容和功能来看，基本上是分别走着大雅和大俗的两条相反的道路。雅者，是按着古乐府题目的体裁传统在乐府的郊庙、鼓吹、舞乐中传承下来，但汉代尚有极少数反映民间思想感情的三言乐府，到魏晋则变成清一色的歌颂庙堂的雅音。俗者，是在民间按其固有的表现方式刺时评人。题材内容不但没有随时代扩展，反而愈趋萎缩……汉魏文人三言体的产生无论从语言还是篇制看，都有两个不同的来源，歌谣类语言直白朴拙，应出自民间口语。而郊庙、鼓吹歌辞的三言篇幅较长，构句保留着楚辞三言词组的特点，当是来自楚辞体。

关于汉魏到唐的三言诗的基本状况，王书才②总结说：

> 三言诗作为古代诗体之一，自汉代至唐代，陆续有作品涌现。依其用途而分，大致有三类一类是在庙堂之上，作为雅乐之歌辞，祭天地、娱神祭祖时咏唱，此为汉唐三言诗创作的主流。第二类是在民间，作为徒歌形式的谣谚而存在，或总结生活中的经验教训、明理祺言，或是表达民众对执政者政治措施的美刺，或是对于政治事件发展趋势和结局的预测，也即多以童谣形式出现的谣截。第三类是文人抒情类的创作。自汉初至唐末，此类篇章仅有十一首，其中又有三首文人联句和一首伪托的吕岩之作，数量既少，内容亦陋。

可见，三言诗从汉魏到唐，主要是作为祭祀歌辞和民间谣谚出现的。在这些歌辞谣谚中，3-3型组合作为最基本的句式体制，无疑承担了歌辞谣辞的功能。

除了三言诗外，杂言诗歌中的三言节奏是三言应用的另一个重要方面。这些三言节奏也多用到3-3型组合。周仕慧③对乐府诗集中三言节奏的应用类型有一个全面分析：

> 在《乐府诗集》所分十二类乐府诗中几乎每一类都有三言节奏的使用。其中主要存在如下几种类型：1.连续叠用的三言节奏，包括用于郊庙歌辞、鼓吹曲辞等庙堂颂词和杂歌谣辞等民间歌谣中的纯三言体意义乐府诗中插入成组的三句体。2.和声词中的三言节奏，主要用于相和曲辞中的"和、送声"3.与五七言组合的三言节奏，主要用于杂曲歌辞、近代曲辞、新乐府辞中的杂言诗，形成了较为固定的三三七式……同时 乐府诗中的三言节奏的组合一般采用反复、对偶、排比、顶真等修辞手法为基本体式。

在周仕慧所提出三言节奏三种使用类型中，第一类包括3-3型组合或多个3-3型组

---

①葛晓音：《论汉魏三言体的发展及其与七言的关系》，《上海大学学报》2006年第3期。

②王书才：《简说汉唐三言诗》，《语文教学研究》2007年1期。

③周仕慧：《论乐府诗中的三言节奏与词》，《纪念辛弃疾逝世800周年学术研讨会论文汇编》，2007年。

合，第三类为3-3-7复合型组合，这两类组合均以3-3型组合为基础。对这两类组合的特点、状况和乐辞功能，周仕慧在同一文章中做了具体分析：

> 在节奏上，大量三字排偶的节奏型夹杂在齐整的韵语中突破了曲辞上下文原有五、七言句式，三字句一顿形成一连串的垛句，具有非常鲜明的节奏动感。同时，运用顶针、排比、重叠、对偶等修辞手法在三句类又分为齐整的一、二顿如……二一顿如……这些类似于词曲中的语顿形式……
>
> 三言与其他诗型句式的组合主要通过一个或两个三言节奏引领五、七言句……魏晋以来，在与五七言组合的三言节奏中三三七逐渐成为一种固定的体式，有了正式的名称"三言七言"……统计，共有125题，161首乐府诗中用到三三七式。其中，古辞以"杂歌谣辞"最多。文人辞以白居易"新乐府"最多。这一现象表明三三七式的兴起与民间歌谣有着密切的关系，文人词的广泛采用，强化了这种节奏型……三三七式在诗歌中形成了固定的单元结构，成为曲辞的节奏构件可以自由……组合具有源于民歌的通俗、流畅时这一类型三言节奏的特点。

综合从先秦到唐代三言句式的应用况情，可以看出，3-3型组合是一个极为古老的句式组合，这一组合具有天然的节奏优势，在乐歌辞发展历史中具有举足轻重的地位，直到唐代仍被杂曲歌辞所广泛利用。3-3型组合在漫长的发展历程中，受荀子成相篇影响，又逐渐形成了一种稳定的3-3-7复合型句式组合形式，对历代杂曲歌辞产成了重要影响。正因为如此，在倚声填词中，33型组合自然为词家所重，成为了词体最常用的句式组合。

(2) 3-3型组合的使用特点

1）复合组合特点

3-3型组合具有较强的再组合能力，多与其他句式一起构成复合型组合。其中，以"33-7型"复合型组合最多，其次为"33-5型""33-6型""33-3型"，还有一例"33-33"复合型组合。

3-3型韵段共计30例，其复合组合情况如下：

33-7型

从别后，忆相逢。几回魂梦与君同。（晏几道《鹧鸪天·彩袖殷勤捧玉钟》）

夜半子，夜半子。众生重重萦俗事。（《十二时·夜半子》）

汴水流。泗水流。流到瓜州古渡头。（白居易《长相思·汴水流》）

思悠悠。恨悠悠。恨到归时方始休。（白居易《长相思·汴水流》）

青箬笠，绿蓑衣。斜风细雨不须归。（张志和《渔歌子·西塞山前白鹭飞》）

一更初，一更初。医王设教有多途。（《五更转·一更初》）

深院静，小庭空。断续寒砧断续风。（冯延巳《捣练子·深院静》）

画帘垂，金凤舞。寂寞绣屏香一炷。（韦庄《应天长·绿槐阴里黄鹂语》）

33-5 型

春睡觉，晚妆残。无人整翠鬟。（南唐李煜《阮郎归·东风吹水日衔山》）

街鼓动，禁城开。天上探人回。（韦庄《喜迁莺·街鼓动》）

眉翠薄，鬓云残。夜长衾枕寒。（温庭筠《更漏子·玉炉香》）

一叶叶，一声声。空阶滴到明。（温庭筠《更漏子·玉炉香》）

33-6 型

莺已迁，龙已化。一夜满城车马。（韦庄《喜迁莺·街鼓动》）

玉炉香，红烛泪。偏照画堂秋思。（温庭筠《更漏子·玉炉香》）

碧天云，无定处。空有梦魂来去。（韦庄《应天长·绿槐阴里黄鹂语》）

33-3 型

凭阑干，窥细浪。雨潇潇。（温庭筠《酒泉子·花映柳条》）

掩银屏，垂翠箔。度春宵。（温庭筠《酒泉子·花映柳条》）

回绣袂，展香茵。叙情亲。（晏殊《诉衷情·青梅煮酒斗时新》）

33-33 型

桐江好，烟漠漠。波似染，山如削。（柳永《满江红·暮雨初收》）

3-3 型单例

惊旧恨，镇如许。（叶梦得《贺新郎·睡起流莺语》）片尾

谁为我，唱金缕。（叶梦得《贺新郎·睡起流莺语》）片尾

人艳冶，递逢迎。（柳永《木兰花慢·坼桐花烂漫》）

扶残醉，绕红药。（周邦彦《瑞鹤仙·悄郊园带郭》）

碧云天，黄叶地。（范仲淹《苏幕遮·碧云天》）

黯乡魂，追旅思。（范仲淹《苏幕遮·碧云天》）

花影乱，莺声碎。（秦观《千秋岁·柳边沙外》）

携手处，今谁在。（秦观《千秋岁·柳边沙外》）

几日来，真个醉。（周邦彦《红窗迥·几日来》）

山下路，水边墙。（辛弃疾《最高楼·花知否》）

据此统计，常用百体有20体30次用到3-3型韵段。其中，"33-7型"复合型组合使用8次，"33-5型" 4次，"33-6型" 3次，"33-3型" 3次。这样，以复合组合面貌出现的3-3型韵段共计18个，而以独立面貌出现的3-3型组合只有12个。可见，3-3型组合多以复合型组合的面貌出现。

值得注意的是，包含两个三言的组合在常用百体中并不只上文所列这些。据《常用百体句式组合频率表》，包含两个三言句式的组合还有3-3-3型韵段3例、7-3-3型韵段3例，6-3-3型韵段2例、4-3-3型韵段2例，以及3-3-6型韵段、3-3-5型韵段、5-3-3型韵段各一例。但这两种情况仍有本质区别，前者中3-3型是一个韵段，构成一个独立组合，而后者中两个三言并非独立韵段，不构成一个独立组合。后者的情况，属于多句组合类型。

2）格律特点

3-3型句式组合，有部分包含非律句；完全为律句组合的，其格律关系以"完全对"为主，夹杂少量"重言"关系和"对粘"关系，比律诗对的格律关系更为复杂。

对30例3-3型组合的格律关系详细分析详见第六章，表1-45直接引用其结论。

表1-45　30例3-3型组合的格律关系统计

句脚关系	类型	33型	小结
		24例	完全对关系2种16例；对-粘关系2种4例粘-对关系1例重律关系2种3例
〇仄，〇平(相对)9	平仄，仄平(完全对)		
	仄仄，平平(完全对)	9	
	平仄，平平(粘对)		
	仄仄，仄平(粘对)		
〇平，〇仄(相对)8	仄平，平仄(完全对)		
	平平，仄仄(完全对)	7	
	仄平，仄仄(粘对)	1	
	平平，平仄(粘对)		
〇仄，〇仄(相粘)	平仄，仄仄(对粘)	1	
	仄仄，平仄(对粘)	3	
	平仄，平仄(全粘—重律)		
	仄仄，仄仄(全粘—重律)		
〇平，〇平(相粘)去两韵段	仄平，平平(对粘)		
	平平，仄平(对粘)		
	仄平，仄平(全粘—重律)	1	
	平平，平平(全粘—重律)	2	

从考察可以看出，24例考察组合中，"完全对"关系2种16例，占到66.7%；对-粘关系2种4例，占到六分之一；重律关系2种3例，占到八分之一，而粘-对关系仅有1例。这说明，33型组合的格律选择以"完全对"为主，对粘关系和重言关系为辅。其中，平韵与仄韵的格律选择有所侧重，平韵多选择"完全对"河"重律"，仄韵多选择"完全对"和"对粘"。

3）修辞特点

大量用到对偶、反复的修辞手法。本书统计，3-3型组合30例中，有19例为对偶，4例用到反复，可见对偶、反复为3-3型组合的常用形式。

（3）3-3型组合的功能分析

3-3型组合之所以能够成为词体句式组合之王，与其良好的诵读功能和歌辞功能相关。从诵读角度看，3-3型句式具有良好的诵读节奏；从歌辞特点看，3-3型组合具有良好的音乐适应性。

从诵读的节奏特点来说，3-3型组合具有郎朗上口、铿锵干脆的节奏优势，其动感自足的声音素质非常适宜于表达连贯跌宕的情感思绪。楚歌国殇和汉大赋运用3-3型组合非常之多，正是看中了3-3型句式的这一声音素质。同时3-3型组合具有多样化的诵读节奏潜力，与三言、四言、五言、六言、七言配合均有较好的节奏配合效果。在论及3-3-7组合的良好节奏时，葛晓音[1]曾分析说：

> 七言以四、三节奏为基本节奏音组，这就使它后半句的三言词组与独立的三言句自然合拍，所以三三七式可以有许多变体，如常见的四句三言加两句七言，甚至多句三言加少量七言等，三言可以置于全诗的任何部位都不会乱其节奏。

如果这个解释合理，那么，由于五言为"二三"节奏，七言为"二二三"节奏，两者都含有三字尾，我们可以同理解释3-3-3型、3-3-5型、3-3-7型组合节奏的天然合理性，从而理解为什么词体中会大量出现这些句式组合。至于为什么3-3-4型、3-3-6型也具有较好的节奏特点，则需要进一步探讨。其深层原因可能与三言节奏具有可伸缩性，即既可以处理成双音步，也可以处理成三音步有关。

另一方面，从歌辞特点看，3-3型组合具有强大的音乐适应性。白朝晖分析了大量的唐五代词同调异体情况，得出结论，"3+3句式是五、六、七言句式的变体"——这个结论自然是个误解，但它却揭示出一个事实，即在词体中，"3+3句式可以与五、六、七言句式互换"。也就是说，33型组合在音乐的控制下，可以表现出五言、六言、七言的节奏效果，或者说，五言六言七言可以表现出33型组合的节奏效果，这说明33型组合的确具有较强的音乐适用性。这一强大的音乐适用性，使得33型句式既可以以本来面目出现在歌辞中，也可以作为五、六、七言的替代句式灵活出现在歌唱中的任何位置。这也无怪于3-3型句式组合能够在词体中得到如此广泛的使用了。

1.3.4.4　论古典6-6型句式组合

6-6型组合是词体中使用排名并列第十位的句式组合。与其排名并列的另两个组合是4-4-5型组合和7-6型组合。本节研究词体6-6型组合的使用特点、格律特点和组合来源。

（1）使用特点

1）使用状况

常用百体中有5体9处用到6-6型句式。五体用到6-6型句式的词调分别是《西江月》《清平乐》《木兰花慢》《朝中措》《风入松》。可见6-6型句式也是词体常用的组合之一。

> 66型：（9例）
> 凤额绣帘高卷，兽钚朱户频摇。（柳永《西江月·凤额绣帘高卷》）
> 好梦枉随飞絮，闲愁浓胜香醪。（柳永《西江月·凤额绣帘高卷》）
> 一笑皆生百媚，宸衷教在谁边。（李白《清平乐·禁闱清夜》）

①葛晓音：《论汉魏三言体的发展及其与七言的生成关系》，《上海大学学报》2006年第3期。

风暖繁弦脆管，万家竞奏新声。（柳永《木兰花慢·坼桐花烂漫》）

拼却明朝永日，画堂一枕春醒。（柳永《木兰花慢·坼桐花烂漫》）

手种堂前垂柳，别来几度春风。（欧阳修《朝中措·平山阑槛倚情空》）

行乐直须年少，尊前看取衰翁。（欧阳修《朝中措·平山阑槛倚情空》）

临镜舞鸾离照，倚筝飞雁辞行。（晏几道《风入松·柳阴庭院杏梢墙》）

两袖晓风花陌，一帘夜月兰堂。（晏几道《风入松·柳阴庭院杏梢墙》）

2）修辞特点

常用百体所有9例6-6型组合中，有4例采取了对偶的形式。这说明对偶是仍然6-6型组合喜欢采用的修辞方式。也可以说，对偶是6-6型组合的存在形式之一。

（2）格律特点

关于六言律诗的探讨，启功先生根据竹竿律给出了4个基本律句：

仄仄平平仄仄；平平仄仄平平

平仄仄平平仄；仄平平仄仄平

林亦[1]1996年给出了6个基本律句：

仄仄平平仄仄；平平仄仄平平

平平平平仄仄；仄仄仄仄平平

平平仄仄仄仄；仄仄平平平平；

林海权[2]1999年给出了4个基本律句：

仄仄平平仄仄；平平仄仄平平

平平仄仄平仄；仄仄平平仄平；

那么，除去重复，即使只按照对仗方式进行组合，6-6型组合理论上也应该有6种格律模式，它们分别是以下六种模式：

仄仄平平仄仄；平平仄仄平平

平仄仄平平仄；仄平平仄仄平

平平平平仄仄；仄仄仄仄平平

平平仄仄仄仄；仄仄平平平平

平平仄仄平仄；仄仄平平仄平

当然，这还仅仅只是考虑到"完全对仗"组合方式形成的组合。如果加上其他组合方式，如"对-粘"，"粘-粘""粘-对"等组合方式，则所得到的组合模式要多得多。

---

①林亦：《论六言诗的格律》，《文学遗产》1996年1期。

②林海权：《论六言近体诗的格律》，《厦门广播电视大学学报》1999年2期。

那么，在实际应用中，词体6-6型组合真的使用了这么多种格律组合模式吗？如果没有，词体是怎样选择其格律组合模式的？词体又是基于什么样的考虑选择其格律组合模式的？

下面我们通过分析来回答这些问题。首先我们分析常用百体中出现的6-6型组合格律关系。

66型组合格律关系分析：

凤额绣帘高卷，兽钚朱户频摇。（柳永《西江月·凤额绣帘高卷》）

好梦枉随飞絮，闲愁浓胜香醪。（柳永《西江月·凤额绣帘高卷》）

手种堂前垂柳，别来几度春风。（欧阳修《朝中措·平山阑槛倚情空》）

行乐直须年少，尊前看取衰翁。（欧阳修《朝中措·平山阑槛倚情空》）

临镜舞鸾离照，倚筝飞雁辞行。（晏几道《风入松·柳阴庭院杏梢墙》）

两袖晓风花陌，一帘夜月兰堂。（晏几道《风入松·柳阴庭院杏梢墙》）

——"○仄○平平仄，○平○仄平平"（粘对型不完全对）

一笑皆生百媚，宸游教在谁边。（李白《清平乐·禁闱清夜》）

风暖繁弦脆管，万家竞奏新声。（柳永《木兰花慢·坼桐花烂漫》）

拌却明朝永日，画堂一枕春醒。（柳永《木兰花慢·坼桐花烂漫》）

——"○仄○平仄仄，○平○仄平平"（完全对）

从上述分析看出：常用百体中总共出现了9例6-6型组合；9例6-6型组合中的六言句式全部合乎启功所列举之律句，并未出现林亦和林海权所列举的其他特殊格律类型；9例组合的格律关系全部属于平韵对仗关系，其类型可以表示为"○仄○平○仄，○平○仄○平"；其中，"粘对"占6例，"完全对"占3例，格律关系以不完全对居多。

这一结果标明，6-6型组合基本上只用于平韵词，其格律组织全部选择了相对简单的对仗模式。

因为没有任何音乐上的资料留存，所以我们无从从音乐上说明为什么6-6型组合会采取较简单的格律对仗模式。但是，我们仍然能从格律角度对这一现象做出简单推测。既然整个常用百体中5-5型、7-7型组合在格律上是如此丰富多彩，并没有什么迹象显示音乐对于6-6型句式有着特殊的限制，那么，6-6型组合格律类型的简单只能从一个角度得到解释，那就是，当时作家并不熟悉这一组合模式的诸种格律特性。这种情况是可以理解的，六言诗虽然在唐代达到兴盛，但其作品和格律相对于五七言诗的成熟来讲大为逊色，许多作品的格律甚至仍然处于试验阶段，可以想象，当时作家对于这一句式的格律运用并不纯熟，在倚声填词中选择最普通的格律模式，自然就是最稳妥的策略了。

(3) 历史来源

词体使用6-6型组合，较早见于题名李白的《清平乐》：

> 禁闱清夜，月探金窗蟀。
>
> 玉帐鸳鸯喷兰麝，时落银灯香炲。
>
> 女伴莫话孤眠，六宫罗绮三千。
>
> 一笑皆生百媚，宸衷教在谁边？

从这首词看，6-6型组合的使用已经到达了非常成熟的状态。这种成熟运用，从本质上看固然是由音乐特点决定的，但从句式渊源关系看，它既与先唐6-6型组合源远流长的使用历史一脉相承，又与唐六言诗的发展相互促进相互影响。

6-6型组主要存在于六言诗中，是与六言诗相伴生的句式现象。六言诗虽然不是中国诗歌的主流，但其发生也很古老，发展历程也相当漫长。关于六言诗的发展历程，先后有王正威[1]2003年作《古代六言诗发生论》，王绍生[2]2004年作《六言诗体研究》，张弦生[3]2006年作《六言诗的发展轨迹》，硕博论文方面则有谷凤莲作《唐宋六言诗研究》，金波作《唐宋六言诗研究》，唐爱霞作《古代六言诗研究》，给出了较详细的答案。大致而言，如唐爱霞论文摘要所归纳：

> 六言诗起源于民歌和《诗经》《楚辞》，诗、骚两大诗歌系统的句法对它都有影响。魏晋时期是六言诗体的探索期，南北朝为发展期，唐代是六言诗的成熟期。初唐是六言诗与音乐紧密结合的时期，王维的六言诗，标志着六言诗艺术上的成熟，也标志着六言诗与音乐开始分离。这一时期六言诗完成了格律化过程。句法以普通"二二二"的节拍为主。宋代是六言诗的极盛时期，也是六言诗句法和技巧的新变期。这一期从作家与作品数量大增，句法突破普通节拍，作品的艺术技巧繁复且追求新变。宋人并且始意识到六言诗"难工"，宜"自在"。元明清六言诗创作上归于消沉，理论上开始把握到了六言诗体特点。明清作品隔代继承了唐代六言诗语言明朗平易、句法自然不破句、很少用典等特点，并在少数作品中模拟魏晋时代六言诗的风格。

66型句式与六言诗发展同步，从六言诗的发展，我们可以看出6-6型组合的基本发展情况。从汉到唐，六言诗发展近千年，6-6型组合自然也日臻成熟。初唐到盛唐，六言诗完成了格律化过程，6-6型组合自然也完成了其自身的格律化。关于6-6型组合的具体演变情况，可以参照唐文对六言诗的叙述，本书不再赘述。

值得注意的是，6-6型组合还有一个更为重要的来源：四六骈文。骈文是中国韵

①王正威：《古代六言诗发生论》，《天水师范学院学报》2003年3期。

②王绍生：《六言诗体研究》，《中州学刊》2004年5期。

③张弦生：《六言诗的发展轨迹》，《漳州师范学院学报》2006年1期。

文的奇葩，而四、六言的运用是其基本特征。骈文中出现了大量的4-4型组合、4-6型组合、6-6型组合。虽然骈文中的六言有两种节奏模式，比普通六言来得复杂，但它对词体六言的影响是无可置疑的。

6-6型组合自身的成熟，包括格律和修辞方式上的成熟，为词体的使用提供了条件。我们虽然不能确切地指出6-6型组合进入词体的具体时间，但盛唐之后，6-6型组合进入词体，已经是水到渠成的事情了。

本书在这里还想特别指出，6-6型组合进入词体，成为词体常用的句式组合之一，充分说明了词体对前代句式经验的归纳吸收是极为广泛的。词体作为中国诗歌句式和句式组合的集大成身份，再一次得到了验证。当然，从格律的角度看，词体使用6-6型组合时选用了最稳妥最简单的对仗模式，这虽然有效避开了失律失对问题，但与六言律诗对6-6型组合格律的丰富尝试相比（参见前文林亦林海权的研究），还是显得保守了些。

1.3.4.5　论古典节配句式组合原则及其运用

7-5型组合是词体十大句式组合之一。作为词体特有的句式组合之一，7-5型组合蕴含着一种相当普遍的句式组合原则："节配原则"。本节研究7-5型组合的使用特点及其中隐含的普遍句式组合原则。

（1）7-5型组合的使用特点

1）基本使用状况

7-5型组合是词体最常用的句式组合之一。据常用百体句式组合频率表统计，7-5型组合属于词体的特级句式组合，使用频率位列十二大句式组合的第八位，常用百体中共有9体13次用到该组合，分别是：

珠帘约住海棠风，愁拖两眉角。（宋祁《好事近·睡起玉屏风》）
瑶编宝列相辉映，归美意何穷。（无名氏《导引·皇家盛事》）
欢声和气弥寰宇，皇寿与天同。（无名氏《导引·皇家盛事》）
绮窗人在东风里，洒泪对春闲。（左誉《眼儿媚·楼上黄昏杏花寒》）
一对鸳鸯眠未足，叶下长相守。（晏殊《雨中花令·剪翠妆红欲就》）
家人并上千春寿，深意满琼卮。（晏殊《少年游·芙蓉花发去年枝》）
风过冰檐环佩响，宿雾在华茵。（毛滂《武陵春·风过冰檐环佩响》）
风口衔灯金炫转，人醉觉寒轻。（毛滂《武陵春·风过冰檐环佩响》）
赠君明月满前溪，直到西湖畔。（毛滂《烛影摇红·老景萧条》）
一枝芳信到江南，来报先春秀。（梅苑无名氏《一络索·腊后东风微透》）
笛声容易莫相催，留待纤纤手。（梅苑无名氏《一络索·腊后东风微透》）
小桃枝上春来早，初试薄罗衣。（王诜《人月圆·小桃枝上春来早》）

词体所用76种句式组合中，只有3-3型、5-5型、7-7型三种齐言组合，特殊的排比组合4-4-4型，以及3种特殊组合3-4型、4-5型、4-4-6型的使用平率高于7-5型组合，可见7-5型组合的确是词体最常见的组合模式之一。

2）组合来源

7-5型组合可以说是词体的特有句式组合。

7-5型组合在先唐诗歌韵文中，是罕见的。在号称组合形式复杂多样的楚辞中基本没有（即使不考虑楚辞的句式节奏与一般诗歌的句式节奏有标志性区别，也很难找到外观相似的组合），如以离骚为例，全诗187个组合，从外观上看出现了6兮6、6兮7、7兮6、5兮6、5兮5、8兮6、7兮7、6兮5、6兮8、8兮6、9兮6、5兮7、6兮9、8兮7、7兮8等句式组合模式，独没有出现"7兮5"型组合，如果勉强将"6兮5"型组合当成是7-5型组合，也不过是只出现了以下四例：

> 吾令凤鸟飞腾兮，继之以日夜。
> 闺中既以邃远兮，哲王又不寤。
> 皇剡剡其扬灵兮，告余以吉故。

在中国诗歌句式产生重大影响的汉赋和骈文等韵文中，也很少出现7-5型组合。最令人惊奇的是，历代杂言诗歌对7-5型的应用也是少之又少。笔者约略检记了《先秦两汉魏晋南北朝诗》[1]，只发现三首包含7-5型句式的诗歌，分别如下：

北魏诗卷三-【杂歌谣辞】-【咸阳宫人为咸阳王禧歌】

> 可怜咸阳王。奈何作事误。
> 金床玉几不能眠。夜踏霜与露。
> 洛水湛湛弥岸长。行人那得渡。

隋书卷三【纪辽东二首】
隋·杨广

> 辽东海北翦长鲸。风云万里清。方当销锋散马牛。旋师宴镐京。
> 前歌后舞振军威。饮至解戎衣。判不徒行万里去。空道五原归。
>
> 秉旄伏节定辽东。俘馘变夷风。清歌凯捷九都水。归宴雒阳宫。
> 策功行赏不淹留。全军藉智谋。讵似南宫复道上。先封雍齿侯。

隋诗卷五《纪辽东二首》
隋·王胄

> 辽东浿水事龚行。俯拾信神兵。欲知振旅旋归乐。为听凯歌声。

①逯钦立：《先秦两汉魏晋南北朝诗》，北京：中华书局，1983年。

十乘元戎才渡辽。扶涉已冰消。讵似百万临江水。按辔空回镳。

天威电迈举朝鲜。信次即言旋。还笑魏家司马懿。迢迢用一年。
鸣銮诏跸发清潼。合爵及畴庸。何必丰沛多相识。比屋降尧封。

后二首在《乐府诗集》中也有记载。虽然这两首诗运用7-5型句式非常成熟，但很可惜作为孤例对整个诗歌史似乎没有产生什么影响。唐代歌行及杂言歌辞中，7-5型句式仍极为罕见。

基本上可以说，7-5型句式是到了词体中才被开发出来的一种句式组合模式。当然，一经开发，它立即就成为了词体的宠幸儿。

3）格律特性

为了解7-5型句式组合的格律组合规律，我们对7-5型组合的格律关系进行了系统分析。

格律分析：

平韵：

瑶编宝列相辉映，归美意何穷。（无名氏《导引·皇家盛事》）
欢声和气弥寰宇，皇寿与天同。（无名氏《导引·皇家盛事》）
绮窗人在东风里，洒泪对春闲。（左誉《眼儿媚·楼上黄昏杏花寒》）
家人并上千春寿，深意满琼卮。（晏殊《少年游·芙蓉花发去年枝》）
小桃枝上春来早，初试薄罗衣。（王诜《人月圆·小桃枝上春来早》）
——"粘-对"型之一种，"平仄，平平"式
风过冰檐环佩响，宿雾在华茵。（毛滂《武陵春·风过冰檐环佩响》）
凤口衔灯金炫转，人醉觉寒轻。（毛滂《武陵春·风过冰檐环佩响》）
——完全对之一种，"仄仄，平平"式

仄韵：

赠君明月满前溪，直到西湖畔。（毛滂《烛影摇红·老景萧条》）
一枝芳信到江南，来报先春秀。（梅苑无名氏《一络索·腊后东风微透》）
笛声容易莫相催，留待纤纤手。（梅苑无名氏《一络索·腊后东风微透》）
——"粘-对"之一种，"平平，平仄"式
珠帘约住海棠风，愁拖两眉角。（宋祁《好事近·睡起玉屏风》）
——完全对之一种，"平平，仄仄"式
一对鸳鸯眠未足，叶下长相守。（晏殊《雨中花令·剪翠妆红欲就》）
——"对粘"之另一种，"仄仄，平仄"式

从分析可知，无论是平韵还是仄韵韵段，7-5型组合的格律关系几乎全部为对仗关系，全部12例只有一例为例外的"对-粘"关系；在对仗关系中，"粘-对"方式远多于"完全对"方式，二者比例为9∶3。

我们知道，在律诗中，各联的对仗关系都是"完全对"。对比律诗的情况，可以看出，7-5型组合与律诗律联的格律策略大相径庭，7-5型组和倾向于以"粘对"为主的对仗方式来组织格律。

（2）7-5型组合蕴含的句式组合原则——节配原则

为什么7-5型组合具有如此魅力，一经发现便能够成为词体最常使用的句式组合模式之一呢？换句话说，七言与五言能够稳定地组合在一起，是偶然的还是必然，7-5型组合是否蕴含了某种特殊重要的规律？

要回答这个问题，我们必须从七言和五言的句式节奏效果入手来进行分析。我们知道，普通七言是由两个二言节和一个三言节构成的，其句式节奏是"二二三"节奏，普通五言是由一个二言节和一个三言节构成的，其句式节奏是"二三"节奏；从相似性角度考察，五言和七言句式的结尾都有一个"三言节"，或者说，两个句式具有相同的"三字尾"，这意味着，两个句式在诵读上具有相似的尾部节奏。那么，相似的尾部节奏就有可能造成了诵读上的和谐效果。

本书认为，正是相似的尾部节奏使七言五言能够组合成一个型诵读和谐的组合。这可以从理论和实践两个方面得说明和验证。

首先，从理论上看，句式尾部具有节奏配合上的优先性，这是可能的。启功先生在研究律句句式特征时，于《诗文声律论稿》一文指出："五、七言律句是上部宽而下部严，最宽于发端而最严于结尾"[1]。这一结论虽然是针对句式的格律特征而言的，但也可以理解为是对整个句式的声位特征的判断，这一结论应该同样适用于谈论句式的节奏。也就是说，从理论上看，句式的尾部节奏对整个句式节奏的影响大于句式首部，或者说，句式的尾部节奏对句式节奏具有支配作用。如果这一结论合理，那么，从这一角度出发，我们可以根据句式尾部节奏的不同，将句式划分为两类：一类是以"三言节"结尾的句式，包括三言、五言、七言、九言，统称为"三字尾句式"，一类是以"二言节"结尾的句式，包括二言、四言、六言、八言，统称为"二字尾句式"。"三字尾句式"与"二字尾句式"具有不同的诵读节奏，在组合时具有的不同的组合倾向，其同类句式内部的组合具有天然的合拍性。

其次，相似尾部节奏的句式具有组合上的优越性，还可以从其他类句式组合身上得到印证。

典型的如3-3-7型句式组合。3-3-7型句式在战国末期就已经成为成熟的句式组合模式，在魏晋时代更成为经典的句式组合，在谈到3-3-7型组合的节奏性质时，葛晓音[2]曾提出：

> 七言以四、三节奏为基本节奏音组，这就使它后半句的三言词组与独立的三言句自然合拍，所以三三七式可以有许多变体，如常见的四句三言加两句七言，

---

①启功：《汉语现象论丛》，北京：中华书局，1997年，第189页。
②葛晓音：《论汉魏三言体的发展及其与七言诗歌的生成关系》，《上海大学学报》2006年3期。

甚至多句三言加少量七言等，三言可以置于全诗的任何部位都不会乱其节奏。

这是一个非常具有创见性的结论，可惜作者并没有看到这一结论的广泛适用性和深远含义，从而错过了更深入的研究。依本书研究，3-3-7型组合的成功，正验证了三言七言作为同类节奏的句式，在配合上具有自然的优越性质。

同类的证明还可以找出经典的"3-7型组合"。3-7型组合在汉魏乐府诗歌中已为常见，其句式魅力在唐代歌行中更是得到了淋漓尽致的展现，我们耳熟能详的唐代诗句如"君不见，黄河之水天上来""卖炭翁，伐薪烧炭南山中""上阳人，红颜暗老白发新"都展现了极佳的句式组合节奏，这一节奏效果正是建立在三七言具有相似尾部节奏基础之上的。

还有一类现象：乐府诗歌中反复出现的"三言和声"现象，也可以作为"相似尾部节奏的句式具有组合上的优越性"的佐证。周仕慧在《论乐府诗中的三言节奏与词》一文中研究了三言节奏在十二类乐府中的四大运用类型，其中第二类为"和声词中的三言节奏，主要用于相和歌辞的"和、送声""，据周仕慧详细统计，乐府诗集有和送声记录的"清商曲辞"38首，其中27曲42首乐府诗用到三言和送声——本书对这27首乐府诗的主体句式作了统计：《江南弄》《白纻歌》为七言诗，《乌夜啼》为主七言的杂言诗，《上云乐》为主三、五、七言的杂言诗，其他23曲皆为五言诗；由统计可以知道，其和送声为三言节奏，正好与诗歌的五七言节奏是相合拍的。"三言和声"现象有力的侧证了"相似尾部节奏的句式具有组合上的优越性"的结论。

当然，上述列举句式组合例证都是关于奇言句式。其实，偶言的组合例证也是大量存在的，典型的如"4-6型组合"与"4-4-6型"组合。"4-6型组合"与"4-4-6型"不仅是存在于骈文中的典型句式，而且在词体中也是常用句式组合，其中"4-4-6型"更是使用率排名词体第六位的特级句式组合。这两种句式都是由具有"二字尾"的句式组合而成的，其良好的组合效果佐证了"相似尾部节奏的句式具有组合上的优越性"的结论对于"二字尾"句式也是成立的。

由以上理论和实践两个方面的讨论，我们可以看出，75型句式组合的确隐含了一种极为重要的句式组合原则，即"相似尾部节奏的句式具有组合上的优越性"原则。为了讨论的方便，今后我们将尾部节奏相同的句式之间的相互组合原则——同尾节句式的相互组合原则，即"二字尾句式"与"二字尾句式"搭配组合，"三字尾句式"与"三字尾句式"搭配组合的原则，称之为"节配原则"。也即是说，7-5型组合蕴含着句式组合的一类非常重要的原则——"节配原则"。

（3）"节配原则"的普遍性检验

根据"节配原则"，同尾节的句式具有搭配组合优势，即"二字尾句式"与"二字尾句式"之间较容易搭配组合，"三字尾句式"与"三字尾句式"较容易搭配组合，我们可以列出理论上所有可行的这类句式组合类型（见表1-46，以下简称为

"节配型组合"①）。

表1-46   "节配型句式组合"理论类型

	杂言组合（两句组合）	多句组合
二字尾节配型组合	24型、26型、28型、46型、48型、68型、 （42型、62型、82型、64型、84型、86型）	446型等
三字尾节配型组合	35型、37型、39型、57型、59型、79型 （53型、73型、93型、75型、95型、97型）	337型等

那么，在现实中，是否存在所有这些节配型句式组合类型呢？

实际上，这些组合类型不仅是可能的，而且绝大部分在词体中都是存在的。为了大家有一个直观了解，我们根据常用百体句式组合频率表，列举出词体76种句式组合中按"节配原则"进行搭配的句式组合（见表1-47）。

表1-47   常用百体"节配型句式组合"实际使用情况

组合等级	出现 频率	组合 种目	实例	"节配"型组合
特级组合 （出现9次以上）	9次 以上	12种	33型(30)、77型(22)、45型(22)、444(18)、446 (17)、34型(17)、445(9)、76型(9)	446(17)、75型(13)
一级组合 （出现5到8次） 10种	8次	1种	54型(8)	
	7次	4种	35(7)、65型(7)、544(7)、734(7)	35(7)
	6次	4种	36型(6)、37型(6)、344(6)、346(6)	37型(6)
	5次	1种	53型(5)	53型(5)
二级组合 （出现2到4次） 29种	4次	5种	46型(4)、47型(4)、64型(4)、74型(4)、 654(4)	46型(4)、64型(4)
	3次	6种	56型(3)、63型(3)、333(3)、733(3)、447(3)、 434(3)	733(3)
	2次	18种	22型(2)、48型(2)、454(2)、633(2)、433(2)、 644(2)、744(2)、665(2)、353(2)、634(4)、345 (2)、354(4)、735(2)、534(2)、545(2)、5444 (2)、6434(2)、3334(2)	48型(2) 644(2)、353(2)、 735(2)
三级组合 （出现1次）25种	1次	25种	73型(1)85型(1)336、335、533、443、366、355、 564、546、464、436、636、547、645、364、754、 5433、5434、3434、3435、3446、3636、3536、 4444	73型(1) 85型(1) 335、533、355、464

对比表1-46和表1-47，我们找出"节配型句式组合"理论类型和实际类型的差

---

①广义的节配型组合包括齐言组合和杂言组合两类。全部的齐言组合都属于"节配型组合"。因为齐言组合具有更为要严格的组合特征，受到更为严格的叠配组合原则控制，所以，为了研究方便，今后不将齐言组合列入节配型组合范围。今后凡谈论节配型组合，皆指狭义，即杂言类节配组合。

别，并分析造成这种差别的原因。为探讨方便，我们只考察两句型组合。在两句型组合中，"节配型句式组合"实际类型相比于理论类型，少了以下几个种类：

·8-8型、9-9型——与八言九言相关的齐言型组合。因为八言和九言非常之少，这两种"长言"的组合几率就更小，这两类组合不出现是可以理解的。

·2-6型、6-2型、2-8型、8-2型、4-8型、8-4型、6-8型、8-6型——与二言八言相关的杂言型句式组合。因为二言、八言非常稀少，这些组合也基本消失①。

但该组合中八言均为"一七结构"一字豆句，所以本书将其划归47型组合]

·3-9型、9-3型、5-9型、9-5型、7-9型、9-7型——与九言相关的杂言组合。一方面由于九言本来稀少，一方面由于一些九言或被看成6-3型组合，或被看成2-7型组合，这些包含九言的句式组合在词体中也很少出现。如果去掉句式节奏上的质疑，则如"问君能有几多愁，恰似一江春水向东流"的7-9型句式，在词体中还是少量出现过的。

·2-4型、4-2型——由于节奏原因而融合消失的组合。由于节奏的原因和习惯，2-4型组合与4-2型组合即使存在，也会被读成并实际看成六言，所以它们在词体甚至中国诗歌中基本不会出现。我们把这种由于句式较短而发生的组合消失现象称为"组合融合"。中国诗歌中同样发生"组合融合现象"的组合还包括我们今后将要探讨到的2-3型、3-2型组合与2-5型、4-3型组合，它们分别融合形成了普通五言和普通七言，其中3-2型还部分融合形成了一字豆五言（注意，节奏不能看成普通七言的3-4型组合则并没有消失，反而成了词体最发达的句式组合之一）。

综合上述四种情况，都是因为客观原因而导致组合类型缺失。其中，前三种情况都是因为所含句式的稀少，后面一类则是由于句式发生了节奏上的融合。

除去上述四种情况，则常见句式的各种理论"节配型组合"只有5-7型组合在常用百体中没有出现过。为什么词体独缺少5-7型组合呢？以本书理解，这纯属偶然，并不能由此肯定5-7型组合在节奏上存在问题。实际上，5-7型句式组合应该具有较好的节奏性，我们随手就可以举出如下的例子来说明：

> 摇落宋玉悲，风流儒雅是吾师。
> 怅望千秋泪，萧条异代不同时。
> 江山空文藻，云雨荒台岂梦思。
> 楚宫俱泯灭，舟人指点到今疑。

在这个例子中，句式组合的格律构成固然可以讨论，句式组合的节奏则是没有任何问题的。

由以上讨论可知，除去极为偶然的例外，以及一些特殊情况，常见的"节配型组

---

①常用百体出现过两例48型组合：尽寻胜赏，骤雕鞍绀幰出郊坰。（柳永《木兰花慢·坼桐花烂漫》）；对佳丽地，信金罍罄竭玉山倾。（柳永《木兰花慢·坼桐花烂漫》）。

合"理论类型，可以说实际上基本存在。由此，我们得出结论，"节配原则"是具有广泛适用性的句式组合普遍原则。

（4）其他常见节配型组合

常见的节配型组合除上述已讨论的7-5型组合外，还包括4-4-6型、3-5型、3-7型、5-3型、4-6型、6-4型、7-3-3型等主要组合形式。

其中，有些组合在历史上曾有重要应用，如：3-7型、7-3-3组合；有些组合在历史上虽然有重要应用，但词体已经极大地改变了其运用方式，如4-6型、6-4型、4-4-6型组合在骈文中有大量应用，但是在词体中，则对其中的六言使用节奏进行了规范节制，即舍弃了骈文最常用的"一二之二"节奏型六言，而发扬了后期骈文慢慢增多的"二二二"型节奏六言；还有一些有些组合则属于词体的独特组合，如3-5型、5-3型等。

（5）节配句式组合原则的意义

了解"节配原则"的普遍性对我们具有重要意义。"节配原则"可以使我们更理性地看待句式组合，它不仅可以帮助我们解释已发生的组合现象：如词体大量使用4-4-6型、7-5型、3-5型、3-7型、5-3型、4-6型、6-4型、7-3-3型组合的现象，而且还能够帮助我们预测未来可能发生的组合现象：某些数量稀少未被人注意的组合如"57型组合"，其整体节奏性非常强，有可能就是未来的句式组合模式。如果我们破除中国诗歌对于五七言的迷信，如果我们打破中国诗歌句式崇尚短小的潜在戒律，则许多被弃用的"节配型句组合"也许会在诗体创造中发挥更大的作用。

最后，我们举出一首很有趣的诗作为对"节配原则"讨论的结束：

【一三五七九言诗】

释慧英

游。愁。

赤县远。丹思抽。

鹫岭寒风驶。龙河激水流。

既喜朝闻日复日。不觉午颜秋更秋。

已毕耆山本愿诚难住。终望持经振锡往神州。

（《先秦两汉魏晋南北朝诗》隋诗卷十）

这首诗运用"节配原则"和"对仗原则"组织韵段，作者显然深谙"节配原则"运用之道，对"节配原则"的声学意义具有深刻洞察。

（6）小结

7-5型组合属于词体的特级句式组合，是词体十大句式组合之一，其使用频率位列十二大句式组合的第八位。75型组合在先唐诗文中罕见，是到了词体中才被开发出来的一种句式组合模式。与律诗律联的格律策略大相径庭，7-5型组合倾向于选择以"粘对"为主的对仗方式来组织格律。

7-5型组合蕴含着一种相当普遍的句式组合原则："节配原则"；我们可以根据句式尾节节奏的不同，将句式划分为两类，一类以"三言节"结尾，包括：三言、五言、七言、九言，称为"三字尾句式"，一类以"二言节"结尾，包括二言、四言、六言、八言，称为"二字尾句式"。"三字尾句式"与"二字尾句式"具有不同的诵读节奏，在组合时具有的不同的组合倾向。"节配原则"就是同尾节句式的相互组合原则。"节配"有两种方式，一种是"二字尾句式"与"二字尾句式"相互搭配，一种是"三字尾句式"与"三字尾句式"相互搭配，前者称为"二字尾节配"，后者称为"三字尾节配"。

词体中利用"节配原则"形成的常见句式组合包括：446型（17例）、75型（13例）、35型（7例）、37型（6例）、53型（5例）、46型（4例）64型（4例）、733型（3例）、644型（2例）、353型（2例）、735型（2例）。

词体利用"节配原则"形成的常见句式组合分为两类，一类为"二字尾型节配组合"，有：4-4-6型、4-6型、6-4型、6-4-4型；一类为"二字尾型节配组合"，有7-5型、3-5型、3-7型、5-3型、7-3-3型、3-5-3型、7-3-5型等组合。

1.3.4.6　论古典邻配句式组合原则及其运用

4-5型组合是词体十大句式组合之一，也是词体一种特有句式组合。4-5型组合蕴含着一种相当普遍的句式组合原则："邻配原则"。本节研究4-5型组合的使用特点及其蕴含的普遍句式组合原则

（1）4-5型组合的使用特点

1）基本使用状况

4-5型组合是词体最常用的句式组合之一。据常用百体句式组合频率表统计，4-5型组合属于词体的特级句式组合，使用频率高居十二大句式组合的第三位，常用百体中共有13体22次用到该组合。词体所用76种句式组合中，只有3-3型组合使用率高于它，7-7型组合使用率与其平齐，可见4-5型组合是词体当之无愧的最常用类组合。

2）简单分类

4-5型组合根据其五言节奏的不同可划分为两类，一类含一字豆五言，一类含普通五言，分别如下：

含一字豆五言的特殊4-5型组合（4例）：

　　冰肌玉骨，自清凉无汗。（苏轼《洞仙歌·冰肌玉骨》）

　　醉倒山翁，但愁斜照敛。（周邦彦《齐天乐·绿芜凋尽台城路》）

　　华阙中天，锁葱葱佳气。（柳永《醉蓬莱·渐亭皋叶下》）

　　南极星中，有老人呈瑞。（柳永《醉蓬莱·渐亭皋叶下》）

含普通五言的一般4-5型组合（18例）：

凭阑秋思，闲记旧相逢。（晏几道《满庭芳·南苑吹花》）

杨柳风轻，展尽黄金缕。（冯延巳《蝶恋花·六曲阑干偎碧树》）

红杏开时，一霎清明雨。（冯延巳《蝶恋花·六曲阑干偎碧树》）

柳径春深，行到关情处。（冯延巳《点绛唇·荫绿围红》）

角声呜咽，星斗渐微茫。（韦庄《江城子·髻鬟狼藉黛眉长》）

老来风味，是事都无可。（程垓《蓦山溪·老来风味》）

三杯径醉，转觉乾坤大。（程垓《蓦山溪·老来风味》）

一曲清歌，暂引樱桃破。（唐李煜《一斛珠·晚妆初过》）

烂嚼红茸，笑向檀郎唾。（唐李煜《一斛珠·晚妆初过》）

秋色连波，波上寒烟翠。（范仲淹《苏幕遮·碧云天》）

芳草无情，更在斜阳外。（范仲淹《苏幕遮·碧云天》）

夜夜除非，好梦留人睡。（范仲淹《苏幕遮·碧云天》）

酒入愁肠，化作相思泪。（范仲淹《苏幕遮·碧云天》）

皇家盛事，三殿庆重重。（无名氏《导引·皇家盛事》）

睡起恹恹，无语小妆懒。（程核《祝英台近·坠红轻》）

闲倚银屏，羞怕泪痕满。（程核《祝英台近·坠红轻》）

凤怖夜短，偏爱日高眠。（柳永《促拍花满路·香靥融春雪》）

画堂春过，悄悄落花天。（柳永《促拍花满路·香靥融春雪》）

由于一字豆句式是词体的特殊句式，关于一字豆句式构成的组合，我们另处讨论，此处主要讨论普通4-5型句式组合。

3）4-5型组合的历史来源

4-5型组合是词体特有的句式组合——4-5型组合在先唐诗歌韵文中，是罕见的。在号称组合形式复杂多样的楚辞中基本没有①。在中国诗歌句式产生重大影响的汉赋和骈文等韵文中，也很少出现4-5型组合。最令人惊奇的是，历代杂言诗歌对4-5型的应用也是少之又少。检计《先秦两汉魏晋南北朝诗》及唐代杂言歌辞，基本上见不到4-5型句式。基本上可以说，4-5型句式是到了词体中才被开发出来的一种句式组合模式。当然，一经开发，它就成了词体的宠幸儿。

4）4-5型组合的格律组合特征

为了了解4-5型句式组合的格律组合规律，我们对4-5型组合的格律关系进行了系统分析。

———————

①即使不考虑楚辞的句式节奏与一般诗歌的句式节奏有标志性区别，也很难找到与4-5型组合外观相似的组合，如以离骚为例，全诗187个组合，从外观上看出现了6兮6、6兮7、7兮6、5兮6、5兮5、8兮6、7兮7、6兮5、6兮8、8兮6、9兮6、5兮7、6兮9、8兮7、7兮8等句式组合模式，没有出现"4兮5"型组合。

分析如下：

冰肌玉骨，自清凉无汗。（苏轼《洞仙歌·冰肌玉骨》）

华阙中天，锁葱葱佳气。（柳永《醉蓬莱·渐亭皋叶下》）

南极星中，有老人呈瑞。（柳永《醉蓬莱·渐亭皋叶下》）

醉倒山翁，但愁斜照敛。（周邦彦《齐天乐·绿芜凋尽台城路》）

——特殊45型组合，暂不分析

闲倚银屏，羞怕泪痕满。（程核《祝英台近·坠红轻》）

——含非律句，不入分析

平韵（5例）：

凭阑秋思，闲记旧相逢。（晏几道《满庭芳·南苑吹花》）

画堂春过，悄悄落花天。（柳永《促拍花满路·香靥融春雪》）

角声呜咽，星斗渐微茫。（韦庄《江城子·髻鬟狼藉黛眉长》）

——"仄平平仄，仄仄仄平平"（粘-对）

皇家盛事，三殿庆重重。（无名氏《导引·皇家盛事》）

凤帏夜短，偏爱日高眠。（柳永《促拍花满路·香靥融春雪》）

——"仄仄，平平"（完全对）

仄韵（12例）：

杨柳风轻，展尽黄金缕。（冯延巳《蝶恋花·六曲阑干偎碧树》）

红杏开时，一霎清明雨。（冯延巳《蝶恋花·六曲阑干偎碧树》）

柳径春深，行到关情处。（冯延巳《点绛唇·荫绿围红》）

一曲清歌，暂引樱桃破。（唐李煜《一斛珠·晚妆初过》）

烂嚼红茸，笑向檀郎唾。（唐李煜《一斛珠·晚妆初过》）

秋色连波，波上寒烟翠。（范仲淹《苏幕遮·碧云天》）

芳草无情，更在斜阳外。（范仲淹《苏幕遮·碧云天》）

夜夜除非，好梦留人睡。（范仲淹《苏幕遮·碧云天》）

酒入愁肠，化作相思泪。（范仲淹《苏幕遮·碧云天》）

睡起恹恹，无语小妆懒。（程核《祝英台近·坠红轻》）

——"仄仄平平，仄仄平平仄"（粘对）

三杯径醉，转觉乾坤大。（程垓《蓦山溪·老来风味》）

——"平平仄仄，仄仄平平仄"（对粘）

老来风味，是事都无可。（程垓《蓦山溪·老来风味》）

——"仄平平仄，仄仄平平仄"（重）

通过分析可知，无论是平韵还是仄韵韵段，4-5型组合的格律关系几乎全部为对仗关系：全部17例只有一例为例外的"对粘"关系、一例为例外的"重律"关系；在对仗关系中，"粘-对"远多于"完全对"，二者比例为13∶2，两个"完全对"均发生在平韵词中。

我们知道，在律诗中，一联的对仗关系都是"完全对"。对比律诗的情况，可以看出，普通4-5型组合与律诗律联的格律策略大相径庭，普通45型组合倾向于选择以"粘-对"为主的对仗方式来组织格律。

（2）45型组合蕴含的句式组合原则——邻配原则

1）邻配原则

为什么4-5型组合具有如此魅力，能够成为词体最常使用的句式组合模式之一呢？换句话说，四言与五言能够稳定地组合在一起，是偶然的还是必然，4-5型组合是否蕴含了某种特殊规律？

要回答这个问题，我们当然可以从四言和五言的具体节奏入手来进行分析。四言五言是相邻句式，普通四言是由两个二言节构成，其句式节奏是"二二"节奏，普通五言是由一个二言节和一个三言节构成，其句式节奏是"二三"节奏；两者的配合相当于"二二二三"节奏，这相当于一个以"三字尾"结尾的典型九言句节奏，从五言七言的诵读效果比附来看，4-5型组合自然也具备不错的诵读节奏。

但本书并不想只局限于从四言五言角度来探讨问题答案，本书想从一个更为广阔的句式背景来讨论这一问题。本书认为，四言五言作为字数相邻的句式，在组合上具有天然节奏性，这是一个相对孤立的事实，这个事实其实蕴含一类更为普遍的原则，即不仅仅是四言五言，其他任何相邻字数的句式，在组合上也都具有这种天然节奏性。以下为简便，将这种"相邻句式形成搭配"的原则称为"邻配原则"，将"相邻句式形成的组合"称为"邻组合"或"邻配型组合"，将其组合方式称为"邻配"。

2）邻配原则的普遍性

"邻配"代表了一类句式组合的生成方式，所有理论上可能的"邻配型组合"见表1-48。

表1-48　"邻配型组合"理论类型

句型	23型	34型	45型	56型	67型	78型	89型
句型	32型	43型	54型	65型	76型	87型	98型

那么，所有这些理论上的邻配型组合在实际情况中是存在的吗？我们首先从实际层面来对这一邻配型组合的普遍性进行检验，然后再从理论层面尝试对这一普遍性予以解释。据句式组合统计总表二，统计常用百体实际使用到的"邻配型组合"见表1-49。

表1-49　"邻配型组合"实际使用类型

句型	23型	34型	45型	56型	67型	78型	89型	445型
数量	无	17	22	3	无	无	无	9
句型	32型	43型	54型	65型	76型	87型	98型	344型
数量	无	无	8	7	9	无	无	6

从统计容易看出，"邻配型组合"的理论类型，有8种在常用百体中没有出现。这八种未出现的类型的其原因可以分析如下：①2-3型、3-2型、7-8型、8-9型、8-7型、

9-7型——因为各自所含句式的稀少而罕见类。这几类因为包含二言、八言、九言等词体稀见句式，故在词体中基本没有出现。②4-3型、2-3型——因为节奏和习惯的原因而罕见类。由于汉语诗歌对五七言的偏爱，这两类组合在节奏上与普通五言七言句式完全相同，因而自然融合成为了五七言句式，故而在词体中也没有出现。③6-7型组合——唯一找不到缺席原因却在词体中缺席了的"邻配型组合"。

也就是说，除去八种句式组合因为句式稀少或者节奏融合等客观原因缺席了词体构成，其他所有"邻配型组合"的理论类型只有一种没有在实际中出现。而这一种没有出现的6-7型组合特例，在节奏上没有任何不和谐，它的缺席可以解释为纯属偶然。由此，我们可以得出结论，"邻配原则"适用于所有相邻句式的组合搭配情况。

3）"邻配原则"理论上的一种可能解释——三言节诵读时长的伸缩性

"邻配原则"具有普遍性——我们首先在更广阔的句式背景下检验了这一原则的普适性。下面，我们尝试从理论上对这一原则给予解释。

为什么相邻句式能够形成搭配节奏？本书引入"顿"和"诵读时长"两个概念来解释。本书认为，控制相邻句式搭配的内在因素是顿与诵读时长。时长、顿相近，则诵读节奏相近，容易形成搭配。"二言节"与"三言节"具有完全不同层面的性质："二言节"在句式中即一"顿"，诵读时长与节奏相对较固定；"三言节"在句式中具有灵活性，可以拖长慢读为两"顿"，即读为"一二"或"二一"节奏，也可以压缩快读为一"顿"，即"一一一节奏"，具体读为哪种情况，视句式环境而定；这样，"三言节"在与"二言节"搭配时，能根据情况调整时长和顿数，或选择与一个"二言节"组合，这时它可以读为一"顿"，或选择与两个"二言节"组合，这时它可以读为"两顿"。体现到具体组合中，就是既可以出现三言与二言自然搭配的3-2型组合，也可以出现三言与四言自然搭配的3-4型组合；既可以出现四言与五言自然搭配的4-5型组合，也可以出现四言与三言自然搭配的4-3型组合——在所有这些情况中，三言、五言、七言都可以选择两种节奏来进行句式搭配，他们可以分别与相邻两种偶言句搭配而均保持节奏感。出现在三言节身上的这种特殊性质，我们可以将它称为"三言节节奏伸缩性"或"三言节诵读时长伸缩性"。

4）三言节诵读时长伸缩性存在的几个佐证

三言节的这种"时长伸缩现象"或"节奏伸缩性"，还可以从以下几个现象得到佐证。

①五言诗与七言诗在诵读时的时长和节奏感受

五言诗一般会读为"二三"节奏，如《登鹳雀楼》：

白日/依山尽

黄河/入海流

欲穷/千里目

更上/一层楼

七言诗一般会读为"四三"节奏，如《出塞》：

> 秦时明月/汉时关，
> 万里长征/人未还。
> 但使龙城/飞将在，
> 不教胡马/度阴山。

如果仔细诵读，你能明显感觉，同是"三言节"构成的"三字尾"，五言中和七言中诵读感觉大不相同：五言中的三言节，与其前的二言节用时差不多，明显读得较快，较短，节奏上一气呵成；七言中的三言节，则用时较长，似乎需要一定的拖音，并且节奏上倾向于可以细分。为什么会出现这样的差别呢，这是因为，五七诗言中的"三言节"在"时长伸缩性"上具有完全相反的性质：五言诗中的三言节需要与二言节保持配合，在诵读时长上靠近二言节，故倾向于缩短快读为一"顿"；而七言诗中的三言节需要与前面的四言节配合，在诵读上倾向于拉伸时长，读为近似两顿。松浦友久在《中国诗歌原理》中曾以句末"休音"来解释五七言句末"三字尾"诵读效果，但显然，"休音现象"只存在于七言诗三字尾，而与发生在五言诗三字尾中的情况并不相同，"休音理论"适合于解释七言诗三字尾的时长拖长现象，却无法解释五言诗三字尾的时长缩短现象。

关于七言"三字尾"的时长拖长，我们这里附加一个强有力的证明，就是汉代楚歌"三兮三"句式与3-3型组合的自由替换现象——萧涤非[1]《汉魏六朝乐府文学史》指出：

> 今传世三言诗之入乐者，不得不首推《安世房中乐》也——《国殇》全篇句法皆如此。如将句腰之"兮"字省去，即成《房中乐》之三言体。或将《房中乐》于句腰增一"兮"字，亦即成《国殇》体矣。

张应斌[2]《论三言诗》1998年进一步推断：

> 楚歌三兮三句式，去掉兮，即成三言；《房中乐》中《安其所》《丰草葽》《雷震震》三章系楚歌拆分而来。

葛晓音[3]《论汉魏三言体的发展及其与七言诗歌的生成关系》则认为：

> 七言源于楚辞的论者常常举出《宋书·乐志》所载汉乐府《相和歌》的"今有人"（《乐府诗集》卷28作"陌上桑"）和《山鬼》对照，作为说明七言和楚辞体关系的实例。认为《山鬼》句式中的"兮"字改成一个实字，就可以形成七

①萧涤非：《汉魏六朝乐府文学史》，北京：人民文学出版社，1984年，第10—11页。
②张应斌：《论三言诗》，《武陵学刊》1998年第1期。
③葛晓音：《论汉魏三言体的发展及其与七言诗歌的生成关系》，《上海大学学报》2006年3期。

言。但是，七言与楚辞的关系并非如此简单，"今之人"取《山鬼》的一半，把三分三的节奏改成了三三七的节奏。应注意三三七式不等于全篇七言……从《安世房中歌》中的三言和《郊祀歌》中的长篇三言来看，当时的创作者显然也意识到三言要独立成体，并不完全等于三分三的楚辞体去掉"兮"字，因而在一些作品中探索了三言句的搭配和长篇如何结体的问题。"《安世房中歌》采用了一些顶针句和排比句，如其六："民何贵，贵有德。"其七："安其所，乐终产。乐终产，世继绪。"其八："大莫大，成教德，长莫长，被无极。"（《乐府诗集》卷八）问答加顶针，叠字对偶，隔句重复句式等，这些是在两汉四言和五言中通用的手法。《郊祀歌》中的三言，因为用于祭神，"神"与"灵"字在诗里多次出现，但也有分割章节的作用。如《练时日》中前面用四个"灵之X"，每句领起四句，然后以"灵安坐"领起七句，再以"灵安留"领15句，加上注意到每句三言词组结构的错落安排，不需要对偶顶针也可以形成节奏感。《天马》的后24句则是四句一节，每句以"天马徕"领起二句；《华火毕火毕》中每节都以"神XX"或"神之X"领起。《五神》则是以四句一转韵来分章。这些结构初步形成了三言体和楚辞三分三式的区别。

这虽然讨论的是从"三分三"诗体向"三言诗"的转变，但对于两种句式作为替换关系的事实则没有异议——"三分三"句式可以与33型组合自由替换，这一事实说明二者在节奏上极为相近，前者的"三分"与后者的"三言句"节奏相近，而"三分"大致相当于一个句中"四言节"，这就说明"三言句"诵读节奏与句中四言节近同，这恰好证明"三言句"的确存在时长拖长现象。

关于五言"三字尾"的时长缩短，我们还可以提供一个佐证，即五七言诗表达效果的区别——明陆时雍《诗镜总论》云：

> 诗四言优而婉，五言直而倨，七言纵而畅，三言矫而掉，六言甘而媚。杂言奇葩，顿跌起伏。[1]

易闻晓[2]《中国诗的韵律节奏与句式特征》指出：

> 一言未足以抒怀、二言殆可以成语、三言尚且短促、四言优婉简质、五言坚整简练、六言软媚平衍、七言纵畅有致。

与此相应，一般认为，五言诗简质含蓄，七言诗流畅放达。为什么五七言诗表达效果会出现这种差异呢，一般人认为，这是因为字数长短的区别。但是，本书认为，字数长短并不足以解释五言简质的特性。在本书看来，五言的表达效果，主要源于其节奏特性，具体而言，主要源于其三字尾的时长缩短。由于时长缩短，所以五言在诵读效

---

[1]丁福保：《历代诗话续编》，北京：中华书局，1983年，第1402页。
[2]易闻晓：《中国诗的韵律节奏与句式特征》，《中国韵文学刊》2007年4期。

果上实际是非常紧凑局促的——这直接导致了其美学效果的简质庄重。五言诗的美学效果，从一个侧面反映了五言三字尾的性质。

三言节的节奏伸缩性导致奇言在与偶言组合时能够自动调整节奏，与偶言节奏趋同、自然合拍。我们把这种发生在三言节身上的自动调整节奏现象称为"节奏补偿"。"节奏补偿"有三个表现，一是七言的三言节的句尾延时——休音，二是五言的三言节的句尾煞短，三是与相邻句式发生组合时的节奏补偿。"节奏补偿"是句式组合的"邻配原则"的内在原因。

②3-4型组合的特殊节奏选择

3-4型组合是常用百体又一常用组合，使用率高居第六。观察3-4型组合的句式选择，我们会得到非常大的启示。常用百体中3-4型组合中的三言，几乎全部为带有明显"一二节奏"的一字豆句式。具体如下：

3-4型（17例）
渐暖霭，初回轻暑。（叶梦得《贺新郎·睡起流莺语》）
但怅望，兰舟容与。（叶梦得《贺新郎·睡起流莺语》）
有谁家，锦书遥寄。（苏轼《水龙吟·霜寒烟冷蒹葭老》）
酒醒处，残阳乱鸦。（秦观《柳梢青·岸草平沙》）
过短亭，何用素约。（周邦彦《瑞鹤仙·悄郊园带郭》）
却弹作，清商恨多。（辛弃疾《太常引·仙机似欲织纤罗》）
且痛饮，公无渡河。（辛弃疾《太常引·仙机似欲织纤罗》）
怕绿刺，胃衣伤手。（晏殊《雨中花令·剪翠妆红欲就》）
为黄花，频开醉眼。（毛滂《烛影摇红·老景萧条》）
<u>二十年，重过南楼。</u>（刘过《唐多令·芦叶满汀洲》）
旧江山，浑是新愁。（刘过《唐多令·芦叶满汀洲》）
<u>细雨打，鸳鸯寒悄。</u>（朱敦儒《杏花天·浅春庭院东风晓》）
人别后，碧云信杳。（朱敦儒《杏花天·浅春庭院东风晓》）
对好景，愁多欢少。（朱敦儒《杏花天·浅春庭院东风晓》）
凭小槛，细腰无力。（尹鹗《拨棹子·风切切》）
偏挂恨，少年抛掷。（尹鹗《拨棹子·风切切》）
雨潇潇，衰鬓到今。（朱敦儒《恋绣衾·木落江南感未平》）

其中，只有加下划线2例三言不是"一字豆"。如果我们仔细诵读，我们就会发现，一字豆句式可以明显加强三言句式的"一二"诵读节奏，从而与其后的四言句式形成均衡的诵读时长。当然，这并不是说，3-4型组合中三言不能选择"二一"节奏，事实上，"二一节奏"是完全可以的，并且在形成均衡时长方面也很不错。只是同一字豆句式的强有力节奏相比，稍有逊色而已。常用百体34型组合多选择一字豆句式构成组合，这也反映了三言节的"节奏伸缩性"。

③一调多体的"各言替代现象"

"一调多体"现象是词体特有的现象。据本书统计,《钦定词谱》54.6％的词体存在"一调多体"现象,其中一调六体以上的有69调,可见"一调多体"现象的普遍性。"一调多体"现象最常见的表现就是"句式替代",包括各言句式替代、各种组合替代、句式与组合相互替代等几种形式,其中,相邻句式之间的相互替代又是句式替代最常见的方式。大量"相邻句式替代"现象虽然本质上由音乐决定,但必然与句式节奏相关。本书认为,"各言替代现象"主要是建立在三字尾句式的节奏可伸缩性基础之上的,反映的正是"三言节的节奏伸缩性"特性。

以上三个现象都从侧面佐证"三言节节奏可伸缩性"的客观存在。

三言节的"节奏伸缩性",是一个值得深入讨论的话题。如果"三言节节奏伸缩性"属实,那么关于"邻配原则"的存在就可以得到很好的解释。当然,本书绝不排除"邻配原则"存在的其他可能理由,但不管怎样,"邻配原则"的存在事实,是无法否认的。

(3) 常见"邻配型句式组合"

前文我们已经据"邻配原则"列举出"邻配型组合"所有理论类型,有"邻配型组合"理论类型表,并列举出实际存在的14种"邻配型组合",有常用百体"邻配型组合"实际使用表。为观察各邻配组合的使用频度,我们将实存在14种"邻配型句式组合"进行分类,得到表1-50。

表1-50　常用百体"邻配型组合"使用频率

组合等级	出现频率	组合种目	实例	邻配型组合
特级组合 (出现9次以上)	9次以上	12种	33型(30)77型(22)45型(22)444型(18)、446型(17)、34型(17)55型(15)75型(13)44型(12)445(9)76型(9)66型(9)	45型(22)34型(17)76型(9)445(9)
一级组合 (出现5到8次) 10种	8次	1种	54型(8)	54型(8)
	7次	4种	35型(7)65型(7)544(7)734型(7)	65型(7)
	6次	4种	36型(6)37型(6)344(6)、346型(6)	344型(6)
	5次	1种	53型(5)	
二级组合 (出现2到4次) 29种	4次	5种	46型(4)47型(4)64型(4)74型(4)654型(4)	
	3次	6种	56型(3)63型(3)、333型(3)、733型(3)、447型(3)、434型(3)	56型(3)434型(3)
	2次	18种	22型(2)48型(2)454型(2)、633型(2)、433型(2)644型(2)、744型(2)665型(2)353型(2)634型(4)-345型(2)354型(4)735型(2)、534型(2)、545型(2)5444型(2)6434型(2)、3334型(2)	454型(2)665型(2)545型(2)
三级组合 (出现1次)25种	1次	25种	73型(1)85型(1)336型、335型、533型、443型、366型、355型、564型、546型、464型、436型、636型、547型、645型、364型、754型、-5433型、5434型、3434型、-3435-型、3446型、3636型、3536型、4444-型	443型

下面对常用百体主要"邻配型组合"一一进行考察。

1）7-6型组合

7-6型组合是词体最常用的句式组合之一。据《常用百体句式组合频率表》统计，7-6型组合属于词体的特级句式组合，使用频率位列十二大句式组合的末位，常用百体中共有6体9次用到该组合。这6体分别是《齐天乐》《念奴娇》《贺新郎》《水龙吟》《临江仙》《摸鱼儿》。7-6型组合也是词体所特有的组合模式，在词体之前的诗歌中罕见。

7-6型组合也有自己的格律特点。下面对其格律特点进行简单分析：

7-6型（9例）

　　绿芜凋尽台城路，殊乡又逢秋晚。（周邦彦《齐天乐·绿芜凋尽台城路》）

　　——含非律句，暂不分析

仄韵：

　　桂魄飞来光射处，冷浸一天秋碧。（苏轼《念奴娇·凭空眺远》）

　　——仄仄平平平仄仄，平仄仄平平仄（对-粘关系）

　　东皋雨足轻痕涨，沙嘴鹭来鸥聚。（晁补之《摸鱼儿·买陂塘》）

　　弓刀千骑成何事，荒了邵平瓜圃。（晁补之《摸鱼儿·买陂塘》）

　　——平平仄仄平平仄，平仄仄平平仄（重律）

　　吹尽残花无人问，惟有垂杨自舞。（叶梦得《贺新郎·睡起流莺语》）

　　无限楼前沧波意，谁采苹花寄取。（叶梦得《贺新郎·睡起流莺语》）

　　——仄仄平平平仄仄，仄仄平平仄仄（重律）

　　霜寒烟冷蒹葭老，天外征鸿嘹唳。（苏轼《水龙吟·霜寒烟冷蒹葭老》）

　　——平平仄仄平平仄，仄仄平平仄仄（对-粘）

平韵：

　　海棠香老春江晚，小楼雾縠空蒙。（和凝《临江仙·海棠香老春江晚》）

　　——平平仄仄平平仄，平平仄仄平平（粘-对）

　　碾玉钗摇鸂鶒战，雪肌云鬓将融。（和凝《临江仙·海棠香老春江晚》）

　　——仄仄平平平仄仄，平平仄仄平平（完全对）

从分析可知，7-6型组合格律关系较为复杂。仄韵类与平韵类似乎区别明显，仄韵类以"粘对"和"重言"关系为主，平韵类含"对粘"和"完全对"两种关系。但总的来讲，均以律句入组合。

2）5-4型组合

5-4型组合是词体的常用的句式组合。据《常用百体句式组合频率表》统计，5-4型组合属于词体的一级句式组合，使用频率位列所有76种句式组合的第十三位，常用百体中共有6体8次用到该组合。这6体分别是《满江红》《齐天乐》《红窗迥》《感皇恩》《八声甘州》《望海潮》。

5-4型组合也是词体所特有的组合模式，在词体之前的诗歌中罕见。

值得注意的是，5-4型组合的节奏有两类，一类其中五言为一字豆句式，包括以下4例：

> 绕严陵滩畔，鹭飞鱼跃。（柳永《满江红·暮雨初收》）
> 叹重拂罗裀，顿疏花簟。（周邦彦《齐天乐·绿芜凋尽台城路》）
> 正玉液新篘，蟹螯初荐。（周邦彦《齐天乐·绿芜凋尽台城路》）
> 早窗外乱红，已深半指。（周邦彦《红窗迥·几日来》）

一类其中五言为普通句式，包括以下4例：

> 绿水小河亭，朱阑碧甃。（毛滂《感皇恩·水小河亭》）
> 惟有长江水，无语东流。（柳永《八声甘州·对潇潇暮雨洒江天》）
> 怒涛卷霜雪，天堑无涯。（柳永《望海潮·东南形胜》）
> 乘醉听箫鼓，吟赏烟霞。（柳永《望海潮·东南形胜》）

严格来讲，前面一类型组合属于带有领字句的领字型组合，这是一类特殊组合，关于这类组合，后面我们还要详细分析。后一类组合才是普通54型组合。

普通5-4型组合的格律关系具体如下：

> 绿水小河亭，朱阑碧甃。（毛滂《感皇恩·绿水小河亭》）
> 早窗外乱红，已深半指。（周邦彦《红窗迥·几日来》）
> ——"仄仄仄平平，平平仄仄"（完全对）
> 惟有长江水，无语东流。（柳永《八声甘州·对潇潇暮雨洒江天》）
> 乘醉听箫鼓，吟赏烟霞。（柳永《望海潮·东南形胜》）
> ——"仄仄平平仄，仄仄平平"（粘对）

综合来讲，普通5-4型组合的格律关系有"完全对"和"粘对"两种模式。

3）6-5型组合

6-5型组合是词体的常用的句式组合。据《常用百体句式组合频率表》统计，6-5型组合属于词体的一级句式组合，使用频率位列所有76种句式组合的第十五位，常用百体中共有6体7次用到该组合。这6体分别是《诉衷情》《祝英台近》《好事近》《促拍花满路》《八声甘州》《望海潮》。

6-5型组合也是词体所特有的组合模式之一，在词体之前的诗歌中罕见。

6-5型组合的节奏类型与格律关系均较复杂，并且相互之间有制约关系。6-5型组合的节奏类型包括两类，一类其中五言为一字豆句式，一类其中的五言为普通五言，后者较前者常用。6-5型组合的格律关系复杂。由于六言多非律句，这部分含非律句的组合的格律关系难于考察；剩余6-5型组合中，普通6-5型组合采取"完全对"的格律模式，而"含一字豆五言的特殊6-5型组合"则采取"重言"的格律模式。其具体情况如下：

6-5型（7例）格律分析：

东城南陌花下，逢着意中人。（晏殊《诉衷情令·青梅煮酒斗时新》）

人道愁与春归，春归愁未断。（程核《祝英台近·坠红轻》）

有时携手闲坐，偎倚绿窗前。（柳永《促拍花满路·香靥融春雪》）

——含非律句，暂不分析

昨夜一庭明月，冷秋千红索。（宋祁《好事近·睡起玉屏风》）

天气骤生轻暖，衬沈香帷箔。（宋祁《好事近·睡起玉屏风》）

——平仄仄平平仄，仄平平平仄（重律）

是处红衰翠减，苒苒物华休。（柳永《八声甘州·对潇潇暮雨洒江天》）

异日图将好景，归去凤池夸。（柳永《望海潮·东南形胜》）

——仄仄平平仄仄，仄仄仄平平（完全对）

4）4-4-5型组合

4-4-5型组合是词体最常用的句式组合之一。据《常用百体句式组合频率表》统计，4-4-5型组合属于词体的特级句式组合，使用频率位列十二大句式组合的并列末位，常用百体中共有5体9次用到该组合。这5体分别是《念奴娇》《醉蓬莱》《永遇乐》《少年游》《太常引》。

4-4-5型组合是词体所特有的组合模式，在词体之前的诗歌中罕见。

4-4-5型组合的节奏类型与格律关系均较复杂。4-4-5型组合的节奏类型包括两类，一类其中五言为一字豆句式，一类其中的五言为普通五言，后者远较前者常用。4-4-5型组合的格律关系较复杂，仄韵与平韵类格律选择不同普通。仄韵类4-4-5型组合主要采取"平平-平仄-平仄"的格律模式，而平韵4-4-5型组合则采取"平-仄-平"或"仄-仄-平"的格律模式。其具体情况如下：

4-4-5型（9例：平3仄6）

嫩菊黄深，拒霜红浅，近宝阶香砌。（柳永《醉蓬莱·渐亭皋叶下》）

此际宸游，凤辇何处，度管弦清脆。（柳永《醉蓬莱·渐亭皋叶下》）

便欲乘风，翩然归去，何用骑鹏翼。（苏轼《念奴娇·凭空眺远》）

玉宇琼楼，乘鸾来去，人在清凉国。（苏轼《念奴娇·凭空眺远》）

曲港跳鱼，圆荷泻露，寂寞无人见。（苏轼《永遇乐·明月如霜》）

燕子楼空，佳人何在，空锁楼中燕。（苏轼《永遇乐·明月如霜》）

——仄仄平平，仄平平仄，仄仄平平仄

绿鬓朱颜，道家装束，长似少年时。（晏殊《少年游·芙蓉花发去年枝》）

——仄仄平平，仄平平仄，平仄仄平平

珠帘影里，如花半面，绝胜隔帘歌。（辛弃疾《太常引·仙机似欲织纤罗》）

兰堂风软，金炉香暖，新曲动帘帷。（晏殊《少年游·芙蓉花发去年枝》）

——平平仄仄，平平仄仄，仄仄仄平平

5）3-4-4组合

3-4-4型组合是词体常用的句式组合。据《常用百体句式组合频率表》统计，3-4-4型组合属于词体的一级组合，使用频率位列所有76种句式组合的第二十位，常用百体中共有5体6次用到该组合。这5体分别是《满江红》《永遇乐》《花心动》《贺新郎》《八声甘州》。

3-3-4型组合是词体所特有的组合模式，在词体之前的诗歌中并不常见。

3-3-4型组合的节奏类型均较特殊，其中三言几乎全部归入一字豆三言。仔细考察，无论三言读为哪种节奏，整个组合的节奏应该都会不错；但若三言为一字豆三言，则组合的节奏感会明显增强。

3-3-4型组合的格律关系比较复杂，似并无明显规律。其具体情况如下：

344型（6例：平1仄5）格律分析：

临岛屿，蓼烟疏淡，苇风萧索。（柳永《满江红·暮雨初收》）

异时对，黄楼夜景，为余浩叹。（苏轼《永遇乐·明月如霜》）

尽沈静，文园更渴，有人知否。（史达祖《花心动·风约帘波》）

——平仄仄，平平平仄，仄平平仄

掩苍苔，房栊向晓，乱红无数。（叶梦得《贺新郎·睡起流莺语》）

浪黏天，蒲萄涨绿，半空烟雨。（叶梦得《贺新郎·睡起流莺语》）

——仄平平，平平仄仄，仄平平仄

争知我，倚阑干处，正恁凝愁。（柳永《八声甘州·对潇潇暮雨洒江天》）

——平平仄，仄平平仄，仄仄平平

上面，我们逐一考察了主要的"邻配型组合"。这些组合虽然使用频率不尽相同，节奏和格律组织都有自己的特征，但都表现出了明显的节奏性，它们的存在证明了"邻配原则"是词体句式组合的普遍性原则。

（4）"邻配原则"的意义

"邻配原则"的存在，如同上一节讨论的"节配原则"一样，使我们可以更科学地看待句式组合现象。它不仅可以帮助我们理解已存在的组合现象：如词体大量使用4-5型、3-4型、7-6型、4-4-5型、5-4型、6-5型、3-4-4型等句式组合的现象，而且还能够帮助我们预测未来可能生成的新组合：某些数量稀少暂未赢得重视的组合如"6-7型组合"等，其实节奏性并不差，在未来很可能会有更大的发展。如果我们破除中国诗歌对于五七言的迷信，如果我们打破中国诗歌崇尚短句的潜在戒律，则许多被弃用的"邻配型组合"或许会对未来的诗体形式产生更为重要的影响。

（5）小结

4-5型组合属于词体的特级句式组合，是词体十大句式组合之一，其使用频率高居十二大句式组合的第三位。4-5型组合在先唐诗文中比较罕见，是到了词体中才被开发出来的一种句式组合模式。4-5型组合根据其五言节奏的不同可划分为两类，一类含一字豆五言，一类含普通五言。与律诗律联的格律策略大相径庭，普通4-5型组合倾向于选择以"粘对"为主的对仗方式来组织格律。

4-5型组合蕴含着一种相当普遍的句式组合原则："邻配原则"。我们将"相邻句式形成搭配"的原则称为"邻配原则"，将"相邻句式形成的组合"称为"邻组合"或"邻配型组合"，将其组合方式称为"邻配"。

三言、五言、七言都可以选择两种节奏来进行句式搭配，他们可以分别与相邻两种偶言句搭配而均保持节奏感。出现在三言节身上的这种特殊性质，我们可以将它称为"三言节节奏伸缩性"或"三言节诵读时长伸缩性"。"三言节的节奏伸缩性"是"邻配原则"的基础。有三个事实可以佐证"三言节节奏伸缩性"现象的存在，它们分别是"五言诗与七言诗在诵读时的时长和节奏感受""3-4型组合的特殊节奏选择"以及"一调多体"中"各言替代现象"。

词体中利用"邻配原则"形成的常见句式组合包括：4-5型（22例）、3-4型（17例）、7-6型（9例）、4-4-5型（9例）、5-4型（8例）、6-5型（7例）、3-4-4（6例）、5-6型（3例）、4-3-4型（3例）、4-5-4型（2例）、6-6-5型（2例）、5-4-5型（2例）等（括号中表示组合在常用百体中使用频率）。不同的"邻配型组合"在格律组织、使用频率、节奏类型上又都有各自的特性。

1.3.4.7　论古典领配句式组合原则及其运用

"一字豆句式"是词体的特殊节奏句式。一字豆句式在进行句式组合时有什么样的规律，这是本节探讨的内容。

（1）一字豆句式的存在状况

词的句式有三种结构，一是普遍结构，二是一字豆结构，三是罕见结构。一字豆句式是词体特有的句式。关于一字豆句式，我们在3.3.2节有详细讨论，主要内容包括：列举了常用百体使用的46例一字豆句式。为大家对词体一字豆句式有感性认识，我们将常用百体46例一字豆句式罗列于下：

> 悄郊园带郭。（周邦彦《瑞鹤仙·悄郊园带郭》）
>
> 任流光过却。犹喜洞天自乐。（周邦彦《瑞鹤仙·悄郊园带郭》）
>
> ——1＋（2＋2），单独成韵句2例
>
> 绕严陵滩畔，鹭飞鱼跃。（柳永《满江红·暮雨初收》）
>
> 渐月华收练，晨霜耿耿，云山摛锦，朝露溥溥。（苏轼《沁园春·孤馆灯青》）
>
> 有笔头千字，胸中万卷，致君尧舜，此事何难。（苏轼《沁园春·孤馆灯青》）

坼桐花烂漫，乍疏雨，洗清明。（柳永《木兰花慢·坼桐花烂漫》）

正艳杏烧林，缃桃绣野，芳景如屏。（柳永《木兰花慢·坼桐花烂漫》）

乍望极平田，徘徊欲下，依前被，风惊起。（苏轼《水龙吟·霜寒烟冷蒹葭老》）

念征衣未捣，佳人拂杵，有盈盈泪。（苏轼《水龙吟·霜寒烟冷蒹葭老》）

任翠幕张天，柔茵藉地，酒尽未能去。（晁补之《摸鱼儿·买陂塘》）

便做得班超，封侯万里，归计恐迟暮。（晁补之《摸鱼儿·买陂塘》）

渐霜风凄紧，关河冷落，残照当楼。（柳永《八声甘州·对潇潇暮雨洒江天》）

叹年来踪迹，何事苦淹留。（柳永《八声甘州·对潇潇暮雨洒江天》）

叹重拂罗裀，顿疏花簟。（周邦彦《齐天乐·绿芜凋尽台城路》）

正玉液新篘，蟹螯初荐。（周邦彦《齐天乐·绿芜凋尽台城路》）

有流莺劝我，重解雕鞍，缓引春酌。（周邦彦《瑞鹤仙·悄郊园带郭》）

渐亭皋叶下，陇首云飞，素秋新霁。（柳永《醉蓬莱·渐亭皋叶下》）

叹年华一瞬，人今千里，梦沉书远。（周邦彦《选冠子·水浴清蟾》）

但明河影下，还看疏星几点。（周邦彦《选冠子·水浴清蟾》）

早窗外乱红，已深半指。（周邦彦《红窗迥·几日来》）

——1＋（2＋2），句首18例

凭空眺远，见长空万里，云无留迹。（苏轼《念奴娇·凭空眺远》）

微吟罢，凭征鞍无语，往事千端。（苏轼《沁园春·孤馆灯青》）

身长健，但优游卒岁，且斗尊前。（苏轼《沁园春·孤馆灯青》）

不忍登高临远，望故乡渺渺，归思难收。（柳永《八声甘州·对潇潇暮雨洒江天》）

黯黯离怀，向东门系马，南浦移舟。（晁冲之《汉宫春·黯黯离怀》）

回首旧游如梦，记踏青赊饮，拾翠狂游。（晁冲之《汉宫春·黯黯离怀》）

有个人人生济楚，向耳边问道，今朝醒未。（周邦彦《红窗迥·几日来》）

重湖叠巘清佳，有三秋桂子，十里荷花。（柳永《望海潮·东南形胜》）

——1＋（2＋2），句中8例

冰肌玉骨，自清凉无汗。（苏轼《洞仙歌·冰肌玉骨》）

天气骤生轻暖，衬沉香帏箔。（宋祁《好事近·睡起玉屏风》）

昨夜一庭明月，冷秋千红索。（宋祁《好事近·睡起玉屏风》）

华阙中天，锁葱葱佳气。（柳永《醉蓬莱·渐亭皋叶下》）

嫩菊黄深，拒霜红浅，近宝阶香砌。（柳永《醉蓬莱·渐亭皋叶下》）

南极星中，有老人呈瑞。（柳永《醉蓬莱·渐亭皋叶下》）

此际宸游，凤辇何处，度管弦清脆。（柳永《醉蓬莱·渐亭皋叶下》）

算未肯，似桃含红蕊，留待郎归。（晁补之《声声慢·朱门深掩》）

花影被风摇碎。拥春醒未起。（周邦彦《红窗迥·几日来》）

花知否，花一似何郎。（辛弃疾《最高楼·花知否》）

——1＋（2＋2），句末10例

以上皆为1＋2＋2＝1＋4，合计38例

但醉同行，月同坐，影同归。（晁补之《行香子·前岁栽桃》）

对林中侣，闲中我，醉中谁。（晁补之《行香子·前岁栽桃》）

对佳丽地，信金罍罄竭玉山倾。（柳永《木兰花慢·坼桐花烂漫》）

——1＋3，3例

前岁栽桃，今岁成蹊。更黄鹂久住相知。（晁补之《行香子·前岁栽桃》）

何妨到老，常闲常醉，任功名生事俱非。（晁补之《行香子·前岁栽桃》）

——1＋（2＋2＋2）＝1＋6，2例

对潇潇暮雨洒江天，一番洗清秋。（柳永《八声甘州·对潇潇暮雨洒江天》）

尽寻胜赏，骤雕鞍绀幰出郊坰。（柳永《木兰花慢·坼桐花烂漫》）

对佳丽地，信金罍罄竭玉山倾。（柳永《木兰花慢·坼桐花烂漫》）

——1＋（2＋2＋3）＝1＋7，3例

归纳出常用百体各言句式节奏模式（见表1-51）和词的标准句式节奏构成（见表1-52），二表清晰地展示了一字豆句式在词体句式构成中的基本状况和地位。

表1-51　常用百体各言句式节奏模式

	（最普遍模式）一般律节组	（例外）特殊律节组	（例外）罕见组合
一言句(0)	无		
二言句(15)	二言节		
三言句(234)	三言节		
四言句(339)	2＋2	1＋3(3例)	
五言句(226)	2＋3	1＋4(38例)	4＋1(2例)
六言句(152)	2＋2＋2		2＋4(2例)
七言句(240)	2＋2＋3	1＋6(2例)；	4＋3(1例)；2＋3＋2(1例)
八言句(3)	2＋2＋2＋2	1＋7(3例)	无
九言句(0)	2＋2＋2＋3	无	无
总计(1209句)	1159(95.2%)	46(3.8%)	7(0.6%)

表1-52　词的标准句式节奏构成

标准句式	一般节奏（普遍模式）	特殊节奏（一字豆模式）
一言句(0)	一言节	
二言句(15)	二言节	
三言句(234)	三言节	
四言句(339)	2＋2	1＋3
五言句(226)	2＋3	1＋4

续表

标准句式	一般节奏（普遍模式）	特殊节奏（一字豆模式）
六言句（152）	2＋2＋2	1＋5
七言句（240）	2＋2＋3	1＋6
八言句（3）	2＋2＋2＋2无	1＋7
九言句（0）	2＋2＋2＋3	无

归纳出了一字豆句式的格律特性，具体情况参看第1.3.3.2节。

我们再把讨论的结果稍做归纳：

· 一字豆句式在词体句式中的使用份额占到3.8%，是词体中不可或缺的一类句式；

· 一字豆句式属于特殊节奏句，与普通句式的节奏明显不同；

· 与罕见节奏句的不成熟不同，一字豆句式是一种成熟的句式，属于词体标准句式的范畴。

· 一字豆句式全部为律句。

· 一字豆句式包括一字豆三言、一字豆四言、一字豆五言、一字豆六言、一字豆七言、一字豆八言等各种类型，句式类型非常完整。

（2）一字豆句式形成的组合分类

常用百体使用一字豆句式共19体46例，其中，独立形成韵段2例，形成稳定组合的44例。这44例包括四言一字豆组合、五言一字豆组合、六言一字豆组合、七言一字豆组合、八言一字豆组合等各种类型；一字豆句式的在组合中的位置非常灵活，有用于韵段首的，有用于韵段中间的，也有用于韵段末句的；其中，以一字豆句式位于句首的五言一字豆组合最多。其具体情况如下：

五言一字豆类组合（38例）——

（5-4型组合）

绕严陵滩畔，鹭飞鱼跃。（柳永《满江红·暮雨初收》）

叹重拂罗裀，顿疏花簟。（周邦彦《齐天乐·绿芜凋尽台城路》）

正玉液新篘，蟹螯初荐。（周邦彦《齐天乐·绿芜凋尽台城路》）

早窗外乱红，已深半指。（周邦彦《红窗迥·几日来》）

（5-4-4型组合）

正艳杏烧林，缃桃绣野，芳景如屏。（柳永《木兰花慢·坼桐花烂漫》）

念征衣未捣，佳人拂杵，有盈盈泪。（苏轼《水龙吟·霜寒烟冷蒹葭老》）

渐霜风凄紧，关河冷落，残照当楼。（柳永《八声甘州·对潇潇暮雨洒江天》）

有流莺劝我，重解雕鞍，缓引春酌。（周邦彦《瑞鹤仙·悄郊园带郭》）

渐亭皋叶下，陇首云飞，素秋新霁。（柳永《醉蓬莱·渐亭皋叶下》）

叹年华一瞬，人今千里，梦沉书远。（周邦彦《选冠子·水浴清蟾》）

（5-4-4-4型组合）

渐月华收练，晨霜耿耿，云山摛锦，朝露漙漙。（苏轼《沁园春·孤馆灯青》）

有笔头千字，胸中万卷，致君尧舜，此事何难。（苏轼《沁园春·孤馆灯青》）

（5-4-5型组合）

任翠幕张天，柔茵藉地，酒尽未能去。（晁补之《摸鱼儿·买陂塘》）

便做得班超，封侯万里，归计恐迟暮。（晁补之《摸鱼儿·买陂塘》）

（其他组合）

坼桐花烂漫，乍疏雨，洗清明。（柳永《木兰花慢·坼桐花烂漫》）

乍望极平田，徘徊欲下，依前被，风惊起。（苏轼《水龙吟·霜寒烟冷蒹葭老》）

叹年来踪迹，何事苦淹留。（柳永《八声甘州·对潇潇暮雨洒江天》）

但明河影下，还看疏星几点。（周邦彦《选冠子·水浴清蟾》）

——句首18例

（3-5-4型组合）

微吟罢，凭征鞍无语，往事千端。（苏轼《沁园春·孤馆灯青》）

身长健，但优游卒岁，且斗尊前。（苏轼《沁园春·孤馆灯青》）

算未肯，似桃含红蕊，留待郎归。（晁补之《声声慢·朱门深掩》）

（4-5-4型组合）

凭空眺远，见长空万里，云无留迹。（苏轼《念奴娇·凭空眺远》）

黯黯离怀，向东门系马，南浦移舟。（晁冲之《汉宫春·黯黯离怀》）

（6-5-4型组合）

不忍登高临远，望故乡渺渺，归思难收。（柳永《八声甘州·对潇潇暮雨洒江天》）

回首旧游如梦，记踏青瘗饮，拾翠狂游。（晁冲之《汉宫春·黯黯离怀》）

重湖叠巘清佳，有三秋桂子，十里荷花。（柳永《望海潮·东南形胜》）

（7-5-4型组合）

有个人人生济楚，向耳边问道，今朝醒未。（周邦彦《红窗迥·几日来》）

——句中9例

（4-5型组合）

冰肌玉骨，自清凉无汗。（苏轼《洞仙歌·冰肌玉骨》）

南极星中，有老人呈瑞。（柳永《醉蓬莱·渐亭皋叶下》）

华阙中天，锁葱葱佳气。（柳永《醉蓬莱·渐亭皋叶下》）

（6-5型组合）

天气骤生轻暖，衬沈香帷箔。（宋祁《好事近·睡起玉屏风》）

昨夜一庭明月，冷秋千红索。（宋祁《好事近·睡起玉屏风》）

花影被风摇碎。拥春醒未起。（周邦彦《红窗迥·几日来》）

（4-4-5型组合）

嫩菊黄深，拒霜红浅，近宝阶香砌。（柳永《醉蓬莱·渐亭皋叶下》）

此际宸游，凤辇何处，度管弦清脆。（柳永《醉蓬莱·渐亭皋叶下》）

（3-5型组合）

花知否，花一似何郎。（辛弃疾《最高楼·花知否》）

——句末10例

四言一字豆类组合（3例）——

（4-3-3型）

但醉同行，月同坐，影同归。（晁补之《行香子·前岁栽桃》）

对林中侣，闲中我，醉中谁。（晁补之《行香子·前岁栽桃》）

（其他类）

对佳丽地，信金罍罄竭玉山倾。（柳永《木兰花慢·坼桐花烂漫》）

七言一字豆类组合（2例）——

前岁栽桃，今岁成蹊。更黄鹂久住相知。（晁补之《行香子·前岁栽桃》）

何妨到老，常闲常醉，任功名生事俱非。（晁补之《行香子·前岁栽桃》）

八言一字豆类组合（3例）——

对潇潇暮雨洒江天，一番洗清秋。（柳永《八声甘州·对潇潇暮雨洒江天》）

尽寻胜赏，骤雕鞍绀幰出郊坰。（柳永《木兰花慢·坼桐花烂漫》）

对佳丽地，信金罍罄竭玉山倾。（柳永《木兰花慢·坼桐花烂漫》）

在常用百体句系中，一字豆组合与外观相似的同形普通组合非常容易混淆。为了使大家对两种组合的区别有感性认识，本书统计了常用百体中出现的同形一字豆组合和普通组合，将结果列成表1-53。

表1-53　常用百体一字豆组合与同形普通组合对照

一字豆类型	一字豆组合的类型(数量)	同形普通组合数
五言 （句首）	5-4型(4)	4
	5-4-4型(6)	1
	5-4-4-4型(2)	0
	5-4-5型(2)	0
	5-3-3型(1)	0
	5-4-3-3型(1)	0
	5-5型(1)	14
	5-6型(1)	2

续表

一字豆类型	一字豆组合的类型（数量）	同形普通组合数
五言 （句中）	3-5-4型（3）	1
	4-5-4型（2）	0
	6-5-4型（3）	1
	7-5-4型（1）	0
五言 （句末）	4-5型（3）	19
	6-5型（3）	4
	4-4-5型（2）	7
	3-5型（1）	6
四言类	4-3-3型（2）	0
	4-8型（1）	1
七言类	4-4-7型（2）	2
八言类	8-5型（1）	0
	4-8型（2）	0
总计	21种（44例）	12种62例

从表中可以看出，常用百体中共有12种组合出现了同形一字豆组合和普通组合，它们分别是：5-4型、5-4-4型、5-5型、5-6型、3-5-4型、6-5-4型、4-5型、6-5型、4-4-5型、3-5型、4-8型、4-4-7型（加点句为一字豆句式出现的位置），这类组合遇见后需要特别进行辨识。其中，3-5型、4-5型、5-5型组合仍以普通组合占绝大多数。

（3）领配型组合

在一字豆组合中，当一字豆句出现在韵段首或韵段中间位置时，常常具有统领其后多个句式的作用，从而变成大家非常熟悉的"领字句"，其一字豆组合相应变成一种功能独特的由领字句带领的组合，我们将这种由领字句率领的组合称为"领配型组合"，并将这种组合方式称为"领字配"或"领配"。

典型的领配型组合中，领字常常统领几个相同句式，这些句式往往构成排比关系，我们将这类领配型组合称为"排比型领配组合"。

据《常用百体一字豆组合与同形普通组合对照表》，我们很容易列举出所有的"领配型组合"及"排比型领配组合"（见表1-54）。

表1-54　常用百体"领配组合"及"排比型领配组合"使用情况

组合中一字豆句型	领配组合类型（使用次数）	排比型领配组合
五言（句首）	5-4型（4）	5-4型（2）
	5-4-4型（6）	5-4-4型（4）
	5-4-4-4型（2）	5-4-4-4型（2）
	5-4-5型（2）、5-3-3型（1）、5-4-3-3型（1）、5-5型（1）、 5-6型（1）	非

续表

组合中一字豆句型	领配组合类型（使用次数）		排比型领配组合
五言（句中）	3-5-4型（3）		"n-5-4型" 4-5-4型（1） 6-5-4型（2）
	4-5-4型（2）		
	6-5-4型（3）		
	7-5-4型（1）		
四言（句首）	4-3-3型（2）		4-3-3型（2）
	4-8型（1）		非
八言（句首）	8-5型（1）		非
总计	1-5种（31）		8种【实际6种（13）】

从表1-54可以看出，常用百体使用"一字豆组合"20种46例，其中"领配型组合"15种32例，非"领配型组合"5种。"领配型组合"又可分为两类，一类为运用较多的"排比型领配组合"，包括5-4型、n-5-4型、5-4-4型、5-4-4-4型、4-3-3型等几大种类，计8个小种（指其潜在排比能力，实际使用到排比的只有6小种13例），一类为运用较少的普通领配组合，计7种8例。整个结果显示，"排比型领配组合"占到一字豆组合数量的一半，是一字豆组合的主体，其他一字豆组合皆为一些零散类型。

"排比型领配组合"从结构上看也可以理解为"一字豆＋叠配型组合"，但是，不能把它与"叠配型组合"相混。一般来讲，"排比型领配组合"比普通"叠配型组合"具有更强的排比特点和节奏性，在表情达意方面具有更为特殊的效果。这也就是为什么词体喜欢运用"领配型组合"的根本原因。从句式构成看，实际存在的"排比型领配组合"主要为"一字豆＋四言排比"和"一字豆＋三言排比"两种形式。

（4）几种常见的"领配型组合"

常见的"领配型组合"基本上都属于"排比型领配组合"类型。其类型主要包括5-4型、n-5-4型、5-4-4型、5-4-4-4型、4-3-3型等几大种类。

1）5-4型、5-4-4型、5-4-4-4型

这三种"领配型组合"都属于"一字豆＋四言排比"结构。

①一字豆型5-4组合与普通54型组合的节奏区别

5-4型组合有两种类型，即一字豆类型和普通类型。两者使用率持平，百体中各使用4例。两者在节奏上不相同，普通5-4型组合属于"邻配型组合"类，其节奏为"二三，二二"，而一字豆5-4组合节奏为"一字豆＋四言＋四言"。从节奏的角度看，一字豆5-4型组合更倾向于4-4型组合。

②一字豆5-4型组合的格律特点

在"邻配型组合"一节中，我们已经探讨了"普通54型组合"的格律组织特点，即"普通5-4型组合的格律关系有"完全对"和"粘对"两种模式"。在"句式组合格律研究"一章，我们考察了"4-4型组合"的一般格律关系以"完全对"和"重言"为主。下面我们看看"一字豆5-4型组合"与这二者相比，在格律上有什么特点。

一字豆5-4型组合的格律分析：

绕严陵滩畔，鹭飞鱼跃。（柳永《满江红·暮雨初收》）

——平仄，平仄（重言）

叹重拂罗裀，顿疏花簟。（周邦彦《齐天乐·绿芜凋尽台城路》）

正玉液新篘，蟹螯初荐。（周邦彦《齐天乐·绿芜凋尽台城路》）

——平平，平仄（粘对）

早窗外乱红，已深半指。（周邦彦《红窗迥·几日来》）

——仄平，仄仄（粘对）

从上述4例一字豆54型组合看，一字豆5-4型组合格律关系以"粘对"为主。

这个结论还可以从对"n-5-4型组合"的54型片段的格律分析中得到验证。以下为"n-5-4型组合"重54型片段的格律分析：

3-5-4型（4例，皆仄）

微吟罢，凭征鞍无语，往事千端。（苏轼《沁园春·孤馆灯青》）

算未肯，似桃含红蕊，留待郎归。（晁补之《声声慢·朱门深掩》）

又争可，妒郎夸春草，步步相随。（晁补之《声声慢·朱门深掩》）

——平仄，平平（粘对）

身长健，但优游卒岁，且斗尊前。（苏轼《沁园春·孤馆灯青》）

——仄仄，平平（完全对）

4-5-4型（2例，平1仄1）

凭空眺远，见长空万里，云无留迹。（苏轼《念奴娇·凭空眺远》）

——仄仄，平仄（对粘）

黯黯离怀，向东门系马，南浦移舟。（晁冲之《汉宫春·黯黯离怀》）

——仄仄，平平（完全对）

6-5-4型（4例，平3仄1）

不忍登高临远，望故乡渺渺，归思难收。（柳永《八声甘州·对潇潇暮雨洒江天》）

回首旧游如梦，记踏青殢饮，拾翠狂游。（晁冲之《汉宫春·黯黯离怀》）

重湖叠巘清佳，有三秋桂子，十里荷花。（柳永《望海潮·东南形胜》）

——仄仄，平平（粘对）

荆江留滞最久，故人相望处，离思何限。（周邦彦《齐天乐·绿芜凋尽台城路》）

——非一字豆组合，不考察

7-5-4型组合（1例）

有个人人生济楚，向耳边问道，今朝醒未。（周邦彦《红窗迥·几日来》）

——仄仄，仄仄（重律）

从分析看，完全对：粘对：对粘：重律=2：6：1：1，可见"粘对"也是"n-5-4型组合"中5-4型片段的主要格律组织模式。

所以，从格律组织模式看，"一字豆5-4组合"与"普通5-4型组合""44型组合"均有所不同，"一字豆5-4组合"的格律组织模式以"粘对"组合为主。

③5-4-4型组合与5-4-4-4型组合的格律模式

5-4-4型组合——

常用百体使用率最高的"领配型组合"，常用百体共出现7例5-4-4型组合，有6例属于"领配型组合"，其格律关系如下：

正艳杏烧林，细桃绣野，芳景如屏。（柳永《木兰花慢·坼桐花烂漫》）

——平平，仄仄，平平（前后皆对）

念征衣未捣，佳人拂杵，有盈盈泪。（苏轼《水龙吟·霜寒烟冷蒹葭老》）

——仄仄，仄仄，平平（前重后对）

渐霜风凄紧，关河冷落，残照当楼。（柳永《八声甘州·对潇潇暮雨洒江天》）

——平仄，仄仄，平平（前重后对）

有流莺劝我，重解雕鞍，缓引春酌。（周邦彦《瑞鹤仙·悄郊园带郭》）

渐亭皋叶下，陇首云飞，素秋新霁。（柳永《醉蓬莱·渐亭皋叶下》）

——仄仄，平平，平仄（前后皆对）

叹年华一瞬，人今千里，梦沈书远。（周邦彦《选冠子·水浴清蟾》）

——仄仄，平仄，平仄（前后皆重）

从格律关系看，总体上比较复杂，基本上遵守"后对"的模式。

5-4-4-4型组合——

常用百体出现2例5-4-4-4型组合，全部属于"领配型组合"。其格律关系如下：

渐月华收练，晨霜耿耿，云山摛锦，朝露溥溥。（苏轼《沁园春·孤馆灯青》）

——平仄，仄仄，仄仄，平平（前重末对）

有笔头千字，胸中万卷，致君尧舜，此事何难。（苏轼《沁园春·孤馆灯青》）

——平仄，仄仄，平仄，平平（前重末对）

从格律关系看，主要采取"前重末对"的格律模式。

综合5-4-4型和5-4-4-4型组合的格律组织看，前者主要采取"后对"格律模式，后者主要采取"前重末对"格律模式，后者较前者要简单。可以看出当组合所含句式增多时，格律组织反倒倾向于选择较简单的模式。

2）n-5-4型组合

"n-5-4型组合"是词体极为特殊的一类组合，是由"一字豆5-4型组合"作为核心单元构成的一类复合型组合，其中的n可以使三言、四言、六言、七言，灵活性非常强（其中只有1例6-5-4型组合例外，不属于"一字豆5-4型组合"）。

常用百体含"一字豆n-5-4型组合"共9例，其中"3-5-4型组合"3例，"n-5-4型组合"2例，"n-5-4型组合"3例，"n-5-4型组合"1例。"非一字豆n-5-4型组合"只有"6-5-4型组合"1例。

关于"n-5-4型组合"中"5-4型组合"的格律模式，上文已探讨，皆以"粘对"关系为主，与"一字豆5-4型组合"类似。

3）4-3-3型组合

4-3-3型组合属于典型的"领配型组合"，并且属于"排比型领配组合"类型，其节奏为"一字豆＋3-3-3型"节奏。

4-3-3型组合主要出现于常用百体中《行香子》一词，共出现两例。其格律关系分别是：

> 但醉同行，月同坐，影同归。（晁补之《行香子·前岁栽桃》）
> ——平平，平仄，平平（前后皆对）
> 对林中侣，闲中我，醉中谁。（晁补之《行香子·前岁栽桃》）
> ——平仄，平仄，平平（前重后对）

从两例看，4-3-3型组合均采用"后对"的格律模式。这与本书"句式组合格律研究"一章中"3-3-3型"组合的格律模式是完全一致的。

（5）小结

词的句式有三种结构，一是普遍结构，二是一字豆结构，三是罕见结构。一字豆句式是词体特有的句式。一字豆句式的存在状况和地位：①一字豆句式在词体中的使用份额占到3.8%，是词体中不可或缺的一类句式；②一字豆句式属于特殊节奏句，与普通句式的节奏明显不同；③与罕见节奏句的不成熟不同，一字豆句式是一种成熟的句式，属于词体标准句式的范畴。

在一字豆组合中，当一字豆句出现在韵段首或韵段中间位置时，常常具有统领其后多个句式的作用，从而变成大家非常熟悉的"领字句"，其一字豆组合相应变成一种功能独特的由领字句带领的组合，我们将这种组合称为"领配型组合"，并将这种组合方式称为"领字配"或"领配"。典型的领配型组合中，领字常常统领几个相同句式，这些句式往往构成排比关系，我们将这类带有排比特点的领配型组合称为"排比型领配组合"。"领配原则"是词体句式组合的另一重要原则。

常用百体使用"一字豆组合"20种46例，其中"领配型组合"15种32例，非"领配型组合"5种。"领配型组合"又可分为两类，一类为运用较多的"排比型领配组合"，包括5-4型、n-5-4型、5-4-4型、5-4-4-4型、4-3-3型等几大种类，计8个小种23例，一类为运用较少的普通领配组合，计7种8例。"排比型领配组合"占到一字豆组合数量的一半，是一字豆组合的主体。

1.3.4.8　论古典偶奇配句式组合原则及其运用

本节研究一种特殊的句式组合原则，即偶言与奇言搭配形成稳定句式组合的原则。

(1) 凡偶言与奇言顺序搭配，必能形成稳定节奏

假设：凡偶言句式和奇言句式前后组合在一起，均可以形成具有节奏感的组合。

证明：以下以归纳法证明之。

1) 与五言具有相似节奏构成的组合具有天然的节奏感。这类组合理论上只有"2-3型"组合一种，该组合实际上很少存在。

我们知道，五言的节奏构成是"二言节＋三言节"，"二三"节奏的五言具有天然的节奏感，这也是为什么五言诗发达的根本原因。那么可以推测，凡与五言节奏构成"二言节＋三言节"相近的句式组合，也应该具有近似的节奏感。这种组合理论上只有一种，即"2-3型组合"。

虽然"2-3型组合"在词体中很少出现，但我们仍然可以推测其可能的节奏感。如大家熟知的五言诗句：

> 大漠/孤烟直。长河/落日圆。

我们把它改写为两个2-3型组合：

> 大漠，孤烟直。
> 长河，落日圆。

如果我们承认五言的节奏性，那么，就不得不承认，2-3型组合虽然短小，但也是具有内在节奏感的。

2) 与七言具有相似节奏构成的组合具有天然的节奏感。这类组合理论上有：2-5型组合、4-3型组合，实际上也较少存在。

七言的节奏构成是"二言节＋二言节＋三言节"，中国七言诗发达，说明"二二三"节奏的七言具有良好的节奏感。那么我们推测，凡与七言节奏构成"二言节＋二言节＋三言节"相近的句式组合，也应该具有良好的节奏感。这类组合理论上有2种。即：

"二言节，二言节＋三言节"——2-5型组合；

"二言节＋二言节，三言节"——4-3型组合。

①2-5型组合（二言节，二言节＋三言节）

常用百体中并没有出现这一组合，但并不意味着这一组合在节奏上存在问题。我们可以杜撰两个组合，如：

> 无奈夜深人不寐，数声和月到帘栊。

我们把它改写成2-5型组合的形式：

> 无奈，夜深人不寐。数声，和月到帘栊。

这是很富有节奏感的组合。

②4-3型组合（二言节＋二言节，三言节）

4-3型组合在常用百体中也没有单独出现，但常常作为片段与其他句式一起组成复合型组合的形式。这些复合型组合包括：4-3-4型组合（3例）、6-4-3-4型组合（2例）、4-4-3型组合（1例）、4-3-6型组合（1例）、5-4-3-3型组合（1例）、5-4-3-4型组合（1例）、3-4-3-4型组合（1例）、3-4-3-5型组合（1例）。分别如下：

4-3-4型组合（3例）

> 无情渭水，问谁教，日日东流。（晁冲之《汉宫春·黯黯离怀》）
> 风流未老，拌千金，重入扬州。（晁冲之《汉宫春·黯黯离怀》）
> 暮雨初收，长川静，征帆夜落。（柳永《满江红·暮雨初收》）

4-4-3型组合（1例）

> 市列珠玑，户盈罗绮，竞豪奢。（柳永《望海潮·东南形胜》）

4-3-6型组合（1例）

> 风约帘波，锦机寒，难遮海棠烟雨。（史达祖《花心动·风约帘波》）

5-4-3-3型组合（1例）

> 乍望极平田，徘徊欲下，依前被，风惊起。（苏轼《水龙吟·霜寒烟冷蒹葭老》）

6-4-3-4型组合（2例）、

> 可堪三月风光，五更魂梦，又都被，杜鹃催趱。（秦观《祝英台近·坠红轻》）
> 断肠沈水重熏，瑶琴闲理，奈依旧，夜寒人远。（秦观《祝英台近·坠红轻》）

5-4-3-4型组合（1例）

> 试问夜如何，夜已三更，金波淡，玉绳低转。（苏轼《洞仙歌·冰肌玉骨》）

3-4-3-4型组合（1例）

> 算从前，错怨天公，甚也有，安排我处。（白无咎《鹦鹉曲·侬家鹦鹉洲边住》）

3-4-3-5型组合（1例）

> 想佳人，妆楼长望，误几回，天际识归舟。（柳永《八声甘州·对潇潇暮雨洒江天》）

从上述各种类型中的4-3型片段例来看，有的结合紧密些，有的结合松散些。但是，如果我们剔除掉具体语言意义，只从形式考虑，这些片段无疑都具有结合在一起的潜力。

3）与九言具有相似节奏构成的组合具有天然的节奏感。这类组合包括三种：2-7

型组合、4-5型组合6-3型组合。三种组合实际都存在。

中国诗歌也有九言句和九言诗。

严羽《沧浪诗话·诗体》说："九言起于高贵乡公"①——可见九言起源甚早。李杜诗歌即已用到较成熟的九言，如：

李白："上有六龙回日之高标，下有冲波逆折之回川。"（《蜀道难》）

杜甫："炯如一段清冰山万壑，置在迎风寒露之玉壶。"（《入奏行　赠西山检察使窦侍御》）

北宋卢赞元《酴醾花》为现知最早的九言诗：

天将花王国艳殿春色，酴醾洗妆素颊相追陪。

绝胜农英缀枝不韵李，堪笑横斜照水挽先梅。

瑶池董双成浴香肌露，竹林嵇叔夜醉玉山颓。

风流何事不入锦囊句，清和天气直拘青阳回。

明杨慎《升庵诗话》载元代天目山和尚明本号中峰有九字《梅花》诗：

昨夜西风吹折干林梢，渡口小艇卷入寒塘坳。

野树古梅独卧寒星角，疏影横斜暗上书窗敲。

半枯半活几个撅蓓蕾，欲开未开数点含香苞。

纵使画工善画也缩手，我爱清香故把新诗嘲。

并载自占九言《梅花诗》：

玄冬小春十月微阳回，绿警梅蕊早傍南枝开。

折赠未寄陆凯陇头去，相思忽到卢仝窗下来。

歌残水调沉珠明月浦，舞破山香碎玉凌风台。

错认高楼三弄叫云笛，无奈二十四番花信催。

清代乾隆时广西文学家刘定道作《无题》九言诗：

昔日何缘今日幸同舟，犹如苏子赤壁浦中游。

诗兴有时取云天作纸，酒狂醉后以海水为区。

大笑一声鱼龙惊破胆，漫言几句神鬼尽低头。

水里夜深漫捞江底月，船中举子个个脸含羞。

上述列举几首诗都是比较成熟的九言诗。关于九言诗详情可参看孙尚勇②论文《九言

---

① 郭绍虞：《沧浪诗话校释》，北京：人民文学出版社，1983年，第48页。
② 孙尚勇：《九言诗考》，《聊城大学学报》2005年6期。

诗考》。

从上述列举来看，九言诗也是中国古代一种成熟的诗歌体式。

九言的基本节奏构成是"二言节＋二言节＋二言节＋三言节"，成熟的九言诗的存在，说明"二二二三"节奏的九言也具有良好的节奏感。那么我们可以推测，凡与九言节奏构成"二言节＋二言节＋二言节＋三言节"相近的句式组合，也应该具有良好的节奏感。这类句式组合理论上有3种。即：

"二言节，二言节＋二言节＋三言节"——2-7型组合；

"二言节＋二言节，二言节＋三言节"——4-5型组合；

"二言节＋二言节＋二言节，三言节"——6-3型组合。

①2-7型组合（4例）

常用百体中，《南乡子》与《定风波》两体用到2-7型组合4次。分别如下：

> 水上游人沙上女。回顾。笑指芭蕉林里住。（欧阳炯《南乡子·画舸停桡》）
> 数树海棠红欲尽。争忍。玉闺深掩过年华。（欧阳炯《定风波·暖日闲窗映碧纱》）
> 独凭绣床方寸乱。肠断。泪珠穿破脸边花。（欧阳炯《定风波·暖日闲窗映碧纱》）
> 邻舍女郎相借问。音信。教人羞道未还家。（欧阳炯《定风波·暖日闲窗映碧纱》）

值得注意的是，这四例中的二言，从格律角度讲与前面的七言有押韵关系，但从节奏角度来讲，则应该是与后面七言结合得更紧密些，可以看成是构成了近似的2-7型组合。观看下面辛弃疾和苏轼的用法，大家能更清楚的体会到这一点。

> 千古兴亡多少事，悠悠。不尽长江滚滚流。（辛弃疾《南乡子·何处望神州》）
> 天下英雄谁敌手。曹刘。生子当如孙仲谋。（辛弃疾《南乡子·何处望神州》）
> 竹杖芒鞋轻胜马。谁怕。一蓑烟雨任平生。（苏轼《定风波·莫听穿林打叶声》）
> 料峭春风吹酒醒。微冷。山头斜照却相迎。（苏轼《定风波·莫听穿林打叶声》）
> 回首向来萧洒处。归去。也无风雨也无晴。（苏轼《定风波·莫听穿林打叶声》）

另一个能说明此处"7-2-7复合型组合"中后面二七言在节奏上应该结合得更紧密些的证据是，有些人在填写此词时，将此处处理为"4-5型组合"，如下面陈允平的《定风波》：

> 流水悠悠春脉脉，闲倚绣屏，犹自立多时。（陈允平《定风波·慵拂妆台懒

画眉》）

　　一笑蔷薇孤旧约，载酒寻欢，因甚懒支持。（陈允平《定风波·慵拂妆台懒画眉》）

　　当然，陈允平的填写也使我们进一步了解到，"2-7型组合"与"4-5型组合"在总体节奏上具有内在关联和相似性。

　　②4-5型组合

　　4-5型组合是词体的十二大句式组合之一。常用百体用到4-5型组合共计22例，剔除其中的一字豆组合4例，则尚余普通4-5型组合18例。分别如下

　　　　冰肌玉骨，自清凉无汗。（苏轼《洞仙歌·冰肌玉骨》）
　　　　醉倒山翁，但愁斜照敛。（周邦彦《齐天乐·绿芜凋尽台城路》）
　　　　华阙中天，锁葱葱佳气。（柳永《醉蓬莱·渐亭皋叶下》）
　　　　南极星中，有老人呈瑞。（柳永《醉蓬莱·渐亭皋叶下》）
　　　　——一字豆组合
　　　　凭阑秋思，闲记旧相逢。（晏几道《满庭芳·南苑吹花》）
　　　　杨柳风轻，展尽黄金缕。（冯延巳《蝶恋花·六曲阑干偎碧树》）
　　　　红杏开时，一霎清明雨。（冯延巳《蝶恋花·六曲阑干偎碧树》）
　　　　柳径春深，行到关情处。（冯延巳《点绛唇·荫绿围红》）
　　　　角声呜咽，星斗渐微茫。（韦庄《江城子·髻鬟狼藉黛眉长》）
　　　　老来风味，是事都无可。（程垓《蓦山溪·老来风味》）
　　　　三杯径醉，转觉乾坤大。（程垓《蓦山溪·老来风味》）
　　　　一曲清歌，暂引樱桃破。（南唐李煜《一斛珠·晚妆初过》）
　　　　烂嚼红茸，笑向檀郎唾。（南唐李煜《一斛珠·晚妆初过》）
　　　　秋色连波，波上寒烟翠。（范仲淹《苏幕遮·碧云天》）
　　　　芳草无情，更在斜阳外。（范仲淹《苏幕遮·碧云天》）
　　　　夜夜除非，好梦留人睡。（范仲淹《苏幕遮·碧云天》）
　　　　酒入愁肠，化作相思泪。（范仲淹《苏幕遮·碧云天》）
　　　　皇家盛事，三殿庆重重。（无名氏《导引·皇家盛事》）
　　　　睡起恹恹，无语小妆懒。（程垓《祝英台近·坠红轻》）
　　　　闲倚银屏，羞怕泪痕满。（程垓《祝英台近·坠红轻》）
　　　　凤帏夜短，偏爱日高眠。（柳永《促拍花满路·香靥融春雪》）
　　　　画堂春过，悄悄落花天。（柳永《促拍花满路·香靥融春雪》）
　　　　——普通组合

　　③6-3型组合（3例）

　　常用百体中共出现6-3型组合4例，分别如下：

依旧竹声新月，似当年。（南唐李煜《虞美人·风回小院庭芜绿》）

满鬓清霜残雪，思难禁。（南唐李煜《虞美人·风回小院庭芜绿》）

细草平沙蕃马，小屏风。（薛昭蕴《相见欢·罗袜绣袂香红》）

暮雨轻烟魂断，隔帘栊。（薛昭蕴《相见欢·罗袜绣袂香红》）

　　按：观察6–3型组合处的断句最具有启发意义。词谱中，关于句读用到三个概念，一个是"韵"，一个是"句"，一个是"读"。所谓"读"，就是比"句"更小的节奏停顿点，这是一个很微妙的概念。在《词谱》中，上述四例都于六言和三言间点为"读"，即：

依旧竹声新月，似当年。

满鬓清霜残雪，思难禁。

细草平沙蕃马，小屏风。

暮雨轻烟魂断，隔帘栊。

这是一种巧妙的处理。实际上，关于此处断句向来存在争议。一些人认为，此处即完整九言句，不可点开，即应该为：

依旧竹声新月似当年。

满鬓清霜残雪思难禁。

细草平沙蕃马小屏风。

暮雨轻烟魂断隔帘栊。

一些人则认为，点开能更清楚的显示节奏上的区别。《词律》关于此两处的点读就非常犹豫。在《词律》中，《虞美人》选蒋捷词为范，正文点读为：

丝丝杨柳丝丝雨。春在溟蒙处。楼儿忒小不藏愁。<u>几度和云飞去觅归舟</u>。

天怜客子乡关远。借与花消遣。海棠红近绿阑干。<u>才卷朱帘却又晚风寒</u>。

而在词下则注明"九字语气或可六字豆或可四字豆"。《相见欢》选李煜词为范，正文点读为：

无言独上西楼，月如钩。寂寞梧桐深院，锁清秋。

剪不断，理还乱，是离愁。别是一般滋味，在心头。

而在正文下则注明"寂寞至清秋别是至心头皆是九言句语气亦可于第四字略断"。可见，《词律》亦觉此处断句困难。这说明九言句与6–3型组合与4–5型组合的确节奏相近，点读时常常造成困难。

　　本书将《词谱》凡点"读"处，皆按今天的停顿理解，断为两句，理解为句式组合。无论哪种理解，大家都能清楚的看到，"6–3型组合"与"4–5型组合"与九言句，在节奏上的确是非常相近，甚至是难以区分的。后人对九言句读的争论，从一个侧面说明了六、三言组合可以形成与九言媲美的很稳定的节奏。

4）依此类推，从理论上看，与十一言、十三言等奇言句具有相似构成的组合，其节奏必然也与十一言、十三相类，均具有良好的节奏感。在常用百体中，实际存在以下一些类型：

相当于"十一言"节奏（即22223型节奏）——6-5型（5例）、4-7型（4例）、4-4-3型（1例）

相当于"十三言"节奏（即222223型节奏）——4-4-5型（9例）

相当于"十五言"节奏（即2222223型节奏）——4-4-7型（3例）

相当于"十七言"节奏（即22222223型节奏）——6-6-5（2例）

分别列举如下：

6-5型组合：

昨夜一庭明月，冷秋千红索。（宋祁《好事近·睡起玉屏风》）

天气骤生轻暖，衬沉香帷箔。（宋祁《好事近·睡起玉屏风》）

——此二者为一字豆组合，别除不论

东城南陌花下，逢着意中人。（晏殊《诉衷情令·青梅煮酒斗时新》）

人道愁与春归，春归愁未断。（程垓《祝英台近·坠红轻》）

有时携手闲坐，偎倚绿窗前。（柳永《促拍花满路·香靥融春雪》）

是处红衰翠减，苒苒物华休。（柳永《八声甘州·对潇潇暮雨洒江天》）

异日图将好景，归去凤池夸。（柳永《望海潮·东南形胜》）

4-7型组合：

千年清浸，先净河洛出图书。（毛滂《水调歌头·九金增宋重》）

芝房雅奏，仪凤娇首听笙竽。（毛滂《水调歌头·九金增宋重》）

尚有练囊，露萤清夜照书卷。（周邦彦《齐天乐·绿芜凋尽台城路》）

老景萧条，送君归去添凄断。（毛滂《烛影摇红·老景萧条》）

4-4-3型组合

市列珠玑，户盈罗绮，竞豪奢。（柳永《望海潮·东南形胜》）

4-4-5型组合

嫩菊黄深，拒霜红浅，近宝阶香砌。（柳永《醉蓬莱·渐亭皋叶下》）

此际宸游，凤辇何处，度管弦清脆。（柳永《醉蓬莱·渐亭皋叶下》）

——此二例为一字豆型组合，别除不论

便欲乘风，翻然归去，何用骑鹏翼。（苏轼《念奴娇·凭空眺远》）

玉宇琼楼，乘鸾来去，人在清凉国。（苏轼《念奴娇·凭空眺远》）

曲港跳鱼，圆荷泻露，寂寞无人见。（苏轼《永遇乐·明月如霜》）

燕子楼空，佳人何在，空锁楼中燕。（苏轼《永遇乐·明月如霜》）

绿鬓朱颜，道家装束，长似少年时。（晏殊《少年游·芙蓉花发去年枝》）

珠帘影里，如花半面，绝胜隔帘歌。（辛弃疾《太常引·仙机似欲织纤罗》）

兰堂风软，金炉香暖，新曲动帘帷。（晏殊《少年游·芙蓉花发去年枝》）

4-4-7型组合

用舍由时，行藏在我，袖手何妨闲处看。（苏轼《沁园春·孤馆灯青》）

世路无穷，劳生有限，似此区区长鲜欢。（苏轼《沁园春·孤馆灯青》）

何妨到老，常闲常醉，任功名生事俱非。（晁补之《行香子·前岁栽桃》）

6-6-5型

一段升平光景，不但五星循轨，万点共连珠。（毛滂《水调歌头·九金增宋重》）

天近黄麾仗晓，春早红鸾扇暖，迟日上金铺。（毛滂《水调歌头·九金增宋重》）

结论：综合（ⅰ）（ⅱ）（ⅲ）（ⅳ）讨论可知，与五言、七言、九言、十一言……具有相似节奏的句式构成的组合皆具有天然节奏感，也就是说，凡与奇言句式具有相似节奏构成的组合皆具有天然节奏感。而与奇言句式具有相似节奏构成的组合，一般都由偶言句与奇言句前后顺序组合而成，由此，我们得出规律：凡偶言与奇言顺序组合，必能形成稳定的节奏。

（2）偶奇搭配原则

1）偶奇搭配原则

前文，我们证明，凡偶言与奇言顺序组合，必能形成稳定的节奏。为简便见，我们将这种偶言句式与奇言句式顺序搭配形成稳定组合的原则简称为"偶奇搭配原则"。各言句式遵循"偶奇搭配原则"形成的句式组合简称为"偶奇搭配型组合"或"偶奇组合"。

2）偶奇搭配的理论与实际类型

我们将理论上的所有"偶奇组合"类型作一个简要归纳，得到表1-55。

表1-55　"偶奇组合"理论类型

节奏分类	偶奇组合	
	二句式型	多句式型
"二三"节奏（相当于五言）	23型组合	
"二二三"节奏（相当于七言）	25型、43型	
"二二二三"节奏（相当于九言）	27型、45型、63型	
"二二二二三"节奏（相当于十一言）	29型、47型、65型、83型	
"二二二二二三"节奏（相当于十三言）	49型、67型、85型等	
……	……	445型、447型等

这些理论上的组合并没有完全在实际中出现，我们对常用百体实际使用的"偶奇组合"也作一个简要概括，得到表1-56。

表1-56　常用百体"偶奇组合"使用情况

组合等级	出现频率	组合种目	实例	偶奇组合
特级组合（出现9次以上）	9次以上	12种	33型(30)、77型(22)、45型(22)、444型(18)、446(17)、34型(17)、55型(15)、75型(13)、44型(12)、445(9)、76型(9)、66型(9)	45型(18)、445(7)
一级组合（出现5到8次）10种	8次	1种	54型(8)	
	7次	4种	35型(7)、65型(7)、544型(7)、734型(7)	65型(5)
	6次	4种	36型(6)、37型(6)、344型(6)、346型(6)	
	5次	1种	53型(5)	
二级组合（出现2到4次）29种	4次	5种	46型(4)、47型(4)、64型(4)、74型(4)、654型(4)	47型(4)
	3次	6种	56型(3)、63型(3)、333型(3)、733型(3)、447型(3)、434型(3)	63型(3)、447型(3)
	2次	18种	22型(2)、48型(2)、454型(2)、633型(2)、433型(2)、644型(2)、744型(2)、665型(2)、353型(2)、634型(4)、345型(2)、354型(4)、735型(2)、534型(2)、545型(2)、5444型(2)、6434型(2)、3334型(2)	665型(2)
三级组合（出现1次）25种	1次	25种	73型(1)、85型(1)、336型、335型、533型、443型、366型、355型、564型、546型、464型、436型、636型、547型、645型、364型、754型、5433型、5434型、3434型、3435型、3446型、3636型、3536型、4444型	443型、645型、

也即是说，在实际中常常使用的"偶奇组合"有4-5型、4-4-5型、6-5型、4-7型、6-3型、4-4-7型、6-6-5型、4-4-3型、6-4-5型约近十种。

3）"偶奇组合"的特殊性

关于"偶奇组合"，我们有以下几个方面需要注意：

①由于五言诗和七言诗的强大势力，2-3型组合、4-3型组合虽然符合"偶奇搭配原则"，但在实际中却往往融合形成了五、七言。这两类组合之所以少见，只是由于习惯，并非节奏上的问题。

②九言作为"长言"，其地位在宋代本身就很受争议的。所以，2-7组合、4-5组合、6-3组合与九言的区别实在是非常微妙。2-7组合宋人运用较少，在《南乡子》《定风波》中，往往结合了特殊的押韵处理，形成了表面上的两个韵段，故大家并不争议。4-5型组合作为十大组合之一，使用频繁，亦少有争议，大概源于其两句均衡，节奏稳固，与九言拉开了一定距离。6-3型组合则争议颇大，与九言处在分与未分之间，何时当分，何时不分，未必一律，尚需仔细辨析。总之，三种组合的节奏虽总与九言相近，实际情况却各不相同，这是需要特别注意的。关于这些方面，应

该还有仔细研究的余地。

③关于奇言与"偶奇组合"的关系。本节将"偶奇组合"的节奏类比于奇言句式的节奏，是从最基本的节奏单元出发考虑的，也即是说，是从二者拥有相似的节奏单元并且拥有相似的节奏单元排列顺序角度出发考虑问题的。但是，组合的存在毕竟涉及两个句式的配合，其节奏性质与单个奇言句的节奏性质应该有所区别。所以，本书关于奇言与偶奇组合关系考察，实际上是做了一个简化处理。关于奇言与"偶奇组合"在实际使用上的种种区别特别是菜单现上的区别，应该要结合具体词体做进一步考察才能得到更为深入的认识。关于这个考察，就只能留待以后了。

(3) 小结

凡偶言与奇言顺序组合，必能形成稳定的节奏。偶言与奇言顺序搭配形成稳定组合的原则称为"偶奇搭配原则"。各言句式遵循"偶奇搭配原则"形成的组合称为"偶奇组合"。常用百体常用的"偶奇组合"包括4-5型、4-4-5型、6-5型、4-7型、6-3型、4-4-7型、6-6-5型、4-4-3型、6-4-5型等近十种。偶奇搭配原则是词体句式组织又一重要的原则。

1.3.4.9 论古典句组五大原则

本节以上以词体76种句式组合为基础，围绕词体十二大句式组合，通过对3-3型组合、4-4型组合、7-5型组合与4-5型组合的集中探讨，总结出词体句式组合的五大类型：齐言组合、节配型组合、邻配组合、领字组合、偶奇组合，抽象出古典汉语句式组合的五大原则：叠配原则、节配原则、邻配原则、领配原则、偶奇搭配原则。叠配原则、节配原则是中国诗歌比较古老的句式组合原则，邻配原则和领配原则主要是词体的句式组合原则，偶奇搭配原则则体现了中国诗歌奇言诗句的一贯精神。

常用百体利用五大组合原则形成的实际句式组合如表1-57所示。

表1-57 常用百体五大类句式组合使用情况

组合等级	出现频率	组合种目	总例	叠配类	邻配类	节配类	领配类	偶奇组合
特级组合（出现9次以上）	9次以上	12种	33型(30)、77型(22)、45型(22)、444型(18)、446型(17)、34型(17)、55型(15)、75型(13)、44型(12)、445型(9)、76型(9)、66型(9)	33型(30)、77型(22)、55型(15)、44型(12)、66型(9)、444型(18)	45型(22)、34型(17)、76型(9)、445型(9)	446型(17)、75型(13)	45型(3)、445(2)	45型(18)、445型(7)
一级组合（出现5到8次）10种	8次	1种	54型(8)		54型(4)		54型(4)	
	7次	4种	35型(7)、65型(7)、544型(7)、734型(7)		65型(7)	35型(7)	544型(6)、65型(3)、35型(1)	65型(5)
	6次	4种	36型(6)、37型(6)、344型(6)、346型(6)		344型(6)	37型(6)		
	5次	1种	53型(5)			53型(5)		

续表

组合等级	出现频率	组合种目	总例	叠配类	邻配类	节配类	领配类	偶奇组合
二级组合（出现2到4次）29种	4次	5种	46型(4)、47型(4)、64型(4)、74型(4)、654型(4)			46型(4)、64型(4)		47型(4)
	3次	6种	56型(3)、63型(3)、333型(3)、733型(3)、447型(3)、434型(3)	333型(3)	56型(3)	733型(3)	56型(1)、447型(1)	63型(3)、447型(3)
	2次	18种	22型(2)、48型(2)、454型(2)、633型(2)、433型(2)、644型(2)、744型(2)、665型(2)、353型(2)、634型(4)、345型(2)、354型(4)、735型(2)、534型(2)、545型(2)、5444型(2)、6434型(2)、3334型(2)	22型(2)		644型(2)、353型(2)、735型(2)	5444型(2)、433型(2)、545型(2)、48型(1)	665型(2)
三级组合（出现1次）25种	1次	25种	73型(1)、85型(1)、336型、335型、533型、443型、366型、355型、564型、546型、464型、436型、636型、547型、645型、364型、754型、5433型、5434型、3434型、3435型、3446型、3636型、3536型、4444型	4444型	443型	73型(1)、85型(1)、335型、533型、355型、464型、	533型、5433型、85型(1)	443型、645型

基本上，这五大句式组合原则控制了几乎所有的成熟句式组合情况。除了这五大类句式组合外，词体还包含一些比较特殊的常见句式组合如3-6型、7-4型组合等，骚体也还有一些其他的特殊组合，但这类组合种类很少。

词体的句式组合选择虽然与音乐节奏相关，但与作家的主观句式认知有更大关系。句式组合主要表现的是语言本身的节奏规律，遵循某些特定的节奏原则，从这个角度看，句式组合规律是独立于外部音乐存在的诗体乃至语言节律形式本身的规律，属于诗歌语言形式的内部规律范畴。对这些规律的研究，将有助于我们更深入地理解语言节律形式的本质性意义。

1.3.4.10　论古典汉语五大句组原则三个适用于现代汉语诗歌

(1) 古典汉诗句组原则部分适用于现代汉语新诗

容易看出，古典汉诗五大句组原则，并不全适用于现代汉诗的句组，其中：偶奇配、邻配原则完全不适用于现代汉语；领配原则在对领字部分进行修正后，部分适用于现代汉语新诗句式构造；叠配句组原则和节配句组原则，仍然完全适用于现代汉语诗歌句式组合的构造。

(2) 叠配原则在现代汉语环境中仍然应当被视为诗歌句组的基石

现代汉语轻声的加入，的确撕裂古典诗歌句式的通用模式，但是，不考虑新诗句式模式的内在特征，我们仍然很容易理解，同样节奏的新诗句式，应该也很容易通过叠加方式形成具有较好诵听效果的句组。在新诗中，实际上我们已经有了一些成功的例子。如：

> 卑鄙是卑鄙者的通行证，
> 高尚是高尚者的墓志铭。（北岛《回答》）

> 天上飘着些微云，地上吹着些微风。啊！微风吹动了我头发，教我如何不想她？
> 月光恋爱着海洋，海洋恋爱着月光。……
> 水面落花慢慢流，水底鱼儿慢慢游。……
> 枯树在冷风里摇。野火在暮色中烧。……（刘半农《叫我如何不想她》）

> 为人进出的门紧锁着，
> 为狗爬出的洞敞开着。（叶挺《囚歌》）

> 葬我在荷花池内，
> 耳边有水蚓拖声。（朱湘《葬我》）

> 在雨的哀曲里
> 消了她的颜色
> 散了她的芬芳
> 消散了，甚至她的
> 太息般的眼光
> 丁香般的惆怅（戴望舒《雨巷》）

> 不如多扔些破铜烂铁，
> 爽性泼你的剩菜残羹。（闻一多《死水》）

> 总得叫大车装个够，
> 他横竖不说一句话。（臧克家《老马》）

> 有的人活着，他已经死了；
>
> 有的人死了，他还活着。（臧克家《有的人》）

但是，由于某种误解，除了闻一多、冯至、林庚等少数诗人外，多数新诗诗人并没有充分注意到叠配带来的诗歌节奏的优化，没有意识到这是消除节奏混乱的最有效方法之一，因而并没有有意识在诗歌创作中运用这一手法并就其运用作深入探索，这是很令人遗憾的事情。

（3）节配在现代汉语环境中应该仍可视为句组的基本原则

我们相信，在现代汉语诗歌的句式中，句尾的声音在整个句式中所占的比重应该比句首更为重要，如现代汉语诗歌的主要叶韵方式仍然是尾韵而不是首韵一样。因此，有理由相信，句尾的节奏在句式的节奏中占有很大的比重。如果这个推测不错的话，那么，两个具有相似句尾节奏的诗句，显然在组合时应该具有较好诵读效果。也就是说，句尾节奏相配，仍然可以视为一种有效提升诗歌节奏的方式。以下举出一些常见类型。

1）句尾节配"重读双音节"

大多数诗歌习惯押韵句句尾采用重读双音节尾，这是一种典型的节配。如朱湘的《葬我》：

> 葬我在荷花池内
> 耳边有水蚓拖声
> 在绿荷叶的灯上
> 萤火虫时暗时明
>
> 葬我在马缨花下，
> 永做芬芳的梦
> 葬我在泰山之巅，
> 风声呜咽过孤松
>
> 不然，就烧我成灰
> 投入泛滥的春江
> 与落花一同漂去
> 无人知道的地方

——朱湘《葬我》

全诗12句，除中断第二句这一句用单字节结尾外，其他11处皆用双字尾，形成良好的叠配效果。

2）句尾节配重读单音节

也有句尾采用重读单音节，形成单音节叠配的，这种形成的诗歌往往节奏优美多变。如朱湘的《夜歌》：

> 唱一支古旧，古旧的歌……
> 朦胧的，在月下，（轻轻）
> 回忆，苍白着，远望天边
> 不知何处的家……
>
> 说一句悄然，悄然的话……
> 有如漂泊的风，（重轻重）
> 不知怎么来的，在耳语，
> 对了草原的梦……
>
> 落一滴迟缓，迟缓的泪……
> 与露珠一样冷，
> 在衣袂上，心坎上，不知
> 何时落的，无声……

全诗12句，7处句尾用到了单音节叠配，节律效果是很容易感觉得到的。

3）句尾节配双连重读节

双连重读节结尾也是一种常见的节配方式。一种用于三律节句，比较不常见，如朱湘《葬我》首二句：

> 葬我在荷花池内
> 耳边有水蚓拖声

一种则较为常见，用于四律节句等长句构成的诗歌，如闻一多的《死水》中的一些句组：

> 不如多扔些破铜烂铁，（重轻重重）
> 爽性泼你的剩菜残羹。（重轻重重）
> ……
> 又被偷酒的花蚊咬破。
> ……
> 看他造出个什么世界。

有理由相信，只要我们找到合适的现代汉语诗歌句式，那么，通过对句尾节奏的重复，我们就可以建立起具有较好诵读效果的节配型句组，甚至接配型诗体。我们需要考察的是，现代汉语诗歌句式的轻声尾、双音尾、三音尾、四音尾等到底有哪些合理构造方式。正如古典五七言诗歌找到的"三字尾"一样，如果我们找到这种构造方式，就可以通过节配形成句组和诗体。关于现代汉语诗歌的句式通用模式，实际上是可以拟定的，请大家参看"论句式"章关于现代汉语诗歌句式的通用模式的讨论。

(4) 领配在现代汉语环境中运用时需要对"领字"进行改造

领字在古典诗歌句式节奏中，是可以随意添加而不破坏总体节奏的。在现代汉语中，我们也可以找到类似于"这""那""在""啊"等字词，当它们置于句首时，似乎对整个句子的节奏并不构成根本性影响，而只是对句式的语气等有舒缓调适作用。本书认为，这些字词的作用很可能与古典汉诗的"领配"是一样的。

问题在于，这样一些字词与古典汉语中的领字并不重合，需要在现代汉语中曲深入寻找。怎样在现代汉语中找到这样一些具有"领字"作用的字词，就是当代新诗诗人们需要考虑的问题了。

以下笔者试找出一例。本书认为，三字头开始的诗句，其三字头的性质很可能就带有领配的性质。笔者所见三字头，最常见有两类：

> 葬我在荷花池内
> 耳边有水蚓拖声
>
> 让死水酵成一沟绿酒，漂满了珍珠似的白沫；
> 小珠们笑声变成大珠，又被偷酒的花蚊咬破。

这类三字头，与骚体中的领字句的情况非常相似，可以拿来作为对照。

(5) 小结

总的来讲，在现代汉语环境中，叠配、节配、领配仍然是诗歌句组的几个原则，但是在实践中的运用，则需要诗人们结合句式的构造进行更多的研究。

1.3.4.11　论现代汉语诗歌对仗的两种可能形式

由于现代汉语存在轻声节、非轻声节的区别，所以现代汉语中"对仗"的可能性较古典汉语诗歌复杂。

在古典汉语诗歌中，"对仗"实际上意味着：节律相同（叠配）；意义相对；声律相对（即声调的平仄相对）。

如"大漠孤烟直，长河落如圆"句，即满足上下句意义相对，平仄相对，但节奏一样。故在古典汉语诗歌中，我们从节律的角度将"对仗"归入"叠配"。古典汉语诗歌中对仗只有叠配一种方式。

而在现代汉语诗歌中，构造"对仗"却有两种方式。

一种是类似古典诗歌的"叠配"处理方式，要求对仗符合：

节律相同（叠配，即轻重节也要求一模一样）；意义相对；声律相对（平仄相对）。这种情况按节奏的理解即归入上述"叠配"句式组合的类型范畴，这是最一般的方式。

另一种情况则稍微复杂一点，即考虑到轻重节的区别，将轻重节相对考虑在"对仗"范畴中，在这种情况下，由于轻重音节的区别，往往做不到意义相对，甚至很难做到平仄相对，故只能称之为纯节奏的"对仗"。这种"对仗"只需满足节律相对（即轻重节相反）即可。

这后一种情况是无法归入传统"叠配"类型的，为区别起见，我们将后一种方式称之为"轻重对"，相应前一种方式则称之为"非轻重对"或者"叠配对"或者"普通对仗"。

我们尝试按这两种方式构造一些现代汉语的对仗模式。

尝试1——

出句：知了在榕树上弹起别怨

普通对：离人在酒吧里唱着归愁

轻重对：从榕树间月光泻下来花朵

尝试2——

出句：饮一杯清冷的月光

普通对：画几幅流连的醉意

轻重对：留下山水，孤寂着

部分轻重对：留几幅山水孤寂着

尝试3——

出句：春天给了我们春天的相会

普通对：冬天给了我们冬天的远离

轻重对：钟点哦，轻敲催促离别，在夜里

尝试4——

出句：幽幽的，钟声敲响了

普通对：淡淡的，旧岁散歇了

轻重对：旧岁消逝了影身

部分轻重对：淡淡的，旧岁哦消逝

总的来看，两种"对仗"方式中，"叠配"型对仗在现代汉语中仍然有强烈的生命力；而"轻重对"则使得现代汉语具有更为柔和的声音效果，但是构造起来却有相当困难。

"轻重对"的构造困难主要有两个：一是其中一句必须构造轻声节尾，但轻声节尾在书面语言中并没有口语中那么普遍；二是当一句中轻声节多于非轻声节的时候，另一句的构造会遇上非轻声节多于轻声节的情况，根据此前讨论，这种非轻声节多于轻声节的句子语感板滞，在节奏上是比较不利的。这两个困难该如何解决，恐怕需要更深入的探讨，本书只能做一个抛砖引玉的作用。

1.3.5　节律学之三：论句系

1.3.5.1　论叠配句式组合原则的泛化与词体构成

"叠配原则"是句式组合的基本原则之一。实际上，"叠配原则"不仅仅是句式组合原则，而且是也可以诗体构成原则，如所有齐言诗都是遵循"叠配原则"形成诗体的。这种情况也发生在词体中。"叠配原则"不仅在词体的句式组合层面发生作用，而且其作用能扩大到整个词体的宏观构成层面。我们将"叠配原则"作用范围扩大到诗体宏观层面的现象称为"叠配原则"泛化。本章研究叠配原则泛化在词体构成中的表现。

（1）词体中"叠配原则"泛化的表现

"叠配原则"在词体中的泛化有三个表现，一是出现少量齐言词，二是出现大量类齐言词，三是出现"片齐言"现象。

1）出现齐言词

词虽名为长短句，但仍有一部分词选择齐言形式，我们称之为齐言词。据《百体句系》，常用百体中共出现齐言词6体，其中5体七言词、1体五言词，它们分别是《浣溪沙》《玉楼春》《瑞鹧鸪》《杨柳枝》《水鼓子》《生查子》。其句系构成分别如表1-58所示。

表1-58　常用百体中齐言词的句系构成

1	齐言词	句系	句式类型
2	浣溪沙	▲7-7-7|77-7	七言
3	玉楼春	定7-7-77|重	七言
4	杨柳枝	定7-7-77	七言
5	瑞鹧鸪	定77-77|77-77	七言
6	水鼓子	定7-7-77	七言
7	生查子	定55-55|重	五言

这些齐言词有三个共同的特点：一是小令；二是除《杨柳枝》《水鼓子》外均为双调；三是句式采五、七言，形同唐诗。

2）出现大量类齐言词

所谓类齐言，就是以齐言为主，掺入少量其他杂言句式的词体。类齐言词比齐言词普遍得多，词体中出现了大量的类齐言词。

据百体句系，常用百体即出现典型类齐言词14体，分别是：鹧鸪天、十二时、渔父、五更转、捣练子、踏莎行、渔家傲、忆王孙、定风波、天仙子、菩萨蛮、卜算子、南歌子、西江月。其句系构成如表1-59所示。

表1-59　常用百体中类齐言词的句系构成

	类齐言词	句系	主体句式	辅助句式（类型）
1	鹧鸪天	定7-7-77|33-7-77	7	<u>33</u>（替换型）
2	十二时	★33-7-77|77-77	7	<u>33</u>（替换型）
3	渔父	定7-7-33-7	7	<u>33</u>（替换型）
4	五更转	★33-7-77	7	<u>33</u>（替换型）
5	捣练子	定33-7-77	7	<u>33</u>（替换型）
6	踏莎行	定44-7-77|重	7	<u>44</u>（替换型）
7	渔家傲	定7-7-7-3-7|重	7	3（添加型）
8	忆王孙	定7-7-7-3-7	7	3（添加型）
9	天仙子	定7-7-73-3-7	7	3（添加型）
10	定风波	7-7-(7-2)-7|(7-2)-7-(7-2)-7	7	2（添加型）
11	菩萨蛮	(7-7)-(5-5)|(5-5)-(5-5)	5	7（替换型）
12	卜算子	定55-75|重	5	7（替换型）
13	南歌子	定55-5-53	5	3（添加型）
14	西江月	定66-7-(6)|重	6	7（替换型）

　　从《类齐言词句系构成》看，14首类齐言词体虽均为小令，但类型相当多样化。

　　从主体句式的句型角度看，类齐言词有类七言词、类五言词、类六言词三类，分别为10体、3体、1体，类七言词占绝大部分。

　　从辅助句式的掺入形式看，有替代型类齐言词、添加型类齐言词两类。所谓替代型类齐言词，就是词体句系表现为主体句式被少量辅助句式或组合所替代，所谓添加型类齐言词，就是词体句系表现为主体齐言中杂入杂言。其中替代型9种，杂入型5种。替代型类齐言词又包括3-3组合替代七言、4-4组合替代七言、七言替代五言、七言替代六言等四类，分别为5体、1体、2体、1体。添加型类七言词又有七言添加三言、七言添加二言、五言添加三言等三类，各3体、1体、1体。显然，替代型类齐言远多于添加型类齐言，两种类型中又均以三言替代和三言添加为最多见。[①]

　　3）出现少量"片齐言"现象

　　所谓"片齐言"，就是词体的上片或下片皆用齐言的现象。常用百体中出现3体"片齐言"现象，分别是《清平乐》《柳梢青》《人月圆》（见表1-60）。

　　[①]替代型类齐言词与添加型类齐言词只是就词系的句式构成表现所作的分类，不关涉该词体句系的具体生成过程。无论替代还是添加，都不确指该句式是具体生成方式，而主要是对该句式生成之后的外观存在形式描述，当然，它映射了在宏观词体形式控制下的个别句式的内在生成机制。

表1-60　常用百体中片齐言词的句系构成

	"片齐言"词	句系	类型
1	清平乐	定4-5-7-6|6-6-66	下片叠六言
2	柳梢青	定4-44-444|6-34-444	上片叠四言
3	人月圆	定75-444|444-444	下片叠四言

无论是"齐言词"现象、"类齐言词"现象，还是"片齐言"现象，都暗示了"叠配原则"对词体句式组织的内在支配作用。虽然我们说，决定词体句系构成的外部原因是音乐节奏，但是，我们绝不能否认词体作为诵读诗歌其诵读节奏对句系构成的潜在决定意义。从这个角度看，"叠配原则"泛化能够创造一种相对和谐的诵读节奏，它在词体体式创造过程中的作用绝不亚于音乐节奏。

为研究方便，我们从句式生成的角度，将"叠配原则"泛化形成的"齐言词"和"类齐言词"统称为"叠配词"或"叠式词"。"叠式词"的形成既与外部音乐相关，又受"叠配原则"的内在制约。

(2) 从"叠配原则"泛化到"齐言词"

"叠配原则"作为总体控制原则，对"齐言词体"的形成具有基础作用。但是，从"叠配原则"到一首"齐言词体"的生成，其间还要经过不少环节。一首齐言词体的形成，往往还经历了以下一些过程。

1）别格律

我们知道，齐言五七言诗，在唐代已经形成了非常成熟的格律规律——粘对规律。而齐言五七言词要区别于齐言诗，就必须打破粘对格律，形成了别具一格的新格律模式。

以百体6首齐言词为例。下面是常用百体6体齐言词的正体。

浣溪沙　双调四十二字，前段三句三平韵，后段三句两平韵　　韩偓

宿醉离愁慢髻鬟，六铢衣薄惹轻寒。慵红闷翠掩青鸾。
罗袜况兼金菡萏，雪肌仍是玉琅玕。骨香腰细更沉檀。

玉楼春　双调五十六字，前后段各四句，三仄韵　　顾夐

拂水双飞来去燕。曲槛小屏山六扇。春愁凝思结眉心，绿绮懒调红锦荐。
话别多情声欲战。玉箸痕留红粉面。镇长独立到黄昏，却怕良宵频梦见。

瑞鹧鸪　双调五十六字，前段四句三平韵，后段四句两平韵　　冯延巳

才罢严妆怨晓风。粉墙画壁宋家东。蕙兰有恨枝犹绿，桃李无言花自红。
燕燕巢时罗幕卷，莺莺啼处凤楼空。少年薄幸知何处，每夜归来春梦中。

杨柳枝　单调二十八字，四句三平韵　　温庭筠

金缕毵毵碧瓦沟。六宫眉黛惹香愁。晚来更带龙池雨，半拂阑干半入楼。

水鼓子　平起首句押韵七绝为正体

朝廷赏罚不逡巡。宣事书家出阁频。当日进黄闻数纸，即凭酬答有功人。

生查子　双调四十字，前后段各四句，两仄韵　　韩偓

侍女动妆奁，故故惊人睡。那知本未眠，背面偷垂泪。
懒卸凤头钗，羞入鸳鸯被。时复见残灯，和烟坠金穗。

从这些词体的格律看，可以分为两类，一类仍为律绝模式，如《水鼓子》《杨柳枝》《瑞鹧鸪》；一类则已打破律绝格律，如《浣溪沙》《玉楼春》《生查子》。

①律绝模式，如《水鼓子》《杨柳枝》《瑞鹧鸪》《小秦王》，格律新变不大

早期词，显然没有摆脱律诗绝句的形式，如6体中的《水鼓子》《杨柳枝》《瑞鹧鸪》，以及大家熟知的《小秦王》，仍然采用律绝形式。

A.《杨柳枝》。《全唐五代词》编入附编，录135首；《全宋词》录15首，含《柳枝》2首；《全金元词》录含《添声杨柳枝》在内17首。《词律》列3体，《词谱》分列《杨柳枝》1体《添声杨柳枝》3体，《词系》列2体。《词谱》载：

> 杨柳枝　唐教坊曲名。按，白居易诗注：《杨柳枝》，洛下新声，其诗云"听取新翻杨柳枝"是也。薛能诗序：令部伎作杨柳枝健舞，复度新声。其诗云"试踏吹声作唱声"是也。盖乐府横吹曲，有《折杨柳》名。此则借旧曲名，另创新声。后遂入教坊耳。此本唐人七言绝句，与顾夐词四十字体、朱敦儒词四十四字体，添声者不同……按，刘白倡和以后，为此词者甚多，皆赋柳枝本意。原属绝句，因《花间集》载此，故采以备调。（卷一）
>
> 添声杨柳枝　按《碧鸡漫志》云，黄钟商有《杨柳枝》曲，仍是七言四句诗，与刘、白及五代诸子所制并同，但每句下各添三字一句，乃唐时和声，如《竹枝》《渔父》，今皆有和声也。旧词多侧字起头，第三句亦复侧字起，声度差稳耳。今名《添声杨柳枝》，欧阳修词名《贺圣朝影》，贺铸词名《太平时》。《宋史·乐志》：《太平时》，小石调。"（卷三）

《词谱》严分《杨柳枝》与《添声杨柳枝》，并曰"采以备调"，实乃有不得已之苦衷。从词调角度看，固可不必分，从词体角度看，以分为宜。当代词总集所录，皆已不分。早期《杨柳枝》取绝句格律，从《杨柳枝》到《添声杨柳枝》，可以看出词体衍生时的复杂局面。

B.《水鼓子》。《词律》《词谱》《词系》皆不收。《全唐五代词》编入附编，录39首，皆律绝格式。

C.《瑞鹧鸪》。《全唐五代词》无录，《全宋词》录含《鹧鸪词》《吹柳絮》《舞春风》在内计64首，《全金元词》录56首。《词律》正编列3体拾遗列1体，《词谱》列6体，《词系》于两处分列3体与2体。《词谱》目录云：

> 此调与七言律诗同，而鹧鸪天亦近于七言诗，必皆从诗中变出。

《词谱》载：

> 瑞鹧鸪六体又名舞春风、桃花落、鹧鸪词、拾菜娘、天下乐、太平乐、五拍。……瑞鹧鸪　《宋史·乐志》：中吕调。元高拭词注：仙吕调。《苕溪词话》云：唐初歌词，多五言诗，或七言诗，今存者止《瑞鹧鸪》七言八句诗，犹依字易歌也。　按，《瑞鹧鸪》，原本七言律诗，因唐人歌之，遂成词调。冯延巳词，名《舞春风》；陈彭年词，名《桃花落》；尤袤词，名《鹧鸪词》；元丘长春词，名《拾菜娘》；《乐府纪闻》，名《天下乐》；《梁溪漫录》词，有"行听新声太平乐"句，名《太平乐》，有"犹传五拍到人间"句，名《五拍》。此皆七言八句也。至柳永有添字体，自注般涉调，有慢词体，自注南吕宫，皆与七言八句者不同。（卷十二）

所列6体中前二体分别为平起和仄起两种首句入韵平韵七律，显示出早期某些词的特征。

D.《小秦王》。《全唐五代词》录2首，《全宋词》录5首含《阳关曲》3首，《全金元词》无录。《词谱》《词系》均无录。《词律》卷一有载：

小秦王　二十八字　又名阳关曲　无名氏

> 柳条金嫩不胜鸦。青粉墙头道韫家。燕子不来春寂寞，小窗和雨梦梨花。
> 即七言绝句，平仄不拘，如东坡所作暮云收尽溢轻寒一首，下二句失粘不论。
> 按，《渔隐丛话》云：唐初歌舞多是五七言诗，后渐变为长短句，今只存瑞鹧鸪、小秦王二阕，瑞鹧鸪是七言八句诗，犹依字易歌，小秦王是七言绝句，必须杂以虚声乃可歌耳。又宋秦观云：渭城曲，绝句，今世又歌入小秦王，盖即渭城朝雨浥轻尘一绝。

《词品》卷一云：

> 唐人绝句多作乐府歌，而七言绝句随名变腔。如水调歌头、纯莺转、胡渭州、小秦王、三台、清平调、阳关、雨霖铃，皆七言绝句而异其名，其腔不可考。

《唐声诗》下编云：

> （一）小秦王传词之格调并不同于渭城曲，近人已经比勘明确。格调既异，彼此声情亦必异，有不俟言。乃北宋时本曲谓渭城曲，甚至舆竹枝，除苏轼外，

文人多混用，不顾声情，已不可解。清人谱书中又进一步迳以阳关曲之名掩盖本曲名；近人信之过笃者，甚至依据上列小秦辞，以校勘王维渭城曲辞之音律，愈出愈奇。未省小秦王从秦王破阵乐来，应是凯歌，渭城曲完全骊歌，唐人何至混二曲为一？（二）宋人歌小秦王比必杂虚声。何谓虚声？如何杂入？均尚模糊不明。（三）宋人又谓歌小秦王有和声，与渔父、竹枝之有和声同，此和声又不知果在虚声之外否？（四）因《词品》载下文所列之氏州第一辞亦曰小秦王。沈雄《古今词话》遂附会本调别名曰丘家筝，近人犹有用之者，宜正。①

吴藕汀、吴小汀《词调名辞典》云：

小秦王　又名：丘家筝、阳关曲、阳关词。唐教坊曲名。②

任半塘的疑问，只在小秦王、渭城曲等词、乐的区别，以及如何歌曲。小秦王的绝句性质，则诸家均没有疑问。

依任半塘，上述三首齐言词均当归入声诗，但本书认为它们的产生方式纯粹是填词式的，故仍列入词。其格律特征则的确是律诗性质，尚未发生大的新变。

②打破律绝格律，如《浣溪沙》《玉楼春》《生查子》，发生格律新变

但六体中的另三体，《浣溪沙》《玉楼春》《生查子》，则在格律上则发生了明显的新变。

A.《浣溪沙》。《浣溪沙》格律模式为：

n仄平，n平平。n平平。（上片）

n仄仄，n平平。n平平。（下片）

这是一首典型的新格律诗。其新格律表现为：

a.六句四押韵；

b.首联格律上下片不同，上片首句入韵，下片首句不入韵；

c.二三、五六句格律重复。

这首词无论从哪个角度看，都不能说脱胎于律诗。

B.《玉楼春》。《玉楼春》虽为七言八句诗，但声律已打破粘对，完全不同于七律，已形成新格律诗歌。其格律为：

n仄仄，n仄仄。n平平，n仄仄。（上片）

n仄仄，n仄仄。n平平，n仄仄。（下片）

《玉楼春》格律新变表现在：

a.首联格律重复；

b.首联与颔联不粘。

C.《生查子》。这种新变在《生查子》身上表现得更明显。《生查子》利用"叠配

---

①任半塘：《唐声诗》，上海：上海古籍出版社，1982年，第457—458页。

②吴藕汀、吴小汀：《词调名辞典》，上海：上海书店出版社，2005年，第67页。

原则"组织句式，五言八句格式完全同于五律：

> 侍女动妆奁，故故惊人睡。那知本未眠，背面偷垂泪。
> 懒卸凤头钗，羞入鸳鸯被。时复见残灯，和烟坠金穗。

但其声律则已完全形成了自己的模式：

> 仄仄，平仄。仄仄，平仄。（上片）
> 平平，平仄。平平，平仄。（下片）

其格律新变表现在：

a.每联联内格律均不对仗；

b.首联与额联不粘；

c.仄韵。

《浣溪沙》《玉楼春》《生查子》三词均是在"叠式原则"的基础上，通过"别格律"，创造出与五律、七律不同的格律模式，从而完成"齐言词"的体制新建设。关于词体格律的总体规律，本书将在"韵段格律研究"篇予以详细研究。无论如何，将"叠配原则"运用于填词，首先将面临着"别格律"的挑战。"别格律"，这是词体创造的基本手段。

2）变双调

变双调是词体将自己与齐言诗区别开来的一个重要方式。

双调，实际上是"双章调"的简称。双调现象，严格来讲不是词体特有的现象。在早期乐歌辞诗经中，早就出现过形式多样的"重章叠句"现象。但是，稳定的双调模式，却是词体才有的特征，也是词体最典型的特征之一。关于双调的词体比率和地位，洛地①在《词体构成》曾有精彩统计和论述：

> "单章调"，在《全宋词》内为26调，不到"两章"的"令"调的十分之一；仅占宋人使用词调总数842调的3%。……26个"单章调"除了以单章为篇外，并未形成有可作为一"类"的稳定的规范的结构特征。也就是，"单章调"，从词之为词，无论在结构上还是在数量上，都不能与词成熟地发展之后的"令""慢""破"相并列而成为词调的一个"类别"。

> 词，"格律化之长短句"，为我国民族古典韵文的最高门类，大成于宋。其标志，在其"两章调"成熟地规范。据《全宋词》，宋人使用词调有存作可察其结构者842，内：两章构成的词调776，占92.2%；为词调的主体。

双调作为一种稳定的结构模式，从音乐角度看，适应于乐曲的"重章叠唱"需

---

①洛地：《词体构成》，北京：中华书局，2009年，第196页、第205页。

要。但更为重要的是，它为新诗体带来了一系列形式特征。首先，它为新诗体带来了上下片相近的格律特征。其次，它还为新诗体带来了一系列其他潜在可能。这些可能包括：换头的可能（不是所有上下片都需要换头，换头必带来句式、格律或押韵的变化）；同位句式替换表达的可能；同位适当改变格律的可能等等。这一系列可能，与双调体制一起，最终将新诗体与原来律诗体式作了区分。齐言词如《浣溪沙》，以及大部分类齐言词，就是因为采取双调模式，其上下片之间可以采取大致相同的格律，同时还可以灵活换头，可以在词中上下片灵活替换句式，从而将自己与律诗体式作了区分。可以说，通过"变双调"及其衍生方式，词体最终拉开了与律诗体制的距离。

通过"别格律"和"变双调"，齐言词完成了从简单"叠配"到词体体制的成熟，形成了不同于齐言诗的诸般特征。

（3）从"叠配原则"泛化到"类齐言词"

"叠配原则"作为总体控制原则，对"类齐言词"的形成也具有基础作用。但是，从"叠配原则"泛化到一首"齐言词"的生成，也还要经过不少环节。类齐言词体的形成，除了仍然会采用与齐言词类似的"别格律""变双调"等手段外，往往还需借助"换句式"和"间杂言"等形式来完成词体构成。

1）换句式

替换句式是类齐言词的常见句式组织方式。

通过句式替换，可以在由"叠配"方式形成的主体齐言结构中加入其他句式，从而造成错综的句式节奏，形成一系列的"类齐言词"。这种句式选择受音乐节奏支配，但最终取决于词体创造者的在诗体形式上的努力。

常用百体共有9体类齐言词涉及"换句式"现象。它们分别是：鹧鸪天、十二时、渔父、五更转、捣练子、踏莎行、菩萨蛮、卜算子、西江月。其中：

《五更转》《捣练子》可以看成七言四句诗中第一句被3-3型组合替换；

《渔父》可以看成是七言四句诗中第三句被3-3型组合替换；

《十二时》可以看成是七言八句诗中第一句被3-3型组合替换；

《鹧鸪天》可以看成是七言八句诗中第五句被3-3型组合替换；

《踏莎行》可以看成是七言八句诗中第一句、第五句被4-4型组合替换；

《菩萨蛮》可以看成是五言八句诗中第一二句被两个七言替换；

《卜算子》可以看成是五言八句诗中第三句、第七句被七言替换；

《西江月》可以看成是六言八句诗中第三句、第七句被七言替换；

从替换情形看，有3-3型组合替换七言、4-4型组合替换七言、七言替换五言、七言替换六言，替换类型还是比较多样化的。

替换句式不仅是一调多体形成的主要原因，也在类齐言词的最初形成中发挥了奇特作用。

2）添杂言

添杂言也是类齐言词词体组织的常见句式策略。

通过添加杂言，可以在"叠配"主体齐言结构中加入不同节奏的句式，造成错综的句式节奏，形成一系列的"类齐言词"。这种句式选择与替换句式一样，也受音乐特征支配，但亦最终取决于词体创造者的在诗体形式上的主观努力。

常用百体共有5体类齐言词涉及"添句式"现象。它们分别是：渔家傲、忆王孙、天仙子、定风波、南歌子。其中：

《渔家傲》可以看成是七言八句诗中第三四句间和第七八句间添三言；

《忆王孙》可以看成是七言四句诗中第三四句间添三言；

《天仙子》可以看成是七言四句诗中第三四句间添两个三言；

《定风波》可以看成是七言八句诗中三处添三言；

《南歌子》可以看成是五言四句诗中句末添三言；

从这5体看，添加句式以三言为主。这与三言在魏晋以来历代乐歌辞中的和声地位是有着巨大关系。

通过替换句式与增添句式，类齐言词成为长短句，确立了自己作为杂言歌辞的特征。

（4）叠配原则的泛化与词体构成

综合上述讨论，"叠配原则"不仅在词体的句式组合层面发生作用，而且其作用能够泛化到词体的宏观构成层面，对某些词体的整体构成起着控制作用。"叠配原则"控制词体的宏观构成有三个表现，一是出现少量齐言词，二是出现大量类齐言词，三是出现"片齐言"。"叠配原则"作为总体控制原则，对"齐言词"的形成具有基础作用。从"叠配原则"到组织形成一首"齐言词"，其间还必须经历"别格律""变双调"等过程。通过"别格律"和"变双调"，齐言词形成了不同于齐言诗的特征。例如《浣溪沙》《玉楼春》《生查子》三词就是在"叠式原则"的基础上，通过"别格律"，创造出与五律、七律不同的格律模式，从而完成"齐言词"体制的建设。齐言词如《浣溪沙》，大部分类齐言词，通过"变双调"的方式，将自己最终与律诗进行了巨大的区分。"叠配原则"作为总体控制原则，对"类齐言词"的形成也具有基础作用。"类齐言词"不仅借助于"别格律""变双调"方式来建设与律诗的体式区分，同时还借助"换句式"和"添杂言"等"间杂言"方式来完成词体体式成熟。总之，齐言词、类齐言词借助叠配方式，通过别格律、调双调、换句式、添杂言等一系列手段，最终形成自己与齐言诗各完全不同的词体体式。

（5）叠配律

叠配律就是叠配原则控制齐言诗体、词体节律的规律，叠配律是语音律化四大原理之复现原理在诗体构成层面的具体运用。

1.3.5.2　论节配句式组合原则的泛化与词体构成

"节配原则"就是同尾节句式的相互组合原则。上一节，我们讨论过，"节配原则"是句式组合的基本原则之一。实际上，"节配原则"不仅仅是句式组织原则，而且还可以是诗文的普遍组织原则。同样的情况也发生在词体中，"节配原则"不仅能在词体句式组合层面发生作用，而且其作用能扩大到词体的宏观组织层面。我们将"节配原则"作用范围扩大的现象称为"节配原则"泛化。本节探讨节配原则泛化对诗文和词体构成的影响。

(1)"节配原则"泛化与骚体体式构成

（见"论古典汉诗的律节与句式通用模式"节之"骚体的律节和句式一般模式"条论述）

"一二节奏三言节"对骚体体式的全面控制充分反映了节配原则在骚体中的作用，节配原则的泛化是理解骚体体式组织的关键。在骚体中，节配原则控制了句式的形成，句式组合的形成以及句群组合的形成，其作用早已越过了其句式组合原则的一般身份。因此，我们说，骚体是节配原则泛化的一个重要实例。

(2)节配原则泛化与"四六"文体构成

骈文乃中国美文形式的顶峰，四六又是骈文形式的顶峰。可以说，四六文乃是中国文体皇冠上的明珠。而四六文的体式特征，与"节配原则"的运用有极大的关系。

关于四六文的产生与成熟，刘麟生[①]在《中国骈文史》中说：

> 古代文章，无所谓骈，亦无所谓散，奇偶相参，纯任性之所至。彦和所谓"岂营丽辞？率然对尔。"深得其中旨趣。东汉文体日趋峻整，至六朝始登骈俪之极峰，然尚无所谓四六文也。唐代古文运动，陈子昂树之风声，韩昌黎柳子厚植其基础。而后骈散之分始着。晚唐李商隐有《樊南四六甲集》二十卷，且为之辞曰："四六之名，六博格五四数六甲之取也。"（见《樊南四六甲集》）至宋代骈文，始专以四六名。其别为何，即古代骈文，不专用四六之句，离古愈远，而四六之句愈多。清代骈文，为复古运动，始以骈文相号召，于是骈文之体益尊，而范畴广矣。李兆洛选辑《骈体文抄》专以汉魏六朝文字为依归，且欲寓散于骈，一反于古，骈散由合而分，由分而渐趋于合，此体裁上之大变也。

> 骈文至六朝，始称极盛时期，六朝文至徐庾，骈文始臻顶峰，然则徐庾之文，可谓集骈文至大成，达美文之顶点。……徐庾在骈文中，尚有一重大贡献，即四六句之属对是也。以四六句间隔作对，可谓徐庾导其风。古人作对，不过上句对下句，其隔句作对，亦往往多用四言。至四六句间隔作对，则首推徐庾为多。子山之"山岳崩颓，即履危亡之运；春秋迭代，必有去故之悲（《哀江南赋序》）

_____

① 刘麟生：《中国骈文史》，上海：东方出版社，1996年，第5页、第52—55页。

孝穆之"栈道木阁，田单之奉霸齐；绾玺将兵，周勃之扶强汉"（《与王僧辩书》）皆其例也。（P55）

可见四六的产生与成熟经历了六朝到唐漫长的阶段，其句式特点之一为以四六句间隔作对。

所谓四六，据宋谢伋①《四六谈麈》"四六施于制诰表奏文檄，本以便于宣读，多以四字六字为句，宣和间多用全文长句为对"，是根据文体句式特征命名的，即是指以四言、六言为主要句式且讲究"长句为对"的文体。何谓"长句为对"？大概是指"四六句间隔作对"一类的对仗方式。

为了直观了解四六文的句式特征，可以以早期肇其开端的六朝骈文名篇《哀江南赋序》为例加以具体分析说明（见表3-54）。

《哀江南赋序》

（粤以）戊辰之年，建亥之月。大盗移国，金陵瓦解。‖（余乃）窜身荒谷，公私涂炭。华阳奔命，有去无归。（4444-4444）

中兴道销，穷于甲戌。（4-4）

三日哭于都亭，三年囚于别馆。（6-6）

天道周星，物极不反。

傅燮之但悲身世，无处求生；‖袁安之每念王室，自然流涕。（64-64）

（昔）桓君山之志事，杜元凯之平生，

并有着书，咸能自序。

潘岳之文采，始述家风；‖陆机之辞赋，先陈世德。（54-54）

（信）年始二毛，即逢丧乱，藐是流离，至于暮齿。‖燕歌远别，悲不自胜；楚老相逢，泣将何及。

畏南山之雨，忽践秦庭；‖让东海之滨，遂餐周粟。

下亭漂泊，高桥羁旅。楚歌非取乐之方，鲁酒无忘忧之用。‖追为此赋，聊以记言，不无危苦之辞，唯以悲哀为主。（4466-4466）

日暮途远，人间何世！

将军一去，大树飘零；‖壮士不还，寒风萧瑟。（44-44）

荆璧睨柱，受连城而见欺；‖载书横阶，捧珠盘而不定。（46-46）

钟仪君子，入就南冠之囚；‖季孙行人，留守西河之馆。

申包胥之顿地，碎之以首；‖蔡威公之泪尽，加之以血。

钓台移柳，非玉关之可望；‖华亭鹤唳，非河桥之可闻！

---

①宋谢伋：《四六谈麈》，钦定四库全书集部九。

孙策以天下为三分，众才一旅；‖项籍用江东之子弟，人唯八千。(84-84)

(遂乃)分裂山河，宰割天下。(岂有)百万义师，一朝卷甲，芟夷斩伐，如草木焉！

江淮无涯岸之阻，‖亭壁无藩篱之固。(7-7)

头会箕敛者，合纵缔交；‖锄耰棘矜都，因利乘便。

将非江表王气，终于三百年乎？

(是知)并吞六合，不免轵道之灾；‖混一车书，无救平阳之祸。

呜呼！山岳崩颓，既履危亡之运；‖春秋迭代，必有去故之悲。

天意人事，可以凄怆伤心者矣！

(况复)舟楫路穷，星汉非乘槎可上；‖风飙道阻，蓬莱无可到之期。(47-47)

穷者欲达其言，劳者须歌其事。

陆士衡闻而抚掌，是所甘心；‖张平子见而陋之，固其宜矣！(74-74)

表1-61 《哀江南赋序》骈对种类及数量统计

骈对类型	数量	骈对类型	数量
4-4	5	54-54	3
44-44	1	74-74	2
4444-4444	2	84-84	1
6-6	5	47-47	1
46-46		4466-4466	1
64-64	1		

从分析看出，《哀江南赋序》句式组合多样。《哀江南赋序》虽非以四六名文，但包含四言、六言组成的各种对仗，昭示着后代四六文的基本格式，这些对仗有：4-4型，44-44型，4444-4444型；6-6型，66-66型；46-46型；64-64型。

这些对仗体现了四六文文体的基本书体特征。

根据这些对仗模式，我们可以归纳出与四六文的文体特征相关的基本句式组合。这些组合应该包括：4-4型、6-6型、4-6型、6-4型。

考察这些组合中四言和六言的显微结构。很容易看出，骈文四言的微观结构是"二二"结构，句尾为"二字尾"。骈文的六言则有两类：一类为"二二二"节奏，如"钟仪君子，入就南冠之囚，季孙行人，留守西河之馆"，其八言句尾可以理解为"二字尾"；一类为骚体特征句式"3之2"节奏，如"荆璧睨柱，受连城而见欺；载书横阶，捧珠盘而不定"中的六言，句尾是"一二节奏三字尾"。这样，当我们考察四六文句式组合特点，我们能够看到，无论哪种六言，其句尾都包括"二字节"或变形"二字节"，而与"二字尾"四言相配合，从而形成稳定4-6型组合或6-4型组合。也就是说，"节配原则"支配了四六文4-6型组合与6-4型组合的句式搭配。

最后，我们总结一下。

"四六文"是以四言、六言为主体句式，以对仗为主要行文方式的一种文体。四六文的四言句式只有一种类型，六言句式则有两种类型：普通"二二二节奏"型和"一二之二节奏"的类骚体句型。"节配原则"的存在决定四言句式可以与两种六言句式都形成具有良好节奏的句式组合如4-6型组合、6-4型组合，并最终形成四六文的特征句式组合群：4-4型、6-6型、4-6型、6-4型组合，以及四六文的特征对仗模式：4-4型、6-6型、44-44型、66-66型、46-46型、64-64型对仗等。在四六文中，节配原则超越了作为句式组合原则的一般作用范围，对整个文体结构都产生了重要影响。从宏观上讲，四六文的文体特征，包括它的句式内部结构单元、句式间的组合以及组合群的形成，都受到"节配原则"严格的支配。四六文的体式核心是"二字尾"结构，四六文体式基本上可以说是遵行"节配原则"和对仗模式建立起来的一种特殊文体。

(3) 节配原则泛化与词体构成

"节配原则"对骚体体式形成和四六文体形成都产生了巨大作用。类似情况也发生在词体中。节配原则不仅仅是词体的句式组合原则，而且对某些词体的整体构成都起到了关键作用。

这种作用根据其起作用范围的大小，可分为两类。一类是节配原则控制词体句系所有句式；一类是节配原则控制词体句系韵段末句——押韵句。下面分别讨论。

1) 节配原则控制词体所有句式

节配原则控制词体所有句式，即句系的全部句式均为同一类型，即或者为"二字尾"句式，或者为"三字尾"句式的情况。

如白居易《忆江南》：

> 江南好，风景旧曾谙。日出江花红胜火，春来江水绿如蓝。能不忆江南。

整首词全部句式都是"三字尾句式"，这是"三字尾型节配原则"控制词体构成的典型例子。

从理论上讲，应该还存在"二字尾节配原则"控制词体的例子，即词体全部句式都是"二字尾句式"的类型——但大概由于偶言地位的关系，这种情况在实际中很少见到。

常用百体中，"节配原则"控制全部句式组织的词体有19例之多，且全部是"三字尾"类型。为简便见，我们将这类"节配原则"控制全部句式组织的词体简称为"节配词"。常用百体节配词如表1-62所示。

表1-62　常用百体中的节配词

节配词类型	节配词	句系	所含句式	分类	总词量	唐词量	宋词量	金元词量
三字尾型（19体）	南歌子	定55-5-53	35	小	358	27	261	70
	鹧鸪天	定7-7-77|33-7-77	37	小	1025		712	213
	渔家傲	定7-7-7-3-7|重	37	中	378	5	266	107
	十二时	★33-7-77|77-77	37	小	308		259	49
	渔父	定7-7-33-7	37	小	170	48	90	32
	忆王孙	定7-7-7-3-7	37	小	86		54	32
	五更转	★33-7-77	37	小	69	69		
	捣练子	定33-7-77	37	小	52	11		52
	天仙子	定7-7-73-3-7	37	小	45			45
	卜算子	定55-75|重	57	小	323	1	243	79
	五陵春	定75-7-5|重	57	小	74		47	27
	菩萨蛮	(7-7)-(5-5)|(5-5)-(5-5)	75	小	769	86	614	69
	望江南	定35-77-5	357	小	1031	746	189	96
	阮郎归	定7-5-7-5|33-5-7-5	357	小	203	1	179	23
	长相思	★33-7-5|重	357	小	194	11	120	63
	小重山	定7-53-7-35|5-53-7-35	357	小	152	6	120	26
	喜迁莺	定33-5-7-5|重【(33-5)-(7-5)】	357	小	141	10	101	30
	最高楼	定35-5-77-333|(35-35)-33-77-333	357	中	60		45	15
	虞美人	(7-5)-(7-63)|重	579	小	366	24	307	35
二字尾型（缺）								

根据表1-62，常用百休节配词有以下几个特点：

数量较大——常用百体共计节配词19首，如果将6首齐言词也当做特殊的节配词，则常用百体节配词数量达到25首，占到总词体的四分之一强。小令为主，中调罕见，无长调。全部为"三字尾型节配词"——常用百体中没有出现"二字尾型节配词"。类型丰富——从包含的句式类型看，三五言节配词2体，三七言节配词7体，五七言节配词3体，三五七言混合节配词6体，五七九言混合节配词1体。

2）"节配原则"控制词体全部押韵句的情况

"节配原则"控制词体韵段末句——押韵句的情况，即虽然词体同时包含着二字尾句式和三字尾句式两种类型的句式，但关键的押韵句却能保持同一类型，或者全为"二字尾句式"，或者全为"三字尾句式"的情况。如李清照《如梦令》：

　　昨夜雨疏风骤。

　　浓睡不消残酒。

　　试问卷帘人，却道海棠依旧。

　　知否？知否？

　　应是绿肥红瘦。

所有押韵句均为"二字尾"节奏。又如李清照《声声慢》：

　　寻寻觅觅，冷冷清清，凄凄惨惨戚戚。

　　乍暖还寒时候，最难将息。

　　三杯两盏淡酒，怎敌他，晚来风急！

　　雁过也，正伤心，却是旧时相识。

　　满地黄花堆积。憔悴损，如今有谁堪摘？

　　守着窗儿，独自怎生得黑。

　　梧桐更兼细雨，到黄昏，点点滴滴。

　　这次第，怎一个愁字了得。

所有押韵句也是同类型的"二字尾句式"。这二者均属于"二字尾押韵句"构成的节配类型。也有押韵句由"三字尾句式"控制的节配类型，如苏轼《水调歌头》：

　　明月几时有，把酒问青天。

　　不知天上宫阙，今夕是何年。

　　我欲乘风归去，又恐琼楼玉宇，高处不胜寒。

　　起舞弄清影，何似在人间。

　　转朱阁，低绮户，照无眠。

　　不应有恨，何事长向别时圆？

　　人有悲欢离合，月有阴晴圆缺，此事古难全。

　　但愿人长久，千里共婵娟。

　　无论二字尾控制的押韵句还是三字尾控制的押韵句，都能在押韵句位置形成统一的节奏，保证词体在整体诵读节奏上的相对节奏感。为简便，我们把这类押韵句由同尾节句式控制的词体称为"韵位节配词"。如果叶韵句还有一两处不符合"节配原则"，我们将这类词称为"韵位近似节配词"。

　　常用百体中"韵位节配词"与"韵位近似节配词"分别如表1-63、表1-64所示。

表1-63　常用百体中的韵位节配词

韵位节配词类型（14体）	韵位节配词	句系	属类	总词量	唐词量	宋词量	金元词量
三字尾型（6体）	水调歌头	定55-47-665-55|333-47-665-55	长	948	1	772	175
	江城子	定7-3-3-45-733	小	285	14	193	78
	苏幕遮	定33-45-7-45|重	小	136		28	108
	导引	定45-5-75|7-5-75	小	104		99	5
	少年游	▲7-5-445|75-445	小	87		76	11
	蝶恋花	定7-45-7-7|重	小	612	1	501	72+38
二字尾型（8体）	声声慢	定446-64-634-354|636-64-634-354	长	109		87	22
	花心动	§436-446-734-344|6-36-446-734-36	长	43	19	19	5
	风流子	★6-6-336-22-6	小	60	3	48	9
	柳梢青	定4-44-444|6-34-444	小	218		188	30
	汉宫春	定454-64-434-346|654-64-434-346	长	89	1	78	10
	苏武慢	定446-446-644-544|3446-446-464-56	长	45	11	29	5
	如梦令	★6-6-56-22-6	小	326		184	142
	鹊桥仙	定446-734|重	小	255		185	70

表1-64　常用百体中的韵位近似节配词

类韵位节配词类型（26体）	类韵位节配	句系	属类	词量	唐词量	宋词量	金元词量
二字尾型（7体）	朝中措	定7-5-66|444-66	小	308	272	36	
	齐天乐	定76-446-4-54-47|654-446-4-54-45	长	146		119	27
	太常引	§7-5-5-34|445-5-34	小	134		20	114
	风入松	定7-4-734-66|重	中	119		65	54
	祝英台近	定335-45-6434|3-65-45-6434	中	87		83	4
	一剪梅	定7-44-744|重	小	98		68	30
	西江月	定66-7-(6)|重	小	758	47	491	220
三字尾型（18体）	青玉案	定7-33-7-44-5|7-7-7-44-5	中	171		142	29
	永遇乐	定444-445-446-346|446-445-446-344	长	109	4	78	27
	霜天晓角	定4-5-633|2-3-5-633	小	103	1	99	3

　　①《烛影摇红》其句系为"47-75/6-34-444"，上片押韵句受三字尾节配控制，下片押韵句受二字尾节配控制，这是一种很特殊的韵位近似节配控制情况。

续表

类韵位节配词类型（26体）	类韵位节配	句系	属类	词量	唐词量	宋词量	金元词量
三字尾型（18体）	唐多令	定5-5-34-733|重	中	74		50	24
	酒泉子	定4-(6-33)-3|(7-5-33)-3	小	68	37	22	9
	望海潮	定446-446-5-54-443|654-446-5-54-65	长	57		39	18
	一落索	定6-4-75|重	小	49		47	2
	满路花	定55-7-45-564|65-7-45-546	中	41		28	13
	应天长	定7-7-33-7|33-6-6-5	小	39	13	26	
	忆秦娥	定3-7-3-44|7-7-3-44	小	202	2	138	62
	拨棹歌	§3-3-7-34-37|7-7-34-37	小	39	39		
	恋绣衾	▲7-34-333-4|734-333-4	小	38		34	4
	踏莎行	定44-7-77|重	小	381		229	152
	好事近	定56-65|75-65	小	318		302	16
	巫山一段云	55-(7-5)|(6-6)-(7-5)	小	97	8	7	82
	临江仙	定76-7-7|重	小	704	34	494	176

从总体上看，节配原则对词体体式的构成具有很强的控制作用。常用百体中，由节配原则形成的节配词有19体，韵位节配词有14体，类韵位节配词有26体，三者总计达到59体。如果将齐言词作为特殊的节配词纳入考察范围，则这个数据可以扩大到65体。也就是说，在常用百体中，词体构成受节配原则潜在支配的高达65%。可见节配原则的确是词体宏观构成的最基本原则之一。

（4）节配律

节配原则不仅仅是中国古典诗歌句式组合的基本原则，而且也是中国古典诗文体系形式构造的最重要原则，对骚体体式的形成，四六文体的形成，以及一半以上词体体式的形成，都具有决定意义。为表彰节配原则在古典汉语诗文节奏方面的重要贡献和基础性地位，今后将其命名为节配律。节配律是汉语古典诗文节奏的基础性规律。

1.3.5.3　论领配句式组合原则的泛化与词体构成

腔子多有句上合用虚字，如嗟字、奈字、况字、更字、又字、料字、想字、正字、甚字，用之不妨。如一词中两三次用之，便不好，谓之空头字。不若径用一静字，顶上道下来，句法又健，然不可多用。①

——沈义父《乐府指迷》

古曲谱多有异同，至一腔有两三字多少者，或句法长短不等者，盖被教师改换。亦有嘌唱一家，多添了字。吾辈只当以古雅为主，如有嘌唱之腔不必作。且必以清真及诸家目前好腔为先可也。②

——《四库全书总目提要·沈氏乐府指迷》

宋词亦不尽协律，歌者不免增减。万树《词律》所谓曲有衬字、词无衬字之说，尚为未究其变也。③

——《四库全书总目提要·沈氏乐府指迷条》

词中句读，不可不辨。有四字句而上一下一中两字相连者；有五字句而上一下四者；有六字句而上三下三者；有七字句而上三下四者；有八字句而上一下七，或上五下三，上三下五者；有九字句而上四下午，或上六下三，上三下六者。此等句法，不胜枚举。④

——《词谱》凡例第九

"一字领"是有的，且极为重要……例如："一字领"三言……"一字领"四言……"一字领"五言……"一字领"六言……"一字领"七言……单就句式而言，并非词体所首创…系词体（律词）成熟之后方形成为一类稳定的特殊的句式类型。……"一字领"非"一言"。……"一字领"系其后"本句"句式之"句前附加"，即"一字领"不入句式……"一字领"不入句式是"一字领"的根本性质。……"一字领"，"领"紧接其后的本句，可以"领"一句（按文体之句，下同），也可"领"其后数句。……"一字领"系"本句"句式之"句前附加"。故，其所用文辞，亦与之相应，皆古代概念中之"虚字"，如：更、正、喜、却、幸、甚、共、若、莫、故、再、想、与、指、把、到、过、在、有、奈、早、且、是、暗、只、叹、听、见、已、忍、尽、又、对、看、乍、怎、算、倩、便、付、但、偶、首、向、似、任、几、独、待、爱、念、况、望、度、竟、问、恨、怕、写、试、误、记、被、遍、为、半、渐、浑、料、总、数、定……句前附加"一字领"对于本句的作用，在于修饰本句、强化本句。或可分述为三法：1.近于动词用法……2.深刻本句辞意……略之亦无大伤……3.反衬而作跌宕……如何判断"一字领"句，则更似曾未为词家所瞩目……以文辞解读取代文体的句读——各人按各人自家对文辞的理解断句。古今众多词谱、词集可

①沈义父：《乐府指迷》蔡嵩云笺释，北京：人民文学出版社，1981年，第73页。
②沈义父：《乐府指迷》蔡嵩云笺释，北京：人民文学出版社，1981年，第80页。
③四库全书总目提要编委会：《四库全书总目提要》，海口：海南出版社，1999年，第1095页。
④（清）王奕清：《钦定词谱》，北京：中国书店，1983年，凡例第九条。

谓无不如此……因不解"一字领"而误读，更比比皆是……按基本句读，即可判断"一字领句"；按基本句读，凡句前出现、即带有畸零单字（通常为仄者），当为""一字领"句"……自清初《词谱》直至今日如《全宋词》，众家句读词调，时见参差，而于"一字领"失误最大，尤其是"五言（前带一领字）""六言（前带一领字）""七言（前带一领字）"三者，几可谓全失…就《词谱》卷一到卷十（第一本）拈出其中一二例以说。1."五言（前带一领字）"误断为"三/三"……2."六言（前带一领字）"误断为"三/四"……3."七言（前带一领字）""三/五"……或有云：文体之句读与文辞之句读未必一致…然而…词不同于诗者，首要不在其文辞而在其文体…无任意句读之事…后人按其"格"为"体"填辞，偶因辞而移易句读者间或有之，并不能因具体一二作品之异而另立为"体"……因对"一字领"之无见，导致句段之失，不可胜数…愿就署名岳飞所作《满江红》的句读作一讨论……审《词谱》之所以有所谓"句法"之说，盖在"一字领"之失；将文体学之"一字领句"与"句""逗"混淆而消失在文辞学的所谓"句法"之中。①

——《词体构成·一字领——兼说词体句式无所谓"句法"》

我们在"词体句式节奏分析"一节探讨过一字豆句式作为词体标准句式的节奏特征，在"论领配原则"一节探讨过一字豆引领的"句式组合"蕴含的"领配原则"。实际上，"领配原则"在诗歌和词体中的运用要远比上述讨论广泛。"领配原则"不仅仅是句式组合的原则，而且在更广泛的范围里控制着词体的构成。洛地对"一字领"的性质、分类、功能、判别标准、误判现象等有过重要研究。本书在上述研究和在洛文的基础上，从以下几个方面来进一步探讨"领配原则"对于词体构成的全面意义。

一是各言句式都可以通过"领配原则"形成相应的各言领字句；二是普通组合都可以通过"领配原则"形成相应一字豆型组合或领配型组合；三是词体任何位置都有插入"领字"形成领配的潜力。

（1）各言句式都可以通过"领配原则"形成相应的各言领字句

各言句式通过添加领字形成了从三言到八言的各言领字句。"领配原则"通过一字豆引领各言句式，完成了各言领字句的形成。以下分说之。

1）在词体中，一字豆可以引领三言、四言、六言、七言

在"词体句式节奏分析"一节，我们证明，"常用百体"出现了"一字豆四言"（即一字豆＋三言，余此类推）、"一字豆五言""一字豆七言""一字豆八言"（"一字豆三言"未加讨论。唯一未出现的是"一字豆六言"。详情参看该节）；这些分别是一字豆引领三言、四言、六言、七言的情况。《词谱》正体出现这些句式，说明这些句

---

①洛地：《词体构成》，北京：中华书局，2009年，第98—127页。本处为其文内容提要，省略号为笔者所加。

式的应用十分广泛。

2）在词体中，一字豆可以引领五言

一字豆引领五言即形成"一字豆六言"句式。"一字豆六言"句式虽未在常用百体中出现，但并不意味着词体缺乏这种句式。在常用百体所在词调的其他词体中，以及常用百体之外其他词调中，均出现过"一字豆六言"。简单举几例：

> 便只合长相聚。（柳永《昼夜乐》）
> 先是骊歌不忍闻，又何况春将暮。（黄公度《卜算子》，词谱七体之又一体）
> 临镜无人为整装，但自学孤鸾照。
> /江水东流郎在西，问尺素何由到。（张先《卜算子》，词谱七体之又一体）
> 又听画角呜咽，都和作一团愁。（吴潜《诉衷情令》，词谱第二体）
> 花花叶叶尽成双，浑似我梁上燕。（吕渭老《一落索》，词谱第二体）
> 欲留风月守花枝，却不道而今远。
> /青山只管一重重，向东下遮人眼。（毛滂《一落索》，词谱第三体）
> 多情成病不须医，更憔悴转寻思。（杜安世《少年游》）
> 杏花笑吐香红浅，又还是春将半。（宋徽宗《探春令》）
> 等得黄昏月溪寒，爱顾影临清浅。
> /江北江南旧情多，奈笛里关山远。（高观国《留春令》）
> 兰堂静悄珠帘窣。想玉人归何处。
> /凄凉方感孤鸳侣。对夜永成愁绪。（杜安世《端正好》）
> 莫把幽兰容易比，都占尽人间秀。
> /只有些儿堪恨处，管不似人长久。（李之仪《雨中花》）
> 别来寂寞朝朝暮。恨遮乱当时路。
> /而今重与春为主。尽浪蕊浮花妒。（杨无咎《于中好》）
> 穷阴急景暗推迁。减绿鬓捐朱颜。
> 利名牵役几时闲。又还惊一岁圆。
> 劝君今夕不须眠。且满满泛舺船。
> 大家沉醉对芳筵。愿新年胜旧年。（杨无咎《双雁儿》）
> 新春入旧年，绽梅萼一枝先。
> 陇头人待信音传。算楚岸未香残。
> 小枕风雪凭栏干。下帘幕护轻寒。
> 年华永占入芳筵。付尊前渐成欢。（无名氏《庆金枝》）

以上举例皆见于洛地《词体构成·一字领——兼说词体句式无所谓"句法"》，并由洛地说明《词谱》《全宋词》断句之失误。由举例可见，"一字豆引领五言"的情况在词体中也是很常见的。

3）在词体中，一字豆引领二言也可谓非常常见

如果将"一二节奏的三言句"称为"一字豆引领二言"，那么一字豆引领二言的情况在词体中也是非常常见的。这方面的例子非常多，不胜枚举。这里只举一个3-4型组合的例子来说明。常用百体共出现3-4型组合17例，如下：

3-4型（17例）

渐暖霭，初回轻暑。（叶梦得《贺新郎·睡起流莺语》）

但怅望，兰舟容与。（叶梦得《贺新郎·睡起流莺语》）

有谁家，锦书遥寄。（苏轼《水龙吟·霜寒烟冷蒹葭老》）

酒醒处，残阳乱鸦。（秦观《柳梢青·岸草平沙》）

过短亭，何用素约。（周邦彦《瑞鹤仙·悄郊园带郭》）

却弹作，清商恨多。（辛弃疾《太常引·仙机似欲织纤罗》）

且痛饮，公无渡河。（辛弃疾《太常引·仙机似欲织纤罗》）

怕绿刺，罥衣伤手。（晏殊《雨中花令·剪翠妆红欲就》）

为黄花，频开醉眼。（毛滂《烛影摇红·老景萧条》）

二十年，重过南楼。（刘过《唐多令·芦叶满汀洲》）

旧江山，浑是新愁。（刘过《唐多令·芦叶满汀洲》）

细雨打，鸳鸯寒悄。（朱敦儒《杏花天·浅春庭院东风晓》）

人别后，碧云信杳。（朱敦儒《杏花天·浅春庭院东风晓》）

对好景，愁多欢少。（朱敦儒《杏花天·浅春庭院东风晓》）

凭小槛，细腰无力。（尹鹗《拨棹子·风切切》）

偏挂恨，少年抛掷。（尹鹗《拨棹子·风切切》）

雨潇潇，衰鬓到今。（朱敦儒《恋绣衾·木落江南感未平》）

其中，除划线2句不能断为"一二节奏三言"外，其他15句皆可断为"一二节奏三言"，皆可以看成是一字豆引领二言形成的句式。在这15句中，加点8句中的首字均为虚字，可以归入虚字引领的典型"一字领"。由此可见，3-4型组合中三言的"一字豆引领"的比例还是很高的。

3-4型组合中的三言如此，其他类中三言也多有类似。

［注意］由于三言过于短小，在一般情况下，我们很少单独对其微观结构做进一步分析。但是，在某些特殊的情况下，我们就必须重视三言

节的内在节奏划分。除了词体中的上述情况，还有如发生在楚辞①和四六

---

①论楚辞与"一字豆引领二言"的关系——一字豆引领二言（形成"一二节奏"三言节）形成楚辞的核心结构，并进一步形成楚辞的核心句式——特殊的一字豆句式。

1. 楚辞的核心结构为"一二节奏的三言节"，可以看成是特殊"一字豆节奏"

在"论节配原则的泛化与词体构成暨节配词"一节中，我们已经对离骚句式进行分析，根据《离骚句式组合类型-数量统计表》《离骚三言节类型-比例统计表》证明：离骚三言节以一二节奏为主；"一二节奏三言节"是离骚句式的核心节奏单元，是整个离骚体式的核心，骚体就是对这一核心节奏丰富多彩的复沓显现。

同样我们也可以证明"九歌"的节奏核心单元也是"一二节奏三言节"。表1、表2是对"九歌"句式的统计分析。

表1　九歌句式节奏类型统计

九歌句式类型	一二兮二	二兮二	一二兮一二	其他
《东皇太一》15	11(另1句二一兮二)	3		0
《云中君》14	13	1		0
《湘君》38	28	8		2
《湘夫人》70	43(另2句二一兮二)	19	4(另1句二一兮二一)	1
《少司命》52	17	15	17	2句二二兮二;1句二二一兮二
《河伯》18	16		2	
《山鬼》27			25(另1句二一兮二一)	
《国殇》18			18	
《礼魂》5	2	3		
总计(256)	130(50.8%)	49(19.1%)	66(25.9%)	另5它6

表2　九歌三言节类型统计

三言节	一二节奏	一一一节奏	二一节奏
269	262(97.4%)	0	7(2.6%)

在这里，我们忽略"兮××"即可以看成"二字尾"又可以看成"三字尾"的特殊情况，就一般而言，也证明了："九歌"的句式主要有"三兮二""二兮二""三兮三"三种，"一二节奏三言节"是"九歌"句式的核心节奏。

离骚、九歌的句式无疑能够代表楚辞句式的一般情况。所以，我们说，楚辞句式的核心结构是"一二节奏三言节"，从节奏角度讲，就是"一字豆领二字"的一字豆节奏。

当然，楚辞中的"一字豆节奏"的一字豆既可以是动词，也可以是副词或其他词类。其中，动词和虚词类都非常常见。如"三之二"句式的前后两半部分，前半部分"三言节"中的动词和虚字引领情况各占一半，后半部分"之××"结构则几乎全部为虚字引领的一字豆节奏；"三兮三"句式（集中在山鬼和国殇中）中的两个三言节则多为动词引领的一字豆节奏。

2. 楚辞的3种典型句式均可看成一字豆引领的句式

离骚的典型句式为"3之2"式（占句式的76.2%）；九歌的主要句式有"三兮二"（占50.8%）、"三兮三"（占25.9%）、"二兮二"（占19.1%）三种。这四种句式代表了楚辞的句式类型。除较少的"二兮二"句式不是一字豆引领外，其他三种主要句式一字豆多在句首，均可看成是一字豆引领的句式。其中：

"三之二"式——相当于特殊的一字豆五言
"三兮二"式——相当于特殊的一字豆五言
"三兮三"式——相当于两个特殊的"一字豆三言"组合

作为楚辞最主要的句式的"三之二"句式和"三兮三"句式均可以看成是特殊的一字豆句式，由此可见一字豆句式是楚辞句式的根本特征。当然，楚辞中的一字豆句式比普通的一字豆句式又要特殊些，这是值得注意的。

文①中的 "一字豆引领二言" 的情况。

从前文探讨可以看出，在词体中，一字豆可以引领各言句式形成词体的标准句式，从而成为词体句式的普遍构成方式；而在历史上，"一字豆引领二言" 和 "一字豆引领五言" 曾经是非常辉煌的句式构成模式，在楚辞和骈文文体的形成中发生过关键作用。无论从历史上看还是从词体现状看，领配原则对各言一字豆句式的形成都具有普遍作用。

（2）普通组合都可以通过 "领配原则" 形成相应一字豆型组合或领配型组合

普通组合可以通过 "领配原则" 形成相应一字豆型组合，这是一个非常值得注意的发现。

我们知道，常用百体共享到组合76种，要对这76中组合的相应领配型组合进行全面分析无疑是困难的，也没有太大的意义。但是，我们可以从另一些角度来证明，几乎所有的组合都可以形成相应的领配型组合，也就是说，领配原则对于句式组合的适用性几乎是普遍的。

1）常用百体共使用到21种一字豆组合，我们可以证明这些一字豆组合的 "基始组合"②类型广泛，组合方式也富于变化

常用百体使用的76种组合与21种一字豆型组合已于上文给出。我们找到常用百体使用的21种一字豆型组合相应的 "基始组合"，将它与常用百体全部76种普通组合对照，以观察常用百体允许哪些普通组合以怎样的方式添加一字豆形成一字豆型组合（见表1-65）。

---

①论 "一字豆引领二言" 与 "四六" 的关系——特殊的 "一字豆引领五言" 是 "四六文" 的句式基础之一。骈文或四六文是受楚辞汉赋影响形成的一种文体。其主要特征就是由四言、六言形成特殊组合如44型组合、66型组合、46型组合、64型组合等，再由各组合连缀或对仗构成整体篇章。六言是四六文的基础句式。四六中的六言有两种节奏："一二之二" 节奏、"二二二" 节奏。如下面这段著名骈文中六言的情况：

遥襟甫畅，逸兴遄飞。爽籁发而清风生，纤歌凝而白云遏。睢园绿竹，<u>气凌彭泽之樽</u>；邺水朱华，<u>光照临川之笔</u>。四美具，二难并。穷睇眄于中天，极娱游于暇日。天高地迥，觉宇宙之无穷；兴尽悲来，识盈虚之有数。望长安于日下，目吴会于云间。地势极而南溟深，<u>天柱高而北辰远</u>。关山难越，<u>谁悲失路之人</u>；萍水相逢，<u>尽是他乡之客</u>。怀帝阍而不见，奉宣室以何年。（王勃《滕王阁序》）

其中，下划线句式是普通六言，加点句式则可看成 "特殊一字豆六言"。"特殊一字豆六言" 是受楚辞汉赋句式影响，较早形成的，骈文六言的主导节奏，普通六言则是伴随双音节词汇的增加，晚形成的，到后来才慢慢增多使用的节奏。骈文中的 "一二之二" 句式全雷同于离骚楚辞 "三之二" 句式，可以看成是 "一字豆引领五言" 而形成的特殊 "一字豆六言句"，其基本结构即为 "一字豆引领二言"。

②我们假设：一字豆型组合＝一字豆＋基始组合。所谓 "基始组合"，即是一字豆组合去除一字豆后剩余的部分。

表1-65　常用百体普通组合与一字豆型组合之"基始组合"对应情况

组合等级	出现频率	组合种目	普通组合	相应一字豆型组合的"基始组合"（加点处为一字豆的位置）
特级组合 （出现9次以上）	9次以上	12种	33型(30)77型(22)45型(22)444(18)、446(17)、34型(17)55型(15)75型(13)44型(12)445型(9)76型(9)66型(9)	45型(1)、444(6)、444(2)444(2)446(2)34型(1)75型(1)44型(4)、44型(3)445(2)
一级组合 （出现5到8次）10种	8次	1种	54型(8)	
	7次	4种	35型(7)65型(7)544型(7)734型(7)	
	6次	4种	36型(6)37型(6)344型(6)346型(6)	37型(1)344型(3)、
	5次	1种	53型(5)	
二级组合 （出现2到4次）29种	4次	5种	46型(4)47型(4)64型(4)74型(4)654(4)	46型(1)47型(2)64型(3)
	3次	6种	56型(3)63型(3)、333型(3)、733型(3)、447型(3)、434型(3)	333型(2)
	2次	18种	22型(2)、48型(2)454(2)633(2)433(2)644(2)744(2)665(2)353(2)634(4)345(2)	433(1)644(3)744(1)

续表

组合等级	出现频率	组合种目	普通组合	相应一字豆型组合的"基始组合"（加点处为一字豆的位置）
二级组合 （出现2到4次）29种	2次	18种	354(4) 735(2) 534(2) 545(2) 5444(2) 6434(2) 3334(2)	433(1) 644(3) 744(1)
三级组合（出现1次） 25种	1次	25种	73型(1) 85型(1) 336、335 533、443 366、355 564、546 464、436 636、547 645、364 754 5433 5434 3434 3435 3446 3636 3536、 4444	4444(2)
				4433(1)

从表1-65中可以看出：

第一，21种一字豆型组合出自18种基始组合，或者说，共有18种普通组合拥有相应的一字豆型组合。这个数据虽然相对全部76种组合来讲有点低（占四分之一），但是考虑到这仅仅是常用百体出现的数据，而全部词体高达800余调2000余体，则这个数据的比例还是相当高的。它能部分反映领配原则的普遍性特点。

第二，从表中来看，一字豆的添加位置也相当灵活：组合首句添加一字豆是最主要的方式，但也存在组合中间和组合末句添加一字豆的情况——这也反映了领配原则的某种普遍性。以44型组合为例，其相应的一字豆型组合，理论上有两类，实际都已出现，如下：

4-4型基始组合————→5-4型一字豆组合（即一字豆在首句，4例）：

绕严陵滩畔，鹭飞鱼跃。（柳永《满江红·暮雨初收》）

叹重拂罗裀，顿疏花簟。（周邦彦《齐天乐·绿芜凋尽台城路》）

正玉液新篘，蟹螯初荐。（周邦彦《齐天乐·绿芜凋尽台城路》）

早窗外乱红，已深半指。（周邦彦《红窗迥·几日来》）

4-4型基始组合———→字豆组合45型（即一字豆在末句，3例）：

冰肌玉骨，自清凉无汗。（苏轼《洞仙歌·冰肌玉骨》）

南极星中，有老人呈瑞。（柳永《醉蓬莱·渐亭皋叶下》）

华阙中天，锁葱葱佳气。（柳永《醉蓬莱·渐亭皋叶下》）

再如4-4-4型组合，作为基始组合理论上可以形成三种一字豆型组合，这三类组合在实际中也均出现：

444型基始组合———→字豆组合544型（即一字豆添加在首句，6例）：

正艳杏烧林，缃桃绣野，芳景如屏。（柳永《木兰花慢·坼桐花烂漫》）

念征衣未捣，佳人拂杵，有盈盈泪。（苏轼《水龙吟·霜寒烟冷蒹葭老》）

渐霜风凄紧，关河冷落，残照当楼。（柳永《八声甘州·对潇潇暮雨洒江天》）

有流莺劝我，重解雕鞍，缓引春酌。（周邦彦《瑞鹤仙·悄郊园带郭》）

渐亭皋叶下，陇首云飞，素秋新霁。（柳永《醉蓬莱·渐亭皋叶下》）

叹年华一瞬，人今千里，梦沈书远。（周邦彦《选冠子·水浴清蟾》）

444型基始组合———→字豆组合454型（即一字豆添加在首中，2例）：

凭空眺远，见长空万里，云无留迹。（苏轼《念奴娇·凭空眺远》）

黯黯离怀，向东门系马，南浦移舟。（晁冲之《汉宫春·黯黯离怀》）

444型基始组合———→字豆组合445型（即一字豆添加在首末，2例）：

嫩菊黄深，拒霜红浅，近宝阶香砌。（柳永《醉蓬莱·渐亭皋叶下》）

此际宸游，凤辇何处，度管弦清脆。（柳永《醉蓬莱·渐亭皋叶下》）

总之，从常用百体的一字豆型组合的生成方式和生成数量看，领配原则具有相当程度的普遍性。

2）我们可以证明，词体12大句式组合都能作为基始组合形成相应的一字豆型组合

虽然我们很难对全部句式进行一一检验，以证明它们都有能力形成领配型组合；但是，我们可以证明词体12大句式都能作为基始句式形成相应一字豆型组合或者领配型组合。并由此管中窥豹，见一般情况。词体十二大句式组合包括33型、77型、45型、444型、446型、34型、55型、75型、44型、445型、76型、66型等十二种组合。

①据上文《常用百体一字豆型组合与其基始组合对应表》，已有七种组合形成了相应的一字豆型组合，这七种组合分别是：45型组合、444型组合、446型组合、34型组合、75型组合、44型组合及445型组合。

②另外，常用百体出现了由333型基始组合形成的领配型组合"433型"两例：

但醉同行，月同坐，影同归。（晁补之《行香子·前岁栽桃》）

对林中侣，闲中我，醉中谁。（晁补之《行香子·前岁栽桃》）

《六州歌头》也出现4333型组合：

　　　　念腰间剑，匣中箭，空埃蠹，竟何成！（张孝祥《六州歌头》）

这两类复合型组合中都包含着33组合形成的"43型"领配组合片段，这间接说明，"33型"组合作为基准组合形成领配型组合并无障碍。

　　③剔除掉上述八种组合，还剩下四种组合：77型、55型、76型、66型。下面我们证明这四种组合也能够形成相应的领配型组合或一字豆组合。我们只举出其代表范例（以下举例皆可见于洛文）。

　　A.77型基始组合——一字豆型组合

　　如《满江红》第三韵段，77型组合为正体格式，以下为一字豆变体：

柳　　永：可惜许枕前多少意，到如今两总无终始。
　　　　　不会得都来些个事，甚恁底死难拼弃。
晁端礼：倒影芙蓉明镜底，更折花唤蕊西风里。
赵　　鼎：须信道消忧除是酒，奈酒行有尽情无极。
苏　　轼：君不见兰亭修葺事，当时座上皆豪逸。
李昂英：万里寒云迷北斗，望远峰夕照频西顾。
耿时举：念我身闲鸥样度，似海山共去君应许。

又如《贺新郎》中77型组合的一字豆变体：

辛弃疾：不恨古人吾不见，恨古人不见吾狂耳。
刘　　过：把酒问春春不管，枉教人只恁空断肠。

B.55型基始组合——一字豆型组合

　　　　新春入旧年，绽梅萼一枝先。（无名氏《庆金枝》）

C.66型基始组合——一字豆型组合

　　　　堪惆怅红尘千里，恨死拨浮名浮利。（杨无咎《雨中花令》）
　　　　又是清明天气，记当年小院相逢。（赵长卿《画堂春》）
　　　　小梅香细艳浅。过楚岸尊前偶见。
　　　　爱闲淡天与精神，掠青鬓开人醉眼。
　　　　如今抛掷经春，恨不见芳枝寄远。
　　　　向心上谁解相思，赖长对妆楼粉面。（无名氏《簇边华》）

D.76型基始组合——一字豆型组合

　　　　六朝旧事随流水，但寒烟衰草凝绿。（王安石《桂枝香》）
　　　　天上星杓春又到。应律管微阳已报。

迟日瞳胧光破晓。馥绣幄麝炉烟袅。（晁端礼《惜分飞》）

又是天风吹淡月，佩丁东携手西厢。（朱敦儒《促拍采桑子》）

彩丝皓腕宜清昼，更艾虎衫儿新就。（侯寘《杏花天》）

遥望碧天静如归，曳一缕清丝飘渺。（寇准《甘草子》）

狂风横雨且相饶，又恐有彩云迎去。（杜安世《胡捣练》）

人如双鹤云间举，明月夜扁舟鹤处。（王庭珪《桃源忆故人》）

天涯芳草迷归路，还又是匆匆春去。（吴潜《海棠春》）

从以上列举看，我们证明了词体中 77 型、55 型、76 型、66 型四种组合也能通过"领配"方式形成相应的另配型组合。其中，55 型组合的一字豆化较罕见，这可能与"一字豆＋五言"很容易与骚体与"四六文"中的六言"一二之二"节奏发生混淆，故而词人皆有意回避有关。

综合来看，词体十二大普通句式组合，皆能够通过"领配"方式生成相应的一字豆型组合。词体最常见的句式组合皆可以形成"领配"。依此类推，其他使用较少的普通组合也应该具有同样性质。这可以充分说明领配方式对于句式组合形成的普遍意义。至于领配之后，普通组合变成了一字豆组合，其节奏方面发生的微妙变化，则需要更深入的研究来揭示。

(3) 词体任何位置都有插入"领字"形成领配的潜力

从前文讨论看，词体的任何普通句式在理论上都可以添加"领字"形成"领字句"，词体的任何普通组合在理论上都可以添加"领字"形成领配型组合。那么，在实际词的写作中，这些情形能发生吗？词体使用领配原则需要什么条件？

关于这两个问题，涉及的东西很多且背景复杂，我们首先要做一个澄清。从音乐的角度讲，毫无疑问，这个问题不需要作太多说明——作为歌词，多一个领字与少一个领字，对于歌唱的影响不能说没有，但也是微乎其微的，这可以从我们现在的歌辞创作情形看得很清楚，也可以从历史上歌辞的实际创作情形和理论家的阐释说明看得很清楚。历史上对歌辞的增减字数现象有很明确的认识，如宋人沈义父和四库全书的看法，就是典型代表。音乐对歌辞的字数事实上并无太多的限制——所以，我们首先澄清，本书所有的关于句式原则和词体构成的论述，都不是从音乐的角度谈论的，而是从词体作为文学形式的本身谈论的。词体固然是在乐谱的制约下形成的，但词体的内在形式发展却不是受音乐控制的，而是受文学形式本身的规律（如格律、节奏等）控制的——这是我们首先要明确的前提。在这一大前提下，我们回答上述两个问题。

1) 在词体写作中，任何位置都可以插入"领字"形成领配

宋代沈义父关于这个问题其实已有很精辟的看法：

腔子多有句上合用虚字，如嗟字、奈字、况字、更字、又字、料字、想字、正字、甚字，用之不妨。如一词中两三次用之，便不好，谓之空头字。不若径用一静字，顶上道下来，句法又健，然不可多用。

当代对领字句有深入研究的洛地①则通过大量实例断言：

> "一字领"系其后"本句"句式之"句前附加"，即"一字领"不入句式……"一字领"不入句式是"一字领"的根本性质。

所谓"一字领"不入句式，其实表达的是"领字可以视词体具体语境情况增减，不必把它看成是一成不变的固定结构成分"这样一个意思。当然，这个表述在字义上存在问题，甚至这个问题可以引申到对词体性质的误解——一字领句式从音乐的角度看可以不入音乐，但从词体来看绝对是要入句式的，一字领句式正是词体形式的典型特征，与普通句式形式了完全的区别，它所带来的节奏和格律上的变化是不可估量的，因此从这个角度看绝不可以说一字领不入句式——我们并不赞同这个表达，但是我们赞同这个表达背后需要传达的真实意见。如果将这个表述修正一下，我们可以粗略地说"一字领不入乐句"，但这仍然只是近似的说法。

2）领配原则的使用应视句群环境而定，意在增强句式的功能

领配原则可以随时使用，其目的只有一个，就是能够增强句式的表达功能。可以说，能够增强句式的表达功能是领配原则的唯一使用条件。

关于这一点，可以引用洛地②的研究结果作为说明：

> "一字领"系"本句"句式之"句前附加"。故，其所用文辞，亦与之相应，皆古代概念中之"虚字"，如：更、正、喜、却、幸、甚、共、若、莫、故、再、想、与、指、把、到、过、在、有、奈、早、且、是、暗、只、叹、听、见、已、忍、尽、又、对、看、乍、怎、算、倩、便、付、但、偶、首、向、似、任、几、独、待、爱、念、况、望、度、竟、问、恨、怕、写、试、误、记、被、遍、为、半、渐、浑、料、总、数、定……句前附加"一字领"对于本句的作用，在于修饰本句、强化本句。或可分述为三法：1.近于动词用法……2.深刻本句辞意……略之亦无大伤……3.反衬而作跌宕。

观看同一词体对领配原则的选择性运用，可以使我们更清楚地了解"在词体中，"任何位置都可以插入"领字"形成领配"及"能够增强句式的表达功能是领配原则的唯一使用条件"的实际情形。

以《满江红》为例。

《词谱》以柳永词为正体，列《满江红》14体，扣除因为格律差别造成的一调异体，得到句式相互区别的体式13体（其中第二、第三体，《词谱》认为与柳永正体句法全同，只是格律差异，故得到句式相异的《满江红》12体，其实不然，第二、第三两体句法全同，但二者与柳永体在末句一字豆句法上相异，故句式相异的《满江红》应为13体）。

---

①洛地：《词体构成》，北京：中华书局，2009年，第99页。
②洛地：《词体构成》，北京：中华书局，2009年，第102页。

如果将下片首句理解为分句押韵，则《满江红》全词上下片从词体结构来讲当为八大"韵"，八韵段。统计表明，几乎各个韵段均出现了领配原则的运用，其标志为一字豆或领字的存在（见表1-66）。

其具体情况如下（以下皆录自《词谱》原文，下划线、着重号为本书所加，以标示一字豆或领字，说明此处存在一字豆句式或一字豆组合）：

满江红

此调有仄韵、平韵两体，仄韵词，宋人填者最多，其体不一，今以柳词为正体，其余各以类列。《乐章集》注仙吕调，高栻词注南吕调；平韵词，只有姜词一体，宋元人俱如此填。

满江红　双调九十三字，前段八句四仄韵，后段十句五仄韵　　柳永

暮雨初收，长川静征帆夜落。<u>临</u>岛屿蓼烟疏淡，苇风萧索。
几许渔人横短艇，尽将灯火归村落。<u>遣</u>行客当此念回程，伤漂泊。
桐江好，烟漠漠。波似染，山如削。<u>绕</u>严陵滩畔鹭飞鱼跃。
游宦区区成底事，平生况有云泉约。归去来一曲仲宣吟，从军乐。

●此调押仄声韵者，以柳词此体为定格，若张词之多押两韵，戴词之多押一韵，吕词之减字，苏、赵、辛、柳、杜词之添字，以及叶词之句读异同，王词之句读全异，皆变格也……

又一体　双调九十三字，前段八句五仄韵，后段十句六仄韵　　张元干

春水连天，桃花浪几番风恶。<u>云乍</u>起远山遮尽，晚风还作。
绿遍芳洲生杜若。数帆带雨烟中落。<u>认</u>向来沙觜共停桡，伤飘泊。
寒犹在，衾偏薄。肠欲断，愁难着。<u>倚</u>篷窗无寐引杯孤酌。
寒食清明都过却。可怜辜负年时约。想小楼日日望归舟，人如削。

●此与柳词同，唯前段第五句、后段第七句皆押韵异。　　按，程垓"颇恨登临"词，前段第五、六句"当日卧龙商略处，秦淮王气真何许"，后段第七、八句"可笑唐人无意度，却言此虎凌波去"，正与此同。

又一体　双调九十三字，前段八句四仄韵，后段十句六仄韵　　戴复古

赤壁矶头，一番过一番怀古。<u>想</u>当时周郎年少，气吞区宇。
万骑临江貔虎噪，千艘列炬鱼龙怒。<u>卷</u>长波一鼓困曹瞒，今如许。
江上渡。江边路。形胜地，兴亡处。<u>览</u>遗踪胜读史书言语。
几度东风吹世换，千年往事随潮去。<u>问</u>道傍杨柳为谁春，摇金缕。

●此与柳词同，唯换头句多押一韵。　　按，晁补之"莫话南征"词，"清时事，羁游意，尽付与，狂歌醉"，段克己词，"活国手，谈天口，都付与，尊中

酒"，正与此同。　此词后段第五、六句，作上三下六句法，宋词如此者甚多，如柳词别首之"尽思量，休又怎生休得"，周紫芝词，"又何如，聊遣舞衣红湿"，皆与此同。

又一体　双调九十一字，前段八句四仄韵，后段十句五仄韵　吕渭老

燕拂危樯，斜日外数峰凝碧。<u>正暗潮生渚，暮风飘席</u>。
初过南村沽酒市，连空十顷菱花白。<u>想故人轻褰障游丝，闻遥笛</u>。
鱼与雁，通消息。心与梦，空牵役。<u>到如今相见怎生休得</u>。
斜抱琵琶传密意，一襟新月横空碧。<u>问甚时同作醉中仙，烟霞客</u>。
●此亦柳词体，唯前段第三句减二字异。　按，程垓词，"况人间元似，泛家浮宅"，吕本中词，"对一川平野，数椽茅屋"，康与之词，"正青春未老，流莺方歇"，严羽词，"正钱塘江上，潮头如雪"，俱与此同。

又一体　双调八十九字，前段七句四仄韵，后段十句五仄韵　吕渭老

晚浴新凉，风蒲乱松梢见月。庭阴尽幕蝉啼歇。
萤绕井阑帘入燕，荷香兰气供摇簟。<u>赖晚来一雨洗游尘，无些热</u>。
心下事，峰重叠。人甚处，星明灭。<u>想行云应在凤凰城阙</u>。
曾约佳期同菊蕊，当时共指灯花说。<u>据眼前何日是西风，吹凉叶</u>。
●此亦柳词体，唯前段第三句减四字。按，吕词别首"笑语移时"词，"鲜明是、晚来妆饰"，正与此同。

又一体　双调九十四字，前段八句四仄韵，后段十句五仄韵　苏轼

东武南城，新堤固连漘初溢。隐隐遍长林高阜，卧红堆碧。
枝上残花吹尽也，与君试向江边觅。<u>问向前犹有几多春，三之一</u>。
官里事，何时毕。风雨外，无多日。相将泛曲水满城争出。
<u>君不见兰亭修禊事，当时坐上皆豪逸</u>。<u>到如今修竹满山阴，空陈迹</u>。
●此亦与柳词同，唯后段第七句添一字。　按，苏轼别首"忧喜相寻"词，后段第七、八句"君不见、周南歌汉广，天教夫子休乔木"，李婴"荆楚风烟"词，"君不见、凌烟冠剑客，何人气貌长似旧"，正与此同。

又一体　双调九十四字，前段八句四仄韵，后段十句五仄韵　赵鼎

惨结秋阴，西风送丝丝雨湿。<u>凝望眼征鸿几字，暮投沙碛</u>。
欲往乡关何处是，水云浩荡连南北。<u>但修眉一抹有无中，遥山色</u>。
天涯路，江上客。肠欲断，头应白。<u>空搔首兴叹暮年离隔</u>。
<u>欲待忘忧除是酒，奈酒行欲尽愁无极</u>。<u>便挽将江水入尊罍，浇胸臆</u>。
●此亦与柳词同，唯后段第八句添一字。　按，李昂英"薄冷催霜"词，后

段第七、八句"**万里寒云迷北斗，望远峰夕照类西顾**"，正与此同。

又一体　双调九十四字，前段八句四仄韵，后段十句五仄韵　　辛弃疾

点火樱桃，照一架酴醾如雪。春正好、见龙孙穿破紫苔苍壁。
乳燕引雏飞力弱，流莺唤友娇声怯。问春归不肯带愁归，肠千结。
层楼望，春山叠。家何在，烟波隔。把古今遗恨向他谁说。
蝴蝶不传千里梦，子规叫断三更月。听声声枕上劝人归，归难得。
●此亦与柳词同，唯前段第三句添一字异。

又一体　双调九十七字，前段八句五仄韵，后段十句六仄韵　　柳永

万恨千愁，将年少衷肠牵系。残梦断酒醒孤馆，夜长滋味。
可怕许枕前多少意。到如今两总无终始。独自个赢得不成眠，成憔悴。
添伤感，消何计。空只恁，厌厌地。无人处思量几度垂泪。
不会得都来些子事。甚恁底抵死难拼弃。待到头终久问伊着，如何是。
●此即"暮雨初收"词体，唯前段第五、六句，后段第七、八句各添一衬字，
又意字、事字皆押韵。

又一体　双调九十四字，前段九句四仄韵，后段十句五仄韵　　杜衍

无利无名，无荣无辱，无烦无恼。夜灯前独歌独酌，独吟独笑。
又值群山初雪满，又兼明月交光好。便假饶百岁拟如何，从他老。
知富贵，谁能保。知功业，何时了。算箪瓢金玉所争多少。
一瞬光阴何足道，但思行乐常不早。待春来携酒殢东风，眠芳草。
●此词见《花草粹编》，采之《言行录》，即柳词九十三字体，唯前段第一句
平仄不同，第二句添一衬字、作四字两句，若减去衬字，则"无荣辱无烦无恼"，
仍是上三下四句法，便合调矣。

又一体　双调九十一字，前段八句四仄韵，后段十句五仄韵　　叶梦得

雪后郊原，烟林外梅花初坼。春欲半，犹自探春消息。
一眼平芜看不尽，夜来小雨催新碧。笑去年携酒折花人，花应识。
兰舟漾，城南陌。云影澹，天容窄。绕风漪十顷暖浮晴色。
恰似槎头收钓处，坐中仍有江南客。问如何两桨下苕溪，吞云泽。
●此亦与柳词同，唯前段第三、四句作三字一句、六字一句异。

又一体　双调九十一字，前段八句四仄韵，后段九句五仄韵　　叶梦得

一朵黄花，先催报秋归消息。满芳枝凝露，为谁装饰。
便向尊前拌醉倒，古今同是东篱侧。问何须特地赋归来，抛彭泽。

回首去年时节。开口笑，真难得。使君今那更，自成行客。

霜鬓不辞重插满，他年此会何人忆。记多情曾伴小阑干，亲攀摘。

●此亦与柳词同，唯后段起句，作六字一句异。

又一体　双调九十二字，前段八句五仄韵，后段八句七仄韵　王之道

竹马来迎，留不住寸心如结。□历湖滨须坞相望，近同吴越。

阙里风流今未减，此行报政看期月。已验康沂富国，千古曾无别。

多谢润沾枯辙。令我神思清发。□新命欢决，两邦情惬。

明日西风帆卷席，高樯到处旌麾列。忽相思、吾当往，谁谓三墩隔。

●此词前后段两结及换头句，句读与诸家全异，谱中采入，以备一格。

又一体　双调九十三字，前段八句四平韵，后段十句五平韵　姜夔

仙姥来时，正一望千顷翠澜。旌旗与乱云俱下，依约前山。

命驾群龙金作軶，相从诸娣玉为冠。向夜深风定悄无人，闻佩环。

神奇处，君试看。奠淮右，阻江南。遣六丁雷电别守东关。

应笑英雄无好手，一篙春水走曹瞒。又怎知人在小江楼，帘影间。

分析结果归纳如表1-66所示。

表1-66　词谱载14体《满江红》八韵段领配使用位置统计

韵段	第一	第二	第三	第四	第五	第六	第七	第八
柳永词		✓		✓		✓		
张元幹词		✓		✓		✓		✓
戴复古词		✓		✓		✓		✓
吕渭老词		✓		✓		✓		✓
吕渭老词				✓		✓		✓
苏轼词				✓			✓	✓
赵鼎词		✓		✓		✓	✓	
辛弃疾词	✓	✓		✓		✓		
柳永词	✓		✓	✓			✓	✓
杜衍词						✓		✓
叶梦得词		✓		✓		✓		✓
叶梦得词	✓			✓		✓		✓
王之道词	✓	✓						
姜夔词	✓			✓		✓		✓

注：其中斜线两体，句系句法完全相同。

从词谱归纳看，《满江红》句系对领配原则的使用可谓丰富多彩。首先，八大韵段只有下片首韵段没有用到一字豆句式，其他七大韵段都出现了灵活多变的领配组

合；其次，某些地方领配组合已凝成固定格式，为各家所遵循，如第四、八韵段的"83型领配组合"，第六韵段的"54型领配组合"，几成各体定式；再次，某些地方以普通组合为主，但作者仍会根据需要添加一字豆形成领配型组合，如第七韵段最为典型，其基本格式为"77型"普通组合，但柳永、赵鼎、李昂英等则灵活使用了一字豆"77型组合"；第四，某些地方的句式尚未完全约定，有人用到一字豆，有人则没有，如首韵段中的"34型七言"与次韵段的情况。总之，从词谱所载《满江红》各体，我们能直观地感受到领配原则在词体中的实际应用情况；并深刻认识"词体任何位置都可以插入"领字"形成领配"及"能够增强句式的表达功能是领配原则的唯一使用条件"这两个重要结论。

3）小结

本节通过归纳法证明：各言词体句式都可以通过"领配原则"形成相应的领字句；以十二大句式组合为核心的词体普通组合都可以通过"领配原则"形成相应一字豆型组合或领配型组合；并进一步从理论上得出"词体任何位置都可以插入"领字"形成领配"以及"能够增强句式的表达功能是词体领配原则的唯一使用条件"这两个重要结论；由此说明领配原则对词体形式构成的普遍意义。

1.3.5.4　论古典句系三大原则

本章以上研究了叠配原则、节配原则、领配原则的在词体中的泛化及它们与词体构成的具体关系；同时将研究结果延伸到中国所有的诗歌体式。研究结果表明：

第一，"叠配原则"不仅在词体的句式组合层面发生作用，而且其作用能够泛化到词体的宏观构成层面，对部分词体的整体构成起着控制作用。"叠配原则"控制词体的宏观构成有三个表现，一是出现少量齐言词，二是出现大量类齐言词，三是出现"片齐言"。齐言词、类齐言词借助叠配方式，通过别格律、调双调、换句式、添杂言等一系列手段，最终形成自己与齐言诗各完全不同的体式特征。同时，叠配原则也是中国齐言诗的基本体式结构原则。

第二，节配原则不仅仅是中国古典诗歌句式组合的基本原则，而且也是古典诗文体系形式构造的最基本原则之一，对骚体体式的形成，四六文体的形成，以及一半以上词体体式的形成，具有决定作用。

第三，领配原则对词体的宏观形式构成也具有普遍意义。在词体中，各言句式都可以通过"领配原则"形成相应的领字句；词体的普通组合都可以通过"领配原则"形成相应一字豆型组合或领配型组合；从理论上讲，"词体的任何位置都可以插入"领字"形成领配"，"能够增强句式的表达功能是词体使用领配原则的唯一条件"。

三大句系原则揭示了古典诗歌诗体节奏宏观构成的基本规律。

1.3.5.5　论古典句系三大原则适用于现代汉语诗体构造

我们已经阐明，古典叠配、节配、领配句式组合原则同样适用于现代汉语构造诗歌句式组合。基于同样原因，我们很容易推断，在确定现代汉语诗歌句式通用模式的前提下，叠配、节配、领配原则的扩大使用构造诗体，同样适用于现代汉语环境。

一是由律节叠配可以形成现代汉语的齐节诗；

二是由尾节节配可以形成具有相似韵尾诵读节奏的现代汉语节配诗；

三是由特殊律节的领配可以形成现代汉语诗歌的特殊领配型体。

所以我们认为，叠配、节配、领配，亦是现代汉语构造句系的基本原则，叠配、领配、节配原则的泛化同样适用于构造现代汉语诗体。

1.3.5.6　论运用叠配构造现代汉语诗体

以下尝试结合现代汉语诗歌句式通用模式，以叠配原则构造现代汉语齐节诗。

（1）双节体

1）轻重

手术刀　2019-04-04

泛着幽光　　　　　　　　　引导着闪电
手术刀发出　　　　　　　　在废弃的黑暗里
滋滋的轻响　　　　　　　　徘徊，盘旋
没有轰鸣　　　　　　　　　没有什么比
也不耀眼　　　　　　　　　一支手术刀
像冰刀划过　　　　　　　　更加适应
幽暗的冰面　　　　　　　　这个世界
留下丝丝切线　　　　　　　他的浑浊，浑茫
刀锋前进　　　　　　　　　它在邻窠里
刺入，转折　　　　　　　　窝藏的尖锐
绕过鹅头　　　　　　　　　野蛮的森林
电线般的纤缆　　　　　　　无尽的黑暗
伴随着血瓣　　　　　　　　固执，混乱
幽泉，绽开　　　　　　　　荒唐而又无序
一路欢畅　　　　　　　　　没有什么
引导着阳光　　　　　　　　比一支手术刀
雪白的灯光　　　　　　　　更加适应
呼啸着扑入　　　　　　　　这个世界
像雷鸟的翅膀　　　　　　　它专制的顽疾
划拉开虚空

2）重轻

丁香　2019-04-04

短信睡着了
忧伤苏醒着
恋爱恋过了
爱仍留着

风起了
五月到了
丁香在枝头哦
一簇一簇红了

思念　2019-04-04

鼠标轻轻地
把午夜敲击着
思念在显示屏上
一夜盛开了

（2）三节体

1）重轻重＋叠配

春风　2019-03-30

春风做什么实验
姹紫催化了千山
又叫千山的鸟叫
氧化渡口的孤船

春雨是一管世界
水墨明眸的条件
水边生成的新燕
是试管新的谜团

2）轻轻重＋叠配

未来　2019-03-13

时光的冰冷的节奏
滴打着稳恒的钟点
一串串儿童的笑声
从繁华碧屋里消散

河边是恒河的沙子
天上是莫比斯的环
挣脱了孔夫子的教诲

在静夜的寂静里呈现

像一群孔夫子的箴言
挟裹着牛顿的无穷小
预告着我们的未来
寂静、冷酷、无言。

3）轻重重＋叠配

生与死 1　　2019-03-31

听一听巷里鸟叫
便听到故园花开
嗅一嗅枝上花朵
便嗅到繁香世界

钟的声催促岁月
数不尽生死往来
帝王碑渐肥草长
诉说着永恒不在

惯有的飞翔故燕
露出了冷冰尸骸
从废弃的厂房一角
走出来崭新一代

理性主义者　　2019-03-31

为欧拉感到迷茫
但无妨细细求解
替量子暗暗担忧
但不必精殚智竭

唱一唱花好月圆
不忧伤岁月不再
数一数庄子蝴蝶
任由他春暖花开

4）三字头＋轻重＋叠配

生与死 2　　2019-03-31

听一听巷里的鸟叫
便听到故园的花开
嗅一嗅枝上的花朵
便嗅到繁香的世界

钟的声催着促岁月
数不尽生死的往来
帝王碑渐肥的草长
诉说着永恒不存在

惯有的飞翔的故燕

露出了冷冰冰的尸骸
从废弃的厂房的一角
走出来崭新的一代

5）三字头＋重重＋叠配

实验员

桌台留试剂并齐
妆台留胭脂唇湿
当卸下一生泪滴
半是醒半是醉迷
醉迷
只如同中和无迹

（3）四节体
1）轻重轻重

未来   2019-04-03

不再有牧童在河上独留
河边的垂柳失去了春愁
废弃的挖沙机轻轻太息
犁破了黄昏的夕阳一沟
在这里我们曾经哦洗濯
孩子的笑声老人的烦忧
在一座鸟声碎裂的瓶上
我们失去了所有的乡愁

2）重轻轻重

变迁   2019-04-04

柏油吞吐着乌漆的阳光
宽路散发出滚滚的浓香
压路机沉沉的、沉沉的喘息
暂时歇息在大路的中央

世界从没有一丝彷徨
大陆一直在延伸着向前

世界从没有一丝的彷徨
向我们展示着它的苍茫

随时，在河上、在山冈，风光
被压缩成重重层岩，条条巨蟒
在下面，人类，建立起城市
在下面，兽群，毁灭着故乡

3）重轻重重

局面　2019-04-03

天上耸立起巨龙大坝
地面消失了小桥流水
大雁在天上或哀告或哭泣
蚁虫在地上只计算无情怀

4）轻轻重重

七夕·事件之前　2019-04-04

冷冷地饥嚼着笑容哭泣
街灯它撑起了昏黄光纤
疲惫的大路头响起汽笛
小镇上迎来了陌生客官

空气中有短信来往传送
星空上依然有星光点点
任谁也不知道河上往事
将要在这小小市镇重演

客店里塞进了各色客人
再塞进一名也算不上满
也不会有人会祈祷什么
如今一切只能说是偶然

在河边乌树上蹲着乌鸦
对于这厄运并不觉不安
同样的遥远的星天下面
有一只眼在盯着它细看

1.3.5.7　论运用节配构造现代汉语诗体

以下尝试结合现代汉语诗歌句式通用模式，以节配原则构造现代汉语节配诗。

（1）2-4-5-5-4型节配

硫酸铜之恋　2019-04-05

小心地加热
看硫酸铜在试管里变身
它刚刚经历了一场水蓝的恋爱
天蓝色的旖旎还泛着爱的余情
又匆匆踏上这苍白的回程

美妙的记忆
次次毁灭的暴乱的谜团
如今也闪现在它的主人的苍白的指间
那苍然颠倒着整个世界的透明的试管
正发出同样迷惑的震颤

（2）3-3-11-3型节配

时辰之力　2019-04-05

山溪咆哮过椴桦
洪流挟裹着泥沙
雷电，交加
世界如一匹怒马

世界如一匹怒马
耸动着时辰白发
脱却，黯哑
奔跑在巨室之下

奔跑在巨室之下
放肆着似水年华
颠倒，疯狂
却忘看往日的家

如今在这地上
追赶着时代的空花

颠倒，浮夸
就像在这洪水之上

（3）1-2-2型节配

记忆 2019-04-06晨

一朵
金黄色的房子
开在深山里
我的
前半生是看着
它慢慢变老

几串
银铃般的笑声
升起在竹林后
我的
后半生是守着
让伊们记忆

我的
一生许是太短
留不下什么
但是
有万山在斜阳里
炊烟依依

岁月
在巨室下
已做得够多
收获
可能会减少
也可能增多

时光
不再说什么
我也不会多说
因为
有一朵金黄色的房子

开在炊烟里

（4）2-3-7-2型节配

让鸟飞翔　2019-04-06

让鸟飞翔
因为鸟有翅膀
让鸟追着橙光驮着斜阳在蓝天下飞翔
让鸟飞翔

让河流淌
因为河有方向
让河听着鸟声告别山林向着大海流淌
让河流淌

让孩子奔跑
因为孩子不祷告
让孩子带着天赋在长大前都一直奔跑
让孩子奔跑

让人追求自由
因为人有梦想
让人民带着敬畏之心一直行走在自由之路上
让人民追随自由

（5）2-4-2-2-2型节配

忆秦娥　2019-04-07

提琴幽咽
秋水在湖上弹起明月
弹起明月
湖湖的秋色
在风中话别

湖上依依不舍着黄金季节
湖边昨日的消息断绝
消息断绝
一壶清雨
奔上了楼阙

(6) 2-3-4-4-3型节配

忆海南　2019-04-07

篆花满树
盛开的风景熟谙
枝头点燃了朵朵焰火
海上漂浮着块块蓝天
忘不了一月海南

南国相忆
最相忆是画中三亚
大东海海边追着海雾
鹿回头矶头寻访渔家
艇上住着人家

南国相忆
其次忆那石梅之湾
银色的长滩如同绸缎
细缓的海波就像琴弦
轻语着天上人间

(7) 1-2-1-2-2型节配

山桃花　2019-04-07

山桃花哦
是春天的吻
那一吻啊
点亮了春山
点燃春情

白玉兰哦
是秋天的吻
那一吻啊
消弭了光华
剔尽秋心

1.3.5.8　论运用领配构造现代汉语诗体

由于我们领字在现代汉语中的范例、地位、作用均不甚清楚，本部分讨论暂时阙如，留待以后再行探讨。

1.3.6 论古典汉语的节律体系

1.3.6.1 古典汉语节律体系大纲

古典诗歌句法体系是指受"双音节奏观"潜在控制由句式、句式组合、句群组合共同形成的综合句式体系。中国古典诗歌虽然包罗万象，但其内在节奏却具有惊人的统一性，表现为高度兼容的句式体系。以诗经、楚辞、先秦两汉魏晋南北朝诗、全唐诗为背景，从题名1349调的30696首词中精选出100体词1209个句式76个句式组合对词体暨诗体的节律构成进行实证研究，证明古典汉诗的节奏高度律化，形成了一个以律节为基础，以"言"为核心，句式、句组、诗体各层面高度兼容的节律体系。这一体系主要包括以下四个方面的内容。

（1）三种律节

古典汉诗的节奏单位是律节，有一言节、二言节、三言节三种。一言节只能置于句首，称一字领，三言节只能置于句尾，称三字尾。普通齐言诗主用二言节和三言节，词体主用三种律节，骚体则主用一言节、二言节，之二型三言节。

（2）句式节奏公例

中国古典诗歌句式（包括诗经、楚辞、汉魏晋南北朝诗、唐诗、宋词）具有高度相似的节奏构成和表现形式，可以拟定其统一的节奏公例和句式构成公例，表示为：

句式节奏公例：【一言节】＋N×【二言节】＋【三言节】（1＋2N＋3）

句式构成公例：

一字豆＋N×（二言节）＋三字尾（其中：一字豆、三字尾可增减；N＝0～3）

需要说明的是：

1）中国诗歌句式有两种分类方式

一种按句尾的节奏特征分类，可分为含三字尾的"三字尾句式"和不含二字尾的"二字尾句式"；一类按句首的节奏特征分类，可分为不含一字豆的"普通句式"和含一字豆的"一字豆句式"。即

按句首节奏划分（按一字豆有无）
普通句式：【N×（二言节）＋三字尾】
一字豆句式：【一字豆＋N×（二言节）＋三字尾】

按句尾节奏划分（按三字尾有无）
二字尾句式：【一字豆＋N×（二言节）】
三字尾句式：【一字豆＋N×（二言节）＋三字尾】

2）中国诗歌共有16种标准句式（9种普通句式和7种一字豆句式，见表1-67）

表1-67　中国诗歌的标准句式节奏构成表

普通句式【节奏构成】	一字豆句式【节奏构成】
一言节	
二言节【2】	一字豆三言【1+2】
三言【3】	一字豆四言【1+3】
四言【2+2】	一字豆五言【1+2+2】
五言【2+3】	一字豆六言【1+2+3】
六言【2+2+2】	一字豆七言【1+2+2+2】
七言【2+2+3】	一字豆八言【1+2+2+3】
八言【2+2+2+2】	一字豆九言【1+2+2+2+2】
九言【2+2+2+3】	

3）骚体的句式构成

骚体主要包括三种核心句式，即

①特殊的一字豆六言："一二之二"；

②特殊的五言："二之二"；

③特殊的一字豆三言："三兮三"。

4）句式演进小史

普通句式小史：①一言未足以成言，然亦并非无有，长吁短叹，加强节奏，亦间有用之。在诗则有郑风缁衣之敝、蘀兮之倡、丰之悔驾，齐风东风之履，在汉则有五噫之叹，在隋则有一九之诗，在词则入定格，有一七令、十六字令。一言而成定格，虽若游戏，然不污词体。②二言殆始成语，然至为原始。前有黄帝之弹歌，后有涂山之候人。易卦诗经，间有其用。四言兴起，或扩入四言。其后凡有杂歌言辞，皆有二言介入。至词中，则常以复沓方式入格，如调笑令、无梦令，或以组合方式入格，如定风波、南乡子、河传。③三言始能自足。葛天氏之乐，推为三言之祖。商颂初貌，推为三言。楚歌兴，以一字豆三言为节，普通三言则皆受抵牾，且多受限于杂言歌辞体裁，或民歌，或郊庙祭祀，经汉魏南北朝入唐，方渐渐与一字豆抗衡。至词兴，则收湮于词中形成稳定之三言格。④四言兴于诗经，魏晋小兴，汉以来多居杂言歌辞首列，至宋词则演为律句。⑤五言起于汉，兴盛于魏晋，永明体始考其格律，初唐完成平仄律句构建。⑥六言形成于魏晋，间入骈文而渐成四六，初唐王维手中完成平仄律化。⑦七言起于汉，初唐完成格律构建。⑧八言罕有，词人偶用，已是律句。⑨九言唐前罕有，以"长言"为词所用，并于词中完成格律化，如虞美人、乌夜啼之末句，后渐漫成九言诗篇，如北宋卢赞元《酷酿花》，惜乎竟未于齐言诗中完成格律化。

一字豆句式小史：一字豆句式乃中国诗歌之特别句式，一字豆有三用，一用于楚辞，一用于四六，一用于词。①一字豆三言兴于楚辞，其首为山鬼国殇之"三兮三"形式，其中三言皆一字豆，后独立自足，减为一字豆三言，在汉大赋及汉以后郊庙祭祀、民间歌谣中占据领地，至宋词而不衰。②一字豆六言为楚辞核心句式，然其形式更为特殊，皆为"一二之二"节奏，骚体、九歌三分之二用其式，大赋沿用，至骈文四六中之"六言"，沿用不衰。常波及散文。③除一字豆三言、一字豆五言特殊之外，其余一字豆句俱在北宋词中兴起并成熟；词中一字豆三言一字豆五言也一改楚歌"一二之二"风格而变为普通"一二三"风格。诸种一字豆句式皆在北宋词中完成格律化。

（3）句组的节奏规律

词暨中国诗歌句式组合有五大构成规律：叠配、节配、邻配、领配、偶奇配；五大规律支配词体90%以上的句式组合节奏，以及几乎所有古典诗歌的句式组合。其中，节配、邻配、偶奇配均为重要规律，皆为本书首次提出；而尤以节配研究最为广泛深入，由此顺序解释了学界很少注意到的骚体、四六文、一半以上词体的基本节奏问题；领配研究亦达到前人未至之广度、深度。

1）叠配

各言句式通过叠加搭配形成齐言节奏的原则。叠配是最古老的句式组合原则，在漫长的诗歌发展史中一直占据中心地位。对叠配的探索形成了中国主体的齐言诗史，先后占据中国诗歌主流的四言诗、五言诗、七言诗分别源于对4-4型叠配、5-5型叠配、7-7型叠配节奏性质的成熟认识。词体虽然负长短句之名，但并没有抛弃叠配，相反，词体将"叠配原则"很好地融入其形式创造，成为叠配应用之集大成者。词中利用叠配形成的组合包括两句类2-2型组合、3-3型组合、4-4型组合、5-5型组合、6-6型组合、7-7型组合、8-8型组合，以及多句类组合如3-3-3型组合、4-4-4型组合、4-4-4-4型组合等等。

2）节配

同尾部节奏的句式相互搭配形成成熟组合的原则。节配是骚体、四六、词中许多句式组合的基本原则。骚体主要句式尾部都可以看成"一二"节奏，故骚体虽然有"一二之二""二之二"等句式，但相互配合均能产生良好节奏。四六文以"二二型"四言与"一二之二"或"二二二"型六言相配，可以看成是"二字尾型"节配，故无论4-4组合、6-6型组合、4-6型组合，还是6-6型组合，或者4-4-6型组合以及其他更复杂形式，均能表现良好节奏。节配句式组合在词中达到顶峰，词体利用"节配原则"形成的常见句式组合分为两类，一类为"二字尾型节配组合"，有4-4-6型、4-6型、6-4型、6-4-4型等；一类为"二字尾型节配组合"，有7-5型、3-5型、3-7型、5-3型、7-3-3型、3-5-3型、7-3-5型等组合。

3）邻配

字数相邻的句式形成句式组合的原则。三言节具有特殊的"节奏伸缩性"或"诵读时长伸缩性"，即三言节在诵读时可以缩读为一个"律节"与一个二言节配合，也可以长读为两个"律节"与两个二言节配合。"三言节的节奏伸缩性"是"邻配原则"的基础。由于三言节节奏伸缩性的存在，含有三字尾的三言、五言、七言都可以选择两种节奏来进行句式搭配，表现在组合中，就是他们可以分别与相邻两种偶言句搭配而均保持节奏感。邻配组合在词体运用中达到成熟。词体中利用"邻配原则"形成的常见句式组合包括：4-5型、3-4型、7-6型、4-4-5型、5-4型、6-5型、3-4-4型、5-6型、4-3-4型、4-5-4型、6-6-5型、5-4-5型组合等。

4）偶奇配

偶言与奇言顺序搭配形成稳定组合的原则。偶奇搭配主要是长短句常用的组合原则，常见的"偶奇组合"包括2-7型、4-7型、6-7型、2-5型、4-5型、6-5型、4-3型、6-3型、4-4-5型、4-4-7型、6-6-5型、4-4-3型、6-4-5型等。

5）领配

普通句式组合通过添加一字豆形成稳定节奏的原则。领配组合的领字一般为副词、介词或虚化的动词，具有提示整个句式组合的作用。几乎所有普通句式组合都可以构成相应的领配组合。领配组合是词体中大量出现的一类组合形式，词体常见的领配组合包括54型、544型、5444型、545型、354型、454型、654型、754型、45型、65型、445型、433型组合等。

（4）句系暨诗体的节奏规律

诗体是受一系列特殊规则支配的句式体系。本书总结中国诗歌齐言句系构成的基本规律——叠配规律；发现中国诗歌长短句句系构成的特殊规律——节配规律，指出65%的词体构成受节配规律支配，楚辞与"四六"皆是节配控制体式的典范；并指出词体广泛使用的特殊规律——领配。

1）叠配律是中国齐言诗、齐言词以及类齐言词的诗体节律原则

①叠配原则控制诗经的四言诗体制

"《诗经》整齐划一的四言体式，绝不是出于其内容表达的需要，而是出于语音音节数目的需要——不是'足句'，而是'足四'——以四言（音节）为一组合单位，在《诗经》中成了一种主宰着《诗经》内容的分割大权的隐性原则。在不少场合里，其处置内容的方式有点像希腊神话里的普洛克路斯忒斯（prokroustes）的铁床那样：过长者截短，不足者拉长……第一种情况是：大凡语句容量较大，字数超过四言较多者，一般均予以'截短'，分拆作两句或更多的四言句——不论其是否合乎语法规律……'截短'的情况，就整部《诗经》而言，并不算多……第二种情况是，凡语句内容不足四言者，使用各种手段'拉长'，使之成为四言。其中最主要的手段是'单字双化'。其最典型的方式是，使用重言、衬字和联绵字，使原来句子中的单音字，在不改变原来字义的情况下成为双音字组，然后与另一个双音字组连在一起，形成以二二式结构为基础的四言句。'拉长'的现象在《诗经》中极其普遍地存在……在分析观察《诗经》'截短'和'拉长'现象的过程中，我们产生一种越来越强烈的奇特感觉，即整部《诗经》似乎被一种四拍式的节奏制约着……就整部《诗经》而言，与其说是内容制约着诗歌的句式，不如说是一种——以一双二言短拍为基础的——四言节奏制约了《诗经》的内容。"[1]

---

[1] 李翔翔、何丹：《〈诗经〉的四言句式与周代诗歌的四拍式节奏》，《浙江师范大学学报》2000年6期。

②四言诗之后，叠配渐次控制了七言诗、五言诗、六言诗、九言诗的体式构成。其中，五七言诗皆兴于汉魏，六言诗兴于唐，盛于宋①，九言诗成于宋②。

③叠配控制了"齐言词""类齐言词"以及"片齐言"的体式形成。

约有23%的词体体式受到叠配原则控制。常用百体中，《浣溪沙》《玉楼春》《瑞鹧鸪》《杨柳枝》《水鼓子》皆为七言词，《生查子》为五言词，《鹧鸪天》《十二时》《渔父》《五更转》《捣练子》《踏莎行》《渔家傲》《忆王孙》《定风波》《天仙子》《菩萨蛮》《卜算子》《南歌子》《西江月》等皆为通过句式替换或句式添加形成的近似齐言词，《清平乐》下片是六言词、《柳梢青》上片是四言词、《人月圆》下片是四言词，所有这些齐言或近似齐言的词体句式体系都是叠配原则控制的结果。当然，这些词体还必须通过"别格律""换句式"或"添杂言"等方式将自己与同样由叠配原则形成的齐言诗区别开来。

2）节配律是楚辞、四六、60%以上的词体体式的节律原则

① "节配律"是楚辞组织体式的主要原则

楚辞句式几乎全部具有相似的尾部节奏，正是这种相似的尾部节奏使楚辞在诵读上显示出统一的节奏性。首先，"一二节奏三字尾"几乎是所有离骚句式的结构特征（主要为"一二之二"和"二之二"），"一二节奏三言节"是离骚句式的核心节奏单元，是整个离骚体式的核心，骚体就是对这一核心节奏丰富多彩的复沓显现；其次，九歌的主体句式，无论是"三兮三"还是"一二兮二"（总共占76.7%），其节奏核心单元也是"一二节奏三言节"。"一二节奏三言节"通过控制楚辞的基本句式，从而控制了楚辞的句式组合和句群组合节奏，形成了楚辞相对统一的体式构成。

② "节配律"控制了四六文体式

骈文或四六文是受楚辞汉赋影响形成的一种文体。其主要特征就是由四言、六言形成特殊组合如44型组合、66型组合、46型组合、64型组合等，再由各组合连缀形成骈对构成整体篇章。四六文的句式基础是四言、六言，四言节奏为"二二"，六言节奏有两种，一种为"二二二"，一种为"一二之二"，无论哪种节奏，其尾部都可以诵读成"二字尾"，也就是说，四六言的基本句式都具有相似的"二字尾"。"节配原则"的存在决定四言可以与两种六言都形成良好的节奏组合如4-6型组合、6-4型组合，并最终形成四六文的特征句式组合群，4-4型、6-6型、4-6型、6-4型组合，以及四六文的特征对仗模式，4-4型、6-6型、44-44型、66-66型、46-46型、64-64型对仗等。在四六文中，节配原则超越了作为句式组合原则的一般作用范围，对整个文体结构都产生了重要影响。从宏观上讲，四六文的文体特征，包括它的句式内部结构单元、句式间的组合以及组合群的形成，都受到"节配原则"严格的支配。四六文的

①参见金波：《唐宋六言诗研究》，陕西师范大学博士学位论文，2007年；唐爱霞：《古代六言诗研究》，浙江大学博士学位论文，2009年。

②孙尚勇：《九言诗考》，《聊城大学学报》2005年6期。

体式核心是"二字尾"结构,四六文体式基本上可以说是遵行"节配原则"和对仗模式建立起来的一种特殊文体。

③节配律控制了约60%以上的词体体式构成

节配原则对词体体式的构成具有很强的控制作用。常用百体中,由节配原则形成的节配词有19体,韵位节配词有14体,类韵位节配词有26体,三者总计达到59体。如果将齐言词作为特殊的节配词纳入考察范围,则这个数据可以扩大到65体。也就是说,在常用百体中,词体构成受节配原则潜在支配的高达65%。节配原则是词体宏观构成的最基本原则之一。

A.节配词:"节配原则"控制全部句式组织,即句系的全部句式均为同一类型,即或者全部为"二字尾"型,或者全部为"三字尾"型的词体。常用百体节配词以小令为主,五长调,全部为三字尾节配词,共19体,包括三五言节配词2体,三七言节配词7体,五七言节配词3体,三五七言混合节配词6体,五七九言混合节配词1体,分别为:《南歌子》《鹧鸪天》《渔家傲》《十二时》《渔父》《忆王孙》《五更转》《捣练子》《天仙子》《卜算子》《五陵春》《菩萨蛮》《望江南》《阮郎归》《长相思》《小重山》《喜迁莺》《最高楼》《虞美人》。

B.韵位节配词:押韵句由同尾节句式控制的词体称为"韵位节配词"。常用百体共有韵位节配词14体,其中,三字尾型韵位节配词6体,分别为:《水调歌头》《江城子》《苏幕遮》《导引》《少年游》《蝶恋花》,二字尾型韵位节配词8体,分别是:《声声慢》《花心动》《风流子》《柳梢青》《汉宫春》《苏武慢》《如梦令》《鹊桥仙》。

C.韵位近似节配词:叶韵句只有一两处不符合"节配原则",我们将这类词称为"韵位近似节配词"。常用百体含韵位近似节配词26体。其中,二字尾型韵位近似节配词7体,分别是《朝中措》《齐天乐》《太常引》《风入松》《祝英台近》《一剪梅》《西江月》;三字尾型韵位近似节配词18体,包括《青玉案》《永遇乐》《霜天晓角》《糖多令》《酒泉子》《望海潮》《一落索》《满路花》《应天长》《忆秦娥》《拨棹歌》《恋绣衾》《踏莎行》《好事近》《巫山一段云》《临江仙》《醉落魄》《乌夜啼》;还有一类特殊的韵位近似节配词烛影摇红,其上片押韵句受三字尾节配控制,下片押韵句受二字尾节配控制。

3)领配是词体节律化的有益补充

领配原则对词体形式构成具有普遍意义。领配原则的使用以"能够增强句式的表达功能"为唯一条件。不仅各言词体句式可以通过"领配原则"形成相应的领字句;以十二大句式组合为核心的普通组合可以通过"领配原则"形成相应的一字豆组合或领配组合;而且从理论上讲,"词体任何位置都可以插入"领字"而形成领配"。

1.3.6.2 古典汉语节律发生模式

古典汉语节律发生模式，如图1-3所示。

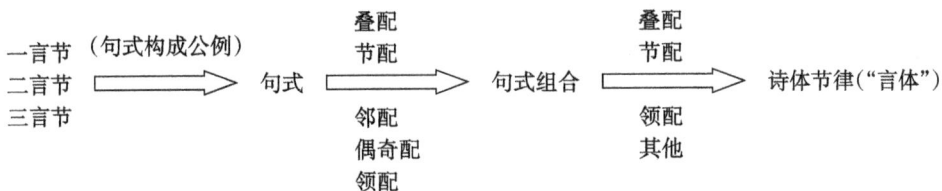

图1-3 古典汉语节律发生模式

1.3.6.3 古典汉语节律发展小史

古典汉语节律的发展变化有以下几个特点。

(1) 句式的节律始终处于汉语节律发展的中心位置

四言句式的运用开启了中国诗歌的纪元，形成了中国诗歌两大源头之一的诗经；多种句式探索——包括三言、五言、七言，主要是一字领式分字句式的运用，形成了楚辞体骚体的基本特征；五言节奏的发展形成了秦汉六朝隋唐诗歌的基本面貌，四六节奏的发展则形成了汉魏六朝隋唐蔚为壮观的骈文潮流；长短句的发展形成了晚唐两宋的词牌革新；轻声句式的参与形成了与词牌同中有异的曲牌体制发展。可以看出，从四言发展到五七言、四六言，再发展到四五六七长短句的融合，句式探索与发展始终处于中国诗歌发生的核心地位，影响这汉语诗体的发生与变迁。

(2) 句群的节律是划分汉语诗体的最重要标志，另一个重要标志是声律

中国诗歌中的四言诗、五七诗、六言诗、骚体诗、长短句诗、四六体、骈体、八股体、对联，都是以句式节律为划分标准的诗体概念。节律的划分成为汉语诗体最重要的划分标准。

(3) 节律的形成与歌唱有很强的内在关联

在中国诗歌中国，四言诗、楚辞体的分字句、七言歌行绝句休、长短句词牌，其节律构成都与歌唱有非常深的联系。其中，四言诗适合于"歌永言"，分字句适合于吟赋，七言适合于歌吟，长短句则更是直接源于歌曲节奏的创造，相信关于它们还有很多尚未发现的内在规律，并不如看上去的那么轻松。

依据上述三个特征，综合考察节律的发展情况，我们将汉语节律发展大致分为五个阶段：

· 四言节奏时代：从西周到春秋，是为诗经的时代；

· 多重节奏探索的阶段：战国秦汉时代，是为楚辞离骚的时代；

· 五七言节奏与四六言节奏分头并进的时代：从汉末到中晚唐，从诗歌领域看是为五七言诗歌的时代，从文体领域看是为骈文四六的时代；

· 长短句时代：从晚唐到两宋，是为长短句词牌发展的阶段，从二言到九言的所有杂言句式在词牌中融合成为成熟的节奏；

·轻声探索的时代：从元代开始，口语的轻声句式试图融入古典汉语双音节奏体系，是为元明清戏曲的时代。

1.3.7 论现代汉语的节律体系

1.3.7.1 论现代汉语的节律体系

现代汉语的节律体系，即现代汉诗的节律体系，包含以下几个内容。

（1）现代汉语节律体系的基础是"轻声节奏观"。

（2）现代汉语节律体系的构架包括句式的节律、句组的节律、句系的节律三个部分。

（3）现代汉语句式的节律由轻声节、重读音节两种律节按照一定方式组合构成，可以拟定其通用构成模式：

$$P×三字头＋N×（轻声律节·重读律节）＋Q×双连重读节尾（其中，P，Q＝0或1）$$

除句尾外重音节不能连用

（4）现代汉语的句式组合使用叠配、节配、领配、轻重对仗等原则。

（5）现代汉诗的句系暨宏观诗体构成使用叠配、节配、领配等原则，分别形成齐言诗、非齐言节配诗等。

1.3.7.2 现代汉语节律发生模式

现代汉语节律发生模式，如图1-4所示。

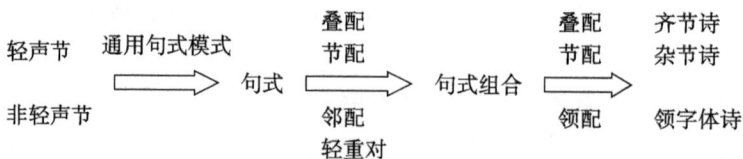

图1-4 现代汉语节律发生模式

1.4 论格律之声律的发生

本章以下论述声律原理及其在中国古、现代汉语诗歌中的实践。首先论述声律学原理及其概念；其次介绍构成声律的律元——字调与调元的一般特征；再次分别从字调构造律句与句调、律句与句调构造句式组合的语调、句式组合的语调构造句系和声律型诗体的语调三个层次论述声律学原理在中国古、现代汉语诗歌中的实践；最后分别归纳出古、现代汉语诗歌的声律体系和声律发生模式。

1.4.1　论声律学

声律学是研究有声调语言的声调配合的学科门类。

声律的律元称调元。一般调元即指声调；如果多声调语言其声调可以按语音效果再分门别类，则其所分类别有潜力成为次级律元。

声调的配合使用初级调元，或者使用次级调元；配合的良好结果形成语调或曰调，调即声律。

汉语言一字一调，其声调即字调，故汉语言的声律系统即由字调律化成词调、词调律化成句调、句调律化成韵断、韵断律化成篇调构成，其中，词调在汉语言声律系统中实际没有形成单位，故汉语的声律系统实际是字调、句调，韵断语调、篇调四级构成。我们习惯称律化形成的句调为律句，律化形成的有韵脚的句组为韵断，律化形成的篇调为律体。

汉语声律的调元有两类，一类总称四声，是为初级律元；另一种总称平仄，是为次级律元。故而汉语声律实际有两种系统：四声系统与平仄系统，所属声律分别称为四声声律与平仄声律。两种声律性质不同。

汉语声律学是研究汉语声调配合（包括四声配合与平仄配合）的学科，其研究范畴包括四声声律和平仄声律，其研究具体对象则涵盖声调、平仄、律句、韵断、律体等。

1.4.2　论调元（字调论）

1.4.2.1　论字调的本质

声调性质，已有定论。但其理解，常致混乱。

（1）当代研究结果

作为汉语语音的特殊现象，声调的研究一直是中外汉语语音学的核心研究课题。20世纪的一大批学者如高元白、刘半农、赵元任、白涤洲、吴宗济、林焘、王士元、林茂灿、石锋等对声调研究都投入了巨大的热情。对声调的理解较之传统已经取得了突飞猛进的进步。

刘俐李在《汉语声调论》中将20世纪声调论研究划分为四个阶段：音高观阶段、音位观阶段、自主音段观阶段、优选论阶段。它们分别对应四种声调观：音高观、音位观、自主音段观、优选论观。其中，以刘半农和赵元任为代表的音高观是声调研究的基础成果，这种观点主要依赖于将声调看成是语音的一个相对独立要素。后期随着研究的深入，人们发现声调对于词调、语调、方言体系等都具有很强的依赖性，因此在音高观的基础上，逐渐形成了更为复杂的声调观念。这种较为复杂的声调观念，可以从陆致极①《关于声调理论的探索》一文的概括略窥一二：

　　关于声调的理论，近十多年来，一直是西方语言学界热烈探讨的论题。在语音系统中，声调究竟处于什么样的地位　它跟语音的其他成分是怎样联系的　纵观西方这些年来的争论，大致有四种观点。

　　第一种，认为声调是音段的一个特征。或者更严格地说，它是韵母结构中具有"响音"特征的音段的特征……声调被作为一个区别特征包含在各个音段　主要是元音的一束区别特征内。

　　第二种，认为声调不是音段的特征，它是附在整个音节上的，因而是音节的特征。持这种立场的主要是王士元……

　　第三种，认为声调是语素或语音词的特征……最初持这种看法的……发展了这种认识。他们大大强调了声调的"超音段"性质。

　　第四种是第三种认识的进一步发展。它认为，声调不仅是词项的一个可分离的部分，而在整个从底层表达到语音表达的派生过程中，声调始终处于独立平面的地位。换言之，声调对于音段序列来说，自成一个平面，跟音段序列构成的平面一样具有"自主"性。声调平面内的成分跟音段平面内的成分之间是由"连线"联结起来的，而不是象Leben所主张的通过"映射"而合为一体。并且，在派生过程中，规则可以在不影响各　自平面内成分的条件下调整它们之间的联结方式。这就是　目前在西方盛行的"自主音段音位学"的理论框架。

　　……

　　汉语是声调语言。关于汉语声调的研究，其记载可以追溯到魏、晋、六朝。可以说，我们很早就认识了声调的超音段性质。从古代的拼音方法"反切"来看，声调就是附在韵母上的，由反切的下字来代表。近年来我国语言学界对于汉语声调的探讨，一般认为，"一个有意义的音节就是'声母＋韵母'和声调的结合体"（欧阳觉亚1979）。进一步分析，汉语的音节有两大层次构成超音段层次，由声调构成音段层次，由声母和韵母构成。两大层次结合成一个统一体。"两者的重要性至少是同等的"（游汝杰等1980）。这就是说，声调主要是音节的音高现象，它是一个音节不可缺少的部分。"汉语的一个音节基本上就是一个汉字，所以声调也叫字调。"（胡裕树主编1979，74页）这种认识跟前文所述的第二种观点基本上是吻合的。

　　在声调的表述形式上，是以字调为独立单位的，大多采用赵元任先生提出的五度标记法来记录调值。一般也是从字调出发，进而探讨声调的区别特征。吴宗济（1980）就尝试用"升/降""平/曲""高/低"三对区别特征来刻画普通话的四声。

　　鉴于声调对"平仄"与律句探讨的重要性，我们以刘半农、赵元任先生的音高观

①陆致极：《关于声调理论的探索》，《汉语学习》1986年第4期。

研究成果为基础，综合当代研究，给出以下关于声调的定义，作为后文探讨的基础。

声调是语调系统中的一组音高轨迹（或曰音高走形）。

对这一定义，我们做以下说明。

1）声调的本质是音高走向

通俗地讲，声调的本质不是音高，而是"音高走形"，有人又称"相对音高"（这个还是不准确），在物理学上体现为"频形"或曰"调形"。

下面的认识是较准确的认识：

> 字调的表达方式是调形（曲线），功能是表义的；语调的表达方式是调阶（基调），功能是表情的。按现在的实验结果，字调应该包括词调及短语的连读变调，在语句中其调型基本上是保持不变的；而语调只是基调（嗓门）的变化，一般对调型是没有太大的变化的。[1]

> 它是音节内有区别作用的相对音高，这一相对音高的变化是滑动的，即连续的、渐变的，而非跳动。[2]

传统关于声调的定义往往存在问题。如"声调指整个音节的高低升降的变化，音高的变化决定了声调的性质"，这个定义就由于含混而容易引起误解：第一，后半段容易被理解成"不同的声调就是指不同的'音高'"这当然是低级错误；第二，即使理解为"音高的变化"或者说"高低升降的变化"，也不准确，就像"速度"和"加速度"的区别一样，声调对应的不是"音高变化"，而是类似于"音高变化率"或"音高的相对变化"一样的东西，声调只有加上语调背景才能形成所谓的"音高的变化"。所以从物理学的角度看，这个定义至少应该改为"声调指字音音高的相对变化，音高相对变化决定了声调的类型。"

2）声调的本质不是音高，并无固定音值或调高（误区：声调有固定调高）

声调的本质不是音高、调高（频率），一种声调的调高是随着语调系统同步变化的。或者说，一种声调只有在一种语调系统中才能相对固定其调高。纯声调测试的结果一般只有在加上语调条件下才有意义。传统"调值"概念很容易引起误解。

石锋[3]清晰地看到了这个区别，并在《实验音系学探索》提出"声调格局"和"声调的声学空间"概念。石锋认为声调格局就是由一种语言（或方言）中全部单字调所构成的格局：

> 一种语言（或方言）中全部单字调构成一个声调格局。

他受声学元音图的启发，还提出了声调的声学空间的概念：

---

①吴宗济：《赵元任先生在汉语声调上的研究贡献》，《清华大学学报》1996年第3期。

②刘俐李：《汉语声调论》，南京：南京师范大学出版社，2004年。

③石锋：《实验音系学探索》，北京：北京大学出版社，2009年，第55页。

在声调格局中，每个声调所占据的是一个带状的声学空间……只要一条声调曲线位于这个声学空间之中，符合这个声调的特征，就不会跟其他声调相混。[1]

他做出了北京话和天津话的声调声学空间图。[2]但是，由于像作者所认识到的一样：声调格局的分析属于静态的考察。[3]这种静态考察似乎忽视了"相对调高"中"相对"的共时性含义，没有意识到造成这种声调格局存在的本质原因是语调存在，因而其实践意义受到了削弱。

然而当下似乎还有一些讨论没有清晰地认识到这个问题，如下面这段话：

语言学界一般把声调分为高低型与旋律型两种。汉语的声调作为一种典型的旋律型声调，除音的高低外，还根据音的升降变化区分声调（调类）（林焘　王理嘉，1992：123—124）音/调的高低可以叫作调高（pitch-height），而音/调的升降变化就是调形（pitch-contour）。普通话的上声是一个低调，这在学界是得到公认的。然而，说上声是低调可以，反过来说低调是上声就不一定行了。作为旋律型声调中的一个，上声必定还有它的调形特点。中国被试者当然能听出"11"的"低"来，但调形不支持他们作出上声判断。也就是说，（低）平不是可以被接受的上声调形。至于外国人对"11"有明显的上声认可趋势则说明：他们虽然在感知上已掌握了上声"低"的调高特点，但是却忽略了上声在调形方面的要求。相较于中国人，他们在确认汉语的上声时，调高的影响大大超过了调形。

普通话的上声除了经常被描述为"曲折调"之外，还有"低平调"（王力，1979）"低降调"（林焘，1979）之说。近些年来，"上声低平"说甚至已成为对外汉语教学领域较为流行的一种观点（伊藤敬一，1986；余霭芹，1986；曾金金，2008：254—256）但是，从语音材料及一些发音声学实验的研究结果来看，很难观察到又低又平的上声（参看Bradley，1915；刘复，1924：54—56；Howie，1970；石锋　王萍，2006；杨洪荣，2008；曹文等，2009）。叶莫拉（Yip，2002：22）认为声调研究最常遇见的难题就是确定低调到底是降还是平，她提到汉语中的低调有人用"21"来描写，有人用"22"或"11"Maddieson（1978）把平调定义为"一个直平音高变体可以被接受的声调"。这个定义很好，也得到了其他专家的认同（Yip，2002：23）（1984）。但是，低平的音高到底能否被接受/感知为上声呢？以往对上声的感知研究，多数以曲折调作为实验对象（Shen & Lin，1991；方至　金凌娟，1992；Liu，2004；等等）涉及平调的，仅零星地见诸一些文献资料，例如林焘　王士元发现"青天"的"天"抬高后，有人会将其听成"请天"，他们把这种情况归因于听错觉类似的还有沈炯（2003）提到的"班

①石锋：《实验音系学探索》，北京：北京大学出版社，2009年，第60页。
②石锋：《实验音系学探索》，北京：北京大学出版社，2009年，第60页。
③石锋：《实验音系学探索》，北京：北京大学出版社，2009年，第51页。

子""板子"之变。此外，在何江（2006）声调范畴感知的实验中有3个合成的平调，然而何文并未就平调与上声的性质问题进行探讨。从已公开发表的文献资料来看，上文提出的问题依旧没有答案。①

这两段话显示了关于"声调"性质的诸多误解。其实，其中所提及的诸多实验事实和现象大都可以通过将"调高"从"声调"特征中去除而得到合理理解，一部分观点中存在的误解也可以通过理解"声调并无固定调高"得到消除。如果没有透彻理解语调作为声调基础的重要意义，没有看到"调形"与"调高"的区别，即将物理上的"一定形状的调"当成"调形"处理了，其解释上的混乱将是不可避免的。

赵元任曾用"大波浪"加"小波浪"来解释声调和语调的关系，又用"代数和"来解释声调和语调合成效果。这些说法虽带有比喻性，但从物理学角度讲，是很科学的。实际上，以波形几何曲线来描述声波的性质及其加成效果，是物理学的常规做法。

3）声调的本质更不是音长和音强

声调的音高本质已由刘半农和赵元任加以实验证明和理论说明。一个具体声调（其实仍然是抽象的）虽必然伴随一定音长、音强，但其本质却非音长、音强，而是音高走向。在关于"平仄"本质的讨论中，诸如"长短律""轻重律"等说法，其来源大概与对这一条的误解有关。

如果将音长、音强作为音段的标志性特征，那么就可以说，声调与音段相互独立，具有"超音段"性质（作为特定概念的音段首先源于无声调的英美语言系统，其概念内涵并不包括声调因素，以此判断汉语声调，则汉语声调必然具有"超音段"性质），声调作为"超音段"的汉语音节特征是近年来比较流行的看法。

4）音高走向的粗略模拟——"五度制调法"

声调无固定调高，通常的调值标记是取音高走向中相互区别的一组（即同等语调条件下的一组）作为记录特征。记录声调特征的制调法只是一种对声调"调形"的简化模拟记录。

赵元任最早创立了"五度制调法"来描写不同声调的调值走向对比。他的方法是：把一条竖线四等分，得到五个点，自下而上定为五度：1度是低音，2度是半低音，3度是中音，4度是半高音，5度是高音。一个人所能发出的最低音是1度，最高音是5度，中间的音分别是2度、3度和4度。一个音如果又高又平，就是由5度到5度，简称为55，是个高平调；如果从最低升到最高，就是由1度到5度，简称为15，是个低升调；如果由最高降到最低，就是由5度降到1度，简称为51，是个全降调。对赵元任发明的记调方法，吴宗济②有高度评价：

赵先生于1930年在巴黎的国际语音协会IPA会刊——《语音学大师》上发表

①曹文：《声调感知对比报告——关于平调的研究》，《世界汉语教学》2010年第2期。
②吴宗济：《赵元任先生在汉语声调上的研究贡献》，《清华大学学报》1996年第3期。

了一篇 "A System of Tone Letters"（"声调字母"，亦称"调符"）的文章，对汉语字调，不论其绝对频率高低，调域宽窄，人身区别，情绪紧松，都能把它"一致化"（规正化）为五个等级。调符以直杆为标，在右边划上横线，走势平曲不等，来代表声调的高低起伏。据原作者的解释：（声调的）某一声所以为那一声，它是相对的，不是绝对的……如果把音高的程序分成"低、半低、中、半高、高"五度就够了，很少有时候儿得分到五度以上的这么详细……声调这种东西是一种音位，音位最要紧的条件就是这个音位跟那个音位的不混就够。这个五度符号还可以用数目来表达，由低到高为"1，2，3，4，5"。用几个数字表达调势，如北京的四声："55"为高平的阴平，"35"为高升的阳平；"214"为低降升的上声，"51"为高降的去声。这样，在调查记音时，可以不用仪器，凭耳听判断来定出调级和调型，非常便利。这对于一般语言工作者来说是足够准确了，而且在印刷中刻就一套调符的铅字，与汉字同排，也很方便经济。这套调符是个革命性的发明，把前此西方人记汉字声调用各种记号加在字顶、用数字缀在字尾，要高明多了。所以此法一出就不胫而走，国外的文章中不但用于汉语研究，即在有些少数民族的语言调查中也有采用的了。用五度值记声调是否够用？不一定给予限制，有些场合用三度、四度也都行。最近在美国学者对世界上几百种语言做过统计，得出的结果是，人类所有的语言其调位的等级没有超过五度的。这更足以说明"赵氏调符"是放之四海而皆能应用的。

但是我们应看到，五度标调法实际上仍然是相当粗略的，对于普通话等声调较少的语言体系而言，它的描述是足够的，但是对于丰富复杂的汉语方言声调种类和格局而言，它尚达不到区别性的描述精度。

5）音高走向在声律学中的功能不是指向旋律，而是指向旋律趋势

明确这一点，对于理解中国语言文学甚至艺术形式中与声调有关的诸多现象都有极为重要的意义。在这里，我们可以简单举出一些例子。

第一个例子是对永明体和四声声律的理解。声律的主要构成要素是声、韵和调，其主要特点之一正是通过声调的配合形成复杂的语音旋律变化。永明体的主要内容与四声相关，除关注声、韵外，其主要探索的就是四声组合形成旋律的各种美学可能和忌讳。

第二个例子是对平仄现象的理解。诗歌通过四声配合形成复杂的语音旋律走向，如果将四声二元化，那么，这种语音旋律走向无疑会得到简化而更易于被人掌握，平仄律正是这样一种诗人用来形成语音旋律的较为简单的声律模式。

第三个例子是对诗歌与音乐的关系的理解。诗歌与音乐的关系一直是中国诗歌研究中一个比较头痛的问题。从诗三百、楚辞与赋、乐府诗歌到宋词，都涉及大量关于两者关系的问题，资料繁多，头绪复杂，而理解混乱。但是，如果我们将声调的功能本质是"旋律走向"作为一把钥匙，会发现许多关于"声"和"律"的复杂现象都可以得到较为明晰的理解。如"诗言志，歌永言，声依永，律和声"。"声依永，律和声"是汉语民间歌唱民间器乐的原始特征，"歌永言"就是歌声将语言声调拖长旋律化的过程，"声依永"说明这一过程中歌声对声调旋律走向的依赖性，"律和声"则说明器乐之声是对"歌声"的附和和辅助。"律和声"中的"和"和的不是旋律，而是旋律趋势。

第四个例子是对中国艺术一种独特门类"诗歌吟唱"的理解。诗歌吟唱是建立在汉语方言声调的声律功能基础上的一门艺术，其本质就是"永"，即声调歌唱化，也即音高走向或者说声调趋势的调值固定化和美化，这个过程包含两个基本的改造：一是调值固定化；二是旋律化和美化。因此，首先，吟唱是一个动态的过程，不可能有类似现代歌曲的固定曲谱，具有极大的随意性和创造性——这也是吟唱较之当今歌曲的最大魅力所在；其次，吟唱具有民族性甚至地区性，与地区声调系统相连，可以说，有多少种方言就有多少种吟唱模式，这既是吟唱的优点又是吟唱的缺点；再次，吟唱的美于不美与语调系统相关，更取决于个人的创造能力。

第五个例子是对一些地方戏曲曲调的理解。我们常常感到，地方戏曲曲调与地方语音之间有着某种神秘的相似性和相通性，如河南豫剧与河南方言、陕西秦腔与陕西方言、黄梅调与安徽方言，等等。各种戏曲往往都带有极强的方音特点。其实，这种相似性与早期戏曲曲种创生时，戏曲曲调对语言声调的自然模拟有关。"声依永，律和声"是汉语民间歌唱的原始特征，也是民间戏曲曲调的最初源泉。带有突出美学效果的声调旋律走向被民间艺人固定下来，形成了多数地方戏曲的特征魅力[①]，甚至一个语言有声调的民族也会有自己特殊喜好的由声调音高走向衍生而成的音乐旋律模式。

至于汉语的民间说唱曲艺，更是与声调旋律化（还有语言节奏化）直接相关。汉语说唱（如现存湖北大鼓）的本质就是方言的节奏化与方言声调的旋律化与模式化。

总之，理解汉语声调的美学本质有助于我们深入理解汉民族传统文化中的诗、歌、曲、说唱曲艺等一系列文艺形式的民族特色。这对于我们创造未来的诗歌曲艺文化也具有巨大的启发意义。可以说，如果中国的新诗找不到中国作派的旋律模式，中国的歌曲找不到中国特色的歌曲模式，那么在传统文化面前，我们固然是数典忘祖，即在世界文化面前，我们也永远只能是舶来品的自惭形秽的模仿者。

（2）中古声调的实际情况

中古声调，仅存概念，"调值"不详。但从少许资料和近古声调的模拟可作适当推测。为了对声调变化有一个通盘认识，我们对声调的历史演变作一个大致勾勒。然后在此基础上，说明迄今为止研究得到的中古声调的具体情况。

---

①洛地《词乐曲唱》以"魏良辅改良昆腔"为例对我国民间戏曲曲调与方言声调之内在关系（简言之，即依方音字声行腔）有深刻揭示，可以推而言之。参看洛地：《词乐曲唱》，北京：人民音乐出版社，1995年，第9—37页。

1) 关于上古的声调

关于上古声调的大概情况，可引用舒志武《从四声别义看汉语声调的发展》①来说明：

> 讨论古声调问题，也跟讨论古声母和古韵母一样，要注意时间层次。大致而言，《诗经》时代确实有平上去的不同，入声因为韵尾不同，也往往单独出现。所以江永等人认为古有四声；再往上推到谐声时代，去声还未独立成类，所以段玉裁认为古无去声，王力赞成此说，只是把入声一分为二，以便解释后来入声变去声的条件，实际上也是三声说。黄侃主张古无上去二声，只有平入二声，用来说明更早的情况，应该是比较合适的。正如本书所分析的，汉语最早只有平声，入声也是平声调，一种特殊韵尾的平声调，所以实际上只有一个声调。只有一个声调就没有区别意义的功能，实际上也就没有声调。陈第"四声之辨，古人未有"的说法，用来说《诗经》时代的汉语肯定是不合适的，但如果用来说早期的原始汉语，应该是合情合理的。总之，汉语声调从无到有，从少到多的发展演变过程，就是一个不断调整完善的过程。

关于上古声调的更细致情况，可以参考王延模《上古声调研究综述》②的相关归纳。其主要内容摘录如下：

> 古音学家对上古音系的研究，在声和韵的方面都取得了显著的成绩。但在声调的研究上意见最为分歧。关于上古有没有声调、声调有几个、每个声调的具体调值是怎样的等问题，难有定论……古音学的先导吴棫说起，他首先提出了"四声互用"的观点……在《毛诗古音考》中……到了清代，顾炎武提出了"四声一贯"的观点，他在《音学五书·音论·古人四声一贯》中……江永在上古声调的问题上，基本沿袭顾炎武的意见。他在《古韵标准》中说："四声虽起江左，按之实有其声，不容增减"……戴震对上古声调的认识和顾炎武、江永大致相同……段玉裁在全面考察先秦韵文的基础上，明确提出了"古无去声说"。他在《六书音均表·古四声说》中说……与段玉裁"古无去声说"不同，孔广森提出"古无入声"说。认为韵书的入声字在上古都读去声。他在《诗声类》中……王念孙、江有诰在一开始都赞同段玉裁的"古无去声说"，后来经反复研究，都主张古有平、上、去、入四声……章太炎在《二十一部音准》中说："古平上韵与去入韵截然两分：平上韵无去入，去入韵无平上。"认为古韵可以分为二类，即平上为一类，去入为一类。到了黄侃手里，他把这个意见更向前发展了一步，并赞成段玉裁的"古无去声"说，由此得出了古无上去，只有平入的结论。他在《音略》……王力关于上古声调的观点可以看作是对段玉裁"古无去声说"的补充和修正。他

---

①舒志武：《从四声别义看汉语声调的发展》，《语言研究》2002年第4期。
②王延模：《上古声调研究综述》，《现代语文（语言研究版）》2008年第2期。

在《汉语语音史》中说："在诸家之说中，段玉裁古无去声说最有价值。……段氏古无去声之说，可以被认为是不刊之论。……我认为上古有四个声调，分为舒促两类，即：平声，高长调；长入，高长调；舒声，促声；上声，低短调；短入，低短调。我所订的上古声调系统，和段玉裁所订的上古声调系统基本一致。段氏所谓平上为一类，就是我所谓舒声；所谓去入为一类，就是我所谓促声。只是我把入声分为长短两类，和段氏稍有不同。为什么上古入声应该分为两类呢？这是因为，假如上古入声没有两类，后来就没有分化的条件了。"……周祖谟的四声说是对清人王念孙、江有诰、夏燮等人观点的继承和发挥。清人段玉裁主张"古无去声说"，近人黄侃又提出"古无上声说"，周氏于1941年发表《古音有无上去二声辨》一文，专门论证上古不但有平、入声，而且有上、去声。周氏在文中指出了段氏"古无去声说"的论断之误，同时又批评了黄侃的"古无上声说"……综上所述，我们可以看出在古音学的初期，人们的意见多半比较含混，既没有明确表明古无四声，也没有明确表明古有四声，只是笼统地说古人诗歌押韵在四声上不甚严格，因而提出了"四声互用""四声一贯"等观点。后来随着研究的不断深入，古音学家欲求精密，才开始有人怀疑古音的声调不是四类，或以为只有"平、上、入"三声，或以为只有"平、上、去"三声，或以为有"平、上、去、入"四声，或以为只有"平、入"两声。近年来，关于这个问题的意见就越来越多了，有人主张上古有四个声调，分为舒促两类；有人主张上古不但有平、入声，而且有上、去声等等。但到底哪一个对呢？我们综合各家观点，认为上古的调类在系统上和中古的调类并无不同，上古声调也是"平、上、去、入"四类。如果要说上古声调和中古声调有什么不同，那也只是在字的归类上有所不同罢了。当然，有些具体问题还有待进一步的研究和讨论。

2）齐梁时代的声调

齐梁时代即有四声（5世纪末至6世纪初），调名为：平上去入；调形暂不可考。其资料可见如下：

> 齐永末，盛为文章，吴兴沈约，陈郡谢朓，琅琊王融，以气类相推毂，汝南周颙，善识声韵。为文皆用宫商，平上去入四声，以此制韵。
>
> （《南史·陆厥传》，平上去入四声名称的最早记载之一）
>
> 约又撰《四声谱》，以为在昔词人，累千载而不寤，而独得胸衿，穷其妙旨，自谓入神之作，高祖（萧衍）雅不好焉。帝问周舍曰：何谓四声？舍曰：天子圣哲是也。然帝竟不遵用。
>
> （《梁书·沈约传》）

3）唐宋时代的声调

隋陆法言著《切韵》（1947年，敦煌出土《刊谬补缺切韵》（唐朝王仁煦著）、宋初的《广韵》、宋朝的等韵图《韵镜》和《七音略》等，反映唐宋实际声调系统主平上去入四类。据唐《元和韵谱》描述"平声哀而安，上声厉而举，去声清而远，入声直而促"，约略知平上去入分别是平、高升、降、促调。其调形则仍无法详细确定。

4）近古声调

元周德清著《中原音韵》，反映元代共同语声调系统。其突出特征为：平分阴阳，浊上变去，入派三声。[1]学界一般将这些特征归入近代声调系统范畴，并认为演变过程始自唐、宋至元，至少前两过程已基本完成，后一过程完成与否尚存争议[2]。

近古声调其调形初可议定。

高航发表于《语言研究》2008年第二期之论文《〈九宫大成北词宫谱〉各声调乐字调值拟测》，据曲谱议定声调，得出结论：

> 曲谱是拟测古声调调值最好的语料。通过对《九宫大成北词宫谱》各声调代表乐字与其它声调连用情况的统计，得出各声调的调型走势是：阴平为平调，阳平为升调，上声为曲折调，去声为降调；相对音高情况是：阴平为高调，上声为低调，阳平和去声均为中高调。在此基础上，拟测出各声调调值是：阴平44，阳平35，上声213，去声53。

张玉来发表于2010第2期《古汉语研究》之论文《〈中原音韵〉时代汉语声调的调类与调值》，以曲词韵律度调形，将《中原音韵》所代表的元代共同语的调值系统议定为：阴平（33）、阳平（35）、上声（214）、去声（51）、清入（24）。

两人所用方法相近，材料不一，得到的声调调值结论相似，可以参考。

从上述各期语音学声调研究可以看出，各个时期的声调系统都处于不断变化之中。本书研究对象的基本构成样本之一所处时代是唐宋金元，为中古和近古前期。此一时代，民间声调正发生较大变化，诗词用声大约仍以官方切韵系为准，故声调仍分平上去入四类，相对调值暂不可考。

1.4.2.2　论平仄的本质

关于平仄，众说纷纭。自刘半农《四声实验录》[3]首将声调纳入实验研究，近百年来，声调研究和方言声调测试成绩巨大，声调本质已获共识，声调分合演变也渐有眉目，但诗歌领域的基石——"平仄"现象，仍令理论家困惑不已。为解释"平仄"现象，诸家精心设计多种理论，然诸种理论多止于经验，疏于实验，难以透彻解释多层事实。本书欲对围绕平仄所发生的现象作一全面系统考察，以彻底弄清平仄对于诗歌的本质意义。

---

①张岩：《试论中古声调及其演变》，《语文学刊》2010年5期。

②李丽霞在《近代汉语声调的分化研究》中文文摘中对近代声调情况有详细描述。李丽霞：《近代汉语声调的分化研究》，福建师大硕士学位论文，2007年。

③刘复：《四声实验录》，北京：中华书局，1924年。

（1）平仄概念的出现

平仄区分的事实出现较早，今所见最早记录是《文镜秘府论·天卷·调声》引元兢《诗髓脑》遗文之所论"换头术"，该段文字复现于托名王昌龄《诗格》中，其内容是：

> 诗上句第二字重中轻，不与下句第二字同声为一管。上去入声一管。上句平声，下句上去入。上句上去入，下句平声。以次平声，以次又上去入。以次上去入，以次又平声。如此轮回用之，宜至于尾。两头管上去入相近。①

平仄概念的出现则相对较晚，今所见最早记录是唐殷璠的《河岳英灵集序》，其文称：

> 或五字并侧，或十字俱平，而逸驾终存。

其中所言之"平、侧"即后来通常所讲的"平、仄"。

（2）平仄律的经典解释——四大假说

20世纪80年代以前，先后出现了解释平仄现象的四个经典假说，影响深远。

1）王光祈的"轻重律"

王光祈：平声之字，较之上、去、入三种仄声之字，有下列两种特色：（甲）在"量"的方面，平声则长于仄声。即徐大椿《乐府传声》所谓"四声之中平声最长"是也。（乙）在"质"的方面，平声则强于仄声。按平声之字，其发音之初，既极宏壮，而继之延长之际，又能始终保持其固有"强度"。因此，余遂将中国平声之字，比之于近代西洋语言之"重音"（Accent），以及古代希腊文字之"长音"，而提出平仄之声，为造成中国诗词曲的"轻重律"（Metritk）之说。②

刘尧民：平声（阴平　阳平）属于重音；仄声（上　去　入）属于轻音。③平声的性质属于"重音"，仄声的性质属于"轻音"，把轻重两种声音双叠应用在诗歌上，可名为"复式轻重律"。王光祈著《中国诗词曲之轻重律》名为"复突后式"（Doppel＝Troehaus）与"复扬波式"（Doppel＝Jambus）取其轻重相间，如波状进行，在声音上是很动听的。④

反例：

清代著名音韵学家钱大昕《音韵问答》解释"缓而轻者，平与上也，重而急者，去与入也"；明朝文人释真空在"玉钥匙歌诀"提到："平声平道莫低昂，上声高呼猛烈强。去声分明哀远道，入声短促急收藏。"清朝文学家顾炎武在《音论》一书中将"平仄"的概念简短的说明为："平声轻迟，上、去、入之声重疾。"

---

① ［日］遍照金刚：《文镜秘府论汇校汇考》，卢盛江校考，北京：中华书局，2006年，第116页。
② 王光祈：《中国诗词曲之轻重律》，上海：中华书局1933年。
③ 刘尧民：《词与音乐》，昆明：云南人民出版社，1982年，第105页。
④ 刘尧民：《词与音乐》，昆明：云南人民出版社，1982年，第106页。

2）王力的"长短律"

2-3 现在咱们要讨论的，有两个问题：第一，为什么上去入合成一类（仄声），而平声自成一类？第二，为什么平仄递用可以构成诗的节奏？2-4 关于第一个问题，咱们应该先知道声调的性质。声调自然以音高为主要的特征，但是长短和升降也有关系。依中古声调的情形看来，上古的声调大约只有两大类，就是平声和入声。中古的上声最大部分是平声变来的，小部分是入声变来的；中古的去声大部分是入声变来的，小部分是平声变来的（或者由平声经过了上声再转到去声）。等到平入两声演化为平上去入四声这个过程完成了的时候，依我们的设想，平声是长的，不升不降；上去入三声都是短的，或升或降。这样，自然地分为平仄两类了。"平"指的是不升不降，"仄"指的是"不平"（如山路之险仄），也就是或升或降。（"上"字应该指的是升，"去"字应该指的是降，"入"字应该指的是特别短促。古人以为"平""上""去""入"只是代表字，没有意义，现在想来恐不尽然。）如果我们的设想不错，平仄递用也就是长短递用，平调与升降调或促调递用。2-5 关于第二个问题，和长短递用是有密切关系的。英语的诗有所谓轻重律和重轻律。英语是以轻重音位要素的语言，自然以轻重递用为诗的节奏。如果像希腊语和拉丁语，以长短为要素的，诗歌就不讲究轻重律或重轻律，反而讲究短长律或长短律了。（希腊人称一短一长为 imabus，一长一短为 troches，二短一长律为 anapest，一长二短律为 danctyl，英国人借用这四个术语来称呼轻中律和重轻律，这是不合理的。）由此看来，汉语近体诗中的"仄仄平平"乃是一种短长律，"平平仄仄"乃是一种长短律。汉语诗律和西洋诗律当然不能尽同，但是它们的节奏的原则是一样的。[①]

上文加点部分都可商榷，其失误的根本在于这句对声调本质的理解："声调自然以音高为主要的特征，但是长短和升降也有关系"。实际上，应该是"声调自然以升降（即音高走向）为主要的特征，但是和长短和音高也有关系。"

3）启功的"扬抑律"

启功：平和仄（扬和抑）是汉语声调中最低限度的差别，也可以说是古典诗文声律中最基本的因素[②]；

平仄是扬抑，是语音声调中最概括最起码的单位，平仄的排列是诗文声律最基本的法则，而选用阴阳声，分别上去入，则属于艺术加工的范畴[③]

启功对"扬抑律"未作过多解释，后来邓国栋发扬此说，从调形予以解释，主要从"四声"的音形上分析，认为平声平直，上去入有升有降，平仄相对，调型有

[①] 参看《汉语诗律学》"导言—韵语的起源及流变—平仄和对仗"部分。王力：《汉语诗律学》，上海：上海教育出版社，1962年，第7页。

[②] 启功：《汉语现象论丛·诗文声律论稿》，北京：中华书局，1997年，第170页。

[③] 启功：《汉语现象论丛·诗文声律论稿》，北京：中华书局，1997年，第172页。

"扬"有"抑"，故此说又可称为"调型说"。（参见后文）

4）张洪明"超音段说"

"超音段说"是从"四声"的"音段特征"（长短、舒促）和"超音段的特征"（调型、高低）等综合分析、归类，认为平仄是"汉语近体诗声律模式的物质材料的调型（平与非平）、音高（低调与高调）及延长性"[①]

这种理论关注的是声调与语音其他成分的关系问题，对于扩展人们对声调功能的理解，有一定帮助，但其本身对四声特征的认识却存在歧见，故其对平仄的解释也限于误区。

（3）平仄律的当代质疑

20世纪80年代以后，先后又出现了关于平仄规律的更为深入的各种讨论和质疑，以下几种是最有代表性的。

一是王小盾的大胆建议——倡"普通话四声去声和非去声的对立"。

> 我们认为，如果普通话四声可以从音响效果上分成两大类的话，那么就应该是去声和非去声的对立，而不是平声（阴平、阳平）和仄声（上、去）的对立。换言之，应该以体现了降和非降对立的去声、非去声两分法，来取代中古汉语中体现了平和不平或松和紧对立的平仄两分法。如果模仿古汉语的平仄命名法，不妨把去声称为"急声"，因为它的降落相当急剧。而把非去声称为"舒声"，因为它们或者是平调（高平调的阴平，接近低平调的上声），或者是较平缓的升调（阳平），总之都有舒缓的特点。[②]

二是顾昊的仔细澄清——倡"平仄对立的本质即是'平侧'"。

> 我们认识到前人在讨论平仄时掺进了音长、音高、音重、音强等东西。自然，这些现象确实是与平仄相关的某些语音构成因素之特点的折射，而同时也与人们的考察角度、思维方式的异别有关。在澄清了与平仄纠缠于一块的那些似是而非的现象之后，我们方可以触摸到平仄对立的本质特点。《广韵》云"平，正也。""仄，侧顷也。"《广韵》的解释给我们以很好的启发，可以使我们对平仄对立的本质特点的认识更趋于准确。平、仄二字在中古的常用义是"平""侧"，平仄对立的本质也正是"平侧"，亦即某些语言学者所说的"平，不平"。"平，不平"所以能构成为平仄的对立，这与古汉语声调发音时的调形有着密切的关系。平仄之声，其平声调形系端平之状，仄声之调形或曲或倾或直，皆为不平之状，诗文之中，有意识地采用平仄相间相属的办法，构成了音调上的波并，形成音律上的回旋，这就是平仄的美学价值。至于律诗中一般以两仄两平相属相间的现象（即"平平仄仄平"，'仄仄平平仄仄平'）那正如歌曲中的节拍，是造成节奏美的需

---

①张洪明：《汉语近体诗声律模式的物质基础》，《中国社会科学》1987年第4期，期20—22页。

②陆丙甫、王小盾：《现代诗歌声律的声调问题—新诗宜用去声、非去声的对立来取代平、仄的对立》，《天津师范大学学报（社会科学版）》1982年第6期。

要而创立的法则，同时，这一法则也很好地反映了汉语词汇双音节形式的美学价值，因而能够成为汉文律诗的基本规则得到推广并延续了下来（汉语词汇所以由最初的单音节形式继而发展为以双音节为主体形式，除了双音节形式能使词汇表义缜密之外，双音节形式所具有的节奏美则是它的又一重要特点，是它得以存在的重要原因之一。）①

三是叶桂桐的犹豫不决——主"平仄律经历高低律、长短律、轻重律之历史演替"。

"但是我们要想一想：在开始把四声归成两类的时候，为什么不两两相对，如平上对去入，平去对上入，平入对上去等，而偏拿平声和上去入三声相对呢？"（周法高：《说平仄》）亦即四声分为平仄的标准是什么呢？平仄在诗歌（包括词、曲、戏曲唱词在内）中起作用的主要是长短律呢？还是轻重律，高低律，抑或是抑扬律呢？这些最为基本的问题，却迄今众说纷纭（应为"纭"字，笔者注），莫衷一是。

……依曲填词，对节奏问题当然似乎不应不予考虑，亦即平仄之除了首先主要的表现为高低律，但是否也具有长短律，轻重律，甚或平曲律呢？就前人对声调的实际的描述来看，当然应该有，但其在依曲填词，即近体诗格律之形成中的详情如何，是很值得进一步探讨的。拙作《试论中国诗歌中的平仄》（《载聊城师范学院学报一九八五年第四期》）认为声调的平仄在诗歌声律中的表现是历史地发展变化的，绝不是凝固的。我现在仍持这种看法。由此我们仅对上述问题提出推断：近体诗的格式一旦形成，完全脱离了乐曲，人们依据其固定格式撰写诗歌，讲究平仄，这在开始时当然仍首先重平仄之高低，但因为其完全脱离了乐曲，则所谓高低已只是比较而言，于音的声调之高低已只是较为笼统之概念，因此节奏的因素，即长短的因素，则不能不日益显得重要。日渐成习，则高低律势必有为长短律取代之势。所以若干语言学家或文学研究专家，断言近体诗中的平仄律包括长短律，或主要是长短律，不是没有道理的。而后世诗歌之声律中，押韵不分平仄，时值较短的入声消失，音的轻重（或强弱）的地位日渐上升，轻重律大有取代高低律、长短律之势，这似乎是一个不可忽视的事实。要之，声调，平仄不是凝固的。其大势似乎如上所述，但详情则须细考。②

四是段伶的全盘质疑——主"平仄律非科学的理论"。

历来认为诗词的声律是平仄律　但究其含义和成因时，有"长短说""轻重说""抑扬说""超音段说"等多说，各持一端；在诗词实践中既讲"平仄"，又

---

①顾昊：《试论古汉语平仄对立的本质》，《盐城师专学报（社会科学版）》1987年第4期。
②叶桂桐：《四声为什么分平仄两类》，《古汉语研究》1997年第2期。

讲"四声"，自相矛盾。所以平仄律只是一种感性经验，还不是科学的理论。①

五是邓国栋的烛幽辟源——倡"古平仄、今平仄、抑扬对立之声调多元分类"。

"四声说"产生于中古时代，最初指"平、上、去、入"，以前定名字，这个"平、上、去、入"也是刚好代表平是平声，上是上声，去是去声，入是入声。并且，就字义看，平指平直，上指上升，去指下降，入指促收。到了近代，汉语声调系统发生了较大变化，元人周德清作《中原音韵》，始废入声，创阴阳，提出了"阴平、阳平、上声、去声"的"四声"名称，这四个调名在当时应该是能够比较准确地表示中原话声调的实际情况的。可是到了现代，虽然在北京话里还有阴平、阳平、上声、去声四个调类，没有入声，但读起来却是：阳平一类有升无平，上声一类先降再升，半上微降而不升，"平"字意思是平直，读音却是高升，"上"字意思是上升，字音却是全降。这就是说，北京话"四声"已经与元代的"四声"大不一样了，周德清所创订的调类名称已经不能准确地表示普通话声调读音了。尽管如此，我们的现代汉语书文还是一直用"阴、阳、上、去"等古代汉语调类名称。为什么呢？原因无非是：一、使人好了解古今调类演变的来龙脉，便于类推；二、帮助人们了解方言与方言之间的声调关系。但是，以"阴平、阳平、上声、去声"四个调名指称普通话"四声"，则势必要产生两种截然相反的错觉：一、一看调类名称，便误以为现代汉语里平仄等于"阴平、阳平"对"上声、去声"，将古平仄与今平仄以及抑扬对立混为一谈；二、一考究普通话"四声"的实际读音便会发现教科书中所说的"平仄对立"是沿用已经过了时的旧说，从而断定现代汉语不便分平仄。

权衡利弊，我认为应该尊重语言事实，以名实相称为原则，科学地确定每一个语言学术语。既然现代北京话的声调读音已经跟近古时有了质的区别，那么我们就不应该再沿用《中原音韵》时期的调名指称现代汉语的调类了。

王力先生认为："就汉语来说，有了字音就不可能没有平仄"，"现代新诗如果要运用平仄，自然也只能以现代的实际语音为标准。"可见，现代汉语中按理说是应该有平仄的，但这是建立在以北京语音为标准的基础之上的平仄。

如何重新厘定现代汉语中的平仄呢？我们先来看平仄的本质特征。所谓平仄对立，是指声调音高线平行与斜行的对立。平声调形平直，仄声调形倾斜。平声发音时声带紧张度始终不变，即从某一固定音高出发不断延展，频率大小相同，是延时性恒量音高仄声发音时声带紧张度不断变化，属于瞬时性变量音高，即频率量值在不断递变中滑行移动。就平仄的不同特点看，普通话第一声〔55〕为平声，其余为仄声。要是考虑到语流音变等因素，则不能忽视"仄声平化"现象。

所谓"仄声平化"，是指有些音节本读是仄声，但是实际话语中，由于受语

①段伶：《"平仄律"质疑》，《大理学院学报》2009年第7期。

音环境影响，原来的基本调值起了变化，变作平声。普通话"仄声平化"现象大致可以分为四种：（一）第三声〔214〕在非三声前读作〔211〕或〔11〕，基本是个低平调，应该属于平声；（二）重叠形容词后加"的"的，（AA的，ABB的），或者后一字儿化加"的"（AA儿的，ABB儿的），后面字音不管是哪类字调，一律要变作第一声〔55〕高平调；（三）凡是在三个音节词或词组ABC中，A是第一声或第二声，B是第二声，C是轻声外的任何声调，在一般会话速度的语流中，B会变成第一声（高平）；（四）轻声由于强调作用，有时会拉长时间，变为平调，如"姐姐"一词，在较远距离呼话时，发话者一般要加强语气，将两个音节的时值都延长，于是后一音节便会由轻声〔4〕变作〔444〕，接近高平调。

可见，普通话"四声"按本调可分为"一平对三仄"，再加上"仄声平化"，界线还是比较清楚的。需要进一步说明的是，现代汉语所划分的平仄跟古汉语的平仄内容并不一样，因此，一个应称作"古平仄"，一个应称作"今平仄"。古平仄的阳平在今平仄中是仄声，今平仄中的一些仄声（如第三声等）在一定的语音环境中却会产生"仄声平化"现象 古平仄的入声虽则派入其他三声，而今平仄又出现了轻声，轻声发音短暂，一般作仄声，但有时也会平化。

来源于古平声的普通话第一、二两声和源于古仄声的第三、四两声并不构成平仄对立关系。但是，在具体的修辞活动中，大多数人并不了解这一点，只知"平分阴、阳"，不知"阳平非平"，错误地把普通话第一、第二声当作平声，把第三、四两声当作仄声，并以此精心选择与匹配，追求语言的音律美。奇怪的是，运用这种来自误解的方法竟然十分有效，其文辞既读来顺口，又听来悦耳，能够产生音律和谐，起伏有致的修辞效果。这是什么原因呢？理论研究必须服从语言事实。现在，摆在我们面前的是如何解释这种客观存在的修辞现象。我认为：普通话第一、二声跟第三、四声仍然可以构成对立关系，这种声调关系虽说是古汉语"平仄对立"的现代形态，但其学术名称应叫作"抑扬对立"。

所谓"抑扬对立"是指声调音高线上行与下行的对立。"扬"的字面意思是升高，在音理上，其发声过程表现为声带由不太紧张渐变作紧张状态，音高特征是调末频率量值大，即调形线指向高音，在听觉感受上，表现为高昂、响亮、开放、张扬；"抑"的字面意思是下压，发声时声带由紧张状态变作松弛状态，调形末端频率小，即指向低音，在听觉感受上，表现为低沉、收敛、音高衰减、色彩暗淡。平直声调在"抑扬"中应视其频率大小决定类属，高平调末端频率大，是"扬"调，低平调末端频率小，是"抑"调，中平调属于不抑不扬。就现代北京话而言，不存在中平调，所以，第一声和第二声是扬调，第三声、第四声及轻声一般属抑调。第二声读作〔35〕，又叫作高升调，是典型的"扬声"，第一声读作〔55〕，调末频率最值大，也可归入"扬声"；第四声读作〔51〕，调值名称为全降调，是典型的"抑声"，第三声本调读作〔214〕，也可读作〔212〕或

〔213〕，调值的基本特点是低音，因此可以归入"抑声"；第三声有两个音位变体，一个读作〔35〕，一个读作〔211〕或〔11〕，前者应归入"扬声"，后者为"抑声"；至于轻声，发声时间最短，读来又轻又快，可以看作"抑声"。由此可见，我们认定普通话声调存在"抑扬对立"是有充分的音理学根据的。也正是由于现代汉语事实上存在这种"抑扬对立"，所以，我们的修辞学书文才能够沿用"平仄旧说"去解释今天的语言现象，使人不但承认它作为一种修辞方式的合理性，而且在教科书中当作"平仄对立"处理，几乎没有人意识到有什么错误之处。下面的例子，在一般现代汉语教材中引用率非常高，很能说明问题。①

（4）平仄现象研究疑难的原因分析

从20世纪到现在，关于平仄问题，聚讼纷纭，迄无定论。为什么在声调性质已有结论的情况下，还会发生这样混乱的状况呢？大概有几个原因。

首先，作为"平仄"现象基础的声调，其本身就具有复杂性。这表现在：一是声调的性质极易产生误解（最常见的情况是将声调理解为"音高"而不是"音高变化"，这在上一节详细讨论过）。二是四声的古今变化太大，上古、中古四声细节不详，近古四声也多只能依据推测。三是方言对四声的影响难以估量。如启功在《诗文声律论稿》中所言：

> 在古代韵书创立之后，古代作者按韵书所规定的字音作诗文，我们有书可据，它的韵律是较易考察的；如果古代某作者在某些字上是按他自己的方音写作的，这用他的方音读去，可能完全合律，但我们对那位作者的方音掌握不够时，判断那种作品是否合律，就较难精确了。②

其次，声调的组合功能即四声组合功能问题本身极为复杂，其研究才刚刚起步。四声的声律功能本身就是个复杂的交叉学科问题，既涉及整个诗歌经验，又受制于语音学的基础研究，归平归仄只是冰山之一角。对四声诗律功能的性质、特征、类型、历史演变等研究目前仍刚刚起步。从语音学研究的现状看，这种困难更容易得到解释。刘俐李在《汉语声调论》中总结20世纪汉语声调理论研究时说：

> 20世纪汉语声调的理论认识和研究大致有四个时期。第一个时期是20世纪的二三十年代开始的关于声调的自然属性研究，即声调是一种相对音高的研究。第二个时期四五六十年代，关于声调的语言属性的研究，即声调在音系中的音位归属研究。第三个时期从80年代至今，开始进行声调自身构成以及声调与音段关系研究，即非线性音系学的研究。第四个时期自90年代中期至今，开始运用优选论研究声调组合过程中的制约规则系列。第一、第二阶段的研究成果已成共识，被

①邓国栋：《"平仄"今说》，《咸阳师范专科学校学报》1997年第5期，第14—17页。
②启功：《诗文声律论稿》，北京：中华书局，2002年，第127—128页。

广泛接受，目前国内的整体认识集中于此。第三阶段的研究正在进行中。第四阶段刚起步。①

可见，汉语声调学虽发展百年，经历四大阶段，逐渐走向深入，但"声调组合"的研究进入理论家的视野是最近才有的事，其研究才刚刚起步，而"平仄"又恰恰是作为一种高级别的"声调组合"现象存在的，其研究得不到来自基础学科的支持，众说纷纭，也就不以为怪了。

再次，平仄现象与四声现象是两个完全不同层面的东西，其性质根本不同，古今都没有把这个问题讲清楚，造成了许多混乱和误解。如启功先生注意到这个问题，但是他却分析说：

> 有人分析某些唐代律诗是分四声的，宋人某些词，元、明人某些曲，也是讲四声的。按词、曲为了歌唱，不但某些字要讲四声，而且还要讲阴阳清浊和发音部位。至于律诗中讲四声的，唐代本来就不多，后世更少人沿用。在诗文声律中，只有讲平仄而不细拘四声的，却不可能有讲四声而不合平仄的。总之平仄即抑扬，是语音声调中最概括、最起码的单位，平仄的排列是诗文声律最基本的法则，而选用阴阳，分别上去入，则属于艺术加工的范畴。

将平仄律作为四声律的基础，四声律作为平仄律的深化，这在理论和实践上都是疑问。"讲平仄而不细拘四声"是可以理解的，当代人作律诗，大约都是这样做的；"不可能有讲四声而不合平仄的"，这就是疑问，我们可以举出几个典型的例子来证明"讲四声可以不必合平仄"，首先，永明体讲四声律，它就与讲平仄相去甚远；其次，词体中为部分严音律学者所津津乐道的一些拗句，其本质就是因为要讲四声而不合平仄的——如周邦彦的拗句，夏承焘在《唐宋词字声之演变》中分析说：

> 清真《片玉》一编，承温、晏、秦、柳之流风，声容益盛，今但论其四声，亦前人所未有。乐章集中有严分上去者，犹不过十之二三；清真则除《南乡子》《浣溪沙》《望江南》诸小令外，其工拗句，严上去者，十居七八。②

事实上，作诗有单讲平仄的（如一般律诗，一般词），有单讲四声的，如永明体、周邦彦、方千里、杨泽民、吴文英词，有讲平仄而注意四声的（如杜甫的某些诗歌、如周邦彦、姜夔等人的部分词，以及曲中的多数情况），其情形十分复杂。就是同一作家不同情况下，也有忽而讲平仄而不讲四声，忽而讲四声而牺牲平仄的，如被大家尊为格律词家的周邦彦，其小令如《南乡子》《浣溪沙》《望江南》等，完全不讲四声，只讲平仄，而他的一些词，只是因为要讲四声，于是便出现了许多不合平仄，后人无法，只能称之为拗句，可见四声与平仄难于兼容。词家作词面临两难，论家

①刘俐李：《汉语声调论》，南京：南京师范大学出版社，2004年，第17页。
②夏承焘：《唐宋词论丛》，杭州：浙江古籍出版社，浙江教育出版社，1998年，第63页。

自然更难，《词律》行文但论"调平仄"而不敢直言"调四声"，然观其内容皆为公认严拗句调四声之论①，可以见出理论家在面对"四声规律"和"平仄规律"时的一般尴尬。

还有，从某个角度来讲，平仄的研究最终要纳入四声声律功能研究的范畴，而百余年来新诗的成败经验也必然作为千余年来旧诗词成败经验的对比系统纳入研究者的视野，这样看来，"平仄"研究的复杂性，就更要远远大于我们的预想了。

最后，早期解释"平仄律"的几大假说有开风气之功，影响很大，但是一旦有误，其造成的影响也很大。

总之，语音的、方言的、现实的、历史的等各方面原因，将平仄研究变成了一个看似简单而实极为复杂的综合性文化课题。

(5)"平仄"的基础分析

本书不预备去讨论上述那样辽阔的问题，下面只结合前人的认识和基础语音学的成果，对"平仄"作一个基础性分析。本书将对"平仄"的讨论，简化为回答以下几个问题：①"平仄"的历史内容是什么？（平仄是怎样划分的）②"平仄"的诗学功能是什么？（为什么要这样划分）③"平仄"划分随四声分化发生变化吗？④"平仄"划分在当代普通话系统中还起作用吗？⑤从声律功能角度看，声调还有其他分类方式吗？（二元对立思维，其他思维）⑥四声分类与四声字的数目有关系吗？下面我们逐一作简要分析。

1）"平仄"的历史内容是什么？

"平仄"观念起源于唐，后代诗词对平仄字调的选用，亦多遵循唐韵，则对"平仄"具体内容的考察，必以唐人界定为主。

周法高《说平仄》称："平仄声的得名，源于乐调""平声得名于平调，仄声（古作侧声）得名于侧调。平侧声名词的成立，大概在唐代。"②

较早对平仄界定的资料，有以下几则：一是现存最早"平仄"的记录：唐殷璠《河岳英灵集序》"或五字并侧，或十字俱平，而逸驾终存。"③二是宋韵书《广韵》的解释："平，正也。""仄，侧倾也。"三是中唐文献《文镜秘府论》的记载。《文镜秘府论·天卷·调声》篇引文：

> 或曰……诗上句第二字重中轻，不与下句第二字同声为一管。上去入声一声，上句平声，下句上去入；上句上去入，下句平声。以次平声，以次又上去入；以次上去入，以次又平声。如此轮回用之，直至于尾。两头管上去入相近，是诗律也。④

---

①参看《词律》发凡"调平仄条"。
②周法高：《说平仄》，北京：商务印书馆，1948年，第112页。
③王克让：《河岳英灵集注》，成都：巴蜀书社，2006年，第1页。
④卢盛江：《文镜秘府论汇校汇考》，北京：中华书局，2006年，第112页。

诸家研究多以此引文出自托名王昌龄的《诗格》，参见卢盛江《文镜秘府论汇校汇考》
第1册页112。同书还详引元兢《诗髓脑》论"换头术"遗文：

> 元氏曰：声有五声，角征宫商羽也。分于文字四声，平上去入也。宫商为平
> 声，征为上声，羽为去声，角为入声。故沈隐侯论云："欲使宫征相变，低昂舛
> 节，若前有浮声，则后须切响。一简之内，音韵尽殊；两句之中，轻重悉异。妙
> 达此旨，始可言文。"固知调声之义，其为用大矣。调声之术，其例有三：一曰换
> 头，二曰护腰，三曰相承。一，换头者，若兢于《蓬州野望》诗曰：飘摇宕渠域，
> 旷望蜀门隈，水共三巴远，山随八阵开。桥形疑汉接，石势似烟回。欲下他乡泪，
> 猿声几处催。此篇第一句头两字平，次句头两字去上入；次句头两字去上入，次
> 句头两字平；次句头两字又平，次句头两字去上入；次句头两字又去上入，次句
> 头两字又平：如此轮转，自初以终篇，名为双换头，是最善也。若不可得如此，
> 则如篇首第二字是平，下句第二字是用去上入；次句第二字又用去上入，次句第
> 二字又用平：如此轮转终篇，唯换第二字，其第一字与下句第一字用平不妨，此
> 亦名为换头，然不及双换。又不得句头第一字是去上入，次句头用去上入，则声
> 不调也。可不慎欤……①

"换头术"正是后来影响深远的律诗"粘对"规律，其中已将四声归入平和上去入
两类。

由以上三则资料，可以断定以下事实：至迟至唐人元兢，已将声调二元化；声调
二元化的内容：将四声分为平与上去入两类；至迟到唐殷璠，已用"侧"来统称"上
去入"三声，平仄对举格局形成；"平侧"对举得到宋官方的认可和推广，可谓深入
人心。

2）"平仄"的功能本质是什么？

关于平仄的功能本质，可以从以下几个层次去理解：

①从现代汉语语言规律看，声调的本质是"音高走向"或曰"调形"，若对四声
进行分类，则四声分类的依据当在于"调形"；

②"平仄"是对中古四声的归类，从语言规律类推，其归类依据当依然是"调
形"，具体而言，则是调形的平与仄。

③中古四声具体"调形"今不能考，但据其名称及唐《元和韵谱》描述"平声哀
而安，上声厉而举，去声清而远，入声直而促"，约可以推断，"平"声乃是一个平
调，"上"声"调形"当上扬，"去"声"调形"当下降，"入"声"调形"当促收。
则"上""去""入"三声"调形"皆有起伏，归为一类，命名为"侧"，实属自然。
由此看出，"平仄"的分类，"平"即是指"调形"平直，"仄"即是指"调形"不平。
宋韵书《广韵》解释："平，正也""仄，侧倾也"，可以佐证此义。

---

① 卢盛江：《文镜秘府论汇校汇考》，北京：中华书局，2006年，第159—160页。

④四声和平仄的声律学功能，必从"调形"出发理解，才不致有误——"平""仄"区分必须被理解为由"调形"起伏而引起的自然旋律上的差别，而不能被理解为由诸如"音长""音强""音高"等因素影响而产生的差别。

由于声调总附着于一定的音段和语调，形成复杂的声音现象，所以经验上总会感觉声调与"音长""音强"或"音高"因素相关，这是"声调"或"平仄"最易被人误解的地方。对于像后世四声歌诀"平声平道莫低昂，上声高呼猛烈强，去声分明哀远道，入声短促急收藏"这样的感性经验，我们必须作客观分析，充分看到其复杂性，仔细将"音长""音强""音高"等因素从"声调"描述中剥离，才有可能从中获得关于声调的正确信息。

⑤ "平""仄"组合的根本功能，乃在于加强"调形"，形成自然"旋律"

从这一点出发，综合上节关于"双音节奏"的讨论，我们可以得到一些有意义的结论：

A."平仄"组合形成的是一种不同于音乐旋律的特殊"旋律"——"平曲律"

如果说，四声的交错互用尚可以形成较简单的、可以与音乐旋律相提媲美的某类旋律的话，那么，"平仄"的二元组合根本不可能做到这一点①。"平仄"的组合功能只在于"平"与"曲"交替所形成的那一种特定"调形"功能——对于这一功能，我们尚无更好的指称，姑且名之为"旋律"——但是这一功能的存在则是我们无比熟悉、无可置疑的。

B.重叠和交替递用是目前任用平仄最普遍的方法

当这一方法与"双音节奏"相结合，就形成我们熟悉的"平平仄仄"和"仄仄平平"格式。"平平仄仄"和"仄仄平平"既不是王力所说的"长短律"，也不是王光沂意图构造的"轻重律"，而是双音节奏控制下的"平曲律"，它直接指向的是双音节奏下的一种具有独特韵味的平曲旋律。或者说，这一成熟的"平仄律"格式实质上包含着不同性质的两个声律成分：双音节奏和平曲旋律。

当这一方法与押韵相结合，构造出"竹竿律"，就形成我们所熟悉的各种竹竿型律句。"竹竿律"所造就的完美律句和一般律句（详见下文拟定），实质上包含着三种相互独立的声律要素：双音节奏、平曲律、尾韵。"一般律句"与"完美律句"的区别，只是在"双音节奏点"事实（见上文讨论）控制下显示出的更细微的差别，在律句"平曲"规律层面上，其差别可以忽略不计。

---

①四声与五音事实上俱能相配，周邦彦、姜夔、沈璟、谢量淮等曲家们皆能以四声通于五音，魏良辅改良戏曲做的亦是同样一件事情，吴相洲在《永明体与音乐关系研究》（北京大学出版社2006年）一书中搜罗了唐段安节、元兢、民初王季烈、近人王光祈、当代李健正、栾桂娟等关于四声与五音相配之具体原则——本书认同其讨论，唯相配方法多元，需要进一步揭示。四声二元化则削弱了相配的丰富性，并不是曲家们的首选方向，《永明体与声乐关系研究》所引渊实、朱光潜、刘尧民，郭绍虞诸人的观点，皆以为四声二元化不可能完成音乐任务，本书认同诸人基本思想，唯四声二元化的事实曲折，尚需进一步研究。

C.不排斥存在其他同样普遍的关于平仄的运用方法

如事实证明："仄平仄"连用具有很好的提示作用，常用于律诗和词的"出句"；"仄仄仄"连用亦具有一种强烈的预示作用，常被词用于出句；连平节或连仄节，在六言句式中，也是一种常见的平仄运用方式。

3）"平仄"划分随四声分化发生变化吗？

这个问题发人深思。

从语言学角度来看，"平仄"划分，必然随四声"调形"变化而变化。具体来讲，从中古切韵系到近古中原音韵系，四声由"平、上、去、入"，渐变成"阴平、阳平、上、去"，若对近古声调系统作平仄划分，则"阴平归"平"，阳平、上、去当归入"仄""，必然与中古划分不一样。

但从文学实际情况看，这个问题就变复杂了。因为事实上，首先，自唐以来，人们以变化了的平仄系统去诵读唐诗，并没有发生音律有所损失的感叹；其次，我们当代人以普通话读唐诗，似乎也仍然能感受到其非凡的韵律效果；再次，从唐到清，作诗词者凡讲平仄，均依古切韵系（宋以后用平水韵），四声仍作平上去入，并不顾及实际声调的变化，而令人惊讶的是，这种"以古四声分类方式创作诗歌，以今四声分类方式接受诗歌"的"误打误撞"方式，居然连创作家也没有提出任何疑问，诵读者既没感觉有什么大的不便，也没有感觉声律效果有多大损失——就好像"平仄"变化不存在似的。

从语言学和从文学声律实际情况得出的看似矛盾的结论启示我们——①要么，"平仄"变化的事实内部隐含着一种没有被我们发现的规律在起作用，这种不变的规律一直支撑着律诗的声律特性，四声变化了它却没有发生变化；②要么，"平仄"变化的事实之外出现了一种新的声律规律逐渐替代了原来的"平仄"规律，这种新的声律让我们感觉好像"平仄"规律仍然在起作用似的；③要么，"平仄"变化的事实的确损伤了律诗的部分特性，但因为平仄变化有限，所以我们感觉不到。

首先，我们排除掉第三种情况。我认为这种情况存在的可能性不是没有，但是几率相当小。因为，在忽略入变三声的情况下，仍然很难解释阳平的问题——按古平仄，阳平归平声，可是按今平仄，阳平当归仄声——阳平可是一大类声调，且往往在押韵的位置，如果"平仄"的声律学功能区别明显的话，按今仄声调去读古平声，是不大可能不产生问题，不大可能不被人觉察到的。如果承认声律有损伤，却又同时说感觉不到，这是很牵强的。

其次，我们讨论第二种情况："平仄"变化的事实之外是否会出现一种新的声律规律逐渐替代了原来的"平仄"规律，让我们感觉好像"平仄"规律仍然在起作用似的？这种情况事实上已有人讨论过，邓国栋在《"平仄"今说》提出：

> 来源于古平声的普通话第一、二两声和源于古仄声的第三、四两声并不构成平仄对立关系但是，在具体的修辞活动中，大多数人并不了解这一点，只知"平

分阴、阳"，不"阳平非平"，错误地把普通话第一、第二声当作平声，把第三、四两声当作仄声，并以此精心选择与匹配，追求语言的音律美。奇怪的是，运用这种来自误解的方法竟然十分有效，其文辞既读来顺口，又听来悦耳，能够产生音律和谐，起伏有致的修辞效果。这是什么原因呢？理论研究必须服从语言事实。现在，摆在我们面前的是如何解释这种客观存在的修辞现象。我认为：普通话第一、二声跟第三、四声仍然可以构成对立关系，这种声调关系虽说是古汉语"平仄对立"的现代形态，但其学术名称应叫作"抑扬对立"。所谓"抑扬对立"是指声调音高线上行与下行的对立。"扬"的字面意思是升高，在音理上，其发声过程表现为声带由不太紧张渐变作紧张状态，音高特征是调末频率量值大，即调形线指向高音，在听觉感受上，表现为高昂、响亮、开放、张扬，"抑"的字面意思是下压，发声时声带由紧张状态变作松弛状态，调形末端频率小，即指向低音，在听觉感受上，表现为低沉、收敛、音高衰减、色彩暗淡。平直声调在"抑扬"中应视其频率大小决定类属，高平调末端频率大，是"扬"调，低平调末端频率小，是"抑"调，中平调属于不抑不扬。就现代北京话而言，不存在中平调，所以，第一声和第二声是扬调，第三声、第四声及轻声一般属抑调。第二声读作〔35〕，又叫作高升调，是典型的"扬声"，第一声读作〔55〕，调末频率最值大，也可归入"扬声"第四声读作〔51〕，调值名称为全降调，是典型的"抑声"，第三声本调读作〔214〕，也可读作〔212〕或〔213〕，调值的基本特点是低音，因此可以归入"抑声"第三声有两个音位变体，一个读作〔35〕，一个读作〔211〕或〔11〕，前者应归入"扬声"，后者为"抑声"至于轻声，发声时间最短，读来又轻又快，可以看作"抑声"。由此可见，我们认定普通话声调存在"抑扬对立"是有充分的音理学根据的。也正是由于现代汉语事实上存在这种"抑扬对立"，所以，我们的修辞学书文才能够沿用"平仄旧说"去解释今天的语言现象，使人不但承认它作为一种修辞方式的合理性，而且在教科书中当作"平仄对立"处理，几乎没有人意识到有什么错误之处。[①]

邓国栋提出"抑扬对立"（启功曾提出"抑扬"对立，不过其观点不包含对任何语音变化的估计）取代"平仄律"而成为律诗新声律的学说，虽尚无语音试验验证，其结论未必就正确，但他的思路的确是富有开创性和启发意义的。从他的讨论我们不得不承认一个事实：创作实践告诉我们，四声的声律学分类，除了可分为平仄对立外，也可以分为阴平阳平和上声去声的对立——这的确是一个开创性的发现，剩下来给理论家的任务就是如何去解释这种新的对立了。

最后，我们来讨论第一种可能："平仄"变化的事实内部是否可能隐含着一种没有被我们发现的不变的规律，正是这种不变的规律一直支撑着律诗的声律学特征？这

---

①邓国栋：《"平仄"今说》，《咸阳师范专科学校学报》1997年第5期。

种讨论可能已经走得太远了，但笔者还是愿意就此将话题再拓宽一些。我们先来看两个事实和两个构想：

事实一：平和上去入的对立可以产生一种我们称为"平仄律"的声律模式；

事实二：阴平阳平和上声去声的对立可以产生一种我们尚不清楚其性质邓国栋称为"抑扬对立"的声律模式；

构想一：陆丙甫、王小盾在1982年提议：

> 如果普通话四声可以从音响效果上分成两大类的话，那么就应该是去声和非去声的对立，而不是平声（阴平、阳平）和仄声（上、去）的对立。换言之，应该以体现了降和非降对立的去声、非去声两分法，来取代中古汉语中体现了平和不平或松和紧对立的平仄两分法。如果模仿古汉语的平仄命名法，不妨把去声称为"急声"，因为它的降落相当急剧。而把非去声称为"舒声"，因为它们或者是平调（高平调的阴平，接近低平调的上声），或者是较平缓的升调（阳平），总之都有舒缓的特点。①

构想二：邓国栋的另一个提议：

> 普通话"四声"按本调可分为"一平对三仄"，再加上"仄声平化"，界线还是比较清楚的。需要进一步说明的是，现代汉语所划分的平仄跟古汉语的平仄内容并不一样，因此，一个应称作"古平仄"，一个应称作"今平仄"。

上述列举了关于诗歌进行声调归类时的两种事实和两种构想，这四种情况是否存在某种隐含的共通性呢？据笔者分析，这种共通性是存在的，那就是，它们都是以或试图以二元分法来将汉语声调归类简化，以形成某种易于控制且具有明显声学效果的声律模式。从这个角度看，隐含在"平仄"变化内部的不变的东西也是存在的，这一东西就是：汉语诗歌总是试图以各种方式实现"声调二元化"——"古平仄"是最古老的模式；"阴阳平对上去"是紧接着的模式；"一平对三仄""去与非去的对立"则是当代人的设想模式。

那么，是否还存在其他类型的二元对立模式呢？这的确是一个有趣的问题，但这个问题离本书主题已经很远了，还是留待后人来回答吧。

从上面关于三种可能的讨论看，第一种可能和第二种可能之间实质上是共通的。笔者倾向于第一种和第二种可能性，即"平仄"的划分只是更基础的"声调二元化"规律的一个表现，随着四声声调的实际变化，"平仄"的划分本身也应该变化，同时也可能被其他类型的"声调二元化"所取代。"声调二元化"可能是汉语声律规律中比"平仄"更有生命力的规律。

---

①陆丙甫、王小盾：《现代诗歌声律的声调问题—新诗宜用去声、非去声的对立来取代平、仄的对立》，《天津师范大学学报（社会科学版）》1982年第6期。

4）"平仄"划分在当代普通话系统中还起作用吗？

从上述讨论可以看出，当代普通话系统中，对律诗起作用的声律模式是建立在"阴阳平与上去声对立"的基础上的。"平仄"的划分实际上已较少参与声律贡献了。

5）从声律功能角度看，声调还有其他归类方式吗？

从声律功能角度看，声调的归类方式的确不是唯一的。声调二元化的成功方式历史上至少有两种。

6）四声归类与四声字的数目有关系吗？

这是一个需要论证的问题。从历史上两种成熟的四声分类看，对立的两类声调应该包含差不多数目的汉字，这有利于形成对立均势，方便诗歌的使用。

1.4.3 论律句（句调论）

1.4.3.1 论古典律句观念源流①

诗曰：

> 律句精神始永明，诗词曲律蔓生成。
> 规模建具清群匠，通于王力结于功。

律句观念，肇于文心，始于永明，蔓衍于诗、词、曲，规模于清，概括于王力，升华于启功。

（1）肇于文心

刘勰并未提出具体律句概念，但声律原则之提出，莫早于刘勰。声律观念之通透，亦莫过于刘勰，故曰律句观念，肇自文心。《文心雕龙·声律第三十三》云：

> 凡声有飞沉，响有双叠。双声隔字而每舛，选韵杂句而必睽；沉则响发而断，飞则声飚不还。并辘轳交往，逆鳞相比。迕其际会，则往蹇来连。其为疾病，亦文家之吃也。夫吃文为患，生于好诡，逐新趣异，故喉唇纠纷；将欲解结，务在刚断。左碍而寻右，末滞而讨前，则声转于吻，玲玲如振玉；辞靡于耳，累累如贯珠矣。是以声画妍蚩，寄在吟咏，滋味流于下句，风力穷于和韵。异音相从谓之和，同声相应谓之韵。韵气一定，则馀声易遣；和体抑扬，故遗响难契。属笔易巧，选和至难，缀文难精，而作韵甚易。虽纤意曲变，非可缕言，然振其大纲，不出兹论。②

此段文字，讲了声律三个方面的内容，即声律的构成要素、声律的发生原理，以及声

---

① 本节主要内容曾以《律句观念源流小史》为题发表于《海南热带海洋学院》2015年第3期，第4—11页。

② 范文澜：《文心雕龙注》，北京：人民文学出版社，1958年，第552—553页。另，本书所引文字的加点或加粗，除非特加说明，皆系笔者所加，以下皆同，不再注出。

律学的研究重点。第一，"凡声有飞沉，响有双叠。双声隔字而每舛，迭韵杂句而必睽。沉则响发而断，飞则声飏不还"，指出构成声律基础的要素是不同性质的语音；第二，"并辘轳交往，逆鳞相比……是以声画妍蚩，寄在吟咏，滋味流于下句，风力穷于和韵。异音相从谓之和，同声相应谓之韵"，指出声律形成的两个基本原则"和"和"韵"；第三，"韵气一定……和体抑扬……属笔易巧，选和至难，缀文难精，而作韵甚易"，点明声律形成的两个原理"和"与"韵"在创作实践中的不同地位，指出今后作家应该努力的方向。

此段文字虽纠结于骈文，用词务求属对而时失于精确，逻辑上亦未为周严，但大约无损于句意，实乃此后千年中国声律原则的纲领性文字。此后，永明的四声八病，律诗、律词、律曲的实践，清人的归纳，王力的概括探讨和启功的理论简洁，皆沿此文所指的方向，将中国声律实践与研究推向纵深。

（2）始于永明

刘勰并无微观律句概念，至永明，倡四声八病，始将声律原则引入具体实践，律句探讨一时蔓延，蔚为壮观，故曰律句观念，始于永明。

1）倡四声

永明之倡四声，实以平上去入比附宫商角征羽，即以声调之四声比附音乐之五声，故所得律句规则皆为四声相配之规则，其律句观念为四声观念。

四声在当时文人中，也还是一个相当了不起的发现，并不如我们现在一样童幼皆知，观记载当时情形之文献，其初创情形约略可知。《南史·周颙传》载：

> 颙音辞辩丽，长于佛理……每宾友会同，颙虚席晤语，辞韵如流，听者忘倦……转国子博士，兼著作如故。太学诸生慕其风，争事华辩。始著四声切韵行于时。[1]

《南史·沈约传》则载：

> 又撰四声谱，以为"在昔词人累千载而不悟，而独得胸衿，穷其妙旨"。自谓入神之作。[2]

中唐《文镜秘府论·天》篇录《调四声谱》，所列四种声调，其知识即今日幼儿园亦已普及，然中唐记载则仍郑重其事，可见声调之发现在周颙、沈约当日实为理论界之大事。

然沈约的发现，不止于知四声，而在于倡导四声之相配以成文，并比附于乐律之宫商角征羽。《南齐书·陆厥传》载：

> 永明末，盛为文章。吴兴沈约、陈郡谢朓、琅邪王融以气类相推毂。汝南

---

① （唐）李延寿：《南史》卷三十四列传第二十四，北京：中华书局，1975年，第894—895页。

② （唐）李延寿：《南史》卷五十七列传第四十七，北京：中华书局，1975年，第1414页。

周颙善识声韵。约等文皆用宫商，以平上去入为四声，以此制韵，不可增减，世呼为"永明体"。①

又载沈约与陆厥声律之辩。

厥与约书曰：

范詹事《自序》："性别宫商，识清浊，特能适轻重，济艰难。古今文人，多不全了斯处，纵有会此者，不必从根本中来。"沈尚书亦云："自灵均以来，此秘未睹。"或"暗与理合，匪由思至。张蔡曹王，曾无先觉，潘陆颜谢，去之弥远。"大旨钧使"宫羽相变，低昂舛节。若前有浮声，则后须切响，一简之内，音韵尽殊，两句之中，轻重悉异。"辞既美矣，理又善焉。但观历代众贤，似不都暗此处，而云"此秘未睹"，近于诬乎？案范云"不从根本中来"，尚书云"匪由思至"，斯可谓揣情谬于玄黄，摛句差其音律也。范又云"时有会此者"，尚书云"或暗与理合"，则美咏清讴，有辞章调韵者，虽有差谬，亦有会合，推此以往，可得而言。夫思有合离，前哲同所不免；文有开塞，即事不得无之。子建所以好人讥弹，士衡所以遗恨终篇。既曰遗恨，非尽美之作，理可讥诃。君子执其讥诃，便谓合理为暗。岂如指其合理而寄讥诃为遗恨邪？自魏文属论，深以清浊为言，刘桢奏书，大明体势之致，岨峿妥怗之谈，操末续颠之说，兴玄黄于律吕，比五色之相宣，苟此秘未睹，兹论为何所指邪？故愚谓前英已早识宫征，但未屈曲指的，若今论所申。至于掩瑕藏疾，合少谬多，则临淄所云"人之著述，不能无病"者也。非知之而不改，谓不改则不知，斯曹、陆又称"竭情多悔，不可力强"者也。今许以有病有悔为言，则必自知无悔无病之地；引其不了不合为暗，何独诬其一合一了之明乎？意者亦质文时异，古今好殊，将急在情物，而缓于章句。情物，文之所急，美恶犹且相半；章句，意之所缓，故合少而谬多。义兼于斯，必非不知明矣。《长门》《上林》，殆非一家之赋；《洛神》《池雁》，便成二体之作。孟坚精正，《咏史》无亏于东主；平子恢富，《羽猎》不累于凭虚。王粲《初征》，他文未能称是；杨修敏捷，《暑赋》弥日不献。率意寡尤，则事促乎一日；翳翳愈伏，而理赊于七步。一人之思，迟速天悬；一家之文，工拙壤隔。何独宫商律吕，必责其如一邪？论者乃可言未穷其致，不得言曾无先觉也。

约答曰：

宫商之声有五，文字之别累万。以累万之繁，配五声之约，高下低昂，非思力所举。又非止若斯而已也。十字之文，颠倒相配，字不过十，巧历已不能尽，何况复过于此者乎？灵均以来，未经用之于怀抱，固无从得其仿佛矣。若斯之妙，而圣人不尚，何邪？此盖曲折声韵之巧无当于训义，非圣哲立言之所急也。是以子云譬之"雕虫篆刻"，云"壮夫不为"。自古辞人岂不知宫羽之殊，商征之

① （梁）萧子良：《南齐书》卷五十二列传第三十三文学，北京：中华书局，1972年，第898页。

别？虽知五音之异，而其中参差变动，所昧实多，故鲍意所谓"此秘未睹"者也。以此而推，则知前世文士便未悟此处。若以文章之音韵，同弦管之声曲，则美恶妍蚩，不得顿相乖反。譬由子野操曲，安得忽有阐缓失调之声？以《洛神》比陈思他赋，有似异手之作。故知天机启，则律吕自调；六情滞，则音律顿舛也。士衡虽云"炳若缛锦"，宁有濯色江波，其中复有一片是卫文之服？此则陆生之言，即复不尽者矣。韵与不韵，复有精粗，轮扁不能言，老夫亦不尽辨此。①

又沈约于《宋书·谢灵运传》后论宫商：

> 夫五色相宣，八音协畅，由乎玄黄律吕，各适物宜。欲使宫羽相变，低昂互节，若前有浮声，则后须切响。一简之内，音韵尽殊；两句之中，轻重悉异。妙达此旨，始可言文。至于先士茂制，讽高历赏，子建函京之作，仲宣霸岸之篇，子荆零雨之章，正长朔风之句，并直举胸情，非傍诗史，正以音律调韵，取高前式。自《骚》人以来，而此秘未睹。至于高言妙句，音韵天成，皆暗与理合，匪由思至。张、蔡、曹、王，曾无先觉，潘、陆、谢、颜，去之弥远。世之知音者，有以得之，知此言之非谬。②

观沈约所论，似并未将声调之四声平上去入与乐律之五声宫商角徵羽作机械对应，然至唐，则有人明确将二者对应相配。唐协律郎元兢《诗脑髓·调声》直接指明了一种相配关系：

> 声有五声，宫商角徵羽也，分于文字四声，平上去入也。宫商为平声，徵为上声，羽为去声，角为入声。③

唐徐景安《新纂乐声》卷四三《五音旋宫》亦云：

> 凡宫位上平声，商为下平声，角为入，徵为上，羽为去声。④

四声、五声（又称"五音"，此等概念相混用，古人行文不避，须仔细辨析，其他如"声""音""律"等概念俱如此）是否可以如此机械对应，当时语音与乐律情形俱阙，今不能知。但以常理推，四声乃声调，五音乃乐调，性质根本不同，以旋律粗略相配则可，机械相配则为欺人，况方音随时、地变化，乐律则变化当较小，如何能固定相配？但四声自身相配以成一种格律，粗可通于五音旋律梗概，且将二者相通作为一种原则，则并不算错。

---

① （梁）萧子良：《南齐书》卷五十二列传第三十三文学，北京：中华书局，1972年，第898—900页。

② （梁）沈约：《宋书》列传第二十七谢灵运，北京：中华书局，1974年，第1779页。

③张伯伟：《全唐五代诗格校考》，西安：陕西人民教育出版社，1997年，第93页。

④ （明）王应麟：《玉海》第七卷，南京：江苏古籍出版社，1987年，第137页。

2）言八病

永明讲四声声律，初未讲出一种成熟格律，而是研究出种种格律避忌，是为八病。

古今言八病之资料衍缺，众说纷纭。然据钟嵘《诗品序》言及"蜂腰、鹤膝"二病，初唐李延寿《南史·陆厥传》言及"平头、上尾、蜂腰、鹤膝"四病，隋王通《中说·天地篇》称"四声八病"，盛唐殷璠《河岳英灵集·集论》、中唐皎然《诗式·明四声》、封演《封氏闻见记·声律》称及"八病"，中唐时期日本僧人遍照金刚《文镜秘府论·西卷》载"文二十八种病"前八种病犯及具体解释，则"八病"不为虚有。又据初唐卢照邻《南阳公集序》语"八病爰起，沈隐侯永作拘囚"，王应麟《困学纪闻》卷十引北宋李淑《诗苑类格》语"沈约曰诗病有八：平头、上尾、蜂腰、鹤膝、大韵、小韵、旁纽、正纽。唯上尾、鹤膝最忌，余病亦通"，南宋魏庆之《诗人玉屑》卷十一类似用引，则八病之说创自永明，大约可定。虽有南宋阮逸《中说-天地篇》注释之狐疑、清纪昀《沈氏四声考》之迷惑（《畿辅丛书》），其实难以更改。近人郭绍虞撰《永明声病说》（见《照隅室古典文学论集》上篇），罗根泽撰《魏晋南北朝文学史》，刘大杰编《中国文学批评史》（上海古籍出版社1979年版），皆持此见，则声病归属之讨论，已渐趋一致。①

关于八病之详细探讨，下文还有细说。

四声八病是中国诗人首次将声律原则应用于声律实践的开山之作，其重要性和影响不言而喻。自四声八病起，论界虽间有异议，但律句观念渐沁入人心，律句调声实践一发而不可收。永明之后，调声腾跃，风气延至中唐。观中唐《文镜秘府论序》：

> 沈侯、刘善之后，王、皎、崔、元之前，盛谈四声，争吐病犯，黄卷溢箧，缃帙满车。②

《文镜秘府论·天序》篇记：

> 贫道幼就表舅，颇学藻丽，长入西秦，粗听余论。虽然志笃禅默，不屑此事。爰有一多后生，扣闲寂于文圃，撞词华乎诗圃；音响难默，披卷函杖，即阅诸家格式等，勘彼同异，卷轴虽多，要枢则少，名异义同，繁秽尤甚。余癖难疗，即事刀笔，削其重复，存其单号，总有一十五种类：谓《声谱》，《调声》，《八种韵》，《四声论》，《十七势》，《十四例》，《六义》，《十体》，《八阶》，《六志》，《二十九种对》，《文三十种病累》，《十种疾》，《论文意》，《论对属》等是也。配

---

①以上关于"八病"资料演变，参看袁行霈主编《中国文学史》北京：高等教育出版社，1999年，第140页。

②［日］遍照金刚撰：《文镜秘府论汇校汇考》，卢盛江校考，北京：中华书局，2006年，第14页。

卷轴于六合，悬不朽于两曜，名曰《文镜秘府论》。①

《文镜秘府论·西卷》记：

> 颙、约已降，兢、融以往，声谱之论郁起，病犯之名争兴；家制格式，人谈疾累；徒竞文华，空事拘检；灵感沈秘，雕弊实繁。窃疑正声之已失，为当时运之使然。泊八体、十病、六犯、三疾，或文异义同，或名通理隔，卷轴满机，乍阅难辨，遂使披卷者怀疑，搜写者多倦。予今戢刀之繁，载笔之简，总有二十八种病，列之如左。其名异意同者，各注目下。后之览者，一披总达。②

诸种探讨，名目繁多，约略可以想见两百年间消息。当然，永明声律属于"四声系统"（迄无资料说明永明声律属于平仄二元系统），其律句观念复杂而多变。四声二元化和更简洁的声律规则，大概要待其后两百年的努力了。

（3）蔓衍于诗、词、曲

自永明始，声律实践经唐、宋、元而臻鼎盛。律句探讨大约经历了从五言、五七言、六言、到三四五六七言，从齐言到杂言，从四声系统、平仄系统、到四声平仄系统合流③，从诗律到词律曲律，从粘对律到词曲律（粘式律消失，而增加其他规律，本书将就此作详细研究）等各个层面的不同发展阶段，并在一定阶段形成各自成熟的律句体系。律句观念也因此从五言、齐言扩大到杂言，并最终涵盖整个汉语言诗歌所

---

① ［日］遍照金刚：《文镜秘府论汇校汇考》，卢盛江校考，北京：中华书局，2006年，第24页。

② ［日］遍照金刚：《文镜秘府论汇校汇考》，卢盛江校考，北京：中华书局，2006年，第887—888页。

③略论从四声系统、平仄系统、到四声平仄系统合流——此是中国声律演变之大流，然亦是诸家众诵纷纭之焦点。其源皆出于不明四声、平仄、宫商之异同。三者异同，大致在于：①四声之平上去入乃"声律"，平仄乃声律之分类简化，宫商角征羽乃"乐律"，三者性质根本不同，不可相混；②四声声调，可以附会宫商角征羽，然只有大略，并无确切关系，一则二者只有"音高走向"或曰"调形"上的模糊关联，二则此一关联随时代、地域声调相异而随时相异；③四声附会乐律之法有二，一为"以字行腔"，或曰"声依永"，即四声变为音乐宫商之法，诗经、原始乐府歌、早期民歌形成及地方戏曲形成多用此法，然非天才润色不能成腔，一为"以腔填词"，宋词音乐家偶然附会此事如姜夔周邦彦者，次者之流则将依此所填之"词牌"作腔，逐字填入四声，矜之曰知音律，然宋词大流皆不主用此二法，前一法至元明清曲学则略有复兴；④四声可简化为平仄，然平仄律则宛然独立于四声，实乃诗歌中卓然独立之形式规则，此规则至唐齐言与长短句大盛，此后笼罩中国诗歌一千四百余年；⑤平仄律虽渊源于永明四声八病之究，然平仄分立与永明四声论无涉，与宫商相去更其已远，性质已全异，若再作附会，便已不通，然历代论家，于此处皆彷徨莫定，附会滋多。以三者论永明以来中国诗歌格律大势，则永明体主讲四声，而有若干四声附会宫商；律诗主讲平仄，而常以四声讽诵以作润色，词主讲平仄，先付之口耳以改定偶有不谐者，后则专讲平仄以迄今；曲主平仄而旁及四声与宫商。自永明至律诗至词至曲，声律夹淆于乐律，此间消息变化，内行不能通了，外行益加猜测，诚恳之言杂于隔膜之语，真知之论间于讹误之说，历代明晦之论，鱼龙混杂，再以沈约、李清照等人之偶然夸饰，附会者之推波助澜，真相遂致淹没。关于中国四声与宫商关系的资料，以吴相洲之《永明体与音乐关系研究》所萃最为宏富，可资参看。吴通四声与宫商之纽，于四声与平仄之别则欠研究，行文颇杂四声、平仄，虽较稳妥，然亦有缺憾，取其资料，以本文观念庖丁解之，则四声、平仄、五声的关联区别，皎然在目，古人正讹猜测，正判然可别。关于平仄之研究资料，向无集萃，则本书重点于此。

能允许的各种句式。故曰律句观念蔓衍于诗、词、曲。

这个阶段大约又可以分为三个小的阶段：一是从八病（齐言四声系统）到粘对（齐言平仄系统）；二是从粘对（齐言平仄系统）到词律（杂言平仄系统）；三是从词律（杂言平仄系统）到曲律（平仄四声系统合流）。

1）从八病到平仄系统的扬弃

八病者，"一曰平头，（或一六之犯名水浑病，二七之犯名火灭病）二曰上尾，（或名土崩病）三曰蜂腰，四曰鹤膝，五曰大韵，（或名触绝病）六曰小韵，（或名伤音病）七曰傍纽，（亦名大纽，或名爽绝病）八曰正纽（亦名小纽，或名爽切病）"①（见《文镜秘府论·西卷·文二十八种病》）。观此八病，极为细致，然论律自是越详细越好，为文则不能若是之琐碎。八病的扬弃，成为后代诗人必需的工作。此间琐碎繁复的细节，自然难于为后人所知，但约略分析，亦不难看到其中演变的轨迹。

【平头】按《文镜秘府论-西卷-文二十八种病》，"五言诗第一字不得与第六字同声，第二字不得与第七字同声。同声者，不得同平上去入四声，犯者名为犯平头。"②平头提出一六字不可同声调，实质要求联内声调相对，讲的是对仗原则问题，据后来衍生出的水浑、火灭、木枯、金缺诸病，要求一六、二七、三八、四九字俱不可同声调，可以很清晰的看到这一点。四声二元性被发现之后，这一规则自然就演变成要求联类平仄对仗，五言二二一节奏被发现或者说偶位的重要性被发现后，字字对仗遂有了弹性，严格者讲字字相对，宽松者讲偶位相对即可，遂演变成了律诗中的联内对句。

【上尾】按《文镜秘府论·西卷·文二十八种病》，"五言诗中，第五字不得与第十字同声，名为上尾。"③上尾提出的实质上是更严格的隔句用韵原则，其形象解释就是突出一联之尾，务使联联韵气相连，不被一三五句同声母、同韵母或同声调之字割断韵脉。这一原则甚至被应用于文章。

> 或云：其赋颂，以第一句末不得与第二句末同声。……沈氏亦云："上尾者，文章之尤疾。自开辟迄今，多惧不免，悲夫。"若第五与第十故为同韵者，不拘此限。即古诗云："四座且莫喧，愿听歌一言。"此其常也，不为病累。其手笔，第一句末犯第二句末，最须避之。……凡诗赋之体，悉以第二句末与第四句末以为韵端。若诸杂笔不束以韵者，其第二句末即不得与第四句同声，俗呼为隔句上尾，必不得犯之。……刘滔云："下句之末，文章之韵，手笔之枢要。在文不可夺韵，在笔不可夺声。且笔之两句，比文之一句，文事三句之内，笔事六句之

① ［日］遍照金刚：《文镜秘府论汇校汇考》，卢盛江校考，北京：中华书局，2006年，第907页。
② ［日］遍照金刚：《文镜秘府论汇校汇考》，卢盛江校考，北京：中华书局，2006年，第913页。
③ ［日］遍照金刚：《文镜秘府论汇校汇考》，卢盛江校考，北京：中华书局，2006年，第931页。

中，第二、第四、第六，此六句之末，不宜相犯。"此即是也。①

后来这一原则得到扬弃，除首句故意押韵者不遵守外，其他联则严格贯彻此原则，并变四声为平仄，最终成为律诗中的模样。

【蜂腰】按《文镜秘府论-西卷-文二十八种病》，"五言诗一句之中，第二字不得与第五字同声。言两头粗，中央细，似蜂腰也。"②蜂腰病实质讲的是节位相对原则，关系永明人对诗歌节奏的基本认识，其演变意义重大。《文镜秘府论-西卷-文二十八种病》引刘善经言：

> 刘氏曰："蜂腰者，五言诗第二字不得与第五字同声。古诗曰：'闻君爱我甘，窃独自雕饰'是也。此是一句中之上尾。沈氏云；'五言之中，分为两句，上二下三。凡至句末，并须要杀。'即其义也。刘滔亦云：'为其同分句之末也。其诸赋颂，皆须以情斟酌避之。如阮瑀《止欲赋》云："思在体为素粉，悲随衣以消除。"即"体"与"粉""衣"与"除"同声是也。又第二字与第四字同声，亦不能善。此虽世无的目，而甚于蜂腰。如魏武帝《乐府歌》云："冬节南食稻，春日复北翔"是也。'刘滔又云：'四声之中，入声最少，余声有两，总归一入，如征整政只、遮者柘只是也。平声赊缓，有用处最多，参彼三声，殆为大半。且五言之内，非两则三，如班婕妤诗曰："常恐秋节至，凉风夺炎热。"此其常也。亦得用一用四：若四，平声无居第四，如古诗云："连城高且长"是也。用一，多在第二，如古诗曰："九州岛不足步"此，谓居其要也。然用全句，平上可为上句取，固无全用。如古诗曰："迢迢牵牛星"，亦并不用。若古诗曰："脉脉不得语"，此则不相废也。犹如丹素成章，盐梅致味，宫羽调音，炎凉御节，相参而和矣。'"③

显然，从沈约到刘善经，关于诗句有分节且节尾字声须相对的看法基本一致，关于五言诗的具体节奏其看法则已有显著变化。沈约认为五言"上二下三"，即五言为"二三"节奏，包含二三两节，两节尾字为第二第五字，故第二、五字须声调相对；刘善经虽不反对沈约，喻其为一句中之上尾，但更强调"又第二字与第四字同声，亦不能善。此虽世无的目，而甚于蜂腰"，并引刘滔言论作为佐证，则显然已将五言看成"二二一"节奏，因此才有对偶位两字重要性的特别强调。从中可以看出，蜂腰原则在实际律句探索中已发生明显的意义变化。在四声二元化的催生下，蜂腰原则最后为更为根本的二字节节位相对原则所替代。当蜂腰原则演变为二字节节位相对原则，律句的观念便发生了实质上的飞跃，成熟律句的生成已为期不远了。

---

① [日]遍照金刚：《文镜秘府论汇校汇考》，卢盛江校考，北京：中华书局，2006年，第939—940页。

② [日]遍照金刚：《文镜秘府论汇校汇考》，卢盛江校考，北京：中华书局，2006年，第949页。

③ [日]遍照金刚：《文镜秘府论汇校汇考》，卢盛江校考，北京：中华书局，2006年，第956页。

【鹤膝】按《文镜秘府论·西卷·文二十八种病》，乃"五言诗第五字不得与第十五字同声。言两头细，中央粗，似鹤膝也，以其诗中央有病"①。鹤膝强调的仍然是严格隔句用韵原则，即诗中奇句句尾固不可以乱韵，就是同声调亦须避忌，其作用与上尾略同。鹤膝原则在律诗中虽未强调，但实质上仍被保留

【大韵】"五言诗若以'新'为韵，上九字中，更不得安'人'、'津''邻'、'身'、'陈'等字，既同其类，名犯大韵。"②

【小韵】"除韵以外，而有迭相犯者，名为犯小韵病也……就前九字中而论小韵，若第九字是'澲'字，则上第五字不得复用'望'字等音，为同是韵之病。元氏曰：'此病轻于大韵，近代咸不以为累文。'"③

大韵小韵目的都是为了突出韵的存在，大韵讲十字中不能出现与韵脚韵母和声调均相同的字，小韵讲十字中不能出现韵母与韵均相同的字。由于过于烦琐，大韵小韵实际上在律诗中已不过分强调了。

【傍纽】"五言诗一句之中有'月'字，更不得安'鱼'、'元'、'阮'、'愿'等之字，此即双声，双声即犯傍纽。亦曰，五字中犯最急，十字中犯稍宽。"④

【正纽】"五言诗'壬'、'衽'、'任'、'入'，四字为一纽；一句之中，已有'壬'字，更不得安'衽'、'任'、'入'等字。如此之类，名为犯正纽之病也。"⑤

傍纽讲一句之中避免声母相同之字，正纽讲一句之中避免声母、声调均相同之字，实质上都是为了强调"异音相从"的错落美，避免音韵上的单调，然而却忽视了诗歌另一种更为优美的声音原则"同声相和"，故而这个病犯其实不仅不为诗人所反对，倒常常成为高明诗人追求的目标。复沓、双声、叠韵、顶真、连环等技巧所造成的优美诗歌如《西洲曲》《春江花月夜》《代悲白头翁》《春江花月夜》《葬花词》等，足可以说明这个问题。后来律诗，很少在这个问题上纠缠的。

由以上分析可知，八病到律诗粘对，是很复杂的过程，有扬有弃有转化。蜂腰原则所蕴含的句内节节相对观念，平头原则所蕴含的联间对仗观念，上尾所蕴含的隔句押韵观念，皆被律诗所继承。大小韵的烦琐，傍纽、正纽的偏颇，则被律诗实践所抛弃。惟律诗形成过程中的四声二元化和粘式律两大发坝，则非八病所能涵盖，当数永明后的新发现。粘的规律，现今最早最完整叙述当为《文镜秘府论·天卷·调声》引元兢《诗髓脑》遗文之所论"换头术"，该段文字复现于托名王昌龄《诗格》中，颇为重大发现；杜晓勤在《齐梁诗歌向盛唐诗歌的嬗变》中，对粘式律的演变轨迹有较为详细的讨论⑥。至于四声二元化的演变历程，则仍属谜团，尚需大力发掘，而对于

---

① ［日］遍照金刚：《文镜秘府论汇校汇考》，卢盛江校考，北京：中华书局，2006年，第973页。
② ［日］遍照金刚：《文镜秘府论汇校汇考》，卢盛江校考，北京：中华书局，2006年，第1000页。
③ ［日］遍照金刚：《文镜秘府论汇校汇考》，卢盛江校考，北京：中华书局，2006年，第1008页。
④ ［日］遍照金刚：《文镜秘府论汇校汇考》，卢盛江校考，北京：中华书局，2006年，第1015页。
⑤ ［日］遍照金刚：《文镜秘府论汇校汇考》，卢盛江校考，北京：中华书局，2006年，第1038页。
⑥ 杜晓勤：《齐梁诗歌向盛唐诗歌的嬗变》，北京：北京大学出版社，2009年，第89页。

律句的形成而言，四声二元化的重要性，远比粘的规律来得重大。

2）从齐言平仄系统到杂言平仄系统的演变

四声二元化起于何时，迄于何时，迄今尚无定论。但至迟至沈宋律诗完成，四声二元化应已接近完成。四声二元化的直接结果就是形成后来启功所总结的竹竿律。竹竿律与齐言粘对规则相结合，形成的是成熟五七言律诗及六言律诗；竹竿律与杂言结合，则形成多种多样的长短句体系。从齐言律诗到杂言长短句，这个过程相当漫长，从中唐一直延续到宋末。关于长短句声律体系的性质、类型和各种规律，正是本书研究的重点。

3）从杂言平仄系统到平仄、四声系统合流

从元曲开始，入声渐渐消融，上去从严，律句体系也从杂言平仄系统逐渐转变为与四声系统合流。从杂言平仄系统到平仄四声系统合流，此中的演变细节，尚需做进一步研究。元周德清著《中原音韵》，已是结果。明王骥德著《曲律》，论及曲律之平仄、阴阳、韵、闭口字、务头，所论甚细，然略止于经验，于律句的理论概括尚然有亏。

律诗、词、曲，是汉语律句实践逐渐深化扩展的阶段。这一阶段形成了四种成熟的律绝，四种成熟的律诗，两千余种词体以及若干曲体，律句观念也因此逐渐深化扩展。但整个律句观念仍处于零散的经验阶段，真正的总结，要等到清人完成。

(4) 规模于清

清先后出现了带有总结性的描述诗律体系的若干诗谱、描述词律体系的若干大型词谱以及描述曲律体系的大型曲谱，这些描述皆带有理论研究和探讨性质，律句观念在这些诗谱、词谱、曲谱中得到了空前广泛的展示，故而说律句观念规模于清。

清的诗律谱，清初王士禛及其弟子论诗律，形成《律诗定体》《王文简古诗平仄论》，是为首创；赵执信求王说不成，发愤排比唐人诗集，著为《声调谱》，翟翚编《声调谱拾遗》；翁方纲著《五言诗平仄举隅》《七言诗平仄举隅》，皆初步研究诗律之著作；其后董文焕据赵氏之说加以增订为《声调四谱》，讨论平仄拗救，蔚为详瞻，允为总结。词则自明代以来，任意为长短句，张綖著《诗余图谱》、程明善著《啸余谱》，用意纠订词调，有开拓之功，但错误诸多；清万树遂发愤著《词律》，收词660余调1180余体，徐本立为之作《词律拾遗》增至调825体1670余，词律遂有可靠版本；康熙年间陈廷敬、王奕清复等以词律为基础编成官方大型词谱《钦定词谱》，清末秦巘则独立编成大型词谱《词系》，词律遂备。①曲谱则有王奕清等因朱权《太和正音谱》、沈损《南曲谱》编成《钦定曲谱》，收北曲曲牌335个，南曲曲牌811个。又有李渔《闲情偶记.词曲篇》，视词曲于一辙，辩填词之难、制谱之误、词韵之守、曲谱之遵，并拗句、上声、入韵、务头等各种律句相关观念，律句研究达到一定理论水平。

---

①关于明清格律谱演变过程，参看刘永济《〈刘永济集〉宋词声律探源大纲　词论》，北京：中华书局，2007年，第71页。

诗谱、词谱、曲谱的相继完成是以平仄系统的律句声律为基础的，曲谱则略杂有些许四声律句。丰富而复杂的杂言律句的审定表明律句观念已进入到一个系统化的阶段。

（5）概括于王力

王力作《汉语诗律说》[①]，第一次集一人之力系统考察诗、词、曲三大诗歌样式的句式及格律特征，并对三言、四言、五言、六言、七言、八言、九言句式的格律特征及律句可能情况做了详尽分析，较之清人诗谱、词谱、曲谱的分立考察又前进了一步。故曰律句观念概括于王力。

遗憾的是王力的律句观念尚有拘束，虽已归纳三、四、八、九言的律句形式，但出言谨慎，并未从系统上提出统一的律句概念。这一理论上的最后突破是由启功完成的。

关于王力的律句观念的讨论详见下节。

（6）升华于启功

启功撰《诗文声律论稿》[②]，以"竹竿律"和"竹竿三字脚律"（我的概括）概括诗（广义的诗歌，包括词曲）文中大量出现的纷繁复杂的律句现象的本质规律。这一理论概括是建立在清人对诗律词律曲律所进行的大量基础研究的基础之上，沿着王力诗词曲律句系统全面考察所指引的研究方向，对汉语诗律所进行的一次具有深刻洞察力的理论总结，是对王力律句系统考察的升华，既具有理论上的深刻性，又具有实践上的巨大指导意义，同时又因其通俗形象而易于被理解。至此，汉语诗歌律句有了明确而统一的判断标准，汉语诗律观念遂达到了一种透彻明晰的理论高度。故曰律句观念升华于启功。

遗憾的是，迄今为止，理论界对启功的理论概括反响寥寥，或则以所持皆为常识，不过经验之谈，不足一论；或则以所论至简至省，遂归为一隅之理论，皆未能重视、洞察其于中国诗歌声律的关键意义。洛地著《词体构成》，所持律句理论与启功接近，表述略有不同，迨始以相类理论观念研究文学，所得颇能引人侧目，可以预见此一理论在文学研究和实践领域的广阔前景。

关于启功先生的贡献，下文将作详细讨论。

1.4.3.2　论三家律句观念：王士禛、王力、启功

以近代而论，清初王士禛刊布诗律首论之作《律诗定体》[③]，1958年王力出版诗律通论之作《汉语诗律说》，1976年启功发表声律总结之作《诗文声律论稿》，这三部书代表各自时代诗论家之基本律句观念，最能见出律句观念之演变更替。兹以三部书

---

①王力：《汉语诗律学》，上海：上海教育出版社，1962年。

②启功：《汉语现象论丛·诗文声律论稿》，北京：中华书局，1997年。

③王士禛：《律诗定体》，上海：上海古籍出版社，1978年，第113—115页。

为线索，对比探讨近代律句观念之流变情况。

(1) 三家律句观念

为节省篇幅，兹不引原文，直接以表1-68形式显示三家律句观念之异同。

表1-68　三家律句观念异同

	王士禛	王力	启功
理论上是否提出统一律句概念	否	否	是
所论律句适用范围	古诗、律诗	诗、词、曲	诗、词、曲、文
所论律句涵盖的句式	五言、七言	三言至九言	一言至九言
基本律句观	经验上	经验上，但有体系化倾向	理论严密
对"二四六分明"的认识	认同，停留在经验阶段	矛盾，试图解释但仍停留在经验阶段	理论上认同
对"一三五不论"的看法	限制性采用，批评	限制性采用，批评	限制性采用，赞同，有深刻理论探讨
对"孤平"看法	未提出过孤平概念，但实论孤平；认同孤平有条件为病	提出孤平定义，认同孤平无条件为病，但解释与定义有矛盾	独特孤平观，孤平有条件为病
"拗句观"	经验上	宽松拗句观——提出"拗"的概念及分类，但议论颇有漏洞。	严格拗句观——以竹竿律为衡量标准
对诗体与律句关系的看法	认同诗词讲平仄	认同词是律化的长短句	诗词曲律句一体观

下面对三家的律句观念作细致分析。

1) 基本律句观

王力的律句观仍属经验范畴，但较王士禛已显体系化。其主要观点有两条。①拈出五七言各四种完美格律的句式作为律句，余皆视为甲、乙、丙三种不同级别的拗句。[①] ②比附五七言论其他言的律句："从一字句至十一字句，平仄都有一定……律句就是普通的诗句，例如仄仄平平仄，拗句就是古风式的句子，例如仄平平平仄。非但五言七言有律拗之别，连三言四言六言也有律拗之别，三言等于五七言的下三字，所以平平仄和平仄仄是律，仄平仄和仄仄仄是拗。四言等于五七言字的上四字，所以仄平平仄、平平平仄，平仄平仄和仄平仄仄是律，平仄平仄和仄仄仄仄之类是拗。六言等于七言的下六字，所以仄仄平平仄仄是律，平仄仄平平仄之类是拗，平脚的句子由此类推。"[②]

启功的律句观呈现出高度的理论化。他以"竹竿律"和"竹竿三字脚"衡定所有句型的合律与否，具体而言，则运用"竹竿律"分别截取各言律句：①从竹竿上截下

---

①王力：《汉语诗律学》，上海：上海教育出版社，1962年，第74页。6-8近体诗-平仄的格式一节。

②王力：《汉语诗律学》，上海：上海教育出版社，1962年，第582—583页。第41-2条。

三五七言律句各4类①：×○［×○（○○○）］。②从平仄长竿上截出四言律句4类，第一字不论得8种②：×○○○。③从长竿上截出六言律句4类，第一三字不论得16种③：×○×○○○。④以上各类中去掉孤平类即为律句，并作律句总表④：｛×○［（×○○○）｝○］。启功的律句观非常透彻简明。

2）对"二四六分明"的态度差异

"二四六分明"观念蕴含着三个次级的观念：①诗节观：对节奏和顿的认识；②平仄观；③平仄交替律、平仄、平仄交替观念。

王力认为，"事实上，一三五不一定可以不论，二四六不一定要分明"，表明他的态度实际上处于矛盾状态，试图解释却仍陷入经验为先的圈套。其态度可分从两个方面理解。①基本认同两字节——王力认为，"依近体诗的规矩，是以每两个字为一个节奏，平仄递用"⑤；"如果我们的设想不错，平仄递用也就是长短递用，平调与升降调或促调递用"⑥；"汉语近体诗中的仄仄平平乃是一种短长律，平平仄仄乃是一种长短律"⑦②矛盾——"二四六正当节奏点，本不应当用拗。但是，有两种特殊形式是可以用拗的；此外，有些诗人不甘受律句平仄的拘束，或故意求取高古的格调，也喜欢在节奏点用拗"⑧；"这里所谓平仄上的特殊形式，指的是五言b式的第四字或七言b式的第六字该仄而平，和五言a式的第四字或七言a式的第六字该平而仄。因为五言的第四字和七言的第六字是重要的节奏点，平仄不合，似乎是大大的违犯了平仄的规律，不合'二四六分明'的口诀，所以我们称为平仄上的特殊形式⑨……这种特殊形式多数用于尾联的出句，这也是诗人的一种风尚⑩"；"此种特殊形式，一般人都认为'拗句'（有些人甚至仅仅承认这是'拗'，除此之外不称为'拗'。）谈拗救的人，自然也把它认为本句拗救……但是，如果'拗'的意义是'违反常格'，则是否该称为拗尚有问题；因为这种形式常见到那样的程度，连应试的排律也允许用它……实在不

---

①启功：《汉语现象论丛·诗文声律论稿》，北京：中华书局，1997年，第183页，表二《律句二四六字关系表》。

②启功：《汉语现象论丛·诗文声律论稿》，北京：中华书局，1997年，第221页，表二《四言两节合律句式表》。

③启功：《汉语现象论丛·诗文声律论稿》，北京：中华书局，1997年，第223页，表五《六言三节合律句式表》。

④启功：《汉语现象论丛·诗文声律论稿》，北京：中华书局，1997年，第229页，《七五六四言律调句式总表》。

⑤王力：《汉语诗律学》，上海：上海教育出版社，1962年，第7页，导言—韵语的起源及流变-平仄和对仗，第2-2条。

⑥王力：《汉语诗律学》，上海：上海教育出版社，1962年，第7页，导言—韵语的起源及流变-平仄和对仗，第2-4条。

⑦王力：《汉语诗律学》，上海：上海教育出版社，1962年，第7页，导言—韵语的起源及流变-平仄和对仗，第2-5条。

⑧王力：《汉语诗律学》，上海：上海教育出版社，1962年，第90页，7-12条。

⑨王力：《汉语诗律学》，上海：上海教育出版社，1962年，第100页，9-1条。

⑩王力：《汉语诗律学》，上海：上海教育出版社，1962年，第101页，9-3条。

很应该认为变例（叫作'特殊形式'也是不得已的）。它竟可认为b式的另一式，'平平平仄仄'和'平平仄平仄'是任人择用的。不过，在另一个观点上，也可认为'拗'：近体诗的出句和对句本该是平仄相对的，尤其是节奏点；现在出句的第四字和对句的第四字（七言则为第六字）都是平声，就该算不合常规，也就可以叫作'拗'。如果要叫作'拗'的话，我们建议叫作'特拗'"①。

启功则在理论上对"二四六分明"持认同态度，认为"'二四六分明'这句虽未能说明怎样分明，但还算没有错误"。具体而言则有以下三点：①在平仄观上他认为"平和仄（扬和抑）是汉语声调中最低限度的差别，也可以说是古典诗文声律中最基本的因素"②，"平仄是扬抑，是语音声调中最概括最起码的单位，平仄的排列是诗文声律最基本的法则，而选用阴阳声，分别上去入，则属于艺术加工的范畴"③；②在诗节观赏他认同"两字一'顿'"，提出诗文"两字节""平节""仄节"概念④，"盒盖可以活动盒底不能活动"观念⑤；③在平仄交替观方面他指出，"句中各节，除句脚半节外，都需要间隔错综……所以'二四六分明'这句虽未能说明怎样分明，但还算没有错误"⑥。

3）对"一三五不论"的态度差异

对"一三五不论"的看法差异意味着对律句功能认识的差异。

王士禛对"一三五不论"的态度是"限制性采用，倾向于批评"，主要体现在其图谱八种类型律诗及说明上。他的观点分开来讲有三条：①七言第一字可完全不论；②五言第一字（即七言第三字）遵循"仄可换平；平不宜换仄，尤其是当"平平仄仄平"在双句位置上（坚决否认偶句位置的孤平；但不否定奇句位置的孤平）；③五言第三字（即七言第五字）全部规定平仄，效果与启功的完美三字脚略同（八种律诗64处中44处皆严格规定必不可易）；稍宽规定如下：仄可换平；不容平换仄形成三仄脚（即：平平仄、仄仄平、仄平平、平仄仄＞平仄平、平平平＞仄平仄＞仄仄仄）。归纳起来讲则概括为两句话：一是一不论三可宽五必严；二是可宽处"平不宜换仄"。

王力的态度和王士禛差不多，但他作出了更为细致的说明：①"七言诗句的第一字（顶节上字）的平仄，无论在任何情形下，都是可以'不论'的。因为它距离句尾最远，地位最不重要，既不在节奏点上（二四六各字则在节奏点），而五言诗句里也没有任何字和它的地位相当。"⑦②"五言诗句第一字和七言诗句第三字（头节上字）的平仄，除B式外，可以不论"⑧；"但是，在B式诗句里，如系五言，第一字的平仄

①王力：《汉语诗律学》，上海：上海教育出版社，1962年，第107—108页，9-5条。
②启功：《汉语现象论丛·诗文声律论稿》，北京：中华书局，1997年，第170页。
③启功：《汉语现象论丛·诗文声律论稿》，北京：中华书局，1997年，第172页。
④启功：《汉语现象论丛·诗文声律论稿》，北京：中华书局，1997年，第182页。
⑤启功：《汉语现象论丛·诗文声律论稿》，北京：中华书局，1997年，第182页。
⑥启功：《汉语现象论丛·诗文声律论稿》，北京：中华书局，1997年，第183页。
⑦王力：《汉语诗律学》，上海：上海教育出版社，1962年，第84页，7-4条。
⑧王力：《汉语诗律学》，上海：上海教育出版社，1962年，第84页，7-5条。

必须分明；如系七言，第三字的平仄必须分明。换句话说就是B式的头节上字必须依照规定，限用平声，也就是：五言的'平平平仄仄'不得改为'仄平仄仄平'；七言的'仄仄平平平仄仄'不得改为'仄仄仄平仄仄平'。如果近体诗违犯了这一个规律，就叫作'犯孤平'。因为韵脚的平声是固定的，除此之外，句中就单剩一个平声字了。孤平是诗家的大忌"[①]。③"五言诗句第三字和七言诗句第五字（腹节上字）的平仄，以依照平仄格式为正例，不依照平仄格式为变例。"[②]

启功对"一三五不论"则采取了"限制性采用，赞同"的态度，他提出"一三不论五必论"，且对此有深刻理论探讨。启功认为：①"有人由于看到盒盖可以活动，盒地底不可以活动的现象，便创出'一三五不论，二四六分明'的歌诀来。这种歌诀的说法，似是而非，因为不能专因盒盖能换而影响全局的和谐，所以一三五的能换与否，是有条件的，不是任何句式中都可以不论的。从……可以看出，一三有不论的，但B式句的三因怕四成孤平，就仍需论，五则没有不论的了。"[③]②提出各节宽严论"五七言律句是上部宽而下部言，最宽于发端而最严于结尾"[④]，倡导竹竿"三字脚"，以解决"五则没有不论的"问题[⑤]。

4)"孤平"观

三家对"孤平"的认定和解释深浅不尽相同。

王士禛未提出过孤平概念，但实论孤平；认同孤平有条件为病，视位置而定。他认为"五律，凡双句二四应平仄者，第一字必用平，断不可杂以仄声，以平平止有二字相连，不可令单也。其二四应仄平者，第一字平仄皆可用，以仄仄仄三字相连，换以平韵无妨也。大约仄可以换平，平断不可换仄，第三字同此。若单句第一字，可勿论。"[⑥]

王力进一层，提出孤平定义，认同孤平无条件为病，但解释与定义有矛盾。王力的具体观点是："①五言的'平平仄仄平'不得改为'仄平仄仄平'；②七言的'仄仄平平仄仄平'不得改为''仄仄仄平仄仄平'。如果近体诗违反了这一个规律，就叫作'犯孤平'。因为韵脚的平声字是固定的，除此之外，句中就单剩一个平声字了。'孤平'是诗家的大忌。"[⑦]

启功则持独特孤平观，认为孤平有条件为病。他认为：①"律句中忌'孤平'，是从来相传的口诀，但没有解释的注文，也没有说哪个字的位置例外……"孤平"实指一平被两仄所夹处"；②"除了五言B式句外，无论五言、七言的首字，都可以更换。这是因为句子的发端处限制教宽。只有五言B式句首字不能更换，是因为它如换

---

①王力：《汉语诗律学》，上海：上海教育出版社，1962年，第85页，7-6条。

②王力：《汉语诗律学》，上海：上海教育出版社，1962年，第88页，7-9条。

③启功：《汉语现象论丛·诗文声律论稿》，北京：中华书局，1997年，第182页。

④启功：《汉语现象论丛·诗文声律论稿》，北京：中华书局，1997年，第189页，论律句中各节的宽严。

⑤启功：《汉语现象论丛·诗文声律论稿》，北京：中华书局，1997年，第185页。

⑥王士禛：《律诗定体》，上海：上海古籍出版社，1978年，第113页。

⑦王力：《汉语诗律学》，上海：上海教育出版社，1962年，第85页。

用仄声，则下边一子便成为两仄所夹的'孤平'，声调便不好听"①；③"四言的B2和六言的B2、B3（分别指的是"仄平仄仄""平仄仄平仄仄""仄仄仄平仄仄"三句式——笔者注），因有孤平，也不够严格的律句。"②从启功的提出概念来看，"仄平仄仄平平""仄平仄仄仄平""仄平仄仄仄平平""仄平仄仄仄平仄"皆孤平，但启功不以为不合律，只是指为不够严格，这比王力要显得灵活。另外，启功提出的孤平观涵盖了四言、五言、六言、七言等更广泛范畴。

5）"拗句观"：王力的"宽松拗句观"和启功的"严格拗句观"

王士禛的拗句观体现在初步的律句分级观念和复杂的拗救实践上。主要表现有以下五条：①认为"平平仄仄平"为律句，"仄平平仄平"为拗律句，"仄平仄仄平"则古诗句。体现出了初步的律句分级概念。②认为"平平仄仄仄"在下句为"仄仄仄平平"条件下为律诗常用，不落调；但"仄平仄仄仄"为落调。③提出多种拗救实例。但观念不清晰。④认为"一三五不论"有误导。⑤所举律诗多拗句，有凡拗必救，拗句无防律诗的观念。王士禛"拗句观"完全是经验的杂烩。

王力持"宽松拗句观"，论及律诗"拗"的概念及分类，但议论颇有漏洞。③其主要观点有两条。①认为除四种完美律句外，均为拗句。②提出拗的类型：一三五位置的三种拗和二四六位置的拗。

启功持"严密拗句观"，以"竹竿律"和"孤平"作为衡量拗句标准。其观点主要有三条：①提出凡不符合从四种竹竿上截下来的各类句式即为拗句。②提出符合从四种竹竿上截下来但在独特位置犯孤平的句式也是拗句。③不认同王士禛等的"拗律句"，概归之为拗句。

6）对词与律句关系的看法

王士禛基本认同词用律句，认为"诗但论平仄清浊，诗余亦然。惟元人曲，则辨五音，故有中州韵、中原韵之别"④。

王力也认同词用律句。他对词提出概念即是"一种律化的、长短句的、固定字数的诗"⑤。他对于律句和诗体的认识主要可从以下一段话窥见："从一字句至十一字句，平仄都有一定。词的句子，就平仄方面说，大致可分为两种（"律""拗"只取便陈说，没有深意）。律句就是普通的诗句，例如仄仄平平仄，拗句就是古风式的句子，例如仄平平平仄。非但五言七言有律拗之别，连三言四言六言也有律拗之别，三言等于五七言的下三字，所以平平仄和平仄仄是律，仄平仄和仄仄仄是拗。四言等于五七言字的上四字，所以仄平平仄、平平平仄，平平仄仄和仄平仄仄是律，平仄平仄

---

① 启功：《汉语现象论丛·诗文声律论稿》，北京：中华书局，1997年，第177页。

② 启功：《汉语现象论丛·诗文声律论稿》，北京：中华书局，1997年，第226页。

③ 王力：《汉语诗律学》，上海：上海教育出版社，1962年，第90页，7-10条论律诗"拗"的概念及分类。

④ （清）郎廷槐：《师友传灯录》，上海：上海古籍出版社1978年，第137页。

⑤ 王力：《汉语诗律学》，上海：上海教育出版社，1962年，第509页，36-3条。

和仄仄仄仄之类是拗。六言等于七言的下六字，所以仄仄平平仄仄是律，平平仄平平仄之类是拗，平脚的句子由此类推。大致说起来，唐五代词差不多全是律句，宋词则往往律拗相参。诗在古风里的拗句是随意的，而词中的拗句却是规定的。"①

启功持诗词曲律句一体观，对于诗、词、曲用律句基本上使用同一标准看待，这是启功最为理论化的地方。他认为"词、曲的平仄句式，和前边几章所谈的各种律句一样。但词、曲都是入乐的，所以其中有受到乐谱限制的句式。常见……更有特殊的地方，必须用拗句。如此等等，都属于特定句式。但一般只论平仄的普通律句，究占绝大多数的"②。启功的论述既保持了内在的一致性又富有层次感。

（2）三家律句观念的演化

从上表及论述，可以看出300年来律句观念的巨大变化，约略有以下几点。

1）涵盖的文体范围逐渐扩大

王士禛尚只能就诗论律句，依据的是经验；王力已经论词和曲的律句，依靠的是比附的方法；而启功则从逻辑上，将律句范围扩大到了所有诗文，真正使汉语律句具有了普遍意义。

2）涵盖的句式对象亦逐渐扩大

王士禛只能就诗歌论五七言，王力依据比附的方法论及词曲的一至九言律句，启功则依据逻辑的方法抛开文体备论一至九言律句。启功最终完成了对汉语诗文律句所有形式的理论概括。

3）律句观念由经验走向理论，由繁复走向概括，由芜杂走向简洁

王士禛并无明确律句概念，只谈各种合律与拗救；王力以三四六言比附五七言，关注对象扩大了，讨论却走向明晰化和类化，以五言完美律句为核心，其他皆定为拗，渐次讨论诗、词、曲各种句式的律和各种层次的拗，理论上给人一种通贯严明的感觉；至启功，则高屋建瓴，淘沙拣金，次第考察律句的平仄、节、平仄交替、三字脚，拈出平仄竹竿律统帅所有律句现象，直入律句本质。律句观念从二王到启功，关注的范围是空前扩大了，得到的结论却空前简洁了。

4）对具体律句现象的看法，如一三五不论、二四六分明、孤平、拗句、拗救等，也随着律句观念的深化而逐渐走向深入，渐趋于理性与客观

王士禛的看法可以说完全是经验上的归纳；王力则开始对大量归纳的经验进行理论分类并尝试解释，他以节奏点解释一三五的不论，以长短律解释二四六的分明，以更明白的方式提出孤平概念，以更果断的态度区分律拗，对拗句进行详尽的归类和讨论等等，其归类虽未必妥当（如对律拗），其解释虽未必尽正确（如长短律），但比之晚清，其看法无疑更深入一层，其认识无疑更具有客观价值；而到了启功，则是以一

---

①王力：《汉语诗律学》，上海：上海教育出版社，1962年，第582—583页，41-2条。
②启功：《汉语现象论丛·诗文声律论稿》，北京：中华书局，1997年，第230页，诗文声律论稿篇第十二章"词曲中的律调句"。

种理论大家的态度来剖析格律规律，得到诸如一不论三有条件五必论、二四六务必分明、孤平实指两平夹一仄等更符合实际更精到的结论，其对具体律句现象的看法无疑在王力的基础上又前进了一大步。

5）对律句本质的认识，发生了飞跃

王士禛谈不上对律句本质有什么认识；王力则以"长短律"解释律句的本质，提出平仄递变的规律；至启功又发生了变化，以"扬抑律"来解释律句的本质，并提出虽然通俗却极具理论穿透力的"竹竿律"。王力和启功的认识显然比王士禛要高明许多。

至于王启二人究竟谁更接近事实，尚需进一步研究。据朱光潜《诗论·中国的四声是什么》篇对四声的讨论，则关于声调的性质当时并无定论[①]。则启功的选择，以含混的声律效果"抑扬"作为理论基础，避开了长短、轻重等争论，在他的那个年代，似较为明智。然启功的说法，亦须商榷。近十年来关于声调和平仄本质的研究，正成为一个热点。下文将据此背景对平仄本质作语音学上进一步探讨。当然，启功的抑扬"竹竿律"具有理论上的优越性，更简洁完美，更便于运用和实践，则是不争的事实。

1.4.3.3 论古典律句规律之集大成："竹竿律"

"竹竿律"是启功先生对汉语律句观念的理论总结。上面我们已经讨论了关于"汉语律句观念演变""三家律句观念比较""汉语声调、节奏、平仄的本质"等一系列问题，下面我们将结合这些讨论对"竹竿律"做更深入的分析，观察掩藏在"竹竿律"下一些更普遍的声律原理，并探讨这些声律原理怎样逐步完成了对"竹竿律"的构建，从而更进一步理解"竹竿律"作为一个集大成的声律规律的历史贡献。

（1）"竹竿律"性质

1）"竹竿律"是"声律"而不是"乐律"

汉语有两种"律"的观念：一是音乐的；二是文字的，分别称为"音律"和"声律"，或者"乐律""格律（文字律）"。如：

> "诗言志，歌永言，声依永，律和声"（《尚书·尧典》）

其中的"律"指的是"音律""乐律"。而"律诗"的"律"，指的则是"文字格律"或"声律"。由于汉语诗、歌分合，是非常复杂的现象，诗、歌分离作为世界诗歌发展史上的普遍趋势，在汉语文学中体现得并不典型，在诗、歌相合的年代里，人们往往杂用两种"律"的术语和观念，这导致了许多误解和纠缠不休的问题，所以在这时首先澄清这两种"律"的观念。我们明确，"竹竿律"属于文字格律——"声律"的范畴。

[①]参朱光潜《诗论》，合肥：安徽教育出版社，2006年，第148—152页。

2）"竹竿律"是"平仄律"而不是"四声律"

汉语"声律"有两个系统："平仄系统"和"四声系统"。除押韵外，主讲平仄的，可称为"平仄律"，属于"平仄系统"，除押韵外还需严讲四声配合的，可称为"四声律"，属于"四声系统"。如"永明体"即属于"四声系统"，律诗则属于"平仄系统"。我们明确，"竹竿律"是属于"平仄系统"的声律规律，它的性质是"平仄律"。明确这一点，对下文的深入讨论将大有帮助。

（2）"竹竿律"声律要素的声律原理分析

"竹竿律"是从下列一些重要的声律现象中总结出来的：双音节奏、平仄重复递变、三字脚、押韵。其中包含的声律要素很多，主要有：节（步、顿）、节重音、韵、句重音、平仄等。这些声律要素都蕴含着丰富的基本声律原理。下面对这些声律要素及其蕴含的声律原理做具体分析。

1）四大格律原理

我们认为，汉语声律至少有四个深层的格律原理，依据其重要性，依次排列如下：一是节奏原理，二是复现原理，三是协对原理，四是侧重原理（不平等原理）。观察这些原理的重要性，只要看看它们在诗歌中的表现即可。

为什么节奏排第一位呢？这源于三个基本事实：新诗并不甚重视"复现原理"和"对立原理"，不仅放弃了"平仄相重"、对仗，甚至连押韵也并非必须，但是只要它具备一定节奏，无妨于它成为诗；现代五七言民歌和永明体之前五七诗也都没有平仄相重，有时亦无对仗，但因有相应的节奏，仍给人以诗的感觉；由语音变化带来的"轻声节奏"对"双音节奏"的取代，直接导致了旧诗体系的崩溃和新诗的诞生。由此推断，节奏可能是诗歌的第一要素，或者说，诗歌首重节奏。一篇没有节奏的文字，可以说是基本上丧失了诗歌的资格。

为什么"复现原理"能排第二呢？因为"复现原理"对于汉语诗律实在重要，是汉语诗律的另一个基石。相同或相似的要素在诗歌中反复出现，自然对节奏和韵律都会有莫大帮助。汉语诗歌有很多运用"复现原理"形成的声律规律。其中最重要的是重章叠唱，诗经的重章叠唱，其为人乐道自不必说，词发展到宋以后，基本上是双调的形式，也可见其重要性。同样重要的是押韵，对句尾韵的重视，可以说汉语比其他任何一种语言都更加严厉，只要看看历朝历代韵书的森严规定，以及韵书在各自朝代的崇高地位，简直就可以说，没有押韵就不能算是诗歌。其次，"平仄相重"也是"复现原理"的重要表现，由"平平"和"仄仄"构成的旋律，是律诗的基础部分之一。再次，在民歌和文人诗中，运用"复现原理"所形成的双声、叠韵、顶真、连环等声律现象，也非常普遍，并且往往美学效果惊人，如被誉为南北朝民歌双璧之一的"西洲曲"，以及被誉为"孤篇横绝全唐"的《春江花月夜》等，就是最典型的例子。

"协对原理"，也就是运用两种对立要素产生和谐效果的原理。"协对原理"无疑是中国诗歌又一个十分重要的原理。如律诗的对仗现象、平仄递变现象，都是这一原理的有力表现。事实上，对的原理不仅表现在律诗中，在文章中更是被运用到了极致，形成了一种独具中国特色的文章体系——骈文体系；同时这一原理还通过"对联"形式进入中国人的日常生活，成为中国人风俗习惯的一个部分。"协对原理"在中国的发达是有原因的，中国人的哲学观从周易老子开始，就主讲二元对立统一，二元思维简直深入中国文化的骨髓。如果说，"协对原理"所形成的对仗现象是汉语最具民族特色的语言现象，那是毫不夸张的。但客观地讲，这一"原理"在近古以后有所削弱，在近代（新文化运动后）更是几近抛弃，新诗中已鲜见其迹，因此只能将它排在"复沓原理"之后。

"复现原理"与"协对原理"在诗歌声律中往往成对出现，刘勰对这两个原理曾有过精辟表述：

> 异音相从谓之和，同声相应谓之韵……属笔易巧，选和至难，缀文难精，而作韵甚易。虽纤意曲变，非可缕言，然振其大纲，不出兹论。①

这里所讲的"和""韵"，就是"复现原理""协对原理"的另一种表述。刘勰非常自信地说"虽纤意曲变，非可缕言，然振其大纲，不出兹论"，可见他对这两个原理的重要性的认可程度。

除了上述三个显而易见的原理之外，还有一个易于被人忽视的汉语声律原理——侧重原理或曰不平等原理，在这里不能不提。

如"一三五不论，二四六分明"这个常见的歌诀中就隐含着"不平等原理"的存在——一个重要的"重音原则"：即在双音节奏中，两个单音的诵听地位是不平等的。其中，处于节奏点的音常常起主导作用，其地位要明显高于非节奏点的音，诵听起来感觉要重，在汉语言学中，这种规律被称为双音词"后重"（详见上文"节奏的本质-双音节奏点"一节）；具体到七言律句，就是处于节奏点的"二四六"位置上的字，因地位重要，故要求严守平仄递变规律，平仄必须分明，而处于非节奏点"一三五"位置上的字，地位不太重要，在多数时候就可以不论了。

再如律句中的各"小节"，其声律地位也是不平等的。启功在分析五七言律句各"小节"的格律地位时，专设了"律句中各节的宽严"一节，其中说：

> 律诗无论五言句或者七言句，以部位论，是下段比上段严格……从以上各例中，可以证明，律句中部位的宽严层次，是愈往下愈严的。排列来看：
>
> 最宽　次宽　次严　最严
> 甲乙　丙丁　戊己　庚辛
> 可知五七言律句是上部宽而下部严，最宽于发端而最严于结尾的。②

很明显，启功充分注意到了律句中各节格律地位的不平等。由这个不平等，启功成功

---

①范文澜：《文心雕龙注》，北京：人民文学出版社，1958年，第552—553页。
②启功：《汉语现象论丛》，北京：中华书局，1997年，第188—189页。

的解决了"三字脚"的格律问题：启功认识到句尾"三字脚"的在整个句式中的核心地位，提出了"三字脚"必严守"竹竿律"的论断。这一论断成功解释了律诗"三字脚"具有特殊严格的平仄规定的现象。"三字脚"现象，首先得到了林庚的注意①，但林庚主要关注的是节奏，其格律问题，则是由启功首先注意到的。"三字脚"的格律问题，是整个律句问题的关键，解决了，就能得到统一的律句观念，没有解决，就很难形成统一的律句观念。王力就因为没有解决这个问题，所以只能列举律句的类型，不能统一律句认识。受到"仄平仄"脚和"孤平"现象的干扰，王力始终不能重视或者认识到以下两个事实①"一三五不论"的底层规律是平仄递变，平仄递变可以彻底运用到所有格式中，故"仄平平仄仄"可替代"平平平仄仄"的基础性地位，而成为基本律句（王力认为"平平平仄仄"是正格，"仄平平仄仄"是变格）②"一三五不论"中，"一三"约可"不论"，受三字脚"地位影响，"五"则"必论"（王力认为一三五不一定不论，二四六不一定分明，他混淆了特殊与一般的区别）。如果说，忽视第一个事实是因为对平仄递变规律贯彻不力，那么，忽视第二个事实则完全是因为没有注意到存在于三字脚处的这种特殊的不平等原理）。还有，在律诗中，"平"与"仄"的地位也不是对等的。一般来讲，平的影响一般要略高于仄。如体现在押韵上，律诗一般主张押平韵；体现在某些句子中，平可以代仄，仄则不适宜代平，孤平现象甚至受到严令禁止（分别参见"三家平仄观念比较"一节王士禛和王力、启功的意见）。这大概是由于前人认为平声具有更特殊稳定的音响效果。启功就曾经直接指出过：律诗中平声的严格，是过于仄声的。②

总之，"不平等原理"也是声律规律的一个重要原理，很多重要的声律规律都隐含着它。但由于其很隐蔽，往往容易被人忽视掉，而造成许多理解上的脱节，这一点是必须给予充分注意的。

2）竹竿律包含格律要素的声律原理分析

下面，我们以四大声律原理来具体分析"竹竿律"声律要素的性质。为了观察的方便，我们将"竹竿律"声律要素涉及的声律原理列成表1-69。

表1-69　"竹竿律"声律要素涉及的声律原理

"竹竿律"涉及的声律要素	节奏原理	复现原理	协对原则	侧重原理
顿(节、步、平节、仄节、其他)	✓			
顿重音(顿尾重于顿头)				✓
平仄区分			✓	
平声的影响大于仄声(平重于仄)				✓
平仄相重		✓		
平仄递变			✓	

①林庚：《五七言和它的三字尾》，《文学评论》1959年第2期。
②启功：《汉语现象论丛》，北京：中华书局，1997年，第189页。

续表

"竹竿律"涉及的声律要素	节奏原理	复现原理	协对原则	侧重原理
句尾重心（句尾重于句首）				✓
三字脚	✓	✓	✓	✓
韵（四声韵、平仄韵、双声韵）		✓		
粘		✓		
对仗			✓	

从表1-69中我们可以清晰地感受到"竹竿律"作为律句的集大成规律，其本身所包含的丰富的声律内容，以及这些内容背后所隐含的丰富的声律原则。

"竹竿律"是集合"节奏原理""复现原理""协对原理""侧重原理"等基本声律原则，在这些原则的共同作用下形成的一个声律体系。这些原则在"竹竿律"体系中所起的作用并不是相同的。大致来讲，"节奏原理"是基础，没有双音节奏的成熟，就没有律句的形成；"重与对的原则"所起的作用则平分秋色，大致相同，它们共同完成了对"平仄递变""三字脚""粘对"等重要声律规律的构建；至于"侧重原理"，则亦不可忽视，它给"竹竿律"和律句带来了灵活性和可操作性，没有"侧重原理"所支撑的"顿尾重于顿首""句尾重于句首"，就不可能形成"一三五不论"的简便法门，"竹竿律"的实用效果就会大打折扣。

当然，这只是笼统的分析，我们还应该清晰地看到具体规律的复杂性。如果我们观察各种细致的规律，我们就可以发现宏观原理在这些具体规律中并不总是互相融洽、互相兼容的。如"三字脚"严格的平仄规定——因为要顺应"句尾侧重原则"，保证三字脚的平仄，就打破"顿尾侧重原则"，将"一三五不论"修正为"五必论"，从宏观上看，就是"侧重原理"让位于"复沓原理"的一个例子。事实上，诸多具体的规律，受制于不同的声律原理，是各种声律原理相互博弈、相互协调的结果。各项原理之间是补充、修正的关系。每一项原理在具体声律规律中所起的作用，是应该具体分析的。

综上所述，"竹竿律"不仅仅是一项声律规律，而是关于律句规律的一个非常丰富完备的理论体系。

(3)"竹竿律"的理论突破

我们说过，"竹竿律"是一个丰富完整的理论体系，是一个集大成的作品，它糅合了前人的经验和启功自己的创造。那么，相对于前人，启功先生最主要的理论突破在哪里呢？

我们认为，相对于王力，启功的"竹竿律"有以下重要突破。

1）坚持"平仄递变"规律的基础性地位，并予以理论解释

我们知道，王力在平仄递变上是矛盾的。它一面在理论叙述中模糊地将其作为一个声律原则，一面又在实际讨论中说"二四六不一定分明"的话，它的态度始终是游移的，不坚定的。可见他对这一原则的声律意义认识不足。而启功则在所有讨论中都坚定不移地贯彻了这一规律，并从理论角度予以了坚决肯定。"平仄递变"规律是受到当代双音词后重实验结果支持的。

2）发现不平等原理的两个具体规律："节尾平仄严于节首"，"尾节格律严于首节"，并将其运用于解释特殊声律现象

启功发现了"节尾重于节首"的事实，将其运用到律句中，形成"节尾平仄严于节首"的观念，并发明"平节""仄节"概念，来解释"一三五不论"背后隐含的合理性。虽然启功那时候尚无实验证明"双音节后重"的音节重音规律，但启功仍然敏锐地觉察到这一现象的理论意义，举"盒底重于盒盖"来概括这一现象，并将它提升到理论高度，实际上承认了"一三五不论"隐含合理性。"一三五不论"的存在实际上巩固了"平仄递变"合理性。而在王力那里，模糊提出"一三五不一定不论"的观念，更多的是将"一三五不论"作为反面经验严加讨论的。

启功发现了律诗"各节宽严不同"的事实，将其运用到律句中，形成"尾节格律严于首节"的观念，并依据这一观念，结合事实，提出"五则没有不论的"的观点，并提出"三字脚"必须严守平仄（结果是形成各种符合完美竹竿规律的三字脚，启功只是罗列了几种三字脚，没有给予名称，我把它命名为"完美三字脚"或"竹竿三字脚"）

"节尾重于节首"的认识，也许只是传统的发挥；而"各节宽严不同"，则完全是启功的发现。上文已讨论过，这两个发现对于律句理论是关键性的。

3）发明"竹竿律"，以"竹竿律统帅各种律句现象，将"竹竿律"运用到分析所有诗文句式。（启功只有比方和实际应用操作，没有给予明确命名，这个名称是我给概括的）

如果非要指出启功的"竹竿律"还有什么不足的话，那么也可以在这里吹毛求疵找到几点。第一，启功先生将竹竿律的平仄解释为"扬"和"抑"，恐怕仍然值得商榷；第二，启功并没有明确提出"竹竿律""完美三字脚""竹竿三字脚"等理论概念，这些概念需要后人从他的著作中自己体会；第三，在个别细节的讨论处还可商榷，如关于"孤平"的认识，关于律句合律问题的具体判断，以及各种拗句的具体归类等等。其中有些问题，如竹竿律的本质，孤平的评价，拗句的认识，仍然是悬而未决的问题，大有进一步研究的余地。

1.4.3.4　论古典律句概念约定

上面我们已经讨论了关于"汉语律句观念演变""三家律句观念比较""汉语声调、节奏、平仄的本质"等一系列问题，并结合这些讨论对"竹竿律"作了更深入的分析，证明"竹竿律"是一个丰富完整的理论体系，是一个集大成的作品，它糅合了前人的经验和启功自己的创造，是迄今为止关于律句问题的最完善的理论。

为了讨论的方便，下面将以启功的"竹竿律"为理论基础，修正其不严密的地方，约定更为明确的律句概念，作为本书律句讨论的基础——以后如未特加说明，关于律句的所有讨论均以此处厘定概念为准。希望这样的规定能够减少分析过程的模糊性，为本书的研究打下一个坚实的基础。当然，这种规定不可避免要伤害到文学的灵活性和活力，这也许就是理论的代价吧，希望研究的最终结果将证明这不是一些作茧自缚的规定。

（1）律句相关概念的约定

在唐宋金元互认的四声系统里，即①四声以《词林正韵》为参考，②平仄按中古"上去入归仄声"处理，针对双音节奏控制的一般句式（特殊节奏的句式如经转化可变成一般句式，如领字句，则其格律依一般句式分析。以下如未特加说明，皆作同样处理），我们做以下约定。

约定一：完全遵循竹竿律的句式称为完美律句。
推论：各言完美律句皆有四种类型。

约定二：各言句式凡符合以下两原则①偶位遵守竹竿律（即偶位平仄交替）②三字脚遵守竹竿律，即为律句，不符合者称为非律句。
推论：偶言句三字脚符合竹竿律即为律句。
推论：律句偶位合竹竿律，奇位则除三字脚守竹竿律外，可不论。
推论：律句能保证基本的听觉效果，而不能保证更高级的语听效果，故律句不排斥四声声律。
推论：律句必然动听，然动听者不一定为律句。这是由语境影响和四声复杂性决定的。拗句存在的根本原因乃在于此。拗句有两种类型，一是律句进入语言氛围后的常用变形，如"平平平仄仄"若作一联出句，常变形为"平平仄平仄"，一是掺入四声声律后的特殊声情句，两者本质上略有不同，本书不做详细区分。
推论：各言皆有四类基本律句，律句的基本类型可由末二字平仄判定和表示。某律句基本类型可以简化表示为："n○○"。
1）三言基本类型四类。
"仄仄平"可表示为"3仄平"
"仄平平"可表示为"3平平"
"平仄仄"可表示为"3仄仄"
"平平仄"可表示为"3平仄"
2）五言基本类型四类。
"○平仄仄平"可表示为"5仄平"
"○仄仄平平"可表示为"5平平"
"○平平仄仄"可表示为"5仄仄"
"○仄平平仄"可表示为"5平仄"
3）七言基本类型四类。
"○仄○平仄仄平"可表示为"7仄平"

"○平○仄仄平平"可表示为"7平平"

"○仄○平平仄仄"可表示为"7仄仄"

"○平○仄平平仄"可表示为"7平仄"

4）四言基本类型四类。

"○仄仄平"可表示为"4仄平"

"○仄平平"可表示为"4平平"

"○平仄仄"可表示为"4仄仄"

"○平平仄"可表示为"4平仄"

5）六言基本类型四类。

"○平○仄仄平"可表示为"6仄平"

"○平○仄平平"可表示为"6平平"

"○仄○平仄仄"可表示为"6仄仄"

"○仄○平平仄"可表示为"6平仄"

可见除韵脚字外，末尾第二字也是具有格律区别意义，今后，为表示韵位和倒数第二位的重要性，我们称韵位字为"脚"，倒数第二字为"踝"，这样，我们就可以说，律句的类型由"脚""踝"位置的平仄决定。

约定三：具有特殊声律效果且相对常见的非律句称为拗句。常见拗句如"平平仄平仄"、"仄仄仄""仄平仄"等。

推论：拗句必是非律句，但非律句不一定是拗句。非律句只有满足两个条件①相对常见；②具有特殊声律效果，才能进入拗句范畴。

说明：这一定义有助于将那些毫无美感可言的非律句与具有声律美感的非律句区分开来。只有后者，才值得我们去关注和研究，换句话说，非律句中只有拗句部分，才是我们应该研究的对象。

约定四：以下两类句式，具有近似律句的效果，称为近律句。

处于韵段中间位置的"仄仄仄"，"仄平仄"，

偶位双平或双仄的六言句。

推论：近律句属于非律句。

推论：近律句是最接近律句效果的拗句。

（2）各约定概念之间的关系

关于各种律句概念之间的包容关系，见图1-5。

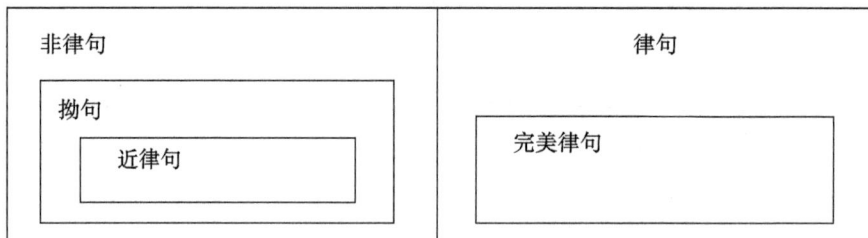

1-5　律句概念关系

1.4.3.5　论"词用律句"

本节研究词与律句（即平仄律句）之基本关系，通过统计说明词使用律句之基本状况。研究结果强有力支持"词体使用平仄律句"之基本观念。

关于词，人们一直有一个疑问，词用律句吗？或者说，词体在多大程度上使用律句？

之所以这个疑问一直存在，很难解除，有两个基本的原因。第一，"律句"概念一直模糊不清，五七言律句固然有具体标准（其实也一直不清晰），但三言、四言、六言、八言，人们只是从创作实践中意识到可能存在顺口的格律模式，但很犹豫是否应将它们称为律句，同时对其具体状况也不甚清楚；第二，拗句观念的干扰，自李清照提出"词别是一家"的严格格律观念，到清代僵化格律模式，倡导"一字不可移异""词有不得不用拗句"等观念，历代严格律的作家尤其是理论家们，在没有对律句经验进行全盘考察的情况下，总是有意无意将个别经验说成是普遍规律，这种观念很大程度上遮蔽了人们进一步的思考。正是这两个原因，使得人们对这一问题的看法多停留在经验阶段，很难给出有说服力的结论。

那么，怎样才能圆满解除人们的疑问呢？我想，最好的方法就是诉诸数据，进行统计分析。如果我们能够通过科学方法统计出所有词的"律句率"，即词中律句使用的比例，关于这个问题的答案也就自然出来了。

怎样才能统计出词的"律句率"？本书采取的办法是，对词的常用百体进行句式分析，从中统计出律句句数，非律句句数，根据其数据计算出常用百体的"律句率"。只要常用百体的样本具有无可置疑的代表性，那么得出的"律句率"数据就应该具有相当说服力，我们就可以把这个"律句率"数据作为词的"律句率"对待。

在统计的过程中，涉及普通节奏句、一字豆节奏句以及罕见节奏句三种句式的合律判断，均以上一节和上一章方法为准。也就是说，对普通节奏句，我们按"竹竿律"进行合律判断；对两种特殊节奏句式的格律分析，区别对待：一字豆句式，我们将其后缀结构作为合律与否的判断对象；罕见节奏句式，则直接将其处理成一般句式。另，拗救类情况复杂，本书涉及拗救类句式，均暂按"非律句"统计。

(1) 常用百体非律句图示（见附录常用百体非律句图示）

(2) 常用百体律句率统计如表1-70所示

表1-70　常用百体各言句式及律句率统计

常用百体	二言	三言	四言	五言	六言	七言	八言	九言	总计
各言句数	15	234	339	226	152	240	3	0	1209
各言比率	1.2%	19.4%	28.0%	18.7%	12.6%	19.9%	0.2%	0	
非律句数	0	50	7	11	22	18	0	0	108
非律句率	0	21.4%	2.1%	4.9%	14.5%	7.5%	0%	0	8.9%

根据表1-70，我们得到以下结论：

一是常用百体"律句率"为91.1%。

二是常用百体各言律句率不同。非律句率：三言21.4%＞六言14.5%略＞平均值8.9%＞五七言＞＞四言2.1%（极低）。其中，三言、六言律句率低于平均值。对此，下文将有详细分析，本书先在此处做出简单解释：三言节奏强悍，较少依赖声调，六言另有特殊律式，效同律句，故二者在律句率数据上稍亏。

三是另外，我们还统计到，常用百体中，通首完全合律者：56体，占56%。

(3) 结论

词的常用百体"律句率"：91.1%，通首完全合律率：56%，这两个数据甚至比律诗的同类数据还要高①，说明词对律句的依赖性非常非常之高。根据这两个强有力的数据，我们得出本书的第一个核心结论：词用律句。

(4) 词的非律句状况简析

词的"律句率"达到91.1%，但仍有8.9%为非律句。这些非律句是完全偶然的吗？其中有哪些是偶然的？有哪些带有一定的规律性？有多少可称得上是拗句？又有多少可称为近律句？为彻底了解词中非律句的性质，我们下面对常用百体非律句的状况进行一个全面分析。

1）各言非律句分析

总况见百体律句率统计，如表1-71所示。

①三言非律句分析

A.三言非律句的理论类型

二言句式总类型有8种：律句4种，非律句4种。理论上每种类型占1/8。

①《唐诗三百首》80首五律律句率统计：本书以同样方式统计"《唐诗三百首》80首五律的律句率"，作《唐诗三百首80首五律非律句图示》（见附录），统计结果显示：五律80首640个句式，计非律句115个，非律句率18.0%，律句率为82.0%；若将非律句中42例"平平仄平仄"型近律句归入律句类考察，则律句率为88.6%；80首五律中完全合律者24首，占33.3%，若将近律句作为合律句考虑，则全首合律者43首，占53.8%。

三言律句有四种类型："平平仄""平仄仄""仄仄平""仄平平"。

三言非律句有四种类型："平仄平""仄平仄""平平平""仄仄仄"。

B.词中实际情况

表1-71 三言非律句类型-句位分析

		韵段首(整句发端)	韵段中	韵段末	另:独立成句类
仄仄仄	28例(11.8%常用)	似二陆、渐暖霭、但怅望、夜半子、最好是、但屈指、但目送、且痛饮、算未肯、怕绿刺、可惜许、一叶叶、著一阵、更一个、细雨打、对好景、望不尽、甚处是、又是洒(19例)	映夹岸、恁恐把、不羡富、又不道、别后纵、且莫扫、又都被、甚也有(8例)	夜半子	
仄平仄	22例(9.3%常用)	遣行客、可怜便、别来久、漫留得、满青镜、思君切、却弹作、卷罗幕、尽沈静、酒醒处(10例)	乍疏雨、剩围着、月同坐、异时对、奈依旧、奈愁味、被双燕(7例)	镇如许、唱金缕绕红药	怎消遣、泪珠滴
平仄平	3例(1.3%少用)	莺已迁、归去来			溪水西
平平平	0				
总计	53例/237(22.4%)	31例("仄仄仄"占19例)	15例	4例	3例

C.结论

按每一类型理论上占1/8算，则在词中，有下列结论：

a.总体上，三言多非律句——三言非律句率21.4%，远高于各言平均非律句率8.6%。

b.按句型分析，三言非律句几乎完全集中于"仄仄仄""仄平仄"两种类型，占总非律句96%，另类型"平仄平"只占4%，三平调没有。其中，"仄仄仄"11.8%，"仄平仄"9.3%，按每类型理论比例为1/8，则这两种类型虽为非律句，使用率实接近于常用律句，故可以将其称为近律句①。

c.按句位分析，三言非律句多用于整句发端，其次为句中，非律句用于句尾情况极少；其中整句发端三言最多用三仄调"仄仄仄"。

d.位于整句发端的部分三言句被人称为"三字领"，其格律多为"仄仄仄"型，如"但怅望""但屈指""但目送""算未肯""可惜许""对好景""望不尽""甚处是""又是洒"等等。

e.词中三言非律句用仄较多（"平平平""平仄平"基本不用），符合作为多句首发端和句中连接的局促语气氛围。

②五七言非律句分析

A.分析表（见表1-72）

---

①参看"律句概念约定"一节的规定。

表1-72　五七言非律句分析

非律句中	五言(11例)	七言(18例)
犯"竹竿三字脚"	垂衣本神圣、和烟坠金穗 斜阳映山落、怒涛卷霜雪 ——"平平仄平仄"型,4例 酒尽未能去、归计恐迟暮 ——"〇仄仄平仄"型,2例 计6例,全为"仄平仄"	玉帐鸳鸯喷兰麝、自古君王亦如此、水殿风来暗香满、时见疏星渡河汉、小小微风弄襟袖、彩笔空题断肠句 ——"平平仄平仄"型,6例 露萤清夜照书卷、是个不识字渔父 ——"〇仄仄平仄"型,2例 桃李无言花自红、每夜归来春梦中、谢娘翠蛾愁不销 ——"〇〇平仄平"型,3例 究竟终归不免死 ——"〇〇仄仄仄"型,1例 计12例,8例"仄平仄",3例"平仄平",1例三仄调
未犯"竹竿三字脚"	一番洗清秋、西风几时来 妒郎夸春草、恼得人越醉	先净河洛出图书、仪凤矫首听笙竽 万里云帆何时到、众生重重紫俗事 何日得悟真如理、非论我辈是凡尘

B.结论

五七言非律句中各有一类最常用，恰是律诗中最常见的拗句"平平仄平仄"型和"仄仄平平仄平仄"型，前者有4例，后者有6例。

C.另，附加统计五七言"孤平"句

a.常用百体的孤平例极少，只有两例，如表1-73所示。

表1-73

律句中	五言	七言
孤平例	那知本未眠,背面偷垂泪。 早窗外乱红,已深半指(红窗迥)	无
数量	2	0
比例	极小	0

b.按本书约定，孤平不为犯律。

③六言非律句分析

A.统计归类

六言非律句表现为偶位不合"竹竿律"，理论上有四种类型："〇平〇仄〇仄""〇仄〇仄〇平"型、"〇平〇平〇仄"型、"〇仄〇平〇平"型。对常用百体统计如表1-74所示。

表1-74　六言非律句声律分析

实例	望中烟树历历 荆江留滞最久 东风何事又恶 一声吹断横笛 依稀淮岸湘浦 断肠如雪撩乱 有时携手闲坐 东城南陌花下	我醉拍手狂歌 女伴莫话孤眠 一点明月窥人 人道愁与春归 人静夜久凭阑 只恁残却黛眉	殊乡又逢秋晚 临风见他桃树 垂杨几千万缕 熏风乱飞燕子 无端彩云易散 朝来半和细雨 而今恨啼露叶	烟浦花桥路遥
类型	"○平平仄○仄"型	"○仄○仄○平"型	"平平仄平○仄"型	"○仄平平仄平"型
数量	8例	6例	7例	1例
其他特点		均守"竹竿三字脚"	均守"竹竿三字脚"	

B.关于六言非律句的结论

a.非律句率远高于平均值

b.皆可归入同一类型：即延长一个仄节或一个平节，构成变形的平仄节交替。

c.可分为两小类：连仄节类和连平节类，前者比后者常见；末二节连平几乎没有。后者为四平调，其少见与三平调少见同理，但不如在律诗中严格。

d.六言非律句中，若首二节连平或连仄，则仍守竹竿三字脚；若末二节连平或连仄，则不守（其三字脚形式即成为"仄仄仄"或"仄平仄"）!

④四言非律句格律分析。

A.实际7例

"○平仄平"型（3例）：残阳乱鸦；清商恨多；公无渡河

"○仄平仄"型（4例）：离思何限；何用素约；缓引春酌；清景无限

B.结论

a.四言几无非律句，百体只有7例；

b.只有"○平仄平""○仄平仄"两种类型，无三平调、三仄调。

⑤八言非律句考察。

A.百体八言句有3例。

骤雕鞍绀幰出郊坰（木兰花慢）●-○○●●○○

信金罍罄竭玉山倾（木兰花慢）●-⊙○◎●●○○

对潇潇暮雨洒江天（八声甘州）●-⊙○◎●●○○

B.结论。

a.八言句极少，百体只3例；

b.皆为一七结构一字豆律句（领字句）——可能因为汉语诗歌重短句，三五、四四、二六构型均被分解；领字皆系去声。

2）非律句的总体状况及其意义

从上述对各言非律句的逐一分析，可以得到两种比较明显的结论。

①各言的非律句状况是不平衡的，但都有其内在规律，完全无规则的律句很少。

从数量上看，二言、八言无非律句，四言非律句极少，三言、六言非律句则较多。从原因上看，二言皆律句本于简短，节奏作用超过格律作用；八言皆律句是因为少用并皆采用合律一字豆句式；四言句式最多而非律句极少，最能说明"律句"观念对词的影响；三六言非律句率较高原因也各有不同，三言重节奏，"仄平仄"和"仄仄仄"等具有提示作用的非律句也皆较常见，可归入近律句类；六言多连平连仄节拗句，则与六言节奏的不成熟有关。

②从整体上看，各言非律句的具体状况加强了"词用律句"这个结论。

在常用百体全部1209个句子中，非律句三言50个、四言7个、五言11个、六言22个、七言18个，共计108个，占8.9%。其中，三言有"仄平仄"和"仄仄仄"型近律句50例，五七言分别有"平平仄平仄"型常用拗句4例和6例，如果将这些句子也纳入广义"有规则的非格律句"的范畴，则"不规则非格律句"只剩下48个，只占4.0%。这更加说明，词中不成熟的不规则非格律句是很少的，更加证明了"词用律句"这个非常朴素的观念。

（5）小结

本节研究得到一个重要结果，即"词用律句"观念——王力《汉语诗律学》将词定义为"一种律化的、长短句的、固定字数的诗"，启功《汉语现象学论丛–诗文声律论稿》论词为"一般的只论普通平仄的律句，究竟占绝大多数"，洛地《词体构成》宣称"词是我华夏民族特征最高层次的韵文体式——格律化的长短句韵文——律词"，本章以强有力的统计数据支持诸人律词观念。本章研究结果将最终确立词作为"长短句格律诗"独立于音乐的文体地位。

1.4.3.6　论拗句

"拗句"的问题，与"声律"问题等价，是汉语言文学中重大的、悬而未决的问题。

"拗句"的问题，包括其现象、分类、成因、语言学解释，都悬而难决。本书仅就各范畴与其间内在关联做一些说明，以期引起研究者注意。

（1）关于拗的现象

"拗"本来有两个含义，一个是音乐上的"拗"，即"拗"于歌唱；另一个是语言上"拗"，即"拗"于诵读，后者后来发展成为"拗"于诵读的规则：平仄规则，即不合于一般平仄安排。音乐上的"拗"与语言上的"拗"有多大关联，这是一个很大的问题，我们推测，语言当初形成平仄律之时，应该与音乐的歌唱有一定关系，但迄今为止，我们并没有找到标志两者之间真正关联的可信证据，因此，目前所能知道的就是，当中国诗歌发展到平仄律即律诗的成熟之后，平仄律就成为了相对独立的语言规则，音乐上的"拗"与语言上的"拗"就已经分立成为了两件事情。从律诗形成之后的结果看，所谓"拗句"，主要是指语言上的"拗"，即不合于普通平仄规则的拗，而音乐上的"拗"，即四声组合不利于歌唱的情况，则是不被允许的。

（2）关于拗的两个大类

"拗句"就是指拗于普通的平仄规则，简单来说，就是不合乎竹竿律但又有一定存在价值的句子，这在历史上又主要有两种情况。一种情况是律诗"拗救"中存在的"拗"，就是简单的不合乎竹竿律规则而被"救顺"的句子，这种情况又分为两种情形，一种被称为"当句拗"如"平平平仄仄"律句，在某些情况下常用作"平平仄平仄"，后者被当成一种常用拗句；一种被称为"对句拗救"，如"平平平仄仄，仄仄仄平平"中，若上句变为"平平仄平仄"，则下俱要相应变为"仄仄平仄平"，即在相应的位置对平仄作对应的改变，古人认为这种情况可以"救顺"被打乱了的平仄规则，在诵读上具有一定的挽救语调的作用。另一种情况则是词牌填词中大量使用的"拗"，这类拗句，其四声安排不符合竹竿律的平仄规则，但却符合音乐歌唱的效果，从本质上来讲，词牌中的所谓"拗句"，是一种四声律句，就是从四声旋律配合的角度看，它是符合音乐旋律走向要求，与音乐"合律"，但是与语言上与约定俗成的"平仄"形式规则相抵触的句子，因为抵触"平仄律"，古人只好把它称之为"拗"，但这种拗，只是语言上的"拗"，而在音乐上，却恰恰是不"拗"而顺的。

（3）关于拗的成因与语言学解释疑难

值得注意的是，无论是律诗中因"拗救"形成的"拗"，还是词牌中因音乐关系而使用的"拗"，虽然都是非律句，但却都属于被允许存在的有特殊效果的特殊非律句，不能把他们与一般的无规则的非律句混为一谈。

其中，词牌中因音乐关系而创造出来的"拗句"，只是从平仄律的角度看是拗句，从四声律的角度看则是不折不扣的合律（合乎音律）句，这种特殊性相对较为容易理解。

而在律诗中围绕"拗救"存在的拗句，其"拗"只是因为"救"而获得合理性，而获得与一般非律句不同的身份，其特殊性理解起来则相对困难。但是，本书相信，律诗中的"拗救"，应该有相应的音乐或语言学解释，对于这个问题的研究，虽然面临着唐代四声语音面貌难以复原导致平仄分化及递变的语音效果难以解释，以及唐代"拗救"用例不够系统导致无法支撑规律性研究这两大难题，但是研究最终的结果或许能引导我们真正理解中国诗歌皇冠上的明珠——律诗，它的非凡存在意义。这种意义在当代因其合理性而受到了普遍怀疑。

律诗中的"拗"的语言学解释，与律诗中的"声律"的语言学解释，是同一个问题的两个侧面，不得不说，这个问题构成了中国古典诗歌的基石，是汉语言学中的头等重要的问题。对于它的研究，需要现代汉语言学的配合，也需要诗词研究者们投入更多精力。

1.4.3.7　论现代汉语律句的两种构造方案

（1）古典汉语律句的两大存在前提

古典律句的存在前提有两个：一是支持通用节奏模式1＋2N＋3的双音节奏观；二是支持平仄分化的自然语言；前者属于节律条件，后者属于声律条件。

（2）两大前提均被现代汉语打破

我们看到，在现代汉语中，这两个前提条件都被破坏。

首先，现代汉语出现了以"的、地、得、吧、了、吗"为特征的轻声节奏，破坏了原来单纯的1＋2N＋3双音节奏模式，句式出现了空前的变化；其次，由于轻声节奏的加入，现代汉语至少出现了轻声、平声、仄声三类声调（假定现代汉语仍然支持平仄分化），平仄二元分化变成了轻平仄三元分化，导致平仄递变规律破裂，建立在平仄递变基础上的声律大厦轰然倒塌。

（3）现代汉语律句构造应解决的两个问题

由于轻声节奏同时对两大前提的破坏，古典律句白话化或者说现代汉语律句的构造面临着两个基本挑战：一是为律句找到合适于轻声模式的节奏；二是为律句找到合适的"轻平仄"三元声调的配合方法。

在这两个挑战中，前者属于节律问题，后者属于声律问题，而后者的解决又是以前者的解决为前提条件。也就是说，要想解决解决古典律句的白话化现代化问题，必须首先解决古典诗歌双音节奏的轻声化白话化。同时，在格律的发生原理章节，我们曾讨论过，格律的三要素中，节律的重要性远大于声律和韵律。这个规律对于现代诗歌一样符合，也就是说，在现代诗歌中，节奏的构造比声律的构造也具有优先地位。综合上述二者，我们可以得出结论，古典律句白话化，或者说，现代汉语中律句的探索，其关键相反并不在声律方面，而是在节律方面，声律白话化只是节奏白话化之后的进一步问题。也就是说，古典律句白话化应解决的核心问题是白话诗句的轻声节奏探索问题，只有当这一问题得到充分解决，才有可能进行更为复杂的声律探索。

（4）作为律句构造基础的节奏问题可用句式通用模式解决

而比较有幸的是，这一核心问题，经过上文节律篇的探索努力，已经得到了一定程度的解答，笔者已经构造出了适用于现代汉语轻声节奏观的通用句式模式，虽然作者并不认为其中的规律就已经得到全部揭示，但至少这个句式通用模式为律句的构造提供了稳定的基础。

（5）"轻平仄"三声调配合问题的解决则需要假定

要回答"轻平仄"三元声调的配合问题，必须先弄清平声、仄声、轻声的区别。我们知道，平仄是声音的高低，其本质是声音的频率变化，而轻声是声音的轻重，其本质是声音的音强大小，这两个参数实际上是毫不干涉的。因此，我们假定，轻声节在诵读上并不会影响其本身的频率变化表达，那么，从频率变化表达上看，我们完全可以将轻声节的音强忽略不计，而把它当成具有正常音高的词汇对待。这样，我们的办法就是很简单，忽视掉所有轻声字的语法标志，直接将轻声节处理成普通音节，而对所有律节使用平仄递变规律和"竹竿律"（律节平仄以律节末字断）。这又有两种方式。

1）按传统方式构造，为：平节-仄节-平节-仄节……

2）按白话文较为舒缓的拉长的方式构造，为：平节-平节-仄节-仄节-平节-平节-仄节-仄节……

前种方式如：

葬我在荷花池内，
（仄仄仄平平仄仄）

萤火虫时暗时明（322重重重）
（平平仄仄平平）

葬我在马缨花下，
（仄仄仄平平仄仄）

永做芬芳的梦
（仄仄平平仄）

我轻轻的挥手，作别西天的云彩。
（仄平平仄仄，仄仄平平仄仄）

铁罐上绣出几瓣桃花；（重重轻重）
（仄仄仄平平仄仄平平）

后种方式如：

圆天盖着大海，黑水托着孤舟。
平平仄仄仄仄，仄仄平平平平

轻轻的我走了，正如我轻轻的来。
（平平仄仄仄，仄仄平平平平平）

耳边有水蚓拖声，
（平平仄仄仄仄平平）

清风吹不起半点涟漪。
（平平仄仄仄仄仄平平）

也许铜的要绿成翡翠
（仄仄平平平平仄仄）

这两种方式哪种更好一些，却没有标准，大抵前者较为局促，后者较为舒缓，需要因地制宜，灵活采用。

上述构造律句的方法，是在①假定轻声无影响，②以律节为节，在此条件下对现代汉语句式通用节奏模式使用"平仄递变"和"竹竿律"形成的结果，因为带有假设性质，我们将其称之为现代汉语律句构造的假设方案。

1.4.4　论句组的语调

1.4.4.1　论古典句组声律关系分析的基础、目标、方法、框架

诗歌的句式组合层面有两个规律，一个是"言"的规律，一个是"律"的规律。本章研究"百体句系"76种句式组合的声律关系，探讨中国诗歌句式组合的一般声律组织规律。本章研究以"百体句系"和"百体句系句式组合统计总表"为基础。

（1）分析基础

我们进行句式组合格律研究有以下四个基础：一是词用律句；二是"百体句系"统计出的76种句式组合；三是律句观念研究一章得出的四种基本律句：n平平、n仄平、n平仄、n仄仄；四是律诗句式组合的格律对仗规律（分析省略）。

（2）研究目标

我们研究的目标就是，找到词的句式组合的规律。或者换句话说，我们需要从研究得出结论，词的句式格律组合规律是格律对仗吗？除了对仗外，是否还有其他规律？研究的复杂性在于：一是律诗只有五五、七七两种句式组合，而词有76种句式组合；二是律诗只有齐言组合，而词还有长短句组合。

（3）分析方法

下面，为了使大家对句式组合有一个总体了解，我们先分析律句格律组合的理想情况。

从律句观念一章，我们知道，每类"n言句"的格律均由"踝脚"两位置平仄决定，各只有四种类型：n平平、n仄平、n平仄、n仄仄。由此我们很容易推断出，每类句式与其他类句式进行组合时，根据踝、脚关系的不同，理论上最多有四种可能。例如，"n平平"若为押韵句，其他句式在与"n平平"组合时，就有以下四种可能：

n仄仄——n平平

n仄平——n平平

n平仄——n平平

n平平——n平平

其中，第一种就是律诗中常见的格律对仗模式，两句的踝位与踝位、脚位与脚位格律关系都是相对，我们称为"律诗对""对-对"或"完全对"；第二种与律诗中首句入韵的首联格律情况有相似之处（不过不能押韵，若押韵，则变成了两韵段），两句的踝位格律相对、脚位格律相粘，我们称之为"类律诗对""对-粘"或"半粘"。第三种和第四种情况皆律诗中皆没有出现过，根据其两句踝、脚位格律关系，我们分别将第三种情况称为"粘-对""不完全对"或"半对"，将第四种情况称为"粘-粘"

"全粘"或"重律"。

我们发现,这一推论大大减少了讨论的难度——各言句式组合的格律关系,只要看"踝脚"位置的平仄,与它们属于哪言无关——讨论时,我们可以忽略"各言"不同,而直接考虑"脚踝"位置平仄关系。由此,我们就可以轻易推导出格律组合的所有理想类型。下面,我们分别固定四种"对句",逐一考察其可能"出句",得表1-75。

表1-75　律句组合理想格律关系——生成

总	类型及命名 (根据"脚"位及"踝"位的平仄关系,相同为"粘",不同为"对"——注意,此处"粘"与律诗"粘"概念不同,主要区别在于偶言)	
××,|— (平韵)	—|,|—	(对-对　完全对)
	||	粘-对
	——	对-粘
	重律	粘-粘
××,—— (平韵)	||,——	(对-对　完全对)
	—|	粘-对
	|—	对-粘
	重律	粘-粘
××,—| (仄韵)	|—,—|	(对-对　完全对)
	——	粘-对
	||	对-粘
	重律	粘-粘
××,|| (仄韵)	——,||	(对-对　完全对)
	|—	粘-对
	—|	对-粘
	重律	粘-粘

表1-75反映的是平韵韵段与仄韵韵段各自的格律生成规律,因此,我们称之为"生成表"。

从类型的角度,也是从与律诗对比的角度,我们可以变换生成表,将格律关系分为"全对、对-粘、全-粘、粘-对"四大类,得到以下更有意义的表1-76。

表1-76　律句组合理想格律关系——类型

"脚""踝"关系	与律诗关系	类型(据"脚""踝"位的平仄)	
对-对 (完全对)	律诗对	||,——	(对-对　完全对)
		——,||	(对-对　完全对)
		—|,|—	(对-对　完全对)
		|—,—|	(对-对　完全对)

续表

"脚""踝"关系	与律诗关系	类型(据"脚""踝"位的平仄)	
对-粘 （半粘）	类律诗对	|—,——	对-粘
		——,|—	对-粘
		—|,||	对-粘
		||,—|	对-粘
粘-对 （半对）	非律诗对	—|,——	粘-对
		——,—|	粘-对
		|—,||	粘-对
		||,|—	粘-对
粘-粘 （完全粘）	非律诗对	——,——	粘-粘　重律
		|—,|—	粘-粘　重律
		||,||	粘-粘　重律
		—|,—|	粘-粘　重律

在表1-76中，词的句式组合共有16个理论类型。

其中，有四种组合的脚踝位置平仄完全相反，颇似律诗中的对仗情况，我们称之为完全对仗，简称"完全对"，用文字表示则是：

n仄仄——n平平

n平仄——n仄平

n平平——n仄仄

n仄平——n平仄

另外，有四种组合踝位平仄相对，脚位平仄相同，颇似律诗首句入韵的首联情况，我们称之为"踝对脚粘"，简称"对-粘"，用文字表示则是：

n仄平——n平平

n平平——n仄平

n平仄——n仄仄

n仄仄——n平仄

还有四种组合，踝位平仄相同，脚位平仄相对，称为"踝粘脚对"，简称"粘-对"，这类组合在律诗中并无对应类型，是全新的类型，用文字表示则是：

n仄平——n平平

n平平——n仄平

n平仄——n仄仄

n仄仄——n平仄

最后另有四种组合，踝位脚位的平仄都相同，只是不押韵，即"踝粘脚粘"，实际上是格律完全重的类型，我们称为"粘-粘"，或简称为"重律"，这类也是律诗所无的组合类型，用文字表示则有：

n平平——n平平

n仄平——n仄平

n平仄——n平仄

n仄仄——n仄仄

最后，我们可以把上述讨论简单概括为，律句格律组合理论上有四大类："完全对""踩对脚粘""踩粘脚对""重言"，每类均有四小类，其中2类平韵2类仄韵，2类"平踩收"2类"仄踩收"。

有了这两个格律组合理论类型表，本章研究的问题就简化为，词的各种句式组合，其格律类型是否符合理论预计，在多大程度上符合理论预计。为此，我们就必须展开对所有句式组合的格律分析。

（4）分析框架

为了分析方便，我们设计了下面的分析框架（见图1-6）。

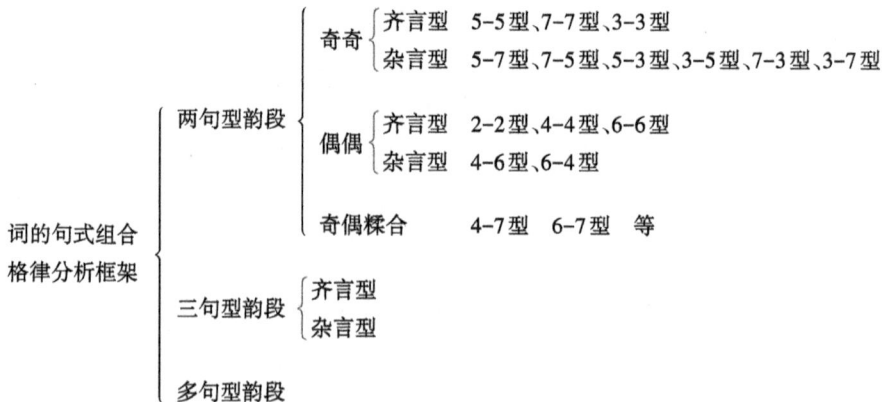

词的句式组合格律分析框架
- 两句型韵段
  - 奇奇
    - 齐言型　5-5型、7-7型、3-3型
    - 杂言型　5-7型、7-5型、5-3型、3-5型、7-3型、3-7型
  - 偶偶
    - 齐言型　2-2型、4-4型、6-6型
    - 杂言型　4-6型、6-4型
  - 奇偶糅合　4-7型　6-7型　等
- 三句型韵段
  - 齐言型
  - 杂言型
- 多句型韵段

图1-6　词的句式组合格律分析框架

1.4.4.2　论古典两句型韵断的声律构成

（1）两句型韵段之一——奇-奇型组合

1）齐言型奇-奇组合：33型、55型、77型

①55型组合（15例）

叹年来踪迹，何事苦淹留。（柳永《八声甘州·对潇潇暮雨洒江天》）

时复见残灯，和烟坠金穗。（韩偓《生查子·侍女动妆奁》）

九金增宋重，八玉变秦余。（毛滂《水调歌头·九金增宋重》）

垂衣本神圣，补衮妙工夫。（毛滂《水调歌头·九金增宋重》）

万岁南山色，不老对唐虞。（毛滂《水调歌头·九金增宋重》）

手里金鹦鹉，胸前绣凤凰。（温庭筠《南歌子·手里金鹦鹉》）

蝶舞梨园雪，莺啼柳带烟。（唐昭宗《巫山一段云·蝶舞梨园雪》）

香靥融春雪，翠鬓亸秋烟。（柳永《促拍花满路·香靥融春雪》）

缺月挂疏桐，漏断人初静。（苏轼《卜算子·缺月挂疏桐》）

惊起却回头，有恨无人省。（苏轼《卜算子·缺月挂疏桐》）

侍女动妆奁，故故惊人睡。（韩偓《生查子·侍女动妆奁》）

懒卸凤头钗，羞入鸳鸯被。（韩偓《生查子·侍女动妆奁》）

那知本未眠，背面偷垂泪。（韩偓《生查子·侍女动妆奁》）

飘零疏酒盏，离别宽衣带。（秦观《千秋岁·柳边沙外》）

日边清梦断，镜里朱颜改。（秦观《千秋岁·柳边沙外》）

（另3特例，不入分析）

暝色入高楼。有人楼上愁。（李白《菩萨蛮·平林漠漠烟如织》）

玉阶空伫立。宿鸟归飞急。（李白《菩萨蛮·平林漠漠烟如织》）

何处是归程。长亭更短亭。（李白《菩萨蛮·平林漠漠烟如织》）

格律分析：

垂衣本神圣，补衮妙工夫。（毛滂《水调歌头·九金增宋重》）

时复见残灯，和烟坠金穗。（韩偓《生查子·侍女动妆奁》）

——非律句，不入分析

叹年来踪迹，何事苦淹留。（柳永《八声甘州·对潇潇暮雨洒江天》）

——14型的出句，不入分析

平韵5例：

九金增宋重，八玉变秦余。（毛滂《水调歌头·九金增宋重》）

——"5仄仄，5平平"——平起完全对

万岁南山色，不老对唐虞。（毛滂《水调歌头·九金增宋重》）

手里金鹦鹉，胸前绣凤凰。（温庭筠《南歌子·手里金鹦鹉》）

蝶舞梨园雪，莺啼柳带烟。（唐昭宗《巫山一段云·蝶舞梨园雪》）

——"5平仄，5仄平"——仄起完全对

香靥融春雪，翠鬓軃秋烟。（柳永《促拍花满路·香靥融春雪》）

——"5平仄，5平平"——踩粘脚对

仄韵7例：

缺月挂疏桐，漏断人初静。（苏轼《卜算子·缺月挂疏桐》）

惊起却回头，有恨无人省。（苏轼《卜算子·缺月挂疏桐》）

侍女动妆奁，故故惊人睡。（韩偓《生查子·侍女动妆奁》）

懒卸凤头钗，羞入鸳鸯被。（韩偓《生查子·侍女动妆奁》）

——"5平平，5平仄"——踩粘脚对

那知本未眠，背面偷垂泪。（韩偓《生查子·侍女动妆奁》）

——"5仄平，5平仄"——平起完全对

飘零疏酒盏，离别宽衣带。（秦观《千秋岁·柳边沙外》）

日边清梦断，镜里朱颜改。（秦观《千秋岁·柳边沙外》）

——"5仄仄，5平仄"——踩对脚粘

组合类型统计如表1-77所示。

表1-77　组合类型统计

总	格律组合类型		55型(12例)	小结
××,|— (平韵)	—|,|—	(对-对　完全对)	3	"完全对"3种5例； "对-粘"1种2例； "粘-对"2种5例 "重言"0
	||	粘-对		
	——	对-粘		
	重律	粘-粘		
××,—— (平韵)	||,——	(对-对　完全对)	1	
	—|	粘-对	1	
	|—	对-粘		
	重律	粘-粘		
××,—| (仄韵)	|—,—|	(对-对　完全对)	1	
	——	粘-对	4	
	||	对-粘	2	
	重律	粘-粘		
××,|| (仄韵)	——,||	(对-对　完全对)		
	|—	粘-对		
	—|	对-粘		
	重律	粘-粘		

略加变换得表1-78。

表1-78

	平踝收完全对（律诗对）	仄踝收完全对（律诗对）	踝对脚粘（类律诗对）	踝粘脚对	总
平韵	1	3		1	5
仄韵	1		2皆平起	4	7
总	2	3	2	5皆仄起式	

讨论：

一是出现了五言律句所有单句类型：5仄仄、5平平、5平仄、5仄平。

二是在"完全对""踝对脚粘""踝粘脚对""重律"四种格律组合理论大类中。出现了3种律诗对组合——"完全对"组合，其中2平韵和1仄韵，只有一种理论类型"5平平，5仄仄"未出现。出现1种类似律诗对组合（类似律诗入韵首联）——"踝对脚粘"型组合，即"5仄仄，5平仄"，为仄韵型。（说明："踝对脚粘"型组合，理论上应有四种，平韵2种，仄韵2种；押韵型平韵类大量存在，因构成两韵段，不在此处讨论；仄韵理论上有平踝收式"5仄仄，5平仄"和仄踝收式"5平仄，5仄仄"2种，实际上只出现平踝收式）。出现了2种非律诗对组合——"踝粘脚对"型组合，即"5平仄，5平平"和"5平平，5平仄"，皆"平踝收"式，这是律诗没有的组合。没有出现"仄踝收式"2类。没有出现"重律"组合。

三是出现仄韵脚组合，且多于平韵脚。

小结：

55组合出现了"完全对"3种5例、"对–粘"1种2例、"粘–对"2种5例、"重律"0。后二者为律诗对所无的类型，占5//12，打破了律诗句式组合的两个隐含条件：对仗、平韵，或者说是两个隐含原则：对仗原则、平韵原则，使得词中句式组合得到空前自由的发展——甚至可以说，出现了一个句型与其他三个句型自由组合的趋势。

②77型组合（22句）

　　罗袜况兼金菡萏，雪肌仍是玉琅玕。（韩偓《浣溪沙·宿醉离愁慢髻鬟》）

　　日出江花红胜火，春来江水绿如蓝。（白居易《忆江南·江南好》）

　　舞低杨柳楼心月，歌尽桃花扇影风。（晏几道《鹧鸪天·彩袖殷勤捧玉钟》）

　　今宵剩把银釭照，犹恐相逢是梦中。（晏几道《鹧鸪天·彩袖殷勤捧玉钟》）

　　几许渔人横短艇，尽将灯火归村落。（柳永《满江红·暮雨初收》）

　　游宦区区成底事，平生况有云泉约。（柳永《满江红·暮雨初收》）

　　春愁凝思结眉心，绿绮懒调红锦荐。（顾敻《玉楼春·拂水双飞来去燕》）

　　镇长独立到黄昏，却怕良宵频梦见。（顾敻《玉楼春·拂水双飞来去燕》）

　　日高深院静无人，时时海燕双飞去。（晏殊《踏莎行·细草愁烟》）

　　垂杨只解惹春风，何曾系得行人住。（晏殊《踏莎行·细草愁烟》）

　　不能禅定自观心，何日得悟真如理。（《十二时·夜半子》）

　　豪强富贵暂时间，究竟终归不免死。（《十二时·夜半子》）

　　非论我辈是凡尘，自古君王亦如此。（《十二时·夜半子》）

　　晚来更带龙池雨，半拂阑干半入楼。（温庭筠《杨柳枝·金缕毵毵碧瓦沟》）

　　蕙兰有恨枝犹绿，桃李无言花自红。（冯延巳《瑞鹧鸪·才罢严妆怨晓风》）

　　燕燕巢时罗幕卷，莺莺啼处凤楼空。（冯延巳《瑞鹧鸪·才罢严妆怨晓风》）

　　少年薄幸知何处，每夜归来春梦中。（冯延巳《瑞鹧鸪·才罢严妆怨晓风》）

　　维摩权疾徒方丈，莲花宝相坐街衢。（《五更转·一更初》）

　　瘦棱棱地天然白，冷清清地许多香。（辛弃疾《最高楼·花知否》）

　　风流怕有人知处，影儿守定竹旁厢。（辛弃疾《最高楼·花知否》）

　　无奈夜长人不寐，数声和月到帘栊。（冯延巳《捣练子·深院静》）

　　当日进黄闻数纸，即凭酬答有功人。（《水鼓子·朝廷赏罚不逡巡》）

格律分析：

5例中含非律句，不入统计：

　　不能禅定自观心，何日得悟真如理。（《十二时·夜半子》）

　　豪强富贵暂时间，究竟终归不免死。（《十二时·夜半子》）

　　非论我辈是凡尘，自古君王亦如此。（《十二时·夜半子》）

　　蕙兰有恨枝犹绿，桃李无言花自红。（冯延巳《瑞鹧鸪·才罢严妆怨晓风》）

少年薄幸知何处，每夜归来春梦中。（冯延巳《瑞鹧鸪·才罢严妆怨晓风》）

平韵11例：

　　罗袜况兼金菡萏，雪肌仍是玉琅玕。（韩偓《浣溪沙·宿醉离愁慢髻鬟》）

　　日出江花红胜火，春来江水绿如蓝。（白居易《忆江南·江南好》）

　　燕燕巢时罗幕卷，莺莺啼处凤楼空。（冯延巳《瑞鹧鸪·才罢严妆怨晓风》）

　　无奈夜长人不寐，数声和月到帘栊。（冯延巳《捣练子·深院静》）

　　当日进黄闻数纸，即凭酬答有功人。（《水鼓子·朝廷赏罚不逡巡》）

　　——仄起完全对

　　舞低杨柳楼心月，歌尽桃花扇影风。（晏几道《鹧鸪天·彩袖殷勤捧玉钟》）

　　今宵剩把银釭照，犹恐相逢是梦中。（晏几道《鹧鸪天·彩袖殷勤捧玉钟》）

　　晚来更带龙池雨，半拂阑干半入楼。（温庭筠《杨柳枝·金缕毵毵碧瓦沟》）

　　——平起完全对

　　风流怕有人知处，影儿守定竹旁厢。（辛弃疾《最高楼·花知否》）

　　维摩权疾徙方丈，莲花宝相坐街衢。（《五更转·一更初》）

　　瘦棱棱地天然白，冷清清地许多香。（辛弃疾《最高楼·花知否》）

　　——首粘脚对"平平仄仄平平仄，平平仄仄仄平平"

仄韵6例：

　　几许渔人横短艇，尽将灯火归村落。（柳永《满江红·暮雨初收》）

　　游宦区区成底事，平生况有云泉约。（柳永《满江红·暮雨初收》）

　　——首对脚粘"仄仄平平平仄仄，平平仄仄平平仄"

　　春愁凝思结眉心，绿绮懒调红锦荐。（顾敻《玉楼春·拂水双飞来去燕》）

　　镇长独立到黄昏，却怕良宵频梦见。（顾敻《玉楼春·拂水双飞来去燕》）

　　——平起完全对

　　日高深院静无人，时时海燕双飞去。（晏殊《踏莎行·细草愁烟》）

　　垂杨只解惹春风，何曾系得行人住。（晏殊《踏莎行·细草愁烟》）

　　——首粘脚对"平平仄仄仄平平，平平仄仄平平仄"

类型统计如表1-79所示。

表1-79　类型统计

总			55型(12例)	77型(17例)	小结
××,|— （平韵）	—|,|—	（对-对　完全对）	3	3	"完全对"3种10例； "对-粘"1种2例； "粘-对"2种5例； "重言"0
	‖	粘-对			
	——	对-粘			
	重律	粘-粘			
××,—— （平韵）	‖,——	（对-对　完全对）	1	5	
	—|	粘-对	1	3	
	|—	对-粘			
	重律	粘-粘			

续表

总			55型(12例)	77型(17例)	小结
××,—| （仄韵）	|—,—|	（对-对　完全对）	1		
	——	粘-对	4	2	
	||	对-粘	2	2	
	重律	粘-粘			
××,|| （仄韵）	——,||	（对-对　完全对）		2	
	|—	粘-对			
	—|	对-粘			
	重律	粘-粘			

变换得表1-80。

表1-80　类型统计

	平起完全对 （律诗对）	仄起完全对 （律诗对）	踥对脚粘 （类律诗对）	踥粘脚对 （非律诗对）	总
平韵	3	5		3	11
仄韵	2		2 从末五言看，为平起式	2	6
总	7	5	2	3 从末五言看，亦皆仄起式	

讨论：

一是结果全同于五言类，甚至"踥对脚粘"型组合出现的类型，"踥粘脚对"型出现的类型，亦完全相同。

二是五七言综合对比，可以得出以下结论：

·如将五七言看成一个整体，则理论四种完全对都已出现。五言4种完全对组合中独缺"仄起仄韵完全对"，七言4种完全对组合中独缺"仄起仄韵完全对"（从末五言看，则相当于五言"平起仄韵完全对"），两者统一考虑，则不缺。

·"首对脚粘"型组合缺平韵式，大约因此类组合归入了两韵段研究。

·"首粘脚对"型组合，五七言皆缺同一类型，五言平起类的2种。

·均未出现"粘-粘"型组合。

三是将五七言看成一个总体，若词中存在以下原则：任何一种基本律句都可以同其他三种基本律句做自由组合，则尚未见到的组合是"仄平——平仄"构成的组合，包括下列两种：仄仄，仄平。（扩展成七言）；仄平，仄仄。（扩展成七言）

小结：

七言与五言情况基本类似（略）。

③33型组合（30例）

从别后，忆相逢。（晏几道《鹧鸪天·彩袖殷勤捧玉钟》）

桐江好，烟漠漠。（柳永《满江红·暮雨初收》）

波似染，山如削。（柳永《满江红·暮雨初收》）

惊旧恨，镇如许。（叶梦得《贺新郎·睡起流莺语》）

谁为我，唱金缕。（叶梦得《贺新郎·睡起流莺语》）

人艳冶，递逢迎。（柳永《木兰花慢·坼桐花烂漫》）

夜半子，夜半子。（《十二时·夜半子》）

春睡觉，晚妆残。（南唐李煜《阮郎归·东风吹水日衔山》）

汴水流。泗水流。（白居易《长相思·汴水流》）

思悠悠。恨悠悠。（白居易《长相思·汴水流》）

青箬笠，绿蓑衣。（张志和《渔歌子·西塞山前白鹭飞》）

扶残醉，绕红药。（周邦彦《瑞鹤仙·悄郊园带郭》）

街鼓动，禁城开。（韦庄《喜迁莺·街鼓动》）

莺已迁，龙已化。（韦庄《喜迁莺·街鼓动》）

碧云天，黄叶地。（范仲淹《苏幕遮·碧云天》）

黯乡魂，追旅思。（范仲淹《苏幕遮·碧云天》）

玉炉香，红烛泪。（温庭筠《更漏子·玉炉香》）

眉翠薄，鬓云残。（温庭筠《更漏子·玉炉香》）

一叶叶，一声声。（温庭筠《更漏子·玉炉香》）

花影乱，莺声碎。（秦观《千秋岁·柳边沙外》）

携手处，今谁在。（秦观《千秋岁·柳边沙外》）

几日来，真个醉。（周邦彦《红窗迥·几日来》）

一更初，一更初。（《五更转·一更初》）

凭阑干，窥细浪。（温庭筠《酒泉子·花映柳条》）

掩银屏，垂翠箔。（温庭筠《酒泉子·花映柳条》）

山下路，水边墙。（辛弃疾《最高楼·花知否》）

深院静，小庭空。（冯延巳《捣练子·深院静》）

画帘垂，金凤舞。（韦庄《应天长·绿槐阴里黄鹂语》）

碧天云，无定处。（韦庄《应天长·绿槐阴里黄鹂语》）

回绣袂，展香茵。（晏殊《诉衷情·青梅煮酒斗时新》）

格律分析：

6例含非律句，不入统计：

惊旧恨，镇如许。（叶梦得《贺新郎·睡起流莺语》）

谁为我，唱金缕。（叶梦得《贺新郎·睡起流莺语》）

夜半子，夜半子。（《十二时·夜半子》）

莺已迁，龙已化。（韦庄《喜迁莺·街鼓动》）

一叶叶，一声声。（温庭筠《更漏子·玉炉香》）

扶残醉，绕红药。（周邦彦《瑞鹤仙·悄郊园带郭》）

12 例平韵：

　　从别后，忆相逢。（晏几道《鹧鸪天·彩袖殷勤捧玉钟》）

　　人艳冶，递逢迎。（柳永《木兰花慢·坼桐花烂漫》）

　　春睡觉，晚妆残。（南唐李煜《阮郎归·东风吹水日衔山》）

　　青箬笠，绿蓑衣。（张志和《渔歌子·西塞山前白鹭飞》）

　　街鼓动，禁城开。（韦庄《喜迁莺·街鼓动》）

　　眉翠薄，鬓云残。（温庭筠《更漏子·玉炉香》）

　　山下路，水边墙。（辛弃疾《最高楼·花知否》）

　　深院静，小庭空。（冯延巳《捣练子·深院静》）

　　回绣袂，展香茵。（晏殊《诉衷情·青梅煮酒斗时新》）

　　——完全对“平仄仄，仄平平”

　　汴水流。泗水流。（白居易《长相思·汴水流》）

　　思悠悠。恨悠悠。（白居易《长相思·汴水流》）

　　一更初，一更初。（《五更转·一更初》）

　　——重律

13 例仄韵：

　　碧云天，黄叶地。（范仲淹《苏幕遮·碧云天》）

　　黯乡魂，追旅思。（范仲淹《苏幕遮·碧云天》）

　　玉炉香，红烛泪。（温庭筠《更漏子·玉炉香》）

　　凭阑干，窥细浪。（温庭筠《酒泉子·花映柳条》）

　　画帘垂，金凤舞。（韦庄《应天长·绿槐阴里黄鹂语》）

　　碧天云，无定处。（韦庄《应天长·绿槐阴里黄鹂语》）

　　掩银屏，垂翠箔。（温庭筠《酒泉子·花映柳条》）

　　——完全对“仄平平，平仄仄”

　　几日来，真个醉。（周邦彦《红窗迥·几日来》）

　　——“仄仄平，平仄仄”

　　花影乱，莺声碎。（秦观《千秋岁·柳边沙外》）

　　携手处，今谁在。（秦观《千秋岁·柳边沙外》）

　　波似染，山如削。（柳永《满江红·暮雨初收》）

　　——“平仄仄，平平仄”

　　桐江好，烟漠漠。（柳永《满江红·暮雨初收》）

　　——平平仄，平仄仄

类型统计如表 1-81 所示。

表1-81　类型统计

			33型（24例）	小结
×××,||— （仄起平韵）	——|,||—	（对-对　完全对）		完全对2种16例； 对-粘2种4例 粘-对1种1例 重律2种3例
	—||	粘-对		
	|——	对-粘		
	重律	粘-粘	1	
×××,|—— （平起平韵）	—||,|——	（完全对）	9	完全对2种16例； 对-粘2种4例 粘-对1种1例 重律2种3例
	——|			
	||—			
	重律	粘-粘	2	
×××,——| （平起仄韵）	||—,——|	（完全对）		
	|——			
	—||	对-粘	3	
	重律	粘-粘		
×××,—|| （仄起仄韵）	|——,—||	（完全对）	7	
	||—	粘-对	1	
	——|	对-粘	1	
	重律	粘-粘		

讨论：

一是三言组合出现2类平韵重律情况，这是五七言少有的现象。

二是三言出现2类完全对，皆由"—||""|——"组合成。

三是完全对数量大，共15例，占16/24，说明词中3-3型组合特点是对仗较多

小结：

总的来看，3-3型组合以"—||"和"|——"组成的完全对为主，亦有少量的重律情况发生。

④3-3型、5-5型、7-7型组合小结

依三言统计方式可以重新统计5-5型、7-7型组合，总结果如表1-82所示。

表1-82　3-3型、5-5型、7-7型组合统计

总			3-3型 （24例）	5-5型 （12例）	7-7型 （17例）	小结
××,|— （平韵）	—|,|—	（对-对　完全对）		3	3	完全对4种31例； 对-粘2种8例，缺 "平平/平仄"类； 粘-对3种11例； 重律2种3例皆平韵
	||	粘-对				
	——	对-粘				
	重律	粘-粘	1			
××,—— （平韵）	||,——	（对-对　完全对）	9	1	5	
	—|	粘-对		1	3	
	|—	对-粘				
	重律	粘-粘	2			

续表

总			3-3型 (24例)	5-5型 (12例)	7-7型 (17例)	小结
××，—| (仄韵)	|—，—|	（对-对　完全对）		1		完全对4种31例； 对-粘2种8例，缺 "平平/平仄"类； 粘-对3种11例； 重律2种3例皆平韵
	——	粘-对		4	2	
	||	对-粘	3	2	2	
	重律	粘-粘				
××，|| (仄韵)	——，||	（对-对　完全对）	7		2	
	|—	粘-对	1			
	—|	对-粘	1			
	重律	粘-粘				

小结，如表1-83所示。

表1-83　统计组合

	3-3型(7种24例)	5-5型(5种12例)	7-7型(6种17例)	总(11种53例)
律诗对(完全对)	2种16例	3种5例	3种10例	4种31例；
类律诗对(对-粘)	2种4例	1种2例	1种2例	2种8例， 缺"平平/平仄"类
非律诗对(粘-对)	1种1例	2种5例	2种5例	3种11例；
非律诗对(粘-粘)	2种3例	0	0	2种3例皆平韵

从三言、五言、七言的齐言组合可以看出，词的句式组合打破了"平韵""对仗"两个限制，在格律上倾向于寻求自由组合。五五型、七七型虽受律诗对身份制约，仍然出现了约1/3的"粘-对"型非律诗对；三三型不受制约更是出现了重律类型的非律诗对。从整体上看，16类理论组合出现了11类，四大类理论组合均已出现；其中律诗对组合8类出现6类，非律诗对组合8类出席了5类，非律诗对种数约占1半，而数量也占到约1/3比例。

2）杂言型奇-奇组合

杂言型奇-奇组合（见表1-84）。

表1-84　二句杂言型奇-奇组合有5类

句型	3-5型	3-7型	
数量	7	6	
句型	5-3型	7-3型	7-5型
数量	5	1	13

①7-5型（13例）

珠帘约住海棠风，愁拖两眉角。（宋祁《好事近·睡起玉屏风》）

瑶编宝列相辉映，归美意何穷。（无名氏《导引·皇家盛事》）

欢声和气弥寰宇，皇寿与天同。（无名氏《导引·皇家盛事》）

绮窗人在东风里，洒泪对春闲。（左誉《眼儿媚·楼上黄昏杏花寒》）

一对鸳鸯眠未足，叶下长相守。（晏殊《雨中花令·剪翠妆红欲就》）

家人并上千春寿，深意满琼卮。（晏殊《少年游·芙蓉花发去年枝》）

风过冰檐环佩响，宿雾在华茵。（毛滂《武陵春·风过冰檐环佩响》）

凤口衔灯金炫转，人醉觉寒轻。（毛滂《武陵春·风过冰檐环佩响》）

赠君明月满前溪，直到西湖畔。（毛滂《烛影摇红·老景萧条》）

一枝芳信到江南，来报先春秀。（梅苑无名氏《一络索·腊后东风微透》）

笛声容易莫相催，留待纤纤手。（梅苑无名氏《一络索·腊后东风微透》）

小桃枝上春来早，初试薄罗衣。（王诜《人月圆·小桃枝上春来早》）

格律分析：

平韵：

瑶编宝列相辉映，归美意何穷。（无名氏《导引·皇家盛事》）

欢声和气弥寰宇，皇寿与天同。（无名氏《导引·皇家盛事》）

绮窗人在东风里，洒泪对春闲。（左誉《眼儿媚·楼上黄昏杏花寒》）

家人并上千春寿，深意满琼卮。（晏殊《少年游·芙蓉花发去年枝》）

小桃枝上春来早，初试薄罗衣。（王诜《人月圆·小桃枝上春来早》）

——"粘-对"型之一种，"平仄，平平"式

风过冰檐环佩响，宿雾在华茵。（毛滂《武陵春·风过冰檐环佩响》）

凤口衔灯金炫转，人醉觉寒轻。（毛滂《武陵春·风过冰檐环佩响》）

——完全对之一种，"仄仄，平平"式

仄韵：

赠君明月满前溪，直到西湖畔。（毛滂《烛影摇红·老景萧条》）

一枝芳信到江南，来报先春秀。（梅苑无名氏《一络索·腊后东风微透》）

笛声容易莫相催，留待纤纤手。（梅苑无名氏《一络索·腊后东风微透》）

——"粘-对"之一种，"平平，平仄"式

珠帘约住海棠风，愁拖两眉角。（宋祁《好事近·睡起玉屏风》）

——对粘之一种，"平仄，仄仄"式

一对鸳鸯眠未足，叶下长相守。（晏殊《雨中花令·剪翠妆红欲就》）

——"对粘"之另一种，"仄仄，平仄"式

讨论：只有7-5型，无5-7型；只有完全对和粘对情况，无重律情况；"粘对"式远多于"完全对"式，与律诗相别（比例为9∶3）。

②3-5型（7例）

宫漏促，帘外晓啼莺。（薛昭蕴《小重山·春到长门春草青》）

江南好，风景旧曾谙。（白居易《忆江南·江南好》）

思君切，罗幌暗尘生。（薛昭蕴《小重山·春到长门春草青》）

花知否，花一似何郎。（辛弃疾《最高楼·花知否》）

　　　　似二陆，初来俱少年。（苏轼《沁园春·孤馆灯青》）

　　　　著一阵，霎时间底雪。（辛弃疾《最高楼·花知否》）

　　　　更一个，缺些儿底月。（辛弃疾《最高楼·花知否》）

格律分析：

　　　　思君切，罗幌暗尘生。（薛昭蕴《小重山·春到长门春草青》）

　　　　似二陆，初来俱少年。（苏轼《沁园春·孤馆灯青》）

　　　　著一阵，霎时间底雪。（辛弃疾《最高楼·花知否》）

　　　　更一个，缺些儿底月。（辛弃疾《最高楼·花知否》）

　　　　——不合律，暂不分析

平韵3例：

　　　　宫漏促，帘外晓啼莺。（薛昭蕴《小重山·春到长门春草青》）

　　　　——完全对"平仄仄，仄平平"

　　　　江南好，风景旧曾谙。（白居易《忆江南·江南好》）

　　　　花知否，花一似何郎。（辛弃疾《最高楼·花知否》）

　　　　——粘对"平平仄，仄平平"

③5-3型（5例）

　　　　不如从嫁与，作鸳鸯。（温庭筠《南歌子·手里金鹦鹉》）

　　　　玉阶华露滴，月胧明。（薛昭蕴《小重山·春到长门春草青》）

　　　　红妆流宿泪，不胜情。（薛昭蕴《小重山·春到长门春草青》）

　　　　月明知我意，来相就。（毛滂《感皇恩·绿水小河亭》）

　　　　露凉钗燕冷，更深后。（毛滂《感皇恩·绿水小河亭》）

格律分析：

平韵3例：

　　　　不如从嫁与，作鸳鸯。（温庭筠《南歌子·手里金鹦鹉》）

　　　　玉阶华露滴，月胧明。（薛昭蕴《小重山·春到长门春草青》）

　　　　红妆流宿泪，不胜情。（薛昭蕴《小重山·春到长门春草青》）

　　　　——完全对"仄仄，平平"

仄韵2例

　　　　月明知我意，来相就。（毛滂《感皇恩·绿水小河亭》）

　　　　露凉钗燕冷，更深后。（毛滂《感皇恩·绿水小河亭》）

　　　　——对粘"仄仄，平仄"

④3-7型（6例）

　　　　最好是，一川夜月光流渚。（晁补之《摸鱼儿·买陂塘》）

　　　　满青镜，星星鬓影今如许。（晁补之《摸鱼儿·买陂塘》）

　　　　人不见，碧云暮合空相对。（秦观《千秋岁·柳边沙外》）

　　　　春去也，落红万点愁如海。（秦观《千秋岁·柳边沙外》）

空赢得，目断魂飞何处说。（尹鹗《拨棹子·风切切》）

羞睹见，绣被堆红闲不彻。（尹鹗《拨棹子·风切切》）

分析：

全部为仄韵

最好是，一川夜月光流渚。（晁补之《摸鱼儿·买陂塘》）

满青镜，星星鬓影今如许。（晁补之《摸鱼儿·买陂塘》）

——不合律，暂不分析

人不见，碧云暮合空相对。（秦观《千秋岁·柳边沙外》）

春去也，落红万点愁如海。（秦观《千秋岁·柳边沙外》）

——对粘型之"仄仄，平仄"式

空赢得，目断魂飞何处说。（尹鹗《拨棹子·风切切》）

——对粘型之"平仄，仄仄"式

羞睹见，绣被堆红闲不彻。（尹鹗《拨棹子·风切切》）

——粘粘型之"仄仄，仄仄"式

⑤7-3型（1例）

刘郎此日别天仙，登绮席。（皇甫松《天仙子·晴野鹭鸶飞一只》）

——完全对之"平平，仄仄"

类型统计表，如1-85所示。

表1-85　类型统计

总	以末2脚表示		75型(12)	35型(3)	53型(5)	37型(4)	73型(1)	总(25)	小结
××，l—(仄收平韵)	—l，l— 完全对	对-对							完全对2类7例；对粘2类7例，皆仄韵；粘对2类10例，皆"平平/平仄"类重律1例"仄仄"型
	‖	粘-对							
	——	对-粘							
	l— 重律	粘-粘							
××，——(平收平韵)	‖，—— 完全对	对-对	2	1	3			6	
	—l	粘-对	5	2				7	
	l—	对-粘							
	—— 重律	粘-粘							
××，—l(平收仄韵)	l—，l— 完全对	对-对							
	——	粘-对	3					3	
	‖	对-粘	1		2	2		5	
	—l 重律	粘-粘							
××，‖(仄收仄韵)	——，‖ 完全对	对-对					1	1	
	l—	粘-对							
	—l	对-粘	1			1		2	
	重律	粘-粘				1		1	

杂言型奇-奇组合小结：

　·粘、对、重为组合基本规律，完全对：粘对：对粘：重律＝7：10：7：1

　·没有"仄平"为对句的组合。其中，无"仄仄平平仄，平平仄仄平"，避律诗吗？

　·三种组合最多："n仄仄，n平平"6例；"n平仄，n平平"7例；"n仄仄，n平仄"5例

3）奇-奇型组合小结

奇-奇型组合（见表1-86）。

表1-86　奇-奇型组合之格律关系统计总

句脚关系	类型		33型	55型	77型		75型	35型	53型	37型	73型
		总	24	12	17		12	3	5	4	1
○仄,○平 （相对）38	平仄,仄平（完全对）	6		3	3						
	仄仄,平平（完全对）	21	9	1	5		2	1	3		
	平仄,平平（粘对）	11		1	3		5	2			
	仄仄,仄平（粘对）	0									
○平,○仄 （相对）21	仄平,平仄（完全对）	1		1							
	平平,仄仄（完全对）	9	7		2						
	仄平,仄仄（粘对）	2	1								1
	平平,平仄（粘对）	9		4	2		3				
○仄,○仄 （相粘）16	平仄,仄仄（对粘）	3	1				1			1	
	仄仄,平仄（对粘）	12	3	2	2		1		2	2	
	平仄,平仄（全粘—重律）	0									
	仄仄,仄仄（全粘—重律）	1								1	
○平,○平 （相粘）3 去两韵段	仄平,平平（对粘）	0									
	平平,仄平（对粘）	0									
	仄平,仄平（全粘—重律）	1	1								
	平平,平平（全粘—重言）	2	2								

（2）两句型韵段之二——偶-偶型组合

1）齐言型偶-偶组合

齐言型偶-偶组合（见表1-87）。

表1-87　齐言型偶-偶组合

句型	2-2型	4-4型	6-6型
数量	2	12	9

①2-2型（2例）

　　如梦。如梦。残月落花烟重。（后唐庄宗《如梦令·曾宴桃源深洞》）

无语。无绪。慢曳罗裙归去。(孙光宪《风流子·楼依长衢欲暮》)

——皆为"平仄，平仄"的重律

②4-4型（12例）

细草愁烟，幽花怯露。(晏殊《踏莎行·细草愁烟》)

带缓罗衣，香残蕙炷。(晏殊《踏莎行·细草愁烟》)

银字吹笙，金貂取酒。(毛滂《感皇恩·绿水小河亭》)

斜插疏枝，略点梅梢。(周邦彦《一剪梅·一剪梅花万样娇》)

袖里时闻，玉钏轻敲。(周邦彦《一剪梅·一剪梅花万样娇》)

前岁栽桃，今岁成蹊。(晁补之《行香子·前岁栽桃》)

吴王故苑，柳袅烟斜。(秦观《柳梢青·岸草平沙》)

衰颜难强，拙语多迟。(晁补之《行香子·前岁栽桃》)

月楼花院，绮窗朱户。(贺铸《青玉案·凌波不过横塘路》)

一川烟草，满城风絮。(贺铸《青玉案·凌波不过横塘路》)

西风残照，汉家陵阙。(李白《忆秦娥·箫声咽》)

微行清露，细履斜晖。(晁补之《行香子·前岁栽桃》)

格律分析：

细草愁烟，幽花怯露。(晏殊《踏莎行·细草愁烟》)

带缓罗衣，香残蕙炷。(晏殊《踏莎行·细草愁烟》)

银字吹笙，金貂取酒。(毛滂《感皇恩·绿水小河亭》)

——仄起完全对，皆"○仄平平，○平仄仄"式，缺"○仄仄平，○平平仄"式

斜插疏枝，略点梅梢。(周邦彦《一剪梅·一剪梅花万样娇》)

袖里时闻，玉钏轻敲。(周邦彦《一剪梅·一剪梅花万样娇》)

前岁栽桃，今岁成蹊。(晁补之《行香子·前岁栽桃》)

——仄起相粘，皆"○仄平平，○仄平平"式，缺"○仄仄平，○仄仄平"式

吴王故苑，柳袅烟斜。(秦观《柳梢青·岸草平沙》)

衰颜难强，拙语多迟。(晁补之《行香子·前岁栽桃》)

——平起完全对，皆"○平仄仄，○仄平平"式，缺"○平平仄，○仄仄平"式

月楼花院，绮窗朱户。(贺铸《青玉案·凌波不过横塘路》)

一川烟草，满城风絮。(贺铸《青玉案·凌波不过横塘路》)

西风残照，汉家陵阙。(李白《忆秦娥·箫声咽》)

——平起相粘，皆"○平平仄，○平平仄"式，缺"○平仄仄，○平仄仄"式

微行清露，细履斜晖。(晁补之《行香子·前岁栽桃》)

——平起不完全对，"○平平仄，○仄平平"式，缺"○平仄仄，○仄仄平"

类型统计：

A.包含全部四种基本句式：○平仄仄、○仄平平、○平平仄、○仄仄平；

B.包含四大类基本组合，但每类中的细类尚不完全。具体如表4-21所示。

③66型（9例）

　　凤额绣帘高卷，兽钚朱户频摇。（柳永《西江月·凤额绣帘高卷》）

　　好梦枉随飞絮，闲愁浓胜香醪。（柳永《西江月·凤额绣帘高卷》）

　　一笑皆生百媚，宸游教在谁边。（李白《清平乐·禁闱清夜》）

　　风暖繁弦脆管，万家竞奏新声。（柳永《木兰花慢·坼桐花烂漫》）

　　拌却明朝永日，画堂一枕春醒。（柳永《木兰花慢·坼桐花烂漫》）

　　手种堂前垂柳，别来几度春风。（欧阳修《朝中措·平山阑槛倚情空》）

　　行乐直须年少，尊前看取衰翁。（欧阳修《朝中措·平山阑槛倚情空》）

　　临镜舞鸾离照，倚筝飞雁辞行。（晏几道《风入松·柳阴庭院杏梢墙》）

　　两袖晓风花陌，一帘夜月兰堂。（晏几道《风入松·柳阴庭院杏梢墙》）

分析：

　　凤额绣帘高卷，兽钚朱户频摇。（柳永《西江月·凤额绣帘高卷》）

　　好梦枉随飞絮，闲愁浓胜香醪。（柳永《西江月·凤额绣帘高卷》）

　　手种堂前垂柳，别来几度春风。（欧阳修《朝中措·平山阑槛倚情空》）

　　行乐直须年少，尊前看取衰翁。（欧阳修《朝中措·平山阑槛倚情空》）

　　临镜舞鸾离照，倚筝飞雁辞行。（晏几道《风入松·柳阴庭院杏梢墙》）

　　两袖晓风花陌，一帘夜月兰堂。（晏几道《风入松·柳阴庭院杏梢墙》）

　　——"○仄○平平仄，○平○仄平平"

　　一笑皆生百媚，宸游教在谁边。（李白《清平乐·禁闱清夜》）

　　风暖繁弦脆管，万家竞奏新声。（柳永《木兰花慢·坼桐花烂漫》）

　　拌却明朝永日，画堂一枕春醒。（柳永《木兰花慢·坼桐花烂漫》）

　　——"○仄○平仄仄，○平○仄平平"

讨论：

·组合全部合乎律句。

·全部属于平韵对仗关系的"○仄○平○仄，○平○仄○平"类型，且不完全对居多。

④齐言型偶-偶组合小结

综合上述分析得表1-88。

表1-88　齐言型偶-偶组合类型统计

		22型(2例)	44型(12例)	66型(9例)
○仄，○平 （相对关系）	○平平仄，○仄仄平（完全对）			
	○平仄仄，○仄平平（完全对）		2	3
	○平平仄，○仄平平（粘对）		1	6
	○平仄仄，○仄仄平（粘对）			

续表

		22型(2例)	44型(12例)	66型(9例)
○平,○仄 （相对关系）	○仄仄平,○平平仄(完全对)			
	○仄平平,○平仄仄(完全对)		3	
○平,○仄 （相对关系）	○仄仄平,○平仄仄(粘对)			
	○仄平平,○平平仄(粘对)			
○仄,○仄 （相粘关系）	○平平仄,○平仄仄(对粘)			
	○平仄仄,○平平仄(对粘)			
	○平平仄,○平仄仄(重律)	2	3	
	○平仄仄,○平仄仄(重律)			
○平,○平 （相粘关系）	○仄仄平,○仄平平(对粘)			
	○仄平平,○仄仄平(对粘)			
	○仄仄平,○仄仄平(重律)			
	○仄平平,○仄平平(重律)		3	

齐言型偶-偶组合总论：

· 全为律句

· "22型组合全为重律；66型组合全为平韵律诗中类型；44型组合则主要包括"完全对"和"重律"两种。

2）杂言型偶-偶组合

杂言型偶-偶组合（见表1-89）。

表1-89　杂言型偶-偶组合

句型	4-6型	4-8型
数量	4	2
句型	64型	
数量	4	

①4-6型、6-4型

4-6型、6-4型（见表1-90）。

表1-90　4-6型、6-4型组合

46型(4例,其中合律2例)	6-4型(4例,其中合律1例)
江山如画，望中烟树历历。(苏轼《念奴娇·凭空眺远》)	断肠如雪撩乱，去点人衣。(晁补之《声声慢·朱门深掩》)
水晶宫里，一声吹断横笛。(苏轼《念奴娇·凭空眺远》)	灞岸行人多少，竞折柔枝。(晁补之《声声慢·朱门深掩》)
画楼绣纱，尽挂窗纱帘绣。(毛滂《感皇恩·绿水小河亭》)	熏风乱飞燕子，时下轻鸥。(晁冲之《汉宫春·黯黯离怀》)
宝熏浓炷，人共博山烟瘦。(毛滂《感皇恩·绿水小河亭》)	无端彩云易散，覆水难收。(晁冲之《汉宫春·黯黯离怀》)
(1) 律句保持"平仄,平仄"——"重律"关系 (2) 非律句若去掉重叠部分,则组合仍为相重关系!	(1) 律句保持"仄仄,平平"——"完全对"关系 (2) 非律句若去掉重复部分,组合仍为相对关系!

结论：46型组合保持"重律"关系，64型组合保持"完全对"关系！

②48型

2例，实际均为47型。

> 尽寻胜赏，骤雕鞍绀幰出郊垌。（柳永《木兰花慢·坼桐花烂漫》）
>
> ——平平仄仄，仄-平平仄仄仄平平
>
> 对佳丽地，信金罍罄竭玉山倾。（柳永《木兰花慢·坼桐花烂漫》）
>
> ——仄平平仄，仄-平平仄仄仄平平

3）偶-偶型组合之格律关系小结

综合齐言型偶-偶组合与杂言型偶-偶组合结论，得到表1-91。

表1-91　偶-偶型组合之格律关系统计总

句脚关系	类型		44型	66型	46型	64型	48型
		总	12	9	2	1	2
○仄，○平 （相对）15	平仄，仄平（完全对）	0					
	仄仄，平平（完全对）	6	2	3			1
	平仄，平平（粘对）	9	1	6		1	1
	仄仄，仄平（粘对）	0					
○平，○仄 （相对）3	仄平，平仄（完全对）	0					
	平平，仄仄（完全对）	3	3				
	仄平，仄仄（粘对）	0					
	平平，平仄（粘对）	0					
○仄，○仄 （相粘）5	平仄，仄仄（对粘）	0					
	仄仄，平仄（对粘）	0					
	平仄，平仄（全粘—重律）	5	3		2		
	仄仄，仄仄（全粘—重律）	0					
○平，○平 （相粘）3 去两韵段	仄平，平平（对粘）	0					
	平平，仄平（对粘）	0					
	仄平，仄平（全粘—重律）	0					
	平平，平平（全粘—重律）	3	3				

（3）两句型韵段之三——奇-偶组合

1）奇-偶组合

奇-偶组合（见表1-92）。

表1-92　奇-偶组合

句型	34型	36型	45型	47型	56型	
数量	17	6	22	4	3	
句型		63型	54型	74型	65型	85型	76型
数量		3	8	4	7	1	9

小结论：奇言结尾（偶-奇）与偶言结尾（奇-偶）数量大致相当

①核心代表：45型与54型

45型（22例）

凭阑秋思，闲记旧相逢。（晏几道《满庭芳·南苑吹花》）

杨柳风轻，展尽黄金缕。（冯延巳《蝶恋花·六曲阑干偎碧树》）

红杏开时，一霎清明雨。（冯延巳《蝶恋花·六曲阑干偎碧树》）

柳径春深，行到关情处。（冯延巳《点绛唇·荫绿围红》）

角声呜咽，星斗渐微茫。（韦庄《江城子·髻鬟狼藉黛眉长》）

老来风味，是事都无可。（程垓《蓦山溪·老来风味》）

三杯径醉，转觉乾坤大。（程垓《蓦山溪·老来风味》）

冰肌玉骨，自清凉无汗。（苏轼《洞仙歌·冰肌玉骨》）

一曲清歌，暂引樱桃破。（唐李煜《一斛珠·晚妆初过》）

烂嚼红茸，笑向檀郎唾。（唐李煜《一斛珠·晚妆初过》）

醉倒山翁，但愁斜照敛。（周邦彦《齐天乐·绿芜凋尽台城路》）

秋色连波，波上寒烟翠。（范仲淹《苏幕遮·碧云天》）

芳草无情，更在斜阳外。（范仲淹《苏幕遮·碧云天》）

夜夜除非，好梦留人睡。（范仲淹《苏幕遮·碧云天》）

酒入愁肠，化作相思泪。（范仲淹《苏幕遮·碧云天》）

华阙中天，锁葱葱佳气。（柳永《醉蓬莱·渐亭皋叶下》）

南极星中，有老人呈瑞。（柳永《醉蓬莱·渐亭皋叶下》）

皇家盛事，三殿庆重重。（无名氏《导引·皇家盛事》）

睡起恹恹，无语小妆懒。（程核《祝英台近·坠红轻》）

闲倚银屏，羞怕泪痕满。（程核《祝英台近·坠红轻》）

凤帏夜短，偏爱日高眠。（柳永《促拍花满路·香靥融春雪》）

画堂春过，悄悄落花天。（柳永《促拍花满路·香靥融春雪》）

分析：

冰肌玉骨，自清凉无汗。（苏轼《洞仙歌·冰肌玉骨》）

闲倚银屏，羞怕泪痕满。（程核《祝英台近·坠红轻》）

——含非律句，暂不分析

平韵：

凭阑秋思，闲记旧相逢。（晏几道《满庭芳·南苑吹花》）

画堂春过，悄悄落花天。（柳永《促拍花满路·香靥融春雪》）

角声呜咽，星斗渐微茫。（韦庄《江城子·髻鬟狼藉黛眉长》）

——"仄平平仄，仄仄仄平平"粘对

皇家盛事，三殿庆重重。（无名氏《导引·皇家盛事》）

凤帏夜短，偏爱日高眠。（柳永《促拍花满路·香靥融春雪》）

——"仄仄，平平"完全对

仄韵：

　　杨柳风轻，展尽黄金缕。（冯延巳《蝶恋花·六曲阑干偎碧树》）

　　红杏开时，一霎清明雨。（冯延巳《蝶恋花·六曲阑干偎碧树》）

　　柳径春深，行到关情处。（冯延巳《点绛唇·荫绿围红》）

　　一曲清歌，暂引樱桃破。（唐李煜《一斛珠·晚妆初过》）

　　烂嚼红茸，笑向檀郎唾。（唐李煜《一斛珠·晚妆初过》）

　　秋色连波，波上寒烟翠。（范仲淹《苏幕遮·碧云天》）

　　芳草无情，更在斜阳外。（范仲淹《苏幕遮·碧云天》）

　　夜夜除非，好梦留人睡。（范仲淹《苏幕遮·碧云天》）

　　华阙中天，锁葱葱佳气。（柳永《醉蓬莱·渐亭皋叶下》）

　　南极星中，有老人呈瑞。（柳永《醉蓬莱·渐亭皋叶下》）

　　睡起恹恹，无语小妆懒。（程核《祝英台近·坠红轻》）

　　——"仄仄平平，仄仄平平仄"粘对

　　三杯径醉，转觉乾坤大。（程垓《蓦山溪·老来风味》）

　　——"平平仄仄，仄仄平平仄"对粘

　　醉倒山翁，但愁斜照敛。（周邦彦《齐天乐·绿芜凋尽台城路》）

　　酒入愁肠，化作相思泪。（范仲淹《苏幕遮·碧云天》）

　　——"仄仄平平，平平平仄仄"全对

　　老来风味，是事都无可。（程垓《蓦山溪·老来风味》）

　　——"仄平平仄，仄仄平平仄"重律

讨论：

· "仄仄平平，仄仄平平仄"粘对型组合占大多数，"平仄，平平"粘对次之。

· 仄韵组合多于平韵。

54型（8例）

　　绕严陵滩畔，鹭飞鱼跃。（柳永《满江红·暮雨初收》）

　　绿水小河亭，朱阑碧甃。（毛滂《感皇恩·绿水小河亭》）

　　惟有长江水，无语东流。（柳永《八声甘州·对潇潇暮雨洒江天》）

　　叹重拂罗裀，顿疏花簟。（周邦彦《齐天乐·绿芜凋尽台城路》）

　　正玉液新篘，蟹螯初荐。（周邦彦《齐天乐·绿芜凋尽台城路》）

　　早窗外乱红，已深半指。（周邦彦《红窗迥·几日来》）

　　怒涛卷霜雪，天堑无涯。（柳永《望海潮·东南形胜》）

　　乘醉听箫鼓，吟赏烟霞。（柳永《望海潮·东南形胜》）

分析：

　　绕严陵滩畔，鹭飞鱼跃。（柳永《满江红·暮雨初收》）

　　叹重拂罗裀，顿疏花簟。（周邦彦《齐天乐·绿芜凋尽台城路》）

　　怒涛卷霜雪，天堑无涯。（柳永《望海潮·东南形胜》）

——含非律句，暂不分析

绿水小河亭，朱阑碧甃。（毛滂《感皇恩·绿水小河亭》）

早窗外乱红，已深半指。（周邦彦《红窗迥·几日来》）

——"仄仄仄平平，平平仄仄"

正玉液新篘，蟹螯初荐。（周邦彦《齐天乐·绿芜凋尽台城路》）

——"仄仄仄平平，仄平平仄"

惟有长江水，无语东流。（柳永《八声甘州·对潇潇暮雨洒江天》）

乘醉听箫鼓，吟赏烟霞。（柳永《望海潮·东南形胜》）

——"仄仄平平仄，仄仄平平"

　　思考：从上述看，组合似乎并无特殊规律，似乎任何两个句式都可以轻易构成组合。对此或许可作如下解释，任何一个长短句组合都可看成是长句对短句的加成叠唱，故声音自然和谐。但这个解释对"偶奇组合"并不具有针对性，下面本书进一步考察其他"偶奇组合"的格律情况，以期寻求具有统计意义的结论。

②34型（17例）

渐暖霭，初回轻暑。（叶梦得《贺新郎·睡起流莺语》）

但怅望，兰舟容与。（叶梦得《贺新郎·睡起流莺语》）

有谁家，锦书遥寄。（苏轼《水龙吟·霜寒烟冷蒹葭老》）

酒醒处，残阳乱鸦。（秦观《柳梢青·岸草平沙》）

过短亭，何用素约。（周邦彦《瑞鹤仙·悄郊园带郭》）

却弹作，清商恨多。（辛弃疾《太常引·仙机似欲织纤罗》）

且痛饮，公无渡河。（辛弃疾《太常引·仙机似欲织纤罗》）

怕绿刺，胃衣伤手。（晏殊《雨中花令·剪翠妆红欲就》）

为黄花，频开醉眼。（毛滂《烛影摇红·老景萧条》）

二十年，重过南楼。（刘过《唐多令·芦叶满汀洲》）

旧江山，浑是新愁。（刘过《唐多令·芦叶满汀洲》）

细雨打，鸳鸯寒悄。（朱敦儒《杏花天·浅春庭院东风晓》）

人别后，碧云信杳。（朱敦儒《杏花天·浅春庭院东风晓》）

对好景，愁多欢少。（朱敦儒《杏花天·浅春庭院东风晓》）

凭小槛，细腰无力。（尹鹗《拨棹子·风切切》）

偏挂恨，少年抛掷。（尹鹗《拨棹子·风切切》）

雨潇潇，衰鬓到今。（朱敦儒《恋绣衾·木落江南感未平》）

分析：

渐暖霭，初回轻暑。（叶梦得《贺新郎·睡起流莺语》）

但怅望，兰舟容与。（叶梦得《贺新郎·睡起流莺语》）

酒醒处，残阳乱鸦。（秦观《柳梢青·岸草平沙》）

过短亭，何用素约。（周邦彦《瑞鹤仙·悄郊园带郭》）

却弹作，清商恨多。（辛弃疾《太常引·仙机似欲织纤罗》）

且痛饮，公无渡河。（辛弃疾《太常引·仙机似欲织纤罗》）

细雨打，鸳鸯寒悄。（朱敦儒《杏花天·浅春庭院东风晓》）

对好景，愁多欢少。（朱敦儒《杏花天·浅春庭院东风晓》）

怕绿刺，罥衣伤手。（晏殊《雨中花令·剪翠妆红欲就》）

——含非律句，暂不分析

仄韵：

有谁家，锦书遥寄。（苏轼《水龙吟·霜寒烟冷蒹葭老》）

——仄平平，仄平平仄

凭小槛，细腰无力。（尹鹗《拨棹子·风切切》）

偏挂恨，少年抛掷。（尹鹗《拨棹子·风切切》）

——平仄仄，仄平平仄

为黄花，频开醉眼。（毛滂《烛影摇红·老景萧条》）

——仄平平，平平仄仄

人别后，碧云信杳。（朱敦儒《杏花天·浅春庭院东风晓》）

——平仄仄，平平仄仄

平韵：

二十年，重过南楼。（刘过《唐多令·芦叶满汀洲》）

——仄仄平，仄仄平平

旧江山，浑是新愁。（刘过《唐多令·芦叶满汀洲》）

——仄平平，仄仄平平

雨潇潇，衰鬓到今。（朱敦儒《恋绣衾·木落江南感未平》）

——仄平平，平仄仄平

③36型、63型

漫留得，尊前淡月西风。（晏几道《满庭芳·南苑吹花》）

偏只怕，临风见他桃树。（史达祖《花心动·风约帘波》）

望不尽，垂杨几千万缕。（史达祖《花心动·风约帘波》）

青绫被，休忆金闺故步。（晁补之《摸鱼儿·买陂塘》）

行路永，客去车尘漠漠。（周邦彦《瑞鹤仙·悄郊园带郭》）

敛余红，犹恋孤城阑角。（周邦彦《瑞鹤仙·悄郊园带郭》）

依旧竹声新月，似当年。（南唐李煜《虞美人·风回小院庭芜绿》）

满鬓清霜残雪，思难禁。（南唐李煜《虞美人·风回小院庭芜绿》）

细草平沙蕃马，小屏风。（薛昭蕴《相见欢·罗袜绣袂香红》）

暮雨轻烟魂断，隔帘栊。（薛昭蕴《相见欢·罗袜绣袂香红》）

分析：

漫留得，尊前淡月西风。（晏几道《满庭芳·南苑吹花》）

偏只怕，临风见他桃树。（史达祖《花心动·风约帘波》）

望不尽，垂杨几千万缕。（史达祖《花心动·风约帘波》）

——暂不入分析

青绫被，休忆金闺故步。（晁补之《摸鱼儿·买陂塘》）

行路永，客去车尘漠漠。（周邦彦《瑞鹤仙·悄郊园带郭》）

——平仄仄，仄仄平平仄仄

敛余红，犹恋孤城阑角。（周邦彦《瑞鹤仙·悄郊园带郭》）

——仄平平，仄仄平平仄仄

依旧竹声新月，似当年。（南唐李煜《虞美人·风回小院庭芜绿》）

满鬓清霜残雪，思难禁。（南唐李煜《虞美人·风回小院庭芜绿》）

细草平沙蕃马，小屏风。（薛昭蕴《相见欢·罗袜绣袂香红》）

暮雨轻烟魂断，隔帘栊。（薛昭蕴《相见欢·罗袜绣袂香红》）

——○仄○平○仄，仄平平

④47型、74型

千年清浸，先净河洛出图书。（毛滂《水调歌头·九金增宋重》）

芝房雅奏，仪凤矫首听笙竽。（毛滂《水调歌头·九金增宋重》）

尚有练囊，露萤清夜照书卷。（周邦彦《齐天乐·绿芜凋尽台城路》）

——不入分析

老景萧条，送君归去添凄断。（毛滂《烛影摇红·老景萧条》）

——仄仄平平，平平仄仄平平仄

蟠蛴领上诃梨子，绣带双垂。（和凝《采桑子·蟠蛴领上诃梨子》）

丛头鞋子红编细，裙窣金丝。（和凝《采桑子·蟠蛴领上诃梨子》）

——平平仄仄平平仄，仄仄平平

梦里不知身是客，一晌贪欢。（南唐李煜《浪淘沙令·帘外雨潺潺》）

流水落花春去也，天上人间。（南唐李煜《浪淘沙令·帘外雨潺潺》）

——仄仄平平平仄仄，仄仄平平

⑤56型、65型

睡起玉屏风，吹去乱红犹落。（宋祁《好事近·睡起玉屏风》）

长记别伊时，和泪出门相送。（后唐庄宗《如梦令·曾宴桃源深洞》）

——仄仄仄平平，平仄仄平平仄

但明河影下，还看疏星几点。（周邦彦《选冠子·水浴清蟾》）

——仄平平仄仄，仄仄平平仄仄

东城南陌花下，逢着意中人。（晏殊《诉衷情令·青梅煮酒斗时新》）

人道愁与春归，春归愁未断。（程垓《祝英台近·坠红轻》）

昨夜一庭明月，冷秋千红索。（宋祁《好事近·睡起玉屏风》）

有时携手闲坐，偎倚绿窗前。（柳永《促拍花满路·香靥融春雪》）

——含非律句，暂不分析

天气骤生轻暖，衬沈香帷箔。（宋祁《好事近·睡起玉屏风》）

——平仄仄平平仄，仄平平仄仄

是处红衰翠减，苒苒物华休。（柳永《八声甘州·对潇潇暮雨洒江天》）

异日图将好景，归去凤池夸。（柳永《望海潮·东南形胜》）

——仄仄平平仄仄，仄仄仄平平

⑥85型

对潇潇暮雨洒江天，一番洗清秋。（柳永《八声甘州·对潇潇暮雨洒江天》）

——仄–平平仄仄仄平平，仄仄仄平平，实际为75型。

⑦76型（9例）

绿芜凋尽台城路，殊乡又逢秋晚。（周邦彦《齐天乐·绿芜凋尽台城路》）

——含非律句，暂不分析

仄韵：

桂魄飞来光射处，冷浸一天秋碧。（苏轼《念奴娇·凭空眺远》）

——仄仄平平平仄仄，平平仄平平仄

东皋雨足轻痕涨，沙嘴鹭来鸥聚。（晁补之《摸鱼儿·买陂塘》）

弓刀千骑成何事，荒了邵平瓜圃。（晁补之《摸鱼儿·买陂塘》）

——平平仄仄平平仄，平平仄平平仄

吹尽残花无人问，惟有垂杨自舞。（叶梦得《贺新郎·睡起流莺语》）

无限楼前沧波意，谁采苹花寄取。（叶梦得《贺新郎·睡起流莺语》）

——仄仄平平平仄仄，平平平平仄仄

霜寒烟冷蒹葭老，天外征鸿嘹唳。（苏轼《水龙吟·霜寒烟冷蒹葭老》）

——平平仄仄平平仄，平仄平平仄仄

平韵：

海棠香老春江晚，小楼雾縠空蒙。（和凝《临江仙·海棠香老春江晚》）

——平平仄仄平平仄，平平仄仄平平

碾玉钗摇鸿鹄战，雪肌云鬓将融。（和凝《临江仙·海棠香老春江晚》）

——仄仄平平平仄仄，平平仄仄平平

讨论：

·仄韵组合全部为仄—仄脚，4种齐全。平—仄脚4种全缺。

·平韵组合去掉两韵段情况。有"——，平平仄仄平平"两种，缺"——，仄平平仄仄平"两种。

·大致可以得出结论，7-6组合中7言全部为仄脚式，6言的4式中独缺"仄平平仄仄平"式。

2）奇-偶型组合小结

奇-偶型组合小结（见表1-93）。

表1-93　奇-偶型组合之格律关系统计总

句脚关系	类型	总	45型	54型	34型	36型	63型	47型	74型	56型	65型	85型	76型
	总		20	3	8	3	4	1	4	3	3	1	8
○仄,○平 (相对)19	平仄,仄平(完全对)	0											
	仄仄,平平(完全对)	7	2						2		2		1
	平仄,平平(粘对)	12	4	1			4		2				1
	仄仄,平平(粘对)	0											
○平,○仄 (相对)20	仄平,平仄(完全对)	0											
	平仄,仄仄(完全对)	4	1	1	1	1							
	仄平,仄仄(粘对)	0											
	平平,平仄(粘对)	16	11	1	1			1			2		
○仄,○仄 (相粘)15	平仄,仄仄(对粘)	2									1		1
	仄仄,平仄(对粘)	4	1		2								1
	平仄,平仄(全粘-重律)	3	1										2
	仄仄,仄仄(全粘-重律)	6			1	2				1			2
○平,○平 (相粘)4 去两韵段	仄平,平平(对粘)	1	1										
	平平,仄平(对粘)	1			1								
	仄平,仄平(全粘-重律)	0											
	平平,平平(全粘-重律)	2			1							1	

（4）两句型韵段之格律规律总析

1）四大总表

上面分析得到关于两句型韵段句式组合的三个总表：奇-奇型组合之格律关系统计总表、偶-偶型组合之格律关系统计总表、奇-偶型组合之格律关系统计总表，将上述三表合并，得到表1-94。

表1-94　两句型韵段之格律关系统计总

句脚关系	类型		奇奇型	偶偶型	奇偶型
		163例	79	26	58
○仄,○平 (相对)72	平仄,仄平(完全对)	6	6	0	0
	仄仄,平平(完全对)	34	21	6	7
	平仄,平平(粘对)	32	11	9	12
	仄仄,仄平(粘对)	0	0	0	0
○平,○仄 (相对)44	仄平,平仄(完全对)	1少	1	0	0
	平平,仄仄(完全对)	16	9	3	4
	仄平,仄仄(粘对)	2少	2	0	0
	平平,平仄(粘对)	25	9	0	16

句脚关系	类型		奇奇型	偶偶型	奇偶型
○仄,○仄 (相粘)37	平仄,仄仄(对粘)	5	3	0	2
	仄仄,平仄(对粘)	16	12	0	4
	平仄,平仄(全粘—重律)	9	1	5	3
	仄仄,仄仄(全粘—重律)	7	1	0	6
○平,○平 (相粘)10 去两韵段	仄平,平平(对粘)	1少	0	0	1
	平平,仄平(对粘)	1少	0	0	1
	仄平,仄平(全粘—重律)	1少	1	0	0
	平平,平平(全粘—重律)	7	2	3	2

我们将上述四表称为两句型韵段格律组织规律的四大总表。

2) 格律规律总析

为分析方便,将两句型韵段之格律类型统计总表略作变形,得到表1-95。

表1-95　两句型韵段之格律关系统计总表变形之一——四类型

句脚关系	类型	总	奇奇型	偶偶型	奇偶型
		163例	79	26	58
完全对 (57)	仄仄,平平(平韵)	34	21	6	7
	平仄,仄平(平韵)	6	6	0	0
	仄平,平仄	1少	1	0	0
	平平,仄仄	16	9	3	4
对粘 (23)	仄平,平平(平韵)	1少	0	0	1
	平平,仄平(平韵)	1少	0	0	1
	仄仄,平仄	16	12	0	4
	平仄,仄仄	5	3	0	2
粘对 (59)	平仄,平平(平韵)	32	11	9	12
	仄仄,仄平(平韵)	0	0	0	0
	仄平,仄仄	2少	2	0	0
	平平,平仄	25	9	0	16
全粘-重律 (24)	平平,平平(平韵)	7	2	3	2
	仄平,仄平(平韵)	1少	1	0	0
	平仄,平仄	9	1	5	3
	仄仄,仄仄	7	1	0	6

这一表格概括了所有句式在组合成两句型韵段时发生的格律情况。通过这个表格,我们能够清楚地看到句式在组合成两句型韵段时所遵循的真实格律组织规律。

我们首先来看这个表格反映的基本格律事实。

①格律组合的16种理论小类出现了15种,但各小类的出现频率不一样。大量出现的组合有5类,基本不出现的组合有6类。从使用频率角度,可以将15种情况分为

三个等级。

A.第一等级为大量出现的组合，有5类，占117/163。包括：

仄仄，平平（34）、平平，仄仄（16）

平仄，平平（32）、平平，平仄（25）

仄仄，平仄（16）

B.第二等级为常用组合，有5类。包括：

平仄，仄平（6）、

平仄，仄仄（5）、

平平，平平（7）、平仄，平仄（9）、仄仄，仄仄（7）

C.第三等级为基本不出现的组合，有6类，合占5/163（其中一类无，其他各一）。包括：

仄平，平仄（1）

仄平，平平（1）、平平，仄平（1）

仄仄，仄平（0）、仄平，仄仄（2）

仄平，仄平（1）

②格律组合的四大理论类型皆出现，且比例适当，为完全对：对粘：粘对：全粘＝57：23：59：24

A.这个结果可以表述为：

律诗对：类律诗对："粘对"型非律诗对："重律"型非律诗对＝57：23：59：24

也就是说，词的句式组合格律突破了律诗规律，不仅包含律诗中的格律对仗和首联组合，更增添了非律诗对组合，并且从比例上看，非律诗对组合达到了与律诗组合对分庭抗礼的地位。

B.这个结果还可以表述为：

（完全对＋粘对）：（对粘＋粘粘）＝（57＋59）：（23＋24）

也就是说，词体的句式组合格律关系倾向于选用末字格律相对。

C.理论上完全对有四：仄仄对平平两种，仄平对平仄的两种。实际上后者少得多，甚至基本没出现其中一种"仄平，平仄"型组合。

D.理论上的不完全对，有4类8小类。其中，"对粘"4小类中实际基本没出现"仄平/平平"组成的两小类，"粘对"4小类中基本没出现"仄仄/仄平"组成的两小类。

E.4种重律情况，只有"仄平，仄平"型较少，其他皆有一定使用。

F.从完全对、对粘、粘对三者情况看，如果将三者各归为两大类，则往往一类使用多，另一类使用少，呈不平衡状态。

3）词人的格律策略

那么，我们应该怎样更深入理解上述格律规律呢？这些规律包含着词人什么样的格律决策呢？

为了了解这一点，我们按格律生成的模式，将表1-95再变形，得到表1-96。

表1-96　两句型韵段之格律关系统计总表变形之二——生成情况

类型		总	奇奇型	偶偶型	奇偶型
		163例	79	26	58
○○,平平 （平韵）	仄仄，平平（完全对）	34	21	6	7
	平仄，平平（粘对）	32	11	9	12
	仄平，平平（对粘）	1少	0	0	1
	平平，平平（重律）	7	2	3	2
○○,仄平 （平韵）	平仄，仄平（完全对）	6	6	0	0
	平平，仄平（对粘）	1少	0	0	1
	仄仄，仄平（粘对）	0	0	0	0
	仄平，仄平（重律）	1少	1	0	0
○○,平仄 （仄韵）	仄平，平仄（完全对）	1少	1	0	0
	平平，平仄（粘对）	25	9	0	16
	仄仄，平仄（对粘）	16	12	0	4
	平仄，平仄（重律）	9	1	5	3
○○,仄仄 （仄韵）	平平，仄仄（完全对）	16	9	3	4
	仄仄，仄仄（重律）	7	1	0	6
	平仄，仄仄（对粘）	5	3	0	2
	仄平，仄仄（粘对）	2少	2	0	0

从表1-96我们可以清楚看到词人们在进行句式组合时的格律策略。概括起来讲，有：

①在平韵词中

A.若对句为"n平平"，则出句的格律选择顺序是：完全对（34）≈粘对（32）＞＞重律（7）＞＞对粘（1），即格律选择以相对关系为主。

B.若对句为"n仄平"，则出句的格律选择顺序是：完全对（6）＞＞粘对（0）≈重律（1）≈对粘（1），即出句似只有唯一选择，即完全对。值得注意的是，这一情况在整个平韵词中是少见的。

C.若笼统考虑平韵段，则组合的格律选择顺序是：完全对（40）≈粘对（32）＞＞重律（8）＞＞对粘（2），即选择格律相对（包括完全对和粘对）。

②在仄韵词中

A.若对句为"n平仄"，则出句选择顺序是：粘对（25）＞对粘（16）＞＞重律（9）＞＞完全对（1），即选择"半对"或"半粘"关系，避免完全对。

B.若对句为"n仄仄"，则出句显然的格律选择顺序是：完全对（16）＞＞对粘（5）≈重律（7）≈粘对（1），即格律选择以完全相对为主，避免粘对。

如果简化一点讲，我们甚至可以说，在平韵词中，押韵句多采用"平平"韵脚，此时，出句主要考虑格律相对方式（包括完全对和粘对形式）；而在仄韵词中，押韵句约2/3采用"平仄"脚，此时，出句主要考虑半对（即粘对）和半粘（即对粘）两种方式；押韵句1/3采用"平仄"脚的，出句则优先考虑完全对，避免粘对。

这就是词人们在进行长短句实验时的基本格律策略。

虽然我们尚不能完全理解这些策略的意义。但是，我们很难相信这是出于偶然。这些格律策略到底蕴含何种意义，要待以后更深入的研究和解释了。

4）小结

本节通过烦琐统计分析，详尽研究了两句型韵段的格律组合规律，得出结论：词的句式组合突破了律诗规律，不仅包含律诗中的对仗和首联组合，更增添了非律诗对组合，并且从比例上看，非律诗对组合达到了与律诗组合对分庭抗礼的地位。本节由此进一步探索出词人的格律策略：在平韵词中，押韵句多采用"平平"韵脚，此时，出句主要考虑完全对和粘对形式；而在仄韵词中，押韵句约2/3采用"平仄"脚，此时，出句主要考虑粘对和对粘两种方式；押韵句1/3采用"平仄"脚的，出句则优先考虑完全对，避免粘对。

1.4.4.3　论古典三句型韵断的声律构成

三句型韵段格律关系远比两句型韵段复杂。为简化分析，我们先只对三句型韵段的句脚格律关系进行分析，看能否得出一些初步的结论。

（1）齐言三句组合——333型及相关型

1）纯齐言三句组合：333型、444型

①333型（3例）

　　朝元去，锵环佩，冷云衢。（毛滂《水调歌头·九金增宋重》）

　　笑东君，还又向，北枝忙。（辛弃疾《最高楼·花知否》）

　　且饶他，桃李趁，少年场。（辛弃疾《最高楼·花知否》）

分析：

　　朝元去，锵环佩，冷云衢。（毛滂《水调歌头·九金增宋重》）

　　——平平仄，平平仄，仄平平（前重后对）

　　笑东君，还又向，北枝忙。（辛弃疾《最高楼·花知否》）

　　且饶他，桃李趁，少年场。（辛弃疾《最高楼·花知否》）

　　——仄平平，平仄仄，仄平平（前后皆对）

讨论：

·末两句脚均相对。

·首两句脚可粘可对。

·皆为平韵体。

·首句较宽，可用三仄调。

②444型（17例）

　　孤馆灯青，野店鸡号，旅枕梦残。（苏轼《沁园春·孤馆灯青》）

　　银河秋晚，长门灯悄，一声初至。（苏轼《水龙吟·霜寒烟冷蒹葭老》）

应念潇湘，岸遥人静，水多菰米。（苏轼《水龙吟·霜寒烟冷蒹葭老》）

万重云外，斜行横阵，才疏又缀。（苏轼《水龙吟·霜寒烟冷蒹葭老》）

仙掌月明，石头城下，影摇寒水。（苏轼《水龙吟·霜寒烟冷蒹葭老》）

文章太守，挥毫万字，一饮千钟。（欧阳修《朝中措·平山阑槛倚晴空》）

雨后寒轻，风前香细，春在梨花。（秦观《柳梢青·岸草平沙》）

门外秋千，墙头红粉，深院谁家。（秦观《柳梢青·岸草平沙》）

玉宇无尘，金茎有露，碧天如水。（柳永《醉蓬莱·渐亭皋叶下》）

太液波翻，披香帘卷，月明风细。（柳永《醉蓬莱·渐亭皋叶下》）

明月如霜，好风如水，清景无限。（苏轼《永遇乐·明月如霜》）

一双燕子，两行归雁，画角声残。（左誉《眼儿媚·楼上黄昏杏花寒》）

也应似旧，盈盈秋水，淡淡青山。（左誉《眼儿媚·楼上黄昏杏花寒》）

橘奴无恙，蝶子相迎，寒窗日短。（毛滂《烛影摇红·老景萧条》）

年年此夜，华灯竞处，人月圆时。（王诜《人月圆·小桃枝上春来早》）

禁街箫鼓，寒轻夜永，纤手同携。（王诜《人月圆·小桃枝上春来早》）

夜阑人静，千门笑语，声在帘帏。（王诜《人月圆·小桃枝上春来早》）

此情拼作，千尺游丝，惹住朝云。（晏殊《诉衷情·青梅煮酒斗时新》）

分析：

平韵

　　孤馆灯青，野店鸡号，旅枕梦残。（苏轼《沁园春·孤馆灯青》）

　　——仄仄平平，重，重（前后皆重）

　　文章太守，挥毫万字，一饮千钟。（欧阳修《朝中措·平山阑槛倚晴空》）

　　一双燕子，两行归雁，画角声残。（左誉《眼儿媚·楼上黄昏杏花寒》）

　　也应似旧，盈盈秋水，淡淡青山。（左誉《眼儿媚·楼上黄昏杏花寒》）

　　年年此夜，华灯竞处，人月圆时。（王诜《人月圆·小桃枝上春来早》）

　　禁街箫鼓，寒轻夜永，纤手同携。（王诜《人月圆·小桃枝上春来早》）

　　夜阑人静，千门笑语，声在帘帏。（王诜《人月圆·小桃枝上春来早》）

　　——○平○仄，○平○仄，○仄○平（前重后对）

　　雨后寒轻，风前香细，春在梨花。（秦观《柳梢青·岸草平沙》）

　　门外秋千，墙头红粉，深院谁家。（秦观《柳梢青·岸草平沙》）

　　——○仄○平，○平○仄，○仄○平（前后皆对）

　　此情拼作，千尺游丝，惹住朝云。（晏殊《诉衷情·青梅煮酒斗时新》）

　　——仄平平仄-仄仄平平-重

仄韵

　　银河秋晚，长门灯悄，一声初至。（苏轼《水龙吟·霜寒烟冷蒹葭老》）

　　万重云外，斜行横阵，才疏又缀。（苏轼《水龙吟·霜寒烟冷蒹葭老》）

　　——前后皆重

应念潇湘，岸遥人静，水多菰米。（苏轼《水龙吟·霜寒烟冷蒹葭老》）

仙掌月明，石头城下，影摇寒水。（苏轼《水龙吟·霜寒烟冷蒹葭老》）

玉宇无尘，金茎有露，碧天如水。（柳永《醉蓬莱·渐亭皋叶下》）

太液波翻，披香帘卷，月明风细。（柳永《醉蓬莱·渐亭皋叶下》）

明月如霜，好风如水，清景无限。（苏轼《永遇乐·明月如霜》）

——前对后重

橘奴无恙，蝶子相迎，寒窗日短。（毛滂《烛影摇红·老景萧条》）

——前后皆对

③纯齐言三句型组合小结

纯齐言三句型组合小结（见表1-97）。

表1-97　纯齐言三句型组合

类型	平韵(12)				仄韵(8)			
	前后皆对	前重后对	前对后重	前后皆重	前后皆对	前重后对	前对后重	前后皆重
句脚关系	平-仄-平(4)	仄-仄-平(7)	仄-平-平(0)	平-平-平(1)	仄-平-仄(1)	平-平-仄(0)	平-仄-仄(5)	仄-仄-仄(2)
333型(3例,皆平)	2	1						
444型(17例,9平8仄)	2	6		1	1		5	2

讨论：

· 平韵：仄韵＝12∶8；平韵多用"前后皆对"和"前重后对"；仄韵多用"前对后重"。

· 其中平韵不用"前对后重"，仄韵不用"前重后对"。

上述两个结论是否必然，尚待下文更多统计数据支持。

2）可转化的齐言三句组合：433型（2例）、544型（7例）

①可以转换成齐言的组合——433型（2例）、544型（7例）、4444型（1例），5444型（2例）

对林中侣，闲中我，醉中谁。（晁补之《行香子·前岁栽桃》）

但醉同行，月同坐，影同归。（晁补之《行香子·前岁栽桃》）

年光还少味，开残槛菊，落尽溪桐。（晏几道《满庭芳·南苑吹花》）

正艳杏烧林，缃桃绣野，芳景如屏。（柳永《木兰花慢·坼桐花烂漫》）

念征衣未捣，佳人拂杵，有盈盈泪。（苏轼《水龙吟·霜寒烟冷蒹葭老》）

渐霜风凄紧，关河冷落，残照当楼。（柳永《八声甘州·对潇潇暮雨洒江天》）

有流莺劝我，重解雕鞍，缓引春酌。（周邦彦《瑞鹤仙·悄郊园带郭》）

渐亭皋叶下，陇首云飞，素秋新霁。（柳永《醉蓬莱·渐亭皋叶下》）

叹年华一瞬，人今千里，梦沉书远。（周邦彦《选冠子·水浴清蟾》）

正值升平，万几多暇，夜色澄鲜，漏声迢递。（柳永《醉蓬莱·渐亭皋叶下》）

渐月华收练，晨霜耿耿，云山摛锦，朝露漙漙。（苏轼《沁园春·孤馆灯青》）

有笔头千字，胸中万卷，致君尧舜，此事何难。（苏轼《沁园春·孤馆灯青》）

②分析

433型（2例）皆平韵

对林中侣，闲中我，醉中谁。（晁补之《行香子·前岁栽桃》）

——前重后对

但醉同行，月同坐，影同归。（晁补之《行香子·前岁栽桃》）

——前后皆对

544型（7例）

平韵

年光还少味，开残槛菊，落尽溪桐。（晏几道《满庭芳·南苑吹花》）

渐霜风凄紧，关河冷落，残照当楼。（柳永《八声甘州·对潇潇暮雨洒江天》）

——前重后对

正艳杏烧林，缃桃绣野，芳景如屏。（柳永《木兰花慢·坼桐花烂漫》）

——前后皆对

仄韵

念征衣未捣，佳人拂杵，有盈盈泪。（苏轼《水龙吟·霜寒烟冷蒹葭老》）

叹年华一瞬，人今千里，梦沈书远。（周邦彦《选冠子·水浴清蟾》）

——前后皆重

有流莺劝我，重解雕鞍，缓引春酌。（周邦彦《瑞鹤仙·悄郊园带郭》）

渐亭皋叶下，陇首云飞，素秋新霁。（柳永《醉蓬莱·渐亭皋叶下》）

——前后皆对

[4444型（1例），5444型（2例）

正值升平，万几多暇，夜色澄鲜，漏声迢递。（柳永《醉蓬莱·渐亭皋叶下》）

——"平-平-平-仄"（前重末对）

渐月华收练，晨霜耿耿，云山摛锦，朝露漙漙。（苏轼《沁园春·孤馆灯青》）

有笔头千字，胸中万卷，致君尧舜，此事何难。（苏轼《沁园春·孤馆灯青》）

——"仄-仄-仄-平"（前重末对）]

③讨论：

·除1例外，余10例均为去声领字句，均可看作"领字＋齐言句"。

·5444组合遵循"前重末对"原则，与4444组合同——"前重末对"似可看成四句组合的基本原则——留待四句研究时再详细讨论。

·三句组合其格律类型仍然种类多样，如表1-98所示。

表1-98　格律类型组合

类型	平韵(6)				仄韵(4)			
	前后皆对	前重后对	前对后重	前后皆重	前后皆对	前重后对	前对后重	前后皆重
句脚关系	平-仄-平 2	仄-仄-平 3	仄-平-平 1	平-平-平 0	仄-平-仄 2	平-平-仄 0	平-仄-仄 0	仄-仄-仄 2
433型(3例,皆平)	1	1	1					
544型(7例,3平4仄)	1	2			2			2

3) 齐言三句组合小结论

综合上述"齐言三句组合"和"可转化的齐言三句组合"统计,得到表1-99。

表1-99　齐言三句组合格律关系

类型	平韵(18)				仄韵(12)			
	前后皆对	前重后对	前对后重	前后皆重	前后皆对	前重后对	前对后重	前后皆重
句脚关系	平-仄-平	仄-仄-平	仄-平-平	平-平-平	仄-平-仄	平-平-仄	平-仄-仄	仄-仄-仄
333型(3例,皆平)	2	1						
433型(3例,皆平)	1	1	1					
444型(17例,9平8仄)	2	6		1	1		5	2
544型(7例,3平4仄)	1	2			2			2
小计(30)	6	10	1	1	3	0	5	4

结论:

①平韵:仄韵=18:12,平仄韵韵段遵循的句式组合格律规律不一样。

②平韵忌"后重",一般选用"前后皆对"和"前重后对"式。

③仄韵忌"前重后对",余三类使用程度差不多。

4) 关于齐言三句格律组合小结论的验证

上文,我们得到齐言三句格律组合规律的两个小结论:一是平韵忌"后重";二是仄韵忌"前重后对"。那么这个小结论在具体词调中是否具有普遍性呢?下面,我们选用含齐言三句组合最多的词牌《六州歌头》来验证一下(值得注意的是,《六州歌头》尚在"常用百体"之外)。

我们选用两首最著名的《六州歌头》,张孝祥《六州歌头·长淮望断》和贺铸《六州歌头·少年侠气》作为验证对象(见表1-100)。

表1-100　齐言三句格律组合例证

【宋】张孝祥《六州歌头·长淮望断》	【宋】贺铸《六州歌头·少年侠气》
长淮望断,关塞莽然平。 征尘暗,霜风劲,悄边声。 黯销凝。 追想当年事,殆天数,非人力,洙泗上,弦歌地,亦膻腥。 隔水毡乡,落日牛羊下,区脱纵横。 看名王宵猎,骑火一川明。 笳鼓悲鸣,遣人惊。 念腰间箭,匣中剑,空埃蠹,竟何成! 时易失,心徒壮,岁将零。 渺神京。 干羽方怀远,静烽燧,且休兵。 冠盖使,纷驰骛,若为情。 闻道中原遗老,常南望、翠葆霓旌。 使行人到此,忠愤气填膺。 有泪如倾。	少年侠气,交结五都雄。 肝胆洞,毛发耸。立谈中。 死生同。 一诺千金重,推翘勇,矜豪纵,轻盖拥,联飞鞚,斗城东。 轰饮酒垆,春色浮寒瓮,吸海垂虹。 闲呼鹰嗾犬,白羽摘雕弓。 狡穴俄空,乐匆匆。 似黄粱梦,辞丹凤,明月共,漾孤篷。 官冗从,怀倥偬,落尘笼。 簿书丛。 鹖弁如云众,供粗用,忽奇功。 笳鼓动,渔阳弄,思悲翁。 不请长缨,系取天骄种,剑吼西风。 恨登山临水,手寄七弦桐。 目送归鸿。

　　以《六州歌头》验证之:三言齐言组合10例,除方框中1例"前后皆对"外,余皆为"前重末对"。说明"前重末对"是平韵韵段最重要的格律组织模式。同时,这个结论还可以从两个方面得到加强。首先,这10例中有两例"4333型"句,其四句脚格律组合为"仄-仄-仄-平",还有两例"533333型"句,其六句脚格律组合为"仄-仄-仄-仄-仄-平",是扩大的"前重末对"式,说明"前重末对"可以作为一种组合原则,是最能保证语气贯通的一种组合模式;其次,10例之外还有1例"533",亦可以近似转化为"333型"句,其句脚格律组合也是"前重末对"。

　　从两首平韵《六州歌头》的验证看,上述"齐言三句格律组合小结论"具有相当高的可信度。其关于"平韵忌"后重",一般选用"前后皆对"和"前重后对""的结论,得到了很好的证明。

(2) 半杂言三句组合——446型及相关型

　　本部分希望弄清,关于齐言三句组合的格律小结论是否也适用于半杂言三句组合?

1) 446型（17）、644型（2）

446型

　　　　南苑吹花, 西楼题叶, 故园欢事重重。（晏几道《满庭芳·南苑吹花》）

　　　　月波清霁, 烟容明淡, 灵汉旧期还至。（欧阳修《鹊桥仙·月波清霁》）

　　　　云屏未卷, 仙鸡催晓, 肠断去年情味。（欧阳修《鹊桥仙·月波清霁》）

　　　　暮雨生寒, 鸣蛩劝织, 深阁时闻裁剪。（周邦彦《齐天乐·绿芜凋尽台城路》）

　　　　渭水西风, 长安乱叶, 空忆诗情宛转。（周邦彦《齐天乐·绿芜凋尽台城路》）

　　　　朱门深掩, 摆荡春风, 无情镇欲轻飞。（晁补之《声声慢·朱门深掩》）

　　　　统如五鼓, 铮然一叶, 黯黯梦云惊断。（苏轼《永遇乐·明月如霜》）

　　　　天涯倦客, 山中归路, 望断故园心眼。（苏轼《永遇乐·明月如霜》）

　　　　古今如梦, 何曾梦觉, 但有旧欢新怨。（苏轼《永遇乐·明月如霜》）

东南形胜，江湖都会，钱塘自古繁华。（柳永《望海潮·东南形胜》）

烟柳画桥，风帘翠幕，参差十万人家。（柳永《望海潮·东南形胜》）

羌管弄晴，菱歌泛夜，嬉嬉钓叟莲娃。（柳永《望海潮·东南形胜》）

水浴清蟾，叶喧凉吹，巷陌雨声初断。（周邦彦《选冠子·水浴清蟾》）

闲依露井，笑扑流萤，惹破画罗轻扇。（周邦彦《选冠子·水浴清蟾》）

梅风地溽，虹雨苔滋，一架舞红都变。（周邦彦《选冠子·水浴清蟾》）

夜酒未苏，春枕犹欹，曾是误成歌舞。（史达祖《花心动·风约帘波》）

绣户锁尘，锦瑟空弦，无复画眉心绪。（史达祖《花心动·风约帘波》）

分析：

平韵

南苑吹花，西楼题叶，故园欢事重重。（晏几道《满庭芳·南苑吹花》）

烟柳画桥，风帘翠幕，参差十万人家。（柳永《望海潮·东南形胜》）

羌管弄晴，菱歌泛夜，嬉嬉钓叟莲娃。（柳永《望海潮·东南形胜》）

——平-仄-平

东南形胜，江湖都会，钱塘自古繁华。（柳永《望海潮·东南形胜》）

——仄-仄-平

朱门深掩，摆荡春风，无情镇欲轻飞。（晁补之《声声慢·朱门深掩》）

——仄-平-平

仄韵

月波清霁，烟容明淡，灵汉旧期还至。（欧阳修《鹊桥仙·月波清霁》）

云屏未卷，仙鸡催晓，肠断去年情味。（欧阳修《鹊桥仙·月波清霁》）

统如五鼓，铮然一叶，黯黯梦云惊断。（苏轼《永遇乐·明月如霜》）

天涯倦客，山中归路，望断故园心眼。（苏轼《永遇乐·明月如霜》）

古今如梦，何曾梦觉，但有旧欢新怨。（苏轼《永遇乐·明月如霜》）

——仄-仄-仄

暮雨生寒，鸣蛩劝织，深阁时闻裁剪。（周邦彦《齐天乐·绿芜凋尽台城路》）

渭水西风，长安乱叶，空忆诗情宛转。（周邦彦《齐天乐·绿芜凋尽台城路》）

——平-仄-仄

水浴清蟾，叶喧凉吹，巷陌雨声初断。（周邦彦《选冠子·水浴清蟾》）

夜酒未苏，春枕犹欹，曾是误成歌舞。（史达祖《花心动·风约帘波》）

绣户锁尘，锦瑟空弦，无复画眉心绪。（史达祖《花心动·风约帘波》）

——平-平-仄

闲依露井，笑扑流萤，惹破画罗轻扇。（周邦彦《选冠子·水浴清蟾》）

梅风地溽，虹雨苔滋，一架舞红都变。（周邦彦《选冠子·水浴清蟾》）

——仄-平-仄

644型（2例，皆仄）

　　不记归时早暮，上马谁扶，醒眠朱阁。（周邦彦《瑞鹤仙·悄郊园带郭》）

　　人静夜久凭阑，愁不归眠，立残更箭。（周邦彦《选冠子·水浴清蟾》）

　　——○-平-仄

统计，得表1-101。

表1-101　466型及相关型句脚关系

类型	平韵(5)				仄韵(14)			
	前后皆对	前重后对	前对后重	前后皆重	前后皆对	前重后对	前对后重	前后皆重
句脚关系	平-仄-平 3	仄-仄-平 1	仄-平-平 1	平-平-平 0	仄-平-仄 3	平-平-仄 4	平-仄-仄 2	仄-仄-仄 5
446型(17例,5平12仄)	3	1	1		2	3	2	5
644型(2例,皆仄)					1	1		

讨论：

①虽然六言多拗句，但涉及六言的"半杂言三句组合"却皆遵律句；

②同一作家选择趋同；

③与齐言三句组合似乎略有不同。平韵忌用"前后皆重"，仄韵各类均用。说明三言组合具有相当灵活性，创始者似可自由选择。

2）半杂言三句组合——其他类

①665型（2例，皆平韵）

　　一段升平光景，不但五星循轨，万点共连珠。（毛滂《水调歌头·九金增宋重》）

　　天近黄麾仗晓，春早红鸾扇暖，迟日上金铺。（毛滂《水调歌头·九金增宋重》）

　　——仄仄平平仄仄-仄仄平平仄仄-仄仄仄平平

②445型（9例：平3仄6）

　　便欲乘风，翻然归去，何用骑鹏翼。（苏轼《念奴娇·凭空眺远》）

　　玉宇琼楼，乘鸾来去，人在清凉国。（苏轼《念奴娇·凭空眺远》）

　　嫩菊黄深，拒霜红浅，近宝阶香砌。（柳永《醉蓬莱·渐亭皋叶下》）

　　此际宸游，凤辇何处，度管弦清脆。（柳永《醉蓬莱·渐亭皋叶下》）

　　曲港跳鱼，圆荷泻露，寂寞无人见。（苏轼《永遇乐·明月如霜》）

　　燕子楼空，佳人何在，空锁楼中燕。（苏轼《永遇乐·明月如霜》）

　　——平-仄-仄

　　绿鬓朱颜，道家装束，长似少年时。（晏殊《少年游·芙蓉花发去年枝》）

　　——平-仄-平

　　珠帘影里，如花半面，绝胜隔帘歌。（辛弃疾《太常引·仙机似欲织纤罗》）

　　兰堂风软，金炉香暖，新曲动帘帷。（晏殊《少年游·芙蓉花发去年枝》）

　　——仄-仄-平

③344型（6例：平1仄5）

临岛屿，蓑烟疏淡，苇风萧索。（柳永《满江红·暮雨初收》）

异时对，黄楼夜景，为余浩叹。（苏轼《永遇乐·明月如霜》）

尽沈静，文园更渴，有人知否。（史达祖《花心动·风约帘波》）

——仄-仄-仄

掩苍苔，房栊向晓，乱红无数。（叶梦得《贺新郎·睡起流莺语》）

浪黏天，蒲萄涨绿，半空烟雨。（叶梦得《贺新郎·睡起流莺语》）

——平—仄—仄

争知我，倚阑干处，正恁凝愁。（柳永《八声甘州·对潇潇暮雨洒江天》）

——仄-仄-平

④447型（3例，皆平）

用舍由时，行藏在我，袖手何妨闲处看。（苏轼《沁园春·孤馆灯青》）

世路无穷，劳生有限，似此区区长鲜欢。（苏轼《沁园春·孤馆灯青》）

——平-仄-平

何妨到老，常闲常醉，任功名生事俱非。（晁补之《行香子·前岁栽桃》）

——仄-仄-平

⑤633型（2例，皆仄）

甚处玉龙三弄，声摇动，枝头月。（林逋《霜天晓角·冰清霜洁》）

更卷珠帘清赏，且莫扫，阶前雪。（林逋《霜天晓角·冰清霜洁》）

——仄-仄-仄

⑥744型（2例，皆平）

轻盈微笑舞低回，何事尊前，拍手相招。（周邦彦《一剪梅·一剪梅花万样娇》）

城头谁恁促残更，银漏何如，且慢明朝。（周邦彦《一剪梅·一剪梅花万样娇》）

——平-平-平

⑦733型（3例，皆平）

柳下系船犹未稳，能几日，又中秋。（刘过《唐多令·芦叶满汀洲》）

欲买桂花同载酒，终不似，少年游。（刘过《唐多令·芦叶满汀洲》）

露冷月残人未起，留不住，泪千行。（韦庄《江城子·髻鬟狼藉黛眉长》）

——仄-仄-平

⑧其他单例（4仄2平）

叹西园，已是花深无地，东风何事又恶。（周邦彦《瑞鹤仙·悄郊园带郭》）

坠红轻，浓绿润，深院又春晚。（程垓《祝英台近·坠红轻》）

市列珠玑，户盈罗绮，竞豪奢。（柳永《望海潮·东南形胜》）

——平-仄-仄

微傅粉，拢梳头，隐映画帘开处。（孙光宪《风流子·楼依长衢欲暮》）

——仄-平-仄

坼桐花烂漫，乍疏雨，洗清明。（柳永《木兰花慢·坼桐花烂漫》）

可惜许，月明风露好，恰在人归后。（晏殊《雨中花令·剪翠妆红欲就》）

——仄-仄-平

综上，得表1-102。

表1-102　其他型组合句脚

类型	平韵(16)				仄韵(17)			
	前后皆对	前重后对	前对后重	前后皆重	前后皆对	前重后对	前对后重	前后皆重
句脚关系	平-仄-平 3	仄-仄-平 11	仄-平-平 0	平-平-平 2	仄-平-仄 1	平-平-仄 0	平-仄-仄 11	仄-仄-仄 5
665型(2例,皆平)		2						
445型(9例,3平6仄)	1	2					6	
344型(6例,1平5仄)		1					2	3
447型(3例,皆平)	2	1						
733型(2例,皆仄)								2
744型(2例,皆平)				2				
733型(3例,皆平)		3						
其他单例(6例,4仄2平)		2				1	3	

讨论：

与齐言三句规律极相似，平韵忌"后重"特别是"前对后重"，仄韵忌"前重后对"。

3）半杂言三句组合小结

半杂言三句组合小结（见表1-103）。

表1-103　半杂言三句组合格律关系

类型	平韵(21)				仄韵(31)			
	前后皆对	前重后对	前对后重	前后皆重	前后皆对	前重后对	前对后重	前后皆重
句脚关系	平-仄-平	仄-仄-平	仄-平-平	平-平-平	仄-平-仄	平-平-仄	平-仄-仄	仄-仄-仄
446型(17例,5平12仄)	3	1	1		2	3	2	5
644型(2例,皆仄)					1	1		
665型(2例,皆平)		2						
445型(9例,3平6仄)	1	2					6	
344型(6例,1平5仄)		1					2	3
447型(3例,皆平)	2	1						
733型(2例,皆仄)								2
744型(2例,皆平)				2				
733型(3例,皆平)		3						
其他单例(6例,4仄2平)		2				1	3	
小计(52)	6	12	1	2	4	4	13	10

半杂言三句组合规律与齐言三句组合规律大同小异。平仄韵韵段规律不一样，平韵与齐言相似，主"后对"；仄韵与齐言略异，各类皆用，但主"后重"。

（3）全杂言三句组合

1）346型（6例：平2仄4）

买陂塘，旋栽杨柳，依稀淮岸湘浦。（晁补之《摸鱼儿·买陂塘》）

夜茫茫，重寻无处，觉来小园行遍。（苏轼《永遇乐·明月如霜》）

——平-仄-仄

浪花中，一叶扁舟，睡煞江南烟雨。（白无咎《鹦鹉曲·侬家鹦鹉洲边住》）

觉来时，满眼青山，抖擞绿蓑归去。（白无咎《鹦鹉曲·侬家鹦鹉洲边住》）

——平-平-仄

常是送，行人去后，烟波一向离愁。（晁冲之《汉宫春·黯黯离怀》）

应又似，当年载酒，依前明占青楼。（晁冲之《汉宫春·黯黯离怀》）

——仄-仄-平

2）654型（4例：平3仄1）

不忍登高临远，望故乡渺渺，归思难收。（柳永《八声甘州·对潇潇暮雨洒江天》）

回首旧游如梦，记踏青疄饮，拾翠狂游。（晁冲之《汉宫春·黯黯离怀》）

——仄-仄-平

重湖叠巘清佳，有三秋桂子，十里荷花。（柳永《望海潮·东南形胜》）

——平-仄-平

荆江留滞最久，故人相望处，离思何限。（周邦彦《齐天乐·绿芜凋尽台城路》）

——仄-仄-仄

3）354型（4例：皆仄）

微吟罢，凭征鞍无语，往事千端。（苏轼《沁园春·孤馆灯青》）

身长健，但优游卒岁，且斗尊前。（苏轼《沁园春·孤馆灯青》）

算未肯，似桃含红蕊，留待郎归。（晁补之《声声慢·朱门深掩》）

又争可，妒郎夸春草，步步相随。（晁补之《声声慢·朱门深掩》）

——仄-仄-平

4）434型（3例：2平1仄）

无情渭水，问谁教，日日东流。（晁冲之《汉宫春·黯黯离怀》）

风流未老，拌千金，重入扬州。（晁冲之《汉宫春·黯黯离怀》）

——仄-平-平

暮雨初收，长川静，征帆夜落。（柳永《满江红·暮雨初收》）

——平-仄-仄

5）734型（7例：平3仄4）

半褰藕帐云头散，奈愁味，不随香去。（史达祖《花心动·风约帘波》）

待拈银管书春恨，被双燕，替人言语。（史达祖《花心动·风约帘波》）

——仄-仄-仄

鹊迎桥路接天津，映夹岸，星榆点缀。（欧阳修《鹊桥仙·月波清霁》）

多应天意不教长，恁恐把，欢娱容易。（欧阳修《鹊桥仙·月波清霁》）

——平-仄-仄

凤箫已远青楼在，水沈烟，复暖前香。（晏几道《风入松·柳阴庭院杏梢墙》）

断云残雨当年事，到如今，几度难忘。（晏几道《风入松·柳阴庭院杏梢墙》）

老人对酒今如此，一番新，残梦暗惊。（朱敦儒《恋绣衾·木落江南感未平》）

——仄-平-平

6）353型（2例：平1仄1）

遣行客，当此念回程，伤漂泊。（柳永《满江红·暮雨初收》）

——仄-平-仄

归去来，一曲仲宣吟，从军乐。（柳永《满江红·暮雨初收》）

——平-平-平

7）545型（2例：皆仄）

任翠幕张天，柔茵藉地，酒尽未能去。（晁补之《摸鱼儿·买陂塘》）

便做得班超，封侯万里，归计恐迟暮。（晁补之《摸鱼儿·买陂塘》）

——平-仄-仄

8）345型（2例：皆平）

别来久，浅情未有，锦字系征鸿。（晏几道《满庭芳·南苑吹花》）

佳期在，归时待把，香袖看啼红。（晏几道《满庭芳·南苑吹花》）

——仄-仄-平

9）735型（2例：皆仄）

宝扇重寻明月影，暗尘侵，上有乘鸾女。（叶梦得《贺新郎·睡起流莺语》）

万里云帆何时到，送孤鸿，目断千山阻。（叶梦得《贺新郎·睡起流莺语》）

——仄-平-仄

10）534型（2例：皆仄）

只爱小书舟，剩围着，琅玕几个。（程垓《蓦山溪·老来风味》）

——平-仄-仄

醉后百篇诗，尽从他，龙吟鹤和。（程垓《蓦山溪·老来风味》）

——平-平-仄

11）634型（4例：皆平）

朝来半和细雨，向谁家，东馆西池。（晁补之《声声慢·朱门深掩》）

而今恨啼露叶，镇香街，抛掷因谁。（晁补之《声声慢·朱门深掩》）

——仄-平-平

几处歌云梦雨，可怜便，流水西东。（晏几道《满庭芳·南苑吹花》）

此恨谁堪共说，清愁付，绿酒杯中。（晏几道《满庭芳·南苑吹花》）

——仄-仄-平

12）454型（2例：平1仄1）

凭空眺远，见长空万里，云无留迹。（苏轼《念奴娇·凭空眺远》）

——仄-仄-仄

黯黯离怀，向东门系马，南浦移舟。（晁冲之《汉宫春·黯黯离怀》）

——平-仄-平

13）其他单例（9例：平4仄5）

我醉拍手狂歌，举杯邀月，对影成三客。（苏轼《念奴娇·凭空眺远》）

——平-仄-仄

起来携素手，庭户无声，时见疏星渡河汉。（苏轼《洞仙歌·洞仙歌骨》）

——仄-平-仄

有个人人生济楚，向耳边问道，今朝醒未。（周邦彦《红窗迥·几日来》）

——仄-仄-仄

谁信无聊，为伊才减江淹，情伤荀倩。（周邦彦《选冠子·水浴清蟾》）

风约帘波，锦机寒，难遮海棠烟雨。（史达祖《花心动·风约帘波》）

——平-平-仄

向路傍，往往遗簪堕珥，珠翠纵横。（柳永《木兰花慢·坼桐花烂漫》）

——平-仄-平

还记章台往事，别后纵，青青似旧时垂。（晁补之《声声慢·朱门深掩》）

——仄-仄-平

起来贪颠耍，只恁残却黛眉，不整花钿。（柳永《促拍花满路·香靥融春雪》）

长是娇痴处，尤嫌檀郎，未教拆了秋千。（柳永《促拍花满路·香靥融春雪》）

——仄-平-平

统计得表1-104。

表1-104　全杂言三句组合格律关系

	平韵(22)				仄韵(25)			
	平-仄-平	仄-仄-平	仄-平-平	平-平-平	仄-平-仄	平-平-仄	平-仄-仄	仄-仄-仄
346型(6例,平2仄4)		2				2	2	
754型(4例,平3仄1)	1	2						1
354型(4例,皆仄)						4		
434型(3例,2平1仄)			2				1	
734型(7例,平3仄4)			3				2	2
353型(2例,平1仄1)				1	1			

续表

	平韵(22)				仄韵(25)			
545型(2例,皆仄)	2							
735型(2例,皆仄)					2			
534型(2例,皆仄)							1	1
634型(4例,皆平)		2	2					
454型(2例,平1仄1)	1							1
其他单例 (9例,平4仄5)	1	1	2		1	2	1	1
小计	3	9	9	1	4	9	7	5

讨论：

· 各种格律关系都存在，平仄韵规律不一样。

· 平韵忌"前后皆对"。

· 仄韵各类皆用。

（4）三句组合格律关系总析

1）三句组合格律关系（见表1-105）

表1-105　三句组合格律关系汇总

类型名称	平韵(61)				仄韵(68)			
	前后 皆对	前重 后对	前对 后重	前后 皆重	前后 皆对	前重 后对	前对 后重	前后 皆重
句脚关系	平-仄 -平 15	仄-仄 -平 31	仄-平 -平 11	平-平 -平 4	仄-平 -仄 11	平-平 -仄 13	平-仄 -仄 25	仄-仄 -仄 19
333型(3例,皆平)	2	1						
433型(3例,皆平)	1	1	1					
444型(17例,9平8仄)	2	6		1	1		5	2
544型(7例,3平4仄)	1	2			2			2
齐言三句组合小计(30)	6	10	1	1	3	0	5	4
446型(17例,5平12仄)	3	1	1		2	3	2	5
644型(2例,皆仄)					1	1		
665型(2例,皆平)		2						
445型(9例,3平6仄)	1	2					6	
344型(6例,1平5仄)		1					2	3
447型(3例,皆平)	2	1						
733型(2例,皆仄)								2
744型(2例,皆平)				2				
733型(3例,皆平)		3						
其他单例(6例,4仄2平)		2			1		3	

续表

	平韵(61)				仄韵(68)			
半杂言三句组合小计(52)	6	12	1	2	4	4	13	10
346型(6例,平2仄4)		2				2	2	
754型(4例,平3仄1)	1	2						1
354型(4例,皆仄)						4		
434型(3例,2平1仄)			2				1	
734型(7例,平3仄4)			3				2	2
353型(2例,平1仄1)				1	1			
545型(2例,皆仄)		2						
735型(2例,皆仄)					2			
534型(2例,皆仄)						1	1	
634型(4例,皆平)		2	2					
454型(2例,平1仄1)	1							1
其他单例(9例,平4仄5)	1	1	2		1	2	1	1
全杂言三句组合小计(47)	3	9	9	1	4	9	7	5

2) 三句组合格律关系总析

三句组合格律关系比两句组合格律关系更为复杂。单从句脚平仄关系看,这种复杂性就非常突出。从《三句组合格律关系总表》,我们大约可以归纳出三句组合的以下一些规律或原则。

①平韵与仄韵的三句组合,其格律组织规律显然不同

②不同类型的三句组合,其格律组织规律并不完全一样

A.如果将三句组合划分为齐言、半杂言和全杂言三类,则三类规律有差异,大致上:齐言平韵类忌"后重",仄韵类忌"前重后对";半杂言平韵类仍少用"后重",仄韵类则主"后重";全杂言平韵类之忌"后重"中的"前后皆重",仄韵类则均用各类。

B.各种小类其格律规律也不尽相同。如444型为齐言最多用的种类,其平韵主用"前重后对"而忌"前对后重",其仄韵则主"前对后重"而忌用"前重后对",两者规律完全相反。再如,446型时半杂言最多用的种类,其平韵少,主用"前后相对"而不用"前后相重",其仄韵则四类皆用而主"前后皆重"。各小类的规律似乎并不明显。

③从三句组合总体上看

平韵段　前后皆对:前重后对:前对后重:前后皆重＝15:31:11:4

仄韵段　前后皆对:前重后对:前对后重:前后皆重＝11:13:25:19

这说明,平韵段三句组合除忌"前后皆重"外,都用余类,主"前重后对";仄韵段三句组合则都用四类,"后重"较多,最多"前对后重"。

从这些规律和原则,我们充分意识到词人在进行格律创造时的自由创造性及其所受的内在制约。其中,平韵类组合较符合我们我们理想中的设想,即"仄-仄-平"为主导,

"平—平—平"少用；这样做显然的好处是可以保证突出韵脚。而仄韵类则似乎偏离了我们事先的假想，仄韵中最多"平—仄—仄"，其次为"仄—仄—仄"，这种选择显然不利于突出韵脚特性，因此其原因有待深究——如果我们粗略地讲，不妨说，仄韵类组合的格律选择有着更大的自由性。

上文，我们单讨论句脚关系，即亦看出三句组合格律关系十分复杂。如果加入对"踝位"格律关系更详细的讨论，那么情况形将变得更为复杂。这个方面的研究，只有等待将来了。

1.4.4.4　论四句以上型韵断声律关系

四句及四句以上组合由于韵太疏，故在词中较少。讨论起来似较方便。

（1）四句组合及五句组合格律分析

四句组合：14例（见表1-106）

表1-106　四句组合

5444(2)-5433、5434、3434、-3435-、3446、3-6-3-6、3-5-3-6、4-4-4-4-、6434(2)，3334(2)

五句组合：4-5-3-3-5（2）

1）齐言与类齐言四句组合：4444型（1例），5444型（2例）

4444型

> 正值升平，万几多暇，夜色澄鲜，漏声迢递。（柳永《醉蓬莱·渐亭皋叶下》）
> ——"平—平—平—仄"（前重末对）

5444型

> 渐月华收练，晨霜耿耿，云山摛锦，朝露溥溥。（苏轼《沁园春·孤馆灯青》）
> 有笔头千字，胸中万卷，致君尧舜，此事何难。（苏轼《沁园春·孤馆灯青》）
> ——"仄—仄—仄—平"（前重末对）

讨论：

·平脚全用"n平平"，仄脚多用"n平仄"。

·5444型与4444型组合皆遵循"前重末对"原则——"前重末对"似可看成齐言四句组合的基本原则。

2）杂言四句组合：5-4-3-3型、5-4-3-4型、3-4-3-4型、3-4-3-5型、3-4-4-6型、3-6-3-6型、3-5-3-6型、6-4-3-4（2例），3-3-3-4（2例）

仄韵（8例）

> 乍望极平田，徘徊欲下，依前被，风惊起。（苏轼《水龙吟·霜寒烟冷蒹葭老》）
> ——平平—仄仄—平仄—平仄（平—仄—仄—仄）

> 可堪三月风光，五更魂梦，又都被，杜鹃催趱。（秦观《祝英台近·坠红轻》）
> 断肠沈水重熏，瑶琴闲理，奈依旧，夜寒人远。（秦观《祝英台近·坠红轻》）
> ——平平—平仄—平仄—平仄（平—仄—仄—仄）

试问夜如何，夜已三更，金波淡，玉绳低转。（苏轼《洞仙歌·冰肌玉骨》）
——平平—平平—平仄—平仄（平—平—仄—仄）

绣帘开，一点明月窥人，人未寝，欹枕钗横鬓乱。（苏轼《洞仙歌·冰肌玉骨》）
算从前，错怨天公，甚也有，安排我处。（白无咎《鹦鹉曲·侬家鹦鹉洲边住》）
——平平—平平—仄仄—仄仄（平—平—仄—仄）

但屈指，西风几时来，又不道，流年暗中偷换。（苏轼《洞仙歌·冰肌玉骨》）
空见说，鬓怯琼梳，容销金镜，渐懒趁时匀染。（周邦彦《选冠子·水浴清蟾》）
——仄仄—平平—平仄—平仄（仄—平—仄—仄）

平韵（3例）

想佳人，妆楼长望，误几回，天际识归舟。（柳永《八声甘州·对潇潇暮雨洒江天》）
——平平—平仄—仄平—平平（平—仄—平—平）

甚处是，长安路，水连空，山锁暮云。（朱敦儒《恋绣衾·木落江南感未平》）
又是洒，黄花泪，问明年，此会怎生。（朱敦儒《恋绣衾·木落江南感未平》）
——仄仄—平仄—平平—仄平（仄—仄—平—平）

讨论：
·平脚多用"n平平"，仄脚多用"n平仄"。
·仄韵末二句脚踝全重；平韵末二句只脚位相重。
·杂言四句组合整体规律性不强，与齐言四句组合的"前重末对"规律有别。

3）五句组合：4-5-3-3-5型（2例）

呼风约月，随分乐生涯，不羡富，不忧贫，不怕乌蟾堕。（程垓《蓦山溪·老来风味》）

升沈万事，还与本来天，青云上，白云间，一任安排我。（程垓《蓦山溪·老来风味》）
——仄仄—平平—仄—平平—平仄

讨论：无明显组合规律，带有随机性质。

（2）四句及四句以上组合格律关系小结

大致来讲，四句及四句以上组合其规律明显弱于三句组合。从句式看，多用"n平平""n平仄"，偶尔穿插另二类型；从组合角度看，齐言组合与杂言组合规律不相同——齐言用"前重末对"格式，而杂言较复杂，末二句脚多相重。

1.4.4.5　古典句式组合声律构成小节

本节以"词用律句""律句四类""百体句系""句式组合理想格律关系表"为基础，详细讨论了各类句式组合的格律关系。这些句式组合包括二句组合、三句组合、四句及四句以上组合。从讨论结果看，这些关系异常复杂。

两句组合是一切组合的基础，理论上有16种格式，平仄韵各8种，其格律关系主要考虑踝脚位关系，概括起来讲，有：

·在平韵词中，若对句押韵句为"n平平"，则出句显然的选择顺序是：完全对（34）＞粘对（32）＞＞重律（7）；

·在平韵词中，若对句押韵句为"n仄平"，则出句只有唯一选择，即完全对。值得注意的是，这一情况在整个平韵词中是少见的。

·在仄韵词中，若对句押韵句为"n平仄"，则出句选择顺序是：粘对（25）＞对粘（16）＞＞重律（9）；

·在仄韵词中，若对句押韵句为"n仄仄"，则出句选择顺序是：完全对（16）＞＞重律（7）≈对粘（5）；

也就是说，词的句式组合突破了律诗规律，不仅包含律诗中的对仗和首联组合，更增添了非律诗对组合，并且从比例上看，非律诗对组合达到了与律诗组合对分庭抗礼的地位。更进一步讲，两句组合规律分平仄，平韵词中，押韵句多采用"平平"韵脚，此时，出句主要考虑完全对和粘对形式；仄韵词中，押韵句约2/3采用"平仄"脚，此时，出句主要考虑粘对和对粘两种方式；押韵句1/3采用"平仄"脚的，出句则优先考虑完全对，避免重律。

三句组合建立在两句组合基础之上，但远比两句组合复杂。其格律规律主要考虑脚位关系，表现为：一是格律规律分平仄韵。二是不同类型的三句组合，其格律组织规律并不完全一样。

·如果将三句组合划分为齐言、半杂言和全杂言三类，则三类规律有差异，大致上：齐言平韵类忌"后重"，仄韵类忌"前重后对"；半杂言平韵类仍少用"后重"，仄韵类则主"后重"；全杂言平韵类之忌"后重"中的"前后皆重"，仄韵类则均用各类。

·各种小类其格律规律也不尽相同。如4-4-4型为齐言最多用的种类，其平韵主用"前重后对"而忌"前对后重"，其仄韵则主"前对后重"而忌用"前重后对"，两者规律完全相反。再如，4-4-6型时半杂言最多用的种类，其平韵少，主用"前后相对"而不用"前后相重"，其仄韵则四类皆用而主"前后皆重"。各小类的规律似乎并不明显。

三是从三句组合总体上看：

·平韵段　前后皆对：前重后对：前对后重：前后皆重＝15：31：11：4

·仄韵段　前后皆对：前重后对：前对后重：前后皆重＝11：13：25：19

这说明，平韵段三句组合除忌"前后皆重"外，都用余类，主"前重后对"；仄韵段三句组合则都用四类，"后重"较多，最多"前对后重"。

四句及四句以上组合其规律明显弱于三句组合。从句式看，多用"n平平""n平仄"，偶尔穿插另二类型；从组合角度看，齐言组合与杂言组合规律不相同——齐言用"前重末对"格式，而杂言较复杂，末二句句脚多相重。

总结起来看，句式组合格律关系因组合类型、韵脚类型而异。两句组合是一切组合基础，平韵词中，押韵句多采用"平平"韵脚，此时，出句主要考虑完全对和粘对形式；仄韵词中，押韵句约2/3采用"平仄"脚，此时，出句主要考虑粘对和对粘两种方式；押韵句1/3采用"平仄"脚的，出句则优先考虑完全对，避免重言。其句式组合突破了律诗规律，不仅包含律诗中的对仗和首联组合，更增添了非律诗对组合，并且从比例上看，非律诗对组合达到了与律诗组合对分庭抗礼的地位。三句组合较两句组合发复杂，平韵三句组合除忌"前后皆重"外，都用余类，主"前重后对"；仄韵三句组合则都用四类，"后重"较多，最多"前对后重"。齐言平韵类忌"后重"，仄韵类忌"前重后对"；半杂言平韵类仍少用"后重"，仄韵类则主"后重"；全杂言平韵类之忌"后重"中的"前后皆重"，仄韵类则均用各类。四句及四句以上组合其规律明显弱于三句组合。从句式看，多用"n平平""n平仄"，偶尔穿插另二类型；从组合角度看，齐言组合与杂言组合规律不相同——齐言用"前重末对"格式，而杂言较复杂，末二句句脚多相重。

1.4.4.6 论古典汉语句组声律构造原则可移用于现代汉语

依据类推原则，本书认为，古典句式组合的主要声律构成原则"重"和"对"，均可以移用在现代汉语句式组合的声律构造上。

1.4.5 论句系的语调

1.4.5.1 略述词中四种常见的自我重复倾向：协韵、重章叠唱、叠句、叠式律

我很早就注意到词的声律组织形式具有一种不断自我重复的倾向。

叶韵自然是最常见的自我重复倾向。由于叶韵不仅仅是词的注意重点，同时也是古典诗歌的注意重点，在古典诗歌中得到了充分讨论，本书此处不再赘说。词的叶韵对古体诗的重要发展，我们也把它留到后文单独讨论。

叶韵外，词的不断自我重复的一个显而易见的例子是重章叠唱。作为歌曲最普遍的组织形式，重章叠唱遍及最古老的民歌到现代的流行歌曲。如两千五百年前的民歌：

> 采采芣苢，薄言采之。采采芣苢，薄言有之。
> 采采芣苢，薄言掇之。采采芣苢，薄言捋之。
> 采采芣苢，薄言袺之。采采芣苢，薄言襭之。（《诗经·周南·芣苢》）

以重复摇曳的笔调描摹妇女采摘车前子的劳动场景，生动淳朴的意味，潇散悠然的调子，如清方玉润《诗经原始》所评"试平心静气，涵咏此诗，恍听田家妇女，三三五五，于平原绣野，风和日丽中，群歌互答，余音袅袅，若远若近，忽断忽续，不知其情之何以移，而神之何以旷，则此诗可不必细绎而自得其妙焉"，已经是对重章叠唱的纯熟运用。两千五百年前士大夫的歌唱也采用同样手法，如描述丧国之恨：

彼黍离离，彼稷之苗。行迈靡靡，中心摇摇。知我者谓我心忧，不知我者谓我何求。悠悠苍天，此何人哉！

彼黍离离，彼稷之穗。行迈靡靡，中心如醉。知我者谓我心忧，不知我者谓我何求。悠悠苍天，此何人哉！

彼黍离离，彼稷之实。行迈靡靡，中心如噎。知我者谓我心忧，不知我者谓我何求。悠悠苍天，此何人哉！《诗经·王风·黍离》

歌曲一摇三曳，一唱三叹，有长歌当哭之悲，有撕心裂肺之痛，重章的演绎与如痴如醉的情感相契合，将一段难以言传的往事表现得动魄惊心。当代的歌曲，也喜欢运用同样的方式。民歌如：

掀起了你的盖头来，让我看你的眉毛。你的眉毛细又长呀，好像那树梢弯月亮。你的眉毛细又长呀，好像那树上的弯月亮。

掀起了你的盖头来，让我看你的眼睛。你的眼睛明又亮呀，好像那秋波一模样。你的眼睛明又亮呀，好像那秋波一模样。

掀起了你的盖头来，让我看你的脸儿。看看你的脸儿红又圆呀，好像那苹果到秋天。你的脸儿红又圆呀，好像那苹果到秋天。（王洛宾《掀起你的盖头来》）

创作歌曲如：

素胚勾勒出青花，笔锋浓转淡。瓶身描绘的牡丹，一如你初妆。冉冉檀香透过窗，心事我了然。宣纸上走笔至此搁一半。釉色渲染仕女图，韵味被私藏。而你嫣然的一笑，如含苞待放。你的美一缕飘散，去到我去不了的地方。

天青色等烟雨，而我在等你。炊烟袅袅升起，隔江千万里。在瓶底书汉隶，仿前朝的飘逸。就当我为遇见你伏笔。

天青色等烟雨，而我在等你。月色被打捞起，晕开了结局。如传世的青花瓷自顾自美丽。你眼带笑意。

色白花青的锦鲤，跃然于碗底。临摹宋体落款时，却惦记着你。你隐藏在窑烧里，千年的秘密。极细腻犹如绣花针落地。帘外芭蕉惹骤雨，门环惹铜绿。而我路过那江南，小镇惹了你。在泼墨山水画里　你从墨色深处被隐去。

天青色等烟雨，而我在等你。炊烟袅袅升起，隔江千万里。在瓶底书汉隶，仿前朝的飘逸。就当我为遇见你伏笔。

天青色等烟雨，而我在等你。月色被打捞起，晕开了结局。如传世的青花瓷自顾自美丽。你眼带笑意。

天青色等烟雨，而我在等你。炊烟袅袅升起，隔江千万里。在瓶底书汉隶，仿前朝的飘逸。就当我为遇见你伏笔。

天青色等烟雨，而我在等你。月色被打捞起，晕开了结局。如传世的青花瓷自顾自美丽。你眼带笑意。（《青花瓷（方文山词，周杰伦曲）》）

尤其是后者，乐章的重复更复杂，更参差婉转，结构上的复调与情感上的扑朔迷离配合得更紧密，更能引人入胜。

作为歌曲，重章叠唱的重要性不言而喻。但重章进入"词"，从现存文献看，却经历了一个较漫长的阶段。最开始流行的唐词如花间集尊前集南唐词等，均以单片小令为主，也许在歌曲时是要叠唱的，我们不得而知，但在"词"的层面上重章，则并不自觉。自觉用重章制双调词，并且形成规模，大概是到宋以后了。一旦双调进入宋词，就获得了前所未有的成功，不仅新创的词体多用双调，就连原来如《忆江南》等单叠小令，也纷纷被改造成双叠词。谈到这一变化时，洛地曾肯定地说：

> "词到南宋，"单章调"已少有人作。按我们的统计，在《全宋词》所收"两章调"中，两章各两韵段的"令"调，有284……占宋人使用词调总数842调的33.7%，占"两章调"（令、破、慢）合计数776调的33.6%……"单调章"，在《全宋词》内为26调，不到"两章"的"令"调的十分之一，仅占宋人使用词调总数842调的3%。又者，如果对"单章调"考察得稍仔细一些，按后世众家词谱所收七十上下个所谓"单章调"，其中：唐宋"曲"（即未成熟可为词者）如《回波》《舞马》《九张机》《字字双》之类二十余；元"北曲"如《庆宣和》《梧叶儿》《凭阑人》《寿阳曲》《天净沙》《鹦鹉曲》等十余；又有原本非曲非词的，如《清平调》《花非花》等；能称得上是词中"单章调"的，大致也就是宋人所用的二十来个罢了。更具实质意义的是，26个"单章调"除了以单章为篇外，并未形成有可作为一"类"的稳定的规范的结构特征。也就是，"单章调"，从词之为词，无论在结构上还是在数量上，都不能与词成熟地发展之后的"令""慢""破"相并列而成为词调的一个"类别"。"①

同书中，作者甚至很肯定地认为"两章调"乃宋词成熟的标志：

> "词，"格律化之长短句"，为我国民族古典韵文的最高门类，大成于宋。其标志，在其"两章调"成熟地规范。据《全宋词》，宋人使用词调有存作可察其结构者842，内：两章调构成的词调776，占92.2%；为词调的主体。"②

洛地的观点尽可商榷，但关于重章叠唱这种重复形式对词的重要性由此可见一斑了。

重章叠唱发生在词的诗段之间。除了这种重复外，还有一种常见的是发生在词的诗段内部的自我重复，我们称它为叠句。如最著名的李白《忆秦娥》中的重复：

> 箫声咽，秦娥梦断秦楼月。秦楼月，年年柳色，灞陵伤别。
> 乐游原上清秋节，咸阳古道音尘绝。音尘绝，西风残照，汉家陵阙。

①洛地：《词体构成》，北京：中华书局，2009年，第196—197页。
②洛地：《词体构成》，北京：中华书局，2009年，第205页。

关于这种重复的来源，最容易引起人们音乐上的探讨，但无论是以沈括的和声说、朱熹的泛声说或者是其他什么学说来解释这种自我重复现象，我们必须注意到一个不可更改的事实：文辞本身的重要性并不亚于其所曾经"依附"的音乐，后人能够从这首词中感受到的，是文辞重复而带来的语言审美体验，而不必再是音乐的感动。换句话说，"叠句"声律上的重复已经取得了独立于音乐的地位，我们在谈论它时，甚至已经不必顾忌其音乐属性了。这第二种情况的重复，《钦定词谱》中称为"叠韵"，在词的"常用百体"中还可以找到五例，它们分别是：

十二时（禅门十二时）

夜半子，夜半子。众生重重萦俗事。不能禅定自观心，何日得悟真如理。
豪强富贵暂时间，究竟终归不免死。非论我辈是凡尘，自古君王亦如此。

如梦令　后唐庄宗

曾宴桃源深洞。一曲舞鸾歌凤。长记别伊时，和泪出门相送。如梦。如梦。
残月落花烟重。

长相思　白居易

汴水流。泗水流。流到瓜洲古渡头。吴山点点愁。
思悠悠。恨悠悠。恨到归时方始休。月明人倚楼。

五更转（维摩五更转）

一更初，一更初。医王设教有多途。维摩权疾徙方丈，莲花宝相坐街衢。

风流子　孙光宪

楼依长衢欲暮。瞥见神仙伴侣。微傅粉，拢梳头，隐映画帘开处。无语。无绪。慢曳罗裙归去。

上述两种重复倾向在词中是常见的，其效果也是显而易见的。下面要讨论的一种重复倾向却不是那么容易观察到的；甚至可以说，到目前为止，基本上没有研究者觉察到它的存在——但却是对词有关键意义的现象。本书下面将重点讨论这类发生在词中的更隐秘的重复现象——一些与格律紧密相关不大容易被人注意到的重复现象。

我们首先来看一首词：晏殊的《浣溪沙》。这首词大家最熟悉不过。说它最熟悉，首先，它所据的词牌，是唐宋金元人填词最多的词牌，用时髦的话说，就是"词牌之王"；其次，在一千多首《浣溪沙》中，它是公认的名作，单从艺术上看，几乎要算是最好的作品。就在这样一首大家耳熟能详的作品，却隐含着一种大家并不熟悉的规律。当然，这样一首在艺术上取得巨大成功的作品，最初吸引我注意的毫无例外也是它的文辞，即那句"无可奈何花落去，似曾相识燕归来"带来的奇特意境。但随着吟诵的增多，它在音韵上的缠绵特性也逐渐吸引了我，使我渐渐注意到了它的格律上的特殊之处。

　　一曲新词酒一杯，去年天气旧亭台。夕阳西下几时回？
（仄仄平平仄仄平，仄平平仄仄平平。仄平平仄仄平平）

　　无可奈何花落去，似曾相识燕归来。小园香径独徘徊。
（仄仄平平平仄仄，仄平平仄仄平平。仄平平仄仄平平）

——晏殊《浣溪沙》

大家注意加点诗句的格律关系——四处格律形式完全一样，也就是说，其格律是完全重复的。我们知道，重复是一种有意味的形式，有意味的形式总是伴随着特殊的效果。一首诗歌出现这么多重复，它在声律上的效果可想而知，这就很能解释为什么一首词在吟诵时会是那样缠绵动人的了。

表现在晏殊《浣溪沙》中的格律重复倾向是独特的。那么，这种独特的格律重复倾向在词中出现是偶然的吗？

我们来看一些格律重复现象：

　　江南好，风景旧曾谙。日出江花红胜火，春来江水绿如蓝。能不忆江南？
（平平仄，平仄仄平平。仄仄平平平仄仄，平平平仄仄平平。平仄仄平平）

——白居易《忆江南·江南好》

　　驿外断桥边，寂寞开无主。已是黄昏独自愁，更着风和雨。
（仄仄仄平平，仄仄平平仄。仄仄平平仄仄平，仄仄平平仄）

　　无意苦争春，一任群芳妒。零落成泥碾作尘，只有香如故。
（平仄仄平平，仄仄平平仄。平仄平平仄仄平，仄仄平平仄）

——陆游《卜算子·咏梅》

　　明月几时有，把酒问青天。不知天上宫阙，今夕是何年？
（平仄仄平仄，仄仄仄平平。仄平平仄仄仄，平仄仄平平）

　　我欲乘风归去，又恐琼楼玉宇，高处不胜寒。起舞弄清影，何似在人间！
（仄仄平平平仄，仄仄平平仄仄，平仄仄平平。仄仄仄平仄，平仄仄平平）

　　转朱阁，低绮户，照无眠。不应有恨，何事长向别时圆？
（仄平仄，平仄仄，仄平平。仄平仄仄，仄仄平仄仄平平。）

　　人有悲欢离合，月有阴晴圆缺，此事古难全。但愿人长久，千里共婵娟。
（平仄平平平仄，仄仄平平平仄，仄仄仄平平。仄仄平平仄，平仄仄平平。）

——苏轼《念奴娇—赤壁怀古》

　　东南形胜，三吴都会，钱塘自古繁华。烟柳画桥，风帘翠幕，参差十万人家。

（中平平仄，中平平仄，中平仄仄平平。中仄中平，中平中仄，中平仄仄平平）

　　云树绕堤沙。怒涛卷霜雪，天堑无涯。市列珠玑，户盈罗绮，竞豪奢。

（中仄仄平平。仄平仄仄仄，中仄平平。中仄平平，仄平仄仄，仄平平）

　　重湖叠𪩘清嘉。有三秋桂子，十里荷花。羌管弄晴，菱歌泛夜，嬉嬉钓叟莲娃。

（中平中仄平平。仄中平中仄，中仄平平。中仄中平，中平中仄，中平中仄平平）

　　千骑拥高牙。乘醉听箫鼓，吟赏烟霞。异日图将好景，归去凤池夸。

（中仄仄平平。仄仄平中仄，中仄平平。中仄平平中仄，中仄仄平平）

——柳永《望海潮》

　　以上每一词中均出现了程度不同的格律重复倾向。这种格律自我重复的现象深深地映入了我的脑海。当时虽只是一些模糊的想法，并未形成明确认识——因为当时还出现了一些例外，如很多隔句押韵、换韵情况，如《念奴娇》中出现的格律不规整情况，还有其他一些有趣却比较复杂的格律相对相粘情况，干扰了我的视线——但毫无疑问，我一开始就觉察到了这一现象的重要性。

　　2009年10月，在博士学位论文开题前后，我开始明确意识到，词中有明确的格律相对相重现象。这一认识一方面来源于对律诗对仗规律的更深入认知，另一方面则来源于对词作本身格律规律的感性认识。受龙榆生《词曲概论》中"同声相应""异声相从""奇偶相生""轻重想权"法则①的启示，我开始将发生在诗词中的这些格律规律归纳为"相对原则""相重原则"和"相粘原则"。我甚至能够确定，词的格律必然就是受制于这几个简单的原则。但是，对于"粘"，"对""重"可能发生的位置及具体情况，仍不十分清楚。现在看来这种不清楚是必然的，因为当时并不知道，在一首词的一个韵段内部，单句间的格律关系从总体上看是完全随机的，既可以是"粘"，也可以是"对"，也可以是"重"，这取决于创始人的天才直观，很难从中归纳出单一规律来。而韵段与韵段之间的格律关系，相反倒简单得多。

　　2010年9月，当我重新开始审视这些具有重复倾向的现象时，我突然意识到诗歌的押韵位置对于重复现象的重要性。这一发现使我豁然开朗。之前关于词的格律最重要的疑问也就迎刃而解了。为了使大家能够看得更清楚，我将上述几个词牌的格律重复情况重新标示如下：

　　一曲新词酒一杯，去年天气旧亭台。
　　夕阳西下几时回？
　　无可奈何花落去，似曾相识燕归来。

---

①龙榆生：《词曲概论》，北京：北京出版社，2004年，第226—227页。

小园香径独徘徊。

——晏殊《浣溪沙》

江南好，风景旧曾谙。
日出江花红胜火，春来江水绿如蓝。
能不忆江南？

——白居易《忆江南·江南好》

驿外断桥边，寂寞开无主。
已是黄昏独自愁，更著风和雨。
无意苦争春，一任群芳妒。
零落成泥碾作尘，只有香如故。

——陆游《卜算子·咏梅》

明月几时有，把酒问青天。
不知天上宫阙，今夕是何年？
我欲乘风归去，又恐琼楼玉宇，高处不胜寒。
起舞弄清影，何似在人间！
转朱阁，低绮户，照无眠。
不应有恨，何事长向别时圆？
人有悲欢离合，月有阴晴圆缺，此事古难全。
但愿人长久，千里共婵娟。

——苏轼《念奴娇—赤壁怀古》

东南形胜，三吴都会，钱塘自古繁华。
烟柳画桥，风帘翠幕，参差十万人家。
云树绕堤沙。
怒涛卷霜雪，天堑无涯。
市列珠玑，户盈罗绮，竞豪奢。
重湖叠巘清嘉。有三秋桂子，十里荷花。
羌管弄晴，菱歌泛夜，嬉嬉钓叟莲娃。
千骑拥高牙。
乘醉听箫鼓，吟赏烟霞。
异日图将好景，归去凤池夸。

——柳永《望海潮》

从上述标示，大家能够清楚地看到，在这几首词中，所有的格律自我重复现象，都发生在押韵位置——即"韵段末句"。这一结论意味着什么呢？这一结论意味着，在这几首词中，每一个押韵位置的句子——"韵段末句"，不仅仅在韵脚上具有一种"同声相应"关系，而且在整个句式层面都有一种"同声相应"关系。句式层面的"同声相应"，意味着整首词的声音都被一个庞大的"同声相应"和声体系所控制，一个复杂的音韵系统由于这一特性而凸显出了统一的强有力的声音特征——这是与律诗完全不同是声律规律！

这的确是一个重要发现。我们回头对比一下发生在律诗押韵位置的情况，就能够看到其中的区别。以五言律诗为例，五言律诗共有四种理论类型，其押韵位置的格律情况分别如下：

仄平平仄仄，平仄仄平平。
仄仄平平仄，平平仄仄平。
仄平平仄仄，平仄仄平平。
仄仄平平仄，平平仄仄平。

——平起①首句不押韵五律

平平仄仄平。
平仄仄平平。
仄仄平平仄，平平仄仄平。
仄平平仄仄，平仄仄平平。
仄仄平平仄，平平仄仄平。

——平起首句押韵五律

仄仄平平仄，平平仄仄平。
仄平平仄仄，平仄仄平平。
仄仄平平仄，平平仄仄平。
仄平平仄仄，平仄仄平平。

——仄起首句不押韵五律

平仄仄平平。
平平仄仄平。
仄平平仄仄，平仄仄平平。
仄仄平平仄，平平仄仄平。
仄平平仄仄，平仄仄平平。

——仄起首句押韵五律

我们看到，律诗中的押韵句与上述词明显不同：它不是统一使用一种格律，而是

---

① "平起""仄起"皆以第二字（即偶位节奏点）为判断，以下皆同。

在交替使用两种不同类型的格律。

如果我们从理论上分析一下这两种发生在词中和发生在律诗中的不同状况，我们更容易理解这一差别。根据律句的概念，每类句式都拥有四种律句，以韵脚表示则分别是：n平平，n仄平，n平仄，n仄仄。如果假定押韵句皆为律句，则在平韵诗词中，显然押韵句的格律只有两种选择：n平平，n仄平。但正是在这个选择上，律诗和上述几首词发生了巨大的分歧：**律诗的押韵句——"韵段末句"显然选择了两种格律类型的交替使用；而上述几种词的押韵句——"韵段末句"，则倾向于选择重复使用其中一种格律**。为了以示两种声律运用的区别，我们不妨将律诗中的这种规律称为"交替律"，而将词中的对应规律称为"重叠律"。或者对应律诗的组织规律"粘式律"和"对式律"，我们不妨将发生在词中的这个规律命名为"叠式律"。重叠律和叠式律，只是同样一个规律不同角度的叙述。

由以上分析，我们现在总结一下。出现在词中至少有四个重要的自我重复倾向：叶韵、"重章叠唱"；段内"叠句"；押韵句的"叠式律"。从结构上看，这四种重复都属于词的组织形式的自我重复；从功能上看，它们则表现为诗歌声音的自我重复。以前，我们曾讨论过，声律有四大基本原理："节奏原理"、"复现原理""协对原理""侧重原理"，很显然，词中这三个重要的重复倾向，都与"复沓原理"相关，是由"复现原理"派生出的同性质的声律规律。

那么，我们禁不住要问，发生在上述词中的这种押韵句——"韵段末句"的格律重复现象，也同样发生在其他词牌中吗？换句话说，押韵句的"同声相应"现象，有多大的普遍意义？或者再直接一点问，就是："韵段末句"的"叠式律"是词的普遍规律吗？

1.4.5.2　论词牌叠式律

在上一节几首词中，我们发现了一类特殊的格律重复现象，即词的押韵句格律彼此重复的现象。我们认识到这是词的韵段组合的一种特殊规律，并将之命名为"叠式律"。在此基础上，我们提出了一个问题："叠式律"是词的普遍规律吗？本节，我们来讨论这个问题。

我们以词的"百体句系"为考察对象，将"句系"分为平韵、仄韵、平仄杂韵三类，详细考察每一"句系"押韵句（韵段末句）间的格律关系。为观察方便，我们将考察结果制成表1-107。

表1-107　百体句系押韵句（韵段末句）格律关系考察情况

常用百体	存词排名	句系	韵段末句间格律关系
平韵词			
诉衷情	38	7-5-65|33-3-444	平（平平叠）
望江南	2	定35-77-5	平（平平叠）
水调歌头	4	定55-47-665-55|333-47-665-55	平（平平叠）
临江仙	9	定76-7-7|重	平（平平叠）
满庭芳	10	定446-45-634-345|544-36-634-345	平（平平叠）
南歌子	22	定55-5-53	平（平平叠）
朝中措	29	定7-5-66|444-66	平（平平叠）
江城子	24	定7-3-3-45-733	平（平平叠）
浪淘沙	32	定5-4-7-74|重	平（平平叠）
八声甘州	50	定85-544-65-54|654-55-3435-344	平（平平叠）
行香子	57	▲44-7-44-433|447-44-433	平（平平叠）
风入松	59	定7-4-734-66|重	平（平平叠）
声声慢	62	定446-64-634-354|636-64-634-354	平（平平叠）
导引	65	定45-5-75|7-5-75	平（平平叠）
眼儿媚	66	▲7-5-444|75-444	平（平平叠）
汉宫春	72	定454-64-434-346|654-64-434-346	平（平平叠）
少年游	75	▲7-5-445|75-445	平（平平叠）
五陵春	78	定75-7-5|重	平（平平叠）
五更转	79	★33-7-77	平（平平叠）
望海潮	85	定446-446-5-54-443|654-446-5-54-65	平（平平叠）
人月圆	88	定75-444|444-444	平（平平叠）
满路花	96	定55-7-45-564|65-7-45-546	平（平平叠）
恋绣衾	100	▲7-34-333-4|734-333-4	平（仄平叠）
水鼓子	98	定7-7-77	平1（平平叠）【首句七言例外】
浣溪沙	1	▲7-7-7|77-7	平1（平平叠）【首句七言例外】
渔父	46	定7-7-33-7	平1（平平叠）【首句七言例外】
木兰花慢	23	定533-544-2-48-66|2-4-33-364-2-48-66	平1（平平叠）
柳梢青	36	定4-44-444|6-34-444	平1（平平叠）
小重山	47	定7-53-7-35|5-53-7-35	平1（平平叠）【首句例外】
采桑子	38	定74-4-7|重	平2（平平叠）【两片末句对称例外】

续表

常用百体	存词排名	句系	韵段末句间格律关系
太常引	56	§7–5–5–34|445–5–34	平2(平平叠)【两片末句对称例外】
一剪梅	68	定7–44–744|重	平2(平平叠)【两片首句对称例外】
糖多令	81	定5–5–34–733|重	平2(平平叠)【两片首句对称例外】
长相思	43	★33–7–5|重	平2(仄平叠)【下片"叠韵"处例外】
鹧鸪天	3	定7–7–77|33–7–77	平3
沁园春	11	定444–5444–447–354|6–35–5444–447–354	平3
阮郎归	40	定7–5–7–5|33–5–7–5	平(交替叠)
杨柳枝	48	定7–7–77	平(交替叠)
瑞鹧鸪	47	定77–77|77–77	平(交替叠)
忆王孙	76	定7–7–7–3–7	平(交替叠)
捣练子	86	定33–7–77	平(交替叠)
仄韵词			
念奴娇	5	定454–76–445–46|645–76–445–46	仄(平仄叠)
卜算子	26	定55–75|重	仄(平仄叠)
好事近	27	定56–65|75–65	仄(平仄叠)
如梦令	25	★6–6–56–22–6	仄(平仄叠)
生查子	37	定55–55|重	仄(平仄叠)
忆秦娥	41	定3–7–3–44|7–7–3–44	仄(平仄叠)
醉蓬莱	60	定544–45–445–444|4444–45–445–444	仄(平仄叠)
千秋岁	73	定4–5–33–55–37|5–5–33–55–37	仄(平仄叠)
一落索	87	定6–4–75|重	仄(平仄叠)
玉楼春	18	定7–7–77|重	仄(仄仄叠)
点绛唇	14	定47–4–5|45–3–4–5	仄1(平仄叠)
鹊桥仙	33	定446–734|重	仄1(平仄叠)
洞仙歌	42	定45–7–3636|547–5434–3536	仄1(平仄叠)
醉落魄	51	定4–7–7–45|7–7–7–45	仄1(平仄叠)
永遇乐	63	定444–445–446–346|446–445–446–344	仄1(平仄叠)
桃源忆故人	70	定7–6–6–5|重1	仄1(平仄叠)
祝英台近	74	定335–45–6434|3–65–45–6434	仄1(平仄叠)
苏武慢	90	定446–446–644–544|3446–446–464–56	仄1(平仄叠)

续表

常用百体	存词排名	句系	韵段末句间格律关系
鹦鹉曲	94	§7-7-346|346-3434	仄1(平仄叠)
满江红	8	定434-344-77-353|33-33-54-77-353	仄2(平仄叠)【两片首句例外】
贺新郎	16	定5-344-76-34-735-33|7-344 重	仄2(平仄叠)【两片第三句例外】
踏莎行	19	定44-7-77|重	仄2(平仄叠)【两片首句例外】
感皇恩	44	定54-7-46-53|44-7-46-53	仄2(平仄叠)【两片首句例外】
青玉案	45	定7-33-7-44-5|7-7-7-44-5	仄2(平仄叠)【两片第三句例外】
红窗迥	77	定3-3-54-6-5|754-6-5	仄2(仄仄叠)【两片第三句例外】
水龙吟	28	定76-444-444-5433|6-34-444-444-544	仄2(平仄叠)【下片首句小韵及第3句例外】
花心动	93	§436-446-734-344|6-36-446-734-36	仄2(平仄叠)【下片首句小韵及尾句例外】
蝶恋花	12	定7-45-7-7|重	仄(交替叠)
渔家傲	20	定7-7-7-3-7|重	仄(交替叠)
蓦山溪	34	定45-534-45335|重	仄(交替叠)
苏幕遮	55	定33-45-7-45|重	仄(交替叠)
天仙子	89	定7-7-73-3-7	仄(交替叠)
谒金门	31	定3-6-7-5|6-6-7-5	仄(两句交替叠)
烛影摇红	82	定47-75||6-34-444	仄(两片交替叠)
十二时	30	★33-7-77|77-77	仄(5平仄＋3仄仄)bbBB||BbBB
摸鱼儿	35	§346-76-3-37-4-545|36-6-76-3-37-4-545	仄(8平仄＋5仄仄)BBbBbB||bBBBbbB
齐天乐	52	定76-446-4-54-47|654-446-4-54-45	仄(6平仄＋4仄仄)BbbBB||BbbBb
瑞鹤仙	53	定5-36-5 36-4-34-544|644-4-33-366-5-6	仄(5平仄＋8仄仄)bbBbbb||BbBbbb
霜天晓角	67	定4-5-633|2-3-5-633	仄(5平仄＋3仄仄)BBBB||bbbB
雨中花	64	定6-6-75|7-34-355	仄(3平仄＋3仄仄)bbB||bBB
风流子	83	★6-6-336-22-6	仄(3平仄＋2仄仄)bbBBB
杏花天	91	定7-34-7-6|34-34-7-6	仄(5平仄＋3仄仄)BBBb||bBBb
拨棹歌	97	§3-3-7-34-37|7-7-34-37	仄(5平仄＋4仄仄)bBbBb||BBBb
应天长	99	定7-7-33-7|33-6-6-5	仄(3平仄＋5仄仄)Bbbb||bBBb
平仄混韵词			
清平乐	15	定(4-5-7-6)|(6-6-66)	混(3平平＋4平仄)
虞美人	21	(7-5)-(7-63)|重	混(4平平＋4平仄)

续表

常用百体	存词排名	句系	韵段末句间格律关系
乌夜啼	61	6-3-63|(3-3)-3-63	混(5平平＋换片处2"平仄")
最高楼	84	定35-5-77-333|(35-35)-33-77-333	混(7平平＋换片处2"仄仄")
西江月	7	定66-7-(6)|重	混(4平平＋1平仄＋1仄仄)
喜迁莺	54	定33-5-7-5|重【(33-5)-(7-5)】	混(4平平＋1平仄＋1仄仄＋2平平)
昭君怨	95	(6-6)-(5-3)|重	混(4平平＋3平仄＋1仄仄)
减字木兰花	13	(4-7)-(4-7)|重	混(2平平＋2仄平＋4仄仄)
南乡子	17	(4-7)-(7-2-7)	混(2平平＋1平仄＋2仄仄)
巫山一段云	69	55-(7-5)|(6-6)-(7-5)	混(2平平＋2平仄＋3仄平)
菩萨蛮	6	(7-7)-(5-5)|(5-5)-(5-5)	混(2平平＋3平仄＋2仄平＋1仄仄)
定风波	58	7-7-(7-2)-7|(7-2)-7-(7-2)-7	混(4平平＋3平仄＋1仄平＋3仄仄)
更漏子	71	(33-6)-(33-5)|(3-3-6)-(33-5)	混(2平平＋3平仄＋2仄平＋2仄仄)
酒泉子	80	定4-(6-33)-3|(7-5-33)-3	混(2平平＋2平仄＋1仄平＋3仄仄)
河传	92	(2-2)-(3-6-7-2-5)|(7-3-5)-(3-3-2-5)	混(3平平＋6仄平＋3平仄＋2仄仄)

（1）关于句系中特殊韵段的处理说明

下面五种情况下，只将第二种本属于两韵段的句式合并作一韵段处理，其他皆作多韵段处理。

· ▲＋下划线——上下片句式同，一片句中用小韵情况：《浣溪沙》《行香子》《少年游》《眼儿媚》《恋绣衾》

· ★＋下划线——重言情况：《十二时》《如梦令》《长相思》《五更转》《风流子》

· （　）——一片两换韵情况：《菩萨蛮》《减字木兰花》《南乡子》《虞美人》《巫山一段云》《更漏子》《河传》《昭君怨》

· （　）——插入韵情况：《诉衷情》《定风波》《乌夜啼》

· §下划线——上下片相似位置句式不同情况：《摸鱼儿》《太常引》《花心动》《鹦鹉曲》《拨棹歌》

（2）"叠式律"的四种可能类型

我们讨论过，律句的类型由末二字平仄决定，有四种：n平平，n平仄，n仄仄，n仄平。故押韵句间格律关系取决于押韵句末二字脚格律关系。若押韵句完全符合"叠式律"，即末二字脚格律完全一致，则理论上有四种类型："平平叠""仄平叠""仄仄叠""平仄叠"，这就是"叠式律"的四种可能类型。在"韵段末句格律之关系"一栏中，即是以押韵句末二字脚平仄来显示"叠式律"的状况及类型。

（3）表格涉及的术语、符号的说明

具体来讲，在"韵段末句格律之关系"一栏中：

"平"表示押平韵，"仄"表示押仄韵；"混"表示平仄混合押韵。

"平（平平叠）"表示通首符合"叠式律"，押韵句格律均为"n平平"型。

"平（仄平叠）"表示通首符合"叠式律"，押韵句格律均为"n仄平"型。

"仄（平仄叠）"表示通首符合"叠式律"，押韵句格律均为"n平仄"型。

"仄（仄仄叠）"表示通首符合"叠式律"，押韵句格律均为"n仄仄"型。

"平1（平平叠）"表示通首韵段末句格律仅有1处不符合"n平平"型。

"平2（平平叠）"表示通首韵段末句格律有2处不符合"n平平"型。

"平3（平平叠）"表示通首韵段末句格律有3处不符合"n平平"型。

"平（交替叠）"表示韵段末句格律为两种平韵型"n平平"和"n仄平"交替出现。

"仄（交替叠）"表示韵段末句格律为两种仄韵型"n仄仄"和"n平仄"交替出现。

将"押韵句（韵段末句）格律关系考察表"结果进一步简化，得到"韵段末句符合"叠式律"程度检验表"暨"常用百体"叠式律"普遍程度检验表"（见表1-108）。

表1-108　常用百体"叠式律"普遍程度检验

韵段末句格律关系	平韵(总41体)	仄韵(总44体)	平仄杂韵(总15体)
"叠式律"型	23体("平平叠"22体；"仄平叠"1体)	10体("平仄叠"9体；"仄仄叠"1体)	4体（仅含"平平"和"平仄"）
1句不合"叠式律"型	6体(平平叠)	9体(平仄叠)	3(除"平平"和"平仄"外，还含一类其他)
2句不合"叠式律"型	5体(平平叠4体；"仄仄叠"1体)	8体("平仄叠"7体；"仄仄叠"1体)	
3处句不合"叠式律"型	2体(平平叠)	0	
"交替律"型	5体	5体；2体特殊交替叠	
其他	0	10体	

由表1-108，我们可以得出初步结论："叠式律"在词中是具有普遍性的规律；在平韵词中，"叠式律"主要采用"平平叠"模式，在仄韵词中，"叠式律"则主要采用"平仄叠"模式；在平仄转韵的词中，"叠式律"受到一定程度的抑制，表现出复杂性。

我们必须充分重视上述"押韵句（韵段末句）格律关系考察表"所揭示的词学规律。这个表格向我们揭示了隐藏在词中千百年来未被人发现的奥秘——奇妙的"叠式律"。面对千变万化的词学世界，面对一千多个词牌两千多个词体，我们往往会感到束手无策。若干大型词谱所做的工作也往往既显烦琐又得不到充分理解和解释。而"叠式律"的发现，在这些方面将给予我们有力的启示，帮助我们去直面这些问题，极大地提升我们对词的理解。

为了更深入地了解"叠式律"的性质和作用，下面，我们将结合上述两表分别对"平韵词"、"仄韵词""平仄混合押韵词"的韵段组织规律进行更深入细致的分析和探讨。

1.4.5.3　论平韵词用"平平叠"

本节进一步讨论"叠式律"在平韵词中的普遍性。

讨论基础："押韵句（韵段末句）格律关系考察表""韵段末句符合"叠式律"程度检验表"。

分析：常用百体中有"平韵词"有41体。其韵段间完全按"平平叠"规律进行组合的有22体，占到50％以上；其韵段按"平平叠"规律进行组合但有一句例外的有6体。二者加在一起占到全部平韵词的75％。有二句例外的词计4体，三句例外的词计2体。这四类词占到平韵词的近90％，其"叠式律"类型都是"平平叠"。另有一类词包括5体均为"平平"和"仄平"韵段交替构成，我们称为"交替律"或"交替叠"。

由此，我们刨除偶然性因素，得出关于"平韵词"韵段组合规律的以下几个结论：

（1）平韵词的韵段组合要么遵循"叠式律"，要么遵循"交替律"；

（2）"叠式律"是平韵词韵段组合的主要规律——约90％的平韵词按"叠式律"进行韵段组合；

（3）"交替律"平韵词韵段组合的补充规律——约10％的平韵词按"交替律"进行韵段组合；常用百体平韵词中，按"交替律"组合韵段的只有下面五首：《阮郎归》《杨柳枝》《瑞鹧鸪》《忆王孙》《捣练子》；

（4）平韵词"叠式律"几乎全部为"平平叠"类型（只《恋绣衾》《长相思》两首例外为"仄平叠"）。为简便见，我们今后称这种发生在平韵词中的以"平平叠"方式组织韵段关系的规律为"平平律"。

补充讨论：

讨论一：在35首按"叠式律"组合韵段的平韵词中，有8＋4＋2＝14首词出现了未按"平平律"组合韵段的例外，共涉及8×1＋4×2＋2×3＝22个韵段。下面我们考察，这22个韵段的例外是否可以避免，为什么？

要进行这个讨论并不困难。14首平韵词韵段末句主体格律为"平平"型，22个例外韵段的格律是"仄平"型，所以我们只需要讨论这22个韵段能否选择"平平"型作为自己的格律就可以了。我们的方法是，根据"一调多体"现象，考察同调其他词体在相同位置所用的格律，看看其中是否有用到"平平"型格律。下面我们一首一首词来进行考察（为简便见，某些情况下不列全词，只列出一调多体中可资对比的同位置例句）。

（1）水鼓子（无法消除例外）

作平起首句入韵七绝，首句须用"仄平"与次句"平平"形成对立，不能换成

"平平"型。故无法消除例外。

（2）浣溪沙（可以消除例外）

正体可看作首句入韵，必用"仄平"型与次句"平平"对立。薛昭蕴又一体"红蓼渡头秋正雨，印沙鸥迹自成行。整鬟飘袖野风香。不语含嚬深浦里。几回愁煞棹船郎。燕归帆尽水茫茫"，首句不押韵，则全词韵段合"平平叠"。故可以消除例外。

（3）渔父（无法消除例外）

正体可看作首句入韵七言，必用"仄平"型句式与第二句"平平"对立。张志和又一体"松江蟹舍主人欢。菰饭莼羹亦共餐。枫叶落，荻花干。醉宿渔舟不觉寒"，首句用"平平"型，次句用"仄平"型相对。故无法消除例外。

（4）木兰花慢（可以消除例外）

　　盈盈。斗草踏青。

　　皇都。暗想欢游。（柳永《木兰花慢·倚危楼伫立》）

　　妆楼。晓涩翠罌油。（蒋捷《木兰花慢·傍池阑倚遍》）

　　常思。入夏景偏奇。（曹勋《木兰花慢·断虹收霁雨》）

　　情知雁杳与鸿冥。（程垓《木兰花慢·倩娇莺姹燕》）

　　嗟休。触绪茧丝抽。（李芸子《木兰花慢·占西风早处》）

　　飞花片片走漘湲。（严仁《木兰花慢·东风吹霁雨》）

　　依依。望断水穷云起处，是天涯。（吕渭老《木兰花慢·石榴花谢了》）

　　旋开铁锁粲星桥。（刘应雄《木兰花慢·梅妆堪点额》）

　　年光冉冉逐飞鸿。（曾觌《木兰花慢·正枝头荔子》）

　　吴云别后重重。（卢祖皋《木兰花慢·汀莲凋晚艳》）

　　风前袅袅含情，虽不语，引长思。（无名氏《木兰花慢·饱经霜古树》《梅苑》）

《钦定词谱》共录12体，相似位置所用句子如上，有四体用到"平平"型。故可以消除例外。

（5）柳梢青（无法消除例外）

　　酒醒处，残阳乱鸦。

　　待付与，温柔醉乡。（刘镇《柳梢青·干鹊收声》）

　　更折竹声中，吹细香。（张雨《柳梢青·面目冰霜》）

《钦定词谱》共录8体，平韵3体仄韵5体。平韵3体中此韵段皆用"仄平"型句式如上所列。故无法消除例外。

（6）小重山（无法消除例外）

《钦定词谱》共录4体，平韵3体仄韵1体。平韵3体首韵段皆与此相同用"仄平"型。故无法消除例外。

（7）采桑子（可以消除例外）

《钦定词谱》共录如下3体，皆平韵词。另两首为李清照、朱淑真词，上下片相似位置皆用"平平"型韵段。故可以消除例外。

采桑子　双调四十四字，前后段各四句，三平韵　和凝

蛄蛴领上诃梨子，绣带双垂。椒户闲时。竞学樗蒲赌荔枝。

丛头鞋子红编细，裙窣金丝。无事颦眉。春思翻教阿母疑。

又一体　双调四十八字，前后段各四句，两平韵、一叠韵　李清照

窗前谁种芭蕉树，阴满中庭。阴满中庭。叶叶心心，舒卷有余情。

伤心枕上三更雨，点滴凄清。点滴凄清。愁损离人，不惯起来听。

又一体　双调五十四字，前段五句四平韵，后段五句三平韵　朱淑真

王孙去后无芳草，绿遍香阶。尘满妆台。粉面羞搽泪满腮。教我甚情怀。

去时梅蕊全然少，等到花开。花已成梅。梅子青青又带黄，兀自未归来。

(8) 长相思（无法消除例外）

《钦定词谱》共录五体如下，均为平韵词"仄平叠"型。但另四首相似位置也均
为"平平"型例外。故无法消除例外。

长相思　双调三十六字，前后段各四句三平韵、一叠韵　白居易

汴水流。泗水流。流到瓜州古渡头。吴山点点愁。

思悠悠。恨悠悠。恨到归时方始休。月明人倚楼。

又一体　双调三十六字，前段四句三平韵、一叠韵，后段四句三平韵　白居易

深画眉。浅画眉。蝉鬓鬅鬙云满衣。阳台行雨回。

巫山高。巫山低。暮雨萧萧郎不归。空房独守时。

又一体　双调三十六字，前后段各四句三平韵、一叠韵　晏几道

长相思。长相思。若问相思甚了期。除非相见时。

长相思。长相思。欲把相思说与谁。浅情人不知。

又一体　双调三十六字，前后段各四句四平韵　欧阳修

苹满溪。柳绕堤。相送行人溪水西。回时陇月低。

烟霏霏。雨凄凄。重倚朱门听马嘶。寒鸦相对飞。

又一体　双调三十六字，前段四句三平韵、一叠韵，后段四句三平韵　刘光祖

玉尊凉。玉人凉。若听离歌须断肠。休疑成鬓霜。

画桥西，画桥东。有泪分明清涨同。如何留醉翁。

（9）太常引（无法消除例外）

《钦定词谱》共录如下2体，皆平韵。另一体相似位置也为"仄平"型。故无法消除例外。

太常引　双调四十九字，前段四句四平韵，后段五句三平韵　辛弃疾

仙机似欲织纤罗。仿佛度金梭。无奈玉纤何。却弹作，清商恨多。

珠帘影里，如花半面，绝胜隔帘歌。世路苦风波。且痛饮，公无渡河。

又一体　双调五十字，前段四句四平韵，后段五句三平韵　高观国

玉肌亲衬碧霞衣。似争驾，翠鸾飞。羞问武陵溪。笑女伴，东风醉时。

不飘红雨，不贪青子，冷淡却相宜。春晚涌金池。问一片，将愁寄谁。

（10）一剪梅（无法消除例外）

《钦定词谱》共录如下7体，皆平韵词。7体均为"平平叠"型，但上下片首句均使用"仄平"型例外。故无法消除例外。

一剪梅　双调六十字，前后段各六句，三平韵　周邦彦

一剪梅花万样娇。斜插疏枝，略点梅梢。轻盈微笑舞低回，何事尊前，拍手相招。

夜渐寒深酒渐消。袖里时闻，玉钏轻敲。城头谁恁促残更，银漏何如，且慢明朝。

又一体　双调六十字，前后段各六句，四平韵　吴文英

远目伤心楼上山。愁里长眉，别后蛾鬟。暮云低压小阑干。教问孤鸿，因甚先还。

瘦倚溪桥梅夜寒。雪欲消时，泪不禁弹。剪成钗胜待归看。春在西窗，灯火更阑。

又一体　双调六十字，前后段各六句，五平韵　卢炳

灯火楼台万斛莲。千门喜笑，素月婵娟。几多急管与繁弦。巷陌喧阗。毕献芳筵。

乐与民偕五马贤。绮罗丛里，一簇神仙。传柑雅宴约明年。尽夕留连，满帆金船。

又一体　双调六十字，前后段各六句，四平韵、两叠韵　张炎

剩蕊惊寒减艳痕。蜂也消魂。蝶也消魂。醉归无月傍黄昏。知是花村。不是花村。

留得闲枝叶半存。好似桃根。可似桃根。小楼昨夜雨声浑。春到三分。秋到三分。

又一体　双调六十字，前后段各六句，六平韵　蒋捷

一片春愁带酒浇。江上船摇。楼上帘招。秋娘容与泰娘娇。风又飘飘。雨又萧萧。

何日云帆卸浦桥。银字筝调。心字香烧。流光容易把人抛。红了樱桃。绿了芭蕉。

又一体　双调五十八字，前后段各五句，三平韵　曹勋

不占前村占瑶阶。芳影横斜积渐开。水边竹外冷摇春，一带冲寒，香满襟怀。
管领东风要有才。频移歌酒上春台。直须日日坐花前，金殿仙人，同往同来。

又一体　双调五十九字，前段五句三平韵，后段六句三平韵　赵长卿

霁霭迷空晓未收。羁馆残灯，永夜悲秋。梧桐叶上三更雨，别是人间一段愁。
睡又不成梦又休。多愁多病，当甚风流。真情一点苦萦人，才下眉尖，恰上心头。

（11）唐多令（无法消除例外）

《钦定词谱》共录如下3体，皆平韵。3体皆主"平平叠"，但次句均使用"仄平"型例外。故无法消除例外。

唐多令　双调六十字，前后段各五句，四平韵　刘过

芦叶满汀洲。寒沙带浅流。二十年，重过南楼。柳下系船犹未稳，能几口，又中秋。

黄河断矶头。故人曾到不。旧江山，浑是新愁。欲买桂花同载酒，终不似，少年游。

又一体　双调六十一字，前后段各五句，四平韵　吴文英

何处合成愁。离人心上秋。纵芭蕉读不雨也飕飕。都道晚凉天气好，有明月，怕登楼。

年事梦中休。花空烟水流。燕辞归，客尚淹流。垂柳不萦裙带住，漫长是，系行舟。

又一体　双调六十二字，前后段各五句，四平韵　周密

丝雨织莺梭。浮钱点翠荷。燕风清，庭宇正清和。苔面唾绒堆绣径，春去也，奈春何。

宫柳老青蛾。题红隔翠波。扇鸾孤，尘暗合欢罗。门外绿阴深似海，应未比，旧愁多。

（12）鹧鸪天（无法完全消除例外）

《钦定词谱》仅录1体，平韵。全首三处韵段末句使用"仄平"型。其中首句格律灵活，词下说明："赵长卿词，前段起句"新晴水暖藕花红"，新晴二字俱平声，水暖二字俱仄声，花字平声，与此平仄全异"，检赵长卿作，多有首句用"平平"型。但末二句仍用"仄平"型例外。故此例外有二处不可消除。考察七言词鹧鸪天，可以看到，齐言词中作家往往主动选择避开"叠式律"，从而造成一种韵段句的格律参差，避免呆板。在杂言词中则较少顾及这个。此现象值得关注。

鹧鸪天　双调五十五字，前段四句三平韵，后段五句三平韵　晏几道

彩袖殷勤捧玉钟。当年拼却醉颜红。舞低杨柳楼心月，歌尽桃花扇影风。
◎◎◎◎⊙◎◎

从别后，忆相逢。几回魂梦与君同。今宵剩把银釭照，犹恐相逢是梦中。

附赵长卿鹧鸪天2首

新晴水暖藕花红。烘人暑意晚来浓。共携纤手桥东路，杨柳青青一径风。
深翠里，艳香中。双莺初下蕊珠宫。月笼粉面三更露，凉透萧萧一梦中。

玉容应不羡梅妆。檀心特地赛炉香。半藏密叶墙头女，勾引酡颜马上郎。
樽乏酒，且倾囊。蟹螯糟熟似黏霜。一年光景浑如梦，可惜人生忙处忙。

（13）沁园春（无法完全消除例外）

《钦定词谱》录词7体，皆平韵。正体为苏词如下，押韵句有三处位置使用"仄平"型。三处位置中，上片首句押韵句位置林正大用"平平"，下片首句押韵句位置秦观、程垓均用"平平"型，故这两处例外可以消除；但倒数第二句押韵句位置全部七体均用"仄平"型格律，故此处无法消除例外。

沁园春　双调一百十四字，前段十三句四平韵，后段十二句五平韵　苏轼

孤馆灯青，野店鸡号，旅枕梦残。渐月华收练，晨霜耿耿，云山摛锦，朝露漙漙。
世路无穷，劳生有限，似此区区长鲜欢。微吟罢，凭征鞍无语，往事千端。
当时共客长安。似二陆，初来俱少年。有笔头千字，胸中万卷，致君尧舜，此事何难。
用舍由时，行藏在我，袖手何妨闲处看。身长健，但优游卒岁，且斗尊前。

又一体　双调一百十六字，前段十三句四平韵，后段十二句五平韵　林正大

子陵先生，故人光武，以道相忘。幸炎符再握，六龙在御，看臣来亿兆，阳德方刚。

自是先生，独全高节，归去江湖乐未央。动星象，披关裹傲睨，人世轩裳。

高哉不事侯王。爱此地，山高水更长。盖先生心地，超乎日月，又谁知光武，器量包荒。

立懦廉顽，有功名教，万世清风更激扬。无今古，想云山郁郁，江水泱泱。

又一体　双调一百十五字，前后段各十二句，四平韵　　秦观

宿霭迷空，腻云笼日，昼景渐长。正兰泥皋润，谁家燕喜，蜜脾香少，触处蜂忙。

尽日无人帘幕挂，更风递游丝时过墙。微雨后，有桃愁杏怨，红泪淋浪。

风流寸心易感，但依依伫立，回尽柔肠。念小奁瑶鉴，重匀绛蜡，玉笼金斗，时熨沈香。

柳下相将游冶处，便回首青楼成异乡。相忆事，纵蛮笺万叠，难写微茫。

又一体　双调一百十三字，前段十二句四平韵，后段十一句四平韵　　程垓

锦字亲裁，泪巾偷裛，细说旧时。记笑桃门巷，妆窥宝靥，弄花庭榭，香湿罗衣。

几度相随游冶去，任月细风尖犹未归。多少事，有垂杨眼见，红烛心知。

如今事都过也，但赢得双鬓成丝。叹半妆红豆，相思有分，两分青镜，重合难期。

惆怅一春飞絮尽，梦悠扬，教人分付谁。销魂处，又梨花雨暗，半掩重扉。

前面，我们一一分析了13首平韵词中未按"叠式律"进行组合的22个例外韵段，详细考察了这22个韵段的例外是否可以避免。下面我们总结上述讨论，制成表1-109。

表1-109　叠式律例证

不合"叠式律"的平韵词	不合"叠式律"的押韵句的句数[位置]	可以消除例外成为符合"叠式律"的押韵句的句数	不能消除例外的位置及原因
水鼓子	平1(平平叠)【首句七言】		平起首句入韵七绝
浣溪沙	平1(平平叠)【首句七言】	1	
渔父	平1(平平叠)【首句七言】		首句入韵七言
木兰花慢	平1(平平叠)	1	
柳梢青	平1(平平叠)		倒数第二韵段构成参差
小重山	平1(平平叠)【首句】		首句
采桑子	平2(平平叠)【两片末句】	2	
太常引	平2(平平叠)【两片末句】		两片末句

续表

不合"叠式律"的平韵词	不合"叠式律"的押韵句的句数[位置]	可以消除例外成为符合"叠式律"的押韵句的句数	不能消除例外的位置及原因
一剪梅	平2(平平叠)【两片首句】		两片首句
糖多令	平2(平平叠)【两片首句】		两片首句
长相思	平2(仄平叠)【过片"叠韵"处】		过片"叠韵"处
鹧鸪天	平3【首句＋两片末句】	1(首句例外消除)	两片末句
沁园春	平3【两片首句＋倒数第二押韵句】	2(上下片首句例外消除)	倒数第二韵段构成参差
总计	22	7	四种情况:上下片首句、末句、次末句、过片处

小结：平韵词韵段末句不符合"叠式律"的22处例外，有7处约三分之一是可以避免的。其他不可避免的例外，主要发生在两片首句、两片末句、次结句和过片处，显然，这些位置都是词的特殊位置，在这些位置运用不同的格律模式有助于形成参差的声音效果。尤其是当词中齐言占据统治地位或者句式比较整齐的情况下，这种格律参差显得更为重要，如《水鼓子》《浣溪沙》《渔父》中的情况。

值得注意的是，上述所谓"不能消除的例外"只是相对于《词谱》考察范围而言。实际上，本书将考察范围扩大到整个《全宋词》，发现除《水鼓子》《渔父》外，上表中《词谱》范围内所有不符合叠式律的所谓"不能消除的例外"，在《全宋词》中全部可以得到消除——考察方法简单，关于其考察过程，由于过于琐碎，本书不再赘述——也就是说，在格律词允许的范围内，除《水鼓子》《渔父》，以及五首遵循"交替叠"规律的平韵词，常用百体其他平韵词调都可以做到完全遵循"平平叠"而不出现例外。虽然对于其中少数词而言，完全遵循"叠式律"并不是其最常用的格律模式。

如果我们将"叠式律"看成是词谱的理想模式，那么，我们甚至可以根据"叠式律"创造出词调的理想词谱——而与根据既定事实确定的《词谱》相映照。但时间有限，我们把这个工作留待以后。

讨论二：5首平韵词选择使用"交替律"而不是"叠式律"，是否有什么原因？
选择使用"交替律"进行组合韵段的词有以下五首：

39　阮郎归　双调四十七字，前段四句四平韵，后段五句四平韵　　南唐李煜

东风吹水日衔山。春来长自闲。落花狼藉酒阑珊。笙歌醉梦间。
春睡觉，晚妆残。无人整翠鬟。留连光景惜朱颜。黄昏独倚阑。

51　杨柳枝　单调二十八字，四句三平韵　温庭筠

金缕毵毵碧瓦沟。六宫眉黛惹香愁。晚来更带龙池雨，半拂阑干半入楼。

58　瑞鹧鸪　双调五十六字，前段四句三平韵，后段四句两平韵　冯延巳

才罢严妆怨晓风。粉墙画壁宋家东。蕙兰有恨枝犹绿，桃李无言花自红。
燕燕巢时罗幕卷，莺莺啼处凤楼空。少年薄幸知何处，每夜归来春梦中。

76　忆王孙　单调三十一字，五句五平韵　秦观

萋萋芳草忆王孙。柳外楼高空断魂。杜宇声声不忍闻。欲黄昏。雨打梨花深
闭门。

86　捣练子　单调二十七字，五句三平韵　冯延巳

深院静，小庭空。断续寒砧断续风。无奈夜长人不寐，数声和月到帘栊。

其中，《杨柳枝》为仄起首句入韵七绝，《捣练子》可视作变形平起首句入韵七
绝，《瑞鹧鸪》为平起首句入韵七律，这三者的韵段组合与律诗相似，故选择了与
律诗绝句相同的韵段组合规律"交替律"。另外两首则是以七言为主的词。这五首词
有两个共同的特点，均以七言为主导，基本上一句一押韵。这种一句一押韵且以五、
七言为主导的词，一方面受律诗影响，另一方面也是为了使自身的声音更丰富化，
选择交替使用两种格律类型是很自然的。

由此，我们得出一个结论，与五、七言律句结构类似，且每个单句多要求押韵的
词，倾向于选用"交替律"来组织韵段。

讨论三：为什么平韵词"叠式律"主要采用"平平叠"的方式？

我们发现36首采用"叠式律"的平韵词中，34首采用的是"平平叠"模式，只
有两首例外地采用了"平仄叠"——这是非常惊人的现象。它足以说明，在平韵词的
组织模式中，"平平叠"甚至可以说是词人的唯一选择。那么，为什么会发生这种情
况呢？

我们来看两首例外选择"仄平叠"的词，这两首词分别是白居易的《长相思》
和朱敦儒的《恋绣衾》。从这两首词，我们实在是看不出特别之处。我们只能试着作
出这样的解释，大概"平平"舒缓，易于拖长歌唱，"仄平"则相对局促，想来凡平
韵词，皆意欲其诵读时舒缓，歌唱时余音不绝，取"平平"作为韵末，实乃出于天
然。白居易和朱敦儒这两首词只能算是例外，只不过这两首词因为皆用到"叠韵"，
声音效果实在非常杰出，因而也得到了广泛流传。

小结：

平韵词的韵段组织主要遵循"叠式律"和"交替律"两大规律。在与七言体制相似且多由单句构成韵段的词中，会选择"交替律"组织韵段；在其他绝大多数情况下，则主要选择"叠式律"组织韵段。在选择"叠式律"组织韵段时，主要选用"平平叠"，为增强韵律的丰富性和起到提示作用，常在首韵段、末韵段、过片处以及次末韵段处参差使用不同类型的格律。总地来看，"叠式律"对于平韵词，就像由"粘式律""对式律"合成的"交替律"对于律诗一样，是带有普遍性和根本意义的规律。今后我们可以说，"平平叠"为主导的"叠式律"是平韵词的主要组织形式，"交替律"则是平韵词的补充性组织形式。

1.4.5.4　论仄韵词用"平仄叠"

本节进一步探讨"叠式律"在仄韵词中的普遍性。

我们仿照对"平韵词"韵段组织规律的讨论来讨论"仄韵词"的韵段组织规律。

讨论基础："押韵句（韵段末句）格律关系考察表""韵段末句符合'叠式律'程度检验表"。

分析：从上述两表看，常用百体中有"仄韵词"44体。其韵段间完全按"平仄叠"规律进行组合的有9体，只占到20%；其韵段按"平仄叠"规律进行组合但有一句例外的有9体，有二句例外的有8体。这三类仄韵词符合或基本符合"叠式律"，共计26体，占到总仄韵词近60%，其"叠式律"类型都是"平仄叠"。另有5首仄韵词遵守"交替律"，2首仄韵词遵守特殊交替规律。还有10首仄韵词在进行韵段组合时呈现不规则的情况。

由此，我们发现，"叠式律"在仄韵词中的普遍性远低于平韵词。刨除偶然性因素，关于"仄韵词"韵段组合规律，我们可以得出以下一些基本结论：

（1）仄韵词的韵段组织规律包括"叠式律""交替律"和其他一些不规则情况——60%仄韵词遵循"叠式律"，15%以上遵循"交替律"，20%无明显规律可言；

（2）"叠式律"仍然是仄韵词韵段组合的主要规律，但其普遍性远低于在平韵词中的90%——只有大约一半多的仄韵词按"叠式律"进行韵段组合；

（3）"交替律"是仄韵词韵段组合的补充规律——约10%仄韵词按"交替律"进行韵段组合，它们分别是：《蝶恋花》《渔家傲》《蓦山溪》《苏幕遮》《天仙子》；另有两首按特殊的交替律组织韵段，其中《谒金门》按两句一换格律的形式组织，《烛影摇红》按上下片交换格律的形式组织。

（4）仄韵词"叠式律"几乎全部为"平仄叠"类型（只《玉楼春》《红窗迥》2首例外用到"仄仄叠"）。为简便见，今后称这种发生在仄韵词中以"平仄叠"为主要韵段组织方式的规律为"平仄律"。我们可以说，60%的仄韵词按"平仄律"进行韵段组织。

补充讨论：

讨论一：在27首按"叠式律"组合韵段的平韵词中，有9＋8＝17首词出现了未按"平仄律"组合韵段的例外，共涉及9×1＋8×2＝25个韵段。下面我们考察，这25个韵段的例外是否可以避免，为什么？

仿照平韵词中的讨论。这17首仄韵词韵段末句主体格律为"平仄"型，25个例外韵段的格律是"仄仄"型，所以我们只需要讨论这25个韵段能否选择"平仄"型作为自己的格律就可以了。我们的方法是：根据"一调多体"现象，考察同调其他词体在相似位置是否有用到"平仄"型格律。下面我们一首一首词来进行考察（为简便见，某些情况下仍然不列全词，只列一调多体中可资对比的同位置句子）。

（1）点绛唇（可以消除例外）

《钦定词谱》录《点绛唇》3体，皆仄韵[1]。正体用冯延巳词，唯一不合"平仄律"的韵段为"鞚不语"，词下明确标明此处可用"平平仄"或"仄平仄"；同时另二体相同位置一用"楼船远"，一用"愁无际"，皆"平平仄"格。故此处例外可以消除。

---

①附词谱原文如下（着重号为笔者所加）：

点绛唇　双调四十一字，前段四句三仄韵，后段五句四仄韵　冯延巳
荫绿围红句飞琼家在桃源住韵画桥当路韵临水开朱户韵
◎●○○　⊙⊙○●●● ○　◎○◎● ⊙●○○●
柳径春深句行到关情处韵鞚不语韵意凭风絮韵吹向郎边去韵
◎●○○　⊙○◎●● ○　⊙●●○●○●○○● ○　⊙●○○●
此调以此词为正体，若苏词之藏韵、韩词之添字，皆变格也。前段第一句，赵抃词"秋气微凉"，秋字平声；第二句，寇准词"社公雨足东风慢"，社字、雨字俱仄声；后段第一句，赵鼎词"美酒一杯"，一字仄声；第二句，寇词"拂晓停针线"，拂字仄声；第三句，张炎词"竹西好"，竹字仄声；第四句，毛滂词"蜂劳蝶攘"，蜂字平声，蝶字仄声；第六句，寇词"侧卧珠帘卷"，侧字仄声。谱内可平可仄据此，其余参校下词。
又一体　双调四十一字，前后段各五句四仄韵　苏　轼
不用悲秋句今年身健韵还高宴韵江村海甸韵总作空花观韵
尚想横汾句兰菊纷相半韵楼船远韵白云飞乱韵空有年年雁韵
又一体　双调四十三字，前段四句三仄韵，后段五句四仄韵　韩　琦
病起恹恹句对堂阶花树添憔悴韵乱红飘砌韵滴尽真珠泪韵
惆怅前春句谁相向花前醉韵愁无际韵武陵凝睇韵人远波空翠韵

（2）鹊桥仙（可以消除例外）

《钦定词谱》录7体，皆仄韵词①。正体为欧阳修作，唯一不合"平仄律"的例外为上片末句"星榆点缀"，谱下注明此处可用"仄平平仄"。另六体中相似位置，有三体用到"仄平平仄"式。故此处例外可以消除。

───────────

①附词谱原文如下（着重号为笔者所加）：

鹊桥仙　双调五十六字，前后段各五句，两仄韵　欧阳修

月波清霁句烟容明淡读灵汉旧期还至韵鹊迎桥路接天津句映夹岸读星榆点缀韵
⊙○○● 　⊙○○● 　⊙●○○●○● 　⊙○○● 　⊙○●●●

云屏未卷句仙鸡催晓句肠断去年情味韵多应天意不教长句恁恐把读欢娱容易韵
⊙○●● 　○○○● 　⊙●●○○●● 　⊙○○●●○○ 　⊙○● 　⊙○○●

·此调多赋七夕，以此词为正体，余俱从此偷声、添字也。谱内可平可仄，俱参后词，故不复注。按，曾觌词，前段结句"满座宾朋俄弁侧"，不作上三下四句法；又，向子諲词，前段第一、二句"合卺风流，擘钗情态"，平仄全异，此亦偶误，不必从。

又一体　双调五十六字，前后段各五句，三仄韵　卢炳

余霞散绮句明河翻雪韵隐隐鹊桥初结韵牛郎织女乍逢迎句却胜似读人间欢悦韵
一宵相会句经年离别韵此语真成浪说韵细思怎得似嫦娥韵常独宿读广寒富阙韵

又一体　双调五十六字，前后段各五句，四仄韵　辛弃疾（略）

又一体　双调五十八字，前后段各五句，两仄韵　辛弃疾（略）

又一体　双调五十七字，前后段各五句，两仄韵　黄庭坚

八年不见句清都绛阙句望银汉读溶溶漾漾韵年年牛女恨风波句算此事读人间天上韵
野麋丰草句江鸥远水句老去唯便疏放韵百钱端往问君平句早晚具读归田小舫韵

又一体　双调五十八字，前后段各五句，三仄韵　方岳

今朝念九句明朝初一韵怎欠个读秋崖生日韵客中情绪老天知句道这月不消三十韵
春盘缕菜句春缸摇碧韵便拟做读梅花消息韵雪边试问是耶非句笑今夕不知何夕韵

又一体　双调八十八字，前段十句四仄韵，后段八句七仄韵　柳永（略）

（3）洞仙歌（可以消除例外）

《钦定词谱》录《洞仙歌》40体，为最多词体的词牌，皆仄韵①。正体为苏轼词，唯一不合"平仄律"的例外为上片第三韵段末句"敧枕钗横鬓乱"。谱下注明此处可用"平仄"。另39体中相似位置，有张炎词用"柳发离离如此"、辛弃疾词用"风景依然如此"、汪元量词用"长笛一声今古"等等，皆为"平仄"型。故此处例外可以消除。

（4）醉落魄（可以消除例外）

《钦定词谱》录《醉落魄》（又名一斛珠）3体，皆仄韵②。正体为李煜词，唯一不合"平仄律"的例外为下片首句"罗袖裛残殷色可"。另2体中相似位置，张先词用

---

①附词谱部分原文如下（着重号为笔者所加）：

洞仙歌　双调八十三字，前段六句三仄韵，后段七句三仄韵　苏轼

冰肌玉骨句自清凉无汗韵水殿风来暗香满韵绣帘开读一点明月窥人句人未寝句敧枕钗横鬓乱韵起来携素手

⊙○○● 　⊙⊙○○● 　●⊙○○●⊙ 　●○○ 　⊙●○●○影 　⊙○● 　⊙●⊙○○句庭户无声句时见疏星渡河汉韵试问夜如何读夜已三更句金波淡读玉绳低

●●○○ 　⊙●○○●⊙韵 　●●●○○ 　●●○○ 　○●●○○转韵但屈指读西风几时来句又不道读流年暗中偷换韵

⊙○○ 　⊙⊙●○○ 　○●● 　○○⊙●○韵

·宋人填《洞仙歌》令词者，句读韵脚，互有异同，惟苏、辛两体，填者最多，今以苏、辛二词为初体，其余添字、减字，各以类聚，庶不蒙混。　按，张炎"中峰壁立"词，前段结句"鸥散烟波茂陵苑"，当是传写之讹，多一陵字，张翥"功名利达"词，后段第五句"自笑萍踪久无定"，亦是传写之讹，当作"久自笑、萍踪无定"，便合调矣，故此二体，不为编入。又，张肯"金凤玉露"词，后段第五句"咸美世稀有"，减二字；第六句"又堪怜、枝上蟠桃"，减一字，恐有脱误，亦不编入。此调前后段第三句第五字，后段第六句第六字，例用仄声，若换平声，便不协律，金、元大石调曲子亦如此。谱内可平可仄，悉参所采诸词，惟晁补之"今年闰好"词，前段第二句"怪重阳菊早"，菊字仄声；京镗"三年绵里"词，前段第二句"见重阳药市"，药字仄声，此盖以入作平，故不注可仄。又，晁补之"青烟幂处"词，前段第三句"永夜闲阶卧桂影"，桂字仄声；《梅苑》"摧残万物"词，前后段第三句"待得春来是早晚"、"只这些儿意不浅"，早字、不字俱仄声，皆非定格。又，阮阅词，前段第四句"见伊底"，底字仄声；王字中"深庭夜寂"词，后段起句"迎人巧笑道"，巧字仄声；汪元量词，后段第四句"桑枝才长"，枝字平声，长字仄声；辛弃疾词，结句"他家有个西子"，个字仄声。查宋词诸家，平仄无如此者，故亦不与参校。

②附词谱原文如下（着重号为本文所加）：

一斛珠　双调五十七字，前后段各五句，四仄韵　南唐李煜

晚妆初过韵沈檀轻注些儿个韵向人微露丁香颗韵一曲清歌句暂引樱桃破韵

◎ 　○○● 　⊙⊙○○●⊙ 　●○⊙●○○●韵 　⊙●○○ 　⊙●○○●韵罗袖裛残殷色可韵杯深旋被香醪浣韵绣床斜凭娇无那韵烂嚼红茸句笑向檀郎唾韵

⊙●○○○●⊙ 　⊙○⊙●○○●韵 　⊙○⊙●○○●韵 　⊙●○○ 　⊙●○○●韵又一体　双调五十七字，前后段各五句，四仄韵　张先

山圃画障韵风溪弄月清溶漾韵玉楼苕馆人相望句下若酿醅句竞欲金钗当韵

使君劝醉青娥唱韵分明仙曲云中响韵南园百卉千家赏韵和气兼来句不独花枝上韵又一体　双调五十七字，前后段各五句，四仄韵　周邦彦

茸金细弱韵秋风嫩读桂花初著韵蕊珠宫里人难学韵花染娇黄句羞映翠云幄韵

清香不与兰荪约韵一枝云鬓巧梳掠韵夜深轻撼蔷薇索韵香满衣襟句月在凤凰阁韵

"使君劝醉青娥唱"、辛弃疾词用"清香不与兰荪约"，皆为"平仄"型。故此处例外可以消除。

（5）永遇乐（无法消除例外）

《钦定词谱》录《永遇乐》7体，6仄韵，1平韵①。正体为苏轼词，唯一不合"平仄律"的例外为下片末句"为余浩叹"。谱下注明此处须用"仄仄"。另5体仄韵词中

_____

① 附词谱原文如下（着重号为笔者所加）：

永遇乐　双调一百四字，前后段各十一句，四仄韵　苏　轼

明月如霜句好风如水句清景无限韵曲港跳鱼句圆荷泻露句寂寞无人见韵紞如五鼓句铮然一⊙○○○●○●●○●⊙●○○●⊙○⊙●○○●○⊙●○○●⊙　○　○●⊙　叶句黯黯梦云惊断韵夜茫茫读重寻无处句觉来小园行遍韵　天涯倦客句山中归路句望断●○○●○●●⊙○○○○●○○●○●○○●⊙　○○●●　○○●●　●●⊙○●●○⊙●○●○○●●○○●⊙　○○●●　◎故园心眼韵燕子楼空句佳人何在句空锁楼中燕韵古今如梦句何曾梦觉句但有旧欢新怨韵异○○●●○○●●○●○●⊙　○○○●　○○●●　●●●○○●⊙●○○●　○○●●　●●●○○●⊙●○●○○●●●⊙　时对读黄楼夜景句为余浩叹韵○○　○○○●●　○○●●

又一体　双调一百四字，前后段各十一句，五仄韵　晁补之

红日葵开句映墙遮牖句小斋端午韵杯展荷金句簪抽笋玉句幽事还堪数韵绿窗纤手句朱套轻缕韵争斗彩幡艾虎句想沈江读怨魄归来句空惆怅读荩黍韵

朱颜老去韵清风好在句未减佳辰欢趣韵蜡酒深斟句菖蒲细糁句围坐从儿女韵还同子美句江村长夏句闲对燕飞鸥舞韵算何须读楚泽雄风句方消畏暑韵

又一体　双调一百四字，前段十二句四仄韵，后段十一句四仄韵　柳　永

薰风解愠句昼景晴和句新霁时候韵火德流光句萝图荐祉句累庆金枝秀韵璇枢绕电句华渚流虹句是日挺生元后韵缵唐虞垂拱句千载应期句万灵敷佑韵

殊方异域句争贡琛赆句架巘航波奔凑韵三殿称觞句九仪就列句韶頀锵金奏韵藩侯瞻望彤庭句亲携僚吏句竞歌元首韵祝尧龄读北极齐尊句南山共久韵

又一体　双调一百四字，前后段各十一句，四仄韵　柳　永

天阁英游句内朝密侍句当世荣遇韵汉守分麾句尧图请瑞句方面凭心膂韵风驰千骑句云拥双旌句向晓洞开严署韵拥朱幡读喜气欢声句处处竞歌来暮韵

吴王旧国句今古江山秀异句人烟繁富韵甘雨车行句仁风扇动句雅称安黎庶韵棠郊成政句槐府登贤句非久定须归去韵且乘闲读弘阁长开句融尊盛举韵

又一体　双调一百四字，前段十一句四仄韵，后段十一句五仄韵　张元幹

月印金盆句江萦罗带句凉飔天际韵摩诘丹青句营丘平远句一望穷千里韵白鸥盟在句黄粱梦破句投老此心如水韵耿无眠读披衣顾影句乍闻绕阶络纬韵

百年倦客句三生习气句今古到头谁是韵夜色苍茫句浮云灭没句举世方熟寐韵谁人著眼句放神八极句遐想寄读尘寰内韵独凭阑读鸡鸣日上句海山雾起韵

又一体　双调一百四字，前后段各十一句，四仄韵　《古今词话》无名氏

孤衾不暖句静闻银漏句欹枕难稳韵细想多情句多才多貌句总是多愁本韵而今幽会难成句佳期顿阻句只恁萦萦方寸韵知他莫是今生句共伊此欢无分韵

寻思断肠肠断句珠泪揾了句依前重揾韵终待临岐句分明说与句我这厌厌闷韵得伊知后句教人成病句万种断也无恨韵只恐他读恁不分晓句漫劳瘦损韵

又一体　双调一百四字，前后段各十一句，四平韵　陈允平

玉腕笼寒句翠阑凭晓句莺调新簧韵暗水穿苔句游丝度柳句人静芳昼长韵云南归雁句楼西飞燕句去来惯认炎凉韵王孙远读青青草色句几回望断柔肠韵

蔷薇旧约句尊前一笑句等闲孤负年光韵斗草庭空句抛梭架冷句帘外风絮香韵伤春情绪句惜花时候句日斜尚未成妆韵闻嬉笑读谁家女伴句又还采桑韵

相似位置，皆用"仄仄"型。故此处例外无法消除。

（6）桃源忆故人（可以消除例外）

《钦定词谱》录《桃源忆故人》2体，皆仄韵①。正体为欧阳修词，唯一不合"平仄律"的例外为下片次句"忍泪低头画尽"。谱下注明此处可用"平仄"。另1体中相似位置，王庭珪词用"明月夜扁舟何处"为"平仄"型。故此处例外可以消除。

---

①附词谱原文如下（着重号为笔者所加）：

桃源忆故人　双调四十八字，前后段各四句，四仄韵　欧阳修

梅梢弄粉香犹嫩韵欲寄江南春信韵别后愁肠萦损韵说与伊争稳韵

⊙○⊙●○○●　●⊙○○●●　●●⊙○○●　⊙●○○●

小炉独守寒灰烬韵忍泪低头画尽韵眉上万重新恨韵竟日无人问韵

◎○◎●○○●　◎●⊙○◎●　⊙●○○○●　⊙●○○●

此调以此词为正体，宋人多依此填，若王词之添字，乃变格也。前段起句，朱敦儒词"雨斜风横香成阵"，雨字仄声，风字平声；第二句，郑城词"低下绣帘休卷"，绣字仄声；第三句，管鉴词"惟有绿窗朱户"，惟字平声，马古洲词"雪后又开半树"，半字仄声；结句，黄庭坚词"花底莺声嫩"，花字平声；后段第二句，秦观词"惊破一番新梦"，惊字平声，一字仄声，新字平声；第三句，史达祖词"十五年来凝伫"，年字平声，马词"我是西湖处士"，处字仄声；结句，陆游词"芳草连天暮"，芳字平声。谱内可平可仄据此，余参王词。

又一体　双调四十九字，前后段各四句，四仄韵　王庭珪

催花一霎清明雨韵留得东风且住韵两岸柳汀烟坞韵未放行人去韵

人如双鹄云间举韵明月夜读扁舟何处韵只向武陵南渡韵便是长安路韵

（7）祝英台近（可以消除例外）

《钦定词谱》录《祝英台近》8体，7仄韵，1平韵①。正体为程核词，唯一不合

_____

①附词谱原文如下（着重号为笔者所加）：

祝英台近　双调七十七字，前段八句三仄韵，后段八句四仄韵　程　核

坠红轻句浓绿润句深院又春晚韵睡起恹恹句无语小妆懒韵可堪三月风光句五更魂梦句又都
●○　　○⊙●　　○●●○●　　●●○○　　○●●○●　　●○○●○○　　●○○●　　●○
○　○⊙●句被读杜鹃催趲韵
○　●⊙●　　●○○⊙●

怎消道韵人道愁与春归句春归愁未断韵闲倚银屏句羞怕泪痕满韵断肠沈水重熏句瑶琴闲理●⊙
●○●　　○●○●○○　　○○○●●　　○●○○　　⊙●●○●　　●○○●○○　　○○○●句●○
奈依旧读夜寒人远韵
●○●　　●○○●

○⊙○　○○●●
　●此调以此词为正体，吴文英“剪红情”词、“问流花”词、“采幽香”词，张炎“水西船”词，汤恢“宿醒苏”词、“月如冰”词，李彭老“杏花初”词，俱如此填。若史、韩、张、刘、辛、岳六词之押韵异同，陈词之另押平声韵，皆变格也。　按，汤词，前段第五句“无人扫红雪”，人字平声。无名氏词“全未禁风雨”，禁字平声；张词，第六句“怪我流水迢遥”，我字仄声；李词，结句“曾细听歌珠一串”，一字仄声；汤词，后段第五句“琼枝为谁折”，枝字平声，无名氏词“冉冉如飞雾”，如字平声；吴词，第六句“趁得罗盖天香”，得字仄声；李词，结句“恨杨花遮愁不断”，花字平声，不字仄声。谱内可平可仄据此，余参下所采六词。

又一体　双调七十七字，前后段各八句，四仄韵　史达祖

柳枝愁句桃叶恨句前事怕重记韵红药开时句新梦又溱洧韵此情老去须休句春风多事韵便老去读
越难回避韵

阻幽会韵应念偷剪酴醾句柔条暗萦系韵节物移人句春草更憔悴韵可堪竹院题诗句醉阶听雨句寸
心外读安愁无地韵

又一体　双调七十七字，前段八句三仄韵，后段八句五仄韵　韩淲

馆娃宫句采香径句范蠡五湖侧韵子夜吴歌句声缓不须拍韵崇桃积李花间句芳洲绿遍句更冉冉读
柳丝无力韵

试思忆韵老去一片身心句辜负好春色韵古往今来句时序恼行客韵去年今日山中句如何知得韵却
又在读他乡寒食韵

又一体　双调七十七字，前段八句四仄韵，后段八句五仄韵　张炎

水痕深句花信足句寂寞溪南树韵转首清阴句芳事顿如许韵不知多少消魂句夜来风雨韵犹梦到读
断红流处韵

最无据韵长年息影空山句愁入庾郎句韵玉老田荒句心事已迟暮韵几回听得啼鹃句不如归去韵终
不似读旧时鹦鹉韵

又一体　双调七十七字，前后段各八句，四仄韵　刘过

笑天涯句还倦客韵欲起病无力韵风雨春归句一日近一日韵看人结束春衫句前呵骑马句腰剑上读
陇西平策韵

黛粉白韵只可归去家山句无田种瓜得韵空抱遗书句憔悴小楼侧韵杜鹃不管人愁句月明枝上句直
啼到读枕边相觅韵

又一体　双调七十七字，前段八句四仄韵，后段八句五仄韵　辛弃疾

宝钗分句桃叶渡韵烟柳暗南浦韵陌上层楼句十日九风雨韵断肠点点飞红句都无人管句倩谁唤读
流莺声住韵

黛边觑韵试把花卜归期句才簪又重数韵罗帐灯昏句哽咽梦中语韵是他春带愁来句春归何处韵却
不解读带将愁去韵

又一体　双调七十七字，前后段各八句，五仄韵　岳珂

澹烟横句层雾敛韵胜概分雄占韵月下鸣榔句风急怒涛飐韵关河无限清愁句不堪临鉴韵正霜黛读
秋风尘染韵

漫登览韵极目万里沙场句事业频看剑韵古往今来句南北限天堑韵倚楼谁弄新声句重城正掩韵历
历数读西州更点韵

又一体　双调七十七字，前段八句三平韵，后段八句四平韵　陈允平（略）

"平仄叠"的例外为下片次韵"春归愁未断"。谱下注明此体此处可用"平仄"。另6体仄韵词中相似位置，史达祖词用"柔条暗萦系"、韩淲词用"辜负好春色"、张炎词用"愁入庾郎句"、刘过词用"无田种瓜得"、辛弃疾词用"才管又重数"、岳珂词用"事业频看剑"，全部为"平仄"型。故此处例外可以消除。

（8）苏武慢（可以消除例外）

《钦定词谱》录《苏武慢》（又名选冠子）16体，皆仄韵[1]。正体为周邦彦词，唯一不合"平仄叠"的例外为下片尾句"还看疏星几点"。谱下注明此体此处可用"平仄"。另15体仄韵词中相似位置，鲁逸仲词用"水流云绕"、张景修词用"乱云空晚"、《梅苑》无名氏词用"花里自称三绝"、陆游词用"更乘幽兴"、虞集词用"乘化任渠留去"、陈允平词用"赐蔷薇酒""一声来雁"、另首虞集词用"窈窕挂书牛角"、张雨词用"坐到月高山小"、张肎词用"文鸳双侣"，共计10体为"平仄"型。故此处例外可以消除。

（9）鹦鹉曲（无法消除例外）

《钦定词谱》录《鹦鹉曲》1体，仄韵，用白无咎词[2]。唯一不合"平仄叠"的例外为下片尾句"安排我处"。谱下录"冯词序云：结句"甚也有安排我处"，甚字必须去声字，我字必须上声字，音律始谐，不然，不可歌"，注明此体此处必用"上仄"。故此处例外无法消除。

---

①附词谱原文如下（着重号为笔者所加）：

选冠子　双调一百十一字，前段十二句四仄韵，后段十一句四仄韵　周邦彦

水浴清蟾句叶喧凉吹句巷陌雨声初断韵闲倚露井句笑扑流萤句惹破画罗轻扇韵人静夜久凭◎●○　◎○○●　●●●○○●　○●●●　●●○○　◎●◎○○●　○●◎●◎
阑句愁不归眠句立残更箭韵叹年华一瞬句人今千里句梦沈书远韵
○　○●○○　●○○●韵　●○○●●　○○○●　●○○●韵

空见说读爨怯琼梳句容销金镜句渐懒趁时匀染韵梅风地溽句虹雨苔滋句一架舞红都变韵谁⊙◎
◎　◎●●●○○　○○○●　●●●○○●韵　○○●●　○●○○　●●●○○●韵○

信无聊句为伊才减江淹句情伤荀倩韵但明河影下句还看疏星几点韵
●○○　○○○●○○　○○○●韵　●○○●●　○○○○●●韵

②附词谱原文如下（着重号为本文所加）：

鹦鹉曲　双调五十四字，前段四句三仄韵，后段四句两仄韵　白无咎

侬家鹦鹉洲边住韵是个不识字渔父韵浪花中读一叶扁舟句睡煞江南烟雨韵
○○○●○○●韵　●●●●●○●韵　●○○●●●○○　●●○○○●韵

觉来时读满眼青山句抖擞绿蓑归去韵算从前读错怨天公句甚也有读安排我处韵
●○○●●●○○　●●●○○●韵　●○○●●●○○　●●●●○○●●韵

此亦元人小令，采以备体。按，《太平乐府》冯子振和此词三十六首，前段第二句"恰做了白发伧父"，后段起句"故人曾唤我归来"，第二句"逝水看年华去"，俱与此词句法小异。又，前段起句"团团话里禅龛住"，话字仄声；第二句"空桑子伊尹无父"，空字、桑字、伊字俱平声；第三句"坐烧丹忘记春秋"，忘字平声；后段起句"总不如水北相逢"，不字仄声，又"晚钟残红被留温"，红字平声；第三句"恨无题亭影楼心"，亭字平声。俱与此词平仄小异，谱内可平可仄据之。又，冯词序云：结句"甚也有安排我处"，甚字必须去声字，我字必须上声字，音律始谐，不然，不可歌。按，词句转腔，例用去声，凡句中两仄字相连，或去、上，或上、去，从无两上声字、两去声字者。至去声韵、上声韵，然尾叠用两仄字，尤不可误。观此可以类推。

（10）满江红（可以消除例外）

《钦定词谱》录《满江红》14体①，13体仄韵，唯姜夔1体平韵。词谱云："此调有仄韵、平韵两体，仄韵词，宋人填者最多，其体不一，今以柳词为正体，其余各以

---

① 附词谱谱文如下（着重号为笔者所加）：

满江红　此调有仄韵、平韵两体，仄韵词，宋人填者最多，其体不一，今以柳词为正体，其余各以类列，《乐章集》注仙吕调，高栻词注南吕调；平韵词，只有姜词一体，宋元人俱如此填。

满江红　双调九十三字，前段八句四仄韵，后段十句五仄韵　柳永

暮雨初收句长川静读征帆夜落韵临岛屿读蓼烟疏淡句苇风萧索韵几许渔人横短艇句尽将灯火归村落韵遣行客读当此念回程句伤漂泊韵　桐江好句烟漠漠韵波似染句山如削韵绕严陵滩畔句鹭飞鱼跃韵游宦区区成底事句平生况有云泉约韵归去来读一曲仲宣吟句从军乐韵

·此调押仄声韵者，以柳词此体为定格，若张词之多押两韵，戴词之多押一韵，吕词之减字，苏、赵、辛、柳、杜词之添字，以及叶词之句读异同，王词之句读全异，皆变格也。周紫芝词，前后两结"问向晚、欲就画渔蓑，寒江立"，"便准拟、一醉广寒宫，千山白"，向晚、准拟四字俱仄声；"把功名、收拾付君侯，如椽笔"，"正梅花、万里雪深时，须相忆"，功名、梅花四字俱平声；程垓词，"但独寻、幽幌悄无言，伤离别"，"问甚时、重理锦囊书，从头说"，独字、甚字俱仄声，寒字、时字俱平声，均属正体，填者不拘。又，换头四句，原属六字折腰两句，当以此词之平仄为定格，如谱内张词、戴词亦为合格，若蔡伸词起句之"并兰舟"，舟字平声，范成大词，起句之"忘千里"，志字仄声；袁去华词，第二句之"道傍牵"，道字仄声；曹冠词，第三句之"醉梦里"，醉字仄声；杨炎昶词，第四句之"酒无力"，酒字仄声，非定格也。又第六句"经营拂拭"，拂字入声；张炎词，结句"白鸥识"，白字入声，此皆以入作平，不注可matched。又，苏轼词，后段第七句"欲向佳人诉离恨"，恨字平声，后段第九句"待到头、终究同伊著"，著字平声；赵师侠词，结句"无杜字"，杜字仄声，此皆偶误，亦不注于可用仄。按，张孝祥词，前段第三、四句"动远思、空江小艇，高丘乔木"，高字平声；范成大词，后段第六句"桃叶双桨"，桃字平声，谱内据出，余参张元干以下八词。

又一体　双调九十三字，前段八句五仄韵，后段十句六仄韵　张元干

春水连天句桃花浪读几番风恶韵云乍起读远山遮尽句晚风还作韵绿遍芳洲生杜若句数帆带雨烟中落韵认向来读欲认沙汀共停棹句伤飘泊韵　寒犹在句衾偏薄韵肠欲断句愁难著韵倚蓬窗无寐句引杯孤酌韵寒食清明都过却句可怜辜负年时约韵想小楼读日日望归舟句人如削韵

又一体　双调九十三字，前段八句四仄韵，后段十句六仄韵　戴复古

赤壁矶头句一番过读一番怀古韵想当时读周郎年少句气吞区宇韵万骑临江貔虎噪句千艘列炬鱼龙怒韵卷长波读一鼓困曹瞒句今如许韵　江上渡韵江边路韵形胜地句兴亡处韵览遗踪句胜读史书言语韵几度东风吹世换句千年往事随潮去韵问道傍读杨柳为谁春句摇金缕韵

又一体　双调九十一字，前段八句四仄韵，后段十句五仄韵　吕渭老

燕拂危樯句斜日外读凝峰碧甃韵正潮生渚句蓼风飘席韵过南村沽酒市句连空十顷菱花白韵想故人读轻篷横游丝句闲遮笛韵　鱼与雁句通消息韵心与口句空牵役韵到如今相见句也生依得韵斜抱琵琶传密意句一横新月横空碧韵同甚时读同作醉中仙句烟霞客韵

又一体　双调八十九字，前段七句四仄韵，后段十句五仄韵　吕渭老

晚浴新凉句风蒲乱读松梢见月韵庭院尽读幕蝉啼歇韵爱绕井阑窗入燕句荷香兰气供摇箑韵赖晚来读一雨洗游尘句无些热韵　心下事句峰重叠韵人甚处句星明灭韵想得行云应在句向凤凰城阙韵曾约佳期同葡菡句当时共指灯花说韵据眼前读何日是西风句吹凉叶韵

又一体　双调九十四字，前段八句四仄韵，后段十句五仄韵　苏轼

东武南城句新堤固读涟漪初溢韵隐隐遍通读长林高阜句卧红堆碧韵枝上残花吹尽也句与君试向江边觅韵问向前读犹有几多春句三之一韵　官里事句何时毕韵风雨外句无多日韵相将泛画舟水句溶溶城争出韵君不见读兰亭修禊事句当时坐上皆豪逸韵到如今读修竹满山阴句空陈迹韵

又一体　双调九十四字，前段八句四仄韵，后段十句五仄韵　赵鼎（略）

点火樱桃句照一架读荼醾如雪韵春正好句见龙孙穿破句紫苔苍壁韵乳燕引雏飞力弱句流莺唤友娇声怯韵问春归读不肯带愁归句肠千结韵　层楼望句春山叠韵家何在句烟波隔韵把古今遗恨句句向他诉说韵蝴蝶不传千里梦句子规叫断三更月韵听声声读枕上劝人归句归难得韵

又一体　双调九十七字，前段八句五仄韵，后段十句六仄韵　柳永

万恨千态句将年少读袅肠牵系韵残黛斯读酒醒孤馆句夜长滋味韵可怕计读枕前多少意句到如今读两总无终始韵念独自个读读得不成眠句成憔悴韵　添伤感句消吽计韵销空只悉句反复地韵叹无人处量句几度垂泪韵不会得读谁来些于事韵甚悉底读抵死难拚待韵到头来读终何伊著句何其么韵

又一体　双调九十四字，前段八句四仄韵，后段十句五仄韵　杜衍

无利无名句无荣无辱句无烦无恼韵府灯前读读独歌独饮句独跎独关韵又群山初雪满句又兼明月交光好韵便假饶读读百岁拟如何句从他老韵　知富贵句谁能保韵知功业句何时了韵算蝶金句所争多少韵一瞬光阴何足道句但思行乐常不平韵春来读携酒携东风句寻芳草韵

又一体　双调九十一字，前段八句四仄韵，后段十句五仄韵　叶梦得

雪后郊原句烟林外读梅花初拆韵春欲半读半句枕自探春消息韵一眼平芜看不尽句夜来小雨催新碧韵笑去年读携酒折花人句今花应识韵　兰舟漾句城南陌韵花影淡句天容窄韵绕风满十顷韵暖浮晴色韵恰似搀头收老处句坐中怜有江南客韵同如何读两架下苕溪句吞云泽韵

又一体　双调九十一字，前段八句五仄韵，后段十句五仄韵　叶梦得

一朵黄花句先偎报读秋归消息韵满芳枝读凝露为谁妆饰韵偏向尊前拚倒句古今同是东篱侧韵问何须读地就归来句抛影泽韵　回首去年时节韵开口笑句真难得韵使君今那更句自成行客韵肯碧不觯宜插满句他年此会何人忆韵记多情读曾伴小圈干句亲摘韵

又一体　双调九十二字，前段八句五仄韵，后段八句七仄韵　王之道

竹马来迎句留不住读寸心如结韵历潇滨读须相望韵近日吴越韵网里江流今未减韵此行政着期月韵已验康沂富国句千古曾无别韵　多谢润沾枯辙句令我神思清发韵新命欢决句两厢情怅韵明日西风帆卷席韵高樯列处挠虞韵想念相思读吾当往句谁谓三山隔韵

又一体　双调九十三字，前段八句四平韵，后段十句五平韵　姜夔（略）

类列，《乐章集》注仙吕调，高栻词注南吕调；平韵词，只有姜词一体，宋元人俱如此填"。正体为柳永词，不合"平仄叠"的例外为两片首韵"征帆夜落"和"烟漠漠"。谱下注明此体此两处均可用"平仄"。另12体仄韵词中相似位置，张元干词两片首句、戴复古词两片首句、吕渭老词两片首句、另首吕渭老词下片首句、苏轼词两片首句、辛弃疾词两片首句、另一体柳永词两片首句、杜衍词两片首句、叶梦得词两片首句、另一体叶梦得词两片首句、王之道词两片首句，皆为"平仄"型，共计11体20处。故此处例外可以消除。

（11）贺新郎（可以消除例外）

《钦定词谱》录《贺新郎》11体，皆仄韵①。正体为叶梦得词，不合"平仄叠"的

①附词谱原文如下（着重号为笔者所加）：

贺新郎　双调一百十六字，前后段各十句，六仄韵　叶梦得

睡起流莺语韵掩苍苔读房栊句晚句乱红无数韵吹尽残花无人问句惟有垂杨自舞韵渐暖霭读初回
●●●○句●○○读○○读●○○●句○○○○○●句●●○○●●句●●○○●●句●●●读○○

轻暑韵宝扇重寻明月影句暗尘侵读上有乘鸾女韵惊旧恨句镇如许韵　江南梦断蘅江渚韵浪黏
○●句●●○○○●●句●○○读●●○○●句○●●句●○●句　○○●●○○●句●○

天读蒲萄涨绿句半空烟雨韵无限楼前沧波意句谁采苹花寄取韵但怅望读兰身容与韵万里云帆何
○读○○●●句●○○●句○●○○○○●句○●○○●●句●●●读○○○●句●●○○○

时到句送孤鸿读目断千山阻韵谁为我句唱金缕韵
○●句●○○读●●○○●句○●●句●○●

·此调始自苏轼，因苏词后段"花前对酒"句少一字，且格调未谐，故以此词作谱。　按，前后段第四句，惟此词及苏词，俱作拗体，余各不同，若校注入谱，恐易混淆，填者任择一体宗之可也。又，王迈词之前后两结句"数贤者，一不肖"，"清献后，又有起"，又一首词后结"看御等，上宵汉"，及谱中列引《豹隐纪谈》词之前后段第二句"荷东君著意看承"，"怕仙槎轻转挂摸"，吕词之前段第五句"桃花西皮似热"，后段第四句"秦山子规更切"，俱与调不合，概不校注平仄。　按，辛弃疾词，前段第二句"染胭脂芒罗山下"，山字平声；李玉词，第六句"渐玉枕腾腾翠醒"，梦字仄声；刘龙庄词，第七句"阁老凤楼修造手"，凤字平声；辛词，第八句"转越江如地连阻路"，越字仄声；后段第六句"为谷散蛮烟寒雨"，瘴字仄声；第八句"怕壮怀激烈须歌者"，壮字仄声，谱内可平可仄据此，余参所采诸词。　宋自选词，前段起句"步自雪堂去"，雪字入声；辛词，第三句"清泉一勺"，一字入声，此皆以入作平，谱内亦不校注平仄。

又一体　双调一百十六字，前后段各十句，六仄韵　辛弃疾

瑞气笔清晓韵卷珠帘读次第笙歌句一时齐奏韵无限神仙离蓬岛韵风驾擎车初到韵见拥个读仙娥窈窕韵玉佩丁瑶风缥缈韵正娇姿读一似垂杨袅韵天上有句人间少韵　刘郎正是当年少句更那堪读天教付与句最多才貌韵玉树琼枝相映耀韵谁与安排好韵到有多少读风流欢笑韵直待来春成名了韵马如龙读绿绶欢芳草韵同富贵句又偕老韵

又一体　双调一百十五字，前后段各十句，六仄韵　苏　轼（略）
又一体　双调一百十七字，前后段各十句，七仄韵　辛弃疾（略）
又一体　双调一百十七字，前后段各十句，七仄韵　《豹隐纪谈》平江妓

春色无主韵荷东君读著意看承句等闲分付韵多少无情风与浪句又那更读蝶欺蜂妒韵算燕崔读眼前无数韵纵使窗栊能爱护韵到如今读是成迟暮韵芳草碧句遍归路韵　看看做到难宜处韵仰仙槎转转挂摸句易歌襦袴韵月满西楼弦索静句云藏昆城阖府韵便悠地读一帆轻举韵独倚阑干愁怕破韵惨玉容读泪眼如红雨韵争去与住句两难诉韵

又一体　双调一百十六字，前后段各十句，六仄韵　史达祖

西子相思切韵委萧萧读风鬟水佩句照人清越韵山染峨眉波曼睐句聊可与之谈说韵便莫赋读湘妃罗袜韵怕见绿荷相倚恨句恨白鸥读占了凉波阔韵拣凉处句放船歇韵　道人不是尘埃物韵纵狂吟落魄句吹乱一帘凉发韵不觉引杯浇肺膈句正喜清歌骤发韵更坐上读美人冰雪韵截取断虹堪作韵待玉手查读今夜来时节韵韵地胜韵石城月韵

又一体　双调一百十六字，前后段各十句，六仄韵　史达祖

绿障南城树韵有高楼衔城句楼下茭荷无数韵客自倚阑鱼亦避句恐是持竿伴侣韵对前浦读画身容与韵杨柳影间风不到句倩诗情读过鹭浦的人韵正在句断肠处韵　两山带着冥冥雨韵想低窗短额句谁见恨时眉妩韵别为青尊眠锦瑟句怕被歌留的住韵便倦赵读去采莲归去韵前度刘郎虽老矣句奈年来读犹道多情句韵应笑熟句旧鸥鹭韵

又一体　双调一百十六字，前后段各十句，六仄韵　李南金

流营今如许韵我亦三生杜牧句为秋娘著句韵先自多感惨句韵更值江南春暮韵君看取读落花飞絮韵也有吹来穿绣幌句有闲风读趁堕尘土韵人世事句总无据韵　佳人命薄君休诉韵若说与读英雄心事句一生更苦韵且尊前今日意句休记绿窗眉妩韵但春到读儿家庭户韵恨一帘烟月晚句恐明朝读雁亦无寻处韵浑欲倩的莺留住韵

又一体　双调一百十五字，前后段各十句，八仄韵　马庄父（略）
又一体　双调一百十三字，前后段各十句，六仄韵　吕渭老

斜日封残雪韵记时读槛槽按舞句霓裳初彻韵彻唱罢阳关留不住句桃花面皮似热韵渐点点读珍珠承睫韵门外潮平凤席正句指住期读共约花同折韵情未忍句空带双结韵　钗金未断肠先结韵下扁舟读送更有暮山千叠句到前或陵无好梦的春山子规更切的但孤坐读一帘明月韵衾共笛句花同蒂韵甚人生见底多离别韵谁念我句泪如血韵

又一体　双调一百十五字，前段十句六仄韵，后段十一句六仄韵　周紫芝（略）

例外为两片第三韵"惟有垂杨自舞"和"谁采苹花寄取"。谱下注明此体此两处均可用"平仄"。另10体仄韵词中相似位置，辛弃疾词上片、《豹隐纪谈》平江妓词上片、史达祖词两片、另一体史达祖词下片、李南金词两片、吕渭老词下片，共涉及6体8处皆为"平仄"型格律。故此处例外可以消除。

（12）踏莎行（可以消除例外）

《钦定词谱》录《踏莎行》3体①，皆仄韵。正体为晏殊词，不合"平仄叠"的例外为两片首句"幽花怯露"和"香残蕙炷"。谱下注明此体此两处均可用"平仄"。另2体仄韵词中相似位置，曾觌词两片处皆用"平仄"型格律。故此处例外可以消除。

---

①附词谱原文如下（着重号为笔者所加）：

踏莎行　双调五十八字，前后段各五句，三仄韵　晏殊

细草愁烟句幽花怯露韵凭阑总是消魂处韵日高深院静无人句时时海燕双飞去韵
◎●○○　○○●●　◎○○●○○●　○○◎●●○○　○○●●○○●

带缓罗衣句香残蕙炷韵天长不禁迢迢路韵垂杨只解惹春风句何曾系得行人住韵
◎●○○　○○●●　◎○◎●○○●　○○●●●○○　◎○●●○○●

·此调以此词为正体，若曾词、陈词之添字、摊破句法、转换宫调，皆变体也。按，宋、元人填此调者，其字句韵悉同，惟每句平仄小异。如前段第一、二句，黄庭坚词"临水天桃，倚墙繁李"，临字平声，倚字仄声，繁字平声；第三句，欧阳修词"草熏风暖摇征辔"，草字仄声，风字平声；第四句，欧阳词"离愁渐远渐无穷"，离字平声，渐字仄声；第五句，晏几道词"粉香帘幕阴阴静"，粉字仄声，帘字平声；后段第一、二句，黄词"明日重来，落花如绮"，明字平声，落字仄声，如字平声；第三句，陈尧佐词"画梁轻拂歌尘转"，画字仄声，轻字平声；第四句，晏词"宿妆曾比杏腮红"，宿字仄声，曾字平声；第五句，陈词"主人恩重珠帘卷"，主字仄声，恩字平声。谱内可平可仄据此。至周密词，后段结句"莫听酒边供奉曲"，平仄独异，此亦偶误，不必从。

又一体　双调六十六字，前后段各六句，四仄韵　曾觌

翠幄成阴句谁家帘幕韵绮罗香拥处读觥筹错韵清和将近句奈春寒更薄韵高歌看簌簌梁尘落韵
好景良辰句人生行乐韵金杯无奈是读苦相虐韵残红飞尽句袅垂杨轻弱韵来岁断不负莺花约韵

又一体　双调六十四字，前后段各六句，四仄韵　陈亮

洛浦尘生句巫山梦断韵旗亭芳草里读春深浅韵梨花落尽句荼䕷又绽韵天气也似读寻常庭院韵
向晚晴浓句十分恼乱韵水边佳丽地读近前看韵婷婷笑语句流觞美满韵意思不到读夕阳孤馆韵

（13）感皇恩（可以消除例外）

《钦定词谱》录《贺新郎》7体①，皆仄韵。正体为毛滂词，不合"平仄叠"的例外为两片首韵"朱阑碧甃"和"金貂取酒"。谱下注明此体此两处均可用"平仄"。另6体中相似位置，除晁冲之词下片首句用"仄仄"，其他11处全部用"平仄"型。故此处例外可以消除。

---

①附词谱原文如下（着重号为笔者所加）：

感皇恩　双调六十七字，前后段各七句，四仄韵　毛滂

绿水小河亭句朱阑碧甃韵江月娟娟上高柳韵画楼缥缈句尽挂窗纱帘绣韵月明知我意句来相就韵
◎●○○⊙　○○●●⊙　⊙●○○●○●⊙　⊙○○●　●⊙○●○●⊙　◎○⊙●　○●⊙

银字吹笙句金貂取酒韵小小微风弄襟袖韵宝熏浓炷句人共博山烟瘦韵露凉钗燕冷句更深后韵
○●○○句○○●●韵●●○○●○●韵●○○●　○●●○○●韵●○○●●　○○●韵

· 此调以此词为正体，若晁词、贺词之偷声，周词之添字，赵词、汪词之减字，皆变体也。按，此调前后段第三句，宋词例作拗体，俱平仄平平仄平仄，惟程大昌词，"老幼欢迎僮婢喜"、"文字流传曾贵纸"，僮字、曾字俱平声，婢字、贵字俱仄声；又，前后段第六、七句，宋词俱作仄平平仄仄，平平仄，或仄仄仄，惟陆敦信词，"风头日脚下，人空老"、"而今酒兴减，诗情少"，日字、酒字俱仄声，刘镇词，"儿孙列两行，莱衣戏"、"十分才一分，那里罢"，行字、分字俱平声。至前段第二句，毛词别首云，"饮少辄醉"，饮少二字俱仄声；后段第一、二句，晁补之词云，"凭谁向道，流水一瞬"，谁字平声，向道二字俱仄声，别首云，"繁枝高荫，疏枝低绕"，低字平声，晁冲之词云，"熟睡起来，宿醒微带"，熟字、宿字俱仄声。赵企词云，"千里断肠，关山古道"，周紫芝词云，"此去常恨，相从无路"，《梅苑》词云，"堪赏占断，三春先手"，平仄各自不同，填者审择一体，庶不混淆，故详注不取参校，其余可平可仄，悉参谱内六词。至周词换头句"洞房见说"，平仄全异，亦不校注。

又一体　双调六十七字，前后段各八句，五仄韵　晁冲之
蝴蝶满西园句啼莺无数韵水阁桥南路韵凝伫韵两行烟柳句吹落一池飞絮韵秋千斜挂起句人何处韵
把酒劝君句闲愁莫诉韵留取笙歌住韵休去韵几多春色句怎禁许多风雨韵海棠花谢也句君知否韵

又一体　双调六十七字，前后段各八句，六仄韵　贺铸
兰芷满汀洲句游丝横路韵罗袜尘生步韵回顾韵整鬟颦黛句脉脉多情难诉韵细风吹柳絮韵人南渡韵
回首旧游句山无重数韵花底深朱户韵何处韵半黄梅子句向晚一帘疏雨韵断魂分付与韵春归去韵

又一体　双调六十八字，前后段各七句，四仄韵　周邦彦
露柳好风标句娇莺能语韵独占春光最多处韵浅颦轻笑句未肯等闲分付韵为谁心子里句长长苦韵
洞房见说句云深无路韵凭仗青鸾道情素韵酒空歌断句又被江涛催度韵怎奈何读言不尽句愁无数

又一体　双调六十八字，前后段各七句，四仄韵　周紫芝
无事小神仙句世人谁会韵着甚来由自萦系韵人生须是句做些闲中活计韵百年能几许句无多子韵
近日谢天句与片闲田地韵作个茅堂待睡韵酒儿熟也句赢取山中一醉韵人间如意事句只此是韵

又一体　双调六十五字，前后段各六句，四仄韵　赵长卿
景物一番新句熙熙时候韵小院融和渐长昼韵东君有意句为怜纤腰消瘦韵软风吹破眉间皱韵
袅袅枝头句轻黄微透韵舞到春深转清秀韵锦囊多感句又更新来伤酒韵断肠无语凭阑久韵

又一体　双调六十六字，前后段各七句，四仄韵　汪革
年少寻芳句早春时节韵飞去飞来似胡蝶韵如今老大句懒趁五陵豪侠韵梦中时听得句秦箫咽韵
割断人间句柳枝桃叶韵海上书来恨离别韵旧游还在句空锁云霞万叠韵举杯相忆处句青天月韵

（14）青玉案（可以消除例外）

《钦定词谱》录《青玉案》13体[1]，皆仄韵。正体为贺铸词，不合"平仄叠"的例外为两片第三韵"锦瑟年华谁与度"和"试问闲愁知几许"。谱下注明此体此两处须用"仄仄"。另12体仄韵词中相似位置，11体皆用"仄仄"，但有一体毛滂词两片处用到"平仄"。故此处例外也可以消除。

（15）红窗迥（可以消除1处例外）

《钦定词谱》录《红窗迥》2体[2]，皆仄韵，主体为"仄仄叠"。正体为周邦彦词，不合"仄仄叠"的例外为两片第三韵"花影被风摇碎"和"情性漫腾腾地"。谱下注明此体上片第三韵可用"仄仄"。另一体欧良词中相似位置，上片亦用"仄仄"。故此处上片例外可以消除，下片例外则不可消除。

---

①附词谱原文如下（着重号为笔者所加）：

青玉案　双调六十七字，前后段各六句，五仄韵　贺铸
凌波不过横塘路韵但目送读芳尘去韵锦瑟年华谁与度韵月楼花院句绮窗朱户韵惟有春知处韵
⊙○○●●○●韵　●○●韵　○○●　●○○⊙●韵　◎○○●韵　⊙●○●韵
碧云冉冉蘅皋暮韵彩笔空题断肠句韵试问闲愁知几许韵一川烟草句满城风絮韵梅子黄时雨韵
●○⊙●○○●韵　⊙●○○⊙●句韵　●●○○○●●韵　⊙○○●句　●○○●韵　○●○○●韵

又一体　双调六十七字，前后段各六句，四仄韵　苏轼（略）
又一体　双调六十八字，前后段各六句，四仄韵　李弥逊（略）
又一体　双调六十六字，前后段各六句，四仄韵　毛滂（略）
又一体　双调六十六字，前后段各六句，五仄韵　史达祖（略）
又一体　双调六十六字，前后段各六句，五仄韵、一叠韵　张炎（略）
又一体　双调六十八字，前后段各六句，四仄韵　吴潜（略）
又一体　双调六十九字，前后段各六句，四仄韵　胡铨（略）
又一体　双调六十七字，前后段各六句，四仄韵　李清照（略）
又一体　双调六十八字，前后段各六句，四仄韵　曹组（略）
又一体　双调六十八字，前后段各五句，五仄韵　毛滂
今宵月好来同看韵月未落读人还散韵把手留连帘儿畔韵含羞和恨转娇盼韵任花映读春风面韵
相思不用宽金钏韵也不用读多情似玉燕韵问取婵娟学长远韵不必清光夜夜见韵但莫负读团圆愿韵
又一体　双调六十六字，前后段各六句，五仄韵　赵长卿（略）
又一体　双调六十八字，前段五句四仄韵，后段六句四仄韵　赵长卿（略）

②附词谱原文如下（着重号为本文所加）：

红窗迥　双调五十三字，前段六句四仄韵，后段五句三仄韵　周邦彦
几日来句真个醉韵早窗外乱红句已深半指韵花影被风摇碎韵拥春醒未起韵
○●○句　⊙○●韵　●○●○○句●○●●韵　●●●○○●韵　○○●●韵
有个人人生济楚句向耳边问道句今朝醒未韵情性漫腾腾地韵恼得人越醉韵
◎●○⊙○○●句　●●○●句　○○○●韵　⊙●○○○●韵　●●○●●韵

又一体　双调五十三字，前段六句五仄韵，后段四句四仄韵　欧　良
河可挽韵石可转韵那一个愁字句却难驱遣韵眉向酒边暂展韵酒后依旧见韵
枫叶满阶红万片韵待拾来读一一题写教遍韵却倩霜风吹卷韵直到沙岛远韵

（16）水龙吟（可以消除例外）

《钦定词谱》录《水龙吟》25体，24仄韵词，1平韵词。正体为苏轼仄韵词[1]，不合"平仄叠"的例外为下片首韵"须信衡阳万里"和第三韵"才疏又缀"。谱下注明此体此两处均可用"平仄"。另23体仄韵词中相似位置，用"平仄"者有：赵长卿词下片第二韵、杨无咎词下片第三韵、另一体赵长卿词下片第三韵、晁端礼词下片首韵、另一体赵长卿词下片第三韵、秦观词下片第三韵、另一秦观体下片两处、程垓词下片第三韵、刘过词下片两处、另一体吴文英词下片首韵、葛立方词下片两处、张雨词下片第二韵、《高丽史·乐志》无名氏词下片第二韵、另一体《高丽史·乐志》无名氏词下片第二韵。故此处例外可以消除。

---

[1] 附词谱原文如下（着重号为笔者所加）：

水龙吟　双调一百二字，前段十一句四仄韵，后段十一句五仄韵　苏　轼

霜寒烟冷蒹葭老句天外征鸿嘹唳韵银河秋晚句长门灯悄句一声初至韵应念潇湘句岸遥人静句水
◎○◎●○○●句○●○○◎●韵○○○●句◎○○●句⊙○○●韵◎●○○句●○○●句●

多菰米韵乍望极平田句徘徊欲下句依前被读风惊起韵　须信衡阳万里韵有谁家读锦书遥寄韵
○○●韵●●●○○句◎○●●句⊙○◎●○○●韵　◎●○○●韵●○○●●○○●韵

万重云外句斜行横阵句才疏又缀韵仙掌月明句石头城下句影摇寒水韵念征衣未捣句佳人拂杵句
◎○○●句◎○◎●句○○◎●韵○●●○句◎○○●句◎○○●韵●○○●●句○○●●句

有盈盈泪韵
◎○○●韵

（17）花心动（可以消除例外）

《钦定词谱》录《花心动》9体，皆仄韵①。正体为史达祖词，不合"平仄叠"的例外为下片首句小韵"懒记温柔旧处"和尾句"垂杨几千万缕"。谱下注明此体下片首句小韵可用"平仄"。另8体中相似位置，赵长卿词下片首句、谢逸词下片末句、另一体赵长卿词下片首句、《花草粹编》无名氏词下片首末两处，涉及4体5处皆用"平仄"。

---

①附词谱原文如下（着重号为笔者所加）：

花心动　双调一百四字，前段十句四仄韵，后段八句五仄韵　史达祖

风约帘波句锦机寒读难遮海棠烟雨韵夜酒未苏句春枕犹欹句曾是误成歌舞韵半褰薇帐云头散句奈愁味读不随香去韵尽沈静句文园更渴句有人知否韵　懒记温柔旧处韵偏只怕读临风见他桃树韵绣户锁尘句锦瑟空弦句无复画眉心绪韵待拈银管书春恨句被双燕读替人言语韵望不尽读垂杨几千万缕韵

·此调始自周邦彦，但周词后段多押两韵，宋人照此填者甚少，故以史词作谱。若吴词之多押一韵，赵词之多押两韵、或添字，刘词之句读小异，谢词之句读不同，曹词、无名氏词之减字，悉为类列，以备各体。　谱内可平可仄，参下周、吴、刘、赵四词。　此词前段第二句，例作平平，平平仄平平仄，若赵长卿词"暗香飘，扑面无限清楚"，与调不合。又，前后段第三、四句俱四字，第二字例用仄声，第四字例用平声，若张元干词"簟枕乍闲，襟裾初试"、"旧恨未平，幽欢难驻"，与诸家不同，概不校注平仄。　又按，黄子行词，前段第二句"把谪仙、长笛一声吹裂"，谪字入声，以入作平；张元干词，前段第八句"夜未阑"，未字仄声，阑字平声；后段结句"南楼画角自语"，角字仄声；马古洲词，前段第二句"被年时、桃花杏花占了"，占字仄声；前后段第七句"试浓抹、当场索笑"、"又何必、拈枝比较"，索字、比字仄声。俱与诸家不同，及谱中刘词，后段第三句"一"字入声，第八句"不"字入声，俱以入作平；赵词前段结句"满"字仄声，曹词后段结句"凤"字仄声，俱与调不合，亦不校注平仄。

又一体　双调一百四字，前段十句四仄韵，后段九句七仄韵　周邦彦（略）

又一体　双调一百四字，前段十句五仄韵，后段九句五仄韵　吴文英（略）

又一体　双调一百四字，前段十句四仄韵，后段九句五仄韵　刘　焘（略）

又一体　双调一百四字，前段十句五仄韵，后段九句六仄韵　赵长卿

风软寒轻句暗香飘读扑面无限清楚韵乍淡乍浓句应想前村句定是早梅初吐韵马儿行过坡儿下句危桥外读竹梢疏处韵半斜霭韵花花蓑蓑句灿然满树韵　一晌看花凝伫韵因念我读西园玉英真素韵最是系心句婉娩精神句伴得水云仙侣韵断肠没奈人千里句无计向读钗头频觑韵泪如雨韵那堪又还日暮韵

又一体　双调一百四字，前段十句四仄韵，后段十一句五仄韵　谢　逸

风里杨花轻薄性句银烛高烧心热韵香饵悬钩句鱼不轻吞句辜负钓儿虚设韵桑蚕到老丝长绊句针刺眼读泪流成血韵思量起句拈枝花朵句果儿难结韵　海样情深忍撇韵似梦里相逢句不胜欢悦韵出水双莲句摘取一枝句可惜并头分折韵猛期月满会垣娥句谁知是句初生新月韵折翼鸟句县日于飞时节韵

又一体　双调一百字，前段十句四仄韵，后段十句五仄韵　曹　勋（略）

又一体　双调一百五字，前段十一句四仄韵，后段九句六仄韵　赵长卿

绿水平湖句浸芙渠烂锦句艳胜倾国韵半敛半开句斜立斜欹句好似困娇无力韵水仙应赴瑶池宴句醉归去读美人扶策韵驻香驾句拥波心匀媚容倩妆颜色韵　曾见苕川澄碧韵匀粉面读溪头旧时相识韵翠被绣裯句彩扇香篝句度岁杳无消息韵露痕滴尽风前泪句追往恨读悠悠踪迹韵动怨忆韵多情自家赋得韵

又一体　双调一百一字，前段九句四仄韵，后段十句五仄韵　《花草粹编》无名氏

忽睹菱花句这一程读减却风流颜色韵邻姬戏问句愧我为羞句无语低头寥寂韵珠泪纷纷和粉垂句襟袂旧痕干又湿韵但感起愁怀句堆埋积积韵　杜宇催春急韵烟笼花柳句粉蝶难寻觅韵紫燕喃喃句黄莺恰恰句对景脂消香泣韵篆烟将尽愁未休句乍得御沟玻璃碧韵教红叶往来句传个消息韵

故此处例外可以消除。

前面，我们逐一分析了17首仄韵词中未按"叠式律"进行组合的25个例外韵段，详细考察了这25个韵段的例外是否可以避免。下面我们以表1-110的方式总结上述讨论。

表1-110　总结

不合"叠式律"的仄韵词	不合"叠式律"的押韵句的句数[位置]	可以消除例外成为符合"叠式律"的押韵句句数	不能消除例外的位置及原因
点绛唇	仄1(平仄叠)	1	
鹊桥仙	仄1(平仄叠)	1	
洞仙歌	仄1(平仄叠)	1	
醉落魄	仄1(平仄叠)	1	
永遇乐	仄1(平仄叠)		结句,煞尾叠用两仄字多用"上去"或"去上"
桃源忆故人	仄1(平仄叠)	1	
祝英台近	仄1(平仄叠)	1	
苏武慢	仄1(平仄叠)	1	
鹦鹉曲	仄1(平仄叠)		结句。词句转腔,例用去声,煞尾叠用两仄字,尤不可误(见词谱说明)
满江红	仄2(平仄叠)【两片首句例外】	2	
贺新郎	仄2(平仄叠)【两片第三句例外】	2	
踏莎行	仄2(平仄叠)【两片首句例外】	2	
感皇恩	仄2(平仄叠)【两片首句例外】	2	
青玉案	仄2(平仄叠)【两片第三句例外】	2	
红窗迥	仄2(仄仄叠)【两片第三句例外】	1	次结句。造成参差
水龙吟	仄2(平仄叠)【下片首句小韵及第3句例外】	2	
花心动	仄2(平仄叠)【下片首句小韵及尾句例外】	2	
总计17体	25处	22处	两种情况:结句和次结句

小结：仄韵词韵段末句不符合"叠式律"的25处例外，有22处是可以避免的，不可避免的例外很少（据本书进一步检查，在《词谱》范围内不能消除例外的红窗迥，在《全宋词》中其例外可以得到消除）。单从这点看，"叠式律"在仄韵词中的贯彻几乎比平韵词更突出。不可避免的例外，主要发生在下片结句和次结句（平韵词不可避免的例外为两片首句、两片结句和次结句）。显然，次结句和结句是仄韵词的最特殊位

置，某些时候这些位置上格律模式有特殊的要求。《永遇乐》和《鹦鹉曲》的结句，多上去连用，是词中少有的特别强调用上去声的"用拗"的例子。这些地方特殊的规律，还有待进一步总结。

讨论二：7首韵仄词选择使用"交替律"和特殊"交替律"，是否有什么内在原因？选择使用"交替律"进行组合韵段的仄韵词有以下五首：

13 蝶恋花   双调六十字，前后段各五句，四仄韵   冯延巳

六曲阑干偎碧树。杨柳风轻，展尽黄金缕。谁把钿筝移玉柱。穿帘海燕双飞去。满眼游丝兼落絮。红杏开时，一霎清明雨。浓睡觉来莺乱语。惊残好梦无寻处。

20 渔家傲   双调六十二字，前后段各五句，五仄韵   晏殊

画鼓声中昏又晓。时光只解催人老。求得浅欢风日好。齐揭调。神仙一曲渔家傲。

绿水悠悠天杳杳。浮生岂得长年少。莫惜醉来开口笑。须信道。人间万事何时了。

33 蓦山溪   双调八十二字，前后段各九句，三仄韵   程垓

老来风味，是事都无可。只爱小书舟，剩围着，琅玕几个。呼风约月，随分乐生涯，不羡富，不忧贫，不怕乌蟾堕。

三杯径醉，转觉乾坤大。醉后百篇诗，尽从他，龙吟鹤和。升沈万事，还与本来天，青云上，白云间，一任安排我。

54 苏幕遮   双调六十二字，前后段各七句，四仄韵   范仲淹

碧云天，黄叶地。秋色连波，波上寒烟翠。山映斜阳天接水。芳草无情，更在斜阳外。

黯乡魂，追旅思。夜夜除非，好梦留人睡。明月楼高休独倚。酒入愁肠，化作相思泪。

89 天仙子   单调三十四字，六句五仄韵   皇甫松

晴野鹭鸶飞一只。水莼花发秋江碧。刘郎此日别天仙，登绮席。泪珠滴。十二晚峰高历历。

除一首《蓦山溪》例外，上述选择"交替律"组织韵段的仄韵词与选择"交替律"的仄韵词有相似特征，一是多整齐的七言，二是多单句韵段。我们可以这样理解，这种一句一押韵且以五七言为主导的词，一方面受律诗影响，另一方面也是为了使自身的声音更丰富化，自然而然选择了使用"交替律"。由此，我们得出一个结论，

仄韵词选用"交替律"来组织韵段的原因，大概与平韵词相似。

选择特殊交替律进行韵段组合仄韵词有以下两体：

29　谒金门　双调四十五字，前后段各四句，四仄韵　韦庄

空相忆。无计得传消息。天上嫦娥人不识。寄书何处觅。

新睡觉来无力。不忍看伊书迹。满院落花春寂寂。断肠芳草碧。

81　烛影摇红　双调四十八字，前段四句两仄韵，后段五句三仄韵　毛滂

老景萧条，送君归去添凄断。赠君明月满前溪，直到西湖畔。

门掩绿苔应遍。为黄花，频开醉眼。橘奴无恙，蝶子相迎，寒窗日短。

其中，《谒金门》选择两句一换格律的形式，《烛影摇红》则采取上下片交换格律的形式。这种特殊格律交替的形式，可能是词中尚未充分发掘出来的韵段组织方式。

讨论三：为什么仄韵词"叠式律"主要采用"平仄叠"的方式？

我们发现，27体采用"叠式律"的仄韵词中，25首采用的是"平仄叠"模式，只有两首（《玉楼春》《红窗迥》）例外地采用了"仄仄叠"——这是非常惊人的现象。它足以说明，在仄韵词的"叠式律"组织模式中，"平仄叠"甚至可以说是词人的唯一选择。

那么，为什么会发生这种情况呢？

我们来看两首例外选择"仄仄叠"的词，这两体词分别是顾敻的《玉楼春》和周邦彦的《红窗迥》。从这两首词，我们实在是看不出有什么特别之处。我们只能试着作出这样的解释，总的来看，"平仄"比"仄仄"舒缓，易于拖长歌唱，即使是仄韵词，在情感上很激越，但也仍求其诵读时舒缓，歌唱时余音不绝，"仄仄"实在太过局促，除非一些非常特别的要求，仍多不取"仄仄"作为韵末。《玉楼春》和《红窗迥》要算是很特殊的格律选择了。

讨论四：还有10体仄韵词既未选择"叠式律"，也未选择"交替律"，呈现出无规则状态，说明了什么？

10体既未选择"叠式律"，也未选择"交替律"的仄韵词分别是：摸鱼儿、齐天乐、瑞鹤仙、霜天晓角、雨中花、风流子、杏花天、拨棹歌、应天长。我们对其韵段组织进行了详细考察，发现其韵段组织的确呈现出无规则状态。而在平韵词中则基本没有这类情况。对此，我们理解为，平韵词受平韵律诗的影响较深，故而一开始就呈现出明显的规则性，即首创作家要么选择与律诗特点相似的"交替律"，要么选择与律诗完全不同的特点鲜明的"平平律"；而仄韵词则一开始就较少受平韵律诗的影响和约束，因而具有较大的灵活性，作家在选择时往往较为随意。

我们甚至可以推测，这些词体从格律角度看尚未达到完全的成熟状态。这可以从两个方面得到证明：第一、我们可以从它们拥有词体数看一下，其中有7个词牌拥有词体数超过8个，可见其不稳定性和不成熟特点；第二、我们可以从《钦定词谱》

对正体韵段末句的格律规定看①，《风流子》《杏花天》可以完全遵循"平仄叠"；

①附录《钦定词谱》10个正体原文对韵段末句格律规定：

摸鱼儿　双调一百十六字，前段十句六仄韵，后段十一句七仄韵　晁补之
买陂塘读旋栽杨柳句依稀淮岸湘浦韵东皋雨足轻痕涨句沙嘴鹭来鸥聚韵堪爱处最好是读一川
●○○　●○○●○○　○○●●○○●　○●●○○○●　○●●●○●　●●○●●○○
夜月光流渚韵无人自舞韵任翠幕张天句柔茵藉地句酒尽未能去韵　青绫被句休忆金闺故步韵
●●○○●　○○●●　●●●○○　○○●●　●●●○●　　○○●　○●○○●●
儒冠曾把身误韵弓刀千骑成何事句荒了邵平瓜圃韵君试觑满青镜读星星鬓影今如许韵功名浪
○○○●○●　○○○●○○●　○●●○○●　○●●●○●　○○●●○○●　○○●
语韵便做得班超句封侯万里句归计恐迟暮韵
●　●●●○○　○○●●　○●●○●

齐天乐　双调一百二字，前段十句五仄韵，后段十一句五仄韵　周邦彦
绿芜凋尽台城路句殊乡又逢秋晚韵暮雨生寒句鸣蛩劝织句深阁时闻裁剪韵云窗静掩韵叹重拂罗
◎○◎●○○●　○○●○○●　●●○○　○○●●　○●○○○●　○○●●　●○●○○
裀句顿疏花簟韵尚有练囊句露萤清夜照书卷韵　荆江留滞最久句故人相望处句离思何限韵渭
○　●○○●　●●●○　●○○●●○●　　○○○●●●　●○○●●　○○○●　●
水西风句长安乱叶句空忆诗情宛转韵凭高望远韵正玉液新篘句蟹螯初荐韵醉倒山翁句但愁斜照
●○○　○○●●　○●○○●●　○○●●　●●●○○　●○○●　●●○○　●○○●
敛韵
●

瑞鹤仙　双调一百二字，前段十一句七仄韵，后段十一句六仄韵　周邦彦
悄郊园带郭韵行路永句客去车尘漠漠韵斜阳映山落韵敛余红犹恋孤城阑角韵凌波步弱韵过短
●○○●●　○●●　●●○○●●　○○●○●　●○○○●○○○●　○○●●　●●
亭读何用素约韵有流莺劝我句重解雕鞍句缓引春酌韵　不记归时早暮句上马谁扶句醒眠朱阁韵
○　○●●●　●○○●●　○●○○　●●○●　　●●○○●●　●●○○　●○○●
惊飚动幕韵扶残醉句绕红药韵叹西园句已是花深无地句东风何事句又恶韵任流光过却韵犹喜洞天
○○●●　○○●　●○●　●○○　●●○○○●　○○○●　●●　●○○●●　○●●○
自乐韵
●●

霜天晓角　双调四十三字，前段四句三仄韵，后段五句四仄韵　林逋
冰清霜洁韵昨夜梅花发韵甚处玉龙三弄句声摇动读枝头月韵
◎○○●　●●○○●　●●●○○●　○○●读○○●

梦绝韵金兽热韵晓寒兰烬灭韵更卷珠帘清赏句且莫扫读阶前雪韵
◎●　○●●　●○○●●　●●○○○●　●●●读○○●

雨中花令　双调五十一字，前后段各四句，三仄韵　晏殊
剪翠妆红欲就韵折得清香满袖韵一对鸳鸯眠未足句叶下长相守韵
◎●○○●●　◎●○○●●　●●○○○●●　●●○○●

莫傍细条寻嫩藕韵怕绿刺读胃衣伤手韵可惜许读月明风露好句恰在人归后韵
◎●●○○●●　●●●读●○○●　●●●读●○○●●　●●○○●

风流子　单调三十四字，八句六仄韵　孙光宪
楼依长衢欲暮韵瞥见神仙伴侣韵微傅粉句拢梳头句隐映画帘开处韵无语韵无绪韵慢曳罗裙归去韵
◎○○○●●　●●○○●●　○●●　●○○　●●●○○●　○●　○●　●●○○○●

杏花天　双调五十四字，前后段各四句，四仄韵　朱敦儒
浅春庭院东风晓韵细雨打读鸳鸯寒悄韵花尖望见秋千了韵无路踏青斗草韵
◎○◎●○○●　●●●读○○○●　○○●●○○●　○●●○●●

人别后读碧云信杳韵对好景读愁多欢少韵等他燕子传音耗韵红杏开还未到韵
◎○●读●○●●　●●●读○○○●　●○●●○○●　○●○○●●

拨棹子　双调六十一字，前段五句五仄韵，后段四句四仄韵　尹鹗
风切切韵深秋月韵十朵芙蓉繁艳歇韵凭小槛读细腰无力韵空赢得读目断魂飞何处说韵
◎●●　○○●　●●○○○●●　○●●读●○○●　○○●读●●○○○●●

寸心恰似丁香结韵看看瘦尽胸前雪韵偏挂恨读少年抛掷韵羞睹见读绣被堆红闲不彻韵
◎○●●○○●　◎○●●○○●　○●●读●○○●　○●●读●●○○○●●

应天长　双调五十字，前后段各五句，四仄韵　韦庄
绿槐阴里黄莺语韵深院无人春昼午韵画帘垂句金凤舞句寂寞绣屏香一炷韵
◎○◎●○○●　◎●○○○●●　◎○○　○●●　●●●○○●●

碧天云句无定处韵空有梦魂来去韵夜夜绿窗风雨句断肠君信否韵
●○○　○●●　○●●○○●　●●●○○●　●○○●●

《摸鱼儿》《齐天乐》《霜天晓角》《雨中花》皆可以转化为只一两个韵段不能遵循"平仄叠"（具体讨论见表1-111）。

表1-111　10体韵段无规则仄韵词情况考察

词牌名	钦定词谱载词体数	韵段末句关系	按词谱正体规定不合"叠式律"的韵段数量、位置	考察"一调多体"同位置是否可以消除上列正体中必用"仄仄"的例外
十二时	七言诗	仄（5平仄＋3仄仄） bbBB‖BbBB	3，唐词尚不完善	
摸鱼儿	9	仄（8平仄＋5仄仄） BBbBbB‖bBBbBbB	2，上下片对称小韵处	无法消除例外
齐天乐	8	仄（6平仄＋4仄仄） BBbBB‖BbbBb	1，结句	无法消除例外
瑞鹤仙 （主"仄仄叠"）	16	仄（5平仄＋8仄仄） bbBBbbB‖BbBbbb	4，上片3韵4韵，下片首韵3韵	
霜天晓角	9	仄（5平仄＋3仄仄） BBBB‖bbbB	1，下片次句	无法消除例外
雨中花	12	仄（3平仄＋3仄仄） bbB‖bBB	1，下片首句	无法消除例外
风流子	9	仄（3平仄＋2仄仄） bbBBB	0	
杏花天	3	仄（5平仄＋3仄仄） BBBb‖bBBb	0	
拨棹歌	3	仄（5平仄＋4仄仄） bBbBb‖BBBb	4	可以全部消除
应天长 （主"仄仄叠"）	12	仄（3平仄＋5仄仄） Bbbb‖bBBb	1，下片次句	无法消除例外

小结：

仄韵词的韵段组织规律有"叠式律""交替律"和不规则等三种情况。多七言多由单句构成韵段的词中，常选择"交替律"组织韵段；在其他多数情况下，则主要选择"叠式律"组织韵段。在选择"叠式律"组织韵段时，主要选用"平仄叠"。为增强韵律的丰富性和起到提示作用，常在结句和次结句等位置参差使用不同类型的格律。总地来看，"叠式律"对于仄韵词，虽不如对于平韵词那样成熟，但仍然带有普遍意义。今后我们可以说，"平仄律"为主导的"叠式律"是仄韵词的主要组织形式，"交替律"则是仄韵词的补充性组织形式。在仄韵词中，还出现了不少游移不定的情况，这些都可以看成是仄韵词体还不够成熟和完善的表现。

1.4.5.5　论古典汉语诗歌双律可移用于现代汉语诗歌

古典律诗运用"粘对律"（交式律）的方式组织诗歌声律，古典词体运用"叠式律"的方式组织词牌声律，这两种方式都可以移用于现代汉语。在移用时，只需要作一个改变，以现代汉语的律节为节，即可。

1.4.6　论古典汉语的声律体系

1.4.6.1　古典汉语声律体系大纲

以诗经、楚辞、先秦两汉魏晋南北朝诗、全唐诗为背景，从题名1349调的30696首词中精选出100体词1209个句式76个句式组合对词体暨诗体声律规律进行实证研究，这一研究包括句式层面、句组及韵断层面、篇章诗体层面三个个维度，通过研究，建立起古典双音节奏观控制下中国古典汉语的一般声律体系。这一体系包括以下内容。

（1）句式的声律构成规律——竹竿律

中国诗歌成熟的格律系统皆主用平仄律句，各言普通句式凡符合以下两原则偶位遵守竹竿律（即偶位平仄交替）；三字脚遵守竹竿律，即为律句，不符合者称为非律句。各言一字豆句式之合律判断均以一字豆后引领的"某言段"格律为准。从理论上讲，各言律句皆有四种类型，其类型可由"踝脚"位置的平仄确定，分别可表示为：

"n平平"

"n仄平"

"n平仄"

"n仄仄"

本书从律句观念演变澄清了一千五百年来模糊的律句概念，推演证明启功所倡之"竹竿律"为古典诗歌单句格律之最终规律；并以此研究词体，统计词体"律句率"达到91.1%，强有力地证明"词用平仄律句"理念，给予近代以来王力、启功、洛地等人倡导之"律词"以坚实证据。细绎起来，则有：

1）平仄律句是古典汉语声律的核心

中国诗歌用律经历了用四声律、用平仄律到主用平仄律杂以四声律三个阶段，大致而言，永明体之后，平仄二元化之前，诗人主用四声律句，初唐四声二元化之后，至南宋末年，诗词主用平仄律句，南宋末年至元明清戏曲，诗人用平仄律句而词人则主用平仄律句然夹杂四声律句。四声律句概不稳定，其规律随语音系统变化而变异，故无千年一贯之成熟模式，故中国诗歌凡言律句，实皆指向向平仄律句。本书所研究，皆以平仄律句为限。

2）平仄律的本质受声调性质及语音演变制约

平仄律本质不是长短、轻重、高低、抑扬、而是"特定语音条件下具有合理声学解释的四声二元化对立"。在唐宋，平仄律的本质是"平曲对立"；在中原音韵之后，平仄律表现为"扬抑对立"。

3）竹竿律为"平仄律句"的集大成规律

"竹竿律"不仅仅是一项声律规律，而是关于律句规律的一个非常丰富完备的理论体系。"竹竿律"是集合"节奏原理""复沓原理""协对原理""侧重原理"等基本格律原则，在这些原则的共同作用下形成的一个声律体系。这些原则在"竹竿律"体系中所起的作用并不是相同的。大致来讲，"节奏原理"是基础，没有双音节奏的成熟，就没有律句的形成；"重与对的原则"所起的作用则平分秋色，大致相同，它们共同完成了对"平仄递变""三字脚""粘对"等重要声律规律的构建；至于"侧重原理"，则亦不可忽视，它给"竹竿律"和律句带来了灵活性和可操作性，没有"侧重原理"所支撑的"顿尾声音重于顿首""句尾声音重于句首"，就不可能形成"一三五不论"的简便法门，"竹竿律"的实用效果就会大打折扣。启功"竹竿律"理论突破有三：第一，坚持"平仄递变"规律的基础性地位，并予以理论解释；第二，发现不平等原理的两个具体规律："节尾平仄严于节首"，"尾节格律严于首节"，将其运用于解释特殊声律现象；第三，发明"竹竿律"，以"竹竿律统帅各种律句现象，将"竹竿律"运用到分析所有诗文句式。

4）词用律句，是律句系统的集大成

本书以唐宋金元词常用百体统计，词体"律句率"高达91.1%，故断定词体总体上用平仄律句。偶有完全讲究四声者皆属于个别诗人、个别时间地点状态下、个别词体中的个别行为，因其未曾探索出大家公认的实质性普遍规律，而只能作为一种模糊之创作观念受人推崇，推广价值有限。

(2) 句组的声律构成规律

律句相互组合时遵循一定格律规律。律诗中的组合规律与词中的组合规律不尽相同。本书研究得出词的不同句式在自由组合时的各种细致格律规律。

1）从理论上讲，两个句式在进行组合时有16种格律模式

16种格类模式（见表1-112）

表1-112　律句组合理想格律类型表

"脚""踝"关系	与律诗关系	类型（据"脚""踝"位的平仄）		
对—对 （完全对）	律诗对	‖，——	（对—对	完全对）
		——，‖	（对—对	完全对）
		—∣，∣—	（对—对	完全对）
		∣—，—∣	（对—对	完全对）
对—粘 （半粘）	类律诗对	∣—，——	对—粘	
		——，∣—	对—粘	
		—∣，‖	对—粘	
		‖，—∣	对—粘	

续表

"脚""踝"关系	与律诗关系	类型（据"脚""踝"位的平仄）		
粘—对 （半对）	非律诗对	—|,——	粘—对	
		——,—|	粘—对	
		|—,||	粘—对	
		||,|—	粘—对	
粘—粘 （完全粘）	非律诗对	——,——	粘—粘	重律
		|—,|—	粘—粘	重律
		||,||	粘—粘	重律
		—|,—|	粘—粘	重律

其中，有四种组合的脚踝位置平仄完全相反，颇似律诗中的对仗情况，我们称之为完全对仗，简称"完全对"，用文字表示则是：

n仄仄——n平平

n平仄——n仄平

n平平——n仄仄

n仄平——n平仄

另外，有四种组合踝位平仄相对，脚位平仄相同，颇似律诗首句入韵的首联情况，我们称之为"踝对脚粘"，简称"对—粘"，用文字表示则是：

n仄平——n平平

n平平——n仄平

n平仄——n仄仄

n仄仄——n平仄

还有四种组合，踝位平仄相同，脚位平仄相对，称为"踝粘脚对"，简称"粘—对"，这类组合在律诗中并无对应类型，是全新的类型，用文字表示则是：

n仄平——n平平

n平平——n仄平

n平仄——n仄仄

n仄仄——n平仄

最后另有四种组合，踝位脚位的平仄都相同，只是不押韵，即"踝粘脚粘"，实际上是格律完全重的类型，我们称为"粘—粘"，或简称为"重律"，这类也是律诗所无的组合类型，用文字表示则有：

n平平——n平平

n仄平——n仄平

n平仄——n平仄

n仄仄——n仄仄

最后，我们可以把上述讨论简单概括为，律句格律组合理论上有四大类："完全对""踆对脚粘""踆粘脚对""重言"，每类均有四小类，其中2类平韵2类仄韵，2类"平踆收"2类"仄踆收"。

2）实际句式组合格律策略

本书以"词用律句""律句四类""百体句系""句式组合理想格律关系表"为基础，详细讨论了各类句式组合的格律关系。这些句式组合包括二句组合、三句组合、四句及四句以上组合。从讨论结果看，这些关系异常复杂。

句式组合格律关系因组合类型、韵脚类型而异。两句组合是一切组合的基础，理论上有16种格式，平仄韵各8种，其格律关系主要考虑踆脚位关系，概括起来讲，平韵词中，押韵句多采用"平平"韵脚，此时，出句主要考虑完全对和粘对形式；仄韵词中，押韵句约2/3采用"平仄"脚，此时，出句主要考虑粘对和对粘两种方式；押韵句1/3采用"仄仄"脚的，出句则优先考虑完全对，避免重言。其句式组合突破了律诗规律，不仅包含律诗中的对仗和首联组合，更增添了非律诗对组合，并且从比例上看，非律诗对组合达到了与律诗组合对分庭抗礼的地位。三句组合较两句组合愈发复杂，平韵三句组合除忌"前后皆重"外，都用余类，主"前重后对"；仄韵三句组合则都用四类，"后重"较多，最多"前对后重"。齐言平韵类忌"后重"，仄韵类忌"前重后对"；半杂言平韵类仍少用"后重"，仄韵类则主"后重"；全杂言平韵类之忌"后重"中的"前后皆重"，仄韵类则均用各类。四句及四句以上组合其规律明显弱于三句组合。从句式看，多用"n平平""n平仄"，偶尔穿插另二类型；从组合角度看，齐言组合与杂言组合规律不相同——齐言用"前重末对"格式，而杂言较复杂，末二句句脚多相重。

（3）句系的声律构成规律

1）中国诗词双律——交替律与叠式律

"交替律"：律诗的核心格律规律，即选择交替使用不同格律类型的押韵句形成格律体系的规律，具体表现为大家熟悉的由联间的"粘"和联内的"对"共同构成的"粘对规律"。粘对律是八种律诗均遵守的规律，对律诗至为重要，习惯于被看成是律诗的根本构成规律。

"叠式律"：词体的核心格律规律，即倾向于选择使用同一格律类型押韵句形成格律体系的规律，具体表现为平韵词主要选择"n平平"型押韵句形成词体，仄韵词主要选择"n平仄"型押韵句形成词体，前者可简称为"平平律"，后者可简称为"平仄律"。叠式律是两千多个词体中绝大多数词体主要遵循的规律，对于词体具极端等重要性，叠式律应被看成是多数词牌的根本构成规律。

交替律与叠式律是两种性质刚好相反的格律发生模式，其同时并存形成了中国诗歌完整的声律发生体系。

2）叠式律的发现

本论文发现词体的根本构成规律"叠式律"；分别验证了"平平律""平仄律"对

平韵词、仄韵词的普遍性，结果表明，宽泛状态下平韵词83%遵循"平平律"，5%遵循"仄平律"，12%遵循"交替律"；仄韵词61%遵循"平仄律"，4.5%遵循"仄仄律"，11%遵循"交替律"，4.5%遵循"特殊交替律"，23%无明显规律；并将诗、词对比，表明中国古典诗歌的宏观格律控制规律主要即"叠式律"和"交替律"两种样式——"交替律"即律诗中"粘对规律"，控制着律诗宏观格律构成，"叠式律"主要呈现为平韵词的"平平律"和仄韵词的"平仄律"，控制着词体宏观格律构成。至此，"古典诗歌双律"体系得以建立。

"叠式律"对整部词史和诗歌史均具有极端重要的意义，"叠式律"的发现将对整部词学和诗学产生深远的根本性的影响。

1.4.6.2　古典汉语声律发生模式

古典汉语声律发生模式如图1-7所示。

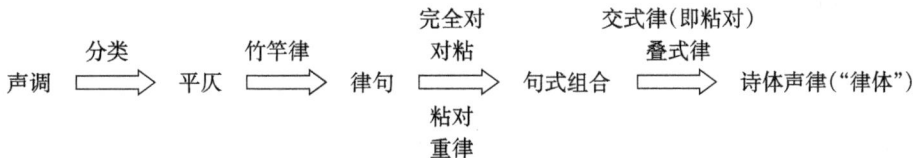

图1-7　古典汉语声律发生模式

1.4.6.3　古典汉语声律发展小史

依据句式的声律、诗体的声律的发展变化，我们将古典汉语声律的发展分为两个大的阶段五个小的阶段：

（1）永明体之前：自然声律的阶段

（2）永明体之后：人造声律的阶段

1）齐梁：四声声律的时代

2）隋唐以后：平仄声律"竹竿律"的时代

3）隋至中唐：粘对律兴盛的时代

4）晚唐至宋末：叠式律兴盛的时代

5）元朝以来：声律撕裂的阶段。

也就是说，汉语声律经历了自然声律、四声声律、粘对律、叠式律、声律撕破五个发展阶段，体现出了一种复杂的演变情况。

1.4.7　论现代汉语的声律体系

1.4.7.1　论现代汉语的声律体系构造方案

（1）论构造现代汉语声律体系的可能性

因为以下几个条件，笔者认为建设现代汉语的声律体系是可能的：

已发现的现代汉语的轻声节奏观；已发现了现代汉语的句式节奏模式、句式组合模式，以及句系建设的节奏模式；已提出现代汉语律句构造的两种假设方案；已明确古典汉语句组声律模式和诗体双律均可移用于现代汉语；

只要加强探索，在现代汉语体系中建立起格律完美的如同七律一样的"现代律诗"，从以上给定的条件看，是很有可能做到的。当然这个工作面临的困难，必然是很大的，需要我们对于格律的基本原理、古典汉语和现代汉语的区别，以及古典格律的内在规律，有着非常全面的知识储备和认知，并且对于这项工作有着持久的兴趣和钻研精神，这些都需要我们共同的努力。

（2）论现代汉语的声律体系的构造方案

1）现代汉语声律体系构造方案示范

①轻重节均衡交替、保持齐节体情况下

A.双节递变型

a.双节递变型＋叠配

·双节递变型＋叠配＋三节体4种【保持粘对】

例1.（首句不押韵）

　　　平平仄仄仄仄
　　　重　轻　重
　　　仄仄平平平平
　　　重　轻　重
　　　平平平平仄仄
　　　重　轻　重
　　　仄仄仄仄平平
　　　重　轻　重

例2.（首句不押韵）

　　　平平平平仄仄
　　　重　轻　重
　　　仄仄仄仄平平
　　　重　轻　重
　　　平平仄仄仄仄
　　　重　轻　重
　　　仄仄平平平平
　　　重　轻　重

例3.（首句押韵）

　　　仄仄平平平平
　　　重　轻　重

仄仄仄仄平平
　重　轻　重
平平仄仄仄仄
　重　轻　重
仄仄平平平平
　重　轻　重

例4.（首句押韵）

仄仄仄仄平平
　重　轻　重
仄仄平平平平
　重　轻　重
平平平平仄仄
　重　轻　重
仄仄仄仄平平
　重　轻　重

· 双节递变型＋叠配＋四节体4种【不粘】

例1.（首句不押韵）【只能保持联内相对，无法保持联间相粘】

平平平平仄仄仄仄
轻　重　轻　重
仄仄仄仄平平平平
轻　重　轻　重
仄仄平平平平仄仄
轻　重　轻　重
平平仄仄仄仄平平
轻　重　轻　重

例2.（首句不押韵）【无法保持联间相粘】

仄仄平平平平仄仄
轻　重　轻　重
平平仄仄仄仄平平
轻　重　轻　重
平平平平仄仄仄仄
轻　重　轻　重
仄仄仄仄平平平平
轻　重　轻　重

例3.（首句押韵）【无法保持联间相粘】

仄仄仄仄平平平平

　轻　　重　　轻　　重

平平仄仄仄仄平平

　轻　　重　　轻　　重

平平平平仄仄仄仄

　轻　　重　　轻　　重

仄仄仄仄平平平平

　轻　　重　　轻　　重

例4.（首句押韵）【无法保持联间相粘】

平平仄仄仄仄平平

　轻　　重　　轻　　重

仄仄仄仄平平平平

　轻　　重　　轻　　重

仄仄平平平平仄仄

　轻　　重　　轻　　重

平平仄仄仄仄平平

　轻　　重　　轻　　重

b.双节递变型＋叠配/轻重对

·双节递变型＋叠配/轻重对＋三节体4种【保持粘对】

例1.（首句不押韵）【保持粘对】

平平平平仄仄

　轻　重　轻

仄仄仄仄平平

　重　轻　重

平平仄仄仄仄

　轻　重　轻

仄仄平平平平

　重　轻　重

例2.（首句不押韵）【保持粘对】

平平仄仄仄仄

　轻　重　轻

仄仄平平平平

　重　轻　重

平平平平仄仄

　　轻　重　轻

　　仄仄仄仄平平

　　重　轻　重

例3.（首句押韵）【保持粘对】

　　仄仄平平平平

　　轻　重　轻

　　仄仄仄仄平平

　　重　轻　重

　　平平仄仄仄仄

　　轻　重　轻

　　仄仄平平平平

　　重　轻　重

例4.（首句押韵）【保持粘对】

　　仄仄仄仄平平

　　轻　重　轻

　　仄仄平平平平

　　重　轻　重

　　平平平平仄仄

　　轻　重　轻

　　仄仄仄仄平平

　　重　轻　重

·双节递变型＋叠配/轻重对＋四节体4种【不粘】

例1.（首句不押韵）【无法保持联间相粘】

　　平平平平仄仄仄仄

　　重　轻　重　轻

　　仄仄仄仄平平平平

　　轻　重　轻　重

　　仄仄平平平平仄仄

　　重　轻　重　轻

　　平平仄仄仄仄平平

　　轻　重　轻　重

例2.（首句不押韵）【无法保持联间相粘】

　　仄仄平平平平仄仄

　　重　轻　重　轻

　　平平仄仄仄仄平平

　　　　　轻　重　轻　重

　　　　　平平平平仄仄仄

　　　　　重　轻　重　轻

　　　　　仄仄仄仄平平平

　　　　　轻　重　轻　重

例3.（首句押韵）【无法保持联间相粘】

　　　　　平平仄仄仄平平

　　　　　重　轻　重　轻

　　　　　仄仄仄仄平平平

　　　　　轻　重　轻　重

　　　　　仄仄平平平仄仄

　　　　　重　轻　重　轻

　　　　　平平仄仄仄平平

　　　　　轻　重　轻　重

例4.（首句押韵）【无法保持联间相粘】

　　　　　仄仄仄仄平平平

　　　　　重　轻　重　轻

　　　　　平平仄仄仄平平

　　　　　轻　重　轻　重

　　　　　平平平平仄仄仄

　　　　　重　轻　重　轻

　　　　　仄仄仄仄平平平

　　　　　轻　重　轻　重

B.单节递变型

a.单节递变型＋叠配

·单节递变型＋叠配＋三节体1种【不粘】，例：

　　　　　仄平仄

　　　　　重轻重

　　　　　平仄平

　　　　　重轻重

　　　　　仄平仄

　　　　　重轻重

　　　　　平仄平

　　　　　重轻重

· 单节递变型＋叠配＋四节体1种【不粘】，例：

平仄平仄

轻重轻重

仄平仄平

轻重轻重

平仄平仄

轻重轻重

仄平仄平

轻重轻重

单节递变型＋叠配/轻重对

b.单节递变型＋叠配/轻重对＋三节体1种【不粘】，例：

仄平仄

轻重轻

平仄平

重轻重

仄平仄

轻重轻

平仄平

重轻重

c.单节递变型＋叠配/轻重对＋四节体1种【符合粘对】，例：

平仄平仄

重轻重轻

仄平仄平

轻重轻重

平仄平仄

重轻重轻

仄平仄平

轻重轻重

②轻重节均衡、杂节体情况（类似词牌中情况，复杂）

③轻重节不均衡、齐节体情况下（类同①）

④轻重节不均衡、杂节体情况下（类似词牌中情况，复杂）

2）总结

通过以上现代汉语诗体的声律构造示范，我们得到以下一些通用构造原则：

①保持偶句押韵、押韵句必须是重音节结尾的基本前提；

②齐节体，无论是三节体还是四节体，均适合于在轻重节均衡交替情况下构造声律（平仄关系）；

③齐节体可以在联内叠配、联内轻重对两种方式基础上构造声律（平仄关系）；

④如果要保持完美粘对规律，则必须是奇节体，偶节体无法构造联间相粘；

⑤总计可构造8体符合粘对律的现代汉语齐节型声律，它们分别是：

·奇节体）三节体、轻重节均衡交替、双节平仄递变、联内叠配4种；

·（奇节体）三节体、轻重节均衡交替、双节平仄递变、联内轻重对4种；

⑥总计可构造12体不粘的现代汉语齐节型声律，它们分别是：

·（偶节体）四节体、轻重节均衡交替、双节平仄递变、联内叠配4种；

·（偶节体）四节体、轻重节均衡交替、双节平仄递变、联内轻重对4种；

·（奇节体）三节体、轻重节均衡交替、单节平仄递变、联内叠配1种；

·（奇节体）三节体、轻重节均衡交替、单节平仄递变、联内轻重对1种；

·（偶节体）四节体、轻重节均衡交替、单节平仄递变、联内叠配1种；

·（偶节体）四节体、轻重节均衡交替、单节平仄递变、联内轻重对1种；

1.4.7.2 现代汉语的声律发生模式

现代汉语的声律发生模式如图1-8所示。

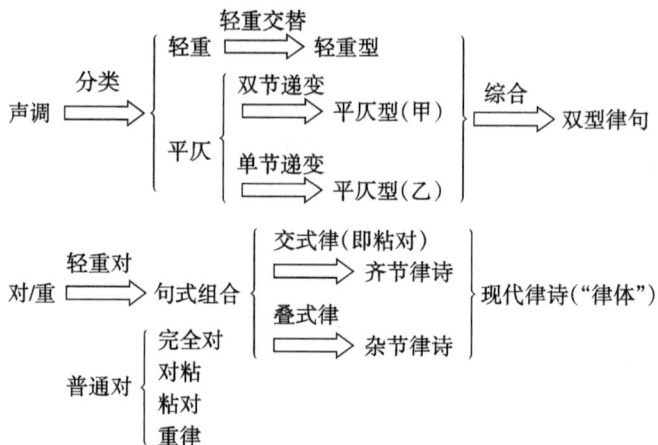

图1-8 现代汉语的声律发生模式

1.5　论古典汉语格律体系

1.5.1　古典汉语格律体系

古典汉语格律是由古典汉语韵律体系、古典汉语节律体系、古典汉语声律构成的综合体系。

三大体系已在上文有充分说明，分别见"汉语韵律体系大纲"、"古典汉语节律体系大纲"、"古典汉语声律体系大纲"等节，兹不赘述。

1.5.2　古典汉语格律发生模式

古典汉语的格律发生模式非常清晰，兹如图1-9、图1-10、图1-11、图1-12所示。

图1-9　诗文格律的发生总模式

图1-10　古典汉语暨中国诗文的韵律发生模式

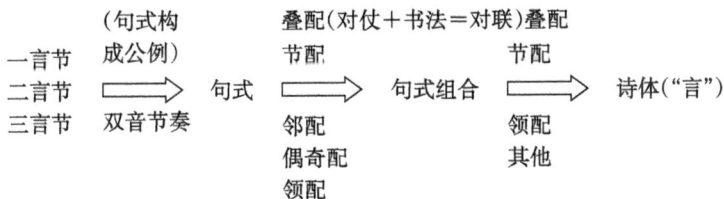

图1-11　古典汉语暨中国诗文的节律发生模式

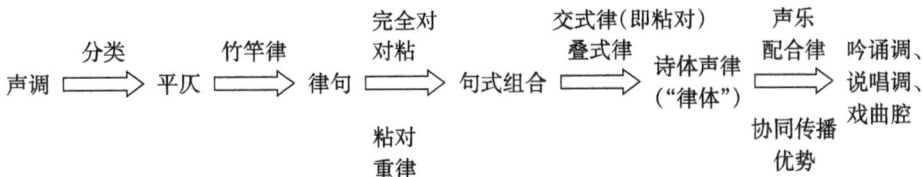

图1-12　古典汉语暨中国诗文的声律发生模式

1.5.3　古典汉语格律发展总纲

将古典汉语的韵律、节律、声律发展历史做综合考察，可以拟出古典格律的发展总纲。

在"韵律论"单元，我们将汉语古典韵律划分为六个阶段：

· 诗经的联章韵式阶段

· 离骚的多句转韵阶段

· 汉魏六朝隋唐的隔句押韵、四句转韵阶段

· 晚唐五代的复杂小令转韵阶段

· 宋词的四韵体阶段

· 元曲的句句韵阶段

在"节律论"单元，我们将汉语节律发展大致分为五个阶段：

· 四言节奏时代：从西周到春秋，是为诗经的时代

· 多重节奏探索的阶段：战国秦汉时代，是为楚辞离骚的时代

· 五七言节奏与四六言节奏分头并进的时代：从汉末到中晚唐，从诗歌领域看是为五七言诗歌的时代，从文体领域看是为骈文四六的时代

· 长短句时代：从晚唐到两宋，是为长短句词牌发展的阶段，从二言到九言的所有杂言句式在词牌中融合成为成熟的节奏

· 轻声探索的时代：从元代开始，口语的轻声句式试图融入古典汉语双音节奏体系，是为元明清戏曲的时代

在"声律论"单元，我们将汉语声律发展划分为五个发展阶段：

· 永明体之前：自然声律的阶段

· 永明体之后：人造声律的阶段

齐梁：四声声律的时代；隋唐以后：平仄声律"竹竿律"的时代

· 隋至中唐：粘对律兴盛的时代

· 晚唐至宋末：叠式律兴盛的时代

· 元朝以来：声律撕裂的阶段。

综合汉语韵律、节律、声律发展的情况，我们将汉语格律发展划分为四个发展阶段：

· 韵律期：诗经时期

· 节律期：东周秦汉魏晋

· 声律期：南朝

　　声律前期：五言与八病时代

　　声律中期：唐诗时代

　　声律后期：宋词时代

· 节律变化期：元曲时代

1.6 论现代汉语格律体系

1.6.1 现代汉语格律体系

现代汉语的格律体系由现代汉语的韵律、节律、声律三个分体系共同构成。

1.6.1.1 现代汉语的韵律体系

现代汉语的韵律体系与古代汉语韵律体系基本相通，包括韵元体系和韵式体系，其中韵元体系古今有所区别，韵式体系则古今基本相通。

现代汉语的韵式体系由丰富的韵式构成。按韵元的个数，可将韵式划分为单韵元和复韵元；按押韵的位置，可将韵式划分为头韵和尾韵；按押韵的宽严，可将韵式划分为宽韵和严韵；按是否换韵，可将韵式划分为一韵到底和换韵；其中换韵按位置特征又可划分为转韵、抱韵、交韵、插韵等方式，而转韵又可细分为双句转韵、三句转韵、四句转韵等方式；其中一韵到底按特征可划分为每句韵、隔句韵；现代汉语诗歌还可以构造两种较为特殊的韵式，一种是首句押韵体绝句韵式，一种是联章韵式。

各类韵式的具体内容参看"论汉语的韵律体系"章。

1.6.1.2 现代汉语的节律体系

现代汉语的节律体系是建立在"轻声节奏观"基础之上的轻重律节体系，包括律节组成句式、句式组成句式组合、句式组合组成诗体三个层次。

（1）现代汉语的节律基石："轻声节奏观"

所谓"轻声节奏观"，就是相对于古典诗律双音节奏观而言，以轻声现象为主要节律特征的由轻重音交替构成句式节奏的现代汉语节奏观念。

（2）律节组成句式层面：遵循句式通用模式

现代汉语诗歌包含两种基本律节：轻声节和非轻声节，现代汉语诗歌的句式由轻声节和非轻声节构成。

现代汉语句式按以下一些规则构造律节，具有较好节律：

轻、重音节共用

轻声节越多越好，不降低节律，但不宜全用（除单独成句外）

句尾可连续使用重音节，但不超过双连，除此，重音节不宜连用

轻、重音节交替使用形成均衡节奏

韵尾须用重音节

重音节主用双字节

三字节慎用，若用，则或单独成句，或用于句首成三字头

三字头读为轻声节

迭音词、在字结构、这字结构、那字结构，读为轻声节

结合实践情况，可以拟定一种关于现代汉语诗歌句式的通用节律模式，表示如下：

P×三字头＋N×（轻声节·非轻声节）＋Q×双连非轻声节尾（其中，P，Q＝0或1）

除句尾外非轻声节不得连用

（3）句式组成句式组合层面

现代汉语诗歌的句式组成句式组合，使用"叠配""节配""领配""普通对""轻重对"等方式。

"叠配"是指重叠句式构造句式组合；

"节配"是指按尾节相配的方式构造句式组合；

"领配"是指以"领"字的方式形成句式组合；

"普通对"是指按一般叠配方式形成对仗；

"轻重对"是指按轻重律节相反的方式构造声音对仗；

（4）句式组合形成诗体层面

现代汉语诗歌的链接句式组合形成诗体，可以使用"叠配""节配""领配""普通对""轻重对"等不同方式。

运用"叠配"，以重叠句式的方式可以构造齐节体节律；

运用"节配"，以押韵句尾节相配的方式可以构造杂节体节律；

运用"领配"，以"领"字的方式构造诗体，可以形成领字型诗体节律；

"普通对"和"轻重对"的使用，对于构造不同类型的节律也有较大帮助。

1.6.1.3　现代汉语的声律体系

现代汉语诗歌的声律体系是建立在"轻声节奏观"基础上的，由双节平仄递变或单节平仄递变构造的，包括双型律句、律句组合、律体三个层次声律构成的体系。

（1）现代汉语声律的基础

包括两个：轻声节奏观基础之上的轻重律节模式，这是基于音强的变化；双节平仄递变或单节平仄递变假设，这是基于音高的变化；

（2）律句构造的层面：双型律句24种

现代汉语的声律是同时基于音高和音强的，比古典律句只基于音高变化的要复杂，所形成的律句类型同时包括轻重律节交替和平仄律节递变两种模式，我们将其称

之为双型律句。

　　忽视掉轻声字的语法标志，将轻声节处理成普通音节，对所有律节使用平仄递变规律和"竹竿律"（律节平仄以律节末字断），可以构造出一般现代汉语律句——这又有两种方式：

　　一是按传统方式构造，为：平节—仄节—平节—仄节……，称之为单节递变型律句；

　　二是按白话文较为舒缓的拉长的方式构造，为：平节—平节—仄节—仄节—平节—平节—仄节—仄节……，称之为双节递变型律句；

　　上述构造律句的方法，是在①假定轻声无影响②以律节为节，在此条件下对现代汉语句式通用节奏模式使用"平仄递变"和"竹竿律"形成的结果，因为带有假设性质，我们将其称之为现代汉语律句构造的假设方案。

　　按照上述方式构造，得到现代汉语律句种类如下。

1）三节句的现代汉语律句共有12个类型。包括双节递变型8个和单节递变型4个

双节递变型律句8个：

"重轻重"4个——

　　　　平平仄仄仄仄
　　　　重　轻　重
　　　　仄仄平平平平
　　　　重　轻　重
　　　　平平平平仄仄
　　　　重　轻　重
　　　　仄仄仄仄平平
　　　　重　轻　重

"轻重轻"4个——

　　　　平平仄仄仄仄
　　　　轻　重　轻
　　　　仄仄平平平平
　　　　轻　重　轻
　　　　平平平平仄仄
　　　　轻　重　轻
　　　　仄仄仄仄平平
　　　　轻　重　轻

单节递变型4个：

"重轻重"2个：

　　　　仄平仄
　　　　重轻重

平仄平

重轻重

"轻重轻" 2个

仄平仄

轻重轻

平仄平

轻重轻

2) 四节句的现代汉语律句共有12个类型。包括双节递变型8个和单节递变型4对个

双节递变型律句8个：

"轻重轻重" 4个——

平平平平仄仄仄

轻　重　轻　重

仄仄仄仄平平平

轻　重　轻　重

仄仄平平平平仄仄

轻　重　轻　重

平平仄仄仄仄平平

轻　重　轻　重

"重轻重轻" 4个——

平平平平仄仄仄

重　轻　重　轻

仄仄仄仄平平平

重　轻　重　轻

仄仄平平平平仄仄

重　轻　重　轻

平平仄仄仄仄平平

重　轻　重　轻

单节递变型4个：

"轻重轻重" 2个：

平仄平仄

轻重轻重

仄平仄平

"重轻重轻" 2个

平仄平仄

重轻重轻

仄平仄平

重轻重轻

（3）律句形成句式组合的层面

依据类推原则，古典句式组合的主要声律构成原则"重"和"对"，均可以移用在现代汉语句式组合的声律构造上。

（4）句式组合形成诗体声律的层面

句式组合形成诗体声律有两种基本类型，一种是建立在叠配基础之上的齐节体声律，一种是建立在节配基础上杂节体声律，前者多借用或部分借用粘对原理，后者则需要借用叠式律原理，后者远较前者要复杂。

从叠配出发，在保持以下一些构造原则的基础上，总计可构造20种常见的现代齐节体律诗，其中8种符合粘对，12种不相粘：

保持偶句押韵、押韵句以重音节结尾；

在轻重节均衡交替情况下构造声律（平仄关系）；

在联内叠配、联内轻重对两种方式基础上构造声律（平仄关系）；

尽量运用粘对规律，只有在不能符合的情况下才打破粘对规律；

这20体现代汉语律诗分别是：

8体符合粘对律的现代汉语齐节型声律：

（奇节体）三节体、轻重节均衡交替、双节平仄递变、联内叠配4种；

（奇节体）三节体、轻重节均衡交替、双节平仄递变、联内轻重对4种；

12体不粘的现代汉语齐节型声律：

（偶节体）四节体、轻重节均衡交替、双节平仄递变、联内叠配4种；

（偶节体）四节体、轻重节均衡交替、双节平仄递变、联内轻重对4种；

（奇节体）三节体、轻重节均衡交替、单节平仄递变、联内叠配1种；

（奇节体）三节体、轻重节均衡交替、单节平仄递变、联内轻重对1种；

（偶节体）四节体、轻重节均衡交替、单节平仄递变、联内叠配1种；

（偶节体）四节体、轻重节均衡交替、单节平仄递变、联内轻重对1种；

从节配出发，可以形成各种杂节体声律体系。杂节体声律构造方式类似于古典词牌中的方式，多借用叠式律，但因为使用双型律句，比词牌要复杂很多。

8种完全符合粘对律的三节体诗歌，是现代汉语声律体系的代表。

1.6.1.4 总结

总的来看，现代汉语格律体系是建立在"轻声节奏观"基础之上的，由轻、重音节交替、平仄单节或双节递变形成句式的，并由叠配、节配、领配、对仗等形成整体节奏，由粘对律（包括轻重对）或叠式律运用形成整体声律，由各种韵式运用形成丰富多彩韵律的综合性诗歌声音体系。

1.6.2　现代汉语格律发生模式

现代汉语的格律发生模式包括格律发生总模式及韵律、节律、声律发生分模式，兹以图1-13至图1-16如示。

图1-13　汉语格律发生的总模式

图1-14　现代汉语的韵律发生模式

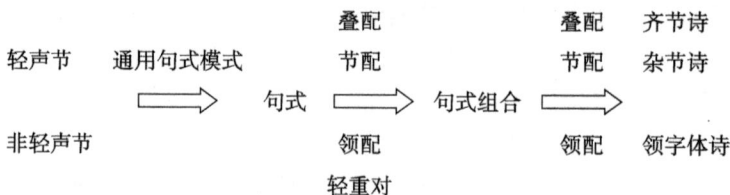

图1-15　现代汉语的节律发生模式

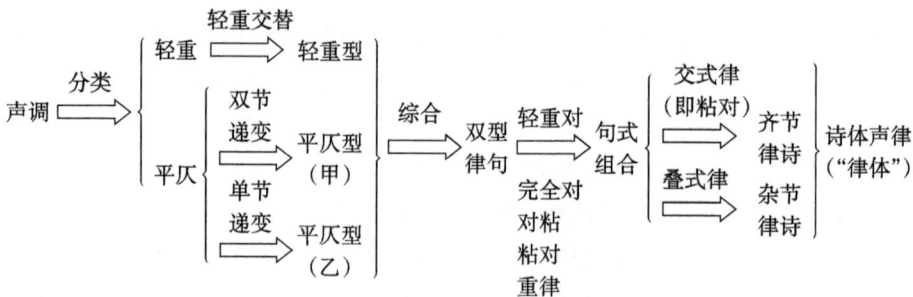

图1-16　现代汉语的声律发生模式

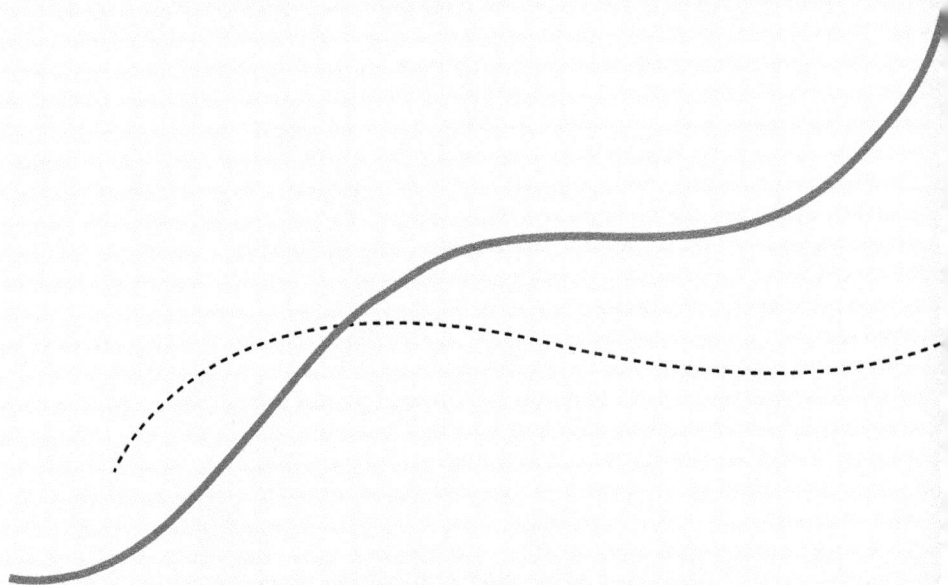

2. 论格律文艺的构造

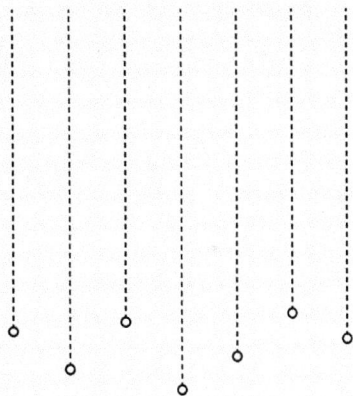

汉语格律文化是建立在汉民族共同语基础上，以汉语格律为核心，以诗词曲为基础载体，以文学（律诗、律词、曲）、声乐（歌曲）、吟诵、戏曲表演、音像、对联等为宏观表现样式的一种复合文化形式（本书建构）。格律文化的宏观表现形式又称格律文艺。本编主要研究格律文化样式即格律文艺的构造原理和构成特征，主要从兴象构造、协对使用、体式构成等几个方面展开讨论。

2.1　论兴象

本章主要讨论汉语格律文艺两大构造原理之一"兴象构造原理"的理论渊源、文化影响、基本特征以及它在其他文艺类型中的表现。

2.1.1　原象（上、中、下）

2.1.1.1　中国文论中的象

惠子谓庄子曰："吾有大树，人谓之樗。其大本拥肿而不中绳墨，其小枝卷曲而不中规矩。立之涂，匠者不顾。今子之言，大而无用，众所同去也。"庄子曰："……子独不见狸狌乎？卑身而伏，以候敖者；东西跳梁，不辟高下；中于机辟，死于罔罟。今夫斄牛，其大若垂天之云。此能为大矣，而不能执鼠。今子有大树，患其无用，何不树之于无何有之乡，广莫之野，彷徨乎无为其侧，逍遥乎寝卧其下。不夭斤斧，物无害者，无所可用，安所困苦哉！"

（《庄子·逍遥游》）

这段话不妨看作是关于中国古典文化研究的一个绝妙比喻。中国古典文化就是一大树，我们大约都免不了要成为二十一世纪的惠子，用西方文化的绳墨和规矩来衡量中国古典文化的成就，而得出结论"其大本拥肿而不中绳墨，其小枝卷曲而不中规矩"。但是，不同的是，我们虽然是惠子，却并不怎么羡慕庄子，因为庄子，他倒很可怜，还痴痴地迷恋那"无何有之乡"，而我们怎么说，也还借了些绳墨、规矩。也许我们的下一代，不用再借了吧！这算我对本书的一个交待，题外话而已。

"象"是中国古典文化的一个范畴。关于中国古典文艺美学范畴的特征，张海明在《经与纬的交结》一书中提出了三点：（一）模糊性或者说多义性；（二）流变性；（三）贯通性。[①]"象"这一范畴的这三点特征更加突出。本书在张海明的基础上，

---

①张海明：《经与纬的交结——中国古代文艺美学范畴论要》，昆明：云南人民出版社，1994年，第98页。

全面探讨"象"的含义、来源以及对中国文论的特殊影响。

(1)"象"的多义性

"象"具有极其的模糊性，这一模糊性是由其多义性引起的。关于"象"的多义性，历代文论似乎还没有给出足够的重视。象至少有三个方面的含义，第一是作为广义符号的"象"，第二是作为文字符号的"象"，第三是作为文学意象的"象"。

首先来看作为广义符号的"象"。

了解一个事物的来源，便了解了这个事物的一半。"象"是如何产生的呢，这在《周易·系辞上下》中有详细记载：

> 圣人设卦观象，系辞焉而明吉凶，刚柔相推而生变化。是故吉凶者，失得之象也；悔吝者，忧虞之象也；变化者，进退之象也；刚柔者，昼夜之象也。六爻之动，三极之道也。
>
> ——《周易·系辞上》
>
> 古者包牺氏之王天下也，仰则观象于天，俯则观法于地，观鸟兽之文与地之宜，近取诸身，远取诸物，于是始作八卦，以通神明之德，以类万物之情。
>
> ——《周易·系辞上》

两段文字的相似之处在于：第一，指出了观象的目的，即所谓"辨吉凶"，"以通神明之德，以类万物之情"，这一目的实际上十分广泛；第二，指出了观象的方式，即所谓"近取诸身，远取诸物"；第三，也是我们最关注的，指出了观象的结果，是所谓得到了"八卦"。"设卦观象""始作八卦"至少包括两个方面的含义：一，卦是一种"象"；二，卦只是"象"的一种，"象"的范围更广泛。

"象"不局限于"卦"，这在《周易·系辞》中有许多陈述可以作为说明。如"法象莫大乎天地""悬象著明莫大乎日月"，就指出了"天地日月"等实物亦可以成为"象"；"象事制器"，"以制器者尚其象"，就指出了"器"可以为"象"；更加重要的是，《周易·系辞下》还鲜明地指出：

> 上古结绳而治，后世圣人易之以书契，……是故《易》者，"象"也。

这实际上是说文字也是一种"象"。将文字当成一种"象"，则"象"涵盖的范围，大大地加宽了。

不仅如此，在后世的发展中，不仅文字被看作是"象"，甚至音乐、舞蹈，某些游戏也被理解"象"的一种。

将音乐视为一种"象"，这在《礼记·乐记》中有很确的阐述：

> 乐者，心之动也。声音，乐之象也。文采节奏声之饰也。君子动其本，乐其象，然后制其饰。
>
> 凡奸声感人，而逆气应之；逆气成象，而淫乐生焉；正声感人，而顺气逆

之；顺气成象，而和乐生焉。……是故清明象天，广大象地，始终象四时，周还象风雨，五色成文而不乱，八风从律而不奸。

《乐记》是中国较早系统表述音乐思想的专著，这种阐对"象"的偏爱对后人有极大影响。如对《诗·周颂序》中"维清，奏象舞也"，孔颖达就疏云："维清诗者，奏象舞之歌乐也，谓文王时有击刺之法，武王作乐，象而为舞，号其乐曰象舞。象舞之乐，象文王之事，其大武之乐，象武王之事，二者俱是为象。"这里的"象"与上述《乐记》中的"象"本质上都是一致的。

除了音乐外，舞蹈亦被中国古人视为一种"象"。如对上述"维清，奏象舞也"中的"象舞"的理解，陈奂疏笺云："象文王之武功曰象，象武王之武功曰武，象有舞，故曰象武。"又如中国古舞的取名，亦喜冠以"象"，如"象武""象龠""象箭"。这些"象"与"八卦之象""《易》之象"是一脉相承的。

另外，"象"还出现在某些游戏之中，最典型莫过于中国象棋，直接以"象"命名。相传宋司马光有《古局象棋图》，亦称七国象棋图，此象棋模仿战国七雄相争而制成，但今已不传。今天通行的中国象棋亦称为象战，据载是唐牛僧孺所制。《佛祖历代通载》："唐文字开己未年制象棋"，注云："昔神农以日月星辰为象，唐相国牛僧孺用车马象士卒加炮代之为机矣。"这一命名及注都是耐人寻味的。

既然"八卦"、音乐、文字、武蹈，甚至某些游戏，器物都可以视之为"象"，那么，"象"的特殊归定性在哪里呢？这必须回到《易传》中去寻找答案。

《周易·乐辞》中有两个定义性质的命题，可以帮助我们找到答案：

> 见乃谓之象，形乃谓之器。

> 圣人有以见天下之赜，而拟诸其形容，象其物宜，是故谓之象。

第一个命题区别了"象"与"形"，指出"形"乃是客观实在的"器"，而"象"则是客观实在在人的感观中的呈现，即"见"。形实而象虚。《系辞》中还有另外两个辅助命题也说到这一点，一个是"在天成象，在地成形"，一个是"天垂象，见吉凶，圣人象之"。在古人眼里，天是可见不可触的，故虚，地是可见亦可触的，故实，而"象"的特征为虚，故"在天"，"天重象"。第二个命题从"象"的产生角度来说明"象"的性质，实质上是对第一个命题的详细叙述，基中最关键的理解就是"拟诸"，即"象"并非客观存在，而是客观存在的"拟诸"。

所以我们得到的结论是："象"是对某一客观存在的"拟诸"。
我们再来看一个命题：

> 子曰："书不尽言，言不尽意。"然则圣人之意不可见乎？子曰："圣人立象以尽意……"

这个命题亦出自《周易·系辞》，其意指极为清晰：立象的目的就是尽意。即"象"

的目的就是指向某一个"意"的。

把这个命题再加上去，我们就得到一个较完整的结论："象"是为了表"意"而对某一客观现实在的"拟诸"。那么，这样的"象"是什么呢？这样的"象"就是西方论中的"符号"。我把它称之为广义的符号。

苏珊·朗格（S. K. Langer）在《艺术问题》中引艾恩斯特·纳盖尔：

> 按照我的理解，一个符号，可以是任意一种偶然生成的事物（一般都是以语言状态出现的事物），即一种可以通过某种不言而喻的或约定俗成的传统，或通过某种语言的法则去标示某种与它不同的另外的事物的事物。①

莫里斯对符号定义的一般描述是：

> ……一个指号"代表"（stand for or represents）它以外的某个东西……②

罗兰·巴尔特（R. Barthes）在其《符号学要论》一书中则作了另一个较特殊的描述：

> 自有社会以来，对实物的任何使用都会变成这种使用的符号。例如，雨衣的功能是防雨，但是这一功能又同表示一定天气的符号结合为一体。③

对比上述征引的西方文论中关于"符号"的较权威的定义，不难看出，我们得到的关于"象"的结论几乎就是些定义的中文翻版。基中略有出入的是罗兰·巴尔特的定义，但是如果考虑进去前面所讨论过的关于"象"中所包括的"卦、器物、舞、音乐、象棋"等具体内容，则这一出入也会即刻消失。

"象"具有"符号"的含义，这一点听起来有点奇怪，却是一个事实。但是，这还不是构成"象"的模糊性的全部理由。由于历史的特殊原因，"象"还同中国文字打上了交道，作为象形文字的"象"使"象"的范畴更加模糊化。

关于文字起源，除了前面提到的《周易·系辞》之外，较系统的说法源自东汉许慎《说文解字·叙》：

> 古者庖牺氏之王天下也，仰则观象于天，俯则观法于地，视鸟兽之文与地之宜，近取诸身，远取诸物，于是始作易八卦，以垂宪象。及神农氏结绳为治，而统其事，庶业其繁，饰伪萌生。黄帝之史仓颉，见鸟兽蹄迒之迹，知分理之可相别异也，初造书契。

八卦—结绳—仓颉造字，代表了许慎对文字起源的看法。我们现在且不去讨论事情的

---

① ［美］苏珊·朗格：《艺术问题》，滕守尧、朱疆源译，北京：中国社会科学出版社，1983 年，第 125 页。

② ［美］C. W. 莫里斯：《指号、语言和行为》，罗兰，周易译，上海人民出版社，2011 年，第 8 页；同时参看俞建章、叶舒宪：《符号：语言与艺术》，上海：上海人民出版社，1988 年，第 10 页。

③ 《世界艺术与美学》第六辑，北京：文化艺术出版社，1985 年，第 40 页。

真假，我们感兴趣的倒是：为什么许慎会把八卦、结绳、文字三者放在一起？这说明，许慎的确是深刻认识到了这三者的内在联系，即"象"的性质，也即是作为"符号"的性质。从制八卦的观物取象到制书契的观鸟兽蹏迒之迹取象，这是何等地相似。许慎大约对这一发现是极为得意的，所以，给出的六书是象形、指事、会意、形声、转注、假借，后二者乃用字法，可不考虑，所以实际上造字为前四法。后来班固《汉书·艺文志》说："古者八岁入小学。故周官保氏掌养园子，教之六书，谓象形，象事，象意，象声，转注，假借。"我倒以为，班固所述的造字四法皆以"象"开头，可能较符合先秦的理解："象"具泛指的"符号"意义，而许慎也许用了自己的理解——当然，他这种表述更加准确与精密。但是，也正是后人对许慎的认同，导致了"象"意义的狭隘化，"象形"的连用，既然得到了事实的支持——汉字是以象形指事两大途径发展起来的（故而二者并称初文），而象形又占主体，许多"指事"也是在象形的基础上形成的，因而象形就成为汉字的基础——那么，"象"与"形"就永远地不可避免地纠缠在了一起，原来"取象"对象可以是物，可以是"天下之颐"，可以是"形容"，可以是其他任何事物，而现在则只能是"形"，所以无形地，"象"范畴涵盖的范围就变狭小了。

"象"与"形"并不是天然地联系在一起的，先秦的"象"甚至可以是器物，舞蹈，音乐，它们所"象"的并不都是某一特定的"形"，然而象形文字出现之后，迫于象形文字的巨大压力，"象"不得不开始向"形"靠拢，最后，终于成为象形文字的一个注脚或一个潜在代表，从而"象"也就是产生了一个坚实的意义，即作为"象形文字"的"象"的意义。

作为"象形文字"的"象"的诞生，将形象思维一劳永逸地挽留在了中国的文字中，这是具有非凡意义的。从此以后，形象的、感性的、具体的、综合的、形式的直观的思维方式再也没有离开过中国人。中国古典文化整个模式恐怕都要得益于这一思维方式。

正是这象形文字之象，作为一种催化剂，催化作为符号观念的象，而终于形成了具有中国特色的文学艺术之象——这第三个含义的"象"几乎构成了整个中化民族的骄傲。下面我们来分析这一独特意味的"象"是怎样生成的，以及它具有哪些特殊之处。

（2）作为广义符号的"象"

我们先在广义符号的层面下讨论"象"的问题。

台湾学者张肇祺指出，周易的符号世界"象"有三个层次：一、周易的象征符号系统层次，即卦爻符号系统；所谓"学易者所以通其象"者是也。二、周易的辞的符号系统层次，即卦爻辞，亦即象辞象释符号系统，此所谓"学易者所以通其辞"者是也。三、周易的义理符号系统层次，即乾坤文言传，象上下传，象上下传，系辞上下传，说卦传，序卦传等十大传，此所谓"学易者所以通其理"者是也。王弼在《周易略例》的"明象"中对这三个符号系统之间的关系曾作了一系列规定，张肇祺将其归纳为十九点：

夫象者，出意者也。

言者，明象者也。

尽意，莫若象。

尽象，莫若言。

言生于象，故可寻言以观象。

象生于意，故可寻象以观意。

意以象尽，象从言著。

故言者，所以明象，得象而忘言。

象者，所以存意，得意而忘象。

言者，象之蹄也；象者，意之筌也。

存言者，非得象者也；存象者，非得意者也。

象生于意，而存象焉，则所存者乃非其象也。

言生于象，而存言焉，则所存者乃非其言也。

忘象者，乃得意者也。

忘言者，乃得象者也。

得意在忘象，得象在忘言。

立象以尽意，而象可忘也。垂画以尽情，而画可忘也。

故触类可为其象，合义可为其征。

存象，忘意之由也；忘象，以求其意。①

王弼综合了《易传》和《庄子》旧说，分析了言、象、意三者相互依存的关系，他既肯定了言能尽象，象能尽意，故可由言以观象，由象以观意，同时又辩证指出言只是象的蹄，象只是意的筌，必须超越言、象，由个别进入一般，才能得意。他这一关于言象意的论述，无疑可以看作中国传统哲学的一般理解。如果我们将言、象、意分别理解为语言、符号及存在的话，我们可以看出，这一关于言、象、意的哲学论述，与西方哲学关于语言、符号、存在关系的两千多年探索结论极为相似。

语言的符号性质及与"意"的关系，在西方最早为古希腊的学者所注意。亚里士多德在《解释篇》中写道："口语是心灵的经验的符号"②，也就是说：言为意象。当然，关于语言与符号的关系，或者说符号的重要意义，西方人认识得较迟。直到20世纪，西方符号学的兴起，才使"符号"问题得到真正明确的结论。（这得益于西方人在科学中对符号的大量使用，而中国人对符号的使用则导致了它的艺术，这一分界源于中西方对"象"的不同理解，下文将要详细论述）。至20世纪初，索绪尔在《语言学教程》中指出："语言的问题主要是符号学的问题……要发现语言的本质，首先必

---

①张肇祺：《美学与艺术哲学——美学之架构》，《哲学与文化》1984年第115期，第160页。

②［古希腊］亚里士多德：《范畴篇·解释篇》，方书春译，北京：商务印书馆，1959年，第55页。

须知道它跟其他一切同类的符号系统有什么关系"①，这就好象在说：尽言莫若象。而实际上，他也正是这样说的："语言比任问题都更适宜于人了解符号问题的性质。"②对于"象"与"意"的关系问题，另一著名符号学家莫里斯在《符号理论基础》中则说得很清楚：

> 人是突出的应用符号的动物。人以外的动物诚然能对作为别的事物的符号的某些事物作出反应，但是，这样的符号都没有达到人类的言语、写作、艺术、检验方法、医学诊断和信号工具具有的那种复杂性与精确性……人类文明依赖于符号和符号系统，并且人的心灵是和符号的作用不能分离的——即便我们不把心灵和这样的作用等同起来。③

当然，在此之前，洛克在其1690年发表的《人类理解论》中就指出过：

> 可以叫做semiontic的，就是所谓符号之学。各种符号因为大部分是文字……因此，我们如果想互相传达思想，并且把它们记载下来为自己使用，则还必须为观念造一些符号。音节清晰的声音是人们所认为最方便的，因此人们常常利用它们。④

这一段可以看作是关于"言""意""象"关系的全面论述，"言"即音节清晰的声音，"意"即观念，"象"即符号，只是由于洛克在这里把符号之学归结于逻辑学，故而限制了他对于"符号学"的深入研究的广阔视野。

西方的符号研究，经由20世纪几大符号学家索绪尔、皮尔士、沙夫、卡西尔及苏珊·朗格的努力形成了一门包汇万象的学问，这一点是"象"的研究所不能比拟的。然而，这只是具体的技术层面，从哲学层面上看，关于"象"的理解丝毫不逊色甚至在某些方面是超过西方人对"符号"的理解的，如"忘言以得象，忘象以得意。"总地来看，如果将"象"理解为广义的"符号"，则关于言、象、意的关系命题与西方人的关于语言、符号、意识或存在的关系命题是基本吻合的。

(3) 作为象形文字的"象"

如果上面所有的讨论都基本属实的话，那么，就会出现这样一个问题：《周易》向来是被看作中国文化品质的最高典范，这一典范是以"象"系统为特征的，由田弼所归纳的言、象、意理论是关于"象"系统最为全面的论述总结，那么，按上面的论述，"象"又何以能成为中国文化中的结晶之物呢，既然西方文化关于语言、符号、观念存在三者关系的哲学见解与之如此相似，那么，"象"理论的独特文化品质在哪

---

① ［瑞士］弗迪南·德·索绪尔：《普通语言学教程》，北京：商务印书馆，1980年，第27—28页。
② ［瑞士］弗迪南·德·索绪尔：《普通语言学教程》，北京：商务印书馆，1980年，第27—28页。
③ ［美］莫里斯：《符号理论基础》，转引自《资产阶级哲学资料选辑》第18辑，上海：上海人民出版社，1966年，第129页。
④ ［英］洛克：《人类理解论》，北京：商务印书馆，1981年，第721页。

里呢，"象"的中国特色在哪里呢？显然，这一问题的关键是在对"象"的理解上。前面关于"象"系统理论的基本前提都是将"象"当作"广义符号"之象，这样得出的言象意理论与西方人观念不谋而合是必然的。因为我们忽视了"象"作为"象形文字"之象这一基本含义——而这正是"象"的中国特色所在。

下面我们在作为"象形文字"的象的层面下重新讨论这一问题。

在象形文字的约束下，象的含义又由广义符号转化到狭义的"形象"性符号，或者按实际情况说，"象"的抽象化过程得到一定程度遏制，这使得"象"最终在以下几个方面有着自己突出的特点：

一是诉诸视觉的"形象性"；

二是由"象形"而引发的独特审美性；

三是由"形象"引申出来的整体性与丰富性；

也就是说，凡受过汉字熏陶的人，在使用"象"这一概念时不知不觉会意识到这一概念所描述的事物应该具有某种整体性、丰富性，可视性和独特审美性。沙夫对"人工符号"（artifical sings）进行分类：

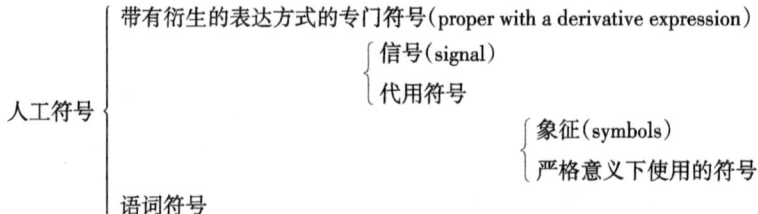

人工符号
- 带有衍生的表达方式的专门符号（proper with a derivative expression）
  - 信号（signal）
  - 代用符号
    - 象征（symbols）
    - 严格意义下使用的符号
- 语词符号

其中，对于"象征符号"沙夫列举了三个特征：①物质的对象代表抽象概念；②这种代表的作用是以一种约定为基础的，人们要了解这一符号，就必须了解这种约定；③约定的代表作用是以一种表面上诉诸感官的代表作用作为基础的（《语义学引论》）。对比上面论述，不难看出，我们所使用"象"的含义实质上就是沙夫"象征符号"的含义，我们所用的"象"的实质就是"象征"。

（4）作为文学意象的"象"

我们在"象征符号"这一意义上使用"象"，由此来考察"言象意"这一组命题，便会发现，所谓言——象——意也就是象形文字所构成的语言——象征——意，则这一组命题的文学性质袒露无遗。这样，我们便得到了一个极为清晰的结论，王弼的"言象意"命题不仅仅是一组哲学命题，而且是，并且很可能更重要的是一组关于文学艺术的命题。当然，这一文学艺术在中国自然是指诗歌。"言象意"道出了中国诗歌的内在奥秘。作为"象形文字"意义的"象"，终于引发出了"诗歌之象"。而这一"象"的基本特征就是"形象象征"。

"象"作为"诗歌之象"而存在，其重大意义到底在哪里呢，下面我们借助西方符号学观点试予以揭示。第一个提出艺术是一种符号观点的卡西尔指出：

艺术可以被定义为一种象征语言……艺术的象征与日常言语及书写的语言学

的用语之间，有着确凿的差别……①

他的弟子苏珊·朗格继承他的观点并作了进一步地发展。他对符号作了这样的分类②：

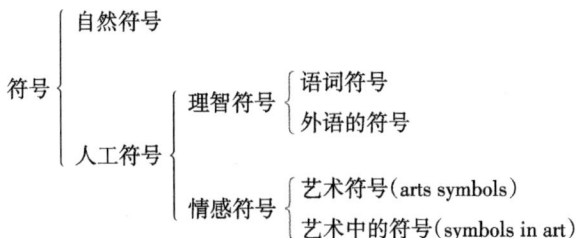

符号
　自然符号
　人工符号
　　理智符号
　　　语词符号
　　　外语的符号
　　情感符号
　　　艺术符号（arts symbols）
　　　艺术中的符号（symbols in art）

苏珊·朗格将"艺术符号"与"艺术中的符号"进行了区分，从而第一个提出了"艺术符号"的概念。她在《艺术问题》中说：

> 所谓艺术符号，也就是表现性形式，它并不完全等同于我们所熟悉的那种符号，因为它并不传达出某种超出它自身的意义，因而我们不能说它包含着某种意义。它的包含的真正的东西是一种意味，因此，仅仅从一种特殊的和衍化的意义上说来，我们才称它是一种符号。它并不具有一个真正的符号所具有的全部功能，它能做到的只是将经验加以客观化或形式化，以便供理性知识或直觉去把握。尽管如此，它却没有抽象出一个可供理性思维的概念。它的意味是在形式之中直接看出来的，这种意味与一个纯粹的符号传达的意义不同，因为它并是通过符号传达出来同时又与符号分离。艺术中用的符号是一种暗喻，一种包含着公开的或隐藏的真实意义的形象；而艺术符号却是一种终极的意象——一种非理性的和不可用言语表达的意象，一种诉诸于直接的知觉的意象，一种充满了情感、生命和富有个性的意象，一种诉诸于感受的活的东西。③

苏珊·朗格不仅指出了艺术与语言作为符号的外在差别，同时还指出了艺术作为符号的内在差别：艺术符号是指艺术作品作为表现的整体意象；而艺术中的符号，则是指艺术作品构成的诸要素。苏珊·朗格的艺术符号观形成了西方符号学关于文学作品的一般看法：文学作品包含这两套符号系统，文学语言是外在的第一级的符号系统，它的"能指"（符号形式）是语言的声音形式及书定符号，它的"所指"（符号内容）则是语言的表义性、表象性、表情性等多项内容所组成的审美意象系统。这一审美意象层面又作为第二级的符号系统，它的"能指"（符号形式）就是意象本身，它的所指则是一种更为深层的、难以言传的"意味"。西方符号学传达的这一基本看法也正是

① ［德］恩斯特·卡西尔：《人论》，甘阳译，上海：上海文艺出版社，1986年。
② ［美］苏珊·朗格：《艺术问题》，转引自俞建章，叶舒宪《语言与艺术符号》，上海：上海人民出版社，1988年，第28页。
③ ［美］苏珊·朗格：《艺术问题》，滕守尧、朱疆源译，北京：中国社会科学出版社，1983年，第134页。

王弼在"言象意"系统中所提出的看法。卡西尔认为艺术的本质是一种象征语言，而中国古人认为"诗歌之象"是诗歌的关键；苏珊·朗格提出"艺术符号"概念，中国古人指出了"象"的概念，苏珊·朗格将"艺术中的符号"与"艺术符号"并列，中国古人则将"言"与"象"并列……。从一系列的对比可以看出，中国古代第一个将言象意并列的古人的确是深谙艺术的真谛的。"艺术之象"或者说是"诗歌之象"，的确是比语言符号系统更高一层次的象征符号系统，它作为一种非理性的不可直接言说的意象系统，作为一种诉诸直接的知觉的意象系统，作为一种充满了情感、生命和富有个性的东西，一种诉诸感受的诗的东西，它的象征性，整体性，丰富性和审美性的确是一种说不清、道不明然而又能打动人心的魅力，的确有一种难以用概念语言表达的深长的"意味"。而后代许多文学批评家沿用"象"这一概念，或者稍加变通而将其应用于批评领域也就不足为怪了。

关于象的第一个重要文学批评术语是"兴象"。"兴色"始于唐人殷璠《河岳英灵集》中评诗人诗作。他评价孟浩然："无论兴象，兼复故实"；评价陶翰："既多兴象，复备风骨"，又批评齐梁文风："理则不是，言尝有余，都无兴象，但贵轻艳。"殷璠没有对兴象作具体的解释，但从行文上看，这一兴象本质就是指超越"言"之上的那个整体诗歌之"象"，也就是苏珊.朗格所谓的"艺术符号"。明人胡应麟《诗薮》道："作诗大要不过二端：体格声调，兴象风格而已。体格声调有则可循，兴象风神无方可执。"又说：学诗当熟读汉魏六朝乐府，取盛唐名家诸作，"陶以风神，发以兴象"。这里的"兴象"与"风神"，大概也就是所谓的"象"与"意"。对于"兴象"与"象"的关系，闻一多曾经也有相近的认识。他说《易》中的象与《诗》中的兴，都是隐语的一种，"所以后世批评家也称《诗》中的兴为兴象"，而有"西洋人所谓意象、象征，都是同类的东西，而用中国的术语来说，实在都是隐"。他在这里说的虽然是兴与象的关系，但是他是将兴也称作兴象的（关于兴与兴象，我以为还是有差别的，这种差别源于概念的历史变迁，这里不做详细讨论），所以他的观点是不妨看作针对"兴象"与"象"的。他把"兴象"与"象"看作同类，都是"隐"，应该说他是很谨慎的，关于"兴"与"兴象"，张海明在其《经与纬的交结》一书中有颇详细的讨论，其中，他将"兴象"与西方"客观关联物"及"原始意象"两个范畴做了比较，下面，我也从本书的角度将这三个概念重新比较一下。客观关联物（objective correlative）语出诗人艾略特，他认为感情不能自我呈现，只能借助于一系列事物，一个场景或一连串事件，即所谓的客观关联物来加以表达。它与"兴象"的主要差别有两点：一是"兴象"是主客体融合的产物，而客观关联物侧重于客体内容即物象；二是"兴象"是整体意象系统，不可分割的"艺术符号"，而"客观关联物"可被分割，颇近于"艺术中使用的符号"；三是兴象多发自自然景物，而客观关联物甚至可以是一连串事件。原始意象（primary image）是客观分析心理学的重要术语，它被用来指称包含了"种族记忆"或"集体无意识"的象征形式。愿意意象与兴象的差别立要在于：一是原始意象具有"母题"的原初特征，"兴象"则不必然，它可以是后发生的甚至当下发生的；二是原始意象数目廖廖，而"兴象"则可以无穷多；三是原始意象往往排斥个人化的因素，而兴象则极为强调个性、特殊性与复杂性；四是兴象是整体的艺术意象系统，而原始意象则可以是某种结构，某种模式，它可以不具备艺术内容。

　　另一个关于"象"的批评术语是"意象"。"意""象"连用，最早见于王充《论衡乱龙》："夫画龙为熊麋之象，名龙为侯，礼贵意象，示义取名也。"应该说，这一用法的整体意义已经具有了某种文学意味，以意饰象，则象的形象象征性更加明显了。至南朝梁刘勰，这一文学意味便被固定下来。刘勰在《文心雕龙》神思篇中道：

> 　　然后使玄解之宰，寻声律而定墨；独照之匠，窥意象而运斤。①

"运斤"的典故，语出《庄子·天道》中所述轮扁的故事。庄子用"轮扁斫轮"而不能授技于其子的故事说明言难以达意，而刘勰接其意用之，以为"意象"是可以达意，所谓"窥意象而运斤"者是也。由于这一故事的浓厚的文学色彩，又加以刘勰所论述的主题乃文学中的"神思"，所以"意象"这一词的文学意味极为明显，换句话说，刘勰指出了"意象"作为文学本体的基础意义，"意象"是文学艺术的真正中心，是"神思"的直接目的和结果，"神思"只有通过"意象"才能得到表达。"意象"与"兴象"是同一级别的术语，它的本质涵义也指向那个浑然一体整体"艺术符号"。所不同的是，"兴象"侧重于这一整体"艺术符号"的动态陈述，而"意象"则侧重于静态描绘，"兴象"反映了"象"的生成过程，而"意象"则没有这一层涵义。

　　兴象与意象作为双音词的出现，可以看成是对"象"的广泛意义的一种文学限制。除了这两个术语之外，另外还有两个关于"象"的命题也有这一层意思。这两个命题就是"象形之象"与"境生象外"。

　　"象外之象"出自司空图的《与极浦书》：

> 　　戴客州云："诗象之景，如蓝田日暖，良玉生烟，可望而不可置于眉睫之前也。"象外之象，景外之景岂容易可谈哉！

历代文论家对"象外之象"极为赞示，然而却没有说清楚它倒底是怎么一回事。其实，借苏珊·朗格的"艺术符号"论倒很容易把它说清。第一个"象"其实就是指艺术中所用的符号，即"艺术中的符号"，这一"象"的承担者在中国诗歌中多半是由自然景物所构成的实景，第二个"象"乃是超越语言层面的整体诗歌意象，即苏珊·朗格的"艺术符号"，它由"艺术中的符号"构成，但却超越这些具体符号而形成了难以言传的具有极大艺术魅力的所谓"空中之音，相中之色，水中之月，镜中之象"。"境生于象外"也是同样的道理。明白了这一点，也就对中国诗歌的真实奥秘，所谓"借景抒情"，"情景交融"，"虚实相生"，"言有尽而意无穷"，"有味"，"味外之旨"，"有意境"，"有意兴"，不难有一个整体的理解。

---

　　①祖保泉：《文心雕龙解说》，合肥：安徽教育出版社，1993年，第520页。

从"象"到"意象"到"意境"到"境界"，是中国人对"诗歌之象"的认识不断深化的结果。这一沿化过程的复杂细节还有待于进一步发掘与研究。大体而言，"象"范围太宽，不如"意象"；"意象"外延较模糊，又有歧义，（有时候容易理解为"艺术中的符号"）不如"意境"明确，而"意境"留着"意"的尾巴，遂颇有蛇足之嫌，不如"境界"纯粹干净也。当然，总体上讲，它们都指向那个较原始的"诗歌之象"，都是作为"艺术符号"而非"艺术中的符号"而存在的，这一点大约形成了它们的内在贯通性吧！

（5）**结论**

上而，我们简要讨论了一下"象"的多义性问题，我们分别从"广义符号"的象、"象形文字"的象以及"文学意象"或者说"诗歌之象"三个角度进行了论说。关于这三重含义的流变性与贯通性，我们将在下一部分继续讨论，以期将上面从历史文献中所抽象出来的关于"象"的轮廓还原成历史的本来样子。

2.1.1.2　从语义学观察象的意义形成

要理解"象"在中国文化及文论中的重要地位，必须理解"象"的初始含义及意义流变。

（1）从《康熙字典》的分析看"象"的本义及其意义引申基本路径

《康熙字典》载：

"象【唐韵】徐两切【集韵】【韵会】【正韵】似两切，达详上声。【说文】长鼻牙，南越大兽，三年一乳，象耳牙四足之形。【尔雅·释地】南方之美者，有梁山之犀象焉。【疏】犀、象二兽，皮角牙骨，材之美者也。【诗·鲁颂】元龟象齿。【左传·襄二十四年】象有齿以焚其身，贿也。【礼·玉藻】笏，诸侯以象，士竹本象可也。又【王安石·字说】象牙感雷而文生，天象感气而文生，故天象亦用此字。【易·系辞】在天成象。【疏】谓悬象日月星辰也。【礼·乐记·注】象，光耀也。又【韩非子·解老篇】人希见生象也，而得死象之骨，按其图以想其生也，故诸人之所以意想者，皆谓之象也。【易·系辞】象也者，像此者也。【疏】言象此物之形状也。【左传·桓六年】申繻曰：名有五，以类命为象。【注】若孔子首象尼丘。【周礼·春官·大卜】以邦事作龟之八命，二曰象。【注】谓灾变云物如众赤鸟之属，有所象似。【前汉·王莽传】白炜象平。【注】象，形也。万物无不成形于西方。又法也。【书·舜典】象以典刑。【传】法用常刑，用不越法。【仪礼·士冠礼】继世以立诸侯，象贤也。【注】象，法也。又象魏，门阙也。一曰书名。【周礼·天官·大宰】正月之吉，县治象之法于象魏。【疏】周公谓之象魏，雉门之外，两观阙高魏魏然也。【左传·哀三年】命藏象魏。【疏】由其县于象魏，故谓其书为象魏。又象尊，酒器。【左传·定十年】牺、象不出门。【疏】象尊以象凤凰。或曰以象骨饰尊。《三礼图》云：当尊腹上画象之形。【礼·明堂位】牺象，周尊也。又通言之官。【礼·王制】南方曰象。【注】刘氏曰：象，像也。如以意仿象，其似而通之，周官象胥是也。又舞名。【诗·周颂序】维清奏象舞也。【正义】文王时有击刺之法，武王作乐，象而为舞，号其乐曰象舞。【礼·内则】成童舞象。【史记·乐书】文王之舞，舞之以未成人之童，故谓之象舞。又象人，若今戏虾鱼、狮子者也。【前汉·礼乐志】郊祭，常从象人四人。又罔象，水怪名。【史记·孔子世家】水之怪龙、罔象。【注】罔象食人，一名沐肿。又药名。【本草纲目】卢会，一名象胆，以其味苦如胆也。又象教。即佛教也。【王中·头陀寺碑】正法既没，象教陵侇。【注】谓为形象以教人也。又郡名，州名，山名。【史记·秦始皇纪】三十三年为象郡。【注】今日南。又百越地，陳置象郡，因象山名。隋平陳置象州。又姓。【姓苑】颍州望族。今南昌有此姓。又【正字通】象有平、上、去三声，诸韵书收入养韵，漾韵不收，《正韵》亦然。《六书》有一字备四音者，有转十数音者，独至象必限以一音，此古今分韵之谬也。又叶徐羊切，音详。【晋书·乐志·地郊飨神歌】祇之体，无形象。潜泰幽，洞忽荒。"

《康熙字典》列"象"义14种：兽名（南越大兽）、天象、意想、效法、周官名（象胥）、门阙名（象魏）、酒器名（象尊）、舞名（象舞）、职业名（象人）、佛教名（象教）、郡名（象郡）、州名（象州）、山名（象山）、药名（象胆）、姓名（象姓），其罗列相当凌乱，但根据其韩非子一条，仍然可以大致理出其词义的基本引申途径，表示为：

大兽→与大兽相关的词义→兽活动的地方：山名、州名、郡名

→兽活动的地方产生的宗教：象教

→兽做成的药：象胆

→象兽一样高大的门阙：象魏

→由兽骨经验引发的词义→模拟：象贤、象以典型

→意想：想象

→具有模拟特征的→对天的模拟：天象

→因模拟生成的舞蹈：舞名

→因模拟形状形成的酒器：象尊

→以模拟作为表演职业特点的人：象人

→以模拟作为特长的官职名：象胥

14种词义中，只有"象姓"一条词义来源较为模糊，可能从上述途径引申出来，也可能是"相"的假借义，其他13种词义则皆有较为明晰的衍生途径。

从《康熙字典》推出的结论看，"象"是象形字，其本义是大象，其引申意义有二类，一些是与本义较近，与大象直接相关的含义，推测为较早的引申义，一些是与本义较远，由死象之骨经验引发出来的一些含义，包括"模拟""意想""具有模拟特点的"等词义，推测是后出的引申义。较早的引申义容易解释，后出的引申义则较为隐晦，其产生原因，王安石的说法显得牵强和缺乏说服力，当以韩非子的说法最为合

理："人希见生象也，而得死象之骨，按其图以想其生也，故诸人之所以意想者，皆谓之象也"（《韩非子·解老篇》）。按韩非子的说法，这一词义的发生是非常古老的，在时间上应该经历了很大的跨度。韩非子的说法不仅能够完整解释整个词义的演变途径，也与中国源远流长的"意象"文化发展轨迹深刻契合：从伏羲的设卦，到周文的演卦，到孔子"拟诸""观物取象""象辞""卦象""立象以尽意"等各种观念，到"言象意"系统的生成，变化虽大，其内在"拟诸"精神却高度一致。韩非子的解释使我们容易理解孔子《文言》的"拟诸"观念，并且很容易就能明白，无论是广义符号的"象"，还是象形文字的"象"，还是文学意象的"象"，其作为词义都与中国人的"死象之骨"经验相连，包含着非常稳定的民族心理个性，都是"拟诸"这一观念的精微发展。韩非子的说法能够完美解释中国人"意象"艺术观念的来源和实质，显示了中华民族艺术哲学心理的深刻贯通性和统一性。

关于"象"义的引申途径，《汉字源流字典》在"象"的"演变"条有一个简单说明：

> 象，本义指①大鼻子象：商人服象！非洲象。也指②象牙：笏，天子以球王侯以笏。③《韩非子·解老》："人希（稀）见生（活）象也，故诸人之所以意想者，皆谓之象也。"由此引申为④想象。由想象，又引申为⑤模拟，仿效：崇德～贤|～形，～声。由模拟又引申指⑥类似，如同。也指⑦形状，现象：形～|景～|～征，为了分化字义，后来"如同"等义便另加义符"亻"写作"像"来表示。0像，从亻从象会意，象也兼表声，读xiàng，表示⑧相似：影之～形也|他俩长得太～了。又表示⑨如同：～这样去做，哪天能完。用作名词，也表示⑩比照人物做的图形：下诸官府郡国，各上前人～赞，塑～，雕～|画～|音～制品。由图像又引申指⑪法式：行比伯夷，置之以为～令。由类似引申指⑫似乎，好像：门外～是有人|～做梦似的。又表示13举例：他到过许多地方，～北京、上海、广州等。①

其描述的象义引申细节或还存在可商量的地方，但描述的象义的两大演变途径，与上述从《康熙字典》所得的分析如出一辙，可以佐证象义演变的一般情况。

（2）从构词看"象"的意义类型

象的构词能力很强，《康熙字典》载象的相关构词21种，《辞源》载象的单独词条68条②，百度"象词汇"关键字检索得到的象的构词451个（个别词组有重复）③。观察象的词条及其分类，也可以窥探出象义的引申特点。

象字的构词大致可以分为以下两大类。

---

①古衍奎：《汉字源流字典》，北京：华夏出版社，2003年，第648页。
②商务印书馆编辑部：《辞源》，北京：商务印书馆，1983年，第2935—2937页。
③本次查询时间为2016年12月28日上午9点24分。

一大类是象作为本义参与的构词，这类构词中，大象的含义仍清晰可见。这又包括以下几种类型。一类是以物种含义参与的构词，如大象、犀象、象王、驯象、毛象、海象、龙象、象牙、象齿、瑶象、象胆、香象、象体、象约、象奴、象寿、象马、象棚、象果等词；一类是以材料或工具含义参与的构词，如象刻、象饰、象环、象珥、象揥、象管、象笔、象樒、象尊（象牺、牺象）、象觯、象笏、象俎、象床、象榻、象车、象载、象輂、象轩、象舆、象衣象冕、象弭、象弧、象甲、象篦、象荐、镂象、象军、象牌、象尺、象阙（象魏）等词。

另一大类是与“人希见生象，而得死象之骨，按其图以想其生也”这一事实相关联的构词。这一类构词又具有多样、复杂、用义曲折等特点，要想精确描绘出其间的时间和逻辑关联非常困难，但可以依据其含义及构词特点对其作初步分类，从中了解象义的一些特点。考察此类构词，可粗略划分为三类。

一是由象骨与生象的相似，引起的“相象”“如同”“像”等概念，从而生发的构词。其中动词如好象、不象、类象、象类、象似，名词如模象、神象、金象、银象、铜象、泥象、庙象、镜象、画象、造象、肖象、象貌、象制（制象）、印象、六象、罔象、象尼，形容词如象样、象话等。

二是由象骨相对于生象的不同，引起的“表象”“表现”等含义，从而延伸出来的概念。包括较具体的一些概念如气象、物象、天象、旱象、星象、形象、景象、血象、脉象、脏象、色象、骨象、言象、椿象、象刑等，以及较为抽象的一些概念如想象、意象、兴象、象外、表象（象表）、现象、本象、对象、实象、虚象、具象、抽象、真象、假象、迹象、险象、幻象、败象、吉象、凶象、危象、病象、弊象、灾象、兆象、厥象、症象、证象、品象、比象、变象、法象（象法）、灵象、惨象。

三是由象骨与生象的特殊关联引发的“模拟”含义而延伸出来的概念。其中较具体的一些概念如象舞、象武、象箾、象棋、象戏、象骖、象限、象龟、象教、象设、象贤等，较抽象的一些概念如比象（象比）、儗象、仿象、放象、象效、象形、象声、象事、象意、象物、象喻、象征、征象、象寄译鞮（寄象、象寄、译象、象译、鞮象）、象胥、提象、仪象、体象等。

尤其值得注意的是有几类特殊的词。如在第二大类第二小类“表象”类构词中，包含着一类由“八卦——周易——易经”卦象系统衍生出来的构词，这类构词虽然仍然与“人希见生象，而得死象之骨，按其图以想其生也”相关，但其引申已走得很远，形成了深具中国特色的易经文化解释，这些解释形成了中国人观察世界的独特方法和理解世界的独特思维：观物取象、立象尽意、得意忘象、象外之意，成为了后代“意象”文化的源头。这类构词包括：卦象、爻象、立象、取象、观象、二象、四象、大象、小象、象辞、象传、象数、悬象、县象、筮象、干象、象纬、纬象、象传、贲象、象系等。又如因佛教称象教而延伸出来的词，如象玄等。还有如因“像”义而衍生出来的词。

当然也有些词因为运用的灵活而显示出混合的意义来，如法象、象设等词。

（3）从几个复义词条看象义的复杂性

象义经过演变之后，形成了复杂的构词，在某些复义的词条身上，仍然能够看到构词时不同意义的交混与纠缠。兹举几例。

1）"象魏"

《康熙字典》的解释举例很复杂，却并没解释清楚"象魏"之"象"的真实含义和渊源。《康熙字典》载："又象魏，门阙也。一曰书名。【周礼·天官·大宰】正月之吉，县治象之法于象魏。【疏】周公谓之象魏，雉门之外，两观阙高魏魏然也。【左传·哀三年】命藏象魏。【疏】由其县于象魏，故谓其书为象魏。"这个地方的"象"，可以有几种解释。

一种解释为大象。则"象魏"就是悬挂大象图像的宫殿，但这种解释与同处《周礼》"治象之法"含义不合。

一种解释为"治象之法"即圣人观物取象的含义，即与周文作"周易"事实相关联的引申义，但这一解释虽合乎《周礼》记载，却与疏文注释无甚关系。

一种解释为与"魏"同义的"高大"之意，这个意思可以理解为是从"大象"引申出来的含义，它符合我们对于词语构成法则的理解，也符合疏文的解释，但与《周礼》"县治象之法"的记载不合。

还可以解释为"像之魏阙"，其优劣与第一种解释略同。

总的来看，"象魏"的解释并不能令人满意，无论哪种解释，都说得过去，但都有一些疑问。不过合起来看，象魏意义的复杂性却正反映了早在《周礼》的成书年代，"象"义已非常复杂，运用已非常灵活的情况。从今天来看，象魏作为词条的多重解释，正是"象"义的复杂性引起的。

2）"象法"

至少有三义。一与圣人观物取象之法有关，因《周礼·天官·太宰》"正月之吉，始和，布治于邦国都鄙，乃县治象之法于象魏，使万民观治象"，引申为重要法令，如前蜀杜光庭《都监将军周天醮词》："銮旗早复于秦京，象法重悬于魏阙。"

二与佛教有关，因佛教别称象教（象教得名有两种可能，一种是因其立像传统而得名，一种是因其大象产地而得名，传统解释倾向于前者）而引申为佛法，如唐王勃《广州宝庄严寺舍利塔碑》："象法不可以无主，微言不可以遂丧。"清王士禛《池北偶谈·谈艺五·敬一主人诗》："《宿向阳寺》云：'圣朝存象法，古寺复闻钟。'"

三因象为"像"，而引申为摄影，如康有为《自题三十影象》诗："象法流传海外图，偶来山泽现癯儒。"

从三义看，恰好能对应上述象的不同词义。"象法"的多义性清晰展示了"象"义的复杂性，运用灵活性，及其在运用时的三种具体意义路径。

此外如象刑①，象教等词，在理解时也都具有不同程度的复杂性和模糊性，也都

---

① 袁佳佳：《"象以典刑"之两解》，《文学评论》2011年第6期，第87页。

能反映"象"本身意义的多重性特点。

(4) 象的本义的发生证据及其引申义的发生时间意义

象的本义是大象或象兽，从时间上看有两个证据。一个是在甲骨文中，"象"模拟象牙的象形文字造字特点。另一个是今日所见《山海经》关于这一意义的记载："泲水东五百里，曰祷过之山，其上多金玉，其下多犀、兕，多象。有鸟焉，其状同鹢，而白首、三足、人面，其名曰瞿如，其鸣自号也。泿水出焉，而南流注于海。其中有虎蛟，其状鱼身而蛇尾，其音如鸳鸯，食者不肿，可以已痔。"（《山海经·南山经》）从这一记载看，大象的含义在传说时代即已经固定在了"象"身上，另一个较为确切的记载也能说明稍晚的情况，《诗经·鲁颂·泮水》载："憬彼淮夷，来献其琛。元龟象齿，大赂南金。"《毛诗序》曰："颂僖公能修泮宫也。"朱熹《诗集传》曰："此饮于泮宫而颂祷之辞也。"方玉润《诗经原始》曰："受。俘泮宫也。"即使从几家的解释来看，也能确定至迟在春秋时代，"象"已确凿无疑具有大象的含义。

当然，从词义的引申特点看，总是从具体转向抽象，也可以佐证象的本义应该为较为具体的大象的含义。不过从象义的产生时间上看，因为"圣人观物取象"这一观念至迟发生在周文王演八卦时代，至早可以上溯到伏羲作八卦时代，则可以推测象的"人希见生象，而得死象之骨，按其图以想其生也"的各种引申义的发生时间也应当非常之早，而这正是造成"象"的文化意味深远的主要原因。当然，象的本义的发生当远在殷商的甲骨文之前，也是可以推测的。

2.1.1.3　失传的年代与误解形成的文化观念

怎样理解从"人希见生象也，而得死象之骨，按其图以想其生"到"圣人观物取象"的巨大跨越呢？

这个疑问，恐怕有待于考古学的进一步发掘。但这里可以提供一个合理的假设：很久以前，一个与大象为伍的强悍民族不知道为什么原因衰败，随之伴随发生了相当偶然的事件，大象也不知道什么原因相当遗憾地从这个民族的生活中消失，以至于大象作为一种权力的象征由象牙残存保留下来，但整个民族对这段历史却就像失去了记忆一样，但是，在某一个遥远的历史时间之后，不知道发生了什么历史事件，这个民族在突然看到大量的象牙象骨之后，戏剧性恢复了对权力时代的记忆与想象。这个场景是如此具有戏剧性，以至于其子孙对于"象"与"象骨"之间的这场纠缠产生了强烈的震撼，这种张力和影响慢慢沉淀下来，最终凝结形成了"人希见生象也，而得死象之骨，按其图以想其生"的象的观念，这一观念由观物取象和设卦造字等具体事件最终确立了它在文化中的核心地位。在这一解释中，有几个关键环节是不可缺少的，一是大象的存在即权力或富强象征；二是大象的长期消失；三是大象牙象骨的突然震撼性出现；四是八卦和六十四卦作为象的创造；五是象形文字的出现。显然，无论从时间上和空间上，还是意义演变上，这种跨越都是非常之大的，而误解和对误解的领悟造成了历史的拐弯。

假设中国文明曾经发生这样巨大的演变和误解，才能说明"象"这样一个复杂文化观念在中国的独特发生，也才能理解象的独一无二的品质和无可替代的文化地位。从伏羲造八卦、仓颉造字，到文王演八卦为六十四卦，成周易，到孔子作文言，到王弼"言象意"的思辨总结，到文学领域的全面实践，"观物取象"的观念走了一条从实践向理论，又从理论回归实践的道路，成为了汉民族思维观念及审美观念中的最特别的一道风景线，"象"本身也由此也成为汉民族最具价值的文化理念之一。

理解"生象——人希见生象——设卦取象（符号）——象形文字——象外之意"等一系列文化观念，才有可能对中国文化的非逻辑性和特殊品质产生深刻同情和理解，而这也正是理解中国艺术和中国文化命脉的关键。

2.1.2　论观物取象思维控制下的中国古典美学话语

观物取象思维深深影响着中国人的语言、思维、文化观念及美学意识，对于理解汉民族诸种文化精神有着重要意义。但是这一观念的独特深奥本质、源远流长的历史演进、深广复杂的文化表现，使得它不仅很难被西方文化理解，就是对于长期生活在汉文化语境中的现代中国人来讲，理解起来也有一定难度。本书对这一文化观念及其控制下的中国古典美学话语做一个鸟瞰，以期抛砖引玉，引起研究界注意。

2.1.2.1　观物取象的独特深奥本质

"观物取象"观念源自孔子提出的"观物取象，立象以尽意"，它具有独特深奥的性质，表现在几个方面。

首先，观物取象表述的是一套思维体系，它是目标、方法、过程、结果的复合体，它的目标是"意"，它的方法是"观物取象"，它的过程体现为"立象"，它的结果呈现为"象"，其复杂性不言而喻。

其次，观物取象的目标"意"，也具有复杂性。"意"不是单纯的主体，也不是单纯的客体，甚至也不是单纯的主体对客体的"模仿""表现"或"反映"。"意"是主客体交汇形成的更高级概念，可以理解为主客交汇过程中的一系列思维与情感活动连续体，从它可以衍生出志、情、神、气等非常复杂的概念。"观物取象"观念一开始就是一套有生命的思维活动、思维方式的集结，是一种高级的动态生命意识概括。相对于柏拉图所提出的"理念"而言，"意"具有更加活跃的属性。柏拉图认为"世界"是对理念的模仿，而立象以尽意则认为世界与人的交汇会形成意，柏拉图的理念具有单纯性和唯一性，而立象以尽意的意则具有生命般的混溶特点。将丰富鲜活的意作为立象目标，这是观物取象观念的高级之处，也是其独特深奥的本质所在。

再次，"象"同时又是作为观物取象的结果而存在，具有主体与客体、抽象与具体、感性与理性、过程与结果、历史意味与现实意蕴相结合的复杂品性。"象"是作者主观意识与客体世界相交汇生成的事物，它不是主体情感意志，也不是客观关联物，而是二者的交合融会与碰撞，是主体与客体的配合。"象"的意义生发即不是完全脱离大象的具体形象，也不是完全与大象的具体形象挂钩，而是与"人希见生象也，而得死象之骨，按其图以想其生"的暗示性思维过程相关，这一过程意味着"象"既具有"死象之骨"的具象特征，又具有"按图以想"的抽象品性，所以"象"所代表的事物一定是抽象与具体、感性与理性的融合。"象"作为取代性的创造结果，永远在暗示着一种创造过程，一种对潜在对"意"的无限接近，所以它实际上处在过程与结果的融合态。另外，"象"的概念的诞生是诸种历史融汇的结果，也是当前文化语境的一种概括，是历史与现实的结合，这在后面还要详细说明。其次，"象"作为一种文化创造物，始终不是终极存在目标，它是对终极存在目标"意"的有限接近和表现模拟，这种终极存在的"意"也不是客观世界，也不是主观意识，而是客观世界与主观意识相遇产生的人类思维活动本体。

从以上诸方面看，"观物取象"与"象"作为文化观念，其本身具有独特深奥、难以为人理解的品质。

2.1.2.2　观物取象观念的历史变迁与复杂文化表现

"观物取象"观念的形成历史悠久，内涵复杂，这也是导致它难于为人所理解的重要原因。

"观物取象"观念的发源，最远可上溯到人文始祖伏羲氏造八卦以及仓颉造字。关于伏羲立八卦的内容，现在研究界尚未达成统一，一种合理的解释认为伏羲通过创立八卦完成对天气气象的模拟和预报工作；仓颉造字则被认为是创立了中国象形文字的生成法则——这两种活动都可以被理解为"观物取象"。八卦和象形汉字，其最终形态虽有不同，其创生模式却相一致，其创造的目的都是"尽意"，其创造的方法都是"观物取象"，其创造的结果都是生成了特定的"象"：八卦与文字。八卦的创造与汉字的形成其传说时间相同，意味着一种具有广阔生命力的文化创造方式和思维观念在中国大地上诞生并迅速展开。其后，随着更多象形文字创造和传播，这一思维观念在中国文化中得以成长为主流观念。

"观物取象"观念的形成经历了几个重要阶段。第一个关键性的阶段要归功于周文王演八卦，作周易。周易的创造至少完成了两项重要工作，一是将"八卦"之象衍化为更为复杂的"六十四卦"之象，二是通过说卦方式完成了对事物生生变化规律即"易"的揭示，并通过占卜的方式将其应用到更广阔的社会预测工作中。第二个关键性的变化来源于孔子。伏羲和周文王的工作得到了孔子的极力赞扬，孔子晚年学易，通过撰写"文言"将《周易》的思想精华提升为"观物取象，立象以尽意"观念，并将其确立为华夏民族圣人的思维方式。孔子作《文言》是"观物取象"观念的理论确立时期，《文言》的出现标志着"观物取象"作为一种文化观念的正式确立。第三个关键性的变化发生在美学领域，发源于庄子和王弼：庄子在哲学美学领域做了"得意忘言"的总结，王弼对"言意象"进行了更普遍的思考，到盛唐，"兴象""意象"

"意境"逐渐成为了传统美学的核心批评观念，并最后在近代发展形成了总结性的"境界"说。令人可惜的是，在科学领域，中国人并没有发展出与美学领域相匹配的"象"的观念，倒是西方人从另一条途径完成了科学领域的诸多不同之"象"的创造。不过，可以肯定的是，中国人通过八卦、象形文字、周易、意象文学批评体系的系列创造，确立了一种源远流长的文化观念，这一文化观念的历史内容是如此宏富，以至于即使是精通中国文化奥义的批评家也不敢说对其能够全面精通。这大概是其这一文化难于为现代中国人和西方文化所理解的关键原因所在。

2.1.2.3 观物取象观念对中国美学话语体系的控制

"观物取象"之"象"的广阔含义，不仅表现在以上所涉及的"八卦""象形文字""易卦""文学意象"等方面，更重要的还在于，每一种中国文艺创造，可以都说是浸润了"象"的精神，书法家创造书法作品，画家所创造各种山水画卷，中国的建筑、园林、雕塑、壁画中的各种造型，无不显示着"象"的存在和特质。观物取象思维对中国美学体系具有明显的控制约束力量。

观物取象思维对中国美学话语体系的强烈控制首先体现在对美学精神的直接规范上，与之相关联的是一组指涉汉语美学精神的核心哲学观念：象、意象、兴象、意境、境界。这一组观念是观物取象思维在美学领域的巧妙展开和实际表达，最终由王昌龄的意境说和王国维的境界说做出了关键性总结。虽然历代作者在探讨利用这一组观念的时候或者针对的是诗，或者针对的是词、或者针对的是书法，或者针对的是绘画，但它所昭示的内容最终显然都溢出了某个特定艺术领域，而成为整个美学领域的指导性观念和精神依归。

观物取象思维对中国古典美学话语体系的控制其次体现在为中国诗学提供了一系列拟象性诗学观念。这些拟象性诗学观念集中表现为一系列拟诸生命的核心观念：道、气、神、骨、势、体、声、色、味、品、比、兴、志、和、阴、阳、童心、性灵，这些观念的创造使得中国古典美学批评呈现出浓重的生命本体意识和审美色彩。观物取象方式最直接莫过于观人，一首诗歌、一曲音乐、一幅绘画、一重雕塑，其所洋溢的美学意味，最美妙莫过于以人的生命作比拟，它具有人的声、色、气、味、体、势、骨、神，它的生命源于生命之"兴"，它的态度源自生命之"志"，它的效用譬如生命之"道"，它的美妙譬如生命之"和"。"拟诸生命"，以人作为审美表达中介，这是中国古典美学的最重要发明，是中国古典美学范畴的最鲜明特质。与西方"形式""内容""修辞""典型""理念""模仿""现实主义""浪漫主义"等一系列概念相比，中国古典美学概念一开始就采取了综合的，而不是分析的，直觉的，而不是逻辑的，具体的，而不是抽象的，形象的，而不是理性的，暗示的，而不是直接的拟诸的表述方式，一句话，中国古典美学概念一开始就采取了审美的而不是逻辑的表达思维，一开始就是从人本身出发而不是从物出发进行思考，这对于习惯逻辑中心主义文化的受众来讲或许难于理解，但是对于深谙艺术乃生命之道的中国人而言，它对生命本体意识的强烈表达，对生命全体的关注和全神贯注的精神，却具有冷冰彬的逻辑思维所无法比拟的优势。中国古典美学批评通过观人取象、拟诸于人的方式创造出了一系列拟人化美学观念，形成了生命化的美学意识和美学表达。"拟诸生命"，向生命本身问道，使得中国美学批评本身充满了丰富的想象力和美妙的艺术气质，这是中国文化带给世界文化的礼物，是中国古典美学批评奉献给世界文艺美学的最杰出精神产品。除了拟诸生命，向生命问道之外，中国人审美批评的观物取象视野也转向了更为广阔的大自然，"拟诸于物"，形成了中国诗学体系中的一系列拟物性美学观念：阴阳、自然、风、力、象、秀、格、律、韵。这些美学观念如同上述拟人性美学观念一样，也是综合的、直觉的、具体的、形象的、感性的、间接的、暗示的，其本身也充满了审美的意味和混溶的品质，用逻辑的方式是很难把握它们真谛的。

　　观物取象思维对中国古典美学话语的控制还间接体现在其他各个方面，特别是对具体批评形式的影响上。张伯伟将最具中华民族特色的中国古典文学批评形式总结为六种："选本、摘句、诗格、论诗诗、诗话和评点"[1]，认为"这六种形式，是西方文学批评中所鲜见，而在汉语文学批评中（包括朝鲜-韩国、日本、越南）又最普遍地为人使用的"[2]。观察这六种形式，你会发现它们全都是间接的、感性的、暗示的、审美性的表达方式，其中，诗话、评点、论诗诗三者其本身更是精美的艺术品。中国人较少采用单篇论文的批评模式（《文心雕龙》大概算是特例），而更习惯于采用富有审美意味的间接批评形式，并且一旦这些形式被发现，就迅速在知识阶层广泛传播和深受喜欢，这与中国人对审美范畴的拟象化审美表达是相一致的。其中，论诗诗直到近代还被启功用来发表对书法的广泛批评，诗话和评点更是中国美学批评形式的皇冠上的最灿烂的两颗明珠，直到宗白华做《美学散步》，朱光潜宣称它最得意的作品不是《西方美学史》而是《诗论》，钱钟书不做长篇论文而写作《谈艺录》与《管锥篇》，也都还在坚持这一批评模式或深受这一思维观念的影响。

　　当然，观物取象思维对中国古典美学和诗学话语的影响，除了批评精神、批评范畴、批评形式等方面的影响之外，当会有更多的内容期待我们去发掘。西方文论在理性和逻辑思维控制之下，在20世纪开出了繁盛的花朵，取得了骄人成绩，象征主义、意象主义、俄罗斯形式主义、英美新批评、符号学、语言学批评、心理原型批评、结构主义、解构主义、女权主义批评、新东方主义批评、接受美学等一大批新的批评方法和理论如雨后春笋般涌现，形成了批评的盛世。但这些批评方法除了象征主义、意象主义、英美新批评等少数理论带有较多的审美发掘之外，还大都侧重于以科学逻辑的眼光去剖析文学艺术。不能不说，西方文化对于观物取象思维和中国式的批评风格总体上是陌生的。观物取象思维所蕴含的美学的、生命本体的巨大能量，唯其有待于国人自己的努力和创造才能最大限度地将其激发出来。而这种创造，最重要的恐怕就

---

①张伯伟：《中国古代文学批评方法研究》，北京：中华书局，2002年，第9页。
②张伯伟：《中国古代文学批评方法研究》，北京：中华书局，2002年，第9页。

是拟诸于象，创造出新的独创性的象。只有"取象"方式的创新，才有可能真正让这一文化精神重新复活，并创造出它自己的辉煌未来。

2.1.2.4　结语

总的来讲，意义深奥、历史久远、表象丰蕴的观物取象思维模式，对中国古典美学话语具有极大的左右力量。在观物取象的影响之下，中国古典美学批评在批评精神、批评范畴、批评形式上都呈现出了浓重的象征化拟诸化色彩。其中，诉诸意境和境界的批评取径使得中国古典美学话语具有独特的人文精神，拟诸生命的批评范畴使得中国古典美学成为了天然的生命表达模式，间接化审美化的批评形式则使得中国古典美学批评呈现出了的独特的形式之美，它们一起构成了中国古典美学话语独一无二的美感和生命体验。学习、保持和发展这一独一无二的文化精神，恐怕是国人在追求文艺复兴过程中所要面临的最艰巨课题了。

2.1.3　明夷诗话

本部分尝试以诗话方式建构起"起兴—兴象—兴味"三位一体的中国"兴象"批评体系。

2.1.3.1　诗之本在兴

诗者，兴也。

子曰："诗可以兴，可以观，可以群，可以怨，迩之事父，远之事君，多识于草木鸟兽之名。"则诗之能事备矣。然则何为诗之第一要义耶？以吾观之，是为兴也。

朱子曰："兴者，起兴也。"在作者则言兴趣，在作品则言兴象，在受者则言兴会。无论兴趣、兴象、兴会。一言以蔽之，则曰起兴。朱子之言虽简，朱子之言不诬也。

然则兴之志趣大矣，兴之能事广矣。非徒诗之本在于兴，书画乐舞以至影视戏曲之本皆在乎兴。艺术者，惟兴而已。

是故书兴书，画兴画，乐兴曰，舞兴舞。兴象不一，在兴则一。是故毛诗序云：言之不足故嗟叹之，嗟叹之不足故永歌之，永歌之不足，故不知手之舞之，足之蹈之；此一之谓也。是故孔子言诗，亦言乐画，嵇中散人怀广陵散而咏手挥五弦，是故苏子旷达，棋琴书画无所羁绊，板桥亦无所不浸，太白亦留情翰墨，张长史见公孙大娘舞西河而草书大进，韩吏部观石鼓文而文思益壮。大抵万象成流，一兴而百会，一溢而莫难百进也。所当虑者，唯在年岁与性情之不与人尔。

凡诗之始得之必有兴，是曰兴趣，柏拉图言狂迷，伊安篇言灵感，即言此兴；凡诗之终受之亦必有兴，是曰兴会，戏曲欣赏言共鸣，亚里斯多德言净化，即言此兴。柯勒律治梦中作《忽必烈汗》，得之于灵感，张长史以头染墨书草字，成之于狂迷，有灵感狂迷之兴，始有创作。黛玉闻《西厢》而心醉神摇，是为共鸣，少保集杜字而谓己出，是为净化，有共鸣净化之兴，始有鉴赏。

天地万物梨然有当于人心者，在兴则一。然则何者为一，是颇难言。《尚书·尧典》曰诗言志，西方苏珊·朗格言情感之符号，欲强解之，求之历史，二者或可差强人意，然深究之，又汗漫莫辨矣。

2.1.3.2　兴之起于趣

兴者，莫先乎兴志趣。夫子望川而叹曰逝者如斯，孟德观海而叹曰水何澹澹，此皆千古临水之兴也。之涣登鹳雀楼而穷千里之目，子昂登幽州台而歌天地之悠悠，老杜登泰山而览众山皆小，此皆千古登高之兴也。故南史氏志于侯人，遂开千古兴情之作，屈平志于离忧，遂开千古忧国之作。安石高卧东山，陶潜悠然南山，王维恬然辋川，子厚怡于永州，皆欲有志于兴趣，不欲冥灭于万物者也。尚书曰诗言志，刘歆七略曰诗以言情，严羽曰，盛唐之诗，唯在兴趣，虽曰有志趣与情之别，然考其大略，其实相通也。

一曰而有三兴，曰志，曰情，曰趣。

上古言志，降而言情，降而言趣。大抵言情则太实，言趣则太虚，不若言志之不偏不倚，得之中和。然言志亦有所损益，以当今之势，则颇重言情一说，斯亦见之于西方。

鲁迅云：创作总根于情。是古之志，今之情也乎？故兴莫亦不根乎情。

艺术乃激情之符号，创作总根于激情。

诗之无兴，莫如毋作，诗之未兴，亦如未读。所谓诗性，亦即诗兴也。诗之兴者，倏然而来，倏然而去，哗然恍然，有如神谕，故不可以力强之，然而可以养助之。昔者五柳先生泛览周王传，流观山海图，是养兴也。二八女郎执月牙板歌柳七词，关西大汉据铜琵琶唱东坡句，是助兴也。

古人尝言养气，然不若吾拈出之养兴。养气者，是为人生计也，养兴者，是为艺术计也。

兴有可养焉，大致在二途，曰读万卷书，曰行万里路。而古人犹重行路。故放翁说纸上得来终觉浅，绝知此事要躬行，又说功夫在诗外。故司马迁游名山大川，文章遂有奇气。至若李太白、杜子美，挟英伟之才，养浩然之气，年少即读书破万卷，青年又壮游万里路，故是诗兴海涌，后世莫复能比。人抵善养兴者则兴多，恶养兴者则兴乏。子美忆昔潼关诗兴多，其诗兴至晚岁而不少衰，是善养兴者也。江淹年少天才，而梦笔后自言才尽，是恶养兴者也。善养兴者兴不难养而溢，恶养兴者兴容易渐而衰，后世作者，常急于事功，而疏于养兴，吾常恐其离江郎才尽之日不远矣。

李白斗酒诗百篇，张旭三杯草圣传，陶潜偶有佳酒，无夕不倾，顾影独尽，悠然复醉，孟德人生几何，对酒当歌，何以解忧，唯有杜康，以是观之，则遣兴莫如酒。

养兴，助兴，诗之涵泳功夫也。遣兴，即兴，诗之创作功夫也。

创作之上之上者，曰即兴，其次，则曰遣兴。遣兴之佳者，万象神驰，兴神满怀，可追即兴，遣兴之劣者，不免蹙眉戚首，搜肠刮肚，斯已下矣。然而遣兴既已不免于勉强，世人尤趋之若鹜者，何也？盖一朝即兴，十载养兴，养兴之难也。

善读诗者，必亦善助兴也。王处仲读"老骥伏枥，志在千里，烈士暮年，壮心不已"，以铁如意击唾壶，壶中尽缺，善助兴者也。深知艺者，亦必深助兴。高渐离击筑，荆轲和而歌，荆元弹琴，于老者焚一炉好香，深助兴者也。

大抵魏晋诗多即兴，唐诗多遣兴，宋诗多造兴。故启功尝言，魏晋诗是长出来的，唐诗是酿出来的，宋诗是想出来的。然宋亦有善遣兴而入唐者，东坡、放翁是也；唐亦有多造兴而入宋者，韩孟、贾岛之辈是也。求之一律，固不可也。

维即兴，妙在感发无端，然易芜杂。维遣兴，则感发必中，然味渐薄。维造兴，兴象渐奇，然多匠理之工。

夫兴若风之起于青苹之末，不可遏抑，而充塞天地，又若水之决堤，不可遏抑，而一泻千里。故大诗人之兴，其酝酿也必久，其遏抑也必深，其愤而不通者必也广莫。孟德横朔赋诗，故遏于世积乱离，风衰俗变；项籍垓下怨歌，故遏于霸王受辱，人生末路；高祖还沛，纵酒，击筑，起舞，为大风歌，盖遏于鸟尽弓藏，天下英雄萧散；为戚夫人歌鸿鹄，泪数行下，盖遏于气力渐衰，难治骨肉相残。冯谖弹铗而歌，吐其一身傲气，荆轲易水诀别，尽愤一世侠勇，而杜子作北征，太白歌鸟道，亦皆通其遏抑，而彰显其兴豪者也

古之风人，亦颇知遏抑之理。故孔子有云：不愤不启，不悱不发。退之有云：大凡物不得其平则鸣。欧阳文忠有云：文穷而后工。

当其未启时，如鲠在喉，此遏抑也；比其启时，如江河日下，此兴也。

2.1.3.3　兴之成于象

艺术之本者，兴也。尽兴，莫若象也。是以古人有兴象之论。诗有诗象，书有书象，画有画象，乐有乐象，舞有舞象，艺术之流，其惟兴象也乎？凡艺之高下长短相较者，率皆在兴象之达与不达乎？兴象之论，其意泛而广，其旨微而深，其真切处见艺术之骨，其飘扬处显艺术之神，求之西方辩论艺术者，鲜有能配。苏珊·朗格言艺术符号，或可稍一为之作注，荣格言原始意象，则颇偏狭游离，至于艾略特言客观关联物，浮浅不及远甚矣。

诗兴其曼妙难言矣，然其方物，必以象，为诗者必妙挟象以尽兴，知诗者亦必妙求象以尽兴，挟象方能兴趣，求象方能兴味，凡一诗之高下长短相倾者，率皆在其兴象之高下长短远近尽兴者欤。故夫子之兴，方之凤麟，庄生之兴，驭之鲲鹏，渊明之兴，风之秋菊，孟德之兴，伏之老骥，相思比翼之兴，莫妙乎红豆化蝶，洁身自爱之兴，莫擅乎秋莲春竹，遗别惜友之兴，莫昭乎阳关折柳，思家去国之兴，莫浓乎中秋望月。而诗三百，虽一言以蔽之，曰思无邪，然体其兴象万千、神会无方之境，终难以一言蔽之也。

兴象、意象、意境、境界，皆言作品之象，其间细微，实可拟出中国诗论之一脉。

兴象，意象判然有别。兴象若艺术符号，意象则为艺术中之符号。兴象乃意象之系统，其本在兴，浑一，感发；意象则降一级别，稳定，约成。由兴象至意象，乃中国诗论由粗放入精微之关扼。

意象、意境、境界之渐次衍替，成一轨迹，可视作古人对兴象之重新体认过程。意象作为艺术中之符号，颇似于原型，鱼表繁殖，水示生命，落叶寓凋零，画船呈雍华，一经道出，了无余意，实难比兴象之丰富复杂，余味可玩，故唐人遂讲言外之言，象外之象，意图补救其阙。后乃言意境，则已视意境为有别于意象之整体系统。至王国维，去意添界，拈出境界二字言诗之浑一品质，实已返兴象本意。

境界者，兴境也。兴象浑沦，故有境界。

兴之至境者，若有神，若醉，是之谓神醉。神醉之境，非天才不能窥至。艺至神醉，遂能为天下表率。古埃及狮身人面，古希腊神话雕塑，文艺复兴美术，盛唐诗书，常能兴神醉，斯当为天下艺术之表率。

兴象有厚薄，关乎性情、涵泳功夫。东临碣石，以观沧海，兴之厚者也；驾虹霓，乘赤云，兴象之薄者也。南湖秋水夜无烟，兴象之厚者也；日照香炉生紫烟，兴象之薄者也。陶潜之《时运》四章，兴象之厚者也；之《劝农》八章，兴象之薄者也。兴象之厚者，即如"满城风雨近重阳"只一句，亦足以沁人心脾，感发人情，兴象薄者，即如道德经洋洋五千言，乾隆诗浩浩四万首，亦难以动人心之一厘一毫。

兴象厚者兴味必浓，兴象薄者兴味必淡，诗之高下可以兴象之厚薄判，亦可以兴味之浓淡判。白乐天有原上草之兴，故居大不难，刘禹锡有潮打空城之兴，故使后世诗人莫复措词，崔颢居黄鹤之兴，故使太白搁笔，皆因兴之厚者也。

诗有兴象，可以观志。自嗟不及波中叶，此宫女志也，采菊东篱下，此隐士志也，力拔山兮气盖世，此霸王志也，东临碣石，此帝王志也，春天我不先开口，哪个虫儿敢作声，又他年我若为青帝，报与桃花一处开，此皆故国枭雄之志也。靖康耻，是忠士志也，出师未捷，是志士志也，忽见陌头，是女儿志也，知否兴风，是舔父志也，学语未成音，是慈父志也，青青翠竹郁郁黄花，是清静禅者之志也，不敢妄为些子事，只因曾读数行事，严霜烈日皆经过，次第春风到草庐，是笃定从容，恬淡君子之志也。

穹庐一曲，兴象浑沦，可以想象歌者当时之豪兴。西洲一曲，兴象精微，可以想见当时歌者之雅兴。

佛事至中国，必以香火庙宇，佛像梵音，经书壁画，布施讲习，皆兴象之谓也。尤若基督之传托以礼拜，施洗、壁画、唱诗、讲习也。

习克知诗，善广兴象。有客自远方来问诗，曰池塘生春草，曰野渡无人舟自横，曰却话巴山夜雨时。凡三问，俱不答，但有三笑。

兴象之要妙简易，以无胜有，以不足胜有余，至矣！近世西方惟庞德能深识之。其经典之作《地铁车站》仅以两句：

这几张脸在人群中幻景般闪现；
湿漉漉的黑树枝头上花瓣数点。

其对佛灵特之《天鹅》繁削简删，使69行仅成12行：

在荷荫之下，
在洒满荆豆花、丁香花
金黄、蓝紫、褐红色的河水里，
鱼儿颤抖。

飘浮穿过冷绿的落叶
银色的游波，
天鹅的古铜色的颈和嘴
弯向黑色的深水，
它缓缓游向拱桥下。

天鹅游向桥洞的暗处，
游向我的悲哀深处的暗洞。
它带来一朵白玫瑰，一团白火焰。

其对艾略特《荒原》更是大刀阔斧，删削过半。然而皆能一一使成绝唱。

剪纸彩花，何有生气，死之蛟龙，何有趣味，诗味以鲜为贵，必于兴象中求之方可，故兴象尚新。西方人讲陌生化，即是此理。"床前明月光，疑是地上霜，举头望明月，低头思故乡"，兴象已陈，故诗味已陈；"君自故乡来，应知故乡事。来日绮窗前，寒梅著花未"，兴象犹新，故诗味犹鲜。

兴象尚新，非徒意象尚新也。长吉、梦窗，皆擅翻新意象，然长吉尚不忘新其兴象，梦窗师长吉，然徒知翻刻意象，于兴象多所未顾，陈兴重重，是以为后世诟疾。齐梁、西昆、江西之劣者，多在此病。谢灵运虽擅山水之宗，然考其制作，意象甚多而兴象甚寡，恐亦不免于此恶。

2.1.3.4　兴之得于会

兴象如梧桐一叶，妙在感发，故常有韵、有味、能隐。韵、味、隐秀，皆言象外之象，言外之意，有如意之谓也，是必于兴会之后方可知之。

知诗者，必作意兴会，故常歌、永、唱、叹、吟、诵、讽、读，以发诗之兴象，辨诗之韵味、隐秀。至能兴领神会，方为悟诗之妙。

意象守旧者，尚可与言诗；兴象守旧者，难与言诗矣！唯大诗人能兴象意象并新。

人而无兴，必至寂灭，故诗而无兴，可以杀人！

乐始于词尽，故有以乐言兴会者，曰韵。

味始于食尽，故有以味言兴会者，曰兴味。

禅始于顿悟，故古人又常以禅言诗。

故昔人云，辨乎味，然后可以言诗。

故昔人云，辨乎韵，然后可以言诗。

故亦可以云：辨乎禅，然后可以言诗。

诚斋之体甘而能鲜，故能免俗；渊明之诗苦能回甘，故使人不厌。太白如荔枝，甘而极鲜，然百首之外其味易尽；老杜如橄榄，有味然而涩，故十首之内其味难言。

大概西方诗如击鼓，中国诗如弹琴，击鼓则声重，弹琴则韵远。

韵深，味长，隐秀之极者，曰妙。

绝妙，则曰神、醉。

妙者，玄也，尚有一、二思理可寻，神醉者，绝妙也，玄之又玄，其迹难求矣。

兴会亦有境界也。韵味、隐秀，兴之常境也；妙，兴之化境也，神醉，兴之至境也。从此亦可以定兴象之境界也。

诗有诗品，画有画品，是必辨乎味然后可以定。品者，品于味，辨乎兴会之长短、高下、厚薄也。昔者庾肩吾有《书品》，分书为上之上，上之中，上之上，中之上，中之中，中之下，下之上，下之中，下之下者九品；司空图有《诗品》，分诗为雄浑、冲淡、纤秾、沉著、高古、典雅、洗炼、劲健、绮丽、自然、含蓄、豪放、精神、缜密、疏野、清奇委曲、实境、悲慨、形容、超诣、飘逸、旷达、流动者二十四品；是真能辨乎味者也。然所分愈细，则不实处必愈多，指称愈实，则穿凿处必愈烈。盖兴会洋洋，即诗艺之质，强以理附会，其不诬者实难也哉。

以品位论艺，则有常品、妙品、神品之别。《古诗四贴》，神品也；《诸上座帖》，妙品也；《黄卓草书李白诗册》，常品也。《赤勒歌》《苤苢》，神品也；《鸟鸣涧》《黄鹤楼》，妙品也；《回乡偶书》《常干曲》，常品也。同是送别，《送元二使安西》，差强神品矣，《芙蓉楼送辛渐》，差强妙品矣，《赠汪伦》，则为常品。同是咏怀，阮籍之咏怀八十二首便似神品；陈子昂之感遇三十八首便似妙品，而阮籍之另咏怀十三首四言便是常品。

以兴象论，太白子美之佳者，能至神境，东坡稼轩之佳者，多至妙境。

诗者，兴也；然大抵亦观也，亦群也，亦怨也，亦事父也，亦事君也，亦多识草木鸟兽之名也。子亦不废识观群怨也。中国之诗，虽佳者必在兴，然亦多呈识、观、群、怨，故韩子言文以载道，虽失之偏颇，却亦并非全无道理。而西方人尤重于识。柏拉图缔理想国，逐诗人于国门之外，黑格尔讲美学，曰艺术必归于灭亡，岂非重识之极者哉！然兴象终于焕然而自立，奥古斯丁虽极构艺术之罪名，终难逃兴象之乐，康德虽极重于理性法则，终不免僻华境于审美，而佛教、基督、伊斯兰、儒法道墨竟皆托兴象以传，岂不发人深省者欤？子言君子，常借诗书之兴，而后文质彬彬，尽善尽美。天下于文艺识见多矣，然而未有若夫子所道如是深远也。

2.1.4 壬午书谭

本部分是中国"兴象"批评方法在书法领域的一个具体而微的应用。

书法有大美，其唯在大象。

昔者先人观物取象，目成形，耳成音，形之未就繁简者成图画，简而约之者成文字，并与之音，成语言。书法，本乎文字而返求象者也，画之于物，既已象之，字之于画，又复象之，象之又象，是为大象。

象之又象，则近于抽象，抽象而能不遗其本者，求之艺术，唯中国书法与水墨欤？而水墨犹乃半成，至于西方所谓"抽象艺术"，以吾观之，犹未有形。

大象之书，始于点画，点画既成，黑白乃分，黑白既分，苍生万物遂旋舞于是，苍生万物旋舞于是，则几近矣。书法之妙，莫妙乎黑白，能为苍生万物旋舞于黑白，可以闻大道。

然则大象之书何其难成也，恒兀兀以穷年，枯形皓首而犹不能至者，岂非胸襟气度不当者欤！世之能为大象之书者，亦不过斯、芝、羲、旭、素、颜、毛数人而已。

书法有三事，谓用笔、结字、布局，或谓点划用笔、结体取势、章法布局，或曰笔法、字法、章法。用笔得书之肉，结字得书之骨，布局得书之气，肉骨气和，则神生焉。

夫书，有大象之道者，有小象之道者。大象之道，气足神完，气难为继者，衰而为小象。小象之道，兴于用笔而止于结字，大象之道，以结字推衍布局也。小象用笔，一步一趋，大象用笔，超迈无方。小象用笔斤斤而谨于结字，大象用笔云云乎吞吐全章。小象用笔，起行与结，每于一字中求之，起则如白虎出林，行则如鹰游长空，结则如回眸射雕，大象用笔则焕然全篇，起结无形，莫知所终。夫谓一笔以贯一字，是为小象之道，夫谓一笔以贯于全篇，是为大象之道。

鉴赏者宜从布局至结字至用笔，学书者宜从用笔至结字至布局。然而求之一定，则又未必也。

大象不能得，求之小象可也，小象至善，亦可窥大象。小象之道，恒穷年以结字，是未可嗤点，结字备骨以纳乎气，固是其途，而气之吞与否，则非所能问。

小象之书，尤重于结字。

夫结字之工者，始于李斯，备于羲之，成于欧阳询。李斯书同文字，制宪秦篆，开百代工字之先，羲之遍涉诸体，融会众书，结字之法，遂乃大备，欧阳询从而约之，析而明之，使合于楷则，得三十六法，遂使诸法行于天下。

结字之规律，前人所著多矣，欧阳询所著深矣。其所传三十六法，曰排叠、避就、顶戴、穿插、向背、偏侧、挑㧖窕、相让、补空、覆盖、贴零、粘合，捷速、满不要虚、意连、覆冒、垂曳、借换、增减、应副、撑住、朝揖、就应、附丽、回抱、包裹、却好、小成大、小大成形、小大大小、左小右大、左高右低左短右长、编、各自成形、相管领、应接，岂独为楷则，亦合为众体之则。求之前后，唯释智果之

《心诚颂》十六诀差可比拟。

观欧阳询结字十六法行文，颇有不类，当脱诸后人口，吾不揣冒昧，遂以四原则类之，次辨如下。一曰聚心原则，曰四面八方俱聚于重心，重心不可偏散，附丽、编是也；二曰意连原则，曰结字不可意断，相管领、意连、应接、却好、捷速是也；三曰和谐原则，曰点划部首和谐共处，各自成形、小大成形、左小又大、左高右低左短右长，排叠、穿插、避就、相让、粘合、朝揖、应副，顶戴、向背、偏侧、挑扌窕，覆盖、覆冒、贴零、垂曳、撑住，满不要虚、回抱、包裹、小成大是也。四曰救应原则，曰变换字形以救险者，小大大小、借换、增减、补空、救应是也。

夫言结字者，有以举格，始有举田字格，继有举米字格，继又有九宫格。米字之格，已自细致，九宫之格，更其精微，至启功，举黄金之律，言字之重心，五之比八，偏左偏上，则于一字之格，可谓尽矣。然则犹有未至者也，盖不从全体，不能深味，囿于小美，止于结字，仅得其骨，不见其气，不知其神，不解书乃附于人情，卒于篇章，而美其字之摇曳生态，不可方物，固不知大美矣。

李淳进《大字结构八十四法》言"四面八方，俱至中心"，中心为何，众皆不知其意。至启功言字之重心，则一语破的，中心者，重心也。启功言字之重心，始一语道破字之精神，盖字有欹侧，非关大小也，字有厚薄，非关平面也。

秦永龙言章法之行气，云字之重心须大致一致，于楷则然，于草则或不然。盖楷静而草动，故草书之重心不滞，亦可欹侧映带，照应成趣，从于全篇。

行书重起承转合，而草书尤重，楷书故暗含之。

用笔结字之争，古已有之，相沿至今，不可不辨也。晋卫铄云"夫三端之妙，莫先乎用笔，六艺之奥，莫重乎银钩"，元赵孟頫云"书法以用笔为上，结字亦须用功"，清周星连云"书法在用笔，用笔在用锋"，清朱和羹云"临池之法，不外结体、用笔"，清赵宧光云"能结构而不能用笔，犹能成体，若但知用笔而不知结构，全不能成体"，启功云"写字就是写间架"，秦永龙云"结体取势是书法艺术的核心"。断章而言之，有以用笔为重者，有以结字为重者，有以二者并举者，则似乎分歧颇大。然则考诸历史，众说其实并无矛盾，所谓分歧，盖源于术语之混淆尔，古之言用笔，非今之用笔也，故之言结字，非今之结字也。古人论书，始无明确结构观念，但言用笔，则用笔者，概指点划形态及驱点划以成结构。如卫铄《笔阵图》言"善笔力者多骨，不擅笔力者多肉"，其"笔力"之意，已暗合结构；羲之《书论》言"夫字贵平正安稳，先须用笔，有偃有仰，有欹有侧，有斜，或大或小，或长或短"，则"用笔"亦含结构，其《用笔赋》通篇言"用笔"，实已涵盖结字布局之理。至隋唐，结字规律大明，然论者亦多不直言结字，如欧阳询《结字三十六法》始称《三十六法》，并无"结字"二字，张怀瓘更甚，其《论用笔十法》十之八九皆言结字之规律，而仍贯以"用笔"题名，此种情况一直延续至清。而另一方面，用笔所含结构之义转移至结字，过程亦颇曲折渐进，则于结字用笔之理解，固不能一律。总言之，用笔之义，始则丰，继则削，至于今，始成点划用笔义，结字之义，始则暧昧，继则明朗，至于今，乃成结构义，以今人观之，点画用笔与结构孰重，则曰结构，以古人观之，恐亦如是，所不同者，表述不一也。

吾曰：一点一划皆有其象。卫夫人《笔阵图》，欧阳询《八诀》，李世民《笔法诀》，张怀瓘《用笔法·永字八法》，陈绎曾《翰林要诀》，宋无名氏《翰林密论二十四条用笔法》，皆言一点一划之象者也。

一字之抢眼者，须注意焉。一字之抢眼而使全篇增色者，可也，一字之抢眼二使全篇失色者，去之。昔时罗丹断维纳斯臂，谓其太过，求和谐故也，书法亦须求之和谐。

《怀仁集圣教序》，非上帖也，亦如玉环之言，飞燕之耳，昭君之鼻，西施之眉，凑泊为之，非能成美人也。馆阁之书，已下之下矣，亦如西施虽美，天下断不能俱为捧心也。斯之篆，碑之真，右军之行，长吏之草，学之则生，效之则死，非君不能为也，君之世有所不类于斯、碑、羲、旭，君之性有所不同于斯、碑、羲、旭故也。

二王之书，多为展秀，清旷飘逸，傅鲁之书，多为藏拙，深致老迈，二王之书，正似南方美人，和服春游，傅鲁之书，故如幽燕老将，将以登郫。

取法乎上，仅得其中，取法乎中，仅得取下，取法乎下，斯不足言矣。

笔墨纸砚，书之佐也，佐之不精，亦稍损于神。肉骨血脉，书之质也，质之不和，未有能神。笔墨纸砚，书之形而下者也，肉骨血脉，书之形而中者也，法势意神，书之形而上者也。

锋正者曰中锋，锋正则墨均，端庄严整。斜笔曰侧锋，侧锋则墨精旁陈，摇曳生态。中锋者易至，斜笔者难成，盖中锋者有度，斜笔者无规尔。然谓笔笔中锋，则未必然。秦永龙论书尝云：骨应由行笔中锋显，肉应由笔之附毫显。秦所谓中锋之箭显骨力者，乃指笔划力量，侧重于行笔操作具体感受，然犹未中音。骨者，间架也，间架多由锋箭显，然则非独中锋显骨力，偏锋亦显骨力也。

少年习书，往往爱其点画晶莹，中年习书，往往爱其骨法洞天，晚年习书，往往爱其大象沉沦，则少年之书，点画晶莹往往有所可爱，中年之书，骨法纵横往往有所可畏，晚年之书，大象沉沦往往有所沈哀，岂非书法亦有年龄、性情哉！

"比肩之书，吾不屑为"，学书者当有此气概。

《书法雅言》抨击偏废，颇于用力，然而自然之美，姿态万方，人之情性，亦复如是，书法之美，自当远求，人性之流，固不应斧斤以概之。吾以为性之所偏，字必偏之，要之能肆蓄之。若以求疵，则何事无疵，夫羲之少骨，真卿籒肥，东坡扁，香光媚，傅山粗服乱头，板桥固陋自适，或又以正字不荡，魏碑傩骨，行书扭捏，草又或乱，况一美兴，它美衰，美之不可全者乎。

张芝学书，池水尽墨，张旭学书，不治它技，怀素学书，秃笔成冢，夫欲书之至者，未有不如此。

夫旭者，每于醉后，以头染墨，神书于壁，固行为艺术之始祖也。视彼西方人杜桑，则如小道，视今之行为艺术者，则下之又下，去之者有若天涯。

傅山论书，所谓四宁四毋宁，颇似于波德莱尔论诗之以丑为美，皆反庸俗意。

草者，醉也，狂草者，神醉也，天下但有大美，狂草独善其半，余者合分一半，狂草者，非独书之至也，亦艺术之至也。

夫真力弥满，大象纷纭，孤蓬自振，惊沙座飞者，是为神醉。

吾每观张旭书，未尝不目骇神驰，心神俱醉，甚或疑其非凡人所为，宜其为仙人所为。昔者知章见太白，惊为谪仙人，吾亦惊张旭为谪仙人也。

草而不能为醉态，非能草也。书至张芝，始有醉态，其一字之书，实开后世醉书无数法门。羲之章草、今草均善，然犹有未致者，不能为大醉尔。狂草而能为大醉者，张芝、张旭、怀素、傅山、润之数人，然怀素稍斤于匠气，傅山颇悖于骨法，润之或流于用笔，皆不能过旭，吾谓旭之书，可当神醉。

孔子学鼓琴师襄子，十日不进。师襄子曰："可以益矣。"孔子曰："丘已习其曲矣，未得其数也。"有间，曰："已习其数，可以益矣。"孔子曰："丘未得其志也。"有间，曰："已习其志，可以益矣。"孔子曰："丘未得其为人也。"有间，有所穆然深思焉，有所怡然高望而远志焉。曰："丘得其为人，黯然而黑，几然而长，眼如望羊，如王四国，非文王其谁能为此也！"师襄子辟席再拜，曰："师盖云《文王操》也。"余以为孔子于鼓琴，亦可谓得其神醉矣。

旭书何能至神醉？独标"孤蓬自振，惊沙坐飞"，此其一也；专事草书，不治它技，此其二也；喜怒窘穷，忧悲，愉快，怨恨，思慕，酣醉，无聊，不平，有动于心，必于草书焉发之，观于物，见山水崖谷，鸟兽鱼虫，草木之花实，日月列星，风雨水火，雷霆霹雳，歌舞战斗，天地事物之变，可喜可愕，一寓于书，此其三也；幸遇担夫争路，观公孙大娘舞夫剑器，此其四也。立志，专心，肆意，顿悟，四者缺一，则未有旭。凡艺之大成者，率可归于此。

2.2　论协对

本章讨论协对在中国文化中的性质、地位、历史演变、现状及未来发展，同时具体讨论了由协对形成或深受协对影响的几种文艺——对联、骚体、汉赋、骈文、八股文——的体式构成。

2.2.1　论对的性质、地位

协对是格律发生的四种基本原理之一，但协对不单单是修辞学意义上的格律原理，协对在中国文化中性质极为复杂，意义也极为特殊，在中国诸种文学现象中既易受关注，也易遭忽视。

协对首先是一种带有根本意义的思维方式。从蒙昧时代的伏羲观物取象造八卦，到文字时代的文王演六十四卦作周易，到老子与孔子分作道德经与周易文言，协对思想几乎统治着早期的中国思想界，成为中国人对宇宙万物的独特理解方式和天才创造。这种创造后来也激发了西方文化中的莱布尼兹、黑格尔、马克思、冯诺依曼等人，并通过他们对整个世界产生并将继续产生难以估量的影响。

协对其次是一种广被中国文学运用的修辞方式，俗称对仗或对偶。单音独体的汉字赋予汉语对仗以最完美的形式，也可以说赋予了汉语最完美的修辞方式。这种修辞方式，不仅在一般诗词歌赋中被普遍重视，在国策汉赋、骈文四六、律诗、对联、八股文等独特文体中更有着极为强势的发挥。

协对的扩展运用最后还形成了具有区别意义的新文体，如骈文四六、对联、八股文等，从而成为文体模式的最强标识，这后一种运用，在世界范围内极为罕见，甚至可以说是汉语独一无二的情形。

总的来看，在中国文化中，协对是思维方式、修辞方法、文体模式的三位一体，具有思维方式、修辞方法、文体模式等多重含义，在整个文化中地位极为崇高。这是协对文化独一无二的价值和意义所在。

2.2.2　论对的历史（三期七段）

协对的发展几与中国文化相始终。简单来讲，可分为三期：西周之前，为思想萌芽期；西周时期，为修辞确立期；战国之后，为文体扩张期。所谓思想萌芽期，是指对立统一思想的成立暨协对修辞的萌芽时期；所谓文体扩张，是指协对修辞对文章写作的影响达到了支配或决定文体样式的地步。战国之后又可细分为五个阶段，战国至秦汉为排赋时代，六朝为骈俪时代，隋唐为对仗时代，宋以后为对联时代，明清为八股时代。总的来讲，则可以说协对萌芽于先周卦易，确立于西周诗文，一盛于战国秦汉策赋排对，再盛于六朝骈文骈对，三盛于隋唐律诗律对，四盛于宋明对联联对，五盛于明清八股文八股对，计七个发展阶段。前三个阶段为自然声调阶段，后三个阶段为声律化阶段。

2.2.2.1　思想萌芽阶段（西周之前）

这一阶段是协对思想的产生时期，对立统一思维模式在文化中寻找到了最初的符号模式及体系。这一阶段发生的重要事件包括：

（1）八卦中的协对

（2）周易（六十四卦）中的协对

细致点分析，这种符号模式至少包含三个方面的协对因素：一是协对性的符号；二是协对性的体系结构；三是协对性的功能转化。

2.2.2.2　修辞确立阶段

这一阶段是协对作为修辞方式的成立期，协对思维在语言表达中寻找到了相应的模式。这一阶段的主要事实包括：

（1）易经中的思想扩散

（2）老子中的修辞与哲学总结

（3）诗三百中的对仗，如"昔我往矣"句；

（4）《尚书》等散文中的对仗，如"满招损"句

2.2.2.3　文体扩张的初级阶段：策赋时代

这一时期协对开始对文章写作产生越来越重要的影响，其影响达到了支配文体属性的地步，故称为文体扩张。作为文体扩张的第一个时期，协对主要表现为以排比形式大量出现在策赋中。这一阶段的主要事实包括：

（1）协对以较为随意的排比方式存在于纵横家笔下，成为纵横家鼓吹政治的文术；

（2）协对以较为规整的排比罗列修辞方式以及大赋结构模式存在于汉大赋中，成为士大夫干政自荐的文术；

在这一时期，协对以一种非典型的方式实现着对文体样式的控制，协对的表现是复杂而模棱两可的。

具体而言，协对对这两类文章的影响，其程度是不一样的。战国策的典型策论文章，其特点包括：策论，记言，纵横家思想，讲求气势与辩论，多夸张，多铺排。显然，在众多的特点中，铺排虽然重要，但并不具有支配性的地位。同时，铺排作为一种非典型协对思想的产物，与协对也不是亲密无间的。所以，协对对国策文章的控制，可以说是相当松散的。而发展到汉大赋，这种控制则要严格得多。

典型的汉大赋文章，其特点包括：雄伟的思想的视野，强烈而激动的情感，气势磅礴的铺排运用，繁丽典奥的措辞技术，以及由此而生成的结构的堂皇卓越。其中，后三者皆与协对关联。铺排思想，虽然并非典型的二者相对，但其三个对象、四个对象、多个对象之间的并列，从总体上来讲，也可算是协对的一种扩充表现。繁丽典奥的措辞技术，在汉大赋中，主要表现为排比、罗列、夸张，其中排比和罗列也可以计入广义的协对范畴。而堂皇的卓越的结构，在汉大赋中主要表现为经纬交织和层层递进，一经一纬是典型的协对结构，层层递进是协对结构的变体，总的来讲，也仍然与协对紧密关联。从以上的分析可以看出，协对对汉大赋文体的影响，远远超过了战国策，甚至可以说，协对对汉大赋的文体体式，表现出了一定程度的支配作用。

2.2.2.4　文体扩张的鼎盛阶段：骈俪时代

这一时期是协对向文体扩张的第二个时期。

这一时期发生的主要事实是：

（1）骈文成为美文的代表和时代的追求；

（2）骈文渐次进军实用文领域成为实用文体，如文心雕龙等说理文，部分历史散文。

较之第一时期，协对找到了更为准确的散文模式，实现了对文体的完全控制。骈文

和四六可以说基本上就是以协对为特点的文体。典型骈文四六的特点是：四言六言为句，对仗为体，多用典故。在其三个特征中，对仗又是具有支配性的。骈文中的对仗，包括四四、六六、四四四四、六六六六、四六四六、六四六四等各种样式，其中的四六四六节奏，尤其铿锵动人，音响悦耳，可以说，将中国文字的美学特征做了最大程度的呈现，勿怪乎后人往往称四六为美文。协对对骈文体的控制，主要是集中在对四言六言的控制上。

2.2.2.5 文体扩张的深入阶段：律诗时代

这一时期是协对作为修辞方式向文体扩张的第三个阶段：声律化时代，协对在诗歌中找到了最适宜的表达模式：对仗与律对，诗歌也借助对仗完成了近乎完美的形式创造：律诗。这一时期发生的主要事实是：

（1）律对的确立；

（2）大量研究律对的理论和著作的出现；

（3）律对进入诗赋应试范畴，成为入仕的门径。

对仗在诗歌中的发展，始自诗三百的四言对，骚体中的不完美兮字句对，汉魏乐府中的三言对，到六朝的不完备声律的五七言对，最后发展到初唐成熟的五七言律对，经历了漫长的时期。协对对奇言即三五七言的控制，除较为零散的体现在汉大赋和汉乐府郊庙诗中的三言对外，其主要体现在对五七言诗歌的控制中，尤以律诗中的律对最为典型。律诗中的颔联颈联的律对确立，是协对在诗歌中的发展的最完美结果。

如果从声律角度看，协对发展可划分为两个阶段：自然声调阶段和声律化阶段，则协对向诗歌扩张的鼎盛阶段正是协对声律化的阶段。协对一旦进入声律化时代，就进入了一个全新的境界，沿着声律化的道路越走越远，再也不会回到自然声调阶段。

从政治的角度看，隋唐科举以诗赋应士，协对通过与政治联姻，由民间走向官方，由次级文化圈走向主流文化圈，最终形成了全民实践的浪潮。律诗时代是协对与政治联姻的第一成功时代。

2.2.2.6 文体扩张的超越话语及自我呈现：对联时代

这一时期作为文体扩张的第四个阶段，协对最终寻找到了自我呈现的精准文本：对联，在全新文艺模式中实现了终极自我呈现。

这一时期发生的主要事实包括：

（1）第一副成熟对联的产生及影响；

（2）对联在民间的蓬勃发展；

（3）朱元璋时代对对联的推动；

对联作为艺术模式，其特点表现在：桃符的作用，律对的内容，书法的形式，建筑化的表现。在对联中，协对超越了文体模式范畴，创造了既简洁又富于综合性的艺术表现形式，并借助这种形式在民间广泛传播，成为了雅俗共赏的民族艺术。可以说，对联艺术为协对提供了最广阔的历史舞台，成为协对在文化中的最忠实的代言。在对联中，协对实现了修辞与文体，文学与艺术，艺术与生活，高雅与通俗的完美融合。对联时代是协对的民间传播阶段。

2.2.2.7 文体扩张的最后狂欢：八股文时代

八股文时代是协对思想与政治意识的媾和，协对通过与政治的再次联姻，完成了另一段不可思议的文化旅程。明清八股文时代是协对在中国文化中的最后一次狂欢，也是对对文化在全民中普及的时代。这一时代发生的重要事件包括：

（1）明成化年间八股文的确立；

（2）对教育在民间的普及；

（3）大量韵对普及著作如《声律启蒙》《笠翁韵对》等的出现；

（4）梁章钜的《楹联丛话》。

协对文化发展的三期七段，可用表2-1表示。

表2-1 协对发展三期七段表

协对发展三期	思想萌芽期	修辞确立期	文体扩张期				
协对发展七阶段	符号时代（萌芽）	诗书时代（确立）	排赋时代（一盛）	骈俪时代（再盛）	对仗时代（三盛）	对联时代（四盛）	八股时代（五盛）
具体修辞特征			排对	骈对	律对（五七言）	联对	八股对
与政治的关系					入科考		入科考
从声律角度看	自然声调阶段				律化阶段		
文本标志	八卦、周易	诗三百	策赋	骈文	律诗	对联	八股
时限	先周	西周	战国秦汉	六朝	隋唐	宋	明

2.2.3 论对研究的历史与未来五大课题

2.2.3.1 协对文化研究的五次高潮

协对实践发达，研究代不平衡，传统研究与创作并举，纯以研究著称者实少，现代研究始向各方向渐次展开。

约而言之，协对研究经历过五个高潮。

第一个研究高潮发生在齐梁骈文时代，可称为概念确立时期，此期代表是刘勰及其《文心雕龙·丽辞》。

第二个研究高潮发生在隋唐律对时代，可称为律对或类型研究时期，此期代表是上官仪的八对说，李峤《评诗格》的九对说，王昌龄《诗格》的五对说，皎然《诗议》的六对说，遍照金刚《文镜秘府论》的二十九对说。

第三个高潮发生在明清对联和八股文时代，可称为对联对子研究时期，此期关于八股文的著作汗牛充栋，对联研究除以普及读物《声律启蒙》《笠翁韵对》等形式出现之外，则以普及型研究梁章钜《楹联丛话》为集大成之作。

第四个高潮发生在近现代，以陈望道《修辞学发凡》为代表，可称为辞格研究时期。

第五个高潮则发生在二十一世纪之交以来，此期研究全面铺开，有以协对思维为研究内容的，如李壮鹰《对偶与中国文化——启功〈汉语现象学论丛〉读后》，贺建成《对仗——中和之美的范畴》，于全有、李现乐《对偶与汉文化关系研究综述》，杨大方《文化与研学视野中的对联研究》；有以协对辞格在各期文学中表现为研究内容的，如可成系列的论语、先秦儒家、左传、今文尚书、孟子、法言、管子、列子修辞研究，以及各种声律研究；有仍沿袭传统分类方法为主的研究，如朱承平《对偶辞格》，余德全《对联通》，也有开辟全新领域的研究，如传播领域对联的软件实现和计算机传播，吴畏的《对联的认知研究及其计算机实现》，认知领域陈露的《体验人本视觉下对联机制研究》等；还有最近较为流行的综合性研究，如王金凤《对联艺术的继承和发展》，邹世杰《汉语对偶修辞格研究》，杨甜《对联的承袭与演变》。

2.2.3.2　论协对文化研究未来百年面临的五大课题

协对研究的内容，概括起来有性质研究、特征研究、类型研究、历史演进研究、传播与大众接受研究等。其中，类型研究始终占据着传统研究中心，引领着协对的发展。但是，从当前文化语境看，协对发展面临着新的情况，需要研究界直面并加以解决。

当前协对与对联研究界面临着一系列迷人的问题，其中最不可回避的为以下五个：

（1）协对形式的白话化问题；

（2）协对形式与传播的互联网影响问题；

（3）协对形式的现代城乡居住新环境适应问题；

（4）书法变革与协对的互动调适问题；

（5）最后，与上述各项问题相伴随，协对在内容方面如何应对现代生活的问题。

以上五个问题，任何一个问题的解决都与整个协对变革息息相关。可想而知，解决这些问题需要时间、耐心、决心、创造力和协作意识，绝非单枪匹马一朝一夕能够完成。

2.2.4　对联改良八议

对联于国人的文化生活，曾发生过重要影响，然如不改革，恐亦如诗词一样，迟早退出现代生活舞台。然悬揣对联终究不是诗词与文言，后者因与现代白话矛盾，而不得不被放弃，对联本身则没有这样的困境，倘发展得当，于国人未来的生活实仍有相当的价值，故不揣冒昧，仿胡适《文学改良刍议》，作《对联改良刍议》。

我的意见，是未来的对联，倘要继续参与国人的生活，在文化中拥有一席之地，则必当改良。其尤须注意的为以下八事。

　　　　须用白话；

　　　　弃用文言的成分；

　　　　用现代语汇；

　　　　表现现代的生活与思想；

　　　　充分利用现代传媒与载体；

　　　　倡导与现代居室新环境的互动；

　　　　用简体书法；

　　　　发掘白话对联的可塑格式。

　　这八件事情，是当今治对联者所必须深加考虑的事情。其中一二实为一事，讲的是语体的革新，三四实为一事，讲的是内容的革新，五六七各为一事，八为总结，合则实为六个方面。今有爱好、研究对联者，于这八事、六个方面不可不知，不研究，不可不怀改革之心，身体力行。如此，庶几方可以吐故纳新，为对联的未来赢得一二生机。

2.2.5　论白话文对联

　　伴随白话文运动，对联的白话化曾经一度引起注重，特别是在民国期间，诸文学方家的参与，使白话对联收获了相当不错的成绩。但遗憾的是，这一良好趋势并没有延续下去，在民间，文言形式的对联仍然占据着主要市场。造成这一情况的原因是复杂的，但无论如何，对联的白话化是未来的方向，是对联发展不可回避的焦点问题，需要重新引起大家的重视。今就对联的白话化问题，拟从其意义、内涵、典型示范、格式规范等方面给出笔者的思考与意见，以求抛砖引玉，引起方家的注意。

2.2.5.1　对联白话化的意义

　　白话化是对联发展的未来方向，是对联发展必须解决的根本问题，对对联的发展具有根本意义。这是由对联的外在环境、对联的内在要素、对联的功能等各个方面共同决定的。

　　首先，白话运动是不可逆转的趋势，对联发展是整体白话文发展的一个部分，不可能脱离这个大的趋势。作为一种文体，对联在白话化方面显然大大落后于整个趋势，与趋近完成的散文、小说、诗歌的白话化相比，这种状况是极不正常的。

　　其次，白话化问题对于当前对联发展，是具有全局意义，凌驾于其他问题之上的枢纽性问题。在对联亟待改革的八个问题中，对联的白话化最为重要。对联的白话化，看似只是对文言语体的抛弃，是语体的变革，但其实隐含着生活方式、思维观念的变化，并与居室环境变化、传媒革新、文字书体等变化具有同向关联。对联的白话化问题倘得不到重视和解决，对联的其他方面发展就是无源之水，无本之木。对联的白话化，就如同古文运动中骈文的散体化一样，是带有根本意义的，牵一发而动全身的命题。

再次，对联白话化结果具有提升汉语表达能力的巨大潜力。对联白话化的直接结果是产生诸种白话格式，这些白话格式不仅仅是现代汉语语法的简单体现，在凝练性、形象性、音乐性诸方面，必然形成类似诗歌的诸种特征，而对现代汉语的表达能力形成巨大的提升作用。也就是说，对联的白话化探索，不仅与现代汉语的语体确立直接相关，也与现代汉语的诗化审美化同步关联，对现代汉语的最终成功具有无法忽视的意义。

显然，谈论对联的发展和创新，而忽视其根本的白话化问题，是当代对联界令人遗憾的失误。

2.2.5.2 对联白话化的含义

对联的白话化命题，看上去很简单，但真正考察其具体含义，却又是相当模糊复杂的。

什么是对联的白话化？要考察这个问题，必须首先弄清什么是白话，换句话讲，就必须弄清白话与文言的具体区别，而这实非一两句话能够说清。以白话文运动为例，关于什么是白话文写作，其纲领性意见是胡适提出的《文学改良刍议》八事，分别是：

> 一曰，须言之有物。
>
> 二曰，不摹仿古人。
>
> 三曰，须讲求文法。
>
> 四曰，不作无病之呻吟。
>
> 五曰，务去滥调套语。
>
> 六曰，不用典。
>
> 七曰，不讲对仗。
>
> 八曰，不避俗字俗语。

观察这八件事情，其实多似是而非，并没有说清什么是白话写作，并白话与文言的区别。譬如言之有物、须讲求文法、不作无病之呻吟、务去滥调套语四条，其实是所有写作都必须注意的事项；不摹仿古人条，不过是对作者的苛责；不用典、不讲对仗两条，则简直是误解的错误的提法。只有不避俗字俗语条，与白话文提倡有一定的关联。胡适要提倡白话文写作，却弄了一大批并非白话文的语体要求来规范大家，这在当日自然有其无法避免的原因。但时至今日，这样粗浅的提法，经不起推敲，无论如何是不能令人满意的。从此，也可以看出白话与文言的区别实非看上去的那么简单。

然则对联的白话化，仍不失为一个极好的极明确的口号。因为它有一个相当直观的解释，就是写对联必须用白话，去文言成分。那么，对联白话化面临的所有问题，最终就变成了纯语言学上的问题，那就是：白话语体与文言语体究竟有哪些区别。

虽然我们对于白话与文言的区别仍然知之甚少，致知甚浅，知之不透、知之不全，但我们仍然可以给联白话化一个非常明确的界定，就是：用白话行文，去文言成分。至于具体的操作，则要复杂得多，对于语言学家而言，就是要从词汇、语法、声音等各个方面，逐步弄清白话文句式与文言文句式的细致语体区别；对于治对联者而言，则要更进一步，探索具有诗性意义的白话文具体句法格式，并通过创作脍炙人口的白话文对联，一个一个地去完成相应格式的初步定型工作。

换句话说，对联白话格式的诸种定型，作为对联白话化的最直观结果，可以被视为对联白话化的最确定含义。从这个意义上讲，对联白话化的确切含义包含两个方面信息，一是要写出优秀的白话对联；二是要从中提炼出带有普遍意义的格式。

2.2.5.3　白话联句的特征辨析

有人说，如果对联所用的语汇，所表达的思想是现代的，那么，无论其形式，对联都可以说是现代的。这话并不错。不过，这里我们并不打算探讨语言的内容问题。我们的讨论将尽可能局限在白话联句的形式范围之内。我们的目的是寻求白话联句的一些简单的形式特征，并力图为白话联句寻找到一些可用的格式。

基于作者对语言的了解：决定白话与文言语体区别的要素虽然也包括内容，但主要是声音，在韵律、节律、声律三种成熟的声音之中，节律造成的声音尤其具有区别性意义，作者认为：节奏上的区别是白话联句的首要考虑因素；寻找白话联句，就是要寻找白话节奏的联句格式。

据笔者的一些观察，白话联句拥有一些明显可辨的节奏标识。例如以下一些：

（1）双音容易形成白话（或者说，双音节奏具有白话属性）；

（2）一字领无关识别（或者说，一字领不影响白话属性）；

（3）除短语外，三字尾近于文言（或者说，三字尾影响白话属性，除固定短语除外）；

（4）轻声参与容易形成白话（或者说，的、地、得、吗、了、么、不等轻声结构具有白话属性）；

（5）被字句、把字句、使令句等现代汉语固定句型容易形成白话；

这些当然不是白话文的语法标识的全部，后者可能需要更多学者通力合作才能够作整体了解，但是这些简单的标识却有助于我们加深对白话对联作初步认知，并促进我们做更深入的研究。

2.2.5.4　白话联句的几种简单格式

本书仅根据这些简单标识，寻求一些白话联句的可行格式，为白话联句作一个示范。今将所搜集得到的白话联句按不同格式分类如下。

（1）双音节奏联句

凡双音节词连缀形成的偶言句式，其节奏是白话的，可视为白话句式，用之作对联，则形成白话联句。这种类型的联句包括二言联句、22型四言联句、222型六言联句、2222型八言联句等。这种四言联句、六言联句、八言联句操作简单，在实践中极多。

二言联句如：

> 无意、无必、无固、无我；
>
> 有切、有磋、有琢、有磨；
>
> 注：自撰联，2018.04.05

> 池中莲苞攥红拳，打谁
>
> 岸上麻叶伸绿掌，要啥
>
> 【注】笔者作，2017年5月2日晚。

> 风的声音，雨的声音，读书的声音，声声都能入耳
>
> 一家的事，一国的事，天下的事情，事事皆要关心
>
> 【注】笔者改旧联

四字偶言联句如：

> 家无儋石
>
> 心雄万夫
>
> 【注】谭嗣同莽苍苍斋自题联。

> 见机而作
>
> 入土为安
>
> 横批：死而后已
>
> 【注】陈寅恪西南联大时期对联。

> 民国万税
>
> 天下太贫
>
> 【注】刘师亮改口号题联。

> 月色如昼
>
> 江流有声
>
> 【注】陈恪勤（鹏年）题焦山松寥阁联。

> 依然故我
>
> 又是新年
>
> 【注】汪应琨门联。

咦，哪里放炮
哦，他们过年

本山有难；
杜甫很忙。
【注】笔者作，2017年5月3日晨。

求通民情
愿闻己过
【注】林则徐自勉联，作于江苏为按察使时，约为1823年，题于官署门上。联语集于明代王阳明的话。

升官发财，请走别路
贪生怕死，莫入此门
【注】1924年，孙中山先生在广州创办黄埔军校，军校大门悬此联。

海纳百川，有容乃大；
壁立千仞，无欲则纲。
【注】林则徐自勉联，作于1841年任两广总督时。

不为圣贤，便为禽兽；
莫问收获，但问耕耘。
【注】曾国藩格言联。

帝子长洲，仙人旧馆
将军武库，学士词宗
【注】阮元滕王阁联

我心虽慈，于法不宥
大家猛醒，及早回头
【注】题四川成都灵祖殿。

谤满天下，泪满天下
创造共和，再造共和
【注】1916年6月黄兴病逝章太炎挽联。

孝子贤孙，须先救国
志士仁人，最重保民
【注】1938年冯弘谦从部队回家乡安徽巢县组织民众抗日游击队时冯玉祥书赠。

事到万难，必须放胆

理无两可，总要平心

【注】陈绝善。

民犹是也，国犹是也，勿分南北

总而言之，统而言之，不是东西

【注】白话文入对联始于五四前后。军阀混战时期，此联盛传一时。此联为愤世嫉俗之作，愤"民国"，斥"总统"，把全国一团糟的状况，一举而宣泄以出。

不通家法，科学玄学；

语无伦次，中文西文。

【注】陈寅恪讽清华大学校长罗家伦。

六字偶言联句如：

泉自几时冷起

峰从何处飞来

【注】董其昌题西湖飞来峰下冷泉亭联，用教中机锋语。

革命尚未成功

同志仍需努力

【注】1923年孙中山在国民党恳亲大会上的题词，一说系汪精卫从《总理遗嘱》提炼而成。

虽是毫末生意

确实顶上功夫

【注】清道光年间理发店联。

死了就算罢了

活着又该怎样

【注】鲁迅挽1926年三·一八惨案。

推倒一时豪杰

扩拓万古心雄

【注】南宋陈亮作！

奶球也能山寨

神马都是浮云

【注】笔者作，2017年5月3日晨。

上去切莫大意

下来须要小心

【注】题湖北武当山南天门。

此中大有乐处

来者即是主人

【注】蔡清禅题辽宁营口公园西茅亭。

放开肚皮吃饭

立定脚跟做人

【注】某相国自题联。

居家莫想快乐

处世须知艰难

【注】左权书勉家人联，1924年左权考入程潜举办的孙中山大本营陆军讲武学校，离家前撰题于家门。

尽管既老且病

还得勤学苦干

【注】1964年邓初民自勉联。

依然极浦遥山，想见阁中帝子

安得长风巨浪，送来江上才人

【注】宋荦滕王阁联。

八字偶言联句如：

飞峰一动不如一静

念佛求人不如求己

【注】西湖飞来峰下冷泉亭联。《七修类稿》。钝相。

为何死了七个同学

只因不习十分钟操

【注】1918年，毛泽东在湖南长沙第一师范学校读书，当时校方对体育课很不重视，连每天上午10分钟的课间操也不搞，繁重的课程压垮了同学的身体。这一年，竟病死了7个。在为死者举行的追悼会上，毛泽东作了此副对联。

千教万教教人求真

千学万学学做真人

【注】这副对联是陶行知在1945年为广东大埔百侯中学撰写的校歌中的两句话，此联文提出了对教师和学生的希望，体现了陶行知在教育思想上富有创见，

在教育实践中勇于探索的精神。

先生虽死精神不死
凶手犹在公理何在

【注】五卅运动上海总工会副委员长刘华挽顾正红联，于1925年5月24日五卅惨案牺牲者顾正红追悼会作。

尺山尺水永留血迹
一花一木想见英风

【注】冯玉祥1936年11月题滦州起义烈士陵园。滦州起义系1912年清军第二十镇官兵发动的武装起义，被袁世凯曹锟镇压，领导者施从云、王金铭皆力战而死。

南海圣人再传弟子
大清皇帝同学少年

【注】1925年陈寅恪任清华四大导师时勉励弟子所作。

提高警惕，肃清一切特务分子
防止偏差，不要冤枉一个好人

【注】董必武赠政法机关。1955年秋，董任最高人民法院院长时，深入甘肃考察工作，听兰州政法部门汇报，甘肃岩昌县连降雹、雨，农业受灾，当时群众在庙前求神止雨，乡干部前往制止，与群众发生争执，结果挤塌压伤了群众，群众气愤之下殴打捆绑了乡干部。岩昌县法院即以利用迷信煽动群众篡权的反革命罪，判处了几位群众的死刑、徒刑。董听或，指示要复查此案，并写此联赠勉政法工作者。

十字偶言联句如：
翠翠红红处处莺莺燕燕
风风雨雨年年暮暮朝朝

【注】西湖孤山下花神庙旧联。曼调柔情情景恰称。

其中一种四六句配合偶言联，源自骈文，也极符合白话节奏，常为人所用，如：
来往行人，须知爱惜花柳
春秋佳日，切莫辜负湖山

【注】清兵部尚书彭玉麟（1816—1890）晚年退寓杭州西湖题杭州西湖联。

两舟并行，橹速不如帆快
八音齐奏，笛清难比箫和

【注】据传为文臣武将对话联。

大路一条，到此齐心向上

好山四面，归来另眼相看

【注】题江苏苏州灵岩山继庐亭。

小儿不识道理，上桌偷食

村人有甚文章，中场出题

没甚来由，敢向江边卖水

有些意思，故来锦上添花

点的是烟，抽的却是寂寞

听着是话，见着无非谎言

【注】笔者作，2017年5月2日晚。

几百青年，三间老屋，如此鞠躬尽瘁，到死方休，为人可以师矣

廿年朋友，万方风云，回忆亡命归来，望门投止，道义何敢忘乎

【注】于右任于解放前挽上海城东女校校长杨白民。

(2) 一字领型双音节奏联句

由于一字领本质上不影响句式的白话属性，所以在上述双音节联句的句首加上一个字，就可以形成新的白话联句格式。兹举例如下。

向一草一木，学天地之气

居（背、从）一山一海，育文明之花（声）

【注】2018年4月14日为琼大作校联。

登此山一半已是壶天

造绝顶千重尚多福地

【注】廷曙嶂郡守（鐕）泰山半山壶天阁联。

劝老哥不忙回去

看小旦就要出来

【注】题四川德阳城隍庙戏台。

向上来，地步高人一着

望远处，眼界宽我十分

【注】题路亭。

大肚能容，容天下难容的事

开口便笑，笑世上可笑些人

【注】笔者改旧联

人影镜中，被一片花光围住

霜华秋后，看四山峦翠飞来

【注】谭嗣同题甘肃布政司署憩园，时约1884年父任甘肃布政使。

揽湖海英雄力维时局

勘沅湘子弟共赞中兴

【注】谭嗣同题长沙时务学堂联，时1897年10月谭嗣同创办事务学堂。

是南来第一雄关，只有天在上头，许壮士生还，将军夜渡

作西蜀千年屏障，会当秋登绝顶，看滇池月小，黔岭云低

【注】1916年1月，北上讨袁，夜渡赤水河，晨登雪山关时，蔡锷与朱德合作联。
后由当地县令刻于关门石柱。事见四川泸州市博物馆藏《沛云堂立雪杂录》。

(3) 一字领型其他联句

想如何为人，便如何做

要怎样收获，先怎样栽

【注】刘东岩挽胡适。据胡适语写成。

是革命家，是教育家，怀如此奇才，生而无愧

为祖国死，为大众死，仗这般大义，死又何妨

【注】中共安徽代理省委书记王步文1931年被捕入狱自挽联。

无我相无人相无寿者相

有善缘有德缘有大福缘

【注】乾隆八旬寿诞楹联，出自《万寿盛诞》。

无不读书豪杰

有打瞌睡神仙

【注】程铭题湖北黄冈睡仙亭。

与有肝胆人共事

从无字句处读书

【注】周恩来自勉联。

愿乘风破万里浪

甘面壁读十年书

【注】孙中山自勉联

爱自由如发妻；

换太平一腔血。

【注】于右任1900年述志联，书于作者早年小相侧。

和马牛羊鸡犬豚做朋友

对稻粱菽麦黍稷下功夫

【注】陶行知题南京晓庄师范学校六联之一。

以宇宙为教师

奉自然做宗师

【注】陶行知题南京晓庄师范学校六联之二。

拜斯人便思学斯人，莫混账磕了头去

入此山须要出此山，当仔细扣着心来

【注】周栎园（亮公）仙霞岭巅关帝庙联。对语本闽谚到来福地非为福出得仙霞始是仙。

守郡继先人，看江水长流，剩几个当年父老

析薪绵世泽，原黄堂少住，留一日此日甘棠

【注】袁简斋（枚）为陈省斋继其父署守镇江代作对联。《随园诗话》。

跨太白楼之上，鸳瓦排云，倚画栏，一味乡愁已渐近钟阜晴岚六朝城郭

横彭蠡江而西，鹭涛堆雪，唤沙鸥，共谈宦迹最难忘峨眉春水万里风帆

【注】汪恩题安徽城外大观亭联。汪吴人曾宦四川此联乃守安庆时所作。

六四岁身首分离，是奇害奇冤奇污奇诈，只有向阎王一诉

百余里灵魂归去，愿我妻我子我媳我孙，都来报戴天之仇

【注】湖南衡山枫林区农工会总代表李玉邕1923年11月被捕入狱自挽联，后于狱中两年多折磨致死。

是中国自由神，三民五权，推翻历史数千年专制之局

愿吾侪后死者，齐心协力，完成先生一二建未竟之功

【注】蔡元培挽孙中山。

我不为私交哭，我不为民立报与国民党哭，我为中华民国前途哭

君岂与武贼仇，君岂与应桂馨及洪述祖仇，君与专制魔王余尊仇

【注】于右任1913年4月上海主祭"宋教仁追悼会"题挽联。

你永远叫不醒一个装睡的人，还不如歌声闭嘴

我根本拉不住那匹奔腾的马，怎能够忍气吞声

【注】自撰联。

把月亮当玩具，合乎天性

拿眼泪来撒娇，正是童心

【注】自撰儿童联。

把蛇精当玩具，惟有我懂

拿眼泪来讨价，正是君萌

【注】自撰戏儿联

竟然杀了你，于先生，于先生！在这个时代，有如此国家

切莫放过他，刽子手，刽子手！既不许自由，讲什么民主

【注】唐弢1947年11月挽于子三烈士（一说于镇华烈士）。

争民主，反内战，纵特务干扰，管他怎的

水龙头，手榴弹，早司空见惯，吓不了人

【注】1945年邓初民挽一二·一惨案烈士。

这世界如何了得，请大家要遵从你说的话语彻底去干

纵身躯有时安息，愿先生永留在我们的心头片瞬勿离

【注】沈钧儒1936年10月上海鲁迅安葬悼念活动上挽鲁迅联。

（4）短语三字头型联句

要想着收我失地；

别忘了还我山河。

【注】冯玉祥1943年3月6日游青城山，书悬于天师洞接待室。

好大胆敢来见我

快回头切莫害人

【注】题湖北武当山朝山神道治世玄岳坊。

悔不尽千差万错

悟透了后果前因

【注】寇璜

百折不回，十七次铁血精神，始有去年今日

一笔勾销，四千年帝王历史，才成民主共和

【注】黄兴1912年10月题武昌起义周年纪念大会。

五千里秦树蜀山，我原过客

一万顷荷花秋水，中有诗人

【注】曾国藩1843年任四川乡试主考官，题新都县城桂湖，桂湖系明文学家
杨慎故居。

白眼十年，看到了这番民国规模，从兹目瞑

青巾一顶，收拾起千古状元袍笏，说甚头衔

【注】黄兴挽黄思永，约作于民国后不久。

这条路谁人不走
那件事劝你莫为
【注】题四川泸县城隍庙。

说什么新年旧岁
还不定昨日今朝
【注】1938年湖南芷江春联。

讲自由从牺牲着手
谋解放须热血换来
【注】湖南衡山枫林区农工会总代表李玉邕（1871—1925）1923年9月贺湖南衡山岳北农工会成立联。

噫，天下事，天下事
咳，世间人，世间人
【注】题河南南阳土地庙。

不生事，不怕事，自然无事
能爱人，能恶人，方是正人

真学问都从悲愤起；
大文豪何掸斧钺加。
【注】冯玉祥1936年赠出狱杜重远。

三点钟开会，五点钟到齐，是否革命精神应该如此
一桌子水果，半桌子点心，忘了前敌将士饥饿未曾
【注】1927年北伐期间，一次武汉国民政府邀请冯玉祥将军出席会议，时间订于某日下午三时正，冯玉祥按时到达会场。可一看，会场上一个人也没有，只见桌上摆满高级香烟和糖果，琳琅满目。直到下午五点，国民政府要员才慢腾腾地走进来。冯玉祥很是气愤，当场作此联，几句口语，明白如话，却入木三分地刻画出国民政府大员官僚主义和享乐主义的作风，读来令人解颐。

穷鬼哥快出去，莫要纠缠小弟
财神爷请进来，何妨照看晚生

为名忙，为利忙，忙里偷闲，喝杯茶去
劳心苦，劳力苦，苦中作乐，拿壶酒来

那些事你都要做
这一鞭我定不饶
【注】题四川成都灵祖殿。

任凭你这样做法

且看他如何下场

【注】题浙江绍兴城隍庙戏台。

博士生，硕士生，本科生，生生不息

上一届，这一届，下一届，届届失业

横批：愿读服输

兵甲富胸中，纵教他虏骑横飞，也怕那范老小子

忧乐关天下，愿今人砥砺奋起，都学这秀才先生

【注】冯玉祥题范公亭，约作于1930年代初寓居泰山时。

要独裁残杀学生之政府，从来没有好结果

反内战代表人民的公意，补救一定能成功

【注】1945年李公朴挽"一二·一"惨案烈士联。

(5) 短语三字尾型联句

何必与人谈政治

不如为我写文章

【注】贺胡适五十寿辰。胡适主张少谈政治多做学问。

生活根据地

居住自由权

【注】这谐趣门联。

两个荷包蛋

一张万年红

【注】清乾隆年间，李调元任广东学政时，想为一家小吃店题联。店家忙做好一碗荷包蛋端上，并备好一张"万年红"纸。李题了此联，店家连声赞道："好！好！"李再书横批"好好"。以后，小店以"好好"之名声闻远近。

计利当计天下利

求名应求万世名

【注】于右任1961年赠蒋经国。

来到半山坐一坐

再行五里天上天

【注】题安徽九华山钓鱼台。

读诗是诗，举动是诗，毕生行径都是诗，诗的意味参透了，随遇自有乐土

乘船可死，驱车可死，斗室坐卧也可死，死于飞机偶然者，不必视为畏途

【注】1931年诗人徐志摩乘飞机在济南遇难，出身翰林的北京大学校长蔡元培，一反平时为人温柔敦厚，严谨"拘墟"之态，写下了此幅白话挽联。此联豁达自然，如谈玄理，颇有魏晋风度，堪称白话文对联的上乘。

什么天主教，说甚天圣天神，绝天理，灭天伦，真到天讨天诛，天才有眼
这般地方官，尽是地匪地棍，穿地心，挖地骨，闹到地覆天翻，地尽无皮

【注】清末四川大足反洋教运动领袖挑煤工余栋臣1890—1898年间宣扬起义革命联。

好幅臭皮囊，为你忙着过九十载，而今可要交卸了
这般新世界，纵我活不到一百岁，及身已见太平来

【注】柳亚子自挽联作于1956年病逝前夕。

(6) 短语三字腰型联句

祝愿小先生三元及第
恭喜大老板四季发财

【注】裁缝店老板与蔡锷对答联。

桐叶自当年剪得
凤凰于何日飞来

【注】杨二酉题山西太原晋祠待凤轩。

莫怪和尚们这般大样
请看护法者岂是小人

【注】嘲寺僧。

(7) 轻声联句

捧着一颗心来
不带半根草去

【注】陶行知题南京晓庄师范学校六联之五。这是陶行知撰写并悬挂在自己办公室里的一副白话文对联。上联抒发了自己为民谋利，赤胆忠心，全心全意的坦荡情怀。下联表露出自己大公无私，不置家产，鞠躬尽瘁的坚定信念。他的一生实践证明他不愧是一位捧着心献给人民的教育家。

嫩头的绿叶，渐发芽了
巧舌似黄莺，真好听呀

【注】题音乐学校。

一百零八记钟声唤起了万家春梦

二十又四番风信吹香来七里山塘
【注】改苏州虎丘花神庙联。

有甚心儿须向别处去
无大面子莫到这里来
【注】题衙署。

到此来坐坐，无分你我
过去当歇歇，各走东西
【注】题浙江杭州涌金门外黑亭（景名"亭湾骑射"）

温柔诚挚乃朋友中朋友
纯洁天真是诗人的诗人
【注】韩湘眉挽徐志摩。

新文化中旧道德的楷模
旧伦理中新思想的师表
【注】1962年2月蒋介石挽胡适联。

就算是believe中间也藏了一个lie
没奈何爱里面单缺着一颗心
【注】笔者作，2017年5月2日晚。

著述最严谨，非徒中国小说史
遗言太沉痛，莫做空头文学家
【注】蔡元培挽鲁迅。

活着的时候开心点，因为我们要死很久
年轻的时候抓紧些，毕竟大家都老得快
【注】笔者作，2017年5月2日晚。

能编能导能演，是剧坛的全能
敢说敢写敢做，是吾人的模范
【注】曹禺1942年于重庆戏剧界贺洪深寿。

活着让我忍了，而非是认了
死了把我埋了，但是别卖了
【注】自挽联。

家庭制度不推翻，妇女焉得解放

社会阶级须打破，我等才得自由

【注】1923邓颖超与人合挽张嗣婧，时天津女子师范学院女权运动联盟支部举行"张嗣婧追悼会"。

寿比萧伯纳，短一些未必不是长河落日

功追高尔基，专注点或者当能更上层楼

【注】用叶挺寿郭沫若联评郭沫若。

四日杀二贤，人人愤激，愤激夺去了我公生命

殃民复祸国，个个怒吼，怒吼起来了大地光明

【注】吴玉章挽陶行知联，二贤指李公朴闻一多。

国共合作的基础为何？孙先生云：共产主义是三民主义的好朋友

抗日胜利的原因安在？国人皆曰：侵略战线是和平战线的死对头

【注】1938年毛泽东挽孙中山及抗战烈士。1938年3月延安举行孙中山逝世13周年纪念会和抗战牺牲将士追悼大会时作。原有三副，今仅存一。

山高路远，何不一路欣赏风景，何必让风雨遮蔽了秀色

海阔天空，且自天天放任自由，且随它鸥鹭不疑我真心

【注】笔者作，2017年5月3日星期三上午。

不爱财、不饮酒、不爱妇人是个老头陀；祇应眉宇间带两字英雄，担搁了五百年入山正果

又要忠、又要孝、又要风流好场大冤孽；若非胞胎里有三分痴钝，险些做十八滩顺水行舟

【注】世所传关帝庙乩笔联。

(8) 固定句型式联句（把被、使令让叫、如同像似、对向从自、在着了起来去）

为和平民主统一团结奔走而牺牲，同声一哭

合党政军民男女老少遇险以殉难，各有千秋

【注】国民参政会参政员、上海法学院院长褚辅成参与1946年4月19日重庆各界举办"四八"遇难烈士追悼大会，挽四八遇难烈士联。

昆明为热泪流积，所悲国家人士连遭毒手

历史是鲜血造成，要争政治民主岂惧杀身

【注】张澜1946年8月8日参与成都各界蓉光电影院举行李公朴闻一多追悼会撰写挽联。

赤化赤化，有些学者名流和新闻记者还在那里诬陷

白死白死，所谓帝国主义和国民政府原是一样东西

【注】周作人挽三一八惨案烈士。

自孔夫子至杜甫，仁义未曾衰落，都可以拜为老师朋友

从黄宗羲到鲁迅，民智亟待启发，何妨碍认作学者知音

【注】笔者作，2017年5月3日星期三上午。

(9) 仿拟型联句

自古未闻粪有税

而今只剩尾无捐

【注】刘师亮嘲旧社会苛捐杂税太多。

人生得一知己足矣

斯世当以同怀视之

【注】1933年鲁迅书赠瞿秋白。

唤起民众，导之以奋斗

实现革命，继之以努力

【注】孙中山1920年元旦新年励志联。

(10) 复沓型联句

广州暴动不死，平江暴动不死，如今竟牺牲，堪恨大祸从天降

革命战争有功，游击战争有功，毕生何奋斗，好教后者继君来

【注】1931年9月15日中央苏区第三次"反围剿"的最后一仗，红军高级将领黄公略不幸中弹牺牲。在追悼大会上，毛泽东满怀哀痛，亲笔撰写了此幅挽联，悬于会场两侧。

前年杀吴禄祯，去年杀张振武，今年又杀宋教仁

你说是应桂馨，他说是洪述祖，我说确是袁世凯

【注】此联题挽宋教仁，作于1913年4月宋教仁被杀后，不具名，当时影响很大，据《黄克强先生荣哀录》载当为黄兴作。

学生在学校里座谈，暴徒在群众中掷弹，是谁人指使那个凶手

最高学府何等尊严，青年生命何等宝贵，请你们扪着自己良心

【注】于右任参与1946年"一二·一"惨案烈士追悼会挽联。

一战捷临沂，再战捷随枣，伟哉将军精神不死

打到鸭绿江，建设新中国，责在朝野团结图存

【注】1940年延安"张自忠追悼会"彭德怀与朱德合挽。

贵有恒，何必三更起五更睡
最无益，只怕一日曝十日寒
【注】毛泽东治学联，作于湖南第一师范读书时。

无用之人不死，有用之人愤死，我为民国前途哭
去年追到杨公，今年追悼易公，其奈长沙后进何
【注】1921年8月长沙"易越村追悼会"毛泽东挽联。

生命何足重，妻子何足恋，刀锯何足畏，所争者真民主
富贵不能淫，贫贱不能移，威武不能屈，此之谓大丈夫
【注】郭绍虞与人合挽李公朴闻一多。

谁说非学校，就算非学校
彼且为婴儿，与之为婴儿
【注】1927年11月原晓庄师范学校扩建幼稚园陶行知题联。

（11）单音动词主谓宾联句

两脚踏中西文化
一心评宇宙文章
【注】梁启超题林语堂联，约作于20世纪20年代后期。

民主为天下的共器
科学是中国的未来
【注】笔者自题联。

无羞耻心忘历史的过去
有良知者创文明的未来
【注】笔者自撰联。

卑鄙是卑鄙者的通行证
高尚是高尚者的墓志铭
【注】摘自北岛诗《回答》。

大学担大学的责任，人人来修齐治平
政府尽政府的义务，事事勿管辖钳制
【注】自撰联评去行政化。

三代立国家的中流砥柱
一门留民族的文化良心
【注】自撰联评义宁陈氏。

对联白话化探索是一个长期的过程，当前对联白话化面临着严峻的局面，不容乐观。希望本书的存在能够抛砖引玉，引起研究和创作者的注意，并盼更多人参与到这项有挑战但也饶有趣味的工作中来。

2.2.6　白话对联百副精选

在研究白话文对联诸种格式之前，首先搜集近代以来优秀的白话对联，从中精选百副，作为研究的基础。这百副白话或接近白话的对联，主要来源有三，一是景常春的《近现代悯人对联辑注》（南京大学出版社 1989 版）；二是梁章钜的《楹联丛话》（白话文等点校北京出版社 1995 版）、余德全《对联通》、朱承平《对偶辞格》及网文《对联中的白话类》《白话文对联集锦（1）（2）》等其他文献；三是作者自撰或改编联。

具体见附录白话对联百幅精选。

2.2.7　论骚体的体式

2.2.7.1　离骚的律节和句式模式——骚体体式与节配

（见"论节配句式组合原则的泛化与词体构成"节之"'节配原则'泛化与骚体体式构成"条论述）

2.2.7.2　论楚辞与"一字豆引领二言"的关系——骚体体式与领配

（见"论节配句式组合原则的泛化与词体构成"节之脚注"论楚辞与'一字豆引领二言'之关系"条论述）

2.2.7.3　结论

结论一：我们可以拟定，骚体句式的律节是一言节和二言节，其中一言节包括两种，普通一言节和"之"字型一言节，骚体的主体句式模式为"一二之二"，通用句式模式可以表示为：

$1p+2n+3$（其中 $p=0$ 或 1，$n=1$ 或 2，1 表示一字领，3 表示"之二"型三字尾）

结论二："一二节奏三言节"对骚体体式的全面控制充分反映了节配原则在骚体中的作用，节配原则的泛化是理解骚体体式组织的关键。在骚体中，节配原则控制了句式的形成，句式组合的形成以及句群组合的形成，其作用早已越过了其句式组合原则的一般身份。因此我们说，骚体是节配原则泛化的一个重要实例。

2.2.8　论骈文的体式

骈文是中国美文形式的巅峰，是格律成体的典范之制。骈文包含三个有界定意义但在重要性上有区分度的特征："骈""四六"、用典。其中，"骈"，即"协对"，是核心、最重要的，是一级特征；"四六"，即"四六句式"，也是核心，但是是次重要的，是二级特征；用典为文的重要性则不如上二者，是次要特征，是三级特征。依据这三个特征，我们可以将骈文的定义划分为三个级别：第一个级别的界定是"骈对为文"，是最严格的界定；第二个级别的界定是"骈对"加上"四六为文"特征，形成四六，是较为宽泛的一种界定；第三级界定是"骈对"加"四六为文"加"用典特征"，是最宽泛的定义，描述性最浓，最实用，但很容易被例外所打破。

由此，可以将骈文的特征依据重要性划分为三个级别，"骈对"特征是一级，"四六为文"特征是二级，"用典用事"特征是三级。其中，"骈对"和"四六"属于格律范畴，包含一系列格律原理和格律规律。下面，从格律的角度，对骈文中"四六文"的构成特征，作一个具体的考察。

2.2.8.1　节配原则泛化与"四六"文体构成

（见"论节配句式组合原则的泛化与词体构成"节之"节配原则泛化与'四六'文体构成"条论述）

2.2.8.2　论"四六"中的两种六言暨"一字豆引领二言"与"四六"关系

（见"论领配句式组合原则的泛化与词体构成"节之脚注"论'一字豆二言'与'四六'的关系"条论述）

2.2.8.3　小结："四六"的文体界定

"四六文"是以四言、六言为主体句式，以对仗为主要行文方式的一种文体。四六文的四言句式只有一种类型，六言句式则有两种类型：普通"二二二节奏"型和"一二之二节奏"的类骚体句型。"节配原则"的存在决定四言句式可以与两种六言句式都形成具有良好节奏的句式组合如4-6型组合、6-4型组合，并最终形成四六文的特征句式组合群：4-4型、6-6型、4-6型、6-4型组合，以及四六文的特征对仗模式：4-4型、6-6型、44-44型、66-66型、46-46型、64-64型对仗等。在四六文中，节配原则超越了作为句式组合原则的一般作用范围，对整个文体结构都产生了重要影响。从宏观上讲，四六文的文体特征，包括它的句式内部结构单元、句式间的组合以及组合群的形成，都受到"节配原则"严格的支配。四六文的体式核心是"二字尾"结构，四六文体式基本上可以说是遵行"节配原则"和对仗模式建立起来的一种特殊文体。

2.2.9　论八股文的体式

八股文是讲究协对原则的一种文体。

改革开放以来，各种意识渐解束缚，得以回归，前二十年，西方文化意识首得垂兴，近20年，传统文化亦尾随风气，有渐兴之象，虽无晚清民国汹涌之势，然其温润波澜，亦足以动人。受风气影响，百年以来俱受批评的八股文，亦得以客观之态进入研究家的视野。以"八股文"题名检索中国期刊网，得博硕论文计16篇（2019年2月25日检索），俱为近十年所写（2005—2016），可见近时热潮。

16篇论文，范围甚广。检其内容，有全面研究者3篇：《再论八股文》（边玉朋）、《科举八股文专题研究》（高名扬）、《明清八股文程式研究》（金春岚）；专题研究者1篇：《游戏八股文研究》（田子爽）；技巧研究者2篇：《八股文修辞艺术探究》（李茹）、《八股文韵律研究》（郑超群）；选本研究者2篇：《张溥八股文编选活动考论》（郑永慧）、《举业金针——清代八股文读本研究》（江艳）；思潮研究者2篇：《明代文学思潮视域下的八股文研究》（项聪颖）、《明代启祯年间八股文理论批评探微》（胡慧锦）；写作价值研究者3篇：《八股文价值研究》（刘燕）、《由八股文和申论反思传统写作文化》（潘月飞）、《八股文对现代写作教学的借鉴作用》（姚冬媚）；比较研究者3篇：《香囊记与八股文关系之研究》（马琳萍）、《八股文与明清古文和诗歌》（赵永强）、《八股文技巧和聊斋志异的创作》（邓正辉）；涵盖了八股文的起源、发展、艺术特征、选本情况、作家活动、时代背景、历史影响、当今价值等各个方面，对于理解八股文的文体特征、创作流变、接受状况、文本价值，都有相当作用，可资参考。

今就八股文的一般常识撮录如下。

2.2.9.1　八股文的特征

八股文的特征可用六个字形容：八股、八部、制艺。八股是八股文的文体特征，八部是八股文的习惯结构，制艺是八股文的功能要求。其中，八股是八股文的本质特征。

（1）八股

八股文正文分出"起股""中股""后股""束股"四段，每段要求两股对仗文字，合称八股，又称八比。

（2）八部

八股文固定格式对应八个部分：破题、承题、起讲、入手、起股、中股、后股、束股。凡八股文写作，开篇揭示题旨，是为"破题"；接着承文阐发，叫作"承题"；然后开始议论，称为"起讲"；再后引入正文，是为"入手"；其后顺以起股、中股、后股，以束股作结。其各部分示例如下：

王鳌《百姓足，孰与不足》（论语·颜渊）

民既富于下，君自富于上。（破题）

盖君之富，藏于民者也，民既富矣，君岂有独贫之理哉？（承题）

有若深言君民一体之意，以告哀公。（起讲）

盖谓：公之加赋，以用之不足也；欲足其用，盍先足其民乎？诚能百亩而彻，恒存节用爱人之心，什一而征，不为厉民自养之计，则民力所出，不困于征求；民财所有，不尽于聚敛。（入手）

间阎之内，乃积乃仓，而所谓仰事俯育者无忧矣。田野之间，如茨如梁，而所谓养生送死者无憾矣。（起股）

百姓既足，君何为而独贫乎？吾知藏诸间阎者，君皆得而有之，不必归之府库，而后为吾财也。蓄诸田野者，君皆得而用之，不必积之仓廪，而后为吾有也。（中股）

取之无穷，何忧乎有求而不得？用之不竭，何患乎有事而无备？（后股）

牺牲粢盛，足以为祭祀之供；玉帛筐篚，足以资朝聘之费。借曰不足，百姓自有以给之也，其孰与不足乎？饔飧牢醴，足以供宾客之需；车马器械，足以备征伐之用，借曰不足，百姓自有以应之也，又孰与不足乎？（束股）

吁！彻法之立，本以为民，而国用之足，乃由于此，何必加赋以求富哉！

（3）制艺

制艺，即应制六艺。八股文是明清科考的应试文体，故称制艺、制义、时文。

1）题目概出自四书五经原文；

2）内容俱要求据经书"代圣人立说"；

3）目的是科举选拔人才。

如《儒林外史》第一回所言："此一条之后，便是礼部议定取士之法，三年一科，用《五经》《四书》八股文。"清·阮元《四书文话》、梁章钜《制义丛话》等亦对此有相关论述。

2.2.9.2　八股文的起源

八股文是经义与对对潮流融合的产物，起源于宋元经义和唐以来的对联潮流。八股文萌芽于唐"帖括"，宋王安石主政期间，力推科举以"经义"为主，元代则将出题范围限定在《四书》中，八股文遂见雏形，明初融合进对联风气，八股文呼之而出，明清两朝，八股文成了科举专用文体。[1]

---

[1] 龚笃清：《八股文汇编》，长沙：岳麓书社2014年。

（1）萌芽于唐"帖括"

八股文的形式，最早可溯源于唐朝的"帖括"。所谓"帖括"，就是概括地默写某一种经书的注解。唐代虽以诗、赋取士，但并未完全废除读"经"。

（2）起源于宋元的经义

八股文的直接起源则是宋元的经义。北宋王安石变法，认为唐代以诗、赋、帖经取士，浮华不切实际，于是并多科为进士一科，一律改试经义。邓之诚在《中华二千年史》卷四"制艺文"道："宋熙宁中，王安石始废诗赋用经义，元祐后复罢，迨元仁宗延佑中，定科举考试法。于是王克耘始选八比一法，名《书义矜式》，遂为八股滥觞。"王安石以"经义"试士，学子任治一经，考试时发挥"经义"为文字，这不同于唐代专重记忆注疏原文，考试概括来书写答案的"帖经"，而是发挥对经文意义的理解来写文，因而名为"经义"。

元代考试，用"经义""经疑"为题述文，出题范围，限制在《大学》《中庸》《论语》《孟子》四种书中。这就是最早的八股文雏形了。

（3）融合进明初的对联潮流

明洪武元年（1368），诏开科举，洪武三年（1370），诏定科举法，应试文仿宋"经义"，对制度、文体都有了明确要求。士人参与科举考试必须通过三场的考试。不过写法或偶或散，初无定规。成化年间（1464—1487），经王鏊、谢迁、章懋等多名大臣提倡，融合明初以来自上而下的对仗风气，逐渐形成讲究格律、步骤，比较严格固定的八股文格式，八股文的格律形式就此形成了。成化二十三年（1487），始由"经义"变为开考八股文，规定要按八股方式作文，格式严格，限定字数，不许违背经注，不能自由发挥。顾炎武《日知录》中说道："经义之文，流俗谓之八股，盖始于明宪宗成化年间（1465—1487），如《乐天下者保天下》文，起讲先提三句，即讲'乐天'四股，中间过接四句，复讲'保天下'四股，复收四句，再作大结。如《责难于君谓之恭》文，起讲先提三句，即讲'责难于君'四股，中间过接二句，复讲'谓之恭'四股，复收二句，再作大结。每四股之中，一反一正，一虚一实，一浅一深。若题本两对，文亦两大对，是为两扇立格，则每扇之中，各有四股，其次第之法，亦复如之。故人相传谓之八股。长题则不拘此，亦有联属二句四句为对，排比十数对成篇，而不止于八股者。"

2.2.9.3　八股文的价值及问题

古人将八股文之难归纳为"文意根于题，措事类策，谈理似论，取材如赋博，持律如诗严"数语。八股文的价值，即在于这数语，八股文的问题，也全出在这数语上。

（1）八股文的价值

1）文意根于题

八股文题目、内容、目的均根于儒家四书五经，故有助于培养全面的修齐治平士大夫精神。士大夫精神就是当时的时代精神，故不可废除。清末徐珂编《清稗类钞》

"考试类"有一条记云："雍正时，有议变取士法废制义者，上问桐城张文和公廷玉，对曰：'若废制义，恐无人读《四子书》讲求义理者矣。'遂罢其议。"

2）措事类策

策即对答，八股文要求与圣人对话，代圣人立言，实际上蕴含着要求士子有接事处事的能力，如同战国策士谋臣一样能够纵横捭阖，经世致用。措事类策指的是对实践能力的要求。

3）谈理似论

这是说八股文要求士子能够辨析事理，理致清晰，而不夸夸其谈，肤泛无物，因而能够培养士子务实的作风和理性的头脑——这与现代科学研究的思维要求是不谋而合的。学人们在著述中说八股文好的较少，但是但凡说到的，大致都能意识到这一点。除康熙时反对废止八股文的黄机、王士桢，雍正时反对废止八股文的张廷玉，乾隆时反对废止八股文的鄂尔泰等人外，王士禛的议论较为深刻。其《池北偶谈》记云："余友一布衣，甚有诗名，其诗终格格不通，以问汪钝翁。曰：此君正坐未解为时文故耳。时文虽然无关诗与古文，然不通八股，理致终无由分明。近见《玉堂佳话》：言作文字当从科举中出，不然，则汗漫披猖，出入终不由户。"这段笔记说到八股文的"谈理似论"的优点，比黄机、鄂尔泰等人对八股文认识要深刻的多。

4）取材如赋博

八股文考察四书五经，不仅考察经文内容，更考察对经文的理解和运用，实际上考察的范围是非常广泛的。故曰它的考察内容和写作要求都是"取材如赋博"。方苞《四书文》凡例说"欲理之明必溯源六经而切究乎宋、元诸儒之说，欲辞之当必贴合题义而取于三代、两汉之书，欲气之昌必以义理洒濯其心而沉潜反覆于周、秦、盛汉、唐、宋大家之古文"，说的就是这个意思。

5）持律如诗严

如果说，上述四点要求考察的是明经、接事、论理、泛博的能力，多少都与经世致用的政治才能相关，那么这最后一条"持律如诗严"可以说是完全相反，是借助于对仗写作培养一种人文审美能力。对仗要求平仄相对、节奏相同，意义相关，这表面上看是纯粹的文学能力，但是如果考虑到对的文化和格律文化在中国文化中的重要地位和意义，那么你就能够理解，也许在科举选拔人才中加上对对考察，对于整个国家而言，对于具有如此悠久特殊文化传统的民族而言，并不是一件令人难以接受的事情。

吴敬梓《儒林外史》第十一回写道："八股文若做的好，随你做什么东西，要诗就诗，要赋就赋，都是一鞭一条痕，一掴一掌血。"这是包含着深刻认识的评断。

（2）八股文的问题

1）文意根于题——不免狭隘于儒术

从思想控制的角度看，全用四书五经就不免导致思想僵化，拘泥于一家。顾炎武讲"八股之害等于焚书，而败坏人才，有甚于咸阳之郊，所坑者但四百六十余人也"，大约就包含着对这种僵化思想的严重不满。

从文章写作的角度看，这种极端的出题特征及写作要求也很容易限制思维和思想的发挥。这自然都是不好的影响。李慈铭《越缦堂日记》中《桃华圣解盦日记》光绪元年六月记八股文云："论其学则不辨汉宋，论其文则不辨之乎，童而习之，破旧之《四书》，长而效之，录旧之墨卷。其应试也，怀挟小策，其应制也，砚摩争光，明人谓三十年不科举，方可议太平。余谓苟不得已，亦当减天下学额三分之二，停选科举三十年，始可与言品节、政事、文学也。"就是指出因为要应付这种极端的出题方式，故应试者不免裁割四书，徒重格式，而将真正广阔的学问、人品修养都遗忘了。李慈铭道光三十年（1850）就中了秀才，但直到同治九年（1870）才考中举人，又过了十年，直到光绪六年（1880）才考中进士。前后足足三十年，在科举道路上十分艰难。写这段日记，骂科举制度时，虽已以学问名满京师，但还没有考中进士，固可见科举制度之弊，亦可见其满腹牢骚了。

而从学问的角度讲，这种独尊儒术的考察，也忽视了经济、科学等极为广阔的领域，限制了这些领域人才的发展。曾国藩就是从这个角度来批评八股取士的。《曾文正公文集》卷二中云："自制科以《四书》文取士，强天下不齐之人，一切就琐言之绳尺，其道固已隘矣，近时有司，又无所谓绳，无所谓尺，若闭目以探庾中之黄，大小惟其所值，士之蓄德而不苟于文者，又焉往而不见黜哉？"

2）措事类策，谈理似论——不免枯燥不近情

为文强调策论、议论，这本不是大的问题。但凡事过头了就不免导致坏的影响。对理性的过分腔调，将议论文作为考核的唯一标准，将前人之言当成是不可更改的金科玉律而加以无限夸大，这自然极导致性格偏执、情感的僵化，个性的缺失，千人一面。

蒲松龄学问很好，很小就考中秀才，却一生未考中举人，他的《聊斋志异》一书，不少篇都对科举考试、八股文、考试官，作了辛辣的讽刺，其主要讽刺之点就是这种求取功名的偏执、情感的僵化，个性的缺失，千人一面。

他乾隆二十四年（1759）出生，经历了乾隆中、晚期、嘉庆、道光两朝的学者钱泳，多才多艺，一生作幕，未考中过，似乎连个秀才也不是，在其名著《履园丛话》中，就有不少条骂八股文。如说："或谓文中之有时艺，有似画中之猪。余骇然问故。曰：牛羊犬马，各有名家，亦曾见以刚鬣为点染者乎？今世所谓文字，无不可书屏障，亦见有曾录荆川、鹿门、归、胡、陶、董之制义者乎？"这一则笔记以猪比八股文，其他还有记秀才考试自撰典故，有所谓"自双槐夹井以来"及"九刁九骚，三熏三栗"等笑话，于试者均名列高等。都是笑八股文不通，考试官无知，为考生所骗的故事。

3）取材如赋博——不免拼凑于学问

谈议似论的指挥棒，极易导致重复说理，枯坐谈义的潮流。而"取材如赋博"，用之不当，则容易导致东扯西拉，强行拼凑，满纸抄文，无一实事的情况。故顾炎武在《日知录·程文》中批评说："唐之取士以赋，而赋之末流，最为冗滥。宋之取士以论策，而论策之弊，亦复如之。明之取士以经义，而经义之不成文，又有甚于前代者。"大约任何一种东西，夸大而超过了其限度，最终都会走向冗滥与腐败。

4）持律如诗严——不免僵化于形式

"持律如诗严"是八股文最易于被人讥嘲的一个方面。格律过分的严格，格式过分的僵化，尤以"八股"的规定，太过于机械，板滞，不说对仗对思想表达的限制，单从八股数目的僵化的规定，就让它变成了一种令人望而生畏的文体，很难令人引起好感。骈文名制迭出，而八股文少有佳作，大概这是最重要的原因之一了。

(3) 八股文的启示

总的来讲，八股文的优点，就是它考察内容的稳定、切于当日政治治理、考察的形式的相对统一；八股文的缺点，也在于它考察的内容过于单一、它的内容不能扩大而适于复杂的治理、它的八股格式过于僵化且过于倾向于说理和拘泥于格律。

从今日的观点看，八股文的价值在于，它较为集中的考察范畴和较为统一的考察模式，提供了一种考核原则：考核内容应该专业化；考核模式应该稳定而保留变化。

2.2.10　论汉大赋的体式①

汉大赋的体式特征主要有三点：气势磅礴的排比，繁丽典奥的罗列，经纬交织的结构。这三点都包含着对协对原则的扩大化运用。

2.2.10.1　气势磅礴的排比

汉大赋大规模地运用了以排比与罗列为中心的铺排技术，以排比与罗列为中心的铺排技术构成了汉大赋的外在文体特征。赋的本义是直陈其事，在诗经中作为一种表现手段，大约相当于现在的客观描写，原是可唱的；随着新事物新经验的增益，赋的东西加长，大约也就变成了不歌而诵了；而赋作为一种成熟文体的出现，只有在先秦各家历史散文和诸子散文大量应用这一技巧之后才成为可能②。汉大赋作家创造性地发展了客观描写技术，形成了一整套较固定的与描写对象相适应的铺排技巧，于是汉大赋这一文体便诞生了。以排比罗列（也许还有对仗）为中心的铺排技术，是汉大赋区别于其他文体的基本标志。

排比技术在诗经中即有朴素运用。如《七月》中：

---

①本节内容重见于笔者论文《论汉大赋的崇高风格》，《四川文理学院学报》2010年第4期，第99—103页。后者系对汉赋的总体思考。

②关于赋文体的起源，概括起来有五种观点：班固以为源于诗；刘勰提出源于诗骚；章学诚刘师培等以为源于诸子散文及纵横家言；还有以为源于"不歌而诵"的赋诗传统；朱光潜褚斌杰等人以为源于隐语。本文未持定论，只约略取了一种较笼统的看法。

五月斯螽动股，

六月莎鸡振羽。

七月在野，

八月在宇，

九月在户，

十月蟋蟀入我床下。

《南山有台》中：

南山有台，北山有莱。……

南山有桑，北山有杨。……

南山有杞，北山有李。……

南山有栲，北山有杻。……

南山有枸，北山有楰。……

但这些排比较为简单，多与重章叠句混用，特点尚不鲜明。

排比技术在诸子手中有了很大发展，尤其是纵横家和庄子。如《战国策》秦册记载苏秦说秦惠王一段：

大王之国，西有巴、蜀、汉中之利，北有胡貉、代马之用，南有巫山、黔中之限，东有肴、函之固。田肥美，民殷富，战车万乘，奋击百万，沃野千里，蓄积饶多，地势形便，此所以天府之，天下之雄国也。以大王之贤，士民之众，车骑之用，兵法之教，可以并诸侯，吞天下，称帝而治。

《庄子·齐物论》中"说风"一段：

夫大块噫气，其名为风，是唯无作，作则万窍怒呺，而独不闻之翏翏乎？山林之畏佳，大木百围之窍穴，似鼻，似口，似耳，似枅，似圈，似臼，似洼者，似污者。激者，謞者，叱者，吸者，叫者，譹者，宎者，咬者，前者唱于而随者唱喁。泠风则小和，飘风则大和，厉风济则众窍为虚。而独不见之调调、之刁刁乎？

排比的存在，使文章境界阔大，气势磅礴，文风遒劲有力，这已经是很成功的运用了。

但即使如此，排比在诸子散文中也还没有占据特殊重要的地位，各种修辞手段在诸子散文中处于一种平衡的状态，对这一状态的打破是汉大赋。

汉大赋的排比数量庞大，种类多样，不仅具有修辞学意义，更带有了某种文体属性意味。以扬雄《羽猎赋》[1]为例，这篇文章为了铺叙天子羽猎的宏伟壮观场

---

①费振刚：《全汉赋》，北京：北京大学出版社，1993年，第180—190页。

面，交错运用了大量的排比句，以动宾结构为主，句式有三四五六七八字不等，其中三字、五字、六字排比句居多，排比句的数量在文中达到了令人咋舌的比例。其中三字句如：

> 奉郊庙，御宾客，充庖厨。……斩丛棘，夷野草。
>
> 入西园，切神光。望平乐，径竹林。踩蕙圃，践兰唐。
>
> 拖苍狶，跋犀犛，蹶浮麋。斯巨狿，搏玄猿。腾空虚，距连卷。蹿天蟜，娭涧间；
>
> 蹶松柏，掌蒺藜。猎蒙笼，轔轻飞。屡殿首，带脩蛇。钩赤豹，挈象犀。跐峦阮，超唐陂。
>
> 蹈飞豹，绢嗥阳。追天宝，出一方。应骈声，击流光。
>
> 凌坚冰，犯严渊，探岩排琦，薄索蛟螭。蹈猨獭，据鼃鼈，拔灵蠵。入洞穴，出苍梧。乘巨鳞，骑京鱼。

五字排比如：

> 故甘露零其庭，醴泉流其唐，凤凰巢其树，黄龙游其沼，麒麟臻其囿，神爵栖其林。

这是主谓结构的，动宾结构的五字排比句如：

> 其余荷垂天之毕，张竟壄之罘。靡日月之朱竿，曳彗星之飞旗。
>
> 上猎三灵之流，下决醴泉之滋。发黄龙之穴，窥凤凰之巢，临麒麟之囿，幸神雀之林。

六字排比句亦以动宾为主，如：

> 狭三王之厄僻，峤高举而大兴。历五帝之廖廓，涉三皇之登闳。建道德以为师，友仁义与之为朋。
>
> 方椎夜光之流离，剖明月之珠胎，鞭洛水之宓妃，饷屈原与彭胥。

也有六字主谓的，如：

> 山谷为之风猋，林丛为之生尘。
>
> 仁声惠于北秦，武艺动于南邻。

其他如二字、四字排比，也有不少。这么多丰富复杂的排比句接踵而来，无疑给人一种铺张扬厉、纵横驰突的感觉，而动宾结构所展现的急剧变幻的行为动作，更增强了这一感受。汉大赋中其他的排比运用亦复如是，不仅仅是一种铺排，更是铺排的极致，这样汩汩涌动的短句是不适于歌唱而适于诵读的。试想一下这样的文章诵读起来，虽然缺乏唐诗宋词那样一种一唱三叹的悠扬韵味，但其音调的急促、节奏的铿锵、气势的遒劲、格调的劲动慷慨，但是别具一翻雄奇壮阔、奔走流宕之美。

2.2.10.2　繁丽典奥的罗列

在汉大赋中，排比技术的运用已达极致，与之相联系且差不多具有同等重要地位的另一铺排技术罗列。当然，二者有时候是交叉的。宽广的视野，清晰的类别意识和强烈的表达欲望促使汉大赋作家选择了独特的表现手段——罗列，这几乎成了所有汉大赋作家的天才标志。

为了表现对宇宙万象的宏阔理解和自由领悟，汉大赋往往对同类事物作不厌其烦的罗列处理，这些事物从意义上看，往往代表着人类对大自然或社会生活某一领域诸知识——如日月星辰，风雨雷电，花草树木，虫鱼鸟兽，山川河流，地物矿产，街衢宫殿，车马人物等——的丰富认识和透彻把握，浸透着人类把握世界的庄严情绪和自豪感。如杨雄在《蜀都赋》中，对自己家乡纺织制品的罗列描写：

> 尔乃其人自造奇锦，纮缫缅绤，缲缘卢中，发文扬采，转代无穷。①

洋溢着讴歌之情与自豪之感。其中运用最典型的，莫过于张衡在《南都赋》中的罗列：

> 其宝利珍怪，则金彩玉璞，随珠夜光，铜锡铅锴，赭垩流黄……其山则崆岎嵼崿，塘岝嶚崱，岌嵱嶷嵬，嵌巇屹绵……其水虫则有蝾龟鸣蛇，潜龙伏螭，钎鳣鲖鲔，鼋鼍鲛䱜，巨蚌函珠……其鸟则有鸳鸯鹄鸶，鸿鸧鴐鹅，鶀鴳鹭鹕，鹔鹴鹍鸹……②

赋里还写到"其木则""其竹则""其草则""其原野则""其香草则""其厨膳则""其酒则"，不厌其烦，极其闳富，给人展现出一个繁荣富庶、美丽壮观、合天下众美于一身的庞大都市形象，洋溢着一股极为动人的浪漫情怀。

罗列是汉大赋描写客观事物的又一重要技术，反映了汉人对宇宙万物的朴素认知意识，更为重要的是，它向读者传达了一种胸怀，一种"苞括宇宙，总览人物"的雄伟气度，展现了当时物质生活领域的伟大成就。

繁丽典奥、眩人耳目的罗列是汉大赋所独有的修辞，显示着汉大赋独特的风格倾向。

---

①费振刚：《全汉赋》，北京：北京大学出版社，1993年，第162页。
②费振刚：《全汉赋》，北京：北京大学出版社，1993年，第458—460页。

　　历史上对汉大赋的主要批评之一即是其繁丽典奥、炫人耳目的措辞了[①]。向来人们以为汉大赋中的许多字词堆积，殊无必要，于是给汉大赋戴上了种种帽子：堆词积句、玩弄辞藻；淫靡不急；雕虫篆刻。诚然，以后人愈来愈狭小的眼光看，汉大赋经典作家们似乎很难逃脱这一指责。但是，如果我们注意到一些事实——实际上20世纪80年代以来已经有一批学者在开始较认真探讨这些事实[②]，下面我们会对这些事实加以综述——那么，那些指责与批评或许就不攻自破了。这些事实是：第一，汉大赋那些丰富多彩的新名词是当时物质生产日益丰富、新生事物日益增多、人们对自然界及人类社会的认识日益深广的反映。这些丰富多彩的名词术语真实地记载并反映着当时生活；

　　第二，从声音的角度看，汉大赋多采用双声、叠韵等连绵手段和叠字手段，是为了模拟大自然丰富多变的音响，从而达到一种诵听上的愉悦效果。这一效果随着语言条件的变化往往为后代所不知；

　　第三，汉大赋作家笔下所出现的某些形声字的铺列，反映出了汉一代作家对汉字形象本身的高度审美意识。汉字始终未完全脱离象形文字的框架，象形文字本身即具有千姿百态的美，汉大赋作家天才地注意到这一点并在文中加以利用，表现出了渊博的文字知识和非凡的创造勇气，取得了辉煌成绩，而后世不仅没有作家敢于尝试这一技术，连欣赏的人都少有了。故章太炎先生说：小学亡，汉赋衰。

　　就拿前面引述过的观涛那一段文字来说吧。作者为了形容波涛的形象、声响，大量运用了摹拟文字，一连写出了诸如"洪淋淋焉""扰扰焉""飘飘焉""浩浩澄澄""颙颙昂昂，椐椐强强，莘莘将将""沌沌浑浑""混混庉庉""纷纷翼翼""险险戏戏""沉沉湲湲"等叠音词，"蒲伏连延""滂渤怫郁""穷曲随隈""沛汩濦湲"等连绵词，或拟声，或拟形，或写意，将波涛的连绵不断、丰富多变、气象万千、雄伟壮阔刻画得淋漓尽致，无以复加。其声音之美自不必说，其大量运用水旁文字，直观上即给人一种满目尽水，波涛汹涌的印象，形象之美亦令人叹绝，即如很简单的四个字"颠倒偃侧"，三个单人旁的动词连用，则水势的丰富多变、摇曳升降、不可端睨之态宛在目前，亦能给人以强烈的视觉震撼，这样强大的文字表现力是罕见的。再如上面引述的《南都赋》里描写物产的一段文字，作者充分利用了汉字的形声构字法，大量采用同形旁文字连用，读来真是令人满目皆金，满目皆鱼，满目皆鸟，满目皆山，满目皆木，满目皆竹，满目皆草，则物类的齐备，矿产的丰富，江山的多娇，自然万物的壮丽多姿，无不掩映耳目，动摇人心。除了汉代那样壮丽多姿的时代，除了汉人那样兼容并蓄、囊括宇宙总揽万物的胸怀，真没有哪一个时代能够产生同样狂放恣肆、不拘

　　[①]集中见于刘勰对汉赋语言或对一般语言的批评文字中，可参看《文心雕龙·熔裁》及《文心雕龙·炼字》。其中主要批评涉及"同辞重句""半字同文""肥字积文"等现象。

　　[②]康金声《论汉赋的语言成就》(《山西大学学报》1986年1期)、唐子恒《关于汉赋语言的两点思考》，(《文史哲》1990年5期)、简宗梧：《汉赋流源与价值之商榷——汉赋炜字源流考》，这三篇文字对汉赋的文字特质给予了充分揭示及评价。

一格的文字。

所以，如果我们放开眼光，扩大胸怀，我们就不会对这些丰瞻华茂、典丽奥伟而偶显刻板的文字求全责备。诚如朗吉努斯所言：

> 过去伟大的心灵总以最伟大的写作目标作为自己的目标，认为每一个细节上的精确不值得他们的追求。①

汉大赋作家正是怀着这样骄傲、自由、热烈、豪迈的态度来描写他们心目的山川草木、鸟兽虫鱼和宇宙万类，他们要向后代传达这一时代人类的雄心、壮志、尊严与荣誉，伟大与豪迈才是他们真正的追求目标，他们之采用这样的文字方式，不是很合适的吗？

总之，以排比和罗列为中心的铺排技术整体上适应于那个飞扬激越的时代，它虽然缺少盛唐文字的那种雍容华贵气象，但自有一股刚健凌厉、铺张夸扬的气势，虽粗糙但不粗俗，虽铺张但有力，是后世那些境界狭小、囿于一隅的所谓清词丽唱雕虫琢句难以比拟的。正是这种粗犷的铺排技巧，形成了汉大赋的崇高力量。气势遒劲的铺排之于汉大赋的风格，大概正如对仗之于骈文语言，押韵之于诗歌语言，其重要意义是不言而喻的。

2.2.10.3　堂皇卓越的结构

汉大赋的崇高风格还集中体现在其堂皇卓越的结构上。正是这最后一点，使我们对于汉大赋的崇高品格有了更深一层次的认识。

散文，以现代眼光看，讲究形散而神不散，文字似乎不宜过长，但汉大赋作家的胸怀气魄却是篇幅束缚不了的，庄严而伟大的思想、强烈而激动的情感难道不是在客观上要求着鸿篇巨制吗？气势磅礴的铺排和繁丽典奥的措辞难道不是天然指向了雄伟之作吗？那么，汉大赋作家是否有能力寻找一种简洁有效的模式来实现他们的雄伟理想呢，汉大赋作家真的能够创造出一种堂皇卓越的结构来容纳他们宏伟的文字想象吗？回答是肯定的，汉大赋作家做到了，他们找到了，或者应该说他们天才创造了一种结构模式。这一适合于其天才想象的结构，拿司马相如的话说就是：

> 合纂组以成文，列锦绣而为质，一经一纬，一宫一商……苞括宇宙，总览人物……②

详细分析起来，这一结构模式实际上包括两点：一是整体上的版块递进结构；二是每一版块内部的经纬交织模式，经是指对对象的进一步分类，纬是对所分细类的详细陈述。

---

①伍蠡甫、胡经之：《西方文论选》，上海：上海译文出版社，1979年，第126页。
②葛洪：《西京杂记》，《汉魏丛书》，长春：吉林大学出版社，1999年。

以《子虚》《上林赋》的结构为例，全文的主体内容是几大段的个人陈述，好比一根根精彩的纬线，陈述与陈述之间通过相互批驳层层递进的方式相连接，好比许多纬线通过一根经线连接起来。具体来讲，首先是齐王夸耀齐国的田猎之乐，接着是子虚先生夸耀楚的云梦之乐胜于齐国；然后是乌有先生反驳，以为齐在精神上仍胜于楚；最后是亡是公出场，否定二者，力举天子的田猎礼乐才是最高境界的田猎礼乐，文章悬设不同的境界，通过层层递进的方式达到最高的境界，亦即作者的人文理想，也就是文章的高潮，文章在高潮中结束，这种结构就像一个板块套着一个板块逐渐向前推进，所以可名之为版块递进式结构，又如同一根经线串起许多纬线，所以又名之为经纬交织结构。值得注意的是，由于汉大赋特殊的铺陈特点，对总体结构中的每一个版块，作者又采用了经纬交织的模式来结构行文，经是指对描写对象的进一步分类，纬则是对所分类别的详细陈述。汉大赋的双重经纬交织模式，使其内容显得特别丰赡华美，而其整体上的层层递进模式，又形成了文意上的波澜起伏、一浪高过一浪的雄伟气势。如果说前者反映了汉人那种总揽万物、囊括宇宙的雄伟气魄的话，那么后者则毫不含糊地展现了汉人追求堂皇壮丽、追求崇高卓越、追求一切伟大事物时的那种勇于自我超越、永不止息的进取精神。

汉大赋这种微观上经纬交织宏观上层层递进的结构模式，在枚乘的《七发》中即已显露端倪，在司马相如的大赋中已经得到了熟练运用，由于这一结构能够在相对较长的篇幅中产生出一种波澜壮阔的崇高效果，因而被后来许多大赋作家所反复运用，从而成为一种经典的结构模式。《七发》《天子羽猎赋》《两都赋》《二京赋》都是成功运用这一结构的典范，这一结构单就其雄伟壮丽、崇高宏阔而言，也许只有明清的长篇小说可以与之媲美。随着抒情小赋的兴起，随着后代散文精神的变化，这种堂皇卓越的结构就逐渐见不到了。①

①本节内容主要引自笔者论文《论汉大赋的崇高风格》，《四川文理学院学报》2010年第4期，第99—103页。

2.3 论诗体

本章讨论体裁观念下的汉语诗体的概念、流变、体系架构，并具体讨论古体诗、现代汉语诗、词牌等诗体的创新可能和途径。

2.3.1 论体裁观念下的诗体概念

2.3.1.1 汉语诗"体"远非单指"体裁"概念

王闿运、闻一多、王力、林庚、褚斌杰、吴承学、吕进、王珂等人对汉语诗体进行了各种研究，但是关于汉语诗体的概念运用非常混乱，实际上并没有得到厘清。汉语的诗体观念实际上非常复杂且混乱[1]，汉语中的诗"体"远非单指今日的"体裁"概念[2]。

体裁是话语属性制度化的产物，诗歌体裁即是诗歌的形式属性的制度化。汉诗的属性极为复杂，有形式方面的，也有内容方面的，还有生产或传播特点方面的，但汉语诗歌研究者在指称其诗歌体式时并没有严格限制其属性的形式特征，导致了其诗体类型千变万化、多姿多彩，远非单指今日的"体裁"。下面列举部分汉语诗歌多姿多彩的"体"及其一般的指称内涵。

（1）指称时代风格。如建安体、黄初体、正始体、太康体、元嘉体、永明体、齐梁体、南北朝体、唐初体、盛唐体、元和体、晚唐体、本朝体、元体（以上皆出自《沧浪诗话·诗体》）、同光体等。

（2）指称地域风格。如楚辞体、江左体（《诗人玉屑》卷二诗体下）、江西宗派体（《沧浪诗话·诗体》）、吴体、公安体、阳羡体、浙西体、常州体、西昆体等。

（3）指称个体风格。如苏李体、曹刘体、陶体、谢体、徐庾体、沈宋体、陈拾遗体、王杨卢骆体、张曲江体、少陵体、太白体、高达夫体、孟浩然体、岑嘉州体、王右丞体、韦苏州体、韩昌黎体、柳子厚体、韦柳体、李长吉体、李商隐体（即西昆体也）、卢仝体、白乐天体、元白体（微之乐天其体一也）、杜牧之体、张籍王建体（谓

---

①据鄢化志《中国古代杂体诗通论》统计杂体诗种类：初唐欧阳询《艺文类聚》卷五十六收杂体诗诗体36种，中唐元兢《乐府古题要解》收录杂体26种，晚唐皮日休撰《杂体诗序》论及杂体25种，宋严羽《沧浪诗话》论及杂体15种，宋吕祖谦撰《宋文鉴》录杂体19种，明陈师曾《文体明辨》收杂体达88种；"六部著作，共出现杂体诗的体裁名称209种。除去重复，实有杂体诗的体裁98种……根据唐宋到清末各种典籍中杂体诗名目的不完全统计，总数达200种以上"。见鄢化志《中国古代杂体诗通论》，北京：北京大学出版社，2001年，第36—38页。

②欧明俊《古代诗体界说之清理与反思》对此有深入思考，全面讨论，虽结论并不十分确定，但考辨细腻，资料详瞻，极可借鉴。见欧明俊《古代诗体界说之清理与反思》，《兰州大学学报（社会科学版）》2010年第5期，第15—20页。

乐府之体同也）、贾浪仙体、孟东野体、杜荀鹤体、东坡体、山谷体、后山体、王荆公体、邵康节体、陈简齐体、杨诚斋体（以上皆出自《沧浪诗话·诗体》）、梨花体。

（4）指称歌唱特征（与音乐的关系）。如词体、曲体、口号、歌行、乐府、琴操（水仙操、别鹤操）、谣（独酌谣、箜篌谣、白云谣）、吟（陇头吟、梁父吟、白头吟）、词（秋风词、木兰词）、引（霹雳引、走马引、飞龙引）、咏（五君咏、群鸿咏）、曲（大堤曲、乌楼曲）、篇（名都篇、京洛篇、白马篇）、唱（气出唱）、弄（江南弄）、长调、短调（以上皆出自《沧浪诗话·诗体》）、行（长歌行·短歌行）。

（5）指称内容（题材与主题）特征。如赠别体、咏怀体、咏史体、玄言体、田园体、山水体、边塞体、山水田园体、咏物体、宫体、登临体。

（6）指称功能区别。如抒情体、叙事体、说理体、风、雅、颂。

（7）指称写作的方式。如拟古、集句、分题、分韵、和韵体（皆出自《沧浪诗话·诗体》）。

（8）指称诗的声音形式：格律形式。

1）指称节律形式。包括几种情况。

①指称诗句字数。如齐言体（二言体、三言体、四言体、五言体、七言体、六言体、九言体）、杂言体（长短句等）、骚体。

②指称诗歌句数。如一句体（如《汉书·枹鼓歌》《汉童谣》千乘万骑上北邙、《梁童谣》青丝白马寿阳来）、二句体（如易水歌）、三句体（如大风歌、华山畿）、四句体（如绝句类）、六句体（如储光羲《日暮待情人》）、八句体（八句律诗类）、十二句体（如初唐科考选体）、十四行体。

③指称全诗字数特征。如小令、中调、长调（《啸余谱》）等。

2）指称声律形式。古体、近体、律体、拗体、齐梁体、永明体。

3）指称韵律形式。如句句叶韵体、隔句叶韵体、首句入韵体、葫芦体、辘轳体、进退体①。

4）指称格律的综合特性。如绝句、律诗、律绝、古绝、五绝、七绝、五古、七古、五律、七律、排律、小令、中调、长调等。

（9）指称诗的建筑形式。如宝塔体、楼梯体、辘轳体、回文体（起于宝滔之妻织锦以寄其夫）、盘中体（玉台集有苏伯玉妻盘中诗）等。

（10）指称其他特征或复合性特征。

1）指称诗名的特征。如叹名体（如楚妃叹、明君叹）、愁名体（如四愁、独处愁）、哀名体（选有七哀少陵有八哀）、怨名体（如寒夜怨、玉阶怨）、思名体（静夜思）、乐名体（如估客乐、石城乐）、别名体（子美三别）。

---

①关于葫芦体、辘轳体、进退体，作诗始自李贺，宋阮阅《诗画总龟》、袁文《瓮牖闲评》、南宋魏庆之《诗人玉屑》、明谢榛《四溟诗话》皆有讨论，最近较为详细的讨论参见杜爱英《关于辘轳体、进退格》,《古典文学知识》2000年第2期，第32—36页。

2）指称与科考关系。如省试体、试贴体。

3）指称与某书关系。如选体、玉台体、香奁体。

4）指称某种与形制相关的修辞特征。如五杂俎体（见乐府）、两头织织体（亦见乐府）、回文体、反复体（举一字而诵皆成句无不押韵反复成文也李公诗格有此二十一字诗）、离合体（字相折合成文孔融渔父屈节之诗是也虽不关诗之重轻其体制亦古）、建除体（鲍明远有建除诗每句首冠以建除平定等字其诗虽佳盖鲍本工诗非因建除之体而佳也）、字谜体、藏头体、歇后体等（以上皆出自《沧浪诗话·诗体》）。

5）指称复合型特征。如骚体、柏梁体、旧体诗、新诗、白话诗、词体等。

从上述诸种诗体及其指称内涵看，汉语诗歌在形成诗"体"方面具有以下一些特征。

①汉诗的成"体"属性非常广泛，包括诗的本体特征（如内容方面的主题、题材、修辞特点，形式方面的声音形式或曰格律、建筑形式，综合方面的风格）、诗的外围从属特征（如产生方式、传播特点、接受方式、功能区别）等方方面面的特征皆可成体。

②汉诗的成"体"条件非常低，诗的任何属性都可以很轻易制度化成为诗"体"标志。

③汉诗最重要的两类成体属性是由格律形式造成的文类（genre）和由诸要素形成的风格（style），前者属于今日的"体裁"范畴，后者属于今日的"风格"范畴。

④汉诗的诗体不单指"体裁"，在指称上较为混乱。

2.3.1.2　论"体裁"观念下的汉语诗体的主要标识是格律形式

为了消除汉语诗体的混乱指称，有必要对汉语"诗体"作一定的概念上的澄清。本书认定：

（1）所谓诗体，其确定的含义应当指称诗歌的体裁；

（2）诗歌体裁的标志是诗歌形式，包括声音形式与建筑形式，这种形式与文章诸种内容上的特征如主题、题材、与形式无关的修辞特点等无关，也与文章的生产方式、传播方式等特点无关；

（3）文章的内容特征如主题、题材、修辞特点等，文章的外围特征如生产方式、传播方式等，只有在与文章的声音形式和建筑形式相关联时，或者说，只有在形成了声音形式和建筑形式上的明确区别时，才能进入体裁属性的讨论范围；

（4）诗的"形式"的主要标识是声音形式（即格律），建筑形式几乎可以忽略不计[①]；

---

①笔者按：诗有三义，曰形、音、意。诗有三美，曰形美、音美、意美。形美成外貌，音美成格律，意美成意境。形貌、格律，大约即构成一般意义上的诗歌形式，意美则构成诗歌内容。因为传统上较为重视诗歌的格律形式，而基本不重视其形貌形式，如汉诗传统上分行都不甚重视，宝塔诗、回文诗、盘中诗等重形貌的诗歌则多成为游戏，不入正统，到长短句词虽于诗形有改观，但多从属于节律创造，仅为附庸。故可以说，诗歌的形式主要指其音，即其格律形式。闻一多言诗有三美，然似于逻辑上有出入（其音乐美与本文"音美"略同，建筑美与本文"形美"义同辞异，绘画美则从属于本文"意美"内容，后者与前二者显然并不处于同一层次），亦不如本文提法简洁。

（5）格律形式包含节律、声律、韵律等基本要素，可以理解为诗歌体裁的规定性要素。

对于这些认定的详细阐明太过冗长复杂，本书在此不做过多论述。本书仅从这些认定出发，推断出关于汉语诗歌体裁的一般看法：一是体裁意义上的诗体主要是格律（形式）上的区别，题材、主题、意象表达、风格、生产特征、传播特征上的区别均不属于诗体区别；二是诗体的分类应从韵律、声律、节律三个方面综合考察。

理解汉诗体裁的主要标识即格律形式，这对于一般读者可能存在着一定困难，但对于汉诗诗体辨析，诗体分类、诗体体系研究、诗歌发展演变研究，均具有头等重要的意义。对汉诗诗体标识的理解，是理解汉诗的一个关键点；汉诗的诸多问题都必须从这里出发，才能寻求得到较为妥帖的解决；汉诗诗体的一些模糊的提法和误解，也必须从这里才能得到澄清①。请读者务必注意这点。

至于理解汉诗格律形式的三要素为声律、韵律、节律，则相对而言要容易得多。这方面请参看前文《格律原理》篇的内容。

2.3.1.3　形式诗体观

我们看到，"体裁"观念控制下的诗体概念是以诗的内在形式为标准的，为区别起见，将以内在形式界定诗体内涵的观念，称之为形式诗体观。可以看出，汉语古典形式诗体观，主要着重于诗的格律形式，而不太在乎诗建筑形式，也可以说，对于古典汉语诗体而言，形式诗体观也就是格律形式为标准的诗歌体裁观念。

2.3.2　论汉语五言诗确立于秦汉

本节内容曾以《"五言诗成立于建安"说质疑——兼就五言诗辨体与木斋先生商鹤榷》为题发表于《琼州学院学报》2013年第4期第38—49页。

五言诗发生研究汗牛充栋，21世纪初又忽成为热点。古人挚虞、刘勰、钟嵘，今人铃木虎雄②、罗根泽③、刘大杰④、梁启超⑤、缪钺⑥、木斋等对这个问题都有自己的看法，王禹琪将其总结为"东汉说""西汉说""建安说"三种⑦。本书就木斋先生《试论五言诗的成立及其形成的三个时期》⑧《论汉魏五言诗为两种不同的诗体》⑨两

---

①如王珂关于"唐代格律诗是汉诗的定型诗体"的著名论断，褚斌杰关于"格律诗六要素为整俪叶韵谐度"的提法，其合理性的大小可以从格律概念的界定及其三个标识而得到明确的判定。

②［日］铃木虎雄：《五言诗发生时期之疑问》，神州国光社，1930年。

③罗根泽：《五言诗起源说评录》，上海：上海古籍出版社，2009年。

④刘大杰：《中国文学发展史》，上海：复旦大学出版社，2006年。第138—142页。

⑤梁启超：《中国之美文及其历史》，上海：东方出版社，1996年。第116—158页。

⑥缪钺：《曹植与五言诗体》，《缪钺全集》，石家庄：河北教育出版社，2004年。第27页。

⑦王禹琪：《五言诗发生问题研究述评》，《剑南文学（经典教苑）》2011年04期。

⑧木斋：《试论五言诗的成立及其形成的三个时期》，《山西大学学报》2005年05期。

⑨木斋：《论汉魏五言诗为两种不同的诗体》，《中国韵文学刊》2013年第1期。

文讨论的基本观点"五言诗成立与建安十六年之后"①，提出不同的意见，以与木斋先生商榷。本书认为，以当今研究而言，未可轻言汉魏五言诗是两种不同的诗体，也未可轻言五言诗成立于建安。

2.3.2.1　"建安说"的意见及可能失误

木斋先生的基本意见当属"建安说"，其论以别具一格的辨体和独创性的"古诗"归属研究为前提，立论较前人更具体而精微，但运文颇有不易理解的地方。悬揣先生持论，大约依据有三：其一，两汉五言诗或者是有的，但作为个案，不足以言体的"成立"；其二，建安前五言诗即或是有，但因"言志"而非"穷情写物"，不可言体的"成立"；其三，五言诗成立背后必有思潮风气，两汉查无此思潮风气，故不可言体的"成立"。支撑这些依据背后的是作者独特的"五言诗体"认识。本书认为，木斋先生对文体之"体"的认识，虽然着眼点很多但却比较模糊，这种模糊导致了其"五言诗体"认识发生偏误，从而得出颇值得商榷的结论。下面简要分析之。

关于文体之"体"，木斋先生认为："文体之体，源于生命之本体，并在生命的成长中，渐次形成自身独立的法式、规则，最终表现出来之所以此一个为此一个的独立品格，呈现出与他者不同的样式和风格。"②并进一步指出，文体的"体"有五个基本属性：一是拥有作为自身独立生命的连续性、自律性、排他性；二是其发生是时代风会的产物；三是具备兼容扩张性；四是往往是一段时间文学创作后的理论总结；五是既是写作过程中的自律选择，也可从后代理性总结中反观其时代特性。③木斋先生关于"体"的理论说明，虽略显烦琐，却并无大的问题。关键在于，木斋先生似乎并未抓住"体"的概念实质。"体"这一概念，并无什么玄妙，简单讲就是事物样式的规定性；文体，就是文章样式的规定性。文体可以有许多附带属性，譬如就象木斋先生列举的发生背景、时代特性、蕴涵的风格等，但说到底，这些属性都并不是"体"的核心实质，文体的核心实质还是其样式。"五言诗"，就其样式实质而言就是指五言（或以五言为主）构成的诗歌，五言诗作为"体"的存在首先是指这种五言构成样式的存在，这实在是很明确的事实，没有玄妙的地方。明确这一点，我们才可以从容讨论"五言诗"的时代特性、发生背景、风格特点，以及后人的理论构建等，而不是相反。但木斋先生显然给"五言诗体"附加了太多其他内容。

基于对"体"的样式规定性的忽视，木斋先生忽略了秦汉五言诗作为诗体样式的客观存在，夸大了时代背景、风格特点的影响，将五言诗体直接定格在建安时代。也许是对建安五言诗兴盛卓有成效的研究让先生对建安诗歌情有独钟，木斋先生颇有偏爱的相信：建安才有产生五言诗体的社会思潮和时代背景，建安五言诗"穷情写物"

①木斋：《试论五言诗的成立及其形成的三个时期》，《山西大学学报》2005年第5期，第89页。
②木斋：《论汉魏五言诗为两种不同的诗体》，《中国韵文学刊》2013年第1期，第32页。
③木斋：《论汉魏五言诗为两种不同的诗体》，《中国韵文学刊》2013年第1期，第32—33页。

的风格才是五言诗"体"的时代风格；即算秦汉五言诗存在，那也而只能算个案，不能表明"体"已确立（这种说法本身矛盾）。但是，这些结论却很难经得起推敲。首先，先生既言"汉魏五言诗为两种不同的诗体"（由于此处未界定"诗体"概念的内涵，故这种说法也不能说全无道理，因为在古人即有建安体、正始体、太白体、少陵体、长吉体等各种说法，但如果从谈"文体"的角度看，这个判断不能算高明，因为在古人这些说法中，所谓的"体"充其量不过是一种较模糊的风格描述，与严格的文体之"体，还存在很大距离），那就是承认了"汉五言诗"的存在，汉五言诗的存在就内含着"五言诗体"已经确立。其次，秦汉五言诗与魏五言诗的不同风格并不能证明秦汉五言诗不是五言诗体制。再次，秦汉与魏晋的五言诗在"穷情写物"上确实存在差距，这也是诗体确立阶段与兴盛阶段的区别，任何诗体兴起都会经历这种区别，以尚未"穷情写物"来判断一种文体尚未达到兴盛则可，来判断这种文体尚未确立，则不可——例如，词体至晚唐才完成其"穷情写物"，达到兴盛，但词体的确立却要上溯至中唐——"穷情写物"毋宁说是五言诗体的专属风格，还不如说是任何诗体达到成熟时的必然表现。最后，秦汉只要存在一定数量的规范五言诗，就可以言诗体的确立，五言诗样式可以从与四言诗样式的对比中找到其类别归属，而不必等到其兴盛，也无须等待后世"理论家"的总结（诗人创作本身即意味着一定程度的理论探索和总结，不能因为诗人的佚名、名微、后世资料的缺乏、或已经将这些诗歌归入民歌民谣范畴，而否定曾经发生的理论探索）。

2.3.2.2　关于五言诗研究的几组概念辨析

笔者与木斋先生意见的不同，很大程度上缘于对相关概念理解的不同。在五言诗研究领域，很多习见概念其实内涵复杂，界定不明，往往造成理解的分歧和混乱，有人已注意到这个问题。王禹琪 2011 年提出："学界对于五言诗的概念，或是界定的标准还没有达成统一，学者们在各执己见之时也很少限定所谈五言诗的界定标准……学界争议的文人五言诗，目前也没有形成一个统一的概念，或界定的标准。一度为奉为文人五言诗代表作品的苏李诗经逯钦立等学者的多方考辨，证实为后人所拟作。而班固《咏史诗》因其'质木无文'，无法与东汉的《古诗十九首》的艺术成就相媲美，成为文人五言诗成于东汉乃至建安时期立论的重要依据之一。在这其中，木斋先生就注意到了所论述的'五言诗'的界定问题。在他的《古诗十九首与建安诗歌研究》中归纳了他所关注的五言诗的特征，首先，'就其外部特征而言，先秦内汉诗作，皆以单音为主体构建诗而五言诗的成立，出现了大量的双音词，并在单音与双音的混合结构中，构建了每句三个音步的基本节奏'；其次，还要符合'钟嵘在《诗品》所总结出来的"为众作之有滋味者也"'，明确指出他所谈及的五言诗的'本质特征，正是"穷情写物"四字。'这为其后的研究打下了坚实的基础，其他学者在与之争议前，要先考虑自己所依据的五言诗例证是否在木斋先生所圈定的范围内，这就避免了出现方凿圆枘的争论。"①王禹琪这里已经注意到类似于"五言诗""文人五言诗"这些概念的问题了，但王禹琪并没有就相关问题作更深入辨析，而且他的看法也未必完全正确。本书欲结合本人博士论文对中国诗歌形式作出的研究②，对五言诗研究中一些相关术语作一些辨析，以就教于木斋先生和同行。

(1)"诗体"概念辨析

1)"体"/"文体""诗体"

"体"：事物样式的规定性，其含义到中国诗文具体语境中呈现出多义性。

"文体"：文章样式的规定性。"诗体"：诗歌样式的规定性。一般来讲，可以将"文体""诗体"理解为诗文剥离掉思想内容属性之后剩余的形式属性。

"体"与"文体"概念不一样，"某某体"不一定指"文体""诗体"。据笔者研究，对中国诗体而言，决定其体裁存在的基本要素有：言（节奏）、律（格律）、韵（押韵）、对（对仗）。③某些特殊情况下，中国人也将题材、风格甚至某类诗歌具有的共同特性纳入"体"的范畴，但这些严格来讲并不构成我们今天所讨论的基于形式层面的诗体问题。如《沧浪诗话》中提到的"以时而论则有建安体、黄初体、正始体、太康体、元嘉体、永明体、齐梁体、南北朝体、唐初体、盛唐体、大历体、元和体、晚唐体、本朝体、江西宗派体。以人而论则有苏李体、曹刘体、陶体、谢体、徐庾体、沈宋体、陈拾遗体、王杨卢骆体、张曲江体、少陵体、太白体、高达夫体、孟浩然体、岑嘉州体、王右丞体、韦苏州体、韩昌黎体、柳子厚体、韦柳体、李长吉体、李商隐体、卢仝体、白乐天体、元白体、杜牧之体、张藉王建体、贾浪仙体、孟东野体、杜荀鹤体、东坡体、山谷体、后山体、王荆公体、邵康节体、陈简斋体、杨诚斋体。又有所谓选体、柏梁体、玉台体、西昆体、香奁体、宫体"④，其中，多数"某某体"都够不上"诗体"的标准，有一些算是一种准文体，多数则只是一种风格描述。当然，具体到哪些"某某体"能够独立成体，哪些"某某体"不能独立成体，则需要比较细致明确的考辨分析，其中，涉及古今诗体观念变迁，我想可能还有大量未知空间和深层次问题等着我们去探讨。

2)"五言"/"五言诗"

"五言"：五字构成的句式，据笔者研究，中国诗词中成熟的五言只有两种节奏："一二二"节奏和"二三"节奏，尤以后者习用。⑤

---

①王禹琪：《五言诗发生问题研究述评》，《剑南文学（经典教苑）》2011年第4期，第235—236页。

②柯继红：《中国诗歌形式研究——以长短句节奏与格律为中心》，北京师范大学博士学位论文，2011年。

③柯继红：《中国诗歌形式研究——以长短句节奏与格律为中心》，北京师范大学博士学位论文，2011年。

④（宋）严羽：《沧浪诗话》，四库全书本集部九·诗体篇。

⑤柯继红：《中国诗歌形式研究——以长短句节奏与格律为中心》，北京师范大学博士学位论文，2011年。

"五言诗"：以五言为主要句式构成的诗歌样式。成熟的五言诗样式一般具有以下两个内在特点（即"体"的规定性）：一是采用"二三"节奏的五言句式；二是隔句押韵。

需要说明的是：

（1）古人率将"五言诗"简称"五言"，故凡遇"五言"字样，须仔细辨识其明确含义。

（2）对于类似李延年《北方有佳人歌》等间杂言的五言为主的诗歌是否算"五言诗"，没有绝对衡量标准，只能根据具体情况讨论取舍。

（3）"五言诗"的体式规定性与入乐与否无关。

"五言诗"可以是乐府诗，也可以是徒歌，也可以是徒诗、谣谚。配不配乐，唱或不唱，对于五言诗的体式不构成影响。

（4）"五言诗"的体式规定性与文人写作与否无关。

五言诗体的存在与写作对象的身份并无必然关系，即与是否属于"文人五言诗"无关。文人五言诗也好，民间五言诗也好，宫廷写作的五言诗也好，即使这些区别真的存在，也都是五言诗的一种，讨论五言诗体制形成演变时，当然要讨论其不同影响，但绝不能因文人、民间、宫廷其中某类影响较轻，就将这类诗歌摈弃在讨论范围之外。这一点在下面还要讨论。

（5）"五言诗"的体式规定性与写作风格无关。

近年来，关于五言诗写作风格研究以及五言诗风格与时代风尚之间关系的研究，创获颇多。如戴伟华认为："'诗缘情'理论的提出和五言诗体写作兴盛同步，并且是针对五言诗的。"[1]唐元、张静认为："汉代文人五言诗以群体抒情为主，这是形成它的整体风格的一个特质，尤以《古诗》为代表。从班固《咏史》等作品中可以看出，其中又酝酿着个体抒情的因素，这是开启建安时期五言诗兴盛时代的关键因素。苏李诗的形成，也包含后人对汉代诗歌个体抒情因素的追认。个体抒情的张扬使得五言诗的独立价值更加彰显，由个人创作逐渐过渡到群体性的认同，完成了诗体的确立。"[2]木斋先生本人也认为："两汉时代言志之五言诗，此为五言诗之第一种文体……建安开始的五言诗，穷情写物，婉转附物，怊怅切情，即为意象式的写作方式。但在声律方面，还处于一个探索的阶段，即古诗的五言诗体阶段。古诗十九首等完全吻合第二个阶段的诗体特征。"[3]这些研究无疑大大丰富了人们对五言诗的理解。但作家个性风格以及时代创作风格，对于五言诗作为诗体层面的形式规定性，并不能构成决定作用。某些研究试图将一种时代性文学风格作为以普遍样式存在的五言诗体制的内在规定性，这种研究就方向而言就错了。

---

① 戴伟华：《论五言诗的起源——从"诗言志""诗缘情"的差异说起》，《中国社会科学》2005年第6期，第154页。

② 唐元、张静：《汉代文人五言诗的个体抒情与群体认同》，《中国韵文学刊》2011年第3期，第1页。

③ 木斋：《论汉魏五言诗为两种不同的诗体》，《中国韵文学刊》2013年第1期，第39页。

（6）不同诗体具有不同的内在形式规定性，这些规定性并不都处于同一层面，即诗体之间并不都构成简单排他关系。"五言诗"是与"三言诗""四言诗""杂言诗""六言诗""七言诗""八言诗""九言诗""杂言诗"等处于同一层面的诗体样式，其样式规定性是在与这些诗体相比较过程中凸现出来的，主要体现为对不同"言"的约束与追求，这些诗体相互之间构成了排他关系。"五言诗"与"律诗""词体""曲体"等则属于不同层面的诗体概念，"律诗""词体""曲体"等体式具有更丰富的内在规定性，它们不仅对"言"（即句式或曰节奏）的样式有特殊要求，而且还对"律"（即格律）的样式提出了各种苛刻条件。

3）"文人诗""文人五言诗"

"文人诗"已成为汉魏五言诗研究者笔下的常用术语，但是，这一术语在界定时具有很大的不确定性，使用时需要谨慎。

首先，"文人诗"是指"文人创作的诗歌"，还是"带有文人气质的诗歌"，抑或是二者兼而有之，这就是很大的疑问。按一般理解，好像是指前者，如汉魏文人诗，即是指包括班固、张衡在内汉魏文人创作的诗歌，但是仔细一推敲，我们讲汉魏文人诗，却又是将"古诗十九首"、钟嵘《诗品》"古诗"条目下所讲的诗以及"苏李诗"都算在内，而这些诗的作者，现在多数都还是未知或存疑。也就是说，差不多都算是佚名，既是佚名诗，如何又能断定它们都是文人创作的呢？所以悬揣一般的理解，又都有点是因为觉得这些诗具有明显的文人风格，因而将其归入文人诗范畴的，也就是说，如果不愿推测它为文人做，那么就只好以"带有文人气质的诗歌"来理解文人诗了。所以当我们讲到"汉魏文人诗""东汉文人诗""两汉文人诗"这些概念时，就会面临两难：以"文人创作的诗歌"来严格理解，就当舍弃掉很多佚名诗，但舍弃这些之后概念中就留不下什么东西；以"文人气质的诗歌"来理解这些概念，则何谓文人气质又将是问题，因为若不以文人创作的诗歌作为底版去理解，则显得虚无飘渺，若以文人创作的诗歌去理解，又陷入了循环指证。这种两难需要我们以更智慧的眼光去面对。

其次，即使将"文人诗"简单理解为"文人创作的诗歌"，也仍然存在很大问题，即，何谓文人？历史上哪些人算文人，哪些人又不算文人呢？文人身份的依据是什么？就汉魏文人诗研究而言，班固、张衡算文人吗？李陵、苏武呢？曹植呢？曹丕呢？若是以"以文学作为职业"的标准来衡量文人，则明代之前纯粹的文人几乎没有，若是以"写出一定文章或能写文章的人"来衡量，则徐淑算不算文人，乐府诗的作者不是文人吗？或者更扩大一点讲，诗经中一切所谓的"民歌"的作者、一切乐府诗的作者，如何能推断出他们不是文人，难道仅仅因为他们没有留下姓名，或者没有留下更多的作品？说到底，"文人"是一个相对出现较晚的概念，这个概念其实并不那么不言自明，其不确定性和模糊指向隐含着太多复杂含义和太多历史意味，其确定性则需要在研究过程中依据具体时代环境给予指认。

总之，像"文人诗""文人五言诗""两汉文人诗""汉魏文人诗"等概念，其意义不明，具有很多不确定性，在研究过程中需要根据实际情况进行必要的界定，这种界定既包括对其内涵的约定，也包括对其外延的约定，这些约定对于研究者本人和读者而言都是极有裨益的。当然，如何去约定，怎样保证约定的合理性，则确乎是摆在每个研究者面前的一道难题。

4)"古诗十九首"/"古诗"

"古诗十九首"即《昭明文选》收录的19首时代相对久远的佚名诗①。"古诗十九首"概念比较明确。

"古诗"：这是一个意义模糊有歧义有待界定的概念。相对于古诗十九首，"古诗"概念的模糊性至少体现在以下两点。第一，依我看，"古诗"概念至少可以建立起两种定义：一是钟嵘《诗品》"古诗"条目所指称的诗歌群②；二是围绕钟嵘《诗品》"古诗"条目指称的诗歌建立起来的一个诗歌群，包括所有文献收录的所谓"古诗"，这些古诗在来源风格或其他特点上与钟嵘"古诗"相似。这是两种具有内在联系却含义不同的定义，第二个定义是建立在第一个定义基础上的，但涵盖的诗歌范围要大得多。研究者究竟取哪种定义，并不是约定俗成的。第二，无论以哪种方式定义"古诗"，其概念指向都存在着待定内容。因为两种定义都以第一种定义作为基础，下面我们只讨论第一种定义包含的待定内容。第一种定义将古诗理解为钟嵘《诗品》"古诗"条目所指称的诗歌群，这一诗歌群目前完全是不确定的。钟嵘《诗品》"古诗"条目所指称的诗歌群的特点是它在数目上似乎有确定范围，但是在具体篇目上却处于难以确定的状态。从数量上看，它包括陆机所拟过的十四首（或曰十二首），其外去者日以疏45首，单另的"客从远方来""橘柚垂华实"两首，总计61首，则总数可确定至少不少于61首。但从实际指称篇目上看，迄今为止，却没有发现一个类似于钟嵘所指称的古诗集子，以至于根本无法确认钟嵘指称的古诗群的全体面貌，也无从确认现存各类文献出现的"古诗"与钟嵘所言"古诗"的关系。我们今天仅能确定部分"古诗"篇目，对其他篇目只能据《文选》《玉台》③《乐府诗集》等后出文献的蛛丝马迹去进行推测，这种推测看似合乎情理其实却是毫无把握的，所有针对恢复钟嵘古诗群面貌所进行的努力，看上去更像是一场"建构"行为。上述两个方面的模糊性提醒我们，在研究古诗时不仅要对个概念的内涵进行清晰界定，而且在界定之后，也仍然要对相关论证保持高度警惕，尤其要避免那种循环论证的陷阱，因为从概念内涵上讲，"古诗"似乎仍然是一个尚未完成的、正在被"建构"的概念，对它的任何新发现，都在随时改变着我们原本就已很模糊的看法。

(2)"起源""萌芽""形成""发生""生成""成立""确立""兴起""兴盛""成熟"诸概念辨析

研究诗体的起源和演变，常常会运用诸如"起源""萌芽""形成""发生""生

---

① （南朝梁）萧统编：《昭明文选》，李善注，四库全书本，卷二十九。
② （南朝梁）钟嵘：《诗品》，四库全书本，卷一。
③ （南朝陈）徐陵：《玉台新咏》，四库全书本，集部八。

成""成立""确立""兴起""兴盛""成熟"等概念。这些概念分别用来描述对象的不同阶段不同状况，其意义上的细微区别也是要注意的。

"起源""萌芽"：描述事物确立之前的发展状况；"成立""确立"：描述事物成立时的状况；"兴盛""成熟"：描述事物成立后走向繁荣的状况；"形成""生成""发生"：包含着事物从确立之前到确立两个阶段，指向比较模糊；"兴起"：描述事物在较短时间里经历从起源到确立到兴盛阶段，兴起具有突然兴盛的意思。

如五言诗的"起源""萌芽"阶段，应该是指五言诗确立之前的阶段，大约可定在先秦；五言诗的"成立""确立"，当在较完整的五言诗歌出现，大约可以定在秦汉；五言诗的"兴盛""成熟"，大概可以定在产生"古诗十九首"和钟嵘"古诗"的时代以及魏晋时代；五言诗的"形成""生成""发生"阶段，则横跨先秦到汉；五言诗的"兴起"，则当在汉及"古诗""古诗十九首"这个阶段。在这些术语中，"萌芽""确立""兴盛"是事物发展的最基本阶段。

木斋先生将五言诗体制的成立确定在建安时代，除了源于其对文"体"的独特理解，也与其部分混淆了"成立"与"兴盛"等概念的内涵有关系。显然，建安时代五言诗已经成熟，建安只是五言诗"兴盛"的一个时代，而不是体制"成立"的时代。

2.3.2.3　几种现存早期完整五言诗资料的可信度辨析

要研究五言诗的发生演变，当然要确定早期可信五言诗的基本状况。而现存几种早期五言诗的时代可信度是不一样的：有的可以确凿定位在汉代，有的署名汉而后人也认定在汉；有的署名汉而后人认定为建安；有的则没有署名而后人分歧严重，诸多复杂情况为五言诗发生研究带来了很大困难。木斋先生对以"古诗十九首"为首的早期五言诗"古诗"时代定位工作做出了艰苦卓绝的努力，无论其结果能否得到公认，对五言诗研究而言都是一个极大鼓励。本书依据时代可信度从宏观层面对早期现存完整五言诗的资料再做一个小结，以证明将木斋先生的工作计算在内，即使剔除掉那些可疑的五言诗，也仍然存在着相对数量的确凿无疑的体制完整的秦汉五言诗。这既是对本书立论的一个资料支持，也算是对木斋先生研究的一个小补充。

大致而言，早期现存完整五言诗资料有以下几类（分类只为方便，所载内容有交叉）：史载"歌谣"类；乐府诗类；署名五言诗类（包括虞姬、枚乘、班婕妤、李陵、苏武、班固、张衡、郦炎、秦嘉、蔡邕、辛延年、宋子侯、焦仲卿妻等）；"古诗"类（包括《文选》《诗品》《玉台新咏》载各类"古诗"，如"古诗十九首"等）。这几类五言诗的时代可信度不一样，下面略作分析。

（1）史载"歌谣"类

1）确凿无疑的早期完整五言诗

现存有水经注引秦民歌"生男慎勿举"、《汉书》载《戚夫人春歌》《李延年歌》《尹赏歌》《邪径歌》等、汉书载《贡禹引俗语》、汉书载《城中谣》，《玉台新咏》载汉成帝时《童谣》，《后汉书》载凉州民为《樊晔歌》，《后汉书》载马廖引长安语，

《后汉书》载《董逃歌》，《御览》载汉末《洛中童谣》等，计11篇，如表2-2所示，皆已是较完整的五言诗体制。

表2-2　五言诗体制

逯钦立[1]题名	作者	作者时代	逯钦立原文	出处
秦民歌	无名氏	秦	生男慎勿举，生女哺用脯。 不见长城下，尸骸相支拄。	《水经注·河水》引晋杨泉《物理论》
歌	李延年	西汉武帝	北方有佳人。绝世而独立。 一顾倾人城。再顾倾人国。 宁不知倾城与倾国。佳人难再得。	《汉书》外戚传。
春歌	戚夫人	西汉惠帝	子为王。母为虏。 终日春薄暮。常与死为伍。 相离三千里。当谁使告女。	《汉书》外戚传
贡禹引俗语	无名氏	西汉元帝	何以孝弟为。财多而光荣。 何以礼义为。史书而仕宦。 何以谨慎为。勇猛而临官。	《汉书》贡禹传
长安为尹赏歌	无名氏	西汉成帝	安所求之死。桓东少年场。 生时谅不谨。枯骨后何葬。	《汉书》尹赏传
成帝时歌谣（邪径谣）	无名氏	西汉成帝	邪径败良田。谗口乱善人。 桂树华不实。黄爵巢其颠。 故为人所羡。今为人所怜。	《汉书》五行志
汉成帝时童谣歌二首（其一）	无名氏	西汉成帝	桂树华不实。黄雀巢其颠。 昔为人所羡。今为人所怜。	《玉台新咏》卷九
凉州民为樊晔歌	无名氏	东汉光武	游子常苦贫。力子天所富。 宁见乳虎穴。不入冀府寺。 大笑期必死。忿怒或见置。 嗟我樊府君。安可再遭值。	《后汉书》樊晔传
马廖引长安语（城中谣）	无名氏	东汉明帝	城中好高髻。四方高一尺。 城中好广眉。四方且半额。 城中好大袖。四方全匹帛。	《后汉书》马援传附马廖传
董逃歌		东汉灵帝	承乐世董逃。游四郭董逃。 蒙天恩董逃。带金紫董逃。 行谢恩董逃。整车骑董逃。 垂欲发董逃。与中辞董逃。 出西门董逃。瞻宫殿董逃。 望京城董逃。日夜绝董逃。 心摧伤董逃。	《后汉书》五行志
汉末洛中童谣		汉末	虽有千黄金。无如我斗粟。 斗粟自可饱。千金何所直。	《御览》八百四十引《述异记》

2）后人质疑的早期完整五言诗

后人质疑的早期完整五言诗（见表2-3）。

①逯钦立：《先秦汉魏晋南北朝诗》，北京：中华书局，1983年。
②郭浩帆：《虞姬与第一首古诗作者关系考辨》，《济南大学学报》1999年第6期，第42页。

表2-3　后人质疑的早期完整五言诗

逯钦立题名	作者	作者时代	原文	出处	质疑者
和项王歌	虞姬	秦末	汉兵已略地。四方楚歌声。大王意气尽。贱妾何乐生。	《史记正义》引西汉陆贾《楚汉春秋》	郭浩帆①
时人为三茅君谣		汉平帝元寿二年后	茅山连金陵。江湖据下流。三神乘白鹤。各在一山头。佳雨灌畦稻。陆地亦复周。妻子保堂室。使我无百忧。白鹤翔青天。何时复来游。	《诗纪》注引李尊《茅君内传》	逯钦立②

（2）乐府诗类

1）乐府诗类中时代较早的五言诗，主要存在于宋郭茂倩《乐府诗集》辑录题名"古辞"置于魏晋作者之前的五言诗中。据笔者检录，约计有五言诗44篇，如下：

卷一十六　鼓吹曲辞一　汉铙歌【上陵】

卷一十六　鼓吹曲辞一　汉铙歌【有所思】

卷二十六　相和歌辞一　相和曲上【江南】

卷二十七　相和歌辞二　相和曲中【东光】

卷二十八　相和歌辞三　相和曲下【鸡鸣】

卷二十八　相和歌辞三　相和曲下【陌上桑三解】《艳歌罗敷行》

卷三十　相和歌辞五　平调曲一【长歌行】"青青园中葵""仙人骑白鹿""岩岩山上亭"三篇

卷三十二　相和歌辞七　平调曲三【君子行】

卷三十四　相和歌辞九　清调曲二【豫章行】"白杨初生时"篇

卷三十四　相和歌辞九　清调曲二【相逢行】

卷三十五　相和歌辞十　清调曲三【长安有狭斜行】

卷三十七　相和歌辞十二　瑟调曲二【陇西行】"天上何所有"篇

卷三十七　相和歌辞十二　瑟调曲二【步出夏门行】"邪径过空卢"篇

卷三十七　相和歌辞十二　瑟调曲二【折杨柳行四解】"默默施行违"篇

卷三十七　相和歌辞十二　瑟调曲二【西门行六解】本辞篇

卷三十七　相和歌辞十二　瑟调曲二【东门行四解】本辞篇

卷三十八　相和歌辞十三　瑟调曲三【饮马长城窟行】"青青河畔草"篇

卷三十九　相和歌辞十四　瑟调曲四【艳歌何尝行四解】"飞来双白鹄""念与君离别"二篇

卷三十九　相和歌辞十四　瑟调曲四【艳歌行】"翩翩堂前燕"篇

卷三十九　相和歌辞十四　瑟调曲四【艳歌行】"南山石嵬嵬"篇

卷四十一　相和歌辞十六　楚调曲上【白头吟二首五解】本辞篇

①逯钦立：《先秦汉魏晋南北朝诗》，北京：中华书局，1983年，汉诗卷八。

这些乐府古辞中，最迟发生的当属《江南》和《西洲曲》，后人据其风格定为南朝民歌；题名班婕妤、左延年、辛延年、宋子侯、繁钦的五言诗，后人对其真伪俱有疑惑；陌上桑、焦仲卿妻两篇长篇叙事诗，一般认为分别为汉、魏时期作品（木斋先生甚至直接将焦仲卿妻推定为曹植所作），但疑点亦多；杂歌谣词类7篇为两汉所作疑问最小，甚至可以确定其具体写作朝代；其他古辞类，一般都认为是汉五言诗，但并非全都证据确凿，并无充分证据能证明其具体写作年代。

2)《玉台新咏》中亦载有少量未署名"古乐府"与"乐府诗"。计有12篇。一般认为是汉五言诗，但并不能十分肯定。

卷二　乐府三首　其三　浮萍篇"浮萍寄清水"

卷三　乐府三首　其一　艳歌行"扶桑升朝晖"

卷三　乐府三首　其二　前缓声歌"江离生幽渚"

卷三　乐府三首　其三　塘上行"游迁聚灵族"

3)《昭明文选》也载有少量未署名五言"乐府"古辞，计4篇，一般认为是汉诗。如下：

卷二十七　乐府四首古辞　其一　饮马长城窟行-青青河边草

卷二十七　乐府四首古辞　其二　君子行"君子防未然"

卷二十七　乐府四首古辞　其三　伤歌行"昭昭素明月"

卷二十七　乐府四首古辞　其四　长歌行"青青园中葵"

(3) 署名五言诗类

包括虞姬、枚乘、班婕妤、李陵、苏武、班固、张衡、郦炎、秦嘉、蔡邕、辛延年、宋子侯等，如表2-4所示。

表2-4　五言诗

题名	题名作者	作者时代	原文	出处	质疑者
和项王歌（逯钦立名）	虞姬	秦末	"汉兵已略地"篇	《史记》正义引西汉陆贾《楚汉春秋》	郭浩帆
杂诗九首（《玉台新咏》名）	枚乘	西汉	略	《玉台新咏》题名九首；《诗品》言陆机拟作古诗，查《陆士衡集》存拟作十二首；《昭明文选》选十九首	钟嵘《诗品》；《昭明文选》之萧统、李善
团扇（《诗品》名）	班婕妤	西汉	"新制齐纨素"篇	《诗品》"汉婕妤班姬诗"目题名"团扇"；《昭明文选》卷三十选诗并题名"杂诗班婕妤"	刘勰《文心雕龙·明诗》[1]；严羽《沧浪诗话·考证》
与苏武诗三首（《文选》名）	李陵	西汉	"良时不再至"篇"嘉会难再遇"篇"携手上河梁"篇	《昭明文选》卷二十九杂诗上	颜延之《庭诰》[2]；刘勰《文心雕龙·明诗》；刘知几《史通·杂篇下》；苏东坡《答刘沔都曹书》；洪迈《容斋随笔》；梁启超《中国之美文及其历史》；刘大杰的《中国文学发展史》[3]
杂诗三十首（其二）（《文选》名）	李陵	西汉	"樽酒送征人"篇	《昭明文选》卷三十杂诗三十首其二	
古诗四首（《文选》名）	苏武	西汉	"骨肉缘枝叶"篇"黄鹄一远别"篇"结发为夫妻"篇"烛烛晨明月"篇	《昭明文选》卷二十九杂诗上	

---

① （南朝梁）刘勰：《文心雕龙》，四库全书本，集部九卷二明诗篇。

② 武平英：《"苏李诗"真伪研究综述与辨析》，《学理论》2010年第29期。

③ 刘大杰：《中国文学发展史》，上海：复旦大学出版社，2006年。

续表

题名	题名作者	作者时代	原文	出处	质疑者
咏史 （《诗品》名）	班固	东汉		《诗品》题名； 《文选》卷三十六李善注 着录； 《史记正义·仓公卷》 着录	孙亭玉①
同声歌 （《玉台新咏》名）	张衡	东汉	"邂逅承际会"篇	《玉台新咏》卷一； 《乐府诗集》卷七十六载 并引《乐府解题》言"同 声歌，张衡所作也"	
见志诗 （《文选》名）	郦炎	东汉	"大道夷且长"篇 "灵芝生河洲"篇	《后汉书·郦炎传》	
赠妇诗 （《玉台新咏》名）	秦嘉		"人生譬朝露"篇 "皇灵无私亲"篇 "肃肃仆夫征"篇		木斋
饮马长城窟行 （《玉台新咏》名）； 翠鸟诗（逯钦立名）	蔡邕	东汉	"青青河边草"篇。 "庭陬有石榴"篇	饮马长城窟行见《玉台 新咏》《蔡中郎集》； 翠鸟诗见《蔡中郎集 外集》	《文选》作古辞
羽林郎诗 （《玉台新咏》名）	辛延年		"昔有霍家姝"	《玉台新咏》卷一	《书钞》作辛延寿。后村诗 话作后汉李延年；木斋
董娇饶诗 （《玉台新咏》名）	宋子侯		"洛阳城东路"篇	《玉台新咏》卷一	木斋
秦客诗；鲁生歌 （逯钦立名）	赵壹	东汉	"河清不可俟"篇 （秦客诗） "势家多所宜"篇 （鲁生歌）	《后汉书·赵壹传》	
悲愤诗 （逯钦立名）	蔡琰	汉末	略	《后汉书》：琰归董祀后， 感伤乱离，追怀悲愤，作 诗二章。	苏轼等

从表2-4看，今人对这些署名五言诗多是持怀疑态度的。其中西汉几首几乎遭到了学者的一致否定，而东汉诗，被怀疑的对象呈现出逐渐扩大的趋势，如历史上班固、秦嘉诗几无怀疑，但今天已开始有人提出明确怀疑了。

（4）"古诗"类（包括《文选》《诗品》《玉台新咏》载各类"古诗"如"古诗十九首"等）

《诗品》卷上"古诗"条，按其意推断，所据古诗当在61首以上；《文选》卷二十九

---

① 孙亭玉：《班固〈咏史诗〉的真实性质疑》，《长沙水电师范学院学报》1996年第6期。

载"古诗十九首";《玉台新咏》卷一载"古诗八首":"上山采蘼芜""凛凛岁云暮""冉冉孤生竹""孟冬寒气至""客从远方来""四座且莫喧""悲与亲友别""穆穆清风至",卷二载"弃妇诗一首"。考虑其中可能重复,做保守估计,三者所载古诗总数仍当在61首以上。这些古诗的年代定位,以目前资料看,似乎尚难以达成比较令人信服的结论。木斋先生在"古诗"方面做出了开拓性研究,将古诗年代初步定在建安,是近年来古诗研究最值得注意的工作和新方向,但是其论证的可信度,尚需研究界进一步论证并时间检验。

现存四大类早期完整五言诗,时代定位多存在不同程度的疑点。史载"歌谣"类时代定位争论最少,其中部分作品确凿无疑可以定位发生在秦汉;乐府类五言诗时代定位则较复杂,其中,《乐府诗集》收录的相对而言比较可靠,其题名"古辞"置于魏晋作者之前的五言诗中大部分可以认为是汉代作品,而《文选》《玉台新咏》收录则较杂,不少可能是魏晋及以后作品,需要详细辨析;署名五言诗类(包括虞姬、枚乘、班婕妤、李陵、苏武、班固、张衡、郦炎、秦嘉、蔡邕、辛延年、宋子侯、焦仲卿妻等)相对而言得到较多研究,其中虞姬、枚乘、班婕妤、李陵、苏武等西汉诗遭到比较一致的质疑,多认为是东汉及以后作品,在未出现新的证据的情况下,这方面争论的潜力似乎已经不大;"古诗"类(包括《文选》《诗品》《玉台新咏》载各类"古诗"如"古诗十九首"等)的作者及时代定位最为复杂,传统一般直观认为这些多是东汉或汉末诗歌,但限于资料缺乏,难于定论,木斋先生新起炉灶,力主这些诗歌多与建安时代相关,古诗十九首多与曹植相关,为研究打开了一扇新窗口。[①]

从以上资料讨论看,虽然大多数早期五言诗存在疑点,但仍有部分五言诗可以确凿无疑定位为秦汉五言诗。这些诗歌包括史载"歌谣"类中确定无疑的11首,《乐府诗集》收录古辞44篇除去可疑署名类及与前11首重复者外尚余下难以质疑的33首:汉铙歌【上陵】、汉铙歌【有所思】、相和曲【江南】、相和曲【东光】、相和曲【鸡鸣】、【长歌行】"青青园中葵""仙人骑白鹿""岩岩山上亭"、平调曲【君子行】、【豫章行】"白杨初生时"、清调曲【相逢行】、清调曲【长安有狭斜行】、瑟调曲【西行】"天上何所有"篇、【步出夏门行】"邪径过空庐"篇、【折杨柳行四解】"默默施行违"篇、【西门行六解】本辞篇、【东门行四解】本辞篇、【饮马长城窟行】"青青河畔草"篇、【艳歌何尝行四解】"飞来双白鹄""念与君离别"二篇、【艳歌行】"翩翩堂前燕"篇、【艳歌行】"南山石嵬嵬"篇、【白头吟二首五解】本辞篇、【怨诗行】"天德悠且长"篇、【驱车上东门行】"驱车上东门"篇、【伤歌行】"昭昭素明月"篇、杂曲歌辞【悲歌行】、【羽林郎】、【枯鱼过河泣·古辞】、【冉冉孤生竹·古辞】、【离歌】"晨行梓道中"篇、【黄门倡歌】"佳人俱绝世"篇、【箜篌谣】"结交在相得"。就这两部分而言,就有较可靠的秦汉五言诗44首。其他还有《文选》《玉台新咏》等所收录的古乐府类、古诗类,署名文人的五言诗类,尚未考虑在列。秦汉五言诗的确凿存在,显示远在秦汉,诗人们就已经开始掌握了五言诗

---

①木斋:《古诗十九首与建安诗歌研究》,北京:人民出版社,2009年。

的体制，写出了相对完整的五言诗歌，五言诗体制在秦汉时代已经获得了相对独立的诗体地位。

2.3.2.4　结语

五言诗确实是非常重要的诗歌体式，说它是中国诗歌走向成功的关键也不过分，五言诗在节奏和声律上的探索引领了中国诗歌从汉魏到唐宋上千年的演进历程，并成功形成了中国诗歌的两大审美范式和两座高峰。站到这个高度上看，五言诗的发生发展研究确实具有极端重要意义，五言诗发生历程的不清晰确实令人感到相当遗憾。20世纪后20年，人们对五言诗声律演变研究，也就是齐梁初唐诗歌的嬗变，投入了巨大精力，形成了研究热点和高潮，取得了瞩目的成绩；21世纪以来，五言诗发生发展研究持续增热，木斋先生引领的五言疑古热方兴未艾，汉魏五言诗研究也许正在成为中国诗歌研究的新一轮焦点和中心。当然，当前五言诗研究仍然存在一些问题，就笔者见到而言，今后五言诗研究可能尤其要注意以下两个方面的问题，一是要扩大研究的视野，即需要将以前较少关注的史载"歌谣"类、乐府诗类、古诗类五言诗，与大家关注较多的署名五言诗类，一起纳入五言诗考察范畴，形成五言诗研究的整体格局；另一个是要对研究涉及的名词术语与传统观念给予足够尊重和重视，必要时应对模糊不清的术语进行辨析。五言诗研究目前存在大量疑点和空白，这也正是五言诗研究的前景所在。

本书通过对五言诗的辨体和对早期五言诗资料的梳理，就木斋先生《试论五言诗的成立及其形成的三个时期》《论汉魏五言诗为两种不同的诗体》两文"五言诗成立与建安十六年之后"观点提出不同看法。本书认为，五言诗是以二三节奏五言为基本句式，隔句押韵的诗体，其体裁样式对风格和格律并无特殊要求，风格可以是"言志"，也可以是"穷情写物"。五言诗的成立就是指五言诗样式的确立，即以二三节奏五言为基本句式、隔句押韵的诗体体制的建立，这种确立不依赖于"穷情写物"风格，与大量作品涌现也是两个概念。穷情写物可能是魏晋五言诗的追求，汉魏五言诗的区别是风格区别，不足以构成不同诗体，很难从中得出"汉魏五言诗是两种不同的诗体"的结论；大量作品涌现则是诗体兴盛的标志，建安是五言诗兴盛的时代，很难推定"五言诗确立于建安"。

2.3.3　论汉语诗体的体系

本书以下寻求：体裁观念下的汉诗诗体体系的实际构架。

根据格律形式体裁观，古典汉语诗体实际上是按照节律、韵律、格律的特征建立起来的，我们称之为三分架构。

即使剔除掉非形式因素构成的诗体，体裁形式因素构成的汉诗诗体也是非常复杂。但是，依据汉诗格律形式的要素及体裁的规定性，仍然可以从大量的诗体中寻找得到汉诗诗体的一些基本类型。这些基本类型综合在一起即构成了汉诗的诗体体系。

本书将古典汉诗诗体实际形成的体系以图表体裁观念下的汉语诗体体系图形式表述，如图2-1所示。

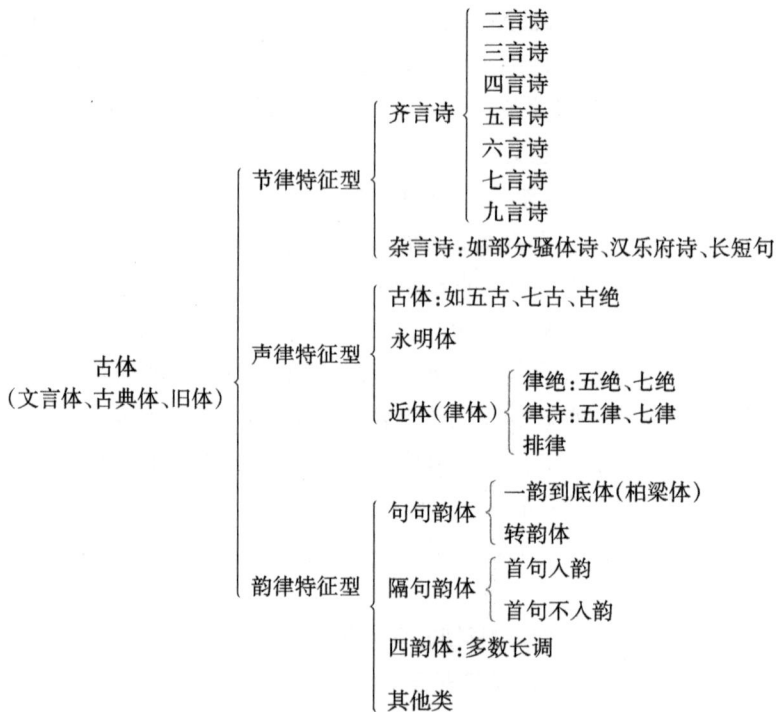

```
                            ┌ 二言诗
                            │ 三言诗
                            │ 四言诗
                  ┌ 齐言诗 ┤ 五言诗
        ┌ 节律特征型 ┤        │ 六言诗
        │          │        │ 七言诗
        │          │        └ 九言诗
        │          └ 杂言诗：如部分骚体诗、汉乐府诗、长短句
        │
        │          ┌ 古体：如五古、七古、古绝
        │          │ 永明体
古体    │ 声律特征型 ┤                    ┌ 律绝：五绝、七绝
(文言体、├          │ 近体(律体) ┤ 律诗：五律、七律
古典体、│          └                    └ 排律
旧体)   │
        │                    ┌ 一韵到底体(柏梁体)
        │          ┌ 句句韵体 ┤
        │          │          └ 转韵体
        │          │          ┌ 首句入韵
        └ 韵律特征型 ┤ 隔句韵体 ┤
                    │          └ 首句不入韵
                    │ 四韵体：多数长调
                    └ 其他类
```

图2-1　汉语诗体体系

值得注意的是，古典汉语诗体的三分架构同样适用于现代汉语诗歌。不过，现代汉语诗体体系的三分架构的实际内涵，与古典诗体可能就相去甚远了。

2.3.4　论古典汉语诗体的流变

本书以下论述古典汉语诗体流变大要。笔者将其概括为四期八段。

分从两个角度考察这一主题：一是古典汉诗的诗体流变特征；二是古典汉诗的诗体流变图。

2.3.4.1　古典汉语诗体演进特征

古典汉诗经历了诗经、楚辞、汉乐府与文人诗、魏晋南北朝诗、唐诗、宋词、元曲等漫长阶段，其诗体的流变极为复杂，在进行诗体流变的具体考察之前，了解其流变的一些特征是非常有必要的。

古典汉诗的诗体流变，大约具有以下一些特征需要注意。

（1）诗体流变史不等同于诗歌流变史。诗体流变或许是诗歌流变史应当核心参考的因素，但作为诗体的附着体的诗歌，不仅具有形式的要素，还具有内容的要素，同时还包含着诗歌生产、传播、接受、诗歌思潮、作家、世界等外围的属性，其总体的流变与诗体流变并不具备简单的关系。将诗歌流变史上的一般结论，简单套用在诗体流变史上，是切记要避免的。

（2）古典汉诗的诗体流变是多向的。体裁观念下的诗体流变，即使仅仅是以格律的流变作为内容，也包含着节律流变、声律流变、韵律流变等多个向度的流变过程。这些不同向度的流变既不是同步的，也不可能呈现出简单的关联。考察诗体的流变，显然要对这些要素的影响进行综合考虑。

（3）古典汉诗的诗体流变是累积的。中国诗体的累积性规律是陈友康2015年发现的，他在《中国诗体发展的累积性增长规律》中指出："中国诗体的累积性增长……一是中国古代诗体随历史发展而递增，呈现为累积性增加……二是新诗体和原有诗体之间不构成取代关系，而是共存关系……三是诗体的地位会随时代变化而升降，有些诗体与特定时代相适应而达到极盛，功能发挥得最好，时过境迁，它的显赫地位会丧失，但艺术上成熟的诗体不会彻底消亡，一旦定型，它会保持相对稳定。"[1]陈友康提出的累积性规律仅仅是针对不同时代的诗体总体格局而言的。实际上，汉诗诗体的累计性增长规律，不仅仅反映在诗体格局的累积性增长上，还体现为诗体要素的累积性增长。如声律对五言、七言、杂言体的加成，在声律发现之前，五七言及杂言体已经成熟，但声律的加入，分别使他们演变成了五七言律体和长短句词体。声律对前代诗体的改造，可以看成是诗体要素累计性增长的最佳范例。

（4）古典汉诗的诗体流变是不均衡的。由于节律、韵律、声律流变具有相对独立性，诗体的生成从各要素看实际上呈现出交叉进行的态势，其要素生成具有不均匀性。如五七言体几乎是同时发生的，五律的发生却要比七律早。杂言体早在汉乐府中就有，但作为杂言律体的长短句词却发生很晚。而且从韵律上看也是如此，最典型如四言诗的韵律极其发达，可是其后的五言和七言的韵律相反却简单很多；在词体中，先发生的小令一开始就在韵律上体现先出了丰富的形式，可是发展到长调后，韵律形式却相反变得简单了。

了解古典汉诗诗体发展的多向性、累计性、不均衡性，对于研究古典汉诗的流变，是非常重要的。

2.3.4.2　古典汉语诗体流变大要

诗体流变史需要先从诗体的主体构成要素节律、声律、声律分别入手，逐个考察其流变情况，再综合起来考虑。

单从节律的角度看，诗体经历了从奇言的成熟到杂言的成熟，流变途径大致可表

---

[1]陈友康：《中国诗体发展的累积性增长规律》，《云南社会主义学院学报》2015年第3期。

示为：西周春秋（四言体）——战国（楚辞体）——秦汉（五、七、杂言体）——盛唐（继承、六言体）——宋（继承、九言体、杂言体）。单从声律的角度看，诗体经历了从自然律到平仄律的过渡，流变途径大致可表示为：永明前（自然声律）——永明（永明体）——初唐末（五七言声律）——盛中唐（长短句声律）。单从韵律的角度看，诗体经历了联章韵体、隔句押韵、简单转韵体、复杂转韵体、句句韵体的演变，从韵元性质的变化则可将流变途径概括为：先周（无韵）——西周后（有韵）——唐讲平声韵——宋仄声韵——元讲中原音韵。

综合起来看，古典汉语诗体发展大致经历了四个大的阶段八个小的阶段：

（1）格律萌芽的时代：西周前

（2）主节律的时代：西周——永明

1）西周——春秋：四言时代

2）战国：楚辞体时代

3）秦汉魏晋宋：三言、五七言、杂言的时代

（3）主声律的时代：永明——元末

1）齐梁陈隋：永明声律时代

2）初唐——元：平仄声律体的时代

①初唐——盛唐：五、七律的时代

②中唐——宋末：长短句词体的时代

③元：长短句曲体的时代

（4）格律承续的时代：元末——今

2.3.4.3　小结：四期八段

也就是说，汉诗诗体流变经历了萌芽期、节律期、声律期、承续期四个大的阶段，以及无韵体、四言体、楚辞体、三五七杂言体、永明体、五七言律体期、长短句词体、长短句曲体、承续时期等八个小的阶段新变。为简便起见，今后将古典汉诗诗体流变的四个大的阶段八个小的阶段简称为"四期八段"。

2.3.5　论古典汉语诗体的革新

基于对古典汉语形式诗体观暨格律体裁观的认识，本书认为古典汉语诗体的发展留下了不少空间，古典汉语诗体的创新是可能的。本书以下探讨古典汉语诗体创新的基础、方向和一大途径。

2.3.5.1　古典汉语诗体创新的十个基础

要在诗歌创作中进行诗体创新，作者不仅要熟悉古典汉语的各种诗体及其体系架构，更重要的是，必须清楚认知这些诗体的底层构成规律，我们将这些诗体的

底层形成规律称之为诗体创新的基础。古典诗体创新的基础至少包括以下一些基本规律。

（1）律元与律化观念

（2）格律四原理

（3）古典汉语诗歌句式通式：1＋2N＋3

（4）句式组合的黄金三律：叠配、节配、领配

（5）九种常用韵式：联章韵式、隔句押韵、多句转韵、首句押韵绝句体韵式、四韵体、句句韵（元曲韵）、抱韵、交韵、插韵

（6）双韵元及韵素分层规律

（7）竹竿律

（8）叠式律

（9）"依拍为句"填词规律

（10）"以字实腔"填词规律（声乐配合律）

这十种形式规律基本代表了古典诗歌的诗体的底层形成规律，凡欲进行古典诗体创新的人不得不多加注意。

2.3.5.2 古典汉语诗体创新的三个方向

欲为诗体创新，必然注意诗体创新方向，把握诗体创新方向，方能有的放矢，力不虚掷。依据形式诗体观暨格律题体裁观，可以拈出诗体创新的三个基本方向及其重要性排位。

（1）三个方向

一是韵律形式的创新。包括韵元的创新和韵式的创新。韵律形式是诗体的最简单表现。

二是节律形式的创新。节律形式包括句式的层面、句系的层面。句式的层面包括骚体句式及普通句式，普通句式已趋完美，唯骚体句式尚有生长空间；句系的层面包括齐言、杂言、杂言中的骚休，齐言中四五六·七言已趋完美，八九长言不适合汉语习惯不可为，故总体上已趋于完成，骚体虽有空间但受众面小，亦难有作为，唯杂言虽有千百词体曲体在前，然而变化多端尚有较多形式空间。节律形式最后体现出来的完整形式是章列。章列形式是诗体的第一要素。

三是声律的创新。平仄律中竹竿律、粘对律、叠式律的形成，固已成大局，但其应用与创造诗体却有很大空间。尤其是平仄律本身的理解，四声的分派，尚有多种可能，下文将进一步论述。声律形式是中国诗歌的独特方向。

（2）三个方向的排位

依据诗歌格律中节律、韵律、声律的重要性排位及各自的相互影响，我们发现，诗体创造中各的几个可能方向，在重要性上并不是一样的，而是存在着明显差别，简单排列：

章列形式＞韵律形式＞声律形式

这提示我们，在诗体创造中，首先应该考虑的是代表新诗节奏的章列，诗体的主要决定因素就是章列，创造不同的章列节奏基本上就代表着不同种类的诗体。其次要考虑的是韵律形式，即韵元的情况和韵式形式，主要是韵式形式。最后也是最复杂的是声律问题。

(3) 三个方向与底层规律的关联

诗体创造的三个方向，韵律、节律、声律形式的创新，并不总是遵循上述诗歌底层规律。它可能会遵循上述诗体创造的十个底层规律，也可能需要打破或拓展这十个底层规律。而所形成的诗体是否属于新诗体，也是需要具体分析，综合衡量的。

2.3.5.3　古典汉语诗体创新的两种尝试

古典汉语诗体创新有两个非常有价值的途径，值得尝试：一是依托歌曲填词创作新词牌；二是依托规律拓展（如四声二元化的不同分类、汉语重音的打破等）创作新的律诗。笔者曾经对此进行了粗浅的尝试，并记录了当时的感想，今日看来虽不十分满意，但其方法或有助益，故将当日尝试及其思考原文俱录如下，供有意者参考。

(1) 依托歌曲填词制作新词牌

路迢迢

2010年5月20，此为据本人博士论文《中国诗歌形式研究》之研究结论，依崔健一无所有曲，示范创作词牌。词牌创作法失传千年，不意于卓绝研究后复其面貌，甚得意。此等方法，虽不敢说400年来第一人，然朱祖谋、吴梅、王国维、龙榆生、唐圭璋等词学名家皆未得梦见也，我于论文中其实已有昭示，只不知当世有几人能看懂。惟所作韵部当时用了方音，然不愿以律害词，故不改。

> 天涯疲惫客，午夜寂寥城。回首烟峦萧瑟处，青鸟没无音。
> 香脂金玉戒，恰恰黑加仑。蛰进小吧听繁丽，小鼓打三更。

水中花

新创词牌，香港歌曲水中花调。

2010年5月20日星期四，早七点起，本欲续作论文，不意见旧作单片《过花年》，技痒，遂翻为双叠。余兴未了，继采摇滚经典崔健一无所有曲拍作新词，三分得意，略遗憾改变了原作风格。继而又作《新翻—水中花》《采莲船》。《新翻—水中花》较复杂，遂于其中总结了依曲牌作长短句三步规律：第一步，考节拍，定句式；第二步，协格律；第三步，填词。白温李柳辈当日所依，大抵如此也。考节拍稍复杂，有时原曲节拍复细，则须删并，一句当四字当五字不能定者，皆源于此，并无一定之理。注本词只依平仄为格，若四声为格者，方言变化无穷，难于定夺，历史上下或者有之，本处不能详细如是。我曾以六声套叔同送别，作新词，极利口吻，但于意境则绝难吻合，想二者真难于兼顾。清真大才，尚得王国维不贞之讥，无它，削词以就过烦之律，词意不能挥霍，精神不能尽展而陷于委琐故也。以就口吻而言，平仄就够用了。

京城飘小雅。露，玉罩伤花；雾，蔓歇青沙。飞虫砸瓦。行人挥白帕。客，泪别天涯；车，拌雨喧哗。一袖风华。

长恨人生皆浅画，小楼错过雨中花。深笕烟雾催人睡，晚景晴天琴色哑。多少寒梢栓瘦马，蹉跎最恋穷人家。任它雪月风花好晚霞，香了琵琶。

将踏青

罗田六声实验歌。此为首次以四声法——周邦彦法创作词牌，原曲为大家至为熟悉的生日歌。依据方法亦可见自博士论文《中国诗歌形式研究》。

鸟啼花语相喧，美景歌舞尽欢。远宇望中随云转，岁月醉春正酣。

老酒一盏邀君，窈窕痴赏半山。酒减渐消玲珑眼，万物镜中自翩。

（2）依托规律拓展创作新的律诗（如四声二元化的不同分类、汉语重音的打破等）

四声实验诗

此为首次于律诗中实验四声二元化的多样可能性。此等方法，固一千五百年来无人梦见，其原则皆出于博士论文《中国诗歌形式研究》，然于论文中皆不便指出。

阴阳连平歌
长城孤关寒，经冬连云天。
萧萧风擂岩，群峰遗刚坚。
上去连仄歌
涧雨慢慢涨，雾巷柳影荡。
静夜恋水彩，撒紫小路上。
去入连仄歌
短隼落雪野，出击猎隐者。
击雪九里泽，两羽折节舞。
去上连仄歌
病鹤系老桨，短趾遮似抢。
朽舫已渐烂，旧梦遇雨长。
奇位重音歌
此为欲实验偶位重音的重要程度而作。此等作法，诚如游戏，然若无实验，终不知水之深浅，惜乎！
京城十月秋渐凉，我自哂笑又自狂。
平生不爱花枝重，但爱红岩一枝霜。
扶凉已拭华楼朗，对镜时觉鬓发苍。
星辰半夜愁寂寞，一枚潜入小还乡。

2.3.6　论词牌

2.3.6.1　论"一调多体"现象

常用百调多存在"一调多体"现象，一调多体现象是词体的普遍现象。本部分简要考察"一调多体"现象之普遍性、微观文本表现及产生原因，并由此窥探词牌制作过程中的种种不稳定性。

(1)"一调多体"现象之普遍性

为了解"一调多体"现象存在状况，我们做了三个统计（见表2-5至表2-7）：《词谱》一调多体率统计；《词谱》超过六体词调统计；"常用百调"在三大词谱中一调多体状况。

表2-5　《词谱》一调多体率统计

卷数	调数	只存一体的调数
1	42	22
2	27	9
3	17	4
4	19	4
5	23	12
6	21	10
7	35	15
8	25	14
9	26	12
10	36	18
11	12	5
12	23	12
13	36	15
14	25	15
15	14	5
16	25	7
17	21	9
18	19	10
19	19	8
20	8	3
21	26	12
22	19	14

续表

卷数	调数	只存一体的调数
23	22	10
24	22	15
25	25	13
26	26	14
27	21	11
28	22	12
29	22	11
30	12	2
31	15	1
32	21	9
33	25	12
34	23	11
35	22	7
36	25	9
37	10	3
38	8	3
39	6	3
40	9	7
总	854	388（45.4%）
一调多体比例		54.6%

表2-6　《词谱》超过六体词调统计

词调名	数量
洞仙歌（40）	40
河传（27）	27
酒泉子（22）	22
喜迁莺（17）	17
选冠子（16）　瑞鹤仙（16）	16
少年游（15）	15
满江红（14）	14
雨中花慢（13）　青玉案（13）	13
雨中花令（12）　品令（12）	12

续表

词调名	数量
临江仙(11)　夜行船(11)　最高楼(11)　万年欢(11)　贺圣朝(11)　贺新郎(11) 促拍满路花(11)	11
荔枝香(10)　汉宫春(10)　宴清都(10)	10
霜天晓角(9)　南乡子(9)　风流子(9)　摸鱼儿(9)　多丽(9)　六州歌头(9)　二郎神(9) 花心动(9)	9
宝鼎现(8)　春光好(8)　一落索(8)　更漏子(8)　行香子(8)　江城梅花引(8) 祝英台近(8)　绛都春(8)　齐天乐(8)　水调歌头(8)	8
玉蝴蝶(7)　女冠子(7)　虞美人(7)　鹊桥仙(7)　迎春乐(7)　望远行(7)　南歌子(7) 感皇恩(7)　玉漏迟(7)　满庭芳(7)　八声甘州(7)　永遇乐(7)　霜叶飞(7) 西平乐(7)　沁园春(7)	7
还京乐(6)　西河(6)　石州慢(6)　凤凰台上忆吹箫(6)　两同心(6)　解蹀躞(6) 御街行(6)　安公子(6)　八六子(6)　法曲献仙音(6)　渔歌子(6)　浪淘沙令(6) 如梦令(6)　瑞鹧鸪(6)	6

表2-7　"常用百调"在"三大词谱"中一调多体数量

序号	词调名	词律	词谱	词系	含词总量
1	浣溪沙	2体,拾遗1	5	4	1091
2	望江南	忆江南3, 江南好拾遗1	忆江南3	3	1031
3	鹧鸪天	1	1	1	1025
4	水调歌头	1拾遗1	8	3	948
5	念奴娇	3	12	6	794
6	菩萨蛮	1	3	6	769
7	西江月	3拾遗2	5	6	758
8	满江红	6拾遗3	14	12	721
9	临江仙	14拾遗2	11	15	704
10	满庭芳	3拾遗1	7	8	681
11	沁园春	2拾遗3	7	10	635
12	蝶恋花	2	3	2	612
13	减字木兰花	1	1	4	584
14	点绛唇	1	3	1	533
15	清平乐	1拾遗2	3	7	513
16	贺新郎	2拾遗3	11	贺新凉8	492
17	南乡子	4拾遗4	9	7	445

续表

序号	词调名	词律	词谱	词系	含词总量
18	玉楼春	木兰花5 玉楼春拾遗3	4(另木兰花令3体)	6	400
19	踏莎行	1	3	1	381
20	渔家傲	2	4	5	378
21	虞美人	2拾遗4	7	11	366
22	南歌子	4拾遗2	7	6	358
23	木兰花慢	2拾遗2	12	8	350
24	江城子	5拾遗1	5	7	330
25	如梦令	2	6	2	326
26	卜算子	7	7	7	323
27	好事近	1拾遗1	2	2	318
28	水龙吟	3拾遗4	25	24	316
29	朝中措	2拾遗1	4	4	308
30	十二时	1拾遗1	忆少年2十二时慢4	2P508;1P702	308
31	谒金门	1	4	3	292
32	浪淘沙	3体,浪淘沙令1体;浪淘沙慢2体;拾2遗	浪淘沙1浪淘沙令2	6	263
33	鹊桥仙	2拾遗3	7	5;1P489	255
34	蓦山溪	2拾遗6	13	8	241
35	摸鱼儿	2拾遗1	9	摸鱼子15	235
36	柳梢青	2拾遗3	8	6	218
37	生查子	4	5	5	213
38	采桑子	丑奴儿1	3	2	210
39	诉衷情	7体,有诉衷情近	5	8	205
40	阮郎归	1	2	1	203
41	忆秦娥	6	11	8	202
42	洞仙歌	10拾遗5	40	24	198
43	长相思	4	5	4	194
44	感皇恩	4拾遗3	7	2;7P581	176
45	青玉案	7拾遗1	13	10	171
46	渔父	渔歌子2	6		170
47	瑞鹧鸪	3拾遗1	6	3;2P435	168

续表

序号	词调名	词律	词谱	词系	含词总量
48	杨柳枝	3	3	1P14；1P22	167
49	小重山	2拾遗1	4	3	152
50	八声甘州	3拾遗1	7	10	149
51	醉落魄	4	一斛珠3	醉落魄8、2；一斛珠5	147
52	齐天乐	2拾遗1	8	9	146
53	瑞鹤仙	4拾遗1	16	13P859；1	143
54	喜迁莺	7拾遗1	17	8；13P516	141
55	苏幕遮	1	1	1	136
56	太常引	2	2	3	134
57	行香子	6拾遗1	8	8	129
58	定风波	6拾遗2	8	4	127
59	风入松	2拾遗1	4	6	119
60	醉蓬莱	1拾遗1	2	5	112
61	乌夜啼	相见欢1	3	1；相见欢3	112
62	声声慢	5拾遗2	14	8	109
63	永遇乐	2拾遗1	7	7	109
64	导引		5	1	104
65	眼儿媚	1拾遗1	3	3	104
66	霜天晓角	6拾遗1	9	10	103
67	雨中花	6雨中花令拾遗1	12	7雨中花令1	99
68	一剪梅	5	7	7	98
69	巫山一段云	2拾遗1	3	4	97
70	桃源忆故人	1	2		94
71	更漏子	5拾遗2	8	8；1P804	92
72	汉宫春	6	10		89
73	千秋岁	3拾遗1	8	6	87
74	祝英台近	1拾遗3	8	6	87
75	少年游	10拾遗3	15	13	87
76	忆王孙	2	忆王孙3河传27	2；1P73	86
77	清心镜	1	红窗迥2	红窗迥2；2P933	81
78	五陵春	武陵春2	3	3	74

序号	词调名	词律	词谱	词系	含词总量
79	五更转		0		69
80	酒泉子	20	22	18	68
81	唐多令		3	1	67
82	烛影摇红	1	3	5	65
83	风流子	2	9	1；8P675	60
84	最高楼	2	11	6	60
85	望海潮	2	3	5	57
86	捣练子	2拾遗1	2	3	52
87	一落索	6拾遗3	8	一络索8	49
88	人月圆	3	3	3	47
89	天仙子	4	5	7	45
90	苏武慢	3	选冠子16	苏武慢6；选冠子4	45
91	杏花天	3	3	4	44
92	河传	17拾遗1	27	23	43
93	花心动	1拾遗2	9	7	43
94	鹦鹉曲	拾遗1	1	2	43
95	昭君怨	1	3	5	42
96	满路花	5拾遗1	促拍满路花11	促拍满路花6	41
97	拨棹歌	拨棹子3拾遗1	拨棹子3	拨棹子4	39
98	水鼓子	0	0	0	39
99	应天长	7	12	3体P105；7体P477	39
100	恋绣衾	0	0	0	38
101	平均一调多体数量	4.3体/调（共432体）	7.3体/调（共736体）	5.4体/调（共541体）	

从三个统计看：①《钦定词谱》54.6%的词调存在"一调多体"现象；②《钦定词谱》中一调六体以上录有69调；③常用百调有96调存在一调多体现象，平均每调高达7体，比例惊人。由此可见，"一调多体"几乎可以说是词牌普遍存在的现象。

（2）一调多体现象之微观文本表现

要全面考察一调多体现象的文本表现要涉及整部词史，这显然不是本书能够完成的。本书在此引词谱载《念奴娇》各体为例来说明"一调多体"现象的基本书本表现。

词谱载《念奴娇》12体，各体句式体系（简称句系）和韵式构成分析如下：

念奴娇　双调一百字，前后段各十句，四仄韵　苏轼

凭空眺远，见长空万里，云无留迹。桂魄飞来光射处，冷浸一天秋碧。玉宇琼楼，乘鸾来去，人在清凉国。江山如画，望中烟树历历。　　我醉拍手狂歌，举杯邀月，对影成三客。起舞徘徊风露下，今夕不知何夕。便欲乘风，翻然归去，何用骑鹏翼。水晶宫里，一声吹断横笛。

句系：454-76-445-46|645-76-445-46（入韵）

又一体　双调一百字，前段九句四仄韵，后段十句五仄韵　苏轼

大江东去句浪淘尽读千古风流人物韵故垒西边句人道是读三国周郎赤壁韵乱石穿空句惊涛拍岸句卷起千堆雪韵江山如画句一时多少豪杰韵　　遥想公瑾当年句小乔初嫁了句雄姿英发韵羽扇纶巾句谈笑处读樯橹灰飞烟灭韵故国神游句多情应笑我句早生华发韵人间如寄句一尊还酹江月韵

句系：436-436-445-46|654-436-454-46（入韵）

又一体　双调一百字，前后段各十句，四仄韵　姜夔

五湖旧约句问经年底事句长负清景韵暝入西山句渐唤我读一叶夷犹乘兴韵倦网都收句归禽时度句月上汀洲冷韵中流客与句画桡不点清镜韵　　谁解唤起湘灵句烟鬟雾鬓句理哀弦鸿阵韵玉尘清谈句叹坐客读多少风流名胜韵暗柳萧萧句飞萤舟冉句夜久知秋信韵鲈鱼应好句旧家乐事谁省韵

句系：454-436-445-46|645-76-445-46（仄韵）

又一体　双调一百字，前段十句四仄韵，后段十一句五仄韵　姜夔

闹红一舸句记来时句尝与鸳鸯为侣韵三十六陂人未到句水佩风裳无数韵翠叶吹凉句玉容消酒句更洒菰蒲雨韵嫣然摇动句冷香飞上诗句韵　　日暮韵青盖亭亭句情人不见句争忍凌波去韵只恐舞衣寒易落句愁入西风南浦韵高柳垂阴句老鱼吹浪句留我花间住韵田田多少句几回沙际归路韵

句系：436-76-445-46|2445-76-445-46（仄韵）

又一体　双调一百字，前段九句五仄韵，后段十句四仄韵　张炎

行行且止韵把乾坤读收入篷窗深里韵星散白鸥三四点句数笔横塘秋意韵岸嘴冲波句篱根受月句野径通村市韵疏风迎面句湿衣原是空翠韵　　堪叹敲雪门荒句争棋墅冷句苦竹鸣山鬼韵纵使如今犹有晋句无复清游如此韵落日黄沙句远天云淡句弄影芦花外韵几时归去句剪取一半烟水韵

句系：436-76-445-46|645-76-445-46（仄韵）

又一体　双调一百字，前段十句五仄韵，后段十一句五仄韵　　张炎

长流万里韵与沉沉沧海句平分一水韵孤白争流蟾不没句影落潜蛟腾起韵莹玉悬秋句绿房迎晓句楼观光凝洗韵紫箫声袅句四檐吹下清气韵　　遥睇韵浪击空明句古愁休问句消长盈虚理韵风入芦花歌忽断句知有渔舟闲檥韵露已沾衣句沤犹栖草句一片潇湘意韵人方酣梦句长翁元自如此韵

句系：454-76-445-46|2445-76-445-46（仄韵）

又一体　双调一百一字，前后段各十句，四仄韵　　张辑

嫩凉生晓韵怪得今朝句湖上秋风无迹韵古寺桂香山色外句肠断幽丛金碧韵骤雨俄来句苍烟不见句苔径孤吟屐韵系船高柳句晚蝉嘶破愁寂韵　　且约携酒高歌句与鸥相好句分坐渔矶石韵算只藕花知我意句犹把红芳留客韵楼阁空蒙句管弦清润句一水盈盈隔韵不如休去句月悬良夜千尺韵

句系：464-76-445-46|645-76-445-46（入韵）

又一体　双调一百二字，前后段各十句，四仄韵　　赵长卿

银蟾光满句弄余辉读冷浸江梅无力韵缓引柔条浮素蕊句横在闲窗虚壁韵染纸挥毫句粉涂墨晕句不似今端的韵天然造化句别是一般句清瘦踪迹韵　　今夜翠葆堂深句梦回风定句因月才相识韵先自离愁句那更被读晓角残更催逼韵曙色将分句轻阴移尽句过眼难寻觅韵江南图上句画工应为描得韵

句系：454-76-445-444|645-76-445-46（入韵）

又一体　双调一百字，前后段各十句，四平韵　　陈允平

汉江露冷句是谁将瑶瑟句弹向云中韵一曲清泠声渐杳句月高人在珠宫韵晕额黄轻句涂腮粉艳句罗带织青葱韵天香吹散句佩环犹自丁东韵　　回首杜若汀洲句金钿玉镜句何日得相逢韵独立飘飘烟浪远句罗袜羞溅春红韵渺渺于怀句迢迢良夜句三十六陂风韵九嶷何处句断云飞度千峰韵

句系：454-76-445-46|645-76-445-46（平韵）

又一体　双调一百字，前后段各十句，四平韵　　张元幹

吴淞初冷句记垂虹南望句残日西沈韵秋入青冥三万顷句蟾影吞尽湖阴韵玉斧为谁句冰轮如许句宫阙想寒深韵人间奇观句古今豪士悲吟韵　　苍鬓丹颊仙翁句淮山风露底句曾赋幽寻韵老去专城仍好客句时拥歌吹登临韵坐撑龙江句举杯相属句桂子落波心韵一声猿啸句醉来虚籁千林韵

句系：454-76-445-46|654-76-445-46（平韵）

又一体 双调一百字，前段十句四平韵，后段十句五平韵　叶梦得

故山渐近句念渊明归意句萧然谁论韵归去来兮句秋已老读松菊三径犹存韵稚子欢迎句飘飘风袂句

依约旧衡门韵琴书萧散句更欣有酒盈尊韵　惆怅萍梗无根韵天涯行已遍句空负田园韵去矣何

之句窗户小读容膝聊倚南轩韵倦鸟知还句晚云遥映句山气欲黄昏韵此中真意句故应欲辨忘言韵

句系：454-436-445-46|654-436-445-46（平韵）

又一体 双调一百字，前段九句五平韵，后段十句六平韵　曹勋

半阴未雨句洞房深读门掩清润芳晨韵古鼎金炉句烟细细读飞起一缕轻云韵罗绮娇春韵争拢翠袖句笑语惹兰芬韵歌筵初罢句最宜斗帐黄昏韵　楼上念远佳人韵心随沉水句学兰她俱焚韵事与人非句争似此读些子香气常存韵记得临分韵罗巾余赠句尽日把浓熏韵一回开看句一回肠断重闻韵

句系：436-76-445-46|645-436-445-46（平韵）

将各体"句系"集中对比：
① 苏轼词句系：454-76-445-46|645-76-445-46（入韵）
② 苏轼词句系：436-436-445-46|654-436-454-46（入韵）
③ 姜夔词句系：454-436-445-46|645-76-445-46（仄韵）
④ 姜夔词句系：436-76-445-46|2445-76-445-46（仄韵）
⑤ 张炎词句系：436-76-445-46|645-76-445-46（仄韵）
⑥ 张炎词句系：454-76-445-46|2445-76-445-46（仄韵）
⑦ 张辑词句系：464-76-445-46|645-76-445-46（入韵）
⑧ 赵长卿词句系：454-76-445-444|645-76-445-46（入韵）
⑨ 陈允平词句系：454-76-445-46|645-76-445-46（平韵）
⑩ 张元幹词句系：454-76-445-46|654-76-445-46（平韵）
⑪ 叶梦得词句系：454-436-445-46|654-436-445-46（平韵）
⑫ 曹勋词　句系：436-76-445-46|645-436-445-46（平韵）
（说明：连接号表示此处押韵；加点处表示此处有"小韵"）

从句系对比可以看出，一调多体在微观上主要表现为以下几个方面：

1）不同言——句式差异

在保证句系大致稳定的基础上，在相似的位置，不同作家可能选用不同句式。如上述12体，除①⑨句系相同外，其他在局部都有不同程度的句式变异。这又包括几种情况，一种是组合内部小句增减字数，如⑦中第二小句在一般使用四字句的基

础上增加一字使用了五字句；一种是句型与句式之间的相互替用，如⑧中上片末句用44型组合替代了一般情况下使用的六言句，再如②③⑪⑫上片或下片第二句处均出现了用43型组合替代一般情况下使用的七言句的现象，④⑥则出现了下片首句以24型组合替代一般情况下使用的六字句的情况；还有一种情况是同一韵段内部相似位置采用了不同组合，这种情况最为普遍，如12体首韵段有7体用到"454"句式组合，有4体则用到"436"句式组合，下片首韵段有7体用到"654"组合，而有3体用到"645"组合，倒数第二韵段几乎全部使用"445"组合而苏轼的名词用到"454"组合。总之，句式与句式的替换，句式与组合的替换，组合与组合的替换，都可能导致了一调的句式发生变异，形成不同的句系，从而形成了一调多体。

2）同言不同韵——韵式差异

这主要表现为句系相同但押不同性质的韵，如上述12体有押平韵的，有押仄韵的，仄韵中有专押入声韵的，或者句系相同，但某些特殊位置增添了韵点，俗称小韵或句内韵，如④⑤⑥⑪⑫加点处的押韵，后种情况往往发生在上下片片首，特别容易发生在下片换片处。

3）同言不同律——声律差异

如上述平韵体与仄韵体，其差异绝不只是体现在韵点上，它们在格律上是完全不同的。不仅韵式差异、句式差异将导致格律差异，就是句式韵式完全相同，不同词相似的位置也可能采用不同的格律模式，这种区别是非常微妙的。如上述两首苏词首句四言，一用"4平仄"，一用"4仄仄"，格律模式不同。

（3）一调多体现象成因初探

一调多体的形成与音乐息息相关，在乐谱不传的情况下，目前对一调多体的成因探讨很难深入下去。我们推测，一调多体的句式差异、韵式差异和格律差异与填词性质和过程紧密相关。造成一调多体现象的原因是多方面的。

原因之一：从乐句到辞句，词家"依曲拍填词"对乐句节奏的灵活处理导致句式变化。

原因之二：文人填词遵循的隐含原则为"平仄律"，"平仄律"既保证填词的格律规范性，也决定了词律的多种可能性（参看下节"论填词的五种模式"）。

原因之三：极端情况下词牌相混导致词体相混，从而形成特殊的一调多体，即"同体异调"被误解同调，最终导致不同词牌的词体混为一团。

2.3.6.2　论填词的五种模式

（1）填词原理

填词有两个基本原理，一个是将音乐的节拍转化为词的节拍，另一个是将音乐的旋律转化为词的旋律。在古典诗歌体系中，前者表现为讲求曲拍呈现为"双音节奏"控制下的"言"，后者表现为将"五音"尽力呈现为"四声"。

（2）填词模式多样化

依据填词对基本原理的遵循程度，填词呈现出多种方式。唐宋词的五种填词方式为：

依"曲拍"填词：曲拍──→词拍（言）

依"曲拍"和"平仄"填词：曲拍──→词拍（言）＋平仄

依"曲拍"和"四声"填词：曲拍＋五音──→词拍（言）＋四声

依"曲拍"和"平仄"填词，辅助以四声：曲拍＋五音──→词拍（言）＋平仄（略调四声）

依"曲拍"和"四声"填词，辅助以平仄：曲拍＋五音──→词拍（言）＋四声（略调平仄）

第一种方式为民间歌曲的一般"填腔"方式，无论平仄四声，当今歌曲填词全用这种方式；第二种方式是唐宋文人填词的基本方式，如《忆江南》的填词；第三种方式是音乐家喜欢的独特填词方式，这是永明体作家的理想，在周邦彦、姜夔等少数格律作家少数作品中有应用；第四种是唐宋词常见的填词方式，为一般填词作家和曲作家所运用；第五种是少数重乐律但又不愿放弃格律的作家的特殊填词方式。前三种方式是基础填词方式，后二者是综合性灵活运用。

（3）三种基础填词方式形成的词体文学性程度不同

第一种只依"曲拍"填词，形成的词体只有节奏，文学性较差；第三种依"四声"填词，形成的词体音乐性很强，但对音乐的依赖性较大，不易实行，反倒损害了其文学性，故一直只是少数作家的专利，且这少数作家也多偶尔为之，并未成为普遍模式（龙榆生《词律质疑》有辩）；第二种依"平仄"填词，形成的词体形式性强且易于掌握，具有独立于音乐的文学性，最容易为大家所接受，成为古典词曲的核心体式。乐谱不存，语音流变后，以第二种方式形成的词体仍得以葆其青春，长盛不衰。

（4）词与曲的关系复杂

宋词一般是先有曲后有词，故曰填词，但也有先有词后有曲的，如姜夔作词先"率意为长短句"，则是先作"平仄格律诗"，然后将平仄格律诗"永言"成歌曲。这种方式与先秦《诗经》、汉乐府的主要形成方式相似，即所谓"歌永言，声依永"也，即歌曲是伴随语音声调形成的。宋词普遍的形成方式与先秦诗歌普遍的形成方式大相径庭，但并不是完全相反关系（若以相反关系理解，诗经的确是四声变五音，宋词却则应是五音变四声，但宋词却主要不是五音变四声，而是五音变平仄）。值得注意的是，平仄形式形成以前，词曲的节奏配合一直是强调的，但四声与五音的配合却可以不强调，音乐的独立性较强，一个音乐腔调随意填词而均可传唱的情况是很多的；平仄形成后，平仄规律的独立性却越来越强了，反倒成了词家注意的重点，而四声五音的配合，则是其后的事情了。则凡作词的作家，或多或少都要注意平仄，齐梁到唐的平仄注重还没有完全形式化，受四声乐律影响显著，但中唐后，平仄的独立性地位越来越强，到后来成为了完全独立的文学形式，与音乐相离越来越远了，受尊文学的思潮影响，元曲和明清文人戏曲，一边要讲音乐性的四声，一边却不得不注重平仄的调整了。历史传承到明清的词牌、曲牌，实则音乐性质已荡然不存，音乐性的注重，也只能靠音乐家在"平仄词牌"基础上的"调四声"努力了。至于民间戏曲，则早已放弃了"平仄"形式。

（5）诗与歌的关系，向来纠结

有几个地方时必须注意的：一是中国诗、歌分合复杂，时有反复；二是在汉诗，由于汉语声调的存在，诗与歌的关系不仅在节奏上有关联，而且在声音旋律上遂也有了关联，这使汉诗的诗、歌分合更具有独特面貌；三是总体上看，诗从歌分离是诗的大势，"平仄律"的渐趋独立反映了这一大势；四是诗经是"声依言"，而宋词是"言依声"（这只是大势，实际情况极为复杂），但二者都经历了从诗歌相合到诗歌分离的大势，不同的是，诗经的体式由于缺乏文学规律性，很快被遗弃，而宋词的体式则由于杰出的"节拍"和"平仄格律"的存在，被发扬光大，这可见"节奏"与"平仄"作为纯形式因素对诗歌的重大意义。

关于诗与音乐的内在关联，曲拍与词拍转化易释难晓，五音与四声转化释晓俱难。五音与四声转化乃此一问题之关扼，亦乃一切模糊学说之源泉。今人非作外围研究，能直探本质者，推刘尧民、龙榆生、夏承焘、杨荫浏，阴法鲁、洛地数家之说，亦各有深浅，本书受限，不能展开论述，今直将诗、乐基本关系略述如上。各家言四声五音转化关系可参考之文，刘有《词与音乐》之"四声平仄与宫商关系"节，龙有《论平仄四声》《词律质疑》，夏有《四声绎说》《白石道人歌曲校律》《姜夔词谱学考绩》，杨阴合著《宋姜白石创作歌曲研究》，洛地有《词乐曲唱》。另，音乐家之文有王光祈《中国音乐史》言"宋俗字谱"，李建正据段安节等做《最新发掘唐宋歌曲》。

2.3.6.3　论新词牌的制作

词牌制作是宋词的创造核心所在，是驱使柳永、欧阳修、苏轼、周邦彦等大词人大量填词的主要原因。在词牌制作中，依据音乐创造具有独特内涵和意蕴的文学形式，其独特内涵包括独特的节律、韵律、声律，及其综合形成的格律，其独特意蕴主要是指意象创造，及其形成的意境境界，并由这种文学形式与音乐表现一起形成具有融媒特质的新融合艺术，这是前所未有的创新体验。虽然这种创新体验源于唐代，但是在宋代达到了高峰，形成了我们今天见到的大量词牌形式。

关于每一个词牌格式的具体创造细节，可能需要大量的研究工作才能弄清。本书绕过这些困难重重的工作，直接示范词牌的制作方法，通过示范显示词牌制作过程中必须遵循的系列规律和所受到的一些制约，希望这种模拟工作对于研究而言不过于太唐突，并能够对未来的诗体创造起到促进作用。

（1）词牌制作要点
七步骤、四规律、两前提如见表2-8所示。

表2-8 词牌制作要点

词牌制作要点	七步骤	四规律	两前提
	选乐曲		
	定节奏（句式）	以曲拍为句通用句式模式	非轻声现象控制下的双音节奏体系
	定声律（平仄）	竹竿律 叠式律	非声乐配合律控制下的平仄律体系
	定韵		
	变双调		
	填词		
	定名		

(2) 词牌制作示范

1）词牌《折调一无所有》制作

折调一无所有

| | — — | | — —

天涯疲惫客，午夜寂寥城（韵）。回首烟峦萧瑟处，青鸟没无音（韵）。（上片）

| | — — | — |

香脂金玉戒，恰恰黑加仑（韵）。蛰进小吧听繁丽，小鼓打三更（韵）。（下片）

第一步：选乐曲

按填词的两种基本方式①按乐谱填词（原始）②按"词谱"填词（后起），选择方式①，并选定崔健歌曲《一无所有》的乐曲片段，作为制作词牌的乐曲；

第二步：定节奏（定句式）

原则："以曲拍为句"

6 61 12 | 2 0 0 0 | 7 77 7 66 | 6 - 0 0 |
△ △ △ △ △,（五言） △ △ △ △ △。（五言）

6 6 6 6.1 | 2 76 6- | 65 3 2 2 | 2 - 0 0 |
△ △ △ △ △ △△,（七言）△ △ △ △ △。（五言）

即形成：

△ △ △ △ △,（五言）

△ △ △ △ △。（五言）

△ △ △ △ △ △ △,（七言）

△ △ △ △ △。（五言）

$$\underline{1\ 1}\ \underline{1\ 7}\ \underline{1\ 7}\ \underline{1\ 7}\ |\ 6\ 0\ 0\ 0\ |\ \underline{2\ 2}\ \underline{2\ 2}\ \underline{7\ 6}\ 6\ |\ 6\ -\ 0\ 0\ |$$

△　△　△　△　△，（五言）　△　△　△　△　△。（五言）

$$\underline{6\ 6}\ \underline{6\ 6}\ 6.\ 1\ |\ 2\ \underline{7\ 6}\ 6\ -\ |\ 6\ 5\ \underline{3\ 2}\ 2\ |\ 2\ -\ 0\ 0\ |$$

△ △ △ 　△　　△ 　△，（七言）△ △ △　　△ △。（五言）

第三步：定声律（平仄）及选韵

①定押韵句平仄（据"叠式律"）

　　　　△ △ △ △ △，

　　　　△ △ △ 平 平。（"n平平"型句型）

　　　　△ △ △ △ △ △，

　　　　△ △ △ 平 平。（"n平平"型句型）

②定非押韵句平仄（据句式组合声律规律，两句组合一般处理为平仄相对）

　　　　△ △ △ 仄 仄，　　　（n仄仄）

　　　　△ △ △ 平 平。　　　（n平平）

　　　　△ △ △ △ 仄 仄，（n仄仄）

　　　　△ △ △ 平 平。　　　（n平平）

第四步：选韵

第五步：变双调

将原来首段音乐略作删减，并衍成两段，变作成文字上的双调：

　　　　平 平 平 仄 仄，

　　　　仄 仄 仄 平 平。

　　　　仄 仄 平 平 平 仄 仄，

　　　　仄 仄 仄 平 平。（上片）

　　　　平 平 平 仄 仄，

　　　　仄 仄 仄 平 平。

　　　　仄 仄 平 平 平 仄 仄，

　　　　仄 仄 仄 平 平。（下片，声律处理为重复上片）

第六步：填词

第七步：定名

据所倚曲调为"一无所有"部分变双调而成，故将所制词牌定名为"折调一无所有"

制作结果展示：

折调一无所有　崔健原曲　柯继红减字制作词牌　1＝b4/4

制作说明：

词乐节奏配合方法选用简单的"以曲拍为句"及"节配律"；

句式构造方法使用双音节奏观控制下的"1p＋2n＋3q"汉语韵语通用节律模式；

声律构造使用词牌声律通用规律"叠式律"；

韵律暨用韵讨论：本词牌在用韵方面采用了笔者家乡罗田方言用韵，从通用性角度看，还是应采用平水韵、词林正韵、或者通用普通话新韵为宜。

2）词牌《减字似是故人来》制作

减字似是故人来．十月十五日台风百合入三亚见燕子风雨寻归

　　云奔雨注，海动天摇（韵）。天涯风雨萧萧（韵）。王谢堂前，乌衣故巷，多少故事曾抄（韵）。

　　算而今，朋侣散尽，奋羽秉孤翔（韵）。独身持小剪，但剪云剪雾，不问明朝（韵）。（上片）

　　梦未寥寥，望未寥寥（韵）。何须怨路遥（韵）。想鲁翁声盗，毛生管败（韵），当时曾支灞桥（韵）。

　　管锥篇尽，柳如剑晦，濠上星火如潮（韵）。正我辈，和风斗雨，自成天骄（韵）。（下片）

减字似是故人来　罗大佑原曲　柯继红减字制作词牌　1＝C 2/4

| 5. 6 1 6 | 5. 6 1 6 | 5. 6 3 6 | 5 — |
云 奔 雨注，海 动 天摇。天 涯 风雨萧 萧

| 3 23 5 5 | 6. 56 6 6 |
梦 未 寥寥，望 未 寥寥。何 须 怨 路 遥。

| 5. 6 1 5 | 6. 3 2 1 | 2. 6 1 3 | 2 — |
王 谢 堂前，乌 衣 故巷，多 少 故事曾 抄。
想 鲁翁 声盗，毛 生 管败，当 时 曾支灞 桥。

| 5. 5 3 2 | 1. 6 3 3 | 2. 3 1 6 | 5 — |
算 而 今， 朋 侣 散尽，奋 羽 秉孤 翱
管 锥 篇尽，柳 如 剑晦，濠 上星火如 潮。

| 6. 56 2 2 | 3. 23 5 5 | 2. 6 1 2 | 1 — |
独 身持 小剪，但 剪云 剪雾，不 问 明 朝。
正 我 辈， 和 风 斗雨，自 成 天 骄。

| 3 23 5 5 | 6. 56 6 6 | 2. 16 1 3 | 2 — |
嗯

| 6. 56 2 2 | 3. 23 5 5 | 1. 6 1 6 | 5 — |
嗯

制作说明：
因减四章为两章，又减尾两乐句，故称"减字"；
本曲音乐处理上除"减字"外，尚有"换头"变化。

3）词牌《减字双调梨涡浅笑》制作

减字双调梨涡浅笑

｜ ｜ — ｜ ｜ —

梨涡浅秀，庭院锁清㊁。小白香腮人不识，情思暗起听潮㊊。海风㊎，何时能

减君㊒。

梨涡浅秀，当镜理红㊍。云散月明轻携手，与君同棹彩兰㊉。愿低头，一生凭

此凝㊌。

减字双调梨涡浅笑　许冠杰原曲　柯继红词牌制作

| 6 | : 3. 2 | 1 — | 1 0 | 0 23 | 2. 7 | 6 — | 6 0 |
梨 涡 浅 秀， 庭院 锁 清 ㊁。

```
0 3 3 | 6 5 | 4 . 3 | 2 — | 0 2 | 5 4 | 3 — | 3 . 2 | 1 — |
  小 白 香 腮 人  不 识,        情 思 暗 起  听 潮 ㉄。

0 6 1 | 2 — | 2 0 | 3 2 | 7 6 3 | 5 — | 5 0 |
  海 风 ㉇,       何 时 能 减 君 ㉈。
```

制作说明：因三章变两章，又减乐句一段，故称"减字双调"

4)《踏青令》词牌制作

踏青令·将踏青

依生日歌曲拍、宫商，作普通话四声词

— | | — | | —

鸟啭花语相㉄，美景歌舞尽㉇。远宇望中随云转，岁月醉春正㉈。
老酒一盏邀㉄，窈窕痴赏半㉇。酒减渐消玲珑眼，万物镜中自㉈。

将踏青　美PHTII曲　柯继红词牌制作

```
| 5 5 6 5 | 1 7 — | 5 5 6 5 | 2 1 — | 5 5 5 3 | 1 7 6 | 4 4 3
  鸟啭 花语 相 喧， 美景 歌舞 尽 欢。 远宇望 中 随云转， 岁月醉

1 | 2 1 — |
春 正 酣
```

2.3.7 论白话诗体的建设方向

白话诗在诗体的概念、三要素、体系的三分架构上，与古典汉诗并无二致，故白话诗体的建设大方向与古典汉语诗体完全相同，也是说：

白话诗体的建设方向有三个：章列节奏创造、韵律形式创造、声律模式创造。

白话诗体的三个建设方向重要性不一样：章列节奏创造＞韵律形式创造＞声律模式创造；其中，章列节奏的创造是新诗诗体建设的第一要务，是重中之重，代表着诗体的节奏和最显著形式，如冯至对十四行诗的移植；韵律形式创造是最容易的但也最易被人忽视的，实际上，《诗经》与温韦小令的丰富美妙的韵式创造足以成为我们效法的榜样，但近代诗家往往考虑简单，甚至有人提出诗可以不押韵，这种提法就像是在说建楼房不要第一层一样，令人遗憾；声律问题在现代汉语诗歌写作中，除早期的徐志摩、戴望舒有所注意之外，几乎遭到了大部分人的忽略，这也与现代汉语的声调规律研究仍然相当落后有关系。

白话诗人应该加强诗体创造的自觉：这种自觉与律诗词牌的创造一样，不能仅靠天赋，更应该依赖于诗人长期的钻研、探索、实践。

白话诗体建设没有捷径，必须一个诗体一个诗体地实践。

白话诗体建设必须突破语言学前言，就像当年永明体、律诗作所做的一样：白话

的节奏、声律，这些都还是汉语言学的未知领域，诗人必须承担这个任务，找到其真正规律，这些规律一天没找到，诗歌的写作就永远处在偶然之中，达不到形成诗体的高级阶段。

2.3.8　论白话诗体的体系建设可能

古典汉诗的诗体甄辨、分类、体系构架虽然复杂，但只要把握住诗体的格律标志这个关键点，相对来说还是可以做到的。那么现代汉诗的呢？

从理论上来讲，现代汉诗与古代汉诗同属汉语诗体，其诗体的概念和要素应该基本相同，根据三分构架进行甄辨、分类甚至体系建构似乎都不成问题。以下是模拟的体系架构：

新体（白话体、现代汉诗）
- 节律型：如三音步体、四音步体
- 声律型：需要研究
- 韵律型：同旧体诗情况

但从实际来看，现代汉诗的诗体甄辨和分类却是很困难的。

王珂 2015 年《新诗现代性建设要重视八大诗体》提出新诗现代性建设要重视的八大诗体：自由诗、格律诗、小诗、长诗、散文诗、图像诗、网络诗、跨界诗[①]，其诗体使用在概念和逻辑上仍非常凌乱。[②]王文华 2016 年《中国现代诗体总结研究》结合自己的创作经验总结中国现代九大诗体：仿古体、泛四行体、双行体、诗串体、象形体、自由体、阴阳体、混合体、长篇叙事体，其诗体使用的草率明晰可见。[③]王珂 2012 年《新诗诗体学的历史、现状与未来——兼论新诗诗体学的构建策略》显示出非常宽阔的视野，然而亦显示出对诗体缺乏细致辨析。[④]

造成这一困难的原因其实并不难理解。首先，是诗体概念的问题，即体裁性诗体本身的深奥，造成了对其理解普遍停留在原始的超体裁层面，导致超体裁性诗体泛滥，盖过文体意义上的诗体，形成了诗体理解上的混乱。其次，是诗体材料的问题，即现代汉诗并没有提供足够多的成功诗体范本，形成诗体辨析的必要材料，从而使诗体辨析多停留在主观推测层面而难以深入。前一个困难尚可以通过厘清体裁概念而得到解决，后一个困难则是致命的，非等到诗体实践足够充分才有可能解决。

[①]参看王珂《新诗现代性建设要重视八大诗体》，《河南社会科学》2015 年第 10 期，第 94—106 页。

[②]笔者按：王珂作为长期致力于新旧诗体研究的当前重要的诗体研究学者，2003 年提出唐代"格律诗是汉诗的定型诗体"，2004 年提出"唐以后出现了汉诗诗体的由定型诗体向准定型诗体转化的诗体解放趋势"，在诗体的理解上都出现了同样粗浅的毛病，导致其结论并不可靠。分别参见《论格律诗是汉诗的定型诗体及唐代的诗体格局》（《烟台师范学院学报》2003 年第 3 期，第 9—16 页）、《论唐代以后古代汉诗的诗体建设》（《齐鲁学刊》2004 年第 6 期，第 77—83 页）。

[③]参看王文华《中国现代诗体总结研究》，《南方论刊》2016 年第 2 期，第 65—74 页。

[④]参看王珂《新诗诗体学的历史、现状与未来——兼论新诗诗体学的构建策略》，《河南社会科学》2012 年第 8 期，第 1—5 页。

　　换个角度说，要进行现代汉诗诗体的甄辨、分类和体系构架，必须满足以下一些条件才有可能。

　　诗体概念的澄清和约定；

　　现代汉语环境下的诗体要素辨析；

　　诗体个案的成熟建设和与出色发掘；

　　足够多的诗体个案范本出现。

　　总体上来讲，我们当然可以依据诗体的基本因素对现代汉诗诗体进行粗略的展望和预测，但真正的辨体研究却需要从各个具体诗体着手，结合大量创作尝试，探讨个别诗体的构成要素，成败得失，养成足够多的诗体范例，然后才能在更为宏观的层面展开辨析工作。如林于弘写于2012年的《台湾新诗"固定行数"的格律倾向——以〈台湾诗选〉为例》、丁旭辉写于2012年的《象形指事、图像技巧的理论接轨与图像诗体学的建立》，二文在这方面做出的良好示范一样。①这方面的研究空间非常之大，也是非常有趣而具有挑战性的。也就是说，目前新诗诗体的甄辨、分类工作，需要转入到对个别诗体的专心建设和研究上来。醉心于进行宏观上的鸟瞰式综述式研究，当然仍有需要，但恐怕于当前诗坛没有太大益处。

　　回到诗体的个案研究和建设上来——这是本书关于新诗诗体当前研究的最终结论，也算是本书对当前新诗诗体研究工作提出的一点忠告和建议。

---

　　①分别参见《河南社会科学》2012年第8期，第6—9页，第9—12页。

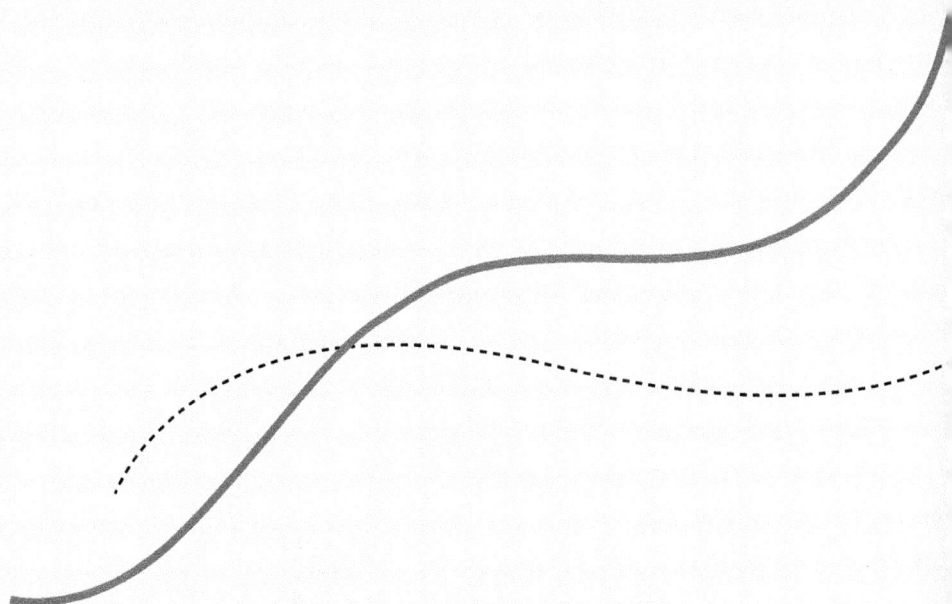

3. 论格律文化传播

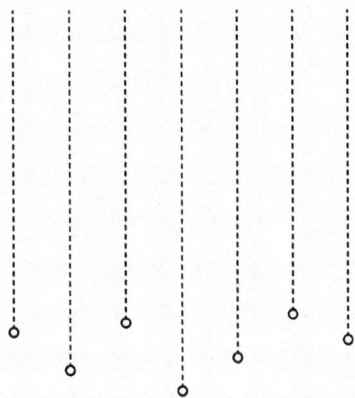

本部分从汉语格律文化传播的一般现象出发，探讨汉语格律文化的传播特征，从中抽绎出具有普遍意义的传播规律。研究的范畴包括汉语格律文化流行的传播学特征、汉语格律文化传播的音乐学特征、格律文化传播过程中的空间竞争特征、汉语格律文化传播中蕴含的唱和方式，涉及的核心主题主要有深度拟态环境、声乐配合律、隐性文化空间竞争、唱和模式等几种。

　　汉语格律文化传播是指以格律为中心，以韵文、对联为基本载体的诗、词、曲、对联、骈赋、吟唱、说唱等格律文化样式的流行和传播过程。纵观汉语格律文化的长河，优雅的诗经、壮丽的汉赋、顿挫的六朝骈文、华彩的唐诗、婉妙的宋词、传奇的元曲、深入民间的明清戏曲、对联、诗文吟诵、说唱等汉语格律文化曾屡以流行文化的面貌挺立于历史文化潮头，为深远的文化长河篆刻出最雄伟壮阔的波澜画案。所谓一代有一代之文化，流行文化的面貌为汉语格律文化增添了异彩，而汉语格律文化也以其广度、深度和独特深邃的传播性质改变了人们对于文化传播的一般感受。汉语格律在源远流长的文化传播中挺立于流行文化潮头，绝不是偶然，其中潜藏着独特深邃的传播规律。以下分别探讨。

3.1　论汉语格律文化的传播学特征

本章从传播学视角讨论汉语格律文化的流行特征，揭示隐藏在格律文化背后的一般流行文化传播规律。

汉语格律文化传播善于营造一种流行的文化态势，这种文化态势往往由一系列次级的文化态势构成，这些次级文化态势包括：传播的儒士潜网控制，传播过程中的作者意见领袖化、作品融媒化、读者粉丝化以及由此综合形成的深度拟态环境控制、传播内容的三级议程设置等，这些次级文化态势协同形成了汉语格律文化的流行特征，隐含着流行文化的一般规律，我们将这种由次级文化态势协同形成的传播优势称之为协同传播优势。协同传播优势不仅仅是汉语格律文化的传播规律，也是一般流行文化的传播规律。

3.1.1　儒士潜网控制

诗词曲对联等汉语格律文化的传播处处处于儒士潜网控制之中，就像鱼时时刻刻浸在水中一样。

所谓儒士，简单来讲就是本礼乐，习六经，尚修齐治平的读书人。所谓儒士潜网控制，就是指汉语格律文化的创造过程受儒士文化潜在制约和深度控制的规律。这种控制绝不仅仅表现为参与格律文化制造者的儒士身份塑造方面，更为深刻的是体现为儒士文化对格律文化的主题、题材、内容、风格、甚至形式体裁各个方面的深度参与与制约。

以对联与宋词为例。

每到阴历过年，村镇会写字的读书人即会上街买上笔墨，红纸，兴致盎然回到家中，写上几副对子，命家人于初一前贴在大门两边，这就是春联。当重要的园林建筑新落成之时，王公贵族等主持者即会宴请宾客，亲手或请人撰写对联，铭刻于亭台楼阁之上，以示庆贺，这就是景观对联。春联和景观对联大概是汉语对联中最为常见的两个品种，表面看上去，这两个品种似乎与儒士文化无甚大的关联。但如果深度考察这两个品种在制造过程中呈现出来的文化心理以及最终呈现出来的文化趣味，就会看出，儒士文化对对联的创作具有深度地制约作用。从春联和景观对联来看，儒士文化的潜在制约可以揭示如下：

（1）对联文本的节奏相对、平仄相对、意义相对，源于易经的协对思想；

（2）对联的张贴相对源于易经的协对思想；

（3）对联的书写方式为书法模式，与易经观物取象方式深刻关联；

（4）对联张贴居室的建筑模式体现了深度的"与物相和""与物相协"理念；

（5）春联活动的本质"和春"或曰"和时"，受儒家"和（读作动词）""天人合一"观念制约；景观对联活动的本质"和物"亦源于儒家"和（读作动词）""天人合一"观念；

（6）春联的内容"和春"受和文化制约，具备以下特征：与春相关；表现和谐乐观，不允许呈现暴力愤怒悲观伤感内容；景观对联的内容"和物"则所受儒士文化影响相对广泛，除部分时候仍受"和"文化制约，表现出山水吟咏和谐相适等内容外，很多时候则接受了儒士文化更多方面的影响，表现出咏物、咏史、言志等独特带有深刻儒士文化烙印的内容。

虽然表面上看，对联作家的创作具有较大的自由，似乎提笔而起是一件并无多少限制的事情，但是通过分析我们可以看到，春联和景观对联的写作绝无表面上看上去的那么自由。对联文本的修辞方式、书写方式、建筑方式、对联活动的性质、文本内容倾向，无不处在儒士文化的潜在制约之中。儒士文化就像一潜在的网，一只看不见的手，从各个方面控制着对联的创作，使对联创作呈现出传统社会期待看到的画面。这种潜网控制对于熟练的作者而言只是潜移默化的呈现，对于初步参与创作的作者而言，则起到了规范、训练和制约的作用。

宋词方面的儒士潜网控制则要稍微复杂一些。导致这种复杂性的原因大概有两点，一是填词不仅有文的因素，而且有乐的因素纠缠，二是词的起源有民间词和文人词（宫廷文人词）之争（近代以来以胡适为代表认为词起源于民间，近年来木斋提出反驳意见，力举词源自宫廷），讨论词的传播无法绕开这两点。但如果在这两点上意见得到统一，抛开暗晦不明的结论对讨论的影响，那么宋代作家填词受到儒士文化的影响是非常容易察觉的。不必细致考察，就可以约略列举以下一些方面：

（1）词牌的诸多节奏规律从来源和性质上讲都与儒士文化相关。词牌文字的节奏主要由三言、四六言（二二节奏）、五七九言（二二二三节奏）及其领字句构成，其节奏的创造主要源自具有高度文化修养的儒士对前代经典作家的作品节奏的模仿，这些经典作家包括了李白、白居易、刘禹锡、温庭筠、韦庄、冯延巳、南唐中主、南唐后主等人，其节奏的源泉则可以不同程度地追溯到儒士文化影响，其中四言源自诗经，五七言主要作家均为经典儒士，领字句则出自骚体；同时，词牌二言三言律节构成各言句式节奏的方式亦充满了协对与应和意味，与易经的数理思想有深刻相关。

（2）词牌的声律规律从性质上讲受制于易经的协对和乐经的应和思想，从来源上讲也与儒士文化相关。词牌文字的平仄声律规律有两个，一个是句式内部的竹竿律，来源于唐代的律诗，一个是句式之间的叠式律，是以唐代律诗"粘对律"为参照反向构成的规律，这两个规律从来源上讲都与唐律有关，唐律主要在初唐四杰和沈宋等儒士手上完成，其较远的文化渊源则是周颙沈约，则词牌的平仄声律创造都可以追溯到具有高度儒家文化修养的儒士文人身上，而远离善于创造自然声律的民间艺人；同时这两个规律所包含的同声相和、异音相对原理，从性质上讲与易经的对和思想是相通的。

（3）填词方式"以曲拍为句"源自中唐白居易等儒士的创造。

（4）词牌文字的叶韵观念直接源自《诗经》，其协的思想则可溯源于《周易》。

（5）词牌制作重教坊曲，而轻民间歌曲，受儒家乐教思想影响。

（6）早期填词宗《花间》，花间均为士大夫、宴乐所作，演唱场合和作者身份均具有严格限制，受其影响，宋代早期词牌亦均为文人儒士创作，且多为宴飨场合所作（如柳永等为下层市民所作者实少）。

（7）儒士精神控制使宋词发生由"歌者的词"向"诗人的词"的转移。

（8）豪放词继婉约词出现显示儒士文化思想控制的强烈痕迹。

（9）咏史词、怀古词、登高词、托物言志词等众多题材的出现显示出了儒士文化精神的渗透。

（10）除李清照、白玉蟾等极少作家，宋词有影响力的作家基本都是儒士身份。

（11）宋词经典作家在创作过程中主要以文学家面貌而不是以音乐家面貌出现，这与传统儒士的"诗教"和"文章经国之大业不朽之盛事"文化潜意识相关，即使是音乐家柳永、周邦彦、姜夔，其在宋词创作过程中扮演的主要角色也仍然是文学意义上的而不是音乐意义上的。

（12）宋词创作与传播借助于音乐最终又摆脱音乐，与传统儒士"诗教""文章经国之大业不朽之盛事"等文化潜意识相关。

（13）填词过程中的意象创作，与周易的观物取象思维相关。

（14）宋词创作中的铺叙观念、以诗为词观念、"曲子中缚不住"观念、经史入词观念，皆与儒士文化精神相关。

（15）词的起源实出于宫廷文人而非民间。

可以看到，儒士文化精神，对词的起源、内容生成、形式构造、文化观念的转移都产生了全方位的影响。其中，词的文人化起源、词的意象生成原则、词的诸种格律生成原则、词的意象与格律生成中的文人参与、词的题材内容的拓广（如咏史、怀古、登高、托物言志词）、词学意识的转移（从"歌者的词"向"诗人的词"）、词学风格的变迁（豪放风格出现）等，更是直接受控于儒士文化精神潜网制约。

无论是对联还是词牌，可以看出，它们在文化上的存在绝不仅仅是作为一种简单文化形式，而是深受儒士文化潜网制约，在主题、内容、形式意蕴、风格倾向、观念变迁等各方面显示出深邃儒家文化烙印的复杂文化存在。这种儒士文化潜网制约不单单发生在对联和词牌中，而且广泛存在于其他格律文化样式身上，尽管在各种格律文化样式中他的表现不尽一样。可以说，儒士潜网控制是汉语格律文化传播的一道关键枢纽。

探索和了解汉语格律文化传播中的种种儒士潜网控制，将对格律文化的理解从简单的艺术模式层面解放出来，推进到更丰富更综合性的精神层面中去，这对于我们理解汉语格律文化的过去和现状，探求格律文化面临的真实困境，寻求格律文化的可能未来，均具有极为重要的现实意义。

以春联在城市面临的发展困境为例。毫无疑问，春联在目前的乡村和城市的发展境遇很不一样，人们往往容易简单将其归结为某种单一原因造成，如城市的高楼居住环境，或者城市快节奏的生活方式等。但其实，如果深入考察春联传播的儒士潜网控制形式，就会得出很不一样的结论。参照前文关于春联传播的儒士潜网控制分析，可以很清楚的发现，当今的城市生活，实际对春联传播的儒士潜网控制机制形成了深度威胁，导致了春联传播过程中儒士潜网控制的诸方面失效，这些失效表现为：

对的思维地位的下降，伴随着语言中对的意识和技巧弱化（节奏相对、平仄相对、意义相对），对联张贴方式亦失去合理性；

观物取象意象思维的削弱，伴随着对联意象生成的困难；

观物取象模式重要性下降，间接削弱了以象征为特点的对联书法；

"和"文化失位，伴随着春联"和春"意识的无所依托；

"和"文化失位，伴随着春联"和物"建筑艺术失去思想支持；

温柔敦厚和谐求乐原则受排挤，使春联情绪基调混乱；

天人合一的田园院落被变化多端而略显无序的城市高楼代替，造成了对联的建筑环境困境；

这些失效并不单单表现在某个方面，而是多层面、深度化的。所谓多方面，即儒士潜网控制在文字意象、文字格律、书法生成、建筑表现等多个方面同时面临困境；所谓深度化，就是指文化潜网控制失效要追溯到文化思维最深层次的失效，如易象思维、和思维、协对思维的失效。显然，探索春联文化面临的多层面、深度化的儒士潜网控制失效，才有可能理解春联文化面临的在真正困境，才有可能从思维、技巧多个方面对症下药，寻求解决办法。

3.1.2　作者即意见领袖[①]

报纸电视等大众媒体出现之后，研究者发现了大众传媒的两级效果规律，即大众媒介往往通过意见领袖影响社会公众，信息从大众媒介到影响公众决策往往经历了两级传播。首先由大众媒介传播到社会公众，促使公众产生认知意识，其次经意见领袖再次传播到社会公众，对社会公众产生说服效果，推动公众进行确认和使用等信息决策。大众传播的两级效果规律具有普遍性，虽然它源自对大众传播媒体效果的研究，

[①] 本节曾节选以《作者即意见领袖——柳永和苏轼代表的宋词传播模式》为题发表于《海南热带海洋学院学报》2019年第4期，第76—80页。

但对于一般意义上的信息传播也同样具有参考价值。两级效果的普遍存在使人们充分认识到意见领袖在良好传播中的价值和地位，有效推动了人们对信息传播的引导、监管和把控。

两级效果理论提出的最重要概念就是意见领袖，不过，在对非大众媒介的一般文化特别是传统的流行文化进行传播研究的时候，我们发现了一个非常有趣的现象，即作者即意见领袖现象。所谓作者即意见领袖，即对社会传播有清晰认知的作者，对自己的创作抱有较高社会期待，而通过语言、行为、活动等各种途径，亲身参与自身作品传播过程的现象。作者即意见领袖发生的前提有三个：一是作者亲身参与创作；二是作者对自己作品有传播期待；三是作者有意见领袖意识且有相应才能。作者即意见领袖这个现象在中国传统文化传播与流行过程中尤为普遍、典型、重要。兹以格律文化的流行为例说明之。

如宋词的流行与传播。当宋词流行传播之际，几乎所有作家都有充当自己作品意见领袖的案例。如张子野之自称三影[1]，姜白石之自比黍离。而其中最经典、效果最显著者，当首推柳永与苏轼。

在中国古代所有关于文化传播的神话中，恐怕再也没有比"凡有井水处皆能歌柳词"更为神奇动人的案例了。柳词的流行即可认为是意见领袖推动文化传播最好的注脚。从文本角度看，柳词惊人的词牌制作技巧，如大量新制词调、大量慢词创作，动人的题材提炼能力，如切近时代的都市词、切近民众的市民词、切近女性的女性词、切近游子思妇的羁旅行役词，娴熟的修辞技巧，如铺叙手法使用、线性结构利用，以及雅俗共赏的审美趣味，自然为其流行传播打下了坚实基础；但从文本的特殊性、丰富性、艺术性来看，柳词未必就远超同时代欧词，更不用说其后的苏词、辛词。柳词能在当时走上流行文化巅峰，获得远超时辈的传播声誉，与柳永自为意见领袖，巧妙推销自己作品分不开。充当自己作品意见领袖而推销自己的努力，在柳词传播过程中起到了关键推手作用。

柳永对自己词作的传播是带有主动性和文化自觉的，清人宋翔凤《乐府余论》云：

> 词自南唐以后，但有小令，其慢词盖起宋仁宗朝。中原息兵，汴京繁庶，歌台舞席，竞赌新声。耆卿失意无聊，流连坊曲，遂尽收俚俗语言，编入词中，以便伎人传习。一时动听，散播四方，其后东坡、少游、山谷辈相继有作，慢词遂盛。[2]

所谓"尽收俚俗语言，编入词中，以便伎人传习"，这即是柳永传播的主动努力。除

---

[1]《古今诗话》云："有客谓子野曰：'人皆谓公张三中，即心中事、眼中泪、意中人。'公曰：'何不目之为张三影？'客不晓，公曰：'云破月来花弄影；娇柔懒起，帘压卷花影；柳径无人，堕风絮无影；此余平生所得意也。'"（《苕溪渔隐丛话》卷三）。见张璋，等编纂：《历代词话》，郑州：大象出版社，2002年，第90页。

[2]张璋、职承让、张骅等：《历代词话》，郑州：大象出版社，2002年，第1482页。

了编词传习、散播四方等社会活动外，柳永的主动出击更多反映在隐藏于自己词作中，利用词作发表意见，巧妙完成意见领袖的任务。

柳永善于在作品中作巧妙描写，侧面推高词人身份和词作价值，如《玉蝴蝶》借描述歌妓向自己求词的景象，向女性群体巧妙推销自己作品的价值：

> 珊瑚筵上，亲持犀管，旋叠香笺。要索新词，嫔人含笑尊前。

这种推销有时候掩饰得如此巧妙，而不易使人觉察出作者的主观意图，如《定风波》下片的描写：

> 早知恁么。悔当初、不把雕鞍锁。向鸡窗、只与蛮笺象管，拘束教吟课。镇相随，莫抛躲。针线闲拈伴伊坐。和我。免使年少，光阴虚过。

人们在接纳"针线闲拈伴伊坐"这个为情所困的下层女主人公形象时，自然也在潜意识中认同了诗歌背后隐含的那个能使用"蛮笺象管，拘束教吟课"的"伊"。虽然在阅读时读者往往不会深究"针线闲拈伴伊坐"隐含的宣言意味，但敏感的读者仍然会有不同程度的体察。事实上，晏殊的批评是有道理的，宋张舜民《画墁录》卷一载：

> 柳三变既以词忤仁庙，吏部不放改官，三变不能堪，诣政府。晏公曰："贤俊作曲子么？"三变曰："只如相公亦作曲子。"公曰："殊虽作曲子，不曾道：彩线慵拈伴伊坐。"柳遂退。[1]

"针线闲拈伴伊坐"中暗含的柳永对自己作为词人得意洋洋的推销，作为同时代人的晏殊自然一眼就能看出，因为晏殊自己也不免于此类推销。晏殊所不满的是，柳永将其词作的推销对象选定为一群身份卑微的妓女和普通市民，这也太有悖于一般士大夫的精英身份了。

但是，不能不说柳永的传播策略是成功的，作为意见领袖的努力很快获得了回报，柳永很快便获得了一般市民特别是女性市民的认同，在流行领域赢得了自己崇高的声望。宋罗烨《醉翁谈录》丙集卷二说柳永：

> 居京华，暇日遍游妓馆，所至，妓者爱其词名。能移宫换羽，一经品题，声价十倍。妓者多以金物赠之。[2]

俨然一派意见领袖的形象。宋叶梦得《避暑录话》卷下亦记载：

> 为举子时，多游狭邪，善为歌辞。教坊乐工每得新腔，必求永为辞，始行于世。于是声传一时。[3]

---

①薛瑞生：《乐章集校注》，北京：中华书局，2012年，第55页。
②罗烨：《醉翁谈录》，上海：古典文学出版社，1957年，第31页。
③孙克强：《唐宋人词话》，郑州：河南文艺出版社，1999年，第121页。

柳永已经通过其不懈的努力让其词名大行于天下，在作词领域成功拔得头筹。

柳永对于推销自己的作品，具有非凡的敏感和自觉，具备一个意见领袖所应具备的一切素养。赵万里辑杨湜《古今词话》录：

> 柳耆卿与孙相何为布衣交，孙知杭州，门禁甚严，耆卿欲见之不得，作《望海潮》词，往调名妓楚楚曰："欲见孙相，恨无门路。若因府会，愿借朱唇，歌于孙之前。若问谁为此词，但说柳七。"中秋夜会，楚宛转歌之，孙即日迎耆卿预坐。词曰：
> 东南形胜，三吴都会，钱塘自古繁华。烟柳画桥，风帘翠幕，参差十万人家。云树绕堤沙，怒涛卷霜雪，天堑无涯。市列珠玑，户盈罗绮，竞豪奢。重湖叠巘清嘉，有三秋桂子，十里荷花。羌管弄晴，菱歌泛夜，嬉嬉钓叟莲娃。千骑拥高牙。乘醉听箫鼓，吟赏烟霞。异日图将好景，归去凤池夸。（《岁时广记》三十一引《古今词话》。《绿窗新话》下引《古今词话》。）[1]

这是向知州主动推荐自己作品的例子。前文宋张舜民《画墁录》卷一所载：

> 柳三变既以词忤仁庙，吏部不放改官，三变不能堪，诣政府。晏公曰："贤俊作曲子么？"三变曰："只如相公亦作曲子。"

这是向朝丞主动推荐自己词人身份在例子。胡仔《苕溪渔隐词话》录：

> 《艺苑雌黄》云："……皇祐中，老人星现，永应制撰词，意望厚恩。无何，始用渐字，终篇有'太液波翻'之语。其间'宸游凤辇何处'与仁庙挽词暗合，遂致忤旨。士大夫惜之……"[2]

这是向当朝皇帝主动推荐自己作品的例子。虽然由于各种原因，柳永面向士大夫们和掌权者们的推销并不总能如他所想的顺利，如上述面对当朝皇帝和大臣晏殊的推荐就显然遇上了大麻烦，但是，即使是在这些富有争议的传播事件中，由于其独特的反向传播效应（即炒作效应），柳词从中获得的好处仍然是远远大于其不利影响的。

柳永终其一生都在为其作品的流行付出努力，这种努力兑现了其早期进士考试落榜后所写的《鹤冲天》对自己作为词人的承诺：

> 黄金榜上，偶失龙头望。明代暂遗贤，如何向。未遂风云便，争不恣狂荡。何须论得丧。才子词人，自是白衣卿相。　烟花巷陌，依约丹青屏障。幸有意中人，堪寻访。且恁偎红翠，风流事、平生畅。青春都一饷。忍把浮名，换了浅斟低唱。

---

[1]张璋：《历代词话》，郑州：大象出版社，2002年，第20页。
[2]张璋：《历代词话》，郑州：大象出版社，2002年，第80页。

在其他词人还在为是否应放下士大夫身份为自己作品呐喊，还在"才子词人"与"王
侯卿相"两种身份中摇摆观望的时候，柳永早就站了出来，摇身一变而成为自己作品
的意见领袖，通过其词作向文化界发出了最强的宣言：才子词人，自是白衣卿相——
这是宋代词人所能发出的最强文化宣言，也是宋词作为文化向当时主流意识发出的最
强挑战。终宋一代，再也没有比这更决绝更强硬的文化姿态了。即使这一姿态受到了
来自官僚意识的最强烈的反击——

> 仁宗留意儒雅，务本理道，深斥浮艳虚薄之文。初，进士柳三变，好为淫冶
> 讴歌之曲，传播四方。尝有《鹤冲天》词云："忍把浮名，换了浅斟低唱。"及临轩
> 发榜，特落之，曰："且去浅斟低唱，何要浮名？"（吴曾《能改斋词话》）①

柳永生前为此曾在很长一段时间之中被主流权力所放逐，但是，从后世宋词文化爱好
者喋喋不休的传诵中，从当时柳永为一种尚未获得普遍尊重的"小道"文化而赢得与
当朝文化掌权者的遥相对话中，谁又能说柳永是失败了呢？

　　如果说柳永自为意见领袖，在主观上还带有一丝隐蔽性的话，那么，宋词的另一
位创作大家，当时的文坛领袖苏轼，其意见领袖姿态就毫不遮掩了。

　　苏轼利用文坛领袖地位团结同道，整合文坛力量，当时即传为佳话，苏门四学
士、苏门六君子，即为其例，其中大半皆与词学有关。所谓苏门四学士，即黄庭坚、
秦观、晁补之、张耒四人，最先将他们的名字并提和加以宣传的就是苏轼本人。他在
《答李昭玘书》中说：

> 如黄庭坚鲁直、晁补之无咎、秦观太虚、张耒文潜之流，皆世未之知，而轼
> 独先知之。②

四人皆是当时著名文学家，其同有的身份还都是当时著名词人，且晁补之、张耒对词
学还别有见解，苏门六学士也即在上述四人的基础上再加入了善诗的李师道和善古文
的李廌。后来秦观成长为婉约之宗，黄庭坚以诗坛领袖身份坚持雅俗词创作，晁补
之、张耒亦独储词见，为词坛增色，可以说是与苏轼的远见提携分不开。

　　苏轼不仅利用自己的社会威望团结同道，而且常常化身意见领袖直接站出来谕扬
己作、评价词坛、引领词学风尚。其一便是其对"歌者的词"的批评和对"诗人的
词"的引导。

　　为引起公众注意，苏轼常将"歌者的词"代表，前辈名公柳永，以及具有"歌者
的词"倾向，自己的学生秦观，视为词学对手和批评对象。主动将柳永和秦观树立为
自己的对手，"有意和柳永比试高下"③，这是苏轼作为意见领袖非常巧妙的一笔，以

①张璋：《历代词话》，郑州：大象出版社，2002年，第54页。
②苏轼：《苏轼文集》，北京：中华书局，1986年，第1439页。
③尚学锋、过常宝、郭英德：《中国古典文学接受史》，济南：山东教育出版社，2005年，第304页。

下两则记载透露了苏轼作为词坛领袖的这种巧妙作为：

> 东坡在玉堂，有幕士善讴，因问：我词比柳词如何？对曰：柳郎中词只好十七八女孩儿，执红牙拍板，唱"杨柳岸晓风残月"；学士词须关西大汉，执铁板唱"大江东去"。公为之绝倒。（宋俞文豹《吹剑续录》，《说郛》卷二十四引）①
>
> 王直方《诗话》云："东坡尝以所作小词示无咎、文潜曰：'何如少游？'二人皆对云：'少游诗似小词，先生小词似诗'……"（《苕溪渔隐词话》卷三）②

可以想见，在苏轼这种主动"挑战"面前，时人当然会注意到苏轼创作态度的区别，意识到苏词不同于此前一切传统词作的独特思想倾向。

当然，在必要的时候，苏轼也绝不介意直接站出来发表意见。黄升《花庵词选》记载苏轼批评秦观、柳永：

> 秦少游自会稽入京见东坡，坡云：久别当作文甚胜，都下甚唱公"山抹微云词"。秦逊谢。坡遽云：不意别后公却学柳七作词。秦答曰：某虽无识，亦不至是。先生之言，无乃过乎？坡云："销魂当此际"，非柳词句法乎？秦惭服。既已流传不复可改矣。又问别做何词，秦举"小楼连苑横空，下窥绣毂雕鞍骤"，坡云：十三个字只说得一个人骑马楼前过。秦问先生近著。坡云：亦有一词说楼上事，乃举"燕子楼空，佳人何在？空锁楼中燕。"晁无咎在座，云：三句说尽张建封燕子楼一段事，奇哉！③

叶梦得《避暑录话》卷下载苏轼批评秦观、柳永：

> 苏子瞻于四学士中最善少游，故他文未尝不极口称善，岂特乐府，然犹以气格为病。故尝戏云："山抹微云秦学士，露花倒影柳屯田。"④

苏轼文集中有《跋黔安居士渔父词》批评黄庭坚《浣溪沙》词：

> 鲁直作此词，清新婉丽。问其得意处，自言水光山色，替却玉肌花貌。此乃真得渔父家风也。然才出新妇矶，又入女儿浦，此渔父无乃太澜浪乎？⑤

这是正面站出来，在公众场合发表自己对于词坛"歌者的词"创作倾向的批评意见。考虑到秦观、黄庭坚在当时词坛的地位以及苏轼学生的身份，苏轼在这里可谓是毫不留情，真正担当起了一个意见领袖所应担负的责任。

当然，苏轼作为意见领袖，也不完全是只发表批评意见，他对于符合"诗人的词"

---

① 孙克强：《唐宋人词话》，郑州：河南文艺出版社，1999年，第245页。
② 张璋：《历代词话》，郑州：大象出版社，2002年，第91页。
③ 张璋：《历代词话》，郑州：大象出版社，2002年，第154页。
④ 孙克强：《唐宋人词话》，郑州：河南文艺出版社，1999年，第301页。
⑤ 孙克强：《唐宋人词话》，郑州：河南文艺出版社，1999年，第280页。

创作规范的词作，绝不吝啬自己的表扬，即使这种作品出自自己树立的竞争对手柳永和秦观。甚至出自自己的政治对手，苏轼也能表现出恢弘的气量。如对于柳永的羁旅名作《八声甘州》中的写景名句"渐霜风凄紧，关河冷落，参照当楼"，苏轼赞其为：

> 此语不减唐人高处。①

在看到政治上与自己水火不容的王安石的咏史名作《桂枝香·金陵怀古》之后，苏轼情不自禁地发出赞叹：

> 此老乃野狐狸精也。②

对于自己常常批评的学生秦观的婉约名句"郴江幸自绕郴山，为谁流下潇湘去"，苏轼亦以独特的姿态发表了意见：

> 《冷斋夜话》云："少游到郴州，作长短句云：'雾失楼台……'东坡爱其尾两句，自书于扇曰：'少游已矣，虽万人何赎。'"（《苕溪渔隐词话》卷三）③

对于词坛后辈的力作，苏轼也能给予褒奖，《能改斋词话》曾记载了苏轼的一则批评：

> 乐府有《明月逐人来》词，李太师撰谱，李持正制词云："星河明淡，春来深浅。红莲正、满城开遍。禁街行乐，暗尘香拂面。皓月随人近远。　　天半鳌山，光动凤楼两观。东风静、珠帘不卷。玉辇待归，云外闻弦管。认得宫花影转。"东坡云："好个皓月随人近远。"（吴曾《能改斋词话》）④

这种言溢于表的激赏和高度评价常见于各种记载，显示出了苏轼作为意见领袖的从容和睿智。

正是这种作为意见领袖的宽广胸怀，使得苏轼的"诗人的词"词学意见极具有包容性，在当时即获得了高度重视和积极反馈。陈师道在《后山诗话》中的著名批评"子瞻以诗为词"，晁补之对苏轼的著名支持"苏东坡词，人谓多不谐音律。然居士词横放杰出，自是曲子中缚不住者"，就是其中最典型的例子。这些反馈意见或褒或贬，与苏轼的意见一起，支撑起了词学舆论空间，共同建筑起了北宋中后期词坛的公共舆论场，引导着词学向着苏轼所期待的方向"诗人的词"迈进。

除了"诗人的词"的倡导外，对"豪放词"的推销也是苏轼对词坛做出的重要贡献。在苏轼之前，实际上范仲淹、王安石等人已有一些豪放之作，但是他们对自己作

---

①东坡云："世言柳耆卿曲俗，非也。如《八声甘州》云'霜风凄紧，关河冷落，残照当楼'。此语于诗句，不减唐人高处。"（赵令畤《侯鲭录》）

②"金陵怀古，诸公寄词于《桂枝香》，凡三十余首，独介甫最为绝唱。东坡见之，不觉叹息曰'此老乃野狐精也'。"（上三句据《草堂》补）见杨湜撰赵万里辑《古今词话》，张璋等编纂《历代词话》，大象出版社，2002年，第17页。

③张璋：《历代词话》，郑州：大象出版社，2002年，第92页。

④张璋：《历代词话》，郑州：大象出版社，2002年，第53页。

品的性质都没有明确界定。而苏轼一方面身体力行大量创作豪放作品，其作品集中有近十分之一为豪放之作；另一方面，更为重要的是，为提醒读者的注意，苏轼有意识通过书信、词序等方式公开表达自己对豪放词作的态度。他在《与鲜于子骏书》中表扬自己独树一帜的豪放风格得意之作《江城子·密州出猎》：

> 近却颇作小词，虽无柳七郎风味，亦自是一家。呵呵！数日前猎于郊外，所获颇多，作得一阕，令东州壮士抵掌顿足而歌之，吹笛击鼓以为节，颇壮观也。写呈取笑。①

在《答陈季常书》中表扬豪放之作的无上价值及自己对豪放之作的珍爱之情：

> 又惠新词，句句警拔，诗人之雄，非小词也。但豪放太过，恐造物者不容人如此快活。②

虽然言语不多，但着力却不小，对当时柔弱软媚的词风可以说是有醍醐灌顶的作用。自苏轼后，李纲、陈与义、叶梦得、朱敦儒、张元幹、张孝祥、辛弃疾、陆游、陈亮、刘过，豪放词人辈出，形成了与婉约词风相抗衡，占据词坛半壁江山的局面。诚如后人所评：

> 词曲者，古乐府之造也……文章豪放之士，鲜不寄意于此者……及眉山苏轼，一洗绮罗香泽之态，摆脱绸缪婉转之度，使人登高望远，举首高歌，而逸怀浩气，超然乎尘垢之外，于是《花间》为皂隶，而柳氏为舆台矣！③

> 东坡先生以文章余事作诗，溢而作词曲，高处出神入天，平处尚临镜笑春，不顾侪辈……东坡先生非醉心于音律者，偶尔作歌，指出向上一路，新天下耳目。④

豪放词风的兴起，苏轼作为意见领袖的自觉提倡与鼓吹起到了关键作用。

苏轼对于自己的文坛领袖地位是毫不避忌的，他在《祭欧阳文忠公文》中说：

> 呜呼！轼自龆龀，以学为嬉，童子何知，谓公我师，尽诵其文。夜梦见之，十有五年，乃克见公。公为抚掌，欢笑改容："此我辈人，余子莫群，我老将休，付子斯文。"再拜稽首，过矣公言，虽知其过，不敢不勉。⑤

这是坦诚承认自己继承欧阳修担任文坛领袖一职。对文坛领袖之位尚且如此，对词坛意见领袖之位，苏轼更不推辞。苏轼利用其文坛领袖地位组织整合词坛力量，不遗余

---

①苏轼：《苏轼文集》，北京：中华书局，1986年，第1559页。

②苏轼：《苏轼文集》，北京：中华书局，1986年，第1569页。

③孙克强：《唐宋人词话》，郑州：河南文艺出版社，1999年，第242页。

④孙克强：《唐宋人词话》，郑州：河南文艺出版社，1999年，第243页。

⑤苏轼：《苏轼文集》，北京：中华书局，1986年，第1956页。

力地为自己的词作和词学主张摇旗呐喊，成功地将词学由"歌者的词"导向"诗人的词"，扭转了词学的方向，并开创了词坛一代"豪放"之风。可以说，苏轼尽到了一名意见领袖应尽的所有责任。

柳永和苏轼以意见领袖参与作品传播，为宋词传播创造了不朽的神话。这种作者即意见领袖的传播方式，广泛存在于汉语格律文化乃至传统文化之中，而与当今大众文化的二级传播效果有异曲同工之妙。在今日作者与意见领袖日益分化的时代，回头关注一下发生在过去的作者即意见领袖的事实，无论对传统文化还是对当今文化，无疑都是大有裨益的。

3.1.3　融媒传播优势

格律文化在传播过程中，常常具有融媒传播优势。所谓融媒传播优势，就是指融合性媒介远胜于单媒介传播效果的优势。这里的融合性媒介，是指文化形式的信息媒介最终形成了文字、图片、动画、声音、舞蹈等媒介的多种有机融合，从宏观上则表现为文学、音乐、绘画、雕塑、建筑、舞蹈、表演等文艺形式的多样性交融。在所有类型格律文化中，词文化和对联文化是最典型的融媒文化，其传播最足以说明融媒传播优势。

3.1.3.1　融媒文化的典型举例：词牌文化及对联文化

词牌是音乐样式还是文学样式？相信在这个问题上每人都有自己的看法。然而在这个问题上彼此是否能够达成共识，却是疑问。原因无他，词牌是融媒。

词学中最著名的文献大概要数《花间集》，欧阳炯在《花间集序》描写时词：

> 是以唱《云谣》则金母词清，挹霞醴则穆王心醉。名高《白雪》，声声而自合鸾歌；响遏行云，字字而偏谐凤律。《杨柳》《大堤》之句，乐府相传；《芙蓉》《曲渚》之篇，豪家自制。莫不争高门下，三千玳瑁之簪；竞富尊前，数十珊瑚之树。则有绮筵公子，绣幌佳人，递叶叶之花笺，文抽丽锦；举纤纤之玉指，拍按香檀。不无清绝之词，用助妖娆之态。自南朝之宫体，扇北里之倡风。何止言之不文，所谓秀而不实。有唐以降，率土之滨。家家之香径春风，宁寻越艳；处处之红楼夜月，自锁嫦娥……昔郢人有歌《阳春》者，号为绝唱。乃命之为《花间集》。庶使西园英哲，用资羽盖之欢；南国婵娟，休唱莲舟之引。[①]

这是对于词的音乐属性的记载。杨绘撰赵万里辑录《时贤本事曲子词》，其中记载南唐中主李璟与其词臣冯延巳关于词的鉴赏的对话：

> 南唐李国主尝责其臣曰："吹皱一池春水，干卿何事?"盖赵公所撰《谒金门》辞

---

①张璋：《历代词话》，郑州：大象出版社，2002年，第3页。

有此一句，最警策。其臣即对曰："未如陛下'小楼吹彻玉笙寒'。"①

这是对于词的文学属性的记载。两种记载一主音乐，一主文学，各有侧重，可以说各道出了部分事实。

然而到底孰是词牌的本质？对于这个问题，当时的创作虽并无疑问，然而理论界却莫衷一是。不仅仅当时，后来关于这个问题的争吵，还延及曲牌，可以说成了理论界的一大心病。略举历史上关于词文化的音乐性和文学性的几次重要争论：①宋代关于苏轼词"不守音律"的争论。前后参与的重要作家包括晁补之、李清照。②明代关于《牡丹亭》"拗折天下人嗓子"的争论。形成了吴江派和临川派对峙。③胡适关于"歌者的词""诗人的词"的讨论，隐含着诗、歌之争观念。

这些争论其双方虽然都地位尊贵，但实际上没有任何一方能够说服另一方（胡适关于诗人的词和歌者的词的分期貌似受到近代的推崇，但二者隐含的价值比较却未必就符合历史事实，更不用说对错评判了）。争论确实不同程度将人们对于词牌文学属性和音乐属性的关注推向了高潮，甚至将人们对于词文化的两种属性的研究也推向了深处，但是，从总体上来看，却没有给理论界带来真正的融合和升华。

原因无他，因为他们都忽视掉了词牌文化的双重属性特质：音乐艺术形式与文学艺术形式完美交融形成的融媒。

类似情况也发生在对联身上。对联的传播虽然在传统中国已经达到了家喻户晓，无与伦比的地步，但是对联的性质却没有得到更好的阐述和研究。一副对联至少包含三方面内容：对子、书写、张贴，三方面内容对应着三种艺术属性：文学、书法、建筑装饰。对联绝不仅是一副具有文学意味的对子，书法是对联必须展现的一个部分，除此之外，张贴艺术也是对联的应有之义，也就是说，对联至少是由文学、书法、建筑装饰三种艺术交融形成的融合性媒介。

对联和词牌是融媒，将对联和词牌看成是单纯的文学样式，这是我们传统上学术上的常见误解，甚至可以说是学术界犯的一个严重错误。

3.1.3.2　融媒特征分析

融媒形式至少具有以下三个特征：一是深度基因融合；二是有序文化结构；三是隐含分级召唤功能。理解一种融媒或融媒形式，可以从这三个方面入手。下面分别论述之。

（1）深度基因融合

1）文化基因

为了分析媒介的融合情形，笔者提出了文化基因概念。所谓文化基因，就是一种文化样式的本质构成要素。如对诗而言，我们可以将诗的本质构成要素分解为意义上的和声音上的，分别以意象系统、格律作为代表，那么，就可以说，意象和格律（包

---

①张璋：《历代词话》，郑州：大象出版社，2002年，第4页。

括节律、声律、韵律）就构成了诗的文化基因。利用文化基因概念来分析词牌文化和对联，可以分别得到关于二者文化基因的详细信息。就词牌文化而言，我们可以将其文化基因列举为：

文学的意象；

文字的节律；

文字的声律；

文字的韵律；

曲调的节奏；

曲调的旋律。

就对联而言，可以将对联的文化基因确立为：

对子的节律；

对子的声律；

对子的意象表达系统；

书法的点划用笔；

书法的结构；

书法的布局；

书法的象意系统

建筑装饰艺术。

对于任何一种文艺形式或文化形式，我们都可以做这种基因追溯，尽可能找到有利于我们进行理论概括的文化元子，即使这种分析面临着多种阐释的可能和某种危险。

2）深度基因融合

有了文化基因的概念，我们就可以深入阐述融媒的本质特征。融媒并不是指文艺形式的简单融合，而是指不同文艺形式经过文化基因的深度融合而形成新文化样式的过程。

以词牌文化而言，在词牌文化中，音乐形式与文学形式并非简单的交叉，而是在文化基因层面进行了以下几个方面的深度的融合：

文学的节奏与音乐的节奏通过"以曲拍为句""重章叠唱"进行深度勾连；

文字的声律走向与音乐的旋律走向保持一定程度相关，至少不违背，至多则可达到大体一致；

文字的押韵与音乐的乐句顿住基本一致；

文字的声情与音乐的声情保持一定程度相关甚至吻合。

显然，在这样的融合之后，词牌的文学的意象声音与音乐的意象声音达到了完美契合，使词牌具有了前代歌词截然不同的性质。我们说词起源于隋唐初、确立于中唐白居易刘禹锡、成书于晚唐五代词人手中，即是指这种深度基因融合过程起源、确立、成熟于这些时代。

了解词牌内部所发生的深度基因融合，不仅对于理解融媒的特点，而且对于理解词牌的性质、词的起源、词与唐律的关系、词与音乐的关系等众多发生在词学领域纠缠不休的重大问题都极有裨益。

同样，我们也可以分析出发生在对联中的深度基因融合：

文字上的"对"与书法对称书写融合；

文学上的"对"与建筑艺术的对称张贴方式融合；

书法的对称布局与对联的建筑布局完美结合；

文学的"象"系统与书法的"象"系统、装饰艺术的象系统深度契合。

在对联的深度基因融合中，我们发现了两种中国文化最基元的因子："对"基因和"象"基因，借助于文学、书法和建筑艺术，在对联中达到了深层的契和和完美的相容。这一发现使我们对于对联的文化意味具有了更深远的思考。

发生在对联和词牌文化身上的深度文化基因融合可以帮助我们理解融媒的最基本特征：融媒是不同文艺形式通过深度文化基因融合形成的新型艺术样式。文化基因深度交融是融媒的本质所在。

3）融媒机制

在词牌和对联艺术中，文化基因出现了深度融合，显示出了几种艺术之间非常具有规律性的融合机制，我们将这种艺术形式之间深度融合的机制称之为融媒机制。

对于词牌而言，其融媒机制可以进一步概括为：

节奏上的"以曲拍为句，以曲句为韵，重章叠唱"；

旋律上的"声乐配合律"；

意象与音乐形象上的深度勾连。

对于对联而言，其融媒机制可以概括为：

文学、书法、建筑装饰艺术的"对"基因深度契合；

文学、书法、建筑装饰艺术的"象"基因深度契合。

融媒机制是融媒文化基因深度融合的方式，是不同文化媒介之间深度交融而非浅度相关的关键。作为融媒的关键存在，融媒机制可以看成是融媒的生成标志，创造融媒机制即创造融媒，是艺术家喜欢的任务。

(2) 有序文化结构

在一种融媒中，各种媒介文化的完美交融最终呈现出来一副有机结构，这种有机结构不同于一般的文化结构，不仅表现出来文化的多元性，而且表现出来多元文化之间的有序性，我们将之称之为融媒的有序义化结构。多元性和有序性是融媒有序结构的两个文化特征。

以词牌为例。词牌作为一种融媒，其最终形成了一种有序文化结构。这种有序文化结构可作两个层面的理解：首先，词牌是文学、音乐艺术的多元混合，在其中，文学诸要素和音乐诸要素形成了多元局面，这是比较容易理解的层面；其次，在词牌中，虽然存在多元文化要素，但各要素并非不分轻重不分先后，其中，文占据主导地位，音乐则占据次要地位，其混合交融表现出有序性，相较而言这是比较难于理解的一个层面。对于词牌而言，这种有序性可以从以下几个方面看待：一是文重于乐；二是形成时文先于乐；三是衰落时文后于乐。

1）文重于乐

从词牌中包含两种艺术属性的地位看，文学始终是最根本的因素，占据上风地位，即"文重于乐"。文学因素，包括文字的格律和意象，可以说是词牌的根本。唐宋词人词牌中所呈现出来的文学要素的丰富程度和深度，包括文学的主题、题材、体裁、意象系统、节奏系统、声律系统、风格变化等，远甚于其音乐属性的丰富性和达到的深度。这种文学属性主导还可以从很多方面看出来。如在词牌的文学要素——格律特别是声律规律和节律规律尚未完全呈现之前，从诗三百到六朝，即有歌辞存在，但却不能产生词牌；当词牌的文学要素平仄律（以沈宋创造律诗为界）和节奏规律（以王唯六言诗为界）完全呈现之后，词坛上即开始出现了李白、张志和、白居易、刘禹锡、韦应物、温庭筠、韦庄等成熟词人及其词牌作品。如词牌的文学要素意象系统的成熟也是在盛唐之际，同时或稍后才产生了成熟的李白词。再如词牌的创作者首先身份是文学家，其次才是音乐家，从某个角度看，词牌的很多创造者实际上只是音乐的业余爱好者，尚不能达到音乐家层次，但这不妨碍他们的词牌填制和创作，相反，音乐家如果没有精深的文学功夫，甚至完全不能参与到词牌艺术中来。另外，从词的接受来看，音乐确是取到了推波助澜的巨大作用，但词文化的接受，从根本上来讲是词的文学艺术性的不断展现和创新带来的接受潮流，所以无论苏轼、辛弃疾，还是周邦彦、姜夔，他们之所以被时人接受，其词作得到时人传诵，其"诵阅"的成分远远要大于"传唱"成分，"唱"的成分实际上并不如看上去的那么大，而这些人本身也主要是作为文人而不是作为音乐家被人记住。总之，从各个方面看，我们都可以说，在词牌的文化结构中，文学属性在前，音乐属性在后。

2）形成时文先于乐

唐元稹在《乐府古题序》中讨论乐府古题今题流变中说：

> 诗讫于周，离骚讫于楚，是后诗之流为二十四名，赋、颂、铭、赞、文、诔、箴、诗、行、咏、吟、题、怨、叹、章、篇、操、引、谣、讴、歌、曲、词、调，皆诗人六义之余。而作者之旨，由操而下八名，皆起于郊祭、军宾、吉凶、苦乐之际。在音声者，因声以度词，审调以节唱，句度短长之数，声韵平上之差，莫不由之准度。而又别其在琴瑟者为操引，采民氓者为讴谣，备曲度者，总得谓之歌曲词调，皆斯由乐以定词，非选调以配乐也。由诗而下九名，皆属事而作，虽题号不同，而悉谓之为诗可也。后之审乐者，往往采取其词，度为歌曲，盖选词以配乐，非由乐以定词也。而纂撰者，由诗而下十七名，尽编为乐录、乐府等题，除铙吹、横吹、郊祀、清商等词在乐志者，其余木兰、仲卿、四愁、七哀之辈，亦未必尽播于管弦明矣。后之文人，达乐者少，不复如是配别，但遇兴纪题，往往兼以句读短长，为歌诗之异。刘补阙之乐府，肇于汉魏。按仲

尼学文王操，伯牙作流波、水仙等操，齐犊沐作雉朝飞，卫女作思归引，则不于汉魏而后始，亦以明矣。况自风雅至于乐流，莫非讽兴当时之事，以贻后代之人，沿袭古题，唱和重复，于文或有短长，于义咸为赘剩，尚不如寓意古题，刺美见事，犹有诗人引古以讽之义焉。曹、刘、沈、鲍之徒时得如此，亦复稀少。近代唯诗人杜甫《悲陈陶》《哀江头》《兵车》《丽人》等，凡所歌行，率皆即事名篇，无复倚傍。①

其中所提及的诗很多，其中除却杜甫即事名篇诸作与歌词无关外，其他所提无论是"因声以度词"还是"选词以配乐"，只要与乐相关的，都可称得上是歌词，则可看见唐以前的歌辞即已非常广泛，诗经、汉乐府皆不负歌词之称。然而谈到"词"作为文学的发生的时候，古今却不约而同的将李白词指称为百代词家之祖：

有唐以降，率土之滨。家家之香径春风，宁寻越艳；处处之红楼夜月，自锁嫦娥。在明皇朝，则有李太白应制《清平乐》词四首，近代温飞卿复有《金荃集》……（唐·欧阳炯《花间集序》）②

李太白首倡导《忆秦娥》凄婉流丽，颇臻其妙，为千载词家之祖。（明·顾起纶《花庵词选跋》，《词苑英华》引录）③

芟《花间集》者，额以温飞卿《菩萨蛮》十四首，而李翰林一首为词家鼻祖，以生不同时，不得列入……（明·汤显祖《汤评花间集》卷一）④

原夫词者诗之余，曲者词之余也。自太白《忆秦娥》一阕，遂开百代诗余之祖。（清·李玉《南音三籁序》）⑤

月色秦楼绮思新，西风陵阙转嶙峋。青莲只手持双管，秦柳苏辛总后尘。（清·陈澧《论词绝句》，《陈东塾先生遗诗》）⑥

词虽创于六朝，实成于太白，千古论词，断以太白为宗。（清·陈廷焯《云韶集》卷一）⑦

词兴于唐，李白肇基温岐受命。（清陈洵《海绡说词》）⑧

这里选择了唐一家、明两家、清四家的指认，可以看出这一判断的公认性。指陈李白词为百代词作鼻祖，而忽略掉此前所有的歌词，甚至包括诗经和汉乐府等在诗歌艺术

---

①孙克强：《唐宋人词话》，郑州：河南文艺出版社，1999年，第1页。
②孙克强：《唐宋人词话》，郑州：河南文艺出版社，1999年，第1页。
③孙克强：《唐宋人词话》，郑州：河南文艺出版社，1999年，第2页。
④孙克强：《唐宋人词话》，郑州：河南文艺出版社，1999年，第2页。
⑤孙克强：《唐宋人词话》，郑州：河南文艺出版社，1999年，第3页。
⑥孙克强：《唐宋人词话》，郑州：河南文艺出版社，1999年，第5页。
⑦孙克强：《唐宋人词话》，郑州：河南文艺出版社，1999年，第6页。
⑧孙克强：《唐宋人词话》，郑州：河南文艺出版社，1999年，第6页。

上达到了很高成就的歌词，这是有原因的。

这个原因的根本即在于词在创制过程中其文学属性具有优先性，即其词牌作为文学词体所包含的意象、节律、声律等内在规定性，是先于其音乐性的规定性而存在的。而这也恰是此前作为音乐性文学的歌词在制作时所没有的规定性，我们不妨将其称之为词之所以为词的原因。词牌体制创作过程中的文学先导，历史上大部分词学评论家关于这点都语焉不详，但也有少部分评论家注意到了这一点，在其评论中略有提及，如以下几则：

> 宋初，因李太白《忆秦娥》《菩萨蛮》二辞，以渐创制。至周待制领大晟乐府，比切声调，十二律各有篇目。柳屯田加增至二百余调，一时文士，复相拟作，而诗余为极盛。（明·何良俊《草堂诗馀序》）①

> 入唐而以绝句为曲，如《清平》《郁轮》《凉州》《水调》之类；然不尽其变，而于是始创为《忆秦娥》《菩萨蛮》等曲，盖太白、飞卿，实其作俑。入宋而词始大振……（明·王骥德《曲律》卷一《论曲源》）②

> 词者，诗之余也，乃诗人与词人有不相兼者，如李、杜皆诗人也，然太白《忆秦娥》《菩萨蛮》为词开山，而子美无之也。温、李皆诗人也，然飞卿《玉楼春》《更漏子》为词擅长，而义山无之也。（清·尤侗《梅村词序》，《西堂杂俎》三集卷三）③

所谓"以渐创制""不尽其变""诗人与词人有不相兼者"，这是注意到了诗、词体制之别的评判，虽然这些评判中包含的对词牌体制的理解仍然是非常微弱非常有限。

3）衰微时文后于乐

词在经历宋末衰微之后，在明清两代并没有随着其音乐属性的消失而走向消亡，而是仍然在文人中流行，甚至在清代还涌现了阳羡词、浙西词、常州词等众多流派，出现了词的小中兴情况。导致这种情况的原因，自然与词牌的文学属性和音乐属性的地位不同有关。在词牌的音乐属性消失之后，词牌的主流属性，其文学属性仍然能够驱使词文化的流行和传播，这是融媒非常重要的特点。当然，从总体上来讲，融媒的发展必然随着其中一种文化属性的逐渐丧失而走下神坛，但是，在这种总体的下降趋势中，其主流属性的衰微总是能坚持较长时间，这是可以预期的。这也是为什么从清末以来，文坛上仍然出现了吴梅、王国维、龙榆生、唐圭璋、毛泽东等重要词家的原因。

如同词牌具有有序文化结构一样，作为融媒的对联，其内在有序结构也非常明显。首先，对联从艺术结构上包含着对子艺术、书法艺术、建筑装饰艺术三重内容。其次，

---

①孙克强：《唐宋人词话》，郑州：河南文艺出版社，1999年，第2页。
②孙克强：《唐宋人词话》，郑州：河南文艺出版社，1999年，第2页。
③孙克强：《唐宋人词话》，郑州：河南文艺出版社，1999年，第3页。

从三种艺术内容的地位上来讲，对子的地位应高于书法和建筑装饰艺术的地位。

对子作为文学属性，是对联的核心属性，决定了对联的最根本特点。我们虽然不能说对联就是文学，但对联的主要性质是文学，则是可以判定的。一副没有经过书法修饰、并且没有张贴出去的对子，有时候我们也将其称之为对联，主要原因就是它保留了对联的主体属性。对联的文学结构主要由格律体系、"和时""和物"的意象体系构成，关于其微观构成，上述已有所涉略，兹不备述。

当然，完整的对联仍然需要书法和建筑装饰艺术来支撑。诗经时代，便出现了成熟的对仗如"昔我往矣杨柳依依，今我来思雨雪霏霏"，汉大赋中，对仗是作为文体的基本修辞而广泛存在，在六朝骈文时代，对子更是比比皆是，发展成为了一种文体，在初唐时代，人们对将对仗融入诗歌进行了大量的实验，出现了所谓"七对""九对"之说，对仗最终以成熟的"律对"方式进入了律诗。然而，只要这些对子还处于文学状态，没有被真正以书法的形式张贴出来，它们就不能称之为对联。传统上一般承认，对联产生于五代后蜀主孟昶之手，即是因为孟昶是第一个有记载的将对子进行书写并张贴出来的人。《楹联丛话全篇》记载：

> 尝闻纪文达师言：楹帖始于桃符，蜀孟昶"余庆""长春"一联最古。但宋以来，春帖子多用绝句，其必以对语，朱笺书之者，则不知始于何时也。按《蜀梼杌》云：蜀未归宋之前，一年岁除日，昶令学士辛寅逊题桃符版于寝门，以其词非工，自命笔云："新年纳余庆，嘉节号长春。"后蜀平，朝廷以吕余庆知成都，而长春乃太祖诞节名也。此在当时为语谶，实后来楹帖之权舆。但未知其前尚有可考否尔。[①]

以桃符形式进行张贴，这是孟昶实现对联的基本方式，其中包含着建筑装饰和书法艺术的双重内容。在宋代之后，这种张贴方式普遍化，如王安石《元日》诗中所描绘：

> 爆竹声中一岁除，春风送暖入屠苏。千门万户曈曈日，总把新桃换旧符。

对联作为一种融媒艺术真正在民间流传开来。

在对联中，文学的意象结构、格律结构特别是对仗结构、与书法的象征结构、建筑装饰艺术的空间结构有机融合在一起，形成了一个以文学属性为核心，各种属性在"对"与"象"的深度契合中完美交融的综合性文化结构。这种建筑在融媒基因融合基础上的深度、有序文化结构，将对仗艺术提高到了另一个层面，为中国文化艺术增添了一种全新的门类。

（3）隐含分层召唤功能

构成融媒的众多艺术成分和深度基因最终形成了融媒的多元有序结构，多元有序结构决定了融媒在文化传播时具有极大的包容性。这种包容性体现在两个方面。一方

---

① （清）梁章钜：《楹联丛话全编》，白话文、李鼎霞点校，北京：北京出版社，1990年，第7页。

面，多元结构的文化可以吸引来自不同艺术界面的接受者，使得艺术受众空前广泛。如词牌，不仅受到了一般文人知识分子的推崇，在下层歌妓女性，甚至普通市民中也借助其音乐形式得到了广泛的传播。对联亦复如是，对联所显示出来的艺术模式包括书法、对仗、建筑装饰等，能够广泛容纳来自这些不同领域的欣赏者，其中，建筑装饰艺术几乎可以说是没有门槛的艺术，甚至广大下层民众也可以参与其中。另一方面，多元结构的有序性能够为不同文化程度不同级别的接受者设置与之相适应的欣赏范畴，最大限度实现传播的多层次可能。如在词牌传播中，不能读书识字的下层市民可以参与其音乐传唱，一般读书人可以参与其文字意象系统的欣赏，具有较高文化修养的知识分子可以赏析其平仄格律构成，而更高层次的知识分子则可以直接参与词牌制作和填制过程。在这样一种有层次的传播中，词牌的有序结构仿佛为我们制定了一种多层欣赏结构，容纳着社会各个层面各种知识水平的人参与。对联的多元有序结构也有这样的功能，并且比词牌能接受的传播容量还要大。对联的悬挂作为一种装饰艺术，可以说能够吸引所有知识层面的人参与；而一般读书人，则可以欣赏字的好坏，对子内容的合适与否；具有精深文化素养的知识分子，则可以欣赏对联的平仄格律系统，探讨对联书法的风格好坏，品评对联意象系统的精妙意味。

像书法和对联这样的融媒形式，仿佛天生就隐含着一种量身定制的多元分层欣赏结构，召唤着不同文化程度不同级别的接收者的分别参与，我们将这种分级传播性质称之为融媒的多级召唤功能。融媒的多级召唤功能是由融媒的多元文化基因和有序文化结构所决定的。

深度基因融合、有序文化结构、隐含分级召唤功能构成了融媒的三个基本特征，这三个基本特征分别与融媒的性质、构成和功能相关联。要了解一种融媒，基本上只要从这三个方面入手，就能获得相应的信息。

3.1.3.3 融媒传播优势

融媒传播优势是指融媒优于单体媒介艺术的传播优势。在详细分析了融媒的三个基本特征之后，我们就可以深入探讨融媒传播优势的内涵。所谓融媒传播优势，实际上可以看成是由融媒隐含的多元分级召唤功能决定的多元分层传播优势。

在词牌中，隐含的多级召唤功能一方面通过诗歌、音乐的嫁接，实现了其优于单体诗歌和单体音乐的多元传播效果；另一方面还通过打磨词牌的格律特性、意象特性和完成词牌的音乐实现，将词牌的高雅属性和通俗属性熔于一炉，从而最大限度形成了分层传播，实现了其远胜于单体文艺的传播受众的最广泛可能。在对联中，隐含的多级召唤功能则一方面通过文学、书法、建筑装饰艺术的对接，实现了其优于单体艺术的多元读者可能；另一方面则通过利用建筑装饰艺术的通俗性、书法和对子艺术的普遍性吸引下层民众，利用书法艺术和对子格律等特性的深邃性吸引顶层知识分子，从而实现同种艺术模式的多层级传播可能。总的来讲，词牌和对联都极大地发挥了各自的融媒传播优势，在现实中获得了最大程度的发展。词牌在宋代赢得了上自宫廷皇室、中到士大夫知识分子，下至瓦肆市民的广泛喜爱，对联则更是从宫廷市民走向了一般乡村，成为了中国古典文化中创作门槛最低、传播地域最广泛、流行时间最长、接受群体最多样的全民文化类型。

融媒的多级召唤功能形成了融媒的多元分层传播优势，召唤功能的强弱则决定了多元分层传播优势的大小。从本质上讲，融媒的召唤功能的强弱与其文化基因融合的深度、文化结构的广度和有序度正性向相关。也就是说，媒介文化基因融合程度越深、文化结构的广度越大、文化结构的有序性越强，则这种文化的传播优势越大。这就可以解释，为什么对联可以成为全民文化，而宋词则不能；同是词文化，宋词可以在市井中流传，而失掉音乐性之后的清词只能成为知识分子的案头读物。

观察元明清广泛传播的戏曲文化，也可以印证这一规律。戏曲文化之所以成为12世纪之后中国最受欢迎的文化类型之一，持续发展形成了清末地方戏曲遍地开花、上百民间戏曲共生于神州大地的盛况，与戏曲文化作为融媒，其媒介文化基因融合的程度之深、文化结构的广度之大、文化结构的有序性之强是分不开的。以元曲为例，元曲是曲牌文学、叙事文学、歌唱艺术、舞台表演艺术熔为一炉的融媒艺术形式，以曲子、戏剧文学、音乐或者表演等单纯的艺术形式，都不足以概括其融媒艺术的多元有序特点。在元曲中，曲子属性、叙事文学属性、音乐属性、表演属性通过深度基因融合，形成了以"腔调"为核心的多元有序文化结构，这一结构是如此复杂（甚至比词文化还要多两种维度），却又如此有序（以"腔调"为核心，深刻关联了最通俗的叙事和表演艺术，最深奥的曲牌艺术，以及深浅相济的中国化曲唱艺术），隐含着强烈的多级召唤功能，从而具备了巨大的多元分级传播优势。

虽然并不是所有的融媒都具有像对联、汉语方戏这样巨大的传播优势，但融媒的传播优势是毋庸置疑的，像《诗经》、汉乐府这样的融媒艺术，唐诗这样的半融媒艺术，在传播上的巨大成功都不是偶然的。除了上述对联、词牌、汉语戏曲、诗经、汉乐府之外，碑匾文化、题字画、现代音乐剧、MTV、广场舞文化等，也都是常见的融媒文化，他们都具有无可辩驳的传播优势。然而，目前的学科分化潮流导致研究界的普遍的做法是将这些融媒简单化，将其当成是单一的艺术形式进行研究，这种研究在实践中往往顾此失彼，一叶障目不见森林，是亟需要改善的。

3.1.3.4 融媒的创造及"嫁接"心理

融媒具有巨大的传播优势，这自然刺激我们创造融媒文化的冲动。创造一种融媒，自然要融合不同文化形式，然而，这一融合却绝非看上去的那么简单。

从融合的先后顺序讲，媒介文化的融合有两种途径，一种是直接考虑两种媒介文化样式的杂交，另一种是以一种文化形式为先导，往其中嵌入另一种文化样式。然而，在现实情况中，融媒的生成过程却多源于后一种心理。

以词牌的创作为例，李白、张志和、白居易、韦应物、刘禹锡等的词牌创作心理过程中，是先有填词意识，然后才有在填词过程中，借助音乐完成歌词节奏化、声律化、意象化等诗化过程的意识，也就是说，词牌的产生过程是最典型的先有音乐冲动，再在音乐中嫁接诗歌文化。当然，一旦理解了这一词牌创作过程，后代词家或者将这一过程颠倒过来，即先有文学长短句意识，然后借助音乐形式将其创造出来，这时候，文学性的成了词牌的创作目的，而其音乐性却反成了手段。无论是哪种情况，我们都可以看出，词牌的制作采取的是以一种艺术作为基点，往其中嫁接另外一种艺术的方式。再以对联为例。对联的产生首先是源于桃符装饰的冲动，然后逐渐演化到将字刻上桃符张贴，最后演化成将对子书写张贴。在这一演化过程中，建筑装饰心理在先，书法心理在后，而对子心理最后，显然也是采取了往一种艺术形式中逐渐嫁接其他艺术的方式。再看元杂剧的产生。从历史来看，先有曲牌，然后有叙事意识的参与，形成宫调和诸宫调，最后有表演形式的掺入，形成元杂剧。元杂剧的产生也采取了嫁接的方式。再看题字画和碑匾，题字中国画采取的是往画作中添加书法的形式；碑匾则采取的是往装饰艺术中掺入书法和文章的形式，也属于嫁接的类型。从以上几例融媒的生成过程和创造心理看，融媒的生成总是采取往一种文化中掺入另一种文化的嫁接方式。

至于在嫁接完成后，生成的融媒中哪一种艺术形式成为主导，却并不固定。上述题字画中，被嫁接的艺术仍然处于附属地位，其他类型的融媒，包括词牌、对联，被嫁接的文化要素则占据了主导地位，而元杂剧、碑匾等融媒中，被嫁接的艺术与嫁接进入的要素分庭抗礼，形成了不分主次的局面。从某个角度看，嫁接的结果具有随机性，往往会超出作者原来的创造动机，而这也许正构成了融媒创造的巨大魅力。

一种新的文化样式的生成，可以通过细分的方式完成，也可以通过嫁接形成融媒的方式完成。词牌和对联作为融媒的传播优势启发我们，通过嫁接创造新的融媒艺术形式，也许是文艺创造的可行之路。尤其在现在这样一个新媒体大发展的时代，"互联网＋"在文艺上的应用，给文化带来的，绝不仅仅只是一个简单的加号，而更加可能的是深度融合形成各种各样生机蓬勃的"融媒"新形式。让我们拥抱这样一个时代。

3.1.4　深度拟态环境

3.1.4.1　什么是深度拟态环境

文化是一个过程，当一种文化形态的创造性基因[①]确立之后，这种文化形态即开启了其文化旅程。如果一种文化形态在发展过程中，其作者、作品、读者能够同时深度参与其传播过程，形成了一种传播上的自我促进态势，那么，这种文化就接近于流行状态。这种在传播上具有自我促进优势的流行态势，与这种文化本身的真实状况和地位往往并不一致，其影响力往往大大超过了该文化的真实状况和地位，对于活动其

---

①创造性基因系本文的概括。本书认为，一种文化具有决定其特征的核心要素，该核心要素由该文化的创始者创造出来，在一代一代传承者中保持其基本面貌，该核心要素即称为该文化的创造性基因。其具体的例子可看《三亚咸水歌的CCSX隐性文化空间分析》节讨论。

中的人而言仿若第二环境，呈现出一种拟态环境性质，我们将这种在传播上具有自我促进优势的拟态环境，称之为深度拟态环境。

在一种深度拟态环境中，传播的自我促进优势主要来源于作家、作品、读者的共同参与。其中，作家深度参与传播过程，往往表现出作家即意见领袖的情况；作品对传播的深度参与，往往体现为创造性基因的融媒化（最终体现为作品融媒化）；读者对传播的深度参与，则集中体现为所谓的"粉丝"现象（"粉丝"是文化的着迷者，深层次则体现为呈现传播功能的读者）。作家意见领袖化、作品融媒化、读者"粉丝"化传媒化，形成了深度拟态环境的三个基本特征，共同塑造了深度拟态环境的形成。

深度拟态环境不是作家、作品、读者单方面营造的结果，而是作家意见领袖化、作品融媒化、读者"粉丝"化传媒化共同参与、相互作用形成的结果，这在各种流行文化中均可以得到验证，汉语格律文化的流行化过程就是最好的例子。在不同的时代，汉语格律文化呈现出来不同的流行态势，营造出了姿态各异的深度拟态环境：缠绵深约的宋代词坛、雄肆酣畅的元代曲坛、惠及千家的明清对子、开枝散叶根深叶茂枝系发达的地方戏曲、诗词吟唱等，这些深度拟态环境的形成无一不是作者意见领袖化、作品融媒化、读者"粉丝"化的结果。兹以宋词与对联为例进行说明。

3.1.4.2　深度拟态环境塑造之一：宋词文化场

宋词流行于世，得力于其深度拟态环境塑造。其深度拟态环境塑造，则得力于作家的意见领袖化、作品的融媒塑造以及读者的"粉丝"化和传媒化进程。

（1）宋词作家的意见领袖化

1）宋词作家意见领袖意识的表现

宋词作家意见领袖意识首先表现为大量词人参与作品的批评或品鉴。宋词的主要作家晏殊、张先、欧阳修、柳永、苏轼、秦观、晁补之、周邦彦、李清照、辛弃疾、陆游、姜夔等都有参与词作评鉴的文字留下。这些文字大量散见于各种材料中，这些材料包括词作本身（如柳永"才子词人、自是白衣卿相"）、词作小序（如张先词、姜夔词）、词论（晁补之、李清照、张炎）、作家书信（如苏轼等）、作品互现（如陆游沈园诗词）、词作本事记录、后代诗话词话等。其中，尤其以柳永、苏轼、李清照、张炎等人的品鉴文字最为人所称道。

词人意见领袖意识其次集中体现在词论、词话的出现上。有宋一代流传下来了大量的词论、词话作品，如现存词论即有晁补之的《评本朝乐府》、李清照的《词论》、张炎的《词源》、王灼的《碧鸡漫志》、沈义父的《乐府指迷》等，现存词话有杨绘的《时贤本事曲子词》、杨湜的《古今词话》、吴曾的《能改斋词话》、胡仔的《苕溪渔隐词话》、黄昇的《花庵词评》。宋代几乎所有的词论家同时也是填词作者，众多词论的存在无疑是词人自觉参与词学批评活动的最好证明，是广大词人意见领袖意识的集中代表。

词人意见领袖意识还表现为词人有意识参与词学活动，这方面以柳永、苏轼、辛弃疾、周邦彦等最为突出。柳永与民间歌儿舞女作词唱曲为大家所熟知；苏轼则通过其文坛领袖身份提携词人、促进词坛风气转关；周邦彦执掌大晟乐府牛耳，为词的音乐化格律及提高词的地位做出了很大贡献；辛弃疾将陆游、陈亮、刘过等一批词人团结在周围，形成了词坛的独特思潮；这些词学活动为词的传播提供了巨大的帮助。

另外，词人参与乐舞聚会、与歌妓交往也是词人作为意见领袖的一个重要表现。词人参与演唱聚会在西蜀、南唐时代即已在宫廷流行，如南唐中主与冯延巳君臣。北宋初期，这种活动似乎有所抑制。但是到了北宋前中期，作家以词人身份参与乐舞聚会、与歌妓交往活动重又频繁，词人与歌儿舞女筵席聚会的联系重又紧密起来，同时还出现了活动主体身份下移的情况。有宋一代，词人与歌儿舞女筵席聚会的联系表现在宫廷礼乐、贵族宴飨、士大夫宴会、市井宴席、勾栏瓦肆等多个层次上，几乎覆盖了上自天子下到普通市民的所有阶层。国家的大晟乐府机关成员如周邦彦等会承担部分宫廷歌词填制任务；许多士大夫家族甚至都蓄有专事唱曲的家妓，如张先、大小晏等家族；大部分作家则通过筵席演唱聚会参与填词创作；而极少数作家如柳永等，则直接与民间下层歌妓接触。与歌妓交往是词人实现歌词传播功能的有效途径，在这种交往中，词人往往占据主导地位，表现出自觉的意见领袖意识，往往会形成极为鲜明的意见领袖效应。《能改斋词话》卷十"杭妓琴操"条记载了一则苏轼与一杭州歌妓交往的故事：

> 杭之西湖，有一倅闲唱少游《满庭芳》，偶然误举一韵云："画角声断斜阳。"妓琴操在侧云："画角声断谯门，非斜阳也。"倅因戏之曰："尔可改韵否？"琴即改作阳字韵云："山抹微云，天连衰草，画角声断斜阳。暂停征辔，聊共饮离觞。多少蓬莱旧侣，频回首、烟霭茫茫。孤村里，寒鸦万点，流水绕低墙。　魂伤。当此际，轻分罗带，暗解香囊。漫赢得青楼，薄幸名狂。此去何时见也，襟袖上、空有余香。伤心处，长城望断，灯火已昏黄。"东坡闻而称赏之。后因东坡在西湖，戏琴曰："我作长老，尔试来问。"琴云："何为湖中景？"东坡答云："秋水共长天一色，落霞与孤鹜齐飞。"琴又云："何为景中人？"东坡云："裙拖六幅潇湘水，鬓耸巫山一段云。"又云："何为人中意？"东坡云："惜他杨学士，憋杀鲍参军。"琴又云："如此究竟如何？"东坡云："门前冷落车马稀，老大嫁作商人妇。"言下琴大悟，即削发为尼。①

在这一交往中，苏轼作为意见领袖不仅为歌妓带来了巨大名声，甚至还引导她走上了一条完全不同的人生道路，虽然这一故事的结果对于词学而言也许并不美好，但结果的戏剧性却彰显了苏轼作为意见领袖的价值，从侧面说明了词人意见领袖的重要性。实际上，宋代官妓众多，类似这种与歌妓的交往在宋词作家身上比比皆是。《能改斋

---

①张璋：《历代词话》，郑州：大象出版社，2002年，第57页。

词话》录词话69首，其中有11则记载了词人与歌妓（其中大部分为官妓）交往的故事，可见这种交往的普遍性。

2）宋词作家意见领袖化进程

宋词作家的意见领袖化，在不同的阶段呈现出不同面貌。大抵而言，柳永之前，从《花间集》作者到宋初诸家，填词作者的意见领袖气质并不明显，可谓之词人意见领袖意识的自发阶段；柳永、苏轼起，词人制调选唱，辩是论非，领袖时潮，各掣伟旗，填词作家的批评气质突显，可谓之词人意见领袖意识的觉醒阶段；李清照之后至辛弃疾之时，词人词学意识勃发，批评气质高涨，前有李清照《词论》、王灼《碧鸡漫志》的系统论词，后有辛弃疾、姜夔各肇时风的流派开拓，间以胡仔《苕溪渔隐词话》、吴曾《能改斋词话》、杨湜《古今词话》等丰富烂漫、千姿百态的鉴赏性词话，可谓之词人意见领袖意识的自觉阶段和高涨阶段；辛弃疾之后直至宋末，词人批评从粗放走向精微，《花间词评》以箴言辩词味，《魏庆之词话》以考辨求正鹄，《乐府指迷》以警言教制词。三者约出于同时，气质亦大致相似，至宋末仍有《词源》，改从音律入手论词体制作，体系虽较《乐府指迷》谨严，然仍从《乐府指迷》精微的路子，此一时期，可谓之词人意见领袖意识走向深入的阶段。从自发、觉醒到自觉、精微化，宋代词人意见领袖意识经历了四个发展阶段，整体上呈现出一种不断扩增、不断深化的态势。其中，柳苏可为词人意见领袖意识觉醒的代表，二安与王灼可为词人意见领袖意识自觉化的标志，沈义父张炎则可为词人意见领袖意识深化时期的典型。

（2）宋词作品的融媒化

宋词作品的融媒化是指宋词作品文学属性与音乐属性交融形成融媒的过程。宋词作品的融媒化过程既体现为单个词牌内部的融媒化完成过程，也体现为词牌群的数量增加过程。

1）词牌的融媒化建构

单个词牌内部的融媒化完成，至少包含三个方面的内容，一是词牌音乐属性的建构；二是词牌文学属性的建构，包含词牌的格律完成（节律、声律和韵律）以及词牌的意象体系构造；三是词牌音乐属性和文学属性的交融。从宋词与唐词的对比以及宋词内部的发展来看，词牌融媒化的三个方面在宋代都取得了很高的完成。

①词牌音乐属性的实现

从词牌的音乐性角度看，词牌借助音乐在宋代获得了广泛传播，这种传播从宫廷、知识分子走向了普通市民，一举打破《花间集》的宫廷贵族限制，形成了真正的全民流行风潮。"凡有井水处皆能歌柳词"虽是针对柳词所说的，但也可以看成是当时歌词普遍流传的一个自然结果，由此亦可以推测当时其他词人词作的一般传唱状况。有理由相信，一般词人的填词，只要有意识搭上流行音乐的顺风车，在音乐性方面皆可以获得保障，典型的例子如被人批评为"曲子中缚不住者""句读不葺之诗"，其自身也谦逊承认"不善唱曲"的苏轼，其词作在生前也获得了"都下传唱（指《水调歌头·明月几时有》）""颇壮观也（指《江城子·密州出猎》）"的成绩。更不用说柳永、周邦彦、姜夔、张炎、周密等音乐家出身的词人，他们词作的传唱，无论是自制乐谱，还是填写前人乐谱，皆能充分保证其音乐属性，是可以想见的。

同时，宋代词坛词学领域对于词调的音乐性探讨也非常热烈，从周邦彦制作《六丑》以及大晟乐府的高度音乐技巧，到李清照"五声、五音、六律、轻重清浊"的讨论与批评，到姜夔"率意为常短句"的自度曲，到张炎《词源》"音谱、拍眼、制曲、句法、令曲"体系化的音乐词论建构、到沈义父《乐府指迷》对"协律、起句、过处、结句、押韵、可歌之词、去声字、句中韵、词腔、豪放与叶律"等音乐节点的精妙评点，词牌音乐性的关注可以说是一直伴随词牌创作和填词创作始终。理论上的探讨和研究为整个词坛对于词牌音乐性的高度关注奠定了基调，也最终为词的流行铺下了道路。

②词牌文学属性之格律的建构

从词牌文学属性中的语音审美发掘看，词牌在句式、句群、词体的节律、声律、韵律各方面，都充分利用汉语音的内在规律，形成了近乎完美的格律形式。这种格律化完全可以举出以下一些例子：

句式节奏的高度统一模式；

句群、词体节奏方面丰富而复杂的节配、叠配、领配等方式；

统一的律句规范及其运用；

词体宏观声律"叠式律"的运用；

词牌的双片结构；

小令、中调丰富的叶韵规律与长调慢词简单的叶韵规律的运用。

总之，就单个词牌而言，从节律到韵律、声律，词牌的格律运用达到了近乎完美的程度。当然，这仅就对平仄格律的考察而言，还不包括部分诗人对四声规律的杰出运用，而事实上，柳永、周邦彦、姜夔等人对四声的运用，已远远超出了平仄范畴的简单技巧要求，达到了精微要妙的境地，如周邦彦制作《六丑》、姜夔的自度曲词。宋词缠绵悱恻的声律效果，即是建立在其精微要妙的格律体系基础之上的。王国维评周邦彦词"今其声虽亡，读其词者，犹觉拗怒之中，自饶和婉。曼声促节，繁杂相宜，清浊抑扬，辘轳交往。两宋之间，一人而已"[1]，非是无的放矢，而是对宋词格律效果的几种揭示。

宋词格律方面的这种成就与宋代词人格律方面的深入探讨是分不开的。宋代词人在格律理论方面的探讨，虽未达到体系化的阶段，但也是非常细致、非常深入，总的来讲，涉及了格律的方方面面。其中，尤以李清照《词论》论"平仄、四声、轻重清浊"、张炎《词源》论"音谱、拍眼、句法、字面、虚字"、沈义父《乐府指迷》论"协律、起句、过处、结句、造句、押韵、去声字、句上虚字、腔以古雅、句中韵、词腔、初填熟腔"涉及最广、最深，代表了宋代词人论格律的最大成绩。

---

①王国维：《人间词话》，长春：吉林文史出版社，1999年，第134页。

③词牌文学属性之意义系统的建构

从词牌文学属性中的意象构造角度来看，宋词也达到了很高的完成度。宋词既有婉约风范，又有豪放气质；既有歌儿舞女之词，又有诗人的词；在词的主题题材方面，形成了咏物、抒怀、咏史、怀古、题赠、隐逸、田园、山水、边塞、节令词等百花争艳的局面；同时，无论是哪种题材、哪种风格的词作，又都形成了由精美意象构筑起来的审美象征系统。事实上，宋代词人在意象与象征系统方面的创造，倾注了相较音乐更多的精力，取得了更令人瞩目的成就，宋代词人更多以文学家面貌面世，宋代词人也多以文学家而不是以音乐家自诩，宋词最终在历史上为人所记忆的合法身份是文学而不是音乐，宋代词论、词话百分之九十以上的讨论主题是文学而不是音乐，是文学中的精美意象、象征意味而不是文学属性中的格律要素，这些都可以作为宋词在文学要素的意象系统营造方面取得高度成绩的有力证据。

④词牌音乐属性与文学属性的交融

在词牌中，音乐属性实现与文学属性建构不是单独完成的，而是水乳交融、不可分割的，这种复杂性集中体现在"填词"活动上。对于一个词人而言，填一首词固然一方面要大量依赖其艺术直觉，另一方面更要倚重他对音乐、文学各要素的全面理解和熟练掌握。一首词牌最终在视觉上呈现出来的是标题、词、句子、句群，在阅读过程中呈现出来的是有声音、有意义的句式和句式系统，在歌唱过程中呈现出来的则是双重声音系统和意义体系。如果说词牌的审美性意义系统即意象和意象体系还具有相对独立性的话（事实上也不是独立存在的），那么词牌的审美性声音系统，即由节律、声律、韵律要素构成的格律系统，则不可避免地要隐含着与词的歌唱属性（音乐旋律与节奏）对接的要素。也就是说，词牌在创造其阅读性声音的同时，实际上已经要相关其歌唱性声音，虽然这种相关在很多时候是复杂的，甚至最杰出的作家也会顾此失彼，也会产生疑虑。但正是在这种对于"填词"的文学、音乐各要素的全面理解上，在对于歌词的文学性声音与音乐性声音的对接融合方面，宋词的处理远超前代诗歌，近乎完美。

在"填词"中，审美性声音的对接，即音乐声音与语言声音的对接，至少经过了这些处理：遵循"由乐定辞"的总体原则，即由音乐体系确定歌词的篇、段、句群、句、节；以乐句定片、韵断；"以曲拍为句"；以"声律（声调走向）"关联音乐旋律；以上下片结构关联重章叠唱；起句、过片、结句处格律作特殊处理，以关联歌唱。

这些细致的关联和对接，保证了词牌在制作完成后，其书律、声律、韵律与歌曲的节奏、旋律等音乐性要素保持着高度契合，这是一种细致、高度精密的工作，以至于稍微的差错或懈怠就会引起人们的关注和批评，这种批评甚至连苏轼、辛弃疾这样的经典作家都难以避免。但是，正是这样严谨的态度和精准的工作，使得宋代的词牌在形制上（如单双调的设置，格律的完善、慢词的形成）远超唐诗、唐词，达到了近乎完美的境界，并且在数量上也超出了唐词牌数量的近乎两倍之多。

综合来看，无论是文学属性创造、音乐属性传达，还是两种属性的有机融合，宋代词牌作为融媒都达到了后人难以企及的高度。

2）作为融媒形式的词牌的大量生成

宋词作品的融媒化，除了体现在单个词牌的内在融媒化完成外，也体现在词牌作为融媒形式的大量生成上。

宋代词人在掌握了词牌制作的底层规律之后，进行了大量的词牌制作实践。根据笔者统计，今存《全唐五代词》含有的词牌牌数量为251个，而《全宋词》含有的词牌数量达到了惊人的947个。粗略估算，宋代新制词牌数量也唐代词牌数量的近三倍。每一个新制作的词牌，都是一个完美的融媒体系。从宋代新制词牌的数量，可以看到宋词融媒化进程相比于唐代，是大大的加速了。

大量成熟词牌的出现，还可以通过另外三个数据来观察。一个是常用百调词牌中宋人首次使用词牌的数量，一个是柳永词牌中首次出现的词牌数量，一个是慢词长调的出现数量。常用百调中宋人首次使用的词调，据笔者统计，有41调之多，这说明那些最常用的词牌，有近半是宋代词人创造出来的。另外一个数据是柳词新制词牌的数量。据统计，首次在柳词中出现的词牌有近百个，也就是说，有近百个词牌是柳永自制出来的，这可以从侧面反映当时词坛文人制作词牌的盛况。第三个数据就是慢词长调的数量。慢词长调是宋代才发展起来的特殊类型，它的成熟是完成于柳永之手，大量慢词长调的存在自然显示了宋人词牌制作的实际成绩。

（3）宋词读者的"粉丝化"与传媒效应①

读者即受众，受众"粉丝化"现象在唐代诗歌领域即有，如唐代大诗人白居易"童子解吟《长恨曲》，胡儿能唱《琵琶篇》"（唐宣宗李忱②），"及再来长安，又闻右军使高霞寓者欲聘娟妓，妓女夸曰：'我诵得白学士《长恨歌》，岂同她哉？'由是增价"（白居易《与元九书》）③，在当时即赢得了广泛"粉丝"团。到了宋词领域，受众"粉丝化"的现象愈演愈烈。受众"粉丝化"就会带来深度的传媒效应，受众"粉丝化"传媒化是深度拟态环境形成的关键一环。

宋词作为融媒形式，具有非常广阔的受众基础，其受众面上自帝王、下至市井，涵盖了各个层次，但无论是哪一层次的受众，无论是其作为文学文本的阅读者，还是作为音乐文本的传唱欣赏者，在融媒形式及作者意见领袖化双重影响下，都呈现出了明显的"粉丝化"现象，伴随而来的则是"粉丝"们的传播效应。

1）歌者及其粉丝效应

善歌者是诗歌受众的重要一环，也是最容易吸"粉"的一群人。《碧鸡漫志》卷一"善歌得名不择男女"条列举了古今享有盛名的善歌者，并指出了宋代歌坛"独重女音"的情况：

---

①谢思炜：《白居易文集校注》，北京：中华书局，2011年，第325页。
②彭定求：《全唐诗》，上海：上海古籍出版社，1986年，第31页。
③本部分曾经卢和好节选整理，以《宋词的读者"粉丝化"现象及"粉丝"传播效应》为题，发表于《海南热带海洋学院学报》2020年第6期，第112—117页。

　　古人善歌得名，不择男女。战国时，男有秦青、薛谈、王豹、绵驹、瓠梁，女有韩娥。汉高祖《大风歌》，教沛中儿歌之；武帝用事甘泉、圜丘，使童男女七十人歌。汉以来，男有虞公、李延年、朱顾仙、朱子尚、吴安泰、韩法秀。女有丽娟、莫愁、孙琐、陈左、宋容华、王金珠。唐时男有陈不谦、谦子意奴、高玲珑、长孙元忠、侯贵昌、韦青、李龟年、米嘉荣、李衮、何戡、田顺郎、何满、郝三宝、黎可及、柳恭；女有穆氏、方等、念奴、张红红、张好好、金谷里叶、永新娘、御史娘、柳青娘、谢阿蛮、胡二姊、宠妲、盛小丛、樊素、唐有态、李山奴、任智、方四女、洞云。今人独重女音，不复问能否。而士大夫所作歌词，亦尚婉媚，古意尽矣。政和间，李方叔在阳翟，有携善讴老翁过之者。方叔戏作《品令》云："歌唱须是玉人，檀口皓齿冰肤。意传心事，语娇声颤，字如贯珠；老翁虽是解歌，无奈雪鬓霜须。大家且道，是伊模样，怎如念奴？"方叔固是沉于习俗，而语娇声颤，那得字如贯珠？不思甚矣！①

我们这里不去讨论"男音""女音"孰好孰坏的问题，但宋代歌词者多为女性，却是不争的事实，其中，尤以"官妓"为传歌的主体。

　　宋代"官妓""营妓"发达，能够唱曲"色技双全"的"歌妓""官妓""营妓"们拥有大量粉丝是可以想见的。《古今词话》载成都官妓赵才卿事：

　　成都官妓赵才卿，性黠慧，有词速敏。帅府作会以送都钤帅，命才卿作词，应命立就《燕归梁》曰："细柳营中有亚夫，华宴簇名姝。雅歌长许佐投壶。无一日、不欢娱。　汉王拓境思名将，捧飞诏，欲登途。从前密约尽成虚。空赢得、泪流珠。"都钤览之，大赏其才，以饮器数百厚遗，帅府亦赏叹焉。②

赵才卿作为"官妓"，自然能歌擅唱，而同时还能"速敏"作词，"应命立就"，当场就把朝廷大员变成了自己的"粉丝"，借自己的才华与文人才子士大夫阶层交往，为人所欣赏、爱慕，在当时妓女中是非常普遍的现象。篇幅不长的《能改斋词话》即辑录有檀渊营妓咏此花开后更无花事、杭州歌妓琴操改韵受东坡称赏事、官妓杨皎为张才翁张公痒传词事、贺方回为眷姝作《石湖引》词事、豫章赠小妓杨姝《好事近》词事、官妓赵佛奴受阮阅赠《洞仙歌》事、贵人未达时作《踏青游》咏馆妓崔念四事、张文潜喜爱官妓刘淑奴事、豫章为当涂欧梅二妓作诗事、营妓张玉姐等事。其中，参与文人交往，受到关注的记载如：

苏琼善词

　　姑苏官妓原作奴，据临啸本改。姓苏名琼，行第九。蔡元长道过苏州，太守召饮。元长闻琼之能词，命即席为之，乞韵，以九字。词云："韩愈文章盖世，

①张璋：《历代词话》，郑州：大象出版社，2002年，第106—107页。
②张璋：《历代词话》，郑州：大象出版社，2002年，第33页。

谢安情性风流。良辰美景在西楼。敢劝一卮芳酒。记得南宫高选，弟兄争占鳌头。金炉玉殿瑞烟浮。高占甲科第九。"盖元长奏名第九也。①

此花开后更无花

李和文公作咏菊望汉月词，一时称美。云："黄菊一丛临砌。颗颗露珠妆缀。独教冷落向秋天，恨东君、不曾留意。雕栏新雨霁。绿藓上、乱铺金蕊。此花开后更无花，愿爱惜、莫同桃李。"时公镇澶渊，寄刘子仪书云："澶渊营妓，有一二擅喉啭之技者，唯以'此花开后更无花'为酒乡之资耳。""不是花中惟爱菊，此花开后更无花"，乃元微之诗，和文用之耳。②

张才翁以张公庠诗为词

张才翁风韵不羁，初仕临邛秋官，郡守张公庠待之不厚。会有白鹤之游，郡守率属官同往，才翁不预，乃语官妓杨皎曰："老子到彼，必有诗词，可速寄来。"公庠既到白鹤，便留题云："初眠官柳未成阴，马上聊为拥鼻吟。远宦情怀消壮志，好花时节负归心。别离长恨人南北，会合休辞酒浅深。欲把春愁闲抖擞，乱山高处一登临。"皎录寄才翁，才翁增减作雨中花词寄皎云："万缕青青，初眠官柳，向人犹未成阴。据雕鞍马上，拥鼻微吟。远宦情怀谁问，空嗟壮志消沉。正好花时节，山城留滞、忍负归心。别离万里，飘蓬无定，谁念会合难凭。相聚里，休辞金盏，酒浅还深。欲把春愁抖擞，春愁转更难禁。乱山高处，凭栏垂袖，聊寄登临。"公庠再坐，皎歌于侧。公庠问之，皎前禀回："张司理恰寄来，令皎歌之，以献台座。"公庠遂青顾才翁尤厚。③

与文人交，受到文人尊重欣赏的记载如：

阮阅休善为长短句

龙舒人阮阅，字闳休，能为长短句，见称于世。政和间官于宜春，官妓有赵佛奴，籍中之铮铮也。尝为《洞仙歌》赠之云："赵家姊妹，合在昭阳殿。因甚人间有飞燕。见伊底，尽道独步江南，便江北也何曾惯见。惜伊情性，不解嗔人，长带桃花笑时脸。向樽前酒底，得见些时，似恁地好，能得几回细看。待不眨眼儿觑着伊，将眨眼底工夫看几遍。"阮官至中大夫，累任监司郡守。他词皆此类。④

①张璋：《历代词话》，郑州：大象出版社，2002年，第53页。
②张璋：《历代词话》，郑州：大象出版社，2002年，第53页。
③张璋：《历代词话》，郑州：大象出版社，2002年，第57页。
④张璋：《历代词话》，郑州：大象出版社，2002年，第60页。

咏崔念四词

政和间，一贵人未达时（不欲书名），尝游妓崔念四之馆，因其行第作《踏青游》词云："识个人人，恰正二年欢会。似赌赛、六只浑四。向巫山、重重去，如鱼水。两情美，同倚画楼十二。倚了又还重倚。两日不来，时时在人心里。拟问卜、常占归计。拚三八清斋，望永同鸳被。到梦里。蓦然被人惊觉，梦也有头无尾。"都下盛传。①

赠杨姝诗词

豫章先生在当涂，又赠小妓杨姝弹琴送酒，寄《好事近》云："一弄醒心弦，情在两山斜叠。弹到古人愁处，有真珠承睫。　使君来去本无心，休泪界红颊。自恨老人憎酒，负十分金叶。"故集中有《赠弹琴妓杨姝》绝句云："千古人心指下传，杨姝闲处更婵娟。不知心向谁边切，弹作南风欲断弦。"②

欧梅二妓诗

豫章寓荆州，除吏部郎中。再辞，得讲守当涂。几一年才到官，七日而罢，又数日乃去。其诗云："欧倩腰支柳一涡，大梅催拍小梅歌。舞余细点梨花雨，奈此当涂风月何。"盖欧、梅，当涂官妓也。李之仪云："人之幸不幸，欧、梅偶见录于豫章，遂为不朽之传，与杜诗黄四娘何异。"然豫章又有《木兰花令》叙云："庭坚假守当涂，故人庾元镇，穷巷读书，不出入州县。因作此以劝庾酒云：'庾郎三九常安乐，便有万钱无处著。徐熙小鸭水边花，明月清风都占却。朱颜老尽心如昨。万事休休还莫莫。樽前见在不饶人，欧舞梅歌君更酌。'"自批云："欧、梅，当涂二妓也。"③

更有甚者则获得了士人们所钟情爱慕：

贺方回《石州引》词

贺方回眷一妹，别久，妹寄诗云："独倚危栏泪满襟，小园春色懒追寻。深思纵似丁香结，难展芭蕉一寸心。"贺得诗，初叙分别之景色，后用所寄诗成《石州引》云："薄雨初寒，斜照弄晴，春意空阔。长亭柳色才黄，远客一枝先折。烟横水际，映带几点归鸦，东风消尽龙沙雪。还记出关来，恰而今时节。将发。画楼芳酒，红泪清歌，顿成轻别。已是经年，杳杳音尘都绝。欲知方寸，

---

① 张璋：《历代词话》，郑州：大象出版社，2002年，第62页。
② 张璋：《历代词话》，郑州：大象出版社，2002年，第59页。
③ 张璋：《历代词话》，郑州：大象出版社，2002年，第68—69页。

共有几许清愁，芭蕉不展丁香结。望断一天涯，两厌厌风月。"①

张文潜词

右史张文潜初官许州，喜官妓刘淑奴，张作《少年游》云："含羞倚醉不成歌，纤手掩香罗。偎花映烛，偷传深意，酒思人横波。 看朱成碧心迷乱，翻脉脉、敛双蛾。相见时稀隔别多。又春尽，奈愁何！"其后去任，又为《秋蕊香》寓意云："帘幕疏疏风透，一线香飘金兽。朱栏倚遍黄昏后，廊上月华如昼。 别离滋味浓如酒，著人瘦。此情不及墙东柳，春色年年依旧。"元祐诸公皆有乐府，唯张仅见此二词，味其句意，不在诸公下矣。②

吊二姬温卿宜哥词（原作诗，据赵本改）

宿州营妓张玉姐，字温卿，本薪泽人。色技冠一时，见者皆属意。沈子山为狱掾，最所钟爱，既罢，途次南京，念之不忘，为《剔银灯》二阕。其一云："一夜隋河风劲，霜湿水天如镜。古柳堤长，寒烟不起，波上月无流影。那堪频听。疏星外、离鸿相应。须信道、情多是病。酒未到、愁肠还醒。数叠兰衾，余香未减，甚时枕鸳重并。教伊须更，将盟誓后约言定。"其二云："江上秋高霜早，云静月华如扫。候雁初飞，啼螀正苦，又是黄花衰草。等闲临照。潘郎鬓、星星易老。那堪更、酒醒孤棹。望千里，长安西笑。臂上妆痕，胸前泪粉，暗蕙离愁多少。此情谁表。除非是重相见了。"其后明道中，张子野先、黄子思孝先相继为掾，尤赏之。偶陈师之求古，以光禄丞来掌榷酤，温卿遂托其家。仅二年而亡，才十九岁。子思以诗吊之云："人生第一莫多情，眼看仙花结不成。为报两京才子道，好将诗句哭温卿。"先，子思有爱姬宜哥客死舟中，遗言葬堤下，冀他日过此，得一见以慰孤魂。子思从之，作诗纳棺中。其断章云："恩同花上露，留得不多时。"二人皆葬于宿州柳市之东。子野嘉祐中，过而题诗云："好物难留古亦嗟。人生无物不尘沙。何时宰树连双冢，结作人间并蒂花。"③

在宋代，所有受人追捧的官妓中，最著名莫过于北宋名妓李师师。李师师原是都城汴京染匠王寅的女儿，约生于哲宗元祐年间，四岁时父母俱亡，由娼家李姥收养，她天生丽质，歌喉婉转，在老鸨的耐心调教下学得诗词歌舞，色艺双绝，而且为人慷慨有侠义风，号为"飞将军"，在首都各教坊中独领风骚，高树艳帜。据《墨庄漫录》：徽宗政和年间，在汴京的娱乐界，有两位歌伎"名著一时"，一位叫崔念月，另一位即是李师师，而且"李生门第尤峻"。李师师以"人风流、歌婉转"著称，当时欣赏并与她交往的著名人物就包括：晁冲之、张先、晏几道、秦观、周邦彦、宋徽宗等，

---

①张璋：《历代词话》，郑州：大象出版社，2002年，第58页。
②张璋：《历代词话》，郑州：大象出版社，2002年，第66页。
③张璋：《历代词话》，郑州：大象出版社，2002年，第67页。

相信可以列一个长长的名单，真个是"粉丝"满天下。

据《东京梦华录·京瓦伎艺》记载，李师师是徽宗崇宁、大观年间（1102—1110）汴京城最红的歌伎："崇、观以来，在京瓦肆伎艺……小唱李师师、徐婆惜、封宜奴、孙三四等，诚其角者。""李师师本角妓也。"所谓"角妓"，乃歌妓。李师师最擅长的是"小唱"，所唱多"长短句"。所谓"长短句"，即今之宋词。著名诗人晁冲之就是李师师的"粉丝"之一，他曾写下两首诗《都下追感往昔因成二首》追忆早年与李师师的交往：

<table>
<tr><td align="center">其一</td><td align="center">其二</td></tr>
<tr><td>少年使酒走京华，纵步曾游小小家。</td><td>春风踏月过章华，青鸟双邀阿母家。</td></tr>
<tr><td>看舞霓裳羽衣曲，听歌玉树后庭花。</td><td>系马柳低当户叶，迎人桃出隔墙花。</td></tr>
<tr><td>门侵杨柳垂珠箔，窗对樱桃卷碧纱。</td><td>鬓深钗暖云侵脸，臂薄衫寒玉映纱。</td></tr>
<tr><td>坐客半惊随逝水，主人星散落天涯。</td><td>莫作一生惆怅事，邻州不在海西涯。</td></tr>
</table>

《宋诗纪事》卷三十三作《追往昔二首示江子之》，并引《墨庄漫录》说："政和间（1111—1118），李师师、崔念月二妓，名著一时，晁叔用（冲之字叔用）每会饮，多召侑席。其后十余年，再来京师，二人尚在，而声名溢于中国。……叔用追往昔，作二诗以示江子之。"据宋人万俟咏《大声集》，政和六年（1116）周邦彦提举大晟乐府，一时声乐方面人才荟萃，典乐则有徐伸、田为，协律郎则有姚公立，制撰官则有江汉、晁端礼，其中寺丞就是晁冲之。能得晁冲之赏识，可见李师师音乐才能十分杰出。反过来讲，能得十年之后还为牵忆吟诗，可见诗人对李师师迷恋不浅。

不仅是晁冲之，从现存资料来看，北宋著名词人张先、晏几道、秦观、周邦彦等人都对李师师倾心有加。张先专门为李师师创作词牌《师师令》颂其"回扇清歌""天然春意"：

香钿宝珥。拂菱花如水。学妆皆道称时宜，粉色有、天然春意。蜀彩衣长胜未起。纵乱云垂地。　都城池苑夸桃李。问东风何似。不须回扇障清歌，唇一点、小于珠子。正是残英和月坠。寄此情千里。

晏几道为李师师填制词作《生查子》，称颂"遍看颍川花，不似师师好"：

远山眉黛长，细柳腰肢袅。妆罢立春风，一笑千金少。　归去凤城时，说与青楼道：遍看颍川花，不似师师好。

秦观留有《一丛花》词赠李师师，颂其"弹泪唱新词""妙舞清歌夜"：

年来今夜见师师。双颊酒红滋。疏帘半卷微灯外，露华上、烟袅凉口。簪髻乱抛，偎人不起，弹泪唱新词。　佳期谁料久参差。愁绪暗萦丝。相应妙舞清歌夜，又还对、秋色嗟咨。惟有画楼，当时明月，两处照相思。

至于周邦彦与李师师的交往，不像张先、秦观、晁冲之等词作中有明确记载。现存史料并无周邦彦与李师师交往的第一手资料，但南宋文人文史笔记中一些富有传奇性的散见记载，却显示了周邦彦与李师师的不一般的关系，并且这种关系中可能还掺和进了宋代另一位大人物，当朝天子宋徽宗（李师师与宋徽宗交往事，宋文言传奇《李师师外传》有载，虽不可全信，但亦未必尽不可信），因而显得更加扑朔迷离。李师师、周邦彦、宋徽宗三人之间相交瓜葛之事，文史笔记中有以下记载：

道君幸李师师家，偶周邦彦先在焉，知道君至，遂匿于床下。道君自携新橙一颗，云"江南初进来"，遂与师师谑语。邦彦悉闻之，隐括成《少年游》云"并刀如水，吴盐胜雪，纤手破新橙"，后云"严城上已三更。马滑霜浓，不如休去。直是少人行。"李师师因歌此词。道君问谁作，李师师奏云"周邦彦词"，道君大怒，坐朝，宣谕蔡京云："开封府有监税周邦彦者，闻课额不登，如何京尹不按发来？"蔡京罔知所以，奏云"容臣退朝呼京尹叩问，续得复奏"。京尹至，蔡以御前圣旨谕之。京尹云："惟周邦彦课额增美。"蔡云："上意如此，只得迁就。"将上，得旨"周邦彦职事废弛，可日下押出国门"隔一二日，道君复幸李师师家，不见李师师。问其家，知送周监税。道君方以周邦彦出国门为喜，既至，不遇。坐久，至更初，李始归，愁眉泪睫，憔悴可掬。道君大怒云"尔去那里去"李奏"臣妾万死。知周邦彦得罪押出国门，略致一杯相别。不知官家来"道君问"曾有词否"李奏云"有《兰陵王》词"，今《柳阴直》者是也。道君云"唱一遍看"李奏云"容臣妾奉一杯，歌此词为官家寿"曲终，道君大喜，复召为大晟乐正。后官至大晟乐乐府等制。邦彦以词行当时，皆称"美成词"。殊不知美成文笔大有可观，作《汴都赋》，如牒奏杂著，皆是杰作。可惜以词掩其他文也。当时，李师师家有二邦彦：一周美成，一李士美，皆为道君狎客。士美因而为宰相。吁，君臣遇合于倡优下贱之家，国之安危治乱可想而知矣"（宋·张端义《贵耳集》卷下）

宣和中，李师师以能歌舞称。时周邦彦为太学生，每游其家。一夕值佑陵临幸，仓卒隐去。既而赋小词，所谓"并刀如水、吴盐胜雪"者，盖纪此夕事也。未几，李被宣唤，遂歌于上前。问谁所为，则以邦彦对。于是遂与解褐，自此通显。既而朝廷赐酺，师师又歌《大酺》《六丑》二解，上顾教坊使袁绹问，绹曰"此起居舍人新知潞州周邦彦作也。"问《六丑》之义，莫能对，急召邦彦问之。对曰"此犯六调，皆声之美者，然绝难歌。昔高阳氏有子六人，才而丑，故以比。"上喜，意将留行。且以近者祥瑞沓至，将使播之乐府，命蔡元长徽叩之。邦彦云"某老矣，颇悔少作。"会起居郎张果与之不咸，廉知邦彦尝于亲王席上作小词赠舞鬟云："歌席上，无赖是横波。宝髻玲珑欹玉燕，绣巾柔腻掩香罗，何况会婆婆。　无个事，因甚敛双蛾。浅淡梳妆疑是画，惺松言语胜闻歌。好处是情多。"为蔡道其事。上知之，由是得罪。师师后入中，封瀛国夫人。朱希真有诗云"解唱阳关别调声，前朝惟有李夫人"即其人也。（南宋·周密《浩然斋

词话》）①

道君幸李师师家，偶周邦彦先征焉。知道君至，匿于床下。道君自携新橙一颗，云"江南初进来"遂与师师谑语，邦彦悉闻之。隐括成《少年游》云"并刀如水，吴盐胜雪，纤手破新橙。锦幄初温，兽烟不断，相对坐调笙。　低声问向谁家宿。城上已三更，马滑霜浓。不如休去，直是少人行"他日师师因歌此词。道君问谁作。师师云"周邦彦词"道君大怒。坐朝语蔡京云"开封府有监税周邦彦，课税不登，如何京尹不按发来"京罔知所以，奏云"容臣退朝，呼京尹叩问"京尹至，蔡以圣意谕知。京尹云"惟周邦彦课增羡"蔡云"上意如此，只得迁就将上"得旨，周邦彦职事废弛，可日下押出国门。隔一二日，道君复幸李师师家，小见师师，问之，知送周监税。道君方以邦彦出国门为喜，坐久至更深始归，愁眉泪睫，憔悴可掬。道君怒云"汝从何往"师师奏"臣妾万死。知周邦彦得罪，押出国门，略致杯酒相别。不知官家来"道君问"有词否"李奏云"有《兰陵王》词"道君云"试唱一遍"李云"容臣妾献一觞歌此"词云"柳阴直，烟里丝丝弄碧，隋堤上几番拂水飘绵送行色。登临望故国，谁惜京华倦客。长亭路年去岁来，折柔条过千尺。　闲寻旧踪迹，酒趁哀弦，灯照离席。梨花榆火催寒食。愁一帆风快，半篙波暖。回头迢递便数驿，望人在天北。　凄恻恨堆积。渐别浦萦回，津堠岑寂。斜阳冉冉春无极，念月榭携手吹笛。沉思前事，似梦里泪偷滴"曲终，道君大喜。复召为大晟乐正，后官至大晟乐府待制。（南宋·陈鹄《耆旧续闻》）

在悦慕李师师的北宋名人中，周邦彦可谓用情最多、相知最深的一位。相传周邦彦一见李师师便觉相见恨晚，为之填写《玉兰儿》词：

铅华淡伫新妆束，好风韵，天然异俗。彼此知名，虽然初见，情分先熟。炉烟淡淡云屏曲，睡半醒，生香透肉。赖得相逢，若还虚度、生世不足。

神宗元丰二年（1079）入京都为太学生，献《汴都赋》六千言，铺陈汴京盛况，赞扬新法，因此由诸生擢为太学正，任教太学。在此期间，辞采斐然、年少风流的周邦彦经常流连于秦楼楚馆、歌台舞榭，所写辞章，大都是应答歌伎的"软媚"之作（张炎《词源》下），据说是在李师师家创作的《少年游·并刀如水》即写于这个时期。元丰八年（1085），神宗去世，哲宗即位，高太后起用司马光、苏轼等守旧派老臣，排挤、斥逐新党。元祐二年（1087），"不能俯仰取容"的周邦彦被逐出太学，去庐州府当教授。两年后又改任荆州府教授；元祐半年又改任溧水县令。以上十年，由于仕途坎坷，漂泊不定，加上在溧水三年任上又颇受安时处顺、无可无不可道家思想影响。周邦彦词作风格产生重大变化，词风逐渐由软媚转为凄婉、奇崛、沉郁顿挫的后期词

①张璋：《历代词话》，郑州：大象出版社，2002年，第186—187页。

风。高太后去世后，哲宗亲政改元绍圣，逐渐恢复熙宁变法，重新召回被贬斥的新党党人。周邦彦亦于绍圣四年（1097）被召回京师担任国子监主簿，时年四十二岁。元符元年（1101）担任秘书省正字。徽宗即位后，靖中建国元年（1101）迁校书郎，崇宁三年（1104）迁考功员外郎，大观元年（1107）迁为卫尉宗正少卿、政和元年（1111）迁卫尉卿。从绍圣四年重返京都到政和元年这十五年间，是周邦彦一生创作鼎盛期，许多名作如《兰陵王·柳》《琐窗寒·暗柳题鸦》《六丑·正单衣试酒》皆作于这个时期。由此确立了北宋后期词坛领袖地位。由于这个时期环境、心情都比较顺畅，又出现了一些绮陌看花、才垂杨系马之类应答歌伎之作。他的《兰陵王·柳》，人们所传即是李师师送别周邦彦出京都时周邦彦的感慨之作。

除周邦彦外，宋徽宗也是李师师的拥趸之一。二人的交往，可以参看宋文言传奇《李师师外传》。

李师师以歌者身份出现在宋词文化中，凭借其卓越的歌技成为流行文化偶像，通过她的那些著名的词人拥趸者和追随者，成为北宋中后期宋词文化传播的杰出代言人，发生在她身上的情况绝不是个案。谈论宋词文化的流行，必须充分注意到千千万万个李师师在其中所取的重要作用。如果没有这些歌儿舞女，如果没有她们，也就没有她们身后那千千万万的"粉丝团"所形成的巨大"粉丝效应"，宋词作为流行文化也就无从谈起。

2）词人及其粉丝效应

当然，在宋词文化中，歌妓虽然也能成为大众偶像，但身份更显贵，更具有演偶像意味的还要算那些占据词坛中心、具有词牌创作能力的词人们。这些词人们一方面接受来自普通歌女市民的崇拜，另一方面还接受来自较高层面的本集团其他文人的激赏和吹捧，有时候还能赢得来自最高统治者们的赞赏。

①市民成为词人的粉丝

普通市民阶层在词人面前"粉丝化"，是很容易理解的。柳永"凡有井水处皆能歌柳词"，苏轼《水调歌头》"都下传唱"，万俟咏"每一章出，信宿喧传都下"，都能说明这一点。市民阶层中，一些在传统文献中不大登场的女性，也偶尔获得了机会，出现在词家视野中。

《古今词话》"秦观"条记载了两则官宦妇人"粉"上词人秦少游的故事：

> 秦少游寓京师，有贵官廷饮，出宠姬碧桃侑觞，劝酒惓惓，少游领其意，复举觞劝碧桃。贵官云："碧桃素不善饮。"意不欲少游强之。碧桃曰："今日为学士拼了一醉。"引巨觞长饮。少游即席赠虞美人词曰："碧桃天上栽和露，不是凡花数。乱山深处水萦回。借问一枝如玉、为谁开。轻寒细雨情何恨。不道春难管。为君沉醉一何妨。只怕酒醒时候，逝水肠。"阖座悉恨。贵官云："今后永不令此姬出来"，满座大笑。①

---

①张璋：《历代词话》，郑州：大象出版社，2002年，第25页。

秦少游在扬州，刘太尉家出姬侑觞。中有一姝，善擘箜篌。此乐既古，近时罕有其传，以为绝艺。姝又倾慕少游之才名，偏属意，少游借箜篌观之。既而主人入宅更衣，适值狂风灭烛，姝来且相亲，有仓卒之欢。且云："今日为学士瘦了一半。"少游因作《御街行》以道一时之景曰："银烛生花如红豆。这好事、而今有。夜阑人静曲屏深，借宝瑟、轻轻招手。可怜一阵白苹风，故灭烛、教相就。　　花带雨、冰肌香透。恨啼鸟、辘轳声晓，岸柳案句有脱误。微风吹残酒。断肠时。至今依旧。镜中消瘦。那人知后。怕你来偎倚。"①

《古今词话》还记载了一则士人王致和以词吸引"女粉"的故事：

江致和　崇宁间，上元极盛。太学生江致和，在宣德门观灯。会车舆上遇一妇人，姿质极美，恍然似有所失。归运毫楮，遂得小词一首。明日妄意复游故地，至晚车又来，致和以词投之。自后屡有所遇，其妇笑谓致和曰：今日喜得到蓬官矣。词名《五福降中天》："喜元宵三五，纵马御柳沟东。斜日映朱帘，瞥见芳容。秋水娇横俊眼，腻雪轻铺素胸。爱把菱花，笑匀粉面露春葱。徘徊步懒，奈一点灵犀未通。怅望七香车去，慢辗春风。云情雨态，愿暂入阳台梦中。路隔烟霞甚时遇，许到蓬宫。"②

绿窗新话引此文较广记为详：云崇宁间，辇下上元极盛。太学生江致和，一夕在宣德门前看灯。适会车舆上见一妇人，姿色绝美，与致和目色相授，至夜深乃散。致和似有所失，遂作五福降中天一曲，具道其意。明日，致和以此词妄意于前日之地待之，至晚，车又来。妇人遥见致和，益增欢喜。致和密令小仆，以此词投之。自后致和屡见所遇，约致和于曲室，以尽缱绻。妇人笑曰："今日喜得君到蓬官矣。"

②歌妓成为词人的粉丝

宋词的创作者多为男性，而宋词歌妓多为年轻女性。歌妓在词人面前"粉丝化"，"失去抵抗能力"，是可以预料的。《古今词话》记载一个妓女追随善词的沪南营知寨云：

泸南营二十余寨，各有武臣主之。中有一知寨，本太学士人，为壮岁流落随军边防，因改右选，最善词章。尝与泸南一妓相款，约寒食再会，知寨者以是日求便相会。既而妓为有位者拉往踏青，其人终日待之不至。次日又逼于回期，然不敢轻背前约，遂留驻马听一曲以遗之而去。其词（《花草粹编》题作《留别》）曰："雕鞍成漫驻。望断也不归，院深天暮。倚遍旧日，曾共凭肩门户。踏青何处所。想醉拍春衫歌舞。征旆举。一步红尘，一步回顾。行行愁独语。想媚容、今宵怨郎不住。来为相思苦。又空将愁去。人生无定据。叹后会、不知何处。愁

①张璋：《历代词话》，郑州：大象出版社，2002年，第25页。
②张璋：《历代词话》，郑州：大象出版社，2002年，第27页。

万缕。仗东风，和泪吹与。"亦名《应天长》。妓归见之，辄逃乐籍往寨中从之，终身偕老焉。①

《能改斋词话》记载澶渊营妓喜欢唱李和文《望汉月》词：

> 李和文公作咏菊《望汉月》词，一时称美。云："黄菊一丛临砌。颗颗露珠妆缀。独教冷落向秋天，恨东君、不曾留意。　雕栏新雨霁。绿藓上、乱铺金蕊。此花开后更无花，愿爱惜、莫同桃李。"时公镇澶渊，寄刘子仪书云："澶渊营妓，有一二擅喉啭之技者，唯以'此花开后更无花'为酒乡之资耳。""不是花中惟爱菊，此花开后更无花"，乃元微之诗，和文用之耳。②

又《古今词话》分别记载了词人张先、柳永、李之问、任坊等人与"粉丝"交往的故事：

张先

> 张子野往玉仙观，中路逢谢媚卿，初未相识，但雨相闻名。子野才韵既高，谢亦秀色出世，一见慕悦，目色相授。张领其意，缓辔久之而去，因作谢池春慢以叙一时之遇。词云："缭绕重院，静闻有、啼莺到。绣被堆余寒，画幕明新晓。朱槛连天阔，飞絮知多少。径莎平，池水渺。日长风静，花影闲相照。尘香拂马，逢谢女、城南道。秀艳过施粉，多媚生轻笑。斗色鲜衣薄，碾一双蝉小。欢难偶，春过了。琵琶流韵，都入相思调。"③

柳永

> 柳耆卿尝在江淮倦一官妓，临别，以杜门为期。既来京师，日久未还，妓有异图，耆卿闻之怏怏。会朱儒林往江淮，柳因作《击梧桐》以寄之曰："香靥深深，姿姿媚媚，雅格奇容天与。自识伊来，便有怜才心素。临歧再约同欢，定是都把身心相许。又恐恩情，易破难成，未免千般思虑。　近日书来，寒暄而已，苦没刀刀言语。便认得、听人教当，拟把前言轻负。见说兰台宋玉，多才多艺善词赋。试与问、朝朝暮暮，行云何处去？"妓得此词，遂负？竭产，泛舟来輂下，遂终身从耆卿焉。④

聂胜琼

> 李公之问仪曹解长安幕，诣京师改秩。都下聂胜琼，名娼也，资性慧黠，公

---

①张璋：《历代词话》，郑州：大象出版社，2002年，第35页。
②张璋：《历代词话》，郑州：大象出版社，2002年，第53页。
③张璋：《历代词话》，郑州：大象出版社，2002年，第18页。
④张璋：《历代词话》，郑州：大象出版社，2002年，第19—20页。

见而喜之。李将行，胜琼送之别，饮于莲花楼，唱一词，末句曰："无计留君住，奈何无计随君去。"李复留经月，为细君督归甚切，遂别。不旬日，聂作一词以寄之，名鹧鸪天曰："玉惨花愁出凤城。莲花楼下柳青青。尊前花草阳关后，别个人人第五程。 寻好梦，梦难成。况谁知我此时情。枕前泪共帘前雨，隔个窗儿滴到明。"李在中路得之，藏于箧间。抵家为其妻所得，因问之，具以实告。妻喜其语句清健，遂出妆奁资募，后往京师取归。琼至，即弃冠栉，损其妆饰，奉承李公之室以主母礼，大和悦焉。①

按：上阕又引见花庵《唐宋诸贤绝妙词选》十、《花草粹编》五、《古今女史》十二，兹并校之。《粹编》题作"别李之问"，女史同。

任昉

太学生任昉，字少明，□一官妓，五夜来尝暂离。昉既善隈所抱，（按句有脱误）而妓以老妪间隔。妓曰："吾二人情意若此，莫若寻一利刃共死处。"昉姑诺之。后以一木刀裹以银纸，密卷纸数重，置于枕下，择日就行，妓深诺之。昉遂迁延时日，妓乃生疑，开纸观之，乃一木刀也，遂大恸绝昉。昉怀惓惓，遂作《雨中花》以贻妓曰："事往人离，还似暮峡归云，陇上流泉。奈向分罗带，已断么弦。长记歌时酒畔，难忘月夕花前。相携手处，琼楼朱户，触目依然。从来惯共，锦衾屏枕，长效比翼纹鸳。谁念我、而今清夜，长是孤眠。入户不如飞絮，傍怀争及炉烟。这回休也，一生心性，为你萦牵。"妓得歌之，遂复如初。（《绿窗新话》下引《古今词话》）按：上阕又引见《花草粹编》十，盖即本《古今词话》，兹并校之。又按：上阕或以为饶州张生作，《玉照新志》一记其本事（璋注：文长，从略。）与《古今词话》说殊，盖传闻异辞，未知孰是。②

按：《玉照新志》记其本事云：元符中，饶州举子张生游太学，与东曲妓杨六者好甚密。会张生南宫不利归，妓欲与之俱，而张不可。约半岁必再至，若渝盟一日，则任其从人。张偶以亲之命，后约几月，始至京师。首访旧游，其邻傲舍者迎谓曰，君非饶州张君乎，六娘每恨君失约，日托我访来期于学舍，其母痛折之，而念益切。前三日，母以归洛阳富人张氏，遂偕去矣。临发涕泣，多与我金钱，令候君来，引观故居毕，乃傲后人。生入观，则小楼奥室，欢馆宛然。几榻犹设不动，知其初去如所言也。生大感怆，不能自持，迹其所向，百计不能知矣。作《雨中花》词，盛传于都下。或云，即知常之子予功煮也。此得之廉宣仲布所记云。

③词人之间的"互粉"现象

词人集团内部的互粉，则是另一个普遍的现象。在宋词文化中，词人不仅仅承担

①张璋：《历代词话》，郑州：大象出版社，2002年，第32—33页。
②张璋：《历代词话》，郑州：大象出版社，2002年，第30页。

着创造者角色，同时也是词作最主要的受众之一。在宋词融媒的魅力下，文人士大夫们也大都未能免俗，纷纷走上了"粉丝化"道路。这种"粉丝化"，一方面表现为对歌妓等的激赏吹捧，更多的时候则表现为对词人、词作的喜爱和推崇。这后面一种情况乍看起来，倒很像是文人之间的相互吹捧，但如果仔细分析，则可以看出除了部分意见表达具有较多理性成分外，许多时候，词人们在他人好的作品面前，表现得更像是"粉丝"而不是"批评家"。

A.扬此抑彼。"粉丝"最容易扬此抑彼，所谓的"互掐"。宋词的许多大批评家们在这一点上都没能免俗。

大诗人陈师道，推崇秦观、黄庭坚的词作，不惜以批评自己的老师苏轼的词学创作为代价：

> 退之以文为诗，子瞻以诗为词，如教坊雷大使之舞，虽极天下之工，要非本色。今代词手，惟秦七黄九尔，唐诸人不逮也。（《后山集》卷二十三）

著名词人词论家张炎推崇姜夔的清空词风，不惜以攻击另一位大词人吴文英的词风为代价：

> 词要清空，不要质实。清空则古雅峭拔，质实则凝涩晦昧。姜白石词如野云孤飞，去留无迹。吴梦窗词如七宝楼台，炫人眼目，碎拆下来，不成片断。此清空质实之说……白石词如《疏影》《暗香》《扬州慢》《一萼红》《琵琶仙》《探春》《八归》《淡黄柳》等曲，不惟清空，又且骚雅，读之使人神观飞越。①

文学家晁补之论词，高度推崇秦少游，严厉批评黄庭坚"著腔子唱好诗"，却网开一面，为另一位提倡"诗人的词"的苏轼辩解，令人摸不着头脑：

> 近世以来作者皆不及秦少游，如"斜阳外，寒鸦万点，流水绕孤村。"虽不识字人，亦知是天生好言语。

> 黄鲁直间作小词，固高妙，然不是当行家语，是著腔子唱好诗。

> 苏东坡词，人谓多不协音律，然居士词横放杰出，自是曲子中缚不住者。②

苕溪渔隐胡仔爱苏词，贬柳词，作《苕溪渔隐词话》扬苏抑柳，极其所能。他表扬苏轼，推翻前人对苏词的负面评价，极尽其力。他表扬苏轼词时说：

> 苕溪渔隐曰："东坡大江东去赤壁词，语意高妙，真古今绝唱……"③

①张璋：《历代词话》，郑州：大象出版社，2002年，第192页。
②张璋：《历代词话》，郑州：大象出版社，2002年，第11页、第46页。
③张璋：《历代词话》，郑州：大象出版社，2002年，第78页。

苕溪渔隐曰："中秋词自东坡《水调歌头》一出，余词尽废……"①

对于前人对苏词的批评意见，他一一加以反驳：

> 苕溪渔隐曰："《后山诗话》谓：'退之以文为诗，子瞻以诗为词，如教坊雷大使之舞，虽极天下之工，要非本色。'余谓后山之言过矣，子瞻佳词最多，其间杰出者，如'大江东去，浪淘尽千古风流人物'，《赤壁词》；'明月几时有，把酒问青天'，《中秋词》；'落日绣帘卷，庭下水连空'，《快哉亭词》；'乳燕飞华屋，悄无人，桐阴转午'，《初夏词》；'明月如霜，好风如水，清景无限'，《夜登燕子楼词》；'楚山修竹，如云异材，秀出千林表'，《咏笛词》；'玉骨那愁瘴雾，冰肌自有仙风'，《咏梅词》；'东武南城新堤固，涟漪初溢'，《宴流杯亭词》；'冰肌玉骨，自清凉无汗'，《夏夜词》；'有情风，万里卷潮来，无情送潮归'，《别参寥词》；'缺月挂疏桐，漏断人初静'，《秋夜词》；'霜降水痕收浅碧，鳞鳞露远洲'，《九日词》：凡此十余词，皆绝去笔墨畦径间，直造古人不到处，真可使人一唱而三叹。若谓以诗为词，是大不然。子瞻自言，平生不善唱曲，故间有不入腔处，非尽如此，《后山》乃比之教坊司雷大使舞，是何每况愈下？盖其谬耳。"②

> 《后山诗话》云："世语云：苏明允不能诗，欧阳永叔不能赋，曾子固短于韵语，黄鲁直短于散语；苏子瞻词如诗，秦少游诗如词。"苕溪渔隐曰："后山谈何容易，便谓老苏不能诗，何污之甚！观前二联，岂愧作者。"③

> 《后山诗话》云："晁无咎言：'眉山公之词短于情，盖不更此境也。'余谓不然宋玉初不识巫山神女，而能赋之，岂特更而知也。余他文未能及人，独于词，自谓不减秦七、黄九。"苕溪渔隐曰："无己自矜其词如此，今《后山集》不载小词，世亦无传之者，何也？"④

甚至对于有损苏轼高大形象的哪怕褒扬意见，他都不放过：

> 《古今词话》云："苏子瞻守钱塘，有官妓秀兰……秀兰收泪无言，子瞻作《贺新凉》以解之……子瞻之作，皆纪目前事，盖取其沐浴新凉，曲名《贺新凉》也。后人不知之，误为《贺新郎》，盖不得子瞻之意。子瞻真所谓风流太守也，岂可与俗吏同日语哉？"苕溪渔隐曰："野哉，杨湜之言，真可入笑林。东坡此词，冠绝古今，托意高远，宁为一娼而发耶……"⑤

而对于苏轼曾多所批评的柳永，则连人带词极力贬低，毫不留情：

---

① 张璋：《历代词话》，郑州：大象出版社，2002年，第82页。
② 张璋：《历代词话》，郑州：大象出版社，2002年，第96—97页。
③ 张璋：《历代词话》，郑州：大象出版社，2002年，第90页。
④ 张璋：《历代词话》，郑州：大象出版社，2002年，第94页。
⑤ 张璋：《历代词话》，郑州：大象出版社，2002年，第87—88页。

　　《艺苑雌黄》云:"柳三变,字景庄,一名永,字耆卿,喜作小词,然薄于操行,当时有荐其才者,上曰:'得非填词柳三变乎?'曰:'然。'上曰:'且去填词。'由是不得志,日与狷子纵游娼馆酒楼间,无复检约,自称云:'奉圣旨填词柳三变。'呜呼,小有才而无德以将之,亦士君子之所宜戒也。柳之乐章,人多称之,然大概非羁旅穷愁之词,则闺门淫媟之语;若以欧阳永叔、晏叔原、苏子瞻、黄鲁直、张子野、秦少游辈较之,万万相辽。彼其所以传名者,直以言多近俗,俗子易悦故也。皇祐中,老人星现,永应制撰词,意望厚恩,无何始用渐字,终篇有'太液波翻'之语,其间'宸游凤辇何处',与仁庙挽词暗合,遂致忤旨。士大夫惜之。余谓柳作此词,借使不忤旨,亦无佳处。如'嫩菊黄深,拒霜红浅',竹篱茅舍间,何处无此景物,方之李谪仙、夏英公等应制辞,殆不啻天冠地履也。世传永尝作《轮台子蚤行词》,颇自以为得意。其后张子野见之,云:'既言匆匆策马登途,满目淡烟衰草,则已辨色矣;而后又言楚天阔,望中未晓,何也?柳何语意颠倒如是?'"①

王灼《碧鸡漫志》,亦是极力崇苏抑柳的调子。与胡仔不同的是,他不仅注意到柳永,也注意到了与苏轼意见不同的李清照,连带着李清照也作了最严厉的批评。他表扬苏轼时极尽其高:

　　东坡先生以文章余事作诗,溢而作词曲,高处出神入天,平处尚临镜笑春,不顾侪辈。或曰:长短句中诗也。为此论者,乃是遭柳永野狐涎之毒。诗与乐府同出,岂当分异?若从柳氏家法,正自不得不分异耳。晁无咎、黄鲁直皆学东坡,韵制得七八。黄晚年闲放于狭邪,故有少疏荡处。后来学东坡者,叶少蕴、蒲大受亦得六七,其才力比晁、黄差劣。苏在庭、石耆翁入东坡之门矣,短气局步,不能进也。赵德麟、李方叔皆东坡客,其气味殊不近;赵婉而李俊,各有所长。晚年皆荒醉汝颍京洛间,时时出滑稽语。②

　　长短句虽至本朝盛,而前人自立与真情衰矣。东坡先生非心醉于音律者,偶尔作歌,指出向上一路,新天下耳目,弄笔者始知自振。今少年妄谓东坡移诗律作长短句,十有八九不学柳耆卿,则学曹元宠,虽可笑,亦毋用笑也。③

其批评柳永、李清照时努力做出貌似公正的态度,实则贬抑更甚:

　　柳耆卿《乐章集》,世多爱赏,其实该洽,序事闲暇,有首有尾,亦间出佳语,又能择声律谐美者用之。惟是浅近卑俗,自成一体,不知书者尤好之。予尝以比都下富儿,虽脱村野,而声态可憎。前辈云:"《离骚》寂寞千年后,《戚氏》

①张璋:《历代词话》,郑州:大象出版社,2002年,第80页。
②张璋:《历代词话》,郑州:大象出版社,2002年,第108—109页。
③张璋:《历代词话》,郑州:大象出版社,2002年,第110页。

凄凉一曲终。"《戚氏》，柳所作也，柳何敢知世间有《离骚》，惟贺方回、周美成时时得之。贺《六州歌头》《望湘人》《吴音子》诸曲，周《大酺》《兰陵王》诸曲最奇崛。或谓深劲乏韵，此遭柳氏野狐涎吐不出者也。歌曲自唐虞三代以前，秦汉以后皆有，造语险易，则无定法。今必以"斜阳芳草""淡烟细雨"绳墨后来作者，愚甚矣。故曰：不知书者，尤好著卿。①

易安居士，京东路提刑李格非文叔之女，建康守赵明诚德甫之妻。自少年便有诗名，才力华赡，逼近前辈，在士大夫中已不多得，若本朝妇人，当推词采第一。赵死，再嫁某氏，讼而离之，晚节流荡无归。作长短句能曲折尽人意，轻巧尖新，姿态百出，闾巷荒淫之语，肆意落笔，自古搢绅之家能文妇女，未见如此无顾籍也。陈后主游宴，使女学士狎客赋诗相赠答，采其尤艳丽者被以新声，不过"璧月夜夜满，琼树朝朝新"等语。李戡尝痛元白诗纤艳不逞，非庄士雅人，多为其破坏。流于民间，子父女母，交口教授，淫言媟语，冬寒夏热，入人肌骨，不可除去。二公集尚存，可考也。元与白书，自谓近世妇人，晕淡眉目，绾约头鬟，衣服修广之度，及匹配色泽，尤剧怪艳，因为艳诗百余首，今集中不载。元会真诗，白梦游春诗，所读纤艳不逞，淫言媟语，止此耳。温飞卿号多作侧辞艳曲，其甚者："合欢桃核终堪恨，里许元来别有人"，"玲珑骰子安红豆，入骨相思知不知"，亦止此耳。今之士大夫学曹组诸人鄙秽歌词，则为艳丽如陈之女学士狎客，为纤艳不逞淫言媟语如元白，为侧词艳曲如温飞卿，皆不敢也。其风至闺房妇女，夸张笔墨，无所羞畏，殆不可使李戡见也。②

其对于李清照的批评远离了批评家的风度，已接近于谩骂了。

著名词论家沈义父，则是周邦彦的坚定拥趸。其《乐府指迷》论词崇"协律""雅正"，唯推周邦彦：论及周邦彦则以为"冠绝""作词当以清真为主"论及其他词人则以为"各有得失"，唯为指瑕；或有不便指责处，则极力往"知音"周邦彦身上靠，努力维护"周邦彦标准"。他论及周邦彦时，推扬其"冠绝"，只有好话，没有意见：

凡作词，当以清真为主。盖清真最为知音，且无一点市井气。下字运意，皆有法度，往往自唐宋诸贤诗句中来，而不用经史中生硬字面，此所以为冠绝也。学者看词，当以《周词集解》为冠。③

当论及其他词人的时候，则都只是论其"得失"，论其得者则说深得清真之妙，论其失者则多半是与清真不一样之处：

康伯可、柳耆卿音律甚协，句法亦多有好处。然未免有鄙俗语。

---

① 张璋：《历代词话》，郑州：大象出版社，2002年，第110页。
② 张璋：《历代词话》，郑州：大象出版社，2002年，第112页。
③ 张璋：《历代词话》，郑州：大象出版社，2002年，第199—200页。

姜白石清劲知音，亦未免有生硬处。

梦窗深得清真之妙。其失在用事下语太晦处，人《百尺楼丛书》作令人。不可晓。

施梅川音律有源流，故其声无舛误。读唐诗多，故语雅澹。间有些俗气，盖亦渐染教坊之习故也。亦有起句不紧切处。

孙花翁有好词，亦善运意。但雅正中忽有一两句市井句，可惜。①

对于与周邦彦方向不一样的豪放风气，虽不敢直接批评苏轼和辛弃疾，却笔锋一转，将苏辛之外的其他豪放词风来了个一网打尽：

近世作词者，不晓音律，乃故为豪放不羁之语，遂借东坡、稼轩诸贤自诿。诸贤之词，固豪放矣，不豪放处，未尝不叶律也。如东坡之《哨遍》、杨花《水龙吟》，稼轩之《摸鱼儿》之类，则知诸贤非不能也。②

后人所谓"《词源》论词，独尊白石。《指迷》论词，专主清真"（蔡嵩云《乐府指迷笺释》引言）③的批评，是很有见地的。

B.单向"粉"行为

当然，"粉丝"所行，也不尽如上述张炎、周密、王灼、沈义父等走向两个极端。也有一些只是单方面的欣赏和喜爱。这些喜爱表现在一系列具有区别意义的"粉丝性"行为上，如点评、感叹、追忆、为之张目、推介等，这些"粉丝性"行为无一不具有极好的传播效应。

如苏轼爱秦观"郴江幸自绕郴山，为谁流下潇湘去"，就化身成为了秦观的最大推销者：

《冷斋夜话》云："少游到郴州，作长短句云：'雾失楼台……'东坡爱其尾两句，自书于扇曰；'少游已矣，虽万人何赎。'"④

黄庭坚推崇贺铸《青玉案》词，则用以诗论诗的方式进行了独特表达：

江南某氏者解音律，时时度曲。周美成与有瓜葛，每得一解，即为制词，故周集中多新声。贺方回初在钱塘作《青玉案》，鲁直喜之，赋绝句云："解道江南断肠句，只今惟有贺方回。"贺集中如《青玉案》者甚众。大抵二公卓然自立，不肯浪下笔，予故谓语意精新，用心甚苦。⑤

①张璋：《历代词话》，郑州：大象出版社，2002年，第200页。
②张璋：《历代词话》，郑州：大象出版社，2002年，第201页。
③张璋：《历代词话》，郑州：大象出版社，2002年，第207页。
④张璋：《历代词话》，郑州：大象出版社，2002年，第92页。
⑤张璋：《历代词话》，郑州：大象出版社，2002年，第111页。

　　贺方回为《青玉案》词，山谷尤爱之，故作小诗以纪其事。及谪宜州，山谷兄元明和以送之云："千峰百嶂宜州路，天黯淡（原作但，据临啸书屋刊本改）、知人去。晓别吾家黄叔度。弟兄华发，远山修水，异日同归处。长亭饮散樽罍暮，别语缠绵不成句。已断离肠能几许？水村山郭，夜阑无寐，听尽空阶雨。"山谷和云："烟中一线来时路，极目送、幽人去。第四阳板云不度。山胡声转，子规言语，正是人愁处。别恨朝朝连暮暮。忆我当年醉时句。渡水穿云心已许。晚年光景，小轩南浦，帘卷西山雨。"洪觉范亦尝和云："绿槐烟柳长亭路，恨取次、分离去。日永如年愁难度。高城回首，暮云遮尽，目断人何处。解鞍旅舍天将暮，暗忆丁宁千万句。一寸危肠情几许。薄衾孤枕，梦回人静，彻晓潇潇雨。"①

秦少游《千秋岁》词为晁补之、黄庭坚极力推称，晁、黄二人的"粉丝性"表现耐人寻味：

　　秦少游《千秋岁》，世尤推称。秦既没藤州，晁无咎尝和其韵以吊之云："江头苑外，尝记同朝退。飞骑轧，鸣珂碎。齐讴云绕扇，赵舞风回带。严鼓断，杯盘狼藉犹相对。洒涕谁能会。醉卧藤阴盖。人已去，词空在。兔园高宴悄，虎观英游改。重感慨。惊涛自卷珠沉海。"中云"醉卧藤阴盖"者，少游临终作词所谓"醉卧古藤阴下，了不知南北"，故无咎用之。山谷守当涂日，郭功父尝寓焉。一日，过山谷论文，山谷传少游千秋岁词，叹其句意之善，欲和之，而海字难押。功父连举数海字，若孔北海之类，山谷颇厌，而未有以却之者。次日，又过山谷问焉，山谷答曰："昨晚偶得一海字韵。"功父问其所以，山谷云："羞杀人也爷娘海。"自是功父不复论文于山谷矣，盖山谷用俚语以却之也。②

张侃《拙轩词话》推崇秦观，则直接采取了评论的方式，谓其"古今绝唱"：

　　秦淮海词古今绝唱，如《八六子》前数句云："倚危亭。恨如芳草，萋萋划尽还生。"读之愈有味。又《李汉老洞仙歌》云："一团娇软，是将春揉做，撩乱随风到何处。"此有腔调散语，非工于词者不能到。毛友达可诗"草色如愁滚滚来"，用秦语。③

　　周密爱吴文英胞弟翁元龙词，则直接采取了"点评"与"摘句"方式为之张目，谓其词可与吴文英并肩：

　　翁元龙，字时可，号处静，与君特为亲伯仲，作词各有所长。世多知君特诗，而知时可者甚少。予尝得一编，类多佳语，已刊于集矣。今复撷数小阕于此。《江城子》云："一年箫鼓又疏钟。爱东风，恨东风。吹落灯花，移在杏梢

①张璋：《历代词话》，郑州：大象出版社，2002年，第47—48页。
②张璋：《历代词话》，郑州：大象出版社，2002年，第48页。
③张璋：《历代词话》，郑州：大象出版社，2002年，第149页。

红。玉屑翠钿无半点，空湿透，绣罗弓。燕魂莺梦渐惺松。月帘栊，影迷蒙。催趁年华，都在艳歌中。明日柳边春意思，便不与，夜来同。"《李春·西江月》云："画阁换粘春帖，宝筝抛学银钩。东风轻滑玉钗流，纤就燕纹莺绣。隔帐灯花微笑，倚窗云叶低收。双鸳刺罢底尖头，剔雪间寻豆蔻。"《赋茉莉·朝中措》云："花情偏与夜相投，心事鬓边羞。熏醒半床凉梦，能消几个开头。风轮慢卷，冰壶低架，香雾飕飕。更著月华相恼，木犀淡了中秋。"《巧夕·鹊桥仙》云："天长地久，风流云散，惟有离情无算。从分金镜不成圆，到此夜、年年一半。轻罗暗纲，蛛丝得意，多似妆楼针线。晓看玉砌淡无痕，但吹落、梧桐几片。"又如："奥莲牵藕线，藕断丝难断。弹水没鸳鸯，教寻波底香。"真《花间》语也。①

④最高统治者化身词人的"粉丝"

除了文人互粉之外，杰出的词人们还能够吸引当朝者的注意，将当朝统治者变成他们的粉丝。宋神宗对柳永、苏轼词的欣赏就是很好的例子：

> 《后山诗话》云："柳三变游东都南北二巷，作新乐府，骫骳从俗，天下咏之，遂传禁中。仁宗颇好其词，每对酒，必使侍妓歌之再三。三变闻之，作宫词，号《醉蓬莱》，因内官达后宫，且求其助。后仁宗闻而觉之，自是不复歌此词矣。会改京官，乃以无行黜之。后改名永，仕致屯田员外郎。"苕溪渔隐曰："先君尝云：柳词'鳌山彩构蓬莱岛'当云'彩缔'。坡词'低绮户'，当云'窥绮户'，二字既改，其词益佳。"②

> "明月几时有，把酒问青天。不知天上宫阙，今夕是何年。我欲乘风归去，又恐琼楼玉宇，高处不胜寒。起舞弄清影，何似在人间。 转朱阁，低绮户，照孤眠。不应有恨，何事长向别时圆。人有悲欢离合，月有阴晴圆缺，此事古难全。但愿人长久，千里共婵娟。"是词乃东坡居士以丙辰中秋欢饮达旦大醉，作《水调歌头》兼怀子由，时丙辰熙宁九年也。元丰七年，都下传唱此词，神宗问内侍外面新行小词，内侍录此进呈。读至"又恐琼楼玉宇，高处不胜寒"，上曰：苏轼终是爱君，乃命量移汝州。③

当然，由于宋神宗、徽宗等的独特身份，使得他们的"粉丝化"身份极为复杂，"粉丝性"在他们身上表现得并不彻底。但是，无论如何，宋词文化的流行，这些统治者"粉丝"们的作用也是不容忽视的。

3）乐府机关的"吸粉"行为

另外，大晟乐府机关人员作为国家音乐机关高级音乐人才，在填词唱曲的过程中推波助澜，自然也涌现出来了一批偶像级人物，吸引了大量的粉丝关注。王灼《碧鸡

---

①张璋：《历代词话》，郑州：大象出版社，2002年，第184页。
②张璋：《历代词话》，郑州：大象出版社，2002年，第74页。
③张璋：《历代词话》，郑州：大象出版社，2002年，第43页。

漫志》"大晟乐府得人"条载当时盛况：

> 崇宁间建大晟乐府，周美成作提举官，而制撰官又有七。万俟咏雅言，元祐诗赋科老手也，三舍法行，不复进取，放意歌酒，自称大梁词隐。每出一章，信宿喧传都下，政和初召试补官，置大晟乐府制撰之职。新广八十四调，患谱弗传，雅言请以盛德大业及祥瑞事迹制词实谱，有旨依月用律，月进一曲，自此新谱稍传。时田为不伐亦供职大乐，众谓乐府得人云。[1]

万俟咏"放意歌酒，自称大梁词隐。每出一章，信宿喧传都下"，就是从中涌现出来的词坛明星。这些中央音乐机关的工作人员参与俗曲创作，自然为宋词赢得了大量的市民粉丝团，对宋词的创作和文化传播起到了不可替代的作用。

宋词作家有能力将国家各个阶层的人物都变成宋词的热爱者和传唱着，宋词的读者"粉丝化"涉及上自天子下至普通市民各个层次，而每一个层次的粉丝反过来又成为宋词文化最好的宣传传播者，吸引更多的"粉丝"参与进来，为宋词文化的繁荣带来更多的帮助。这个过程就像滚雪球一样越滚越大，最终形成了浩浩荡荡宋词流行之风。

作家意见领袖化，作品融媒化、读者"粉丝化"传媒化，这是宋词构建深度拟态环境的三个维度，也是宋词最终成为流行文化的原因。宋词通过建筑深度拟态环境塑造流行文化的方式为深度拟态环境塑造提供了一个极佳范例，为流行文化的创造提供了一个最好的参考。

3.1.4.3　深度拟态环境塑造之二：明对联文化兴起

白化文在《联话丛编序》中说，"原夫联语传播自宋而滥觞乎唐。虽应酬之制，颇炽盛于明清社会"[2]。对联"滥觞乎唐""传播自宋"而"炽盛于明清社会"，这是大致可信的。所谓"炽盛于明清社会"，就是说对联在明清两朝得以流行的意思，这种流行有赖于其深度拟态环境的成功塑造。兹以明代对联的流行为例来说明深度拟态环境的形成。

（1）明对联文化流行小识

明代对联，作手众济、受众广泛、题材广博、形制多样，并制作、流行场所皆极为多样，非流行不能称之。兹以今存明撰二家联话《奇联撷萃》《金声巧联》（三十则本）所载明代联语，窥其流行一管（见表3-1）。

---

①张璋：《历代词话》，郑州：大象出版社，2002年，第184页。
②龚联寿：《联话丛编》，南昌：江西人民出版社，2000年，序。

表3-1　明撰联话《奇联撷萃》《金声巧联》所存明联基本情况分析

联名	出句作者身份	对句作者身份	对联场所	主题题材	形式体制	其他
01-1 感联除职	皇帝（朱元璋）	国子监生员（任福通）	酒楼	写人联	四六句组	除浙江布政使
01-2 多宝如来	皇帝（朱元璋）	翰林学士（汪怀素）	寺庙游赏	即景颂人联	四六句组	进吏部尚书
01-3 兆应兄弟	皇帝（朱元璋）	太学生	太学宿舍	写物联	五言	授御史
01-4 店主还对	皇帝（朱元璋）	小村店店主	小村店	即物咏时联	三四四句组	欲官之、不仕
01-5 梦联应兆	皇帝（朱棣）	殿试生元（马铎）	殿试	咏物联	七言	定为状元
01-6 神童捷对	皇帝（朱棣）	六岁神童（彭应山）	节日城楼观灯	即物咏时联	四四句组	
01-7 孙生捷对	郡侯	幼童（孙周翰）	赏春作会	即物戏人联	七言	
01-8 童生善对	某知县	童生	岁考中	即事戏人联	七言	
01-9 童子捷对	洪武太学生擢浙金宪	总角书生	书院	即事戏人联	五四句组	重赏
01-10 商辂捷对	皇帝（英宗朱祁镇）	商辂（兵部侍郎）	朝会间隙	政事联	四四句组	
01-11 讥乱明伦	无名子	无名子	府学门前	讽学政联	四十句组	自愧
01-13 因对免刑	县丞	秀才	县衙	政事联	七四句组	得免刑
01-14 对应圣言	英宗	神童（李东阳、程敏政）	朝廷	写物联	六言	许以相位
01-16 给事尚书	尚书夏原吉	给事	天宁寺如厕路中	即事戏谑联	六四句组	
01-17 台阁先声	老师、官宦	幼学（丘濬）	私塾	解难联	五言、七言	
01-18 须发相消	御史	府学七旬教官	府学	答难联	六四句组	
01-19 言从其志	邑宰同僚	廉洁邑宰	县衙	即事答难联	七四句组	
01-20 春雨分茶	教坊妓	神童解元（解缙）	妓院	即事答难联	四五句组（一字领）	
01-21 以姓为联	欧知县	赵教谕	征粮酒席上	即事联	五四句组	
01-22 即物为联	方丈	游客	寺庙待茶	景物联	五四句组	

续表

联名	出句作者身份	对句 作者身份	对联场所	主题题材	形式体制	其他
01-23 以对见志	状元学子舒芬		书斋	书斋联	四七句组	
01-24 公堂署联	士大夫(神童、翰 林、提学)		自撰堂联	堂联	七言	
01-25 司马门联	大司马/书生	大司马/书生	大司马府前	门联、 答难联	七言、 四六句组联	
01-26 林环状元	试官	考生(林环)	乡试	乡试	六四句组	
02-18 雪消月满	某文宗	学生	府县学堂	即景联	五言	
02-21 御沟金屋	官员(毛三江)	驸马 (邬景和)	礼曹	即物联	七言	
02-25 木匠还联	道人	木匠		行业联	四三三句组	
27则	计:皇帝、大臣、普通官员、学官、 学生、文人、商人、木匠、道士		计:庙堂、学 府、科场、酒 肆、寺庙、妓 院	计:咏物联、 咏景联、楼 观联、居室 联、即事联、 答难联、行 业联	计:四、五、 六、七言;组 合联	

注:(1)表中编号皆出自龚联寿《联话丛编》编制;(2)表中27则故事为二联话中明代对联部分,剔除掉重复所得。

从上述二联话所存明代对联可以看出对联在当时的流行,绝非虚辞。

首先,从表3-1可以看出明对联的作者身份多样,涵盖了社会各层次、各个年龄阶段,显示了非常广泛的社会基础。从参与者身份看,上自皇帝朱元璋、朱棣、朱祁镇,下至大臣、普通官员、学官、学生,乃至普通文人、商人、木匠、道士,各阶层各行业中稍通文墨之人都能参与;从参与者年龄来看,有七十岁的老学师,有正值中年、青年的各阶层各行业人员,更有大量的学子、少年、惊为天人的神童,乃至低至六岁的幼龄儿童。老少皆宜,身份不论,稍通文字即可参与创作,这是明对联成为流行文化的一个重要表现。

其次,从表3-1看,明对联的主题广泛,题材多样。短短三十则对联,从描写对象看有写物联、有写景联、有写人联、有即事联、有对答联;从反映场合看有门联、有堂室联、有景观联、有行业联、有对答诘难联等。其描写内容、主体、题材都非常多样化。

再次,从表3-1看,明对联的形式体制也是多姿多彩的。从上下联关系看,有自制联与对答联之别;从联语句式看有三言、四言、五言、六言、七言、十言之别;从联句数量看,有单句出联,有双句出联,有多句出联,十字以上的长联也已出现。整体上来讲，反映出明代对联在形制上已经充分发挥了对联短小精悍却有句法多样，毫不拘泥的灵活特色。

最后，从表3-1看，明对联的应用场合也是十分广泛的。从书斋景观场合的装饰艺术到师生课堂内外的教学对答、君臣文人间的宴席雅聚、日常生活的吟咏讽诵，甚至科场内外的竞争、节日礼仪场合的庆典，都有对联的影子。在国家科举考试系统中，对联时不时成为灵活有效的考察手段，如神童考核、乡试考察、殿试应对等，无不是彰显明对联广阔用途的例子。

（2）明对联作者的意见领袖化

对联作为明清两朝长盛不衰的流行文化，一代有一代的推手，然而明清最著名于世者，莫过于两对君臣：朱元璋、解缙，乾隆、纪晓岚。这四人，两个钟爱对联的风雅天子，一个为开国之君，一个为千古名帝，两个民间传颂的对联神童，一个后来主持修撰永乐大典而名震中外，一个后来主持编纂四库全书而名震古今。其中，朱元璋与解缙同朝先后，乾隆与纪晓岚大约同时，两朝联坛风雅君臣各为当时意见领袖，由他们引领对联走向潮流，最是适宜不过。四人作为当时联坛的意见领袖，其行为方式、具体表现并不一样，兹以朱元璋、解缙君臣为例说明。

1）朱元璋以五事成为明初联坛意见领袖，引领对联走向流行

朱元璋号为对联天子，非唯喜好对联，更以活动家身份引领潮流，成为联坛当之无愧的意见领袖。朱元璋以五事引领对联成为流行文化：一曰以对联交人；二曰以对联授官；三曰以对联取士；四曰以对联教子，五曰以政策强推对联。所谓"上有所好，下必从焉"，何况朱元璋对对联是毕尽全力。五事俱下，对联遂一变为雅俗共赏、老少皆宜、官民同议、全民咸与的爱好、习惯、风俗、技艺。

①以对联交人

朱元璋喜欢对联，非只自娱，而是把对联当成了日常交往的工具。今传朱元璋对联故事，涉及交往对象包括他的策士、谋臣、大将、臣子、家人、子嗣，以及其他他所邂逅的各阶层人士，如科举学子、村店老板、屠夫走卒等等，范围甚大，阶层甚广，可见其爱好之深，应用之勤。

其中，与他的三个开国元勋陶安、刘基、徐达的对联交往故事，流传至今，尤为人所称道。

陶安追随朱元璋，辅佐朱元璋平定天下，深得朱元璋敬重。元至正二十四年（1364），史载朱元璋称吴王，欲任用刘基、宋濂、章溢、叶琛等名士，问陶安对这四人的看法，陶安称："臣谋略不如刘基，学问不如濂，治民之才不如溢、琛。"以其谦虚深得朱元璋之心。

今传朱元璋与陶安交往对联有两则，一则记载的是朱元璋出联主动赞美陶安，引起陶安对联答谢反赞的故事：

　　枕耽典籍，与许多贤圣并头；

扇写江山，有一统乾坤在手。

朱太祖见陶安用书作枕，因出此对，陶答之。出句就陶安之事而言，其意已精，对句能称太祖心期，尤为妙甚。①

另一则则是记载了朱元璋题赠门联赞陶安之事：

《列朝诗集》载：学士陶安宇主敬，明太祖尝制门帖赐之曰："国朝谋略无双士；翰苑文章第一家。"②

以统帅和天子之尊，而出联赞美自己的下手，对君臣而言当然是和睦了关系，赢得了名声，对对联而言却无疑是一个活广告。

刘伯温，原名刘基，字伯温，处州青田县南田乡人，元末明初军事家、政治家、文学家，明朝开国元勋。明洪武三年（1370）封诚意伯，故又称刘诚意。武宗正德九年追赠太师，谥号文成，后人称他刘文成、文成公。刘伯温是朱元璋取得天下最得力的谋士之一，朱元璋与刘伯温的对联交往是又多又好。《新镌评释巧对》载朱元璋与刘基谋划攻打苏州之时，君臣互答的对联：

天下口，天上口，志在吞吴；
人中王，人边王，意图全任。

朱太祖与刘基计下姑苏，因出此对，而刘答之。上意决，遂起兵攻士诚。"天下口"是"吞"字，"天上口"是"吴"字，以下句合上句而自言其志。字形意思，殊难为偶。"人中王"是"全"字，"人边王"是"任"字。亏刘想出上二句，衬出下句来也。此妙不可言者。③

朱元璋与刘伯温俱都爱下棋，同书还载了两则两人边下棋边对对联的故事：

天作棋盘星作子，如月争光；
雷为战鼓电为旗，风云际会。

明太祖与刘伯温下棋，因出此对，伯温答之。太祖"日月"之句，殆以两人下棋，而言君臣之欲较胜欤。伯温"风云"之句，则谓君臣之幸相遇耳，各有寓意存焉。思之乃觉其妙。④

几幅画图，虎不啸，龙不吟，花不馨香鱼不跳，成何良史；
一盘棋局，车无轮，马无足，炮无烟火象无牙，照甚将军。
满堂古画，虎不啸，龙不吟，花不馨香鱼不跳，笑杀蓬头刘海；

①龚联寿：《联话丛编》，南昌：江西人民出版社，2000年，第67页。
②龚联寿：《联话丛编》，南昌：江西人民出版社，2000年，第309页。
③龚联寿：《联话丛编》，南昌：江西人民出版社，2000年，第179页。
④龚联寿：《联话丛编》，南昌：江西人民出版社，2000年，第73页。

一局象棋，车无轮，马无足，炮无烟火士无谋，闷死在寨将军。

朱太祖同刘基看花鸟图，因出前对，曰："先生可属之。"刘答之。上曰："绝对也，非先生见不能到此。"有评者云："设言而寓意自深。"余却不知其何谓也。尝见刻本，多是后面所附之句，与前大同小异，而无事实可考，未知孰是。但论其对句，则以"棋"对"画"，两下旗鼓足以相当。所附之对，原文于出之第二三句，是"龙不吟"在先，则与对之"车无轮"二句，俱是先平后仄，故代易之。末句只是"笑杀蓬头"与"闷死将军"，则句末又俱是平声也。后复见一刻本，末句仍有"刘海"以对"将军"，乃为合韵，故从之。①

悬揣这两则对联的内容，二者应该都是写在取得天下之前，对联中显示出来朱元璋对刘伯温的尊重是异乎寻常的。同时，值得注意的是，在这些对联故事中，朱元璋都是主动出联的一方，可以想见朱元璋对对联的喜爱真是深入骨髓，对联确实渗透进了他日常生活。当然，也不是所有人都像他这样痴迷此道，刘伯温对于对联似乎就不是特别爱好擅长，常为思考对句而苦恼不已。清梁恭辰《巧对续录》记载了一则朱元璋出对，而刘伯温苦思下联的故事：

诚意伯刘基将朝谒，途中忽一僧求附舟，公命纳之。时公方作表，筹思不能安席，僧曰："有何事在念？"公曰："表中'蹉跎岁月，五旬有三'，未有对句。"僧随口曰："何不言'补报朝廷，万分无一'。"公惊起，曰："和尚非高峰乎？"款留多日别去。②

可见朱元璋周围的人，也不都是对联上才华横溢之辈，但为形势所迫，却也不得不参与到了这场由朱元璋所导演的文化大戏之中。

徐达（1332—1385年），字天德，濠州钟离（今安徽凤阳市）人，明朝开国军事统帅，淮西二十四将之一。

徐达是朱元璋儿时的好友，二人同出农家，同生共死打天下，交往自然深切。朱元璋对这位生死之交的情谊最终还是以对联的形式表达了出来。清梁章钜《楹联丛话》传朱元璋亲自为徐达写春联赞其功勋卓著之事：

明周吉甫（晖）《金陵琐事》载：太祖尝御书春联赐中山王徐达，云："始余起兵于濠上，先崇捧日之心。逮兹定鼎于江南，遂作擎天之柱。"按：此二十六字，乃初封信国公诰中语也。又一联云："破房平蛮，功贯古今人第一；出将入相，才兼文武世无双。"盖亦赐中山王作。③

朱元璋与徐达的生死交谊的另一个体现是脍炙人口的带有浓郁对联意味的胜棋楼故

①龚联寿：《联话丛编》，南昌：江西人民出版社，2000年，第126—127页。
②龚联寿：《联话丛编》，南昌：江西人民出版社，2000年，第2568页。
③龚联寿：《联话丛编》，南昌：江西人民出版社，2000年，第309页。

事。清《楹联三话》载：

> 金陵莫愁湖上有胜棋楼，相传明太祖与徐中山王赌棋于此楼，以湖输于徐氏，听其收租。楼中悬中山王画像一轴，楹有联云："先世著勋猷，忆当年龙虎风云，楸枰一局；熙朝隆享祀，怃此日蘋蘩涧沼，汤沐千秋。"[1]

在胜棋楼故事中，并没有出现朱元璋撰写的对联，但是，人们却以大量对联作品向这位对联天子致敬。围绕这位对联天子和胜棋楼胜景生成了许多优美的对联，形成了一个庞大的对联场，许多高手作者受其影响，都欣然在此留下他们的佳作。这些佳作被历代联话著述者所注意，清联话《楹联述录》《平冶楼联话》、民国联话《师竹庐联话》都有相关记载：

> 又湖心亭联，为圣因寺僧永清题云："四面轩窗宜小坐，一湖风月此平分。"莫愁湖胜棋楼有徐中山王像，相传王与明太祖弈棋而胜，即以此楼赐之。湖中荷花极盛，太史题云："占全湖绿水芙蕖，胜国君臣棋一局；看终古雕梁玳瑁，卢家庭院燕双楼。"[2]

> 金陵莫愁湖湖楼楹帖最多，兹绿其佳者。黄慎之修撰（思永）云："六代湖山，几人诗酒；簇新花鸟，依旧楼台。"以上在胜棋楼下。郭续甫（树勋）云："天子爱英雄，登金碧重楼，想见云龙万里；美人隔秋水，望芙蓉十顷，疑来海燕双栖。"俞荫甫编修（樾）云："占全湖绿水芙蕖，胜国君臣棋一局；看终古雕梁玳瑁，吴家庭院燕双栖。"注云："楼有徐中山王像，相传王与太祖赌棋，而胜即以此湖赐之，湖中荷花弥望无际。"以上在胜棋楼上。彭雪琴云："王者五百年，湖山具有英雄气；春光二三月，莺花合是美人魂。"以上在郁金堂。[3]

> 金陵城西有小湖，早因莫愁著名，其旁有胜棋楼，相传徐中山王与明太祖弈棋而胜，即以此湖赐之。楼悬楹帖云："占全湖渌水芙蕖，胜国君臣棋一局；看终古雕梁玳瑁，卢家庭院燕双栖。"上下联俱切。同治间新修，正荷花盛开，悬中山王、卢莫愁两像。逾数年，增悬曾文正公像焉。彭雪琴宫保题有"山色惯迎逃世客；水声常送渡溪僧"之句。长沙罗君庶丹题有"管领湖山属儿女；平分楼阁坐王侯"之句。湘潭黎君福昌撰偶语云："我独携半卷离骚，借秋水一湖，来把牢愁尽浣；君试读六朝乐府，有美人绝代，要偕名士争传。"韩某作联曰："江山再劫，收拾残棋，好凭湖影花光，尽洗余氛见林壑；楼阁周遮，低徊灵迹，中有美人名将，平分片席到烟波。"又徐某撰联曰："说甚么英雄，自古迄今，这一个湖名，偏属儿女；幸留得我辈，探幽选胜，看六朝山色，来上楼台。"闻泰州

①龚联寿：《联话丛编》，南昌：江西人民出版社，2000年，第648页。
②龚联寿：《联话丛编》，南昌：江西人民出版社，2000年，第1061页。
③龚联寿：《联话丛编》，南昌：江西人民出版社，2000年，第2403—2404页。

王子寅太史曾作偶语悬于堂柱曰："恨我晚来游，只落得万柄枯荷，一湖秋水；问谁能不朽，除非是六朝儿女，千古英雄。"以上数联，俱极浑成。[1]

朱元璋以对联与人交，一般有两种方式。一是主动赐联，如《楹联续话》载朱元璋主动赐给驸马梅殷春联事：

> 前辑《楹联丛话》中已采入周晖《金陵琐事》。兹覆阅之，尚有三条可补入者。如云："太祖赐驸马梅殷府门春联云：'人间尘俗不到处；阙下恩荣第一家。'"……[2]

一是对答互动，如《金声巧联》载朱元璋与其爱臣苏易简在宴席上的对联互动：

> 苏易简在翰林，太宗一日召对，赐酒甚欢。上谓易简曰："君臣千古遇。"易简应声对曰："忠孝一生心。"上悦，以所御金器一席尽赐之。[3]

有时候，这种互动还能演变为一定程度上的艺术讨论，如《楹联新话》载：

> 《重纂福建通志》云：莆田黄伯厚（麟）洪武中廷对第一，授翰林供奉。御制祀圜丘联云："大明日月光天德。洪武江山壮帝居。"麟佯狂仆之。帝怒，麟曰："此陈后主句，天朝效之，不既羞乎？"帝曰："尔便易之。"麟口占曰："乾坤一统归洪武；日月双轮照大明。"帝称善。[4]

翰林黄伯厚敢于当面批评朱元璋的御制之作，自然有一定的冒险性，但也可以理解为客观上受到了这位对联天子痴好对联行为的怂恿和鼓励，由此亦可以想见当时对联受到重视和钻研的风气。这两种方式，前一种是静态的，便于把握，朱元璋常用它在一些较为庄重的题赠场合，后一种是即兴的、互动的，充满了偶然性但更有趣味、更有娱乐色彩，这后一种方式则得到了朱元璋特备的喜爱，由此而传出了很多充满戏剧性的对联故事。

朱元璋好以对联交往自然会影响到与他交往的人对对联的态度。清梁恭辰《巧对续录》卷上记载了一位辅助朱元璋的道人的故事：

> 《都公谭纂》：铁冠道人张景华者，精天文地理之术。太祖与友谅战，以道人从。友谅中流矢死，莫有知者，道人望气，语上曰："友谅死。"贼遂大败。定鼎金陵，道人结庐钟山，梁国公蓝玉访之，道人野服出。玉以为慢己，戏之曰："脚穿芒屦迎宾，足下无履理。"时玉以椰子瓢饮道人酒，对云："手执椰瓢劝酒，目前不钟终。"玉讥其无理，道人则谓其不善终也。玉武臣勿悟。未几，玉被祸，

---

①龚联寿：《联话丛编》，南昌：江西人民出版社，2000年，第3461—3462页。
②龚联寿：《联话丛编》，南昌：江西人民出版社，2000年，第522页。
③龚联寿：《联话丛编》，南昌：江西人民出版社，2000年，第25页。
④龚联寿：《联话丛编》，南昌：江西人民出版社，2000年，第1882页。

而道人言验。一日，道人投入大中桥下死。半月后，潼关奏至，有铁冠道人以某日过关，即投水日也。①

这个故事中的铁冠道人是以对联高手的身份出现的，这一身份不能不说与他的朋友对联天子朱元璋很有关系。

除了上述王公大臣外，朱元璋在做皇帝后常微服私访，一路结交了不少其他层面的人物。如《巧对录》记载了两个朱元璋微服私访过程中的对联故事：

> 又云（指上文《尧山堂外纪》，笔者注）：太祖尝微行入酒坊，遇一监生。时坐客满案，乃移土地神几与生对席。问其里居，则四川重庆人也。帝因出句云："千里为重，重水重山重庆府。"生应曰："一人是大，大邦大国大明君。"②

> 又云（指上文《尧山堂外纪》，笔者注）：明兵围集庆路，与元兵大战，元兵解去，乃坚守江左，见驿中有七岁儿居其中，问之，则代父充役者也。帝曰："'七岁童儿当马驿'，能作对乎？"即应曰："万年天子坐龙庭。"帝喜，蠲其役。③

通过交友，朱元璋在其周围形成了一个对联文化场，对对联的流行起到了积极的推动作用。

②以对联授官

如果说，以对联交人还只是个人爱好，还不足以带动时代潮流的话，那么，贵为天子，在对联交往过程中动辄以官职相授，则足以引起一般士人和民众对于对联关注的风气。朱元璋好出对联，每遇善对的高手即喜不自胜，情不自禁为之加官晋爵，这种情况在联话中屡有记载。

一种情况是本有官爵在身者，朱元璋自然不介意为之拔擢，使之更上层楼。如《奇联撷萃》载翰林学士汪怀素事：

> 京师佛刹曰"多宝"，太祖游幸之，见幢幡上尽书"多宝如来"。圣制曰："寺名多宝，有许多多宝如来。"左右朱紫数十人，俱寂然无答。惟翰林学士汪怀素进曰："微臣浅陋，不揆凡庸，敢奉鄙句，烦渎圣听。万罪。"太祖曰："题目自朕偶意，从卿，试对何害？"学士再拜，对曰："国号大明，无更大大明皇帝。"太祖笑曰："真学士也。"遂进吏部尚书，以彰其才。④

《新镌评释巧对》载文上沈应事：

> 端门北，午门南，朝廷赐宴于端午；

①龚联寿：《联话丛编》，南昌：江西人民出版社，2000年，第2568页。
②龚联寿：《联话丛编》，南昌：江西人民出版社，2000年，第805页。
③龚联寿：《联话丛编》，南昌：江西人民出版社，2000年，第805页。
④龚联寿：《联话丛编》，南昌：江西人民出版社，2000年，第7—8页。

　　春榜先，秋榜后，科场取士在春秋。

　　沈应有文名，一日朝廷召之，入见上。时值端午，上命此对，沈答之。上悦，命为文华殿说书，后为江西参议。因时出题已妙，而以"春秋"两榜对"端午"二门，恰好。①

朱元璋以一副对联而将翰林学士汪怀素擢迁为吏部尚书，将文士沈应提拔为文华殿太子老师，这种导向作用对于一般官场来说还是很震撼的。

　　一种情况是并无官职，而纯因偶遇而加以封官者。朱元璋喜欢微服私访，这种情况多发生在微服私访过程之中。如《奇联摭萃》载"感联除职""兆应兄弟"二事：

　　京城正月，诸人皆看上元，有数人登楼买酒，挟妓唱舞。其楼有内外厅。太祖出游，买酒，在楼外寂寂独酌。任福通登楼，遂俯伏。上呼之，摇手令勿言。福通进杯，退而跪。内楼人指曰："那两个颠子，一个坐吃，一个跪下。"上问："你是甚人？"通对曰："臣任福通，国子监生，四川重庆巴县人氏。"上出联曰："千里为重，重水重山重庆府。"监生福通对曰："一人是大，大邦大国大明君。"上悦之。次日，特除浙江布政使。时监内十年未出身者有之，岂以福通不劳而显官？正孟子所谓"莫之为而焉者，天也；莫之致而致者，命也"，其斯之谓欤！②

　　国初，豫章人士兄弟，由贡入太学。夜梦人语曰："七窍比干心。"如是者数次。翌早言梦，兄弟不殊，未详其义。时五月竞渡，生儒俱上新河游观，惟兄弟笃志不出。太祖微行到号舍，见生儒俱出，独闻一号书声。入舍，二生惊惧。上喜。见案头有藕一截，上出一对，命二生对，曰："一弯西子臂。"兄弟齐声答曰："七窍比干心。"上大喜，曰："必忠贞士也。"命铨部以二御史授之。夫御史清要之职也。二生得于一时，鬼神通于一夕，岂非气数之使然欤？③

后一则故事还有另一个版本的记载，只是记载中主人公所授官职有不同：

　　朱太祖登基后，尝微行至寺，遇一士人，出藕与之食，因出此对，士人答之。上称善，问："坐馆否？"对曰："无荐引。"明日即召为国子祭酒。两下俱借古人之形以状藕，出句已妙，而对句尤为巧出天然。④

在"感联除职"故事中，因为一联之对，朱元璋将国子监生任福通直接任命为浙江布政使，在"兆应兄弟"故事中，因为一联之对，朱元璋将豫章贡生兄弟直接授以二御史（或者国子监祭酒，后者较为可信）之职，从政治的角度来看，这固然太过儿戏，但从对联的角度看，这却不啻于天然广告，为对联的风行作出了最好的宣传。同样的

---

①清龚寿：《联话丛编》，南昌：江西人民出版社，2000年，第221页。
②龚联寿：《联话丛编》，南昌：江西人民出版社，2000年，第7页。
③龚联寿：《联话丛编》，南昌：江西人民出版社，2000年，第8页。
④龚联寿：《联话丛编》，南昌：江西人民出版社，2000年，第119页。

故事还有《奇联撷萃》载"店主还对"故事：

> 刘三吾侍太祖微行出游，入市小饮，无物下酒。上出联曰："小村店，三杯五盏，无有东西。"三吾未及对。店主对曰："大明国，一统万方，不分南北。"明日早朝，上召至，称其才，欲官之。店主乃元末人，不愿仕者，自断其指，辞不受仕。[1]

略有不同的是，这则故事中朱元璋的封官被主人公所拒绝。但从对联传播的角度看，朱元璋的奖励行为对对联的刺激仍然是有效的。

有官职的人官进一级，无官职的人则可摇身一变，加官晋爵，发生在朱元璋身上的授官事件是绝无仅有的，也无怪乎连联话的作者都要感叹"不劳而显官""命也""岂非气数之使然"。朱元璋屡次为善对者加官晋爵，客观上极大刺激了对联的发展，对于对联文化的传播，其作用是难以言喻的。

③以对联取士

因为喜欢对联，朱元璋还在科举考试取士中加入对联的内容，这进一步刺激了对联的大发展。如《奇联撷萃》记载了一次朱元璋以对联定状元的奇事：

> 马铎，福建长乐人，永乐中状元。幼与邑人林志同学。而志高才博学，铎亦自知其不及。志省试、会试皆第一，比殿试既出，即以策叩诸铎并诸名望之士，皆不及己，自负其状元无疑矣。迨传胪之日，志夜梦马夺其首，志遂生疑。已而传胪，铎果第一，而志居第二。然铎之及第，初无其兆，惟自幼时，曾梦有人试一对，云："雨打无声鼓子花。"竟不能对，谨识之，亦未知其何验。及中后，志甚怏怏而不服，每欺铎为没学问状元，何能居我上？一日，互争于廷，上诘之，俱以实对。上曰："再试尔一对，有能出口辄应，朕即信其才学，而定之为状元矣。"上出联曰："风吹不响铃儿草。"铎即以梦中所记对曰："雨打无声鼓子花。"志想逾时，竟不能对。帝大喜，以传而定其为真状元矣。志遂愧服。[2]

在这则故事中，马铎能对上，林志不能对，遂以定马铎为状元，马铎斩获状元，具有很大的偶然性，根本不是他个人努力的结果，但正是这种极大的偶然性，凸显了对联在实际上火中可能取到的巨大作用。对于普通读者而言，重要的不是对联本身的意味，而是蕴含在对联之中的政治意味。得到了政治承诺的对联，对于莘莘学子和普通士大夫而言，就像是一条通向人生的捷径，其作用怎么估计都不为过分。

其一便是当时流行的"神童"制度。孙卫国在《明代"神童"对对联》一文中考察明代"神童"与对联的关系时说：

> 明代自洪武年间开始就有在宫中召见各地"神童"之制。所谓神童，多是些

---

①龚联寿：《联话丛编》，南昌：江西人民出版社，2000年，第8—9页。
②龚联寿：《联话丛编》，南昌：江西人民出版社，2000年，第9页。

天资聪颖，智力超群的儿童。当时判别神童的标准大多是吟诗诵经，或是善出巧对。而宫中召见，多考其对对联之能力。《明史 选举》载：洪武元年选国琦、王璞等十余人"入对谨身殿，姿状明秀，应对详雅。"令太祖颇为高兴。

并举朱元璋与解缙的对对为证。也许这个证据并不是十分充分，但对联成为"神童"召见的考察内容之一，则是可以判定的。后来，朱元璋的子孙们也学他的样，如《奇联撷萃》载神童李东阳、程敏政事：

> 李西崖先生、程篁墩先生少时俱以神童被荐。英宗试之以对曰："螃蟹浑身甲胄。"程对曰："凤凰遍体文章。"上加称实。时，李尚伏地，亦应曰："蜘蛛满腹经纶。"上大异之，曰："是儿他日作宰相耶。"俱赐宝镪而出。后出入馆阁四十年，卒如圣言。①

英宗虽然没有立即给善对的李东阳、程敏政加官晋爵，但作为天子，他金口玉言的"是儿他日作宰相"实际上就是封官的御旨，不过是兑现得晚些罢了，后来李东阳官至宰相，程敏政官至礼部侍郎，可以说大部分承了英宗的原因。

虽然没有实际证据表明对联在朱元璋朝的成人科举考试中成了普遍的存在，但是，它对科举考试的影响仍然是可见的。而在永乐朝，则有确凿的记载表明对联已成为了科举考试的内容，明赤心子《奇联撷萃》"林环状元"条载福建乡试用到对联：

> 永乐中，福州乡试，司中授以纸笔，各领题目。试官出联曰："尚书二典三谟，臣谟君典。"莆田林环对曰："大学一经十传，贤传圣经。"至夕，各烛一条，完文，仍出联云："一条烛尽，烧残举子之心。"环对云："三幅文成，惊破试官之胆。"（明·赤心子《奇联撷萃》"林环状元"条）

可见，对联对于明朝普通士子而言不再只是一种游戏，而具有了政治分辨功能。

④以行政手段推广春联

作为对联意见领袖，朱元璋还为对联的流行做了一件非常重要的事情，就是以行政手段强行推广春联。春联的发生与流行，可以说是朱元璋以一手之力造成的结果。清人陈云瞻《簪云楼杂说》说：

> 春联之设，自明孝陵日方也。明太祖都金陵，于除夕忽传旨，公卿士庶家，门上须加春联一副。太祖亲微行出观，以为笑乐。偶见一家独无之，询知为阉豕者，尚未倩人耳。太祖为大书曰'双手辟开生死路；一刀割断是非根'。投笔径去。

清梁章钜《楹联丛话》、民国董坚志《滑稽联话》也都同意这种说法：

> 《簪云楼杂说》云：春联之设，自明孝陵昉也。时太祖都金陵，于除夕忽传

---

①龚联寿：《联话丛编》，南昌：江西人民出版社，2000年，第12页。

旨："公卿士庶家，门上须加春联一副。"太祖亲微行出观，以为笑乐。偶见一家独无之，询知为腌豕苗者，尚未倩人耳。太祖为大书曰："双手劈开生死路；一刀割断是非根。"投笔径去。嗣太祖复出，不见悬挂，因问故，答云："知是御书，高悬中堂，燃香祝圣，为献岁之瑞。"太祖大喜，赍银三十两，俾迁业焉。[1]

　　春联之设，自明孝陵日方也。明太祖都金陵，于除夕忽传旨：公卿士庶家，门上须加春联一付。太祖亲微行出观，以为笑乐。偶见一家独无之，询知为阉豕者，尚未倩人耳。太祖为大书曰："双手辟开生死路；一刀割断是非根。"投笔径去。嗣太祖复出，不见张贴。因问故，答曰："知是御书，高悬中堂，燃香祝圣，为献岁之瑞。"太祖大喜，赍银三十两，俾迁业焉。[2]

朱元璋以一国之君身份，以行政命令的形式号令春联的写作，使春联最终为大家所接受，成为中国人最喜欢的风俗形式。春联的流行，最终也带动了其他对联的流行，推动了对联的整体发展。

朱元璋推广春联的行为，是对联发展过程中的标志性事件，这既是对联形成流行文化的原因，也是对联成为流行文化的标志。朱元璋的对联推广，至少具有以下几个意义：一是促进了春联的流行；二是提高了对联的水平；三是成为了文化推广的经典案例。

⑤以对联教之子孙

以对联交人，扩大了对联的影响面；以对联授官，刺激了对联的传播；科考授以对联，引导了对联的社会舆论；推广春联，实实在在了形成了对联的风气；而以对联授之子孙，则是保证对联文化薪火相传，不断发展壮大的最有力手段，显示了朱元璋高瞻远瞩而又务实的领袖气质。

关于朱元璋以对联教子孙，史书上并没有确切记载，但一则相关的故事，却显示了朱元璋对孩子们的对联教育的重视。这则故事清梁章钜《巧对录》和《新镌评释巧对》中都有记载，《巧对录》记载云：

　　相传明太祖幸马苑，永乐、建文同侍。太祖出句云："风吹马尾千条线。"建文对云："雨洒羊毛一片毡。"太祖不悦，永乐对云："日照龙鳞万点金。"其气象已不侔矣！[3]

《新镌评释巧对》记载云：

　　风吹马尾千条线；
　　日照龙鳞万点金。

---

①龚联寿：《联话丛编》，南昌：江西人民出版社，2000年，第310页。
②龚联寿：《联话丛编》，南昌：江西人民出版社，2000年，第4783页。
③龚联寿：《联话丛编》，南昌：江西人民出版社，2000年，第797页。

雨打羊毛一片毡。

　　明高帝出此对，太孙建文皇帝答以"雨打"句，识趣卑陋。太子成祖皇帝，答以"日照"句，则气象堂皇矣。俱在幼童之时，而出口不同已如此。观人属对，不可以觇其志气耶？①

朱允炆、朱棣对答朱元璋这个故事很著名，直到近代还被人所记忆谈起，《南亭联话补遗》云：

　　阮文达视学浙江时，尝与吴江郭频伽在西湖上款段游春，文达忽忆明太祖语曰："风吹马尾千条线。"使频伽对之，频伽应声曰："月点波心一颗珠。"文达叹服。②

由故事看，对联教育应该是当时皇子们的基本教育之一，这也是为什么朱允炆和朱棣都能够脱口而出，对上对句的原因。当然从结果看，朱元璋对朱允炆的对句很不满意，也反映朱元璋本人对皇子们的对联教育有着较高的期望和要求。

　　在朱元璋的直接影响下，其子孙都养成了对对联的基本爱好。朱棣天分颇高，最得朱元璋衣钵。《奇联搛萃》记载有一则"神童捷对"，是朱棣与神童彭印山的对联应对故事：

　　溧阳彭印山，永乐中，六岁征至京。上一日御奉天门外观灯，召彭童出联舆偶云："灯明月明，大明一统。"彭应对曰："君乐臣乐，永乐万年。"③

《新镌评释巧对》记载了一则朱棣欲起兵前的对联故事：

　　天寒地冻，水无一点不成冰；
　　国乱民愁，王不出头谁是主。

　　文皇在燕邸宴群臣，时天寒甚，文皇因出此对，姚广孝答之，文皇遂决意起兵。"水"字有点，是"冰"字。文皇之意，盖谓此时之势可起兵也。"王"字出头是"主"字。广孝之意，盖谓君宜出头为民主也。文皇所出已妙，广孝所对更佳。然其激劝文皇如此，于永乐则为功，于建文则为罪矣。而释氏之徒为此，尤为可恶。④

　　有明一代，在朱元璋的推动下，喜欢对联的帝王不少。除永乐帝外，英宗、嘉靖帝也都是对联的爱好和提倡者。龚联寿《联话丛编》索引部分统计有《联话丛编》中明代各皇帝的对联流传故事⑤。英宗与李东阳、程敏政的对联故事脍炙人口，上文已

　　①龚联寿：《联话丛编》，南昌：江西人民出版社，2000年，第159—160页。
　　②龚联寿：《联话丛编》，南昌：江西人民出版社，2000年，第2338页。
　　③龚联寿：《联话丛编》，南昌：江西人民出版社，2000年，第9页。
　　④龚联寿：《联话丛编》，南昌：江西人民出版社，2000年，第100页。
　　⑤龚联寿：《联话丛编索引》，南昌：江西人民出版社，2000年，第143—145页。

提及，今将英宗出对考大臣的另一则故事拈出来，以飨读者：

> 天顺皇上自北幸房庭，复登宸极之后，益重文墨。与儒臣诵读之余，辄入翰林以听讲。一日，柯潜退朝，遇商辂于午门外。问曰："何晏也？"潜曰："因皇上题书句，未及还耳。"辂曰："何谓也？"潜言："皇上言曰：'礼乐征伐，自天子出。'"辂辄对曰："天下之事，何尝无对，但以'流连荒亡，为诸侯忧'，以对还之，不亦宜乎？"①

以对联交人，以对联授官，授之科考，教之子孙，推广春联，凡此五事，皆前代所未有，而太祖朝所独有，其力之大，其影响之远，非一代也。

以对联交人，在朱元璋周围形成了一个由文臣武将、子孙亲戚组成的对联文化流行圈子，以对联授官，授之科考，将对联文化的流行与国家行政体制挂钩，以对联教之子孙，使对联的流行从一代延伸至整个明朝，推广春联，则将这种文人行为民俗化，变成了老百姓风俗习惯的一个部分。朱元璋以此五事行于天下，引领以春联为代表的对联从游戏偶然之作走上流行文化的舞台，成了当时联坛的一面旗帜，实际上起到了意见领袖的作用。

2）解缙以机敏善从对联天才成长为文化偶像

解缙成为对联的旗帜、偶像、领袖，必须从解缙的文化传奇身份说起。

①传播的变异度

我们假定，一位文化名人的生平行止大致可以当成实在，这个实在的传播主要靠两种途径：一个是物面的"文"（包括自己的"记"和他人的"录"），另一个是口头的"献"，那么，若干年后，我们可以预见传播过程中误差的诸种发生：作者"记"的衍、脱、讹、误；他人"录"的增、删、讹释、误解；口头"献"的增、删、移植、篡改；"文"生成新"献"的变异；新"献"凝成新"文"的再度变化，以及由此引起的新旧"文""献"融合、杂交、再度阐释等更为复杂的变异。若以变异度的大小排列，不考虑主动的虚构情况，则从献到献的变异大于从献到文的变异，从献到文的变异大于从文到献的变异，从文到献的变异又大于从文到文的变异。相对于传播的变异度而言，我们最能信实的编辑所做的从文到文的辨误校勘工作，对于历史真实的保持而言倒是最微不足道的。但舍此之外，我们却又别无他法。

传播的变异度使我们意识到，今日存在在我们脑海中的历史名人，其传播形象是极其复杂的。今日残留文献中，作者自"记"的那部分物形式的"文"，也就是今日我们搜集整理的所谓"作者的作品"，可信度最大；他人所记"录"的"文"，也就是今日我们所见到的转述、批评、评价的各种文本，则要仔细甄辨，大抵离作者时代越近，文本虚构意识越小，越可靠，稍远则越"泥"了；至于今日所谓的口头的"献"，则几乎是难以分辨的。

---

①龚联寿：《联话丛编》，南昌：江西人民出版社，2000年，第11页。

　　然而，历史人物的实在性，虽不可还原全貌，但也并非完全不可触摸。作者的"著作"，即是我们可以利用的第一手资料。除此之外，今日我们所见到的转述、批评、评价等各种文本，若非虚构性的，则总还含有许多基本事实——或者说存在着我们所谓的一些"原点"，仍然是可以考察借鉴的。至于"泥"于远途的口头文献，虽然不足为据，但若从统计的角度巧妙处理，也可以据其看出一些问题。所以虽然传播存在变异，我们仍然能够通过上述三种方法，一定程度上克服传播的变异，探讨部分历史真实。

　　②今日所见解缙文化形象的多重面貌

　　根据上述传播变异度的理解，我们能够理解今日所见作为文化传奇的解缙，绝不可能是历史上的那个解缙，然而要了解历史上的那个解缙，又非从今日文化传奇的解缙开始不可。解缙在今日文化中的面貌，是非常复杂的。今日解缙至少包含两幅面孔：一副历史的，一副传说的。余悦在《解学士传奇》中大致上描述出了解缙的这种复杂性：

　　　　一代风流，敢打至高无上的皇帝，敢戏金枝玉叶的公主，更以主持举世瞩目的巨著，流芳千古；一介儒臣，巧推雄兵百万的敌军，计免江西全省的租粮，却因触怒刚愎自用的藩王，惨遭不幸。他的壮怀激烈，可歌可叹；他的机敏幽默，可敬可佩！这位闳洋四海的风流才子解缙学士，在民间传奇中，他的名声远超欧阳修、王安石、文天祥，留下了许多脍炙人口的故事。①

　　历史的解缙，即今日可信度较高的文献中呈现出来的接近解缙真实的形象。从今日文字来看，历史的解缙本身也是一个很复杂的存在。黄迎霞在《解缙文学研究》中说解缙：

　　　　一代奇才解缙，在明代文坛、书坛乃至朝堂，都可以说是一个特殊的存在。作为文人，他以博学多才著称，与杨慎、徐渭一同被称为明代三大才子。作为臣子，他深得太祖和成祖垂爱，官至内阁首辅。在艺术上，解缙是明初重要的宫廷书家，擅长小楷和草书。在文献上，他参与了《明太祖实录》《古今列女传》以及《永乐大典》的编撰。解缙虽不是六艺皆全，但也是一位多才多艺的文人。②

　　纵观解缙一生，其在政治、思想、文学、艺术以及文献编辑等方面皆有建树。研究解缙仅是研究文学，或仅是研究艺术，皆是不可取的。解缙及其一生在政治、思想、文学、艺术以及文献编辑上的表现，是浑然一体，不可分割的。在笔者看来，对一个有着多方面文艺成就的文人，在研究其文学创作时，也应有开放和整体的眼光。开放，即研究解缙文学时，眼光不能仅停留在文学上，人生经历、哲

---

①余悦：《解学士传奇》，北京：中国民间文艺出版社，1988年。
②黄迎霞：《解缙文学研究》，湖北大学硕士学位论文，2012年。

学思想、书法造诣及文献编辑皆会对解缙的诗文创作产生一定的影响。整体，即进行解缙研究时，政治、哲学、文学、艺术以及文献等方面的表现，是解缙其人的全部，研究不可单一。①

用现在的观点看，解缙就是政治家、文学家、书法家、学者诸种身份的集合体。而这种身份概括，实际上还遗漏了解缙少儿形象中非常重要的神童形象。儿时的解缙，是非常机智勇敢的神童学子，这与青年解缙机敏正直的文人士子身份并不完全一致。综合起来看，历史中的解缙机敏、勇敢、正直，集神童、学士、朝官、文人、艺术家等多重身份于一身。余悦在《解学士传奇》中说"历史上的解缙，他的一生具有浓厚的传奇色彩"②：

> 纵观解缙的一生，他有三大特点：一是才智过人，自幼颖敏，有"神童"之称……二是诙谐风趣，"有类东方朔"（《玉堂丛语·调谑》）……三是嬉笑权臣，敢于直谏。③

并以"机敏正直的文人典型"④来概括解缙的性格，可谓得解缙形象的精髓。借他的话，我们可以更准确的将历史的解缙定位为"机敏正直的文人学者典型"。

传说中的解缙，即今日民间传说呈现出来的解缙形象，是解缙形象的另一副面孔。传说中的解缙形象要比历史的解缙复杂得多。一方面，传说中的解缙是以历史真实为基础创造出来的，具有历史真实的底子，"从某个角度说，民间传说就是普通人们的'口传的历史'"⑤。吴刚戟在《地方传说与风俗》中将传说定义为：

> 民众创作的与一定的历史人物、历史事件和地方古迹、自然风物、社会习惯有关的故事。它们或是记叙某个知名的历史人物的立身行事；或是再现某一重大历史事件发生、发展的过程或片段；或是解释某地、某自然物、人工物或风俗习惯的成因和来历。⑥

陈冬根在《解缙传说整理与研究》中引用前人观点分析说：

> 日本学者柳田国男曾说："传说讲的是人们认为起码曾经有过的事情。"日本学者关敬吾也说："传说是民众认为的真人真事与地点、历史人物、时代相结合的短小精悍的报告。"事实上，如果完全不把故事当成真的，民众对它也就失去了传播的兴趣和动力。⑦

---

① 黄迎霞：《解缙文学研究》，湖北大学硕士学位论文，2012年。
② 余悦：《解学士传奇》，北京：中国民间文艺出版社，1988年，第6页。
③ 余悦：《解学士传奇》，北京：中国民间文艺出版社，1988年，第7—8页。
④ 余悦：《解学士传奇》，北京：中国民间文艺出版社，1988年，第1页。
⑤ 陈冬根：《解缙传说整理与研究》，南昌：江西人民出版社，2011年，第26页。
⑥ 吴刚戟：《地方传说与风俗》，江门：炎黄出版社，2001年，第6页。
⑦ 陈冬根：《解缙传说整理与研究》，南昌：江西人民出版社，2011年，第27页。

另一方面，传说的解缙形象在其创造过程中又经过较多想象、虚拟、变形，呈现出了部分虚构的特点。"民间传说决不能等于历史，更非信史，它是带着某种愿望、偏好或特殊价值取向'制造的历史'。"① "传说故事是人民的一种艺术创造，是一种在广泛、深厚生活基础上的虚构，有的虽以某一人物或时间为依据，有着这一人物或事件的影子，但经过加工过了的此人此事与历史上真人真事已相去甚远了。"②解缙的传说故事，现存文献有极广的收录，除各类机智故事类书籍、人物故事类辞典都有广泛采辑外，较为集中如《解缙及其传说》录19则，《解学士传奇》录47则，《解缙传奇》录有9个故事群，《中国古代文学事典》录有7则，《解缙传说整理与研究》录65则。③传说中的解缙形象，相较于历史形象，有以下几个较为明显的变化：一是身份下移严重；二是反抗意识多有增强；三是多为地主相反的阶层代言；四是结局多由悲剧变成喜剧。④陈冬根详细考察了这些传说背后的产生动机和历史原点，得出结论：

> 通常的民间传说，其生存的主要土壤就是普罗大众或者说下层民众。相较而言，就是知识精英之外的芸芸大众，特别是身处下层文化水平不高的民众。它们并没有多少时间和条件去阅读和梳理历史，它们也不可能去考证某某名物之历史年代及其背后的真相，他们也无心去追究真实的历史人物本来面貌，他们只愿意根据自己的愿望去想象和塑造历史人物，去编写他们的故事人生。可以说，解缙传说就是普通民众在其自己的头脑当中所演绎的解缙的人生故事，就是他们心目中活动起来的解缙一生的'立身行事'。⑤

也就是说，今日传说中的解缙已经在底层欲望驱使之下，向历史的解缙中注入了太多内容，距离历史原点的解缙已经相当远了。

解缙在我们今日的传播中，有着两幅大不相同的面孔，这种复杂的文化传奇身份，是我们理解解缙联坛意义的基础。

③解缙形象生成中对联天才所占的比重

对对在解缙形象中的意义，可以从对对故事在解缙传说的比例和地位来分析。解缙对对故事不仅在民间广泛流传，而且从某个角度来说占据着解缙故事的核心地位。

笔者将解缙故事分为四类：对对故事、诗词故事、文字游戏故事、其他类故事，对当代三本解缙专著《解缙及其传说》《解学士传奇》《解缙传说整理与研究》辑录解缙对对故事的比例进行了统计（见表3-2）。

---

①陈冬根：《解缙传说整理与研究》，南昌：江西人民出版社，2011年，第26页。

②张文：《民间文学入门》，石家庄：花山文艺出版社，1988年，第59—59页。

③《解缙传说整理与研究》第二章第二节"当代解缙传说故事辑录"对此有专门辑录、研究，详见该书第53—67页。

④解缙传说与历史解缙的这四点不同，在各种故事中随处可见，本文限于主题不能展开，相关内容可参看陈冬根《解缙传说整理与研究》第四章"解缙传说的生成机制"中的各种举例。

⑤陈冬根：《解缙传说整理与研究》，南昌：江西人民出版社，2011年，第27页。

表3-2　专著辑录解缙故事之中对对故事比例统计

编号	《解缙及其传说》辑录故事18则[①]	内容(对对/诗词/文字游戏/其他类)	《解学士传奇》辑录故事47则	内容(对对/诗词/文字游戏/其他类)	《解缙传说整理与研究》辑录故事65则	内容(对对/诗词/文字游戏/其他类)	总计
1	白鹿下凡	其他	出世	其他	神奇少年	对对(1)+文字游戏	
2	"个"字	文字游戏	题诗	诗	放鸡作对句	打油诗	
3	"之乎者也矣焉哉,安排七字做秀才"	其他	写对子	对对(3)	街头巧吟诗——春雨贵于油	打油诗	
4	斗智	对对(2)	舌战李尚书	对子(7)、诗	门对千棵竹,家藏万卷书	对对(3)	
5	结亲	诗词	进贡公鸡蛋	其他	让人吃屎——报复周财主仆人	其他	
6	三女婿作对	对对(3)	写寿屏	诗3	少年捷对——徐秀才嫁女	对对(2)	
7	问路	哑谜	伴驾	诗2、对对(3)	私塾对对——暗藏春色	对对(1)	
8	"棺材装秀才"	其他、对对(4)	圆梦	其他	江边对对——万里长江作澡盆	对对(1)	
9	辩卷中举	其他(标点)	一百古人	谜语(2)	智斗权贵	对对(5)	
10	与皇帝对对	对对(3)	哑对	对对(2)	敏捷对尚书	诗	
11	"好人好客,离座一尺"	诗、其他	独占鳌头	其他	对对子——小猴子对锯	对对(1)	
12	"两块无情板,夹个大西瓜"	诗	江西免麦粮	其他	捉弄哥嫂——抱被子	其他	
13	无价之宝	其他	打御桶	其他	解缙审稿	其他	
14	烧房子追缴玉玺	其他	打皇帝	其他	联队笑秀才——墙上芦苇	对对(2)	
15	吉水举子中全榜	其他	解缙万岁	诗	对对吃西瓜	对对(2)	
16	解哑谜	对对(2)	读祭文	诗	对对得妻——新昌戏班	对对(2)	
17	在皇帝脸上打蚊子	其他	江西一边	其他	讨茶作对子	对对(1)	
18	"张贾两奸佞,割头祭解缙"	其他	吃屎的	其他	江西免粮三年	其他	
19			定太子	诗+其他	巧对永乐帝——公主死了	诗	

①刘超文:《解缙及其传说》,南昌:江西人民出版社,1982年。

续表

编号	《解缙及其传说》辑录故事18则	内容〔对对/诗词/文字游戏/其他类〕	《解学士传奇》辑录故事47则	内容〔对对/诗词/文字游戏/其他类〕	《解缙传说整理与研究》辑录故事65则	内容〔对对/诗词/文字游戏/其他类〕	总计
20			归天	其他	两字趣对——容易	对对(1)	
21			智治臭虫	其他	解缙题扇——巧改《凉州词》	诗词	
22			解缙做客	其他	戏题道士画像	诗	
23			解缙上疏	其他	拼死斗奸佞	其他	
24			问路	谜语	子把父当马,父愿子成龙	对对(1)	
25			棺材装秀才	其他、对对(4)	井里蛤蟆满身绿,虾米落锅满身红	对对(1)	
26			辩卷中举	其他(标点)	"打皇帝脸"——打苍蝇	其他	
27			追缴玉玺	其他	"独占半个金銮殿"	其他	
28			题匾讥权贵	文字游戏	打"玉桶"	其他(双关)	
29			赞誉郭瑞	其他	献宝——"稻米才是宝"	其他	
30			高粱为什么不抽穗	其他	吉水麻(麦)子没税	其他	
31			轿对	对对(2)	打扫金銮殿——客人吃屎	其他	
32			赠诗公主	诗	汪知府拜见解宰相	其他	
33			盐夫三难解缙	对对(3)	"更到的埋"	其他	
34			汪知府拜靴	其他+对对(1)	解缙做的最大坏事	其他	
35			认字讨学钱	诗3+拆字	出口说"不"字	其他	
36			建塔悼千之	对对(3)	"一举成名"——安排七字做秀才	对对(1)+文字游戏	
37			山在虎还来	对对(1)	解缙打皇帝——	其他	
38			钓鱼诗	诗	阻止皇帝来吉安	其他	
39			吟诗谏皇帝	对对(4)	教人吃屎——解救李善长	其他	

编号	《解缙及其传说》辑录故事18则	内容（对对/诗词/文字游戏/其他类）	《解学士传奇》辑录故事47则	内容（对对/诗词/文字游戏/其他类）	《解缙传说整理与研究》辑录故事65则	内容（对对/诗词/文字游戏/其他类）	总计
40			凉州词	诗词	"马踩死官，兵有何用"	其他	
41			面君妙句	诗3	帮短工讨公道	其他	
42			智讥同僚	打油诗	救冤囚解缙巧治盐商	其他	
43			金殿答诗	诗2	解缙妙语话真假	文字游戏	
44			巧释题辞	诗（藏头诗）	解缙一联写婚丧	对对（1）	
45			急智成章	诗	解缙赋诗得免税	诗	
46			听百家言	诗	解缙戏贵妇	诗	
47			病危吟诗	诗	解缙假遭雷击气财主	其他	
48					解缙吟联治县官	对对（6）	
49					"后生更比先生长"	对对（4）	
50					作诗解嘲	打油诗	
51					吉安城中说解缙——金副銮驾	其他	
52					小解缙"金莲"对"玉笋"	对对（1）	
53					解缙巧对口子谜	对对（3）	
54					名士赞誉解神童	对对（1）	
55					麻姑出谜考解缙	打油诗＋谜	
56					解缙对长老	对对（1）	
57					解缙巧法治奸商	其他	
58					解缙砸桶	其他	
59					解缙扫殿	其他	
60					解缙"救驾"	其他	
61					吉水无粮	其他	
62					"死在金銮殿，葬在紫金山"	其他	

续表

编号	《解缙及其传说》辑录故事18则	内容(对对/诗词/文字游戏/其他类)	《解学士传奇》辑录故事47则	内容(对对/诗词/文字游戏/其他类)	《解缙传说整理与研究》辑录故事65则	内容(对对/诗词/文字游戏/其他类)	总计
63					智斗官家	对对(11)	
64					解学士	其他	
65					解缙的传说——戏弄君臣	其他	
统计	对5、诗2		对11、诗17		对23、诗10		
"对对"故事比重	5/18(27.8%)		11/47(23.4%)		23/65(35.4%)		39/130(33.3%)

　　从统计结果看，解缙故事中对对故事占所有故事的三分之一，这个比例看上去并不是特别高。但是如果考虑到一般民间故事的特点及对对故事的实际传播情况，则这个比例绝对不低。首先，在此前的历史中，从来没有这样集中的对对机智故事出现，这是历史上最为集中的文人对对机智故事；其次，相比一般内容的机智故事而言，对对需要更高的文化修养和更出色的临场发挥，所以其出现更加难能可贵；再次，对联短小精悍，符合中国人审美审智习惯，绝妙的对联一旦出现极易被人记住、传诵，其传播效率远胜其他文学方式；复次，对对故事若集中出现在文人少年儿童阶段，即与所谓神童现象相关联，则更容易染上一层传奇色彩而被传诵，许多对对故事多因此广被流传，解缙对对故事尤其如此；最后，对对子在宋明逐渐成长为青少年教育的主流手段，并对科考方式产生越来越重要的影响，这也从根本上推动了对对的流行。以上五点是从理论上的分析，对对故事占整个解缙故事的三分之一，其传播影响力却远超其他类传说故事。而实践也证明了像解缙这种神童对对故事在民间传说中的天然优越性。陈冬根在《解缙传说整理与研究》中指出：

　　　　实际上，在吉水一带民间，传承最多最广的就是解缙对对子的故事。很多当地人一提到"海正矮子"立即想到两点：一是敢打皇帝，敢捉弄大臣；另一个就是想到解缙作对子和写打油诗（有关传说中出现的对对子，可参见本书"附录四"）。在普通民众眼里，会作对子和打油诗是有文化的表现，是聪明人才能做出来的。考察一个人聪明机智与否，在吉安乡野民间，人们也喜欢以对子来检验。①

　　在解缙之后，明代联坛传说故事中涌现出了李东阳、程敏政、于谦等一大批神童，此后一直到清代，少儿绝妙对对故事层出不穷，也可以证明神童故事的天然优越性。甚至直到近代，一些天才文人如鲁迅、郭沫若等在民间还广泛流传着他们的少儿对对故事。

---

　　①陈冬根：《解缙传说整理与研究》，南昌：江西人民出版社，2011年，第74页。

　　民间传说中的对对故事也许在记忆传承中会发生增、减、误、改，但总的来看，"对子"作为这些故事的核心内容，可以说除少数张冠李戴外，可信度还是很高的。解缙传说中的对对故事的重要地位，从一定程度上反映了对对活动在文化传奇解缙形象形成中的重要位置。

　　④解缙的对联生涯略述

　　《联话丛编》存解缙对对故事11则，合对子11则；《解缙及其传说》（1982）辑录解缙对子故事5则，合对子17则，无自身重复；《解学士传奇》（1988）辑录解缙对子故事11则，合对子36则，无自身重复；《解缙传说整理与研究》（2011）辑录解缙对子故事23则，合对子47则，剔除重复44则。今以上述四种文献为对象，对照《解缙传说整理与研究》（2011）文末附《民间与解缙传说有关的部分对子》整理对子84则，考证解缙对对活动基本情况。考证采取"证伪"存真原则，文献及传说记载，凡不能证伪者即视为真，予以粗略编年（见表3-3）。

表3-3　解缙生涯主要对联荟萃

	联话丛编	解缙及其传说	解学士传奇	解缙传说整理与研究	
喜闻文峰开瑞色；预占多士存王宫。		1 解开作"白鹿下凡"			
胭脂菊上擎霜，红颜傅粉；翡翠松间挂月，铁爪擎珠。	6岁				6岁
仙女吹箫，枯竹节边生玉笋；佳人撑伞，新荷叶底露金莲。	7岁			52 幼时随父出行	7岁
金水池边全线柳，金线柳穿金鱼口；玉栏杆外玉簪花，玉簪花插玉人头。	8岁			54"8岁南京观光遇名士胡子祺"	8岁
千年老树为衣架；万里长江作浴盆。	9岁			8"大概五六岁"	9岁
白马尾拖银扫帚；乌鸦项带玉缭环。	9岁			8"大概五六岁"	
小犬入门嫌路窄。大鹏展翅恨天低。	少时		3 对李尚书，同时对有"出水蛤蟆""天当棋盘""车无轮"	9"小子"同时有对"肩挑日月""井里蛤蟆""天当棋盘""墙上芦苇"	
出水蛙儿穿绿袄，美目盼兮；落汤虾子著红袍，鞠躬如也。	与同僚			25"还没考中秀才"县令"井里蛤蟆满身绿；虾米落锅满身红。"	中秀才前

续表

	联话丛编	解缙及其传说	解学士传奇	解缙传说整理与研究	
月下子规喉舌冷； 花中蝴蝶梦魂香" 父亲在街头，肩挑日月卖； 母亲在家里，手挽乾坤转。			4 对李尚书，同时有"小犬"		
门对千棵竹，家藏万卷书			3 对李尚书	4"小屁孩"	
子把父当马； 父愿子成龙。				24 吉水街上"骑着父亲去考试"	考试
父立子坐，礼乎？ 嫂溺叔援，权也。 何缘得佳偶； 有幸遇良媒。				6"小解缙" 入徐先生私塾前	私塾
小子暗藏春色； 大人明察秋毫。				7 徐先生私塾	私塾
两猿断木，小猴子也敢对锯； 一马陷泥，老畜生也敢出蹄。				11"十多岁"	10 多岁
墙上芦苇，头重脚轻根底浅； 山间竹笋，嘴尖皮厚腹中空。				14 嘲秀才"驴跑""小解缙"	
遇丧事，行婚礼，哭乎笑乎，细思想，哭笑不得； 辞灵柩，入洞房，进耶退耶，再斟酌，进退两难。				44"赶来帮忙""年纪太轻""挑着水桶又去干活了"	秀才前
雨阻行人，谁是行人之友； 天留过客，我为过客之东。 客既来兮，足下且设鱼肉宴； 客已至矣，橱中苟呈猪肚汤。 嫩笋初烹，片片难入君客口； 老姜细切，条条嚼断主人筋。 谯楼上叮叮咚咚，三更三点； 画堂前你你我我，一口一出。 恶犬无知嫌地窄； 大鹏展翅恨天低。 恶客无情，去去去，今朝快去； 贤东有趣，来来来，明日再来。				48"颇有文名的小解缙"联治县令	

续表

	联话丛编	解缙及其传说	解学士传奇	解缙传说整理与研究	
醉爱羲之迹； 狂吟白也诗。 风吹马尾千条线； 日照龙鳞万点金。 龙不吟,虎不哮,鱼不跃,蟾不跳,哭煞落头赵海； 车无轮,马无鞍,象无牙,炮无火,活捉寨内将军。 眼珠子,鼻孔子,珠子还在孔子上； 眉先生,发后生,后生更比先生长。				49十岁,曹尚书	10岁
唐虞有,尧舜无;商周有,秦汉无;古句有,今文无； 员外有,孩童无;哥哥有,弟弟无;姑姑有,姨母无。 善者有,恶者无;智者有,愚者无;强者有,弱者无； 呼吸有,断气无;呹喝有,斥责无;吵架有,动手无。 听着有,看者无;活着有,死者无;呆者有,精者无； 和尚有,道士无;哑子有,聋子无;跛子有,麻子无。				53无钱买书,赵员外家借书看	
庭前种竹先生笋； 寺后栽花长老枝。				56才子偶游山寺	
小儿无知嫌门窄； 大鹏展翅恨天低。 天作棋盘星当子,谁人敢下? 地是琵琶路为弦,哪个能弹? 泥判官手持生死簿何日勾销? 石狮子头顶香火炉及时得下? 尺蛇出洞量量九寸十分； 七鸭出水数数三双一单。 清溪河三面朝水； 朱先生半头是牛。 鸡讥盗稻童筒打,鸡啄铜盆嘴敲锣； 鼠暑凉梁客咳惊,马过木桥蹄子打鼓。 童子打桐子桐子落童子乐； 和尚跟河上河上完和尚完。				63智斗官家"欺负他是小孩"	

续表

	联话丛编	解缙及其传说	解学士传奇	解缙传说整理与研究	
唇先生须后生后生不及先生长; 眼珠子鼻孔子孔子反比朱子下。 我爹两肩挑日月;我妈双手转乾坤。				63智斗官家"欺负他是小孩"	
坐北向南吃西瓜,皮朝东甩; 思前想后读左传,页往右翻。 一盏灯四个字,洒洒洒洒; 二更鼓四面锣,哐哐哐哐。				15"由于解缙对对子名声远播,所以无论他走到哪里,总有人想要与他对上几回"	
盐夫挑盐檐下立檐水滴盐; 舟公撑舟洲边过舟不碍洲。 洲乎洲,青湖舟上撑一篙,下流! 檐哉檐,蓝瓦檐边生五谷,野种。 凉亭八角,八角凉亭,八角八角,八八角; 皇帝万岁,万岁皇帝,万岁万岁,万万岁。 浙江江北,三塔寺前三座塔,塔塔塔; 北京京西,五台山上五层台,台台…… 今世讲士尽是近视; 不解谢谢元无言应对:	4"小学生"教书先生堂上与落地秀才斗智:联1,2		33"盐夫三难解缙":联1、3、4、5、6,联1、3题为"鉴湖书院",联4题为"时隔十年后"中进士后做翰林学士时,联5、6题为又过了几年进文渊阁编《永乐大典》时		私塾
莳田郎,莳田郎,一天能莳几千几百行? 跑马夫,跑马夫,一天能走几千几百步? 竹篮提笋母抱儿; 稻草绑秧父捆子。 右木说是桥,无木亦是乔,去掉桥边木,加女便是娇,你做你娇娇; 右米说是粮,无米也是良,去掉粮边米,加女便是娘,她是你老娘。 大人也是人,小人也是人,天公不合理,大人吃小人; 棺材也是才,秀才也是才,阎王不公平,棺材装秀才。	8"和妹妹从文峰山采小竹笋回来"对秀才,推为中秀才前		25全同刘编		秀才前

续表

	联话丛编	解缙及其传说	解学士传奇	解缙传说整理与研究	
驼背柳树倒开花,蝴蚪仰采; 低头莲蓬斜结仔,鹭鸶俯视。		5 与徐素娇（徐泰女）对"定亲"乡试中举之前			乡试前
做中有古,古作今观,观不尽花花世界; 戏半是虚,虚从实看,看起来事事人情。 顷刻间,千秋事业; 方寸地,万里河山。				16 上京赶考前 新昌戏班	会试前
三分分茶,解解解元之渴; 一朝朝罢,行行行院之家。	14岁,初进京?			17 中解元后,道观中"一盏清茶,解解解元之渴;三弦妙曲,乐乐乐府之音。"	乡试后
孔夫子,关夫子,两位夫子; 写春秋,演春秋,两部春秋。 朝朝朝朝朝朝应;（龙王庙） 长长长长长长流。（文水河） 蒲叶桃叶葡萄叶,草本木本; 梅花桂花玫瑰花,春香秋香。		6 "三女婿作对"			
书五经,易五篇,五世其昌; 诗百首,银百两,百年偕老。 新建石城万年万载; 永修锣鼓乐安乐平。			31 "轿对" "解缙对诗作句,出语惊人,在文峰镇上很有名气,一些难以对答的绝句,都落到他头上来"		秀才前后
尧舜净,汤武生,桓文丑旦,古今来几多角色; 日月灯,云霞彩,风雷鼓板,宇宙间一大戏场。 日在东,月在西,天上生成"明"字; 子在右,女居左,世间配定"好"人。 （以上为朱元璋） 切瓜分片,上七刀,下八刀; 冻雨撒窗,上两点,下三点。		10 与朱元璋、大臣对对"解学士"	7 "伴驾"		中书庶吉士

续表

	联话丛编	解缙及其传说	解学士传奇	解缙传说整理与研究	
云台二十八将； 孔门七十二贤。			9 一百古人，接7"过了不久""厉害的年轻人""办完公事，回京""皇帝更喜欢"		推为庶吉士
七人探监，数数三双一个； 尺蛇出洞，量量九寸十分。 醉汉骑驴，点头瞌脑算酒帐； 艄公摇橹，打躬作揖讨船钱。 一条笔直通天路； 两扇大开慈悲门。 心诚；佛近。			36 "建塔悼千之""恨相见太晚"洪武年间，南京到和县，知县陪同		江西道监察御史
虎走山还在； 山在虎还来。			37 洪武年间，亳州"知府大人在城门迎接解缙"		江西道监察御史
解学士河边拉纤； 汪知府城门拜靴。			34 "尚方宝剑，巡视江南八省"后"回家省亲"		
幽燕下钱塘云天有路； 湖山接银河水月无边。 半局残棋车无轮马无鞍炮无烟火卒无枪； 一堂古画人不笑鸟不叫花不馨香鱼不跃。 白扇画青龙行风难行雨； 红鞋秀彩蝶能走不能飞。			39 翰林大学士，永乐初年中秋佳节，永乐游杭西湖		永乐
色难； 容易				20 "永乐皇帝"	永乐
和尚和尚书诗，因诗言寺； 上将上将军位，以位立人。	永乐时				永乐
宝塔巍巍，六面四方八角；（问樵夫） 玉掌平平，五指三长两短。 船装大桶，油桶漆桶，七桶八桶；（问菜农，十把韭菜，九把香葱） 肩挑小菜，葱把韭把，九把十把。		16 吉水中全榜之后	10 "哑对"，接9"解救国难"之后，后联替为"双龙戏水，一碧银波荡四海；五官流云，两目金光耀九天"		
解缙讲不讲； 永乐乐不乐。		17 遇永乐吻宫女			永乐

续表

	联话丛编	解缙及其传说	解学士传奇	解缙传说整理与研究	
两任道台，一身风霜。(两道风霜)			29"赞誉郭瑞"，"在京居要职的解学士，外出巡查"		

A.对联神童——家族教育引发了解缙的对联天赋，成为家族的神童

解缙生于洪武二年（1369），时值对联天子朱元璋立国。受风气影响，前朝举人、易代之际隐居在家的父亲解开对解缙进行了有意的对对训练。今所见解缙题名十岁之前对联有五副，如下：

a.解父之友：胭脂菊上擎霜，红颜傅粉；

解缙：翡翠松间挂月，铁爪擎珠。

本联载于清初汪升《评释巧对》，为纯粹写景联，题名6岁。《评释巧对》卷六写景类·花木门云：

> 解大绅六岁时，有友人谒其尊人，留赏菊。尊人命大绅出侍酒，友人出此对，即答之。对得工稳①

b.解父：仙女吹箫，枯竹节边生玉笋；

解缙：佳人撑伞，新荷叶底露金莲。

本联分见于清初汪升《评释巧对》、清梁章钜《巧对录》、民国范范《古今滑稽联话》，今人《解缙传说整理与研究》亦有民间传说录入，为纯粹写景联，《评释巧对》题名为7岁。清初汪升《评释巧对》卷六写景类·人事门载云：

> 解学士七岁时，随父同出，见有妓者吹箫，父命此对，学士答之。箫是枯竹节，玉笋比仙女手，而"玉笋"与"枯竹"相合，出句已巧。伞如新荷叶，金莲比佳人足，而"金莲"与"新荷"相贯，对句亦精。"②

清梁章钜《巧对录》卷八·古今巧对汇钞选录载云：

> 又，解缙同父见一女子吹箫，父出对云："仙子吹箫，枯竹节边生玉笋。"缙对云："佳人撑伞，新荷叶底露金莲。"③

民国范范《古今滑稽联话》"解缙"条载云：

> 解缙七岁时，随父出游，见一妓女吹箫，父命对云："仙子吹箫，枯竹节边

①龚联寿：《联话丛编》，南昌：江西人民出版社，2000年，第131—132页。
②龚联寿：《联话丛编》，南昌：江西人民出版社，2000年，第135页。
③龚联寿：《联话丛编》，南昌：江西人民出版社，2000年，第857页。

生玉笋。"对曰："佳人张伞，新荷叶底露金莲。"①

c.名士：金水池边全线柳，金线柳穿金鱼口；

解缙：玉栏杆外玉簪花，玉簪花插玉人头。

本联分见于清初汪升《评释巧对》与民国范范《古今滑稽联话》，今人《解缙传说整理与研究》亦有民间传说录入，为纯粹写景联，《评释巧对》题名为8岁。《评释巧对》卷十五叠文类·八字之叠文载云：

　　洪武朝，金水池、玉栏杆诸胜概处，解大绅八岁时，慨然有观光之志。有子祺者，乃命此对，解即应声答之。以数个"金"字一串说去，出亦巧矣。对之为工。或云杨性九岁时，同塾师至园圃，偶至池边柳下，见金鱼游水面，师出此对，杨答之。未知孰是。②

《古今滑稽联话》"解大绅幼时"条载云：

　　解大绅幼时，随父执某公，游南京金水河、玉阑干诸胜，成一对云："金水河边金线柳，金线柳穿金鱼口。　玉阑干外玉簪花，玉簪花插玉人头。"父执大奇之。③

d.解父：千年老树为衣架；

解缙：万里长江作浴盆。

本联分见于清初汪升《评释巧对》、清梁章钜《巧对录》、民国范范《古今滑稽联话》，今人《解缙传说整理与研究》亦有民间传说录入，唯年龄更小，为纯粹写景联，《评释巧对》题名为9岁。《评释巧对》卷一赋事类·天文门载云：

　　解学士九岁时，父携江滨洗浴，以衣置老树上，因出此对，学士答之。两下俱是就其当时之事而言，已为切当。而出句固有"振衣千仞冈"之思，对句亦有"濯足万里流"之概也。④

《巧对录》卷八·古今巧对汇钞选录载云：

　　相传解缙九岁时，其父偶携至江边洗浴，以其衣挂于老树上，出对云："千年老树为衣架。"缙对云："万里长江作浴盆。"⑤

e.解父：白马尾拖银扫帚；

解缙：乌鸦项带玉缘环。

①龚联寿：《联话丛编》，南昌：江西人民出版社，2000年，第4359页。
②龚联寿：《联话丛编》，南昌：江西人民出版社，2000年，第228页。
③龚联寿：《联话丛编》，南昌：江西人民出版社，2000年，第4335页。
④龚联寿：《联话丛编》，南昌：江西人民出版社，2000年，第69页。
⑤龚联寿：《联话丛编》，南昌：江西人民出版社，2000年，第857页。

本联见于清初汪升《评释巧对》，今人《解缙传说整理与研究》亦有民间传说录入，唯年龄不一，为纯粹写景联，《评释巧对》题名为9岁。《评释巧对》卷五状物类·鸟兽门载云：

> 解学士九岁时，父命此对，即答之，对得稳当。出自幼童，不可及也。①

以上五副对联全部为即景联，上联多为其父所出，可以看出家族对儿时解缙的有意培养。在父亲的逐步引导下，小解缙的对联天赋得到了初步展露。这些对联形象新颖，工稳生动，特别是"万里长江作浴盆"一句，通俗形象又气格豪迈，展示了远超一般儿童的胸怀气度。这些对联在家族和亲朋中的流传，为解缙赢得了对联神童的美誉。

B.学堂天才——学堂生涯磨砺了解缙的对联才华，成长为学堂对联天才

解缙的对对天赋在学堂中得到了极大的发展。解缙于何时进学堂读书，史载不明，但似乎由于母亲高氏和父亲解开的故意为之，解缙进学堂的时间似乎较晚。解缙在私塾和学堂环境中充分发展天赋，成长为学子对联天才，却有不少文献作为支撑。《解缙传说整理与研究》中载有几则学堂或师生环境中发生的对联故事，反映了少年解缙对联天赋不断受到磨砺的情况。

> 先生：父立子坐，礼乎？
> 解缙：嫂溺叔援，权也。

> 先生：何缘得佳偶；
> 解缙：有幸遇良媒。

这两则对联是解缙入私塾前对答私塾徐先生的对联。在入学之前解缙就已经在家里接受了良好的学前教育，在对联方面展示了天赋，这自然会受到私塾先生的关注。据说私塾的徐先生初到解缙家，就有意考察解缙，当时徐先生看见解缙父亲将解缙从怀里抱在到凳子上，于是开口说了一句"父立子坐，礼乎"，小解缙开口应道"嫂溺叔援，权也"，徐先生接着出了一上联"何缘得佳偶"，解缙接口就对出了下联"有幸不须媒"。后来徐先生相中了解缙的天才，就邀请解缙进了他的私塾学校，并且还将自己的女儿许配给了解缙。

> 路人：子把父当马；
> 解缙：父愿子成龙。

这则对联讲的是解缙在吉水街上"骑着父亲去考试"，大约是参加私塾入学考试，路人戏谑小解缙，因出此联。而解缙张口对出了下联。本联出对句皆文笔浅近，但胜在表意显赫，道出了人人皆有的父子普遍情感，为人所乐道。

---

① 龚联寿：《联话丛编》，南昌：江西人民出版社，2000年，第119页。

先生：小子暗藏春色；

解缙：大人明察秋毫。

　　这是广为传颂的一则师生对答联，讲的是有一天在课堂上，贪玩的解缙因为暗藏一朵花而被老师发现，老师出了一个巧妙的上联警告解缙，而小解缙非常巧妙的以下联回答，向老师承认错误。这则对联发生在大家普遍熟悉的学堂环境中，展示了师生不同的性格，老师是严厉中带着爱护之情，而学生是机智中透露着诚实之色，展现了一种非常有趣的师生关系，非常容易为广大学子认同和接受。对联的出句以虚写实，修辞巧妙，而解缙的对句则任用成语，信手拈来而妙趣自生。正是学堂中这样看似平凡的对句训练，不断磨砺着解缙的对联才华，将解缙的才名逐渐扩展到更大的范畴。

　　解缙在对联上才华横溢，锋芒毕露，其才能得到了大多数人的认同，但也不免引起一些人的嫉妒，受到一些刁难。面对这些刁难，解缙往往都能利用他的机智给予强力的反击，因此而留下了一些脍炙人口的讽刺对联。如下面两个脍炙人口的对联：

先生：两猿断木，小猴子也敢对锯；

解缙：一马陷泥，老畜生也敢出蹄。

墙上芦苇，头重脚轻根底浅；

山间竹笋，嘴尖皮厚腹中空。

　　第一则对联据说发生在解缙拜访邻县学堂期间，邻县一位私塾先生看不起年幼稚嫩的解缙，故意出了带有侮辱性质的上联来讽刺解缙，不料解缙才华横溢，以一个绝妙的对联反唇相讥，嘲笑了倚老卖老看不起人的邻县私塾先生。第二则对联则是一则斗联故事，解缙少年时虽有联名，但其父隐居多年，家族在当地并不算高门大户，往往受到一些人的无端挑衅和轻贱，一个手高眼低腹中无文的秀才出联"驴跑牛跑跑不过马，鸡飞鸭飞飞不过鹰"讥讽解缙，而解缙以一则精妙绝伦的双关联对前者进行了辛辣的讽刺。

　　如果说学堂生涯早期，解缙的对联还停留在小儿阶段，比较温和中正，以写景叙事为主的话，那么，学堂后期的几则对联，则慢慢显示出来了后来解缙对联种所独有的那种一针见血锋的锋芒和诙谐多趣的气质。这种批判锋芒和诙谐幽默，为对联的传播注入了强大的活力，将对联的应用带入到了崭新的境界。更为重要的是，这些对联在艺术上更为圆熟含蓄，双关状物等修辞手法运用炉火纯青，舒卷自如，成了对联中不可多得的精品，为后来对联创作确立了标准和典范。

　　在儿童阶段，解缙的对联多在家族亲戚中流传，而在学堂阶段，解缙的才名逐渐为得到大家的认可。这一认可过程，并不是一帆风顺的，而是充满了坎坷和艰辛。从解缙流传至今的故事看，少年和青年时代的解缙的对联，多充满了一种抗争的味道，很多出联往往都带有一种怀疑甚至敌意的味道，而解缙的对句则往往是于机智中予以回驳，呈现出一种弱者反击强者的态势，而这种弱势群体反击强势群体的形象，后来成为了传说中解缙形象的主体性格。造成这一局面的原因是多方面的。首先，与解缙的相对弱势的家族背景相关，此期一些对联的出句甚至带有蔑视意味，不能不说与解缙父族隐居未仕的情况有深刻的关联；其次，与解缙少儿的身份相关，对对总的来讲需要较为成熟的智慧和年龄才能熟练掌握，因而出现在学堂或社会中的对对的主体仍以成年人为主；再次，与解缙远超常人预料的机智也有关联，人们对于天才往往持怀疑态度，天才在成长过程之前必然经历许多碰撞是可以预见的；另外，也受解缙本人的状况的制约，解缙少年时身材矮小，当地人称他为"矮正子"，受到人们的轻视和羞辱并反戈一击就成为了日常的桥段，而这种羞辱的经历也进一步刺激了解缙的少年自尊心性；最后，解缙受儒家思想影响，性格正直，往往直言敢语，在许多特定场合下这种正直就变成了旁人眼中的轻狂。虽然很多关于解缙的对联都带有浓郁的讥讽味道和戏谑性质，但其实解缙虽然才高，性格却并不轻狂，许多对答联的反唇相讥，实在是才高位卑的一种自然反应。

C.民间英雄——日常生活应对奠定了少年解缙机敏善对形象，被江西民间传为英雄

由于解缙的独特天赋，对对活动不仅出现在解缙的学堂生涯中，而且出现在解缙生活的方方面面。对对进入了解缙的日常生活之中，在诸多场合发挥作用，显示了对对的广阔应用市场，这是解缙对对不同于传统对对的地方。而这种不同极大的扩展了对对的应用范畴，提高了对对在世俗生活中的地位。解缙在日常生活中对对对的出色机敏运用，也被民间传为神话。

a.善于运用对对维护自己的尊严

脍炙人口的"门对千棵竹；家藏万卷书"故事，最能体现对联运用的绝妙效用。下面一些对联，都是解缙与乡绅门的斗智应答联。乡绅门出于各种原因，或者带有考究的意思，或者带有侮辱的意味，意图通过出对方式让解缙屈服或者为难，但这些企图在解缙巧妙的对答面前一一化解，消于无形。这些对联包含着弱势方的辛酸和抗争，洋溢着弱势者的顽强生命力，因而广为传颂。

> 乡绅：小儿无知嫌门窄；
> 解缙：大鹏展翅恨天低。

> 乡绅：天作棋盘星当子，谁人敢下？
> 解缙：地是琵琶路为弦，哪个能弹？

> 乡绅：龙不吟，虎不啸，鱼不跃，蟾不跳，哭然落头赵海；
> 解缙：车无轮，马无鞍，象无牙，炮无火，活捉寨内将军。

> 乡绅：出水蛙儿穿绿袄，美目盼兮；
> 解缙：落汤虾子着红袍，鞠躬如也。

乡绅：泥判官手持生死簿何日勾销？

解缙：石狮子头顶香火炉及时得下？

乡绅：尺蛇出洞量量九寸十分；

解缙：七鸭出水数数三双一单。

乡绅：清溪河三面朝水；

解缙：朱先生半头是牛。

乡绅：鸡讥盗稻童筒打，鸡啄铜盆嘴敲锣；

解缙：鼠暑凉梁客咳惊，马过木桥蹄子打鼓。

乡绅：童子打桐子桐子落童子乐；

解缙：和尚跟河上河上完和尚完。

乡绅：唇先生须后生后生不及先生长；

解缙：眼珠子鼻孔子孔子反比朱子下。

乡绅：月下子规喉舌冷；

解缙：花中蝴蝶梦魂香。

这些对联在江西民间广泛流传，虽然故事变体极多，但主人公基本都集中在解缙身上。其中第一联更是广为流传，一些笔记也有记载。《评释巧对》卷二寓意类·鸟兽门载：

小犬入门嫌路窄。

大鹏展翅恨天低。

传有一书生少时，乡绅为有一事，欲召而辱之，至则令从小门而入。书生不从，乡绅怒而出此对，言若能属，乃开大门与入。书生答之，乡绅乃愧谢焉。此其所对，是为何等气象。或传为解学士之所对者，未知然否。①

b.常常利用对对来保护家人

解缙故事中有两个涉及以对联维护家人的故事。一个是解缙作联描述自己父母的职业：

父亲街头肩挑日月；

母亲家里手转乾坤。

这个对联维护了自己父母作为磨豆腐生意人的手工劳动者的尊严，对于社会底层体力劳动者持歌颂态度，因而在民间广泛流传。另一个故事是解缙"和妹妹从文峰山采小

_____
①龚联寿：《联话丛编》，南昌：江西人民出版社，2000年，第76页。

竹笋回来”，面对挑衅生事的秀才的讥讽，解缙以对联作出的强烈的回应，故事题名为“棺材装秀才”：

秀才：莳田郎，莳田郎，一天能莳几千几百行？
解缙：跑马夫，跑马夫，一天能走几千几百步？

秀才：竹篮提笋母抱儿；
解缙：稻草绑秧父捆子。

秀才：右木说是桥，无木亦是乔，去掉桥边木，加女便是娇，你做我娇娇；
解缙：右米说是粮，无米也是良，去掉粮边米，加女便是娘，她是你老娘。

秀才：大人也是人，小人也是人，天公不合理，大人吃小人；
解缙：棺材也是才，秀才也是才，阎王不公平，棺材装秀才。

c.对对在婚姻爱情中也占据重要地位

与解缙婚恋相关的对联故事包括：《解缙传说整理与研究》载故事6“少年捷对——徐秀才嫁女”，故事16“对对得妻——新昌戏班”；《解缙及其传说》载故事5“结亲”，故事6“三女婿作对”。

故事6“少年捷对——徐秀才嫁女”中，徐秀才出对，解缙回应机敏，徐秀才看中了解缙的才华，徐女后来成了解缙的妻子，其涉及的对联如下：

徐父：父立子坐，礼乎？
解缙：嫂溺叔援，权也。

徐父：何缘得佳偶；
解缙：有幸遇良媒。

故事16“对对得妻——新昌戏班”，讲述戏台老板对联招亲嫁女，要求应试者以“做戏”为题作对联，解缙应答了两副对联，成功迎娶了老板之女。解缙所作两副对联如下：

做中有古，古作今观，观不尽花花世界；
戏半是虚，虚从实看，看起来事事人情。

顷刻间，千秋事业；
方寸地，万里河山。

《解缙及其传说》载故事5“结亲”，讲述才女徐素娇与解缙恋爱中发生的文字故事，涉及的对联包括：

徐泰女：驼背柳树倒开花，蝴蚓仰采；

解缙：低头莲蓬斜结仔，鹭鸶俯视。

在这些故事中，对联作为一种才华，帮助主人公成功的克服了障碍，获得了自己的另一半和其家庭的认可。

d.对对还有和睦家庭，沟通亲族的作用

《解缙及其传说》载故事6"三女婿作对"就非常有趣味。故事记载了解缙与徐泰家另两个女婿斗联的故事。先由大姐夫二姐夫出题难解缙，解缙当场对答如流，后解缙出一联反考两位姐夫，两位姐夫无言以答，最后由解缙自己作出了下联。这三个对联包括：

大姐夫：孔夫子，关夫子，两位夫子；
解缙：写春秋，演春秋，两部春秋。

二姐夫：朝朝朝朝朝朝应；（龙王庙）
解缙：长长长长长长流。（文水河）

解缙：蒲叶桃叶葡萄叶，草本木本；
解缙：梅花桂花玫瑰花，春香秋香。

e.以对会友

《解学士传奇》载故事33"盐夫三难解缙"，就是一个以联会友的故事。故事涉及对对大概如下：

盐夫：盐夫挑盐檐下立檐水滴盐；
解缙：舟公撑舟洲边过舟不碍洲。

盐夫：洲乎洲，青湖舟上撑一篙，下流！
解缙：檐哉檐，蓝瓦檐边生五谷，野种。

盐夫：凉亭八角，八角凉亭，八角八角，八八角；
解缙：皇帝万岁，万岁皇帝，万岁万岁，万万岁。

盐夫：浙江江北，三塔寺前三座塔，塔塔塔；
解缙：北京京西，五台山上五层台，台台……

盐夫：今世讲士尽是近视；
解缙：（回答不上）

盐夫：不解谢谢元无言应对；
解缙：（回答不上）

其中，联1，3、4、5、6，联1、3题为"鉴湖书院"，联4题为"时隔十年后"，中进士后做翰林学士时，联5、6题为又过了几年进文渊阁编《永乐大典》时。在这则故事中，盐夫锲而不舍，最终是压倒解缙一头。然而解缙的形象并未因此而受损，相反，解缙平易近人、爱才识才，和容可亲的形象更加深入人心。

f.善于对对还时常能够为人排忧解难，化解困难

《解学士传奇》载"解缙对诗作句，出语惊人，在文峰镇上很有名气，一些难以对答的绝句，都落到他头上来"。《解学士传奇》故事31"轿对"故事记载了两个解缙为他人排忧解难的故事。所谓"轿对"，就是婚俗嫁娶双方司仪亲友团相互出联考试对方的礼俗。解缙两次帮人对上的对联如下：

> 男方：书五经，易五篇，五世其昌；
> 解缙：诗百首，银百两，百年偕老。
>
> 女方：新建石城万年万载；
> 解缙：永修锣鼓乐安乐平。

《解缙传说整理与研究》故事44"解缙一联写婚丧"载解缙替朋友巧写婚联，免除婚礼尴尬的故事。原来这个朋友结婚日，却恰逢父亲过世，按礼俗先行葬礼，后行婚礼，但婚联却很不好写，众人百思找不合适的措辞，适逢来帮忙的解缙，因此写下了一个非常著名的婚联：

> 上联：遇丧事，行婚礼，哭乎笑乎，细思想，哭笑不得；
> 下联：辞灵柩，入洞房，进耶退耶，再斟酌，进退两难。
> 横幅：乐极生悲

g.对联还是一种高雅的娱乐活动

解缙独特的机敏天赋，使得他常常能够将复杂的对对变成一场简答的智力游戏，从而使得"由于解缙对对子名声远播，所以无论他走到哪里，总有人想要与他对上几回"。将对对上升为充满趣味的娱乐活动，极大的提升了对对的传播可能性，解缙的贡献是独一无二的。《解缙传说整理与研究》故事48记载了解缙到县令家蹭饭，调侃县令的令人捧腹的对联应答：

> 县令：雨阻行人，谁是行人之友；
> 解缙：天留过客，我为过客之乐。
>
> 县令：客既来兮，足下且设鱼肉宴；
> 解缙：客已至矣，橱中苟呈猪肚汤。
>
> 县令：嫩笋初烹，片片难入君客口；
> 解缙：老姜细切，条条嚼断主人筋。

县令：谯楼上叮叮咚咚，三更三点；

解缙：画堂前你你我我，一口一出。

县令：恶犬无知嫌地窄；

解缙：大鹏展翅恨天低。

县令：恶客无情，去去去，今朝快去；

解缙：贤东有趣，来来来，明日再来。

《解缙传说整理与研究》故事53"解缙巧对口字谜"记载了解缙到赵员外家借书看时与赵员外的机智联对：

员外：唐虞有，尧舜无；商周有，秦汉无；古句有，今文无；

解缙：员外有，孩童无；哥哥有，弟弟无；姑姑有，姨母无。

员外：善者有，恶者无；智者有，愚者无；强者有，弱者无；

解缙：呼吸有，断气无；吆喝有，斥责无；吵架有，动手无。

员外：听着有，看者无；活着有，死者无；呆者有，精者无；

解缙：和尚有，道士无；哑子有，聋子无；跛子有，麻子无。

《解缙传说整理与研究》故事56"解缙对长老"记载了才子解缙偶有山寺时与主寺长老的巧妙联对：

长老：庭前种竹先生笋；

解缙：寺后栽花长老枝。

《解缙传说整理与研究》故事49"后生更比先生长"记载了解缙与出身翰林的曹尚书之间的联对：

尚书：醉爱羲之迹；

解缙：狂吟白也诗。

尚书：风吹马尾千条线；

解缙：日照龙鳞万点金。

尚书：龙不吟，虎不啸，鱼不跃，蟾不跳，哭然落头赵海；

解缙：车无轮，马无鞍，象无牙，炮无火，活捉寨内将军。

尚书：眼珠子，鼻孔子，珠子还在孔子上；

解缙：眉先生，发后生，后生更比先生长。

这些联对不仅展示了解缙的良好才华，同时也展示了出联者的良好文化修养和雅致趣味，与上述多数对对的刁难性质不同，它们是双方默契配合的结果，与其说是一场智力竞赛，不如说更像是一场双方共谋的文化雅宴。

值得注意的是，这种对对由于双方的默契与共谋，往往在艺术上精雕细琢，水准上要比一般的对对高上很多。也正因为如此，一些并无恶意的好事者也往往喜欢出联考究解缙，"由于解缙对对子名声远播，所以无论他走到哪里，总有人想要与他对上几回"，从而流传下来了一些绝妙的对联，如《解缙传说整理与研究》故事15"对对子吃西瓜"载解学士与人赌瓜的对联：

> 卖瓜人：坐北向南吃西瓜，皮朝东甩；
> 解缙：思前想后读左传，页往右翻。

> 路人：一盏灯四个字，酒酒酒酒；
> 解缙：二更鼓四面锣，哐哐哐哐。

这些对联往往充满机智，文学意味很强，为后人所激赏，从而带动一股风气。

D.庙堂神话与领袖——庙堂传奇遭遇让解缙成为联坛偶像，民众神话

在青少年时代，解缙在吉水民间已经是家喻户晓的对联天才和英雄，但这还不足以让解缙成为联坛公认的领袖。让解缙真正成为联坛传奇和领袖的，是他在连中解元、进士之后，与对联天子朱元璋、对联爱好者永乐皇帝、以及文武百官的从容应对。其中，对联天子朱元璋的激赏、爱护是关键。解缙通过机敏对对从文武大臣中脱颖而出，成为联坛全国瞩目的神话，大致可以从以下几个方面看。

a.初到京城，解解元以机敏为世瞩目

19岁的解缙作为江西的解元，是带着雄心壮志来到京城的，然而首先为他迎来名声的，仍然是他的机敏。今天留下来了两个对对故事。一个是妓院的谐音巧对，一个是寺庙的谐音巧对。

妓院的谐音巧对故事，分见于冯梦龙《金声巧联》和清初汪升《评释巧对》，二者都附有略考，辑录如下：

> 解春雨，年十四岁登第，称神童。初入京，朋友两人并过教坊。妓欲屈春雨，欲令具两茶。既至，则三客，遂命三分之，出对云："两分分茶，解解解元之渴。"春雨应声曰："一朝朝罢，行行行院之家。"对固佳，要之非春雨之事。或以解字而拟之耳。（明．冯梦龙《金声巧联》"春雨分茶"条）①

> 三分分茶，解解解元之渴。上"分"字去声。下"分"字平声。第一"解"字，佳买切，阶上声。二"解"字，胡翼切，音械。三"解"字，居拜切，音戒。
> 一朝朝罢，行行行院之家。上"朝"字音昭。下"朝"字音潮。第一"行"字音形。二"行"字音幸。三"行"字音杭。

---

① 龚联寿：《联话丛编》，南昌：江西人民出版社，2000年，第33页。

　　国初有姓解者发解，偕友至妓馆，妓知其才名，乃瀹茶一盏，而三分之以进，因出此对，解应声答之。上句两个"分"字，读作二音，三个"解"字，读作三音，却以一意相贯。此为巧绝之句而难于属者也。对句两个"朝"字，读作二音，犹为易得。亏他想出三个"行"字，读作三音。亦以一意相贯，而犹能合于时事，真为劲敌。但考之《字汇》，只有"衕衕"二字，俗呼为乐人也。无此"行院"二字耳。不知其他有可据否？《玉堂》所录，则云蒋冕十五岁中解元，一日同年相会，进茶，一同年出此对，蒋答以此句。若如此云，则出句第二个"解"字无着落矣。或释之曰，上二"解"字，止渴也。余谓"渴"字在于句末，上面只须"解"字，何用二"解"字乎？此不可从也。①

　　这个谐音联因为有"解解元"之词，不易作伪，故可信度很高（记为14岁，当传说失误，考解缙登第以解元身份赴京，当在19岁）。这副对联大概在当时传播非常广泛，故被冯梦龙录入。

　　《解缙传说与整理》录故事17则记载了一个类似的对对故事"讨茶作对子"，记载解缙中解元后名声很大，游玩到一座道观想讨茶喝，道观老道士很想见识一下这位名声很大的解缙的才华，于是出联考究他，而解缙则如往常一样迅速对出了下联：

　　　　老道：一盏清茶，解解解元之渴；
　　　　解缙：三弦妙曲，乐乐乐府之音。

　　这两个故事都发生在解缙进京不久，故事中的出句非常相近，显系其中一个袭用另一个，但不知哪个在前，哪个在后。但无论孰前孰后，出对句都非常精彩，可以想见当时应该传颂非常广泛。

　　b.知遇朱元璋，对联传奇辉耀联坛

　　解缙会试礼部之时，初定为第七名，殿试之后，"以所对策言论过高，仰置第三甲"（《朝议大夫交阯布政司参议春雨解先生墓碣铭》）。"三甲"并不是一个很高的名次，但殿试的名次丝毫没有影响到解缙受到的巨大礼遇，因为他遇见了尊老、爱才、有相同爱好的对联天子朱元璋。解缙洪武二十一年（1388）中进士，在中进士之前，已是联名卓著的奇才，而他生长于朱元璋朝，他的对联爱好和天赋，从某个角度来说正是对联天子朱元璋文化策略的硕果，面对自己一手培养起来的对联天才，对联朱元璋自然是没有不喜欢的理由。再加上其兄解伦、其妹夫黄金华同登三甲，其父为年过八旬的前朝硕老，朱元璋高度表彰并嘉奖了解氏父子。朱元璋提拔解缙为庶吉士，出入秘书省，观览天下书籍，并随时待诏陪同自己，一时之间，解缙成为了皇帝身边最红的红人，自然也成为了朝野关注的焦点。即使后来解缙放言无忌，多有忤逆朱元璋之意，朱元璋也表现出了最宽容的态度。关于这段君臣之遇，《明史·解缙传》有详细记载：

---

　　①龚联寿：《联话丛编》，南昌：江西人民出版社，2000年，第204页。

解缙缙幼颖敏，洪武二十一年举进士。授中书庶吉士，甚见爱重，常侍帝前。一日，帝在大庖西室，谕缙："朕与尔义则君臣，恩犹父子，当知无不言。"缙即日上封事万言……书奏，帝称其才。已，复献《太平十策》，文多不录。缙尝入兵部索阜隶，语嫚。尚书沈潜以闻。帝曰："缙以冗散自恣耶。"命改为御史。韩国公李善长得罪死，缙代郎中王国用草疏白其冤。又为同官夏长文草疏，劾都御史袁泰。泰深衔之。时近臣父皆得入觐。缙父开至，帝谓曰："大器晚成，若以而子归，益令进学，后十年来，大用未晚也。"归八年，太祖崩，缙入临京师。

朱元璋如此对待一名地位低下的庶吉士，这是从未有过的，其最大的原因，自然是为解缙的颖敏才能和正直无伪的性格所打动，而其中最重要的，就是感动于解缙的对联才能。

《解缙及其传说》故事10记载了解缙陪同朱元璋君臣对对的故事，这些故事中解缙机敏善对，与物友善，极得朱元璋喜爱：

> 朱元璋：尧舜净，汤武生，桓文丑旦，古今来几多角色；
> 解缙：日月灯，云霞彩，风雷鼓板，宇宙间一大戏场。

> 朱元璋：日在东，月在西，天上生成"明"字；
> 解缙：子在右，女居左，世间配定"好"人。

> 大臣：切瓜分片，上七刀，下八刀；
> 解缙：冻雨撒窗，上两点，下三点。

《解学士传奇》故事9记载了一则"一百古人"的故事，故事讲述了年轻的解缙以对解谜，巧妙应对外国使臣的智力谜语，为大明赢得尊严的故事：

> 外使：云台二十八将；
> 解缙：孔门七十二贤。

c. 卜放地方为官及归乡修养，以对联惩恶扬善

在朱元璋身边待了几年后，由于轻肆直言，得罪了不少人，于是被贬为江西道监察御史。到地方上为官，解缙也常以对联为武器，惩恶扬善。《解学士传奇》所记载的故事34和故事37可能就发生在这一时期。

《解学士传奇》所载故事37名为"山在虎还来"，讲的是微服私访的钦差解缙以对联震慑无良布店老板的故事，涉及的对联为：

> 布店老板：虎走山还在；
> 钦差解缙：山在虎还来。

据故事所言"洪武年间""亳州""知府大人在城门迎接解缙"，推测故事应发生在解缙任江西监察御史期间。

《解学士传奇》所载故事34名为"汪知府拜靴",讲述解缙持"尚方宝剑,巡视江南八省"后"回家省亲",时值荒年,被当地混官知府拉去为自己玩耍的游船拉纤,遂以靴子空轿惩治昏官的故事。故事中知府派人送礼巴结解缙,解缙撰写了一副对联讥讽作答,对联云:

> 解学士河边拉纤;
> 汪知府城门拜靴。

这些对联由于切情切景,爱憎鲜明,深为下层民众传诵。

《解学士传奇》故事36"建塔悼千之"记载了解缙燕居在乡与和县名士焦千之的对联交往故事。传焦千之因写"贫民家多苦,官人心藏刀"而被县令下狱,解缙南京到和县,在知县陪同下往见,两人妙对相向,"恨相见太晚",遂结为很好的对联朋友的故事。两人交往的对联包括:

> 解缙:七人探监,数数三双一个;
> 千之:尺蛇出洞,量量九寸十分。(大牢中)
>
> 解缙:醉汉骑驴,点头瞌脑算酒账;
> 千之:艄公摇橹,打躬作揖讨船钱。(江边)
>
> 上联(解缙):一条笔直通天路;
> 下联(千之):两扇大开慈悲门。
> 横幅:心诚(解缙)佛近(千之)(尼庵讨联)

焦千之不幸早逝,解缙以"衣冠状元"埋冢祭葬焦千之,给予了一个对联知交的最大荣誉。从这个故事的时间看,应该发生在解缙辞官归养8年期间,《解缙传奇整理与研究》故事40条载:"在这十年间(实际为8年,笔者注),解缙有时跟人观景作诗,有时跟人家写写家谱,有时帮人家打打官司",本故事的氛围与之非常吻合。

d.居永乐重臣,闲暇作对名倾朝野

解缙在永乐朝经历是前扬后抑。从朱元璋诏在家休养八年,入京贬河州卫吏四年,1402年解缙诏迁回京,升任翰林侍读,11月入内阁,次年迎朱棣,受到永乐重用,自此连升,官至翰林学士兼春坊大学士,内阁首辅,成为一代重臣。1406年因建止伐安南以及太子事触怒朱棣,贬广东、安南前后四年。四年后入京因谗忌入狱,于3年后去世。

永乐初年,解缙进侍读学士,直文渊阁,预机务,逾年后进翰林学士,内阁首辅,被永乐视为重臣,委以重任。这段时间,是解缙政治事业的顶峰。永乐曾说:"天下不可一日无我,我则不可一日少解缙。"闲暇之余,解缙何永乐君臣仍然时有对对唱和。《解学士传奇》故事39"吟诗谏皇帝"载永乐初年中秋佳节,永乐游杭西湖,与解缙联对:

> 永乐：幽燕下钱塘云天有路；
> 解缙：湖山接银河水月无边。
>
> 永乐：半局残棋车无轮马无鞍炮无烟火卒无枪；
> 解缙：一堂古画人不笑鸟不叫花不馨香鱼不跃。
>
> 永乐：白扇画青龙行风难行雨；
> 解缙：红鞋秀彩蝶能走不能飞。

民国范烟桥《古今滑稽联话》"解大绅滑稽善对"条记载了解缙与某君的一副对联：

> 解大绅滑稽善对，尝与某君坐。某君曰："有一书句甚难其对。"解问之，曰："色难。"解曰："容易。"某君不悟，促之曰："既云易矣，何久不对？"解曰："适已对矣。"某君始悟。"色"对"容"，"难"对"易"，为之一笑。①

《解缙传说整理与研究》故事20"两字趣对——容易"则将此联定为解缙与永乐皇帝对答的对联。

永乐年间，也常常发生解缙与大臣的对对比试。以下三则极富有趣味性的对联就出自此时：

> 大臣问樵夫：宝塔巍巍，六面四方八角；
> 解缙替答：玉掌平平，五指三长两短。
>
> 大臣问菜农：船装大桶，油桶漆桶，七桶八桶；
> 解缙替答：肩挑小菜，葱把韭把，九把十把。
>
> 大臣问船夫：双龙戏水，一碧银波荡四海；
> 解缙替答：五官流云，两目金光耀九天

对联一和对联二见载于《解缙及其传说》故事16"解哑谜"，对联一和对联三见于《解学士传奇》故事10"哑对"，故事的背景差不多，大致因为解缙夸耀江西人善对或提拔江西人（《解缙及其传说》故事16"解哑谜"将背景设置为"江西人中全榜"之后，估计朝臣与解缙之争与此有关）讲的都是大臣欲借刁难江西人而治解缙欺君不实之罪，但被解缙以绝妙的对联一一巧妙化解。

有时候，身居高位的解缙也借对联表扬官员。如《解学士传奇》故事29"赞誉郭瑞"，记载"在京居要职的解学士，外出巡查"，撰"藏字联"赞扬清官郭瑞：

> 上联：两道（喻两任道台）；
> 下联：风霜（喻一身风霜）。

---

① 龚联寿：《联话丛编》，南昌：江西人民出版社，2000年，第4334页。

借对联为人排忧解难是解缙的一贯作风。清初汪升《评释巧对》卷十四音异类·四音不同载解缙为一和尚排忧解难的故事：

> 和尚和尚书诗，因诗言寺；
>
> 上将上将军位，以位立人。
>
> 少监少监使债，以债责人。
>
> 永乐时，有尚书题诗于寺，一僧谑和之。后尚书至是寺，询知其由，谓僧曰："不即加汝罪，但出一对能答，即恕之。"因出此对。僧不能答。候解学士入朝，求为救援。解答之，僧因回对。尚书笑曰："吾早知其为解学士对也。"所出上句，有两个"和尚"字，读作二音。下句又接"诗"字，分出"言寺"二字。可谓巧妙而难于属矣。所对上句，有"上将"二字，读作二音。下句又接"位"字，分出"立人"二字，何等工致。但"和尚"放肆，解公代答此对，致尚书饶了他罪，为可恨耳。《玉堂》所录，则曰赵宗文幼时，遇一便口僧人在座，因出此对，僧答以"少监"句，举座为之大笑。此其所对，上句有两个"监"字，读作去声与平声二音。下句又接"债"字，分出"责人"二字，亦为工致。①

⑤解缙的对联性格

对对在解缙的文艺生涯中占据较大的比重，但今日主流文学研究者多不太注意，如黄迎霞2012年硕士论文《解缙文学研究》只字不提解缙的对联成就，说明对联尚未进入正统文学研究范畴，在明清对联高度发达的事实下，这无疑是令人遗憾的。今以解缙的对联简述其风格特点。

A.机智

解缙对联的最知名特点是机智，往往充分利用汉文字的特点，带有暗喻、双关、象征等特征，使读者会心一笑，得到审美和智慧的双重愉悦。如清初汪升《评释巧对》卷三借影类·影出姓名载故事：

> 船尾拔钉，孔子生于舟末。
>
> 云间闪电，霍光出自汉中。
>
> 解缙一日同友人舟行，见舟人拔船尾钉以换新者，友人出此对，解答之。下句俱以成语形容上句，亦巧极矣。然所出下句，顶上句"船尾"二字言之，仍宜用此"舟"字，以影彼"周"字也。刻本即用成语之"周"字，恐不可解。有一写本是此"舟"字，故从之。②

这种对联方式与解缙才高诙谐的气质相关。《明史》称解缙"才高，任事直前，表里洞达"，钱谦益称解缙"才名煊赫，倾动海内"，有时候才过高而外露，容易给人

---

①龚联寿：《联话丛编》，南昌：江西人民出版社，2000年，第203页。
②龚联寿：《联话丛编》，南昌：江西人民出版社，2000年，第98页。

轻狂的感觉，如朱元璋称"缙以冗散自恣耶"，《明通鉴》评"缙以迎附骤贵，才高勇于任事，然好臧否，无顾忌""缙以不谨持恭而卒以不密取祸"，《四库全书总目提要》称："缙才气放逸，下笔不能自休，当时有才子之目。迄今委巷流传，其少年凤慧诸事，率多鄙诞不经。"然而解缙是真有才，明仁宗朱高炽说："言缙狂，观所论列，皆有定见，不狂也！"而才高则不免在对对时不循常理，为人优容则多诙谐，如焦竑所说："解缙之才，有类东方朔，然远见卓识，朔不及也。"

B.讽刺

解缙的对联，有很多语带讥讽，让人误以为他心胸如此，其实，解缙的对联往往只是针锋相对，很少有主动攻击他人的。这些讽刺性很强的对联往往是对侮辱性攻击的一种反击。如著名的"落汤虾子着红袍"对联。清初汪升《评释巧对》卷十六成语类·自措他词以成语合意载：

> 出水蛙儿穿绿袄，美目盼兮；
> 落汤虾子着红袍，鞠躬如也。
> 高则诚七岁时，颖异不凡。邻有尚书某，绯袍送客，高适自塾归，时穿绿衣。尚书呼而语此对，高应声答之，尚书大惊异。以幼童而敢谑及尚书，固已有胆，对句尤为巧妙，岂非天授者耶。
> 虾投汤内换扛袍，鞠躬如也；
> 蚕入丛间成白茧，中心藏之。
> 又有以"落汤虾子"句为解缙所对者。谓解与同僚道经吴下，同舟饮酒，见水中青蛙，同僚因出此对而解答之。后一士人述解所答，而改成此对，有友复答之如此。此其所对亦工也。（清初汪升《评释巧对》卷十六成语类·自措他词以成语合意）①

对其的著作权尚有争议。而民国范范《古今滑稽联话》"解大绅"条则将其著作权定为解缙：

> 解大绅与同僚在舟中饮酒，有青蛙跃出水面。同僚云："出水蛙儿穿绿袄，美目盼兮。"时解方食虾，即举以对云："落汤虾子着红袍，鞠躬如也。"②

这种判断与在今日所见江西民间传说相吻合。

解缙的这种讥讽联，往往与出对者的傲慢针锋相对，体现出典型的弱势反击特征。这种特征反映出了解缙不畏强权的正直勇敢品质，与解缙的仁义胸怀一起构成了解缙的整体性格特征。杨士奇评价解缙的性格时说：

> 平生重义轻利，遇人忧患疾苦，辄隐于心，尽意为之。笃于旧故及名贤世家

①龚联寿：《联话丛编》，南昌：江西人民出版社，2000年，第242—243页。
②龚联寿：《联话丛编》，南昌：江西人民出版社，2000年，第4297—4298页。

后裔，而襟宇阔略，不屑细故，表里洞达，绝无崖岸，虽野夫稚子，皆乐亲之。故求文与书者日辏辐。独不畏强御。承运库（内）官张兴，恃宠而横，尝笞击人于左顺门下。公过之，叱曰："御座在此，尔敢犯礼法乎！"

可谓是知言之论。罗洪先评价解缙的生平行状时说：

> 观其应制寓讽，封事犯颜，有郑公之正；乳儿朝贵，敝屣爵位，沅湘之奇；忤权蹈危，投荒历节，有太白之迈；保储望身，徙家戍边，有柬之之烈。是果积累得之否乎！及时未优于圣域，亦当不失为豪杰。……呜呼，非日月之明哉！公亦有言："宁为有瑕玉，莫作无瑕石。

邹元标则评价解缙"义节千秋壮，文章百代尊"。这些评价与解缙对联所显示出来的强烈的反讽意识是一致的。

（3）明对联形式的进一步融媒化：春联、行业联、楼观联

在对联产生之前，中国文化中协对方式就已经产生了非常成熟的赋对、骈对、律对等不同样式，然而，这些样式都不能称之为对联，就是因为它们还没有以一种艺术的方式被张贴出来，形成稳定的对联化的欣赏模式。从这个角度看，梁章钜《楹联丛话》记载纪晓岚将后蜀孟昶称为对联第一人，是有一定道理的。据《宋史·蜀世家》记载：

> 每岁除，命学士为词，题桃符置寝门左右。……学士辛寅逊撰为词，（孟）昶以其非工，自命笔题之："新年纳余庆，嘉节号长春。"①

孟昶是有史记载的第一个将协对书写在桃符上并张贴出来的人，当文学样式的律对从以书写的方式被张贴出来，就可以认为第一个对联就产生了。

对联从来就不是单纯的文学样式，而是文学样式、书法样式、张贴艺术的融媒文化形式。从第一个具有典型特征的对联的诞生开始，各种类型的对联的发展就一直伴随着其形式的融媒化要求，一种对联的成熟实际上就是融媒化形式的完成。到了明代，春联、行业联、楼观联等的产生和发展，标志着对联融媒化形式的基本完成。

首先是春联的诞生。春联可以说是对联种类中最早脱颖而出的融媒形式，而它的产生和成熟，则完全是朱元璋一手造成的结果。清梁章钜《楹联丛话》载：

> 《簪云楼杂说》云：春联之设，自明孝陵昉也。时太祖都金陵，于除夕忽传旨："公卿士庶家，门上须加春联一副。"太祖亲微行出观，以为笑乐。偶见一家独无之，询知为腌豕苗者，尚未倩人耳。太祖为大书曰："双手劈开生死路；一刀割断是非根。"投笔径去。嗣太祖复出，不见悬挂，因问故，答云："知是御

---

① 龚联寿：《联话丛编》，南昌：江西人民出版社，2000年，第126页。

　　书，高悬中堂，燃香祝圣，为献岁之瑞。"太祖大喜，赍银三十两，俾迁业焉。[1]

　　朱元璋以行政命令的手段责令金陵全城悬挂对联迎春，虽是一时之乐，但却具有深远的意义。在春联中，书法艺术，图案装饰艺术与文学艺术以一种融合性的面貌第一次大规模呈现在世人面前，一种全新的功能明确的操作简单的文艺样式诞生了。可以想见，起初是为了迎合朱元璋的爱好，所有家庭必然尽可能请最好的书法家，作最完美的张贴方案，书法艺术和张贴艺术的融合必然得到了广泛的尝试，形成了各种各样的面貌，而当各种面貌经过沉淀、比较，最后留下来了相对稳定的书法和装饰模式，这就是我们今天所见到的稳定而完美的春联融合艺术样式。联对的平仄相对和颂春内容，联纸书法的正书为主、联对张贴的楹柱对称，三者深层次的完美交融，是春联最终成为汉民族最富特色的文艺形式之一的根本原因。春联之后，受春联影响各种与特殊礼俗节令相配的联种如中秋联、寿联、丧联也逐渐发展起来，可以说，春联是节令礼俗联的鼻祖。

　　行业联的产生也是发生在朱元璋这一行政命令之中的重要事件。"双手劈开生死路；一刀割断是非根"，这是朱元璋为一位没钱请人写对联的屠夫所题写的春联，在这个春联中，联句内容完美契合了主人的职业身份，可以看成是最早最成熟的行业联。受其影响，各种行业联也逐渐开始流行。行业联相对于春联而言，没有时节限制，因此深受都市各行业市井百姓的喜爱。

　　楼观联，将楼观的历史景物描写艺术、精美的书法艺术、与山水楼观契合的装饰艺术三者精妙结合，形成一种高度契合的融媒艺术，是中国对联中最完美的融合性联种之一，也在明代大行其道。其中一个著名的例子，就是围绕朱元璋爱将徐达形成的莫愁湖胜棋楼对联群。

　　　　胜棋楼联：
　　　　先世着勋猷，忆当年龙虎风云，楸枰一局。
　　　　熙朝隆享祀，忻此日苹蘩涧沼，汤沐千秋。[2]

　　　　湖心亭联，为圣因寺僧永清题：
　　　　四面轩窗宜小坐。
　　　　一湖风月此平分。[3]

　　　　太史题：
　　　　占全湖绿水芙蕖，胜国君臣棋一局。
　　　　看终古雕梁玳瑁，卢家庭院燕双楼。[4]

---

①龚联寿：《联话丛编》，南昌：江西人民出版社，2000年，第310页。
②龚联寿：《联话丛编》，南昌：江西人民出版社，2000年，第648页。
③龚联寿：《联话丛编》，南昌：江西人民出版社，2000年，第1061页。
④龚联寿：《联话丛编》，南昌：江西人民出版社，2000年，第1061页。

黄慎之修撰（思永）云：

六代湖山，几人诗酒；

簇新花鸟，依旧楼台。①

郭续甫（树勋）金堂联云：

天子爱英雄，登金碧重楼，想见云龙万里；

美人隔秋水，望芙蓉十顷，疑来海燕双栖。②

俞荫甫编修（樾）金堂联云：

占全湖绿水芙渠，胜国君臣棋一局；

看终古雕梁玳瑁，吴家庭院燕双栖。③

彭雪琴郁金堂联云：

王者五百年，湖山具有英雄气；

春光二三月，莺花合是美人魂。④

彭雪琴宫保：

山色惯迎逃世客；

水声常送渡溪僧。⑤

长沙罗君庶丹：

管领湖山属儿女；

平分楼阁坐王侯。⑥

湘潭黎君福昌：

我独携半卷离骚，借秋水一湖，来把牢愁尽浣；

君试读六朝乐府，有美人绝代，要偕名士争传。⑦

韩某：

江山再劫，收拾残棋，好凭湖影花光，尽洗余氛见林壑。

楼阁周遮，低徊灵迹，中有美人名将，平分片席到烟波。⑧

---

①龚联寿：《联话丛编》，南昌：江西人民出版社，2000年，第2403—2404页。
②龚联寿：《联话丛编》，南昌：江西人民出版社，2000年，第2403—2404页。
③龚联寿：《联话丛编》，南昌：江西人民出版社，2000年，第2403—2404页。
④龚联寿：《联话丛编》，南昌：江西人民出版社，2000年，第2403—2404页。
⑤龚联寿：《联话丛编》，南昌：江西人民出版社，2000年，第3461—3462页。
⑥龚联寿：《联话丛编》，南昌：江西人民出版社，2000年，第3461—3462页。
⑦龚联寿：《联话丛编》，南昌：江西人民出版社，2000年，第3461—3462页。
⑧龚联寿：《联话丛编》，南昌：江西人民出版社，2000年，第3461—3462页。

徐某：

说甚么英雄，自古迄今，这一个湖名，偏属儿女。

幸留得我辈，探幽选胜，看六朝山色，来上楼台。[①]

闻泰州王子寅太史：

恨我晚来游，只落得万柄枯荷，一湖秋水。

问谁能不朽，除非是六朝儿女，千古英雄。[②]

其中第一联应为徐达较近的后人所撰，第二、三联也应为明代所作，余联则为清及近代作。莫愁湖中的亭台楼阁诸联，将山水、历史、人文、协对、书法、张贴艺术等诸多要素结合在一起，形成了一种独特的融媒艺术形式，其中包含的丰富而独特的文学内容、书法内容、装饰艺术内容，与山水题匾一起，构成了中国山水文化的一个重要部分，成为天人合一的最好文化见证。

春联、行业联、楼观联在明代的兴起，表明对联中这几种联种的融媒化已趋于完成。作为对联中最具有代表性的几种联种，其融媒化的完成也意味着对联整体的融媒化规律已得到了基本揭示，对联的流行所需要的形式基础已经被奠定了。

（4）明代联迷与受众粉丝化

明代对联兴盛不独体现在作家意见领袖化、对对融媒化，更体现在偶像和受众粉丝化，涌现大量联迷现象上。对对在当时受到广泛推崇，大量联迷涌现、受众粉丝化现象是明代联坛的一个突出特征，它表现在以下几个方面。

1）对对活动的互动性质决定了对联作者往往具有双重身份：作手和联迷

对对有两种基本方式，一种是静态的对联创作，一般由单人完成，如春联，另一种是动态的对对活动，一般由双人完成，如私塾教育中广泛存在的对对。在后一种动态的对对子活动中，对对作家本身往往就是作为最狂热的联迷存在的。如宋的王安石、苏轼、黄庭坚、朱熹、陆游，明的朱元璋、徐达、解缙、永乐、李东阳、商辂、徐渭，清的王士禛、乾隆、纪晓岚、刘墉、潘世恩、梁章钜、袁枚、朱彝尊、阮元、郑板桥、林则徐、曾国藩、左宗棠、李鸿章、张之洞、林昌彝、陈澧、彭元端、彭玉麟、赵曾望，乃至近代的俞樾、袁世凯、王闿运、田金楠、吴恭亨、胡君复、郭沫若、叶圣陶等，其本身既是著名的对对作家，同时也是最著名的对联爱好者和推广者。从这个角度看，参与动态对对活动的双方多为联迷，换句话说对对受众的粉丝化，这是由对对活动的内在性质决定的。

2）以朱元璋、解缙君臣为首的皇朝君臣士大夫成为了明代最大的联迷群体

朱元璋以帝王身份雅好对联，推崇对联创作，以对联交友、授官、取士、育子，成为明代联坛的头号粉丝。他以对对甄别皇子的强弱，因赌对而输给徐达一座名湖，

①龚联寿：《联话丛编》，南昌：江西人民出版社，2000年，第3461—3462页。
②龚联寿：《联话丛编》，南昌：江西人民出版社，2000年，第3461—3462页。

对对联天才解缙提携顾重、青眼有加，以对对来决定状元人选，因个人喜好而号令天下皆贴春联，这些都是他作为联迷脍炙人口的粉丝行为，无怪乎被后人称为"对联天子"。朱元璋作为对联痴，甚至连小孩子都不放过，汪升《评释巧对》人事门载：

> 十岁儿童守马驿；
> 万年天子坐龙亭。
>
> 明太祖围集庆路，与元兵大战。元兵解去，乃坚守江左。见有十岁儿童守马驿，上问之，封曰："臣故父原当此役，今臣代父耳。"上曰："能对否？"曰："能。"因出此对，儿童答之。上大悦，免其役。后长，命从军，有功封都指挥。即以太祖作对，固为不易之理，而出自十岁儿童，则不可及。尝闻我邑有姓余童生应郡试，太守出"余氏七岁神童"之对，童生答以"朱家万年天子"，气象亦与此同。但以天子对于太守之前，觉为不类。必以赞太守者对之，乃为当耳。

在朱元璋的激励提携下，解缙成了明朝最大的对联偶像。解缙首先在民间获得了对联传奇的身份，然后又在朱元璋的直接提拔下成了国家的对联名片，他最大的贡献是无比热爱对对生活，将对对融入到了他的血液他的日常生活之中，创造了无与伦比的对对传奇故事。解缙不仅善于对对，而且也是对对活动最杰出的推广者和欣赏者。"盐夫三难解缙"等故事展现了解缙对于民间对对活动的痴迷，对对联高手"焦千之"等人的欣赏与交往，显示了解缙作为联迷对于对联发自内心的热情和推崇。

在朱元璋的影响和推动下，对对成为了明代大众文化的最杰出名片，朱元璋的皇朝子孙和众大臣士大夫都成为了对对的热烈爱好者和推行者。从某个角度说，朱元璋作为明朝最大的对联粉丝，直接刺激了对联的创作潮流，引发了对联文化在中国的流行和兴起，而解缙作为对联的文化修养最高的作者和行政身份最高的粉丝，不仅在他的周围特别是民间激励起了一个对联的文化圈，而且也为后来士大夫雅好对联树立了一个杰出的榜样。

朱元璋作为联迷为大家所熟知，他对对联天才解缙的欣赏为天下传颂。不仅解缙，历史上传颂着很多因善对而为朱元璋所赞赏的故事。如明冯梦龙《金声巧联》"马铎梦联"记载了福建人马铎因为"梦联"而赢得状元之争的故事：

> 马铎，福建长乐人，永乐中状元。初与邑人林志同学，而志高才博学，铎亦自知其不及。志省试、会试皆第一，比殿试既出，即以策叩诸铎并诸名望之士，皆不及己，自负其为状元无疑矣！迨传胪之夕，志偶梦有马夺其首，志遂怀疑。已而传胪，铎果第一，而志居第二。然铎之及第，初无其兆，惟自幼时，忽梦有人试一对云："雨打无声鼓子花。"竟不能对，谨识之，亦未知其何验。及中后，志甚怏怏而不服，每欺铎为"没学问状元，何以居我上？"一日，互争于廷，上诘之，具以实对。上曰："朕试尔一对，有能出口辄应，朕即信其才学，而定之为状元矣！"其对题曰："风吹不响铃儿草。"铎即以梦中所识"雨打无声鼓子花"

对之，志想逾时，竟不能对。帝称赏铎而定其为真状元，志遂愧服。

同书还记载了国子监生福通因在酒楼出口对出朱元璋所出对联而被任命为浙江布政使、翰林学士江（汪）懩素因在寺庙出口对出朱元璋所出对联而被升任吏部尚书、小村店主因在自家店里出口对出朱元璋所出对联"小村店三杯五盏无有东西"而受到朱元璋特别关怀、豫章兄弟在太学妙对微服私访朱元璋而被拔擢为御史等故事。《评释巧对》记载了朱元璋为7岁联童对联折服的故事：

> 十岁儿童守马驿；
> 万年天子坐龙亭。
> 明太祖围集庆路，与元兵大战。元兵解去，乃坚守江左。见有十岁儿童守马驿，上问之，封曰："臣故父原当此役，今臣代父耳。"上曰："能对否？"曰："能。"因出此对，儿童答之。上大悦，免其役。后长，命从军，有功封都指挥。即以太祖作对，固为不易之理，而出自十岁儿童，则不可及。尝闻我邑有姓余童生应郡试，太守出"余氏七岁神童"之对，童生答以"朱家万年天子"，气象亦与此同。但以天子对于太守之前，觉为不类。必以赞太守者对之，乃为当耳。

朱元璋的皇子皇孙们受朱元璋教育和影响，也多是对联的爱好者。冯梦龙《金声巧联》"神童捷对"条记载了神童彭印山的对对为永乐帝欣赏的故事：

> 彭印山，溧阳人，永乐中六岁征至京。上一日御奉天门外观灯，召彭童，出联与偶云："灯明月明，大明一统。"彭童应曰："君乐民乐，永乐万年。"上大奇之。

英宗也是著名的联迷。他时常出联考究大臣，如商辂的故事：

> 天顺皇上自北幸房廷，再登天极之后，益重文墨。与儒臣诵读，稍暇辄入翰林，以听讲。一日，柯潜退朝，遇商辂于午门处。辂问："何晏也？"潜曰："因皇上题书句，未及还耳。"问何谓也，潜言皇上联云："礼乐征伐自天子出。"辂辄应曰："天下之物，何尝无对？但以'流连荒亡为诸侯忧'以还之，不亦可乎？"（明·冯梦龙《金声巧联》）

这则故事在《巧对录》中传为明武宗与王阳明所为：

> 黄右原曰：前明正德时，武宗以《四书》中"礼乐征伐自天子出"令群臣属对。盖自夸其生擒宁庶人之功也。王文成公对以"流连荒亡为诸侯忧。"隐讽武宗轻出，为朝廷忧也。可为一启口而不忘谏如此。（清·梁章矩《巧对录》卷五）

李东阳、程敏政因一次著名的对对而被英宗提携一生，更是传为佳话：

> 李西涯先生、程篁墩先生，俱以神童被荐，英庙试之以对曰："螃蟹浑身甲

胄。"程即应声曰："凤凰遍体文章。"上加称赏时，李尚伏地，徐应曰："蜘蛛满腹经纶。"上遂大异之曰："是儿他日作宰相耶！"俱赐宝锟而出。后出入馆阁四十年，卒如圣语。（明·冯梦龙《金声巧联》"螃蟹鳞甲"）

受风气影响，朝廷士大夫和地方官员也或多或少成为联迷。《评释巧对》记载了一方大员为学堂少年对联折服的故事：

> 童子六七人，无如尔狡；
> 太守二千石，莫若公廉。

杨季任金浙宪时，见数童从社学归，中有一童，手执书囊而戏。季任召至前，见其秀异，因出此对。童应声答之，留其尾字不言，且请赏。许之，乃言"廉"字。季任诘之曰："设不赏，云何？"对曰："莫若公贪。"季任大奇之。对以太守，固宜矣。妙在上句亦有成语，兼能合着数目字也。且以童子而见贵官，能留尾字请赏，心思更妙。及诘之，竟敢说出"贪"字，是何胆耶？智勇俱全，真属奇才，不可及也。或以此对为杨季任因有书童对"手抱屋柱"之句，复出此对诮之，而书童复答之者，谓童姓吕名升，后官翰林学士。未知果否。

同书还记载了地方太守因对联而举荐书童入学的故事：

> 小小书生，袖内暗藏春色；
> 堂堂太守，眼前明察秋毫。

蜀中一奇童应府试，太守见其纱衣袖中有红花一朵，因出此对。童答之，太守称善，荐入泮。童子所对，即以太守能见袖中之花为言，已成巧思。至用《孟子》语，以对"暗藏春色"，尤为精矣。刻本有云："书生袖里携花，暗藏春色；太府堂前秉鉴，明察秋毫。""暗藏春色"，便见是"袖里携花"，"携花"二字不必说出。且论文词，亦不若余所录者之爽快也。

这类故事在当时极为普遍。

3）对联神童现象成为了联迷合力打造的独特文化景观

朱元璋的对对文化嗜好催生了大量的对联天才和神奇的对联现象，诸如春联的举国推广，学堂对对教育的兴盛，科举考试中的对对运用，山水名联的涌现，而其中，最为引人注意的对对现象就是对对神童的涌现。明代涌现出了一批对对神童，如解缙、李东阳、程敏政、于谦、戴大宾、杨一清等，这些对对神童的出现并非仅靠神童个人的努力，而是家长、学校、社会甚至国家共同驱动形成的结果。每一个神童身后都站着无数的支持者和粉丝，支持者和粉丝的推崇、宣传、揄扬、批评是成就对对神童文化盛宴的背后推手。对对神童现象是明代对对兴盛的一个主要标志，是明代联迷共同创造的杰出文化景观。

明初最著名的对联神童首推官至首辅的一代文豪解缙。

除解缙外，李东阳、程敏政也是当时著名的对对神童。《评释巧对》卷五状物类·鸟兽门记载对对神童李东阳、程篁墩的故事：

> （明英宗）螃蟹浑身甲胄；
> （李东阳）蜘蛛满腹经纶。
> （程敏政）凤凰遍体文章。
>
> 李东阳早负奇气，六岁时，与程篁墩皆以神童受纯皇帝召见，过宫门不能度，纯皇曰："书生脚短。"东阳即应声曰："天子门高。"此能奉承纯皇，便可为佳对矣。时御馔有蟹，纯皇即指之命题，东阳对以"蜘蛛"句，篁墩对以"凤凰"句。纯皇称赏，并赐宝钞，入翰林院读书，曰："他日一个宰相，一个翰林。"后李为宰相，程为学士。"他日"云云，盖于言"经纶"者，知其有宰相之识。言"文章"者，知其为翰林之才也。有传纯皇褒李而贬程者，妄矣。

李东阳、程敏政的善对固然是天赋异禀，但二人的"早负奇气"与其父母家庭对对对的推崇和宣扬是分不开的，二人能以6岁、9岁弱龄得到最高统治者的接见，与英宗朝对于对联的爱好和推崇是分不开的，二人最后一官至宰相、一位进尚书，与整个明王朝早期的对对嗜好和风气也有莫大关系。直接点讲，李东阳8岁举神童，16岁中进士，最后位至宰相，程敏政10岁举神童、20岁成进士，后来官至礼部尚书，二人成了当时最年轻的进士，同时都官至高位，英宗对于二人天才的赞赏，成为二人的最大粉丝，是其根本原因。

二人的对对天分，在当时赢得了很高的赞誉，《新镌评释巧对》载：

> 李家十八子；
> 奏事二三人。
>
> 李东阳六岁时，在翰林院读书，学士出此对，李即答之。时在院有解者，有未解者。李宣明，俱为骇然。"李"字，上是"十八"二字，下是一"子"字。"奏"字，上是"三人"二字，下是"二人"二字也。"李"字易见，"奏"字亏他想来。[1]

> 因荷而得藕。"荷"影"何"，"藕"影"偶"。
> 有杏不须梅。"杏"影"幸"，"梅"影"媒"。
>
> 程篁墩六岁，以神童至京。李贤学士妻以女，因留饭，指席间之果出对，篁墩应声答之，李大奇焉。李以其女妻于篁墩，原未有媒，故戏问曰："汝因何而得偶乎？"篁墩则言："我有所遇之幸，便不须于媒也。"李以"荷藕"为言，寓意已巧，程以"杏梅"作对，取义则尤佳矣。[2]

---

① 龚联寿：《联话丛编》，南昌：江西人民出版社，2000年，第56页。
② 龚联寿：《联话丛编》，南昌：江西人民出版社，2000年，第90页。

这些对联充分利用中国汉字的笔画、语义双关等特点，显示出来的高度的才华和文化修养，这样的对联确实让人侧目，在当时赢得大量的粉丝是可以想象的。

明代著名政治家于谦，少时也是以神童善对著称，今天还流传着不少他儿时的对对故事。汪升《评释巧对》载：

> 父坐子立，礼乎？
> 嫂溺叔援，权也。

> 于谦自幼能言，开口即成文理。一日择姻者至其家，父令出，起，抱置之椅上。妇翁言此对，公答之。《孟子》之句，固是可对，亏他幼稚之时，便能会得来也。①

> 红孩儿骑马游街；
> 赤帝子斩蛇当道。

> 于谦八岁时，衣红衣骑马，长者戏以此对，公答之。以汉高之事为对，句字相当，成语恰好。年未出幼，何学问之已博，而心思之克敏耶？若对于兴王之前，则尤佳也。②

> 牛头喜得生龙角；
> 狗口何曾出象牙。
> 三角如鼓架。
> 一秃似擂槌。

> 于肃愍公幼时，其母梳其髻为双角。僧文兰古春见而戏此对，公答之，僧惊服。公归而告于母，母因改梳其髻为三角，僧复戏以后对，公又答之。僧语其师曰："此救时之相也。"对句惊拔，足见其才。于秃驴谑得痛快，尤妙。③

> 蜘蛛结网转运丝，来往巡檐；"丝"影"司"，"檐"影"盐"。
> 鹪蛤带铃左右翼，纵横出哨。

> 于谦九岁时，随父谒一翰林公。翰林公指檐前蛛网而出此对，于答之。此以虫事影出一个官名也。亏他亦对得来。④

明代探花戴大宾也是著名的对对神童，汪升《评释巧对》载：

> 虎皮褥，盖学士椅；
> 兔毫笔，写状元坊。

> 戴大宾八岁入泮，宗师指厅上椅而出此对，公答之，宗师惊异。十三岁中乡

①龚联寿：《联话丛编》，南昌：江西人民出版社，2000年，第60页。
②龚联寿：《联话丛编》，南昌：江西人民出版社，2000年，第61页。
③龚联寿：《联话丛编》，南昌：江西人民出版社，2000年，第78页。
④龚联寿：《联话丛编》，南昌：江西人民出版社，2000年，第93页。

试。观此对句,气象便自不凡矣。尝有贵公来谒其父,见大宾戏于庭侧,尚是婴稚,以为方业童子艺也。因以"月圆"命对,即应曰"风扁"。问:"风何尝扁?"曰:"侧缝皆入,不扁何能?"又以"凤鸣"命对,即应曰"牛舞"。问:"牛何尝舞?"曰:"百兽率舞,牛独不在其内耶?"贵公大加叹赏。询之,即大宾也,盖已成乡举矣。对语皆含刺云。①

明代内阁首辅杨一清也是著名的对对神童,汪升《评释巧对》载:

> 世上岂无千里马;
>
> 人间难得九方皋。
>
> 杨一清八岁,举奇童。掌院教习庶吉士者,命以此对,杨答之。掌院曰:"此千里马也,我当为九方皋。"杨之所答,盖冀掌院济拔之也。后十四岁中乡举,官少师。立言寓意,便有心思矣。②

明代对联神童的存在,首先源自家族的培养,其次源自学堂的推崇,再次也来自社会、国家的巨大关注。神童的偶像化,实际上是民间、学堂和社会共同操作的结果,它后面站着的是无一数计的联迷粉丝。

4)学堂对对教育中培育出了大批的对对偶像和粉丝

对对活动,具有多重的意义:从读书识字的角度讲,对对是培养词类、声调意识的可靠手段;从文学的角度讲,对对是培养文学敏感,为对联、律诗、词、赋、骈文写作打基础的重要手段;从日常生活角度讲,对对可以培养灵活运用文字的能力;从科举考试讲,对对是八股文写作的基础,通往仕途的桥梁。而这所有的意义,又都是从学堂教育开始的。

特殊的语言—文学—经学—科举制度,为对对提供了广阔的实战空间。对对天才往往能够从莘莘学子中脱颖而出,成为众人瞩目的英雄和偶像,而大量的对对爱好者和粉丝,也往往都是从学堂生涯中培养出来的。从明初开始,私塾和学堂中的对对成为基本课程,甚至出现了《笠翁韵对》等大量的专著教材,这一过程一直延续到清末民国初年。

学堂对对教育培养出了大批的对对偶像和主要的对对粉丝,甚至可以说,明代每一个入学的书生都成为了对对活动的直接粉丝。

5)对对渗透入日常生活诸领域,善对者备受欢迎

明代已经出现了春联、婚联、寿联、行业联、门联、堂联、书斋联、楼观联、自题联、应答联等各种对联形式,对联在年俗礼仪、行业广告、景观展示、抒怀应答、教学科考等日常文化生活的各个方面发挥着不可替代的作用,因而,也越来越受到大众的欢迎和推崇。绝妙的对联往往占据文化传播的中心,善对者则往往成为一个地方

---

① 龚联寿:《联话丛编》,南昌:江西人民出版社,2000年,第67页。
② 龚联寿:《联话丛编》,南昌:江西人民出版社,2000年,第77页。

的文化标杆性人物，而受到来自各方面的拥护和爱戴。

有赖于明初对联作者的意见领袖化、对联形式的融媒化、联迷的粉丝化，对联文化在明代建构了一种极其适合于自身传播的深度拟态环境，从而将自己成功推向了大众文流行文化舞台。

3.1.5　多级议程设置影响

格律作为一种声音体系，它在传播过程中主要依附于格律文学，可以说它是以文学作为媒介进行传播，而格律文学作为一种文学样式，它在传播过程中又会依托音乐、书法等媒介进行传播。这样，格律的传播媒介实际上形成了一个多向度的层级模式。从格律的传播角度看，格律传播的议程设置功能不是体现为单一的话题排名影响，而是体现为多话题的有序排名影响；从格律文化传播的整体上看，传播的话题设置至少包含格律—文学—音乐或书法图案三个内容，而且三个话题的重要性对于传播而言是不一样的，首先，排在最外层的音乐或书法等内容相反是传播影响最显著的，其次是中间层面的文学内容，而底层的话题格律是藏得最深而最不容易关注到的，我们将发生在格律文化传播过程中的特殊议程设置效果称之为多级议程设置影响，而将音乐书法—文学—格律这三个议程设置影响的话题称之为格律文化传播的三级议程设置结构。

多级议程设置影响是融媒的独有的传播功能。

3.2　论声乐配合律

本章研究汉语格律的音乐性传播。首先陈述汉语文乐关系的基本规律：声乐配合律；其次从语言学的字调的乐调标记法拈出"特征字调旋律"解释声乐配合律的本质；再次依次具体探讨古代汉语中声乐配合律的具体案例、使用历史、技术演变，由此揭开中国诗乐关系的基本疑团；最后探讨有声调语言吟诵的具体案例——汉语吟诵的基本问题。

3.2.1　论什么是声乐配合律

本书主要讨论声乐配合律的概念、发生条件及适用范围。

声乐配合律是指多声调语言语调与乐调之间粗略相配的规律，主要表现为声调调形走向与乐调旋律走向之间的粗略相配（个别时候也表现为声调强弱变化与乐调的关联），具体表现为"永言律""吟诵律""说唱律""以字行腔律"等声乐模式。关于声调配合律，有以下说明：

（1）以下两个定义是关于声调配合律的次级（根据其主要表现）等价说法

声调的高低走向与乐音的旋律走向相互配合的规律。声调拖曳形成音乐旋律的规律。

（2）产生条件是多声调语言及方言

一是多声调语言，即自然语言存在较多有调型差别的声调。如汉语、藏语、苗语、羌语、粤语、傣语、壮语、侗语、缅甸语、越南语、阿萨帕斯卡尔语、那瓦霍语、部分南亚语（越柬是代表）、印欧中的瑞典语、美洲印第安语言、非洲班图语系部分语言等。从理论上讲，多声调语言因其声调曲折具有旋律化可能，因而具有天然形成声律配合律的潜力。二是自然语言声调种类越多，形成声乐配合律潜力越大。如今日粤语、潮州话、吴越方言，相比普通话在形成声律配合律上具有更大优势，在诗词吟诵、曲艺说唱方面具有更大潜力。三是自然语言声调调型差异越大，形成声乐配合律潜力越大。

（3）粗略相配包括以下一些层次

首先，主要指字调调形与乐音旋律相配，即字调旋律化或其相反过程。字调旋律化，如"歌永言"，或"依字行腔"等。字调调形是永言律、说唱律、吟唱律、依字行腔律等声乐配合的主体。其次，也包含字调强弱等其他元素与乐音相配。如入声乐化或其相反过程，字调强即弱参与声乐配合过程。入声乐化有两种处理，一种是入声平化，即在乐化过程中将其作平声化旋律化处理，一种是入声促化，即在乐化过程中将其处理为乐音的强弱变化或节奏顿挫，后一种情况即涉及声调的强弱处理。再次，是指字调链接与乐音旋律相配，即字调链接（或曰语调）旋律化或其相反过程。字调链接旋律化较为复杂，主要涉及处理链接字的旋律起音或曰绝对乐音音高问题。字调链接旋律化遵循美化原则，可采用自然语调链接模式，也可采用跳接或衔接，即依据声调走向来灵活链接的模式。吟诵多采用自然语调模式，吟唱多采用跳接或衔接，说唱则在二者之间灵活转换。跳接或衔接已较大脱离自然语调的简单模仿，具有更大变异性和灵活性，存在更多美化可能，故其生成的旋律相对于说话语调显得更夸张更丰富，较多为戏曲曲唱所喜爱。最后，粗略相配不包含节奏内容，但实际过程必然伴随节奏的创造。这是吟诵、吟唱、说唱等声乐配合模式富有创造性的重要原因。

（4）声乐配合律的使用结果包括

1）产生吟诵、吟唱、说唱、曲唱等开放性永言声乐模式

多声调语言地区的声乐风格容易接受声乐配合律支配或影响，从而产生吟诵、吟唱、说唱等永言艺术形式。永言声乐模式具有开放性、即兴、方音性等特征。

①开放性

其开放性体现在除字调调形粗略相配外：a 使用的方言不限（调型因方音而异）；b 语调的起音不限（因人而异，随心而异）；c 字调的链接方式不限（随时更改）；d 节奏处理不限（随时创造）；e字调的调形细节需要夸饰润色；这意味着实际旋律化过程中，a不同方音中同字旋律走向可能不同；b唱段的旋律起音高低可以不同；c唱词中任一链接字调的起音高低可以更易；d音乐的节奏处理不限；e字调的旋律细节可以夸饰润色；这五个方面意味着，就永言所形成的唱段而言，一是同方音中的单个唱字，只有旋律走向粗略固定，旋律细节、高低、长短、速度皆是开放性的，其旋律与节奏皆是未确定的；不同方音中的同一唱字，则连旋律走向也可能完全不同；二是唱字链接生成乐句，其乐句的旋律也不再粗略固定，整体的旋律与节奏变化多姿，不能固定。

②即兴、创造性、个性化

永言声乐模式是一种即兴艺术，其使用过程具有即兴、创造性和个性化特点。如诗词吟诵，同一首诗，不同地域吟诵调不一样，同地域不同人吟诵调不一样，同一人不同情况下吟诵调不一样，这是声乐配合律最吸引人的地方。

③方音性

由于永言的根本是字调旋律化，故而无论它如何变化，仍携带有方音的基因——特征性字调旋律走向，更易为方音本区的听众接受。

如果一种永言在字音走向上不做过多夸张润色，语调基频上遵循同一语调基准而不发生跨越，节奏上保持平稳不做过多夸张，这就是一般情况下所谓的吟诵。咏诵的旋律节奏由于更加接近自然语调，较容易在本方言区流行。由吟诵所形成的吟诵调对于本方言区民众具有较高亲和力。

如果一种永言在字音走向之上夸张润色（如升、降、拉长、缩短、摇动、滑动、加尾音、加大音量、减小音量），在语调基频上不停跨越，节奏上夸张修饰，这就是一般情况下的吟唱。吟唱相对于自然语调变异较大，需要本方言区较高音乐修养和创曲技能的人才能胜任。吟唱产生的吟唱调虽然接近歌曲而离方言较远，但对于本方言母语群的人仍会具有一定的亲和力。

如果一种永言采取边诵边唱或曰吟诵吟唱相结合但接近口语节奏的方式，这就是说唱。说唱对方言口语的依赖性非常之强，因而一般具有较强的地方风味。

2）产生具有特征性字调旋律走向的腔调

①腔调

永言产生的声乐作品一旦固定化，即产生所谓腔调。腔调是方音旋律美化的既定结果，也是方言旋律化的最高成果。腔调具有相对固定的旋律、节奏，因其方音化特性而独具风格，但也因其固定化而失去部分创造力与吸引力。腔调从音乐构成上讲与其他音乐没有区别，其独特性源自其生成方式的特殊性，一般音乐作品不能提腔调，腔调无论变异多大，都具有特征性的方音字调旋律走向。

②特征字调旋律

特征性字调旋律走向是腔调（永言声乐作品）的特征基因。一切既定的腔调作品，包括民歌、方曲、方戏、说唱调、吟诵调，其特征性要素是字调旋律走向。无论腔调在旋律、节奏上变异多大，都可以寻找到它的特征性字调旋律走向源头。这些特征性字调旋律走向往往附着在特征性旋律上，在实际曲乐中表现为成熟的广为传颂的特征性乐句。从特征性永言声乐作品中寻找特征性永言乐句，从特征性永言乐句中寻求特征性字调旋律，从特征性字调旋律中推求特征性字调旋律走向，从特征性字调旋律走向推定方言字调，从理论上讲是完全可行的。

③腔调本辞

产生腔调的原始永言可称为腔调本辞。相应地，腔调生成后人们以诸种方式（或遵循生乐配合律、或不遵循）填入的新词可称为腔调新辞。关于腔调本辞与腔调新辞，一般有：

A.腔调本辞只有一种，腔调新辞可以有很多；

B.腔调本辞生成腔调遵循声乐配合律；腔调新辞的生成多不能完全遵循生乐配合律。

C.腔调本辞的探求是重要的、可能的、但却十分困难的。其困难在于：该腔调本辞可能已经不存在了；或者其该腔调涉及的方音变化随时间变化已不可辨识了；还有一种情况是该腔调可能属于移植性腔调（来自其他方言歌曲）。如果是后一种情况，其腔调本辞尚可以勉强追溯，如果属于前二种，则其腔调本辞基本无法还原。

D.一般来讲，流传越久，曲调越具方音特点的腔调歌词，越有可能接近腔调本词。

3）形成具有地域特色的遵循声乐配合律的按腔填词方式

按腔填词作为术语意义含混，可以指按文字谱格律填词的文学方式，也可以指一种作曲方式。作为作曲方式的按腔填词，当然也是指按既定乐谱填入歌辞，但一般不是指普通情况下的不遵循声乐配合律的填词方式（相当于现代一般的填词方式），而是指按照既定的语音以遵循声乐配合律的方式去填词，即隐含着按腔调生成的规则反向填词的意思，后一种方式非常严格，并常常引起争议。

（5）声乐配合律的适用范围包括：歌曲（特别是民歌）、戏曲、说唱、吟诵、填词、道诵、佛唱等

多声调方言区的民歌多依据永言律生成歌曲。

多声调方言区的方戏方曲可以由依字行腔律直接生成腔调，也可以由依永言生成的腔调填词而间接生成其曲乐。

多声调方言区可以由永言律生成最具特色的说唱艺术。

多声调方言区的诗文可以采取永言律形成特殊的咏诵方式。

多声调方言区的按曲填词不同程度遵循声乐配合律，以避免"拗折天下人嗓子"的后果。

多声调方言区的道诵和佛唱可以采用永言模式而形成鲜明的地方道诵调和佛唱调。

（6）声乐配合律的使用类型

一类是按词歌曲，或曰依字歌曲、依字行腔、以字行腔、因辞生曲；

一类是按曲填词，或曰依曲填词，依腔填字、依腔填词、按谱（乐谱）填词、按乐填辞等。

3.2.2　论特征字调旋律

本节讨论字调的乐度标记法及其声乐配合意义，从中提炼出特征字调旋律概念，以解决声乐配合的根本理论问题。

首先讨论汉语字调调值定量标记的四个相关问题：标记前提、几种常见标记方法、常见标记法的类属、一种较精密的乐度标记方法及其声乐研究意义。在讨论这四个问题之前，首先说明两点：第一，汉字调值的定量标记，以赵元任[①]《中国谚语字调的实验研究法》"ə sistim əv 'toun-let ə z'"、刘复[②]《四声实验录》的讨论最早最彻底，二者是本书的基础；第二，本书讨论的调值标记，是基于比较不同字调观念而形成的不同标调方法，虽然也涉及标记的具体技术问题，但不以纯技术问题为中心——关于标调的具体技术问题，周有光[③]有过详细讨论，总结出三种标调技术：数字标调法、符号标调法、字母标调法，比较并阐明过他们各自的优劣和用场，请大家自行参看。

3.2.2.1　调值标记的前提

汉字字调标记工作实际上是基于几个约定俗成的前提和假定而进行的，人们很少关注这些前提，但它们却对实验和研究具有非常重要的意义，在此提出来以引起人们的注意。

字调具有独立存在性——相信所标记方言具有独立于语调而存在的字调系统。目前各方言的实验和直观似乎都支持这一结论，但在每一次新实验和新的标记法面前，必须要重新认定它为假定，应随时面临考验和调整。由于相信字调具有独立性，故字调实验时也应避免采用语调材料，如果采用语调材料则需要对结果进行更为精确复杂的数学分析，以剔除语调的影响；

字调具有物理学上的明确含义——相信字调在物理学上具有明确的对应参数，如音高、音长、音强等，从目前看，似不包括音质。由于这一坚信，字调实验的科学方法是必须借助声音测频仪，而不是仅仅根据听觉直觉。

调值具有潜在可约性（统计学意义上的）——相信所调查和标记方言的字调可以通过一定的规则约定为几个简单类型，或者说字调具有平均意义，这也是一个假定；

调值描述方法不唯一，但借助乐音进行描述具有直观优先性——相信虽然基于不

---

①赵元任：《赵元任语言学论文集》，吴宗济、赵新那编，北京：商务印书馆，2001年，第27—36页。

②刘复：《四声试验录》，巴黎大学博士学位论文，1924年。

③周有光：《声调标记的技术问题》，《拼音》1956年第2期，第5—8页。

同目的存在着对调值的不同描述方法，这些描述方法在维度、精确度、简便性方面各不相同，如科学研究追求精确的描述方式，而普及传播则追求简便的描述方式，但是，乐音模拟式描述因为其天然的直观性而应该被优先考虑。目前几乎所有的定量描述方法都辅助用到了乐音类比或乐音模拟。

以上每一条都可能存在反例，但这些反例在统计学上是可以消除的。

旧有的字调标记法的存在，实际上都以字调独立、可检验、可约、可乐化这几个假定为前提。而每一种新的标记法的拟定，都应该充分考虑到这几个假定前提的存在，并思考拟定结果对这些假定前提是否产生冲击或产生了什么样的冲击。

3.2.2.2　历史上的几种调值标记方法

历史上曾提出过几种不同的调值标记方法：传统的定性描述法、赵元任的五度标记法、郑骅雄的九度标记法、王一淇的八度唱调法、朱晓农的三域四度标调制，郭锦桴、金晓达、赵凯、费良华等的乐谱唱调模拟法。这些标记方法以赵元任和刘半农为界，分为两类，二人之前是定性描述，二人之后转为定量描述。兹逐一介绍如下。

(1) 传统的定性描述法

唐释处忠《元和韵谱》：

> 平声哀而安，上声厉而举，去声清而远，入声直而促。

明朝释真空《玉钥匙歌诀》运用文字对四声调值进行的定性描述：

> 平声平道莫低昂，上声高呼猛烈强，去声分明哀远道，入声短促急收藏。

(2) 赵元任的五度标记法

关于五度标调法，最早见于赵元任1930年的英文著作[1]，《方言》1980年第2期全文转译该文，题为《一套标调的字母》，译文后又全文收录于《赵元任语言学论文集》。赵元任在文中首次提出五度标调的理论：

> 为了兼顾准确、优美和印刷的方便，我设计了下面这套标调字母（tone-letter）供语音学同仁考虑。
>
> 每一个标调字母由一条垂直的参照线构成，其高度为，附着一条表示声调的简化的时间音高（time-pitch）曲线；调位（toneme）附在这条线的左边儿，调值（tone-value）附在这条线的右边儿。线的粗细同罗马字中横的（细的）部分一样。
>
> 垂直线的全程分为四等，这样就有了五个点，编号为1、2、3、4、5，分别对应低、半低、中、半高、高。为了避免分得过细起见，点2和4或者独用、或者互用，但不和1、3或5合用。作出这种限制后，我设计的全部标调字母排列如此：

---

① Chao, Y. R., ə sistim əv "toun–let ə z", lə mε：trəf ɔ netik, 1930（30），pp. 24–27.

直调 (straight tones)		曲调 (circumflex tones)		短调 (short tones)	
标调字母	名称	标调字母	名称	标调字母	名称
	11;		131;		1;
	13;		153;		2;
	15;		242;		3;
	22;		313;		4;
	24;		315;		5;
	31;		351;		
	33;		353;		
	35;		424;		
	42;		513;		
	44;		535;		
	51;				
	53;				
	55;				

这些是调位符号。把这些"曲线"移到垂直线的右边儿就转变成调值的符号了。

由于言语声调的间隔只是相对的间隔，全程1—5只用来表示言语声调的通常的范围，其中包括逻辑表达的各种中常变异，但不包括激烈的感情表达的情形。为了所声调练习，每一音级都可以当作一个完整的声调，这就使得全部音域相当于一个增广的五度音。这会使得好些声调的连读听起来相当不合调，却是用作语音的一个优点。

……不论哪套标记法，其使用价值要看它是否能在两头使用……这套标记法可以用来训练自己，记音、读音两头都管用①。

几十年之后，赵元任在《语言问题·四声》中对五调标声法做过更通俗的介绍：

把《国音字汇》的万把字，或是《国音标准汇编》里头的一千三百来个单音字说出来，除了极少数的例外外……就是北京的四种声调；有人管这种调叫四声。在语音分析上，声调的不同，有声音高低的不同，也有长短的不同……不过主要的因子就是：一个音节里头，带音部分的基音（声学里头所谓fundamental）的音高（pitch，每秒钟的颤动率）在时间上的汉书。就是你画起函数图来：横标往右走是时间幅度，总表上下算是高低，这样北京的四声的时间配音高的轨迹就是如附图：

①赵元任：《语言问题》，北京：商务印书馆，1980年，第64—67页。

……

　　你要知道的确这些音是怎么样的曲线呐，从前在一九一几，加州大学有个 Bradley 量过声浪每秒钟是多少颤动。后来在一九二四，刘复在巴黎大学立写论文的时候，就拿这个作题目，把中国字的各调量了声浪：密的就是高，疏的就是低，从密到疏，从疏到密，就是声调的变化；量出了四声，后来出那个书叫《四声试验录》。那样量起来，当然是很细的……某一个声所以为那一声，它是相对的，不是绝对的，所以用不着象音乐里头分得那么细。在我从前在中央研究院到各处调查方言，在我们的经验，如果把音高的程度分成"低、半低、中、半高、高"五度就够了，很少有时候儿得分到五度以上的这么样细，有时候儿"高、中、低"也就够了；并且从起头儿到收尾，如果这个调不是平的，是从下望上、从上望下、或者拐弯儿的，也只用起点终点也就够了，不用画成曲线。究竟是先慢后快、先快好慢，当然这个区别是有咯，不过在同一个地方，你要记录他那个地方的几种音位性的声调啊，你用不着分得那么样细。如果是有拐弯的，象北京音第三声，你就画三点儿：起点、转点跟终点。记录的法子就是用数目字，后头加一个冒号，象 [55:，35:，214:，51:]，这就是北京的四声。[55:] 就是起头儿高，完的时候高；[35:] 就是起点儿中，到后来就升到最高；[214:] 就是半低起头儿，低到最低，再上来，不完全到顶高；[51:] 就是起头儿最高，到后来就降到最低。那么这个跟音乐上有生命关系呐？我刚才说音乐分得很细，这个用不着分那么细，就是说音乐的音程，是非常严格的，不能差一点儿，差到一个音的四分之一唱歌儿，那听起来就很糟糕了。那么这 1，2，3，4，5 这五度是不是就是 do，re，mi，fa，sol 呐？音乐里头的 do，re，mi，fa，sol 如果唱差一点儿，听起来就很难听，可是在语言里头的声调，就不那么严格，只要两个不混。声调这种东西是一种音位，音位最要紧的条件就是这个音位跟那个音位不混就够。那么可以这么说：你如果把那个图画在一个透明有伸缩性的橡皮上，你拿他放到没有伸缩性的五线谱上，望上下一拉，范围就大了，那就是又窄又高的 [˥]，[˩]，[˧]，[˅]；要是橡皮一松，它就恢复普通的 [˥]，[˩]，[˧]，[˅]，它的范围就小得多了，可是还是那四个声调，相对的关系还是有；要是望两边儿一拉呐，时间就长了，那就是又宽又矮的 [˥]，[→]，[˧]，[˥]，时间就长了。所以这么拉，是这样子；那么拉，是那样子；这是相对的，绝对没有音乐里的那么严格。要是就讲音乐的话，我生平碰见过不少人，对于音乐不近的，唱起调儿来，总是唱走了音，不能唱得听起来象音乐的调儿。可是我从来没碰见一个人，他不会说他自己本乡的不管多复杂的声调的；他说的调儿总是可以象他本乡的各种声调的。所以学语言的声调，绝对没有学音乐那么严格。并且我在教外国人学中国四声的经验里头（可以说是积几十年之经验），教他们声调固然有困难，不过困难不在声音学不象……所以声调区别的要求，从声音上讲起来，是很宽很宽的，是不严格的。只要类不混就是了。那么标调的法子，我曾提议过用：1，2，3，4，5，虽然不说是 do，re，mi，fa，sol，平均说起来可以这么说，平均算是 do，re，mi，fa，sol，因为 mi，fa 的距离跟 re，mi 不同；mi，fa 史半音；fa，sol 又是整音；所以你要这五个大约是同等，那么至少：do，re，mi，fa 的高半音（就是 fi），sol 的高半音（就是 si）——平均大概那样子。有时候窄一点儿，有时候宽一点儿。[1]

这段文字最值得注意的是这么几点：一是北京话的声调的高低用五个度的差别表示就足够了；二是五个度是指声频的"低、半低、中、半高、高"的相对高度；三是五度在时间长短和绝对高度上是伸缩的；四是五度在高度上可以平均读成乐音 do，re，mi，fa 的高半音（就是 fi），sol 的高半音（就是 si）。

从这几点可看出五度制调法的优点和不足。其优点在于：一是定量描述，相对精确；二是可与乐音形成对应，操作性强；三是简明。但也可看出其明显的不足：一是上述值得注意的四点之中，最关键是第一和第三点，但可惜的是，恰恰这两点都还只是基于直观提出的假设，赵元任并没有给出确凿的实验数据来支持它们；二是在数度和乐度上游移，对两者的统一性要求并不十分坚决。

对于五度标调法的本质，以赵凯、费良华的一个看法最为到位：

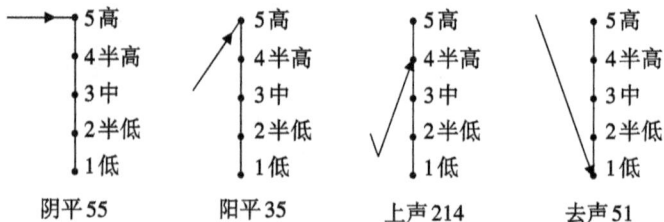

五度标记法也可看作是将标于五线谱的声音连线进行抽象和归纳的结果。[2]

(3) 郑骅雄的九度标记法

郑骅雄于 1988 年针对赵元任的五度标记法的不够精确，提出了九度标记法来做弥补，他提出：

赵元任设计的五度标调法是将声调的总调域分为四等分，虽然简便，但不够精密。如要作比较精确的描写或作横向的比较，五度是不够用的……为此我们提出：在需要作比较精细的分析时，可采用九度制。九度制就是五度制再各分半度，象五线谱一样，一线一间均为一度。1 度还是 1 度，2 度就是原 1.5 度，3 度合 2 度，4 度即 2.5 度，以下类推。小数称说不便，故重新排序。记住五度制的 12345 度等于九度制的 <u>12579</u> 度，换算是很方便的。这样做的好处：①可更精确地表示声调音高。如北京四声可标作阴平 <u>88</u>，阳平 <u>58</u>，上声 <u>316</u>，去声 <u>91</u>，更加切合实

---

①赵元任：《语言问题》，北京：商务印书馆，1980 年，第 64—67 页。

②赵凯、费良华：《基于五度标调法　精确描述汉语声调》，《广州广播电视大学学报》2017 年第 1 期，第 50 页。

际了，②最大限度地利用了一位数，也不出现小数点，便于称说。③利用旧五度制的基础，换算方便。④与音阶的划分更相接近。九度制的12345度，可认为等于音名Do、Re、Mi、Fa、Sol、（仅Fa有少许偏离）。第五度后与音阶不一致，也还相去不很远。

九度的划分是综合分析了各地方言调值后得出的一个最大公约数，与人耳对声调音高感知的阈值相当。再精确的划分我看是不必要了。

九度制不画调号，一律用数字表示。一个数字代表一个调型线的起止点或转折点。但五度制也可以用数字表示，为避免混淆，本书中，九度制者，数字下加横线以作区分。如北京话"鸡"，可记作〔tɕi⁵⁵〕或〔tɕi̱⁵⁵〕。

九度制标调是定量的，规定第9度频率为第1度频率的两倍，内部2—8度等分，并与音阶挂钩，1、3、5、9度等于音名Do、Mi、Sol、do。在时值上也规定将一个音节的音长分为六段。这样做的理由，在拙作《普通话声调调值规范当议》一文（见《语文现代化》第八期）中已作申述。[1]

相对于五度制调，九度制调的有两个优点，一是乐音模拟精确性增强，二是乐音模拟的调域增宽，这两者当然是很有利于更为精确化的描述。但九度制调仍然存在不足：一是借用赵元任的五度推演九度，然而在乐音模拟上却不使用赵后期说明的较为简单的do-sol调域；二是所使用的乐音模拟do-do调域与1—9数度标识在5—9度区间难于对应，兼容度差。造成这种不足的主要原因是为了保证同赵元任的5度相关联，而自制9度，导致9度在音乐模拟上比5度离实际乐音的八度十二音阶更遥远更不准确了。而郑骅雄本人并没有说明使用时如何保证乐音模拟在5—9度上的保真。

（4）王一淇的八度标调法

八度标调法是王一淇在综合赵元任、郭锦桴等人的乐调模拟标记思想的基础上，基于声调教学实际和实验，而提出的汉语声调标记方法。王一淇在《"八度标调、唱调法"应用于对英语母语者的声调教学探索》中提出：

> 由于上述五度标调法的种种弊端，我们尝试提出同是基于声乐基础上的"八度标调法"。此前，一些专家和学者曾简单介绍过一种采用乐谱的音节符号来标写声调的标调方法，如郭锦桴（1993）在《汉语声调语调阐要与探索》中曾简单介绍过一种采用乐谱的音节符号来标写声调的标调方法：阴平：a#—b；阳平：f#—C'；上声：e—C#—a#；去声：b—C。但这种标记方法过于繁琐专业，未能得到实行。因此，本书的"八度标调法"将避免以繁琐的标记方法标调，力求做到简洁生动、清晰明了……我们可以从音乐的角度出发，用音阶来模拟声调，尝试将汉语的传统的四个声调放在一个八度音中诠释……可以以音乐为媒介，把声调的具体音高特征在五线谱上表示出来，采用五线谱的形式进行教学，略懂五线谱的

---

[1] 郑骅雄：《现代汉语声调类型的九度分析》，《语文研究》1988年第1期。

人都可以从五线谱上很直观地了解声调的音乐的感觉。在五线谱中，音高是按照从下而上、从低到高的顺序排列的，这种标注十分具体和形象，我将这种方法称为"八度标调法"……赵元任先生在《现代吴语研究》中也曾使用过这种方法，在《现代吴语研究》中，他曾对无锡话采用过一种简谱标调法，就是利用声调的旋律性标注调型和调域。那么，我们可参照赵元任先生的简谱标记法，在汉语声调教学中以乐理知识为支撑，建立基于"五度标调法"之上的"八度标调法"……可得出汉语四个声调调值的音高频率与c1到b1这一个八度中各音频率的对应范围，随即可将汉语普通话声调转换为八度音如下：阴平为a4♯/b4♭-g4♯/a4♭-g4；阳平为f4♯/g4♭-g4-g4♯/a4♭；上声为d4♯/e4♭-e4/f4♭-g4♯/a4♭；去声为f4♯/g4♭-e4/f4♭-b3♭/c4。根据实际可操作性进一步整理为简谱形式可得出：阴平为6♯；阳平为4♯-5♯；上声为4-3-5♯；去声为4♯-3-1。……在教学中使用八度标调法需注意两点：一是声调的高低升降变化是滑动的，不是从一个音阶到另一个音阶那样跳跃式地移动。二是声调的音高和音乐中的音高是有区别的，声调的音高是相对的，而不是绝对的……教学中可根据学生的具体情况选择八度范围。[1]

相比于五度的数度标记，九度的模糊乐调相关，八度标记法是纯正的乐调标记方法，无论它的具体技术是使用简谱还是五线谱，它都比以前的方法要更精确更具有实用性。它的主要不足是，它人为假定了一个声调系统的调域的总宽度不超过一个自然八度（自然音阶），这是否符合所有方言的声调实际，却是一个需要考证的问题；另外，它在使用上也没有充分利用其潜在包含的节奏描述优势，来考察声调涉及的时值问题。

(5) 朱晓农的三域四度标调制

为了对包括所有方言的所有声调进行横向比较和分类，朱晓农在2011年总结提出了分域四度标调思想，并在2014年给出了一个具体示例。

分域四度标调法最早较系统说明出现在《语言语音学和音法学：理论新框架》一文中：

> 声调研究的全面突破是从朱晓农开始的。我们发现，声调的性质，它的语言学信息不仅仅负载于音高，还有发声态和时长。因此，声调的表达需要分域四度制。……描写声调需四个参数（朱晓农等2010），排在前两位的是音高和声域。声域有三个，取决于发声态。高域由假声定义。中域由清声定义。低域由弛声定义，……使用由发声态定义的三个声域，以及每个声域中的四度音高，可以得到一个分域四度的标调框架。

---

[1] 王一淇：《"八度标调、唱调法"应用于对英语母语者的声调教学探索》，辽宁大学硕士学位论文，2013年。

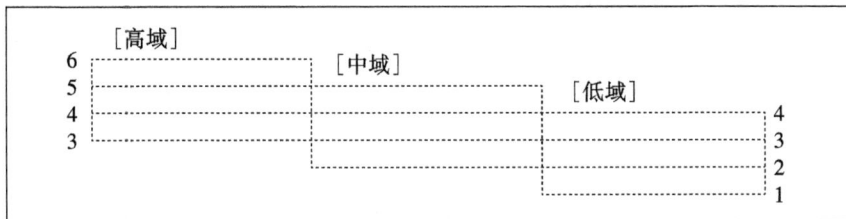

分域四度的声调模型

发声简单的语言只有一个中域，官话诸方言都是单声域的。两个域的有两种分法："高~中"或"中~低"。中低型的如吴语分中域和低域（弛声），高中型的如湘语岳阳话、长沙话分中域和高域（假/张声）。分高中低三个域的语言很少见，如温州及其周遭一带的吴语。从经验上来说，三域六度是最多的了。[①]

但在该文中，朱并没有给出实际的标记例证。2014年朱晓农在《声调类型学研究——对调型的研究》中提供了一个非常具体的标记例证：

"声调类型"有三种理解，也导致三种研究——第一种，"类"的理解和研究：从古调类出发，看今天的分合。第二种，"值"的理解和研究：从听感的五度制调值的描写出发，来概括一个大样本中有多少降调多少平调等（以及什么样的拱形最普通等等）。进一步的理论工作是把五度值简化为这样的标记，以期简约出共性来。第三种，"型"的理解和研究：从声学材料中测定基频，进行归一化处理确定声调的基频走向然后用分域四度制表达，以域度、长度、高度、拱度四个参数取值在"普适调型库"中来确定"声调类型"。在这个意义上，声调类型＝调型。……类/值研究和型研究所关注的对象有所不同……类研究和值研究对于类型学来说有明显不足之处。类研究从调类角度跨方言比较会看到一幅复杂乃至杂乱的图景。例如北京话和天津话两地相距很近可四声取值大为不同。这样来看各方言的声调大概是分歧多、特点多、共性少。另一个更为根本的内在缺陷是"类研究"和"值研究"都存在的，那就是用五度制来表达的调值，或以此为基础转写的标记，实际上是无法进行类型学研究的。下面就具体说说。（一）不充分——a）高度上不充分……b）拱度（contour）上不充分……c）长度上不充分……d）发声态（phonation）上不充分……（二）不必要（冗余度大）——a）高度上不必要。Hymen（1993）提出一个三域（他称之为Tone Root Nodes "声调根节"）各分三度、共有九度的模型。从形式系统所要求的简明性（必要性）角度看九度既不必要又不雅致。b）拱度上不必要。……（三）基本单位不对……总之，调和值的研究有其重要性也有局限性，对音法类型学和演化音法学所能起到的作用非常有限而要靠调型格局研究来弥补……声调研究是音系学近半个世纪来

---

①朱晓农：《语言语音学和音法学：理论新框架》，《语言研究》2011年第1期。

的重中之重，但遗憾的是至今一个最基本的问题还不明确：声调的承载单位是什么。我们把音节视为声调的承载单位。音节有两个直接成份：音段组合和发声组合。发声组合即声调（作者自注：当然也可以把音高或拱度定义为声调或者把发声组合、音高、拱度这三层成份都叫做声调：声调1，声调2，声调3。这只是个术语问题。由实质或结构进行定义的概念叫什么根本不重要，甚至拿个数字或字母或符号去代表都可以重要的是物理实质和结构关系）。声调表达有四个参数：域度、长度、高度、拱度。域度由发声态定义，发声态分六大类十四小类表。调型就在这四个参数上取值并用线条直观地表达在分域四度制中。

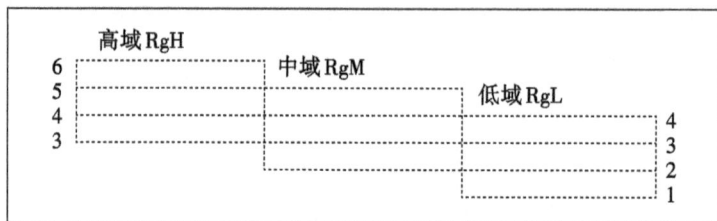

分域四度制

　　……有了调型库，就可以调查记录、考察调型分布了。考察步骤是从下往上：个别区域内跨区域全局。一首先考察个别调系，先测量基频画出基频曲线走向图，然后进一步概括在表普适调型库里找到它们的位置这就确定了它们的调型。然后再确定"调型格局"，即用线条直观地表达在图的分域四度标调系统中。我们先来看一个苗语的例子。①

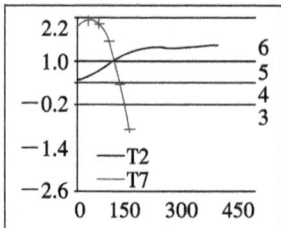

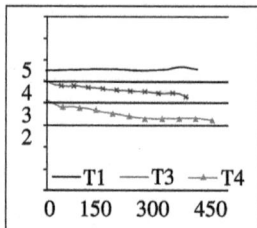

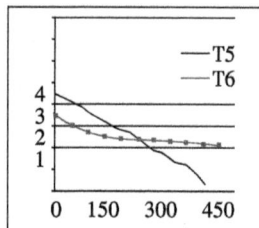

鱼梁苗语6平调1短调表达在三域六度标调系统中（均线走向）

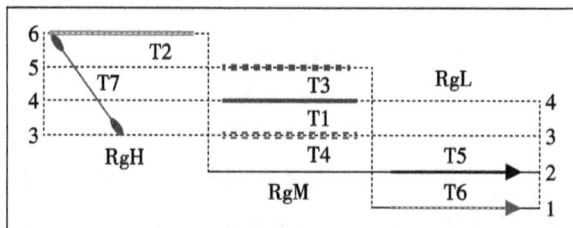

鱼梁苗语6平调1短调表达在三域六度标调系统中（声调格局）

　　朱晓农的分域四度制主要就声调体的横向对比得来，与前几种标记法的主要不

---

①朱晓农：《声调类型学大要——对调型的研究》，《方言》2014年第3期。

同在于引进了发声态概念，其长处在于能够展示所有声调的类型分布特点，但就单个方言调值的绝对物理描述而言，其实是退步了。从声调标记来看，可以将三域四度看成是声调的类型标记法，它对于调值标记的意义目前看还是有限的。

（6）赵凯、费良华的调高—调长乐调标记法

提出声调标记时应充分考虑调长问题，始自赵凯、费良华（2017）。在此之前的四大标记法都是不考虑声调内部长度变化和节奏的（将其看成是等值变化）；在此之前的曲线型标记，包括五线谱声调标记、音高—时间物理曲线标记，其实是包含时间要素的，但在转化成符号和数度标记后，也都被有意无意忽略了。

赵凯、费良华在《基于五度标调法　精确描述汉语声调》一文中提出了其基本观点：

> 传统"小学"对于声调的描述定性而模糊，五度标记法出现之后，使得声调有了定量的标准。五度标记法在纵向的相对音高走势上简明易用，是有其优势的。在横向坐标轴（时间）上，该法却没有任何标记来表明声调内部时间与音高的关系。根据五度标记法的创制原理，在 praat 中绘制音高曲线，并将之按照对应关系表示到五线谱中。如此，可以清晰地看出五度标记法为求简洁所忽略的音高变化，也可大致看出音高开始变化的时间点。再根据此时间点与五线谱中的音高曲线的关系，结合声调曲线中的2—3个关键点，即可确定声调内部的节奏。

在正文中对这一观点的产生背景、实施方法、实验结论作出了详细说明。

（一）产生背景，作者说：

> 早在上世纪初，刘复（1924）在《四声实验录》中曾表明：音高与音长分别作为两坐标，画出二者的函数曲线，则该曲线是该声调的标准代表。1988年，林华提出了"调素论"，指出每个声调包含三个调素，各调素均占声调总时值的三分之一。近年来，跨学科、交叉学科研究为学术界拓展了视野。汉语本身具有音乐美，将音乐学知识与语言学原理结合更是屡见不鲜。众多学者都把目光投向了对外汉语教学领域，欲以音乐这一"世界语言"为媒介，传播汉语，是而出现了许多新观点。北京语言大学的金晓达教授便从自已的教学实践中总结出了"音步唱读教学法""四声唱读教学法"和"调域唱读教学法"。本书从五度标记法的优劣入手，结合相关乐理，精确描述汉语声调内部节奏……
>
> ……五度标记法在其纵轴上以五个坐标做了详细的区分，以标示音高相对走势，但是表示时间的横轴却并未有任何标度的区分。本书认为，这恰恰是长期以来人们在五度标记法应用上忽略的一个要素。由此产生的疑问便是：表示声调的2—3个数值所占的时值是否等值？换句话说，五度标记法的几个竖标数值在理想状态下的"节奏"是否会对汉语声调的辨义功能产生影响？这是五度标记法无法解释的。例如，人们在表示惊诧、不可思议时常用的语气词"啊?"该词的调类是阳平，调值是35。在实际应用过程中，"啊"字拖得越长，语气中的疑问越大……借助音乐中简谱的标示方式，可以粗略地表示为：

| 3----<u>3·5</u> |（滑音）

……将五度标记法以乐谱标示，将汉字语音以歌唱方式表现出来是合理的。采用此种方式，将可拓宽汉语的传播途径，降低汉语声调的学习难度。但劣势也是明显的：音乐以十二等分律为基础，学习音乐基础知识，要把握7—12个标度，而五度标记法只需要把握5个标度。

……

上声214不太合理。将从若干praat所制pitch图中抽象出来的音高曲线取平均值，得出一条"平均曲线"，将之按照五度标记法创制规律及与五线谱对应关系（差值1.5度）放入五线谱中，可得：

不难发现，上声起点与最低点的差值不只1.5度，其重点也未到达4这点的高点。依图换算，当在3左右。

……

阳平55调值尾部会有滑落……阳平调值55，应是一条平直的音高曲线，在五线谱中的位置也应停留在C5，即"第三间"，但实际操作效果如下：

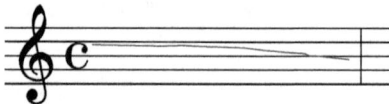

可见，其实际读音在很多情况下已接近54了。

（二）实施方法，作者阐述说：

从更细微的角度来看，单个汉字字音的内部也有独特的节奏。根据五度标记法的原理以及相关乐理，现将基调定为C4，五度竖标每个数值视为1.5度，将得出如下对应关系：

五度竖标值	1	2	3	4	5
对应音名	C4	#D	#F	A	C5
对应唱名	dol	re	fa	la	dol

由此，四声对应的音符组合为：

调类	阴平	阳平	上声	去声
调值	55	35	214	51
音符组合	C5-C5	#F-C5	#D-C4-A	C5-C4
唱名组合	dol-dol	fa-dol	re-dol-la	dol-dol

五度竖标表示的是音高的相对变化曲线，借助语音分析软件Praat，将采自北京大学音像出版社《普通话培训教程》（邢汉国编著）中的语音切片导出三维语

图和音高曲线，进行对比分析。再将曲线放入五线谱之内，根据上表确定上下边界，便可大致确定该音节发生变化的位置（前后比例），进而得出相应调类最接近的节奏类型。

（三）实验结论，文中指出：

阳平35的内部节奏……

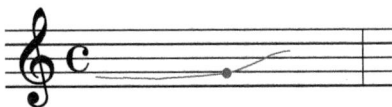

该声调的内部节奏可近似地表示为：

……

上声214的内部节奏……上声内部的时值分布状况大致为1：1：1，其节奏可表示为：

上（应为"去"字）声51内部节奏……去声在五线谱中标示为：

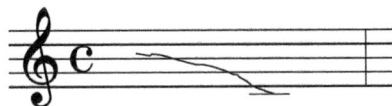

由此可见，去声音高曲线复杂，其走势也各不相同……还需详细分类研究……

在研究其他语言时，赵元任先生基于五度标记法重新定义了八度标记法。上世纪末，郑骅雄将五度标记法细化，成为九度标记法。作为对五度标记法的拓展和延伸，同样未深入表现声调内部的节奏问题。本书粗浅地探讨了阳平、上声与去声在横向上的精确描述方式，给出了定性并定量的描述。由以上合成、对比不难发现，声调内部并不是平均分配时值的……①

总的来看，用五线谱曲线或简谱的方法直接描述声调内部的节奏变化，这是非常有成效的工作。但是赵凯、费良华的论文中，仍透露出来了对五度的一些留恋和对音高标记的一些误解，对五度的偏爱使得他并没有彻底从实验的角度去直面乐调记录法，没有将这一方法符号化和体系化，对音高的误解意见［文中一度认为"就一般的学习和研究而言，精确描述汉语的音高是没有太大意义的"（第51页）］，则直接损害

---

① 赵凯、费良华：《基于五度标调法　精确描述汉语声调》，《广州广播电视大学学报》2017年第1期。

了它的整体价值，让它比八度标调法又显得要保守些了。

3.2.2.3 字调定量标记法的类型：数度法和乐度法

定量标调法可以借助乐器测量，也可以借助物理测量，目前主要的定量标记法，都是建立在物理测量——音高曲线——类五线谱曲线基础上的。但是在画完类五线谱曲线之后，各家的选择又有不同。大致而言，可分为两类。

一类是将五线谱进一步抽象化为五度、八度或九度，形成一种与音乐并制的度数计量，以及相应的标调曲线和方法，可称为数度标记。数度标记本质上是非音乐的，它只是借助音乐观念而形成与音乐有一定相关度的计量方式。持这种方式的有赵元任（五度标调法）、郑骅雄（九度标调法）、朱晓农（三域四度标调法）。数度标记的目的主要是便于声调分类，所标记的声调与实际的声调高低可以有一定差距。

另一类是将五线谱曲线简约成五线谱，或简谱，形成一种音乐性的度数计量，以及相应的五线谱或简谱标调方法，可称为乐度法。乐度标记本质上是音乐性的，它直接使用音乐的术语和符号并与之直接相关。持这种方式的有刘半农（五线谱标记）、王一淇（八度标调法）、赵凯费良华（调高—调长标记法）。乐度标记的目的主要是基于声调教学实践，所标记的声调与实际的声调高低是基本吻合的。

数度法和乐度法的主要区别可以表示在表3-4中。

表3-4 数度标调与乐度标调区别

	主要目的	与音乐关系	描述借助工具和符号	与实际音高关系	代表人物
数度标调	理论分类	非音乐性、但有一定关联度	音高曲线；五线谱曲线；五度、九度图；	允许一定差距	赵元任(五度标调法,1930)；郑骅雄(九度标调法,1988)；朱晓农(三域四度标调法,2011)
乐度标调	教学实践	音乐性的	音高曲线；五线谱曲线；五线谱、简谱	要求吻合	刘半农(五线谱标记,1924)；郭锦桴(1993)；金晓达(2014)；王一淇(八度标调法,2013)；赵凯(调高-调长标记法,2017)

当然，需要注意的是，历史上乐度标调与数度标调常常是交叉在一起，构成了非常复杂的局面，如赵元任的五度标调法，在后期他自己就提供过一种乐度化的运用范例和说明。这主要是由于五度标记的产生一开始就带有乐度模拟性质，这导致了两种倾向，后来的数度记调法多半都脱离不了乐度的模糊相关；而后来的乐度记调也多半采用数度标调的术语，而未完全脱离数度化的表述。

3.2.2.4 一种精密、简练、实用的乐度标调方法：简谱法（及其结果"特征字调旋律"）

我们定义，在综合刘半农、郭锦桴、金晓达、王一淇、赵凯等人使用的乐度标调法的基础之上，使用音乐简谱的方式，来标记一个声调系统中各声调调高、调长的方法，称为简谱标调法。

（1）简谱标调法具有以下一些特征

1）简谱标声的前提是基于两个理论假设：乐调与声调具有相似的物理学性质；乐调与声调在夸张状态下（夸张或紧缩）具有相近的听觉特征。

2）简谱标声的另一个前提是：所标注声调是处于同一声调系统（同一种方言、同一个实验对象、同一种说话状态）中的一组声调区别。

3）简谱标记的是实际物理声音，其内容至少要包括调高、调长（内部节奏）要素。

4）简谱标记的一般使用用场合包括：精确描述实验结果；进行声调教学；作为声调分类的基础调查。

5）简谱标记法具有精密、简练、实用的特征，相较而言，数度标记简练而不精密实用，五线谱标记精密实用而不够简练，前人设计的其他标度方法的优点在这里得到了综合。

（2）下面给出简谱标调法的几个范例

1）刘复1924年测定的各地声调五线谱标记图[①]可直接转化为简谱标记，如，北京的四声（见第三十五图）：

广州的八声（见第八十六图）：

潮州的八声（见第九十七图）：

_____
①刘复：《四声试验录》，巴黎大学博士学位论文，1924年，第56页。

2）上述赵凯2017年试验测定北京部分声调五线谱标记和曲线可转化为简谱标记：

$\overset{\frown}{\underset{\cdot}{1}}\ \underset{\cdot}{1}\ 1$	$\overset{\frown}{\#4\ \#4\ 1}$	$\overset{\frown}{\#2\ 1\ 6}$	$\overset{\frown}{\#1\ 5\ 1}$
阴平	阳平	上声	去声

（3）简谱标调法的结果："特征字调旋律"

从上述举例我们可以看出，在同种语调环境中，一组方言声调的乐度标调结果呈现为一组具有区别意义的音乐旋律。为方便起见，下面我们定义，一组方言声调的乐度标调结果呈现为一组具有区别意义的音乐旋律，我们将其称之为该方言的"特征字调旋律"。很容易就能看出方言的"特征字调旋律"是"歌永言""依字行腔"的原因，显示了汉语作为有声调语言所具有的先天音乐性。

3.2.2.5　特征字调旋律：通往中国传统音乐的桥梁

上面提到过，字调的简谱标记及其结果"特征字调旋律"在三种场合下使用极有价值：精确描述实验结果；进行声调教学；作为声调分类的基础调查。除了这三者外，乐度标调法还有一个额外的好处，这个好处的用途也许比上面几个加起来都要大，那就是，乐度标调及其结果"特征字调旋律"从语言学的角度解答了一个汉语音乐中长期存在、大家心知肚明，却一直无法从理论上予以严密解释的问题："歌永言""依字行腔"问题，即汉语声乐中存在着独具特色的词乐关系问题——这个问题关系着汉民族传统的吟诵、吟唱、说唱曲艺、戏曲、民歌方乐、佛唱道诵等独特声乐艺术的合法性身份——现在只要从语言学的角度，从汉语字调的乐度标记或者说从"特征字调旋律"去理解，就能够得到很好的解释。不仅如此，更为重要的是，"特征字调旋律"这种解释不仅能够促进我们对传统作更好的了解，还使我们对中国音乐未来有更独特的期待。

汉民族传统声乐最大的特色就是字调与乐调的独特配合，这是大家熟悉的，但是大家对它似乎很不以为然。赵元任曾经论述音乐和语言的关系时讲到字调与乐调的配合的三种情况：

> 关于字调与乐调的配合有三派作法。一是近乎中州派，平声向下或比上一字较下，仄声向上或比上一字较上。我作曲多半是这样的。一是国音派，大致跟着阴阳上去的高扬起降。我偶尔用这种配调法，例如我在抗战时期的编的"糊涂老、老糊涂，一生糊涂真可笑"的曲，差不多跟说话一样。第三派是完全不管四声，例如李惟宁的歌曲是这样的。[1]

其中"国音派"的配调法，就是指传统特色的声乐方法，其本源，就是依据各方言字

---

[1]收录于《赵元任语言学论文集》，北京：商务印书馆，2002年，第521页。

调的"特征字调旋律"而自然衍生出音乐旋律与节奏，就是大家熟知的"诗永言""依字行腔""吟唱"，等等。这种方法，赵元任也是用的，但赵元任本人也似乎并不以为它有什么特殊之处。作为语言学家的赵元任尚且如此，其他不曾做过细致研究的人对传统声乐的态度当更堪虑。然而，如果了解汉语音乐发展的实际，明了这种方法曾经造成过何等辉煌的声乐成绩，又从声调标记理论知道这是由语言本身的要素决定，是汉语言的天然的优势，是不必也不可能从根本上消灭它的，相反应该更好运用它们，那么，对于传统音乐来讲真是一件幸事。

字调的乐调标记法及其呈现结果"特征字调旋律"清晰地阐明了汉字方音与音乐的独特关联，是理解中国方乐（包括佛唱、道诵、鼓书说唱、民歌、民间叫卖调、民间小唱、地方戏曲）的基础，对于研究中国音乐和希望创造新音乐的人们而言，是不能不关注的重要问题。从字调的"特征字调旋律"到乐句的创造，其间细致的创造规律，正是声乐配合学要研究的内容；但将字调的乐调标记及其结果"特征字调旋律"视为研究的起点，不能不说语言学为音乐学提供了一条绝好的捷径。从某种意义上甚至可以说，方言字调的乐调标记及其自然呈现的结果"特征字调旋律"是通往中国传统音乐方言音乐的桥梁，也是中国传统音乐方言音乐复兴的希望所在。

3.2.3 声乐配合律例考

3.2.3.1 声乐配合的层级

声乐配合层级（见表3-5）。

表3-5 声乐配合的层级细分

声乐配合的层级	单声	双声	多声
"永"的对象	字调	字调链	字调本辞
"永"的规律	乐度标记	字调链接规律	乐句组合
"永"的结果	特征字调旋律	特征字调链旋律	腔(XX调腔如湖北大鼓,黄梅调等)

3.2.3.2 九资河民歌调的"依字行腔"

(1) 罗田九资河方言的特征字调旋律初步拟定（7个）

以乐度标记法标记出罗田九资河方言的7个声调，形成九资河7个方言声调的特征字调旋律（见表3-6）。

表3-6 罗田九资河方言7个声调的特征字调旋律（2018-08-31拟定）

方言声标句	春回我在试说嘿					
代表字	夫	浮	斧	父	富	福	喂(语气词)
特征字调旋律	1-	53	56	5-	36	35	51

（2）完全按特征字调旋律"依字行腔"的九资河民歌《采莲船》案例

《采莲船》罗田九资河民歌调

<u>56</u>　<u>5</u>—　<u>35</u>　5-　　　<u>56</u>-　<u>56</u>-
采　莲　船　（来些），　哟　　嘿。

<u>36</u>　<u>1</u>-　<u>53</u>　5-　　　<u>1</u>-　-　<u>53</u>　5
试　新　年　（来些），　丫　和　嗨。

<u>1</u>-　<u>1</u>-　<u>5</u>-　<u>5</u>-　　　<u>1</u>-　-　<u>51</u> <u>56</u> <u>56</u>
家　家　户　户，　　　丫　喂子　哟。

<u>36</u>　<u>1</u>-　<u>53</u>　5-　　　<u>1</u>-　-　<u>1</u>-　-
过　新　年　（来些），　花　（朝喔）。

其中，《采莲船》乐调可以被认为是一个"采莲船歌腔"，"采莲船（来些），哟嘿。试新年（来些），丫和嗨。试新年（来些），丫和嗨。家家户户，丫喂子哟。过新年（来些），花（朝喔）"即可被称为《采莲船》歌腔的"腔调本辞"。

（3）黄凤鸣"依字行腔"吟诗调案例

黄凤鸣吟诗调皆为"依九资河方言字调行腔"，吟诵范围极广，涵盖诗、词、文，代表曲目《千家诗·清明时节雨纷纷》《花木兰》《岁岁重阳》。

3.2.3.3　戏曲《虞美人》与歌曲《满江红·金陵怀古》的"依字行腔"（洛地例举）

洛地2011年《"歌永言"，我国（汉族）歌唱的特征——王小盾〈论汉文化的"诗言志，歌永言"传统〉读后》一文的举例：

"歌"，"人声咏唱"为"歌"——《说文·欠部》："歌，咏也"；《释名·释乐器》："人声曰歌"；人声咏唱为"歌"。其表现方式：

△不作吟哦、未成乐音、按韵文章句步节朗声念诵为节奏的，称"（歌）谣"——《尔雅·释乐》："徒歌谓之谣"。"谣"诵，"歌"的表现方式之一。

△长声咏哦，近乐音而未成乐章的，称"（歌）吟"——《增韵·侵韵》："吟，哦也，咏也"。《说文》："歌，咏也"，"吟"，"歌"的表现方式之一。

△按音乐逻辑组合节奏节拍、乐音旋律及乐章、乐篇成音乐体式作"乐唱"的，为完整的"歌"。

"诵""吟"和"乐唱"，同是"歌"的表现方式，三者（只）是在"乐化"的程度上有所差异。事实上，"歌"，可以朗声而"诵"、可以咏哦而"吟"、可以"成乐"而为完整的"歌"。人声（对文辞作）咏唱的不同方式，在各种情况下，可分别用之，可同时兼而用之，可递进而化之。各行其是，各得其所，会有什么矛盾、冲突呢？唉，还是举实例来说吧——

一如论"诗"，必须以实在的"诗作""文辞"为据，论"歌"，也就必须有实在的"歌例""乐谱"为据，靠引某个别一些古人几句指意含糊的话，加以分析、推断，是难以成说的。试举三种不同情况的"诵""吟"和"乐唱"之例于下（字上有：×为"诵"，标四声者为"吟"，有乐音者为"乐唱"）：

△我国"歌唱"，（其首句）由念"诵"化为散唱的"吟"进入"乐化"的"唱"，本是通例。其中，有"依字声化为乐音旋律"（即被王君称为"歌永言"）的"曲唱"。如《牧羊记·小逼》【虞美人】：

$$\frac{2}{4}\ 3\ 5\ |\ \underset{\cdot}{5}\ 6\ |\ 1\ |\ 2\ |\ \underline{3\cdot2}\ |\ \frac{3}{4}\ |\ 1\ 6\ 5\ |\ \underline{1\ 3\ 5}\ |\ 2\ —\ |\ ……$$

六▼代\ 豪/　华/，春-去\　　也✓更\无/消-　　息-（入作平）。

也有按"以基本稳定的旋律传辞"的（被王君称为"歌不永言"）的，如京戏的"二簧"。如《追韩信》（周信芳唱）：

××　　××××××　　××××

将军！　千不念万不念，不念你我——

入去·阳去·$\underline{5}\ |\ 1\cdot\underline{2}\ \underline{7}\ \underline{6}\ 5\ —\ |\ 0\ \underline{5}\ \underline{6}\ \underline{1}\ \underline{5}\ \underline{6}\ |\ 1\ —\ —\ —$

一见　如　故　是三　生　　有　　　幸。

"诵""吟""（乐）唱"，三者有"矛盾、冲突"吗？当然没有，完全没有。实际上，"诵→吟→唱"的递进演化，是非常自然、难分泾渭的。

△考察完整的作品——举一个是大家都很熟悉的例子【满江红】。

【满江红】，其为词调，文体极其稳定，自宋以下作者无数；向无乐谱传留。

【满江红】亦入"南曲"。学界有称"宋元四大戏文"之一的《杀狗记》，其副末开台，开口就是一首甚守格律的【满江红】。按《永乐大典戏文三种》，宋元时副末开台用词调（【水调歌头】、【满庭芳】三、【鹧鸪天】）例作"白"，即为"诵"或"吟"。1921年初北京大学音乐研究会编辑发行的《音乐杂志》第1卷第9、10号合刊上发表一首带乐谱的《金陵怀古（调步【满江红】）》。前辈学者钱仁康教授称："曲调的声情，同《金陵怀古》的歌词配合得非常妥帖。可以相信，《音乐杂志》发表这首歌曲，并不是借用一首旧曲来配萨都剌的词的。"且将其首韵断的乐谱、文辞抄录于下（文辞字后附四声行腔符号"阴—、阳／、上✓、去＼、入▼"）

$$\frac{2}{4}\ 3\ 5\ |\ \underset{\cdot}{5}\ 6\ |\ 1\ |\ 2\ |\ \underline{3\cdot2}\ |\ \frac{3}{4}\ |\ 1\ 6\ 5\ |\ \underline{1\ 3\ 5}\ |\ 2\ —\ |\ ……$$

六▼代\ 豪/　华/，春-去\　　也✓更\无/消-　　息-（入作平）。

可以视为"依字声化为旋律"（即被王君称为"歌永言"）之属。

1922年，美国妇女出版社出版了《各族民歌集》，其第2集第418页载有一首半截子（只有上片没下片）的【满江红】，标题是《岳武穆》，用《金陵怀古》的曲调配上（翻译得不伦不类的英语的）岳飞之作。1925年，杨荫浏先生"选取了岳飞的【满江红】词，配以此曲的音调，油印成歌片……"（《人民音乐》1982年第10期杨荫浏《我和〈满江红〉》）。后来的通行唱谱，为：

$$\frac{4}{4} \quad 3 \quad 5 \quad \underset{}{\overgroup{\underline{5} \ 6}} \quad 1 \ | \ 2 \quad \overgroup{\underline{3} \ 2} \quad 1 \quad 6 \ | \ \overgroup{\underline{5} \quad 6} \quad \overgroup{\underline{1} \quad 3 \quad 5} \quad 2 \ - \ | \ \cdots\cdots$$

怒＼发▼冲－冠－，凭／栏／处＼，潇－潇－雨✓歌－（入作平）

——以上材料见上海音乐出版社1997年《钱仁康音乐文选（上）》第187～190页《〈满江红〉在美国》。1922年美国出版的《各族民歌集》原为黄自先生藏书，现由钱师收藏着。

这样，就成为"以旋律传辞"（即被王君称为"歌不永言"）之属了。

如此，"歌"【满江红】就有三种方式：一种方式是，出自戏子之口未成乐章的"诵"或"吟"；一种方式是，对元人萨都剌《金陵怀古》的近于"以字声化为旋律"（王君称为"歌永言"）；一种方式是，对岳飞词作套用《金陵怀古》的唱调"以确定的旋律传辞"（王君称为"歌不永言"）。三者互相之间有矛盾吗？不，一点都没有，根本没有什么"矛盾、冲突、对立"，当然更谈不上什么"路线"问题。①

本案例中，所举《虞美人》《满江红·金陵怀古》二曲为"依字声永言成腔"。比较可惜的是，二曲所依"字声"为何时何地具体语音，并无确切记录，需要做进一步调查确证。

3.2.3.4 开封方言字调与开封二夹弦

高飞胜2009年在《论开封方言字调对开封二夹弦唱腔的影响》②中指出开封二夹弦"依开封字声行腔"20例证明：

开封方言的声调与普通话的声调种类一样，有阴平、阳平、上声、去声四个调类。但是，同一个调类，开封方言的调值和普通话的调值则存在着很大的差别，见下表：

开封方言与普通话调值对比表

字调		例字	调值	
普通话	开封方言		普通话	开封方言
阴平	阴平	他、中	55	24
阳平	阳平	人、民	35	42
上声	上声	好、水	214	44
去声	去声	是、去	51	31

---

①洛地：《"歌永言"，我国（汉族）歌唱的特征——王小盾〈论汉文化的"诗言志，歌永言"传统〉读后》，《天津音乐学院学报》2011年第3期，第7～25页。
②高飞胜：《论开封方言字调对开封二夹弦唱腔的影响》，《开封教育学院学报》2009年第1期，第50—52页。

......

各个地方剧种都是在其当地方言的基础上繁衍出各种风格的声腔音乐，戏曲声腔的地方性，就是方言声调在音乐上的表现。开封二夹弦是在开封成长起来的地方剧种，它使用的是以中州韵为主的北方方言。开封方言的语言系统奠定了二夹弦唱腔的音韵和音乐旋律基础。

（一）单字声调的进行

1. 阴平

开封方言阴平调值为24中升调，它的音调趋势是由低升高，和普通话中阳平的音调趋势相近，开封二夹弦在给阴平字安腔时，常常加入前倚音和滑音来处理。例如：

谱例1：

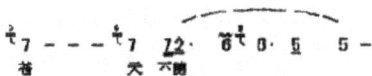

其中的"苍""天"两字都是阴平，起音调值为2，收音为4，旋律上行，旋律和字调一致，经常在它们之前加上由低到高的倚音，地方味更浓。如果加上由高到低的倚音，将会出现"倒字"，是创腔中应避免的。

2. 阳平

开封方言中阳平的调值为42中降调。开封二夹弦中的阳平，其旋律音大多由上而下，单音腔之前往往加上一个较高的前倚音，形成一种下降的趋势。例如：

谱例2：

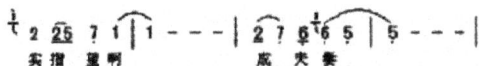

例中的"实"字，前面加上一个前倚音，从高音下滑到中音2，旋律下行。"成"字运用切分节奏，更加强调了旋律由高到低的趋势，更接近方言。

3. 上声

开封方言中的上声调值为44高平调，尾音略下降，是开封方言中声调最高的音调，和普通话中的阴平相似。开封二夹弦中的上声，其旋律需高唱，然后再往下滑落，呈现出下降的趋势，一般放在较高音处。例如：《莫愁女》中"美"字。

谱例3：

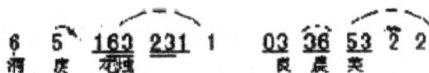

4. 去声

开封方言中的去声调值为31，同阴平相似，起音没有普通话的高，调值间的落差相应小，起伏不太明显，开封二夹弦去声字一般由低处向更低处下滑，例如：《江姐》中"泪"字，为二度下行级进，这与开封方言的去声是相一致的。另外，去声字与其它调值的字相连也有上升的情况。

谱例4：

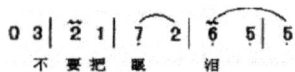

（二）连续调在腔格中的体现

1. 阴平

①阴平＋阴平

阴平加阴平时，二者都呈上升趋势。例如：《墙头记》中"心肝"二字。

谱例5：

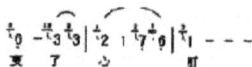

②阴平＋阳平

阴平加阳平时，阴平上升，阳平下降。例如：《抱牌子》中"高粱"二字。

谱例6：

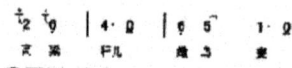

③阴平＋上声

阴平加上声时，阴平上升，上声平行。例如：《江姐》中"亲手"二字。

谱例7：

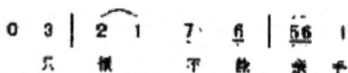

④阴平＋去声

阴平加去声时，阴平变阳平，去声变为上升，前高后低。例如：《换亲》中"真是"二字。

谱例8：

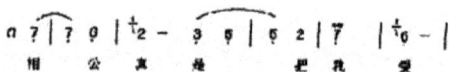

2. 阳平

①阳平＋阴平

阳平加阴平时，阳平往下降，阴平则往上升。例如：《东回臣》中"存身"二字。

谱例9：

②阳平＋阳平

阳平加阳平时，阳平都变为下降42。例：《二帘子》中"红袍"二字。

谱例 10：

③阳平＋上声

阳平加上声时，阳平、上声都往下降。例如：《抱牌子》中"两眼"二字。

谱例 11：

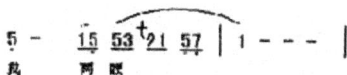

④阳平＋去声

阳平加去声时，阳平往下降，去声变为上升趋势。例如：《江姐》中"荣耀"二字。

谱例 12：

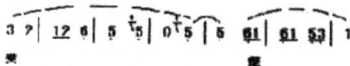

3. 上声

①上声＋阴平

上声加阴平时，上声变为阴平，阴平则变为上升。例：《站花墙》中"雨春"二字。

谱例 13：

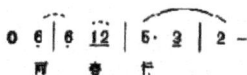

②上声＋阳平

上声加阳平时，上声变阴平，阳平则下降。例如：《大井台》中"井台"二字。

谱例 14：

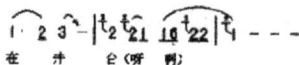

③上声＋上声

上声加上声时，前一个变阴平，后一个变为去声。例如：《祭塔》中"法海"二字。

谱例 15：

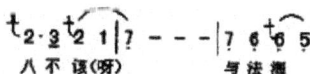

④上声＋去声

上声加去声时，上声变阴平，去声则为略上升。例如：《王耀讨饭》中"拐杖"二字。

谱例16：

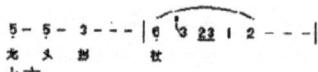

4. 去声

①去声＋阴平

去声加阴平时，去声和阴平都变为阳平，呈上升趋势。例如：《墙头记》中"变心"二字。

谱例17：

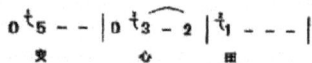

②去声＋阳平

去声加阳平时，去声变阳平，阳平则变为往下降。例如：《丝绒记》中"货郎"二字。

谱例18：

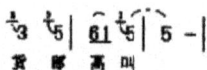

③去声＋上声

去声加去声时，去声变阳平，上声变为往下降。例如：《莫愁女》中"送暖"二字。

谱例19：

④去声＋去声

去声加去声时，前一个变为上声，后一个变为阳平，前低后高。例如：《江姐》中"大众"二字。

谱例20：

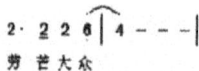

开封二夹弦的唱腔与开封方言的字调是相一致的，开封方言的字调是开封二夹弦乐调进行的基础，不同字调相邻的不同组合，形成一定曲调音的连接规律。方言特有的语调规律直接影响了旋律的发展形态，同时也赋予了戏曲剧种独特的音乐色彩和浓郁的地方风格。杨荫浏先生指出："在音韵三要素中，若声母、韵母与音乐上的表达有着一定的关系，则字调与音乐的关系将见得更加重要。因为我国的汉语语言文字中的四声，本身就已包含着音乐上的旋律因素。每一个字有高低升降的倾向，连接若干字构成歌句之时，前后单字互相制约，又蕴涵着乐句进行的一种大致上的要求。"戏曲创腔的原则是按字设腔，汉字的

字调对旋律乐调的形成以及由此带来的风格韵味有着直接的影响，旋律乐调必须和歌词的声调相一致，如果乐调的上下型和歌词的声调不一致，那么观众就可能听不懂歌词的内容。开封二夹弦是语言与音乐旋律的有机结合体，旋律的进行具有符合开封方言字调发展的音乐趋向。

3.2.3.5 声歌《读书郎》的依字行腔

《读书郎》主调是以北京官话"永言"首段歌辞形成曲调。

读书郎

1 = ♭E 2/4   宋 扬词曲

稍快

```
6. 1  6 5 \  6. 1   6  |  6 6 1  2 3  |²1  6  |
小嘛 小二 郎，     背着那书包   上 学堂，
小嘛 小二 郎，     背着那书包   上 学 堂，

6. 1  3  | 3 2 3 5 3 | 6 6 6   6 5 3 | 2  —  |
不    怕 太阳  晒也 不怕那 风 雨 狂，
不    是 为做  官也 不是为 面 子 光，

6 6 6  6 6 | 6 5   3 2 | 2. 3   5 3 | 5 6  5 3 |
只怕那 先生 骂我 懒呀， 没    有   学 问 啰
只为  穷人 要翻 身哪， 不    受 人 欺 负 喂

2  3  ²1  6 | 6  — | 6 6 1  3. 3 | 2 2 3  6 |
无脸  见爹 娘。     丁 丁 啦切 个 隆冬拉抢，
不做  牛和 羊。     丁 丁 啦切 个 隆冬拉抢，

2. 3  5 3 | 5 6   5 3 | 2 3  ²1  6 | 6  — |
没  有   学 问 啰  无脸  见 爹 娘。
不  受人  欺 负 喂  不做  牛 和 羊。
```

(1) 北京话四声的乐调标记

北京话四声乐调标记（见表3-7）。

表3-7 北京话4个声调的特征字调旋律（2018-09-23拟定）

方言声标句	千锤百炼				
代表字	夫	浮	斧	父	嘛（轻声）
特征字调旋律	5-	35	315	51	不定

(2) 作首段歌辞

> 小嘛小二郎，背着书包上学堂。
>
> 不怕太阳晒，也不怕那风雨狂。
>
> 只怕那先生骂我懒呀，没有学问啰无脸见爹娘。

(3) 依首段歌辞"永言"成调，用北京音

(4) 个别地方润饰旋律，并填上第二段辞

采用了"掐头省""去尾省""升音""降音""衔接音""摇颤音"等润饰美化旋律方式。

3.2.3.6　温州民歌《懒汉歌》的依字行腔

见《曲学》第三卷，118页，沈不沉《"温州腔"新论》。

3.2.4　论声乐配合律的使用历史

汉语声乐配合不尽用声乐配合律，故本节讨论主题属于"声乐配合史略"一个子主题。

首先指出，语言与音乐旋律的配合表观为"永言""说唱""吟唱""依字行腔"等模式，它起作用的默认条件是有声调语言及方音，研究之前，有几个基本观点需要重申：一是永言即"依字调行腔"；二是"依字行腔"不限制节奏；三是"依字行腔"具有方音性，造成"南腔北调"；四是"依字行腔"依据程度可以形成"吟""诵""赋""唱""说唱"等不同层次。

以下汉语歌辞的诗歌配合史暨"歌永言"研究皆围绕此展开。

关于汉语声乐配合历史的研究，集中于诗、乐外围关系，较远有凌廷堪等人的《燕乐三书》，较近有刘尧民《词与音乐》、吴相洲《永明体与音乐关系研究》、施议对《词与音乐关系研究》；深入词、乐内在关系的，则仅有杨荫浏《语言字调论》《语言与音乐》、洛地《词乐曲唱》、刘崇德《中国古典诗词曲古谱今译》系列、庄永平《中国古代声乐腔词关系史考》等数家。这些研究或重于文学，或重于音乐，或究于一时，或通考各代，或长于外围资料，或长于事实陈述，虽多存在对声乐配合律关注不够或对其意义估计不足这样那样的遗憾，如刘尧民、任半塘、庄永平等人似乎不大赞成这种传统方式，但仍从各个方面提供了相当的思考和资料，其中尤以杨荫浏、洛地、刘崇德的工作直接触及"依字行腔"律，最为深入，是皆为本书研究的基础。

3.2.4.1 论"诗三百"之歌永言、赋使用声乐配合律

(1)"诗三百"的作者身份是平民还是贵族

"诗三百"作者的身份是周的中央或地方贵族而不是平民,这是首先必须澄清的事实。

大约而言,三颂的作者有中央贵族身份,大雅的作者是上层贵族,小雅的作者是下层贵族,风的作者则是各地方方国的贵族及其后代。20世纪以来习惯将风称为"民歌"其实并不准确,将其称为"地方歌曲"较为合适,其中雅颂的部分固然是贵族所作,就是风的部分也是由中央分封到地方的贵族及其后代所创作,并不存在地方平民参与的情况。这些歌曲可能以"中央雅乐"写成并"永唱",更多则以地方变异的雅音方音写成并"永唱",所以到了孔子的时代,必须要"正乐",但总体来说,诗三百仍属于雅音范畴,是由周族贵族按一定礼乐规范创作并传诵的,即使所谓的"郑卫之风"亦是如此。

(2)"诗三百"的作者使用何种方音

"诗三百"创作的时间跨度大(自周初至春秋中叶,跨度近五百年,约前1066—前570)、地域范围广(以黄河流域为中心,南到长江北岸,分布在陕西、山西、河南、河北、山东、湖北北部一带),但其创作所用的语言仍可以确定为:周言雅语,大概可以推测:①"雅颂"用的可能是各时代较为纯正的中央雅音;②"风"则变异较大,用的是各地域的"雅语"方音变体。

(3)"诗三百"在主流上以何种方式成歌

1)"诗三百"是以"永言"方式成歌的。《尚书》《乐记》《毛诗序》对此有明确记载:

> 帝曰:夔!命女典乐,教胄子。直而温,宽而栗,刚而无虐,简而无傲。诗言志,歌永言,声依永,律和声。八音克谐,无相夺伦,神人以和。夔曰:于!予击石拊石,百兽率舞。
>
> ——《尚书·尧典》

> 诗者。志之所之也。在心为志。发言为诗。情动于中而形于言。言之不足故嗟叹之。嗟叹之不足故永歌之。永歌之不足。不知手之舞之足之蹈之也。
>
> ——《毛诗序》

2)"永言"即"长言之"的意思,也就是拖长字音唱的意思。《乐记》对此有详细解释:

> 子赣见师乙而问焉,曰:"赐闻声歌各有宜也。如赐者宜何歌也?"师乙曰"……故歌者上如抗,下如队,曲如折,止如槁木,倨中矩,句中钩,累累乎端如贯珠。故歌之为言也,长言之也。说之,故言之;言之不足,故长言之;长言之

不足，故嗟叹之；嗟叹之不足，故不知手之舞之，足之蹈之也。"

——《礼记·乐记·子贡问乐》

3) "永言成歌"，声歌在前，器乐从后。后世刘勰、元稹、白居易、郭茂倩、朱熹、顾炎武等都认同这种意见：

> 来教谓诗本为乐而作，故今学者必以声求之，则知其不苟作也。此意善矣，然吾意有不能无疑者。盖以《虞书》考之，则诗之作本为言志而已。方其诗也，未有歌也。及其歌也，未有乐也。以声依永，以乐律声，则乐乃为诗而作，非诗为乐而作也。

——朱熹《答陈体仁》（《朱文正文集》卷三十七）

> 古人以乐从诗，今人以诗从乐。古人必先有诗而后以乐和之。虞命夔教胄子，诗言志，歌永言，声依永，律和声，是以登歌在上，而堂上堂下以器应之，是之谓以乐从诗。

——顾炎武《日知录》卷五乐章条

(4) "诗三百"的"歌""诵""赋"之间有何关联

1) "诗三百"皆可歌可诵可赋

古籍中记载先秦乐工之所"歌"，如：

> 穆叔如晋……晋侯享之。金奏《肆夏》之三……工歌《文王》之三……歌《鹿鸣》……

——（《左传·襄公四年》）

> 吴公子札来聘……请观于周乐。（鲁）使工为之歌《周南》《召南》……为之歌《邶》《墉》《卫》……为之歌《王》……为之歌《郑》……为之歌《齐》……为之歌《豳》……为之歌《秦》……为之歌《魏》……为之歌《唐》……为之歌《陈》……《郐》……为之歌《小雅》……为之歌《大雅》……为之歌《颂》……

——（《左传·襄公二十九年》）

> 子赣见师乙而问焉，曰："赐闻声歌各有宜也，如赐者宜何歌也？"师乙曰："乙贱工也，何足以问所宜？请诵其所闻而吾子自执焉。宽而静，柔而正者，宜歌颂。广大而静，疏达而信者，宜歌大雅。恭俭而好礼者，宜歌小雅。正直而静，廉而谦者，宜歌风。肆直而慈爱者，宜歌商。温良而能断者，宜歌齐。夫歌者，直己而陈德也，动己而天地应焉，四时和焉，星辰理焉，万物育焉。故商者，五帝之遗声也，商人识之，故谓之商。齐者，三代之遗声也，齐人识之，故谓之齐。明乎商之音者，临事而屡断。明乎齐之音者，见利而让。临事而屡断，勇也；见利而让，义也。有勇有义，非歌孰能保此？故歌者上如抗，下如队，曲如折，止如槁木，倨中矩，句中钩，累累乎端如贯珠。故歌之为言也，长言之也。说之故言之，言之不足，故长言之。长言之不足，故嗟叹之，嗟叹之不足，

故不知手之舞之、足之蹈之也。"

——《礼记·乐记·子贡问乐》

诗三百亦可"讽诵"。如：

"工诵箴谏""大夫规诲，士传言，庶人谤，商旅于市，百工献艺。

——《左传·襄十四年》

使工为之诵《茅鸱》。

——《左传·襄二十八》

诗三百亦可以"赋"，"赋诗"也是用诗的常用方式，如：

郑伯享赵孟于垂陇，子展、伯有、子西、子产、子大叔、二子石从。赵孟曰："七子从君，以宠武也。请皆赋以卒君贶，武亦以观七子之志。"子展赋《草虫》，赵孟曰："善哉！民之主也。抑武也不足以当之。"伯有赋《鹑之贲贲》，赵孟曰："床第之言不逾阈，况在野乎？非使人之所得闻也。"子西赋《黍苗》之四章，赵孟曰："寡君在，武何能焉？"子产赋《隰桑》，赵孟曰："武请受其卒章。"子大叔赋《野有蔓草》，赵孟曰："吾子之惠也"。印段赋《蟋蟀》，赵孟曰："善哉！保家之主也，吾有望矣！"公孙段赋《桑扈》，赵孟曰："'匪交匪敖'，福将焉往？若保是言也，欲辞福禄，得乎？"卒享。文子告叔向曰："伯有将为戮矣！诗以言志，志诬其上，而公怨之，以为宾荣，其能久乎？幸而后亡。"叔向曰："然。已侈！所谓不及五稔者，夫子之谓矣。"文子曰："其余皆数世之主也。子展其后亡者也，在上不忘降。印氏其次也，乐而不荒。乐以安民，不淫以使之，后亡，不亦可乎？"

——《左传·襄公二十七年》

2）"歌""诵""赋"皆有"永言"之意，唯乐化程度上有所不同

(5)"诗三百"形成的歌有何特征

"永言"导致了诗三百在唱诵上具有多元化面貌。

1）"长言"程度的不同导致诵诗、赋诗、歌诗等区别，使得诗三百流传过程中形成了说唱甚至器乐配合等各种属性：

诵诗三百，弦诗三百，歌诗三百，舞诗三百。

——《墨子·公孟》

古者教以诗乐，诵之歌之，弦之舞之。

——《毛诗·郑风·子衿》

2）"永言"形成的歌在节奏和旋律上具有各种不约定性。

首先是节奏上不约定；其次是旋律方面，因为是"以字系乐"，字音在地方和中央的不同，也会形成歌在旋律上的不同。"采诗以配乐"不仅涉及到乐的变化，可能也涉及歌的旋律变化。如下述记载：

> 三百五篇孔子皆弦歌之，以合《韶》《武》《雅》《颂》之音。礼乐自此可得
> 而述，以备王道，成六艺。

——《史记·孔子世家》

孔子"正乐"的工作，绝不是简单恢复"诗三百"曾经的唱调，而更可能是以某种语音标准——如当时的"雅音"——来"永言"三百零五篇，从而形成了一个"可得而述"雅音歌唱体系，故谓之"合《韶》《武》《雅》《颂》之音""雅颂各得其所"。所谓"雅颂各得其所"，说明在传唱过程中，"雅颂"存在着很大的变化，如果用各地各时方音永言变化来说明这种变化，是很合理的。

最后，即使就歌的内部而言，"重章叠唱"形成的一首诗的各章在音乐上也多不完全相同，其区别程度要看其"言"区别的大小，这是与今天按谱填词形成的重章叠唱很不同的音乐特性。这种音乐特性在后来如荀子《请成相》等说唱音乐上表现得最为明显。《请成相》的每一段从节奏上看大致相同，但其说唱的旋律，以今日说唱乐的演唱方式推测，应该是"随字行腔"，每段都不相同的（不否认后来一些歌曲可能是已经形成了固定唱腔，而由固定唱腔填词再创作出来的，但作者仍倾向于"以字行腔"的可能，关于《请成相》的说唱性质，参看杨荫浏《中国古代音乐史稿》、庄永平《中国古代声乐腔词关系史考》）。

总之，当我们看到一首"诗"，绝不意味着它的后面就存在着一首有固定乐谱的歌。当一首诗被创造出来后，它在作者的家乡的传唱大体是一个旋律，而它被采集到中央，以通音唱或许就是另一个样子，很多年之后，当国音旋律消失，它在另一些地方重新被"长言"之，或许又是一个样子了。这样看，齐鲁韩毛诸家诗的区别，未必单是指解诗的区别，也许还与诵诗音和唱诗音的地方区别有关。

3.2.4.2　论先秦歌谣之歌、谣、吟、诵、辞、谚使用声乐配合律

《先秦两汉魏晋南北朝诗》"先秦诗"部分收录《诗经》《楚辞》以外散见的诗，主要包括"歌""谣""吟""诵""辞""谚"等类。从命篇特点看，各有侧重：歌、辞强调词乐性质，吟、诵强调音乐方式，谣谚强调传唱特点，然而又皆含"永言"之义，统一于"声依永"之下。

据"永言"程度暨旋律化音乐化强弱比较，大约又可以作以下推测：

歌、辞＞吟、诵＞谣、谚

以今日观点看，大约可以说"歌""辞"近于唱，"谣""谚"近于说，"吟""诵"介于说唱之间，接近于今日散布各地的方言说唱。

3.2.4.3　论楚辞之"不歌而诵"使用声乐配合律

楚辞的成音方式是"吟"，《楚辞·渔父》中记载了屈原被流放时的作诗状态：

行吟泽畔。

——《楚辞·渔父》

对于楚辞的声乐配合特征，庄永平《中国古代声乐腔词关系史考》中曾有一部分模糊的推测：

（1）从屈原作品中的"兮"或"些"的运用，可以看出它不仅是文学上的一个虚字用于加强语气，而且在音乐旋律上同样起着重要的作用。

（2）远在我国"诸宫调"产生之前，咏唱大篇的诗章可能更倾向于吟诵。由于《离骚》等不像《诗经·国风》那样，大量地运用重章叠句，音乐上可以由一个曲调多次反复构成今之分节歌的形式，它需要运用较大的曲调，因此，想必是一种和吟诵差不多的音调。《九歌》本身就是民歌，音乐性要强一些。故一般认为《离骚》《天问》《九章》《远游》等是不歌而诵的，《九歌》是歌唱的。[1]

庄永平推测"兮""些"是带有音乐性的，《九歌》是唱的，《九歌》之外其他篇目是吟诵的，这些都是很有洞察力的，但他对于《九歌》唱的性质及其与其他吟诵类楚辞篇目的区别还是有些迷惑。

其实，楚辞以"楚语"成诗，以"永言"楚语成诵或成歌，并不是很难理解。"诵"与"唱"活动本质上都属于"长言"，具有一致性，在演唱实践中很容易统一起来，今日汉语说唱、戏曲艺术中就有许多以说带唱、以唱带说，说唱夹杂、说唱融合的例子。庄永平先生的困惑在于将"说"与"唱"按西方音乐观念对立起来，自然不理解为何都是楚语，一个可以命名为"九歌"，一个却是即兴命题。如果理解说、唱是有声调语言遵循声乐配合律的自然歌曲方式，则庄永平先生的困惑就能迎刃而解，而其他方面的推测也会显得更顺理成章。

楚语"兮"和"些"依据"永言"，自然能够形成一种特殊的音乐性吟诵或吟唱，这种诵调或歌调到宋代还被很多地方保留着：

今夔峡湖湘南北江獠人，反禁咒句尾，皆称"些"，乃楚人旧俗。

——宋　沈括《梦溪笔谈》

就笔者所接触，这种歌调和语调在今日湖北安徽河南交界地在笔者小的时候还有余音流行。

《离骚》《天问》《九章》《远游》属于屈原自作新辞，可以依据"永言"形成吟诵，也可以形成吟唱。但因为其体制庞大，故形成吟诵的可能性较大一些，如果要形成吟唱，则需要很大的艺术加工才成，而且传唱肯定是很困难的。故仍以吟诵传播较为合理。

《九歌》则属于历史上曾有过的旧辞和唱调，但经过屈原度入新词之后，在保留

---

[1] 庄永平：《中国古代声乐腔词关系史考》，上海：上海三联书店，2017年，第62页。

形似风格的基础上会产生新的歌调，这种情况在现在习惯于"按谱填词"的人们看来是非常奇怪的，但在中国古代以声传谱的时代却是最正常不过。王逸《楚辞章句》曾说：

> 昔楚国南郢之邑，沅、湘之间，其俗信鬼而好祠。其祠必作歌乐鼓舞以乐诸神。屈原放逐……出见俗人祭祀之礼，歌舞之乐，其词鄙俚，因为作《九歌》之曲。①

"其词鄙俚"却"为作《九歌》之曲"，是因为屈原写作新词之后，实际上形成了新的《九歌》之曲。或者说，屈原通过作《九歌》新辞而创造了新的《九歌》音乐。

也就是说，从总体上看，《楚辞》在传播过程中是以"长言"楚语形式存在的，形成的是或诵或唱的"楚声"或"楚歌"。

这种以"长言"楚语形成"楚声"或"楚歌"的方法，就是通常所谓的"诵诗"与"歌诗"，直到汉代还在楚地流行，刘邦和项羽的几支著名楚歌就是以这种"永言"方式形成的：

> 十二年（公元前195年），十月……高祖还归，过沛，留。置酒沛宫，悉召故人父老子弟纵酒，发沛中儿得百二十人，教之歌。酒酣，高祖击筑，自为歌诗曰："大风起兮云飞扬，威加海内兮归故乡，安得猛士兮守四方！"令儿皆和习之。高祖乃起舞，慷慨伤怀，泣数行下。
>
> ——《史记·高祖本纪》

上述所引为《大风歌》，其他几首如刘邦的《鸿鹄歌》、项羽的《霸王歌》《虞姬歌》和《戚夫人歌》也都如《大风》歌一样，是由"长言"楚语即兴形成的歌，可见在当时，这种"长言"楚语方式是非常普遍的。

实际上，不光是楚语吟唱，当时南方方音"永言"的流行已成形势，与代表正乐的"雅音"永言争胜而能更胜一筹，这种情况一直延伸到了秦汉，楚歌不过是其中较为出名的一种。鲁迅先生云：

> 楚汉之际，诗教已熄，民间多乐楚声，刘邦以一亭长登帝位，其风遂亦被宫掖。盖秦灭六国，四方怨恨，而楚尤发愤，誓虽三户必亡秦，于是江湖激昂之士，遂以楚声为尚。②

《汉书礼乐志》记载：

> 桑间、濮上，郑、卫、宋、赵之声并出，内则致疾损寿，外则乱政伤民。巧伪因而饰之，以营乱富贵之耳目。庶人以求利，列国以相间。故秦穆遗戎而由余

---

① （西汉）王逸、（北宋）洪兴祖初注：《楚辞章句补注》，长春：吉林人民出版社，1999年，第54页。
② 鲁迅：《汉文学史纲要》，北京：人民文学出版社，2006年，第47页。

去，齐人馈鲁而孔子行。至于六国，魏文侯最为好古，而谓子夏曰："寡人听古乐则欲寐，及闻郑、卫，余不知倦焉。"子夏辞而辨之，终不见纳，自此礼乐丧矣。汉兴，乐家有制氏，以雅乐声律世世在大乐官，但能纪其铿锵鼓舞，而不能言其义。高祖时，叔孙通因秦乐人制宗庙乐。大祝迎神于庙门，奏《嘉至》，犹古降神之乐也。皇帝入庙门，奏《永至》，以为行步之节，犹古《采荠》《肆夏》也。干豆上，奏《登歌》，独上歌，不以管弦乱人声，欲在位者遍闻之，犹古《清庙》之歌也。《登歌》再终，下奏《休成》之乐，美神明既飨也。皇帝就酒东箱，坐定，奏《永安》之乐，美礼已成也。又有《房中祠乐》，高祖唐山夫人所作也。周有《房中乐》，至秦名曰《寿人》。凡乐，乐其所生，礼不忘本。高祖乐楚声，故《房中乐》楚声也。孝惠二年，使乐府令夏侯宽备其箫管，更名曰《安世乐》。

——《汉书》卷二十二《礼乐志》

即反映了方音鹊起的歌坛局面。

除了汉代楚声的证明外，《先秦两汉魏晋南北朝诗歌》中搜集有大量的战国时代的散见诗歌，率以"歌""谣""谚""言""吟""诵"等命名，亦可以从中窥见当时汉语诗蔓延"长言"成歌的实际局面。

3.2.4.4　论《请成相》之说唱使用声乐配合律

杨荫浏首先在《中国古代音乐史稿》中提出《荀子请成相》篇为"说唱音乐的远祖"[1]并详细分析了它的说唱节奏；庄永平《中国古代声乐腔词关系史考》认同这种说法：

"相"是一种竹筒制作的击奏乐器。《礼记曲礼》："邻有丧，舂不相。"【唐】杨倞《荀子成相篇》注："相乃乐器，所谓'舂牍'。""成"即"打"之意，就是一人边念边唱边击相。因此，其节奏形式颇为引人注目。从全篇句型结构所意味着的节奏形式，对后世声腔形式节奏的发展不无影响。也就是说，这种节奏形式既不同于《诗经》，也不同于《楚辞》，而具有后世说唱音乐的节奏形式……荀况本是仕楚生于屈原之前，不仅可以推知其音调也是一种楚调……总之，荀况的《成相篇》被后世认为是说唱音乐的鼻祖并不为之过……[2]

归纳起来看，《请成相》①为说唱乐；②用"楚语"；③形成了"楚调"，并由以上三点自然推理出④使用"依字行腔"方式，短言成"说"，长言成"唱"。也就是说，《请成相》是荀况因"楚语""依字行腔"创作的"楚调"说唱文艺。

《请成相》为说唱艺术，但说唱绝非起源于《请成相》。至少在诗三百的年代，说唱在各种礼乐活动中就应有广泛应用；这可以从诸方面推断：今日各种巫术宗教活动

---

[1] 杨荫浏：《中国古代音乐史稿》，北京：人民音乐出版社，1980年，第56页。

[2] 庄永平：《中国古代声乐腔词关系史考》，上海：上海三联书店，2017年，第68页。

中的说唱运用；周代"诗言志、歌永言、声依永、律和声"的理论总结；诗三百时代留下的"歌""辞""吟""诵""赋""曲"等复杂名称；这些方面都指向了说唱存在。

3.2.4.5　论汉乐府之诵、讴使用声乐配合律

主要的文论家认同乐府"永言"性质。如刘勰《文心雕龙乐府》云：

> 乐府者，"声依永，律和声"也。……凡乐辞曰诗，咏声曰歌，声来被辞，辞繁难节……

《汉乐府》的永言性质，可以从以下几个方面去理解。

（1）汉乐府是"诗歌合一"的综合艺术。

（2）汉乐府的形成有两种方式，一种是"采诗以诵"，一种是"造诗以歌"。《汉书礼乐志》记载了这两种方式：

> 至武帝定郊祀之礼……乃立乐府，采诗夜诵，有赵、代、秦、楚之讴。以李延年为协律都尉，多举司马相如等数十人造为诗赋，略论律吕，以合八音之调，作十九章之歌。[1]

（3）"采诗以诵""造诗以歌"的"诵"与"歌"其内涵都是"方言""依字声行腔"。

在上述记载中，诵讴同论，赋歌并举，可见"诵""讴"是同样意思，"赋""歌"也是同样意思。这个同样的意思，追究起来，就是都属于"长言"。

在"采诗以诵"中，乐工文人采集地方声诗进行吟诵，其造成的结果是"赵、代、秦、楚之讴"："诵"而成"讴"，"永言""长言"之意甚明；并且其所用的语音也绝不是一种"官话"，而是采诗所在各地的"方言"，也只有这样才能解释它们形成了风格各异的"赵、代、秦、楚之讴"。方音成诵，所形成的自然是方曲，连郑卫之音这种被广泛批评的方音诗歌都在这种情况下被选进了汉乐府中，《汉书·礼乐志》就记载了这一情况，可以作为方音成诵之方式的旁证，当然作者的记载带有批评之意：

> 今郊庙诗歌，未有祖宗之事，八音调均，又不协于钟律，而内有掖庭材人，外有上林乐府，皆以郑声施于朝廷。[2]

在"造诗以歌"中，这种"依字声行腔"的方式变得更为明显。《汉书·李延年传》记载了"司马相如等文人作诗，李延年延为歌曲"的详细情况，可以推测其作歌的大致过程：

> 李延年，中山人，身及父母兄弟皆故倡也……女弟得幸于上，号为李夫

---

[1] 吉联抗：《秦汉音乐史料》，上海：上海文艺出版社，1981年，第53页。
[2] 吉联抗：《秦汉音乐史料》，上海：上海文艺出版社，1981年，第54页。

人……延年善歌，为新变声，是时上方兴天地诸祠，欲造乐，令司马相如等作诗颂，延年辄承意弦歌所造诗，为之新声曲。①

乐府造乐的过程是：先由司马相如等作"诗"，再由李延年将所作诗"弦歌"为新的"声曲"，最终完成了"造"为"乐"。从这一过程看，其起点是"新诗"，其方式为"歌"，其结果为"声曲"，则"永言"的痕迹是很明显的。至于所"永"的是"方言"还是"官话"，依据历史对李延年的才能的描述，则都是有可能的。

（4）汉乐府所形成的结果，据庄小平统计其主体至少包含138篇"歌诗"。

庄小平《中国古代声乐腔词关系史考》中统计了汉乐府形成的"歌诗"篇目：

> 当时所流传的作品总数已难考，仅据《汉书·艺文志》载，有下列138篇：吴、楚、汝南歌诗15篇；燕、代、雁门、云中、陇西歌诗9篇；邯郸、河间歌诗4篇；齐、郑歌诗4篇；淮南歌诗4篇；左冯翊秦歌诗3篇；京兆尹秦歌诗5篇；河东蒲反歌诗1篇；洛阳歌诗4篇；河南周歌诗7篇；周谣歌诗75篇；周歌诗2篇；南郡歌诗5篇，以及河南周歌诗和周谣歌诗后的《声曲折》篇等。其中最可注意的是：一是采用了"歌诗"一词……二是所涉及的范围广大……②

并在"歌诗"一词下引申说明"歌诗"的含义：

> 一是采用了"歌诗"一词，想必和辞赋不同（其实均为长言，只是程度的不同），不仅说明这些篇章是演唱的，也为后世声腔音乐中的文学歌词立名。虽然战国春秋时已有"歌诗三百"之说，但至汉后情形已有所不同。刘勰《文心雕龙》说，"诗为乐心，声为乐体"，说明声腔音乐的概念已经非常明确了。范文澜《文心雕龙》注二曰："诗为乐心，声为乐体。诗与歌本不可分，故三百篇皆歌诗也。自汉代有《在邹》《讽谏》等不歌之诗，诗歌遂划两途……《别录》诗、歌有别，《班志》独录歌诗具有精义。"③

所谓"歌诗"即以方言"永"诗成歌之意，也正因为如此，"方音"声调不同，则所"永"得"歌曲"地方特征自异，形成所谓的地域歌曲之别。统计所列138篇"歌诗"具有鲜明的地域性，作者按地域列举，也就不难理解了。而刘勰和范文澜能够将"汉乐府歌诗"与"诗三百歌诗"联系起来看待，并清晰的指出汉乐的"诗为乐心，声为乐体"的以诗为歌为乐的特征，正是应有之举。

（5）乐府流传一种"音声相传"方式，据推测可判定为后世一种记谱方法——以字系谱，其原理即"声乐配合律"。

《乐府诗集》中有一类很特殊的记录诗歌的方式，郭茂倩引沈约的话认为这是一

---

① 沈知白：《中国音乐史纲要》，上海：上海文艺出版社，1982年，第34—35页。
② 庄永平：《中国古代声乐腔词关系史考》，上海：上海三联书店，2017年，第70页。
③ 庄永平：《中国古代声乐腔词关系史考》，上海：上海三联书店，2017年，第70页。

种"辞声合写"的记录"音声"方式。如《乐府诗集》卷一十九"鼓吹曲辞四"篇记载的三首【宋鼓吹铙歌】：

　　【宋鼓吹铙歌三首】
　　《宋书·乐志》曰："鼓吹铙歌四篇，今唯有《上邪》等三篇，其一篇阙。"《古今乐录》曰："《上邪曲》四解，《晚芝曲》九解，汉曲有《远期》，疑是也。《艾如张》三解，沈约云：'乐人以音声相传，训诂不可复解。凡古乐录，皆大字是辞，细字是声，声辞合写，故致然尔。'"

　　【上邪曲】
　　大竭夜乌　自云何来　堂吾来声　乌奚（姑悟姑）尊　卢圣子　黄尊来馑清婴乌白日为随来　郭吾　微令吾
　　应龙夜乌　由道何来　直子为　乌奚（如悟姑）尊　卢鸡子　听乌虎行　为来　明吾　微令吾
　　诗则夜乌　道禄何来　黑洛道　乌奚（悟如）　尊尔尊卢起　黄华乌伯辽为国　日忠　雨令吾
　　伯辽夜乌　若国何来　日忠雨　乌奚（如悟姑）尊卢面道康尊录龙永乌赫赫福祚夜音　微令吾
　　右四解

　　【晚芝曲】
　　几令吾　几令　诸韩　乱发正　令吾　几令吾　诸韩　从听心令吾　若里洛　何来韩　微令吾
　　几令　诸韩　或公　随令吾　几令吾　几诸或言　随令吾　黑洛　何来诸韩　微令吾
　　几令吾　几诸　或言　随令吾　几令吾　诸或言　几苦　黑洛　何来诸韩　微令吾

　　尊卢　忌卢　文卢　子路子路　为路鸡　如文卢炯乌诸祚　微令吾
　　尊卢　安成　随来　免路路子　为吾路奚　如文卢炯乌诸祚　微令吾
　　尊卢　公洪　随来　免路子　子路子为路奚　姑文卢炯乌诸祚　微令吾
　　【右九解】

　　【艾如张曲】
　　几令吾　呼历舍　居执来随　咄武子邪令乌　衔针相风其右其右
　　几令吾　呼群议破　葫执来随　吾　咄武子邪令乌　今乌今胜入海相风及后
　　几令吾　呼无公赫　吾执来随　吾　咄武子邪令乌　无公赫吾娭立诸布始布
　　【右三解】

三种歌曲的记载方式固然令人奇怪，但更重要是如何理解沈约这段话："乐人以音声相传，训诂不可复解。凡古乐录，皆大字是辞，细字是声，声辞合写，故致然尔。"
这段记录至少透漏了三个方面的消息：一是古乐的记录是有辞有声的，通常大字记辞，小字记声；二是小字记声的目的是传乐"音"，即所谓"乐人以音声相传"，记声就是记乐声；三是因为各种原因导致了后来"训诂不可复解"，这里可能包含着两种情况，一种是大小字混淆导致不知何为辞何为声，一种是"小字记声"随着时间的变化本身不可复解了。当然，这里面的核心仍然是理解"汉字如何能记乐声"。如果了解从"诗三百"到"楚辞"到"汉乐府"产生的"歌永言"机制，对这个问题就会得到相当合理的答案：字的"长言"能够产生旋律（附和一定的节奏）（即所谓声曲折），反过来，一种"旋律"当然也可以用一组字（声曲折）来表示，前者即是"声依永"，而后者就是"以字训声（乐音）"方式。什么情况下会产生"以字训乐声"方式呢？这可能有两种情况，一种是以官话去训唱一首方言歌辞，一种是以今话去训唱一首古歌辞——可以想见，对于一首以"永言"方式产生的方言歌曲而言，该方言区的人只需要去自然吟唱其辞，就能得到大致差不多的原调，这个时候就不需要"以字记声"，而如果其他方言区的人如普通官话区的人要去唱这首辞，则不可能由普通话自然吟唱，则这个时候就必须由乐工进行转化，最常见就是以约定的"通话"的声曲折去趋近于原调，这个时候就产生了"以普通话字去记乐声"的情况；同样的道理也发生在以今字去记录古歌调的时候。对于《上邪曲》等歌曲的情况而言，很显然后世乐工所做的应是"以今字记古声乐"——当然这种记载永远只能是一种很近似很粗糙的记谱方式。

《乐府》的这种很复杂的记录方式，可以说是充满中国化色彩，不要说是在古代，即使是在今天音乐理解这样透彻的条件下，理解其也仍然是很困难的。庄永平《中国古代声乐腔词关系史考》乐府体制与音乐关系篇试图深入探讨这种关系：

> 在这方面的情形，当时因缺乏音乐记录的手段，不可能吧曲调记录下来。那么，由于音乐记谱符号还未产生，只是在汉代声曲折的基础上，作一定的以字为单位的定量记录，这就是把字填入音声中。当然，它与原来强调本身杂有虚字歌唱不尽相同。从音乐记录上而言，至少比声曲折要进了一步。但是，用字来记录声在旋律音高上讲士毫无意义的，仅在旋律的节拍、节奏方面，由于字的相对独立时值单位，因而具有音乐旋律上一种大致的节奏规范。而且，开始的时候是用大字记字，小字记声以示区别，后来在流传的过程中，这种大小子逐渐混淆起来。从诗的方面读之，由于夹杂着大量表声的字，简直就不成诗文了。而从曲调方面来说，本来这种记谱法也是不得已为之的，以后大小子一混淆，也就失去了远游的旨意与作用，根本无法歌唱了。①

然而作者一方面认识到"把字填入音声中"是一种"声曲折"记谱方式，另一方面却

---

①庄永平：《中国古代声乐腔词关系史考》，上海：上海三联书店，2017年，第71—72页。

仍然不理解"字调与旋律"关联而只承认字与节奏的联系，而得到结论"字调记录旋律"毫无意义。这类认识是很令人遗憾的。专门研究音乐史的人尚且如此，更不用说普通人了。

3.2.4.6 论唐诗之歌吟使用声乐配合律

唐代因为大量外来音乐的涌入，以及器乐的大发展，语言与音乐配合的情况变得复杂。表现为诗歌关系极为复杂。

（1）唐代盛行"歌诗"，使用"永言"方式

唐代歌诗之风仍然盛行，李白、李贺、罗隐、牛峤、吴融等诗集皆题名为歌诗。最著名的例子是"棋亭唱诗"：

> 开元中，诗人王昌龄、高适、王之涣齐名。时风尘未偶，而游处略同。一日，天寒微雪，三人共诣旗亭，贳酒小饮，忽有梨园伶官十数人，登楼会宴。三诗人因避席偎映，拥炉火以观焉。俄有妙妓四辈，寻续而至，奢华艳曳，都冶颇极。旋则奏乐，皆当时之名部也。昌龄等私相约曰："我辈各擅诗名，每不自定其甲乙。今者，可以密观诸伶所讴，若诗人歌词之多者，则为优矣。"俄而，一伶拊节而唱曰："寒雨连江夜入吴，平明送客楚山孤。洛阳亲友如相问，一片冰心在玉壶。"昌龄则引手画壁曰："一绝句！"寻又一伶讴之曰："开箧泪沾臆，见君前日书。夜台何寂寞，犹是子云居。"适则引手画壁曰："一绝句！"寻又一伶讴曰："奉帚平明金殿开，且将团扇共徘徊。玉颜不及寒鸦色，犹带昭阳日影来。"昌龄则又引手画壁曰："二绝句！"涣之自以得名已久，因谓诸人曰："此辈皆潦倒乐官，所唱皆巴人下里之词耳！岂阳春白雪之曲，俗物敢近哉？"因指诸妓之中最佳者曰："待此子所唱，如非我诗，吾即终身不敢与子争衡矣！脱是吾诗，子等当须列拜床下，奉吾为师！"因欢笑而俟之。须臾，次至双鬟发声，则曰："黄河远上白云间，一片孤城万仞山。羌笛何须怨杨柳，春风不度玉门关。"之涣即揶揄二子，曰："田舍奴！我岂妄哉？"因大谐笑。诸伶不喻其故，皆起诸曰："不知诸郎君，何此欢噱？"昌龄等因话其事。诸伶竞拜曰："俗眼不识神仙，乞降清重，俯就筵席！"三子从之，饮醉竟日。
>
> ——中唐 薛用弱《集异记》卷二"旗亭画壁"条

"太白歌诗"是另一个著名的例子：

> 会花方繁开，上乘月夜召太真妃以步辇从。诏特选梨园子弟中釉晬，得乐十六色。李龟年以歌擅一时之名，手捧檀板，押众乐前欲歌之。上曰："赏名花，对妃子，焉用旧乐词为？"遂命龟年持金花笺宣赐翰林学士李白，进《清平调》词三章。白欣承诏旨，犹苦宿酲未解，因援笔赋之。"云想衣裳花想容，春风拂晓露华浓。若非群玉山头见，会向瑶台月下逢。""一枝红艳露凝香，云雨巫山枉断肠。

借问汉宫谁得似，可怜飞燕倚新妆。""名花倾国两相欢，长得君王带笑看。解释春风无限恨，沉香亭北倚栏干。"龟年遽以词进，上命梨园子弟约略调抚丝竹，遂促龟年以歌。太真妃持颇梨七宝杯，酌西凉州蒲萄酒，笑领意甚厚。上因调玉笛以倚曲，每曲遍将换，则迟其声以媚之。太真饮罢，饰绣巾重拜上意。龟年常话于五王，独忆以歌得自胜者无出于此，抑亦一时之极致耳。上自是顾李翰林尤异于他学士。会高力士终以脱乌皮六缝为深耻，异日太真妃重吟前词，力士戏曰："始谓妃子怨李白深入骨髓，何拳拳如是？"太真妃因惊曰："何翰林学士能辱人如斯？"力士曰："以飞燕指妃子，是贱之甚矣。"太真颇深然之。上尝欲命李白官，卒为宫中所捍而止。

——唐 李濬《松窗杂录》（阳羡生校点，《唐五代笔记小说大观》，

上海古籍出版社，2000年）

唐人歌诗盛行大家基本上是认同的，但"歌诗"用"永言"大家却感觉说不清，所以态度上要么架空要么回避，有很多似是而非、似非而是或者模棱两可的说法。较为典型的说法，可以看2017年庄永平的《中国古代声乐腔词关系史考》，他在细致研究唐歌乐拍并试译《敦煌乐谱》诸曲之后指出：

综上所述，唐代诗歌是我国文学艺术史，达到了第一个高峰时期，唐诗不仅在文学上取得了彪炳史册的成就，而且在歌唱艺术上也是异常辉煌的。因为唐诗基本上是可歌的（那么怎么样歌呢，这个判断是很奇怪的，当然，如果了解永言的方法，则又平淡无奇了，笔者按），因而被称为"歌诗体"。歌诗体形式的结构可能有两种情况的存在：一是与诗歌的绝、律句体式相协的，腔调上也是采用整齐乐句的曲式结构，节奏上采用诗拍的形式，这些大概占有了歌诗体的主体部分；二是有的诗歌在腔调上必须杂以虚声之类才可以歌唱的，这也是日后诗演变为词的契机。

这看法认同唐诗多是可歌并且很推崇这种方式的一方面，另一方面庄永平却在同书中为了说明腔词不和谐关系而强调：

朱光潜在论及中国诗如何走上"律"之路，有一段非常著名的话："乐府衰亡以后，诗转入有词无调的时期，在词调并立以前，诗的音乐在调上见出；词既离调以后，诗的音乐要在词的文字本身见出。"首先，我们知道文学诗歌与腔调音乐是两种不同类型的姐妹艺术，虽然在早期它们在运用上结合得较为紧密，但是……正如笔者在《绪论》中所引刘尧民的话："要想把诗歌竭力去融合音乐反映音乐，无论如何是做不到的。"因为语言与音乐毕竟是两回事，语言四声调值与音乐五音也是不能真正对应的，更何况当时外来音乐还不止用到五声。问题是否像朱说的那样，因为做不到而转求其次，倒过来反而促使诗歌唱词发生革命性的变化呢？如果说是"画虎不成反类犬"看来未必恰当，也不甚科学。任半塘认

为："文字读音之声律，绝不得阑入真音乐范围……此末期之诗，主文之程度益高，益为雕饰，乃音与义之更为分化。"因而，任氏认为朱是将音乐之音与语言之音相牵混所致……因此，中国诗走上"律"的道路，这是语言上创造出反切、四声较为分明后，语言自身变化所取得的成果。因为语言上的"律"终究不等于音乐上的"律"，前者指的是格律，即平仄、押韵、对仗等方面的格式及规律；后者指的是音律，狭义地主要指具体的音高。而所谓语言的"语音的因素"是指连绵进行式的声调，而音乐中的音与音进行时阶梯式的，这又有着根本性的不同。那时如北齐李概、唐元兢等认为"宫商"相当于"平"，"徵"相当于"上"，"角"相当于"入"，这些都是模糊造成的想当然而已。也就是说语言的"平、上、去、入"，并不是模仿音乐上的"宫、商、角、徵、羽"而来的，二是语言本身所发现后，力求与腔调音乐相配合的结果。……其次，乐府诗存在的时候，并不是没有其他形式诗的存在，历来民间所谓的"郑卫之音"还是广泛流传的……再则，利用乐府旧题写作乐府诗，在汉末建安时代就已经开始了，这种诗歌很多就是不入乐的。刘勰《文心雕龙·乐府》中说："（曹）子建、（陆）士衡，咸有佳篇，并无诏伶人，故事谢管弦。"曹操开了风气之先，曹植则首唱了梵呗。可见，正是因为受了佛经"悉昙"的影响，使我国人民对韩愈单字的了解更深入了一大步。汉语声调开始分立而促使在遣词造句上，才有了上述种种平仄关系的讲究。因此，诗歌格律的产生是以语言本身内因起主要作用，同时在印欧语系拼音学理的启发下，当内因积聚与外因影响达到质变的程度时，才使诗歌的形式与结构发生了显著的变化，故而不能简单地说诗歌的音乐性是脱离了腔调奇才体现出来的……

这段文字，却总体上是不承认"永言"方式的。在这段文字中，不但庄永平对歌诗用"永言"的方式语焉不详或不太相信，整个态度时而反对时而暧昧，就是文字中提及的朱光潜、刘尧民、任半塘等人甚至唐人元兢等对"歌诗"的各种看法，包括对它总体上的价值判断和具体所使用方法的认识，也多隔靴搔痒，隔膜重重，甚至出现明显的误解或错误。

专门的音乐史家尚且如此，可以想见现在一般乐坛理论家对"永言"的态度了。然而只要看看唐代歌诗的普遍性、灵活性、即兴特点，而当时作家基本上不是音乐家而作品又基本不留乐谱的，就可推测必然存在一种大家习见的带有普遍性的歌诗方式，这种方式显然要比后代渐渐兴起的按谱填词灵活得多，方便得多，这自然就只有传统的"声依永"了。"歌诗"不过是"声依永"在唐代的替代性说法，"永言"仍然是整个问题的核心所在。

（2）唐人普遍喜欢"吟诗"（即所谓"浅吟低唱"），与"歌诗"同源，使用"永言"方式

唐人在诗歌等资料中大量用到了"吟"这个概念：

吟诗作赋北窗里，万言不值一杯水。

——李白《答王十二寒夜独酌有怀》

陶冶性灵在底物，新诗改罢自长吟。

——杜甫《解闷十二首其七》

此身饮罢无归处，独立苍茫自咏诗。

——杜甫《乐游园歌》

吟安一个字，拈断数茎须。

——卢延让《苦吟》

二句三年得，一吟双泪流。

——贾岛《题诗后》

联系传唱到今日的各种方言吟诗调及说唱方式，不难推定，"吟""歌"同源，都是"声依永"的一种方式。这种"声依永"所依的"方言字调"代有变化、随地变化，然而其本质方式从先秦到唐，甚至到今日，却是没什么不同。

（3）唐代新题的乐府，包括题为"歌""行""吟"类，多暗示使用"声依永"方式歌诗

唐代出现的一些古题的乐府，可能会出现"按谱填词"的情况，如一些乐府旧题诗中的情况；但大多数新题的乐府，包括初唐四杰的长篇歌行、李白的歌行、杜甫的"即事名篇"的新题乐府，以及中唐张王元白等人指明为乐府的所谓"新乐府"诗歌，以及李贺等人的乐府诗，皆暗示使用"永言"方式，而不是使用宋词习见的"按谱填词"方式成歌，其形成的歌曲基本上都是新调，多呈现一诗一调的情况。

如《长恨歌》《琵琶行》即是以"声依永"方式被天下吟唱：

缀玉联珠六十年，谁教冥路作诗仙。浮云不系名居易，造化无为字乐天。
童子解吟长恨曲，胡儿能唱琵琶篇。文章已满行人耳，一度思卿一怆然。

——唐代李忱的《吊白居易》

白居易提倡新乐府，其喊出的口号也指向了"歌诗"事实：

文章合为事而著，歌诗合为事而作。

——《与元九书》

杜甫的《三吏三别》等被元稹白居易等誉为"新题乐府""即事名篇，无复依傍"，则它在音乐上亦当新出，除了"永言"歌诗之外，实在想不出它有什么其他的方式能够令它们仍然保有"乐府"的事实。中唐以后的"新题乐府"，张王元白大力提倡，它在歌唱上并未提供什么乐谱，则应该不言自明的指向"永言"和"歌诗"事实。元稹在《乐府古题序》中有一段很含混的话，其中就表彰了杜甫诗歌的新乐府性和自己新题乐府的主张：

诗讫于周，离骚讫于楚，是后诗之流为二十四名，赋、颂、铭、赞，文、诔、箴、诗，行、咏、吟、题，怨、叹、章、篇，操、引、谣、讴，歌、曲、词、调，皆诗人六义之馀。而作者之旨，由操而下八名，皆起于郊祭、军宾、吉凶、苦乐之际。在音声者，因声以度词，审调以节唱，句度短长之数，声韵平上之差，莫不由之准度。而又别其在琴瑟者为操引，采民氓者为讴谣，备曲度者，总得谓之歌曲词调，皆斯由乐以定词，非选调以配乐也。由诗而下九名，皆属事而作，虽题号不同，而悉谓之为诗可也。后之审乐者，往往采取其词，度为歌曲，盖选词以配乐，非由乐以定词也。而纂撰者，由诗而下十七名，尽编为乐录、乐府等题，除铙吹、横吹、郊祀、清商等词在乐志者，其馀木兰、仲卿、四愁、七哀之辈，亦未必尽播于管弦明矣。后之文人，达乐者少，不复如是配别，但遇兴纪题，往往兼以句读短长，为歌诗之异。刘补阙之乐府，肇于汉魏。按仲尼学文王操，伯牙作流波、水仙等操，齐犊沐作雉朝飞，卫女作思归引，则不于汉魏而后始，亦以明矣。况自风雅至于乐流，莫非讽兴当时之事，以贻后代之人，沿袭古题，唱和重复，于文或有短长，于义咸为赘剩，尚不如寓意古题。刺美见事，犹有诗人引古以讽之义焉，曹、刘、沈、鲍之徒时得如此，亦复稀少。近代唯诗人杜甫《悲陈陶》《哀江头》《兵车》《丽人》等，凡所歌行，率皆即事名篇，无复倚傍。余少时与友人乐天、李公垂辈，谓是为当，遂不复拟赋古题。昨梁州见进士刘猛、李馀，各赋古乐府诗数十首，其中一二十章，咸有新意，余因选而和之。其有虽用古题，全无古义者。若《出门行》不言离别、《将进酒》特书列女之类是也，其或颇同古义。全创新词者，则《由家》止述军输、《捉捕》词先蝼蚁之类是也。刘李二子方将极意于斯文，因为粗明古今歌诗同异之音焉。

——唐　元稹《乐府古题序》

其中，还附带首次提出了诗乐配合（隐含的是辞曲的配合问题）的问题，即"由乐以定词"与"选词以配乐"（其实还是没有表达清楚，应该是它前面所表述的"采其词，度为歌曲"更为准确）的区别问题；并指出了"由诗以下九名"皆为"词度为歌曲"的歌诗性质，即所谓"由诗而下九名，皆属事而作，虽题号不同，而悉谓之为诗可也。后之审乐者，往往采取其词，度为歌曲，盖选词以配乐，非由乐以定词也。"

（4）唐代早期的一部分绝句，可确定为"歌诗"，使用"永言"方式成歌

除了棋亭唱诗皆为绝句外，著名的例子还有王维的《阳关三叠》，李白的《清平乐》五首。

关于唐人绝句作为"歌诗"，后人有很清晰的看法：

夫诗本性情，六朝乐府，三唐绝句，何莫非缘情之妙制！声韵天然，可丝可竹……沈香亭下《清平调》，与旗亭、酒垆诸歌，宫人伶伎矢口而唱，亦何尝更换、错综、增减，而后于声律协乎？

——《借月山房汇抄本》明　钱希言《戏瑕》卷一

　　唐五代盛行乐曲，四项总共五百二十三曲……右二百九十七曲，题义无考，其承自《乐府诗集》者，多谱初、盛唐人绝句诗为曲。录自《教坊记》者，律绝诗及填词为曲者互有之。录自温、韦以下集者，并止是填词……

——明　胡震亨《唐音癸签》卷十三

　　谓之诗馀者，以调起于唐人绝句。如太白之《清平调》，即以被之乐府，太白《忆秦娥》《菩萨蛮》皆绝句之变格，为小令之权舆。旗亭画壁赌唱，皆七言绝句。后至十国时，遂竞为长短句。自一字、两字至七字，以抑扬高下其声，而乐府之体一变，则词实诗之馀。

——清　宋翔凤《乐府馀论》

　　其中，部分绝句在通过"永言"歌诗形成"声歌"的时候，乃至在配上器乐的时候，时常会发生"叠唱"或部分"叠唱"现象，形成不齐整的"长短乐句"，如果后来再往这"长短乐句"中填词，自然容易形成"长短句"，因与后来按乐填词形成的长短句外形相似，尤为人所注重，常被误解为长短句发生的直接原因：

　　大抵唐人歌曲，本不随声为长短句，多是五言或七言诗，歌者取其辞与和声相叠成音耳。吾家有古《凉州》《伊周》辞，与今遍数悉同，而皆绝句诗也，岂非当时人之辞为一时所称者，皆为歌人窃取而播之曲调乎？

——胡仔《苕溪渔隐丛话》前集卷二十一转引北宋《蔡宽夫诗话》

　　唐人所歌，多五言、七言绝句，必杂以散声，然后可比之管弦，如《阳关》诗，必至三叠而后成音，此自然之理。后来遂谱其散声，以字句实之，而长短句兴焉。

——方成培《香研居词尘》卷一

　　将原诗字句裁截成二字、三字、四字等部分，再相叠之……

——刘永济《宋代歌舞剧曲录要·总论》

　　其实往乐谱中填词形成的是齐言还是长短句，并没有必然的规律，很多时候看填词者的偶然选择。但上述几种看法却不完全是毫无道理的，它尤其可以解释一部分围绕教坊曲的发生的事实：一些词牌早期为齐言形式，后期却变化出长短句形式，如《浣溪沙》。合理的推断是，这些教坊曲在唐代是"歌诗"产生的乐曲，源出齐言诗，演唱时形成了叠唱乐句，叠唱乐句约定俗成后，按谱填词者在填入新词时，选择了将叠唱部分亦填入文字，自然就形成了部分长短句形式。许多与齐言"声诗"同名的杂言"词调"的存在，很可能就是证据。而这部分来源如此曲折，文学史可音乐史家感到归类为难，就很容易理解了。

（5）中晚唐兴起"按乐填词"，与"永言"反向，多不严格遵循"声乐配合律"（填词时使用"声乐配合律"情况复杂）

中晚唐兴起"按乐填词"，形成"长短句格律诗"歌辞，这些歌辞的演唱不属于"永言"范畴；这些歌辞在填制时使用"声乐配合律"情况则非常复杂，不能一概而定。

教坊曲的部分歌曲，其本身属于外来歌曲的，不属于"歌诗"是很清楚的：

> 迄于开元、天宝间，君臣相与为淫乐，而明皇尤溺于夷音，天下熏然成俗。于时才士，始依乐工拍担之声，被之以辞，句之长短，各随其度，而愈失古之"声依永"之理也。
>
> ——《事文类聚》续集卷二十四引《能改斋漫录》

曲子词在填制时，是否使用"永言律"，也是十分复杂的。

曲子词的制作，除了李白、白居易、刘禹锡、韦应物、温庭筠等文学史熟悉的作家外，其实当时也许有不少作家有同样爱好和尝试，如《旧五代史》记载：

> 初庄宗为公子，雅好音律，又能自撰曲子词。其后凡用军，前后队伍皆以所撰词援之，使揭声而唱，谓之御制。
>
> ——《旧五代史·庄宗纪》

因为尝试，当然有考虑并不周全，如当时就产生了不少填入内容与原乐调题名不吻合的情况，故温庭筠说：

> 凡歌辞，考之与事不合着，但因其声而作歌尔。
>
> ——温庭筠《黄昙子歌序》

敦煌曲子词中的很多词，估计就是这种草创阶段的结果。连填入内容和原内容都难于配合，尝试阶段的"字乐配合"考虑当然就更不可能精细了。《敦煌曲子词》中存在大量的《望江南》辞，刘禹锡填制的多首《竹枝词》，从同位置字调上看五花八门，说明对字调旋律是很难完全配合曲调的。

即使是到了填词成熟的阶段，如晚唐，"声乐配合律"的使用或许较为精细，但也仍然是无比复杂的。

根据字调与音乐旋律的关系推测，要在填词时严格遵循"声乐配合律"，难度极大。因为这要求所形成的长短句反过来可以以"歌诗"吟唱方式形成源曲，无论在理论还是在操作上，都是不可能完全完成的任务。也许有近似的办法，如周邦彦、姜夔、王沂孙等"音乐家"型作家提出的"严格律"，以达到对原曲旋律的完全模拟，为此甚至可以牺牲平仄格律，不惜采用各种拗句，但我们也看到即使这些作家他们的词体很多时候还是只兼顾平仄而难兼顾四声，与其他人所填字调没什么大的区别。则唐词时代温庭筠、韦庄、南唐君臣更是如此了。

(6) 唐代"声诗"即"歌诗"之义，遵循"永言律"，与任半塘定义的三级"声诗"概念并不吻合

"声诗"在唐代的含义，与历代并无不同，皆"永言"成歌之意。

任半塘在《唐声诗》中将声诗定义为三级：

> "声诗"之名，或"声"与"诗"相关之说，自古有之，其含义大概有二：始也，二字分指声与诗，为两事；既也，合指有声之诗，为一事。曰"唐声诗"，当然用后起之义；而论及范围，则又必基于前一义。兹先别名质，考声乐，推时代，计曲调，然后揭出初步之定义，加以详析。一、声诗名目由来……二、声诗与歌诗、乐诗、诵诗、吟诗……三、声有三级　既肯定唐人合乐之近体诗当称"声诗"，则于所谓"声"者，宜有进一步体会——不仅诵声，且有歌声；不仅歌声，且有乐声；不仅乐声，且有舞声……诗之所自得者，始也，在能表达形象、感情于有声之语言及有韵之吟诵；以较图画，诗之表达程度遂尔提高。由此前进：而诵声，而歌声，而合乐之声，而合舞之声，而合表演之声，其表达程度乃继长增高不已……兹截去两端所谓吟讽与表演之声不论，专论唐诗所具备之歌声、乐声、舞声三级……声诗之声，约为三级。有其狭处，乃拒绝雅乐之声，划出吟讽之声，又暂不及戏曲表演之声；但亦有其宽处，乃自徒歌始，而不自乐歌始。是对声之范围所以如此划定者，正为保全声诗原具之特征，使始终完整。此义颇有关系，凡研究历代乐府者，对于始之徒歌而终之舞声，倘或迎或拒，立意无准，则"三级"之说尤妙！可具决定作用……本章于前节指明"乐歌"名不如"声诗"适用，此节复定"三级"之说，意固一贯，均非偶发。

这个定义对于"声诗"却是误解。"声诗"就是指"因声而歌"的诗，"歌诗"则可有两义，作动词用指"唱诗"，作名词用则指"可唱的诗"，"声歌"则指"因声而唱成的歌"，这三个概念指向不一样，但都包含着"永言"为歌的意义。任半塘为研究需要，将"声诗"概念主观认定为包含入歌、合乐、配舞三个层次，不过是为了研究唐诗的"可歌""合乐""配舞"情况，但"声诗"并不要求包含"合乐""配舞"内容。在《唐声诗》理论篇，任半塘引用了大量历史论断，但这些论断恰恰都是表明"声诗"即永言歌诗之义，而不能说明"声诗"需要包括"合乐"与"配舞"内容。

"声诗"与"歌诗"与"声歌"，三个概念指称的是同一事：依字调永言行腔而唱诗。也许表述各有侧重，但总体内涵是相近的。唐声诗，即唐代的歌诗，使用"永言律"。

3.2.4.7　论鱼山梵呗之小字记声使用声乐配合律

曹植鱼山制呗，运用"声乐配合律"原理"以辞记乐"，配合"声曲折"线谱，创造出汉译梵曲的独特记谱方式。

(1) 曹植鱼山制呗之史实古人不疑

南朝宋刘敬叔《异苑》卷五始载曹植制呗事：

陈思王曹植，字子建，尝登鱼山，临东阿，忽闻岩岫里有诵经声，清通深亮，远谷流响，肃然有灵气，不觉敛衿祗敬，便有终焉之志，即效而则之。今之梵唱，皆植依拟所造。一云陈思王游山，忽闻空里诵经，声音道亮，解音者则而写之，为神仙声，道士效之，作步虚声也。

南朝梁僧慧皎《高僧传》卷十三详细探讨了梵呗的产生、性质、流传、讹异、曹植及诸家呗的存佚等情况，对曹植制呗没有异议：

论曰：夫篇章之作，盖欲申畅怀抱，褒述情志。咏歌之作，欲使言味流靡，辞韵相属。故诗序云：情动于中而形于言，言之不足故咏歌之也。然东国之歌也，则结咏以成咏。西方之赞也，则作偈以和声。虽复歌赞为殊，而并以协谐钟律，符靡宫商，方乃奥妙。故奏歌于金石，则谓之以为乐。设赞于管弦，则称之以为呗。夫圣人制乐，其德四焉：感天地，通神明，安万民，成性类。如听呗亦其利有五：身体不疲，不忘所忆，心不懈倦，音声不坏，诸天欢喜。是以般遮弦歌于石室，请开甘露之初门。净居舞颂于双林，奉报一化之恩德。其间随时赞咏，亦在处成音。至如亿耳细声于宵夜，提婆扬响于梵宫。或令无相之旨，奏于麈笛之上。或使本行之音，宣乎琴瑟之下。并皆抑扬通感，佛所称赞。故咸池韶武无以匹其工，激楚梁尘无以较其妙。自大教东流，乃译文者众，而传声盖寡。良由梵音重复，汉语单奇。若用梵音以咏汉语，则声繁而偈迫。若用汉曲以咏梵文，则韵短而辞长。是故金言有译，梵响无授。始有魏陈思王曹植，深爱声律，属意经音。既通般遮之瑞响，又感鱼山之神制。于是删治《瑞应》《本起》，以为学者之宗。传声则三千有余，在契则四十有二。其后帛桥，支钥亦云祖述陈思，而爱好通灵，别感神制，裁变古声，所存止一十而已。至石勒建平中，有天神降于安邑厅事，讽咏经音，七日乃绝。时有传者，并皆讹废。逮宋齐之间，有昙迁、僧辩、太傅、文宣等，并殷勤嗟咏，曲意音律。撰集异同，斟酌科例。存仿旧法，正可三百余声。自兹厥后，声多散落。人人致意，补缀不同。所以师师异法，家家各制。皆由昧乎声旨，莫以裁正。夫音乐感动，自古而然。是以玄师梵唱，赤雁爱而不移。比丘流响，青鸟悦而忘薄。昙凭动韵，犹令乌马蜷局。僧辩折调，尚使鸿鹤停飞。量人虽复深浅，筹感抑亦次焉。故戛击石拊石，则百兽率舞。箫韶九成，则凤凰来仪。鸟献且犹致感，况乃人神者哉。但转读之为懿，贵在声文两得。若唯声而不文，则道心无以得生。若唯文而不声，则俗情无以得入。故经言，以微妙音歌叹佛德，斯之谓也。而顷世学者，裁得首尾余声，便言擅名当世。经文起尽，曾不措怀。或破句以合声，若分文以足韵。岂唯声之不足，亦乃文不成诠。听者唯增恍忽，闻之但益睡眠。使夫八真明珠，未捃而藏曜。百味淳乳，不浇而自薄。哀哉！若能精达经旨，洞晓音律。三位七声，次而无乱。五言四句，契而莫爽。其间起掷荡举，平折放杀，游飞却转，反叠娇弄。动韵则流靡弗穷，张喉则变态无尽。故能炳发八音，光扬七善。壮而不猛，凝而不滞。弱而不野，刚而不锐。清而不扰，浊而不蔽。谅足以起畅微言，怡养神性。故听声可以娱耳，聆语可以开襟。若然，可谓梵音深妙，令人乐闻者也。然天竺方俗，凡是歌咏法言，皆称为呗。至于此土，咏经则称为转读。歌赞则号为梵呗。昔诸天赞呗，皆以韵入弦绾。五众既与俗违，故宜以声曲为妙。原夫梵呗之起，亦兆自陈思。始著太子颂及睒颂等，因为之制声。吐纳抑扬，并法神授。今之皇皇顾惟，盖其风烈也。其后居士支谦，亦传梵呗三契，皆湮没而不存。世有共议一章，恐或谦之余则也。唯康僧会所造泥洹梵呗，于今尚传。即敬谒一契，文出双卷泥洹，故曰泥洹呗也。爱至晋世，有高座法师初传觅历。今之行地印文，即其法也。钥公所造六言，即大慈哀愍一契，于今时有作者。近有西凉州呗，源出关右，而流于晋阳，今之面如满月是也。凡此诸曲，并制出名师。后人继作，多所讹漏。或时沙弥小儿，互相传授。畴昔成规，殆无遗一。惜哉。此既同是声例，故备之论末。①

日承安朝（1173）传唐《鱼山声明集》，对"曹植制呗"没有怀疑。其序云：

夫声明者，五明之中其一也。月氏盛学此道，日域聊传其名。事涉和汉，用包显密，齐会之场，修善之所。以法用为先，以音韵为事，声为佛事，盖此谓欤。如长音唱礼《云何呗》者，密宗以之为规模，如《九条锡杖》《始段呗》者，显教以之为准的。此外唐梵诸赞、经论伽陀、普贤忏法、弥陀念佛、悉以音曲而成道义，皆以声明而展观行。道之兴事之用是，世之所知也，人之所好也。小僧家宽随大原良忍上人久提携此道，虽恨音声之不清澈，尚思妙典之不谬误。良忍上人者，受彼堂别当观成，观成者受延昔寺权少僧都怀空，怀空者受四条大纳言公任。次以往所传师资散在不一二，由来不分明者也。真义僧正净藏法师等此道为先，方今禅定法皇废四海之政，究佛海之底，轻七宝蓄重三宝之道。忝敕小僧受声明之谱所今进上仙洞也。冀使此道永不失坠。昔陈思王之游鱼山，遥闻仙人之呗声，令藐姑射之访羊质亲传法之秘曲。闻古观今，莫不称叹。 于时承安（1173）第三之厉月日

今人傅暮蓉2012年《佛教梵呗华化之始考辩》，考证"鱼山梵呗是史实而不是传说"，引用资料最详，可资参看：

《三国志补注》《三国志集解》云：

引刘宗刘敬叙《异苑》载："陈思王尝登渔山，邻东阿，忽闻岩岫里有诵经声，清道深亮，远谷流响，肃然有灵气，不觉敛祇敬，便有终焉之志，即效而则之，今梵唱皆植依拟所造。"［（清）沈钦韩撰：《三国志补注》卷十三，北京：古籍出版社，1957年。（民国）卢弼著：《三国志集解·魏书陈思王》，北京：古籍出版社，1957年，第38页。］

梁僧祐（445—518年）：《出三藏记集》卷十二《法苑杂缘原始集·经呗导师集》中有《陈思王感渔山梵声制呗记》目录：［（梁）僧佑撰：《出三藏记集》卷十

---

①慧皎：《高僧传》卷一三《经师论》，《大正藏》第50册，台北：新文丰出版公司，1983年，第414页。

三，载《大正藏》第五十五册，第92页。]

《帝释乐人般遮琴歌呗》第一（出《中本起经》）《佛赞比丘呗利益记》第二（出《十诵律》）

《亿耳比丘善呗易了解记》第三（出《十诵律》）

《婆提比丘响彻梵天记》第四（出《增一阿含》）

《上金铃比丘妙声记》第五（出《贤愚经》）

《音声比丘尼记》第六（出《僧祇律》）

《法桥比丘现感妙声记》第七（出《志节传》）

《陈思王感渔山梵声制呗记》第八

《支谦制连句梵呗记》第九

《康僧会传泥洹呗记》第十（《康僧会传》）

《觅历高声梵记》第十一（呗出《须赖经》）

《药练梦感梵言六言呗记》第十二（呗出《超日经》）

《齐文皇帝制法乐梵舞记》第十三

《齐文皇帝制法乐赞》第十四

《齐文皇帝令舍人王融制法乐歌辞》第十五

《竟陵文宣撰梵礼赞》第十六

《竟陵文宣制唱菩萨愿赞》第十七

《旧品序元嘉以来读经道人名并铭》第十八

《竟陵文宣王第集转经记》第十九（新安寺释道兴）

《导师缘记》第二十

《安法师法集旧制三科》第二十一

（右二十一首《经呗导师集》卷第六）

梁会稽嘉祥寺沙门释慧皎（497—554年）撰《高僧传》云："魏陈思王曹植，深爱声律，属意经音。既通般遮之瑞响，又感渔山之神制。于是删治《瑞应》《本起》，以为学者之宗。传声则三千有余，在契则四十有二。"[（梁）释慧皎著：《高僧传》卷十三，载《大正藏》第五十册，第414页中。]

唐终南山释道宣（596—667年）撰《广弘明集》卷五："植字子建，魏武帝第四子也。初封东阿君王，终后谥为陈思王也。幼含珪璋，十岁能属文，下笔便成，初无所改。世间艺术，无不毕善。邯郸淳见而骇服，称为天人也。植每读佛经，辄流连嗟玩（翫），以为至道之宗极也。遂制转读七声升降曲折之响，故世之讽诵，咸宪章焉。尝游渔山，闻空中梵天之赞，及摹而传于后。"[（唐）道宣著：《广弘明集》卷五，载《大正藏》第五十五册，第232页中。]

唐上都西明寺沙门释道世（603—683年）撰《法苑珠林》卷三十六《呗赞篇》："至于末代修习，极有明验。是以陈思精想，感渔山之梵唱；帛桥誓愿，通大士之妙音；药练勤行，受法韵于幽祇；文宣励诚，发梦响于斋室。并能写气天宫，摩声净刹，抑扬词契，吐纳节之；斯以神应之显征，学者之明范也。原夫经音为懿，妙出自然，制用可修，而研响非习。"陈思王曹植，植字子建，魏武帝第四子也。幼含珪璋，十岁能属文，下笔便成，初不所定。世间艺术无不毕善。邯郸淳见而骇服，称为天人也。植每读佛经，辄流连嗟玩（翫），以为至道之宗极也。遂制转赞渔七声，升降曲折之响，世人讽诵，咸宪章焉。尝游渔山，闻空中梵天之响，清雅哀婉，其声动心，独听良久，而持御皆闻，植深感神理弥悟法应，乃摹其声节写为梵呗，撰文制音，传为后式，梵声显世，始于此焉。其所传呗凡有六契。"［（唐）道世著：《法苑珠林》卷三十六，载《大正藏》第五十三册，第 574 页上。］

又（106）慧琳（737—820年）《一切经音义》卷二十七

歌呗："蒲介反，梵云婆师，此云赞叹。婆音蒲贺反。先云呗匿，讹也。此乃西域三契声如室路挐所作是也。宣验记陈思王曹植登渔山忽闻岩有诵经曲，清婉悠亮，远谷流响。遂依拟其声而制梵呗，至今传之，呗亦近代字无所从也。"［（唐）慧琳撰：《一切经音义》卷二十七，载《大正藏》第五十四册，第 485 页上。］

以上是记载曹植创制"渔山梵呗"众多史料中挑选出具有代表性的几种材料。其中梁僧祐的《出三藏记集》卷十二的目录中有《陈思王感渔山梵声制呗记》的标题。道世于唐668年撰《法苑珠林》时"渔山梵呗"还在流行，有六契被广为传唱，至慧琳撰《一切经音义》已是100多年后，"渔山梵呗""至今传之"。据此，"渔山梵呗"是史实而不是传说。[①]

(2) 鱼山制呗之法传承有序，以至于今

梵呗沙门释永悟2007年于鱼山梵呗寺作《大藏经〈鱼山声明集〉再版序》[②]云：

梵呗，即印度五明之声明，是指用清净的言语赞叹诸佛功德。梵是梵文"梵那摩"的省略，意为清净、离欲；呗是梵文"呗匿"的省略，意为赞颂、歌咏。后来逐渐引申为佛教仪式中各种唱念的通称。

声明随佛教传入中国时不能用汉语歌颂。三国时期魏太明帝太和四年（230）陈思王曹植，尝游鱼山（一作渔山，今山东东阿县境），闻空中梵响，清扬哀婉，细听良久，深有所悟，乃摹其音节，感鱼山之神制；在鱼山依《太子瑞应本起经》创制"撰文制音，传为后式"的六章汉语梵呗。解决了一直"梵音重复，汉语单奇"之矛盾，自此，中国佛教界有了自己特色的音声佛事。使从西域、天竺传来的"梵音"开始适用于汉语咏唱。

鱼山梵出而"以为学者之宗，传声则三千有余，在契则四十有二。称《鱼山梵》

---

① 傅暮蓉：《佛教梵呗华化之始考辩》，《中央音乐（季刊）》2012年第4期，第69—73页。
② http://blog.sina.com.cn/s/blog_4b05056e0100gt6l.html，2010-01-18/2021-09-12.

或《鱼山呗》"，后世简称"梵呗"；唐初传至日本谓之："鱼山声明"；传到韩国称之"鱼山"，称名至今。现全称作"鱼山梵呗"，"佛曲"是由梵呗发展的音乐，故历史上曹植被尊称为汉传佛教音乐创始人——梵呗始祖。于2008年6月被国务院公布为国家级非物质文化遗产。

有了曹植的经验，僧人们便开始尝试着进一步用中国民间乐曲改编佛曲或另创新曲，使古印度的梵呗音乐逐步与中国传统文化相结合，梵呗从此走上了繁荣发展的道路。一时引发支谦菩萨连句梵呗、康僧会泥洹梵呗、帛尸梨密多罗高声梵呗、支昙钥六言梵呗等学制呗。但均未有超越，隋唐早时已不多见，唯鱼山梵呗遗韵至今，远播日韩。

南朝梁武帝崇佛，在宫内大造法乐，召集僧人整理梵呗，是为"新声"。又在社会上举行水陆道场和无遮大会。寺院僧人有以唱导为业者。北朝僧人也在寺院演奏梵乐法音，"丝管嘹亮，谐妙入神"。沿经南朝萧子良招集"善声沙门"集第作声，评出命家之作，整理传统梵呗（鱼山梵呗），流播于唐代。

唐代佛教鼎盛期，佛教音乐也盛极一时，除传统鱼山梵呗继续流传之外，大量西域和天竺佛曲也传入，同时也出现一批新的民族化佛曲。佛教僧人的音乐造诣达到了很高的水平，连宫廷的乐师和全国高手也比不过僧尼的演奏。在民间盛行俗讲，即佛教通过唱导师以说唱形式弘扬，听者感动而填咽。于此时传到国外。

兴盛普遍教内外，演化至极，为世所叹。唯"遣唐史"日僧来大唐求法，空海大师请去于日本京都东寺真言宗相传不息；最澄、圆仁请去日本京都开创"声明"道场天台宗传续不断，均保持（鱼山梵呗）古貌。正如日本僧来鱼山朝祖部分立碑所称：

碑一：日本中国声明之志：魏代东阿王曹植，于鱼山闻梵天之声，乃作声明梵呗。弘法大师空海将此传至日本国。日本鱼山声明由此而始以来一千二百余年，在日本国京都东寺真言宗相传不息。东寺真言宗铃木智辨、加藤宥雄，声明大全刊行会特收其全部制成激光盘大全集，谨奉供鱼山东阿王曹子建墓。一九九六年六月十九日，日本国京都东寺真言宗铃木智辨、加藤宥雄、声明大全刊行纪念，鱼山参拜团团长藤原义章；名誉团长增原观宝；副团长加藤宥英、团员大泽耀雅、稻木康范、平贺义宏、藤原宗峰、安藤笃彦、桥本聪子、府川久男；参拜团事务局长声明大全刊行会代表松下隆洪加藤宥真谨书

碑二：东阿鱼山乃佛教音乐之故里，唐时慈觉大师圆仁请去日本于京都大原三千院生根，且传承梵音声明并因东阿鱼山之名，亦改称日本之鱼山，经绵绵岁月，以声明始祖曹植之缘，使得两鱼山梵音相和，两鱼山隔海同调。梵音和声，共祝中日两国友好万古常青。日本国京都大原三千院门第六十一代门主小运光诠立一九九七年七月二十日

碑三：大僧正天纳传中天台宗京都大原鱼山实光院住持、叡山学院声明科教

授题："梵音寂奉拜陈思王墓一九九六年丙子姑洗日本京都大原鱼山实光院声明业末流传中"

日本相传南北朝鱼山梵呗手抄本，日僧圣一《声明口传》说："夫声明者，印土之名，五明之一也，支那偏取曰梵呗，曹陈王启端也，本朝远取天竺立号焉"。故曰：《鱼山声明集》。一、永缘、惠圆草、家宽记，承安第三之厉（1173）月日抄《声明集序》二卷，收录240曲。二、长惠于1175年抄《声明集》二卷为《鱼山私抄》；三、1224年5月11日湛智与1238年闰二月九日（奥书）宗快分别抄《声明集》卷《鱼山目录》收录162首呗曲旋律的"博士图"；四、性房大进法印觉渊1200年左右自笔抄二轴本《声明集》（南北朝时代初420年—589年二卷抄）。行世至今，广为流传。

圆仁大师之后，日本传有《鱼山声明集》《鱼山私钞》和《鱼山目录》（三书均辑编入《大正藏》）。今为唐末版真迹。与日宫内同版，早于《大正藏》八十四卷收录注解之觉秀修复元代"鱼山真版"也。同近代日大僧正多纪道忍和天纳传中教授、三千院门主小堀光诠、真言宗等宗匠前来归山朝祖，所供奉《鱼山声明》一致。至幸梵呗妙音回归故里鱼山，梵呗比丘永悟整理成册供养诸佛菩萨圣众！以求利益众生！人类和平！

(3) 鱼山乐谱的形制，推与今载道曲《步虚吟·空洞》篇、佛曲《鱼山声明集·云何呗·毁形呗》三篇约同：记辞大字＋声曲折线＋记声小字

鱼山乐谱的形式，以王淑梅2011年《"鱼山梵呗"的源流演化及乐谱形式》研究最切实可信，推与今传道曲《玉音法事·步虚经·步虚吟》载《空洞》篇、佛曲《鱼山声明集》载《云何呗》《毁形呗》篇三曲形制相同：

……如果曹植于鱼山闻梵音而制呗，其乐谱形式会是什么样子的呢？

刘敬叔《异苑》既然称"解音者则而写之为神仙声，道士效之作步虚声"，循着这条线索，我们在《道藏》三百三十册，《洞玄部》养之门上，找到《玉音法事》一书，其上卷载有玉京山《步虚经·步虚吟》三首，其中《空洞》一首，全以大字写唱辞，用小字记乐声，而又用曲折线联络各音，表示曲调的抑扬以及与乐声的配合的方式。此首《步虚吟》，《玉音法事》谓为葛玄所创。"右玉京步虚十首。按太上玉京步虚经云：太极左仙翁葛玄于天台山传授弟子郑思远，思远复传仙翁从孙葛洪号抱朴子者是也。郑君说，天翁去世时，告思远曰：所受上清大洞道经，付吾家门弟子，世世传录至人，勿闭天道"。据此虽然不能遽断《步虚经·步虚吟》出于晋代，但唐初释法琳所选《辨正论》曾引玉京山《步虚词》云："长齐会玄都，鸣玉叩琼钟，法鼓会群仙，灵唱靡不同。"而《玉音法事》所载《步虚吟》第10首的4句恰与之相合，唯"周"作"同"，这说明《步虚吟》必为唐前之作，且此谱与后世工尺谱不合，兼具声辞曲折的形式，其来源必定甚古。据《广弘明集》所载曹植《辨道论》附记，"植每读佛经，辄流连嗟玩。以为至道之宗极也。遂制转读七声升降曲折之响，故世之讽诵咸宪章焉。尝游鱼山，闻空中梵天之赞，乃摹而传于后"。此道曲的记谱形式也应与之相似。姑附《步虚经》曲谱如下以见其面貌：

……

又《大正大藏经》载有日本人家宽法印所撰《鱼山声明集》，其中收录的呗赞皆标明宫商曲调，第六部分有《云何呗》《毁形呗》两篇：

《云何呗》："云何于此经，究竟到彼岸；愿佛开微密，广为众生说。"

《毁形呗》："毁形守支节，割爱无所亲；弃家弘圣道，愿度一切人。"

其曲谱形式与上文所引《步虚经》颇相似，也是将各字以曲线标出音调的抑扬曲折，唯作自右向左横书而已。《鱼山声明集》一名《鱼山六卷抄》或《鱼山声明六卷帖》，其撰者家宽法印是在胜林院创建道场的良忍上人的弟子，是后白河法皇的声明乐师。而胜林院最先引入了盛行一时的鱼山梵音。后来胜林院的十一世传人宗快法师在嘉祯四年（1238年）根据学习研究《鱼山六卷帖》音律的心得，编成《鱼山目录》，成为音律宝典传播后世。明应五年（1496年），高野山的巨匠长惠又据《鱼山声明集》撰成《鱼山私钞》，即《声明口传集》或《口传声明集》，广泛应用于天台宗佛教。其中的《出家呗》（即《鱼山声明集》所载《毁形呗》）、《云何呗》等也是因袭《鱼山声明集》的方式记谱。因此，《鱼山声明集》第六部分的记谱形式也比较贴近曹植的时代，能够反映其本来面貌。兹附其曲谱如下：

……

再考察相关的文献记载，我们发现《步虚经》和《鱼山声明集》的记谱形式的确反映了汉魏时期的乐谱面貌。《乐府诗集》卷十九引《古今乐录》云：

《上邪曲》四解，《晚芝曲》九解，汉曲有《远期》，疑是也。《艾如张》三解，沈约云："乐人以音声相传，训诂不可复解。凡古乐录，皆大字是辞，细字是声，声词合写，故致然耳。

《汉书·艺文志·诗赋略·歌诗》载《河南周歌声曲折》7篇、《周谣歌诗声曲折》75篇。王先谦《汉书补注》曰："声曲折，即歌声之谱，唐曰乐句，今曰板眼。"姚振宗《汉书·艺文志·条理》："此两家皆有声律曲折，《隋书·王劭传》所谓曲折其声，有如歌咏是也。《宋书·乐志》载张华表亦云：按魏《上寿食举诗》及汉氏所施用，其文句长短不齐，未皆合古。盖以依咏弦节，本有因循，而识乐知音足以制声度曲。法用率非凡近所能改。二代三京，袭而不变。虽诗章词异，兴废随时，至其韵逗曲折，皆系于旧，有由然也。是以一皆因就，不敢有所改易。又载贺循《尚书下太常祭祀所用乐名》云：魏氏增损汉乐，以为一代之礼……自汉氏以来，依放此体，自造新诗而已。旧京荒废，今既散亡，音韵曲折，又无识者，则于今难以意言。所谓"声曲折"就是曲谱，在歌词旁边用曲线符号标明歌唱时人声的抑扬进行和长短。曲折即谱之曲折。韵逗曲折、音韵曲折，均指乐谱之声字。其歌辞均用大字，而记谱的声辞均用小字。逯钦立云："《步虚吟》之声字，如'贺俄阿''何下''下下'之类，状写声节，各成定组，此即为音，即为逗，'音'者，自其为歌曲之声者言；逗者，自其为曲折中之住节作用者言。如'于御污于'专于'虚'字下用之，'乌惧悟'专于'无'字下用之，此类字因辞变换，要须于本辞为叠韵，凡此即所谓韵，自其与本辞为叶韵者言也。'于御污于'因本辞'虚'字而屡转之，故曰转韵，或曰却转，或曰还喉叠弄，加之以'何何'、'贺俄阿'等声节之音，故曰有无穷音韵也。"所有这些"声曲折""韵逗曲折""音韵曲折"等等，都足以证明《玉音法事》所载《步虚经·步虚吟》和《鱼山声明集》所载曲谱，与曹植那个时代的乐谱形式是相吻合的。根据以上分析，"鱼山梵呗"的音乐形式在《步虚经·步虚吟》和《鱼山声明集》《鱼山私钞》所载中可见其原始面貌。因此，曹植所制"鱼山梵呗"虽已不存，但从《步虚经》及《鱼山声明集》所存的曲谱均采用"声曲折"谱式来看，这至少说明，刘宋时期《异苑》中所说的"解音者"仿照鱼山梵音所作的"步虚声"，与日本胜林院所流传"鱼山"声明音乐都是中国较古老的音乐遗留，它们作为中国较早的佛教、道教音乐形式，都曾明确受到"鱼山梵呗"的影响。根据葛玄的生活年代，其所创制的《步虚经》可确定为晋至刘宋这段时间，那么比它更早存在的"鱼山梵呗"，其创制年代或可上溯到魏晋时期，这与曹植生活的年代基本一致。①

(4) 鱼山制呗法，实乃用"声乐配合律"原理"以辞记乐"而造出的汉译梵曲记谱法

鱼山制呗制作的不是新曲，而是原梵曲的乐谱，即"拟其声而制梵叹"：

　　陈思登渔山闻岩袖诵经。清婉道亮远谷流响。遂拟其声而制梵叹。故今俗中谓之渔梵冥合西域三契七声闻俱肤耳等所作也。（《大正藏》经疏部，第卷，第727页中）

刘湘兰2003年《南朝梵呗与清商乐》讨论了汉末梵呗"更用此土宫商，饰以成制"的状况：

　　佛教初传东土，梵僧们自然是用梵音进行梵呗，然而在转梵为秦的译经过程中，音乐与文辞之间的矛盾从一开始就已存在。如何才能真正做到"声文两得"？梵僧们很早就对这一难题进行了探索。慧皎《高僧传·译经论》说："然夷夏不同，音韵殊隔，自非精括诂训，领会良难。属有支谦、聂承远、竺佛念、释宝云、竺叔兰、无罗叉等，并妙善梵汉之音，故能尽翻译之致。一言三复，词旨分明，然后更用此土宫商，饰以成制。"（释慧皎：《高僧传》卷3，第141页）支谦、竺

---

①王淑梅：《"鱼山梵呗"的源流演化及乐谱形式》，《徐州师范大学学报（哲学社会科学版）》2011年第5期，第38—42页。

佛念等人精通梵文、华语，故在译经时能尽"翻译之致"，使"词旨分明"。然而，译经固然非常重要，但梵音与华文的和谐匹配也是重中之重。如何摆脱"金言有译，梵响无授"的困境？这些译经高僧采取的方法是"更用此土宫商，饰以成制。"也就是说，自东汉末年以来，僧人们便是采用本土音乐来吟诵佛经，而不是生硬地套用天竺梵音。以支谦为例，《高僧传》记载，支谦于汉献帝末年避乱吴地，吴主孙权礼遇之，拜其为博士，并使之辅佐东宫。支谦虽为西域人，却精通汉语，在吴地生活长达30年之久，期间翻译了大量的佛经，又依"《无量寿》《中本起》制菩提连句梵呗三契"（释慧皎：《高僧传》卷1，第15页）。支谦既长年居住吴地，那么他创制梵呗时所用的"此土宫商"，自然是吴地音乐，属楚歌之范畴，为南朝清商乐体系。与支谦同时稍后的康僧会，也是西域人，久居东吴，传授佛法，其"传《泥洹》呗声，清靡哀亮，一代模式"（释慧皎：《高僧传》卷1，第18页）。据《高僧传·经师论》所载："康僧会所造《泥洹》梵呗，于今尚传。"（释慧皎：《高僧传》卷1，第509页）可见，东汉末年高僧运用"本土宫商，饰以成制"改良梵呗的传统，已得到后世的认同。[1]

再综合王淑梅的研究及佛经翻译、演唱情况，可以归纳出"鱼山梵呗"的一般制作、演唱步骤：

（1）将"重复"之梵文赞呗按节奏填入成"单奇"汉字——形成两个结果：一是每个汉字对应相对繁长的梵唱；二是多个汉字组成节奏分明的四言或五言诗句；（往往由前代译僧完成）

（2）为每个"单奇"汉字标出演唱时对应梵曲的"声曲折"线谱——即所谓"传声则有三千余"之"声"；

（3）参照"声曲折"线谱，按"歌永言"方式往"单奇"汉字中反向填入"言辞"（即"以辞记乐"）——形成一串串"小字记声"；

（4）最终形成曲线加汉字的混合型鱼山梵呗谱：大字＋小字计声＋"声曲折"线

（5）演唱时，依据制定的鱼山梵呗谱，将"大字"（即每一"声"）按作者填制时所用语言以"记声小字"进行"永言"——即可唱出原梵文赞呗的大致旋律和节奏。

从鱼山梵呗的制作、演唱资料推测，曹植鱼山制呗很可能只是一种为外来梵曲制作的传谱方法，而并未创制出新曲。也就是说，鱼山制呗的核心是（2）（3）（4）三个步骤，曹植实际工作是为前代翻译的汉文赞呗制作上乐谱，此乐谱推测接近原唱，当然不否认后来曹植自作梵曲的可能。

(5) 鱼山制呗法在后代的四种扬弃

从音乐的角度看，鱼山制呗法只是一种制作乐谱的方法，但它具有两个特征，一是具有"永言"特征，恰恰用到了汉字声调的特殊性，二是它恰恰用来给梵曲配谱；这两个特征具有很大的不稳定性，给后人留下了很大的空间。一方面，由于它借助了

---

[1] 刘湘兰：《南朝梵呗与清商乐》，《中山大学学报（社会科学版）》2003年第6期，第7—13页。

汉字的声调——而汉字声调与既与方言挂钩，又随时间变化——所以必然会发生两种结果，一是几百年后同方音区人们再按谱演唱会发生音变，二是同时代其他方言区人们按谱"永言"也会发生音变，这两种音变导致几百年后人们不得不在原唱（口耳相传）和鱼山谱之间作选择，要么据语音重新做鱼山谱以就原谱，要么放弃原谱而干脆据永言"鱼山谱"而形成新声，而后者可以做得更彻底，就是干脆同时放弃原谱和鱼山谱而另作新声，直接创造汉文的新赞呗。另一方面，由于它借助的最根本原理是"永言"，所以到了后来，聪明的人们在做赞曲的时候，干脆既放弃原唱，也放弃鱼山乐谱，而直接作汉字赞诗并借助"永言""吟诵"创造出新的赞呗乐。则后来赞呗乐的成分就很是复杂，难一眼识别它的来源。

这两方面的空间给唱经带来了很多变化，导致了南朝唱经时的多种情况并存。

1）一种情况是原梵唱口耳相传

这种方式保留曲目最稳定最原始，也是某个时间段中——如佛经刚传入时最普遍的方式。佛教音乐史学者田青先生说到了这种情况：

> 佛曲的教学，是靠师徒之间的口传心授。而最讲究"衣钵真传"的佛门出家弟子，是有着充分的时间、耐性来保证所学到的佛曲丝毫也不走样的。一直到今天，这种传统仍然根深蒂固地存在。佛门弟子从师父那里学一个赞子，要一句一句花费许多时间，直到师父认为徒弟所唱与己无异，方为合格。这种口口相传、师徒相承的教授方法中所体现的巨大的保守性，从世俗艺术的观点来看，似乎是阻碍音乐艺术发展的桎梏，但是，从另一方面看，也正因其"保守"，它才得以保存至今，使它成了古老音乐的"活化石"。[①]

2）一种情况是唱"鱼山呗谱"

这种永唱又有几种不同结果。一是用曹植所用语音，且该语言声调历时变化不大，则所得曲调与"声曲折线"同，与原唱变化不大。二是用曹植所用语音，然该语言声调已随时间发生较大变化，按小字唱则所得曲调亦较原唱发生较大变化，与按"声曲折"线谱唱产生矛盾。二是用其他方言，方言声调与曹植所用声调大不相同，按小字唱则所得曲调必大不同于原唱，且方音味道浓郁，与按"声曲折"线谱唱亦产生矛盾。

除非"声曲折线"和"记声小字"二者缺一，否则这后二者情况下后人难以适从。

3）一种情况是用"鱼山梵呗法"制谱，记梵乐

魏晋盛传梵呗除《鱼山呗》外，较著名还有支谦《连句梵呗》、康僧会《泥洹梵呗》、帛尸梨蜜《高声梵观》、支昙箭《六言梵呗》，估计皆为仿鱼山法所作的梵呗谱：其形制估计约与鱼山呗同，性质则为原梵曲记谱：

> 在后所获或正前翻多梵语者。然纪述闻见意体少。同录目广狭出没多异。各

---

① 田青：《净土天音：田青音乐学研究文集》，济南：山东文艺出版社，2002年，第34页。

存一家致惑取舍。兼法海渊旷事方聚沛。既博搜见故备列之。而谦译经典得义辞旨文雅甚有硕才。又依无量寿经及中本起制菩萨连句梵叹三契声。

——《历代三宝纪》第五卷,《大正藏》史传部,第49卷,第59页上。

有康僧会法师。本居康国人博学辩才。译出经典。又善梵音。传泥洹叹。声制哀雅。檀美补世。音声之学。咸取则焉。

——《诸经要集》第四卷,《大正藏》事汇部,第54卷,第32页下。

原夫梵坝之起亦兆自陈思。始着太子颂及睒颂等。因为之制声。吐纳抑扬并法神授。今之皇皇顾惟。盖其风烈也。其后居士支谦。亦传梵叹三契。皆湮没而不存。世有共议一章。恐或谦之余则也。唯康僧会所造泥洹梵叹于今尚传。即敬谒一契文。出双卷泥泣洹。故曰泥洹呗也。

——《高僧传》第十三《经师》,《高僧传合集》第93页下,
上海古籍出版社年1991版

西域沙门帠尸梨蜜多罗晋言吉友国王之子。当承世位以国让弟。暗轨太伯悟心内启递为沙门天姿高朗风神俊迈。直尔对之。便已卓然。出补物表况其聪辩言晤者乎。垂相王导一见而奇之。以为吾之徒也。由是显名。导尝谓蜜曰。外国有君一人而已耳。蜜笑而答曰。若使贫道如植越为。今日岂得历游至此时人以为佳对善持咒术所向皆验盛行建康。时人呼为高座法师又授弟子觅历高声梵叹。传响迄今。

——《历代三宝纪》第七卷《大正藏》史传部,第49卷,第69页上。

晋有支昙箭本月氏人。寓居建邺。少出家精苦蔬食。憩吴虎丘山。晋孝武初教请出都止建初寺。孝武从受五戒。敬以师礼。衡特票妙声善补转读。尝梦天神授其声法觉因裁制新声。梵响清美四飞。却转反折还弄。虽复东阿先变康会后造始终巡还。未有如簧之妙。后进传写莫匪其法所制六言梵叹传响于今。

——《法苑珠林》第三十六卷,《大正藏》事汇部,第53卷,第577页中。

这类仿制呗谱中有一种很特殊的呗谱,呗中大字、声曲折线与旧同(也就是说唱起来与旧调同),但所用"记声小字"不同,这必是作者希望用新语言来记旧乐(用新"记声小字"复原旧乐)的缘故。

4)一种情况是仿"鱼山制呗法",作新乐

这又大致分为两类。一大类较常见,是为新辞造新呗。这种情况造出的呗的音乐性就很复杂。在保持"汉字单奇,咏唱缓慢"的总体演唱风格下,有用接近曹植所用声调的语言进行"记声"的,则所得梵呗曲调风格必趋近于曹植梵呗;有用声调完全不同的方言进行"记声"的,则所得梵呗曲调风格就带上了方音风格。无论哪种情况,又都是新的乐曲。另一大类不太常见,是为旧辞作呗。这种是完全用新的"声曲折线"和新的"记声小字",形成的音乐是全新的,此类新呗中的声曲折线和记声小

字皆为作家新造，形成的曲调与原梵唱无关。

第2、3、4分属两种情况，两种情况的制呗在历史上的代表一为魏曹植，一为齐萧子良。许云和1996年的研究《梵呗、转读、伎乐供养与南朝诗歌关系试论》认为这两人是历史上最重要两次制呗，而后者萧子良的制呗更是"对以汉语转读汉译佛经这一模式的最后确定无疑"：

> 天竺转读之来中土，本来就存在一个与中土语音互相理解、和合的过程。这个过程完成之时，才是天竺转读立足中土之日。然而，由于"梵音重复，汉语单奇，"二者之间的和合充满了坎坷和艰辛。在传经之初，经师们曾用过梵音转汉语和用汉曲转梵文两种方式，但效果都不甚理想。用梵音转读汉语，"则声繁而偈迫"，转读者"或破句以合声，或分文以足韵"，其结果是声文两妨，"岂唯声之不足，亦乃文不成诊"；用汉曲转读梵文，"则韵短而辞长"，更是存在一个割省文辞的问题，其弊当然又较梵音转汉语为甚。但正是在经历了这一次又一次的阵痛之后，经师们最终找到了使转读"声文两得"（以上引文均见《高僧传》卷第十三《经师》）的最佳方式，这就是用汉语来转读汉译佛经，通过用强调汉译佛经作品语音的办法来再造歌叹佛德的微妙音，以弥补梵音之失而带来的种种缺憾。
>
> 《高僧传》总论这一模式的建立过程，特别提到了两次具有决定意义的变革。一是曹子建"删治《瑞应本起》，以为学者之宗。传声则三千有余，在契则四十有二。"二是宋齐之间，"昙迁、僧辩、太傅、文宣等，并殷勤暖咏，曲意音律，撰集异同，斟酌科例。存仿旧法，正可三百余声。"
>
> 曹子建的删治《瑞应》《本起》，也如其制叹声事一样不可尽信，故可不论，（此观点可以商榷，笔者注）然文宣王萧子良等人这次的考文审音却不由我们不重视。首先，这是由萧子良发起的、有组织有计划的、合多人之力而做的工作，具有相当的权威性和代表性。其次，有了可为"学者之明范"（《法苑珠林》卷四十九《叹赞第三十四》）的成果—"可三百余声"。再次，僧祐《出三藏记集》十二《齐竟陵文宣王法集·目录》内载有子良"《转读法》并《释滞》一卷"。这很可能是为配合所成"可三百余声"而作的转读指南。据此三端可以断定，这次的考文审音乃是对以汉语转读汉译佛经这一模式的最后确定无疑。
>
> ……无论是用梵音转汉语还是汉曲转梵文，都是非愚即妄的做法，根本无法求得声文的和谐。这一模式既然是用汉音转汉语，所分别之三声当然就只能是中国声韵中固有的平上去三声而非古印度声明论之三声，这是再简单不过的道理……经文中的偈赞原是韵文，汉魏六朝一般以五言、六言或七言的形式译出，而最常见者是五言，这显然与当时五言诗的盛行有关。为讲究这种汉译五言形式的吟诵之美，经师们在以四声为其制声韵的过程中确实是格外用心，这大概是偈赞既是韵语形式，又是经文中的"题目正名"的缘故，对待应有别于经文。

《高僧传》论其转读原则云："若能精达经旨，洞晓音律。三位七声，次而无乱；五言四句，契而莫爽。其间起掷荡举，平折放杀，游飞却转，反叠娇弄。动韵则流靡弗穷，张喉则变态无尽。"按：三位不详。七声盖指天竺十四韵母，敦煌写卷《鸠摩罗什通韵》残卷谓："十四音者，七字声短，七字声长。短音吸气而不高，长音平呼而不远。"据此，则知十四韵实仅七韵，因各有上平声之分，故成十四。这里称其为七声，实乃指代汉语四声。文中"三位七声，次而无乱；五言四句，契而莫爽"之句，意即用平上去入四声为五言四句之渴赞制声韵，使其声文两得，契合无差；"起掷荡举，平折放杀"之句，意即讲求五言四句中平仄的安排（应为四声的安排，笔者注），务使轻重相间，体现出抑扬顿挫之美；而"游飞却转，反叠娇弄"者，则是描绘运用平仄（应为四声，笔者注）及反音叠韵所造成的声响效果。

五言渴赞的这些转读原则，若取永明四声说详加对照，我们将会吃惊地发现：它们之间竟是这样的相似！而这相似本身就是对永明四声说如何摹拟中国当日转读佛经之三声的最有力的说明。更令人意想不到的是，五言渴赞的转读也像永明四声说一样讲求声病的回忌，而且，其所回忌的声病，有的不唯名称与永明八病中的相同，内容也与之极其相似。如《高僧传》品评当时经师，就有"道朗捉调小缓，法忍好存击切"之语。《文镜秘府论·西卷·二十八种病》云："或云，凡小韵，居五字内急，九字内小缓。"按此，则知道朗和法忍所犯为永明八病中的小韵。《高僧传》提到的另一些转读声病，如释慧念的"少气调"，释慧超的"后不能称"，释道首的"怯于一往"，今天固难知其详情，但它们却表明了五言渴赞的转读已有了一套相当完备的声病原则。唯其完备，永明八病说的建立才有了相当的理论和实践的依据。为什么永明四声说适在其时而能根据五言渴赞的转读原则而成其自身的原则？我以为是出于这样一个简单的原因：当时渴赞本就多以盛行的五言诗的句式译出，中土人士在以四声为其制韵的过程中，就很容易产生以四声为当时盛行的五言诗制韵的想法，而在理论上和具体操作上也就必不可免地要吸取五言渴赞的原则和作法。①

上述两种情况流传下来的梵呗，总体上保留了"汉字单奇，咏唱缓慢"的鱼山梵唱风格，但具体情况却非常复杂，今存《步虚经·步虚吟》《鱼山声明集》《鱼山私钞》中的部分曲谱到底属于那种情况，还需要大量细致繁复的求证工作才有可能弄清。

5）一种情况是直接造辞并"永言"成调，形成"永言呗"

这种情况就回归到了传统的"声歌"吟唱，而与民歌、歌诗情况相似。"永言成梵"即可谓"永言呗"，它与"鱼山梵呗"最大的不同就是它的"声歌"特性：遍地

---

① 许云和：《梵呗、转读、伎乐供养与南朝诗歌关系试论》，《文学遗产》1996年第3期，第23—28页。

开花、种类繁多、形成"南腔北调"，与"鱼山梵呗"所传的"天音"决然不同。

《高僧传》对此有一段精彩描述：

> 考其名实，梵者净也，实惟天音。色界诸天，来觐佛者，皆陈赞颂，经有其事，祖而习之，故存本因，诏声为梵。然彼天音，未必同此，故东川诸梵，声唱尤多，其中高者，则新声助哀，般遮掘势之类也，地分郑魏，声亦参差，然其大途，不爽常习。江表关中，巨细天隔，岂非吴越志扬，俗好浮绮，致使音颂所尚，惟以纤婉为工。秦壤雍梁，音词雄远，至于咏歌所被，皆用深高为胜……故知神州一境，声类既各不同，印度之与诸蕃，咏颂居然自别。义非以此唐梵，用拟天声，敢惟妄测，断可知矣。①

这段话有三个意思表达得是非常清楚的：一是明确诸梵用"声唱""声类""音颂""咏歌"法；二是明确声类咏唱随地域不同"声唱尤多""地分郑卫，声亦参差""声类各不同"；三是指出依据今日"唐梵"已无法还原"天声"原貌——今日之"永言呗"相对于"鱼山梵呗"都已简略，与原梵唱距离就更远，不能反映梵唱原貌是最自然之理。

许云和1999年在《梵呗、转读、伎乐供养与南朝诗歌关系试论》中指出了南朝时期方音梵诵纷纷兴起的情况：

> 晋王该《日烛》云："聊抒《咸池》之远音，适为里巷之近曲。"……假如说王该所言在晋代还只可能是个别现象的话，那么，到了南朝，它就是相当普遍之事了。《法苑珠林》卷四十九《叹赞》第三十四谓："然关内、关外、吴、蜀叹辞，各随所好，哑赞多种。"《高僧传》卷第十三《经师》也称，浙左、江西、荆、陕、庸、蜀叹辞，"止是当时咏歌"。于此可见，当时各地制叹并不谨依"本实以声糅文"的原则，尚有用本地声音，或有用本地新声歌以充之者。②

同书还进一步细致讨论了齐梁时代的民歌"声色"入梵的现象：

> 《乐府诗集》所引之《古今乐录》记有数条关于沙门为乐府艳歌制曲之事，一是齐武帝时释宝月为《估客乐》制曲，二是梁武帝时法云改《懊侬歌》为《相思曲》及改《三洲歌》古辞。其中，法云改《三洲歌》之事值得特别注意。
>
> 《三洲歌》者，商客数游巴陵三江口往还，因共作此歌，其归辞云："啼将别共来。"梁天监十一年，武帝于乐寿殿道义竟，留十大德法师设乐，敕人人有问，引经奉答，次问法云："闻法师善解音律，此歌何如？"法云奉答："天乐绝妙，非肤浅所闻。愚谓古辞过质，未审可改以不？"敕云："如法师语音。"法云

---

① 道宣：《续高僧传》卷三〇《杂科声德篇》，《大正藏》第50册，第706页。
② 许云和：《梵呗、转读、伎乐供养与南朝诗歌关系试论》，《文学遗产》1996年第3期，第23—28页。

曰:"应欢会而有别离,'啼将别'可改为'欢将乐'。"故歌。歌和云:"三洲断江口,水从窈窕河傍流。欢将乐,共来长相思。"旧舞十六人,梁八人。

……首先,《三洲歌》原是游巴陵三江口之商客所歌,属清商曲中之"西曲歌",今采以为供养之歌曲,而且是沿用其辞其音,后才略改了一下用作和声之歌辞,这表明用作供养的歌曲可以是借用或改作的时兴歌曲,并不一定是专门创作的法曲歌辞之类。其次,《三洲歌》为男女情歌,在传统的观念中可说是词艳意淫,今采以为供养之歌曲,说明当时用作供养的歌曲是概不避淫艳的,而观法云之意及其所改和声辞,自是以淫艳为歌曲之极至。

……所以,南朝声伎因此而更盛,歌舞因此而更繁,自是情理中事。由于此项佛事活动的推动,人们必加倍倾心于歌辞的改制或创作,像上述释宝月为《估客乐》制曲、法云改《懊侬歌》为《相思曲》及改《三洲歌》古辞的情形,当时一定是很多很多。据《隋书·音乐志》,梁武帝曾制《善哉》《大乐》《大欢》《天道》《仙道》《神王》《龙王》《灭过恶》《除爱水》《断苦轮》等十曲,虽名为正乐,意皆述佛法,设无遮大会则奏之。武帝笃敬佛法居然到了不惜毁坏乐制、以佛曲充正曲的地步,那么,为供养诸佛他又为什么不可以做出制艳歌以为供养歌曲的事来呢?所以,他和臣下如沈约辈仿吴歌、西曲而作的那些淫歌艳曲中,就疑有不少是用作供养的歌曲。另一方面,伎乐供养所用歌辞概不避淫艳,这在佛门中可说是一种权宜或方便,至此也就使我们很容易地明白了这两个至今尚感困惑的问题:汤惠休、释宝月、法云等为什么不讳以释子身份而肆淫声?为什么南朝五言诗中的淫艳之辞最早出自于沙门之手?不言而喻,其最深刻的原因就是这一出于"欲性不离于道"(《智度论·辅行四》)的不二哲学的所谓"权宜""方便"。还更应该使我们注意的问题是,南朝释子恃此方便而为淫艳之辞实际上一开始文坛就感到了强烈的震动。《南史·颜延之传》云:"延之每薄汤惠休诗,谓人曰:'惠休制作,委巷中歌谣耳,方当误后生。'"颜延之与谢灵运同为江左文章领袖,他对惠休艳诗作出的反应表明了佛门的这一权宜或方便所带来的影响之巨、之烈,已不可等闲视之。此后南朝文学家的雕藻淫艳是否为释子所误我们固不敢说,但南朝文学自此以后声色大开却不能说与释子的"行方便"毫无关系。①

这最后一种情况,由于既简洁又更符合汉族大众"歌永言"习惯,故而其"声曲"原理得到了南朝制呗僧人们的肯定:

> 一片诸天赞观,皆以韵入弦管,五众既与俗违,故宜以声曲为妙。《高僧传》

这最后一类梵呗体现出来的音乐性质,田青敏锐地指出其"清乐化"特色:

---

① 许云和:《梵呗、转读、伎乐供养与南朝诗歌关系试论》,《文学遗产》1996年第3期,第23—28页。

这些"梵呗"是否仍是天竺来的呢？梁武帝的佛曲，是否仍带有天竺音乐的明显痕迹呢？结论是相反的：不管他使佛曲华化的努力是为了便于弘法而进行的有意识的尝试，还仅仅是在他深厚的民族文化背景制约下无意识的结果，反正他的佛曲赞呗，已经在很大程度上"清乐"化了。"名为正乐"的"正"字，恐怕也不是随便说的吧……它的基本内容是："九代之遗声，其始即相合三调是也，并汉魏以来旧曲"，再加上"江南吴歌""荆楚西声"，往大里说，则是针对胡曲而言，即所谓"华夏正声"。在后人眼里，梁武帝这套包含佛曲在内的音乐，不啻是"华夏正声"的代表。①

这当然是可以理解，曹植类制作梵呗，不过是对原梵唱的模拟，自然梵曲风格明显；而后一类制呗，所用的纯然是"永言"，自然更接近汉民族原生的"歌永言"音乐——在南朝，就是流行南方各地的吴歌西曲等清商乐了。刘湘兰甚至讨论认为南朝梵呗主用南方清商乐，就走得更远了：

南朝梵呗讲究"哀婉"之美，这种"哀婉"特质，在精神上既源于天竺梵音"哀婉"的传统，又融合了中国本土音乐中的楚调遗响——清商乐。清商乐以哀苦悲婉为主要特征，在音乐精神上与天竺梵音有所契合，且又深受南朝统治者所喜爱，故成为南朝沙门创制呗声的重要选择。尤其是萧齐皇室与善声沙门、当朝文士多次进行创制"经呗新声"的活动，将本土清商乐融进梵呗音乐的制作，达到了以"新声助哀"之功。②

如果理解清商乐的性质，几乎可以作为南方歌曲代名词的复杂性，就不难理解刘湘兰的说法。关于清商乐的性质、源流，以郭茂倩《乐府诗集》介绍最为专业，兹录以参考：

清商乐，一曰清乐。清乐者，九代之遗声。其始即相和三调是也，并汉魏以来旧曲。其辞皆古调及魏三祖所作。自晋朝播迁，其音分散，苻坚灭凉得之，传于前后二秦。及宋武定关中，因而入南，不复存于内地。自时已后，南朝文物号为最盛。民谣国俗，亦世有新声。故王僧虔论三调歌曰："今之清商，实由铜雀。魏氏三祖，风流可怀。京洛相高，江左弥重。而情变听改，稍复零落。十数年间，亡者将半。所以追徐操而长怀，抚遗器而太息者矣。"后魏孝文讨淮汉，宣武定寿春，收其声伎，得江左所传中原旧曲，《明君》《圣主》《公莫》《白鸠》之属，及江南吴歌、荆楚西声，总谓之清商乐。至于殿庭飨宴，则兼奏之。遭梁、陈亡乱，存者盖寡。及隋平陈得之，文帝善其节奏，曰："此华夏正声也。"乃微更损益，去其哀怨、考而补之，以新定律吕，更造乐器。因于太常置清商署以管之，谓之

①田青：《净土天音：田青音乐学研究文集》，济南：山东文艺出版社，第16—18页。
②刘湘兰：《南朝梵呗与清商乐》，《中山大学学报（社会科学版）》2003年第6期，第7—13页。

"清乐"。开皇初，始置七部乐，清商伎其一也。大业中，炀帝乃定清乐、西凉等为九部。而清乐歌曲有《杨伴》，舞曲有《明君》《并契》。乐器有钟、磬、琴、瑟、击琴、琵琶、箜篌、筑、筝、节鼓、笙、笛、箫、篪、埙等十五种，为一部。唐又增吹叶而无埙。隋室丧乱，日益沦缺。唐贞观中，用十部乐，清乐亦在焉。至武后时，犹有六十三曲。其后歌辞在者有《白雪》《公莫》《巴渝》《明君》《凤将雏》《明之君》《铎舞》《白鸠》《白纻》《子夜吴声四时歌》《前溪》《阿子及欢闻》《团扇》《懊侬》《长史变》《丁督护》《读曲》《乌夜啼》《石城》《莫愁》《襄阳》《栖乌夜飞》《估客》《杨伴》《雅歌骁壶》《常林欢》《三洲》《采桑》《春江花月夜》《玉树后庭花》《堂堂》《泛龙舟》等三十二曲，《明之君》《雅歌》各二首，《四时歌》四首，合三十七首。又七曲有声无辞，《上柱》《凤雏》《平调》《清调》《瑟调》《平折》《命啸》，通前为四十四曲存焉。长安已后，朝廷不重古曲，工伎浸缺，能合于管弦者唯《明君》《杨伴》《骁壶》《春歌》《秋歌》《白雪》《堂堂》《春江花月夜》等八曲。自是乐章讹失，与吴音转远。开元中，刘贶以为宜取吴人，使之传习，以问歌工李郎子。郎子北人，学于江都人俞才生。时声调已失，唯雅歌曲辞，辞曲而音雅。后郎子亡去，清乐之歌遂阙。自周、隋已来，管弦雅曲将数百曲，多用西凉乐。鼓舞曲多用龟兹乐。唯琴工犹传楚、汉旧声及清调。蔡邕五弄，楚调四弄，谓之九弄。雅声独存，非朝廷郊庙所用，胡不载。《乐府解题》曰："蔡邕云：'清商曲，又有《出郭西门》《陆地行车》《夹钟》《朱堂寝》《奉法》等五曲，其词不足采著。'"[1]（"清商曲辞题解"篇）

平调、清调、瑟调，皆周房中曲之遗声，汉世谓之三调。又有楚调、侧调。楚调者，汉房中乐也。高帝乐楚声，故房中乐皆楚声也。侧调者，生于楚调，与前三调总谓之相和调。[2]（引《唐书·乐志》）

唐代"吟诗""歌诗"发达，这种永言制呗方式遂与吟咏、歌诗合流，而在上层文人们中流行。张培锋《诗歌吟诵的活化石——论中国佛教的梵呗、诵读与古代诗歌的吟诵关系》全面讨论了历史上佛家读经、赞呗与儒士吟咏歌诗的深层关联：

从历代佛教史传中可以看到擅长吟唱的高僧众多，如慧皎的《高僧传》和道宣的《续高僧传》等书中，记载了南北朝至唐初很多高僧皆善唱赞。这些人所唱音调固然已不可知，但是仍可以从中找到一些线索，表明这些僧人在学佛的同时，也深受儒家思想的影响，他们所继承的应该并非仅仅局限在思想层面。例如昙宗："释昙宗，姓虢，秣陵人，出家止灵味寺。少而好学，博通众典，唱说之功，独步当世，辩口适时，应变无尽。尝为孝武唱导行菩萨五法礼竟，帝乃笑谓宗曰：'朕有何罪，而为忏悔？'宗曰：'昔虞舜至圣，犹云予违尔弼。汤武亦云，

---

[1]（北宋）郭茂倩：《乐府诗集》卷44，上海：上海古籍出版社，1992年，第638—639页。
[2]（北宋）郭茂倩：《乐府诗集》卷44，上海：上海古籍出版社，1992年，第639页。

万姓有罪，在予一人。圣王引咎，盖以轨世。陛下德迈往代，齐圣虞殷，履道思冲，宁得独异?'帝大悦。"他劝帝王忏悔，用的不是佛教的理论，而是中国儒家的典故。其他如道照的"少善尺牍，兼博经史"；慧璩的"读览经论，涉猎书史"；昙光的"嗜五经诗赋，及算数卜筮，无不贯解"；僧邕的"世传儒业，齿胄上庠"等等，可以说，南北朝以来，善于唱导的僧人，大多出身于儒门世家，这决非偶然。唐代中期之后，更是出现了一批以作诗、吟诗为职志的"诗僧"，由佛教的唱导进一步转向世俗化的吟诗。这样一批诗僧的出现，标志着吟诵从宗教真正走向了文学。这一点，在赞宁的《宋高僧传》中有充分的体现，如：道标："贞元中，以寺务克丰，我宜宴息。乃择高爽，得西岭之下，茸茅为堂，不干人事，用养浩气焉。标经行之外，尤练诗章。辞体古健，比之潘刘。当时吴兴有昼、会稽有灵澈，相与酬唱，递作笙簧。故人谚云：雪之昼能清秀，越之澈洞冰雪，杭之标摩云霄。"任华有《送标和尚归南岳便赴上都序》，谓："南岳有大比邱，其名曰道标。性聪惠颖悟，通于禅门，精于律仪，善于说法，该于儒术。是以禅师伯之，律师仰之，法师宗之，儒流服之。"希觉："释希觉，字顺之，姓商氏。世居晋陵，觉生于溧阳，家系儒墨……及乎老病，乞解见任僧职。既遂所怀，唯啸傲山房，以吟咏为乐。"智晖："闻佛许一时外学，颇精吟咏，得骚雅之体，翰墨工外，小笔尤嘉。"皎然："释皎然，名昼，姓谢氏，长城人，康乐侯十世孙也。幼负异才，性与道合。初脱羁绊，渐加削染。登戒于灵隐戒坛，守直律师边，听毗尼道。特所留心于篇什中，吟咏情性，所谓造其微矣。文章俊丽，当时号为释门伟器哉。"宗渊："释宗渊，姓宫氏，高密人也。幼通经籍，察慧若神。忽愿出家于东莱北禅院。后参学江表、岳中祖师胜友，资神润己，往造实归。僻好吟诗，于荆楚间，尝师学于齐己之体，自言缘情在品物流形之外。"由中唐出现的这种半僧半文的特殊群体，在宋代之后的一千余年间，代不乏人，延续不断。譬如宋代的惟政禅师，"字涣然，华亭黄氏……每盘膝坐大盆浮池中，自施转之，吟啸达旦，率以为常。诗峭拔，思致甚高。"这些僧人一方面具有佛教寺院中的音声传承，另一方面又雅爱文学，他们是中国佛教提倡"以音声为佛事"的实践者。再以《宋诗纪事》卷九一至卷九三所辑僧人小传的若干叙述为例，亦可见宋代众多僧人对于文艺有着极为浓厚的兴趣：南岳云峰山景德寺僧人义本，"博通经律，子史百家，无不览者，内外学徒，顺风庭谒，至则开纳，深得人望"。绍州月华禅师，"少学儒，能谈王霸大略，已而学佛，以诵经披剃。乃游方，犹以诗名往来江淮间，博览广记，推为文章僧"。秀州本觉寺长老，"少盖有名进士，自文字言语悟入。至今以笔砚作佛事。所与游，皆一时文人"。僧参寥子，"与予（苏轼）友二十余年矣。世所知独其诗文，所不知者，盖多于诗文也"。苏州仲殊师利和尚，"能文善诗及歌辞，皆操笔立成，不点窜一字"。可以推断：唐宋时期尤其是宋代乃佛教吟诵转入世俗吟诵的关键时期。在诗歌吟诵上，他们以寺院中传承的曲律腔调来吟诵诗篇，同时又与那些信佛、好佛的古代文人们交互影响，从而使中国古老的诗乐传统以一种特殊的方式传播开来和延续下去。白居易《咏意》诗写道："春游慧远寺，秋上庾公楼。或吟诗一章，或饮茶一瓯。身心一无系，浩浩如虚舟。富贵亦有苦，苦在心危忧。贫贱亦有乐，乐在身自由。"可以说便是对古代文人最流行、最普遍的一种生活情趣的写照，而吟诗、饮茶这些文人日常生活，皆以寺院为"背景"，也绝不是偶然的。宋代学佛文人，如黄庭坚的"未尝顷刻可去酒，无有一日不吟诗"。林泳的"焚香懒持咒，衔袖旋吟诗"。这些诗句是富有意味的。学佛本不可以饮酒，但文人学佛者，却一刻都离不开酒；学佛本来应该持咒，但文人学佛者却懒得持咒。不过，有一点是又是共同的，那就是都离不开吟诗。从这一意义上说，"吟诵"是中国古代文学与佛教之间关联交涉的重要方面；在古代中国，佛教的吟诵与文学的吟诵也呈现出一种典型的交互影响状态。吟诗不仅仅是一种文学活动，已成为很多僧人、文人的共同生活方式，这些正是本课题所要系统研究的。总之，中国佛教的梵呗、读诵传统非外来，源于中国本土，是中国上古礼乐的延续和继承。中国佛教僧团对于中国古乐的保存起到了重要作用，中国后世流传的吟诵腔调与寺院的传承有着重要关系。一些亦僧亦文的出家人和大量信佛、好佛文人在由宗教吟诵向世俗吟诵方面转化的过程中发挥了重要作用。对中国佛教僧团中流传不绝的唱赞、吟诵文化，应给予高度重视和研究。①

虽然文中对于诵经、梵呗与永言的细致区别与合流方式仍然语焉不详，但讨论所拈出的诵经、唱经与吟诵、吟唱两大系统之间的关系，僧人们对二者的各种关注，还是很客观的。

赞呗与吟诵合流，导致的最大结果就是"鱼山呗"的减少和"永言呗"的增多。"鱼山呗"的减少导致梵曲特点的逐渐丧失，"永言呗"的增多导致"吟诵味道"的逐渐增强，这个过程一直延续到今日。

汉语诵唱佛经调子和诵唱诗书调子的相似（诵不必说，就是唱也非常的接近），很多文人学者在不同场合注意到或讨论过这个问题：

> 程颢……每见释子读佛书，端庄整肃，乃语学者曰："凡看经书，必当如此。今之读书者，形容先自怠惰了，如何存主得？"又载他一日过定林寺，"见众僧入堂，周旋步武，威仪济济；伐鼓敲钟，外内肃静；一坐一起，并准清规。公叹曰：'三代礼乐，尽在是矣！'"②

大概诵经之法，要念出音调节奏来，是中国古代所没有的。这法子自西域传

---

①张培锋：《诗歌吟诵的活化石——论中国佛教的梵呗、诵读与古代诗歌的吟诵关系》，《南开学报（哲学社会科学版）》2013年第3期，第84—91页。

②《佛法金汤编》卷一二，《卍续藏》第87册，台北：新文丰出版公司，1993年，第423页。此记载又见《名公法喜志》卷三，《卍续藏》第88册，第343页。《归元直指集》卷，《卍续藏》第61册，第460页。

进来；后来传遍中国，不但和尚念经有调子；小孩念书，秀才读八股文章，都哼出调子来，都是印度的影响。①

中国人对于诵诗似不很讲究，颇类似和尚念经，往往人自为政，既不合语言的节奏，又不合音乐的节奏。②

至于"吟读"的"吟"，则是通过一定的节奏，时而把有关字眼的音拖长，大体上形成一种比较单纯的腔调，类乎僧人之诵经（非唱佛曲），用一种声腔就能'吟'完大部头的佛经。因此，'吟读'的基本特色就是'寓吟于念，念中含吟'。③

虽然涉及到的主要是"诵"经的情况，但是考虑诵唱的融合，"唱"的情况也大致如此了。

不过不少人如胡适将诗文吟诵误解为源于佛经或印度梵文影响，这就如同陈寅恪将汉语四声发明归因于佛经转读一样，却是本末倒置了。张培锋 2013 年《诗歌吟诵的活化石——论中国佛教的梵呗、诵读与古代诗歌的吟诵关系》谈到这种诗文吟诵对梵呗的主导型影响时批评胡适说：

如前引胡适的观点，认为"诵经之法，要念出音调节奏来，是中国古代所没有的。这法子自西域传进来"云云，显然忽视了一个基本事实，那就是中国古诗本来是可以唱、可以吟的。《周礼·春官·瞽蒙》记载："瞽蒙掌播鼗、柷、敔、箫、管、弦、歌。讽诵诗，世奠系，鼓琴瑟。掌九德六诗之歌，以役大师。"《史记》卷四七《孔子世家》谓："三百五篇，孔子皆弦歌之，以求合韶武雅颂之音。礼乐自此可得而述，以备王道，成六艺。"又记孔子困于蔡时，"讲诵弦歌不衰"，古诗的这种"讽诵""弦歌"是周代礼乐的重要组成部分，孔子也是因为能够继承这一传统而受到后世推崇的。还有学者指出："颂"的本来含义即是"诵"，古人经常用吟诵方式来创作和传述韵文，诵是比歌更接近日常口语的韵文语言。因此，所谓"诗言志，歌永言"，应当理解为以诗诵说志意，以歌声发展诵声。吟诵的语言特征是缓慢而富于节律，这造就了颂以四言为主体的简短文体。而《楚辞·渔父》也记载屈原被流放时，"行吟泽畔"，这表明《楚辞》的创作也是伴随着"吟"的。这些佛教传入中国之前的史料有力地证明，中国古诗的吟诵传统不是外来的，它根基于先秦礼乐制度，有着非常悠久的传统，这是毫无疑问的。④

张培锋还将这个问题延及道曲，并认为道曲和梵呗一样源自汉族古老的"声曲折"诗

---

① 胡适：《白话文学史》第十章《胡适文集》第八册，北京：北京大学出版社，1998 年，第254页。

② 朱光潜：《诗论》，《朱光潜美学文集》第二卷，上海：上海文艺出版社，1982 年，第121页。

③ 陈炳铮：《中国古典诗歌译写集及吟诵论文》，北京：作家出版社，2003 年，第186页。

④ 张培锋：《诗歌吟诵的活化石——论中国佛教的梵呗、诵读与古代诗歌的吟诵关系》，《南开学报（哲学社会科学版）》2013 年第3期，第84—91页。

文吟诵：

> 《异苑》卷五记载："陈思王曹植，字子建，尝登鱼山，临东阿，忽闻岩岫里有诵经声，清通深亮，远谷流响，肃然有灵气，不觉敛衿祇敬，便有终焉之志，即效而则之。今之梵唱，皆植依拟所造。一云陈思王游山，忽闻空里诵经，声音道亮，解音者则而写之，为神仙声，道士效之，作步虚声也。"佛、道两教皆将推曹植为其音乐的创始者，一般认为是佛先于道，而笔者认为，综合各种史料，应该说佛教的梵呗和道教的步虚，皆来源于中国古乐，这个传说只能证明两者是同源的。《礼记·乐记》曰："故歌者，上如抗，下如队，曲如折，止如槁木，倨中矩，句中钩，累累乎端如贯珠。"《汉书·艺文志》中有《河南周歌诗》，又有《河南周歌诗声曲折》等，这是"曲折"二字所由出，亦即"曲"之根本来源。田青先生指出：日本《大正新修大藏经》二七一二有《鱼山声明集》、二七一三有《鱼山私抄》，皆为旁注乐谱之经赞集，其谱既状如"曲折"，两集声明又均名"鱼山"，不但可以证明在日方僧人的心目中佛乐乐谱系曹植所创，同时也可以作为"声曲折"的实例。类似的乐谱，在中国还有藏传佛教中的"央移谱"和道教中的"步虚谱"。最近出版的释永悟禅师编著的《鱼山梵呗声明集》对此梵呗的流传作出最新的研究和解读，从中可以看到非常明显的中国古乐文明的印记。[1]

如果联系到"鱼山呗"与"永言呗"对"永言"的运用情况，联系到历史上记载郭璞仿曹植作道曲的情况，就不得不承认张培峰的说法是正本清源的说法了。

"永言"成呗，还造成了梵呗的两个潜在局面：一是吟唱两端，一是南腔北调。所谓"吟唱两端"就是同一呗词，吟与唱会形成的不同风格，制呗者往往不能兼容：

> 原夫经传震旦。夹译汉庭。北则竺兰。始直声而宣剖。南惟僧会。扬曲韵以弘通兰乃月氏之生会则康居之族……部类行事不同执亲从佛闻更难厘革。或称我宗自许。多决派流。致令传授各竞师资。此是彼非。我真他谬终年矛盾。未有罢期。
>
> ——宋赞宁法师《读诵篇论》，《高僧传合集》，第25卷，第543页下。

所谓"南腔北调"，就是基于方言声调的基本区别而形成的地方梵呗音调：

> 但圣开作坝。依经赞喝。取用无妨。然关内关外。吴蜀叹词。各随所好。叹赞多种。
>
> ——《诸经要集》第四卷云《大正藏》事汇部，第54卷，第32页下。
>
> 地分郑卫。声亦参差。然其大途。不爽常习江表长江以南关中北方长安地域。巨细天隔。岂非吴越志扬。俗好浮绮。致使音颂所尚。唯以纤婉为工。秦壤

①张培锋：《诗歌吟诵的活化石——论中国佛教的梵呗、诵读与古代诗歌的吟诵关系》，《南开学报（哲学社会科学版）》2013年第3期，第84—91页。

雍冀音词雄远。至于咏歌所被。皆用深高为胜。……京辅常传则有大小两梵。金陵昔弄。亦传长短两引。事属当机。不无其美。剑南陇右。其风体秦。

——《续高僧传》第四十，卷之《杂科·声德篇》，
《大正藏》史传部，第50卷，第706页中。

都集道俗。或倾国大斋。行香长梵。则秦声为得。五众常礼七贵恒兴。开发经讲。则吴音抑在其次。岂不以清夜良辰昏漠相阻。故以清声稚调骇发沈情。京辅常传。则有大小两梵。金陵昔弄。亦传长短两引事属当机不无其美。剑南陇右其风体秦。虽或盈亏不足论评，故知神州一境声类既各不同。

——唐《续高僧传》第三十卷，《大正藏》史传部，第50卷，第706页中。

这种"吟唱两端""南腔北调"局面，到唐宋基本上就已经形成。

(6) 梵唱、鱼山呗、永言呗的不同风格倾向

简言之，原梵唱趣佛雅，永言呗趋俗，鱼山呗介于二者之间。

在整个梵曲发展历史上，求佛雅是佛教音乐的根本，趋俗则是音乐的传播规律，二者矛盾总是存在的，更何况趣俗者还存在一个不得不为之的华化问题。主雅者批俗，变俗者却乐此不疲，主雅者虽然占据道德高度，融俗者却占领了市场前线，佛教音乐史大致就在这种冲突中前行着。

林培安就站在不同的角度讨论了双方的风格分歧：

佛教音乐（特别是梵叹），自然不能离开教义本身的约束而混同一般音乐，否则就不必称"佛教音乐"了。历来的佛经和高僧古德对此曾有过不少的专著和论述，在《毗尼母经》中记云："有一比丘，去佛不远立，高声作歌音诵经。佛闻即制不听，用此音诵经，有五过，一不名自持，二不称听众，三诸天不悦，四语不正难解，五语不巧故义亦难解，是名五种过患"。这里记载的是佛住世时对诵经的态度和要求，亦即审美观。《长阿含经》中则更明确地要求"其有声音五种清净乃名梵声。何等为五？一者其音正值，二者其音和雅，三者其音清澈，四者其音深，五者周遍远闻，见此五者乃名梵音"。这是强调佛教音乐与一般音乐从唱诵格调到艺术特点，从内涵到外表，都应该有所区别，明确地要求"不同凡响"。唐·道宣（595—667）在《续高僧传》卷40《杂科·声德》篇里则进一步分析并批评寺院音乐的过多迁流媚俗，"以哀婉为入神，用腾掷为清举，致使淫声婉变，娇弄颇繁，世所同迷……雅正全乖……未晓闻者悟迷，且贵一时倾耳"。此种演唱是有悖于佛教宗旨的，从佛教的立场看，这是中肯的正确批评。

唐·义净在《南海寄归内法传·赞咏之礼》中，对僧、俗的唱诵功德又正面地作了肯定的表述。如"一能知佛性的深远，二体制文之次等，三令舌根清净，四得胸脏开通，五则处众不慌，六乃长命无病"等等。当然这只是唱诵方面的利益功德，但佛教音乐之所以不同凡响，更体现在它深刻的内涵，高尚的艺术价值和美学意义上。唐·常建有一道："清晨入古寺，初日照高林。竹径

通幽处，禅房花木深。山光悦鸟性，潭影空人心。万籁此俱寂，但徐钟磬音"。这位开元十五年的进士，仅"沦于一尉"，即只做过肝胎一任县尉，便辞官隐于武昌樊山，自然是郁寂寡欢而淡漠人生了。诗与乐是一样的，叶燮《原诗》云："诗是心式不可违心而入，亦不能违心而出"……

在现实社会中，一般的歌曲咏唱，乃至器乐演奏，都是讲究表情的，艺术上追求声情并茂，并注重实效。作为表演艺术，它强调一个"情"字。无论是作者（作品），表演者以及欣赏者，都不约而同地遵循着这种审美观。而佛教音乐与此则有所不同，它不追求眼前的功利效应，更不着意于欲念凡情。所以赵朴老提倡"梵音海潮，虚、远、淡、静"八个字，这是从梵呗的特有规定性方面提出的新的审美意义，区别于世俗上各种音乐内容和形式，使佛教音乐有明确的界定标准和审美观。[①]

梵文呗、鱼山呗、永言呗的渐次演进，可以看成是一个不断由雅趣俗的过程：梵文呗虽好，却无法在文字和音乐两个方面适应汉族诵唱；曹植造鱼山呗，保留了原乐，却用了汉族"永言"记谱方式；后人仿"鱼山制呗法"，干脆抛弃原梵调造出有汉语声歌特色的声曲折新乐；而到"永言呗"阶段，则纯乎与汉语歌诗同俗合流，难分彼此了。这一过程在实际发展中虽然千回百转，但其总趋势却保持了一致。

由于不同音乐风格的梵呗混杂在一起，今人梵呗中虽然还能感到梵语梵乐、华语华乐等诸种乐素的不同表现，但要精确分辨其每一声，每一个来源，却几乎是不可能的事了。

3.2.4.8 论唐宋词之"按谱填词"使用声乐配合律

（1）按谱的填词，反向运用"声乐配合律"往音调中填入字调，但不一定严格。

（2）自度曲的填词，有不同情况：先制曲再填词的，与上述按谱填词同；先作词再谱曲的，则多永言成曲调。后一种情况如姜夔的自度曲，皆"初率以为长短句"，然后"度为歌曲"，其度曲法多半为"永言"。

3.2.4.9 论宋元明清讲唱文学之说唱使用声乐配合律

宋元明清讲唱文艺主用"永言"，是指讲唱文艺的主流演唱方式为"永言"依字行腔，或者其演唱曲调的来源为"永言"依字行腔。汉语讲唱文艺主用"永言"，这是由汉语多方音多声调特性决定的。明代作家李凌濛初《南音三籁》卷首载《谭曲杂劄》在讨论作曲时曾谈到汉语"永言"现象的广泛性：

元曲源流，古乐府之体，故方言成语沓而成章……一变而为诗余集句……再变而为《诗学大成》……忽又变而"文词说唱"，胡诌莲花落，村妇恶声，俗夫

---

①林培安：《佛教梵呗传入东土后的华化和演变》，《音乐艺术》1999年第1期，第5—8页。

　　亵语，无一不备矣。

其中讲到几个基本点：

　　歌曲方式为"方言成语沓而成章"，即"永言"成歌；

　　一类曲如元曲，其演唱方式为按谱演唱，但曲调来源为"方言成语沓而成章"；

　　一类曲如"文词说唱"，胡诌莲花落，村妇恶声，俗夫亵语，其演唱方式为直接使用"方言成语沓而成章"；

　　这几点恰恰是宋元明清汉语说唱文艺的一般特征。

（1）叶德均《宋元明清讲唱文学》的分类

　　宋元明清讲唱文艺发达，类型众多。叶德均研究较为充分，其中值得注意之处有三。其一，界定讲唱文学定义，其界定较郑振铎等更为简明：讲唱文学是用韵散两种文体交织而成的民族形式的叙事诗，叙述时是有说有唱的。[1]其二，将讲唱文学划分为"乐曲系""诗赞系"两类，其分类具有指导意义：乐曲系是一类，是采用乐曲作为歌唱部分的韵文。它们的特点是每首乐曲各有不同的乐调（词调或曲调），句式是由乐调（牌子）决定的，通常是长短句。它和诗赞系的区别是：有一定的乐调和长短不同的句式。[2]诗赞系一类，源出唐代俗讲的偈赞词（宋代以来的各种讲唱文学除宝卷外，都和佛教没有关系，用诗赞必偈赞妥当）……它们和乐曲系的区别是：有整齐的七言或十言的句式，通常不注明乐调和声腔。[3]其三，对唐宋元明所有出现讲唱文学进行了细分和考证，源流分明，时出新见[4]：

```
                    ┌ 1. 用词调:宋:叙事鼓子词  覆赚  诸宫调(附小说)
              乐曲系 │ 2. 用南北曲调:金元:诸宫调
              ┤     │                明:陶真  叙事道情
                    │ 3. 用俗曲:元:货郎儿
                    │           明:叙事莲花落
                    └           清:牌子曲

                    ┌ 宋:涯词  陶真
  讲唱文学          │ 元:词话(词说  陶真)
              诗赞系 │ 明:词话(陶真、词说、说词、唱词、文词说唱、扪谈、门词、
              ┤     │   自词、瞽词、弹词)
                    │   唱本、叙事道情
                    │ 清:弹词(南词、弦词、摸鱼歌、沐浴歌、木鱼书)  鼓词  影词  竹板书
                    └   段儿书(大鼓书、子弟书)  快书

              两系兼用┤ 元明清:宝卷
                      └ 清:部分吴音系弹词
```

　　①叶德均：《宋元明清讲唱文学》，北京：商务印书馆，2015年，第3页。
　　②叶德均：《宋元明清讲唱文学》，北京：商务印书馆，2015年，第4页。
　　③叶德均：《宋元明清讲唱文学》，北京：商务印书馆，2015年，第4—5页。
　　④叶德均：《宋元明清讲唱文学》，北京：商务印书馆，2015年，第65页。

(2) 宋元明清讲唱文艺分类标准的核心应为唱调

叶德均将讲唱文学分为乐曲类和诗赞类两个大类，采取的并非单一标准。从叶德均对"乐曲类"和"诗赞类"的界定分析，其中包含着双重考虑：一个是从音乐的角度看是否有固定乐调，另一个是从歌辞的角度看是杂言还是齐言；作者认为，有固定乐调，常采用长短句形式的即可归属于"乐曲类"说唱，无固定乐调，多采用齐言形式的即可归属于"诗赞类"说唱。然而，这种双重考虑却并不统一，有自相矛盾的地方：讲唱文学在"唱"的时候，固定乐调与不需要固定乐调（实际上应为"依字行腔"）是一种区别，齐言和杂言则是另一种区别，并不能笼统的说依固定乐调演唱就是长短句，不需要固定乐调而"依字行腔"演唱就一定是齐言，即使实际情况中有很多吻合的例子，但齐杂言与按谱还是依字行腔之间并无必然关联。也就是说，采取这种混合标准未必更容易说清楚各种实际情况。

其实，即使采用单纯的音乐标准，如只看固定乐调和依字行腔的区别，也仍然很能准确分辨各种说唱的实际种类，因为说唱的变化实在太复杂。单从音乐方面分析，讲唱文学中的"讲"，一定是"俗讲"，用的是方音，但讲唱文学中的"唱"，则灵活得多，需作具体分析，未必就能简单分解为按谱演唱和依字行腔两类。一篇讲唱中的各段唱词，有全部按谱演的，如宋金的诸宫调；有全部依字行腔的，如今日的湖北大鼓；有部分按谱填词依调演唱，部分直接命辞依字行腔的；还有很大可能是一开始是依字行腔，后来发展成固定乐调的，如元的货郎儿、明的莲花落等叶德均归入用俗曲的民间说唱类型很可能就属于这种情况。这最后一种情况尤其使情况变得复杂，一个大的存在着复杂历史演变的讲唱类型（除非像诸宫调那样有明确乐谱规定的情况）很可能包含着唱法完全不同的类型分属，譬如宋的鼓子词，受填词影响自然有按固定乐调演唱的，但也绝对不能排除地方上的依字行腔唱法的存在，并且从字面上看绝无可能判断某一段落用的是固定乐调，还是依字行腔，再譬如明代的陶真，元明清的宝卷，清代的吴音系弹词，叶德均同时把它归入乐曲类和诗讲类，也可见其唱法不能简单归结为单纯的依调演唱或单纯的依字行腔。

但是，采取纯音乐的分析标准仍然是说唱研究最有效的办法。只有将历史上的存佚的一个个说唱段落的音乐特性全部揭示清楚，才有可能从根本上揭示说唱的特性，才有可能从总体上形成对说唱音乐源流的全局性把握。实际上，叶德均的混合分类标准之所以有效，乃在于它实际运用过程中侧重于运用音乐标准，而对齐杂言标准使用并不多；而其中分类混乱的部分，恰恰是受到其杂言标准的干扰造成的，如他对俗曲莲花落、货郎儿的理解。

宋元明清的地方说唱如此复杂，目前的说唱研究，能够置于比较视野下的个案研究极为稀少，而这种个案研究，即对说唱音乐特性细致的比勘，乃类型辨析源流分辨等一切高级研究的基础，是当前最为缺乏的。

(3) 宋元明清各种汉语说唱文艺的生命均为"永言"依字行腔

宋元明清说唱文艺的生命所在全在"永言"，至少有以下一些论据可作支撑。

其一，说唱文艺的"说"的部分，不用"通语"即用"方言"，皆以程度不同的"永言"形成特殊节奏的说白；

其二，说唱文艺的"唱"的部分，虽然从逻辑上讲有按谱而唱和依字行腔而唱两种，但后一种情况更有生命力，从历史流传的各种说唱的强烈的地域性来看，可以推断方音"依字行腔"造成的说唱旋律区别是其根本原因；

其三，流行至今的各种地方说唱多用方音"永言"，可以推断历史上的说唱亦应如此；

其四，某地的说唱多与该地诗词吟诵调、民歌调、叫卖调、道情、丧喜声乐风格亲近，而后几者都多带有"依字行腔"特性，亦可佐证说唱与"永言"的天然关联。

而更为精确的证据则需要对说唱文本作细致个案考察。

1）宋"小说""叙事鼓子词""覆赚""诸宫调"的演唱方式为按谱演唱

"宋代乐曲系的讲唱文学都是用词调的，计有小说、叙事鼓子词、覆赚和诸宫调四类。"①

2）宋高秀英"驭说"的演唱方式推测为依字行腔

叶德均《宋元明清讲唱文学》引王恽《秋涧先生大全文集》卷七十六《鹧鸪引赠驭说高秀英词》词推测"驭声"为"有说有唱的讲唱文学……如解释不误，它也是用乐曲构成的"②。叶德均的引用是对的，但它的推测却是错误的。更接近的结论应该是：第一，"驭说"是对驾驭说唱的人的称谓，相当于现在的称呼"歌手"；第二，"驭说"的内容主体为"说"，主用"依字行腔"。这个结论有几个依据：第一，从字面理解"驭说"的主体为"说"，近于"依字行腔"；第二，《鹧鸪引》词有"掩翻歌扇珠成串，吹落谈霏玉有香……拍板门锤未易当"句，其"谈霏"近于口语文艺，推测为"依字行腔"；第三，所引"驾驭虚声，纵论宫调"，乃是"依字行腔"的特点。

3）宋元"唱货郎儿"始自"依字行腔"叫卖调，后部分乐调定型为按谱演唱

叶德均《宋元明清讲唱文学》说：

所谓货郎儿是宋元以来往来城乡贩卖日常杂物和妇女用品及玩具的挑担小商贩，沿途敲着锣或摇着蛇皮鼓（以上见宋王明清《挥尘三录》卷二及陶元一首《辍耕录》卷八，孟汗卿《张鼎智勘魔合罗》杂剧首折等），唱着物品的名称，有叫声、吟哦的腔调，如宋代的各种叫声是"以市井诸色歌叫卖物之声，采合宫商，成其词也"（《梦梁录》卷二十）。后来所唱的调子定型化了，成为《货郎儿》或《货郎儿太平歌》《货郎转调歌》的乐曲。③

叶德均将宋元留存的《货郎儿》《货郎儿太平歌》《货郎儿转调歌》认定为"定型

①叶德均：《宋元明清讲唱文学》，北京：商务印书馆，2015年，第9页。
②叶德均：《宋元明清讲唱文学》，北京：商务印书馆，2015年，第18—19页。
③叶德均：《宋元明清讲唱文学》，北京：商务印书馆，2015年，第19页。

化"乐曲，这是对的；将《货郎儿》的源泉却定为宋元的"叫卖调"，也是对的；但由此将"唱货郎儿"简单归类为按谱演唱的"乐曲系"，却不准确。唱货郎儿作为当时的民间伎艺，显然经历了从依字行腔的自由吟诵向"定型乐曲"的转化，早期它是属于依字行腔的类型，而后来其中几种传播较广的调子定型化，转化成了固定乐曲的按谱演唱了。

"唱货郎儿"没有完整的作品留下，它的演唱风格，可以由《风雨像生货郎儿》杂剧中连续八支《货郎儿》歌来推测，另外，《梁州第七》对"唱货郎儿"张三姑的描述：

> 又不会按工商品竹弹丝，无过是赶几处热闹场儿，摇几下桑琅琅蛇皮鼓儿，唱几句韵悠悠信口腔儿。一诗，一词，都是些人间希奇事，纽捏来无诠次。倒也许会动的人心谐的耳，都一般喜笑孜孜。

所谓"摇几下桑琅琅蛇皮鼓儿，唱几句韵悠悠信口腔儿"，也可以看成是货郎儿歌的依字行腔的自由特点。另外，唱货郎儿尽管发展成为一种民间技艺，但显然属于免检小调，其社会地位并不高，《风雨像生货郎儿》杂剧展示了"唱货郎儿"在当时人心目中的地位，剧中第三者当铺主人李彦和对唱货郎儿为生的乳母张三姑说"我是有名的财主，谁不知道李彦和名儿？你如今唱货郎儿，可不辱没杀我也！""我与人家看牛哩，不比你这唱货郎儿的生涯这等下贱"。

4）宋元明清"叫卖调"的唱曲方式为依字行腔
5）宋代临安流行的瓦市伎艺"涯词"的唱曲方式推测为依字行腔

"涯词"的记载仅见名于文献，并无文本留下。主要文献有以下几条：

> 唱涯词只引子弟，听陶真尽是村人。
>
> ——（西湖老人《繁胜录》，见《涵芬楼秘籍》三集本，不分卷）
>
> 凡傀儡敷衍：烟粉、灵怪故事、铁骑、公案之类。其话本或如杂剧，或如崖词。
>
> ——（耐得翁《都城纪胜·傀儡戏》）
>
> 凡傀儡敷衍：烟粉、灵怪、铁骑、公案、史书——历代君臣将相——故事。其话本或讲史，或作杂剧，或如崖词。
>
> ——（吴自牧《梦粱录卷二十·傀儡戏》）

从文献可以看出，第一，涯词是与陶真、杂剧并列的宋代南方曲艺形式，第二，傀儡戏中同有涯词、杂剧，二者形式不同；而杂剧为长短句形式，为按谱演唱，《西厢记诸宫调》卷四有《傀儡儿》两支为七言诗赞形式，与傀儡戏词相似的宋代影戏词用六言、七言的诗赞；据上述二者叶德均推测，宋代涯词当用七言诗赞形式，当属于诗赞系讲唱文学。[①]

---

①叶德均：《宋元明清讲唱文学》，北京：商务印书馆，2015年，第26—27页。

同样思路，我们推测，宋代涯词的演唱方式应与杂剧的按谱演唱不同，当为与诗赞相适应的依字行腔方式。

6）宋元明清南方流行"陶真"的演唱方式，推其主流为依字行腔，但明代出现过短暂定型化按谱演唱

陶真的研究最详细推叶德均，他在《宋元明清讲唱文学》提出①：

（1）宋代讲唱文学的具体例子，仅见于元明人片段记载，可以确信陶真用七言诗，记载有三：

（净）……激得老夫性发，只得唱个陶真。（丑）呀！陶真怎的唱？（净）呀！倒被你听见了。也罢，我唱你打和。（丑）使得。

（净）孝顺还生孝顺子。

（丑）打打咍莲花落。

（净）忤逆还生忤逆儿。

（丑）打打咍莲花落。

（净）不信但看檐前水。

（丑）打打咍莲花落。

（净）点点滴滴不差移。

（丑）打打咍莲花落。

——元　高明《琵琶记》，《六十种曲》本第十七出《义仓》

间阎淘真之本之起，亦曰"太祖太宗真宗帝，四祖仁宗有道君"，国初瞿存斋（佑）过汴之诗有"陌头盲女无愁恨，能拨琵琶说宋家"，皆指宋也。

——明　郎瑛《七修类稿》卷三十二

那陶真的本子上道："太平之时嫌官小，离乱之时怕出征。"

——明　周楫《西湖二集》卷十七《刘伯温谏贤平浙》

（2）陶真始于农村，琵琶伴奏，最早记载为南宋临安流行，明人认为可上溯至北宋，证据如下：

唱涯词只引子弟，听陶真尽是村人。

——南宋　西湖老人《繁胜录》，见《涵芬楼秘籍》三集本，不分卷

杭州男女瞽者，多学琵琶，唱古今小说、平话，以觅衣食，谓之陶真。大抵说宋时事，盖汴京遗俗也。瞿宗吉（佑）《过汴梁》诗云："……陌头盲女无愁恨，能拨琵琶说宋家。"其俗殆与杭无异。

——明　田汝成《西湖游览志余》卷二十

---

① 叶德均：《宋元明清讲唱文学》，北京：商务印书馆，2015年，第28—34页。

（3）清代中叶，陶真还在杭州和南京流行。李调元、捧花生有记载：

曾向钱塘听琵琶，陶真一曲日西斜。白头瞽女临安住，犹解逢人唱赵家。

——清　李调元《童山诗集》卷三十八《弄谱百咏》

（嘉庆四年即1799年作）之十三

起泮宫（孔庙）前至棘院（贡院）止，值清明，百戏具陈，如……三棒鼓、十不闲、投狭、相声、鼻吹、口歌、陶真、撮弄丸，可以娱视听者，翘首伸颈，围如堵墙。

——捧花生《画舫余谈》（不分卷，嘉庆二十三年即1818年作）

（4）宋明的陶真是弹词的前身，明清的弹词又是陶真的延续，二者皆主用七言诗赞

陶真和弹词同是用七言诗赞的讲唱文学，两者只有名称的差异。据上述史料，陶真是宋明间南方的江南和两浙一带称讲唱技艺和文学的名称，清代只偶一使用；而弹词是从明代嘉靖（1522—1566）间到现在江浙一带称讲唱技艺和文学的名称（见下）；但在明代还未统一，清代就用弹词专指南方的讲唱文学。就历史的发展说，宋明的陶真是弹词的前身，明清的弹词又是陶真的绵延，两者发展的历史是分不开的。①

（5）明万历前后产生了用南北曲的陶真，但只有明万历、崇祯间人秦淮墨客辑录《陶真选粹乐府红珊集》个案。

据以上诸点，叶德均将陶真归入诗赞类讲唱文学。但从演唱看，陶真的演唱亦曾偶尔定型，按谱演唱的，所以叶德均的分类不能说全无瑕疵。但从演唱的主流看，陶真的主线仍然是以七言诗赞为主的依字行腔，这个主线从宋到清末是没有断绝的，所以叶德均将其归入诗赞类，也不算离事实太远。

3.2.4.10　论永嘉杂剧之顺口而歌使用声乐配合律

宋元温州南戏的演唱为依方言"依字行腔"，徐渭《南词叙录》、胡雪岗《张协状元三题·温州腔的形成》、徐宏图《南戏"温州腔"试证》、沈不沉《"温州腔"新论》均同意这一观点。徐渭说："永嘉杂剧兴，则又即村坊小曲为之，本无宫调，亦罕节奏，徒取其畸农市女顺口可歌而已，谚所谓"随心令"者，即其技欤？"②胡雪岗指出："早期南戏由温州方言演唱从而形成温州腔。"③徐宏图则认为温州腔的三个构成要素为：一是温州方言，如《王奎负桂英》《张协状元》方言使用；二是温州腔调，如《东瓯令》《台州歌》《福州歌》《福清歌》《吴小四》《赵皮鞋》等诗早期南戏中的

①叶德均：《宋元明清讲唱文学》，北京：商务印书馆，2015年，第33页。

②（明）徐渭：《南词叙录》，《中国古典戏曲论著集成（三）》。

③胡雪冈：《张协状元三题·温州腔的形成》，《温州师范学院学报》2001年第4期。

村坊小曲；三是温州戏班。而沈不沉在前人的基础上做出了更清晰的判断。

宋元温州南戏的演唱方式为"永言"温州方言字调依字行腔，这个结论并不好下。其主要障碍有四：第一，作曲方式的多样性，导致后世所见温州戏文之曲辞，是首创曲辞而依字行腔，还是流行《曲牌》的按谱填词，殊难断定（胡雪冈统计，《张协状元》曲牌用唐宋词55种，里巷歌谣66种①）；第二，方言声调体系的多样性，导致南方兴起海盐、余姚、弋阳、昆山等多种地方腔调，使后世歌曲局面变得复杂，难以具说；第三，"永言"本身的灵活性与即兴特点，导致即使假定温州南戏使用温州方言演唱，其具体"使用"方式也仍显得灵活多变，可意会而难言传；第四，历代剧曲家的偏见或误解，对后世理解形成权威性的障碍。

沈不沉《"温州腔"新论》排除诸种障碍，广泛考察何良俊、王骥德、祝允明、徐渭、凌濛初、李日华、姚桐寿、高承、叶德均、胡雪岗、徐宏图、刘有恒诸家描述及观点②，或赞成，或批驳，提出"早期温州腔用温州本土方言，后期温州腔用温州官话依字行腔演唱"，引证广泛而论述透彻，结论不仅适用于温州南戏，更适用于多数汉语方戏，在方戏形成研究中具有示范意义。该文主要观点有几个：第一，认同温州腔像海盐、余姚、弋阳腔、昆山、义乌、青阳、杭州、太平、四平、潮腔、泉腔、调腔、本腔、罗罗腔一样，是实际存在的，"早期南戏由温州方音方言演唱从而形成温州腔"；第二，指出以地域冠名的"腔"，如四大声腔及海盐、余姚、弋阳腔、昆山、义乌、青阳、杭州、太平、四平、潮腔、泉腔、调腔、本腔、罗罗腔等，其本质是使用地域方言演唱，可惜历代学者大多都没有从这个根本问题上去探究；第三，提出说唱艺术的演唱方式有二，一是以词定曲，即按词的四声调值谱曲形成旋律的"倚声度曲"，一是以曲定词，即按固定曲谱填词的"倚声填词"，原始"吟诵叫卖""里巷歌谣""村坊小曲""随心令"等采用前种方式；第四，早期温州南戏的剧曲可能来源于温州的"吟诵叫卖调""里巷歌谣""村坊小曲""随心令""民歌调"，采用温州方言"倚声度曲"；第五，温州南戏后来由用温州方言演唱逐渐演变为用温州官话演唱，直至建国前后；第六，1956年温州官话受普通话推广冲击，方言演唱逐渐式微。

今将其主要结论抄录如下：

> 温州吟诵调是以温州方言为载体，由说念吟唱四种语言形态共同作用形成的一种语言复合体。它曾经广泛流行，普及到社会生活的各个层面。诸如三家村学究教调蒙童念书；士子书生们的吟诗唱和；畴农市女顺口可歌的村坊小曲；少午儿童钟爱的童谣儿歌；巫觋师巫婆请神作法时的念念有词；僧道佛事道场的经言

---

① 胡雪冈：《张协状元校释·前言》，《温州文献丛书》第四辑，上海：上海社会科学出版社，2006年。

② 所引诸家观点及资料见何良俊《曲论》，王骥德《曲律》，李调元《剧话》卷上，祝允明《猥谈》，徐渭《南词叙录》，凌濛初《谭曲杂记》，高承《事物纪原·吟叫》，李日华《紫桃轩杂缀》、姚桐寿《乐郊私语》）、胡雪岗2001《张协状元三题·温州腔的形成》，徐宏图2012《南戏"温州腔"试证》，刘有恒《"温州腔"不成立之考证》。

咒语等，使用的都是乡语的吟诵调。此外，温州的曲艺如鼓词、道情、莲花、花鼓、唱龙船、参龙、卖技（卖纻）、仓南渔鼓（嘭嘭咚）、泰顺铙书，无论是说、念、吟、唱，都是以吟诵调为基准的延伸与嬗变。吟诵调最基本的表现就是"吟诗"……"吟诗窦"是用温州方言吟诵一首诗，通过字声的发音在一定的时值中自然形成的声调，只要不改变方言的性质，任何人吟诵一首诗，其吟诵的声调都会大同小异。掌握了吟诵调的基本调式即"吟诗窦"后，就能够举一反三，对古典是诗文中的不同句式进行吟诵。因为我们已经掌握了"倚声度曲"的原理，每个字声要与其构成的旋律相对应……温州吟诵调是开放的、自由的、最原始、最草根的语言形态，同时它又是多种民间说唱艺术的载体。既然它是一种顺口可歌的随心令，当然不需要墨守成规，只要不违背语言的基本规律（倚声度曲依字行腔），在遵从词性本义的词组切分方式下，完全可以打破四句八节的框框，行腔中可以增加拉长、加花，衬字、重句等，使旋律更加丰富多彩……早期南戏之所以会出现不受宫调格律限制的"随心令"之类的剧曲，其根本原因在于，南戏是一种平民艺术……南宋时期温州人演出的早期南戏，究竟使用了哪些村坊小曲与里巷歌谣，因为"士大夫罕有留意"（徐渭语），现在已经很难勾稽。然而有些历史的碎片会沉淀在民间，会在一些巴人俚唱中重现，或许我们能因此而获得一鳞半爪。把这些湮没在历史烟尘中的碎片重新淘洗，使之成为温州南戏使用"温州腔"的参照系……踏歌、以"啰哩口连"为帮合的民歌、莲花落、撞歌以及上面列举的吟诵调、街市叫卖声、《懒汉歌》等原始质朴的里巷歌谣，至今仍然留在历史的沉淀中，有的已被列入非物质文化遗产而受到保护。我们无法确定有哪些品种进入温州南戏成为剧曲，但这个参照系可以提供温州南戏在其萌芽阶段使用温州方言演唱的艺术形式，亦即早期的"温州腔"。[1]

以地域冠名的戏曲声腔，其主要特征是以地域方言演唱，相互间的区别首先在演唱方音不同。

四大声腔都没有各自独立的音乐系统，所使用的都是南曲曲牌，但唱法有所不同。

现存的温州民歌《懒汉歌》，可以反证温州早期南戏的温州腔，即徐渭描述的"本无宫商，亦罕节奏"的里巷歌谣。踏歌、以"啰哩口连"为帮合的民歌、莲花落、撞歌及吟诵调、街市叫卖声等原始质朴的村坊小曲，可以成为早期"温州腔"的参照系。

从祝允明所谓的"温州戏文之调"可以确证，明代中期温州戏班用温州官话演唱的南戏，在江浙一带的生命力还非常强劲。

一个人想要改变口音是极其困难的事，所以，在温州这块土地上诞生的南

---

①沈不沉：《"温州腔"新论》，叶长海主编《曲学》第三卷，上海：上海古籍出版社，2015年，第118—123页。

戏，只能用温州方言来演唱。

早期温州腔是温州本土方言，后期温州腔则是温州官话。后来从元明以来一直使用，温州地方戏曲如高腔、昆曲、乱弹、和调的"乱弹白"就是正宗的温州腔，一直延续到20世纪50年代。

20世纪80年代以后，由于普通话的全面推广，剧团使用普通话已成常态，绝不可能再走回头路。曾经在特定历史时期出现的温州官话，包括以温州官话为主体的温州腔已经衰亡，不复存在。①

3.2.5　论声乐配合律的技术发展

从技术角度看，声乐配合律只是给声乐形成提供了一个独特方向，而具体的声乐实践，还需要结合其他声乐技巧深入展开。声乐配合律的技术运用，既与其他声乐规律相连，也受声乐大环境制约，呈现出极不规律的发展。约略来讲，以下几次重要的技术运用最值得注意：早期的永言技术型态分化、曹植的"以字记声"音乐记谱技术探索、唐人的长言歌吟技术运用、宋人的填词腔词关系探索、明清的"依字行腔"唱曲技术革新，每个阶段的技术发展重点都不相同。

3.2.5.1　论早期永言技术型态分化

所谓永言技术型态分化，是指在先秦两汉时期，永言在诗赋领域中灵活运用，逐渐形成讽、读、诵、赋、吟、唱、说唱等不同技术形态的过程。关于早期永言技术的形态分化，有以下几点值得注意。

（1）永言是情绪的自然行为

永言的是一种自然行为，它是人的情感迸发的自然结果，并在表达过程中常与诗、乐、舞融合，与后者呈现出天然相适应的特点。《毛诗序》说："诗者，志之所之也。在心为志，发言为诗；情动于中而形于言。言之不足，故嗟叹之；嗟叹之不足，故咏歌之；咏歌之不足，手之舞之，足之蹈之也。情发于声，声成文谓之音"，清晰展现了永言生发时的复杂情感特点、情绪表达时的技术等级分化及永言与诗舞的纠缠状态：首先，永言生发的原因是"情动于中"；其次，永言表达随情绪的深化，呈现出"言之""嗟叹之""永歌之"的等级变化；最后，永言常常演变为"手之舞之足之蹈之"。

（2）早期四言诗已经发展出了高度的永言技巧

早期永言技术发展的最重要形态是四言诗的歌唱。《尚书·尧典》将其归纳为"诗言志，歌永言，声依永，律和声"，而《礼记·乐记》则对永言歌唱的技术特点做出了

---

①沈不沉：《"温州腔"新论》，叶长海主编《曲学》第三卷，上海：上海古籍出版社，2015年，第127页。

更为细致的描述："故歌者上如抗，下如队，曲如折，止如槁木，倨中矩，勾中钩，累累乎端如贯珠。"这一描述单从音乐立场看似乎相当模糊，理解起来颇为费力，但如果站在"永言"立场去看，则会发现它对事实描述的惊人精确性，理解起来毫无困难：上如抗，讲的是旋律上行的字调的永言特点；下如队，讲的是旋律下滑的字调的歌咏特点；曲如折，讲的是曲折字调的歌咏特点；止如槁木，讲的是类似入声这类字调的永言特点；倨中矩，讲的是类似平直调的行腔特点，勾中钩，讲的是类似侧行调的行腔特点，累累乎端如贯珠，则讲的是整个行腔的字正腔圆的总体要求——整段话基于对永言歌曲技术的深刻体验，用语没有一句虚设，没有一句多余。从这一段话亦可以反证，字调的形成与平侧的分化，大约很早就在汉语中就形成了既定事实。

（3）情绪、载体、场景是导致永言分化出"诵""读""讽""赋""吟""说唱"等介于"言""歌"之间各种中间艺术形态的原因

诗歌是永言的最高级技术形态，或者说，诗的整齐的节奏最容易形成唱的技术形态，但是，早期的永言绝不只有歌咏形态和诗的形态。早期的永言很早就发展出了系列技术形态：一方面，"长言"程度的不同决定了永诗过程中的"诵""读""讽""赋""唱"基本差别；另一方面，节奏感稍弱的赋或散文的参与，如祭祀中的一些用文，也在实践中增加了"诵""读""讽""赋""吟""说唱"等节奏旋律要求稍弱的中间技术形态的存在可能。譬如《楚辞》，除《九歌》可能用所谓固定乐调演唱外，诸如《离骚》《天问》等长篇显然倾向于用楚声来进行吟诵，即当时谓之为"楚语楚声"便是。再如汉代的赋，通过历史记载基本上可以确认为是用一种特殊的"吟诵调"——即"征能为楚辞九江被公，召见诵读"中的"诵读"，也即汉人所谓的"赋"调——来吟唱的。从今日留存记载看，班固解说"不歌而诵谓之赋"，虽未必准确，却可见"赋"与歌肯定不同，另一方面，当时的记载可以看出当日的"赋"与今日意义上的"读"含义绝不相同，"赋"的诵读要讲求一定的调子，能够达到"听后飘飘然"的效果，是具有相当的技巧，不是人人都会的，细细追究起来，大约就是要求有一定的调子，一定的节奏，即对长言的旋律和节奏有一定要求的意思。再如，荀子的《请成相》，应该就是节奏非常强的一类永言类型：说书，汉代出土的"鼓书"陶俑证明鼓书说书在当时确实存在的。

（4）周秦永言技术分化是可以被了解和探知的

永言在运用过程中，一开始就因为情绪、载体（诗、韵文、散文等）、场景（兴［自我吟唱］、观［外交宴会］、群［祭祀］、怨）等的不同，自然生成了读、赋、吟、诵、唱等不同的方式，形成了形态不一的众多声乐门类。虽然由于本身的复杂性、理解的困难和运用语言的原因，早期对永言的记载多是片段、描述性的，很多概念停留在模糊、含混、意义交错甚至一词多义的阶段，从而导致了后人各种各样的误解，但我们今天仍然能够从早期纷繁复杂的记载中感觉到早期汉语声乐对于永言技术运用的多重探索，并结合历代的声乐记载，今日的声乐现象，清理出早期声乐技术分化的大致种类。从技术的角度看，这一时代正是自发运用永言创造诵、读、歌、赋、说唱等不同声乐形态的时代，诗的雅唱、骚的楚声、春秋的读、大赋的赋，正是这些永言技术运用留存下的活的标本。

3.2.5.2　论曹植"以字记声"音乐记谱技术

声乐配合律的一次重要技术运用，是曹植的梵呗制作。

曹植造声明，流传与技术相关的细节大约有以下几个：①听诵经声而受启发；②造为梵呗；③所造结果有四十二声或三百余声等，但关于鱼山谱的音乐性质及技术构成，向来缺乏详细讨论。结合宋郭茂倩《乐府诗集》"大字记辞，小字记声"、日本国所传《鱼山声明谱》中"大小字声曲折谱"等相关记载，笔者认为，曹植的鱼山制呗，不是制作新梵乐，而是运用声乐配合律，利用汉字的字调特性为旧梵乐制作乐谱，在上文《曹植造梵呗使用永言方式》篇，笔者已做过详细探讨，这里再略作交代。

（1）一"声"即一"契"，包括大小字两个部分，大字记辞，即翻译"单奇"汉字，小字记声，对应原梵曲"一段乐句"

曹植制呗的关键在于其制作结果"声"的理解。历史记载有四十二声、三百余声等说法，在日本所传的鱼山声明谱中，明确有一声一声的谱子：一个大字下，有一条"声曲折线"，以及几小字，按宋郭茂倩《乐府诗集》留下"大字记辞，小字记声"记载，当时并不知其小字含义，我们结合"永言"的理解，可以给出非常合理的解释：大字是佛偈翻译过来的汉文，称为一"声"；"声曲折线"和"小字"都是该文所代表的梵曲的析谱，二者合为一"契"，其中"声曲折线"是该文所代表梵曲的旋律的直观模拟，而"小字"则是运用汉语字调对梵曲旋律的字调模拟，所用语当推测为当时的通语；形成的结果为一个一个"声"，每一"声"从汉唱的角度看都拖得很长，节奏很缓，与所谓"汉语单奇，梵音繁复"是很吻合的，推测原梵语中应为一串音，原唱节奏该不会太慢——如此，则所谓曹植制呗，当理解为为梵曲打谱，而不是制作新梵曲，所得到的是一个个的"声"或一个一个的"契"。如果这个解释能确认，那么，历史上关于曹植制呗的所有疑难细节就都都能迎刃而解，融会贯通了。

（2）曹植制"声"虽只是一种粗略模拟，但具有记谱性质，是早期一次了不起的音乐记谱技术探索

曹植所造四十二声明或三百余声，即为四十二"契"或三百余"契"，实际上就是四十二个乐句或三百余句梵乐的记谱，而运用的正是"声乐配合律"——汉语字调走向与音乐旋律走向能粗略相配的规律。从今天来看，在当时尚未发明乐谱的情况下，曹植运用这种民族化的记谱方式来完成对另一个民族的音乐的翻译和存留，是很了不起的创举，虽然我们现在已经知道了这种记载仅能记载旋律而不能记载节奏，就是记载旋律也非常粗略，并且还受当时通语的极大制约。

3.2.5.3　论唐人歌吟技术

声乐配合律技术的第三次大发展是在唐代，形成了全民吟诗、歌诗的潮流，歌吟技术在实践中获得了长足的进步，最终凝结成了汉民族最具特色的文化类型：歌吟风气和各种吟诗调。

关于这次全民吟诗唱诗的文化潮流，可以提供一下一些证据：

（1）歌行体诗的发达；

（2）旗亭唱诗；

（3）大量吟诗记载，如李白的忽闻岸上踏歌声、杜甫的新诗改罢自长吟、白居易的童子解吟长恨歌、贾岛的吟安一个字等；

（4）唱和的发达，如元白之间；

（5）元白张王李贺等新题乐府的发达；

（6）七言绝句和歌行成为了最流行的歌曲体式。

这些证据表明，吟诗唱诗是唐代诗人的普遍爱尚，甚至成为了当时流行歌曲的主体，其中七言诗逐渐上升为最适合吟诵的体式，成为了后世中国永言说唱的主体体式。

3.2.5.4　论按谱填词中的技术探索

汉语的歌唱有两种基本方式，一种是歌永言，一种是按固定乐谱演唱，包括器乐谱和定型歌曲谱。从发生学来看，歌永言是原生的，按谱演唱时后起的，故中国人向来重视人声，所谓"丝不如竹，竹不如肉"是也；但从后世的实践发展看，两种方式又是同时的，纠缠在一起的。至少到诗三百和屈原九歌的时代，固定乐谱已经成为了存在，而到了晚唐赵宋，按谱填词演唱更是成为了潮流的歌唱方法。按谱填词兴盛的时代，声乐配合律的运用，无论从技术上还是从习惯上，都受到了许多制约。按谱填词的理想是歌辞的特征字调旋律与乐调旋律完美契合，这在现实中是很少达到的。

填词包括词牌填词和曲牌填词两个部分。

填词的历史从总体上看，是主讲平仄而不讲四声（包括五声、六声、七声、八声等各种声调系统的代名词），因而也不讲永言配合律的，这只要从哪怕最重格律的音乐家柳永、周邦彦、姜夔的一调多体词的同字位平仄四声大相径庭的处理就可看出来。

但是，这并不是说填词在实践上是完全不讲四声，也并不是说填词应该不讲四声的。首先，从理论上讲，因为汉语字调的旋律性，完美的填词（一般用通语，也不排除用汉语方言）最好是将字调特征旋律与音乐旋律完全配合，因而必然要求讲四声，如李清照在词论中所提出的填词理想；其次，从实际情况看，一些经典作家在某些特殊情况下，是讲求四声的，除去其中一些特殊的嗜好和故意的跟风外，这可以从其拗句的运用上看出来，清代万树词律有一些用拗的归纳，应该说这些突出用拗句的情况多半就是讲四声的结果。

填词要讲四声，宋词作家从理论上提倡，或涉及到的，今日所见有以下一些，试具体分析之。

（1）李清照严讲四声

1）理论上严讲四声

李清照从理论上是严讲四声的。她的《词论》有一段专门讲到四声与协音律的问题：

> 始有柳屯田永者，变旧声作新声，出《乐章集》，大得声称于世；虽协音律，而词语尘下……至晏元献、欧阳永叔、苏子瞻，学际天人，作为小歌词，直如酌蠡水于大海，然皆句读不葺之诗尔。又往往不协音律，何耶？盖诗文分平侧，而歌词分五音，又分五声，又分六律，又分清浊轻重。且如近世所谓《声声慢》《雨中花》《喜迁莺》，既押平声韵，又押入声韵；《玉楼春》本押平声韵，有押去声，又押入声。本押仄声韵，如押上声则协；如押入声，则不可歌矣。王介甫、曾子固，文章似西汉，若作一小歌词，则人必绝倒，不可读也。乃知词别是一家，知之者少。

这段中，作者与四声相关的讲了几个观点：

第一，柳词协音律，欧词苏词往往不协音律，不协音律是不对的——这个协音律是与"句读不葺"的节奏相并列的观念，可见作者这里指的是字音与乐音相协问题；

第二，"诗文分平侧，歌词分五音，又分五声，又分六律，又分轻重清浊"，这段说得很含混的话暗示着对"四声"的认同——这段话说从逻辑的角度看很含混，一般理解认为，五音指喉齿牙舌唇，五声指宫商角徵羽，六律指阴阳各六种宫调（调性），轻重清浊指声母的分类"全清、次清、全浊、次浊"等，这种理解与虽与四声关系不清晰，但其中"五声六律"的说法，却可能隐含着对四声的暗示；

第三，举押韵的例子说明四声是绝不能混用的：同一词调填词，押平声、押入声只有一个是对的；本押平声的《玉楼春》绝不应该再出现押去声、押入声；本押上声的词调，押入声则不可歌；

2）实践中相对严格遵守"四声"

李清照不仅在理论上"讲四声"，她在填词实践中也是相对严格遵守"四声"（完全遵守是不可能的）协律，这可以从她同题词牌的字声填制看出：

《如梦令·常记溪亭日暮\昨夜雨疏风骤》

> 常记溪亭日暮，沉醉不知归路。兴尽晚回舟，误入藕花深处。争渡，争渡，惊起一滩鸥鹭。
>
> 昨夜雨疏风骤，浓睡不消残酒。试问卷帘人，却道海棠依旧。知否，知否，应是绿肥红瘦。

/八□平□\，/八\—平仄。\\V/平，\\V平—\。—仄，—仄，—仄\平平\

统计四声吻合率：按四声算为28/33，按五声算（即平分阴阳）为21/33

《点绛唇·蹴罢秋千》

蹴罢秋千，起来慵整纤纤手。露浓花瘦，薄汗轻衣透。见客人来，袜划金钗溜。和羞走，倚门回首，却把青梅嗅。

《点绛唇·寂寞深闺》

寂寞深闺，柔肠一寸愁千缕。惜春春去。几点催花雨。倚遍阑干，只是无情绪。人何处。连天衰草，望断归来路。

\\——，□/—仄平—V。□平—\。□仄——仄。仄\平，仄仄平平□。/平仄。平平平V，仄仄—八。

四声吻合率：按四声算为28/41，按五声算（即平分阴阳）为19/41

《行香子·草际鸣蛩》

草际鸣蛩，惊落梧桐，正人间、天上愁浓。云阶月地，关锁千重。纵浮槎来，浮槎去，不相逢。

《行香子·天与秋光》

天与秋光，转转情伤，探金英、知近重阳。薄衣初试，绿蚁新尝。渐一番风，一番雨，一番凉。

□仄平平，□仄/平，\平—、—\//。/—□\，□V—/，\平—平，平—仄，平—/。

统计四声吻合率：按四声算为29/33，按五声算为18/33

另外，李清照有3首《蝶恋花》、5首《浣溪沙》、2首《渔家傲》、2首《鹧鸪天》、2首《满庭芳》、2首《行香子》、2首《摊破浣溪沙》在填词时也保持了较高程度的遵守"四声"原则。

(2) 沈义父讲四声但有替代观念

沈义父《乐府指迷》有一部分讲到四声的运用：

腔律岂必人人皆能按箫填谱，但看句中用去声字，最为紧要。然后更将古知音人曲一腔三两只参订，如都用去声，亦必用去声。其次如平声，却用得入声字替。上声字，最不可用去声字替。不可以上去入尽道是侧声，便用得，更须调停参订用之。

从沈义父的口气看，四声填制要区别对待：平声可用入声代；去声则须独用；上声不可用去声代；入声作者没有讲，但应该也是独用。他倡导的替代观念，整体上虽还是保持了四声协律原则，但有些声调可以用其他声调代替使用，已经打破了李清照非常严格的限制，可称之为四声可替代派。

总体上来讲，宋代词人大多理解词要协律，但在实践中则多不一定能严格遵守。少数词人甚至干脆打破音乐旋律对字调旋律的限制，所谓"曲子中缚不住者"，李清照批评的欧阳修、苏轼就是这种情况。今日所传词牌一调多体现象非常严重，平均起来每个词牌都有4个平仄格式，平仄尚不能满足一致，更不用说四声了，这也可见整个词坛只是把"协律"作为一个理想追求来看待，少数作家的提倡并不能改变歌唱的一般较为随意的习惯。

填词发展到填曲，口语轻声的加入，字位更加模糊，更不容易讲求四声了。

填词的理想是要运用声乐配合律讲四声的，但实际情况却多只能讲平仄而偶尔兼顾四声，但这些兼顾的情况在过去往往被一些词论家无限放大，形成了一种定律，变成了一种非常固执的意见，如万树词律中的拗句总结，其实是可以商榷的。

在词调消失之后，人们要求应该按照经典作家的所有字位的平仄四声进行填词，这包含着一种朴素的声乐配合律思想，但却是过分拘泥了。

填词作为新的歌唱潮流，由于很难完全运用声乐配合律，因而改变了永言的一般传统，遭到了不少士大夫的反对，如宋代的沈括，朱熹等。但仍有不少人或从理念上，如李清照，或从局部，如周邦彦、姜夔、王沂孙、张炎等，做出一些关照和提倡，这种努力虽未见得有效，却是值得提倡的。

3.2.5.5　论明清"依字行腔"唱曲技术的革新

唐人歌吟之风盛行，然而对于歌吟技术的理论探讨却是寥寥。真正将歌吟技术上升到理论高度进行探讨，并形成"正字、润腔、正板"的完备技术体系的，是明清的戏曲革新者。

宋元的戏曲唱曲，与其按谱填词的创作方式相适应，一般为按谱演唱，如果那个曲是取自北方，原来由北方永言产生的，带有北方腔调的，就称为北曲，取自南方的，原来是南方永言产生的，带有南方腔调的，就称为南曲。但是到了明清，一股永言唱曲的戏曲风气悄然兴起，首倡者是魏良辅，其主要贡献是革新昆山腔的永言技术，其后沈宠绥、徐大椿、叶堂等一大批戏曲家纷纷响应，形成了明清地方戏曲"依字行腔"理论潮流，惠及实践，从而将原来地方小唱纷纷提升为功能完备的方音唱曲体系，最终形成了方音曲种林立、百花争艳、万紫千红的明清戏坛局面。考明清戏曲"永言"唱曲的技术理论，始自魏良辅，沈宠绥、徐大椿、叶堂为继，四人允为代表。

（1）古今戏曲理论颇多，非尽关乎"永言"技术

古今的唱曲理论颇多，中国戏曲研究院编1959年编辑的10册本《戏曲史料汇编》收录资料最全，计有唐、宋、元、明、清五朝43人48种，其中探讨戏曲创作，评述或考证作家及其作品的16种，记录各时代作家及曲目的13种，专论戏曲音韵、曲谱及制曲的4种，论述教坊佚闻、唐代俗乐、曲牌来源、律吕宫调、声乐理论及演唱方法的13种，记述元代戏曲演员身世、生活与伎艺的1种，总结古代戏曲表演艺术经验的1种，内容繁复，非尽关乎"永言"技术。今将其名目撮录如下：

《教坊记》	唐·崔令钦
《乐府杂录》	唐·段安节
《碧鸡漫志》	宋·王灼
《唱论》	元·燕南芝庵
《中原音韵》	元·周德清
（以上第一集）	
《青楼集》	元·夏庭芝
《录鬼簿》	元·钟嗣成
《录鬼簿续编》	明·无名氏
（以上第二集）	
《太和正音谱》	明·朱权
《南词叙录》	明·徐渭
《词谑》	明·李开先
（以上第三集）	
《曲论》	明·何良俊
《曲藻》	明·王世贞
《曲律》	明·王骥德
《顾曲杂言》	明·沈德符
《曲论》	明·徐复祚
《谭曲杂札》	明·凌濛初
《衡曲麈谭》	明·张琦
（以上第四集）	
《曲律》	明·魏良辅
《弦索辨讹》	明·沈宠绥
《度曲须知》	明·沈宠绥
（以上第五集）	
《远山堂曲品》	明·祁彪佳
《远山堂剧品》	明·祁彪佳
《曲品》	明·吕天成
《新传奇品》	清·高奕
附录：《古人传奇总目》	清·无名氏

（以上第六集）

《闲情偶寄》	清·李渔
《制曲枝语》	清·黄周星
《南曲入声客问》	清·毛先舒
《看山阁集闲笔》	清·黄图珌
《乐府传声》	清·徐大椿
《传奇汇考标目》	清·无名氏
《笠阁批评旧戏目》	清·笠阁渔翁
《重订曲海总目》	清·黄文旸
《也是园藏书古今杂剧目录》	清·黄丕烈

（以上第七集）

《雨村曲话》	清·李调元
《剧话》	清·李调元
《剧说》	清·焦循
《花部农谭》	清·焦循
《曲话》	清·梁廷枏

（以上第八集）

《梨园原》	清·黄旛绰
《顾误录》	清·王德晖　徐沅澂
徐沅	
《艺概》	清·刘熙载
《曲目新编》	清·支丰宜
《小栖霞说稗》	清·平步青
《词余丛话》	清·杨恩寿
《续词余丛话》	清·杨恩寿

（以上第九集）

《今乐考证》	清·姚燮

（以上第十集）

(2) 关于永言唱曲的几篇重要研究

当代对明清戏曲唱论的研究颇多，较全面研究主要体现为近年的几篇博硕士论文，包括高学本《昆剧的形成和艺术价值》、张乐文《魏良辅曲律与中国民族声乐艺术》、李昂《从魏良辅到叶堂——明清度曲理论发展研究》、赵文慧《明代两部曲律中的唱曲要诀及借鉴和运用》，这几篇学位论文都带有总结性质，对历史上"依字行腔"唱论有很详细的研究，其中又以李昂的论文最为博治详瞻，兹将其主要观点介绍如下。

1) 高学本①《昆剧的形成和艺术价值》

系统研究了昆剧发展史及魏良辅在其中的作用，其主要观点认为：

（1）昆剧的前身是昆曲，昆曲的前身是昆山腔，即昆剧经历了从腔到曲，从曲到剧的漫长发展历史。

（2）昆山腔的创兴者既不是魏良辅也不是元朝的顾坚，更不是由"昆山土戏"发展而来的……昆山腔的产生和形成阶段在元末明初，地点在江苏的昆山……昆山腔在元代已经存在，而昆山腔名目的建立，是明代初年的事情。

（3）李开先作《词谑》时，魏良辅只是和滕全拙、朱南力、周梦谷一些人处于并列的地位，并不是首屈一指的"昆之宗"，当时李开先记载的并不是魏良辅已成名的晚年。而到了万历后期年前后，著名戏剧评论家潘之恒作《鸳啸小品》时，可以看出魏良辅立"昆山之宗"约有五十年了。也就是说，魏良辅被崇奉居于昆山腔唱曲领导者的地位，在1560年前后……在1560年前后，魏良辅才确立为昆山腔领袖的地位，在此之前即1550年前后，还是与邓全拙等人互争雄长的阶段。

（4）明代中叶，昆山腔经过当时著名音乐家魏良辅等人的大力革新创造，乐曲唱法得到显著提高，很快流行，成为"时曲"——即流行于一时的歌曲，因而又得到"昆曲"的称呼。

（5）将改革歌唱技术后的昆山腔成功地搬上舞台则是梁辰鱼，他继魏良辅之后，完成了又一重要的变革……按昆山腔曲式谱写的《浣纱记》，标志着从腔到剧的飞跃业已完成……《浣纱记》并非是第一部用魏良辅改革后的昆山腔演唱的剧本。万历初年刊刻的《又能奏锦》所选的昆剧其它作品，尚有汪廷呐的《狮吼记》、张凤翼的《红拂记》、高镰的《玉替记》等，这些作品的出现当与《浣纱记》同为一个时期。根据这一事实，我们认为当昆山腔革新为一种"时曲"苏州地区的流行曲子而风行时，学唱的人很多，某些剧作家把这种"时曲"运用到剧本创作中，和原来昆山腔唱的传奇剧相互融合，于是使昆剧演出打开了新的局面。而《浣纱记》则是第一批打开昆剧局面剧本中最有成就、最有影响的一部。

2) 张乐文②《魏良辅曲律与中国民族声乐艺术》

主要研究了魏良辅曲律的声乐观点，将魏良辅唱曲技术归纳为"水磨腔""三绝""五不可""五难"几个要点，其主要结论见于该文的摘要，如下：

魏良辅的《曲律》被后人奉为"立昆之宗"、演唱表演之津梁。《曲律》承前启后精辟总结论述了声腔理论及字、腔的辩证关系和审美准则，系统地揭示了声腔艺术共同的演唱通则。本书重点揭示了《曲律》中关于声腔运用及其乐曲技术的处理要点，即其核心唱论："理趣"（习曲之基础），"三绝"（练曲之通则），

---

①高学本：《昆剧的形成和艺术价值》，兰州大学硕士学位论文，2007年。
②张乐文：《魏良辅曲律与中国民族声乐艺术》，武汉音乐学院硕士学位论文，2012年。

"五不可"（度曲之禁忌），"五难"（唱曲之要求）。

3) 李昂①《从魏良辅到叶堂——明清度曲理论发展研究》

该文以魏良辅，沈宠绥、徐大椿、叶堂四位曲学家为脉络，系统阐明了明清戏曲"依字行腔"度曲理论的发展演变。该文研究视野颇大，用力颇深，对于理解"依字行腔"历史具有重要价值。该文主要观点见于其摘要，摘录如下：

> 本书撷取的明清两代四位著名的度曲家是魏良辅、沈宠绥、徐大椿和叶堂。论文分四章分别对他们的生平和曲学进行考证论述。
>
> 第一章论述魏良辅对度曲理论的开创之功。魏良辅被后世奉为曲圣，是历史上最重要的度曲家和度曲理论家。他最重要的工作成果是对旧有的昆山腔进行改良，在其基础上创造了新声昆山腔，成为昆曲后来发展兴盛的基础。他一生的度曲经验总结体现在他的十余条曲论当中，他的曲论是对昆曲度曲规律的第一次理论总结，具有开创性的意义。本部分对关于他生平的一些争议问题作了考辨，分析了他改革昆山腔的过程和内容，对其曲论所涉及的度曲相关问题作了归纳总结。
>
> 第二章论述沈宠绥的度曲字音理论。沈宠绥有《弦索辨讹》《度曲须知》两部著作传世，他的研究集中在度曲的字音方面，围绕字音这个核心，他总结和讨论了在唱曲中做到字音清晰正确的各种方法，还涉及南北曲唱法的历史嬗变，共同语和方言的辨证关系等问题。本部分把其理论归纳为北曲论、四声口法论、切字唱法论，正音方音论四大部分加以分析论述。
>
> 第三章论述徐大椿的度曲口法理论。徐大椿把音韵学成果引入曲学，并结合唱曲经验，系统阐述了唱曲发声吐字和行腔的诸多法门。本部分以其口法论为核心，分别归纳了他的字面口法论、四声口法论和行腔口法论。
>
> 第四章论叶堂的度曲唱腔谱，叶堂是清代最著名的度曲家，他的唱法一直到现在仍有影响。叶堂编订的纳书楹系列曲谱灌注了他的度曲观念方法。本章对于其曲谱选曲的逻辑和曲谱的体制两个角度切入，探讨他的度曲理论。
>
> 本书在对四位度曲家理论的分别分析中，对于他们之间的共同性和关联性予以特别关注。得出的结论是：
>
> 魏良辅开创了度曲理论化的道路，并提出一系列具有根本性的指导原则；沈宠绥抓住魏良辅揭示的度曲理论中的核心问题——字腔关系问题，对字音作了相当理论化的深入开掘，并涉及到与字音相关的唱法；徐大椿和沈宠绥有共同的关注点，但从字腔如何具体实现的层面来切入，通过描述性的方法系统阐述的度曲口法理论，具有极强的方法论意义；叶堂承继前几位曲家的关注方向，采纳了他们的理论成果，在方法上则另辟蹊径，通过编订度曲之谱为度曲提供

---

① 李昂：《从魏良辅到叶堂——明清度曲理论发展研究》，苏州大学博士学位论文，2016年。

范式，叶堂的工作标志着度曲理论的最终定形，并一直影响到现在。四位度曲家在研究志趣、关注的重点问题和曲学观方面具有很大的共同性和相继性，推动度曲学不断发展完善，同时他们在理论内容上互相支撑和补充，使度曲学最终形成完整的理论架构。这就是明清度曲理论发展的大致脉络。

4）赵文慧[①]《明代两部曲律中的唱曲要诀及借鉴和运用》（2017）

这是一篇古为今用的论文，该文结合今日声乐实践，探讨了王骥德和魏良辅两部《曲律》中"正字说""声腔说""曲风说""人情说"等唱曲理论对今日歌唱实践的指导意义。其主要结论如下：

> 明代魏良辅和王骥德先后分别著有《曲律》。两部《曲律》在继承元代《唱论》的基础上丰富和发展了传统戏曲声乐理论。
>
> 魏良辅（1489—1566）的《曲律》立足于昆腔的改革，首先是对南方诸种声腔的风格及特色进行了辨析，其中揭示了自然环境因素、方言因素对曲风的影响。二是他在继承宋词、元曲演唱技法的基础上，归纳出"字""腔""板"三个方面的要诀。
>
> 王骥德（？—1623）的《曲律》主要对魏良辅关于"字""腔""板"的论述加以扩展，并提出了个人独到的认识。谈的较深的是"字"这方面。从两部《曲律》的内容来看，两位理论家观点大多一致，两部《曲律》汇集了明代的戏曲家对曲唱及戏曲创作的经验与共识。
>
> 今天我们时逢声乐演唱艺术发展鼎盛时期，作品风格、及唱法技术呈现多样化发展态势。即便如此，我们依然要重视传统声乐理论所强调的"咬字""声腔""韵味""节奏""感情"等这些最底层、最基础的关键问题。这些歌唱的基础理论在古代文献极其丰富，是历代歌者给我们留下的宝贵财富。无论时代怎么变迁，这些理论都深深影响着我们每一代人，对我们今天的歌唱艺术仍然具有重要的指导作用。
>
> 本书旨在针对声乐实践中一些普遍性的问题，从古代戏曲声乐理论中提取最底层与最基础的方法，运用于当今的声乐作品的演唱之中。如魏良辅主张咬字、吐字要规范准，要考究字调"平上去入"四声，避免"倒字"现象。这些歌唱的基本要求依然是今天民族声乐唱法上的基本要求。又如王骥德认为："于字义，尤须考究；作曲者往往误用，致为识者讪笑。"强调作曲或唱曲时字音、字义不能弄错。实际上考究字义是歌者演唱作品初始环节，它对于古今中外歌唱艺术的重要意义不言而喻。
>
> 魏良辅提出的"曲有三绝""曲有五难""曲有五不可"等等学说也是值得我们研究与借鉴的。王骥德对"正字"的研究尤为精细，如对"字"的平仄、阴

---

①赵文慧：《明代两部曲律中的唱曲要诀及借鉴和运用》，武汉音乐学院硕士学位论文，2017年。

阳、开闭都做了详细论述；他在腔调、韵律、板眼方面也有其独到见解。上述二位戏曲理论家吸收了前人声乐理论的精华，融合了包括燕南芝庵《唱论》、周德清（1277—1365）《中原音韵》等重要成果，进一步丰富和充实了传统声乐理论。而他们的理论成果又被后世许多理论家如沈宠绥、李渔、徐大椿等加以弘扬与发展。

两部《曲律》从多个方面给予了笔者在声乐演唱理论和实践中的启示。对于经典声乐理论著作有了新的认识：不一定过去的就是过时的。两部《曲律》中的"正字说"使我明白"字"乃声之本，咬字不讲究，吐字不清晰，声音的优质无从谈起，恰好民族声乐对吐字的要求非常讲究，因此，"字正腔圆"不仅仅如说得那么简单；还有"声腔说"中对于"行腔"的精辟论述——长腔、短腔恰到好处，自然过渡，"过腔接字"如面大宾，"声中无字、字中有声"引如贯珠等。之所以强调这些理论，是因为我们现在学习声乐很容易钻牛角尖，不会辩证地看待某个技巧。强调气息，就一味吸大量气，造成僵硬、憋气，忽略应该均匀适度地吐纳；强调共鸣就一味追求高位置，造成喉部紧张、声音空洞，忽略应该上下贯通等。因此古人会教我们用辩证、综合的眼光看待问题，这对学习声乐是非常有助益的。在"人情说"中，我深刻感受到古人对于歌者表达情感的严格要求，其中提到唱曲要感动他人，除了要有纯熟的演唱技巧外，还要有很高的文化修养，要多读书，广博多识，善于发挥想象力等。

（3）魏良辅改良昆山腔，为"永言"唱曲确立技术原则

魏良辅是实践与理论并重的戏曲家，是汉语"永言唱曲"技术的完善者，为汉民族戏曲的发展做出了不可磨灭的贡献。其两大贡献一为改良昆山腔，一为留下《曲论》，恰恰一为实践，一为理论。

1）魏良辅对"行腔"的理论探索

永言唱曲的三个技术要点分别是正字行腔、润腔、合板，魏良辅对这三点均做出了相当深入的探讨。

①正字

汉字字音分出声、韵、调之别，又分出各方言、官话的不同，故永言"依字行腔"一开始就面临着非常复杂的"正字"局面。从理论上讲，"正字"须辨方音，识南北东西语音不同；正字声，辨字头归声喉、牙、舌、齿、唇五音不同；正字韵，辨字尾归韵开、齐、撮、合四呼之别；正字调，辨字调曲折阴阳。其中的很多方面，譬如方音的问题和字调的问题，涉及既广牵扯又深，单是现代语言学、比较语言学就还没有完全弄明白，更不用说再牵扯到音乐。明代的魏良辅自然不可能对行腔"正字"提出全盘的看法和完整的理论。但是，魏良辅仍然从实践的角度，归纳出了行腔的"正字"原则，并就"正字"提出了一系列有益的看法。

A."正字"的前提须辨方音

魏良辅认识到不同方音形成不同方曲唱调，他在一些场合比较了方曲唱调的优劣，并告诫唱曲者可以广泛汲取方曲唱曲经验，但却千万不可混唱方曲，而应该保证"腔纯"。他说：

> 腔有数样，纷纭不类。各方风气所限，有：昆山、海盐、余姚、杭州、弋阳。自徽州、江西、福建俱作弋阳腔；永乐间，云、贵二省皆作之；会唱者颇入耳。惟昆山为正声，乃唐玄宗时黄幡绰所传。元朝有顾坚者，虽离昆山三十里，居千墩，精于南辞，善作古赋。扩廓帖木儿闻其善歌，屡招不屈。与杨铁笛、顾阿瑛、倪元镇为友。自号风月散人。其着有《陶真野集》十卷、《风月散人乐府》八卷行于世。善发南曲之奥，故国初有昆山腔之称。（《南词引正》）

> 北曲与南曲大相悬绝，无南腔南字者佳，要顿挫，有数等。五方言语不一，有中州调、冀州调。有磨调、弦索调，乃东坡所仿，偏于楚腔。唱北曲宗中州调者佳。伎人将南曲配弦索，直为方底圆盖也。关汉卿云："以小冀州调按拍传弦，最妙。"（《南词引正》）

> 北曲以遒劲为主，南曲以婉转为主，各有不同。至于北曲之弦索，南曲之鼓板，犹方圆之必资于规矩，其归重一也。故唱北曲而精于《呆骨朵》《村里迓鼓》《胡十八》，南曲而精于《二郎神》《香遍满》《集贤宾》《莺啼序》；如打破两重禅关，余皆迎刃而解矣。（《吴歈萃雅曲律》）

> 南曲要唱《二郎神》《香遍满》与《本序》《集贤宾》熟，北曲唱得《呆骨朵》《村里迓鼓》《胡十八》精，如打破两重关也。亦有讹处，从权。（《南词引正》）

B. "正字"的核心是"正字调"

魏良辅已经认识到正字的核心在于"正字调"，有旋律走向的字调才是音乐上"行腔"的核心：

> 五音以四声为主，四声不得其宜，则五音废矣。平上去入，逐一考究，务得中正，如或苟且舛误，声调自乖，虽具绕梁，终不足取。其或上声扭做平声，去声混作入声，交付不明，皆做腔卖弄之故，知者辨之。（《曲律》，《中国古典戏曲论著集成五》本第5页）

> 五音以四声为主，但四声不得其宜，五音废矣。平、上、去、入，务要端正。有上声字扭入平声，去声唱作入声，皆做腔之故，宜速改之。《中州韵》词意高古，音韵精绝，诸词之纲领。切不可取便苟简，字字句句，须要唱理透彻。（《南词引正》）

> 五音：宫、商、角、徵、羽。（俱要正，不宜偏侧。）（《南词引正》）

> 四实：平、上、去、入。（俱要著字，不可泛然；不可太实，则浊。）（《南词引正》）

生词要细玩，虚心味之，未到处再精思。不可自作主张，终为后累。(《南词引正》)

南北曲形成的方音字调在旋律上并不相同，虽可借鉴，故绝不可以"行腔"混唱：

曲有三绝……腔纯为二绝……（出秦少游《媚鞶集》，《南词引正》）

两不杂：南曲不可杂北腔，北曲不可杂南字。(《南词引正》)

初学不可混杂多记，如：学《集贤宾》，只唱《集贤宾》；学《桂枝香》，只唱《桂枝香》。如混唱别调，则乱规格。久久成熟，移宫换吕，自然贯串。(《南词引正》)

初学，先引发其声音，次辨别其字面，又次理正其腔调，不可混杂强记，以乱规格。如学《集贤宾》，只唱《集贤宾》；学《桂枝香》，只唱《桂枝香》。久久成熟，移宫换吕，自然贯串。(《曲律》，《中国古典戏曲论著集成五》本第5页)

C. "正字"亦须讲究"正字头五音"和"正韵尾四呼"

如魏良辅分析了地方土音与地方官话之间的声韵区别，希望歌唱者应该尽量避免过分狭窄的土音：

苏人惯多唇音，如：冰、明、娉、清、亭（之）类。松人病齿音，如知、之、至、使之类；又多撮口字，如朱、如、书、厨、徐、胥。此土音一时不能除去，须平旦气清时渐改之。如改不去，与能歌者讲之，自然化矣。殊方亦然。(《南词引正》)

②润腔

对单一方言"正字"行腔可以造成"腔纯"，但却不能形成"腔圆"，也就是说，"依字行腔"实际上只能造成粗略的旋律，并不能保证旋律的优美，这也就是为什么白居易讲一般土音"呕哑嘲哳难为听"。要使曲调旋律美化，就必须"润腔"。"润腔"依赖感觉天赋和经验积累，是戏曲唱腔的关键，既是戏曲唱曲的难点，又是戏曲唱曲最自由化最中国化的地方。魏良辅在唱曲实践中已经完全知道了这一点，提出了很多具体的"润腔"方法和尝试。如：

长腔贵圆活，不可太长；短腔要遒劲，不可就短。(《南词引正》)

过腔接字，乃关琐之地，最要得体。有迟速不同，要稳重严肃，如见大宾之状，不可扭捏弄巧。(《南词引正》)

生曲贵虚心玩味，如长腔，要圆活流动，不可太长；短腔，要简径找绝，不可太短。至如过腔接字，乃关锁之地，有迟速不同，要稳重严肃，如见大宾之状。(《吴歈萃雅曲律》)

（曲有）五不可：不可高，不可低；不可重，不可轻；不可自主张。（《南词引正》）

（曲有）五难：闭口难，过腔难，出字难，低难，高不难。（《南词引正》）

"润腔"是如此自由和复杂，需要高超的技术和临场的发挥，虽然也有许多程式化的经验，但更多则需要即兴创造能力，对于普通人自然很难掌握。正是看到这一点，魏良辅也对"润腔"要求做了一定的让步，承认对一般永言吟诵者，如那些喜欢诗文吟诵、小曲小唱的士大夫，他们往往在吟诵时并做不到"腔圆""板正"，应该持宽容态度：

士夫唱不比惯家，要恕：听字到腔不到也罢，板眼正腔不满也罢。意而已，不可求全。（《南词引正》）

但是，只依字行腔而完全做不到"润腔"也是不行的，"润腔"比一般歌唱对人声乐感要求要更高，故魏良辅又说：

择具最难，声色岂能兼备？但得沙喉响润，发于丹田者，自能耐久。若发口拗劣，尖粗沉郁，自非质料，勿枉费力。（《吴歈萃雅曲律》）

③应板

"依字行腔"造成音调旋律，"润腔"促进旋律美化，但二者对节奏均无特别规定；要形成动听的音乐，还必须另造合适的节奏，即所谓"应板"，或曰"板正""合板"是也。魏良辅对于"依字行腔"的节奏非常重视，将"拍板"列为唱曲的最重要技巧之一：

曲有三绝……板正为三绝。（出秦少游《媚蝉集》，《南词引正》）

拍乃曲之余，最要得中。如：迎头板随字而下；撤板随腔而下；句下板——即绝板，腔尽而下。有迎头板惯打撤板，乃不识字戏子，不能调平仄之故。（《南词引正》）

双迭字，上两字接上腔，下两字稍离下腔。如《字字锦》："思思想想，心心念念"，又如《素带儿》："它生得齐齐整整，袅袅停停"之类。至单迭字，比双迭字不同，全在顿挫轻便，如《尾犯序》"一旦冷清清"之类，要抑扬。于此演绎，方得意味。（《吴歈萃雅曲律》）

曲须要唱出各样曲名理趣，宋元人自有体式。如《玉芙蓉》《玉交枝》《玉山颓》《不是路》，要驰骤；《针线箱》《黄莺儿》《江头金桂》，要规矩；《二郎神》《集贤宾》《月云高》《念奴娇序》《刷子序》，要抑扬；《扑灯蛾》《红绣鞋》《麻婆子》，虽疾而无腔，然而板眼自在，妙在下得匀净务得中正，如或苟且舛误，声调自乖。（《吴歈萃雅曲律》）

唱曲俱要唱出各样曲名理趣，宋元人自有体式。如《玉芙蓉》《玉交枝》《玉山颓》《不是路》，俱要驰骋；如：《针线箱》《黄莺儿》《江头金桂》，要规矩；如：《二郎神》《集贤宾》《月云高》《本序》《刷子序》《狮子序》要悠扬；如：《扑灯蛾》《红绣鞋》《麻婆子》，虽疾而无腔有板，板要下得匀净，方好。（《南词引正》）

④强调"正字""润腔""和板"的综合运用

魏良辅对于字正腔圆板合，有着非常系统的认知，由此形成了较为全面的"依字行腔"唱曲理解。如他所说：

> 曲有三绝：字清为一绝，腔纯为二绝，板正为三绝。（出秦少游《媚蝉集》，《南词引正》）

涉及唱曲三要素中的正字和应板。他说：

> 听曲尤难，要肃然不可喧哗。听其唾字、板眼、过腔得宜，方妙。不可因其喉音清亮，就可言好。（《南词引正》）

> 听曲不可喧哗，听其吐字、板眼、过腔得宜，方可辨其工拙。不可以喉音清亮，便为去节称赏。大抵矩度既正，巧由熟生，非假师传，寔关天授。（《吴歈萃雅曲律》）

涉及行腔、润腔和用板三个方面。他说：

> 清唱，俗语谓之"冷板櫈"，不比戏场藉锣鼓之势，全要闲雅整肃，清俊温润。其有专于磨拟腔调，而不顾板眼；又有专主板眼而不审腔调，二者病则一般。惟腔与板两工者，乃为上乘。至如面上发红，喉间筋露，摇头摆足，起立不常，此自关人器品，虽无与于曲之工拙，然能戒此，方为尽善。

则批评唱曲三要素中只知其一不知其二，重腔不重板或重板不重腔的弊病。他说：

> 四实：平、上、去、入皆著字，不可泛泛然。不可太实，太实则浊。《乐府名词曲条》

则是辩证思考了"正字"和"润腔"之间的关系，注意到二者某种意义上的矛盾，指出"不可泛泛然，不可太实"要二者兼顾的思想。正是因为对于"正字行腔""润腔""应板"的复杂性的深刻认知，魏良辅提出了"不辩论"的观点：

> （曲有）两不辨：不知音者，不可与之辨；不好者，不可与之辨。（《南词引正》）

魏良辅认为，对于如此复杂的唱曲实际，不知音的人，和不喜好研究音乐的人，是没有能力和耐心去作深入探究，因而也是无法与之深入沟通的。魏良辅认为，唱曲唯有广泛涉猎，勤于实践，方能熟能生巧，因此他提出：

将《伯喈》与《秋碧乐府》，从头至尾熟玩，一字不可放过。《伯喈》，乃高则诚所作。秋碧，姓陈氏。(《南词引正》)

《琵琶记》，乃高则诚所作，虽出于《拜月亭》之后，然自为曲祖，词意高古，音韵精绝，诸词之纲领，不宜取便苟且，须从头至尾，字字句句，须要透彻唱理，方为国工。(《吴歈萃雅曲律》)

这些意见至今对于我们理解汉语唱曲仍有重要指导意义。

⑤配乐

除去唱曲本身技巧之外，魏良辅对于与唱曲相适应的乐器配合也有很深的研究。他指出，南北曲的风格不同，导致南北曲的乐器配合也不一样：

北曲与南曲大相悬绝，有磨调、弦索调之分。北曲字多而调促，促处见筋，故词情多而声情少。南曲字少而调缓，缓处见眼，故词情少而声情多。北力在弦索，宜和歌，故气易粗。南力在磨调，宜独奏，故气易弱。近有弦索唱作磨调，又有南曲配入弦索，诚为方底圆盖，亦以坐中无周郎耳。(《吴歈萃雅曲律》)

针对一些人用乐器模拟人声和永言，魏良辅做出了严厉批评，指出器乐和声有其自身规律，不可凑泊：

丝竹管弦，与人声本自谐合，故其音律自有正调，箫管以尺工俪词曲，犹琴之勾剔以度诗歌也。今人不知探讨其中义理，强相应和，以音之高而凑曲之高，以音之低而凑曲之低，反足淆乱正声，殊为聒耳。陈可琴云：箫有九不吹：不入调，非作家，唱不定，音不正，常换调，腔不满，字不足，成群唱，人不静，皆不可吹。正有鉴于此也。(《吴歈萃雅曲律》)

同时，魏良辅还意识到器乐对唱曲也有一定的反作用，如锣鼓可以帮助掩盖唱曲时出现的一些小小瑕疵，帮助演员节省力气：

清唱谓之"冷唱"，不比戏曲。戏曲借锣鼓之势，有躲闪省力，知者辨之。(《南词引正》)

魏良辅以"正字""润腔""应板"的永言唱曲理论改良昆山腔，形成了与原土腔完全不同的字正、腔圆、板合的新声，在理论和实践双领域引领潮流，推动了中国戏曲声腔体系的形成。其巨大贡献在当时即引起了轰动。

2) 魏良辅的改良昆山腔实验

①魏良辅之前昆山腔已存在

略举数证据如下：

腔有数样，纷纭不类。各方风气所限，有昆山、海盐、余姚、杭州、弋阳。自徽州、江西、福建，俱作弋阳腔；永乐间（1403—1424），云、贵二省皆作之，会唱者颇入耳。惟昆山为正声，乃唐玄宗时（712—756）黄幡绰所传。元朝有顾坚者，虽离昆山三十里，居千墩，精于南辞，善作古赋。扩廓帖木儿闻其善歌，屡招不屈。与杨铁笛（1296—1370）、顾阿英（1310—1369）、倪元镇（1301—1374）为友，自号风月散人。自著有《陶真野集》十卷、《风月散人乐府》八卷行于世。善发南曲之奥。故国初有"昆山腔"之称。（魏良辅《南词引正》，钱南扬《〈南词引正〉校注》）

太祖闻其高寿，特召至京，拜阶下，状甚矍铄。问今年若干，对云一百七岁。又问平日有何修养而能致此，对曰清心寡欲。上善其对，笑曰：闻昆山腔甚嘉，尔亦能讴否？曰："不能，但善吴歌。"（《径林续记》）

张玉莲——人多呼为"张四妈"。旧曲其音不传者，皆能寻腔依韵唱之。丝竹咸精……南北令词，即席成赋，审音知律，时无比焉。往来其门，率多贵公子，积家丰厚。喜廷款士夫，复挥金如土，无少靳惜……有女倩娇、粉儿数人，皆艺殊绝，后以从良散去。余近年见之昆山。年逾六十。两鬓如黛，容色尚润，风流谈谑，不减少年时也。（元末夏伯和《青楼集》）

戏子在嘉隆交会时，有弋阳人入郡为戏，一时翕然崇尚，弋阳遂有家于松江。其后渐觉五恶，弋阳人复学为"太平腔""海盐腔"以求佳，而听者愈觉恶俗。故万历四、五年来递屏迹，仍尚土戏。近年上海潘方伯，从吴门购戏子颇推丽，而华亭顾正心、陈大廷继之，松人又争尚苏州戏，故苏人肖身学戏者甚众。又有"女旦""女生"，插班射利，而本地戏子十无二三矣，亦一异数。（明范濂《云间剧目抄》对当时的戏剧声腔在松江府当地的变迁记载）

②魏良辅非当时唱昆山腔之仅有者

昆山陶九官，太仓魏上泉，而周梦谷、滕全拙、朱南川，俱苏人也。皆长于歌而劣于弹……魏良辅兼能医。滕、朱相若，滕后丧明。周孟谷字子仪者，能唱官板曲，远途驰声，效之者洋洋盈耳。（明李开先《词谑》）

曲之擅于吴，莫与竞矣。然而盛于今，仅五十年耳。自魏良辅立"昆之宗"，而吴郡为并起者为邓全拙，稍折衷于魏，而汰之润之，一禀于中和，故在郡为吴腔。太仓、上海，俱丽于昆，而无锡另为一调。余所知朱子坚、何近泉、顾小泉皆宗于邓，无锡宗魏而艳新声，陈奉萱、潘少泾其晚劲者。邓亲授七人，皆能少变自立；如黄问琴、张怀萱，其次高敬亭、冯三峰，至王渭台，皆递为雄。能写曲于剧，唯渭台兼之。且云："三支共派，不相雌黄，而郡人能融通为一。"尝为评曰"锡头昆为吴为腹，缓急抑扬断复续。"言能节而合之，各备所长耳。（潘之恒《鸾啸小品》）

③魏良辅以精深曲技改良旧昆，成"水磨"新调，配以新器，大行于世

A.转益多师，精研"水磨"

南曲盖始于昆山魏良辅，良辅初习北音，纸于北人王友山，退而镂心南曲，足迹不下楼者数十年。当是时，南曲率平直无意致。良辅转喉押调，度为新声，疾徐高下，清浊之数，一依本宫。取字齿唇间，跌换巧掇，恒以深邀助其凄咬。（余怀所《寄畅园闻歌记》）

魏良辅，别号尚泉。居太仓之南关，能谐音律，转音若丝。张小泉、季敬坡、戴梅川、包郎郎之属，争师事之惟肖。而良辅自谓不如户侯过云适，每有得，必往咨焉。过称善乃行。不，即反复数交勿厌。时吾乡有陆九畴者，亦善转音。愿与良辅角，既登坛，即愿出良辅下。梁伯龙闻，起而效之，考订元剧，自翻新调，作《江东白苎》《浣纱记》诸曲。又与郑思笠精研音理，唐小虞、陈棋泉五七辈杂转之，金石铿然，谱传藩邸戚畹，而取声必宗伯龙氏，谓之"昆山腔"。（明张大复《梅花草堂笔录》卷十二·昆腔条）

调用水磨，拍捱冷板，声则平上去入之婉协，字则头腹尾音之毕匀，功深熔琢，气无烟火，启口轻圆，收音纯细……盖自有良辅，而南词音理，已极抽秘逞妍矣。（沈宠绥《度曲须知》）

B.团结同道，改良配器

因考弦索之入江南，由戍卒野塘始也。野塘，河北人，以罪发苏州太仓，素工弦索。既至吴，时为吴人歌北曲，人皆笑之。昆山魏良辅者，善南曲，为吴中国工，一日至太仓闻野塘歌，心异之，留听三日夜，大称善，遂与野塘定交。时良辅五十余，有一女亦善歌，诸贵人争求之，不许；至是竟以委野塘……野塘既得魏氏，并习南曲，更定弦索音节，使之南音相近；并改三弦式，身稍细而其鼓圆，以文木制之，名曰弦子。时太仓相公王锡爵方家居，见而善之，命家童习焉。（明末宋直方《琐闻录》）

南曲则大备于明，初时虽有南曲，只用弦索官腔。至嘉隆间，昆山有魏良辅者，乃渐改旧习，始备众乐器而剧场大成，至今遵之。（沈宠绥《弦索辩讹》）

C.追随者众，成一代宗

梁伯龙梁辰鱼闻，起而效之，考订元剧，自翻新调，作《江东白柠》《洗纱记》诸曲。又与郑思笠精研音理，唐小虞、陈棋泉五七辈杂转之，金石铿然，谱传藩邸戚碗，而取声必宗伯龙氏。（张元长《梅花草堂笔谈》）

昆有魏良辅者，造曲律。世所谓昆腔者，自良辅始。而梁伯龙独得其传，著《洗纱记》传奇，梨园子弟喜歌之。（《渔矶漫钞·昆曲》）

自魏良辅立昆之宗，而吴郡与并起者，如邓全拙，稍折衷于魏而汰之润之，一禀于中和，故在郡为"吴腔"。太仓、上海俱丽于昆，而无锡另为一调……无

锡媚而繁，吴江柔而清，上海劲而疏，三方者犹或鄙之。（明末潘之恒《亘史》）

吴音之微而婉，易以移情而动魄也。音尚清而忌重，尚亮而忌涩，尚润而忌燥，尚简捷而忌漫衍，尚节奏而忌平铺。有新腔而无定板，有缘声而无转字，有飞度而无稽留。魏良辅其曲之正宗乎，张五云其大家乎，张小泉、朱美、黄问琴，其羽翼而接武者乎。常洲、昆山、太仓，中原音也，名曰昆腔，以常洲、太仓皆昆所分而旁出者也。无锡媚而繁，吴江柔而清，上海劲而疏，三方者犹或鄙之。而昆陵以北达于江，嘉禾以南滨于浙，皆逾淮之桔、入谷之莺矣。远而夷之，勿论也。间有丝竹相和，徒令听荧焉，适足混其真耳，知音无取也。（潘之恒《鸾啸小品》卷二《叙曲》）

昆山之派，以太仓魏良辅为祖。今自苏州、太仓、声各小变，腔调略同。（王骥德《曲律》）

D.新声婉妙，令人叹服

今昆山以笛、管、笙、琵按节而唱南曲者，字虽不应，颇相谐和，殊为可听，亦吴俗敏妙之事。或者非之，以为妄作，请问点绛唇、新水令，是何圣人著作？（徐渭《南词叙录》）

惟昆山腔只行于吴中，流丽悠远，出乎三腔之上，听之最足荡人，妓女尤妙此，如宋之嘌唱，即旧声加以泛艳者也。（徐渭《南词叙录》）

良辅初习北音，绌于北人王友山，退而镂心南曲，足迹不下楼十年。当是时，南曲率平直无意致，良辅转喉押调，度为新声。疾徐高下清浊之数，一依本宫。取字齿间，跌换巧掇，恒以深邈助其凄泪。吴中老曲师如袁髯尤驼者，皆瞠乎自以为不及也。（余怀《寄畅园闻歌记》，张潮辑《虞初新志》，上海书店1986年出版，第56页）

昔郢人有歌《阳春》者，号为绝唱。今良辅善发宋元乐府之奥，其炼句之工，琢字之切，用腔之巧，盛于明时，岂弱郢人者哉！"（曹含斋《〈南词引正〉叙》）

E.所用方法，转成范式

明兴，乐惟式古，不祖夷风，程士则《四书》《五经》为式，选举则七乂三场是较，而伪代填词往习，一扫去之。虽词人间踵其辙，然世换声移，作者渐寡，歌者寥寥，风声所变，北化为南，名人才子，踵《琵琶》《拜月》之武，竞以传奇鸣；曲海词山，于今为烈。而词既南，凡腔调与字面俱南，字则宗《洪武》而兼祖《中州》，腔则有"海盐""义乌""弋阳""青阳""四平""乐平""太平"之殊派。虽口法不等，而北气总以消亡矣。嘉隆间，有豫章魏良辅者，流寓娄东鹿城之间，生而审音，愤南曲之讹陋也，尽洗乖声，别开堂奥，调用水磨，拍捱冷板，声则平上去入之婉协，字则头腹尾音之毕匀，功深镕琢，气无烟火，启口轻圆，收音纯细。所度之曲，则借《折梅逢使》《昨夜春归》诸名笔；采之传奇，则有"拜星月""花阴夜静"等词。要皆别有唱法，绝非戏场声口，腔曰"昆腔"，曲名"时曲"，声场禀为曲圣，后世依为鼻祖，盖自有良辅，而南词音理，已极抽秘逞妍矣。惟是北曲元音，则沉阁既久，古律弥湮，有牌名而谱或莫考，有曲谱而板或无征，抑或有板有谱，而原来腔格，若务头、颠落，种种关捩子，应作如何摆放，绝无理会其说者。试以南词喻之，如【集贤宾】中，则有"伊行短"与"休笑耻"，两曲皆是低腔；【步步娇】中，则有"仔细端详"与"愁病无情"，两词同揭高调，而此等一成格律，独与北词为缺典。祝枝山，博雅君子也，犹叹四十年来接宾友，鲜及古律者。何元朗亦忧更数世后，北曲必且失传，而音随泽斩，可慨也夫！至如"弦索"曲者，俗固呼为"北调"，然腔嫌枭娜，字涉土音，则名北而曲不真北也，年来业经厘别，顾亦以字清腔逐之故，渐近水磨，转无北气，则字北而曲岂尽北哉。试观同一"恨满满"曲也，而弹者仅习弹音，反不如演者别成演调；同一【端正好】牌名也，而弦索之"碧云天"，与优场之"不念法华经"，声情迥判，虽净旦之唇不等，而格律固已逐庭矣！（沈宠绥《度曲须知》，《中国古典戏曲论著集成（五）》第198、199页。）

我吴自魏良辅为"昆腔"之祖，而南词之布调收音，既经创辟，所谓"水磨腔""冷板曲"，数十年来，遏迤逊为独步。

总之，魏良辅通过其理论探讨和曲学实践，向人们展示了永言唱曲的基本规范：正字、圆腔、正板，揭示了永言行腔的种种具体诀窍，给所有地方唱腔革新和发展指明了道路。自魏良辅后，调类简单的北曲式微，调类丰富的南曲蔚然兴起，地方小唱革新渐成的方音曲种如雨后春笋般冒出，中国戏曲发展进入了一个方戏竞场百家争鸣的快车道。这股潮流一直延续到近代，持续了四百多年之久，产生了京剧、黄梅戏、越剧、粤剧、豫剧、秦腔等一大批优秀地方曲种，成为了近五百年以来与对联大发展堪相媲美的民族文化现象。究其原始，魏良辅实有肇造之功。后世尊之为曲圣、曲宗，是毫不为过的。

(4) 沈宠绥继承魏良辅，对"正字"原则进行深广实践

沈宠绥的主要著作有《弦索辩讹》《度曲须知》，关于二者的内容，《中国戏曲论著集成　度曲须知》提要有一个简明的介绍：

《度曲须知》二卷是沈宠绥继《弦索辩讹》之后写的。在《弦索辩讹》里，示范多而说明少，此书则就各项问题，分别作了阐述；在《弦索辩讹》里，专论北词，此书则论北而兼论南曲。全书三十六章中，除有两章系略论南北戏曲声腔源流及弦律存亡问题，及末两章节引魏良辅《曲律》及王骥德《曲律》中的《亨屯曲遇》外，其余皆是解说南北戏曲歌唱中念字的格律及技巧、方法的。沈宠绥是一个歌唱家，他所讲的，全是从实际经验中获得的结论。经验既多，因而也多有独创的见解。（《中国戏曲论著集成（五）》第185页）

所谓"解说南北戏曲歌唱中念字的格律及技巧、方法",相当于魏良辅所讲的"正字",兼顾有"润腔"意味。也就是说,沈宠绥所做的工作,主要是一个"正字"实践,也即是怎样将平上去入四声结合声、韵来进行行腔。

沈宠绥之继承魏良辅的事业,是他自己说的。他在《度曲须知序》中说:

> 吾吴魏良辅,审音而知清浊,引声而得阴阳,爰是引商刻羽,循变合节,判毫杪于翕张,别玄微于高下,海内翕然宗之。顾鸳鸯绣出,金针未度,举学者见为然,不知其所以然;习舌拟声,延流忘初,或声乖于字,或调乖于义,刻意求工者,以过泥失真;师心作解者,以臆断遗理,予有慨焉。小窗多暇,聊一拈出,一字有一字之安全,一声有一声之美好,顿挫起伏,俱轨自然,天壤元音,一线未绝,其在斯乎?其在斯乎?(《中国戏曲论著集成(五)》第189—190)

所谓"鸳鸯绣出,金针未度",就是言明自己是要来承继魏良辅,为唱曲"度金针",可见沈宠绥的继承是完全自觉的行为。

沈宠绥围绕"正字"念字所作的探讨,是极其广博、深邃、专业化的。作为歌唱家,沈宠绥对于曲唱念字研究有着充足准备,他的朋友颜俊彦说:

> 君微渊静灵慧,于书无所不窥;于象纬青鸟诸学,无所不晓,而尤醉心声歌。昔同习静,已尝见其稽韵考谱,津津不置。遇声场胜会,必精神寂寞,领略入微,某音庚,某音乖,某字呼吸协律,即此中名宿,糜不心愧首肯。迄今推敲久之,成《度曲须知》《弦索辨讹》两书,采前辈诸论,补其未发,厘音榷词,开卷了然,不须更觉导师,始明腔识谱也。昔万宝常善歌,上帝以天授音律之性,使均天之官,示以玄微之要。君微此种学问,何所自来,其殆有神授耶?(《中国戏曲论著集成》第187页)

他的主要方法,我们则可以举几例来说明:

> 昔词隐先生曰:"凡曲去声当高唱,上声当低唱,平入声又当酌其高低,不可令混。"其说良然。然去声高唱……上声固宜低出,第……而入固可以代平……可使入不肖平而还归入唱……至于北曲无入声……若夫平声自应平唱……又阴平字面,必须直唱……凡此,名曰"四声批窾"……("四声批窾"条,第200—201页)

> 阴去忌冒。阳平忌拿。上宜顿腔。入宜顿字……("附四声宜忌总诀"条,第201页)

> 从来词家只管得上半字面,而下半字面,须关唱家收拾得好……("中秋品曲"条,第203页)

> 出字总诀(管上半字面)一、东钟,舌居中。二、江阳,口开张。三、支思,露齿儿。四、齐微,嘻嘴皮。……("出字总决条"条,第205页)

收音总诀（此下二诀，管下半字面）曲度庚青，急转鼻音。江阳东钟，缓入鼻中。模及歌戈，轻重收呜。（模韵收重，歌戈收轻）……（"收音总决"条，第205—206页）

入声收诀 平上去声，北南略等。入声入唱，南独异音。首韵曰屋，音却云何？（洪武韵入声，其目有十，屋字乃首韵之目也）呜乃其音，略类歌模。（洪武屋韵，与中原歌戈模韵，俱收呜音）……（"入声收诀"条，第207页）

《斗鹌鹑》云（真文，抵腭）敛（廉纤，闭口）晴（庚青，鼻音）空（东钟，鼻音），冰（庚青，鼻音）轮（真文，抵腭）乍（家麻，哀巴）涌（东钟，鼻音）……（"收音谱式"条，第页）

……

对于"正字腔"，沈宠绥的方法是分出字调的唱法、字头的唱法、字尾的唱法、具体曲谱的唱法，来一一加以讨论。至于具体的讨论内容，我们则可以从他的《度曲须知》标目看出：

曲运隆衰	四声批谬	绞索题评	中秋品曲	出字总决
收音总决	收音谱式	收音问答	字母堪删	字头辨解
鼻音抉隐	俗讹因革	审韵商疑	字厘南北	弦律存亡
翻切当看	北曲正讹考	入声正讹考	同声异字考	异声同字考
文同解异考	音通收异考	阴出阳收考	方音洗冤考	律曲前言

其中下划线部分，全是关于念字正字的内容。可见沈宠绥的主要探讨，是继承魏良辅的路线并加以发展的。

较为可惜的是，沈宠绥杂谈南北，虽有"俗讹因革""方音洗冤录"考方音差别，但流于个案，仍然没有充分估计各地方言字调对唱曲的复杂影响，而采用一种较为笼统的四声原则和共通语原则，自然也就没有交代"正字"所用参考曲种和参考方音区（《中原音韵》《洪武正韵》实际持通语观念）的自觉。他的正讹诸考和行腔诸法仍缺乏较明确的前提，有较大的缺陷，给后人造成的困难仍不在小。

(5) 徐大椿继承沈宠绥，借音韵学对"正字"口法进行了更为科学详明的归纳

相较于沈宠绥，徐大椿的"口法"唱曲理论有两个大的进步。

一是借助音韵学来阐发唱曲"口法"，严明、精密、有理论化体系化的特征。

徐大椿对于曲与音乐有非常全面精深的认知，他在《乐府传声 源流》中说：

乐之成，其大端有七：一曰定律吕，二曰造歌诗，三曰定典礼，四曰辨八音，五曰分宫调，六曰正字音，七曰审口法。七者不备不能成乐。（《中国古典戏曲论著集成七》第157页）

在《乐府传声 出声口诀》中说：

> 天下有有形之声，有无形之声。无形之声，风雷之类是也；其声不可为而无定。有形之声，丝竹金鼓之类是也；其声可为而有定。其形何等，则其声亦从而变矣。欲改其声，先改其形，形改而声无弗改也。惟人之声亦然。喉、舌、齿、牙、唇，谓之五音；开、齐、撮、合，谓之四呼。欲正五音，而不从喉舌齿牙唇处着力，则其音必不真；欲准四呼，而不习开齐撮合之势，则其呼必不清。所以欲辨真音，先学口法。（《中国古典戏曲论著集成七》第159页）

在《乐府传声 声各有形》中说：

> 故声亦有声之形。其形惟何？大小、阔狭、长短、尖钝、粗细、圆扁、斜正之类是也。（《中国古典戏曲论著集成七》第160页）

在《乐府传声 一字高低不一》中说：

> 故曲之工不工，唱者居其半，而作曲者居其半也。曲尽合调，而唱者违之，其咎在唱者；曲不合调，则使唱者依调则非其字，依字则非其调，势必改读字音，迁就其声以合调，则调虽是而字面不真，曲之不工，作曲者不能辞其责也。（《中国古典戏曲论著集成七》第179页）

在《乐府传声 交代》中说：

> 一字之音，必有首腹尾，必首腹尾音已尽，然后再出一字，则字字清楚。（《中国古典戏曲论著集成七》第170页）

这些都是非常宏观的、高屋建瓴的看法，对"依字行腔"有着提纲挈领的意义。

从徐大椿《乐府传声》所列的名目看，他探讨的内容并没有大的增加，以下是《乐府传声》的目录：

源流	元曲家门	出声口诀	声各有形		
五音	四呼	喉有中旁上下	鼻音闭口音	四声各有阴阳	
北字	平声唱法	上声唱法	去声唱法	入派三声法	入声读法
归韵	收声	交代	宫调	阴调阳调	
字句不拘之调亦有一定格法		曲情			
起调	断腔	顿挫	轻重	徐疾	
重音叠字	高腔轻过	低腔重煞	一字高低不一	句韵必清	出音必纯
底板唱法	定板				

（《中国古典戏曲论著集成七》第155—156页）：

但探讨的名目安排明显更为逻辑化：首出二条限定讨论范围，次出六条讲声韵，次七条讲字调，跟着三条讲宏观原则，跟着四条讲音乐配合，接着九条讲辩证处理，接着两条讲效果呈现，最后二条讲唱曲的节奏，条分缕析，分合得当，显示了相对成熟的思考。同时，探讨的具体内容也更为明晰、科学。这种明晰、科学，主要反映在整合了音韵学和音乐学的诸多概念，如五音、四呼、四声、阴阳、平上去入、入派三声、声、韵、调、宫调、起断、顿挫、轻重、徐疾、高腔、低腔、底板、定板，学理清晰；对单个现象认知透辟，剖析入微，如在"声各有形"条，作者指出，语言发声有大小、阔狭、长短、尖钝、粗细、圆扁、斜正之别——这种精密的语言认知，非一般人所能到。明晰的音韵学理论准备，精深的唱曲实践经验，使得作者的探讨深入浅出，廓清了很多历来模糊不清的认识，对于唱曲实践的指导价值非常之大。

二是对"声各有形""四声各有阴阳""喉有中旁上下""断腔顿挫""一字高低不一"等问题的看法，或精深，或通脱，远超前人。如作者在《一字高低不一》中谈到字乐相配这个历史上来争讼纷纭，让人左右为难的问题时，说：

> 故曲之工不工，唱者居其半，而作曲者居其半也。曲尽合调，而唱者违之，其咎在唱者；曲不合调，则使唱者依调则非其字，依字则非其调，势必改读字音，迁就其声以合调，则调虽是而字面不真，曲之不工，作曲者不能辞其责也。故字声之高下，可以通融者，如《鹿鸣》所谱之类，原可以出入转移，其不可通融之处，则断不得用此一字而离宫失调，亦不得因欲合调而出韵乖声，故作曲者与唱者，不可不相谋也。（《中国古典戏曲论著集成七》第180页）

在《定板》中谈到北曲演唱时的节奏困难时，作者说：

> 北曲则不拘字句之调极多……不但衬多难簇，且正衬不分，此板之所以尤无定也。然无定之中，又有一定者，盖板殊则腔殊，腔殊则调殊，板一失，则宫调将不可考矣。故惟过文转接之间，板可略为增损，所以便歌也。至紧要之处，板不可少有移易，所以存调也。此北曲之板，虽宽而实未尝不严也。（《中国古典戏曲论著集成七》第181页）

在《字句不拘之调亦有一定格法》中谈论字的增损对唱曲的影响时，作者说：

> 北曲中，有不拘句字多少，可以增损之格……而订谱者，亦仅以不拘字概之，全无格式，令后人易误也。盖不拘字句者，谓此一调字句不妨多寡，原谓在此一调中增减，并不谓可增减在他调也。然则一调自有一调章法句法及音节，森然不可移易，不过谓同此句法，而此句不妨多增，同此音节，而此音不妨迭唱耳。然亦只中间发挥之处，因上文文势趋下，才高思涌，一泻难收，依调循声，铺为满意，既不逾格，亦不失调。（《中国古典戏曲论著集成七》第173页）

这些都是非常通脱辩证的看法，摆脱了前人非此即彼、固陋狭隘的观点，是前代所没有的。

总的来看，徐大椿借助音韵学理论，系统考察了出声、转声、收声、平上去入字调、起调、断腔、顿挫、轻重、徐疾、重叠、高低等一系列唱腔唱法，提出了一系列较为科学的"口法"规范，形成了一个相对完整以"依字行腔"为核心的唱曲体系，对前人"依字行腔"理论是一次重要的总结，对后代的戏曲发展做出了重要贡献。

（6）叶堂实践徐大椿"口法"理论，作《纳书楹曲谱》

叶堂的生平资料，较详细见于《民国吴县志》，其中《列传·艺术》中列叶堂条，云：

> 叶堂，字广明，又号怀庭，长洲人，名医桂之孙也。度曲得吴江徐氏之传，张口翕唇，皆有法度，阴阳毫厘不差。尝取古今词曲改订成谱，计文字之工拙，音律之淆讹，与丹徒王文治合订《纳书楹曲谱》十四卷。又以《临川梦》文字至佳，而不适歌者之口，因汇集名谱，参互考核，成《四梦全谱》八卷；又以《北西厢》无人歌唱，亦制成全谱。书成颇风行一时，号为叶谱。从学者以钮匪石为高足云。[1]

许多人从他交友，学艺，也留下来一些资料：

> 吴福田，字大有。……度曲应笙笛四声。苏州叶天士之孙广平，精于音律，称大有为无双唱口。（《扬州画舫录》卷十一）[2]

> ……时吴门叶广平精辨四声五音，著《南曲谱》，名闻四方。瞿曾偕友往，各奏其长。叶曰："诸贤所学，仅可悦时，若瞿君者足以名世矣！（毛祥麟《对山书屋墨余录》卷一）[3]

叶堂的度订曲，《扬州画舫录》和《履园丛话》称为《纳书楹曲谱》，当是对于叶堂平生编订曲谱的总称。实则叶堂编订之谱乃分批刊行，包括这样几种：

1）《西厢记谱》五卷。此谱于乾隆四十九年甲辰（1784）初刻。

2）《纳书楹曲谱》。此谱包括正集四卷、续集四卷、外集二卷，于乾隆五十七年壬子（1792）年初刻。

3）《纳书楹四梦全谱》。此谱包括《牡丹亭曲谱》二卷、《邯郸记曲谱》二卷、《南柯记曲谱》二卷、《紫钗记曲谱》二卷。乾隆五十七年壬子（1792）初刻。

4）《纳书楹曲谱补遗》四卷。于乾隆五十九年（1794）初刻。

5）《纳书楹西厢全谱》二卷、续一卷。乾隆六十年乙卯（1795）年刻。此本封面虽名重镌，但实际内容已和甲辰本不同，为便俗唱而增加了小眼的标注，所以准确说应是重订。

---

① 《中国地方志集成·江苏府县志辑12》，第13页。
② 李斗：《扬州画舫录》，北京：中华书局，1960年，第124页。
③ 《笔记小说大观》，扬州：江苏广陵书社，1983年。

　　以上诸本都是叶堂在世时亲自刊行，前后历时十二年，允称巨制。在其身后，道光二十八年文德堂将《纳书楹曲谱》正续外补四集和《纳书楹四梦全谱》合刊重刻，题名《纳书楹曲谱全集》，共二十二卷。以上即为叶堂曲谱刻本全部，而后来又有《善本戏曲丛刊》收入《纳书楹曲谱》正续外补四集，《续修四库全书》收入《纳书楹曲谱》正、续、外、补四集和《纳书楹四梦全谱》，则都是据旧本影印。

　　叶堂师心于徐大椿"口法"，以其法度曲，所度曲大行于世，在当时即大受欢迎，被称为一代宗匠：

> 《邯郸》《南柯》《牡丹亭》三种，殚聪倾听，较铢黍而辨芒杪，积有岁年，几于似矣。至《紫钗》窃有志焉，而未逮也。晚获交于梦楼先生，竭口赞余以谱之……于是，吴之人莫不知有《紫钗》矣。（《纳书楹四梦全谱》叶堂自序）

> 近时以叶广平唱口为最著，《纳书楹曲谱》为世所宗，其余无足数也。（李斗《扬州画舫录》）

> 近时则以苏州叶广平翁一派为最著，听其悠扬跌荡，直可步武元人，当为昆曲第一。曾刻《纳书楹曲谱》，为海内唱曲者所宗。（钱泳《履园丛话》）

而在他过世之后，他所创造的唱曲法，被誉为"叶派唱口""叶堂家法"，由弟子传承，影响深远：

> 乾隆中，吴中叶先生以善为声老海内。海内多新声，叶忖而律之，纳于吭……叶之死，吾友洞庭钮匪石传其秘，为第一弟子。（龚自珍《书金伶》）[1]

> 德辉故剧弟子也……一夕歌，钮忖而律之，纳于吭，则大不服……金始骇，就求其术。钮曰：若不为剧，寒饿必我从，三年，艺成矣。曰诺。江左言歌，自叶先生之死，必曰钮生，而德辉以伶工厕其间，奋志孤进，不三年，名几与钮抗。（龚自珍《书金伶》）[2]

> 直至同治壬申之春，得晤甫里韩华卿先生，授以吴中叶怀庭之学；当时吴门有赵星斋、姚澹人、张毅卿、何一帆诸君，皆深于叶氏之学，相与谈论，至足乐也。（俞粟庐《长生殿哭像曲折跋后》）[3]

> 娄人韩华卿者，佚其名，善歌，得长洲叶堂家法，君亦从之学讴……盖自瞿起元、钮匪石后，传叶氏正宗者，惟君一人而已。（吴梅《俞宗海家传》）[4]

---

[1]龚自珍：《龚自珍全集》第二辑，上海：上海人民出版社，1975年，第180—182页。
[2]龚自珍：《龚自珍全集》第二辑，上海：上海人民出版社，1975年，第180—182页。
[3]俞粟庐自题《长生殿·哭像》曲折跋后，李昂据上海曲家刘欣万家藏原文校录。见李昂博士学位论文《从魏良辅到叶堂——明清度曲理论发展》，第138页。
[4]俞振飞：《粟庐曲谱》，上海：上海辞书出版社，2011年。

出字重，转腔婉，结响沉而不浮；运气敛而不促。凡夫阴阳清浊，口诀唱诀，靡不妙造。停顿、起伏、抗坠、疾徐之处，自知叶派正宗尚在人间也。(《度曲一隅》跋) ①

钮匪石、金德辉、韩华卿、俞粟庐，皆为叶堂家法的继承者，可见叶家"唱口"的影响之远。

《纳书楹曲谱》是叶堂留下的最主要著作，代表了他的主要成就。从《纳书楹曲谱》所录五本来看作者做了不一样的工作：

在这五种全本曲谱中他所做工作的具体性质是不一样的，对于《西厢记》和《四梦》中的《紫钗记》他进行的是从无到有的制谱工作，完全是首创，他对这两部全谱也最为得意。而其他诸本，之前都已有谱行世，或者久经传唱，他做的实际上是校订的工作。但同为订谱，工作量也有大有小。如《琵琶记》和《幽闺记》同为流传已久的南戏名作，但是《琵琶记》比较规范合式，所以仅就"后人改窜出摘出一二"，改动较少；而《幽闺记》则因为"遭窜改之厄亦独多"，所以他"不得不力为淌刷"，可见订正之处是较多的。②

其中《西厢记》和《紫钗记》因为从无到有，自然最能代表叶堂的度曲艺术。李昂深入研究了《纳书楹曲谱》的特点，认为李昂的制谱匠心独具。对于一般的制谱而言：

大致说来，曲谱按体制可以分为格律谱和宫谱两类。格律谱主要为填词而设，重点在于从文学体制上分定曲牌格式，限定句数、韵位、正字衬字、四声平仄等；而宫谱则为制谱而设，重点在于从音乐体制上分定曲牌的宫调、笛色、板眼、工尺。格律谱和宫谱的分别不是泾渭分明的，到后来有些曲谱已经既标四声，又标工尺，兼备了格律谱和宫谱两种功能，甚至同时还具有曲选的性质。③

而叶堂则"匠心独运，在曲目编选和曲谱体例上都有自己独到的心裁"④。李昂对《曲谱》的体制作了详细分析，列举了标宫调、注集曲、不分正衬、具录合头、通变板眼（不记小眼、抽板、挪板）、页眉批注等特色，可资参看。⑤其中最具特色的部分又是他的页眉批注。

叶堂基本上是按以字行腔——润腔——配以节奏板眼的方式来进行度曲谱曲的，这在页眉批注中体现得尤其明显。兹举其"字音格正"几例略微说明。

例1　《邯郸记·度世》【赏花时】"翠凤毛翎札帚叉"注：叉，俗伶唱去声，

---

①俞振飞：《粟庐曲谱》，上海：上海辞书出版社，2011年。
②李昂：《从魏良辅到叶堂——明清度曲理论发展》，苏州大学博士学位论文，2016年。
③李昂：《从魏良辅到叶堂——明清度曲理论发展》，苏州大学博士学位论文，2016年。
④李昂：《从魏良辅到叶堂——明清度曲理论发展》，苏州大学博士学位论文，2016年。
⑤李昂：《从魏良辅到叶堂——明清度曲理论发展》，苏州大学博士学位论文，2016年。

谬甚，且【赏花时】首句例该用平。

　　这是"依字行腔"时字调谬误导致句法破格的。

　　例2　《牡丹亭·闺塾》【掉角儿序】"咏鸡鸣"注：咏，阳去声，作阴去者非。
　　这是"依字行腔"时字调的阴阳不辨导致的行腔错误。

　　例3　《焚香记·阳告》【满庭芳】"倚砖枕石"注：枕去声，以首就枕之谓，俗工唱上声，非。

　　这是字调的读别音导致"依字行腔"时的唱调不协。"倚砖枕石"四字，字声分别为上、阴平、去、阳平，而所配工尺，"倚"为"四尺上一四"，"砖"为"尺"，"枕"为"工六"，"石"为"上一四"，阳平高于上声，阴平高于阳平，去声又高于阴平，显然贯彻着魏良辅、沈宠绥、徐大椿以来一贯相承的四声腔格，工尺与字声配合丝丝入扣，极见制谱者匠心。

以上三例均涉及到字调的失误影响唱腔，按"依字行腔"，字调如果误读，则得出的音调旋律也必然是错误的，须加以提示和格正，若不加格正，其结果则是音律必舛。这三个例子可以从侧面证明，"腔词和谐"是叶堂的基本原则，而这正是从魏良辅、徐大椿一脉相传的："腔词和谐"用于为辞度曲，则必然是"依字行腔"；"腔词和谐"运用于为曲填词，则必然是"因乐以寻字"。可以推断，"叶堂唱口"的本质，就是因字生曲，而叶堂所用的字调体系，可以推断必然是与魏良辅相近的吴音官话，因为它最后衍生出的曲子当时都认为是与魏良辅同调的昆曲。以吴音官话的字调特征旋律来演唱已写就的经典剧本，佐以润腔和用板，形成独树一帜的叶派昆曲唱谱，这大约就是《纳书楹西厢记》和《纳书楹紫钗记》形成过程。所谓的叶派唱口，也即是这一吴音官话的"依字行腔"加上独特的润腔和板眼。

　　叶堂通过页眉批注来进一步阐明自己度曲方法和理论的目的，李昂有过分析：

　　纳书楹诸谱的眉批考其内容，主要涉及这些方面：对于文字内容的格正注释、对于字音的标注、关于曲牌句格的说明、关于板眼增损挪借处的说明、对于管色的标注以及对于俗唱的态度等。①

　　曲谱对于曲词的文字，宫调曲牌，板眼工尺标注完成，已经可称详备，但是叶堂之意仍有未足，在曲谱页眉用批注的方式对于曲词的文字正误、读音辨讹、曲牌格式句数、板眼的增损挪借、管色变换等具体问题多有格正……从一定意义上说，叶堂的眉批可以看做叶堂附载于曲谱的曲论，和曲谱相辅相成，值得重视。②

---

①李昂：《从魏良辅到叶堂——明清度曲理论发展》，苏州大学博士学位论文，2016年。
②李昂：《从魏良辅到叶堂——明清度曲理论发展》，苏州大学博士学位论文，2016年。

显然，李昂是成功的。通过一系列具体的例子，叶堂将"行腔理论"的实际运用作了出色的演示，这种画龙点睛式的操作，与大量的度曲成绩一起，成功塑造了一个影响深远的"依字行腔"唱口流派——叶派，从戏曲实践的角度再次将"依字行腔"唱曲法则的巨大魅力腿上了另一个高峰。从这个意义上讲，李昂将其称为"度曲理论的最终定形"[①]，是有一定道理的。

（7）小结

魏良辅提出"字正、腔圆、板正"的永言唱曲基本原则，并运用该原则成功改良昆山腔，为汉语戏曲的唱法改良提供了杰出示范；沈宠绥接受魏良辅的基本观点，对"正字"行腔进行了全面而深入的理论探索，形成了一系列的方法范畴；徐大椿以音韵学的视野对沈宠绥的理论进行了规范和提升，基本完成了"依字行腔"理论的完善；叶堂师法徐大椿"依字行腔"理论，成功将"口法"理论运用于曲谱制作，完成了度曲理论的定型。从魏良辅、沈宠绥到徐大椿、叶堂，富于民族气质的汉语"依字行腔"唱曲理论经历了从生根、发芽，到壮大、完成的历程。

戏曲领域的"依字行腔"理论的完成，"字正、腔圆、板正"理论的成熟和实践，表明"永言"技术经过漫长的两千多年的发展，终于在明清两代发展到了巅峰。

3.2.5.6　字乐配合技术史概要

字乐配合技术史概要（见表3-8）。

表3-8　字乐配合技术史概要

时代	技术名称	技术类型	技术结果	技术载体	文献	技术发明人
秦汉	永言分化	依字行腔	歌	诗经	虞书、诗序、乐记	咏:周贵族
			诵、读	诗经		诵、读:周贵族
			赋	楚辞、汉大赋		赋:周贵族、屈原
			诵、讴	汉乐府		
			说唱			说唱:周的祭司
汉魏之交	呗声制作	按乐填词	鱼山呗四十二声	梵曲	鱼山声明集步虚声	曹植
唐	五七言歌吟	依字行腔	歌行体新乐府吟诗调	唐诗	歌行体棋亭唱诗吟诗记载	唐代诗人
唐宋元	按乐填词	按乐填词	四声协律入声独押拗句	宋词元曲	词源词论	唐宋词人
明清	戏曲"依字行腔"	依字行腔	腔板（正字、圆腔、合板）	昆曲方戏	曲律弦索辨讹度曲须知乐府传声纳书楹曲谱	魏良辅沈宠绥徐大椿叶堂

---

① 李昂：《从魏良辅到叶堂——明清度曲理论发展》，苏州大学博士学位论文，2016年。

3.2.6　论声乐配合律经典用例——汉语吟诵

汉语吟诵文化的讨论大致集中在几个历史阶段：一是先秦，围绕诗的讽诵展开；二是汉代，围绕乐府的诵讴与大赋的赋诵展开；三是魏晋南朝，围绕梵呗的华化与佛经的汉读展开；四是唐代，围绕近体声歌的吟咏展开；五是清代，围绕地方吟诗调的繁盛展开；六是民国期间，围绕赵元任等近代语言声调研究与杨荫浏等传统音乐研究展开；七是改革开放至今，围绕传统吟诗调的抢救与整理展开。

从研究角度看，刘半农、赵元任的声调研究与杨荫浏等的传统音乐研究分别从语言与音乐两个方向开启了现代吟诵研究之门，近20年的传统吟诗调抢救与整理研究则沿着二者的方向，将研究引向了空前的综合与深入。其中产生较重要的研究成果有：赵元任《中国语言的声调、语调、唱读、吟诗、韵白、依声调作曲和不依声调作曲》，杨荫浏《歌曲字调论》《语言音乐初探》，陈少松《古诗词文吟诵》，尹小珂《传统吟诵调的艺术价值与当前生存状况——有关部分现存吟诵音乐的调查与研究》，杨锋《中国传统咏诵研究》，洛地《"歌永言"，我国（汉族）歌唱的特征——王小盾《〈论汉文化的"诗言志，歌永言"传统〉读后》，孙黎《传统吟诵中的咬字和润腔特征在声乐演唱中的借鉴与运用》，陈演《粤语吟诵的自然发声方法探索研究》。

吟诵是利用"声乐配合律"形成的独特声乐艺术，受"永言"依字行腔①时值伸缩；②旋律美化；③节奏变换；④方言控制等多重影响，呈现出说、读、诵、赋、吟、唱等多样面貌。这导致历史上关于吟诵的描述与讨论真伪交缠，名义舛隔，众说纷纭，需要当代研究者付出极大的努力进行清理和辨析。本书以下结合历史有关吟诵的讨论资料，对吟诵涉及的主要问题进行一个全面的讨论。

3.2.6.1　汉语自然吟诵的本质是什么？

回答：有声调语言的吟诵可以采取自然吟诵方式，自然吟诵的唯一本质是字调的"永言"或曰"长言"，即将语言按字调走向进行旋律化模拟。

（1）吟诵的"永言"本质源于诗三百时代人们对诗歌实践的认知，这种认知一直保持到近代

> 诗言志，歌永言，声依永，律和声。
>
> ——《尚书·尧典》

> 诗者，志之所之也。在心为志，发言为诗；情动于中而形于言。言之不足，故嗟叹之；嗟叹之不足，故咏歌之；咏歌之不足，手之舞之，足之蹈之也。情发于声，声成文谓之音。
>
> ——《毛诗大序》

吟，呻也。

——许慎《说文解字》

按呻者，吟之舒；吟者，呻之急。浑言则不别也。

——清段玉裁《说文解字注》

动声曰吟，长言曰咏。作诗必歌，故言吟咏情性也。

——《毛诗注疏》

发于声而长言之谓吟，形于言而咏歌之谓咏。

——宋段昌武《毛诗集解》

上接近于诵或啸，而下近于歌，乃吟之地位。

——任半塘

中国旧时对于诗歌本来有朗吟的办法，那是接近于唱，也可以说是无乐谱的自由唱。

——郭沫若

"吟"就是介于"读"和"唱"之间的一种拉长声音的读诗文的方法，有一定的腔调和旋律，但不同于唱，没有固定的乐谱。

——杨锋《中国传统咏诵研究》

（2）随着语言认知深入，人们越来越认识到"长言"本质是字调的旋律化模拟，俗称"依字行腔"

传统吟诵的基本规则中有一条规则要求依字行腔。

——孙黎《传统吟诵中的咬字和润腔特征在声乐演唱中的借鉴与运用》

四位先生的吟诵句内音节调值的高低变化趋势同吟诵旋律变化一致，音节调值的变化是吟诵旋律产生的基础。

——杨锋《中国传统咏诵研究》

传统吟诵是音乐与文学相结合的艺术，对吐字清晰的要求会很高，比如在声母、韵母、声调乃至轻声、重声、语调等方面，都有很高的要求。中国汉语有两大基本特征。一是，在音节结构中，元音占主要，因此，汉语的音乐性较强。发元音时，声带颤动，气流通过口腔不受任何阻碍，所以形成一股有规律的音波，这样就构成了乐音。由于音节中元音占主要地位，因而汉语听起来圆润柔和。二是，每个字音，按声调变化来加以区别，不同声调的词语构成诗词韵律的骨架。所不同的是，现在吟诵和歌唱都是以普通话的四声调阴平、阳平、上声、去声来发音的，但在传统吟诵中使用的是平仄系统来发音，平系统包括阴平和阳平，仄系统包括上声、去声和入声，其中入声在现代普通话中已不再使用。

——孙黎《传统吟诵中的咬字和润腔特征在声乐演唱中的借鉴与运用》

（3）"永言"旋律化模拟的基础是字调，故吟诵天然与自然语言说话接近，而与按谱唱歌远离

吟诵并不是单一的读或者唱，吟诵的发声音色应该是以说话声音为基础的自然延伸和拓展，而不是独立的再造。吟诵的时候应该是自然的说话表达，而不是追求美的表现，普通话吟诵如此，粤语吟诵亦然。不管我们口持何地方言，说话交流的时候是我们发声最自然的时候，建立在说话基础上的发声方法肯定也是自然的发声方法。

——陈演《粤语吟诵的自然发声方法探索研究》

吟诵是什么？众多学者认为："吟诵是中国人独有的一种读书方法，它介乎读与唱之间。"《汉语大辞典》对吟诵也有相关解释："一是泛指读书，二是指有节奏的诵读诗文。"笔者认为这样的解释还不全面，"吟诵"包含着"吟唱"与"诵读。""吟"，注重腔调，而"诵"，则注重其读。从声音角度出发，笔者更倾向于如此定义：吟诵是统一了读与唱的一种中国式读书方法，它能同时体现汉语文字的音乐性和语言性……那什么是自然的发声状态呢？就是自然说话。本书就试图在自然说话的基础上，帮助吟诵者建立一套自然的发声方法……

——孙鹏祥《吟诵自然发声方法研究》

访谈对象基本信息：泰勒吴（原名吴军华），著名吟诵专家，中华吟诵学会广东中心负责人。

访谈过程：

……

问："如果粤语吟诵做发声方法的研究，你认为最主要的是什么？"

答："发声方法还不是最主要的，最主要的首先要会粤语。吟诵不是唱歌，能够自然的说粤语就基本能满足学习粤语吟诵的需要了。"

——陈演《粤语吟诵的自然发声方法探索研究》

（4）固定旋律的唱诗，不能认为是"吟诵"，其实只是脱离"长言"的"按谱唱诗"，即使它借助了某种定型吟诵调

吟诵的"长言"本质，决定了它不可能有固定乐谱。吟诵调天生具有即兴自由的特点，无法也无必要打谱，从某个角度也可以说，不存在所谓的吟诗调。当某种即兴吟诵被记录传播开来，形成一种固定的乐调，这个吟诗调也就失去了它的鲜活生命力。当然，从纯音乐的角度看，将一次好听的吟诵调记录下来，命名为"吟诵调"，并用这种固定乐调去唱一些同类句型的诗文，也不是不可以。但这种"按谱演唱"的唱诗方式显然不能再被称之为"吟诵"。在现实状况中，这种按谱唱诗在民间仍然有一定市场，常被误解为是吟诵的一般情况。如以下杨锋在吟诵调查和研究中所面临的情况：

本书采录了四位吟诵人，基本覆盖各大方言区。语料包括五七言近体诗、古体诗、词和古文共首，信号有语音、嗓音、胸呼吸和腹呼吸四路信号。建立言语呼吸韵律分析系统，对信号添加韵律层级和呼吸重置标记，提取各层韵律单元的时长、振幅、边界时长等参数，嗓音信号的基频、开商和速度商等参数，胸腹呼吸的重置幅度、时长、斜率、面积等参数，分析古诗词文吟诵和朗读的在韵律、嗓音发声和呼吸三方面的差异，探索语言与音乐间的关系和古诗词文的吟诵方法……五言、七言近体诗朗读和吟诵的不同主要在于音步节奏的划分不同和长短交替变化，以及吟诵中句末的拖腔。由顿歇形成的音步是节奏的基础，音步是节奏的最小单元，也是节奏的基本单元。平格律一致的近体诗，吟诵的旋律模式也就相同，也就是说可以用同样的方法去吟诵相同句式类型的近体诗。相同类型的近体诗吟诵旋律接近，而且节奏完全一致。如表所示是词和古文吟诵特点。词有词牌，每种词牌的行数、字数、韵位、平仄的规则都是固定的，相同词牌的旋律是相同的，会吟诵一首也就可以按照此旋律去吟诵同词牌的其他词。而古文无平仄格律，因此吟诵旋律多变，灵活多样。

——杨绛《中国传统咏诵研究》

其实验结果关于旋律的部分"平仄格律一致的近体诗，吟诵的旋律模式也就相同，也就是说可以用同样的方法去吟诵相同句式类型的近体诗。相同类型的近体诗吟诵旋律接近，而且节奏完全一致。如表所示是词和古文吟诵特点。词有词牌，每种词牌的行数、字数、韵位、平仄的规则都是固定的，相同词牌的旋律是相同的，会吟诵一首也就可以按照此旋律去吟诵同词牌的其他词"，如果不是实验者的数据有误，那么就只能说明实验所采用的对象——参与实验的四位"吟诵者"的吟诵工作，实际上只是"按谱唱歌"，并不是吟诵。

值得注意的是宋词的情况。宋词的吟诵情况是较为特殊的。按道理，宋词原是"按谱填词"，一个词牌就是一个既定乐谱，所以宋词的唱只能说是按谱"演唱"而不能有吟诵一说。但是，当词调消亡之后，不同地域的人们开始根据自己的理解自由"吟诵"一首词，显然，这个吟诵是即兴的、与方言声调相关联的、只遵循基本"永言"规律，形成的曲调也是随方言、随时、随人而异的。在这个时候，一首词的吟诵并不形成某个固定的吟诵曲调，更不用说一个包含很多词的词牌。在实际中，人们往往用吟诵一首词说得到的固定乐调去唱同词牌的其他词，这显然还是"按谱唱词"，而不是真正的吟诵。（词牌的基本格律是讲平仄，而一首词的吟诵是要讲四声字调，所以显然同词牌的不同词在吟诵的基础旋律上是不可能相同或类似的，自然也就不适合用一个词的调子去唱另一首同曲牌的词）

3.2.6.2　吟诵的对象有哪些？

吟诵的对象是有声调语诗文，在中国则呈现为汉语诗文：其中较容易吟诵的部分是汉语诗词，其次是骚赋与骈文；最难吟诵的是散文，其难易差别主要基于节奏创造的难易。

（1）因为诗的较整齐节奏，诗的"永言"吟诵应是最早最容易的

王弗听，问之伶州鸠。对曰："臣之守官弗及也。臣闻之，琴瑟尚宫，钟尚羽，石尚角，匏竹利制，大不踰宫，细不过羽。夫宫，音之主也。第以及羽，圣人保乐而爱财，财以备器，乐以殖财。故乐器重者从细，轻者从大。是以金尚羽，石尚角，瓦丝尚宫，匏竹尚议，革木一声。夫政象乐，乐从和，和从平。声以和乐，律以平声。金石以动之，丝竹以行之，诗以道之，歌以咏之，匏以宣之，瓦以赞之，革木以节之。物得其常曰乐极，极之所集曰声，声应相保曰和，细大不踰曰平。如是，而铸之金，磨之石，系之丝木，越之匏竹，节之鼓而行之，以遂八风。于是乎气无滞阴，亦无散阳，阴阳序次，风雨时至，嘉生繁祉，人民和利，物备而乐成，上下不罢，故曰乐正。今细过其主妨于正，用物过度妨于财，正害财匮妨于乐。细抑大陵，不容于耳，非和也。听声越远，非平也。妨正匮财，声不和平，非宗官之所司也。夫有和平之声，则有蕃殖之财。于是乎道之以中德，咏之以中音，德音不愆，以合神人，神是以宁，民是以听。若夫匮财用，罢民力，以逞淫心，听之不和，比之不度，无益于教，而离民怒神，非臣之所闻也。王不听，卒铸大钟。二十四年，钟成，伶人告和。王谓伶州鸠曰："钟果和矣。"对曰："未可知也。"王曰："何故？"对曰："上作器，民备乐之，则为和。今财亡民罢，莫不怨恨，臣不知其和也。且民所曹好，鲜其不济也。其所曹恶，鲜其不废也。故谚曰：'众心成城，众口铄金。'三年之中，而害金再兴焉，惧一之废也。"王曰："尔老耄矣！何知？"二十五年，王崩，钟不和。

——《国语·周语下》

平公说新声，师旷曰："公室其将卑乎！君之明兆于衰矣。夫乐以开山川之风也，以耀德于广远也。风德以广之，风山川以远之，风物以听之，修诗以咏之，修礼以节之。夫德广远而有时节，是以远服而迩不迁。"

——《国语·晋语八》

十有三年，学乐、诵诗、舞勺。

——《礼记内则》

诵诗三百，弦诗三百，舞诗三百。

——《墨子》

兴于诗，立于礼，成于乐。

——《论语泰伯》

三百五篇，孔子皆弦歌之。

——司马迁《史记》

（2）散文的"永言"吟诵虽较诗歌为难，"长言"程度或不及诗，但也起源甚早，且源远流长

> 元代吾丘衍《闲居录》："孔子读《春秋》，老聃据灶觚而听之。"清代刘熙载在《艺概》中论述到："《庄子·逸篇》，仲尼读《春秋》，老聃踞灶觚而听，虽属寓言，亦可为《春秋》尚读之证。"可知诵读《春秋》成为一种风气，他还提到："公穀两家善读春秋本经，轻读、重读、缓读、急读，读不同而义以别矣。"唐代冯赞《云仙杂记》中记载："钱芸士好读离骚，手不暇揭，忘去肉味半月，如斋姑臧记。"汉代刘珍《东观汉记》中记载："高凤，字文通，南阳人。诵读昼夜不绝，妻尝之田，曝麦于庭，以竿授凤，令护鸡。凤受竿诵经，如故天大雷暴雨掩没，凤留意在经史，忽不视麦，麦随水漂去。"刘总在《文心雕龙声律》指出："声画妍蚩，寄在吟咏，吟咏滋味流于下句，气力穷于和韵，异音相从谓之和，同声相应谓之韵。"也就是说作进入唐代后，格律日益严格规整，近体诗形成后诗歌吟诵也随之更加繁荣。诗人通过吟诵去创造诗歌，同时用吟诵去鉴赏、品味诗歌。白居易《白氏长庆集》中有："前事不须问著，新诗且更吟看"。杜甫在《杜诗附记》中说到："诗必自改定之而拍节长吟之…新诗改罢自长吟愈阻之有味矣。"韩愈在《昌黎先生文集》中说道："口不绝吟于六艺之文，手不停披于百家之编。"同时他还在《详注昌黎先生文集》提出"气盛言宜"之说："气，水也；言，浮物也。水大而物之浮者小大毕浮，气之与言犹是也，气盛，则言之短长与声之高下者皆宜。"他认为句式的长短声调的高低与文章的气势是相辅相成的，我们可以理解为通过吟诵表现出了句式的长短和声调的高低，那么文章的气势也就表现出来了。
>
> ——杨锋《中国传统咏诵研究》

3.2.6.3　吟诵有哪些具体形态？

"长言"程度与修饰方式的不同，包括①时值伸缩；②旋律修饰；③节奏形态，形成说、读、讽、诵、赋、吟、歌、唱、曲、讽诵、讽读、诵读、诵唱、吟诵、吟唱、说唱、说白等特殊形态。

大致而言，说白与诵读接近于日常语态："永言"时值较短，旋律修饰不多，节奏较为散漫自由；说唱亦接近于日常语态，"永言"的长短和旋律的修饰与诵读相近，但节奏感要求强，可以说是一种节奏化的诵读；讽赋则要求在一定语态下较为夸张的诵读：时值拉长；旋律强化，要求一定的节奏型，可以说是一种特殊要求的吟诵；吟诵则在诵读的基础上进一步拉长声调，夸张旋律，并逐渐追求相适应的节奏形态，但总体上节奏要求不需要很强；吟唱则较吟诵又更进一步拉长声调夸张旋律追求节奏，基本上等同于较为自由的歌唱了。从总体上看，诵读永言程度最低，接近于日常语态的说，吟唱永言程度最高，接近于音乐形态的唱，而吟、说唱则介乎二者之间，诵、吟、唱构成了实际吟诵的连续形态。

需要强调的是，日常生活中，人们对于概念的运用却不是那么精密和规范，这些概念的运用常常是非常含混甚至混淆的。

（1）声歌

声歌即有声调语言永言形成的歌曲。声歌是中国语言音乐的独特艺术形态，在先秦即被发现并被运用于音乐描述，虽然人们并不是很清楚它的本质。

> 帝喾命咸黑作为声歌——九招、六列、六英。以仲春之月，乙卯之日，日在奎，始奏之，命之曰咸池。
>
> ——吕氏春秋·古乐

> 耳之情欲声，心不乐，五音在前弗听。
>
> ——吕氏春秋·适音

> 鞮鞻氏掌四夷之乐。与其声歌。祭祀。则钟而歌之。燕亦如之。
>
> ——周礼·春官宗伯

（2）讽、诵、赋

讽、诵、赋皆源于对诗三百的语言音乐形态的认知，是永言的较为低级的存在，但较日常语言其长言程度要略高，并有一定的节奏要求。

> 大司乐掌成均之法。以治建国之学政。而合国之子弟焉。凡有道者。有德者。使教焉。死则以为乐祖。祭于瞽宗。以乐德教国子。中。和。祗。庸。孝。友。以乐语教国子。兴。道。讽。诵。言。语。以乐舞教国子。舞云门。大卷。大咸。大磬。大夏。大濩。大武。以六律。六同。五声。八音。六舞。大合乐以致鬼神示。以和邦国。以谐万民。以安宾客。以说远人。以作动物。乃分乐而序之。以祭。以享。以祀。乃奏黄钟。歌大吕。舞云门。以祀天神。乃奏大蔟。歌应钟。舞咸池。以祭地示。乃奏姑洗。歌南吕。舞大磬。以祀四望。乃奏蕤宾。歌函钟。舞大夏。以祭山川。乃奏夷则。歌小吕。舞大濩。以享先妣。乃奏无射。歌夹钟。舞大武。以享先祖。凡六乐者。文之以五声。播之以八音。凡六乐者。一变而致羽物。及川泽之示。再变而致裸物。及山林之示。三变而致鳞物。及丘陵之示。四变而致毛物。及坟衍之示。五变而致介物。及土示。六变而致象物。及天神。凡乐。圜钟为宫。黄钟为角。大蔟为征。姑洗为羽。雷鼓雷鼗。孤竹之管。云和之琴瑟。云门之舞。冬日至。于地上之圜丘奏之。若乐六变。则天神皆降。可得而礼矣。凡乐。函钟为宫。大蔟为角。姑洗为征。南吕为羽。灵鼓。灵鼗。孙竹之管。空桑之琴瑟。咸池之舞。夏日至。于泽中之方丘奏之。若乐八变。则地示皆出。可得而礼矣。凡乐。黄钟为宫。大吕为角。大蔟为征。应钟为羽。路鼓路鼗。阴竹之管。龙门之琴瑟。九德之歌。九韶之舞。于宗庙之中奏之。若乐九变。则人鬼可得而礼矣。
>
> ……

　　大师掌六律六同。以合阴阳之声。阳声。黄钟。大蔟。姑洗。蕤宾。夷则。无射。阴声。大吕。应钟。南吕。函钟。小吕。夹钟。皆文之以五声。宫。商。角。徵。羽。皆播之以八音。金。石。土。革。丝。木。匏。竹。教六诗。曰风。曰赋。曰比。曰兴。曰雅。曰颂。

　　……

　　小师掌教鼓。鼗。柷。敔。埙。箫。管。弦。歌。大祭祀。登歌击拊。下管击应鼓。彻歌。大飨。亦如之。大丧。与廞凡小祭祀。小乐事。鼓鞞。掌六乐声音之节与其和……瞽蒙掌播鼗。柷。敔。埙。箫。管。弦。歌。讽诵诗。世奠系。鼓琴瑟。掌九德六诗之歌。以役大师。

　　……

　　典同掌六律六同之和。以辨天地四方阴阳之声。以为乐器。凡声。高声䃂。正声缓。下声肆。陂声散。险声敛。达声赢。微声鞞。回声衍。侈声筰。弇声郁。薄声甄。厚声石。凡为乐器。以十有二律为之数度。以十有二声为之齐量。凡和乐亦如之。

　　……

　　笙师掌教龡竽。笙。埙。钥。箫。篪。篴。管。舂牍。应。雅。以教祴乐。凡祭祀飨射。共其钟笙之乐。燕乐亦如之。大丧。廞其乐器。及葬。奉而藏之。大旅。则陈之。

——《周礼·春官宗伯》

　　诵,讽也;
　　讽,诵也。

——《说文解字》

　　倍文曰讽,以声节之曰诵。倍同背。谓不开读也。诵则非直背文,又为吟咏以声节之。

——段玉裁《说文解字注》

(3) 吟咏

吟咏是对吟的一种较为宽泛的说法,即永言,旋律夸张,要求节奏。

　　吟咏性情,以风其上。

——"吟"的最早出现,周卜商《诗序》

　　声画妍蚩,寄在吟咏,吟咏滋味流于下句,气力穷于和韵,异音相从谓之和,同声相应谓之韵。

——刘勰《文心雕龙·声律》

　　唐人诗一家自有一家声调,高下疾徐皆合律。吕吟而择之令人有闻韶味之意。

——明刘绩《霏雪録》

诗者吟咏性情者也，盛唐诸人惟在兴趣，如羚羊挂角无迹可求，故其妙处透彻玲珑不可凑泊，如空中之音，相中之色，水中之月，镜中之象，言有尽而意无穷。

——清代蔡钧《诗法指南》

吟咏性情有，以合乎诗人之本志。

——戴望《谪麈堂遗集》

要在熟读古人诗，吟咏而自得之，耳昔人云法在心头，泥古则失是已然，而起伏顿挫，亦有自然之节奏在。

——清郎廷槐《师友诗传录》

(4) 读、诵读

读、诵读是较为低级的永言存在，接近于日常语态，最早出现在《春秋》等散文的描述上。

孔子读《春秋》，老聃据灶觚而听之。

——元吾丘衍《闲居录》

《庄子逸篇》，仲尼读春秋，老聪跟竜觚而听，虽属寓言，亦可为春秋尚读之证……公穀两家善读春秋本经，轻读、重读、缓读、急读，读不同而义以别矣。

——清刘熙载《艺概》

钱芸士好读离骚，手不暇揭，忘去肉味半月，如斋姑臧记。

——唐冯赞《云仙杂记》

高凤，字文通，南阳人。诵读昼夜不绝，妻尝之田，曝麦于庭，以竿授凤，令护鸡。凤受竿诵经，如故天大雷暴雨掩没，凤留意在经史，忽不视麦，麦随水漂去。

——汉刘珍《东观汉记》

(5) 吟

吟中国文化中最独特的概念之一，一般解释为"长言"的意思，吟是声调语言和音乐的结合形态，其本质就是有声调语言的长言蔓延形成旋律化过程。最早运用于诗经描述，到唐代则广泛运用于诗歌的声唱实践。

陶冶性灵在底物，新诗改罢自长吟。

——杜甫《解闷十二首其七》

口不绝吟于六艺之文，手不停披于百家之编。

——韩愈《昌黎先生文集》

前事不须问著，新诗且更吟看。

——白居易《白氏长庆集》

童子解吟长恨曲，胡儿能唱琵琶篇。

——唐李忱《吊白居易》

诗必自改定之而拍节长吟之……新诗改罢自长吟愈阻之有味矣。

——翁方纲《杜诗附记》

陈少松先生认为"吟"和"诵"是有区别的，也有共同之处。两者之同在于都按照一定的腔调，用抑扬顿挫的声调有节奏地读，表现出具有一定旋律美的语言。两者之异在于"吟"更重音乐的节奏，旋律更鲜明，声音拉的更长，腔调更复杂；"诵"偏重语言的节奏，声音较短，腔调比较简单。

——杨锋《中国传统咏诵研究》

清代厉鹗《樊榭山房集》中有：隔院飞来，巧喉如簧，初闻可怜；正金经学诵，生成柔软；珠歌教唱，分外清圆；花下呖呖，帘中断断，小玉频呼密意传，吟郎句，惯临流对月，韵更悠然。"从中可看出，对经文用"诵"，对诗文用"吟"，对歌用"唱"。

——杨锋《中国传统咏诵研究》

(6) 吟诵

吟诵是一个较为含混的概念，一般认为它的语义重心落在"诵"上，但有时候又概指吟和诵的所有形态。

莫不吟诵在心，撰成于手。

——《庾开府集笺注》

中国的吟诵是大致根据字的声调来即兴的创一个曲调，而不是严格的照着声调来产生一个丝毫不变的曲调来。

——赵元任《中国语言的声调、语调、唱读、吟诗、韵白、依声调作曲和不依声调作曲》

赵元任先生在《中国语言的声调、语调、唱读、吟诗、韵白、依声调作曲和不依声调作曲》一文给吟诵下了定义，"中国的吟诵是大致根据字的声调来即兴的创一个曲调，而不是严格的照着声调来产生一个丝毫不变的曲调来"。王恩保先生定义吟诵为"古诗文吟诵，是吟诵者通过自己的声音形象来表达诗文内容与感情的一种艺术形式。诗词吟诵要求反映古诗词的平韵律及吟诵者对古诗词体会到的底蕴。"他把吟诵概括为：是把古代诗文连哼带唱地表演出来或连哼带念地表达出来的一种艺术形式"。陈炳铮先生认为吟诵定义有狭义和广义的分别：广义的吟诵包括"朗吟",接近于唱,但似唱而非唱的"半念半吟",注重节奏和声调,但旋律性较差,接近于朗诵。狭义的吟诵则专指"吟唱",不仅注重声调、节奏和旋律,更讲究腔调的优美,是一首语言与音乐完美结合的声乐作品。我们这里讨论的吟诵"是广义上的传统吟诵,泛指用抑扬顿挫的声调去有节奏的读古诗词文的方式。其主要特征有两点:第一,有一定的旋律,拉长声音;第二,有抑扬顿挫的节奏。

——杨绛《中国传统咏诵研究》

温州吟诵调是以温州方言为载体,由说念吟唱四种语言形态共同作用形成的一种语言复合体。它曾经广泛流行,普及到社会生活的各个层面。诸如三家村学究教调蒙童念书;士子书生们的吟诗唱和;畸农市女顺口可歌的村坊小曲;少年儿童钟爱的童谣儿歌;觋师巫婆请神作法时的念念有词;僧道佛事道场的经言咒语等,使用的都是乡语的吟诵调。此外,温州的曲艺如鼓词、道情、莲花、花鼓、唱龙船、参龙、卖技(卖纻)、仓南渔鼓(嘭嘭咚)、泰顺钹书,无论是说、念、吟、唱,都是以吟诵调为基准的延伸与嬗变。吟诵调最基本的表现就是"吟诗"……"吟诗窠"是用温州方言吟诵一首诗,通过字声的发音在的一定的时值中自然形成的声调,只要不改变方言的性质,任何人吟诵一首诗,其吟诵的声调都会大同小异。掌握了吟诵调的基本调式即"吟诗窠"后,就能够举一反三,对古典是诗文中的不同句式进行吟诵。因为我们已经掌握了"倚声度曲"的原理,每个字声要与其构成的旋律相对应……温州吟诵调是开放的、自由的、最原始、最草根的语言形态,同时它又是多种民间说唱艺术的载体。既然它是一种顺口可歌的随心令,当然不需要墨守成规,只要不违背语言的基本规律(倚声度曲依字行腔),在遵从词性本义的词组切分方式下,完全可以打破四句八节的框框,行腔中可以增加拉长、加花,衬字、重句等,使旋律更加丰富多彩。

——沈不沉《"温州腔"新论》

3.2.6.4 吟诵有哪些特征化技巧?

"长言"的独特处理,包括①时值伸缩;②旋律修饰;③节奏变换,造成了汉语吟诵不同于普通歌唱的特征声乐表现:倚音、拖音、截断音、滑音、摇音(颤音、波音)、哼唱音、沉吟音、橄榄音等,统称为"腔音"。

(1) 如"腔音"接近于唱,则形成所谓"腔音唱法"

传统吟诵的基本规则中有一条规则要求依字行腔。那么该如何"行腔"呢行的又是什么"腔"呢?

传统吟诵非常讲究"变化",即音的高低、快慢、轻重都在不断变化之中。吟诵界普遍将这种不断变化的发音方法被称为"腔音唱法"。传统吟诵常使用这种"腔音唱法"。这种唱法主要体现在三个方面橄榄型发音、装饰音、呼吸。传统吟诵只有使用"腔音唱法"，才会显得比较有韵味，才算是传统的吟诵。目前的吟诵也依然遵循这种方法。

提到"腔音唱法"，首先要提到的是"橄榄型发音"。"橄榄型发音"，顾名思义，就是发出像橄榄一样形状的声音。字音是由声母、韵头、韵腹、韵尾组成的，橄榄型发音，不仅要将这四部分依次清晰的发出，同时还要把音强放在韵腹上，并将声音最大化，其余部分发音时值相对平均。比如程曦老师吟诵的《水调歌头·"明月几时有"》中，"天"字则是"t-i-a-n"依次发出，在"a"韵上音强最大化，然后在上收韵。值得一提的是，在传统吟诵中不是只有在节奏点上的字才需要使用橄榄型发音，而是所有的字都可以运用橄榄型发音的方法。

同时，"腔音唱法"里装饰音的使用也是相当频繁的。"腔音唱法"中主要使用倚音、摇音、波音、滑音这四种装饰音。在程曦老师吟诵的这首《水调歌头·明月几时有》中：

"我欲乘风归去，又恐琼楼玉宇"这句当中，"欲""去""楼""宇"都使用了倚音。比如，"欲"字，唱完一拍后休止半拍，再接带有倚音的八分音符。而且在"欲"字的第一拍上还使用了上波音。"乘"字在旋律进行中使用了上滑音和下滑音，而且程曦老师将这个"乘"字吟诵的比较夸张，可以看出，这里的旋律进行到了一个小高潮，情绪上表达出作者虽然政治上失意，心中无比抑郁惆怅，却没有陷在消极悲观的情绪中，而以超然的思想排除忧患，表达出他对生活的热爱。另外，"风"字，是先带有上波音的半拍，然后再拖拍。在拖这拍的时候程曦老师运用了摇音。让人听到之后能立刻体会到作者当时的忧郁而又非常复杂矛盾的心理状态。正是因为有了这个摇音，立刻让这幅画面活跃了起来。因为这不仅仅只是一个摇音，它表达了作者的感情和诗词的意境。

在"腔音唱法"中，摇音有更高层次的要求。声乐演唱中的摇音声乐演唱中多称颤音主要表现为音高快速、均匀的波动，而吟诵中的摇音，不仅表现为音高的不均匀波动，还表现为音强的不均匀波动，也就是音高、音强都要波动，营造出一种时断时续、时有时无、时近时远的意境。这里我只列举了其中的两句，其实在这首词中，装饰音的运用非常频繁，几乎是每小节都有，这里就不一一赘述了。

所以，吟诵也可以理解为另一种方式的歌唱。提到歌唱，首先想到的就是呼吸。其实，呼吸也是传统吟诵"腔音唱法"中一个很重要的特点。

在声乐演唱中有这样一种说法，"三分情，七分气"，可见气息在声乐演唱中的重要性。在传统吟诵中，稳定充足的气息也是必不可少的。没有好的气息，吟诵就会出现"气弱而音薄，气短而音促"的情况，那样是很糟糕的。

——孙黎《传统吟诵中的咬字和润腔特征在声乐演唱中的借鉴与运用》

两位老师都能够娴熟的把握各种声乐作品的艺术风格，这源于他们能很好的把握歌词的音韵美，以字带腔，以腔带声，以声带情，表达出了词曲作者意图想要表现的情感。同时能够广泛而灵活地运用"倚音""滑音""波音""摇音""缓吸""缓呼""急吸""急呼""橄榄型发音"等吟诵的咬字与润腔特征，特别是运用在中国古典声乐作品的演唱中，将诗人描写的意境以及诗人心中无法言喻的情怀统统融入到声音中去，达到了人曲合一的境界。

——孙黎《传统吟诵中的咬字和润腔特征在声乐演唱中的借鉴与运用》

粤语吟诵的传承人吕君忾老先生对粤语吟诵的特点和方法都作了科学系统的总结，包括有：平长仄短、装饰音过渡、韵尾拖腔、依字行腔、依义行腔、依音行腔、入声字归仄腔、平声定音法等等。其中"平声定音法"是粤语吟诵最重要的总结：诗词作品的押韵分平声韵和仄声韵两大类（入声韵归仄声韵），粤语吟诵中的阴平调和阳平调对应353或525两组音列，当作品押平声韵时选取525这组音列，以阳平发5定音，阴平发2或5；当作品押仄声韵时选取353这组音列，以阴平发3定音，阳平发3或5。其他声调依字依义即兴发音。

——陈演《粤语吟诵的自然发声方法探索研究》

(2)"腔音唱法"的审美追求可归纳为字正、腔圆、板合

明魏良辅曾将唱曲的要求归纳为三个方面："曲有三绝，字清为一绝，腔纯为二绝，板正为三绝。"

字清即要求咬字清楚，腔纯则要求用同种方言，板正则要求合乎节奏，可以说很全面的概括了永言应该注意的事项。后人在此基础上，又提出"字正腔圆"一说，其中字正包括了字清和腔纯两个方面，而又别提出"腔圆"的要求，可以说是很清晰地注意到了"永言"吟曲时最难把握的旋律美化即所谓"润腔"问题——依字行腔得到的可能是非常难听的旋律，只有将其润饰美化，才能形成动听的乐音，这也是吟唱大量运用拖音、倚音、滑音、截断音、摇颤音的原因。所以综合起来看，"腔音唱法"的审美追求就可以归纳为字正、腔圆、板合。

(3)"腔音"吟诵不等同于"腔音唱法"，前者要宽泛得多

腔音是语言音乐的综合艺术，而"腔音唱法"只是音乐艺术。腔音是独特的汉语声乐模式（这里的声乐不属于音乐概念），而腔音唱法则基本上归类为音乐的一个门类。"腔音"所形成的艺术形式非常广泛的，不能简单归类为音乐。以温州吟诗调为例：

温州吟诵调是以温州方言为载体，由说念吟唱四种语言形态共同作用形成的一种语言复合体。它曾经广泛流行，普及到社会生活的各个层面。诸如三家村学究教调蒙童念书；士子书生们的吟诗唱和；畸农市女顺口可歌的村坊小曲；少年儿童钟爱的童谣儿歌；觋师巫婆请神作法时的念念有词；僧道佛事道场的经言咒语等，使用的都是乡语的吟诵调。此外，温州的曲艺如鼓词、道情、莲花、花鼓、唱龙船、参龙、卖技（卖纱）、仓南渔鼓（嘭嘭咚）、泰顺铳书，无论是说、念、吟、唱，都是以吟诵调为基准的延伸与嬗变。吟诵调最基本的表

现就是"吟诗"……"吟诗窦"是用温州方言吟诵一首诗，通过字声的发音在的一定的时值中自然形成的声调，只要不改变方言的性质，任何人吟诵一首诗，其吟诵的声调都会大同小异。掌握了吟诵调的基本调式即"吟诗窦"后，就能够举一反三，对古典是诗文中的不同句式进行吟诵。因为我们已经掌握了"倚声度曲"的原理，每个字声要与其构成的旋律相对应……温州吟诵调是开放的、自由的、最原始、最草根的语言形态，同时它又是多种民间说唱艺术的载体。既然它是一种顺口可歌的随心令，当然不需要墨守成规，只要不违背语言的基本规律（倚声度曲依字行腔），在遵从词性本义的词组切分方式下，完全可以打破四句八节的框框，行腔中可以增加拉长、加花，衬字、重句等，使旋律更加丰富多彩。①

3.2.6.5　吟诵与方言到底有何关系？

"长言"受控于方言字调。理论上各地方言字调互别，故一地有一地吟诵调。即在听觉上能够相互区分字调的方言必然形成不同旋律特征的吟诵调。

（1）同一首诗，各地吟诵调不同

赵元任认为："吟诗没有唱歌那么固定；同是一句"满插瓶花罢出游"，不用说因地方不同而调儿略有不同。就是一个人念两次也不能工尺全同，不过大致是同一个调儿就是了。"

（2）吟诵调的发展受制于方音，具有地域特征

如粤语吟诵可考的一支传承，表现出了充分的地域特性：

吕君忾老先生在《格律诗词之粤语吟诵》一文中对晚清期间粤语吟诵的发展有表述："岭南诵诗之法，始自陈澧（1812—1882），道光壬辰举人，官河源县学训导。精言律，有《声律通考》《切韵考》传世。1842年，两广总督阮元于广州创学海堂，聘其为学长。后又任菊坡精舍山长。所传弟子黄元直（梅伯），清末举人，官任江西瑞昌知县，亦以吟诵为能事。粤语吟诵之发展当数岭南词学家陈洵（述叔）（1871—1942），青壮年时为黄梅伯家塾师，视梅伯亦师亦友，随其江右十数年，深得讽咏之旨。"现代，代表性的粤语吟诵承传人和推广人应是词学家、书法家朱庸斋先生（广东新会人，1920—1983）。朱庸斋先生出身书香世家，他的祖父朱缉兴是朱次琦的弟子，康有为同门。他的父亲朱恩溥是康有为的弟子，少年时的朱庸斋就随众师叔伯游历学习并师从陈洵学词。朱庸斋曾历任广东大学、广州大学、文化大学等校的词学讲师。建国后曾任广东省文史馆馆员，中国书法家协会广东分会理事、广东园林学会理事、荔枝湾园林学会顾问、荔湾区地名办顾问等职。1960年以后在家设帐授徒，早期弟子有蔡国颂、杨平森、沈厚

---

①沈不沉：《"温州腔"新论》，叶长海主编《曲学》第三卷，上海：上海古籍出版社，2015年，第118—123页。

韶、崔浩江、吕君忮、郭应新、王钧明、陈永正、古健青等；六十年代末至七十
年代，又有梁雪芸、李国明、梁锡源、蔡庭辉、苏些雯等弟子，其门徒后来多为
教授、讲师、编辑、诗书画家等名家。朱庸斋从传统诗词文化出发，结合粤地
音乐文化吸收拖腔之法丰富了吟诵技巧和艺术效果，其吟诵理念由众弟子传承
至今。

——陈演《粤语吟诵的自然发声方法探索研究》

(3) 掌握一方吟诵调的前提是会说该地方言（核心是熟知声调）

访谈对象基本信息：泰勒吴（原名吴军华），著名吟诵专家，中华吟诵学会
广东中心负责人。

访谈过程：

……

问："如果粤语吟诵做发声方法的研究，你认为最主要的是什么？"

答："发声方法还不是最主要的，最主要的首先要会粤语。吟诵不是唱歌，
能够自然的说粤语就基本能满足学习粤语吟诵的需要了。"

——陈演《粤语吟诵的自然发声方法探索研究》

3.3 论隐性文化空间竞争

本章从文化空间的角度探讨格律文化的兴衰原理，提出了隐性文化空间和隐性空
间竞争概念：首先通过对三亚咸水歌隐性文化空间结构、功能的演变研究探讨了一种
具体文化的传承困境问题；其次通过对语文教育过程中的格律文化教育问题的研究，
展现了面对文化空间竞争，格律文化工作者应该采取的态度和可以采取的途径。

3.3.1 三亚咸水歌的CCSX隐性文化空间分析①

3.3.1.1 三亚咸水歌文化的两种空间

三亚咸水歌是海南咸水歌的一个部分，海南咸水歌是岭南咸水歌一个部分，研究
三亚咸水歌首先面临着文化空间的确定问题。文化空间有显性和隐性之分，人们往往
容易关注文化的显性空间，即文化占据的地域空间，而忽视文化的隐性空间，即文化

---

① 本节系范秀玲指导、笔者主笔之文，主要内容曾以《三亚咸水歌隐性文化空间研究——基于
CCSX 文化空间分析》《三亚咸水歌隐性文化空间》为题陆续发表于《文艺争鸣》，2017年第12期、
2018 年第5期，笔者为第二作者。原文系由格律文化传播一个具体而微的案例引发的理论探索，其中
关于文化空间的讨论与本课题内容重合，故全文引入，以说明文化传播空间竞争的诸种特性及意义。
在此对范先生的指导致以诚挚的感谢。

作为一种有机结构所具备的内在空间，后者可称为一种隐喻空间。文化的显性空间有利于我们了解一种文化的地域范畴和地域变迁，而文化的隐性空间则提供给我们关于这种特定文化的特定构成性质。显然，文化的隐性空间具有更为实质性的意义。

（1）显性空间

1）咸水歌的显性空间

咸水歌的显性空间与疍家人聚居地有关。相关研究表明，三亚并非咸水歌的唯一显性空间，咸水歌广泛分布于广东、广西、海南、福建等地。

咸水歌研究支持这一点，如肖明君2014年总结当时咸水歌研究注意到的几个显性空间：

> 主要收集自2007年至2014年知网和万方收录的论文，以"咸水歌音乐"为主要研究对象的期刊13篇，其中以2007年发表的《珠江三角洲咸水歌的起源与发展》最早。2010年前共发论文2篇，2010年及以后共发论文11篇。可见，2010年以后学者们开始重视咸水歌的音乐研究。这13篇论文研究的咸水歌，分布在广西的北海，广东的中山、广州、东莞、阳江等地区，主要研究广西北海咸水歌、中山咸水歌、广州咸水歌、东莞咸水歌、阳江咸水歌。"[1]

当时的显性空间研究还主要集中在两广沿海。近几年，地方咸水歌研究向海南推进，证明了陵水与三亚两个地区作为海南咸水歌显性空间的重要地位。这主要得力于当地文化部分的调查及张巨斌等人的研究。张巨斌等《海南疍歌初探》一文附录2014年《海南疍歌调研实录》，结合对海南陵水县新村镇和三亚河西村南滨海渔村的疍歌情况初步调查指出：

> 对当下海南疍民文化色彩浓厚的陵水新村港和三亚市河西区南滨海村、渔港村的疍民进行了调查，陵水新村73岁的疍民郭世荣（疍歌传承人及权威）说，新村的疍民约有8千人，他的祖上从广东沿海迁居新村港，至今已有百余年历史，三亚市河西村南滨海渔村的疍民歌手梁云志（疍歌省级传承人）说，三亚的疍民约有1.5万人，其祖上也是几百年前从广东迁居而来的，他们小时候说的就是粤语疍家话，他们的孩子主要说海南话，到了孙子们则主要说普通话。由于海南疍民同两广疍民有一定的关联，其语言主要是粤语疍家话，其疍歌的名称与两广疍歌大同小异或名异实同，陵水县的《非物质文化遗产普查成果汇编》中，将疍歌称为"疍家调"，而三亚市的《非物质文化遗产普查成果汇编》中，将疍歌称为"水上民歌"。[2]

---

①肖明君：《中国咸水歌研究综述——以知网和万方收录为依据》，《黄河之声》2015年第2期，第96页。

②詹长智、吴皖民：《海南疍家文化论丛——首届三亚疍家文化论坛文集》，海口：南方出版社，2005年，第157页。

另外，周俊①《三亚咸水歌的社会功能分析》、张玲、黄桂林②《海南咸水歌的演变及其原因分析》对上述陵水及三亚作为海南咸水歌的典型显性空间也有一定的认定。

除咸水歌研究外，疍家人的近代迁徙研究也旁证了海南咸水歌的空间来源。如詹长智、张朔人等③《海南疍民现状调查》一文列举海南疍民分布及相关情况（见表3-9）。

表3-9　海南疍民分布及相关情况一览

市（县）	分布地	族群来源	人口数	方言种类	身份认同
海口市	捕捞社区 白沙门社区	广东阳江 广东顺德	2500 3000	粤语（白话） 粤语（白话）	疍民
文昌市	清澜港 铺前港	广东阳江	2500 1000	粤语	疍民
陵水县	新村港	广东南海	3000	粤语	疍民
三亚市	藤海社区 榆海社区 南海社区	广东南海	2500 2000 1500	粤语	疍民
昌江县		广东（其中，吴姓来自梅州）	1800	粤语	疍民

表下附加调研说明：

在我们的调查中，对疍民身份的界定和识别标准主要依据自认为是疍民，并且在一段时间内被政府确认为疍民户籍。在这一理念下，对目前全岛疍民进行统计，约有2万多人。其实，三亚还有一支约2万人从事水上运输的疍民群体，没有纳入本次调查之中。因此，保守估计海南全岛疍民人口至少4万人之多。

受20世纪50年代民族划分的影响，疍民不再是一个独立的族群……难以直接从政府的人口资料中获得相应的统计数据，这是造成海南疍民人口数字尚不精确的主要原因。其二是疍民的身份认同已经开始变得模糊，疍民与一般渔民的界限难以区分。其三是已经转行从事其他职业的年轻人，自身缺乏身份认同。

……海南疍民主要来源于广东的珠江三角洲地区，他们迁居海南一般在5—6代之前，最久的约有10代……在我们的调研中，能够确定为疍民的居民使用的方言都是粤语。而来源于福建的渔民（如临高县新盈镇和昆社区的居民、海口市新阜镇土尾村的居民，我们尚不能确定其为疍民的转型或根本与疍民无关），所使用的方言为闽南语或同化为海南当地方言（临高话、海南话）。④

---

①周俊：《三亚咸水歌的社会功能分析》，《名作欣赏》2015年第1期，第156—158页。

②张玲、黄桂林：《海南咸水歌的演变及其原因分析》，《南海学刊》2017第1期，第80—84页。

③詹长智、吴皖民：《海南疍家文化论丛——首届三亚疍家文化论坛文集》，海口：南方出版社，2005年，第167页。

④詹长智、吴皖民：《海南疍家文化论丛——首届三亚疍家文化论坛文集》，海口：南方出版社，2005年，第168页。

因为咸水歌与疍民聚居地的独特关联，这些说明不仅是对海南疍家人的生活空间叙述，也隐含着对海南疍家咸水歌的显性空间的叙述。

流入视野的咸水歌研究及近代疍民迁徙的研究向我们确证了咸水歌的显性文化空间的几个问题：第一，咸水歌的显性空间很宽泛，目前确凿调查的咸水歌显性空间包括广西北海，广东中山珠海、广州、东莞、阳江，海南陵水、三亚，福建闽东及台湾；第二、海南咸水歌的显性空间与两广咸水歌的显性空间具有亲缘关系，可以得到同属粤语方言歌系证据的证明，二者与闽台闽语方言咸水歌系的关系，则有待深入考察。

2）三亚咸水歌的显性空间

三亚咸水歌的显性空间，与三亚疍家人聚居各港密切相关。

①三亚咸水歌的显性空间

据三亚疍家文化陈列馆创始人兼馆长、长期从事三亚疍家文化整理推广的权威、"三亚南榆渔民合作社"主任、书记、渔港社区党支书、疍民郑石喜编著《疍家岁月》一书中列举的《三亚市疍家人的分布》的详细调查，今日三亚市疍家人聚居地包括：

> 1. 海棠区藤桥渔业大队，位于藤桥河口处，人口：×××人，户数：78户，主要从事近海渔业捕捞，海水网箱养殖，海上餐厅。
>
> 2. 海棠区藤海社区居委会，位于蜈支洲岛旅游区码头旁，人口：2870人，户数：576户，主要从事近海渔业捕捞，海水网箱养殖，海上餐厅。
>
> 3. 吉阳区红沙社区居委会，位于红沙码头，人口：1260人，户数：257户，主要从事运输，摆渡，海水网箱养殖，海上餐厅。
>
> 4. 天涯区南海社区居委会，位于南边海渔村路，人口：1375人、户数：275户，主要从事海洋捕捞，海水网箱养殖，冰厂，冷冻厂。
>
> 5. 天涯区榆港社区居委会，位于建港路，人口：3120人，户数：638户，主要从事海洋捕捞，海水网箱养殖，船排，造船厂。
>
> 6. 航运总公司第一、二分公司，位于建港路水居巷，人口：3360人，户数：675户，主要从事运输，近海渔业捕捞，摆渡，鱼货贸易。
>
> 7. 崖州大疍港，保平港原没有迁往三亚港的少数疍家人，早已被同化，现在人口不详。①

总计为藤桥、藤海、红沙、南边海、榆港、水居巷、大疍港、保平港8地，12385人以上。其中，剔除掉同化厉害的大疍、保平港，剩余6地12385人。这6地1.2万余人，是迄今为止最为精确的三亚疍民活动空间描述。由于疍歌在三亚的流行性，这六地皆保留了较为完好的咸水歌文化，构成了今日三亚咸水歌的精确的显性文化空间。

---

①郑石喜：《疍家岁月》，三亚疍家人文化陈列馆，2015年，第8页。

②两次显性空间变迁

三亚咸水歌的显性空间也不是一成不变的，今日三亚咸水歌的空间分布，是海南历史上两个较大的疍民迁徙潮造成的。明正德七年（1512）《正德琼台志》统计海南疍民总计1913户8737人，其中崖州疍民计349户1593人，已占各州之最。此时，"在崖州经济后来居上的背景下，疍民跟随季节汛期来回迁徙开展捕捞海产的渔业生产经营活动，从海口、临高、儋州和文昌、陵水等地的港湾河口，重点转移到望楼港、保平港、三亚港、榆林（红沙）港、藤桥港等崖州沿海一带"①，这是海南疍民的第一迁移潮。迁移潮的主要结果疍家文化中心南移至崖州，这在史志中有一定反映：

> 根据万历《府志》，崖州有二十一里，在保平里、番坊里、望楼里、所三亚里之下注云："以上四里属河泊所。番疍采鱼纳课，多佃食民田。"据明嘉靖《广东通志》卷十五记所载："崖州有十四个里，而保平、望楼、番坊、大疍都是疍户。"据清光绪《崖州志》记载："疍民世居大疍港、保平港、望楼港濒海诸处，男女罕见事农桑，惟辑麻为网罟，以渔为生，子孙世守其业，税办渔课。"②

第二次迁徙则涉及从崖州保安、大疍港迁移到三亚港。关于这次迁徙，疍家人还流传着久远的文化记忆，疍家人郑石喜在《龙盘古井的故事》一文中讲述龙盘井故事时有旁带述及：

> 故事要从明末时期讲起，当时崖州大疍港、保平港、望楼港疍家人开始逐步向三亚港迁移，两广和其他地区的疍家人听说三亚港资源丰富，避风好、鱼汛好，是鱼米之乡的良港，也纷纷迁入三亚港，明末迁入三亚港的疍家人还不算多……清初迁入三亚港的疍家人越来越多，用水成了大问题……③

同时著有《三亚人来历》一文考证这次迁徙的原因：

> 从现有史志上记载疍家人在三亚港居住的情况推测，疍家人迁入三亚港的时期大约是明朝。同时从疍家人口传和一些家谱考证，大疍、保平港疍家人迁入三亚港明末至清末皆有。

> 疍家人又为何从崖州保安、大疍港迁来三亚港？史志上没有明确记载，根据疍家人口耳相传，说法有十几种，通过论证以下三种说法较为真实：一是不服郡县统治……逃避税课到三亚港来；二是逃避封建社会的黑恶势力……三是大疍港、保平港位于宁远河出海处，港地沙地，锚位不好，遇到洪水、台风、锚位容易移动，经常出现翻船人亡事故，无奈迁往三亚港来。后来疍家人先民觉得三亚港比

---

①詹长智、吴皖民：《海南疍家文化论丛——首届三亚疍家文化论坛文集》，海口：南方出版社，2005年，第176页。

②郑石喜：《疍家岁月》，三亚疍家人文化陈列馆，2015年，第7页。

③郑石喜：《疍家岁月》，三亚疍家人文化陈列馆，2015年，第188页。

> 大疍港、保平港锚地好，资源也丰富，大疍港、保平港疍家人就陆续迁往三亚
> 港，续后不少疍家人也从广东、广西、附件和海南昌江海尾直接迁入三亚港（广
> 东为主流），形成了三亚港这一特殊群体，几百年来繁衍生息，使用疍家话（广
> 东白话）称谓至今。①

第二次迁移潮发生在崖州疍民文化空间内部，时间一直持续清末民国，其结果如陈光
良《海南疍民迁徙及其对三亚经济文化的影响》所分析：

> 清末至民国时期，流徙定居在崖州三亚港、榆林港的疍民，常年日以继夜地
> 耕海劳作和渔获交易，促使……三亚港区从早期的疍家棚、水居巷、小渔村变成
> 三亚市兴旺的商业中心。②

两次移民潮的结果使得海南疍民聚居地充分南移至今日以三亚港、榆林港为中心
的三亚6个港区，伴随移民潮同步迁移的则是咸水歌文化。三亚咸水歌的显性空间，
最终集中到了以三亚、榆林港为中心的6个疍民聚居带。

（2）隐性空间

观察一种文化的显性空间，并不能使我们对其性质、构成、传承状况、保护与利
用策略有更多的知识，这说明显性文化空间描述的作用是很有限的。为了得到特定文
化的结构与功能的更多信息，我们引入隐性空间概念。所谓隐性空间，就是一种文化
的特定结构所形成的内在空间。对于非遗类的隐性文化空间，我们可以进一步将其定
义为：建立在文化的创造性基因的基础之上，由文化的创造者、传承者、受者和隐含
受者共同构成的流动空间。

三亚疍家人咸水歌在2010年被海南省文化广电体育厅评定为海南省非物质文化遗
产，三亚人梁云志2010年6月被海南省授予咸水歌传承代表人，三亚人张发结、陈水
凤2012年6月被三亚市授予咸水歌传承代表人，周学结2014年4月被三亚市授予咸水
歌传承代表人。作为非遗的三亚咸水歌，形成了以粤语吟咏为基因，由粤语吟咏创造
者、大量传承人和相当数量的受者共同构成的完整的文化圈层，这一文化圈层，与文
化的显性空间明显区别，是由特定文化本身的结构要素支撑起的，但也像显性空间一
样具有真实性和明确意义，它们即构成了三亚咸水歌的隐性文化空间。

三亚咸水歌隐性文化空间的存在，给我们提供了观察咸水歌的锋利视角。对于三
亚咸水歌隐性文化空间的结构和功能的详细考察，能使我们获得大量接近文化本质的
信息，并使我们更真实面对非遗的一般问题。

---

①郑石喜：《疍家岁月》，三亚疍家人文化陈列馆2015年，第7页。
②詹长智、吴皖民：《海南疍家文化论丛——首届三亚疍家文化论坛文集》，海口：南方出版社，
2005年，第177页。

3.3.1.2　隐性文化空间的基本结构

（1）创造者和创造基因

1）创造者

创造者是一种特定文化空间的创造性基因的第一发现者或发明者。一般而言，一种文化的创造者总是非常有限的，并在时间上处于源远流长的文化生命的久远源头，寻找创造者往往是非常困难的。而且群体性的文化参与与传承视角往往也使得当今大众对于创造者的存在充满怀疑，更加加剧了寻根的困难性。这一困难也存在于寻找三亚咸水歌文化基因的创造者身上。

三亚咸水歌的文化基因的创造者，显然不存在于三亚疍民内部，从三亚咸水歌的粤语方言性及其与岭南其他咸水歌对比，我们可以推测，他必然是第一批使用某种特定方式并使用粤语进行演唱的疍家人，这个创造者可能需要满足以下一些条件，第一、他是疍家人，第二，他使用粤语，第三，他第一个使用咸水歌吟咏方式。但即使是这些，所提供的信息也仍然太少，远远达不到寻找到创造者目的。就目前调查而言，三亚咸水歌的家族式传承记忆不超过五代，省级传承代表人梁云志能够回忆起五代：爷爷传给父亲，父亲传给哥哥，哥哥传给自己，自己传到妹妹（《海南疍歌调研实录》）[1]，其他年龄相近的传承代表人记忆大致相当，而年龄更小的传承人，则文化记忆时间相对更短。而传承人家族迁徙到三亚的历史一般都在八代以上，从清末一直可上溯道明末。显然，即使最优秀的传承人，也无法回忆起清代以前咸水歌的情况，更毋庸说是其创造者了。而史志对于民歌的记载语焉不详，也缺乏细致的区分意义，并不能解答创造者的相关问题。

对于三亚咸水歌的创造者，我们目前能够推测的几个信息是：他应该具有（或他们）疍民身份；他的年代应该上溯到明初以上（明初诗人汪广洋《斗南楼诗二首》咏及"碧树藏蛮逻，清歌发蜑舟"[2]，明唐胄正德《琼台志·杂事》篇描述"时郡俗，村落盐、疍、小民家女妇，多于月明中聚纺织，与男子歌答为戏，凡龙歧、二水、大英、白沙、海田诸处，俱有之，号曰纺场。"[3]）；他是海南甚至可能是整个岭南我们可以称之为咸水歌的那种文化的共同祖先。但这些推测帮助不了我们多少。

2）创造基因

咸水歌的文化基因的创造者难于追寻，而其文化基因却具有可触摸性，我们将其称为创造性基因。三亚咸水歌的创造性基因，就是三亚咸水歌之所以为咸水歌的原因，也是三亚咸水歌文化不同于其他民歌文化的原因。那么，这一原因到底是什么呢？我们列举了一些可能是创造性基因的候选者：歌者身份；歌词；粤语；依字形腔；歌

---

①詹长智、吴皖民：《海南疍家文化论丛——首届三亚疍家文化论坛文集》，海口：南方出版社，2005年，第165页。

②（明）汪广洋：《凤池吟稿》第五卷，台北：台湾商务出版社，1984年，第5页。

③（明）唐胄：《正德琼台志》，海口：海南出版社，2006年，第893页。

腔；接受场。

①咸水歌的创造基因与歌者身份与接受场相关但不是歌者身份与接受场

首先我们要排除第1条歌者的身份。虽然咸水歌的表演者多是疍民身份，表明疍民身份与咸水歌表演有一定内在关联，但显然疍民所唱者不必然是咸水歌，歌者的身份不可能成为咸水歌称之为咸水歌的核心原因。同样的理由可以排除第6条，受众与接受场虽然以疍家为主，但并不必然。

②咸水歌的创造基因与独特歌词内容有较多关联但不是核心关联

其次，我们也可以排除歌词内容这一条。虽然咸水歌以"咸水"命名，本地的歌者对其名称多不知所然，一般专家解释为歌词的内容的"海水"或"情歌"性质，但这显然也不够支撑咸水歌的存在。当前咸水歌的收录，以歌词收录为主。清屈大均《广东新语》、李调元《粤风》、花溪隐士《岭南逸史》零星收录过经润饰过的疍歌十余篇；钟敬文1928年《民间文艺丛话》收录咸水歌歌词52首；文昌学者陈序经《疍民的研究·疍民的歌谣》收录咸水歌歌词18种；海南咸水歌谣收集最早成册的是1998年三亚疍民自发收集整理的《水上民歌》，收录歌词48种，2017年增加《新编咸水歌》歌词17首，另有郑石喜自编歌词若干。即以三亚收录的咸水歌《水上民歌》歌词及其调查情况来看：一方面，其咸水歌内容包括情歌，如《十送情哥》《十送英台》《十对情歌》《五大行》《十二月送人》《相送十里坡》；婚丧嫁娶节日仪式歌，如《婚日升棚》《新娘入门拜家神》《叹家姐鼓打五更》《叹娘亲》《婚嘱》《赛龙歌》；生产劳作歌，如《十二月排来》《十绣才郎》《十月采茶》《十月种花》《打渔劳作》（《新编》）《拿起撸来又唱歌》（《新编》）《拜海神》；字谜歌，包括拆字歌如《骨牌词》《五更北斗》《十月桃花》，猜谜歌如《乜字歌（白啰）》；叙事歌，如大型叙事歌《水仙花·青楼悲曲》《八月十五贺中秋》《望夫归》（《新编》）；咏物歌，如《八全合》《八拜红》《八杯美酒》《第十枝花》《第十如花》《十谏文胸》《十二月梨》；劝诫歌，如《十谏才郎》《十谏女娘》《十劝才郎》《二十四孝古传真》《百行孝为先》《开书唱习书文》《治家格言》《成功之路》《百忍成金》《莫生气》；咏史歌，如《三拜古井》《龙盘古井水清又甜》《你知此井多少年》《古井情深》《十·月廿二》《说渔村》（以上三遍皆出自《新编》）；儿歌，如笔者调查《猪惊狗惊歌》，已远远超出了一般"情歌"的范围；其中，"海水"的成分也非常少，仅《拜海神》《十二月排来》《乜字歌》中《乜鱼歌》《打渔劳作》《拿起撸来又唱歌》《古井情深》《十月廿二》《说渔村》等数首咸水歌歌词含有一些"海水"风味；另一方面，三亚咸水歌的内容正发生情歌题材淡化、水上意象减少、教育目的增强等嬗变①，歌词的"情歌"或"海水"性质正在削弱。

从以上两点均可以看出，咸水歌的歌词内容虽然有一些特性，但多与陆上民歌

---

① 张玲、黄桂玲：《海南咸水歌的嬗变及其原因分析》，《南海学刊》2017年第2期，第80—84页。

相似，且有融合的趋势，歌词的内容不太可能是"咸水歌"所以为咸水歌的核心原因。

③咸水歌的创造基因与粤语有重要关联

再看第三条粤语。表面上看，粤语歌曲很多，不独包括咸水歌，因此粤语自然不是咸水歌的独特原因。但是我们注意到几个事实。

第一，今天调查到的海南咸水歌，不用海南话，也不用普通话，都用粤语疍家话演唱，粤语白话基本上是一种粤语变体：

> 海南三亚、陵水、昌江、儋州疍民清中叶达15万人，通用广州话，皆从珠江流域迁来，形成海南"疍家话"，但很接近广州话。①

第二，今日调查到的三亚咸水歌手代表市级传承人张发结、陈水凤均表示，如果不用粤语，咸水歌就很难演唱，即使今日用普通话记录的粤语歌词，也难以用普通话演唱，会没有"咸水歌"味道——不能演唱也许与二人的普通话水平较低有关，但失掉"咸水歌"的味道，则并不是单纯的语言熟悉程度能够解释的。

第三，今天调查到的所谓闽台闽语"疍歌"，专家们对其"咸水歌"归属仍然持谨慎态度，其重要考虑就是闽语与粤语的区别。如吴水田认为咸水歌是粤方言歌：

> 咸水歌，又称疍歌、蜑歌、蛮歌、先睡叹、木鱼歌、龙舟歌、白话渔歌等，是粤语疍民以生产和生活为内容哼唱的一种歌谣，其特点是以粤语方言歌唱，主要分布在粤方言区。②

而福州、闽东疍民渔歌的研究者都认为福州、闽东疍民渔歌都用闽语"依字行腔"演唱：

> "福州"疍民"渔歌是一种福建省，福州市的汉族民歌，在古代福州也被称为"曲蹄曲"是福州疍民传统文化的民歌形式，歌唱采用闽东语言福州话演唱……已被列入附件第三批省级非物质文化遗产和福州第二批非物质文化遗产……在明清时期疍民接受汉语后，就用闽东语的福州话进行吟唱。"③
>
> "闽东疍民民歌多为"依字行腔的"唱诗"④
>
> "疍民的时俗歌最典型的是在贺年时候长的"贺年诗"或称为"拿饵诗"的民歌。它是闽江流域的疍民每年旧历正月初二至十五三两结伴上岸，挨家挨户贺年并向富家大族讨要斋果时所唱的歌。他的旋律与语言音调紧相吻合，节奏平稳

---

①吴水田：《话说疍民文化》，广州：广东经济出版社，2013年，第177页。
②吴水田：《话说疍民文化》，广州：广东经济出版社，2013年，第190页。
③林溪漫：《探究福州"疍民"渔歌》，《大众文艺》2016年第24期，第30—31页。
④陈江南：《闽东疍民民歌同周边汉、畲音乐之比较研究》，福建师范大学硕士学位论文，2008年，第67页。

规整，多一字一音，具有亲切深挚的朗诵风格。"①

"疍民的丧礼歌曲多为哭调，教典型的是亲人所演唱的近似讲话的《哭丧调》。"②

"闽东疍民民歌的旋律简捷平实，接近口语，多以基本音调中的调式骨干音行腔成歌。"③

两者的歌名和题材甚至有不少雷同，但粤语与闽语演唱构成了重要差别，人们基本上不将福建疍民渔歌称为咸水歌。所以，粤语应该是咸水歌的一个重要构成基因。

④咸水歌的创造基因与"依字行腔"有核心关联

与粤语相关联的是第4条依字行腔。我们注意到，依字行腔是咸水歌的一个底层特征。《中国音乐词典》在介绍咸水歌时说：

> 咸水歌，民歌的一种。主要流传于广东中山、番禺、珠海、南海、广州市等地的农民和船民中。珠江三角洲沙田地区人民历来有对唱斗歌的习俗……咸水歌的曲调，一般都系随字求腔，结尾处有固定的衬腔。由于演唱活动频繁，内容不断丰富，曲调也随之不断发展。歌词为两句一节，每句字数不拘，每节词同韵，各节可转韵。曲式结构为上下句。每句的句首和句尾有基本固定的衬词和衬腔，结尾时都用滑音下滑。六声徵调式，音调悠扬抒情。④

张巨斌等陵水新村镇采访调查（歌手郭世荣、杨礼妹、郑亚彩、陈桂英、文化站郑石养站长）显示：

> 新村镇目前有40个左右的人会唱疍歌……唱疍歌不受时间、地点的限制……有些疍民根据疍歌的音调，自编自唱，看到什么、听到什么、想到什么都可以编来唱，几乎是想怎么唱就怎么唱……疍歌中的同一首歌词又可以用几个调来唱，同一首歌的曲调也可以用高低不同的调性来唱……受采访的疍民大部分不识字，均表示演唱疍歌不讲究演唱方法、技巧。（《海南疍歌调研实录》）⑤

清晰地显示了最高级别的"依字行腔"方言民歌唱法的各种特征：依方音字调行腔、不受固定调高限制、节奏多变的自由化处理、即兴表演性。当然，要达到这样的演唱境界，需要长期的浸濡和锻炼，同时还要有一定的天赋，并不是一件容易的事情。即

---

①陈江南：《闽东疍民民歌同周边汉、畲音乐之比较研究》，福建师范大学硕士学位论文，2008年，第10页。

②陈江南：《闽东疍民民歌同周边汉、畲音乐之比较研究》，福建师范大学硕士学位论文，2008年。

③陈江南：《闽东疍民民歌同周边汉、畲音乐之比较研究》，福建师范大学硕士学位论文，2008年。

④中国艺术研究院音乐研究所：《中国音乐词典》，北京：人民音乐出版社，1984年，第423页。

⑤詹长智、吴皖民：《海南疍家文化论丛——首届三亚疍家文化论坛文集》，海口：南方出版社2005年版，第164页。

使是三亚市级的文化传承人，也多借助固定歌腔进行演唱，不能够完全依字成腔。但无论如何，独具特色的"依字行腔"或曰"随字求腔"与"粤语白话"的结合，确实构成了两广和海南咸水歌的特色基因。

⑤"固定歌腔"是咸水歌创造基因的次级存在

与"依字行腔"紧密关联的是第五条"固定歌腔"。何谓"固定歌腔"，目前音乐界尚没有明确界定，笔者认为，所谓"固定歌腔"，就是由"依字行腔"方式形成并广泛流传深受喜欢的固定曲调。"固定歌腔"的主要特征，一是它的曲调（节奏与旋律）固定化，二是它是由方音"依字行腔"形成的，故而在旋律上还保留方音旋律特征，三是因其歌腔优美后人喜重新填词演唱，其现存歌词多不再与"依字行腔"吻合，四是它在歌头、歌尾或其他衬字部位可能还保留有最初方字痕迹。

郑石喜、冯伍福2016年编著《三亚疍家咸水歌》分列四个歌调：木鱼诗调、叹家姐调、咕哩梅调、白啰调，认为"木鱼诗、叹家姐、咕哩梅、白啰——是咸水歌的四种调板"①。陵水新村港疍民郭世荣认为陵水疍家调有六个曲调：叹家姐、水仙花、古人头字目尾、白啰调、默尔诗调、咸水歌，同村歌手郭亚青认为有七个不同曲调：白啰调、咸水歌、叹家姐悲调、叹家姐喜调、水仙花、默尔诗调、咕哩美，经刘锋《海南疍家调的音乐形态与演唱特点——以陵水县新村港疍民聚居区为例》辩证，认为"陵水疍家调的曲调主要有咸水歌、水仙花、家姐、咕哩美四种"②。这些曲调都可以看成是两地咸水歌的固定歌腔。综合来看，海南主要的咸水歌形成了白啰调、水仙花调、叹家姐调、咕哩美调、默尔诗调等五大"固定歌腔"，印证了孙可人③关于海南咸水歌曲调分类的看法。"固定歌腔"的存在，是"以字行腔"的次级表现，并间接左右着咸水歌曲调的方音旋律化方向，显然它也是咸水歌创造基因的重要表现，应被列入创造基因的考虑范畴。

⑥小结

最后，总结起来看，咸水歌文化的创造性基因，可以归纳为粤语疍家话的"依字行腔"，或者更简练一点，就是"依粤语疍家话方言声调行腔"。正是这一建立在语言、民族等基本书化元素基础之上的富有生命力的"依粤语疍家话方言声调行腔"活性音乐创造方式，赋予了咸水歌的灵魂，形成了咸水歌自由抒写的气质，引领一代又一代传承人以自己的灵魂赋写出一段又一段美妙感人的旋律，形成了以五大歌腔为主的一个又一个广为流传的令人难忘的"固定歌腔"。

咸水歌的"依粤语疍家话方言声调随字求腔"创造基因，是咸水歌隐性文化空间的底层结构，隐含着对咸水歌文化空间的深度、广度和流变机制的制约。咸水歌隐形文化空间的创造性基因的确立，向我们展现出咸水歌之所以为咸水歌的原因，并为我

①郑石喜、冯伍福：《三亚疍家咸水歌》，三亚疍家文化陈列馆，2006年，第28页。

②刘锋：《海南疍家调的音乐形态与演唱特点——以陵水县新村港疍民聚居区为例》，《音乐创作》2016年第9期，第140页。

③孙可人：《论岭南地区咸水歌的音乐形态及风格特征》，《歌海》2016年第2期，第29页。

们观察三亚咸水歌文化传承与保护提供了一个锋利的视角。

以下，我们将咸水歌文化空间的创造性基因"以粤语疍家话方言声调行腔"视为"咸水歌"的标志性特征，并以这一特征去分辨咸水歌与其他歌种区别，分析咸水歌隐性文化空间的更细致结构和功能。

（2）传承者

创造者和创造基因是隐性文化空间的基础，传承者则是文化空间的作品。作为文化创造性基因领悟者，传承者构成了隐性文化空间的支撑骨架和中坚力量，关系着文化空间的生与死命脉。

1）传承者是文化的作品

人们对于传承者的认识似乎还没有上升到真正的高度。传承者往往处于自发状态，一种文化中的人似乎很少有意识到，传承者就是他们所称之为文化的作品；传承者存在的质量和数量，直接决定着文化空间的数量和质量，或者说，决定了那种文化的未来。

三亚咸水歌目前状况令人堪忧，关键问题就是其文化的作品——隐性文化空间中的传承者的数量和质量都出现问题。第一，是传承者数量急剧减少。据三亚市疍家文化陈列馆馆长郑石喜及市级传承人张发结、陈水蓬的介绍，三亚疍民65岁以上，张发结、陈水凤这一层人，基本上是人人唱疍歌，都会唱疍歌，往下50—65岁之间，郑馆长这层人，会唱疍歌的大约有三分之一人，而40岁以下，能唱疍歌的基本上是少数，今天的村里的年轻人，基本不会唱也不想学疍歌了。第二是代表性传承人年龄偏大，文化程度较低。省级传承人梁云志，两个市级传承人张发结、陈水凤，皆已年过七旬，皆不能以普通话作正常沟通。第三是传承人质量问题。梁云志生前管理6年两河三岸文艺队，文艺队20余人大都为休业的疍家中的老人，偶尔参与演出，但主要都处于业余爱好状态。郑石喜馆长作为三亚疍家文化推广者，是个少有的例外，他是少有的自觉创作咸水歌词的作者，其所作新词《龙盘井水清又田》《疍家魂》《十月廿二》《揾哥来倾鬼》《对鱼》《三拜古井》深入疍家文化的历史层面，具有很高的思想性，但他多以白啰调"固定歌腔"作歌，对丁咸水歌的灵魂——即兴演唱和"依字行腔"并不熟悉。

作为文化空间的直接承担者，文化的最直观作品，三亚咸水歌传承者在数量上处于下滑甚至断层状态，在质量上多处于传唱"固定歌腔"层面，能领悟"依字行腔"创造基因、即兴演唱的歌手越来越少。

2）传承结构、培养树与传承效率

创造性基因的代际传承形成一种传承结构，这种结构绝不是想我们想象中的那样是自发形成的，而是充满着主动的教育和培养努力，我们将其称之为培养树。

以省级咸水歌传承人梁云志为例，家庭人口8人，从艺70年，咸水歌传承经历了从爷爷传到爸爸、爸爸传到哥哥、哥哥传到自己、自己传到妹妹和女儿五代，五代传承者和传承路线构成了一棵培养树：

爷爷→爸爸→哥哥→梁云志 ————→ 妹妹
　　　　　　　　　　　　　　━━→ 女儿
冯亚二（梁云志爱人）　　━━↗

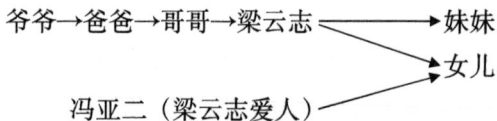

从培养树看，如果文化空间的代际传承保持住一对一传承效率，则培养树处于平衡生长，隐性文化空间保持稳定；如果代际传承保持一对多传承效率，则培养树不断长大，隐性文化空间不断扩大；如果代际传承低于一对一传承效率，则培养树萎缩，隐性文化空间不断缩小。

以培养树的观点来看梁云志作为传承者对文化空间的贡献，其传承为1传2，使文化空间得到了显著扩大；从其爱人冯亚二分析，则是1传0.5，使文化空间缩小；若将夫妇二人当成一个整体分析，则是2人传承2人，表面上维持了文化空间的基本稳定。不过，如果考虑上梁云志作为省级传承人的身份，则显现在他身上的传承状况是令人担忧的。事实也证明，按此前对郑石喜等人的调查，65岁以上基本人人都是传承人，50岁到65岁则只有大约三分之一，则基本上传承者在按3比1的比例萎缩，也难怪给人感觉40岁以下唱咸水歌的人很少，20岁以下传承人基本没有了。

若三亚传承者的培养树以三比一的比例萎缩，可以计算，1万多人的疍民群体，即使第一代全民都是传承人，五代以后其传承人就要萎缩到只剩40人，这就是濒危状态，8代以上，独立传承人降低到3个以下，基本上就可以宣告这种文化将要从地球上消失了。

了解培养树消长理论，使我们意识到，传承人的培养对于一种文化是多么重要。对于三亚咸水歌文化而言，如何能够维持持续的一对一以上的传承效率，是多么重要的一个问题。最近，郑石喜馆长计划在南边海渔村疍民孩子中搞免费培训咸水歌计划，不能不说是看到了问题的根本。

3）传承者假设

一种文化空间总是需要一定数量的传承者，才能够维持基本稳定。那么，一个文化到底需要多少传承者呢？考虑到代际、自然耗散以及人的记忆容量等因素，我们假定，一种文化至少需要每代3—7个独立传承者才能维持其基本传承，我们将其称之为传承者假设。所谓独立传承者，就是彼此没有直接师承关系、具有向下传承意愿和能力的传承人。

在三亚咸水歌文化空间中，我们意识到，40岁以上几代的传承者数量没有问题，20岁以下一代的传承者数量却可能已出了问题。陵水新村镇的咸水歌调查显示了更加严峻的情况，在总疍民人口8千多人新村镇，"目前有40个左右的人能唱疍歌，主要是中老年人"，20岁以下的年轻人基本上没有。①

---

①詹长智、吴皖民：《海南疍家文化论丛——首届三亚疍家文化论坛文集》，海口：南方出版社，2005年，第164页。

(3) 受众、隐含受众与隐含受众层级

一种特定文化总有其受众与隐含受众。相对于传承者是创造性基因的领悟者，受众则只需要是创造性基因的欣赏者，隐含受众则是创造性基因的潜在欣赏者。

一般而言，在创造者、传承者、受众构成的隐性文化空间中，受众总是最大的构成，也是最变动不居的群体。三亚咸水歌的受众群体在明显缩小，从今天来看，三亚疍民40岁以下唱咸水歌的人很少，也许还掺杂着经济方面的原因，20岁以下的年轻人不唱咸水歌，则基本上是对咸水歌失去信心和不感兴趣。这就意味着，年轻一代的疍民，不仅达不到咸水歌传承人的水平，更可怕的是他们已经退化到连欣赏者受众都不是。开渔、祭祖、赛舟、婚丧、正月、清明、中秋，这些礼俗或节日在传统上都是咸水歌受众集中的空间，现在，除少数情况（如丧事）、外力推动之外（主要是政府推动），已渐渐从咸水歌文化空间中退出，其观众和参与者作为咸水歌的受众身份已经很少了。这是咸水歌受众与当代流行歌曲相比最令人担忧的地方。

同样是歌曲，为什么咸水歌会在年轻人中遭遇如此待遇呢？这必须从隐含受众谈起。隐含受众一种文化空间之外的旁观者，它不属于隐性空间范畴，但它是隐性空间的争夺对象，会左右隐性空间的体积增长，是隐性空间的潜在制约因素，对理解文化遗产的传承与保护有独特作用。隐含受众并不是一个铁板一块的群体，它往往是可以分级或分层的，这种层级对于我们理解和保护一种文化有重要意义。以三亚咸水歌为例，它的隐含受众的最里层，是本地受"依粤语声调行腔"创造性基因潜在规约的观众，也就是三亚粤语疍民群体，只要是三亚粤语疍民，就具备最基本也是最核心的条件，可以称之为三亚咸水歌的一级隐含受众；来自三亚外部，但在语言上仍总属于粤语方言区，仍然受"依粤语声调行腔"创造性基因潜在规约的，具有较大潜力欣赏咸水歌的，海南、两广粤语疍民地区的所有疍民，则构成了第二级隐含受众；依次类推，整个粤语民族，可视为"咸水歌"的三级隐含受众；所有有"依字行腔"潜能的有声调语言群众，可视为第四级隐含受众。越往外层，这些隐含受众离接受欣赏咸水歌的创造性基因越远，成为受众的可能性就越小。三亚咸水歌隐含受众的最外层，恐怕就是那些一般的普通音乐爱好者了。

了解隐含受众的层级，对于我们认识受众结构，进行受众培养，理解一种文化的空间生长方向、推动一种文化的空间保护和发展，具有十分重要的意义。一种文化的隐含受众级层分别越多，这种文化的欣赏限值就越多，成为其受众就越困难。受众培养应该遵循层级规律，按级进行，并优先进行一级隐含受众的培养。这是我们当前文化保护者应该意识到的问题。对于三亚咸水歌而言，培养受众的首要任务是保护和培养它的一级隐含受众，也就是三亚本地1.2万多名粤语疍民，其次才是其他各个层面的考虑。当然，一种文化的隐含受众的层级划分也并不是一成不变和一个模板，但与这种文化的"创造性基因"的距离远近，总是一个较为可靠的参考。

3.3.1.3　隐性文化空间的功能分析

一种文化空间的存在，总是以满足文化空间中所有成员的需求为目的。非物质文化遗产的隐性文化空间的存在，必须能够满足其空间成员：创造者、传承人、受众的基本需求，我们将其称之为隐性空间的功能。由于创造者、传承者、受众的不同层次，我们引入马斯洛的需求层次理论，对隐性文化空间的功能也即空间各成员的需求实现进行细化分析。

（1）隐性空间的功能实现

1）创造者的需求满足

一种非遗文化基因的创造，对于其创造者而言意味着什么？文化空间能够满足他的那些层面的需求？显然，这并不是一个难以回答的问题。在可供参考答案中，我们认为文化空间的建立对于创造者而言主要是基于爱与归属、尊重和自我实现。

虽然人们会引用现代文化生产的模式反问我们，当今许多文化生产其实只是出于生理需求、或安全需求的考虑。但是，考虑到一种非物质文化遗产作为创造性文化出现的偶然性，以及创造这些文化的人们事实上并不能依靠这些创造来谋生或谋求其安全诉求（事实上，人们总是采取稳妥的已被证明的方式训练自己以求谋生或牟取自己的安全诉求，创造性的非物质文化发现或发明往往只是伴随的结果），我们认为，对于一个创造者而言，创造性基因只是其寻求更高级追求，或者说高级需求满足的需要。

对于咸水歌文化而言，有理由相信，创造性基因"依粤语疍家话随字行腔"只是最早创造者们满足自己对爱与归属（社交）、尊重、自我实现的追求。在早期创造者的生活中，咸水歌被创造出来带有明显的社交诉求，咸水歌的演唱在两个层面上充分利用了粤语疍民族最基本的文化元素，一是在歌词上采取了粤语，二是在曲调上采取了粤语的字调行腔，表达了对整个群的认同和附和。当然，这种社交行为也自然为创造者赢得了族群的尊重，创造者在求知与求美方面的追求也得到了最高满足。也许这种创造还给创造者带来了物质和安全上的附带惠利，但是，这种优惠却不是隐性空间能够许诺必须提供的，因而也不能看成是隐性文化空间的必然功能。

了解隐性文化空间对创造者们提供的承诺，不难理解，那些非遗的创造者们，最终总是在为着较高级的使命而工作，因为他们的工作并不承诺满足那些低级需求。反过来也可以说，那些始终盯着满足较为低级需求的人们，是不可能成为这些文化的创造者的。

2）传承者的需求满足

发生在文化的创造者身上的情况，并不全都适合其传承者。对于传承者而言，文化空间对于他们需求满足的功能发生了以下一些变化。

首先，文化空间对于传承者可能会成为一份职业或工作，一种文化的空间越发达，这种可能性就越大。也就是说，当文化空间扩张到一定程度，文化空间对于其传承者而言将可能承担物质和安全等低级需求的满足。如果充分发育的文化空间提供不了这种功能，其传承者可能因此减少而导致文化走向衰减。三亚咸水歌在她最发达的时候，成功地进入了群体性节日礼俗，如祭海、祭祖、赛龙舟、婚丧等场合，在这些场合中，活跃着一群职业或半职业的咸水歌表演者，这些表演者主要都由咸水歌的传承者们承担，他们收获一定的报酬，并受到族群的额外保护，在安全方面也得到了一定满足。

其次，传承者们将享受文化空间为他们提供的更大的归属感和尊重，这种归属感和尊重感甚至比他们给予文化创造者的还要强烈。当和郑石喜、张发结、陈水凤等三亚咸水歌传承人接触，明显能感到那种扑面而来的文化忧虑感，这种忧虑源自咸水歌文化的盛衰变化带来的归属感和尊重的巨大落差。但无论如何，咸水歌文化空间能够满足它的传承人非常强烈的族群归属感，并为他们获取远超过一般人的族群尊重。

最后，文化空间为其传承者仍然能够提供一定程度的自我实现，如歌腔的创造、生命的审美性抒发、文化参与与保护等，这些自我实现虽大小不一，但对于传承者的才能而言总是非常合适的生命抒发。三亚疍家文化陈列馆馆长郑石喜的咸水歌词创作就是一个非常好的范例。郑石喜创作《新编咸水歌词》收录歌曲近二十首，歌曲寻根历史、紧系时代，题材突出，情感深挚，显示了很少出现在咸水歌作者身上的良好文化自觉。这些咸水歌词主要的题材有三类。一类是深情回忆三亚疍家历史上有重要意味的文化意象，如2012年元宵创作的《龙盘井水清又甜》、2015年元宵创作的《三拜古井》，深情颂写在三亚疍民历史上有重要地位的龙盘井，2012年5月创作《疍家魂》、2013年3月创作《十月廿二》，沉痛悼念百余年前疍民历史上最惨痛的台风肆虐致千余疍民遇难的大灾难。这类题材属于一个族群的重大历史题材，在三亚咸水歌中尚属首创，显示了作者的民族大情怀。第二类颂扬性的题材，如2012年3月18日创作的《改革开放好》颂扬改革开放的功绩，2015年3月15日连续创作的《恭贺文化馆》《今天好日子》，颂赞三亚疍民史上有重要意义的三亚疍家文化陈列馆的开张。这类题材着眼于大时代中疍民生活变迁和文化感受，抒发了疍民质朴的情感意识。第三类是表现疍民海洋生活的题材，如2013年6月28日利用传统咸水歌猜谜对歌形式创作的描写海洋鱼类的《对鱼歌》，2015年7月25日创作的描写疍民海洋捕捞工作的《拿白鱼》，2015年8月12日创作的疍民赶趁季节性南流捕鱼的《七月南流好打鱼》，2015年8月13日创作的描写十月拖网打鱼的《拖网劳作》。这第三类题材尤其值得注意。中国近几年虽然提出了海洋强国方略，但是对于海洋，大多数中国人还是非常陌生的，对于这方面的文艺创作更是相对稀少。即使三亚的疍民在东南海上已经活跃了几百年以上，但传统咸水歌中海的元素并不充分，人们对这方面的描写少之又少，更不用说整首歌都以海洋生活作为题材。郑石喜在这方面可以说开了先例。如《对鱼歌》所唱：

　　乜鱼水内倒尾游？鱿鱼水内倒尾游。
　　乜鱼水内爬地走？章鱼水内爬地走。

> 乜鱼水内钻石沟？鳗鱼水内钻石沟。
> 乜鱼水内包石头？鲍鱼水内包石头。
>
> 乜鱼生来眼有眉？苏眉生来眼有眉。
> 乜鱼生来眼向天？地保生来眼向天。
> 乜鱼生来嘴巴尖？沙转生来嘴巴尖。
> 乜鱼生来尾巴圆？沙白生来尾巴圆。

不是长期浸濡海洋生活，对海洋鱼类生活习性的非凡熟悉和深入观察，是很难唱出这样知识性与趣味性并美的歌词的。再如《拿白鱼》描写作业之苦：

> 罟网作业真艰难，一夜要到四五更。
> 上夜摇过四五州，下夜穿越四个埠。

描写作业之趣：

> 日落之后西红起，四橹齐摇浪花飞。
> 州头州尾白鱼居，水花起后白鱼来。

《七月南流好扛鱼》描写洋流中的鱼群：

> 一年之计在于春，疍民扛鱼七月份。
> 七月南流水眼睛，鲭鲇竹灌跟帮近。

《拖网劳作》叙述拖网的紧张场景：

> 二更天时驶向东，下网往西拖顺风。
> 一卡拖到东州东，起头绞网号声冲。

全用白描，却栩栩如生，令场景恍在人前，显示了郑石喜对三亚疍民渔业作业的极端熟悉和热忱之心。对于郑石喜而言，咸水歌创作显然不仅仅给他带来归属感和尊重，更是给他提供了一个自我抒发的窗口，一种自我实现的途径。三亚咸水歌文化空间赋予了郑石喜实现自我的可能。

3）受众的需求满足

普通受众可能会认为，文化对于他们仅仅是一种欣赏的趣味。但这个看法大大降低了文化的丰富含义，特别是像咸水歌这样的带有鲜明族群性质的文化。咸水歌文化对于普通的疍民受众的需求满足，可能比我们想象中的要大得多。

首先，虽然咸水歌不能直接满足人的生理需求，但是成熟的咸水歌通过介入祭海、祭祖、赛龙舟、婚丧礼俗等族群礼俗场合，对族群人们的生理需求满足提供了一定的条件。这特别表现在对性的需求的潜在支持上。咸水歌素有"咸"也即"情歌"的称谓，集中体现在其古老的情歌题材中，充斥着性的暗喻和暗示，越是民间的越是古老的题材，其"咸"的意味越重。虽然现在流传记录下来的咸水歌词，多较为文雅和修饰，"咸"的成分因为删改而变得轻微，但民歌的实际情形使我们对于这方面的估计绝不看低。

其次，咸水歌通过进入民俗领域实际上为其族群提供了非常强烈的安全保护，这是传统咸水歌的受众参与咸水歌仪式的极为重要的原因。咸水歌对于受众安全需求的支持与安全保障成反比，越是在物质匮乏，物质力量弱小、安全得不到保障的年代，咸水歌所带来的这种安全感就显得越强，越重要。咸水歌空间对受众安全需求的支持与受众群大小、受众接受程度成正比。文革期间对于咸水歌的禁止，导致了咸水歌受众群的急剧缩小，文革后虽然老一代受众得以恢复，但年轻一代受众群却受到了永久创伤，再加上传承缺席和外来歌曲挤压，今日年轻受众已不再能够从咸水歌中感受到足够安全。

再次，咸水歌空间为其受众能够提供来自受众群的较大的归属感和一定的尊重，但其程度要比传承者获得的小或小很多。

最后，咸水歌归根结底是一种音乐文化，它能够满足受众对于音乐审美的一般愿望，虽然这种满足同传承者相比要低很多。特别是在自我实现手段匮乏的时代，族群性音乐行为对于受众的需求层级有显著的提升作用。

（2）隐性空间功能实现的特征及影响因素

文化隐性空间的功能实现归根结底要看其成员的需求满足，从需求满足看文化空间功能实现具备以下一些特征。

1）文化空间中对其成员的需求满足路径与人的一般需求满足路径恰恰相反

它首先满足人的自我实现需求，其次是社交和尊重需求，最后才轮到生理和安全的需求层面。对于咸水歌而言，无论它发展到什么程度，归根结底她是一种音乐文化，音乐的审美的诉求，也就是其创造性基因"依粤语疍家话行腔"的自我实现，是首先面对的问题，也是它的成员，包括创造者、传承者和受众共同面对的普遍需求。而在这些需求得到基本满足后，需求路径就会下移，安全的需求就会得到回应。当安全需求得到充分相应后，空间满足进　步下移到生理领域，甚至直接为其成员提供职业物质保障，到最后一个阶段，文化就进入了生产与交换链条，成为现代生产的一个部分，文化空间的功能就会得到最大释放。

2）文化空间对成员自我实现的需求的满足程度，受其创造性基因的直接制约

咸水歌在这个方面的优势和劣势都是明显的。一方面，"依粤语疍家话行腔"的高级审美表达，使得咸水歌在满足创造者、传承者以及其受众的自我实现方面要比一般音乐有更大的潜力。但另一方面，由于这一创造性基因的难度，增加了人们对它欣赏的难度。事实证明，咸水歌演唱需要经过更长期的专门训练，才能达到一定的传承者水平，至于达到创造者的水准，则除了勤加联系之外，还需要一定的天赋支撑。无论如何，咸水歌对空间中成员的高级需求满足，必须经过培养与教育，传承对于实现这一功能具有重要意义。

3）文化空间对于成员安全需求的满足，受空间大小的制约

传承者、受众越多，由创造者、传承者与受众构成的空间越大，空间对于其成员提供的安全保障越明显。三亚咸水歌曾经进入祭海、祭祖、赛舟、婚丧等礼俗，一度养成了全民皆传承者和受众的局面，在这个时候，咸水歌文化空间对空间成员提供安全保护是非常巨大的。而在今日的局面下，年轻一代传承人的消失，整个三亚咸水歌文化空间结构的畸形，使得这种安全功能已变得非常微小了。

4）文化空间对于空间成员的生理需求的满足，主要有两个途径

一是通过情歌、劳作歌、劝诫歌等，对生理诉求予以精神上的支持；二是当受众和传承者足够发达促使文化进入文化生产的链条，为部分成员直接提供职业和报酬。传统上咸水歌的传承者们活跃在诸种礼俗场合，会为自己获得一定的经济报酬。现在随着空间的萎缩，这种需求满足已经很难了。但是，作为文化的传承代表人，三亚咸水歌中少数传承者仍然能够从政府那里获得一定的经济资助，这也属于文化空间的功能范畴。

从以上分析看出，影响文化空间功能实现的因素，主要是文化的创造性基因和空间规模。从总的角度将，创造性基因是既定的事实，而空间规模的核心支柱传承者则要靠培养，传承者培养仍然是咸水歌空间乃至一般文化空间的功能实现的最大影响因素。

3.3.1.4　耗散空间

为了明确文化空间功能释放的外在制约因素，更好的利用和保护好一种文化，我们利用需求理论，将文化空间之外，对文化空间成员的需求满足有贡献的一切外在因素总和，称之为耗散空间。显然，耗散空间是文化空间的竞争对手，其主要作用就是削弱文化空间对人的诸种需求满足。

对三亚咸水歌的分析，能够使我们能认识到耗散空间的存在情况。

首先是影响自我实现的需求的外在因素，如音乐之外其他类的精神生活方式、其他类的歌曲方式构成的耗散空间。疍民精神生活方式比30年前发生了翻天覆地的变化，审美的自我实现途径，包括音乐、舞蹈、影视、游戏等各种娱乐生活空前丰富，削弱了音乐在整个疍民自我实现领域的统治地位。同时外来的音乐方式，特别是西方流行音乐的新歌种新唱法，也极大的冲击了"以粤语疍家话行腔"的传统咸水歌方式，导致了审美需求空间的分流。

其次，公民和国家话语教育以及全球一体化进程，成功的占有了原来咸水歌在疍民社交和尊重需求满足中的中心地位，形成了更为广阔的疍民社交与尊重满足空间。疍民年轻人渴望走出疍民圈，渴望融入更大的空间文化范畴中去，渴望与外在更大的世界交流，从中实现自己的价值。这种国家化全球化的社交和尊重需求，形成了咸水歌的另一个耗散空间。

最后，物质水平极大丰富和更为开放的性意识，更为多样化的安全环境，成功的将咸水歌从生理和安全需求满足领域挤出，构成了咸水歌的又一层耗散空间。

我们必须意识到，多样化的耗散空间的存在，哪些是无法阻挡的历史进程，那些是可以共存的文化空间，哪些是可以竞争的对象。显然，咸水歌从生理和安全需求满足空间中退出，恐怕是不可逆转的潮流；而国家和全球化意识与社区意识，在长远的将来也许永远会处于一中动态共存，咸水歌即使是在遥远的将来，也是有其社区意义；而咸水歌作为音乐方式，其实是一种高级的自我实现方式，这是咸水歌可以而且应该勇于与其他音乐方式竞争空间的地方。

明白了耗散空间的存在，充分利用好耗散空间的特性将其转化为文化空间，这是一种文化永远要长期考虑的问题。

3.3.1.5　结论

本书以三亚咸水歌研究为例，讨论了非物质文化遗产的文化空间的构成及其功能分析问题，提出了两种文化空间、隐形文化空间、空间创造者、空间传承人、空间受众、空间创造性基因、传承效率、培养树、隐含受众、隐含受众层级、空间的需求满足、耗散空间等一系列观念，形成了一种以创造者——传承人——受众——需求分析为链条的文化空间结构功能分析新方法，本书将这一文化分析方法称之为CCSX分析法，希望这一方法的运用能够为非物质文化遗产的认知、利用和保护提供新的视角。通过对新方法的运用，我们发现三亚咸水歌的隐性文化空间受到耗散空间的严重侵袭，面临着严峻的空间萎缩问题，解决这些问题的关键是创造性基因的实现和传承者的培养，重新塑造健康稳定的创造者——传承人——受众机制。

3.3.2　语文教学空间中的汉语格律教育①

文化空间的竞争对于格律传播具有头等重要意义，而教育空间可以说是目前格律传播中最重要的竞争空间。语文教育中应当重视传统文化教育，已成为大家的共识，诗词格律作为传统文化的菁华存在，是语文教育无法回避的内容。但是在中学乃至大学语文中，传统诗词格律教育一直是一个薄弱点，不仅一般老师对其有畏惧心理，就是专家学者也往往觉其难言。虽然少数学校尝试开展诗词课程和社团建设——张海鸥《论大学诗教的模式和意义》对此有较全面的资料调研和论述②，但是这些教育活动的视角往往停留在诗词创作的实践表层，而较少深入格律文化的理论底层。针对当前格律教育在目标、内容、方法上存在的困境，本书试从语文教学角度提出几点意见，供老师和学者们参考。

3.3.2.1　关注格律的本质，构建格律知识的教学体系

当前格律教育首先面临的问题是明确格律的概念内涵，构建格律知识的教学体系问题。

---

①本节主要内容曾以《语文教学视角下的汉语格律教育》为题发表于《海南热带海洋学院学报》2018年第8期，第109—116页。

②参见张海鸥《论大学诗教的欧式和意义》，《韩山师范学院学报》2016年第4期，第92—98页。

　　诗词格律方面的教育，最根本的问题是对格律内涵的理解问题，即什么是格律的问题。这个问题解决好，其他问题就会纲举目张，这个问题没有回答好，其他问题可能会云里雾里，很难讲清。可惜的是，传统语文教学在这个问题上认识是很模糊的。中学乃至大学语文教学对格律概念一般不做明确界定，其一般的提法，就是指出诗词格律包含押韵、平仄、对仗等方面内容。这一提法既不清晰，也缺乏逻辑性。

　　那么，什么是格律呢？笔者越来越意识到，格律就是存在于一种语言中的审美性声音规律，诗词格律则是指汉语诗词中富有美学品位的声音规律，也即是我们通俗上所讲的诗歌的音乐性问题。格律的本质指向诗歌中的审美性声音，所有涉及诗歌音乐性的客观规律，都可能纳入格律的范畴，反之，则不属于格律内容，明确这一点，才能使师生对格律问题有一个全面的理解，了解格律问题存在的普遍性。格律问题说到底是一个语言声音问题，但这个问题不单单存在于诗歌中，也存在于韵文中，不单单存在于汉语言中，也存在于其他民族语言中，只不过汉语言由于其天然的语音优势（声调复杂），所衍生的格律更特殊更带有规律性。

　　明确格律的本质，对于汉语诗词格律的基本内容，从逻辑上讲就比较容易得到较为客观的认识。就汉语诗词而言，其格律即审美性声音包含的最重要内容，可以归纳为三个方面，其一是节奏方面的内容，可以名之为节律，其二是声调平仄配合方面的内容，可以名之为声律，其三是押韵方面的内容，可以名之为韵律。所谓节律，就是诗词的节奏构成规律，诗词中常见的"三言""四言""五言""七言""齐言""长短句"等概念，就是对这一节律内容的指称。所谓声律，就是四声声调配合的规律，诗词中常见的"平仄""粘对""合律""拗救""孤平"等概念，就是对这一声律内容的指称。所谓韵律，自然就是指陈押韵的规律，诗词中常见的"一韵到底""隔句押韵""首句入韵""首句不入韵""平声韵""仄声韵""入声韵"，王力所探讨的"转韵""抱韵""交韵"等概念[1]，都是属于这一范畴。汉语诗词的审美性声音，从逻辑性来讲，至少可以分出节律、声律、韵律这么三个方面的内容，也许可以分出其他一些内容，但这三者无疑是主体的存在，那么，这三个方面的内容，也就构成了汉语格律的基本内容。由此，我们也就明确了汉语格律教学应该关注的基本知识体系：节律教育、韵律教育、声律教育。

　　显然，在这三类格律中，语文教学比较关注韵律的内容，对节律的内容有一点涉及，对声律的内容则往往视为累赘，语焉不详，但这种处理方式显然与古典诗词的实际情况不相吻合，没有注意到，古典诗词最菁华的地方，恰恰就在于其优美而又简洁的节律与声律。

　　同时，中学和大学语文在格律教育中，比较重视对仗，但是，却往往忽视了对仗的复杂性，在逻辑上失之偏颇。实际上，如果深入了解格律的本质，就会发现，对仗是一种超越格律范畴的综合性修辞格，它在后期甚至发展成为了一种综合性文体——对

---

①王力：《汉语诗律学》，上海：上海教育出版社，2005年，第72—92页。

联。对仗不仅有格律要求，还有词义方面的限制；在对仗的诸要求中，意义相对与平仄相对（声律）、节奏一致（节律）具有同等重要性，同属于其本质要求。传统格律教学在讲解的时候往往倾向于关注对仗（后来衍生出对联）的意义内容而忽视其声律内容（即平仄要求），这种讲解现在来看既是偏颇的，在逻辑上来讲也是含混的。将对仗称之为格律的内容，在逻辑上是混淆的。

明确格律的内涵，构建汉语格律知识的节律、声律、韵律完整而准确的教学体系，将琐碎的诗词格律现象统筹成一个整体，引导学生观察、探讨、深入认识格律现象及其规律，是当前老师和学者们需要共同面对的挑战。

3.3.2.2 关注前沿研究，引进格律研究的重要成果

早期格律教学之所以困境重重，主要还是因为理论领域对格律规律的认知本身的不充分。但经过近五十年的努力，理论领域已取得了突破性进展，格律方面的基础性规律已被充分发掘并得到完整阐释，此前的教育瓶颈可以说已不复存在了。因此，在教学方面关注前沿知识，将前沿研究重要成果引入教学，重组教学内容，已是摆在格律教育界面前的迫切任务。

以节律领域的成果为例。传统的节律教学，只在朗诵领域提示大家注意节奏问题，对于节奏本身的规律，介绍得很零散。但在当前研究领域，古典诗歌的节奏研究已经取得了辉煌的成果，如古典诗词的句式层面，其节奏实际已经得到统一性揭示，即汉语古典诗歌句式（包括诗经、楚辞、古体诗、近体诗、词）具有统一的节律模式：

p× ［一言节］＋n× ［二言节］＋q× ［三言节］，即1p+2n+3q（p=0\1，n=1～3，q=0\1）[1]

这一节律模式适用于包括骚体诗、四、五、六、七言诗及长短句词在内的所有中国古典汉诗歌的成熟句式，如：

> 关关/雎鸠，在河/之洲。窈窕/淑女，君子/好逑。
>
> 时/暧暧/其将罢（兮），结/幽兰/而延伫；世/溷浊/而不分（兮），好/蔽美/而嫉妒。
>
> 采菊/东篱下，悠然/见南山。
>
> 无边/落木/萧萧下，不尽/长江/滚滚来。
>
> 前/不见/古人，后/不见/来者。念/天地/之悠悠，独/怆然/而涕下。
>
> 大江/东去，浪/淘尽，千古/风流/人物。

这一统一的诗歌句式节律模式将中学语文教学中分立的四言、骚体、五七言、词牌的节奏类型都包括其中，不难想象，在中学语文中，如果引入这一前沿研究成果，

---

①柯继红：《诗歌形式研究——以长短句节奏格律为中心》，北京师范大学博士学位论文，2011年，第308页。

将对诗词节奏教育带来什么样的影响。

再如在节律领域最新取得的重要成果：节配律。最新研究表明，中国诗词节奏构成中广泛存在着一种二言节与二言节相配合、三言节与三言节相配合的"以节相配"规律，称之为节配律。[1]这种节配律不仅仅是中国古典诗歌句式组合时的基本原则，也是中国古典诗文体系形式构造的最重要原则之一，对骚体体式的形成，四六文体的形成，以及一半以上词体体式的形成，都具有决定性作用。如下面的一些例子：

> 帝高阳之苗裔兮，朕皇考曰伯庸。
> 摄提贞于孟陬兮，惟庚寅吾以降。
> 皇览揆余初度兮，肇锡余以嘉名。
> 名余曰正则兮，字余曰灵均。
> 纷吾既有此内美兮，又重之以修能。
> 扈江离与辟芷兮，纫秋兰以为佩。
> 汩余若将不及兮，恐年岁之不吾与。
> 朝搴阰之木兰兮，夕揽洲之宿莽。
> 日月忽其不淹兮，春与秋其代序。
> 惟草木之零落兮，恐美人之迟暮。
>
> 君不见，
> 黄河之水天上来，
> 奔流到海不复回。
> 君不见，
> 高堂明镜悲白发，
> 朝如青丝暮成雪。
>
> 江南好，
> 风景旧曾谙。
> 日出江花红胜火，
> 春来江水绿如蓝。
> 能不忆江南。
>
> 昨夜雨疏风骤。
> 浓睡不消残酒。
> 试问卷帘人，却道海棠依旧。
> 知否？知否？

---

[1] 柯继红：《诗歌形式研究——以长短句节奏格律为中心》，北京师范大学博士学位论文，2011年，第105页。

应是绿肥红瘦。

寻寻觅觅，冷冷清清，凄凄惨惨戚戚。

乍暖还寒时候，最难将息。

三杯两盏淡酒，怎敌他，晚来风急！

雁过也，正伤心，却是旧时相识。

满地黄花堆积。憔悴损，如今有谁堪摘？

守着窗儿，独自怎生得黑。

梧桐更兼细雨，到黄昏，点点滴滴。

这次第，怎一个愁字了得。

在诗歌节奏教学中，如果引入这种最新研究成果，对促进学生理解汉语诗词声音的高度艺术成就，提升教学效果，无疑是大有裨益的。

再如，在声律领域，20世纪70年代中期已经由启功先生提出的汉语诗歌声律的总结性规律：竹竿律。所谓竹竿律，就是"平平仄仄平平仄仄平平仄仄……"这一形似竹杆一样平仄递变形成的声律规律。启功认为，从这一竹竿上截取任意三言、四言、五言、六言、七言，即能形成具有良好声音效果的我们当前所知的该言的所有律句形式。如按照这一方式截取五言，能形成五言的四种类型律句，分别为：

平平仄仄平

仄仄仄平平

仄仄平平仄

平平平仄仄

这四种律句即构成了五言诗的基本句式声律。启功提出的这一声律规律统括了传统汉语诗歌句式声律的所有要素：四声、平仄、平仄递变、孤平、一三五不论二四六分明，解释了发生在汉语诗歌句式声律领域的诸多声律现象，并顺利构造出了汉语诗歌律句的四种基本句式，完成了汉语诗歌句式声律规律的最后总结。这一规律形象易记却又意义丰富，较之20年前的王力的研究[1]可谓前进了一大步，如果在教学中加以引入，无疑将会极大拓展学生对律句概念、种类、性质与功能的诸多认知，加深学生对声律的整体理解，对整个声律教学产生全局性的指导。

再如词牌声律领域的**叠式律**[2]，也是前沿领域带有全局性影响的新成果。所谓叠式律，就是词牌的押韵句倾向于使用同种声律以形成和谐声调的规律。如下面一些例子中，每个词牌中押韵句的声律模式都是一样的，皆使用"n平平"型句式：

① 王力：《汉语诗律学》，上海：上海教育出版社，2005年，第72—92页。
② 柯继红：《诗歌形式研究——以长短句节奏格律为中心》，北京师范大学博士学位论文，2011年，第334页。

一曲新词酒一杯，<u>去年天气旧亭台</u>。
夕阳西下几时回？
无可奈何花落去，<u>似曾相识燕归来</u>。
<u>小园香径独徘徊</u>。

江南好，<u>风景旧曾谙</u>。
日出江花红胜火，<u>春来江水绿如蓝</u>。
<u>能不忆江南</u>？

驿外断桥边，<u>寂寞开无主</u>。
已是黄昏独自愁，<u>更著风和雨</u>。
无意苦争春，<u>一任群芳妒</u>。
零落成泥碾作尘，<u>只有香如故</u>。

明月几时有，<u>把酒问青天</u>。
不知天上宫阙，<u>今夕是何年</u>？
我欲乘风归去，又恐琼楼玉宇，<u>高处不胜寒</u>。
起舞弄清影，<u>何似在人间</u>！
转朱阁，低绮户，<u>照无眠</u>。
不应有恨，<u>何事长向别时圆</u>？
人有悲欢离合，月有阴晴圆缺，<u>此事古难全</u>。
但愿人长久，<u>千里共婵娟</u>。

东南形胜，三吴都会，<u>钱塘自古繁华</u>。
烟柳画桥，风帘翠幕，<u>参差十万人家</u>。
<u>云树绕堤沙</u>。
怒涛卷霜雪，<u>天堑无涯</u>。
市列珠玑，户盈罗绮，<u>竞豪奢</u>。
重湖叠巘清嘉。有三秋桂子，<u>十里荷花</u>。
羌管弄晴，菱歌泛夜，<u>嬉嬉钓叟莲娃</u>。
<u>千骑拥高牙</u>。
乘醉听箫鼓，<u>吟赏烟霞</u>。
异日图将好景，<u>归去凤池夸</u>。

这种押韵句使用同种声律模式，形成同声相应缠绵悱恻声律效果的规律，是此前没有被人发现过的，而这一规律具有相当的普遍性，可以认为是非常成熟的词牌体式构成规律，词牌的声律虽然非常复杂多样，这一声律规律无疑可称为最佳代表。叠式律的发现是近几年的事情，其发现极大促进了人们对格律文化的认知，像这样的规律，如果在教学中加以运用，对于学生理解词牌的声律构造，体味诗词精妙绝伦的声音韵味，理解汉语格律文化的伟大成就，提升民族文化自豪感，无疑都具有不可替代的作用。

再如，关于汉语节律和声律总体发生模式的研究新成果，也非常值得引入语文课堂。对于汉语节律和声律的总体构成暨发生模式，研究界已有较为充分的思考，得到古典汉语节律发生模式（见图3-1）①：

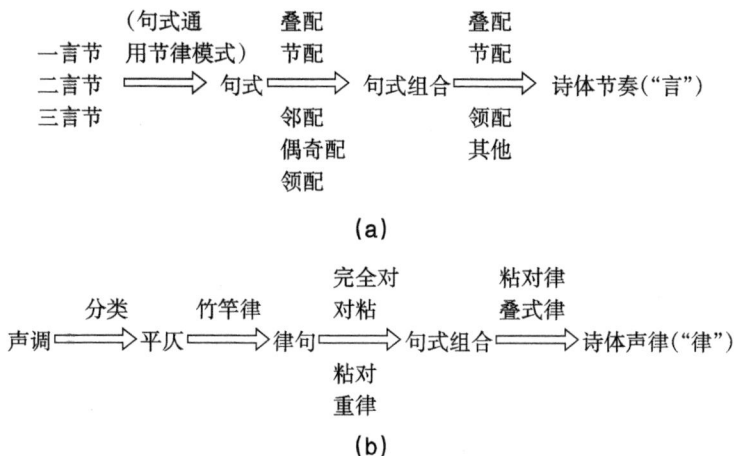

(a)

(b)

图3-1　古典汉语节律发生模式（a）（b）

这种细致精密的结论，详尽阐明了诗词节律和声律应该具备的内涵和具体内容，更新了我们此前关于格律内容的模糊认识，展现了汉语格律文化的精微要妙，对于我们当前格律教学尤其具有指导作用。

再如韵律方面的前沿研究，已经细化到诗歌用韵与情感表达的细致关系研究层面，如宋雪伟从语音学出发，指出用韵的开口度与情感表达相互配合的细致规律："用韵对诗词文学情感表达的作用，集中体现再韵的发音特征上，一般来说，开口度越大，表达情感的程度越强烈；开口度就越小，表达情感的程度就相对弱一些。"②这种细致的前沿研究成果，无疑丰富了此前韵学的认知，对于当前韵学教育提供了更多的思路。

以上只是简单例举了一些诗词前沿研究领域的重要成果，从这些前沿成果可以看出，格律认知已经跨越传统押韵、对仗、平仄三分的粗浅认识，发展到了一个精微而深远的境地。对这些前沿成果给予充分重视，将其纳入格律教学的范畴，已经是刻不容缓的事情了。

---

① 柯继红：《中国诗歌形式研究——以长短句节奏格律为中心》，北京师范大学博士学位论文，2011年。

② 宋雪伟：《试析古典诗歌用韵与情感表达之关系》，《海南热带海洋学院学报》，2017年第4期，第19—27页。

3.3.2.3　适当开放课堂，引入探讨性和实践性内容

诗词格律常识教学，最终的目的还是要引导学生理解和鉴赏诗词的审美性声音，因此，单纯的常识介绍教学已经远远达不到要求。在诗词格律教学中充分发动学生的主体能动性和审美求知欲望，适当开放课堂，引入实践性和探讨行内容，是当前诗词格律教学应该走也不得不走的一条路。

一方面，格律常识背后是规律性的认知和探讨，这个方面对于老师而言肯定是一个挑战，但是，要想真正想把握好课堂，老师就必须迎接这个挑战。实际上，关于平仄的本质，四声分化的意义，古今平仄的差异，声律的功能，节律的构成模式等，这些都是很好的研究型话题，研究领域对此已经有过一些热烈的讨论，将这些话题引入课堂，已经不再是不可能的。虽然引导学生进行相关的探讨和思考有一定的难度，但如果教学内容设计合理，课堂内外引导得当，所形成的课程相信比单纯的知识介绍要更引人入胜得多。另一方面，格律常识的教学也可以引向另一些更为综合性的课题：引导学生尝试古典诗词、对联写作，如简单的律诗写作、填词创作、对对子训练等。这些方面面临的困难，如果老师做好工作，引导得当，实际上并没有想象的大。而对于学生灵活理解诗词格律以及相关的汉语言审美特质，开展诗词写作与单纯的常识教学相比，其教学效果是不可同日而语的。

笔者曾经为语文对仗教学设计增字对对子教学法，即通过逐渐增加字数的对对子，引导学生掌握对仗中节律和声律的一般运用，可以作为课堂引入实践教学的一个小小范例。其方法简单示意如下：

叶（师出）——花（生对）

绿叶（师出）——红花（生对）

青绿叶（师出）——紫红花（生对）

青绿叶绿（师出）——紫红花红（生对）

青绿叶绿惹千山（师出）——紫红花红羞万水（生对）

青绿叶绿惹千山，画师瞩意（师出）——紫红花红羞万水，诗哲留情（生对）

又如：

风声（师出）——家事（师对）

风声，雨声（师出）——家事，国事（生对）

风声，雨声，读书声（师出）——家事，国事，天下事（生对）

风声，雨声，读书声，声声入耳（师出）——家事，国事，天下事，事事关心（生对）

风声，雨声，读书声，声声入耳，为学之乐大矣（师出）——家事，国事，天下事，事事关心，成人之礼存焉（生对）

　　这种加字对对子的训练，暗合着由易入难循序渐进的教育规律，操作简单，领会容易，能够最大限度发挥老师的引导作用，同时激发学生的学习兴趣和潜能，很可以作为一般教学方法加以推广。

　　至于探讨性的教学，则要更为复杂，需要老师有更精深的前沿知识储备。笔者曾经就"词牌制作"课题进行深入探讨，形成了制作词牌的一套基本方法，并以"词牌制作示范"为主题开设过专题课尝试。这一课程包含着极为丰富的格律规律运用和讨论（如汉语句式模式、节配、叠配律等），很富有启发性，可以作为探讨性教学的一个尝试。下面将笔者的教案大纲奉上，供大家参考。

　　课堂主题："词牌制作"示范

　　教学目标：

　　1. 示范制作一词牌，讨论词牌制作的一般步骤；

　　2. 引导学生了解词牌中的隐含的多重格律规范；

　　3. 引导学生尝试制作一个词牌；

　　教学方法：示范法，讨论法

　　教学过程：

　　1. 示范制作词牌《一无所有》

　　第一步：选乐曲

　　按填词的两种基本方式（1）按乐谱填词（原始）（2）按"词谱"填词（后起），选择方式（1），并选定崔健歌曲《一无所有》的乐曲，作为制作词牌的乐曲；

　　第二步：定节奏（定句式）

　　原则："以曲拍为句"

　　△ △ △ △ △，　　　（五言）

　　△ △ △ △ △。　　　（五言）

　　△ △ △ △ △ △ △，　（七言）

　　△ △ △ △ △。　　　（五言）

　　第三步：定声律（平仄）及选韵

　　（1）定押韵句平仄（据"叠式律"）

　　△ △ △ △ △，

　　△ △ △ <u>平平</u>。　　（"n平平"型句型）

　　△ △ △ △ △ △ △，

　　△ △ △ <u>平平</u>。　　（"n平平"型句型）

　　（2）定非押韵句平仄（据句式组合声律规律，两句组合一般处理为平仄相对）

　　△ △ △ 仄仄，　　　（n仄仄）

　　△ △ △ 平平。　　　（n平平）

　　△ △ △ △ △ 仄仄，　（n仄仄）

△ △ △ 平 平 。　　　　（n平平）

第四步：变双调

平 平 平 仄 仄，

仄 仄 仄 平 平。

仄 仄 平 平 平 仄 仄，

仄 仄 仄 平 平 。　　　（上片）

平 平 平 仄 仄，

仄 仄 仄 平 平。

仄 仄 平 平 平 仄 仄，

仄 仄 仄 平 平 。　　　（下片，声律处理为重复上片）

第五步：填词

天涯疲惫客，午夜寂寥城。回首烟峦萧瑟处，青鸟没无音。

香脂金玉戒，恰恰黑加仑。蛰进小吧听繁丽，小鼓打三更。

第六步：定名

据所倚曲调为"一无所有"，即将所制词牌定名为"一无所有"

2. 讨论词牌隐含格律规律

（1）词乐配合方法为简单的"以曲拍为句"；

（2）句式构造使用"1p＋2n＋3q"的汉语韵语通用节律模式；

（3）声律构造使用词牌声律通用规律"叠式律"；

（4）韵律暨用韵讨论：本词牌在用韵方面采用了笔者家乡罗田方言用韵，从通用性角度看，还是应采用平水韵、词林正韵、或者通用普通话新韵为宜。

3. 引导学生自选一首乐曲，制作一个新词牌

此外，开放课堂不仅仅是指课堂内容的开放性上，在课堂形式方面，亦有许多文章可做，如以QQ、微信、飞信为代表的互联网新媒体的运用。最近一项关于教育的调查表明："有18％大学生对新媒体十分依赖，70％大学生对新媒体有一定依赖，对新媒体没有什么依赖的大学生仅仅占12％。"[1]以对联、诗词为代表的格律文学因其篇幅短小、信息丰富是天然适合新媒体交流的，相信格律教育在使用新媒体开放课堂形式方面，有着极大的空间和潜力。

3.3.2.4　结语

总的来讲，目前语文教育中的格律教育，并不尽如人意，需要做的工作很多。笔者认为，明确格律的本质内涵，构建格律知识的教学体系，是当前格律常识教学应该

---

[1]陈石研：《基于新媒体视野下大学生教育与管理的对策探讨》，《海南热带海洋学院学报》2017年第1期，第123—128页。

首要重视的问题；关注前沿研究，引入格律研究的总结性成果，充实教学内容，是当前格律教学的必经之路；适当开放课堂，引入探讨性和实践性内容，则是当前格律教学可以积极尝试的新方法。

3.4　论唱和传播优势

本章从文化学角度讨论格律文化传播过程的一类特殊现象：唱和现象，将唱和现象视为一种独立的文化形式，将其提高到中华民族特色文化的高度，通过引入一种新的理论：唱和空间概念和唱和传播优势理论，解释这种文化与格律文化乃至整个中国文化的深度关联。

我们注意到，唱和现象在文化中特别普遍，占据相当特殊的地位。发生在中国文化中的许多现象，如周代的礼尚往来、诗经的音乐相和、六朝唐宋的诗词聚会、赠答、明清兴起的对对，都与唱和文化直接相关；一些影响深远的历史思潮，诸如诸子百家的争鸣，建安七子的盛会，竹林七贤的雅聚，也与唱和文化有着化不开的联系。甚至从宽泛意义上讲，所有文化创作与接受行为，都可以看成是唱和。然而什么是唱和，唱和的概念、性质、类型、相关模式，都是目前研究界尚未从整体上予以把握的问题。本书试图以传播学的视野，从文化整体的角度，探讨传统唱和现象，揭示掩藏在纷纭复杂唱和现象下的一般规律。

本书讨论仍然围绕诗词唱和展开，但希望得到的结论适用于一般唱和领域。因此，本章将主要围绕诗词唱和，探讨唱和的概念、类型、流变及其格律文化传播意味，首先是综合前人，探讨唱和的概念、类型、历史演变，提出唱和空间概念对唱和观念予以系统总结，其次从理论上阐述唱和的传播优势。

诗词唱和研究首先要感谢几篇文章，本书研究可以看成是它们的总结和合理延伸。它们分别是关于诗经曲式研究的 1 篇论著、2 篇普通论义、2 篇硕士论文：杨荫浏《中国古代音乐史稿》（诗骚曲式研究部分）；张晓娟《〈诗经〉音乐结构探微》（2009）①；吴志武《中国古代四种〈诗经〉乐谱及其东传韩日研究》（2010）②；张迪《〈诗经〉音乐研究》（2013）③；李欣如《诗经的音乐学研究》（2018）④；以及关于诗词唱和研究的 1 篇文献、2 篇论著、2 篇博硕论义：清冯班《答万季然诗问》；陈寅恪《元白诗笺证稿》；赵以武《唱和诗研究》（1997）⑤；岳娟娟《唐代唱和诗研究》

---

①《太原示范学院学报》2009 年第 5 期，第 106—108 页。
②《文化艺术研究》2010 年第 5 期，129—137 页。
③沈阳师范大学硕士学位论文，2013 年。
④南昌大学硕士学位论文，2018 年。
⑤甘肃文化出版社，1997 年。

（2004）；陶映竹《传播与接受视阀中的宋代词坛唱和研究》（2018）①。

杨文将诗经唱和的曲式首分为10类，后来二张、吴、李研究各有增删。冯班将和诗分为4类，陈寅恪第一次详细研究了一段唱和文案，赵、岳、陶著文则分别研究了唐前、唐诗、宋词的唱和流变情况。

3.4.1　论唱和的概念

本篇进行唱和的概念分析。

今所见唱和的概念界定，有二类，一类是各类辞典的界定，较为宽泛，一类是各种研究的界定，主要局限于诗词唱和。两类界定的内涵、外延各有不同，兹据研究予以融合贯通，重新拟定。

一类是各类辞典的界定。如《辞源》列2义：

> 【唱和】㈠此唱彼和，互相呼应。荀子乐论："唱和有应，善恶相象。"邓析子无厚："张罗而畋，唱和不差者，其利等也。"㈡以诗词相酬答。唐张籍张司业集四哭元九少府诗："闲来各数经过地，醉后齐吟唱和诗。"②

百度百科列2基本义和5详细义，并有详释：

> 唱和
>
> 1. 歌唱时此唱彼和。
>
> 2. 指音律相合。
>
> 3. 互相呼应、配合。多含贬义。
>
> 4. 以诗词相酬答。
>
> 5. 比喻彼此和谐融洽，多指夫妇关系。
>
> 【基本信息】
>
> （1）以原韵律答和他人的诗或词。
>
> （2）歌唱时此唱彼和，互相呼应。
>
> 【简介】
>
> 诗词术语。亦作「唱酬」、「酬唱」。谓作诗与别人相酬和。大致有以下几种方式：
>
> 1. 一个人做了诗或词，别的人和诗，只作诗酬和，不用被和诗原韵。
>
> 2. 依韵，亦称同韵，和诗与被和诗同属一韵，但不必用其原字。
>
> 3. 用韵，即用原诗韵的字而不必顺其次序。
>
> 4. 次序，亦称步韵，即用其原韵原字，且先后次序都须相同。唱和本是

---

①苏州大学硕士学位论文，2018年。

②《辞源》四册本，商务印书馆1979年（1979, 1980, 1981, 1983）修订版，第1册，第526页。

指唱歌时此唱彼和，互相呼应。后来"唱和"也作为彼此以诗词赠答的代词。

唱和有两种不同的方式：一种是甲方赠乙方的诗词，乙方根据甲方所内外交赠诗词的原韵写来回答，唐代白居易、元稹二人这种依韵唱和的诗颇多。另一种是乙方回答甲方所赠的诗词，只根据原作的意思而另自用韵，唐代柳宗元与刘禹锡之间的唱和诗就属这一类。

【引证详解】

（1）歌唱时此唱彼和。

语出《诗·郑风·萚兮》："叔兮伯兮，倡予和女。"陆德明释文："本又作'唱'。"《荀子·乐论》："唱和有应，善恶相象。"晋左思《吴都赋》："荆艳楚舞，吴愉越吟，翕习容裔，靡靡愔愔。若此者，与夫唱和之隆响，动钟鼓之铿耾，有殷坻颓於前，曲度难胜，皆与谣俗汁协，律吕相应。"《资治通鉴·后唐庄宗同光元年》："陪侍游宴，与宫女杂坐，或为艳歌相唱和，或谈嘲谑浪。"明冯梦龙《东周列国志》第四十七回："弄玉自誓曰：'必得善笙人，能与我唱和者，方是我夫，他非所愿也。'"

（2）指音律相合。

《汉书·律历志上》："律吕唱和，以育生成化，歌奏用焉。"

（3）互相呼应、配合。多含贬义。

《后汉书·皇后纪下·安思阎皇后》："更相阿党，互作威福，探刺禁省，更为唱和，皆大不道。"晋孙楚《为石仲容与孙皓书》："二邦合从，东西唱和，互相扇动，距捍中国。"《新唐书·李宗闵传》："时德裕自浙西召，欲以相，而宗闵中助多，先得进，即引僧孺同秉政，相唱和，去异己者，德裕所善皆逐之。"

（4）以诗词相酬答。

唐张籍《哭元九少府》诗："闲来各数经过地，醉后齐吟唱和诗。"《二刻拍案惊奇》卷十七："妾虽不敏，颇解吟咏。今遇知音，不敢爱丑，当与郎君赏鉴文墨，唱和词章。"郭沫若《李白与杜甫·李白在政治活动中的第一次大失败》："〔崔宗之〕继又移官金陵，与李白相遇，诗酒唱和。"

（5）比喻彼此和谐融洽，多指夫妇关系。

南朝宋谢灵运《鞠歌行》："德不孤兮必有邻，唱和之契冥相因。"北齐颜之推《颜氏家训·治家》："唱和之礼，或尔汝之。"唱，一本作"倡"。

其中，百度百科的释义甚为详瞻，且有层次，足以为辞典类释义的代表。从辞典概念，我们可以拟定唱和各种含义的衍生关系：

```
          扩大            扩大           转移
歌者的此唱彼和→音乐的音律相和→事物的呼应配合→事物的和谐融洽（多指夫妻的配合）
                              ↓缩小
                           诗词的酬答
```

一类为各研究者们的界定。以岳娟娟《唐代唱和诗研究》（2004）中"唱和诗"

的讨论与释义最为详瞻，它详细讨论了历史上吴兢（唐《乐府古题要解》）、吴聿（《观林诗话》）、张表臣（宋《珊瑚钩诗话》）、吴乔（清《答万季野诗问》）、赵以武（《唱和诗研究》）、褚斌杰（《中国古代文体概论》）、江雅玲（《文选赠答诗流变史》）等人的看法①，其最终释义云：

> 唐代的唱和诗，是一种以交往为目的，以应制、同题、赠答、联句为手段，展现诗人交往关系的诗歌。（摘要）

或者：

> 唱和诗以交往为主要目的，以赠答为主体，包含了在同次集会、酒宴上创作的同题诗、应制诗、联句诗在内的同一类作品的总称。其中赠答类赠诗为唱，答诗为和。同题有时有先作者，为唱，其他人为和。有时却是分头创作，不存在先后顺序，因而不能区分明确孰唱孰和。联句是共同创作，亦无原唱之说。②

对照辞典的界定和研究者们的界定，我们发现，辞典中的唱和较为泛化、多义，其词义经历了扩大、转移、缩小等系列变化，在文学研究者的视野中，唱和概念则已凝固，单指后起的诗词唱和。这说明，"唱和"不是一个单向的、固定化的概念，要界定它需要考察多种因素。笔者认为，至少需要考虑以下一些层面：

从性质上讲，唱和是一个动词，概指一系列动作、行为，它至少包含两个有区别的含义，一个是指彼此呼应，如诗词的唱和，歌曲的唱和、礼尚往来、对对活动等，这是基本本义，一个则是指具有呼应意味的共同作为，如多人应制，众人宴聚写作，这是引申义，两者都是唱和的基本含义；

从唱和的主体看，唱和实施者一般是指对等的两者：唱者和和者，但有时也指共同作为的两者或多者，如宴席上的同题创作，应制创作的诸位作者——所以从唱和的实施者数量看，可以是两者，也可以是多者，从唱和的实施者关系看，可以是对等关系，也可以是共同作为关系。

从唱和的承施载体看，唱和一开始就有乐的、礼的、文学的唱和，后来落定为诗词唱和、对对唱和等文学唱和，但仍然可以引申为指代其他一切事物之间的彼此呼应关系，唱和实施者的身份可以是礼者、歌者、诗人或其他；

从哲学层面看，唱和是一种高度成熟的，积极的，有一定形式程序的交往行为，是交往的高级形式；但也存在着一些次级的唱和形式，如有唱无和的赠诗，非同一场域的追和诗，跨域的互动等，这些是否归入典型的唱和范畴，需要细致辨析，慎重对待。

根据以上诸种考虑，本书界定：

---

①岳娟娟：《唐代唱和诗研究》，复旦大学博士学位论文，2004年。
②岳娟娟：《唐代唱和诗研究》，复旦大学博士学位论文，2004年。

　　唱和是一种在特定场域中发生的高度成熟、具有规范程序的积极交往行为，它包含呼应和共同作为两种基本模式，具有互动性、积极交往性和规范程序三个特征，在中国古代，它早期典型体现为音乐唱和、礼尚往来，文人雅聚，后期典型体现为诗词唱和、对仗活动。诗词唱和是指在宴聚、通信等特定场域中发生的高度成熟，以积极交往为目标的诗词联动、互答行为，包括内和、联和（即联句）、群和（即集团唱和，又称群体唱和，包括同题、应制）、赠和（即私人唱和，又称赠答，包括和意、和韵〔依韵、用韵、次韵〕）等不同模式。唱和是事物的高度联动行为，是交往的高级模式，唱和与诗词唱和是与"和合律动"文化观念遥相呼应的文化行为，是中国文化选择中遗留下来的深蕴文化特色和文化意味的行为模式。

3.4.2　论唱和的类型

本节进行与诗词相关的唱和的类型分析。并将其推展到所有唱和类型。

3.4.2.1　历史上的分类

　　（1）杨荫浏《中国古代音乐史稿》（诗骚曲式研究部分）的"诗经曲式"分类：10类

　　（2）张晓娟《诗经音乐结构探微》的"诗经音乐的曲式"分类：4大类10小类（见图3-2）

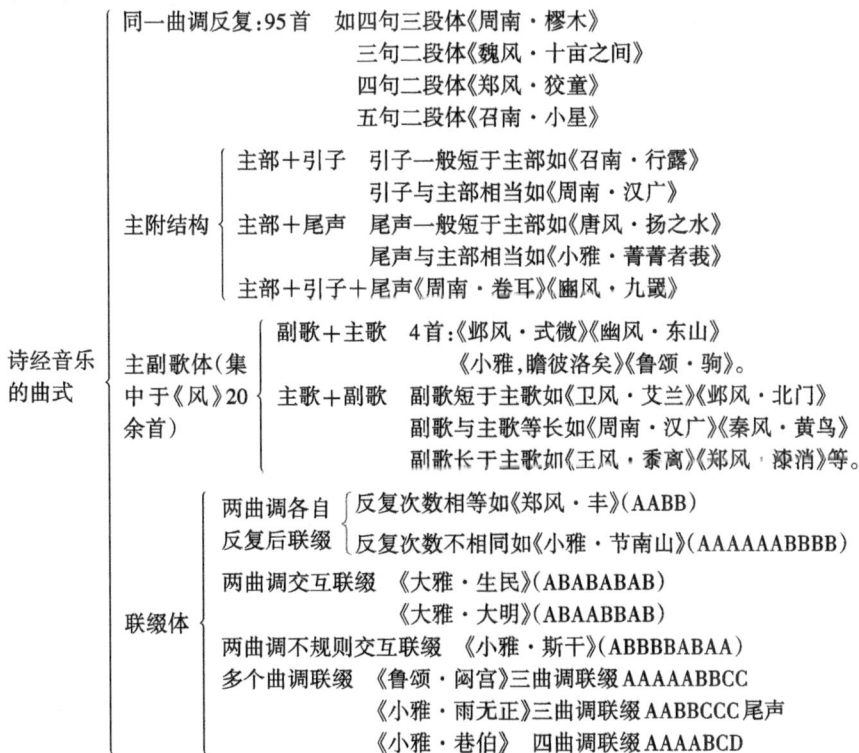

图3-2　诗经音乐的曲式

（3）张迪《〈诗经〉音乐研究》的"诗经的曲体结构"分类：4大类（见图3-3）

诗经的曲体结构
- 变化重复结构 《国风·召南·殷其雷》《国风·周南·芣苢》《王风·黍离》《豳风·东山》《国风·周南·卷耳》《国风·召南·采蘋》《国风·召南·采蘩》《卫风·淇澳》《卫风·考盘》
- 对应结构 对应结构的基本形式《诗经·四牡》《南山有台》　对应结构的变化形式《国风·周南·关雎》
- 一唱众和结构 《驺虞》《鱼丽》《缁衣》
- 单章体叙事歌结构 《载役》《良耜》

图3-3　诗经的曲体结构

远古歌咏方式如图3-4所示。

远古歌咏方式
- 对唱（交替歌唱） 问答式 《召南·采蘋》　接唱式 《周南·芣苢》
- 帮腔（一唱一和或一唱众和） 《驺虞》《鱼丽》

图3-4　远古歌咏的方式

（4）李欣如《诗经的音乐学研究》的"诗经音乐曲式"分类：4类（见图3-5）

诗经音乐的曲式
- 单一部曲式的重复与变奏
  - 乐段型单一部曲式 《周颂》部分的《清庙》《维天之命》《维清》《烈文》《天作》《昊天有成命》《我将》《时迈》《执竞》《思文》《臣工》《噫嘻》《振鹭》《有客》《武》《有瞽》《丰年》《雝》《载见》《潜》《闵予小子》《访落》《敬之》《小毖》《载芟》《良耜》《丝衣》《酌》《桓》《赉》《般》；《商颂》部分的《那》《烈祖》《玄鸟》等
  - 单一部曲式的重复与变奏
    - 单一主题重复 《王风·采葛》《周南·螽斯》《召南·甘棠》《邶风·式微》《召南·驺虞》《邶风·二子乘舟》
    - 单一主题重复＋引子或尾声 《周南·卷耳》
- 单二部曲式的重复与变奏（多主副歌形式）
  - 单二部曲式的重复 主＋副 《召南·江有汜》《鄘风·桑中》　主＋两遍副歌 《周南·关雎》　两遍主歌＋副歌《周南·葛覃》
  - 单二部曲式的重复＋引子或尾声 引子＋主副 《召南·行露》　主副＋尾声 《唐风·扬之水》
- 较为稀少的单三部、四部曲式
  - 并列单三部曲式 《邶风·旄丘》（ABCC）
  - 单四部曲式《邶风·匏有苦叶》（ABCD）
- 多样化的曲式复合方式
  - 《周南·关雎》：ABABB式
  - 《周南·汉广》：ABCBCB式
  - 《邶风·柏舟》：ABBCC式
  - 《邶风·燕燕》：AAAB式
  - 《小雅·节南山》：AAAAAABBBB式
  - 《大雅·生民》：ABABAB式
  - 《小雅·斯干》：ABBBBABAA式

图3-5　诗经音乐的曲式

（5）清冯班《答万季埜诗问》的"和诗"分类：4类（见图3-6）

和诗之体不一：意如答问而不同韵者，谓之和诗；同其韵而不同其字者，谓之和韵；用其韵而次第不同者，谓之用韵；依其次第者，谓之步韵。（冯班《答万季埜诗问》）

即：

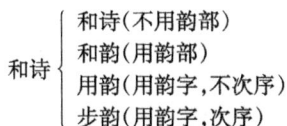

$$\text{和诗}\begin{cases}\text{和诗(不用韵部)}\\\text{和韵(用韵部)}\\\text{用韵(用韵字,不次序)}\\\text{步韵(用韵字,次序)}\end{cases}$$

图3-6　和诗

（6）褚斌杰《中国古代文体概论》的"唱和诗"分类：2类（见图3-7）

唱和诗有两类，一类是所酬和的诗，只就来诗的旨意回答，在用韵方面无限制；另一类是限韵，就是"和"诗需要根据所赠诗篇的韵脚来用韵。后者出现较晚，前类属多数。

在赠答诗中，按照对方的诗韵来用韵的诗，又称"和韵"诗.和韵诗风习于中唐。

即：

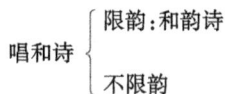

$$\text{唱和诗}\begin{cases}\text{限韵:和韵诗}\\\text{不限韵}\end{cases}$$

图3-7　唱和诗

（7）岳娟娟《唐代唱和诗研究》的"唱和诗"分类：2类（见图3-8、图3-9）

即：

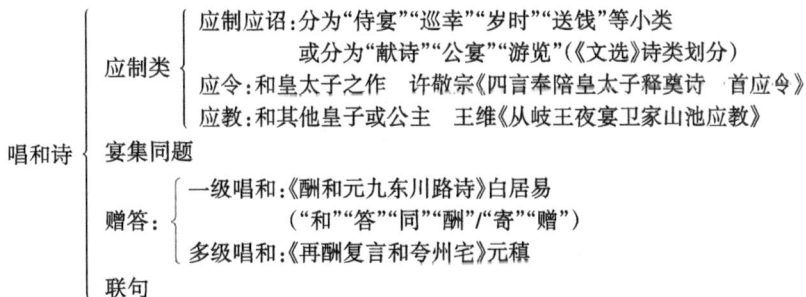

图3-8　唱和诗（1）

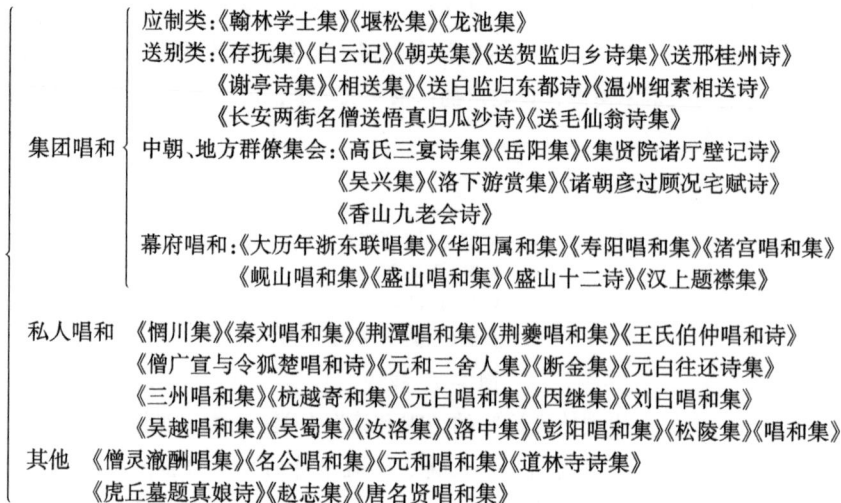

应制类：《翰林学士集》《堰松集》《龙池集》
送别类：《存抚集》《白云记》《朝英集》《送贺监归乡诗集》《送邢桂州诗》
　　　　《谢亭诗集》《相送集》《送白监归东都诗》《温州细素相送诗》
　　　　《长安两街名僧送悟真归瓜沙诗》《送毛仙翁诗集》
中朝、地方群僚集会：《高氏三宴诗集》《岳阳集》《集贤院诸厅壁记诗》
　　　　　　　　　　《吴兴集》《洛下游赏集》《诸朝彦过顾况宅赋诗》
　　　　　　　　　　《香山九老会诗》
幕府唱和：《大历年浙东联唱集》《华阳属和集》《寿阳唱和集》《渚宫唱和集》
　　　　　《岘山唱和集》《盛山唱和集》《盛山十二诗》《汉上题襟集》

集团唱和

私人唱和　《惆川集》《秦刘唱和集》《荆潭唱和集》《荆蘷唱和集》《王氏伯仲唱和诗》
　　　　　《僧广宣与令狐楚唱和诗》《元和三舍人集》《断金集》《元白往还诗集》
　　　　　《三州唱和集》《杭越寄和集》《元白唱和集》《因继集》《刘白唱和集》
　　　　　《吴越唱和集》《吴蜀集》《汝洛集》《洛中集》《彭阳唱和集》《松陵集》《唱和集》
其他　　　《僧灵澈酬唱集》《名公唱和集》《元和唱和集》《道林寺诗集》
　　　　　《虎丘墓题真娘诗》《赵志集》《唐名贤唱和集》

图3-9　唱和诗（2）

（8）陶映竹《传播与接受视阈中的宋代词坛唱和研究》中的分类：1类（见图3-10）

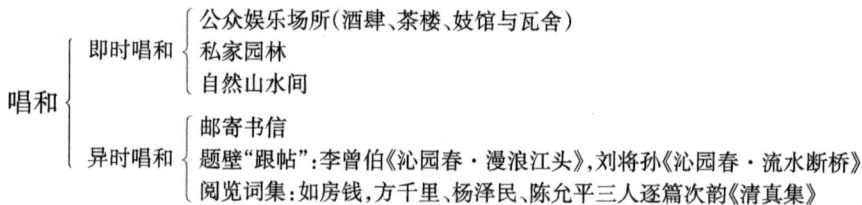

唱和
　即时唱和　公众娱乐场所（酒肆、茶楼、妓馆与瓦舍）
　　　　　　私家园林
　　　　　　自然山水间
　异时唱和　邮寄书信
　　　　　　题壁"跟帖"：李曾伯《沁园春·漫浪江头》，刘将孙《沁园春·流水断桥》
　　　　　　阅览词集：如房钱，方千里、杨泽民、陈允平三人逐篇次韵《清真集》

图3-10　唱和

3.4.2.2　本书的分类约定

唱和的简单分类（见图3-11）：

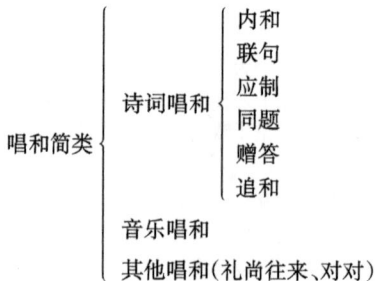

唱和简类
　诗词唱和
　　内和
　　联句
　　应制
　　同题
　　赠答
　　追和
　音乐唱和
　其他唱和（礼尚往来、对对）

图3-11　唱和简类

唱和详类（见图3-12）：

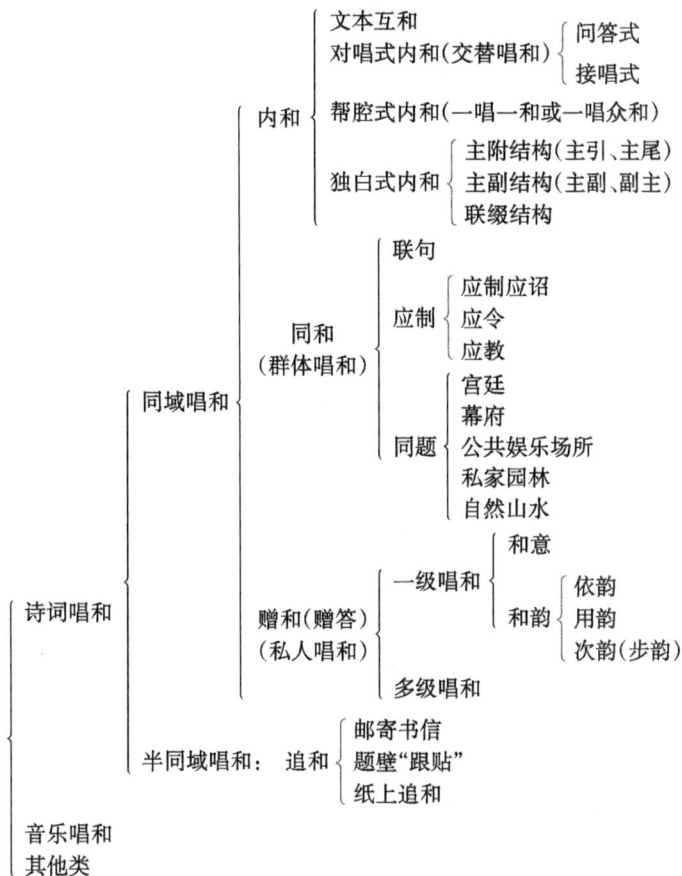

图3-12　唱和详类

3.4.2.3　各类唱和概念约定及示例

（1）内和：文本内的音乐性唱和或呼应，包括文本内和与文本互和。

（2）文本内和：凝聚在诗经中的，由音乐原因带来的文字唱和关系。在明清小说中，文本内和有新发展。

> 黎庄夫人者，卫侯之女，黎庄公之夫人也。既往而不同欲，所务者异，未尝得见，甚不得意。其傅母阂夫人贤，公反不纳，怜其失意，又恐其已见谴，而不以时去，谓夫人曰："夫妇之道，有义则合，无义则去，今不得意，胡不去乎？"乃作诗曰："式微式微，胡不归？"夫人曰："妇人之道，壹而已矣。彼虽不吾以，吾何可以离于妇道乎！"乃作诗曰："微君之故，胡为乎中路？"终执贞壹，不违妇道，以俟君命。君子故序之以编诗。（《列女传》卷四"贞顺"篇）

（3）对唱式文本内和：文本内和的一种，与帮腔式文本内和、独白式文本内和相并列，指文本内部形成的问答、接唱式唱和关系。

《国风·周南·芣苢》（张文）

采采芣苢，（唱）薄言采之。（接唱）采采芣苢，（唱）薄言有之。（接唱）
采采芣苢，（唱）薄言掇之。（接唱）采采芣苢，（唱）薄言捋之。（接唱）
采采芣苢，（唱）薄言袺之。（接唱）采采芣苢，（唱）薄言襭之。（接唱）

《国风·召南·采蘋》

于以采蘋？（问）南涧之滨。（答）于以采藻？（问）于彼行潦。（答）
于以盛之？（问）维筐及筥。（答）于以湘之？（问）维锜及釜。（答）
于以奠之？（问）宗室牖下。（答）谁其尸之？（问）有齐季女。（答）

《国风·召南·采蘩》

于以采蘩？（问）于沼于沚。（答）于以用之？（问）公侯之事。（答）
于以采蘩？（问）于涧之中。（答）于以用之？（问）公侯之宫。（答）
被之僮僮，夙夜在公。被之祁祁，薄言还归。（尾声）

（4）帮腔式文本内和：文本内和的一种，与对唱式文本内和、独白式文本内和相并列，指文本内部形成的一唱一和或一唱众和（齐和）的帮腔关系。

《国风·召南·驺虞》（张文）

彼茁者葭，壹发五豝，（唱）于嗟乎驺虞！（帮腔）
彼茁者蓬，壹发五豵，（唱）于嗟乎驺虞！（帮腔）

《小雅·鹿鸣之什·鱼丽》（张文）

鱼丽于罶，（唱）鲿鲨。（帮腔）君子有酒（唱），旨且多。（帮腔）
鱼丽于罶，（唱）鲂鳢。（帮腔）君子有酒，（唱）多且旨。（帮腔）
鱼丽于罶，（唱）鰋鲤。（帮腔）君子有酒，（唱）旨且有。（帮腔）
物其多矣，维其嘉矣！物其旨矣，维其偕矣！物其有矣，维其时矣！（众和）

（5）独白式文本内和：文本内和的一种，与对唱式文本内和、帮腔式文本内和相并列，指文本内部形成的对唱、帮腔之外，从文字上看具有独白性质的，复杂的段落呼应关系，从音乐上看包括主附结构、主副结构、联缀结构等几种呼应关系。

例1：独白式文本内和（主附结构类：主＋附）

《陈风·株林》：主＋引

胡为乎株林？从夏南！匪适株林，从夏南！（引子）
驾我乘马，说于株野。乘我乘驹，朝食于株！（主歌）

《小雅·鸿雁之什·沔水》：主+尾

沔彼流水，朝宗于海。鴥彼飞隼，载飞载止。嗟我兄弟，邦人诸友。莫肯念乱，谁无父母？（主歌）

沔彼流水，其流汤汤。鴥彼飞隼，载飞载扬。念彼不迹，载起载行。心之忧矣，不可弭忘。（主歌）

鴥彼飞隼，率彼中陵。民之讹言，宁莫之惩？我友敬矣，谗言其兴。（尾声）

《召南·野有死麕》：主+尾

野有死麕，白茅包之。有女怀春，吉士诱之。（主歌）

林有朴樕，野有死鹿。白茅纯束，有女如玉。（主歌）

舒而脱脱兮！无感我帨兮！无使尨也吠！（尾声）

《周南·卷耳》（李文）：主+引+尾

采采卷耳，不盈顷筐。嗟我怀人，置彼周行。（引子）

陟彼崔嵬，我马虺隤。我姑酌彼金罍，维以不永怀。（主歌）

陟彼高冈，我马玄黄。我姑酌彼兕觥，维以不永伤。（主歌）

陟彼砠矣，我马瘏矣，我仆痡矣，云何吁矣。（尾声）。

例2：独白式文本内和（主副结构类：主+副）

《召南·江有汜》（李文）：主副轮唱

江有汜，之子归，不我以。（主歌）不我以，其后也悔。（副歌）

江有渚，之子归，不我与。（主歌）不我与，其后也处。（副歌）

江有沱，之子归，不我过。（主歌）不我过，其啸也歌。（副歌）

《鄘风·桑中》（李文）：主副轮唱

爰采唐矣？沫之乡矣。云谁之思？美孟姜矣。（主歌）
期我乎桑中，要我乎上宫，送我乎淇之上矣。（副歌）
爰采麦矣？沫之北矣。云谁之思？美孟弋矣。（主歌）
期我乎桑中，要我乎上宫，送我乎淇之上矣。（副歌）
爰采葑矣？沫之东矣。云谁之思？美孟庸矣。（主歌）
期我乎桑中，要我乎上宫，送我乎淇之上矣。（副歌）

《周南·葛覃》（李文）：主歌二重唱

葛之覃兮，施于中谷，维叶萋萋。黄鸟于飞，集于灌木，其鸣喈喈。（主歌）

葛之覃兮，施于中谷，维叶莫莫。是刈是濩，为絺为绤，服之无斁。（主歌）
言告师氏，言告言归。薄污我私，薄浣我衣。害浣害否，归宁父母。（副歌）

《国风·邶风·燕燕》：主歌三重唱

燕燕于飞，差池其羽。之子于归，远送于野。瞻望弗及，泣涕如雨。（主歌）
燕燕于飞，颉之颃之。之子于归，远于将之。瞻望弗及，伫立以泣。（主歌）
燕燕于飞，下上其音。之子于归，远送于南。瞻望弗及，实劳我心。（主歌）
仲氏任只，其心塞渊。终温且惠，淑慎其身。先君之思，以勖寡人。（副歌）

《周南·关雎》：（李文）：副歌二重唱

关关雎鸠，在河之洲。窈窕淑女，君子好逑。（主歌）
参差荇菜，左右流之。窈窕淑女，寤寐求之。（副歌）
求之不得，寤寐思服。悠哉悠哉，辗转反侧。（主歌）
参差荇菜，左右采之。窈窕淑女，琴瑟友之。（副歌）
参差荇菜，左右芼之。窈窕淑女，钟鼓乐之。（副歌）

《小雅·节南山》：AAAAAABBBB 式

《大雅·生民》：ABABAB 式

《小雅·斯干》：ABBBBABAA 式

例3：独白式文本内和（主副附结构类：主＋副＋附）

《召南·行露》：（李文）主＋副＋引

厌浥行露，岂不夙夜，谓行多露。"（引子）

谁谓雀无角？何以穿我屋？谁谓女无家？何以速我狱？（主歌）虽速我狱，室家不足！（副歌）

谁谓鼠无牙？何以穿我墉？谁谓女无家？何以速我讼？（主歌）虽速我讼，亦不女从！（副歌）

《秦风·车邻》：主＋副＋引

有车邻邻，有马白颠。未见君子，寺人之令。（引子）
阪有漆，隰有栗。既见君子，并坐鼓瑟。（主歌）今者不乐，逝者其耋。（副歌）
阪有桑，隰有杨。既见君子，并坐鼓簧。（主歌）今者不乐，逝者其亡。（副歌）

《唐风·扬之水》：主＋副＋尾

扬之水，白石凿凿。素衣朱襮，从子于沃。（主歌）既见君子，云何不乐？（副歌）

扬之水，白石皓皓。素衣朱绣，从子于鹄。（主歌）既见君子，云何其忧？
（副歌）

扬之水，白石粼粼。我闻有命，不敢以告人。（尾声）

例4：联缀结构

《邶风·旄丘》（李文）：并列单三部曲式

旄丘之葛兮，何诞之节兮。叔兮伯兮，何多日也？（A）
何其处也？必有与也！何其久也？必有以也！（B）
狐裘蒙戎，匪车不东。叔兮伯兮，靡所与同。（C）
琐兮尾兮，流离之子。叔兮伯兮，褎如充耳。（C）
《周南·汉广》：ABCBCB 式
《邶风·柏舟》：ABBCC 式

《邶风·匏有苦叶》：单四部曲式

匏有苦叶，济有深涉。深则厉，浅则揭。（A）
有瀰济盈，有鷕雉鸣。济盈不濡轨，雉鸣求其牡。（B）
雍雍鸣雁，旭日始旦。士如归妻，迨冰未泮。（C）
招招舟子，人涉卬否。不涉卬否，卬须我友。（D）

（6）文本互和：发生在相似背景之下、相关文本之间，由于创作或音乐上的原因引起的呼应关系。

例1：《诗经·国风·周南》之《关雎》《葛覃》

诗经首二篇《关雎》与《葛覃》，一讲君王之德，一讲后妃之德，是典型的文本互和。对于《葛覃》，旧注认为："《葛覃》，后妃之本也。后妃在父母家，则志在於女功之事，躬俭节用，服澣濯之衣，尊敬师傅，则可以归安父母，化天下以妇道也。"（《毛诗正义》），毛诗是对的；但对于《关雎》，旧注说"《关雎》，后妃之德也风之始也，所以风天下而正夫妇也，故用之乡人焉，用之邦国焉。"（毛序）"正义曰：诸序皆一篇之义，但《诗》理深广，此为篇端，故以《诗》之大纲并举於此。"（孔颖达），却只说对了一半，说"风天下以正夫妇"，是对的，但说"后妃之德"，却不准确，这里应该是"风君王之德"，即告诫君王及其子孙，主要针对男性说的。《关雎》与《葛覃》，一风男德，一风女德，放在一起，正好对应，是周室教育子孙关于男女、君妃之德的，从文本上讲，二者构成了双向、互和的关系。

例2：《九歌》之《湘君》与《湘夫人》

九歌·湘君

君不行兮夷犹，蹇谁留兮中洲？美要眇兮宜修，沛吾乘兮桂舟。

令沅湘兮无波，使江水兮安流！望夫君兮未来，吹参差兮谁思？

驾飞龙兮北征，遭吾道兮洞庭。薜荔柏兮蕙绸，荪桡兮兰旌。

望涔阳兮极浦，横大江兮扬灵。扬灵兮未极，女婵媛兮为余太息。

横流涕兮潺湲，隐思君兮陫侧。桂櫂兮兰枻，斫冰兮积雪。

采薜荔兮水中，搴芙蓉兮木末。心不同兮媒劳，恩不甚兮轻绝。

石濑兮浅浅，飞龙兮翩翩。交不忠兮怨长，期不信兮告余以不闲。

朝骋骛兮江皋，夕弭节兮北渚。鸟次兮屋上，水周兮堂下。

捐余玦兮江中，遗余佩兮澧浦。采芳兮杜若，将以遗兮下女。

时不可兮再得，聊逍遥兮容与。

九歌·湘夫人

帝子降兮北渚，目眇眇兮愁予。袅袅兮秋风，洞庭波兮木叶下。

登白薠兮骋望，与佳期兮夕张。鸟何萃兮苹中，罾何为兮木上。

沅有芷兮澧有兰，思公子兮未敢言。荒忽兮远望，观流水兮潺湲。

麋何食兮庭中？蛟何为兮水裔？朝驰余马兮江皋，夕济兮西澨。

闻佳人兮召予，将腾驾兮偕逝。筑室兮水中，葺之兮荷盖；

荪壁兮紫坛，播芳椒兮成堂；桂栋兮兰橑，辛夷楣兮药房；

罔薜荔兮为帷，擗蕙櫋兮既张；白玉兮为镇，疏石兰兮为芳；

芷葺兮荷屋，缭之兮杜衡。合百草兮实庭，建芳馨兮庑门。

九嶷缤兮并迎，灵之来兮如云。捐余袂兮江中，遗余褋兮澧浦。

搴汀洲兮杜若，将以遗兮远者；时不可兮骤得，聊逍遥兮容与！

《九歌》之诸篇，属于祭祀同类，诸篇皆有同和关系，而其中的《湘君》与《湘夫人》，一写男望女，一写女盼男，构成了文本的互和，尤为典型。

（7）同和：即群体性唱和；包括联句、应制、同题等方式。

郑伯享赵孟于垂陇，子展、伯有、子西、子产、子大叔、二子石从。赵孟曰："七子从君，以宠武也。请皆赋以卒君贶，武亦以观七子之志。"子展赋《草虫》，赵孟曰："善哉！民之主也。抑武也不足以当之。"伯有赋《鹑之贲贲》，赵孟曰："床第之言不逾阈，况在野乎？非使人之所得闻也。"子西赋《黍苗》之四章，赵孟曰："寡君在，武何能焉？"子产赋《隰桑》，赵孟曰："武请受其卒章。"子大叔赋《野有蔓草》，赵孟曰："吾子之惠也"。印段赋《蟋蟀》，赵孟曰："善哉！保家之主也，吾有望矣！"公孙段赋《桑扈》，赵孟曰："'匪交匪敖'，福将焉往？若保是言也，欲辞福禄，得乎？"卒享。文子告叔向曰："伯有将为戮矣！诗以言志，志诬其上，而公怨之，以为宾荣，其能久乎？幸而后亡。"叔向曰："然。已侈！所谓不及五稔者，夫子之谓矣。"文子曰："其余皆数世之主也。子展其后亡者也，在上不忘降。印氏其次也，乐而不荒。乐以安民，不淫以使之，

后亡，不亦可乎?"（左传·襄公27年·七子赋诗）

（8）联句：群体唱和（同和）的一种，是发源于诗经的内和而形成的团队接句式创作，典型如"柏梁体"，传汉武帝筑柏梁台，与群臣联句赋诗，句句用韵，故称柏梁体。

> 刘向《列女传》，以为《式微》之诗，二人所作，一在中露，一在泥中，卫之二邑也。或者以为联句始此……汉武《析梁台》，群臣皆联七言，或述其职，或谦叙不能，至左冯翊曰：三辅盗绒天下尤。"右扶风曰："盗阻南山为民灾。"京兆尹曰："外家公主不可洽。"则又有规警之风，及宋孝武《华林都亭》，梁元帝《清言殿》，皆效此体，虽无规儆之风，亦无佞谀之辞，独叙叨冒愧惭而已。近世应制，争献谀辞，袭日月而谀天地，恐不至。古者赓载相戒之风，于是扫地矣。（吴幸《观林诗话》）

例1：汉武帝等《柏梁台诗》。据南濠诗话，武帝与群臣各咏其职为句，同出一韵，句仅二十有六，而韵之重复者十有四。

> 日月星辰和四时，（汉武帝）
> 骖驾驷马从梁来。（梁王）
> 郡国士马羽林材，（大司马）
> 总领天下诚难治。（丞相）
> 和抚四夷不易哉，（大将军）
> 刀笔之吏臣执之。（御史大夫）
> 撞钟伐鼓声中诗，（太常）
> 宗室广大日益滋。（宗正）
> 周卫交戟禁不时，（卫尉）
> 总领从官柏梁台。（光禄勋）
> 平理请谳决嫌疑，（廷尉）
> 修饰舆马待驾来。（太仆）
> 郡国吏功差次之，（大鸿胪）
> 乘舆御物主治之。（少府）
> 陈粟万石扬以箕，（大司农）
> 徼道宫下随讨治。（执金吾）
> 三辅盗贼天下危，（左冯翊）
> 盗阻南山为民灾。（右扶风）
> 外家公主不可治，（京兆尹）
> 椒房率更领其材。（詹事）
> 蛮夷朝贺常会期，（典属国）

柱楱樽栌相枝持。（大匠）

枇杷橘栗桃李梅，（太官令）

走狗逐兔张罘罳。（上林令）

齿妃女唇甘如饴，（郭舍人）

迫窘诘屈几穷哉。（东方朔）

例2：梁武帝萧衍清暑殿效柏梁体

居中负扆寄缨绂，（梁武帝）

言惭辐凑政无术。（新安太守任昉）

至德无恨愧违弼，（侍中徐勉）

燮赞京河岂微物。（丹阳丞刘泛）

窃侍两宫惭枢密，（黄门侍郎柳憕）

清通简要臣岂汩。（吏部郎中谢览）

出入帷扆滥荣秩，（侍中张卷）

复道龙楼歌楸实。（太子中庶子王峻）

空班独坐惭羊质，（御史中丞陆果）

嗣以书记臣敢匹。（右军主簿陆倕）

谬参和鼎讲画一，（司徒主簿刘洽）

鼎味参和臣多匮。（司徒左西属江蒨）

例3：唐中宗十月诞辰内殿宴群臣效柏梁体联句

润色鸿业寄贤才，（李显）

叨居右弼愧盐梅。（李峤）

运筹帷幄荷时来，（宗楚客）

职掌图籍滥蓬莱。（刘宪）

两司谬忝谢钟裴，（崔湜）

礼乐铨管效涓埃。（郑愔）

陈师振旅清九垓，（赵彦昭）

欣承顾问侍天杯。（李适）

衔恩献寿柏梁台，（苏颋）

黄缣青简奉康哉。（卢藏用）

鲰生侍从忝王枚，（李乂）

右掖司言实不才。（马怀素）

宗伯秩礼天地开，（薛稷）

帝歌难续仰昭回。（宋之问）

微臣捧日变寒灰，（陆景初）

远惭班左愧游陪。（上官婕妤）

例4：唐中宗景龙四年正月五日移仗蓬莱宫御大明殿会吐……柏梁体联句

　　大明御宇临万方，（李显）

　　顾惭内政翊陶唐。（皇后）

　　鸾鸣凤舞向平阳，（长宁公主）

　　秦楼鲁馆沐恩光。（安乐公主）

　　无心为子辄求郎，（太平公主）

　　雄才七步谢陈王。（温王重茂）

　　当熊让辇愧前芳，（上官昭容）

　　再司铨笔恩可忘。（崔湜）

　　文江学海思济航，（郑愔）

　　万邦考绩臣所详。（武平一）

　　著作不休出中肠，（阎朝隐）

　　权豪屏迹肃严霜。（窦从一）

　　铸鼎开岳造明堂，（宗晋卿）

　　玉醴由来献寿觞。（明悉猎）

　　（9）集唱：即分唱；指集会中集会中多人围绕大致相似的主题进行的具有呼应性质的创作，包括应制、同题、各类集唱等。

　　（10）应制：众人应皇帝宫廷集会而进行的具有呼应性质的创作。

　　例1：谢灵运之子谢庄《七夕夜咏牛女应制诗》是可见的最早"应制"题作。

　　例2：存诗最多的一次唱和《九月九日登慈恩寺浮图应制》。取四位诗人诗作如下：

　　瑞塔千寻起，仙舆九日来。芙房陈宝席，菊蕊散花台。

　　御气鹤霄近，升高凤野开。天歌将梵乐，空里共装回。（李峤）

　　出豫垂佳节，凭高涉梵宫。皇心满尘界，佛迹现虚空。

　　日月宜长寿，天人得大通。喜闻题宝揭，受记莫由同。（赵彦昭）

　　凤刹侵云半，虹柱倚日边。散花多宝塔，张乐布金田。

　　时菊芳仙酝，秋兰动赛篇。香街稍欲晚，清碑危归天。（宋之问）

　　帝里重阳节，香园万乘来。却邪芙入佩，献寿菊传杯。

　　塔类承天涌，门疑待佛开。春词悬日月，长得仰昭回。（上官婉儿）

　　例3：景龙年人日同题唱和三组（表引自岳娟娟《唐代唱和诗研究》第31—32页）

时　间	唱和作品	参与作者	备　注
景龙三年	《人日清晖阁宴群臣遇雪应制》	李峤、宗楚客、刘宪、李乂、赵彦昭、苏颋	五律
景龙三年	《人日玩雪应制》	刘宪、李峤、赵彦昭	七绝
景龙四年	《人日重宴大明宫恩赐彩缕人胜应制》	李峤、赵彦昭、刘宪、崔日用、韦元旦、马怀素、苏颋、李乂、郑愔、李适、沈佺期、阎朝隐	七律

（11）应令：指和皇太子之作，始用于南北朝。

例1：许敬宗《四言奉陪皇太子释奠诗一首应令》十首

（12）应教：和其他皇子或公主，始用于南北朝。

例1：宋之问《奉和梁王宴龙泓应教得微字》

例2：王维《从岐王夜宴卫家山池应教》

例3：徐铉《陪郑王相公赋筵前垂冰应教依韵》

（13）同题：即宴集同题制作；集体唱和（同和）的一种，宫廷同题多为应制。

例1：贞观年间太宗君臣《正日临朝》同题唱和

　　贞观年间，唐太宗作五禽八韵《正日临朝》诗，岑文本、魏徵、颜师古、李百药、杨师道各有奉和一首，肇开了元日唱和的历史。其中岑、魏与太宗体裁相同，为五言八韵的古体诗，颜、李诗为五言四韵，杨诗是仅四句的古绝，虽体制不一，却都传达了因为四海升平，万国朝宗带来的骄傲。太宗诗云：

　　条风开献节，灰律动初阳。百蛮奉遐照，万国朝未央……

魏徵诗云：

　　百灵侍轩后，万国会涂山。岂如今睿哲，迈古独光前。

　　声教溢四海，朝宗引百川。锵洋鸣玉佩，灼烁耀金蝉……

（14）赠和：即赠答；私人唱和（同和）的一种，指以诗词相和答，包括和意、和韵两类。

例：大唐乾元元年春贾至、岑参、杜甫、王维"早朝大明宫"赠和

《早朝大明宫呈两省僚友》正五品上中书舍人贾至

银烛朝天紫陌长，禁城春色晓苍苍。千条弱柳垂青琐，百啭流莺绕建章。

剑佩声随玉墀步，衣冠身惹御炉香。共沐恩波凤池里，朝朝染翰侍君王。

《奉和中书贾至舍人早朝大明宫》从七品上中书省右补阙岑参

鸡鸣紫陌曙光寒，莺啭皇州春色阑。金阙晓钟开万户，玉阶仙仗拥千官。

花迎剑佩星初落，柳拂旌旗露未干。独有凤凰池上客，阳春一曲和皆难。

《奉和贾至舍人早朝大明宫》从八品左拾遗杜甫

五夜漏声催晓箭，九重春色醉仙桃。旌旗日暖龙蛇动，宫殿风微燕雀高。

朝罢香烟携满袖，诗成珠玉在挥毫。欲知世掌丝纶美，池上于今有凤毛。

《和贾舍人早朝大明宫之作》正五品太子中允王维

绛帻鸡人报晓筹，尚衣方进翠云裘。九天阊阖开宫殿，万国衣冠拜冕旒。

日色才临仙掌动，香烟欲傍衮龙浮。朝罢须裁五色诏，佩声归到凤池头。

大唐乾元元年春，贾至赋《早朝大明宫》诗颂圣并赠同僚，同僚和答甚众，今存岑参、杜甫、王维三人和诗。时岑参43岁，杜甫46岁，贾至40岁，王维58岁。王维本前辈，原是给事中，虽降为太子中允，无实权，但仍与正五品贾至平级，故不必奉承，立意颂圣；杜甫时为左拾遗，属门下省，从八品，故多奉承，然只写朝前朝罢，失于经验略阙；岑参诗意最全最切，故为人所称，明胡应麟云"通章八句，皆精工整密，字字天成"，清吴昌祺称"用意周密，格律精严，当为第一"，清屈复称"看其分和照应，花团锦簇，天衣无缝，诸早朝诗此首第一"，清施补华称"《和贾至舍人早朝》诗，究以岑参为第一"。若从唱和而论，故以诸人为准，若单以诗论，则王诗气象冠绝。

（15）和意：赠和（赠答）的一种，与和韵相并列，指非限韵的赠答。

例1：周穆王与西王母的唱和

　　乙丑，天子觞西王母与瑶池之上。西王母为天子谣曰："白云在天，山陵自出。道理悠远，山川间之。将子无死，尚能复来。"天子答之曰："预归东土，和治诸夏。万民平均，吾顾见汝。比及三年，将复而野。"（《穆天子传》卷三）

例2：郑庄公与其母姜氏的唱和

　　公入而赋："大隧之中，其乐也融融。"姜出而赋："大隧之外，其乐也泄泄！"（《左传·隐公元年·郑伯克段于鄢》）

例3：顾况红叶题诗

　　顾况在洛，乘间与三诗友游于苑中，坐流水上，得大梧叶题诗上曰："一入深宫里，年年不见春。聊题一片叶，寄与有情人。"况明日于上游，亦题叶上，放于波中。诗曰："花落深宫莺亦悲，上阳宫女断肠时。帝城不禁东流水，叶上题诗欲寄谁？"后十余日，有人于苑中寻春，又于叶上得诗以示况。诗曰："一叶题诗出禁城，谁人酬和独含情？自嗟不及波中叶，荡漾乘春取次行。"（唐·孟棨《本事诗·情感第一》）

（16）和韵：即限韵；赠和（赠答）的一种，与和意相并列，指用前人的韵部进行赠答，包括依韵、用韵、次韵等类型。

（17）依韵：和韵的一种方式，指依前人的韵部进行诗词唱和。

（18）用韵：和韵的一种严格方式，指用前人韵脚的字但不依韵脚次序进行诗词唱和。

（19）次韵：即步韵；和韵的一种严格形式，指用前人的韵脚字且严格依照其次序进行诗词唱和。

例1：陆龟蒙、皮日休"上元道室焚修"唱和

陆龟蒙《上元道室焚修寄袭美》

三清今日聚灵官，玉刺齐抽渴广寒。执盖胃花香寂历，侍晨交佩响阑珊。

将排凤节分阶易，欲校龙书下笔难。唯有世尘中小兆，夜来心拜七星坛。

皮日休《奉和鲁望上元日道室焚修》

明真台上下仙官，玄藻初吟万籁寒。奴御有声时杳杳，宝衣无影自珊珊。
蕊书乞见斋声易，玉籍求添祥首难。端简不知清景暮，炅芜香烬落金坛。

例2：苏轼次韵章质夫杨花词

【水龙吟】（杨花）章楶

燕忙莺懒芳残，正堤上、杨花飘坠。轻飞乱舞，点画青林，全无才思。闲趁
游丝，静临深院。日长门闭。傍珠帘散漫，垂垂欲下，依前被、风扶起。

兰帐玉人睡觉，怪春衣、雪沾琼缀。绣床渐满，香球无数，才圆欲碎。时见
蜂儿，仰粘轻粉，鱼吞池水。望章台路杳，金鞍游荡，有盈盈泪。

水龙吟·次韵章质夫杨花词　苏东坡

似花还似非花，也无人惜从教坠。抛家傍路，思量却是，无情有思。萦损柔
肠，困酣娇眼，欲开还闭。梦随风万里，寻郎去处，又还被、莺呼起。

不恨此花飞尽，恨西园、落红难缀。晓来雨过，遗踪何在，一池萍碎。春色
三分，二分尘土，一分流水。细看来，不是杨花，点点是离人泪。

（20）追和：半同域式唱和，与联句、应制、同题、赠答等同域式唱和相对应，
指部分超越即时唱和空间或时间的，半在场的诗词相和，包括书信追和、题壁"跟
贴"、纸上追和等类型，多为异时相和。

（21）题壁"跟贴"：追和的一种，指发生在寺庙、驿站、房屋、桥梁等建筑物壁
面上的追和行为，表现为同场、异时，故称为半同域或半在场唱和。题壁是中国人的
一种独特的山水文化传统，它融合了山水、建筑、书画、诗文、历史等多重要素，反
映了中国人所追求的天人合一观念，而题壁唱和则更进一步，加入了更多的人文历史
意蕴，古代题壁唱和故事非常多，陶映竹拈出这一概念，对其有一个基本分析：

> 题壁，是指将自己的作品题写在寺庙、驿站、房屋、桥梁等建筑物的壁面
> 上，词人只要经过此处，就能够观赏壁面上的文字，也可以题上自己的作品。题
> 壁是一个开放自由的公共平台，为文人提供了展现自我、切磋交流的机会，王兆
> 鹏先生形象地将之称为宋代的"互联网"，原唱词人在壁面上题写作品类似于互联
> 网上的"发帖"行为，而唱和壁上作品正是一种"跟贴"行为，是对原作品的
> 一种情感反馈。[①]

---

①陶映竹：《传播与接受视阈中的宋代词坛唱和研究》，苏州大学硕士学位论文，2018年。

例1: 宋刘将孙题和清江桥《沁园春》词

《沁园春》 宋 刘将孙

　　大桥名清江桥，在樟镇十里许，有无闻翁赋《沁园春》《满庭芳》二阕，书避乱所见女子，末有"埋冤姐姐、衔恨婆婆"，语极俚。后有螺川杨氏和二首，又自序杨嫁罗，丙子暮春，自涪翁亭下舟行，追骑迫，间逃入山，卒不免于驱掠。行三日，经此桥，睹无闻二词，以为特未见其苦，乃和于壁。复云"观者毋谓弄笔墨非好人家儿女"。此词虽俚，谅当近情，而首及权奸误国。又云"便归去，懒东涂西抹，学少年婆"，又云"错应谁铸"，皆追记往日之事，甚可哀也。因念南北之交，若此何限，心常痛之。适触于目，因其调为赋一首，悉叙其意，辞不足而情有余悲矣。

　　流水断桥，坏壁春风，一曲韦娘。记宰相开元，弄权疮痏，全家骆谷，追骑仓皇。彩凤随鸦，琼奴失意，可似人间白面郎。知他是: 燕南牧马，塞北驱羊。

　　啼痕自诉哀肠，尚把笔低徊愧下堂。叹国手无棋，危途何策，书窗如梦，世路方长。青冢琵琶，穹庐笳拍，未比渠侬泪万行。二十载，竟何时委玉，何地埋香。

例2: 宋万某次韵南山崖间《水调歌头》

《水调歌头》 宋 万某

　　九日修故事访南山，崖间有前太守所作水调歌头，率尔次韵

　　卷尽风和雨，晴日照清秋。南山高处回首、潇洒一扁州。且向飞霞淪茗，还归云间书院，何幸有从游。随分了公事，同乐与同忧。

　　少年事，湖海气，百尺楼。萧萧华发、归兴只念故山幽。今日聊修故事，□岁大江东去，应念我穷愁。不但莼鲈□，杜若访芳洲。

例3: 宋李曾伯《沁园春·漫浪江头》序"庚子登凤凰台，和壁间韵"

例4: 宋王质《水调歌头·晚嶂倚斜日》序"游银山寺和壁间张安国作"

(22) 纸上追和: 追和的一种，多指阅读前人作品后进行的异代、异时的追和。

例1: 苏轼晚年"和陶诗"124首。

例2: 方千里、杨泽民、陈允平三人逐篇次韵《清真集》，分别得词90首、90首、121首。

3.4.3　唱和空间分析

　　在《三亚咸水歌的CCSX隐性文化空间分析》一章，我们曾引入隐性空间概念来分析文化的传承空间，即文化作为一种传承结构所具备的内在空间，我们将隐性空

间定义为一种隐喻空间，即建立在文化的创造性基因的基础之上，由文化的创造者、传承者、受者和隐含受众共同构成的流动空间。这个概念是从文化传承的角度对文化做出的分析。对照这个分析，我们马上发现，唱和的文化空间与其隐性传承空间相比是非常不同的，具体表现在：

唱与和，是即时、互动、在场，在传承空间之外，形成自足的文化空间；

唱和的发生需要特殊空间——礼场，具有场域性；

唱和是一场事件——一场交往，一个礼，其发生具有成熟的程式规范；

唱和的传承者——唱者与和者，互为作者、受众；

唱和的传承者——唱者与和者，对彼此有强烈的唱和期待；

唱和的凝结载体，无论是对等二者，还是多者，都具有互文性。

唱和现象的这些独特表现用隐性空间概念分析已经很不充分。为此，我们需要从新的角度，引入新的概念，建立新的理论，对唱和现象进行更为全面、深入的分析。

我们引入唱和空间概念，建立唱和的经典模式，来解决唱和现象分析问题。

所谓唱和空间，是一种隐喻的文化空间，是指发生在唱和事件中，由唱和者、唱和载体、唱和场域和唱和程式规范共同构成的有机文化空间，唱和者、唱和载体、唱和场域、唱和程式规范，构成唱和空间的四个基本要素。如图3-13所示。

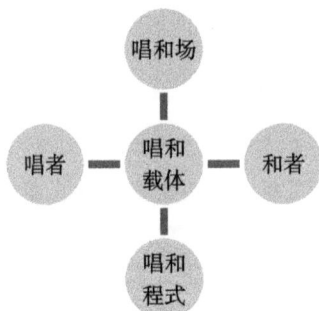

图3-13　唱和空间模式

由唱和空间概念，我们可以更深入地理解唱和及其相关现象：所谓唱和，可以看成是唱和空间的建立和功能实现过程，是唱者与和者在唱和礼场中依托唱和载体遵循独特程式规范进行的深度交往；所谓唱和模式，可以看成是唱和空间的实现模式、唱和四要素的深度凝结模式，它是事物的深度交流模式。利用唱和空间概念，我们可以很好地对各种唱和现象进行深度分析，对各种唱和规律进行概括和总结。

从唱和空间概念出发，我们对唱和进行以下一些说明。

3.4.3.1　唱和四要素

一个唱和空间包括四个基本要素：唱和者、唱和场域、唱和载体、唱和程式规范（唱和仪式），分别对应一个唱和事件的实施者、场所、工具、程序。无论是对于音乐唱和、诗词唱和、还是礼仪唱和、对对活动，唱和的四要素都是适用的。了解一个唱和事件，基本上只要分析其唱和的四要素构成，就能得到较为详细的信息。

3.4.3.2　唱和期待

唱和期待是唱和发生的基本动力，包括唱者期待和和者期待，重点是指唱者期待。在一个唱和事件中，虽为对等的主体，但唱和者的作用却不是平等的，唱者对于唱和具有主导和引领作用，对于唱和的促成具有关键意义，而和者则主要负责完成这一期待，相对而言居从属地位。唱和期待的存在，将音乐抒情、诗词写作、礼节实施、对子撰写，变成了一个具有潜在约定性质的双向呼应行为，就好像给唱和者、礼拜者、对联作者注入了一个场力，使实唱者的行为首先带有一种感召结构，具备一种召唤力，同时将和者迅速带入场中，感受这份召唤，对这份召唤结构予以回应。

唱和期待不是由唱者单方产生的，也不仅仅是由唱和双方酝酿生成的，而是与特定的唱和场域和唱和程式也紧密相关。唱和期待是唱和空间中最迷人的部分，是唱和的真正生命所在，这种迷人与生命力，展示了宇宙与之中事物之间的相互依存深度，显示了人作为一个智慧的生命体，他的存在对于他者的依恋程度。

唱和期待也许不仅仅是关于人的智慧，而且还可能是关于整个宇宙的智慧。

从唱和期待的生成来看，唱和期待也许还有更为细致的结构。无论如何，对于唱和期待的分析，应该是唱和分析中的一个基础部分。

3.4.3.3　唱和场域

唱和是发生在特定的场域中的，譬如节日、朝会、宴席、山水游赏、送别、登临、亭台楼观题壁等，这些场域并不是漫无目的生成的，而是经过历史和文化长期选择沉淀的结果，我们将这种经过长期选择约定俗成适于唱和的场所称之为唱和场域。

唱和场域有时候集中在一个场合中，如集会、送别，有时候则分散在不同地点遥相呼应，如元白唱和、白刘唱和。无论是哪一种情况，我们都必须意识到，唱和场域的选择，是决定唱和成功的一个重要因素。

唱和场域有时候是如此广泛，跨度时间如此之长，以至于我们甚全可以因此将整个时代、整个国家都称之为唱和的场域，如竹林啸聚、百家争鸣之类。但为了避免空泛理解，我们倾向于将唱和场域分解为一个一个具体的单位，在对待诸如竹林啸聚、百家争鸣这类唱和时，我们倾向于将他们分解为一个一个小小的唱和行为，通过一个一个具体的唱和行为来建构整个唱和的情况。本书认为，唱和总是具体的，唱和场域也总是具体可考，哪些庞大的可视为唱和的现象往往可以分解为许多小的唱和单位，他们的唱和场域也应该做同样处理。

3.4.3.4　唱和程式规范（唱和仪式）

唱和的进行，绝对不是偶然发生，散漫无羁的。作为一种深度交流模式，唱和具有严格的程式规范，从某个角度讲，唱和就是一个仪式。

节日、朝会、宴席、山水游赏、送别、登临、亭台楼观、题壁、内和、联句、同和、赠答、次韵、追和、对对，这些都是发生在严格现实语境中的人际交往，其中包含着各自严谨的目的、方法、步骤、忌讳等，蕴含着各自整套的礼仪规范。这种礼仪规范是长期养成的，必须经过学习才能掌握的。理解唱和现象，就必须首先理解他们底层的程式规范要求，理解其仪式意义。对各种唱和模式的程式规范考察，关注唱和的仪式特征，是研究者必须时刻注意的。

一般而言，一种类型的唱和有一种类型的程式规范，这些程式规范包括特定的目的、方式、步骤、忌讳等等。考察一种唱和程式规范，必须从其具体的目的、方式、步骤、忌讳入手。这是非常细致的工作。

唱和仪式促使我们将视野扩大到对人的更广阔范围的社会存在的关注。

3.4.3.5　唱和载体

唱和载体是指唱和的承载形式。唱和载体是唱和存在的主要标志，是判断唱和存在的主要依据。凡唱和必然具备具体可考的唱和形式和载体形式，这些载体形式表现为礼节、乐句、内和词段、联句、诗词、联语、书信文章等各种具体事物。唱和载体分为自足性载体和非自足性载体两类，唱和载体的形式决定了唱和的基本类型。以下是常见的唱和载体分类（见图3-14）：

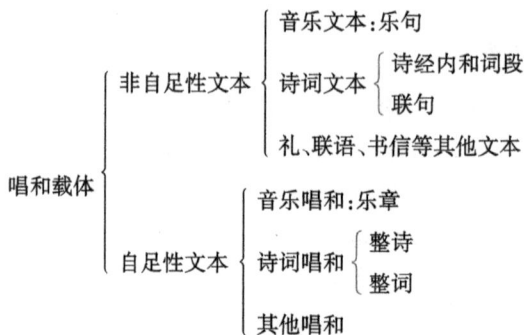

图3-14　唱和载体（1）

或者，如图3-15所示：

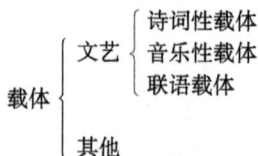

图3-15　唱和载体（2）

3.4.3.6　唱和空间视域下的唱和概念

最后，我们依据唱和空间概念，对唱和概念再下一个准确的定义：

所谓唱和，就是指在唱和期待的催动下，唱者与和者在唱和场域中，依托唱和载体，依据唱和程式规范而进行的深度交往；或者更简单讲，凡对等、即时、在场，以潜在规范程式、高度成熟文本进行的互动交流，皆可名之为唱和。

3.4.4　论唱和文化的历史

唱和的历史演变包含两个层级，一个是狭义的诗词唱和的历史演变，一个是广义的唱和的历史演变。本书兼论二者。

有了唱和空间的概念之后，我们对唱和的历史演变考察将变得有章可循：我们可以首先分别考察唱和四要素的各自历史演变情况，然后将所得因素进行综合比勘、考量，从中归纳出唱和的整体演变轨迹。这些需要分别考察的因素包括：唱者的身份演变、和者的身份演变、唱和载体的发展变化、唱和仪式的发展变化、唱和场域的历史演变、唱和期待模式的历史演变。

3.4.4.1　诗词唱和的历史演变

在综合考量上述各个量的演变的基础之上，我们首先找出诗词唱和的发展轨迹。

经过考察，本书发现，诗词唱和从整体上讲经历了五个发展阶段：音乐主导的应歌阶段、文本主导的联句阶段、文本主导的群和阶段、文本主导的赠答阶段，文本主导的追和阶段。

（1）音乐主导的应歌阶段

指先秦时期，这是诗词唱和的萌芽阶段。在这个阶段，以文本为主导的诗词唱和还不存在，文本上保存下来的具有唱和特征的诗歌，主要是诗经，都是音乐主导完成的唱和。在诗经的阶段，无论是对唱、接唱、轮唱、帮腔、众和，都是音乐主导的。在这个阶段，从唱和者的身份讲，唱者和和者都是音乐本位，其身份都是具有高度音乐修养的周的中央和地方的贵族；从唱和的载体讲，其唱和载体本质上都是歌辞，所谓是三百"皆弦歌之"是也；从唱和的程式规范和发生唱域讲，这些唱和都是中央和地方提倡的礼乐制度的一个部分，其发生和使用都具有相对严格的礼乐程式和场所，这个可以从后世的用礼程式的记录来推测：

> 设席于堂廉，东上。工四人，二瑟，瑟先。相者二人，皆左何瑟，后首，挎越，内弦，右手相。乐正先升，立于西阶东。工入，升自西阶。北面坐，相者东面坐，遂授瑟，乃降。工歌《鹿鸣》《四牡》《皇皇者华》。卒歌，主人献工。工左瑟，一人拜，不兴，受爵。主人阼阶上拜送爵。荐脯醢。使人相祭。工饮，不拜既爵，授主人爵。众工则不拜，受爵，祭，饮辩有脯醢，不祭。大师则为之洗。宾、介降，主人辞降。工不辞洗。
>
> 笙入堂下，磬南，北面立，乐《南陔》《白华》《华黍》。主人献之于西阶上。一人拜，尽阶，不升堂，受爵，主人拜送爵。阶前坐祭，立饮，不拜既爵，升授主人爵。众笙则不拜，受爵，坐祭，立饮；辩有脯醢，不祭。

乃间歌《鱼丽》，笙《由庚》；歌《南有嘉鱼》，笙《崇丘》；歌《南山有台》，笙《由仪》。

乃合乐：《周南·关雎》《葛覃》《卷耳》，《召南·鹊巢》《采蘩》《采蘋》。工告于乐正曰：「正歌备。」乐正告于宾，乃降。

……宾出，奏《陔》。主人送于门外，再拜。

——《仪礼·乡饮酒礼》

席工于西阶上，少东。乐正先升，北面立于其西。工四人，二瑟，瑟先，相者皆左何瑟，面鼓，执越，内弦。右手相，入，升自西阶，北面东上。工坐。相者坐授瑟，乃降。笙入，立于县中，西面。乃合乐：《周南·关雎》《葛覃》《卷耳》，《召南·鹊巢》《采蘩》《采蘋》。工不兴，告于乐正，曰：「正歌备。」乐正告于宾，乃降。

……司射犹挟一个以进，作上射如初。一耦揖升如初。司马升，命去侯，获者许诺。司马降，释弓反位。司射与司马交于阶前，去扑，袒；升，请以乐乐于宾。宾许诺。司射降，搢扑，东面命乐正，曰："请以乐乐于宾，宾许。"司射遂适阶间，堂下北面命曰："不鼓不释！"上射揖。司射退反位。乐正东面命大师，曰："奏《驺虞》，间若一。"大师不兴，许诺。乐正退反位。

及奏《驺虞》以射。三耦卒射，宾、主人、大夫、众宾继射，释获如初。卒射，降。释获者执余获，升告左右卒射，如初。

……宾兴，乐正命奏《陔》。宾降及阶，《陔》作。宾出，众宾皆出，主人送于门外，再拜。

——《仪礼·乡射礼》

席工于西阶上，少东。乐正先升，北面立于其西。小臣纳工，工四人，二瑟。小臣左何瑟，面鼓，执越，内弦，右手相。入，升自西阶，北面东上坐。小臣坐授瑟，乃降。工歌《鹿鸣》《四牡》《皇皇者华》撰一人拜受爵，主人西阶上拜送爵。荐脯醢。使人相祭。卒爵，不拜。主人受爵。众工不拜受爵，坐祭，遂卒爵。辩有脯醢，不祭。主人受爵，降奠于篚。

公又举奠觯。唯公所赐。以旅于西阶上，如初。

卒，笙入，立于县中。奏《南陔》《白华》《华黍》。

主人洗，升，献笙于西阶上。一人拜，尽阶，不升堂，受爵，降；主人拜送爵。阶前坐祭，立卒爵，不拜既爵，升，授主人。众笙不拜受爵，降；坐祭，立卒爵。辩有脯醢，不祭。

乃间：歌《鱼丽》，笙《由庚》；歌《南有嘉鱼》，笙《崇丘》；歌《南山有台》，笙《由仪》。遂歌乡乐：《周南·关雎》《葛覃》《卷耳》，《召南·鹊巢》《采蘩》《采苹》。大师告于乐正曰："正歌备。"乐正由楹内、东楹之东，告于公，乃降复位。

……记。燕，朝服，于寝。其牲，狗也，亨于门外东方。若与四方之宾燕，则公迎之于大门内，揖让升。宾为苟敬，席于阼阶之西，北面，有脀，不嚌肺，不啐酒。其介为宾。无膳尊，无膳爵。与卿燕，则大夫为宾。与大夫燕，亦大夫为宾。羞膳者与执幂者，皆士也。羞卿者，小膳宰也。若以乐纳宾，则宾及庭，奏《肆夏》；宾拜酒，主人答拜，而乐阕。公拜受爵，而奏《肆夏》；公卒爵，主人升，受爵以下，而乐阕。升歌《鹿鸣》，下管《新宫》，笙入三成，遂合乡乐。若舞，则《勺》。唯公与宾有俎。献公，曰："臣敢奏爵以听命。"凡公所辞，皆栗阶。凡栗阶，不过二等。凡公所酬，既拜，请旅侍臣。凡荐与羞者，小膳宰也。有内羞。君与射，则为下射，袒朱襦，乐作而后就物。小臣以巾授矢，稍属。不以乐志。既发，则小臣受弓以授弓人。上射退于物一笴，既发，则答君而俟。若饮君，燕，则夹爵。君在，大夫射，则肉袒。若与四方之宾燕，媵爵，曰："臣受赐矣。臣请赞执爵者。"相者对曰："吾子无自辱焉。"有房中之乐。

——《仪礼·燕礼》

膳宰请羞于诸公卿者。摈者纳宾，宾及庭，公降一等揖宾，宾辟，公升，即席。

奏《肆夏》，宾升自西阶。主人从之，宾右北面，至再拜。宾答再拜。

主人盥，洗象觚，升酌膳，东北面献于公。公拜受爵，乃奏《肆夏》。主人降自西阶，阼阶下北面拜送爵。宰胥荐脯醢，由左房。庶子设折俎，升自西阶。公祭，如宾礼，庶子赞授肺。不拜酒，立卒爵；坐奠爵，拜，执爵兴。主人答拜，乐阕。升受爵，降奠于篚。

主人洗觚，升，献大夫于西阶上。大夫升，拜受觚。主人拜送觚。大夫坐祭，立卒爵，不拜既爵。主人受爵。大夫降复位。胥荐主人于洗北，西面。脯醢，无脀。辩献大夫，遂荐之，继宾以西，东上，若有东面者，则北上。卒，摈者升大夫。大夫皆升，就席。

乃席工于西阶上，少东。小臣纳工，工六人，四瑟。仆人正徒相大师，仆人师相少师，仆人士相上工。相者皆左何瑟，后首，内弦，挎越，右手相。后者徒相入。小乐正从之。升自西阶，北面东上。坐授瑟，乃降。小乐正立于西阶东。乃歌《鹿鸣》三终。主人洗，升实爵，献工。工不兴，左瑟；一人拜受爵。主人西阶上拜送爵。荐脯醢。使人相祭。卒爵，不拜。主人受虚爵。众工不拜，受爵，坐祭，遂卒爵。辩有脯醢，不祭。主人受爵，降奠于篚，复位。大师及少师、上工皆降，立于鼓北，群工陪于后。乃管《新宫》三终。卒管。大师及少师、上工皆东坫之东南，西面北上，坐。

……司射犹挟一个以作射，如初。一耦揖升如初。司马升，命去侯，负侯许诺。司马降，释弓反位。司射与司马交于阶前，倚扑于阶西，适阼阶下，北面请以乐于公。公许。司射反，搢扑，东面命乐正曰："命用乐！"乐正曰："诺。"司射遂适堂下，北面视上射，命曰："不鼓不释！"上射揖。司射退反位。乐正命大师，曰："奏《狸首》，间若一！"大师不兴，许诺。乐正反位。奏《狸首》以射，三耦卒射。宾待于物如初。公乐作而后就物，稍属，不以乐志。其他如初仪，卒射如初。宾就席。诸公、卿、大夫、众射者皆继射，释获如初。卒射，降反位。释获者执余获进告："左右卒射。"如初。

——《仪礼·大射礼》

《仪礼》中所用的歌曲，所谓民歌，亦即当时贵族中普遍流行的歌曲，其演奏程式、演奏场所都是非常规范的要求。所谓周公旦制礼作乐，这个乐，理解为礼乐是比较合适的。今日所见的诗经文本，大约都是当日礼乐的遗迹和存留，无论其程式规范还是其唱和场域，都是可以想见服从于当时的礼俗；最后，从唱和期待来看，这个时候唱和期仍然是诗乐舞杂糅，从诗词唱和的角度看是一个萌芽状态。

（2）文本主导的联句阶段

指两汉魏晋六朝。诗词唱和发展到这个阶段，开始脱离了周礼和乐的约束，寻找适合自己的文本表现。在这个阶段，从参与唱和的唱和者身份看，从汉武帝君臣到齐梁君臣，仍然局限在高级贵族圈；从唱和载体来看，则发生了明显的新的诉求，联句形式代替音乐主导的内和，成为了一种新的尝试，满足了诗词唱和本身的诉求，虽然这种满足尚处于一个相当低级的阶段；从唱和发生的场域看，也发生了明显的转移，虽然都是贵族上层圈子，但原来侧重于礼的场合，现在变得更富有娱乐性；从唱和发生的程式规范讲，简单的宴会娱乐游戏程式代替了原来的复杂礼乐考量，从诗词的角度讲，却变得更为规范和易于操作可控了。

（3）文本主导的群和阶段

指隋至初盛唐。诗词唱和终于寻找到适于自身发展的完整载体，诗歌，并与传统的宴会聚乐形式相结合，形成了应制、同题等群体唱和的高峰。在文本主导的群和阶段，唱和者的身份主要是群体聚会的文臣；唱和载体则凝集在单篇诗歌身上；唱和场域主要发生在皇家宴聚聚会；唱和仪式则已经完全蜕变为娱乐、言志性质的同题应制交往。

（4）文本主导的赠答阶段

指中唐元白以后到北宋。诗词唱和从群体性唱和变成了私人之间的唱和，从而形成了一整套赠答诗的规范模式。这个阶段，唱和者的身份终于从此前的群体性聚会娱乐的参与者变成了私人性的，面对面的沟通交流者，从群体唱和走向私人唱和，这是诗词唱和发展的最关键的一步；唱和的载体已经完全定位为单篇诗歌，但出现了依韵、用韵、次韵等更为细腻的变化；唱和的场域也相应的宫廷走向私人化的场所，如离别的渡口、节日的聚会、娱乐的宴席、私人的园林、登临的山水楼阁、寄托相思的远隔的异地等等；唱和仪式也变得更加富有人情味和民俗化，更与日常生活相接轨，也更多元化。

在赠答阶段，一个巨大的转变就是唱和期待的变化。从音乐应歌阶段的内在礼乐规定，到文本联句和文本群和阶段的潜在公共行为制约，此前的唱和期待都带有这样那样相当的强制意味，而现在的赠答性诗词唱和，则完全摆脱此前的外在强制形式，而变成了真正的内在自我发生。当唱和期待真正摆脱外在依附、约束，变成了自由生发的时候，诗词唱和也就真正找到它自己，真正完成了他的自由蜕变，成长为了它所应该成长成的样子。所以，从这个角度讲，文本主导的赠答阶段，是诗词唱和的真正成熟阶段。在此以后，诗词唱和仍然有一些变化，如晚唐时代的皮日休陆龟蒙的游戏性群诗赠答，但仍然属于这一范畴而没有超宇。

（5）文本主导的追和阶段

指北宋到南宋。诗词唱和发展到北宋后期，传统的群和和赠答仍然流行，但唱和领域增加了一种新的形式，就是追和，故而将这个阶段称之为文本主导的追和阶段。追和阶段的突出人物是苏轼追和陶渊明、方千里等追和周邦彦。在这个阶段，唱和场域发生了较大变化，即从即时场域变成了延时场域，或者可以说从同场变成了半同场；唱和者也发生了微妙变化，唱者从某个角度来说是缺失的；唱和的程式规范发生了颠覆，即唱和变成了主要是由和者单方执行的一场仪式，传统唱和中的唱者主导变成了和者主导；相应的，唱和期待也发生了根本不同，在追和的实践中，唱和期待由和者一手虚构出来的，客观上行使着推动唱和进行的作用，但是无论从力度上还是从多元性上讲，它都无法与真实的唱和期待相媲美。

传统的诗词唱和的发展，经历了一个不断寻找、不断自我完善的过程。从早期诗经中的音乐性主导，到两汉以后的文本型主导，从文本型主导的简单联句，到文本主导的复杂的群体唱和，到文本定型化的诗词赠答，从群体性唱和，到私人性唱和，从和意，到和韵，到用韵、到次韵，从赠答、到追和，我们能感受到诗词唱和从幼稚走向成熟，从低级走向高级的一点一滴的变化。

值得注意的是，诗词唱和与其他文化发展一样，也体现出一定的层累性质。也就是说，当新的唱和模式发生后，旧的唱和模式并非必然完全退出历史舞台，而更可能是仍然在唱和实践中占有一席之地，持续地发生着它的作用，甚至还有可能仍占据着主要市场。如当追和发生后，赠答仍然是最主要的诗词唱和方式。而当赠答流行之际，各种聚会群体性唱和也仍然流行于世。

3.4.4.2　唱和文化的历史演变（广义唱和的历史演变）

我们考察从先秦到明清的所有具有呼应、配合意义的唱和现象。

首先分别考察唱和四要素的发展演变，然后综合形成唱和的一般历史。

（1）唱和四要素的发展演变

1）从唱和载体的角度看

从先秦到明清，唱和载体形式先后出现了歌、礼乐、书信、诗词、对子等几种形式。礼乐对应的阶段相当诗经的发生及影响时期，即西周、东周；西周之前则可推定为以民歌为唱和的原生阶段；两汉之后到宋元，唱和先后出现了书信、诗、词的形式；对子则是唱和的较迟使用的载体，其兴盛在明清阶段。故单从唱和载体的角度看，唱和发展经历了四个阶段：周前——周——汉魏到宋元——明清，若干小的阶段，如图3-16所示：

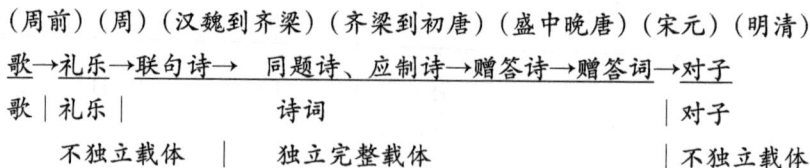

（周前）（周）（汉魏到齐梁）（齐梁到初唐）（盛中晚唐）（宋元）（明清）

歌→礼乐→联句诗→　同题诗、应制诗→赠答诗→赠答词→对子

歌｜礼乐｜　　　　　　　诗词　　　　　　　　｜对子

不独立载体　｜　独立完整载体　　　　　　　｜不独立载体

图3-16　唱和发展阶段

2）从唱和者的角度看

从唱和者的角色身份看，周之前，唱和者为歌手，西周时期，唱和者为音乐人兼礼乐掌控者，两汉到元，唱和者是诗人，明清阶段，唱和者出现了对联作手，唱和者身份分别为歌手、音乐礼仪人、诗人、联手，经历了四次出新，其发展变化与唱和载体变化同步。

从唱和者的数量看，齐梁时期是一个分水岭，盛唐之前，无论是诗经、楚辞、联句还是应制同题，都可归入群体性唱和，盛唐之后，赠答、对对等私人唱和依次出现。

从唱和者的社会地位高低看，经历了从低到高，又从高到低的演变，大抵而言，周之前，可以说是全体歌唱的时代，故社会地位高低不明显；到诗经的时代，礼乐的产生，几乎垄断了唱和的生成，唱和者变成了贵族；西周之后，唱和者社会地位开始缓慢下移，联句的作者主要是君臣，诗词聚会的作者有君臣，也有士大夫宴聚，诗词赠答的作者，则基本上都是文人，到对对时代，除了普通文人外，对对的主力军，变成了普通学堂的莘莘学子。

综合以上几点，唱和者的发展变化可归纳为两个大的阶段，五个小的阶段：以盛唐为界，可划为群体唱和与私人唱和两个大的阶段，由此在依次分出五个小的发展阶段：周前、周、汉魏到初唐、盛唐到元、明清。如图3-17所示：

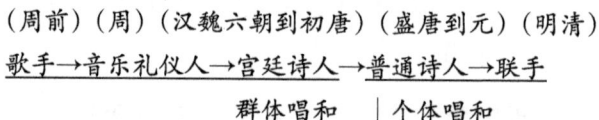

（周前）（周）（汉魏六朝到初唐）（盛唐到元）（明清）

歌手→音乐礼仪人→宫廷诗人→普通诗人→联手

群体唱和　　｜个体唱和

图3-17　五个发展阶段

3）从唱和场域的角度来看

从唱和场域来看，至少发生了四次变化。盛唐之前，唱和场域多在公共场所，如氏族当时歌舞场、宫廷的聚会游宴场所；盛唐之后，唱和场所则开始向娱乐化、私人化、个性化方向转移，如送别的驿站渡口，游聚的山水楼观，宴乐的小型宴席，寺院的题壁等；北宋后期，唱和场域又增加了一变，即出现了非同域或半同域，唱者不在场的追和；明清时期，对对活动大盛，建筑的居所门户，学堂的聚学之地，成为了对对的主要场所，为唱和增添了全新的场域。而盛唐之前，唱和的公共场所又可细分为歌舞场、礼乐场、宫廷娱乐场四个小的阶段，周之前，可谓歌舞场的阶段，周代，可

谓礼乐场的阶段，两汉魏晋南北朝隋初唐，可谓宫廷娱乐场的阶段。综合而言，唱和场域的发展如图3-18所示：

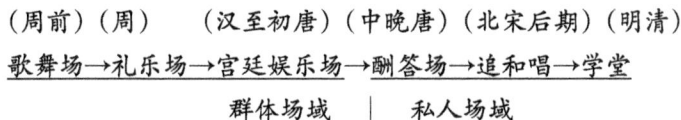

（周前）（周）　　（汉至初唐）（中晚唐）（北宋后期）（明清）

歌舞场→礼乐场→宫廷娱乐场→酬答场→追和唱→学堂

群体场域　　｜　　私人场域

图3-18　唱和场域发展阶段

4）从唱和的程式规范或曰仪式的角度看

唱和的程式规范的发展，与唱和场的发展基本同步，经历了由复杂到单一，由外在约束到内在约束，由强制发生走向自我阐发的变化，大致可分为两个大的时期几个小的时期，如图3-19所示：

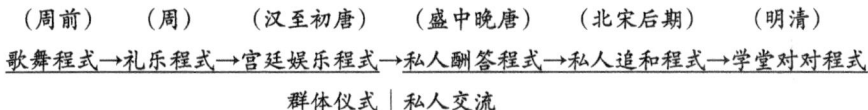

（周前）　　（周）　　（汉至初唐）　　（盛中晚唐）　　（北宋后期）　　（明清）

歌舞程式→礼乐程式→宫廷娱乐程式→私人酬答程式→私人追和程式→学堂对对程式

群体仪式｜私人交流

图3-19　唱和的程式发展

(2) 唱和文化的总的发展阶段：二分期、四分期、七分期

唱和具有四个要素：唱和载体、唱和者、唱和场域、唱和程式规范，以上对唱和四要素的发展变化分别进行了考察，综合得到信息，比勘考量，我们可以归纳出唱和文化发展的总的轨迹。因为视角的不同，我们可以将唱和文化的发展归纳为几个不同的阶段：包含两个大的阶段、四个中等的阶段、七个小的阶段。因此，形成繁简不同的发展分期（见表3-10）。

表3-10　唱和文化的发展分期

唱和历史	周前	周	汉到齐梁	隋初唐	盛中晚唐	宋元	明清
7分期	民歌时期	礼乐时期	联句时期	同题应制时期	诗歌酬答时期	词作酬答时期	对对时期
4分期	民歌唱和	礼乐唱和	诗词唱和				对对唱和
2分期	群体性唱和				个性化唱和		
载体	歌	礼乐	联句诗	同题诗、应制诗	赠答诗	赠答词	对子
	歌	礼乐	诗词				对子
	非独立载体			独立完整载体			非独立载体
唱和者	歌手（群体唱和）	音乐礼仪人（群体唱和）	宫廷诗人（群体唱和）		普通诗人(个体唱和)		联手（个体唱和）
唱和场域	歌舞场（群体场域）	礼乐场（群体场域）	宫廷娱乐场（群体场域）		酬答场（私人场域）	追和场（私人场域）	学堂等（私人场域）
唱和程式	歌舞仪式（群体仪式）	礼乐仪式（群体仪式）	宫廷娱乐程式（群体仪式）		酬答程式（私人交流）	追和程式（私人交流）	对对活动（私人交流）

1）二分期说

依据唱和参与者的身份私密程度，可以将唱和划分两个阶段：以唐为界限，唐代之前，主要是群体性唱和的发展时代；唐代以来，则是私人化唱和产生并迅速发展的阶段。

2）四分期说

依据唱和载体的大致发展情况，可以将唱和大致划分为四个阶段：周代之前，是民歌唱和的阶段；周代八百年，是礼乐唱和的时代；汉代到元代，是诗词唱和逐渐发展起来的阶段；明清以来，则是对对唱和兴起的时代。

3）七分期说

根据唱和载体的细致发展情况，可以将唱和细致划分为七个小的阶段：周代之前，是民歌唱和；周代时期，是礼乐唱和；汉到齐梁，是联句时代；隋到初唐，是同题应制的时代；盛中晚唐，是诗歌酬答的时代；宋元，则出现了词作酬答；明清，则是对对活动的时代。

3.4.5　论唱和传播优势

杨志学在《诗歌传播研究》中，从诗歌的传播范围将诗歌传播分为自我传播、人际传播、群体传播、组织传播、大众传播五种类型，并将唱和传播定义为人际传播的典型形式。[①]

所谓唱和传播优势，就是唱和传播模式具备的天然传播优势。由于唱和的互动性——信息产生与信息传递同步展开——所以唱和的信息传播实际包含着两个相对独立的子过程：唱和发生时的互动信息传播，唱和完成后的信息影响传播；前者与唱和空间相连，后者与隐性空间或曰传播空间相连。所以，从文化空间的角度看，唱和传播优势就是由唱和空间与唱和隐性空间叠加形成的文化空间竞争优势。孔子曰："诗可以兴，可以观，可以群，可以怨，"唱和传播优势就是唱和的"群"和"观"的优势。

3.4.5.1　唱和传播优势的理论分析

总的来讲，唱和的双重空间引起的叠加传播优势，唱和空间的同境现象引起的共鸣效应，唱和信息传播中的故事魅力、历史魅力、唱和魅力引起的传播优势，共同构成了唱和传播的基本优势。

（1）唱和空间和传播空间的叠加传播优势

从简单分析可以看出，一个唱和事件在源远流长的历史长河中的传播成败，一方面依赖于唱和空间的建构，另一方面也依赖于其传承空间的展开。而在这两个方面，

[①]杨志学：《诗歌传播研究》，武汉：华中师范大学出版社，2015年，第8—24页。

唱和恰恰总是能够提供最成功的范例。一方面，唱和空间的诸要素，唱和载体、唱和者、唱和场域、唱和程式，其诸般特点天然适合于信息的深度传播：唱和载体往往是简洁、流行、适于传播而又规范、深刻、具有高度文化品位的文本形式，如两周的诗经、唐宋的诗词、明清的对联；唱和者往往作为时代的弄潮儿，意见领袖挺立在文化的潮头，如周的贵族、战国的百家、联句应制的宫廷君臣、建安诸杰、竹林诸贤、兰亭诸子，诗词唱和中的元白、韩孟、盛唐诸雄、对对活动中的学堂精英等，引领着整个时代的文化思潮和方向；唱和程式即时、在场、互动，同时又具有可靠、稳定的历史传承保障，天然与深度交流相契合；唱和场域也具有即时、在场、互动等最适合于信息深度传播的特征；强烈的唱和期待则仿佛磁铁一样，将零散的唱和人物、唱和载体、文化场域、内在文化程式规范聚拢起来，形成一个强烈的交流磁场，推动着唱、和者（还包括旁观者）信息的最深程度交流——诸要素的集结为唱和的信息传播提供了一个天然的保护场。另一方面，唱和空间的存在又像一个磁场一样，散发出一种独特的魅力，吸引着旁观者及后代读者的不断参与与回顾，通过它的强有力的文本感召、互动特征和故事魅力，不断扩大着传承空间，形成一个更大的隐性传承空间，更强有力的文化竞争态势，推动着唱和事件及其信息持续、稳定地向后世传播：唱和载体提供的稳定的形式魅力和个性化艺术表现是传播原因的一个方面；唱和程式、唱和场、唱和者、唱和载体凝成的唱和空间展示的唱和事件是传播原因的另一个方面，唱和事件中呈现出来的历史在场意味、故事性、互动特征甚至比前者在信息传播中具有更多内容，更受后人关注。

唱和传播优势的包含的具体内容暨诸种影响要素，如图3-20所示：

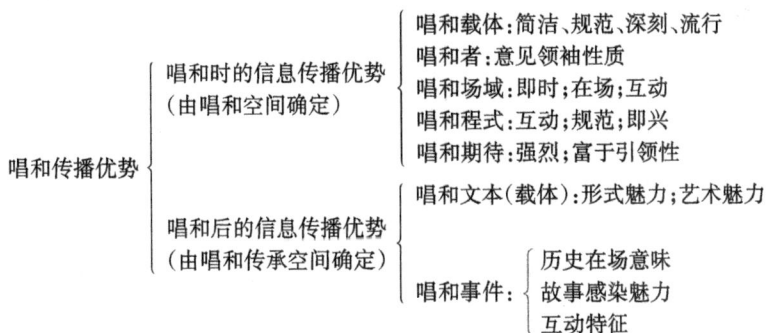

图3-20　唱和传播优势

(2) 唱和空间的同境现象及其传播优势：共鸣效应

所谓唱和的同境现象，就是唱和所具有的同时、同地、同题、同韵（拈韵、次韵）、对等身份、双向、互动的特征。唱和的同境现象是唱和诸要素表现出来的同境现象的总和，从唱和空间的角度看，可以把它细分为唱和者身份同境、唱和场域同境（同时、同地）、唱和程式同境（双向、互动）、唱和载体同境（同题、同韵［拈韵、次韵］）等几种情形。

同境现象而具有天然的传播优势，如传播者的平等参与、传播载体的高认同度、传播场域的高度在线、传播向度的双向性、传播能动度的互动特征，等等，从总体上看，呈现出一种信息共鸣。

（3）唱和事件的故事魅力、历史魅力及唱和传播空间中的再唱和特征

唱和事件作为一个已经发生的史实存在某个历史断层中，其细节真实往往呈现出令人惊讶的程度，吸引着人们的回忆和省察，这是唱和事件作为交往礼仪的独特魅力。

唱和事件同时也是作为一个故事存在，它在典型环境、典型情节中展现出典型人物，其浓郁的故事意味，精致而集中的情节，是它获得后世广泛接受的一个原因。

同时，唱和事件的传播，具有另一层更吸引人的地方，就是它本身具有的再唱和可能：唱和事件本身仿佛一个沉静在历史中的唱者，等待着后世和者的到来，其后世的每一次传播与接受都是作为另一次唱和事件而展开的，因而具有一种滚雪球的性质——一代一代的传播构成了无数次对话和再唱和，这种同境复调的意味，在文化上更具有吸引人的魅力。

3.4.5.2　唱和传播优势的案例分析

唱和在文化传播中显示出诸种优势，在文明发展的历史长河中，随处可见其案例。如两个遗落文明的美丽对话：周穆王西王母之别；恢宏壮丽的思想交锋：百家争鸣；富于人性魅力的礼尚往来：礼乐文明；婉妙绝伦的音乐唱和：诗经中的复调；深度政治文明的交往范例：七子赋诗；逼仄现实中的人性交响：竹林七贤啸聚；群体唱和的升华之作：兰亭集会；令人惆怅不已的爱情礼赞：红叶题诗；才华横溢的私人唱和：元白赠答；相隔千载的历史回应：东坡和陶诗；广泽民间的即兴唱和典范：解缙对对故事；等等。这些案例中，同题唱和或赠答唱和的信息交流充分而深入，同时，唱和事件向后世的传播深度和广度更是无与伦比，唱和作为当时展开的交往活动以及向后世传播的事件，在信息传播的深度和广度上都获得无与伦比的优势。

（1）穿越历史的美丽对话：周穆王西王母之别

周穆王与西王母的离别唱和，是中国有文字记载的最早诗歌唱和故事（诗经中的纯文本不算）。

故事的主人公之一周穆王，《史记周本纪》载其具事，（约前1054—前949年），姬姓，名满，周昭王之子，西周第五位君主，50岁时登位，在位55年，是西周在位时间最长的周王，一生西征昆仑、东攻徐国，两伐犬戎，励精图治，命作《吕刑》，是中国流传下来最早的法典，延续了昭王盛世的繁荣。周穆王是中国古代历史上最富于传奇色彩的帝王之一，世称"穆天子"。

故事的另一主人公西王母，其形象则更是传说纷纭，复杂多变。其早期形象记载散见于《山海经》《穆天子传》等处，其中，《山海经》近神话，《穆天子传》近历史。关于西王母的神话一途，《山海经》云：

> 其状如人，豹尾虎齿而善啸，蓬发戴胜，是司天之厉及五残。（《山海经·西山经》）
>
> 西海之南，流沙之滨，赤水之后，黑水之前，有大山，名曰昆仑之丘……有人，戴胜，虎齿，有豹尾，穴处，名曰西王母。（《山海经·大荒西经》）
>
> 梯几而戴胜，其南有三青鸟，为西王母取食。（山海经·海内北经）

后来这种形象则随道教发展发生了较大演变，逐渐成为了民间崇尚的神话人物，如汉人传说：

> 羿请不死之药于西王母，姮娥窃以奔月。怅然有丧，无以续之。（《淮南子·览冥训》）
>
> 羿请无死之药于西王母，桓娥窃之以奔月。将往，枚筮之于有黄，有黄占之曰："吉。翩翩归妹，独将西行，逢天晦芒，毋惊毋恐，后其大昌。"桓娥遂托身于月，是为蟾蜍。（张衡《灵宪》）
>
> 万物暂见，人生如寄，不死之树，寿蔽天地，请药西姥，焉得如弃？（郭璞《山海经图赞》中"不死树"条）

杜文平在博士论文《西王母故事的文本演变及文化内涵》（2014，南开大学）对西王母神话形象有深入研究，其结论见于摘要，摘录如下：

> 西王母是中国古代的重要神灵之一，在战国以来的神仙信仰、汉末以来的道教信仰以及明清时期的民间宗教信仰中都占据重要地位。从西王母信仰的演变中可以大致窥见中国古代宗教信仰的演变轨迹，而西王母故事的演变过程则不仅仅与宗教相关，还与政治社会背景、民间通俗文化和文学艺术的发展有关。因此以西王母故事相关文本为基础，深层探讨文学文本与文化内蕴之间的互动关系是十分有必要的。
>
> 全文结构分为六大部分，第一部分为绪论，第二部分为西王母故事文本的形态演变综述。第三到第六部分为论文的主体部分，选取了西王母故事中的三个故事类型，探讨其文本演变的过程及其背后的深层文化内涵。
>
> 绪论部分又可以分为两大部分，一为20世纪以来西王母研究综述。在年以前，对于西王母的探讨集中在两个问题，一个是以章炳麟、丁谦、顾实为代表的学者利用文献学的方法探讨西王母之种族和地望，另一个是以鲁迅、茅盾、吴晗、吕思勉为代表的学者引进西方的人类学和文化学方法开展的西王母神话演变研究。这两种研究思路为后来的西王母研究提供了珍贵的参考价值。建国以后，西王母研究不再局限于传统上的文学和文字研究，这主要表现在多种学科的交叉，多种研究方法的引入，西王母研究成为一个集文献学、考古学、哲学、历史学、民俗学、人类学等为一体的多学科交叉的研究课题。
>
> 第一章为西王母故事的文本形态演变综述，以人物、情节和意象为切入点，按照时代先后梳理西王母故事相关文本的流变过程。西王母故事由先秦诸子和史

籍中粗陈概要式的发展为汉魏六朝道经和仙话小说中充满瑰丽想象的王母降授传说，最终演变为宋代以后通俗小说和戏剧作品中祥瑞化的王母蟠桃会故事。在这个过程中，西王母故事中的人物、情节和意象都在不断丰富，西王母本身也经历了一个由凶神转变为长生神，再上升为道教至尊女仙，直至元代以后成为民俗化的祥瑞之神的过程。

第二章为王母会君故事与中国古代的君神关系。王母会君故事始于《竹书纪年》和《穆天子传》中的穆王见王母故事，在此之后，相继有禹、舜、尧、汉武帝、燕昭王、宋徽宗等成为西王母的座上宾。在人物和情节变化的背后，隐含的是宗教之"神"与王权之"君"之间的互动关系。这具体表现为，为神立言的文本，如道教仙话中，帝王求仙王母来会的故事情节是神仙实有、仙道可致的最有效的例证，同时借君王之权位抬高自我。在为君立言的文本，如儒家的政治神话中，君王有道王母来朝的故事情节是四海升平、安定祥瑞的标志。这种状况随着明清时期君主专制达到顶峰和宗教的式微而逐渐趋于沉寂。

第三章为王母献授故事与中国古代的灵物崇拜。王母献授故事最早始于先秦时王母献舜美玉的传说，体现了中国自上古以来对于美玉的崇拜。两汉开始，受到儒学神学化和道教思想的双重影响，王母献授故事在谶纬之书和道教典籍中呈现出完全不同的双线发展趋势。一个沿着符瑞化的方向发展，成为了儒家政治神话的一部分；另一个沿着道教化的方向发展，成为了道教传经仙话的一部分。宋代以后，王母献授故事被赋予了庆寿的主题，蟠桃灵物因为王母蟠桃会情节而得以彰显，其他灵物趋向于没落。

第四章为王母开宴故事与中国古代的宴饮寿庆文化。王母开宴始于西王母与周穆王的瑶池之会，宴饮唱和。两汉起，王母之宴的主人公换成了"好为仙道"的汉武帝以及慕仙求道的茅盈和魏夫人，王母群仙会情节开始形成。与此同时，王母这一人物开始出现在汉魏六朝的乐舞百戏和唐代的雏形戏剧中，这些都为宋元明清四朝王母蟠桃会故事在通俗小说和戏剧中的繁盛奠定了基础。

第五章为西王母故事和西王母信仰。西王母故事自《山海经》起就已经带有了原始信仰的色彩，在战国以来的神仙思想影响下，西王母逐渐被美化和神化。汉末道教兴起后，上清经派将其纳入自己的神仙体系，并尊之为女仙之首。元代以后，道教渐衰，西王母信仰在与民间宗教和民间信仰相结合的过程中逐渐走向了民间化和民俗化。

朱佳艺《山海经中西王母的形象新探》则综合前人诸种讨论，将西王母神话形象简单概括为：

《山海经》中的西王母其身份，是远古时代的一位女性神明；其神职和属性，是能够预知灾祸的正神，并不带有凶神的性质。在《山海经》记载的基础上，后世的道教及民间传说对西王母形象几度演化，让她从蓬发戴胜、豹尾虎齿的原始

蛮神逐渐变成美丽女神"王母娘娘"。(《徐州工程学院学报》2017年第3期,第6—10页)

大致说清了西王母的神话形象本体及演变。然而,与周穆王有纠葛的主要不是这个神话形象,而是《穆天子传》中的近历史形象。

这个近历史形象见于周穆王与西王母会面的故事。

周穆王西行见西王母之事在《今本竹书纪年》《列子·周穆王》及《史记·赵世家》中都有提及。《今本竹书纪年》载:

> 十七年,王西征昆仑丘,见西王母。其年,西王母来朝,宾于昭宫。

《列子·周穆王》载:

> 遂宾于西王母,觞于瑶池之上。西王母为王谣,王和之,其辞哀焉。

《史记·赵世家》载:

> 缪王使造父御,西巡狩,见西王母,乐之忘归。

然而最详细的记载还是要数《穆天子传》。《穆天子传》载:

> 丁巳,天子西征。己未,宿于黄鼠之山,西□,乃遂西征。癸亥,至于西王母之邦。吉日甲子。天子宾于西王母。乃执白圭玄璧,以见西王母好献锦组百纯,素组三百纯,西王母再拜受之。□。乙丑,天子觞西王母于瑶池之上。西王母为天子谣,曰:
> 白云在天,丘陵自出。道里悠远,山川间之,将子无死,尚能复来。
> 天子答之曰:
> 予归东土,和治诸夏。万民平均,吾顾见汝。比及三年,将复而野。
> 西王母又为天子吟曰:
> 徂彼西土,爰居其野。虎豹为群,於鹊与处。
> 嘉命不迁,我惟帝女。彼何世民,又将去子。
> 吹笙鼓簧,中心翱翔。世民之子,惟天之望。
> 天子遂驱升于弇山,乃纪丌迹于弇山之石而树之槐。眉曰:西王母之山。

这是一次典型的诗歌唱和事件的记载。它被人传颂至今,显示了唱和的诸种传播优势。

首先,唱和空间的完美展开,赋予了唱和交往的完美效果。唱和采取了最完美的西周四言诗形制,表明唱和双方具有某种共同的文化背景;唱和的程式也是完美无瑕的,万里遇会,时光匆匆,离别之际,把酒送行,主人以诗相赠,表达再见的祝愿,赠诗语言澄净而意境深远,感情深挚而略带忧伤,客人以诗回应,视野高远而语调恳切，并对主人的询问给予肯定的答复，主人有感于回应，再次和答，和答词自珍与祝愿相流连，唱和双方的情感在这一刻达到了最大的交融。

其次，这次唱和事件，因为场域的独特，程式的规范，唱和载体的优美动人，唱和双方的独特身份暗示，形成了一种独特的传奇色彩，其历史性和故事性完美交融，为它在后世的传播赢得了极大的空间。在西王母与周穆王的唱和中，唱和场域发生在遥远而神圣的昆仑山，唱和载体采取了最经典的四言诗形式，唱和程式围绕周礼展开，富于典重的仪式特征，唱和者的身份尤其令后人猜测，一为遥在西方异域的西王母，一为来自东方大国的传奇天子，一为深情的女主，一为偶觊的客人，一为帝女，一为天子，这些节点都为唱和空间留下了巨大的空白，留待后人去品味探胜。这个故事到晋代已使人浮想联翩，第一位为《穆天子传》作注的晋代玄学家郭璞在《西山经图赞·西王母》中写道：

> 穆王执贽，赋诗交欢。韵外之事，难以具言。

后来围绕西王母发生的各种传说，也都与唱和事件有千丝万缕的联系。最近三十年，关于西王母的身份探求，西王母与周穆王会面地点的考证，由此而涉及的周民族与西部民族的交流话题，以及更大的文明交往，引起了国内学术界的广泛兴趣，由此可见该唱和事件在当今仍然具有较强的传播潜力。

周穆王与西王母的会面交往，大概是周穆王、西王母诸传说中的最富意味，最令后人寻味的一种，而它正是借助于唱和的强大传播优势而从诸种故事中脱颖而出，获得当时和后人认可，流传至今的。

（2）影响深广的思想交锋：百家争鸣

唱和是唱者与和者在唱和礼场中依托唱和载体遵循独特程式规范进行的深度交往，它是一种在特定场域中发生的高度成熟、具有规范程序的积极交往行为，包含呼应和共同作为两种基本模式。对照唱和的定义和特征，可以将战国时期百家争鸣看成是一种共同作为模式的典型唱和。百家争鸣所以影响如此深广，就是唱和传播优势一个具体而微的例子。

鲁迅说，诸子百家都是开药方的。牟宗三说，诸子百家都是对"周文疲惫"的反应。从唱和的角度看，百家争鸣则可以定义为，地位下移的王宫士人在礼崩乐坏的政治场域中依托学派论争，遵循游说立说的干政规范而进行的深度思想交流与交锋。作为一种共同作为模式的唱和，百家争鸣的唱和空间是非常醒目的。儒、墨、名、法、道德、阴阳、纵横、小说等因王官下移而分立出来的诸子士人构成了整个唱和的发起者；春秋后期到战国时期，礼崩乐坏诸侯争霸的政治氛围，和礼贤下士的养士风气，构成了绵延几百年的强大唱和场域；唱和论争所采用的载体也非常特殊，主要是由"礼崩乐坏"而引发的关于政治、经济、伦理、道德、思想、哲学领域的广泛讨论、辩论论争及其学术学说；唱和论争遵循的程式规范也非常典型，基本上以学派为依托，以游说干政为基本目标，以辩论和立论为主要方式，为以著书立说为最后的归旨。

百家争鸣所营造的恢宏的思想唱和局面，是令人难以置信的。中国学界有"三晚"之说，即思想交流最活跃最发达的三个时期：晚周、晚明、晚清——又以晚周为鳌头，奠定了中国两千多年的社会思想基础，绝非浪得虚名。关于这一活泼生动的唱和局面及其影响，后人曾有很多总结陈词。司马谈在《论六家要旨》中，牟宗三在《中国哲学十九讲·中国哲学之重点以及先秦诸子起源问题》中的论述，展现了大时代背景下诸子百家纷繁复杂而又辉煌壮丽的唱和交往局面，显示了生动活泼的时代风气；同时，从司马谈到牟宗三，都对百家争鸣表现出了同样的参与兴趣，姑不论他们参与讨论的观点的优劣，仅从参与讨论本身来讲，就可以看出唱和事件在历史传播中的经久不衰的魅力。

诸子争鸣展现出来的唱和魅力和经久不衰的再唱和潜能，是共同作为模式的唱和的传播优势的典型范例。

3.4.5.3 唱和传播模式

唱和作为一种高级交流模式，从传播学的角度看具有双重传播的特点：唱和空间中的信息双向互动交流以及唱和传播空间中的故事传播与再唱和，这种双重传播是唱和所独有的一种模式，在信息传播上具有独特的优势，今后，为区别其他信息传播方式，我们将唱和的这种信息传播模式其称之为唱和传播模式。唱和传播模式是信息传递的成熟模式，是信息传播发展到高级阶段才能具备的深度传播模式。

从系统学的角度看，唱和传播模式是事物发展到高级阶段衍生出的积极状态，是事物的高级存在方式，在系统学中，具有更为广阔的内容和应用前景。如果我们适当界定唱和要素的范围，我们将会看到：文艺作品的创作过程，可以看成是一种唱和，表现出一种成熟的唱和传播模式；文艺作品的创作与接受过程，也可以看成是一种广阔范围内的唱和，表现为一种广阔场域中的唱和传播模式；甚至科学领域广泛存在的猜想与解答，虽然在时间和空间上可能跨度非常之大，也可以看成是一种特殊的唱和，表现出一种独特的唱和传播模式；再扩散开去，人类社会优雅的交往礼仪，制度行为，事物发展阶段中的高级成熟阶段，都能见到唱和的特殊表现，表现为独特的唱和传播模式；甚至生命的各种现象，生命现象的某种深层本质，无往而不在唱和之中，无往而不表现为独特的唱和传播模式。

唱和是事物成长的积极方式，是事物存在的成熟状态，更是所有生命内在的表现优势，美妙的生命无往而不在唱和之中，而衰败的事物无往而不在摧毁唱和，唱和与格律是一种事物的两种面目，唱和是动态的格律，格律是凝态的唱和，唱和与格律，正是中国传统文化的一种精华所在，唱和代表着"易"，格律代表着"象"，"易""象"与"理""数"合在一起，又都发源于八卦周易，代表着中国人思维结构中的原点，构成了中国思想精神中的元义，影响着诸子百家而迄今的所有科学、道德、文艺的思想文化潮流。而这种关于唱和的理解与讨论，已大大超出了本书讨论的范围，只能留待读者朋友们自行辩证了。

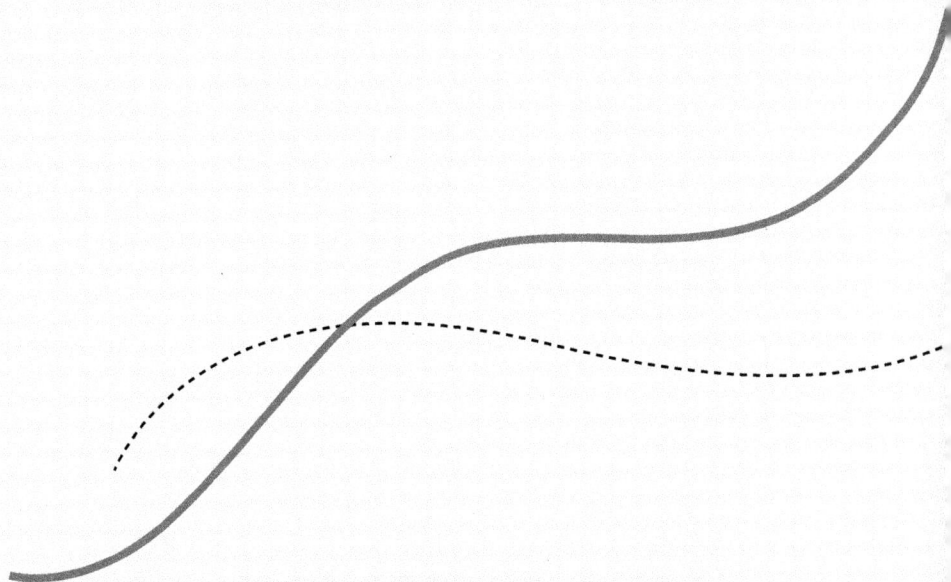

4. 格律文化传承困境
与创新对策八论

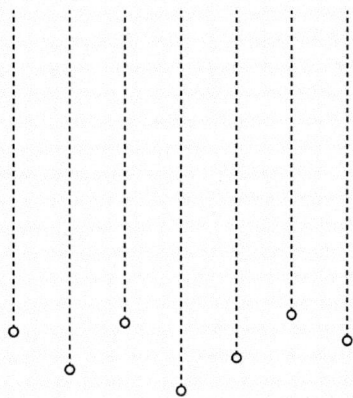

本部分集中探讨当前格律文化传承面临的深层困境及一组核心问题，提出走出困境、解决问题的方案和对策。前三编主要专注于格律文化的理论构筑，本编则侧重于格律文化的实践考察，本编的讨论以前三编为基础，可以看成是前三编讨论在实践领域的具体展开。

4.1 论格律文化面临的深层困境及一组核心问题

传统格律文化即汉语格律文化。20世纪以来，受西方科学文化、新文化、语言学、叙事文化、政治运动等多重因素影响，以诗、词、曲为基础载体的汉语格律文化，其传承与创新面临严峻挑战，逐渐从文化中心走向边缘；21世纪以来，这一边缘化趋势似乎有所缓和，但整体状况仍不容乐观。格律文化从文化中心滑落到文化边缘，与格律文化面临的深层困境有关。格律文化面临着四大深层困境和一系列核心问题。

4.1.1 四大深层困境

格律文化面临着四大深层困境：潜网控制失衡困境、深度拟态环境消失困境、白话文困境、理论解释失语困境。

4.1.1.1 潜网控制失衡困境

传统格律文化，诗词曲赋、对联吟诵，都是受儒士潜网控制的。无论是作家的意识形态、创作态度、创作方法，还是作品的主题、体裁、题材、风格、艺术手法，还是读者接受环境、接受期待，都深受儒学思想意识制约，隐含着难以察觉的儒学气质。而在西方文化、科学文化、马列文化逐渐扩大影响的20世纪中国，围绕六经产生的修齐治平，和合自然的儒学思想逐渐让出历史舞台和话语权，这让传统格律文化面临着令人难以置信的困境。旧有的意识形态突然失位，而兴起的话语权尚不足以对格律文化形成深度控制，这导致了一种极大的尴尬。

观察发生在鲁迅、毛泽东等20世纪文化领袖身上的，关于格律实践与理性认识的矛盾与撕裂，是否容易让人理解这种潜网控制失衡造成的困境。鲁迅一边习惯性地创造出杰出的古体诗，一边却说一切好诗到唐都已被做完。毛泽东一边写出具有自传性质的好词，一边却主张年轻人还是写新诗的好。两位杰出的文化领袖尚且如此困惑，20世纪以来其他古体诗词的作者所面临的境况可见一斑。而潜网控制失衡的更为巨大的后遗症乃在于，鲁迅、毛泽东一代尚可以因为惯性而创造出高质量的格律作品，而他们的下一代也许口头上可以说：诗词真美，但现实上却连一联有品位的好诗、好词都已经写不出了。

4.1.1.2 深度拟态环境消失困境

所谓深度拟态环境，就是指相对于自然环境而言，作者、作品、读者同时深度参与文化传播过程，作家意见领袖化、作品融媒化、读者"粉丝"化，从而形成的超过该文化真实状况和地位，在传播上具有自我促进态势的拟态环境。创造深度拟态环境是传统格律文化最深层的优势之一。而深度拟态环境逐渐削弱消失，则是20世纪以来传统格律文化面临着的深层困境之一。与这一深层困境直接相连的是一系列核心问题，它们包括：

（1）作家意见领袖气质缺失问题；

（2）作品融媒化创造停滞问题；

（3）读者孤立化问题；

这些问题就像一把把悬挂在格律文化头顶的利剑，关乎着格律文化的发展状况，当它们汇合在一起，就决定着传统格律文化的生死存亡。

4.1.1.3 白话文困境

格律的白话文困境，又称语言变迁困境。格律是关于语音律化的规律，语言变迁困境是人们最容易理解但也是最难理解的困境。所谓语言变迁困境，就是指由语言演变引发格律规律变化而导致的困境。这种困境包含两种情况，第一种情况，是最为人所关注的情况，就是语言变迁问题，这是语言的突发性变化导致的格律规律不适应问题；另一种情况，则是语言长期变化积累下来引发的格律规律理解困惑，表现为语言学疑难，如典型的声调分合疑难、声调配合疑难。语言变迁涉及的问题如此广泛，以下分述之。

（1）语言变迁问题

白话化问题是言文分离背景下产生的特殊语体革新问题。由于唐宋古文运动的成功，文言语体成功战胜了日益变化的口语，而成为标准书面语，这一状况导致了书面语和口头语法的分离，即所谓"言文分离"现象。这一现象延续了一千余年，导致口语语法与书面语语法极大的脱离，即所谓的白话与文言的分离。文言文语法是如此稳定，建立在文言语法习惯上的格律探索形成了最为成功的格律文化实践，产生了辉煌的唐诗、宋词、元曲、明清对联，但这些格律文艺背后的格律规律，包括节律规律、声律规律和韵律规律，都是指向文言习惯的。这些极其成熟和稳定的格律规律，是适应于文言系统的，但它们在多大程度上适应文言系统，其中哪些规律仍然适应文言系统，哪些规律经过改造可以适应白话文系统，哪些规律则只适应文言系统，在白话文语境下需要被抛弃，这些都是巨大的问题。

白话与文言系统的主要区别，新加坡语言学家研究认为最重要的是轻声现象，即白话文句法中宋元以来逐渐发展起来的大量的以"的""地""得""吧""了""吗"

为标志的语言现象。本书认同这个重大发现，不管作者的命名是否正确，这一事实确实是文言与白话一个极端重要的区别，即使不是全部，也接近于大部分事实。这一事实，我们姑且仍将其合称为"轻声现象"，对格律中的节律规律、声律规律的构造，具有致命的影响。

白话文问题对格律最显著的影响是节律问题，即诗歌节奏问题，其次是声律问题，但声律问题更为隐蔽一些。白话化问题几乎影响到所有的诗、词、曲、对联写作，是古典诗、词、对联作家必须直面的问题。

（2）声调分合的语言学疑难

永明体肇始的、最终由沈宋完成的律诗，其底层规律是四声的二元化、建立在四声二元化基础之上的平仄递变，以及建立在平仄递变基础对上的粘对规律。四声二元化、平仄递变后来又与建立在二者基础之上的叠式律结合，成为词牌的底层规律。这些规律延续使用了一千多年，少有人质疑。然而，白话的巨大发展，至少到元代，北方中原音韵所使用的声调系统，已经大不同于齐梁隋唐人所使用的声调系统，四声内容发生了自然的变化，声调二元化的具体内容已经受到极大挑战，元周德清的《中原音韵》虽然从中协调，但并没有解决这个问题。发展到清末，四声的变化，包括类型和数目的变化，由于语音的巨大发展而变得面目模糊，难以理解。

现在写诗词曲联律，四声二元化仍然是基石，然而具体二元化内容，却由于声调的演变而变得互相矛盾，难以解释。如律诗的写作，我们一直沿用宋陈彭年的平水韵，分平与上去入的区别，被认为是接近唐官话的语音（假定唐代平与上去入声在听觉上有区别），对于中原音韵的实际变化视而不见（这里先不提方言，要不然问题更复杂），然而到最近，我们发现，官话的普通话的四声早已发展成了阴平、阳平，上声、去声，那么，这个平仄二元化该怎么分呢？是按平水韵，还是按中原音韵，还是简单的阴平阳平归平，上去声归仄？问题的关键在于，这样做是出于习惯性的盲从，还是有听觉上的支撑，这样做的语言学理由在哪里？这就是声调分合面临的巨大的语言学疑难。同样的情况发生在填词中，宋代的填词所用平仄，研究者认为是用不严格的平水韵，含有较大的口语成分，而清代，戈载为协调语音演变造成的变化，另造了一个《词林正韵》，不少人沿用，到解放后，推广普通话，今日填词所用的四声二元化，照例遇见了巨大的问题。至于填曲，关汉卿等用中原音韵的四声二元化，但到明清，戏曲领域日新月异，填词参合方音，所用四声二元化就更不统一了。

而这个问题，就像笼罩在诗词大厦上的阴云，解决不好，就不仅仅是一层阴影，也许传统上引以为傲的诗词的大厦都有坍塌的危险。

（3）声调配合的语言学疑难

这个问题与上个问题性质相同，但更为复杂。读七言古绝和七言律绝是否能感觉到听觉上的明显差距，我不知道，但唐人确实认为"平平仄仄"是好听的，粘对配合是好听。而在唐代之前，沈约等人已经听出来了四声八病的毛病。令人惊讶的是，在语音发展1000多年之后，在官话由广韵变为切韵，变为普通话韵之后，四声字面上也已经从平上去入变为阴平阳平上声去声（我们假定诗词写作都用平水韵）之后，我们仍在沿用"平平仄仄"。"平平仄仄"真的好听吗？粘对律、叠式律真的仍然起作用吗？

关键问题在于，如果我们用普通话写作，希望别人用普通话阅读，那么，在普通话中，"平平仄仄"的配合是否仍然好听？四声的配合，怎么样才能更好听，是否有其语音上的规律？而这，正是当代语言学家、诗人、研究者，甚至是歌者必须面对的语言学疑难。

4.1.1.4　格律理论失语困境

所谓格律理论失语，也称格律形式研究失语，格律理论前沿研究失语，即面对日益庞大的格律家族及其面临问题，格律理论缺乏足够穿透力和透辟视野对其作宏观洞察和微观关照，在气象万千的格律现象面前逐渐失去应有的反应力和引导力。

格律理论失语困境与意见领袖气质缺失有关，也与背后的儒士潜网控制失衡有关，它是与整个东西方文化格局的变化相关联的现象，是格律文化面临的最深层困境之一。

格律理论失语最中心的问题是格律文化的体系建设问题。格律体系建设好了，现象就各归其位，实践就有了明确的方向，格律体系建设不成，一切就只能是混乱、徘徊，在黑暗中摸索。

4.1.2　一组核心问题

与上述四大深层困境相联系的，是一组核心问题。格律文化传承与创新面临一系列核心问题，它们包括：儒士潜网控制再建问题、深度拟态环境塑造问题、作家意见领袖化问题、作家格律教育问题、作品融媒形式创造问题、诗体创新问题、诗词创作主题革新问题、格律白话化困境、平仄模式疑难、声调配合模式疑难、竹竿律普及问题、叠式律普及问题、声乐关系疑难、吟诵推广问题、永歌技术推广问题、曲唱技术僵化问题、诗词唱和功能再建问题、隐性文化空间培育问题、读者培养问题。

这组问题中，每个问题都需要单独讨论，不可忽视，但也不是说它们就是单独存在的，实际上，很多问题之间都密切相关。如诗词创作主题浅俗陈旧问题就与作家教育接受问题、作家意见领袖意识缺失问题，甚至潜网控制失衡问题关系紧密。吟诵调濒临失传问题、戏曲曲唱技术创新停滞问题、民歌消失问题，都属于声乐配合问题衍生的次级问题。竹竿律问题、叠式律问题、融媒形式问题、诗体创新问题，则都与格律理论解释失语相关，都涉及格律作品的形式问题。从四大深层困境的内在逻辑看，儒士潜网失控是格律的外在问题，语言变迁困境是格律的内部问题，内外交困，形成了作家意见领袖化困境，导致了作品融媒化创新停滞和理论失语，最终造成了深度拟态环境的崩溃，四个问题紧密牵连，一环套一环。

4.2　论格律的理论失语困境及其对策

4.2.1　从《中华诗词学会三十年论文选》（2017）看格律理论失语困境

为观察格律理论研究前沿的基本情况，我们选择《中华诗词学会三十年论文选》为样本，并将其分为三个层次：提及、一般论述、深入讨论，按照三个层次统计论文中格律的内容，得表4-1。

表4-1　《中华诗词学会三十年论文选》格律理论研究相关内容统计

论文选篇总量	涉及格律理论探讨的论文比例	具体篇目及作者	涉及内容	研究层次	页码
综合论述21篇	10/21	再谈格律诗的求正容变（马凯）	全面讨论格律诗"篇有定句、句有定字、字有定声、韵有定位、律有定对"的格律求正容变问题	深入讨论	2—10
		开创社会主义诗词新纪元（孙轶青）	倡导新诗体、诗词修养	倡导	19
		总结经验，发扬优秀传统	倡导平仄律、对仗律，各体并存并与新诗交流融合	倡导	23—24
		诗词格律的四大美人（李汝伦）	论述格律四美：声韵美、均齐美、对称美、参差美	系统讨论	25—32
		关于格律诗的回顾与前瞻——在第一届中国诗歌节上的发言（郑伯农）	论述新诗旧体诗可以互相借鉴但无需文体融合	倡导	49
		试论孙轶青当代中华诗词发展的理论构建（李文朝）	论及孙轶青倡今知古的声韵改革、鼓励多种诗体并存、诗体尝试探索	顺便提及	57
		五四以来中华诗词发展的曲折历程及其对当代诗词改革与创新的重要启示（庄严）	提及诗体的九言、十言、十一言、"新古诗""自由曲""汉俳句、汉十四行诗"创新	顺便提及	65
		中华诗词的永久魅力（陈敦源）	论述格律仍然符合汉语音乐美客观规律	一般论述	68
		浅议中华诗词的来龙去脉（六章）	倡导韵律完全放宽、开设讲格律栏目	倡导	71

续表

论文选篇总量	涉及格律理论探讨的论文比例	具体篇目及作者	涉及内容	研究层次	页码
综合论述 21篇	10/21	中华诗词符合先进文化的前进方向（丁休）	列举诗词理论专著、倡导声韵改革两套方案《中华新韵府》《中华今韵》	文献介绍	110—111
关于诗词的传承与创新 17篇	9/17	突破一般求特色（武正国）	主张拗句必救、窄险韵必新、重字必奇	一般论述	121—122
		求正容变,邻韵通押——开创广阔而美好的诗韵新天地（晨崧）	介绍当代韵书发展,提倡通押原则	深入讨论	123—125
		联章词刍说（范诗银）	联章词体制讨论	一般论述	134—138
		关于律诗体式的别样解读（赵永生）	探讨对仗对于律诗的重要程度,提出散律概念	深入讨论	140—153
		锐意改革,繁荣传统诗词创作——在全国第九届中华诗词研讨会上的发言（马识途）	指出格律难以改进忧虑,提出放宽韵脚、变异平仄、通融格律和自度词牌等多种想法	提及	155—156
		论当代诗词创作的传承与创新（胡迎建）	讲求七言古文句法入诗	顺便提及	166
		加快中华传统诗词的发展创新步伐（项宗西）	倡导新声韵、平水韵改革、权威诗词格律韵书、人才培训考核	倡导	171—172
		诗词艺术体制的现代转型（宋湘绮）	提出白话语境中的诗词体制转型概念	倡导	203—210
		走向新世纪的中华青年诗词（王国钦）	诗词改良八事之倡双轨韵制、敢承旧创新二条	顺便提及	214—215
关于诗词创作与精品战略 25篇	8/25	旧体诗创作漫议（杨金亭）	平庸五种之形式单调;倡导多写古体、乐府歌行体、散曲	一般论述	224;231—232
		放宽韵脚,高唱新声（周笃文）	深入讨论韵部分合问题	深入讨论	233—237
		诗词创作的"金字塔"原理（杨逸明）	阐述四声、平仄、句式、粘对、拗救、押韵、对仗构成诗歌技术层面	宏观体系构建	239—240
		当前诗作之"八病"及其原因（钱明锵）	批评重形式（平仄、对仗、用韵）轻技艺	简单提及	278

续表

论文选篇总量	涉及格律理论探讨的论文比例	具体篇目及作者	涉及内容	研究层次	页码
关于诗词创作与精品战略25篇	8/25	会通以求超胜——关于加强中华诗词对外交流之刍议（林岫）	《文镜秘府论》关于对仗、声病讨论	文献提及	316
		浅论诗的音乐美（张报）	陈述辨四声、安排平仄；提倡"一三五不论，二四六分明"、避孤平、新粘对、押通韵、编新韵等	系统讨论	336—339
		怎样提高传统诗词创作的质量（王子羲）	倡导合律	宏观倡导	359
		中华吟诵的现状与前景（赵敏俐）	吟诵文献调查与记录	文献综述	361-370
关于毛泽东诗词研究8篇	3/8	毛泽东诗词是当代诗词创作的典范	毛诗的格律变革4点、诗论尊体意识	一般论述	页399；400—403
		马泽东诗词散论	《念奴娇·井冈山》平仄漫议	深入讨论	页425
		一词引领大潮来	毛诗的尊体意义	简单提及	页407
关于军旅诗词与边塞诗27篇	7/27	诗意长白浅说（张福有）	创作新词牌现象《纪辽东》《玉旬凉》《一剪梅引》《海龙吟》	提及	449
		当代诗词流派初论（高昌）	新古体现象、关东诗人词牌发掘、中原诗人新词创制	提及	
		体制并存，作者合流——中国当代诗歌创作中存在的问题与发展前景（钱志熙）	新诗、旧诗、歌词三者的体制并存、作者合流	倡导	462—469
		欧阳修、苏东坡与宋诗——兼论宋诗的特色及当代诗的发展（钟莲英）	当代诗发展六点之三点：创新诗体、用通韵、恢复入声	顺带论述	567—568
		网络诗词时代：把握机遇，引领潮流（贾丙顺）	网络诗词创作随意性之不守格律	简单提及	593
		散曲须继续从民歌中吸取营养（张勃兴）	竹枝词的四特点之一：不拘格律	提及	598
		再论中华散曲的继往开来（华彤庚）	谈继承形式、给自由曲一席之地	倡导	609—611

续表

论文选篇总量	涉及格律理论探讨的论文比例	具体篇目及作者	涉及内容	研究层次	页码
关于诗词普及与诗教育7篇	1/7	中华诗词走向大众化的必由之路（戴维翰）	语体改造	倡导	
总计	38/105			倡导9 提及8 顺便提及4 文献提及3 一般论述6 深入讨论8	

从统计结果看，有以下一些特征：

·总计论文105篇，涉及格律的38篇，涉及比率较低（38/105）；

·涉及格律的38篇论文中，深入讨论仅的8篇，一般论述的6篇，其他皆为提及、顺便提及或泛泛倡导层次。深入讨论比例极低，仅为8/105，就算加上一般论述的论文，也才达到14/105；

·8篇深入讨论的文章中有2篇专论、2篇驳论，仅4篇属于全面的体系构建，且构建体系有两个大的问题，一是要素罗列多于体系逻辑，逻辑不清；二是规则主张多于深层探讨，主观性较强。其中，2篇专论为《求正容变，邻韵通押——开创广阔而美好的诗韵新天地》《放宽韵脚，高唱新声》，皆为新诗韵的探讨；2篇驳论为《关于律诗体式的别样解读》《马泽东诗词散论》，一篇深入批驳律诗必对仗观念，主张散律，一篇细致批驳毛词出平仄看法，提出字位的平仄灵活性。这4篇都属于对格律某个特征的专门探讨。全面讨论格律，构建格律体系的4篇为《再谈格律诗的求正容变》《诗词格律的四大美人》《诗词创作的"金字塔"原理》《浅论诗的音乐美》。这4篇共同的特点是，粗略罗列了格律各要素，但是缺乏理论建构的深入性和逻辑性。如马凯《再谈格律诗的求正容变》全面讨论格律诗"篇有定句、句有定字、字有定声、韵有定位、律有定对"的格律求正容变问题，"篇有定句、句有定字、字有定声、韵有定位、律有定对"的提法不可谓不通俗，涉及的问题不可谓不宏观，但经验罗列多于逻辑思考，"篇有定句、句有定字"是节律问题，"字有定声"是声律问题，"韵有定位"是韵律问题，"律有定对"是节律、声律的综合问题，平行罗列在一起逐个解说，这在逻辑上是不相洽的，从体系的角度看则是混乱的。再如李汝伦的《论诗词格律的四大美人》，论述格律四美：声韵美、均齐美、对称美、参差美，其中"均齐美""参差美"都讲的是节奏，作者把它们分列，与"声韵美"相并，这就是逻辑上的不周严，同时还把它们同带有综合特征的"对称美"并列，逻辑上就更不洽，这种逻辑上随意将一篇较全面的讨论降低成了一篇随感式的讨论，从体系构建的角度看，它是不达标的，就算从日常话语的角度看，它也是不严谨、不严明的。同样情况发生在张报的《浅论诗的音乐美》中，论文陈述辨四声、安排平仄；提倡"一三五不论，二四六分明"、避孤平、新粘对、押通韵、编新韵等，对音乐美涉及的各种格律现象和观念作了细致辨析和阐述，但显然，他的逻辑是混乱的，是缺乏深入的体系关照的。四家之中，稍特别的是杨逸明的《诗词创作的"金字塔"原理》，该文构造了一个"意象音：哲学艺术技术"三要素诗歌体系，这个构造是非常宏阔、非常好的，在三要素的"音"的部分，作者将音界定为诗歌的"技术层面"，提出了四声、平仄、句式、粘对、拗救、押韵、对仗系列观念，指出它们共同构成了诗歌技术层面，这也是很不错的，但从格律也即是"音"的内部体系构造来看，却仍然是罗列多于逻辑，主张多于辨析，是非常粗糙和初步的。四家深层讨论层次的论文尚且如此，其他一般论述和顺便提及的论述，就更见一斑了。

《中华诗词学会三十年论文选》统计结果，概括起来就是三句话：格律研究在诗词研究中占比较低；格律研究中深入讨论占比又极低，深入讨论中的体系设计普遍存在逻辑和理论缺陷，这就是格律理论研究目前存在的困境。

《中华诗词学会三十年论文选》选本"有老一辈诗人词家和文艺理论家的诗论作品，也有中青年实力派和后起之秀的诗论力作，基本上反映了中华诗词学会成立30年来的诗词研究成果"[1]，而中华诗词学会又基本上代表了中国诗词的最高组织，所以可以说，《中华诗词学会三十年论文选》的格律理论研究，基本上能代表当前中国诗词领域的格律研究状况。这一状况概括起来讲就是：当前存在格律理论研究困境，其困境的核心问题是格律体系的逻辑构建问题。

考虑到格律体系构建的重要性，我们甚至可以说得严重一点，当前格律领域的低端表现实际上反映着格律领域的严重失语困境：大多探讨围绕最简单的诗韵、最表层的现象展开，缺乏深入辨析的勇气和逻辑能力，面对深层平仄设计、语言学讨论、节奏剖析，诗体的创新，在解释和引导上都无能为力。

我们将理论界的这种状况称之为格律理论失语症。格律理论失语症的核心是格律体系的逻辑构建问题。

4.2.2　格律理论失语困境的总体解决方案：格律体系构建

为解决格律理论失语困境，本书采取了格律体系构建的方式。具体步骤如下：
第一步，探究律的本质，拈出律、格律的原理；
第二步，由格律的原理，结合实践，找出格律的三个成熟要素：节律、韵律、声

①郑欣淼：《中华诗词学会三十年：历程、积累与记忆——〈三十年大事记〉〈三十年论文选〉〈三十年诗词选〉总序》，林峰《中华诗词学会三十年论文选》，北京：中国文史出版社，2017年，序第3页。

律，并由此建立格律的体系；

第三步，由格律三要素，结合实践，从格律原理出发，分别演绎出"律节——句式——句系"的节律体系，"韵素——韵元——韵式"的韵律体系，"字调——调元（平仄）——律句——律体"的声律体系；

第四步，结合古典诗词曲，深入、全面研究演绎各个环节产生的各种格律现象、形成的各种格律规则，从理论上对古典汉语各种格律现象、规则进行辨析、价值重估、挺立或者打破；

第五步，结合新诗，将格律原理应用于现代汉语新诗体研究；

第六步，最终寻求三个建立：基本建立格律的一般体系；基本建立古典汉语格律的体系；探索建立现代汉语格律的体系。

经过体系建构，形成了关于古典汉语的以下几种结果（见图4-1至图4-5）：

·律的原理及种类：

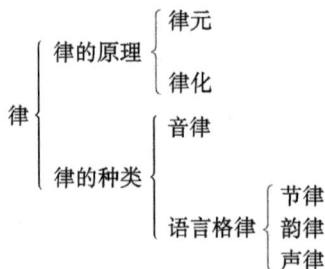

```
              ┌ 律的原理 ┌ 律元
              │          └ 律化
        律 ───┤          ┌ 音律
              │ 律的种类 ┤          ┌ 节律
              └          └ 语言格律 ┤ 韵律
                                     └ 声律
```

图4-1　律的原理及种类

·格律的原理及种类：

```
                        ┌ 律节 ══节化══▶ 句式 ══律化══▶ 诗体节式（句系）
        律元 ══律化══▶ 律 ┤ 韵元 ══韵化══▶ 韵式
                        └ 调元 ══调化══▶ 句调 ══韵式══▶ 语调
```

图4-2　律元

·古典汉语节律发生模式：

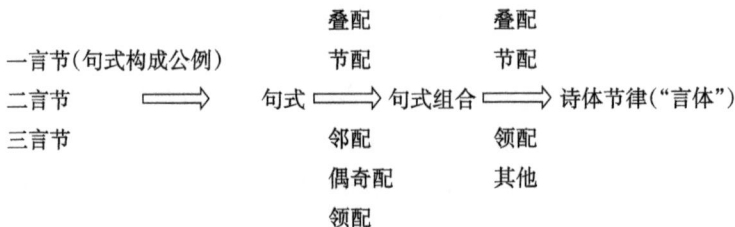

```
                              叠配           叠配
                              节配           节配
一言节（句式构成公例）
二言节          ══▶  句式 ══▶ 句式组合 ══▶ 诗体节律（"言体"）
三言节                         邻配           领配
                              偶奇配          其他
                              领配
```

图4-3　古典汉语节律发生模式

·古典汉语声律发生模式：

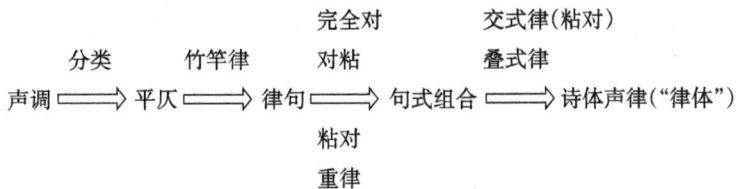

图4-4　古典汉语声律发生模式

·古典汉语韵律发生模式：

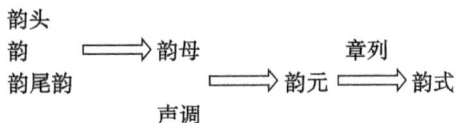

图4-5　古典汉语韵律发生模式

这五种结果共同构建起了关于格律的基本理论体系。

4.2.3　格律理论体系的总体作用和格律指导意义

格律体系的建设，能够很好地解决格律理论失语困境问题。分解来看，格律理论体系至少有以下作用：

为现存所有格律现象找到清晰定位；

为现存所有格律规则提供清晰依据；

为格律的广泛实践和探索提供依据、方向；

为格律困境的解决提供依据、方向。

格律体系界定了律、格律、律化、声律、韵律、节律、平仄、律节、调元、韵元、律句、竹竿律、粘对律、叠式律、叠配、节配、领配、韵式、韵制、自然韵制、章列、句式、句式组合、句系、声调、语调、词牌、诗体等一系列基本概念，对这些概念的内在本质进行了深度阐释，为格律的保留、革新和创造提供了深层依据，可以说基本上能回答所有关于语言的格律理论的疑难问题或者为这些疑难问题提供解决的方向，为最后解决格律失语困境提供了最有效的手段。

至于这些作用的细节，本书各部分已有相关论述，大家也可以对照问题自行考察，此处不再赘述。

4.3 论20世纪诗词联坛的作家意见领袖化困境及其对策

4.3.1 20世纪以来诗词作家的身份变迁

20世纪之前，可以毫不夸张的说，诗词身份就是文人身份象征，古典诗人数量浩如烟海。在纷纭变幻的20世纪，诗词面临挑战，诗词作者身份到底经历了多少沉浮，诗词作家数量到底留存几何，这仍是一个巨大的课题。李仲凡在《古典诗艺在当代的新声——新文学作家建国后旧体诗写作研究》中对20世纪旧体诗人身份做了一个简单分类：

> 和其他旧体文学样式相比，旧体诗包括诗、词、曲的作者恐怕在各类旧体文学作者群体中最为庞大和广泛。现当代的旧体诗词作者群体社会身份各种各样，职业背景差别也非常大，既包括旧式文人、书画艺术家、政治家、学者，还有为数不少的新文学家。这里分别列举数位不同类型的旧体诗人，借以了解世纪旧体诗词作者的大略分布。旧式文人如陈三立、柳亚子、周瘦鹃等；学者型旧体诗人陈寅悟、吴宓、马一浮等；政治家革命家型旧体诗人于右任、毛泽东、朱德、陈毅、叶剑英等；艺术家旧体诗人，如潘天寿、张大千、齐白石、丰子恺、黄宾虹、启功等；自然科学家旧体诗人，如华罗庚、苏步青等；其他社会名流、贤达，如赵朴初、胡厥文、翁文灏等；新文学家旧体诗人，如胡适、鲁迅、郭沫若、郁达夫等。①

但无论如何，从党人、军人、学人、报人，上到领袖，下到乡村文化人的20世纪留存诗词作品看，古典诗人的数量都不会是一个小数目。面对浩如烟海的诗人数量，作家的时代变迁研究自然不是一件容易的事，不过，我们仍然可以从历史的发展中选择几个具体的点来观察20世纪的诗词作家群体身份的变迁，从中窥探出诗词发展的作家身份问题。

4.3.1.1 南社诗人："诗坛请自今日起，高树革命军之旗"——"革命宣传家"

南社研究，起于20世纪80年代，经过30年的平稳发展，近年有转热之势。前30年，研究较为平稳，内容较为宽泛，王昭鼎《传统文人到近代作家之转型研究——以

---

① 李仲凡：《古典诗艺在当代的新声——新文学作家建国后旧体诗写作研究》，兰州大学博士学位论文，2009年。

南社作家群为主》庶几可以概括：

> 自20世纪80年代开始，南社研究正式起步。在南社历史研究方面，出版于
> 1980年由杨天石、刘彦成合著的《南社》为南社研究的开山之作，概括介绍了南
> 社历史与创作情况。出版于1995年由杨天石所著的《南社史长编》，以编年体式
> 叙述了南社自酝酿至解体的历史，梳理了翔实的史料。在南社作品整理方面，
> 1996年由江苏广陵古籍刻印社出版的《南社丛刻》八卷重印本，成为了南社文学
> 研究的作品基础。此外，"柳亚子文集"系列丛书，国际南社学会的"南社系列"
> 丛书也陆续出版。
>
> 新世纪以来，南社研究因学院派的重视而进一步繁荣并渐趋专业化。在南社
> 历史研究方面，柳无忌与殷安如共同主编的《南社人物传》（2002）汇集了大量
> 南社人物小传。郭建鹏所著《南社人物史编年》（2014）、《南社雅集志》（2016）补
> 充了不少南社人物活动的历史细节。栾梅健所著《民间文人的雅集——南社研究》
> （2006）从社团史的角度论述了南社的进步与倒退。在南社作品整理方面，南社
> 重要成员如柳亚子、苏曼殊、雷铁崖、宁调元、徐自华、马君武、黄节、高旭、
> 姚光、陈去病、宋教仁、于右任、黄兴等人的作品集也在重新整理后陆续出版。
>
> 除却大量历史研究与文学作品整理外，同样涌现出大量以南社为研究对象的
> 学位论文。其中特别值得注意的研究有：2000年山东大学博士孙之梅所作学位论
> 文《南社研究》以柳亚子为"南社柱石"详加讨论，并分析国学运动与现代传媒
> 对南社的影响，为南社研究提示了新问题，于新世纪南社研究有奠基意义。2002
> 年华中师范大学博士卢文芸所作学位论文《变革与局限：南社文化论》着重探索
> 和展现南社在传统与现代的两难之间如何寻求平衡，以及由此产生的局限性。
> 2007年南开大学博士汪梦川所作学位论文《南社词人研究》以南社词人为研究对
> 象，从行迹、创作、词学三方面切入全面展现南社词人之风貌，以求纠革命视角
> 之"偏"，重新阐述其历史地位与文学价值。2010年苏州大学博士邱睿所作学位
> 论文《南社诗人群体研究》则以南社诗人群体为研究对象，以南社酝酿、兴盛、
> 衰落的发展历程为线索，着重分析其交游与创作情况，以求风貌之总结。2012年
> 香港科技大学博士张春田所作学位论文《革命与抒情：南社的文化政治与中国现
> 代性》则以抒情传统研究为方法，观照清末革命脉络中的南社文学创作，尝试概
> 括出处在转型时代的南社群体独特的文化政治。①

2010年之后，南社研究在资料搜集上加大力度，取得了可喜成绩，特别是《南社
丛书》《中华南社文化书系》两部丛书的出版，开启了南社研究新局面：

> 在柳无忌的大力倡导下，国际南社学会编的《南社丛书》共三套已经顺利出

---

① 王昭鼎：《传统文人到近代作家之转型研究——以南社作家群为主》，河南大学硕士学位论文，
2018年。

版，为南社研究提供了大量的史料。近年来，随着各地地方志和文史资料搜集、整理工作的力度加大，南社研究也实现了新的突破。其中，张夷、丁及主编的《中华南社文化书系》(2014)，是一部南社的文化史，也是南社研究史料整理、汇编的"资料库"。其中，既有十座城市与南社之间的专门研究，如《苏州与南社》《周庄与南社》《吴江与南社》《江阴与南社》《常熟与南社》《徐州与南社》《泰州与南社》《盐淮与南社》《湖南与南社》《香港与南社》，也有《南社馆藏旧著录》《南社人物名号录》《南社人物史编年》《南社人物联语集》《南社女诗人归编》等南社文史，还有《陈去病研究文丛》《忏悔词人徐自华》《朱梁任纪年文集》《刘半农前期研究》等人物研究，以及《南社百问》《南社百人》《南社印痕》《中国南社纪念馆》等南社普及丛书共三十部已经陆续出版。"[1]

在丛书的刺激下，南社诗人的研究，在近三年忽成热点，尤其在作家身份变迁方面，连续出现了三篇学位论文：《南社的文学转型研究——以〈民国日报〉文艺副刊(1916—1923)为研究样本》《传统文人到近代作家之转型研究——以南社作家群为主》《南社勃兴的社会学研究》。

近四十年的研究，学界所吊资料较博，依据这些资料，可以将南社诗人大致状况梳理如下。

(1)"南社"释名

"然而社以南为名，何也？《乐》曰：'操南音不忘其旧'其然，岂其然乎？南之云者，以此社提倡于东南之谓。"[2]

"天气肃清，春意微动……芙蓉弄妍，岭梅吐萼。微乎微乎，彼南枚乎，殆生机其来复乎。"[3]

(2) 南社发起人及领袖

陈去病、高旭、柳亚子

(3) 南社主要成员

南社社员达1180余人，其重要成员就有110人以上，包括柳亚子、苏曼殊、雷铁崖、宁调元、徐自华、马君武、黄节、高旭、姚光、陈去病、宋教仁、于右任、黄兴等。

(4) 南社宗旨

"诗坛请自今日始，大树革命军之旗。"[4]

"两君子者，咸以民族革命为第一义，虽刀锯鼎镬，夷然无有所恐怖。而高柳之

---

①田华：《南社的文学转型研究——以〈民国日报〉文艺副刊(1916—1923)为研究样本》，湘潭大学博士学位论文，2017年。

②高旭：《南社启》，郭长海《高旭集》，北京：社会科学文献出版社，2003年，第499页。

③陈去病：《南社雅集小启》，《南社丛刻·第四集》，扬州：广陵书社，1996年，第535页。

④宁调元：《文渠既为余次定〈朗吟诗卷〉，复惠题词，奉酬五章，即题〈纫秋兰集〉》，杨天石《南社史长编》，北京：中国人民大学出版社，1995年，第21页。

名，亦浸淫洋溢于海内外。"①

（5）南社的起讫时间及发展分期（几种分期说）

1）柳亚子的三分期、杨天石的前后期四分期

　　关于南社产生、发展的历史，既有柳亚子《南社纪略》（1983）、姚鹓雏的《南社撼谈》《琐记》、朱剑芒《我所知道的南社》、郑逸梅《南社丛谈：历史与人物》（1981）等南社成员所写的南社回忆类著述，也有杨天石、刘彦成的《南社》（1980）、杨天石、王学庄的《南社史长编》（1995）等对南社的专门研究。仅就南社的分期而言，就有不同的说法。其中，作为发起者、领导人之一的柳亚子将其分为三个时期，"自己酉至辛亥（1909—1911）为第一期"是酝酿全盛期，"自壬子至丙辰（1912—1916）为第二期"为摧残期，"自丁巳至癸亥（1919—1923）为第三期"是堕落期。杨天石、刘彦成的《南社》（1980），则以辛亥革命为界线，分为前期南社的上升期、发展期，后期南社的分化、堕落期。②

柳亚子持三分期说，杨天石持四分期说，但二者并无矛盾。杨天石四分期观（1980）实际上是建立在柳亚子三分期观基础之上，将柳亚子的第一期"酝酿全胜期"分割开来形成的，可以看成是柳亚子分期说的细化和补充。

2）田华的转型两期观

　　南社是晚清近代最大的古代文学社团，是旧文学的重要堡垒。南社的衰落与转型在某种程度上代表着旧文学的衰落与转型。1916年创办的《民国日报》与南社关系密切，不但由南社人一手创办，从主编到编辑全是南社人，而且在办报思想与编辑方针上和南社一脉相承。作为南社的重要堡垒，新文化运动的同行者，重要的白话文机关，在1924年转型成国民党机关报之前的《民国日报》，在南社的新旧文学转型中具有非常重要的意义……新南社算不上完全意义上的新文学团体，但从南社到新南社，南社确实进行了文学转型。这种转型不但完整地呈现了传统旧文人、文学团体向现代意义上的文人、文学社团的转型过程，而且因为其示范作用，对于传统文体的改良与创新，新文学观念的建构与广为传播，白话文的宣传与推广，"媒介——文学"生产模式的形成，都具有非常重要的作用。"③

田华主要研究了《民国日报》对南社历史的影响，他将南社划分为南社——新南社两个阶段，详细阐释了从南社到新南社的作家身份转型问题，是对杨天石四分

---

　　①陈去病：《高柳两君子传》，殷安如《陈去病诗文集》，北京：社会科学文献出版社，2009年，第305页。

　　②田华：《南社的文学转型研究——以〈民国日报〉文艺副刊（1916—1923）为研究样本》，湘潭大学博士学位论文，2017年。

　　③田华：《南社的文学转型研究——以〈民国日报〉文艺副刊（1916—1923）为研究样本》，湘潭大学博士学位论文，2017年。

期（1980）的更为细致的解释，是从传播学角度对南社作家身份变迁作出的积极评述。

3）王昭鼎的潮起潮落二分四期观

"潮起"：革命语境中的社群形成

一、南社之渐兴：革命宣传家之集结（1903酝酿—1909成立）

二、南社之鼎盛："革命"呼告之迭起（1909—1911）

"潮落"：现实压力下的社群分化

一、政客与烈士：革命者身份的延续：高旭、宋教仁、黄兴等（1911—1916）

"新朝甲子旧神州，老子心期算略酬。摇笔动关天下计，倾樽长抱古人忧。剧怜肝胆存屠狗，失笑衣冠尽沐猴。满地江湖容放浪，明朝持钓弄扁舟。"【钝剑（高旭）：《元旦》，郭长海《高旭集》，社会科学文献出版社2003年，第178页。】

"朔风凛冽起萧晨，二月春寒剧闷人……最是令人愁绝处，南枝乍动又摧残。"（姚光1914）

仅在辛亥武昌首义至丙辰项城身死的六年间，牺牲的南社社员就有15人之多。

年份	牺牲南社社员（15人）
1911	孙竹丹、周实、阮式；
1912	—
1913	宁调元、宋教仁、杨性恂、陈子范；
1914	程家柽、周仲穆、吴葹、范鸿仙；
1915	仇亮、陈以义、姚勇忱；
1916	陈其美

日居月诸，我之降生，圆颅方趾，与众异形。有手有足，亦妙莫名。茕茕吾影，踽踽吾行。举世大骇，疑怪疑妖……用是群众，张拳挥刃。活活瘗我，墓门千仞。马面牛头，凛不可近。……如是我闻，阳九为厄。漫漫长夜，奄奄魂魄。吁气为雾，吐血成珀。我瞻四方，如何可适？乃安斯寝，乃枕斯岗。销声敛迹，潜德幽光。风鸣不已，雨雪其滂。（宁调元《自祭文》）

二、教育家与研究者：身处教育、学术领域的南社作家（1916—1923）

以教育家目之，则仅在笔者所统计的115名南社主要社员中，出任教职者便有92人，占比80%……南社诸子为近现代教育体系的确立与进一步发展作出了一定的贡献。

在推行普通教育方面具有代表性的，是经亨颐、夏丏尊、李叔同、陈望道等人。其以经、夏为核心，以浙江省立第一师范为主阵地，通力培养了大批教育人才，其中包括叶圣陶、丰子恺等近现代文学文化名家。其后经、夏等人在北师、复旦、春晖、立达、开明、宁波四中等校皆曾任有教职；创办《春晖》《中学生》等教育刊物，并设开明书店，着力编写大量新式教材、教辅与科普读物。其在国族危难时投身教育，并非逃避之计，而是有着"普及通识教育，培养现代国民，以实现国族现代转化"的现实关涉。换言之，他们的工作正是沿着教育救国的道路扎实推进的。

同时，深受近代以来渐趋高涨的女性解放思潮的影响，在南社内部，出现了以张汉英、张默君、吕碧城、徐自华、徐蕴华、唐群英为代表的一批南社女社员。其在丰富南社文学文化实践的同时，着力从女子参政权、女子受教育权等方面保障女子权益的发展。男女平权思想遂在南社内部取得广泛认同。由此，女子教育也成为了南社诸子教育实践的一个重要向度：在所统计的从教社员中，就有26人曾在女校任职，占比28%。清末以来兴起的天津女子师范、醴陵女子学堂、竞雄女校、神州女学、希陶女校、复陶女中等女子教育机构，皆有南社同仁参与运作。而在推行过程中，南社诸子也在尝试总结近代女子教育的特点，体现着教育家的自觉。

此外，受到近代以来西方美育思想影响，南社诸人在艺术教育方面也颇为注重。在所统计的从教社员中有9人曾从事音乐、美术、戏剧等艺术教育，或在艺校任职，对近现代艺术的发展也作出了一定贡献。

以研究者目之，则在笔者统计的从事文化业的51名社员中，有15人创办或参与了学术团体，这其中有10人参加的是国学研究团体……个中代表，便是主持寒隐社的高燮与主持国学商兑会的姚光两舅甥，以及在各大书局担任编辑的一批南社成员。

大量南社学者型作家厕身出版机构，出版了大量外国译作、以近代新兴学科为研究对象之著作与采用近代新研究方法（运思逻辑、著述体例等）以传统学科为研究对象之著作：进入笔者统计范围的部分南社成员新学代表著译，共有254种，并由62家出版机构出版。其中出版数量较多的几家分别是：

出版机构	商务印书馆	中华书局	开明书店	大东书局	世界书局
作品总数	25	17	12	11	8
占总量比	10%	6%	5%	4%	3%

而这几家出版机构皆有南社成员参与运作：包天笑、陈布雷、胡寄尘、闻野鹤四人曾供职于商务印书馆；沈镕、徐枕亚曾在中华书局工作；夏丏尊、赵景深是开明书店的资深编辑；沈镕亦曾于大东书局任职，朱剑芒亦任过世界书局的编辑。由此可作出合理推测，正是在这些供职于出版机构的南社人的有意支持下，大量南社学术、文学著作得以顺利付梓，实现学者型社员以学术影响社会的追求。如是，在南社诸子间，有创作有刊发，从而实现了以近代学术文化为核心对象的由生产到传播的多环节协作，切实推动学术文化的近代化发展。

凭借近代教育家、近代学者的身份，依托于学校、学术团体及书局等机构，南社作家在教育、学术领域，进行了颇具近现代意味的实践，在取得丰硕成果的同时，也推动了自身社会身份层面上的近代转型。

三、言论家和文艺家：身处新闻、文艺领域的南社作家

以报人目之，则报刊几乎是作为近代创作主体代表的南社作家介入社会的最主要方式。在笔者所统计的115名南社成员中，投身报界者87人，占比76%。这其中，自然有以"舆论监督，指导民众"为志业的新闻人。作为个中代表的林白水及其主持的《中国白话报》。

以文艺家目之，则南社诸子同样在相关领域实现了转型。

首先，翻译作家、通俗文学作家是转型中的一个重要方向。以包天笑、周瘦鹃，周桂笙为代表的一批社员，以《礼拜六》《紫罗兰》等小说刊物为主阵地，在世界书局、小说林社，中华书局等数家大型出版机构的配合下，译介外国文学，并进行近现代通俗文学写作，在丰富市民娱乐的同时，介入近现代大众文化的建构，并以其迥异于传统文士的存在方式，实现了自身的转型。

其次，艺术从业者也是其中一个重要向度。在笔者所统计的从事文化职业的51人中，有12人参与了艺术团体，内容涵盖美术、戏剧等形式；16人于出版社、电影公司等文化企业任职。在此种身份的主导下，亦有一批南社作家尝试开展艺术实践，取得了一定成绩。具体而言，其往往着重于发掘传统艺术自身的文化价值，进而尝试在近现代文化条件下保存、发扬和延续古典艺术的近现代生命。

在美术方面，着力开掘篆刻、书法的文化价值的黄宾虹、姚光便是个中代表。作为近现代著名画家，黄宾虹在为自己的《印谱》所作的序文中，便强调了看似微小的篆刻在传承学术文化方面的重要价值："缪篆虽微，苟緐是以溯文字之源而探经传之赜。周秦两汉之学术，且藉大明于天下。而岂徒雕虫小技，夸耀古今哉。"而姚光则看到了在近代欧风东渐之时，研究书法的重要意义："书法为我国美术之一，有南北二派焉。各有所长，要皆为赤县神州美术之粹。至于近世，欧化东渐，林林学子，鹜为实学，颇讥书法小道不足观。吾知今而后且无以书法相称道者，而我祖国特有之美术，将终堕地乎！同人为此惧、拟假此会为提倡之一助，用保我国粹于万一。"[1]

王昭鼎吸收田华的传播学研究视野，同时认同杨天石的四分期说，从一个更为广阔的范围上研究了南社大群体的文化身份分化问题。

综合来看，南社发展大致经历了前后两个阶段，每个阶段又可以划分为两个小的阶段，分别可以命名为：酝酿期（1909年之前）、全盛期（1909—1911年）、分化期（1911—1916年）、堕落暨转型期（1916—1923年）。

(6) 南社的解体原因

总的来看，南社因革命潮流而起，亦因革命潮流而分化，南社的解体，更多的是

---

[1]王昭鼎：《传统文人到近代作家之转型研究——以南社作家群为主》，河南大学硕士学位论文，2018年。

一种顺乎潮流的积极转型而非消失。南社解体的原因复杂，田华在其论文中有详细分析：

> 南社解体的原因，有诸多论述。既有人将南社解体简单归结为南社内部的纷争，如蔦春蓓（2009）认为南社是因为"成员众多，诗学观也很复杂，以柳亚子为代表的一派严厉批判以陈三立和郑孝胥为代表的同光派，引起了高旭、姚锡钧等人的强烈不满，进而导致了南社的分裂"，也有人认为南社的失败是缘于革命党在政治上的失败。如汪梦川（2009）认为南社借助于革命党在政治上的成功，在社会上的影响迅速扩大，"革命"也随之成为南社文学的标签。但是，随着它在政治上的失败，这一切都被淡忘，南社的悲剧，就是文学依附政治的悲剧。当然，也有人认为南社解体的原因相对复杂，如邵盈午（2005）就提出南社"之所以会在五四运动后无可逆转地风流云散，固然可归因于他们所倾心的革命目标相对狭隘，同时，也与他们自身的文化心态、认知思维模式颇有干系"，孙之梅（2004）则认为，"南社解体的真正原因来自三个方面：民国建立和袁世凯毙命，南社民族主义和几社复社的文化精神已完成了历史使命；新文化运动的冲击；柳亚子等人文化一元论的思维方式是南社解体的最深层原因"。①

南社作为20世纪最大的古代文学与文化阵营，其成员的自然身份极为复杂，凡政客、革命家、教育家、教师、作家、翻译、办报人、出版人、戏剧人、美术人、书法家等，几乎涵盖了社会主要文化领域，但其社会身份都可以称为革命宣传诗人。这些诗人秉承"诗言志"理想，充分发扬"兴观群怨"功能，以诗词来参与时事，鼓吹革命，推动时代进步，无论他们具体从事的工作是什么，但都可以名之为革命者，都具有革命宣传者的身份。他们很好的充当了时代的意见领袖，引领着社会政治、文化等各领域的改革。当新文化白话文运动来临之后，他们才尽了自己的责任，渐渐退出中心舞台。

4.3.1.2　新文化领袖诗人：打到文言孔家店，欢迎民主与科学

新文化运动的核心是文学革命，其纲领性文件是胡适的《文学改良刍议》：

> 今之谈文学改良者众矣，记者末学不文，何足以言此？然年来颇于此事再四研思，辅以友朋辩论，其结果所得，颇不无讨论之价值。因综括所怀见解，列为八事，分别言之，以与当世之留意文学改良者一研究之。
>
> 吾以为今日而言文学改良，须从八事入手。八事者何？
>
> 一曰，须言之有物。二曰，不摹仿古人。三曰，须讲求文法。四曰，不作无病之呻吟。五曰，务去滥调套语。六曰，不用典。七曰，不讲对仗。八曰，不避俗字

---

①田华：《南社的文学转型研究——以《民国日报》文艺副刊（1916—1923）为研究样本》，湘潭大学博士学位论文，2017年。

俗语。

一曰须言之有物

……吾所谓"物"，约有二事：（一）情感……（二）思想吾所谓"思想"，盖兼见地、识力、理想三者而言之……

二曰不摹仿古人

……文学者，随时代而变迁者也。一时代有一时代之文学……既明文学进化之理，然后可言吾所谓"不摹仿古人"之说……

三曰须讲求文法……

四曰不作无病之呻吟……

五曰务去滥调套语……

六曰不用典

……依江君之言，分典为广狭二义，分论之如下：

（一）广义之典非吾所谓典也。广义之典约有五种：

（甲）古人所设譬喻，其取譬之事物，含有普通意义，不以时代而失其效用者，今人亦可用之。……

（乙）成语……皆属此类。此非"典"也，乃日用之字耳。

（丙）引史事……此亦非用典也。

（丁）引古人作比　此亦非用典也……

（戊）引古人之语　此亦非用典也。

以上五种为广义之典，其实非吾所谓典也。若此者可用可不用。

（二）狭义之典，吾所主张不用者也。吾所谓"用典"者，谓文人词客不能自己铸词造句，以写眼前之景、胸中之意，故借用或不全切，或全不切之故事陈言以代之，以图含混过去，是谓"用典"……

七曰不讲对仗

……今人犹有鄙夷白话小说为文学小道者，不知施耐庵、曹雪芹、吴趼人皆文学正宗，而骈文律诗乃真小道耳。吾知必有闻此言而却走者矣。

八曰不避俗语俗字

吾惟以施耐庵、曹雪芹、吴趼人为文学正宗，故有"不避俗字俗语"之论也……

结论

上述八事，乃吾年来研思此一大问题之结果。远在异国，既无读书之眼暇，又不得就国中先生长者质疑问题，其所主张容有矫枉过正之处。然此八事皆文学上根本问题，——一有研究之价值。故草成此论，以为海内外留心此问题者作一草案。谓之刍议，犹云未定草也，伏惟国人同志有以匡纠是正之。

民国六年一月

（1917年1月1日《新青年》第二卷第五号）

在第七条"不讲对仗"中，胡适主张"废骈废律"，这一句话就把古典格律的一半因素（声律和节律中的对仗）都去掉了。因为这篇文章，白话文立起来，文言文被去掉；新诗立起来，而旧体诗词被去掉，新诗与旧体诗词的对立变得不可调和。挺立新诗，传统格律诗中的律诗和全部的词就不可避免的要被去掉，所有新文化领袖们从理论上都是赞成这种改良的，这种抛弃迅速获得了社会的认同。

胡适说："今日而言文学改良，当'先立乎其大者'，不当枉废有用之精力于微细纤巧之末，此吾所以有废骈废律之说也。即不能废此两者，亦但当视为文学末技而已，非讲求之急务也。"又在《谈新诗——八年来一件大事》中说："不拘格律，布局平仄，不拘长短，有什么题目，做什么诗；诗该怎么做，就怎么做"，"五七言八句的律诗决不能容丰富的材料，二十八个字的绝句决不能写精密的观察，长短一定的七言、五言决不能委婉表达出高深的理想与复杂的感情。"康白情说："新诗和旧诗，是从形式上区分的……把东洋旧时讴歌君主、夸耀武士的篇章，用新诗的形式译出来，我们都不能不承认它是新诗。"柳亚子1942年8月透露他的想法："再过50年，是不见得会有人再做旧诗的了"，"平仄是旧诗的生命线，但据文学上的趋势来看，平仄是非废不可。那么，50年后，平仄已经没有人懂，难道再有人来做旧诗吗？"毛泽东1957年1月12日写给臧克家的信中透露了他的看法："诗当然应以新诗为主体，旧诗可以写一些，但是不宜在青年中提倡，因为这种体裁束缚思想，又不易写。"

然而，这只是理论上的情况。

考察事实，我们却发现了两种情形：一是从新文化公认的领袖和巨擘，到提倡新文学的各路作者、学者，几乎所有人都没有放弃旧体诗，都在进行着旧体诗写作，这些人包括：陈独秀、胡适之、沈尹默、刘半农、钱玄同、鲁迅、郭沫若、郁达夫、李大钊、闻一多、王统照、丰子恺、朱自清、康白情、黄药眠、老舍、臧克家、何其芳、胡风、阿垅等，其中，文化革命的闯将鲁迅和郁达夫的古典诗词更是超越同类，创造了一种新的经典；二是新文化诗人的诗词创作转向现象，钱理群在《20世纪诗词：待开发的领域》一文中讨论说：

> ……有许多文学现象，特别值得注意和深思。其中最有意思的可能是"新文学作家（包括新诗人）的旧诗词创作问题"；它与文明所要讨论的"新诗与旧诗的关系"直接有关，这里不妨根据已有言就成果，作一点稍微具体的分析。

> 这是人们所熟知的："五四"新诗运动始于《新青年》4卷1号上发表的第一批新诗，作者有三位，胡适、刘半农之外，还有沈尹默。他所写的《三弦》，曾被胡适评为"用旧体诗词的方法"来作的"新诗中一首最完全的诗"，在当时是很有影响的；但人们后来在讨论新诗时，却很少想到他。原因就是他很快转入了旧体诗词的写作，并且成为著名词人。像这样半路转向的新诗人，并不是个别的。刘纳在其论文中，即指出了这一想象，并作出了解释："五四那一代诗人到了抗战时期已经显示不出在诗的方面获得更大发展的可能性，他们已经被自己所开创的现代诗潮抛在后面。郭沫若、田汉、朱自清、王统照……都转而写起旧体诗。正

是这种旧了的形式，才满足了他们难以用其他形式满足的文学兴致。"①

发生在新文化领袖身上的这种关于格律诗词的理论和实践上的显见矛盾，新文化运动领袖们自身并无法解决。鲁迅说："我以为一切好诗，到唐已被做完，此后倘非能翻出如来掌心之齐天大圣，大可不必动手，然而不能言行一致，有时也谄几句，自省殊亦可笑。"（《致杨霁云》）郭沫若说："进入中年以后，我每每做些旧体诗。这倒不是出于"骸骨的迷恋"，而是当诗的浪潮在我的心中袭击的时候，我苦于找不到适合的形式把意境表现出来。诗的灵魂在空中激荡着，迫不得已只好寄居在畸形的"铁拐李"的躯壳里。"（陈明远：《追念郭老师》，《新文学史料》1982年第4期）茅盾说："谈到诗，我向来提倡写新诗，不主张青年们学旧体诗。但作为个人的爱好，却也有时口占几句，聊以志感。二三十年代，随写随丢，都散佚了。抗战时在桂林，与亚子等友人咏吟唱和，才得稍有保存。现在看来，那时写的旧体诗倒比我在桂林写的其他文章更显露了自己的情感。"（《桂林春秋——茅盾回忆录二十九》）

发生在新文化领袖诗人身上的这种在理性上否定，却在实践中坚持的旧体诗词创作现象，我们称其为旧体诗作者的意见领袖悖论。旧体诗作者的意见领袖悖论，是历史上非常奇怪的现象。显而易见，新文化思潮是意见领袖悖论存在的核心原因，然而，到底是新文化运动力道不足，导致新诗体不足以超越旧诗体，还是力道过头了，旧体诗本就不应该遭遇完全废除的待遇，却不是一件容易判断的事。因为倘是力道不足，就意味着新文化运动还有很大的空间，新诗还需要更大的努力才能战胜旧体诗词；倘是力道过头了，说明新文化运动或许存在某种理论不足，旧体诗并不是非废除不可的，那就是另一种完全不同的情况了。

4.3.1.3　"学衡派"诗人："昌明国粹，融化新知"

"学衡派"诗人是依托于《学衡》杂志而存在的一批旧体诗诗人。它是由新文化运动引起的一个反向文化流派。郑欣淼在《九州生气凤凰笔，千古温馨瑰玮词——中华诗词的百年回望与发展前瞻》中提出：

> 1922年1月，梅光迪、吴宓、胡先骕等七人，发起创办了《学衡》杂志，开辟"文苑"专栏，大量刊登传统诗词，除了黄侃、胡小石、汪东、王伯沆、胡翔冬等人外，还有陈三立、夏敬观、汪辟疆等同光体诗人与胡先骕、梅光迪、吴梅等原南社成员。虽然《学衡》在1933年7月终刊，但"学衡派"学人诗的骨干力量却成为"五四"后诗词创作的大本营。②

①林峰：《中华诗词协会三十年论文选》，北京：中国文史出版社，2017年，第194页。
②林峰：《中华诗词协会三十年论文选》，北京：中国文史出版社，2017年，第33—34页。

4.3.1.4　抗战诗人："唤起大众，卫我中华一脉同"

抗战诗人，所谓"地无分南北，人无分高下"，中国人都参与到这一民族空前的大救亡活动中来，其自然身份是非常复杂的。此前分裂的新文化领袖、学衡国粹派，分裂的新旧诗阵营，现在都获得了一个空前统一的身份：抗战诗人、抗战宣传家身份。

郑欣淼在《九州生气凤凰笔，千古温馨瑰玮词——中华诗词的百年回望与发展前瞻》中指出：

> 1931年到1945年……抗战时期，是新诗继"五四"之后的第二个高潮，也是传统诗词焕发青春，走出困境，重登大雅之堂的重要时期。这一时期，是民族危亡的紧要关头，新诗的创作可谓波澜壮阔，诗人勇敢地吹起了抗日战争的号角，形成了抗战"史诗"。而传统诗也一样佳作累累，发出时代强音。1941年5月，在重庆的诗人聚会，决定以端阳节为中国诗人节。在宣言上签字的有艾青、王亚平、何其芳、戴望舒等新诗作者，也有于右任、汪辟疆、林庚白、田汉等传统诗作者，显示出新旧诗体不分畛域的动向。而且，从事抗战诗词创作的队伍也显得庞大而精锐。1997年杨金亭先生编辑的《中国抗战诗词精选》，收入抗战作家227人，2007年解放军红叶诗社编辑的《抗日烽火诗词选粹》，收入作者266人。其中包括毛泽东、朱德、董必武等老一辈革命家、军事家和抗日战士。他们创作的抗战诗词，谱写了中国20世纪文学史的光辉篇章，形成了恢宏翔实的抗战史诗。可以说，抗战诗词和新诗一样，是中国诗史上的一座峭拔的高峰。[①]

抗战诗人由于特殊的原因，在实践上摆脱了新文化意见领袖的束缚，搁置了意见领袖问题的争论。但是，它并没有真正解决意见领袖悖论。

4.3.1.5　独特身份诗人："吾侪所学关天意，并世相知妒道真"

由于新文化运动的影响，以及"文革"的破四旧，众多诗人纷纷在写作途中搁笔，未搁笔者亦陷入歌颂的怪圈，创作氛围日益无聊，亦等同于自我消灭。"幸存"诗人、新进诗人几乎空白，多为前代遗留身份，身份大约有二，一为国家领导人身份，如毛泽东、陈毅、田汉、叶剑英等人，一为文化领袖身份，如老舍、郭沫若、矛盾、何其芳、臧克家等人，小聊聊不堪列阵。然其中亦有数家，堪称大眼光大毅力者，于暗静局面中脱颖而出，为后世留下火星，其一是国家领袖毛泽东，其一是文化领袖陈寅恪，其一是聂绀弩。

三人诗歌，面貌各异，境遇亦差，然皆自由坚持。毛泽东的诗词，展现了政治领袖的胸怀四野，放言无忌；陈寅恪的诗歌，展现了文化领袖的文化担当，深远关怀；

---

①林峰：《中华诗词协会三十年论文选》，北京：中国文史出版社，2017年，第34页。

聂绀弩的诗词，则展现了倔强的个体在时代中的自爱与自赏。

这三个人，都是以一种豪迈的态度来对待传统诗词创作，不约而同在实践层面突破新文化的旧诗体观念，在严酷的文化环境中为我们展示了诗词文体的强劲生命力。然而从意见领袖的角度看，三人仍没有摆脱诗词意见领袖困境，虽然三人诗歌的内在气质，已经具备了成为诗词意见领袖气质的潜力。

而真正意见领袖困境的摆脱，要等到改革开放，思想解放时代的到来。

4.3.1.6　改革开放时期诗词作家——文化复兴的一代

文化领袖们对诗词写作的坚持，随着天安门诗抄的怒吼、意识形态领域的松动、思想解放时代的到来，终于在人民群众和社会精英中产生了巨大反响，促使文化领袖们反思传统诗词，开始张开双手迎接诗词的回归。这种回归以1987年5月31日中华诗词学会的成立为标志。1987年之前，各地诗词组织、刊物如雨后春笋一般冒出，发展迅猛。1981年，《当代诗词》在广州创刊。1984年，中华诗词学会开始筹备。1987年中华诗词学会成立以后，诗词创作获得解放，呈现井喷现象。

2005年，郑伯龙在《关于格律诗的回顾与前瞻——在第一届中国诗歌节上的发言》中说：

> 近20多年来，格律诗发展的速度很快。目前，中华诗词学会拥有一万多名会员，加上各省市自治区、各县诗词学会或诗社的会员，全国经常参加诗词活动的人员达百万以上。据粗略统计，全国有500多种公开或内部出版的诗词报刊，不算诗词集，光是这些报刊发表的诗词新作，每年就在十万首以上。《中华诗词》杂志创刊的时候，只有几千份。现在它发行世界五大洲，每期印数25000份左右，成为全国发行量最大的诗歌刊物……拿实际状况来说，格律诗的作者和读者量都不在新诗之下，甚至大大超过了后者，它的社会影响也不会比新诗弱。[1]

2016年，郑欣森在《九州生气凤凰笔，千古温馨瑰玮词——中华诗词的百年回望与发展前瞻》中统计：

> 目前，学会会员已发展到27000余人，并且还在以每年2000余人的速度增长。《中华诗词》杂志发行25000余份，《中华诗词通讯》印发20000余份。据不完全统计，三步民间的传统诗词社团有2500多个，期刊上千种。全国各地诗人、诗词爱好者在200万人左右。进入新世纪以来，以中青年为主题的网络诗词尤为活跃，用手机、微博创作诗词、交流思想、抒发感情成为一种新的时尚。年轻人的加入，为传统诗词创作注入了旺盛的生命力，诗词的热度正在持久上升。而且，近年来中华诗词的诗教工作发展迅速，截至当前，全国共授予"诗词之市（州）"20个，"诗词之乡"215个，"诗教先进单位"205个。我们所追求的"政

---

[1] 林峰：《中华诗词协会三十年论文选》，北京：中国文史出版社，2017年，第44页。

府行为，社会效果"也初步显现，而且，各地的积极性还在不断增长。①

短短十年，中华诗词学会的会员几乎增加了两倍，全国诗词爱好者增加了一倍，期刊数量翻了近一番。可见改革开放之后诗词发展的迅猛势头。

改革开放以来，在一批诗词人的努力推动之下，诗词创作局面得到了初步恢复，大众参与也变得活跃起来。我们可以将这个与传统文化复兴同步的诗词局面称之为诗词的复兴。这一时期的诗人都拥有一个身份：社会主义新时期的鼓手——这是诗词意见领袖们为广大诗词爱好者事先设定的角色，而大部分诗词创作者和爱好者也都认同这一身份。围绕改革开放展开话题，做改革开放时代人民生活的记录者、歌颂者、鞭策者，以诗词的新式为社会主义文化建设贡献力量，为文化传统的复兴贡献力量，正是基于这一共同目标，我们将这个时代的诗词作者称为文化复兴的一代。

文化传统复兴的一代，一大批意见领袖诞生，如各届中华诗词学会的会长、副会长、理事、顾问们。他们一边创作，一边充当诗坛意见领袖，研究问题、开办讲座、创办刊物、组织活动、探索网络等其他传播方式，以各种方式参与到诗词传播过程中来，这是一个长长的名单。虽然到目前为止，诗词领域还没有产生具有较大影响的意见领袖，但相信随着创作活动的坚持、研究的深入，诗坛迟早会产生具有较大影响的意见领袖们。

4.3.2　20世纪以来诗词作家的身份意见领袖悖论及严重后果

4.3.2.1　作家身份的意见领袖悖论

20世纪中国社会经历了辛亥革命、新文化运动、抗日战争、解放战争、社会主义革命、"文革"、改革开放等大事件，围绕救亡与改革主题形成了风起云涌的精英与民众互动。追随救亡与改革的时代呼声，传统文人和精英勇于改变自己身份，迎接挑战，引领潮流，形成了最具时代精神的新文化运动。然而，传统文人所有"武器"中最能代表他们精神之一的"武器"——传统诗词，却在新文化运动成功之际面临着尴尬的局面。古典诗词作家发现他们陷入了一种身份的悖论，即新文化运动固执地要求他们放弃古典诗词的写作，而旧体诗词创作却已经融进了他们文化的血液，积习难改。在小说、散文轻易改辙易帜的汹涌大潮中，诗词作家身份就像是一个幽灵，它隐身进入潮流中，好像在抗拒，等待着什么。空前的抗战救亡虽然一度改变了这种等待和沉默，但随着社会主义革命和"文革"的降临，诗词作者又一次沉默了，诗词创作也降到了冰点，仅极少数文化领袖还在坚持。这种状态直到改革开放时代才有所缓解。

观察整个20世纪古典诗词作家的身份变迁，我们发现作家的诗词领袖气质经历了一次沉浮，就是从南社的高度意见领袖化，经历新文化运动对诗词领域意见领袖气质

---

①林峰：《中华诗词协会三十年论文选》，北京：中国文史出版社，2017年，第35页。

的削弱，这种削弱在"文革"期间达到顶点，使得"文革"的三大领袖作家在高调的创作面前却保持了理论上的空前低调，到改革开放时期的意见领袖气质重新回归。意见领袖气质的放弃，导致诗词创作的历史低潮，意见领袖气质的回归，则引领了诗词创作的回归。

我们看到，整个20世纪的诗词作者，几乎都是某个领域的领袖、领头人、先行者，然而，这些各行各业的领袖们，在20世纪的大部分时间里，在诗词领域都自动退出了意见领袖位置。发生在20世纪大部分诗词作家身上的这种创作与理性认知的分裂现象，我们将其称之为意见领袖悖论或意见领袖困境。

4.3.2.2 两个严重后果

(1) 诗体创新的停滞

20世纪诗词作家的意见领袖化悖论，发生在启蒙话语最鲜明的时代。救亡和改革的急迫性使得意见领袖们无瑕顾及更为深刻的原因和细节，而将旧体诗与新诗和白话文放在了简单对立的位置。诗词作者意见领袖化困境不仅阻碍了诗词的转型，也阻碍了新诗的发展。虽然在整个20世纪，我们仍然产生了像陈三立、鲁迅、郁达夫、毛泽东、陈寅恪这样杰出的古典诗歌诗人，但是，所有这些作家受制于意见领袖困境，在涉及诗歌发展命脉的诗体创新方面，实际上都裹足不前，并没有取得开创性成绩。

意见领袖悖论制约了诗体的创新，并没有打破明代以来发生在中国诗歌领域的僵化局面，不仅与骚体对四言诗的打破、五言诗对骚体的打破、永明体对自然声律诗的打破、律诗对古诗的打破、词牌对齐言诗体的打破不能相提并论，这些诗体的创新真正在宏观继承的基础上引领了诗歌的创新和发展，就是与从文学角度来看并不特别成功的曲牌体制创新相比，也显得极为不足。

(2) 诗词传播的退化

意见领袖困境的另一个巨大后果是诗词传播功能的削弱和退化。20世纪的整体旧体诗坛，诗歌在传播上主要采取了私人传播的方式，极大影响了诗词对社会的影响。分开来看，诗词传播功能的退化，主要有以下一些表现：

第一，少公开发表。第二，少即时发表。第三，作者自身不重视，少整理。第四，少评论。第五，理论鼓吹为零。第六，不进入文学史叙述。第七，民间创作一度地下化。第八，地方诗词吟诵濒临失传。

旧体诗词的传播退化，在"文革"前后达到了令人心惊的地步。旧体诗词成了无发表、无评论、无关注的"三无产品"，甚至在"文革"期间成为时代嘲笑、排斥、抛弃、反对、打压的对象，不得不进入地下状态。文化领袖们在其中不得不负主要责任。

4.3.3 作家身份意见领袖悖论的解决方案：意见领袖意识自觉

意见领袖意识自觉是解决意见领袖身份悖论，引领诗词文化创新的关键。

南社的兴起，依赖于创始者的革命宣传家的意见领袖意识自觉。陈去病、高旭、柳亚子作为发起人、意见领袖，对于诗词功能有着一定的认知，对于诗词作为革命宣传工具有着明确的自觉。南社会员能够达到1000多人，能够形成古典诗词创作的影响力，皆得益于他们对意见领袖意识的继承。

改革开放以来古典诗词的进步，亦在于作家意见领袖意识的苏醒。诗词活动家和领袖们，如赵朴初、臧克家、叶嘉莹、楚图南、周谷城、叶圣陶、唐圭璋、钱昌照、李锐、程千帆、孙轶青、钟敬文、贺敬之、霍松林、李汝伦、郑伯农、钟振振、郑欣淼等，对于诗词的复兴有着高度的责任心和紧迫感。他们借助于中华诗词学会，利用《中华诗词》学刊，充分利用国家优势，通过授予"诗词之市（州）""诗词之乡""诗教先进单位"等方式来推动诗词的传播和创作的发展。诗坛逐渐涌现出像东湖耕读、长安卖字客、胡云飞、孟依依、蔡世平、熊东遨等一批优秀诗人，正是诗坛意见领袖气质回归带来的最好影响。

当然，目前诗词领域的作家意见领袖化还刚刚起步，离真正的意见领袖化还有很大的距离。其中，还存在两个最大的问题，一是青年作家的意见领袖自觉化，二是青年作家的诗体探索自觉。这两个问题，也是当今诗词领域所有问题的核心。

新文化运动带来的新旧诗的割裂，给旧体诗人们带来的将近一个世纪的意见领袖困境，最好的解决方案，就是作者意见领袖化。真正有才能的作者必须站出来向社会发声，勇于发出自己的意见和倡议，这种意见并不仅仅是某些活动倡议，更可能是一些理论创新与实践，一些源自深层的研究及其结论的自觉实践与倡导。后一种意见领袖形式，也就是对于格律的深层研究，对于新旧诗体的深层差别研究，以及所得规律的应用、倡导、诗体创新，决定着诗词的真正未来。

4.4 论当代诗词的创作困境暨1840年以来诗词精品创作的非格律层面启示

本书的焦点是1840年以来诗词艺术精品暨当代诗词创作非格律层面的艺术思考。所谓非格律层面的艺术思考，就是指格律层面之外的诗词题材、主题、思想、艺术技巧等艺术层面的思考。以下分别探讨当代诗词创作的非格律层面的问题，以及1840年以来诗词艺术精品非格律层面的艺术经验。

4.4.1　当代诗词创作的现状及核心问题

当代诗词创作数量庞大，作者众多，张海鸥在《当代格律诗词四类诗群概观》中列举了学会诗群、自由结社诗群、学院诗群、网络诗群四大诗群①，并在《论大学诗教的模式和意义》中列举了全国各大学存在的几十个诗社②，从中我们可以窥见时下诗词创作的流行。当代诗词创作出现了不少著名写手，其中不乏一些名家，如霍松林、叶嘉莹、厉声教、刘征、包德珍、李汝伦、林从龙、钟振振、星汉、杨逸明、曹长河、陈仁德、胡中行、刘梦芙、檀作文、王翼奇、王蛰堪、魏新河、曾少立、食斋老虎（熊东遨）、蒓鲈归客、燕垒生、伯昏子、胡僧、苏无名、无以为名、李子梨子栗子、青凤、梅云（熊盛元）、颖庐（段晓华）、檀作文、胡马（徐晋如）、赵缺等。他们的创作取得了一些成绩，其中个别作家甚至取得了相当突出的成绩。但是，与庞大的创作群体和创作数量相比，与中国诗词学会近二百万注册者名单相比，这些创作成绩就显得微不足道了。

最保守估计，以中华诗词协会注册会员每人每年10首诗计算，中国诗词学会近二百万会员每年要创作两千万首以上的诗词，而全唐诗才五万多首，这是多么庞大的一个数目。然而，这些大量产生的诗词在整体质量上却非常低下，令人不满意。当代诗词创作存在着诸多不足，理论界已有相当的讨论。

钱明锵在《当前诗作之"八病"及其原因》中，将当代诗词创作的问题归结为"八多八少"：①纪实多，寄托少；②理论多，形象少；③直白多，含蓄少；④概念多，理趣少；⑤写景多，抒情少；⑥形式多，技艺少；⑦应酬多，感人少；⑧文味多，诗味少。③

并从作家修养角度寻找到了六方面原因：①学养问题；②实践问题：指阅历问题；③理论问题：指诗词理论修养；④语言问题；指的是文言功底；⑤诗艺问题；指的是艺术形式规律；⑥思维问题：指的是与散文思维相对立的诗性思维，作者认为这是关键。④

丁芒的《以精品诗词推动中华诗词现代化》以新旧诗两大龙头刊物《诗刊》和《中华诗词》的标准合流现象，从正面提出了改革开放后25年旧体诗发展的三大问题：①偏重继承，拒绝借鉴；②民族化大众化进程蒙蔽了诗人的时代意识和发展观念；③重量不重质。⑤

并且用"十大不如"详细探讨了诗歌创作的艺术细节，实际上是从反面提出了当

---

① 张海鸥：《当代诗词四类诗群概观》，《学术研究》2015年第7期，第139—145页。
② 张海鸥：《论大学诗教的模式和意义》，《韩山师范学院学报》2016年第4期，第92—98页。
③ 参见林峰：《中国诗词学会三十年论文选》，北京：中国文史出版社，2017年，第275页。
④ 参见林峰：《中国诗词学会三十年论文选》，北京：中国文史出版社，2017年，第276—277页。
⑤ 参见林峰：《中国诗词学会三十年论文选》，北京：中国文史出版社，2017年，第248页。

前诗歌创作的十个不足和问题。①着眼（立意）：小不如大；着手（表现）：大不如小；②思路：同不如异（趋同不如立异），套不如创（熟套不如创新）；③抒情主体：众不如个（力避公众化、力求个性化），外不如内（力避浅层次的共性感情的重复，力求内在的真切的感情外溢）；④诗意传达：显不如隐，直不如曲（力避直道其详，力求曲折，暗示）；⑤建构意象：状不如喻（正面描写不如多面映照，直状景物，不如托物比喻）；⑥结构意象（众多意象的有序链接）：密不如松；⑦章法（全诗的内结构）：平不如险；⑧锻炼尾句：实不如虚；⑨格调：正不如反；⑩语言：雅不如俗。①

陶大明在《苏轼诗词艺术对当今诗词创作的启示》中也指出了当前诗词创作存在的四个问题，并且还给出的相应的解决方案：①营养不良之病。表现为内容干瘪，思想浮泛——解决方法为深入现实生活；②无病呻吟之病。表现为使用公众语言、人云亦云，或者矫揉造作，装腔作势，"为赋新词强说愁"，作品没有真情实感，枯燥乏味，不忍卒读——解决方法为诗言志，抒发真性情；③概念化——解决方法为选择合适的意象入诗，用形象创造诗的意境；④僵化死板。表现为题材雷同，抒情"共享"，结构上运用"模块"，语言上大量"复制"——解决方法是不模仿别人，也不重复自己，不断创新，让每一首作品都有独特的审美价值。②

贾丙顺的《网络诗词时代：把握机遇，引领潮流》在研究网络诗词便捷性、互动性、大众性、多样性、信息性五大优势的同时，也指出了"网络诗词的两个不足之处"：①交流的娱乐化。博客兴盛以来，追求博客点击数量，人情式的理解互仿互评，大大降低了网络交流的功能和作用，是网络诗词的最大的弊病；②创作的随意化。过低的发表门槛，使大量诗词诗人涌入博客、论坛、贴吧、微博及QQ空间，作者的水平不一，作品质量也良莠不齐。③

除了上述这些直接指出问题的研究之外，更多的研究从正面提出自己的改革主张，实际上也暗含着对当前诗词存在各种问题的揭示。

纵观上述各种诗词创作问题，形形色色，极其繁多，但真正归纳起来，却只有两个方面的问题：一是思想内容存在问题，包括空洞、浅薄、雷同等各种情形，这是由作者思想修养和社会阅历形成的问题；二是艺术技巧存在问题，表现为格律的不足和形象的不足。格律的不足表现为节律、声律、韵律等方面的问题，这个我们暂不论，形象的不足则表现为缺少形象思维——实际上也就是我们所说的几个层次，从语汇的层面上讲是意象不足，从语句的层面上讲是修辞技巧的缺乏，从篇章的层面上讲则是意境缺失——意象、修辞技巧、意境整体上构成了所谓的诗味——这是由作家的艺术修养导致的问题。

我们将这些问题制成图4-6，方便大家观察它们之间的逻辑关系。

---

① 参见林峰：《中国诗词学会三十年论文选》，北京：中国文史出版社，2017年，第249—251页。
② 参见林峰：《中国诗词学会三十年论文选》，北京：中国文史出版社，2017年，第560—563页。
③ 参看林峰：《中国诗词学会三十年论文选》，北京：中国文史出版社，2017年，第593页。

律的种类
- 思想内容问题（主题题材立意）
  - 无思想表达——空洞
  - 思想薄弱——浅薄
  - 思想重复——雷同、陈旧
  - （与作家的思想修养、社会阅历相关）
- 艺术技巧问题
  - 诗歌形象问题
    - 从语汇层面上讲：意象不足
    - 从语句层面上讲：修辞技巧不足
    - 从篇章层面讲：意境缺乏
  - 诗歌声音问题（即格律问题）
    - 韵律问题：押韵
    - 声律问题：平仄
    - 节律问题：齐杂言诗体构造
    - 语体对格律形成的影响
  - （与作家的艺术天赋、艺术修养相关）

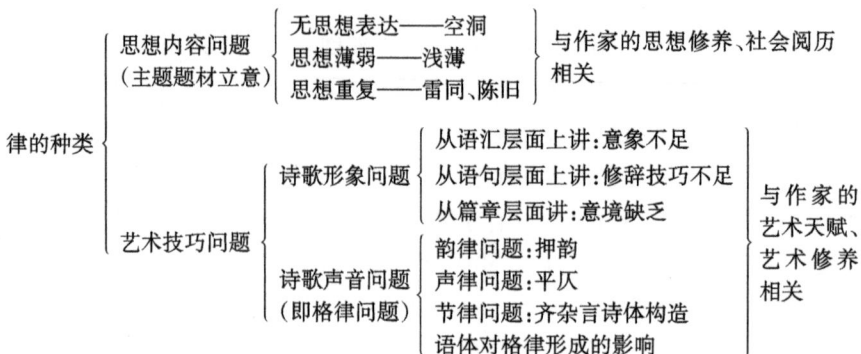

图4-6　律的种类

四个作家提出的关于诗词创作问题的六种看法都是基于直觉，从各时期实际出发挑选出的诗词面临的问题来看，这些问题总体基本覆盖了树图中的所有问题，但显然每一家的看法都没有这么全面。

如钱明锵提出的"八多八少"问题，其中⑤⑦对应思想内容问题，①、②、③、④、⑥对应艺术技巧问题，⑧"文味多，诗味少"则属于综合性问题。思想内容问题中的⑤"写景多，抒情少"，⑦"应酬多，感人少"，分别对应的是树图中"思想空洞"和"思想内容重复"条。艺术技巧问题中国的②"理论多，形象少"、④"概念多，理趣少"对应的是树图中的意象层面问题，①"纪实多，寄托少"和③"直白多，含蓄少"对应的是意象、语句修辞、整体意境三个层面的共同问题，⑥"形式多，技艺少"估计侧重于说"技艺少"，但说法有语病。

钱明锵又从六个方面讨论了创作问题存在的原因。其中，②"实践问题：指阅历问题"对应树图中的思想内容问题，③"理论问题"、⑤"诗艺问题"对应的都是艺术技巧问题，④"语言问题"实际上仍然是意向层面、语句修辞层面、意境层面问题的综合表现，至于①"学养问题"则非常笼统，几乎涵盖一切。实际上，作者的提法是非常缺乏逻辑考量的。

丁芒提出的三大问题也是非常宏观的笼统的。①"偏重继承，拒绝借鉴"与②"民族化大众化进程蒙蔽了诗人的时代意识和发展观念"实际上是一个事物的两个方面，都是由思想修养、社会阅历造成的创作思想内容重复问题，③"重量不重质"则主要对应艺术技巧缺乏的问题。

丁芒另提出了"十大不如"观念，对创作艺术的细节进行了全面的辩证。实际上相当于提出了十条细节化的创作艺术问题。其中，①②③对应的都是树图中的思想内容问题：①"着眼（立意）：小不如大；着手（表现）：大不如小"讲主题要大，题材要细，对应的是思想内容空洞的问题，讲的是避免空洞之法。②"思路：同不如异，套不如创"，基本上也对应的是思想内容重复问题，讲的是避免重复之法。③"抒情主体：众不如个，外不如内"，对应的是"思想内容重复问题"，讲的是仍然是避免重复问题，但讲得比较虚。④⑤⑥⑦⑧讲的都是艺术技巧问题。④是总讲，其余是分讲。⑤⑥⑦⑧讲的问题是对的，但作者的意见却似是而非，没能抓住要点。⑤"建构意象：状不如喻"，讲建构意象问题，问题是好的，解决方法"状不如喻"却太细小。⑥"结构意象（众多意象的有序链接）：密不如松"对应语句修辞格问题，提出的要求"密不如松"却是没有什么道理。⑦"章法（全诗的内结构）：平不如险"，讲的是意境塑造问题，但"平不如险"的提法除了可以避免重复之外，并没有多大作用，因为艺术结构是允许甚至鼓励模仿的，允许有奇有正的；⑧"锻炼尾句：实不如虚"对应语句的修辞，同时也兼顾讲到结构问题，但"实不如虚"的提法很是模糊，要么是表达不清，要么是错误的思考——因为对尾句的要求是意犹未尽，以有限之象喻无限之意，这个象未必就要求虚，很多时候以景物作结，就不能说是虚的。④"诗意传达：显不如隐，直不如曲"讲的是"艺术技巧"问题，实际上只是艺术技巧的自然效果，不是单独能够追求的东西——只要追求意象、修辞格运用，意境塑造，在表达上就自然趋近于"以象言意"的诗性表达，与散文语言的比较来看，自然就是"隐、曲"含蓄了，含蓄是诗歌语言不同于散文的自然特征，哪怕是那些脱口而出，肆发天然的诗歌，也绝对不是直白的散文语言可以趋及的。⑩"语言：雅不如俗"讲的是综合性的语言问题，但"雅不如俗"的提法并没有什么道理，诗歌对于雅俗并没有特别的专注，如果一定要说有，那相对于散文诗歌总是趋近于"雅"一些。至于⑩"格调：正不如反"则不知所云，格调的本意是指格律和声调之律即声律，总的指向是指向声音层面的趣味的，对应的是格律的问题，但"正不如反"却不知所指何意，因为格调只有好坏、高低，并无正反之分。总的来讲，这"十大不如"的提法，在逻辑上更加不成体系，提出的问题虽然存在，但作者给出的答案却往往似是而非，禁不起推敲。

陶大明提出当代诗词创作存在四个问题：①营养不良之病；②无病呻吟之病；③概念化；④僵化死板。其中"无病呻吟"指的是思想内容问题，"概念化"指的艺术技巧中的意象缺乏问题，其他两条"营养不良""僵化死板"则只是思想内容问题和艺术技巧问题共同形成的结果，是两个综合性的问题。

贾丙顺提出来网络诗词的两个问题是①交流的娱乐化；②创作的随意化。其中"交流的娱乐化"表述不是很恰当，实际上应该为"交流功能的庸俗化"，如随意恭维、追求利润最大化等，它对应的是树图中的与作家思想、作家修养相关的思想内容诸种问题。"创作的随意化"条，则对应的是艺术技巧问题，随意化本身并没有大错，但由随意化带来的不是艺术技巧的革新，而是艺术技巧的缺失，这却是不能容忍的。

从以上六组诗词问题来看，实际产生的诗词创作问题基本上都出现在上述树图中，这些问题集中起来看非常全面地覆盖了树图各部分。所以说树图基本上从理论角度说明了所有可能出现的问题。从这个角度看，当代诗词创作出现的问题严重而普遍，涉及了诗词创作的思想内容和艺术技巧的各个方面，要解决这些问题，非得有非常宏观的理论认识和深刻而有效的解决方法不可。

4.4.2　1840年以来的诗词精品：目见1840年以来绝妙诗词

"目见1840年以来绝妙诗词"为笔者所选，选录笔者多年以来观摩旧诗所最叹赏、最钦慕者，凡300余首，谓之绝妙好诗。凡诗，初见即豁人耳目，再读则沁人心沛，百读而不厌，使人流连，使人生出此诗怎不为我所出之怅惘，则真好诗，即我所选诗的标准。至于选诗原因，主要是因为所见选本，多不如自己意，例如：

汪辟疆的《光宣诗坛点将录》、钱仲联的《浣花诗坛点将录》《顺康雍诗坛点将录》《道咸诗坛点将录》《近百年诗坛点将录》《近百年词坛点将录》《南社吟坛点将录》《阳光撒满五·七路——五·七干校诗选》（北京：人民文学出版社，1975年）、光明日报文艺部的《东风日体诗词选》（北京：光明日报出版社，1985年）、叶元章、徐通翰的《中国当代诗词选》（南京：江苏文艺出版社，1986年）、华钟彦的《五四以来诗词选》（开封：河南大学出版社，1987年）、唐康伯、马牧的《当代中华诗词选》（兰州：甘肃人民出版社，1989年）、毛谷风的《当代八百家诗词选》（杭州：浙江大学出版社，1990年）、龚依群、林从龙、田培杰的《当代诗词点评》（郑州：中州古籍出版社，1991年）、毛谷风的《20世纪名家诗词钞》（上海：华东师范大学出版社，1993年）、宫宝安、姚莹主编的《当代诗词撷英》（郑州：中州古籍出版社，1994年）、姜耕玉的《世纪汉语诗选》（上海：上海教育出版社，1999年）、毛大风、王斯琴的《近百年诗钞》（长沙：岳麓书社，1999年）、陈村的《网络诗三百》（郑州：大象出版社，2002年）、刘国正、杨金亭的《现当代旧体诗词诵读精华》（北京：人民教育出版社，2004年）、毛谷风的《当代百家诗词钞》（北京：新华出版社，2004年）、钱理群、袁本良的《20世纪诗词注评》（桂林：广西师范大学出版社，2005年）、毛谷风的《近百年七绝精华录》（北京：中国电影出版社，2006年）、张弛的《当代中国诗词十八家》（天津：天津教育出版社，2011年）、中华诗词学会、林峰的《中华诗词学会三十年诗词选》（北京：中国文史出版社，2017年）、老枭、饶惠熙的《当代诗词精萃》（千禧卷）、萧瑶的《当代诗词精粹：新纪卷》、郑万才的《千家诗词》（第一卷、第二卷）、苏无名的《网络诗坛点将录》、黄后谷的《当代诗坛点将录第二版》。

这些选本或选篇博杂，体量庞大，或标准宽泛，非尽重艺术，不甚合我心意。谓之目见，则是因为1840年以来诗词作品浩如烟海，欲为总集全观，实非一人所能，大约而言，1905年废除科考以前的文人，几乎没有不会写诗的，多少人留存诗稿，实难统计，而这些人的活动几乎占据了大半个20世纪；新文化运动以后，旧体诗词写作人虽有减少，然家学传承、私塾传承、文科类学校的传承，亦造就了一批旧体诗人；至于改革开放之后，得力于意见领袖的鼓吹，仅中华诗词学会的注册人数就有近二百万人，网络诗人，更是多如牛毛，则大量的当代作品，恐亦难于爬梳。故仅能曰目见。

4.4.3　1840年以来诗词精品的非格律层面的艺术经验

以下考察1840年以来诗词精品在非格律层面的艺术特性，考察的因素包括思想（立意、构思）、主题、题材、具体艺术技巧等各个方面（当然，有些艺术技巧同时包含形象塑造与格律塑造，如对仗，讨论时也无法完全摒弃格律因素影响，只有尽量侧重于探讨其非格律层面，至于格律层面的探讨留待前后的专文）。我们将考察名目制成表4-2。

表4-2　1840年以来300篇诗词精品主题、题材、名句、名句艺术技巧统计

作者	篇名	体裁	主题、题材	名句	名句艺术技巧	类型
龚自珍	己亥杂诗一二五	七绝	咏时	我劝天公重抖擞，不拘一格降人才。		呼告
	己亥杂诗其五	七绝	羁旅	落红不是无情物，化作春泥更护花。		比喻
	咏史	七律	咏史	避席畏闻文字狱，著书都为稻粱谋。	对仗	
林则徐	赴戍登程口占示家人二首	七律	咏怀	苟利国家生死以，岂因祸福避趋之。	对仗	
李鸿章	临终诗	七绝		海外尘氛犹未息，诸君莫作等闲看。		呼告
陈宝琛	落花诗其一	七律	咏物	繁华早忏三生业，衰谢难酬一顾知。	对仗	
	感春四首其一	七律	咏怀	输却玉尘三万斛，天公不语对枯棋。	比喻	
陈三立	十一月十四夜发南昌月江舟行	五绝	纪行	明月如茧素，裹我江上舟。	比喻	
	园居看微雪	五律	写景	冻压千街静，愁明万象前。	对仗	
	晓抵九江作	七律	纪行	合眼风涛移枕上，抚膺家国逼灯前。鼾声临榻添雷吼，曙色孤篷漏日妍。	对仗	
王国维	浣溪沙·山寺微茫背夕曛	小令	登临	偶开天眼觑红尘，可怜身是眼中人。		哀叹
	六月二十七日宿硖石	七律	纪行	人生过处唯存悔，知识增时只益疑。	对仗	
	蝶恋花·阅尽天涯离别苦	中调	言情	最是人间留不住，朱颜辞镜花辞树。		哀叹
梁启超	读陆放翁集四首	七绝	论艺诗	集中什九从军乐，亘古男儿一放翁。		赞叹
谭嗣同	狱中题壁	七绝	绝命诗	我自横刀向天笑，去留肝胆两昆仑。		夸张；比喻
	有感	七绝	咏时	四万万人齐下泪，天涯何处是神州。		夸张；哀叹
释敬安	题寒江钓雪图	五绝	题画诗	鱼嚼梅花影。	拟人	
	梦洞庭	五律	山水诗	昨夜汲洞庭，君山青入瓶。倒之煮团月，还以浴繁星。		夸张
李叔同	送别	自度词	送别	人生难得是欢聚，唯有别离多		
曾朴	寄沈北山	七律	酬赠诗	刘蕡下第文章贵，阮籍穷途涕泪多。	对仗	
谭献	鹧鸪天·绿酒红灯漏	中调	言情	腰支眉黛无人管，百种怜侬去后知。		哀叹

续表

作者	篇名	体裁	主题、题材	名句	名句艺术技巧	类型
郑孝胥	买花二首　其一	五绝	言情	春来当自惜,莫惜买花钱。		呼告
	南京节署西园	七绝	写景	开窗惊散幽禽语,一夜春寒欲过桥。		白描;借代
	南皮尚书急招入鄂雪中过芜湖	七绝	言志	冲寒不觉衣裘薄,为带忧时热泪来。		虚比
	过眼二首其二	七绝	咏怀	江头蓬鬓扁舟去,留取秋波一段孨。	比喻	
	四月十一夜步江岸	七绝	抒怀	可惜无人共奇夜,清寒著袂倚茫茫。		
	四月廿七日晨起	七绝	咏怀	人生几许蓍腾味,看尽西廊晚照明。		
	答多竹山其一	七绝	酬答	风流云散吾侪在,绝爱城西旧雨轩。		
	坐忘	七绝	写景	暮色平林深尔许,却留高柳染斜阳。		白描
	题雷峰塔经卷	七绝	抒怀	劫后遗民吾尚在,却看孤塔过辽阳。		白描
	重九其二	七绝	登临	俯视中原三万里,不妨抱膝过重阳。		细节
	薛庐同子朋待月	七律	咏怀	平生已畏论怀抱,湖海何缘识姓名? 与君晚遇良非浅,小待梅梢好月生。	对仗	
	九日	七律	咏怀	半生重九人空许,七十残年世共轻。	对仗	
	东坡生日集翁铁梅斋中	七律	咏怀	酒半题诗忘客去,香中读画爱梅肥。 聚山楼外山能识,只欠相携看夕晖。	对仗	
孙中山	无题	七绝	言志	顶天立地奇男子,要把乾坤扭转来。		呼告
袁世凯	和子希塾师游园韵	七律	咏怀	一池花雨鱼情乐,满院松风鹤梦闲。	对仗	
	自题渔舟写真	七律	咏怀	思量天下无磐石,叹息神州变缺瓯。	对仗	
苏曼殊	本事诗	七绝	写怀	芒鞋破钵无人识,踏过樱花第几桥?		设问
	淀江道中口占	七绝	写景	赢马未须愁远道,桃花红欲上吟鞭。		白描
	以诗并画留别汤国顿二首其一	七绝	赠答	国民孤愤英雄泪,洒上鲛绡赠故人。		夸张
柳亚子	元旦感怀	七律	言志	理想飞腾新世界,年华孤负好头颅。	对仗	
秋瑾	黄海舟中日人索句并见日俄战争地图	七律	言志	拼将十万头颅血,须把乾坤力挽回。		呼告
	秋海棠	七绝	咏物诗	平生不借春光力,几度开来斗晚风。	比喻	
	鹧鸪天·祖国沉沦感不禁	中调		关山万里作雄行。		夸张
鲁迅	自题小像	七绝	言志	寄意寒星荃不察,我以我血荐轩辕。		呼告
	自嘲	七律	咏怀	横眉冷对千夫指,俯首甘为孺子牛。	对仗	
	惯于长夜过春时	七律	咏时	忍看朋辈成新鬼,怒向刀丛觅小诗。	对仗	
	答客诮	七绝	言情	无情未必真豪杰,怜子如何不丈夫。	对仗	
	赠画师	七绝	赠答	愿乞画家新意匠,只研朱墨作春山。		呼告
	题三义塔	七律	题塔	度尽劫波兄弟在,相逢一笑泯恩仇。		夸张
周恩来	大江歌罢掉头东	七绝	咏怀	面壁十年图破壁,难酬蹈海亦英雄。		夸张
汪精卫	被逮口占四绝	五绝		慷慨歌燕市,从容作楚囚。引刀成一快,不负少年头。		感叹
	晓烟	七绝	写景	记得江南烟雨里,小姑鬟影落春澜。		白描

作者	篇名	体裁	主题、题材	名句	名句艺术技巧	类型
汪精卫	红叶	七绝	写景	得似武陵三月暮，桃花红到野人庐。		白描
	朝中措	小令	咏怀	为问青山绿水，能经几度兴亡？		哀叹
郁达夫	钓台题壁	七律	题壁	曾因酒醉鞭名马，生怕情多累美人。	对仗	
	梦醒枕上作	七律	咏怀	私家礼乐麟毛少，乱世文章马骨轻。	对仗	
闻一多	废旧诗六年矣复理铅椠记以绝句	七绝	论艺诗	唐贤读破三千纸，勒马回缰作旧诗。		夸张
胡适	今日忽甚暖，大有春意，见街头有推小车吹箫卖饧者，占一绝记之	七绝	写景	最爱暖风斜照里，一声楼外卖饧箫。		赞叹
	陶渊明与他的五柳	七古	咏史	先生吟诗自嘲讽，笑指篱边五株柳。看他风里尽低昂，这样腰肢我无有。	象征	
刘大白	无题戏嘲粉衫	七绝	言情	断霞双颊微微露，知是羞红是酒红？		反问
	袁祸叹			狗子性同无碍佛，狙公身亦可怜虫。	对仗	
	浣溪沙　送斜阳	小令	写景	几点早星明利眼，一痕新月细于眉。	对仗	
丘逢甲	春愁	七绝	咏时	四百万人同一哭，去年今日割台湾。		夸张
王鹏运	浣溪沙·题丁兵备丈画马	小令	题画诗	空阔已无千里志，驰驱枉抱百年心。	对仗	
朱祖谋	乌夜啼·同瞻园登戒坛千佛阁	小令	登临	吹不断，黄一线，是桑干，又是夕阳无语下苍山。	拟人	
郑文焯	浣溪沙·从石楼石壁往来邓尉山中	小令	纪行	山果打头休论价，野花盈手不知名。	对仗	
况周颐	浣溪沙	小令	咏怀	坐深愁极一沾衣。	比喻	
文廷式	翠楼吟·岁暮江湖，百忧如捣，感时抚己，写之以声	长调	咏怀	一笴，能下聊城，算不如呵手，试拈梅朵。		白描
吉鸿昌	就义诗	五绝	就义诗	国破尚如此，我何惜此头。		呼告
瞿秋白	江南第一燕	七绝	言志	我是江南第一燕，为衔春色上云梢。	夸张	比喻
夏明翰	就义诗	五绝	就义诗	杀了夏明翰，还有后来人。		呼告
于右任	国殇	骚体	海峡诗	葬我于高山之上兮，望我大陆。		呼告
于右任	故山别母图	七绝	怀乡诗	珍重画图传一别，故山长望白云深。		闪拼
陈寅恪	忆故居	七律	咏怀	一生负气成今日，四海无人对夕阳。	对仗	
	辛丑（一九六一）七月雨僧老友自重庆来广州承询近况赋此答之	七律	咏怀	留命任教加白眼，著书唯剩颂红妆。	对仗	
	丙申六十七岁初度晓莹置酒为寿赋此酬谢	七律	酬答	平生所学供埋骨，晚岁为诗欠砍头。	对仗	
	贫女	七绝	讽时	幸有阿婆花布被，挑灯裁作入时衣。	比喻	
	南朝	七律	咏怀	苍天已死三千岁，青骨成神二十秋。	对仗	

续表

作者	篇名	体裁	主题、题材	名句	名句艺术技巧	类型
钱钟书	阅世	七律	咏怀	对症亦知须药换,出新何术得陈推。	对仗	
毛泽东	沁园春雪	长调	咏物	江山如此多娇,引无数英雄竞折腰。	拟人	夸张
	沁园春·长沙	长调	咏怀	指点江山,激扬文字,粪土当年万户侯。		夸张
	忆秦娥·娄山关			苍山如海,残阳如血。	对仗	
	采桑子·重阳	小令	咏怀	战地黄花分外香。		夸张
	卜算子·咏梅	小令	咏物	待到山花烂漫时,她在丛中笑。	比喻	
	为女民兵题照	七绝	写人	中华儿女多奇志,不爱红装爱武装。		赞叹
	人民解放军占领南京	七律	咏时	宜将剩勇追穷寇,不可沽名学霸王。	对仗	
	到韶山	七律	咏怀	为有牺牲多壮志,敢教日月换新天。	对仗	
陈毅	梅岭三章其一	七绝	绝命诗	此去泉台招旧部,旌旗十万斩阎罗。		呼告
	冬夜杂咏青松	五绝	咏物	大雪压青松,青松挺且直。		白描
叶剑英	八十抒怀	七律	言志	老夫喜作黄昏颂,满目青山夕照明。		白描
潘受	济南杂诗五首其一	七绝	咏物	济南大气东坡似,出地皆奇万斛泉。	比喻	
	燕京杂诗六首选三	七绝	咏时	五百健儿喜峰口,记将血肉补长城。	比喻	
	燕京杂诗六首选三	七绝	咏时	独倚长城高处望,万山如戟护居庸。	比喻	
	徐悲鸿梅花篦面为百扇斋主人题	七绝	题画诗	胡尘一角钟山远,揽泪天涯展对时。		白描
陶铸	赠曾志	七律	题赠	如烟往事俱忘却,心底无私天地宽。	通感	
臧克家	老黄牛	七绝	言志	老牛亦解韶光贵,不待扬鞭自奋蹄。		象征
启功	自题新绿堂图	七绝	题画诗	改柯易叶寻常事,要看青青雨后枝。		象征
	一九九四年元日口占	七律	咏怀	多病可知零件坏,得钱难补半生贫。	对仗	
	心脏病发,住进北大医院,口占四首	七律	咏怀	写字行成身后债,卧床聊试死前休。	对仗	
	偕友人行经西压桥听谈北海旧游	七律	咏怀	如今西压桥边路,添得铿然杖一枝。		细节
黄侃	庚戌六月廿七日深夜作	七律	咏怀	顿悟华年非旧日,偶因闲夜溯平生。	对仗	
胡蕴	次疢依韵	七律	咏怀	读书自辨千秋业,忧世难捐一段情。	对仗	
胡韫玉	晓行黄浦	五律	纪行	雨余江气润,风动市声高。	对仗	
李大钊	玉泉流贯颐和园墙根,潺潺有声,闻通三海	七绝	讽时	只今犹听宫墙水,耗尽民膏是此声。		比喻
朱帆	犬年有感	七律	讽时	鼎中菹醢知多少,岂止儒为席上珍。	比喻	
	席间遇当年红卫兵	七律	咏时	何妨此夜斟鸡尾,忘却当年砸狗头。	对仗	
王玉臻	秋感之三	七律	咏怀	迟眠不觉诗吟苦,减饭每因民讼忧。	对仗	
李汝伦	中华词诗学会成立有感(二首)	七绝	讽时	率土之滨皆王土,普天之下一毛诗。	对仗	

续表

作者	篇名	体裁	主题、题材	名句	名句艺术技巧	类型
蔡世平	生查子·花月春江	小令	言情	四月杏花天，花月春江嫩。	比喻	
	卜算子。静夜思	小令	言情	寸寸相思涉水来，枕上波澜冷。	比喻	
徐绚	诗人如鲫	七绝	讽时	诗人如鲫过江多。	比喻	
熊东遨	壶口观黄河	七绝	讽时	莫道年年流量减，应知不减是声威。		感叹
	雨中游赤壁陆水湖同李锐周笃文王澍诸老	七绝	山水	只有湖山无世态，四时晴雨不因人。		拟人
	题少农兄《秋菊图》	七绝	题画诗	人间有物皆知己，开到秋深莫谓迟。		拟人
	剑门道中与诸子	七绝	纪行	能共青山相耳语，此身何是不须猜。		拟人
	闲居二首其一	七律	咏怀	峰甘冷落和云隐，水爱清闲抱月流。文字心裁休问价，松筠手种自宜秋。多情最是春归燕，日夕衔香到小楼。	对仗	
	闲居二首其二	七律	咏怀	虹因雨现终难久，峰被云遮不失高。	对仗	
杨启宇	挽彭德怀元帅	七绝	挽人	冢上已生三宿草，人间始重万言书。	对仗	
长安卖字客	晚聚	五古	田园	东林月初上，解酒有甜瓜。		白描
	花贩	五绝	写人	将夜归路远，君请买一枝。		呼告
东湖耕耘	黄山揽胜六首选一·太平湖	七绝	山水	西施未嫁人初见，淡淡妆成不解愁。	比喻	
	江城名胜杂咏六首选一·莲花湖	七绝	山水	片月孤云贪看久，一湖碧水是明眸。	比喻	
泛雪公子	浣溪沙·家乡	七绝	山水	两岸青山儒子面，一江碧水女儿容。	对仗	
	烟花	七绝	咏物	梅花塞北芳踪绝，敢做迎春第一婷。		拟人
叶伴霜飞	无题	七绝	山水	平生不借西湖伞，辜负江南雨一蓑。		曲喻
露很白	书网上	七律	咏怀	好花教放秋英后，良木宜生月桂旁。	对仗	
李骏涛	浣溪沙	小令	言情	花不知名如过客，燕曾相识问归期。	对仗	
西祠梦天	远望	七律	纪行	红尘碗里东坡肉，世味杯中大理茶。	对仗	
	2013元日观雪	七律	咏怀	岂因一醉成名士，但请三征建骏功。	对仗	
方礼刚	城中吟三首其二	七绝	咏春	忽见一株梨染雪，始知春到不喧哗。		拟人
	琼苑校园秋色	七律	咏怀	闲成水竹云山主，静得春花秋月权。	对仗	
叶植盛	感时呈友			世事多如塞翁马，人情半是叶公龙。悭贫偏爱管城子，论旧谁疏孔方兄。	对仗	
赵仁珪				天公画罢曾濡笔，染得群山五彩柔。		比喻
				花不知名各有色，水无定性自成溪。	对仗	
	游婺源诸古村			桥头聆逝水，遥想羲皇人。		
叶嘉莹	临江仙	中调	咏怀	惟余乡梦未全删。故园千里隔，休戚总相关。		借代
周燕婷	浣溪沙·接约	小令	言情	几许心期轻错误，一丝情份暗收藏。黄昏渐近渐彷徨。		细节

续表

作者	篇名	体裁	主题、题材	名句	名句艺术技巧	类型
侯孝琼	百家湖山庄	七绝	讽时	连云可叹多华屋，不是平常百姓家。		感叹
	鹧鸪天·感怀	中调	咏怀	风风雨雨纻衣宽。		象征
杨贵全	阳春曲 下班途中	曲牌	讽时	警笛蓦地叫呜呜，人悄悄：来了大公仆。		细节
王巨农	鹧鸪天	中调	写人	难求仙赐延生药，怕看箱藏待殓衣。	对仗	
孟依依	虞美人二首其一	中调	言情	可能还有忆君时？惆怅那时颠倒那时痴。		复沓
	虞美人二首其二	中调	言情	他生他世莫重逢，莫累他年他月复愁中。		复沓
	宴清都	长调		君对伊、知是思我？怜我？怨我？忘我？		复沓
	无题其一	七律	言情	红颜莫问如前否，细柳相看已十围。		夸张
	无题其二	七律	言情	一世相逢惟一瞬，秦楼夜夜望姑苏。		夸张
	无题其三	七律	言情	油壁车回悲失路，断肠诗写到无题。	对仗	
	无题其四	七律	言情	今世不遗兰芷珮，来生犹系绿罗裙。	对仗	
嘘堂	舞会记忆	五古	长篇叙事诗	夜寂桐风缓，校舍舞步旋。		
碰壁斋主	采莲曲	七言歌行	言情	隔莲相望日斜斜，唢呐吹过莲塘去。	双关	
	六月九夜至天涯，见有人贴西洲曲并莲花图，读之不禁，随手记于跟贴中	五古	言情	少年闻莲来，中年望莲泣。不知明日老，莲叶向谁碧。		复沓
种桃道人	岁晚思梅	七律	咏怀	无成何必言清己，不俗徒然号丈夫。	对仗	
胡云飞	书愤	七律	咏怀	身外由他屠户眼，镜中愧我少年头。	对仗	
	春感十首次丘仓海韵其八	七律	咏时	时局无人非一日，江山有辱待从头。	对仗	
	戏咏五四，亦用义山曲江韵回寄乖崖	七律	咏史	启蒙革命皆虚话，不抵金钱学问多。		感叹；虚比
	西港海滩独坐游东绝句四章其三	七绝	咏怀	山树停云闲似痹，岸沙堆雪细无棱。	对仗	
	一纸行	七古	咏时	百人姓名一纸承		
	儿歌行	七古	咏时	朝持弹弓唱出门，相逗飞鸟到黄昏		
	忠犬行	七古	咏时	忠犬虽在主难求，怪乎犬吠世不古		
	贺新郎	长调	言情	握此嶙峋手。是曾经，引儿学步、喂糜儿口。		细节
统计					对仗56比喻	

从考察结果看，很容易看出1840年以来的精品好诗，总体上具有以下一些突出倾向：一是普遍尚明志，二是普遍重名句，三是名句多出对仗，四是以短小为宗。以下分述之。

4.4.3.1　尚明志

统计1840年以来精品诗词的主题倾向，主要有明志、言情、山水情怀三类，其中明志占据半壁江山，山水情怀其次，言情则极少，集中在改革开放以来的一些作品中。这种局面与整个古典诗歌诗言志的传统一脉相承，同时也与1840年以来救亡与改革时代主题相吻合。

1840年以来，在读者口中传诵最广的诗句，多与咏怀明志相关，大家耳熟能详的"我劝天公重抖擞，不拘一格降人才""苟利国家生死以，岂因祸福避趋之""我自横刀向天笑，去留肝胆两昆仑""寄意寒星荃不察，我以我血荐轩辕""横眉冷对千夫指，俯首甘为孺子牛""数风流人物，还看今朝"等，都是最典型的例子。

如果从题材的角度看，就更容易看到这个特点。与明志相关的题材主要有以下几类。

（1）血泪写成的绝命诗

血泪写成的绝命诗，作为生命的最高咏叹，是明志诗歌的最高表现。整个1840年以来，为救亡与革命，仁人志士抛头颅、洒热血，写下了可歌可泣的历史，谭嗣同、吉鸿昌、夏明翰、陈毅等人，都留下了令人肃然起敬的绝命诗，为中华民族精神注入了最宝贵的血液。

面对晚清政府对戊戌变法君子的捕杀，谭嗣同在北平家中留下了"我自横刀向天笑，去留肝胆两昆仑"的呐喊；面对国民党政府的残酷镇压，夏明翰在汉口余记里发出了"杀了夏明翰，还有后来人"的宣言；面对蒋介石政府的倒行逆施，吉鸿昌在北平监狱留下了"国破尚如此，我何惜此头"的壮语。这些仁人志士以鲜血浇灌的诗歌，表达了革命志士保家卫国、追求理想、不畏牺牲、前赴后继，舍生取义、杀身成仁的伟大志气，成为了中华民族永远的精神财富。

（2）咏怀诗中直接的言志诗

1840年以来，这类诗歌非常多。受儒家思想的积极影响，诗言志、以诗明志成为所有儒家知识分子或从儒家文化中走出来的知识分子的自然选择。在国家衰败、民族存亡之际，几乎所有仁人志士都接受了修齐治平思想影响，都义无反顾地参与到时代大变革中来，并且自然而然拿起了他们最习惯的武器之———诗歌。这类明志诗歌既是宣言，也是自勉：作为宣言，它们是革命志士呼朋唤友、启发民志的工具；作为自勉，它们则是革命志士在漫漫长夜，在残酷征途中激励自己、鞭策自己的最有效工具。

几乎所有1840年以来的著名诗人，都留有言志篇作，其中涌现出名篇如：

> 龚自珍的"我劝天公重抖擞，不拘一格降人才"
> 林则徐的"苟利国家生死以，岂因祸福趋避之"

曾国藩的"男儿未盖棺，进取何能料"

陈三立的"明月如莹素，裹我江上舟"

郑孝胥的"冲寒不觉衣裳薄，为带忧时热泪来"

袁世凯的"只等毛羽一丰满，飞下九天拯鸿哀"

孙中山的"顶天立地奇男子，要把乾坤扭转来"

苏曼殊的"蹈海鲁连不帝秦"

秋瑾的"拼将十万头颅血，须把乾坤力挽回"

鲁迅的"寄意寒星荃不察，我以我血荐轩辕""横眉冷对千夫指，俯首甘为孺子牛"

胡适的"先生吟诗自嘲讽，笑指篱边五株柳：看他风里尽低昂，这样腰肢我无有"

周恩来的"面壁十年图破壁，难酬蹈海亦英雄"

瞿秋白的"我是江南第一燕，为衔春色上云梢"

于右任的"葬我于高山之上兮，望我大陆"

陈寅恪的"一生负气成今日，四海无人对夕阳""平生所学供埋骨，晚岁为诗欠砍头"

毛泽东的"粪土当年万户侯""数风流人物，还看今朝""天生一个仙人洞，无限风光在险峰""为有牺牲多壮志，敢教日月换新天"

陈毅的"大雪压青松，青松挺且直"

叶剑英的"老夫喜作黄昏颂，满目青山夕照明"

陶铸的"如烟往事俱忘却，心底无私天地宽"

臧克家的"老牛也解韶光贵，不待扬鞭自奋蹄"

启功的"改柯易叶寻常事，要看青青雨后枝"

胡蕴的"读书自辨千秋业，忧世难捐一段情"

王玉臻的"迟眠不觉诗吟苦，减饭每因民讼忧"

熊东遨的"虹因雨现终难久，峰被云遮不失高""人间有物皆知己，开到秋深莫谓迟""能共青山相耳语，此身何是不须猜"

泛雪公子的"梅花塞北芳踪绝，敢做迎春第一妗"

西祠梦天的"岂因一醉成名士，但请三征建骏功"

方礼刚的"忽见一株梨染雪，始知春到不喧哗""闲成水竹云山主，静得春花秋月权"

叶嘉莹的"惟余乡梦未全删。故园千里隔，休戚总相关"

侯孝琼的"风风雨雨纻衣宽"

胡云飞的"时局无人非一日，江山有辱待从头"

潘乐乐的"入眼但能多我辈，论才岂必让前贤""但得青山归倦羽，不辞白发读奇书""歧路生涯亦何悔，一车随意入名山"

> 象皮的"至死难将贪作友，从来只认泊为朋"
> 俗夫的"借得大漠黄沙月，重照秦淮旧板桥"
> 龙洲剑客的"冷眼凌烟官学士，识他几个读书人？"
> 赵仁珪的"由他睡梦归车稳，正我推敲选韵迟"

这种言志的传统，从1840年一直延续到当代，不仅未曾因为时事重任而有稍熄，反而成为近现代诗词最亮丽的名片，撑起了近现代诗词的审美担当，成为最受推崇的思想表现。这是非常值得当代诗家注意的现象。

（3）咏怀诗歌中的间接的明志

大量咏怀诗中的间接明志，构成了比直接言志诗更广泛的存在。

咏怀诗词书写的情怀都非常复杂，甚至很多怀才不遇、国事难为的感慨牢骚，但就是在这表面消极的情绪之下，却跳动着一颗颗忧时忧世、思家卫国之心，间接表达着作者不同流俗、愤然自立的情怀志向，这构成了明志诗歌中最广泛的一部分。如龚自珍的名句"凭君且莫登高望，忽忽中原暮霭生"，这情感是哀飒的，然而跳动的忧国之志却是动人的；"此生欲问光明殿，知隔朱扃几万重"，情绪是低沉的，传递的对光明的追求却是强烈的。陈宝琛的名作"繁华早忏三生业，衰谢难酬一顾知"，感情是悲伤的，传达的深沉的忧患意识却是惊心动魄的。名句"输却玉尘三万斛，天公不语对枯棋"甚至有绝望的味道，但那种锥心自问中体现出来的深广的时代忧患，却是知识分子怀抱和良心的最深体现。大量的咏怀名作，虽然情绪上有积极、消极、高昂、低落、愤慨、悲伤、犹豫、甚至有绝望，多半并不是简单的直接的书写意志，但是从中透露出来的以志为贵、明志守志，却一直贯穿了咏怀始终，成为明志诗中的最大的群体。

（4）山水田园诗向来作为"穷则独善其身"的言志的一个部分

另一种普遍的情况是寄志山水田园。所谓穷则独善其身，达则兼济天下——独善其身、寄情山水，正是志向的另一条出路。山水田园诗成为诗人明志自勉的一种工具，自谢灵运、陶渊明创造这种诗歌主题以来，汉语诗歌中就深深烙下了这一烙印。到唐代山水田园诗大量涌现，山水田园更是成为儒家知识分子的表达志向的路径。这种情况在近现代诗词中有更为明显的体现，山水诗写得最好的黄尊宪、郑孝胥、苏曼殊、潘乐乐等，都有大量寄情山水之作，无不暗示着作者的志向诉求。如：

> 龚自珍"一川星斗烂无数，长天一月坠林梢"
> 丘逢甲"林枫欲老柿将熟，秋在万山深处红"
> 郑文焯"山果打头休论价，野花盈手不知名"
> 李宣龚"月寒水影微妨路，风远歌声细出林"
> 诗僧释敬安的"江寒水不流，鱼嚼梅花影""我与青山有宿缘，住山不要买山钱"
> 郑孝胥早期的"入山真恨晚，举首愧山灵""渐远双凫静，孤横小艇凉"
> "开窗惊散幽禽语，一夜春寒欲过桥""诸峰尽在微朦里，今日西湖是淡妆"

"江头蓬鬓扁舟去，留取秋波一段翚""可惜无人共奇夜，清寒著袂倚茫茫""人生几许蕡腾味，看尽西廊晚照明""记与壶公论夜色，四时霜月抱冰堂""与君晚遇良非浅，小待梅梢好月生"

苏曼殊的"芒鞋破钵无人识，踏过樱花第几桥""羸马未须愁远道，桃花红欲上吟鞭"

刘大白的"几点早星明利眼，一痕新月细于眉"

毛泽东的"苍山如海，残阳如血"

熊东遨的"能共青山相耳语，此身何是不须猜""峰甘冷落和云隐，水爱清明抱月流"

长安卖字客的"东林月初上，解酒有甜瓜"

东湖耕读的"西施未嫁人初见，淡淡妆成不解愁""片月孤云贪看久，一湖碧水是明眸"

泛雪公子的"两岸青山儒子面，一江碧水女儿容"

方礼刚的"忽见一株梨染雪，始知春到不喧哗""闲成水竹云山主，静得春花秋月权"

赵仁珪的"天公画罢曾濯笔，染得群山五彩柔"

象皮的"吹颜小雨碎如丝"

潘乐乐的"小院野塘人不到，红蜻蜓抱碧丝瓜""小院野塘人不到，红蜻蜓抱碧丝瓜"

"歧路生涯亦何悔，一车随意入名山""疏雨门前白荷动，隔篱邻叟送鱼来""钓罢船头无纸笔，蘸他春水画桃花""数声渐渺寒云起，谁折芦花仵白头"

钟振振的"翡翠盘中珠一串，日之夕矣下牛羊""人在乾元清气上，三千尺下是银河"

以上山水田园诗作都是诗人高洁志向的体现（其中郑孝胥、汪精卫晚节不保，令任扼腕，但早期的贡献仍值得肯定），基本上可以看成是儒家知识分子或受儒家精神影响，按"穷则独善其身"指引，为自己寻求的另一种志向表达。读到这些诗歌，我们脑海中就会不由自主浮现出一幅幅坚持己志、遗世独立的知识分子形象。纯粹写景而缺乏志向依托的山水写景之作，也不是没有，但从某种意义上讲，它们在情感力度和深度上，很难与具有深度思想的山水田园诗歌媲美。它们成为有力度的名作的可能性是极少的。

（5）其他题材中的言志倾向

除了上述诗歌题材之外，即事、咏史、咏物、送别、登临、题画、论艺、新边塞等诗歌都蕴含有丰富的言志成分。如龚自珍的咏史名篇"避席畏闻文字狱，著书都为稻粱谋"，梁启超的论艺名篇"集中什九从军乐，亘古男儿一放翁"，郑孝胥的题画名作"劫后遗民吾尚在，却看孤塔过辽阳"，鲁迅的题画名作"愿乞画家新意匠，只研朱墨作春山"，潘受的题画名作"胡尘一角钟山远，揽泪天涯展对时"，启功的题画名篇"改柯易叶寻常事，要看青青雨后枝"，熊东遨的题画名篇"人间有物皆知己，开到秋深莫谓迟"，丘逢甲的时事名篇"四万万人同一哭，去年今日割台湾"，秋瑾的时事名篇"忍看画图移颜色，肯使江山付劫灰"，陈寅恪的讽时名篇"幸有阿婆花布被，挑灯裁作人时衣"，胡云飞的讽时名篇"启蒙革命皆虚话，不抵金钱学问多"，李汝伦的讽时名作"率土之滨皆王土，普天之下一毛诗"，杨启宇的讽时名作"昨夜西风凋碧树，满城争铲使君书"，秋瑾、毛泽东的咏梅名作"本是瑶台第一枝，谪来尘世具芳姿""待到山花烂漫时，她在丛中笑"，秋瑾的咏秋海棠名作"平生不借春光力，几度开来斗晚风"，瞿秋白的咏燕名作"我是江南第一燕，为衔春色上云梢"，臧克家的咏牛名作"老牛也解韶光贵，不待扬鞭自奋蹄"，西湖耕读的咏山名篇"西施未嫁人初见，淡淡妆成不解愁"，袁世凯的登临名篇"开轩平北斗，翻觉太行低"，毛泽东的登临名篇"独立寒秋、湘江北去，橘子洲头""北国风光，千里冰封，万里雪飘"，鲁迅、启功的自嘲"破帽遮颜过闹市，漏船载酒泛中流""写字行成身后债，卧床聊试死前休"。这些诗歌从字面到意境，都蕴含着强烈的言志色彩。

4.4.3.2　重名句

（1）名句擅场

统计1840年以来诗词精品，我发现了一个极为独特的现象，就是名句擅场：大概一半以上令人印象深刻的诗歌都是因为名句而从普通诗歌中脱颖而出的；真正纯以意胜，以整体取胜，缺少艺术上一锤定音效果却被认定为好诗的诗歌，是非常少的。这些缺少名句的好诗，主要体现在一些格致特别、有创新意味的诗，以及一些主题重大、艺术表现深刻的叙事长篇诗歌上，如黄遵宪的山水古风，嘘堂的叙事诗《舞会记忆》，碰壁斋主人、胡云飞等的长篇古风等。但是实际上讲，后一种诗歌，在传诵度上，是不如有名句的诗歌传唱范围广的。1840年以来的旧体诗诗坛创造了大量的名句，整个社会的接受也是围绕这些名句展开的，其具体情况可以参看表4-1的统计。

名句意识发源于南北朝，从"池塘生春草"之句的欣赏开始，到唐诗宋词成为诗人们的核心追求，成为中国人的审美意识的理想表现。这一表现，在1840年以来的诗词创作和接受中，都得到了很好的继承。

名句寄托了中国诗歌艺术的精华。观察名句的艺术形成，能真正看到中国诗歌艺术的成就。传统名句往往由意象勾连形成一个独特复杂的象征系统，哪怕看上去再简单的诗句，都蕴含着令人难以置信的艺术复杂性，包含着独特的艺术技巧。这些艺术技巧，往往体现为各种独特复杂的修辞格形式的巧妙使用，这些修辞格形式对于浸染于传统诗词中的作者而言是随手拈来，对于普通读者而言却显得极为玄妙。事实上，正是这些浓缩的格律化的修辞格构成了诗词名句的本质。

（2）名句的核心：修辞格分析

观察1840年以来的诗词名句，可以发现各种修辞格巧妙运用。其中，使用最多的，第一位是对仗，第二位是用典，第三位是夸张，第四位是感叹和呼告（包括感叹、哀叹、恳求、判断），第五位是比喻（包括比喻、拟人、拟物、借代），第六位是比照（包括反衬、烘托、对比、虚比、反比），第七位是细节和白描。当然更为复杂的是，很多情况下这些修辞格是综合运用的。

对仗运用下文还有专门讨论，用典也暂且不提，这里先讨论其他几种修辞。

1）夸张

如不着声色的夸张运用：

> 秋瑾的"拼将十万头颅血，须把乾坤力挽回"
> 陈宝琛的"输却玉尘三万斛，天公不语对枯棋"
> 郑孝胥的"一念十年销未得，画楼银烛坐怀人"
> 闻一多的"唐贤读破三千纸，勒马回缰作旧诗"
> 丘逢甲的"四百万人同一哭，去年今日割台湾"
> 陈寅恪的"苍天已死三千岁，青骨成神二十秋"
> 寥天的"楼开千家月，心覆百年霜"
> 潘乐乐的"一灯听雨寒侵骨，万木将风瘦到诗"
> 简倪君、潘乐乐的"劳歌此夜呕如血，坐听鸡鸣万瓦霜"
> 潘乐乐的"一弹指顷三千劫，独坐天涯尺八箫"
> 钟振振的"人在乾元清气上，三千尺下是银河"

夸张而所以使人感觉不到它在夸张，全在于情感迸发的真挚与技巧的高超，这是修辞运用的极高境界。

2）呼告

呼告的广泛运用，依据呼告的语气和情感表达特点，可以划分为赞叹、哀叹、感叹、肯定、呼吁等几种类型。

赞叹，如：

> 梁启超的"集中什九从军乐，亘古男儿一放翁"
> 谭嗣同的"我自横刀向天笑，去留肝胆两昆仑"
> 秋瑾的"休言女子非英物，夜夜龙泉壁上鸣"

哀叹，如：

> 王国维的"偶开天眼觑红尘。可怜身是眼中人"
> 王国维的"最是人间留不住，朱颜辞镜花辞树"
> 谭嗣同的"四万万人齐下泪，天涯何处是神州"
> 谭献的"腰支眉黛无人管，百种怜侬去后知"
> 叶伴霜的"平生不借西湖伞，辜负江南雨一蓑"
> 陈宝琛的"繁华早忏三生业，衰谢难酬一顾知"

感叹，如：

> 朱帆的"鼎中菹醢知多少，岂止儒为席上珍"
> 侯孝琼的"连云可叹多华屋，不是平常百姓家"
> 孟依依的"不堪重读浣花笺，前言多少都成谶"
> 叶植盛的"世事多如塞翁马，人情半是叶公龙"

肯定，如：

> 郑文焯的"山果打头休论价，野花盈手不知名"
> 龚自珍的"别有狂言谢时望：东山妓即是苍生"
> 秋瑾的"拼将十万头颅血，须把乾坤力挽回"
> 鲁迅的"愿乞画家新意匠，只研朱墨作春山"
> 丘逢甲的"男儿要展回天策，都在千盘百折中"
> 陈毅的"要知松高洁，待到雪化时"
> 启功的"改柯易叶寻常事，要看青青雨后枝"
> 李大钊的"只今犹听宫墙水，耗尽民膏是此声"
> 熊东遨的"莫道年年流量减，应知不减是声威"
> 潘乐乐的"歧路生涯亦何悔，一车随意入名山"
> 廖天的"一窗明晦参人我，几局输赢阅古今"

呼吁，如：

> 曾国藩的"减去数行重刻过，留教他日作铭旌"
> 李鸿章的"海外尘氛犹未息，诸君莫作等闲看"
> 毛泽东的"宜将剩勇追穷寇，不可沽名学霸王"

3）迷人的比方（包括比喻、拟人、拟物等）

比喻，如：

> 陈三立的"露气如微虫，波势如卧牛。明月如茧素，裹我江上舟"
> 潘受的"济南才气东坡似，出地皆奇万斛泉"
> 胡蕴的"雨声装满一楼秋"
> 钟振振的"翡翠盘中珠一串，日之夕矣下牛羊"
> 象皮的"吹颜小雨碎如丝"

拟人，如：

> 释敬安的"江寒水不流，鱼嚼梅花影"
> 郑孝胥的"诸峰尽在微朦里，今日西湖是淡妆"
> 郑孝胥的"江头蓬鬓扁舟去，留取秋波一段皴"

朱祖谋的"吹不断，黄一线，是桑干，又是夕阳无语下苍山"

老舍的"东风不吝春消息，小月偷看桥外樱"

东湖耕耘的"西施未嫁人初见，淡淡妆成不解愁"

泛雪公子的"两岸青山儒子面，一江碧水女儿容"

拟物，如：

龚自珍的"落红不是无情物，化作春泥更护花"

臧克家的"老牛也解韶光贵，不待扬鞭自奋蹄"

4) 精确的白描和典型的细节描写

精确的白描如：

龚自珍的"一川星斗烂无数，长天一月坠林梢"

郑珍的"草堂朝蝙蝠，瓜架织蜻蜓"

陈三立的"鼾声临榻添雷吼，曙色孤篷漏日妍"

陈三立的"高枝喋鹊语，软石活蜗涎"

李宣龚的"月寒水影微妨路，风远歌声细出林"

释敬安的"昨夜汲洞庭，君山青入瓶。倒之煮团月，还以浴繁星"

郑孝胥的"蒲荷丛暮气，星宿沸清流"

郑孝胥的"月低蕉影大，露下角声迥"

郑孝胥的"渐远双凫静，孤横小艇凉"

郑孝胥的"开窗惊散幽禽语，一夜春寒欲过桥"

典型化的细节描写如：

曾朴的"有约吟春驮细马，黄金台畔共婆娑"

郑孝胥的"可惜无人共奇夜，清寒著袂倚茫茫"

郑孝胥的"人生几许蓬腾味，看尽西廊晚照明"

郑孝胥的"暮色平林深尔许，却留高柳染斜阳"

郑孝胥的"劫后遗民吾尚在，却看孤塔过辽阳"

郑孝胥的"俯视中原三万里，不妨抱膝过重阳"

文廷式的"算不如呵手，试拈梅朵"

启功的"如今西压桥边路，添得铿然杖一枝"

胡云飞的"握此嶙峋手。是曾经，引儿学步、喂糜儿口"

5) 精彩的质问、反问、设问

如：

龚自珍的"此生欲问光明殿，知隔朱扃几万重"

郑孝胥的"平生已畏论怀抱，湖海何缘识姓名"

苏曼殊的"芒鞋破钵无人识，踏过樱花第几桥"

周恩来的"千古奇冤，江南一叶。同室操戈，相煎何急"

鲁迅的"无情未必真豪杰，怜子如何不丈夫"

汪精卫的"为问青山绿水，能经几度兴亡"

刘大白的"断霞双颊微微露，知是羞红是酒红"

沈尹默的"金筝雁柱从头数，拨到当胸第几弦"

吉鸿昌的"国破尚如此，我何惜此头"

毛泽东的"怅寥廓，问苍茫大地，谁主沉浮"

毛泽东的"今日长缨在手，何时缚住苍龙"

朱帆的"何妨此夜斟鸡尾，忘却当年砸狗头"

叶嘉莹的"叶落慢虽流水，新词写付谁看"

周燕婷的"尘镜重开理晚妆，两蛾淡淡为谁长"

侯孝琼的"绛帐生涯不计年，成阴桃李岂三千"

孟依依的"可能还有忆君时？惆怅那时颠倒那时痴"

孟依依的"君对伊、知是思我？怜我？怨我？忘我"

孟依依的"恐有情深人薄寿，谁能陌路哭新坟"

碰壁斋主的"少年闻莲来，中年望莲泣。不知明日老，莲叶向谁碧"

象皮的"冷眼凌烟官学士，识他几个读书人"

燕垒生的"笔墨空能穿铁砚，头颅岂敢试钢刀"

6）复杂多变的多重修辞格联用

以上列举了1840年以来精品诗词中的一些名句的常用修辞格。但事实上，修辞格的实际运用远比上述列举的要复杂。因为在实际中，往往涉及多个修辞格的联合运用。如大多数夸张修辞手法的运用，都伴随着比喻的存在；呼告修辞格，往往伴随着夸张；对仗修辞手法，则多与其他修辞手法相伴出现。

以鲁迅的名句"寄意寒星荃不察，我以我血荐轩辕"为例，我们向大家展示多重修辞格名句中隐含的独特深邃而复杂的修辞意识。鲁迅这句话要表达的就是我深爱着我的民族，即使不被理解，也仍然立志为之献身。为了表达个体对民族的爱，作者设置了一个比喻，我付出我的所有给我的民族，就像寒星发出所有的光辉照亮荃草，这个比喻本身就是一个复杂的"事喻"，但它的更深刻之处在于"寒星"的"寒"的设置，把个体的渺小展示出来，为整首诗奠定了深沉的感情基调；而另外一个深刻的意象是"荃"，"荃"出自离骚，带有暗喻"君主"或"祖国"的双关意味；紧接着为了表达自己服务民族的强烈决心，作者运用了一个强烈的比喻性的夸张，首先是我愿意献出"血"，这代表着为民族献身，这是比喻，其次是我要直接把献血献给民族最久远的祖先轩辕，这是夸张，而所用的"轩辕"的典故，更涉及整个民族的文化记忆。

所以，这简单的一句誓言呼告，实际上浓缩了非常复杂的意象，使用了非常复杂的修辞形式，包含着极为复杂的修辞心理，这只有具有高度文化修养和精深的语言表达技巧的诗人才能写出来。读者在阅读这句诗的时候，一般很少作这样理性的思考，单凭预感判断感觉这句诗就是脱口而出，不事雕饰，但是，作者在创作时具有非常复杂的修辞心理，进行了精深的构思，运用了非常杰出的修辞艺术，这就是名句诗人对心理和技巧的要求，这就是名句不为人知的秘密。

（3）名句与修辞意识

大部分的名句，都运用了各种各样的修辞格。诗人熟练运用这些修辞格绝不是天生的，而是长期的文化传承形成的文化习惯和思维方式，在后天还要经过反复训练。参与诗词创作的人并非单凭语感，更多的时候是依靠长期训练形成的修辞心理和修辞习惯，而这种情况是很少被人道出的。为什么普通诗人总是写不出足够精彩的诗歌——因为他们不理解名句所包含的复杂的艺术习惯，更谈不上对这种艺术习惯的长期运用，所以他们将艺术创作理解为天赋作至，却很少思考艺术技巧的运用需要长期的艰苦的磨练。

中国宋代就出现了陈骙的修辞名著《文则》、近代出现了杨树达的《汉语文言修辞学》、陈望道的《修辞学发凡》，对于比、兴，香草美人、协对、典故的运用更是出现极早且极为成熟，这些都可以看成是广义的修辞。但即使如此，诗词中蕴含的复杂的修辞心理和修辞格现象，却仍然很有一部分不为人所注意，甚至不为理论家所知，而这正构成了中国诗词名句的精华。

如李贺诗歌中大量存在的"通感"现象，直到现代才被钱锺书破译。再简单举一例，李白的名句"桃花潭水深千尺，不及汪伦送我情"，人皆以为脱口而出，然而却未察觉这是复杂修辞心理的体现，有着复杂的修辞技巧，这首先是比喻，但绝不是一个简单的比喻，它是一个极度夸张的比喻，同时，它不是正面作比，而是反比，所以还带有比较修辞格，那么这个修辞格叫什么名字呢，并没有人能告诉你，因为没有人注意到这种修辞运用不是单例，足够为它挣得一个名字，如李白之前的王昌龄就使用过，写出了名句"玉颜不及寒鸦色，犹带昭阳日影来"，李白之后的杜牧也注意到这种方式，写出了名句"春风十里扬州路，卷上珠帘总不如"。1840年以来的诗词作者，也有人注意到这种修辞方式，如叶伴霜飞的名句"平生不借西湖伞，辜负江南雨一蓑"，臧克家的名句"老牛亦解韶光贵，不待扬鞭自奋蹄"，龚自珍的"落红不是无情物，化作春泥更护花"，都是在反向比较中运用比喻，不妨称之为"较喻"。这种情况在诗词名句中是非常普遍的。

名句意识，就是精品意识。理解这一点，才能理解中国诗歌的核心追求，包括艺术目标和核心接受观念，才能在创作中逐渐树立技巧观念和训练意识，逐渐培养自己的艺术直觉，直到传统技巧融入自己的血液之中，信手拈来，并催生出新的技巧方式。名句意识觉醒的一天，就是艺术思维进驻诗人大脑的一天，就是老干体、酬和体淡出历史舞台的一天。

4.4.3.3 对仗占据名句主流

1840年以来以来诗词精品中名句包含的对仗、用典、呼告、比喻、夸张、白描和细节描写等修辞格运用，以对仗所占的比重最大，大于三分之一，其次是用典、呼告、比喻、夸张、白描和细节描写，这充分表明了对仗修辞格在中国诗歌中的重要地位。

这里尤其要注意的是对仗的运用对于名句的贡献。名句对对仗的运用主要在以下几方面：一是律诗的运用，一般律诗的颈联和颔联都要求对仗，几乎绝大部分出彩的律诗都出彩在两联对仗上，甚至从某个角度来看，律诗对仗的成就基本上就决定了律诗的艺术成就。二是某些词牌的运用，如为大家所喜爱并填写几多的"浣溪沙"词牌。三是绝句和古诗中的运用。

对仗代表了中国诗歌最精炼、最富于艺术意味的艺术形式，对对仗的运用是古今诗词作者共同的爱好，也构成了近现代旧体诗的亮丽风景。没有对仗，很难想象"苟利国家生死以，岂因祸福趋避之""合眼风涛移枕上，抚膺家国逼灯前""人生过处唯存悔，知识增时只益疑""曾因醉酒鞭名马，生怕情多多累美人""横眉冷对千夫指，俯首甘为孺子牛""无情未必真豪杰，怜子如何不丈夫""为有牺牲多壮志，敢教日月换新天""一生负气成今日，四海无人对夕阳""花不知名如过客，燕曾相识问归期""两岸青山儒子面，一江碧水女儿容""闲成水竹云山主，静得春花秋月权""红尘碗里东坡肉，世味杯中大理茶"这些名句的丰富的意蕴该如何表达。

如果说，名句代表了1840年以来汉语诗词所取得的最高成就，那么对仗，就代表名句的最高成就。对仗在中国文化中的地位，本书在协对篇已做了充分阐释，这对当代诗词和新诗创作，都有非常重要的意义。

4.4.3.4 短诗为上，以短为贵

1840年以来诗词精品的一个不太令人注意的特征是篇幅短小，崇尚精悍。

从整体的传颂程度看，几乎所有的传诵的作品都集中在绝句、律诗小令和中调等短小的体制上，而叙事诗、古风、歌行等体裁占比极少。事实上，叙事诗、古风、歌行等体裁的写作数量并不见少，几乎多数作家都有一定比例的古体、长调，但引人注意的佳作并不是很多。

短诗普遍更受欢迎，这对当代诗歌创作也是一个巨大的启示。

4.4.4 诗词艺术精品启迪下的当代诗词创作问题非格律层面的总体解决方案

针对树图中当代诗词创作的非格律曾层面的各种问题，我们很容易提出各种直觉的主张，但是，这些主张要么因为面面俱到而失之烦琐，要么因为限于直观而遗漏重点、失之过简，且都缺乏逻辑关联，在理解和操作上都难免流于表面，陷于琐碎。

1840年以来诗词艺术精品的经验则为当代诗词创作提供了非格律层面的最简明而深刻的解决方案：重明志，尚名句，建立对仗等修辞习惯，追求小而精。

关于这四句话构成的解决方案，有以下几个优点：

第一，这四句话源自最近180年的成功经验，有无可辩驳的实效性——它们不是理论上的推测，而是对180年来的成功经验的总结，符合诗词的创作实践。

第二，这四句话组成了诗词创作的最主要环节，注重主题，不是简单罗列。其中重明志，针对的是诗词创作的思想内容问题，另外三点，针对的是诗词创作的艺术技巧问题，概括的是诗艺中最重要的几个方面。尚名句是诗艺的总体导向，尚修辞是诗艺的具体要求，小而精则是针对汉语诗词特点和出现的求量不求质等问题提出的具体解决办法。这四点联系在一起，高度概括了诗词创作的主要内在规律。

第三，这四句话中的每句话，都指向诗词创作中关键性，又具有可操作性的环节。其中重明志，针对的是诗词创作上出现的形形色色的思想内容方面的问题：空洞、浮泛、重复，其核心是作家实践经验和理论修养导致的主题提炼问题——"重明志"的提出，以最凝练的方式指出了作家的训练方向，以"修齐治平"为核心的志的培养不仅足够解决诗歌的主题单调、浅薄、重复问题，也给予了作家最广阔的思想修养训练和参与实践指导。尚名句是对诗歌艺术技巧最简洁精炼的解释。1840年以来存在的，由以对仗为代表的大量的修辞格形成的诗词名句，给诗歌艺术做出了最好的榜样，给出了最明确的方向。建立对仗等修辞习惯则是对诗歌艺术技巧培养的最明确要求，钻研修辞格运用，是解决诗词概念化、说教化、僵化、老干体化、庸俗化、应酬体化、缺形象、缺含蓄、缺意象、缺意境等各种问题的最直接手段，也是解决当前诗词存在主要问题的关键。小而精的要求，则是一个补充，是对中国诗体优势的一个总结和对当今诗人求量不求质、好大喜功的一个告诫。这三句话中，尤其前两者，是诗词创作中的核心问题。

第四，这四句话契合当前诗词创作现状。

总之，"重明志，尚名句，建立修辞格习惯，求小求精"，这四句话方案源自历史，针对现实，逻辑清晰而操作简明，是1840年以来诗词经验给当代诗词创作带来的最好启示。

4.5 论格律的白话化困境及其分解方案

要了解本篇的探讨，请首先阅读本书第一章的内容。

4.5.1　格律白话化问题的解决总方向：问题分解

格律的白话文困境，本质上是文言语境下形成的格律规律，在白话文语境下的不适应问题。这个问题看上去很简答，实际上很复杂，其主要复杂性在于，文言格律规律本身的丰富多彩性，导致它们在遭遇白话语境后表现出千奇百怪的反应：有完全适应，有部分适应，有完全不适应。

要解决文严格律的白话文不适应问题，有三个办法。第一是从古，完全保留文言格律规律；第二是保留文言的框架，但作一些必要的修正；第三是从今，以白话文语境重估所有格律规律，适应的保留，不适应的抛弃，部分适应的作修正。显然，第一个是保古派，第二个是保古派中的开明派，第三个是激进的新诗派。究竟哪个派别更合理，暂不论，但大家对格律的态度不脱于这三种，却是事实。这三个办法中的第一个办法，我们先不论，这里我们只论第二、三两种。相较而言，第二种办法更容易一些，第三种办法最难。但总体上来看，无论哪种办法都不能一下子解决问题，因为文言格律规律的丰富性。

所以要了解文言格律的白话文困境，最好的也是不得已的办法，就是将问题分解——找出构造诗词骈联的文言格律规律；根据格律规律将它们与白话文遭遇时产生的问题进行分解，得到一系列子问题；然后着手去解决这些子问题。

4.5.2　格律白话化问题的分解方案

依据文言语境下的细致格律规律，我们将格律白话化问题进行分解，得到格律白话化问题的子问题集，以格律白话文问题的分解方案（见表4-3）。

表4-3　格律白话化问题的分解方案

格律子领域	文言语境下的格律规律	文言框架下可随时修正项目	白话语境下的适用性（适用，部分适用，不适用）	（白话语境下）出现问题	（白话语境下）解决途径
韵律	韵制	✓	部分适用（需改进）	白话自然韵制与文言人工韵制矛盾	法一:采用自然韵制 法二:重订人工韵制
	韵式		适用（需探索白话模式）		
节律	双音节奏观		部分适用（需改进）	白话轻声节奏与文言双音节奏观矛盾	探索并融合轻声节奏？
	句式通用模式1＋2N＋3		部分适用（需改进）	同上	1. 保留2N句式； 2. 探索轻声句式节律模式
	叠配原则		适用（需探索白话模式）		

续表

格律 子领域	文言语境下 的格律规律	文言框架 下可随时 修正项目	白话语境下的 适用性 （适用,部分适 用,不适用）	（白话语境下） 出现问题	（白话语境下） 解决途径
节律	节配原则		适用（需探索白 话模式）		
	领配原则		不适用（抛弃）		
	偶奇配原则		不适用（抛弃）		
声律	四声二元化	✓	部分适用（需改 进）	1. 白话文声调二元化 分类的听觉依据问题 2. 白话文声调多元 分类的可能 3. 白话轻声对声调 分类的影响	1. 探索白话语境下的四 声、平仄、轻声关系 2. 探索白话语境下的声 调多元分类可能 3. 探索白话语境下的声 调二元分类情形
	平仄分化	✓	部分适用（需改 进）	1. 白话声调的平仄分 类的可能性及听觉依 据（平仄的本质） 2. 白话的平仄与古 平仄的矛盾 3. 白话平仄的细节	探索白话语境下的平仄 分化
	竹竿律 （平仄交替）		不适用（抛弃）		
	粘对律		不适用（抛弃）		
	叠式律		不适用（抛弃）		
	对仗律		适用（需探索白 话模式）		探索白话对联的基本 句式
	粘式律		不适用		

4.5.3　格律白话化问题的子问题及其解决途径粗浅建议

4.5.3.1　格律规律部分适应白话语境需要改进而涉及的子问题及其解决途径

（1）白话自然韵制与文言人工韵制的矛盾

讨论：见"论韵制"部分

解决办法：存疑

（2）白话轻声化与文言双音节奏观的矛盾

讨论：见"论古典汉语的双音节奏观"部分

解决办法：见"现代汉语诗体节律探索"部分

（3）声调二元化在白话语境中面临的问题

解决办法：存疑

（4）声调平仄分类在白话语境中存在的问题

4.5.3.2　格律规律适应白话语境但需要探索其白话模式而涉及的子问题及其解决途径

（1）文言韵式在白话文中的运用

（2）叠配原则在白话文中的运用

（3）节配原则在白话文中的运用

（4）对仗律在白话文中的运用

讨论："论白话文对联"部分

4.5.3.3　文言格律框架下修正格律规律面临的子问题及其解决途径

（1）韵制修正问题

（同上为同一个问题）

（2）平仄修正问题

讨论：见"论字调的本质"部分"论平仄的本质"部分

4.6　论格律文化的深度拟态环境退化困境及其对策

所谓深度拟态环境，就是一种文化由于作者意见领袖化、作品融媒化、读者传媒化而形成的传播上的自我促进态势。深度拟态环境的破坏和退化是当前诗词对联领域面临的核心问题之一。

20世纪旧体诗词的深度拟态环境破坏和退化问题，可以分解为三个层次，首先是作家意见领袖化破坏和退化问题，其次是作品融媒化创造进程停滞问题，最后是读者粉丝化传媒化的削弱问题。作者意见领袖化问题，在"20世纪诗词作家的意见领袖化困境"中已有深入讨论，这里不再赘述。这里主要讨论后二者，集中讨论的则是作品的融媒化创造问题。

作品的融媒化创造问题，已经在一些细节上受到了一些关注，如近年来开始提倡吟诵。但是，作为一个问题整体，它并没有引起理论界的注意。本书在"格律文化的传播特点"部分曾经详细探讨了作品融媒化对于传统格律文学的重大意义，证明了唐诗、宋词、元曲、对联的流行，本质上都是因为融媒的创造。唐代的歌诗、宋代的词、明清的对联创作，成功地将音乐、书法、建筑装饰艺术引入了格律文化，创造出了精美绝伦的流行文化体式。但是到了近代，这种融媒化进程却基本上陷入停滞。诗词作为歌辞的特色，在近现代基本上陷入体式守成的局面，对联作为装饰艺术，在现代城市中也失去了格式的创新。整个格律文学面对复杂的社会变迁，基本上失去了跨界融合能力。表面上看，这似乎不是一个急迫的问题——毕竟诗词曲联的思想内容、艺术技巧更加容易引起人们的关注——但是，如果了解创新对于文化兴起的意义，就能理解当前的诗词曲联问题乃在于旧有的形式已经耗尽了他们的潜力，对于大众而言不再能够吸引关注，没有关注自然就难有发展——而融媒创造通过艺术嫁接的方式，能够最大程度复活一种看似已经衰败的艺术形式，令其以新的艺术面貌呈现在人们面前。

对于诗词曲联的问题，我们提出以下几个融媒创造途径供人们思考：

①结合流行歌曲创作新词牌，将旧体式与新音乐嫁接，形成新的文艺样式；②围绕新作品发展地方吟诵，创造吟诵的百家争鸣局面，看看能不能够形成新的吟诵作品；③发展适合城市环境的新的对联装饰、书法样式，看看能不能从中创造出新的融媒；④将诗词与碑、书法、电子媒介融合，看看能不能够发展出电子碑匾等新形式；⑤关注短信、微信与诗词曲联的内在结合方式，融合创造出一些新的媒介融合形式。

需要大家注意的是，一种全新融媒形式的创生是两种或多种媒介艺术的有机融合，不是简单的综合，这种融合最终在艺术形式上必须发展出全新的艺术体式，如词牌相对于律诗，对联相对于对仗。融媒的最终标志是全新艺术体式的诞生，这是属于艺术家才关注，也是伟大艺术家最应该关注的东西。

我们复兴诗词曲联，从根本上来讲，不可能借助于原有的律诗、词牌或者对联的形式，而必须思考在新媒介下的各种融合可能，从中开出一条全新的路来。这就是当代诗词爱好者、诗词研究者真正面临的挑战。当然，大家能够看到，这些创作者们必须既深谙传统艺术形式的优势，又对新的艺术样式持有强烈渴望和坚持不懈的探索，这既对诗人们的素质提出了极高要求，也对时代的决心和毅力提出了考验，那些没有意识到诗词复兴道路中蕴含着无比艰难，认为只要几句口号，不需要精深学士和超前视野就能够轻易将诗词曲联带出衰退命运的人，是不可能成为这条道路的伟大肇造者的。

除了作品融媒形式的创造外，塑造深度拟态环境的重要一环是读者的粉丝化和传媒化。20世纪的诗词曲联传播，在大部分的时间里，都让位于白话文学，而被压缩在一个相对狭小的文化圈里，甚至在"文革"期间，变成了四旧的、不合法的部分而必须进入地下传播状态。而流行文化的最终落脚点，就是读者粉丝化。所谓读者的粉丝化和传媒化，我们在"深度拟态环境"章有详细论述，这里要指出，当代的优秀的诗词，在纸媒领域很少引起粉丝化和传媒化效应，倒是在网媒领域，出现了一些粉丝化情况，如孟依依诗词的接受现象。但比较可惜的是这种现象还是太少。拥有200万注册会员的庞大的诗词学会，居然没有诞生几个真正有文化感染力，能够吸引读者粉丝化传媒化的人物，这是值得大家注意的。

　　当然，一个可喜的现象是发生在诗词领域和吟诵领域的深度拟态环境的部分复苏。如从2008年以来徐健顺等引导的中华吟诵学会引领的吟诵风气和最近几年"中国诗词大会"引领的古典诗词接受热潮。但是，它们的深度和广度是远远不够的。如从深度上看，当代诗词的精品没有进入"诗词大会"探讨内容，当代创作没有进入公众欣赏的视野，这是非常奇怪的失语症。当代作家的作品也很少被吟诵，说明粉丝化和传播化都还只停留在简单的表面层次。

　　要真正改变深度拟态环境的退化状态，作家意见领袖化、融媒形式的创新、读者的传播化，都必须得到大力的推进。目前，诗词曲联的复兴在读者粉丝化方面取得了一些成绩，但在真正核心的领域，作家意见领袖化方面和融媒形式创造方面，除了吟诵领域，可以说没有取得突破性成绩。除了徐健顺等少数人外，各个领域相对优秀的作家没有站出来对社会发声，其作品的形式没有突破性的创新，单凭理论家的急切呼吁是不可能有大的改变的。

　　21世纪以来，作家意见领袖化方面产生了徐健顺、陈少松等优秀吟诵专家和传播者。在融媒形式创造方面，徐健顺等也对吟诵形式做出了不同探索（如他作为普通话吟诵专家对常州吟诵者陈少松等人的模拟探索），在其努力下地方中小学已经产生了一批将来能够成为传播者的追随者（如常州、温州、北京等地区的吟诵中小学教育和普及教育）们。诗词曲领域的成绩则较为平淡，优秀作家们主要借助于中华诗词学会来工作，但意见领袖化却非常分散，难以产生创作、理论的双重龙头人物（如叶嘉莹那样，能够引起持续热潮的诗词理论和作家，几乎凤毛麟角），诗词的融媒化进程，虽然早期出现了赵朴初提倡的"俳体"，后来出现了"长白山诗派"的创造词牌的尝试，但既不成熟也未能产生较大影响，读者粉丝化领域虽然也产生了如孟依依现象等读者传播化案例，但整体上缺乏亮点。对联领域的成绩则最小，除了曾经引起一些关注的"马蹄韵"理论创新外，几乎很少听到新的声音，融媒化停滞不前，作家意见领袖化可遇而不可求。

　　作家意见领袖化，作者融媒化，读者粉丝化和传播化，是重建格律文化深度拟态环境、复兴格律文化的三个必要步骤，其中需要解决的问题非常的多，每个领域面临的问题也并不一样，需要引起格律文化各领域的专家们足够的重视和思考。

4.7　论当前吟诵问题的总思考："发展方言吟诵"

　　关于诗词吟诵问题，我们花了一整章的篇幅来研究这个问题，研究结果显示"方言吟诵"是解决当前吟诵问题的唯一途径，因此我们呼吁"理解特征字调旋律，发展方言母音吟诵"。

4.7.1　汉语吟诵的本质

关于汉语吟诵、吟唱的本质，"声乐配合率经典用例——汉语吟诵本论"节及"声乐配合律"章有大量详细、精深的讨论，这里做一个总结陈述。

汉语吟诵的本质，用现代的音乐观点看，就是汉语字调的旋律化模拟；用古人的观点看，在诗经的时代叫"歌永言"，在唐诗的时代叫"歌诗"，在明清戏曲的时代中叫"依字行腔"。细致一点来看，它包含三个逐渐深入的技术步骤，明清魏良辅等戏曲家总结的，就是"正字（或曰行腔）""润腔""行板"三步走；翻译成现代音乐的观点，就是：先（辨方音）按"特征字调旋律"将字调旋律化，接着对生成旋律进行加工美化；最后为旋律创造出合适的节奏腔板。其中第一步"字调旋律化"是吟诵的本质，它的存在原因是汉语字调与音乐的天然关联，我们创造出"特征字调旋律"概念来对这一关联加以概括；第二步对旋律的润色是吟诵好不好听的关键，也是吟诵被称为"自由调""随口调"的原因，其中涉及字调链接的变调、摇调、断截、增损（摇音、颤音、跳音、断音、泣音、抽音）等各种润色技巧（在明清方言戏曲中这些技巧发展到高峰，令人叹为观止）；第三步对旋律进行节奏化处理也是吟诵成功的关键之一，节奏的创造并没有特别的限制，所以导致吟诵的即兴特征极为明显。这三个技术过程都需要音乐感觉的天赋，或者后天的语音音乐感觉训练，它们包含着中华音乐的核心密码，是中华音乐的精髓所在，甚至中华器乐在很大程度上也受其制约与影响，这三个技术过程的难度并不一样，虽然第一个技术步骤"正字行腔"因为字调本质研究的滞后及方言字调系统的多样化原因而最难为人理解，但第二个和第三个技术步骤才是真正区别好的吟诵和坏的吟诵，真正令吟诵千变万化，富于即兴特征和音乐魅力的原因。原则上来讲，同一首诗词文章，不同方言区，不同字调系统的人们吟诵起来千差万别，即使同一方言区只要方音字调存在可感的细微旋律性差别，吟诵效果也不同，就是同一方言区，甚至同一个人，在不同场合不同的感情参与下，对润腔、节奏的不同把握，都会形成截然不同的吟诵效果。

理解汉语吟诵的本质，基本上就能理解当前吟诵面临的主要问题。

4.7.2　笔者目见有特色之吟诵调及传承人

笔者所见诗文吟诵调，一部分源自首都师范大学中国诗歌研究中心赵敏俐主持的"中华吟诵的抢救整理与研究"国家社科基金重大项目的调查资料，一部分来自《中华吟诵学会》等各处收集的零散音频；一部分则来自个人的调查。这些资料包括：湖北罗田吟诵调调查（2人）；湖北红安吟诵调调查（1人）；海南儋州调声传承人调查（3人）；首次"中华吟诗调"学术研讨会吟诵录像（8人）；中华诗词学会"中国诗词名家吟诵集锦-华夏诗声"（20余人人）；常州吟诵集锦；陈少松吟诵集锦；徐健顺吟诵

（普通话新吟诗调、学唱陈少松吟诗调）集锦；王更生吟唱集锦；姜家锵古诗词吟唱集锦等。

4.7.2.1 "华夏诗声——中国诗词名家吟诵集锦"（中华诗词学会成员吟诵实况录像）目录

华夏诗声

华夏诗声

戴学忱《静夜思》

戴学忱《送元二使安西》

戴逸《前赤壁赋》

华锋《赠汪伦》

姜嘉锵《春日偶成》

林东海《春宵》

苏民《江雪》

苏民《郑伯克段于鄢》

屠岸《月夜》

周笃文《蜀相》

周笃文《台城》

钱绍武《短歌行》

钱绍武《归去来兮辞》

钱绍武《黄鹤楼送孟浩然之广陵》

钱绍武《枯树赋》

钱绍武《帘外雨潺潺》

钱绍武《水调歌头·明月几时有》

钱绍武《望江南·周谷城》

4.7.2.2 中华诗词学会网站资料目录

陈炳铮先生论吟诵整理稿

陈少松先生论吟诵整理稿

陈以鸿先生论吟诵整理稿

戴学忱先生论吟诵整理稿

戴逸先生论吟诵整理稿

华锋先生论吟诵整理稿

霍松林先生论吟诵整理稿

江洛一先生论吟诵整理稿

姜嘉锵先生论吟诵整理稿

蒋凡先生论吟诵整理稿

李西安先生论吟诵整理稿

林东海先生论吟诵整理稿

鲁国尧先生论吟诵整理稿

南怀瑾先生吟诵论述整理

钱绍武先生论吟诵整理稿

施仁先生论吟诵整理稿

施榆生先生论吟诵整理稿

苏民先生论吟诵整理稿

屠岸先生论吟诵整理稿

王财贵博士谈诗词吟诵

魏嘉瓒先生论吟诵整理稿

羊淇先生论吟诵整理稿

叶嘉莹先生论吟诵整理稿

周笃文先生论吟诵整理稿

周长楫先生论吟诵整理稿

4.7.2.3　首都师范大学诗歌中心的吟诵资料

"中华吟诵的抢救整理与研究"课题组主持人赵敏俐在《中华吟诵的现状与前景》一文中介绍了课题组采录大量吟诵传人录音的情况：

> 2011年春天我们正式开始采录，并优先采录年纪较大、吟诵规范和学养深厚的吟诵传人。到现在为止，我们一共采录了129位吟诵传人，获得2000余首（篇）作品的吟诵。其中包括周有光、张杰三、庞存周、姚奠中、周定一、朱季海、周退密、南怀瑾、沈蘅仲、俞伯荪、霍松林、徐续、张文渤、叶嘉莹、熊鉴、屠岸、陈以鸿、苏民、史鹏、戴逸、王运熙、唐作藩、朱帆、程毅中、周笃文、钱明锵、林冠夫、林东海等著名学者和诗人。从籍贯来看，一共录了14个省市，其具体人数为：云南28人，湖南19人，江苏19人，福建17人，内蒙古10人，山东3人，广东10人，浙江6人，山西3人，香港1人，北京2人，重庆1人，四川1人，甘肃1人。其中男性119人，女性10人。所采录吟诵传人的年龄构成大概为：100岁以上近10位，90岁以上20余位，80岁以上近40位，70岁以上30余位。加上原来搜集的资料，目前我们已经拥有300多人的吟诵录音。此外还有大量的文献资料。[1]

---

① 赵敏俐：《中华吟诵的现状与前景》，《中华诗词学会三十年论文选》，北京：中国文史出版社，2017年，第361—370页，第369页。

笔者目前尚没有看到全部的录音资料，但笔者目见录音中有很大一部分是从中流出的，这里对他们的工作表示敬意。

4.7.2.4　笔者目见接近于唱的吟诵代表传承人

笔者将目见几个接近于唱的吟诵代表传承人介绍如下。

（1）黄风鸣（1945—），女，汉族，湖北省罗田调吟诵传唱人。湖北省罗田九资河镇小学教师，原九资河黄柏山村人，以本地黄柏山村方言吟诵任意古诗文材料，吟诵风格柔美凄凉，常吟诵材料包括《三字经》《百家姓》《千家诗》《增广贤文》《毛主席诗词》《木兰辞》，录存《木兰辞》《三字经》《百家姓》《增广贤文》《静夜思》《春晓》《登鹳雀楼》《送杜少府之任蜀州》《城东早春—诗家新景在新春》《云淡风轻近午天》《春日—胜日寻芳泗水滨》《春宵—春宵一刻值千金》《清明—清明时节雨纷纷》《山外青山楼外楼》《绝句—两个黄鹂鸣翠柳》《黄鹤楼—昔人已乘黄鹤去》。幼从父黄子诚习得吟诵；黄子诚，农民，幼入私塾习四书，善二胡、说笑，常参与本村社戏，司二胡手，从王国干师习得诗文吟诵；王国干，天堂寨圣人堂人，私塾先生，所授弟子甚多。

（2）柯乾坤（1937—2008），男，汉族，湖北省红安吟诵调传唱人。原湖北红安县八里乡蔡家田人，湖北省罗田县九资河中学数学高级教师，毕业于湖北大学（1964，原名武汉师范学院）数学系，会风琴，幼入本乡私塾习四书，能书法，以本地蔡家田方言吟诵任意诗文资料，吟诵风格梗直生新，能吟诵材料包括《论语》《千家诗》《毛主席诗词》。

（3）钱绍武（1928—），男，江苏无锡人，雕刻家、画家、书法家，江苏无锡调吟诵传唱人。1942年从无锡名家始习传统国画，1947年考入国立北平艺专（1949年后为中央美术学院），1951年毕业留校任教。1953年赴苏联列宾美院习雕塑，1959年毕业获艺术家称号。1977年为副教授，1986年为正教授并任雕塑系系主任，1989年离休。1988年赴美访问讲学。曾任国家教委艺术教育委员会委员、北京市人民政府专业顾问。现为中央美院教授、博导、学术委员会常设小组成员，首都规划委员会专家委员，中国工艺美术学会雕塑委员会会长，中国城雕全国艺委会顾问，中国美术家协会雕塑委员会委员，中国国家画院雕塑院院长。代表作《李大钊像》《阿炳像》。以无锡语调吟诵任意诗文，风格沉雄低概、悲凉莫比，盖幼从家学读四书、诗经，后又专习诗词，传承有自，虽以自娱，移人之具故在，录存视频《枯树赋》《归去来兮辞》《窗外雨潺潺》《望江南·车如流水马如龙》《黄鹤楼送孟浩然之广陵》《水调歌头》《望江南》。

（4）羊淇（1924—），男，江苏常州调吟诵传唱人。字小牧，号菱溪童蒙，江苏常州人。离休。曾协助父亲羊牧之组建常州舣舟诗社，任副社长、社长、名誉社长。著有《菱溪诗稿》《菱溪文稿》，编有《历代诗人咏常州》，与人合编有《常州新吟》《常州诗词》《廿世纪常州诗词》等。先后任江南诗词学会副会长，《中国当代诗人词家代表作大观》编委会顾问。以常州调吟诵，声音清越，转折刚正，录存《浪淘沙·窗外雨潺潺》。

（5）陈少松（1958—），男，以普通话模仿江苏唐调传唱人。南京师范大学教授、中华吟诵学会副会长、唐调传人、吟诵早期倡导者，首位在高校开设吟诵研究课，教育部"中华诵·经典诵读行动"专家委员会委员。长期从事吟诵学教学研究，多次参加中外吟诗交流，多次应邀在中央电视台等展示吟诵，为江苏教育电视台主讲十集《古诗词文吟诵》，出版《古诗词文吟诵研究》、专辑《古诗词文吟诵》、《论语选吟》（180章），发表论文数十篇。以普通话学唐调，善以短调婉转自专，吐字清晰，音如顿珠，然颇失之流畅，疑其非母语，多套路，实非自然吟诵故也。录存作品极多，文如《岳阳楼记》《项脊轩志》《出师表》《五柳先生传》《师说》《论语短章》《孟子短章》，诗如《兼葭》《关雎》《湘夫人》《酬乐天扬州席上初逢见赠》《江南逢李龟年》《登高》《石壕吏》《兵车行》《春望》《闻官军收河南河北》《清明》《山行》《江南春》《泊秦淮》《江南春》《回乡偶书》《望庐山瀑布》《早发白帝城》《夜泊牛渚清江》《宣州谢朓楼饯别》《相见时难别亦难》《夜雨寄北》《竹枝词》《过故人庄》《宿建德江》《饮酒其五》《芙蓉楼送辛渐》《凉州词王翰》《凉州词王之涣》《登鹳雀楼》《鸟鸣涧》《山居秋暝》《枫桥夜泊》，词如《扬州慢》《如梦令·李清照》《声声慢·寻寻觅觅》《醉花阴·东篱把酒》《李煜虞美人》《李煜浪淘沙》《八声甘州》《雨霖铃》《采桑子欧阳修》《秦观满庭芳》《秦观鹊桥仙》《苏轼水调歌头》《苏轼水龙吟》《苏轼念奴娇》《吴文英八声甘州》《辛弃疾破阵子》《辛弃疾永遇乐江口北固亭怀古》《辛弃疾青玉案》《晏几道临江仙》《周邦彦满庭芳》。

（6）秦德祥（1939—2016），男，汉族，江苏常州调吟诵传唱人。江苏常州人，国家非物质文化遗产常州派吟诵传人。常州市高级音乐教师、中国音乐家协会会员、中国音乐教育学会会员、江苏省音乐家协会理论组成员。已出版《中外音乐教学法简介》《元素性音乐教育》。《普通学校音乐教育学》（合著），《吟诵音乐》《口琴教学56课》《秦德祥音乐教育论文选革》等。2014年6月，获得第三届中华非物质文化遗产传承人薪传奖。以常州自然语吟诵任意诗文资料，语微韵淡，风格极清雅，录存《常建破山寺禅院》《旅夜书怀》《蜀相》《柳宗元江雪》《柳宗元渔翁》《江雪》《卢纶晚次鄂州》《回乡偶书》《静夜思》《月下独酌》《王翰凉州词》《宣州协调楼》《王建新嫁娘》《鹿柴》《王维杂诗君自故乡来》《登鹳雀楼》《元稹行宫》《枫桥夜泊第二式》《枫桥夜泊第一式》《张九龄感遇》《黄鹤楼》。自幼热爱文学音乐，高中毕业后成为音乐教师，从20世纪80年代起，开始自费采录常州吟诵，近三十年来共采录32位传人，近600余段录音录像，其中包括赵元任、周有光、屠岸原声原像。先后发表《常州吟诵音乐的采录与初步研究》《天宁梵呗天下宗》等论文30余篇，并编著、出版"常州吟诵"专著6本：《吟诵音乐》《赵元任　程曦吟诵遗音录》《道德讲堂·吟诵篇》《"绝学"探微——吟诵文集》《吟诵教程》《学一点"常州吟诵"》，其中《"绝学"探微——吟诵文集》是迄今为止全国唯一个人吟诵论文专集。

（7）徐健顺（1969—），男，满族，出生于青岛，普通话调吟诵传唱人。著名吟诵专家、中华吟诵学会秘书长。中央民族大学副教授、硕士生导师。1991年入中央民族大学中文系攻读硕士学位，师从裴斐先生治唐宋文学。2003年在中央民族大学少数民族语言文学系获文学博士学位，师从李岩治朝鲜文学。2006年在首都师范大学文学院博士后流动站出站，师从赵敏俐治中国古代诗歌。2012年调至首都师范大学文学院。著有《名家状元八股文》《命名——中国姓名文化的奥妙》《声音的意义》《徐健顺吟诵文集》《吟诵教程》《我爱吟诵》（合著）等。倾身中华吟诵采录、整理、研究与推广，对吟诵理论深有造诣，于2010年发起成立中华吟诵学会。2010年10月在京举办"中华吟诵周"大型学术文化活动，邀请海内外著名吟诵专家四百余人齐聚北京，为中华吟诵复兴传承做出巨大贡献。在全国做过千场讲座、多期培训，在诸多电视媒体（如：央视《我们的节日》系列节目）进行吟诵表演。同时，每周在首都师范大学和中央民族大学开设吟诵教学课。在吟诵研究上，总结出吟诵规则，概括为一本六法——声韵涵义为本，依字行腔、依义行调、平长仄短、模进对称、文读语音、腔音唱法为六法。他认为吟诵是中国传统唯一的诵读方式，同时也是创作、学习、教学、修身方法、文化传承载体、中国思维和精神重要承载方式。梳理吟诵的概念、意义、研究状况、历史与现状等，组织人员搜集吟诵古今文献资料，寻找吟诵在学理上的证据，为吟诵学建立付出巨大努力。在此基础上，促成一系列吟诵课题的申报，如教育部重大项目——"中华吟诵的抢救与研究"（2011年立项，为"中华吟诵的抢救"子课题负责人）、中央民族大学"少数民族汉诗文吟诵资料库"（2011年立项）、北京语言大学"北京话/普通话吟诵数据库"（2012年立项）、"诗性中国的语言艺术"（"吟诵诗艺"子课题负责人）、"吴语吟诵资料库"（已结项）等，同时也促进中华吟诵申报世界级非物质文化遗产进程。以普通话吟诵任意诗文材料，嗓音清新婉洽，语调婉约，颇多蔓衍入唱之作，录存大量资料，如新吟诵调《生查子》《峨眉山月歌》《饮酒其五》《渡荆门送别》《蒹葭》《静夜思》《乌夜啼·桃花谢廖春红》《虞美人·春花秋月何时了》《鹧鸪天·彩袖殷勤捧玉钟》《钗头凤·陆游》《古诗十九首·行行复行行》《大学》《论语》《将进酒》《满江红·怒发冲冠》《枫桥夜泊》，亦有模拟他种吟诵调，如《黄鹤楼送孟浩然之广陵》，学唱陈少松诸调，亦有随意套用乱吟之作，如《如梦令·昨夜风疏雨骤》，前者为套唱，后者已入于自由歌唱，俱不能算是正宗吟诵，兹不备录。

（8）嘉静，未知身份，广东粤语调吟诵传唱人。网上粤语吟诵者甚众，盖粤语六声九调，最易成咏，嘉静为其代表，网传其《声律启蒙　卷上　二冬》，以粤语吟之，声音谐雅多变，柔美动人。

（9）王更生（1928—2010），河南汝南县人，河南调汝南调吟诵传唱人。1949年流离转徙至台湾，曾先后在宜兰、树林等地任中小学教师。1958年考入台湾师范大学师资专修科，3年后改制在夜间部就读，1963年成为台湾师范大学夜间部国文系第一届毕业生。其后又相继完成台湾师范大学国文研究所硕士、博士班学业，获文学博士学位，旋任德明商专教授并接任校长。自1972年9月始，受台湾师范大学邀聘，任该校国文系、国文研究所教授至今，并曾兼任台湾中央大学、东吴大学和香港浸会学院客座教授。以河南语调吟诵诗文，声音高亢清正，风格润美，虽多套用固定语调，然所用调必源于方言，如《桃花源记》，颇能动人，使人忘其套用，惜不知其腔调本辞。河南叶县赵广鹏习其声，颇得中正，获2017"中华经典吟诵大会"成人组冠军，未知能以方言自由吟诵否。

（10）姜家锵（1935—），浙江瑞安人，浙江温州调吟诵传唱人。中央民族乐团国家一级演员、中国音乐家协会理事、中国声乐学会副会长、文化部艺术专业考评委员、中国艺术家联谊会理事、中华诗词学会会员、中国人口促进会理事，擅长演唱中国古曲诗词歌曲，被誉为"中国古诗词演唱第一人"。录有《华夏之声》《宋·姜白石歌曲》等专辑唱片及磁带。2005年出版《中国古典诗词艺术歌曲姜嘉锵独唱专集》，荣获第五届中国金唱片奖。他演唱的《枫桥夜泊》（黎英海曲）获"八十年代中国艺术歌曲创作比赛"金奖，多年来为电台、电视台、唱片公司、音像公司相继录制了中国古典诗词艺术歌曲《关雎》《黄鹤楼送孟浩然之广陵》《枫桥夜泊》《钗头凤》《水调歌头》等。熟悉多种方言吟诵方法，关心温州吟诵学会工作（2014年成立），以温州方言吟诵《春日》，风格清越。其艺术歌曲《春日偶成》《枫桥夜泊》等，或多或少借鉴吟诵唱法，然多综合运用，难以一一分辨。

（11）林东海，福建南安人，福建南安吟诵调传唱人。中共党员。1962年毕业于复旦大学中文系本科班，1965年又毕业于复旦大学研究生班。历任人民文学出版社总编助理、古籍室主任，编审。1959年开始发表作品。1983年加入中国作家协会。以福建南安话吟诵五七言诗，吐字轻柔，语调清切平韵，录存《春宵·苏轼》《登高·杜甫》《登楼·杜甫》《赤壁·杜牧》《寒食·韩翃》《回乡偶书·贺知章》《早发白帝城·李白》《清平调三首·李白》《相见时难别亦难·李商隐》等。

4.7.3　百年来吟诵发展的历史勾勒

2005年以来，大陆的吟诵复兴成为国学热焦点之一，至今吟诵热潮方兴未艾，研究与实践均得以长足发展。以"吟诵"为"篇名"搜索"中国期刊网"，在"文献"条目下得文578篇，在"期刊"条目下得文397篇，在"博硕士"条目下得文35篇，其中博士学位论文2篇，为杨锋《中国传统吟诵研究——从节奏、嗓音和呼吸角度》、武钶《律诗吟诵与明代诗声》，硕士论文33篇，尹小珂的《传统吟诵调的艺术价值与当前生存状况》、胡立华的《论吟诵的价值——从音乐的角度进行研究》、吴春华的《论古典诗歌吟诵教学》等，拉开了大陆高校轰轰烈烈的吟诵研究序幕。

吟诵研究综述性文章，有台北杨维仁《古典诗词吟唱材料与资源简介》；王霄蛟《吟诵相关文献索引》（初编）；孙克强、邓妙慈《中华古典诗词吟诵研究的回顾与展望》；赵敏俐、李均洋《日本汉诗的吟诵及启示》；赵敏俐《中华吟诵的现状与前景》。尤其是末文，作者主持有"中华吟诵的抢救整理与研究"国家社科基金2010重大项目，对百年以来的吟诵研究与发展有较为详细的认识，该文对百年来吟诵发展有较为详细的概括和资料罗列，可资参看。

20世纪吟诵研究与实践，有几个关键性的环节，可视为吟诵发展的节点，可罗列如下：

（1）唐文治是推广诗词吟诵的先驱，教授吟诵，录制唱片，形成"唐调"一派。

（2）赵元任《常州吟诗的乐调十七例》及文章《中国语言的声调、语调、唱读、吟诗、韵白、依声作调作曲和不依声作曲》等，开创了现代吟诵研究。

（3）杨荫浏《语言与音乐》；杨荫浏、阴法鲁关于姜夔自度曲的研究。

（4）1946年，北京大学召开"吟诵与教育研讨会"，为台湾推行国语开出"吟诵"药方，推动"吟诵"在台湾生根。

（5）新中国成立30年，吟诵研究与实践停滞。

（6）1979年，香港李明在日本东京举办"中国吟唱歌诗音乐会"。

（7）1982年，华钟彦教授在唐代文学学会中筹建"唐诗吟咏研究小组"，保存资料，登台授课，培养后进。

（8）1987年，陈少松开始在南京师范大学开设"古诗文吟诵研究"选修课，1997年出版《古诗文吟诵》。

（9）20世纪80年代到21世纪初5年，陈少松、华钟彦、陈炳铮、王恩宝、秦德祥、黄翔鹏、洛地等人的研究、呼吁与相关工作。

（10）2008年6月，经国务院批准"常州吟诵调"列入"国家级分物质文化遗产名录"（编号Ⅱ-137）。（常州吟诵调代表有赵元任、周有光、屠岸。2010年10月常州吟诵艺术协会成立，钱璱之、秦德祥、羊淇为传承人，江苏技术师范学院、常州市一中、武进洛阳中心小学成为协会首批活动基地。）

（11）2008年，首都师范大学诗歌研究中心召开第一次吟诵学术研讨会，70余位吟诵传人与爱好者参会。2009年，在教育部语言应用管理司支持下首都师范大学、北京语言大学、中央音乐学院联合主办"中华吟诵周"（参会者6000余人，4场学术论坛、6场吟诵展演、15场"吟诵进校园活动"）。

（12）2010年1月24日，"中华吟诵学会"在京成立。（首都师范大学诗歌研究中心徐健顺等发起，全名"中国语文现代化协会吟诵分会"，宗旨"抢救、研究、宣传、发展中华吟诵，推广普通话吟诵，传承传统吟诵"。）

（13）2010年，首都师范大学诗歌研究中心赵敏俐主持"中华吟诵的抢救、整理与研究"列入"2010国家社科基金重大项目"。该项目建立了一个包括"传统吟诵"和"传统吟诵文献"在内的系统的"中华传统吟诵数据库"。

中华吟诵学会成立之后，有几个重大成果：一是抢救了一部分吟诵传承人；二是地方吟诵蓬勃发展迄今；三是吟诵教育走进中小学课堂。如"中华吟诵的抢救、整理与研究"课题组徐健顺等采录当代吟诵创人的吟诵，拥有300多人的吟诵录音，以及大量的文献资料。

4.7.4　当前吟诵发展面临的问题核心

吟诵发展如此迅速，地方吟诵学会纷纷兴起。徐健顺等为吟诵普及做了大量工作。然而，有几个主要的问题却没有得到明晰的解决。

第一，吟诵的本质问题"依字行腔"没有得到理论解释，因而推广吟诵的人也多不理解吟诵生成的前提条件；传统读书人在长期的吟读中自发形成吟诵调，并且形成一些关于某首诗词较为固定的调子，但对这个调子缺乏理性认识，并不清楚的这个调子的传播范围和作用。许多人学习吟诵从模拟名家的吟诵调开始，是把它作为固定歌曲看待的，并没有意识到吟诵是自由歌唱，没有自觉处理吟诵材料的意识。

第二，与上一个条相关联，推广普通话和方言吟诵的矛盾没有得到人们的正视。部分人跨越自己的方言母音，去学习其他地区的吟诵调，但他并不熟悉该地方的方音声调系统，这就导致一种南辕北辙的效果——他最多是学会了一首新的歌曲，而不是学会了真正的吟诵。打个比方，已成的吟诵调，就是已经捕捉上来的鱼，而吟诵，则是抓鱼的工具，现在大部分传播者都停留在授人以鱼，而不是授人以渔的阶段。

第三，仍与第一条相关，吟诵的技术过程：依字行腔，润腔和节奏并没有得到科学的逻辑化揭示。大量的吟诵者，依"特征字调旋律"不能熟练成腔，对于润腔的技巧（摇颤音、泣音、顿音、断音、跳调、变音）则缺乏明确认知，对于节奏化处理更是没有训练，达不到基本水准，整个吟诵"呕哑嘲哳难为听"。笔者所录诸人一方面由于基础嗓音条件较好，但更为重要的是掌握了这些方面的技巧，故而他们的吟诵听起来都不错。

第四，人们不能区别吟诵和吟诵调，盲目学习吟诵调而不是吟诵。目前所见吟诵传播，主要停留在向人传播固定吟诵调的阶段。即使徐健顺等极少数人，对吟诵的远景目标也缺乏清楚的认识。

4.7.5　"方音吟诵"是解决目前汉语吟诵问题唯一途径

针对以上吟诵的现状和出现的问题，本书试图提出以下解决方案，这个方案的总的目标是"寻求特征字调旋律，发展方言吟诵"，其具体的细节如下。

首先，"探索并厘定自己母语的特征字调旋律"，作为吟诵训练的基础。本书用"特征字调旋律"解决了关于字调乐化即"依字行腔"的根本技术问题，说明只要字调超过三个的方音系统就有生成吟诵的可能，为理解有声调语言和音乐的关系找到了支点（如汉语诗歌）。

其次，探索并发展自己的母语吟诵。本书指出，不同方言的字调即使数量一样，其"特征字调旋律"表现也会大相径庭，这根本上否定了不同方言之间吟诵的贯通问题——因此，提倡方言、母音，充分尊重每一种方言的个性——也就是说提倡方言吟诵，将普通话从全民通用的语言上拉下来到与其他方言同等的地位（普通话吟诵可以作为大家的第二母音吟诵，但不应该超过自己的母音）——即使在国家大力推广普通话的大背景下，这也是必须要做到的事情。

再次，钻研"正字""润腔""行板"的基本方式，将其作为有声调语言区的人们的基本音乐修养来提倡。本书提出吟诵的三大技术是"正字""润腔""定板"——徐健顺作为中国吟诵学会的秘书长，将吟诵规则概括为一本六法——声韵涵义为本，依字行腔、依义行调、平长仄短、模进对称、文读语音、腔音唱法为六法，已经是非常细节化的看法，但是他的看法仍然只是着眼于现象层面，经验层面，没有上升到逻辑的高度——本书的提法源自汉语明清戏曲自身经验，同时也直接切入乐理，给吟诵技术给出了科学界定，为技术发展指明了方向。

最后，严格区分吟诵和吟诵调，通过揣摩吟诵调学习吟诵。必须一开始就在传播中形成健康的吟诵观念：吟诵调是死的，只要吟诵调一形成，原则上来讲吟诵就已经结束，吟诵调只能给我们提供一种关于吟诵的参考，而我们真正应该做的是在揣摩吟诵调的基础上，通过对"正行腔"润腔""行板"的努力钻研和训练，形成属于自己的歌吟技术，形成自己随意处理诗文材料，进行即兴吟诵的能力，这种能力会因为不同场合吟诵者的感情状态不一样，而表现出不同的声乐形态来：有时候是读、有时候是吟，有时候则是唱。

以上方案，归纳起来一句话，就是"探索特征字调旋律，发展方言吟诵"。

从笔者目见吟诵者看，最好的吟诵者都是即兴的，与方言直接关联的，能够处理任何诗文材料的；其次则是能够处理部分材料；最差是只能套用固定吟诵调进行吟诵，甚至只能学习固定的吟诵调的。吟诵的本质的解释问题，成为所有问题的基础，而表现出来则是对方言母音吟诵的理解。这个方案能够很好的解决目前吟诵领域存在的基本问题。为了让大家对这一方案有更深广的认识，以下就这一方案再做一些拓展分析。

4.7.6　拓展分析——有声调语言的吟诵方案

"探索特征字调旋律，发展方言吟诵"不仅适用于汉语方言，也适用于所有有声调语言构造其特征民族声乐——我们将适用于所有有声调语言通过吟诵构造特征声乐的这一方案，称之为"有声调语言的吟诵方案"。下面对"有声调语言的吟诵方案"，作一些说明。

①吟诵指向有声调语言

这给我们以下几个启示：

原则上讲一种有声调语言（三个声调以上）对应一种吟诵类型，世界上有声调语言占三分之二，所以发展吟诵不仅属于中国，也属于世界，是所有有丰富声调语言地区的人们的音乐发展途径。

一种有声调语言的声调类型越丰富，旋律化条件越好，越容易形成吟诵音乐，从这个角度看，汉语北方音韵的四声调条件不如南方语音的更多声调条件，南方方音，如粤语、闽语、赣语、西南官话等具有更好的吟诵潜质，尤以粤语六声九调，最适宜于吟诵；但普通话北方话也不必因此而气馁，因为中国最先兴起的戏曲即是北曲，所用即为北方方言，可见北方方言声调类型虽然不很丰富，但足够形成好的吟诵、吟唱。

②汉语方言吟诵方案具有多重价值

鉴于吟诵的广阔前景，应该大力提倡方音吟诵，有声调语言区的吟诵，形成吟诵百家争鸣局面。由此有四个好处：一是可以带动中国故乐的复兴和改革，二是可以带动传统诗词的复兴和改革，三是可以借此很好保护"方言多样化"，四是可以促进世界有声调语言区的广泛交流。

③区分固定"吟诵调"与依"特征字调旋律"吟诵

由于吟诵调的方音性和多样性，要求大家正确区分吟诵与固定"吟诵调"，提倡吟诵而将吟诵调作为借鉴。固定的吟诵乐曲可以歌曲传唱，可以任其流行，但我们提倡更为自由的、富有创造性的吟诵，但对已形成的固定吟诵调保持警惕：可以将其作为模仿和激发灵感的对象，但决不能让它成为终极目标——我们的终极目标是自由吟诵，能够根据母语方音特点对任何诗词材料进行吟诵，而不是传唱某种固定的吟诵调——对于无声调语言的地方而言，这大概是痴人说梦，但对于多声调语言区，对于汉语区，这是一个非常有趣的问题。要知道，近八百年来，中国土地上所创造的戏曲流派，有几百种之多，说它比世界上所有国家的戏曲音乐加起来还要多，似乎并不算夸张，其根本原因，都是方音吟诵技艺造成的结果。

④吟诵与国乐同源

国乐，包括声乐、器乐、乐理，应该最大程度上重视吟诵。吟诵绝不是枝节问题，想一想世界三分之二的国家尚没有充分注意到他们语言中的基本特性，想一想汉语梵呗、道情、儒家礼乐、唐代的歌诗、元明清方戏这些丰富多彩的中国特色尚躺在流行音乐不很关注的角落，杨荫浏、阴法鲁、黄鹏翔、洛地、徐健顺，仅有这些人鼓吹是不够，况且其中多是斯人已去，我辈当担起斯责。

⑤吟诵无古今

最后，吟诵是属于所有有声调语言的人们的读书方式，无古今之分。如汉语吟诵就是属于所有华文区的人们的读书方式，是属于所有中国人的读书方式，而不只是属于中国古人的读书方式。

4.7.7 结语

总的来看，"厘定特征字调旋律，发展方言吟诵"方案有五大好处。一是确定汉语作为有声调语言的区别特性；二是可以带动中国故乐的复兴和改革，三是可以带动传统诗词的复兴和改革，四是可以借此很好保护"方言多样化"，五是可以促进世界有声调语言区的广泛交流。

4.8 论格律文化的儒士潜网失控困境及其对策

所谓儒士，简单来讲就是本礼乐、习经典、尚修齐治平的读书人。所谓儒士潜网控制，就是指汉语格律文化的创造与接受受儒士文化潜在制约和深度控制的规律。这种控制绝不仅仅表现为参与格律文化制造者的儒士身份塑造方面，更为深刻的是体现为儒士文化对格律文化的主题、题材、内容、风格、甚至形式体裁各个方面的深度参与与制约。同时，诗词曲对联等汉语格律文化的传播也处于儒士潜网控制之中，就像鱼时时刻刻浸在水中一样。关于儒士潜网控制的具体表现，前文已多讨论。所谓儒士潜网控制失衡，就是指20世纪以来，随着儒士文化面对现代文化的更新失策、步步退守，诗词曲骈联等受儒士文化潜网控制较为严重的文艺样式，日益陷于一种进退失据，无所适从的无序局面。

儒士潜网控制失衡困境的可能解决途径，有两条路，一条路是放弃儒士文化，任由受儒士潜网控制的文艺样式自生自灭；另一条路是儒士文化自我更新，与现代文化相适应，则受儒士潜网控制的文艺样式自然就有了出路。本书讨论第二条路。

以下从儒士文化与诗词骈联文化的血肉联系，以及儒士文化的自我更新两个话题，来切入本书的讨论。

4.8.1 儒士文化与诗词骈联文化的血肉联系

从诗词骈联的角度讲，儒士文化不可抛弃，因为二者有不可割舍的血肉联系。这种联系体现在太多方面，以下撮其大要飨与读者。

《易》的"观物取象"思维促进了意象传统、比兴传统、香草美人传统；

《易》的"观物取象"思维对中国美学批评话语体系的控制；

《易》的协对思想催生了对仗、骈文、对联、叠配原则；

《易》的协对思想形成了对联的文学形式、书写形式、张贴形式；

《易》的协对思想形成了平仄对立、由此影响到竹竿律、律句、粘对律、叠式律；

《周易》的周而复始思想催生了韵律、声律、节律；

《诗经》催生了赋比兴手法；

"诗教"传统影响作家修养、作品主题创造、读者接受心理；

"兴观群怨观"对诗词创作、接受、传播的全面影响；

《书》的"诗言志"传统对作家修养、作品主题创造、读者接受心理的影响；

《诗言志》形成了"歌者的词"与"诗人的词"的风格区别；

《书》的"歌永言"传统催生吟诵、吟唱、歌诗传统；

《书》的"歌永言"传统对填词影响；

史传传统催生用典传统。

对这些条目中的每一条的探讨，都可以写成一本书。但本书不准备做这样复杂的工作，而只是就其整体观察五经对诗词骈联的不可思议的影响。

我们看到，儒家经典五经，对诗词骈对的影响，从作家的修养到作品的主题倾向、体裁要素（包括韵律、节律、声律）、形象要素（意象、意境、赋比兴手法），作品的传播特点、传播形式、批评术语和批评方式，有着全面而深刻且令人意想不到的影响。二者已经发展到了一种水乳交融，难以分割的地步。放弃其中的任何一种，另一种都会显得失色。如放弃对《周易》的传承，则中国诗词中的很多现象，就会变得奇怪，没有思想依据，例如对仗，新诗基本不讲对仗，并不是白话文发展不会出这种方式，而是《周易》的流失，导致人们对这种思维感到陌生，自然就不会有迫切的创造热情。

古典诗词的节律、声律、韵律，大都面临着这种局面。这种儒士潜网控制是根深蒂固、难以摆脱的。旧体诗的作者，必须明白他们所面临的困境，绝不是表面上看那么简单。要直面这种困境，需要直面整个传统文化的勇气。

比较可惜的是，近代大部分作家受新文化运动影响，都直接从理性层面拒绝了直面四书五经经典价值的可能，或者只是取一种观望的态度、研究的态度，这严重影响了他们对于诗词骈对的阅读接受——他们能够体会到诗词骈对作为自然对象的一部分，却很难体会到更富有文化意味的底层部分，很难在更深层次与这种文化相共鸣。这就是儒士潜网控制失衡的困境。

人为割裂的东西，需要人为将其弥合。我们是要放弃诗词，还是要拾捡起儒士文化？笔者试选取后一条路，做一些尝试。

4.8.2　儒士文化的自我更新可能——拓展"三纲八目"体系

4.8.2.1　八百年以来儒士文化的自我更新框架：三纲八目

以下引用笔者《朱熹的选择与儒学的未来——为三亚儒学大会拟定发言稿》一文加以说明[①]。

朱熹的选择与儒学的未来
——为国际儒学联合会第九次普及工作座谈会
暨第二届国学与大学德育论坛拟定的发言稿

我是海南热带海洋学院的教师柯继红。谢谢大会、谢谢热带海洋学院给予这次与大家交流的机会。我与大家交流的题目是：朱熹的选择与儒学的未来。我要

---

①柯继红写定于海南热带海洋学院明夷小居 2016 年 11 月 30 日。

讲的有三个内容，一是朱熹为什么要注《四书》，立大学为儒学的入门；二是朱熹之后，民国之前，对这个体系有较大贡献的几位人物；三是这个体系在今天是否还有些用处。

（一）朱熹为什么要做四书，立大学纲目为儒学的入门

首先讲第一个内容，就是朱熹（1130—1200）为什么要做四书、立大学为儒学的门径。立大学为儒学门径的观念始自二程，但精心选择四书作为集注，将大学列于其首并作详细注解，为此还特增格物一条解释，做这种影响深远的工作的是朱熹。朱熹所以要注四书、并选择大学作为儒学的入门，首要的原因是当时儒家经典的繁复，其次则是大学的挺立规模的特点。

儒家经典的繁复，渊源甚长。周公制礼作乐，便以（礼、乐、射、御、书、数）六艺教贵族子弟；至孔子，以文、行、忠、信四学教弟子（其中，文的部分，即为五经，增加的部分是春秋、增饰的部分是变乐为诗，替数为易）；至汉，遂以五经设博士教弟子；至唐代官方学校又增设了二礼二春秋，形成了"九经"，又增设《论语》《孝经》《尔雅》为兼经，形成开成十二经，至北宋，官学增设《孟子》，形成了繁复的十三经。如此洋洋洒洒的经典，自然就产生了一个如何化繁为简，为初学者指点门径的问题。这是朱熹选注大学并四书的最直接原因。

另一原因则与儒学发展的内在要求相关。儒学发展到南宋，儒学体系越来越来庞大，需要一种逻辑化和归并工作。大学提出的三纲八目，取径大、视野宽、逻辑性强，能够把儒学的一般问题较明确地呈现出来，很适合立定规模和定基调，论语、孟子、中庸则是圣人及其弟子直接传述的语录，是第一手的弘道的资料。故取大学为入德之门，论孟为纵深探讨、中庸为精微心法传授，建立一个由易到难、由简入繁的一般学习体系，就成了自然而然的事情。而这正是朱熹的工作。

从礼记中发现大学、中庸的特殊性，并不是太困难。但是立意将其与论孟并列，合为四书，并详细作注，大力发其精微并极力传播其精神，却是朱熹的独特的眼光。这些工作之中，挺立三纲八目体系是朱熹最关键的贡献。

（二）大学纲目体系的渐次丰富

接下来，我们讲第二个问题，即朱熹之后、民国之前，对这一体系有较大贡献的几位人物。三纲八目为明德、新民、止于至善、格、致、诚、正、修、齐、治、平，合为十一目。这十一目，从今天看大半倒像是些框架，其解释自然难于统一。朱熹的贡献在于，第一、序大学于论孟之前，挺立三纲八目体系，将其列为孔子的思想纲领；第二、杜撰格物目传注：明格物为明善之要、当务之急，并从此阐述他的格万物之理的理学观念。朱熹之后，三纲八目受到了普遍的重视，修齐治平作为一种人生内容得到了儒家知识分子的普遍认同，不同角度的阐释日益增多。这些阐释多建立在朱熹的工作上，有赞同朱熹的，也有个别反对的。从

今天的眼光来看，较值得注意的有以下几家：南宋的真德秀，明代的丘濬、王阳明，明清之交的黄宗羲，以及晚清的陈独秀。

真德秀（1178—1235）是第一个对三纲八目做出诚恳研究的儒家士大夫。他是朱熹的再传弟子、忠实拥护者。遵从朱熹格物的指引，他写了专门研究八目内容的书，不过只写了前面六目，书名叫《大学衍义》。这本书是呈给当时的皇帝宋理宗的，今天的人恐怕不会太感冒。但这本书写得很老实，书中分四纲十二目。（如《格物致知》纲分"明道木""辨人材""审治体""察民情"四目；《诚意正心》纲分"崇敬畏""戒逸欲"二目；《修身》纲分"谨言行""正威仪"二目；《齐家》纲分"重妃匹""严内治""定国本""教戚属"四目）皆引录经文，旁征史事，参以先儒之论，并以己意发明之。真德秀的著作称不上有什么大的创建，但他是认认真真格物的第一个代表，可以说形成了一个范式。

真德秀之后，明代又出来一个认真格物的人物，就是我们海南的丘濬（1421—1495），他对三纲八目体系的贡献是他那本140余万字的《大学衍义补》。丘濬是很聪明的人物，他生活在明代前期，恰值思想活跃的时代，晚年做到过宰相，是海南历史上唯一的一位宰相，但他的早年却是一位著名的诗人，中年又几乎都在编修史书的学者生涯中度过，直到晚年，才发现自己的理想大概实现不了，于是便开始着手进行了他一生最重要的工作：发奋补注真德秀《大学衍义》缺损的二目：治国与平天下。《大学衍义补》的写作前后历时9年，详尽研究了国家治理的相关十二个大问题与一百一十九个小问题，提出了一整套治平方略，这些方略涉及经济、政治、文化、教育、司法、军事等各个方面，包含了极为丰富的内容。丘濬本人以经济自负，其中关于商品经济、货币贸易等方面的论述，尤为今人所看重。丘濬对三纲八目的工作，开了晚明经世致用思想的先声。他的这部分成绩，传统的儒学似乎并不很看重。但从今天看，《大学衍义补》真是一件了不起的工作，不仅仅是因为它对于传统儒家治平思想的极大丰富，更重要的是在于，它这种认认真真的研究学问的格物精神，对传统儒家空疏谈学的传统是一个很重要的补救，不得不令人佩服。朱熹讲要格尽天下之物，格尽万物之理，这种精神在丘濬身上是真的体现了。

丘濬之后，思想界到处涌动，又出了一位关注大学纲目的重要人物，就是王阳明（1472—1528）。王阳明的核心工作是从批评朱熹对三纲八目的解释开始的，其核心就是反对朱熹的格物条。他极不认同朱熹自作主张，擅撰格物之条，并将格物作为明善之首的意见，认为是"破碎圣学"，不过他的方法却与朱熹如出一辙，他从八目中捻出致知做文章，杜撰了一个致良知的条目，将其视为儒学认识的起点。王阳明的最重要的贡献，就在于将致知发展为致良知，并试图以此统帅整个儒学体系，这就超出了陆九渊等人就鱼说鱼的老套；他的著名的四句教（无善无恶心之体，有善有恶意之动，知善知恶是良知，为善去恶是格物），其中重要的只是良知一条。当然，他也意识到朱熹的格物不可去，于是将其取过来做了他致良知的工具。他还深做了一个命题，就是知行合一，大概也是意识到良知说的空洞可能引起的问题，而进行的补救。王阳明的心学在当时影响很大，但并不都是一致的赞成，但自他之后，人们讨论理学，却不得不注意到心学和理学、格物与致知条目的区别了。明清之际兴起的经世致用思潮，甚至将国家的衰败推罪于儒学心学的空疏无物，而意图恢复儒学格物济用的实效。易代之际的顾、黄、王诸家，清定之后的颜李学派，都是格物致用的大家，其实都是王阳明之后的某种反动。

晚明之际，对于三纲八目的意见，不出自朱，便出自王，即使如非圣的李贽等的表面的全盘否定，也不过是王的心学的极端和朱的日用物理的极端，两个极端的奇怪调和。能够从儒家三纲八目的一般意见中跳出来，且生出一番实际境界的，是崇尚实学的黄宗羲（1610—1695）的《明夷待访录》。《明夷待访录》是一本很奇特的书，它的核心是讨论国家治理的权力的制衡问题，篇幅很小，但完全跳出了一般中国传统的皇权思想，将矛头直接指向了专制制度本身，所以这本书对于四百年前的中国、对于四百年前的儒学确实是一个奇迹，它能够存留下来也确是一个奇迹。《明夷待访录》研究了历代国家治理的本质和方式，其原君篇指出君权出自天下百姓，原臣置相篇拟定了臣相皆为百姓服务而非为君服务的宗旨，学校篇拟定太学为监督君臣行政的机构。这种建立在君权民授基础上的以君、相、太学三者共治天下的治理模式，在传统上是闻所未闻的。但又的确出自一位传统儒家学者之手，的确是从格物实学角度去讨论治平意见，而生出全新而又弗失其儒学根基的境界。

晚清之际，受到外来的冲击，人们对于格物条、治国条等有了更深入的认识，而其中最彻底的创建，当完成于陈独秀。在三纲八目下讲陈独秀，似乎风马牛不相及，但是，客观考察其中的渊源，却是可以理解的。明代万历年间，执文化牛耳的海南籍礼部尚书王宏诲与来华传教的天主教传教士利玛窦交好，试图将其引荐给当时的万历皇帝，他看中的并非利玛窦的教义，更多的是利玛窦身上凝结的伦理、数学、天文、物理、地理学等格物实学内容；鸦片战争以来，西方的生物、物理等格致科学进入中国，引起了更大的思考。洋务派提出"西学为用"以改进儒学格致学科的不足，康梁从《明夷待访录》及西方的制度得到启示，提出治国方略的托古改制的改良思想；章太炎孙中山则倡导革命思想以推行新的治国方略；陈独秀综合二者，最后提出了更为思想化的体系，即科学和民主的口号。科学和民主，离格物致知和治国平天下看似遥远，但从发展的眼光来看，却未必不是格致和治平的应有之义，将科学和民主看成是格物和治国的延伸和创造，从这个角度看，中国的现代的知识分子，骨子里的选择仍然与传统是相勾连的。

（三）大学纲目体系的未来可能

最后，我们简单谈一下第三个问题，即三纲八目体系在今天的可能性与用途。仔细考察三纲八目的设置，不得不佩服朱熹的眼光，同时也更看懂了真德秀、邱濬、王阳明、黄宗羲、陈独秀诸贤的殊道同归的创造。从今天来看，格致诚正、修齐治平也仍然是一种宏大的视野和高瞻远瞩的境界。相比于卢梭提出的自由、平等、人权，法国大革命留下的平等、自由、博爱，近代所从倡导的人权与自由，以及我们今天倡导的价值观，也仍然有其自然的优势。它们也并非相互排斥的关系。发挥、发展它的含义，不是没有可能的，对于整个世界，也不是没有益处的。如新民的启蒙的思想、格致的科学的内容，诚信的信仰问题，修身立己的新的境界，治国的民主与制衡的新的探讨，和治天下的理念，这些都是很好的弗失固我而又展现新我的大的课题。对于这些问题，我个人也在三纲八目的基础上生发出了一些小的意见，但限于时间，今天就不能给大家展开了。

结语

人以弘道，非道弘人，儒学有朱熹、真德秀、丘濬、王阳明、黄宗羲、陈独秀这样的人，便自然有它的创造力，有它的未来。相信只要大家共同发挥创造力，儒学的未来是值得期待的。

最后谢谢大家的聆听。一孔之见，欢迎大家提出批评。

4.8.2.2　近代西方文明几大奠基性成果对"三纲八目"的自然发展

儒家文化有没有过时，人们只要看看它所讨论的纲目，就能明白。八百年前，三纲八目为儒学的入门的根基，这三纲八目涉及的内容，没有一目是过时的。其中一些纲目的探讨与实践在近代成为文明发展的焦点，在西方取得了巨大成就，奠定了现代文明的基础，这些纲目包括"明德""新民""格物""治国"。西方文明在这些纲目上取得的丰硕成果，可以反哺儒士文化，成为儒士文化的强有力的补充。

（1）康德道德律批判可以看成是"明德"目的发展

三纲中的明德、至善，讲的是人类社会的群体道德问题，恐怕只要有人群在，就不会过时。对善这个问题的思考在历史上是一脉相承的：张载的横渠四句"为天地立心，为生民立命，为往圣继绝学，为万世开太平"高扬道德的功能，王阳明的阳明四句教"无善无恶心之体，有善有恶意之动，知善知恶是良知，为善去恶是格物"将道德内化为人的良知，康德的墓志铭及名言"有两种东西，我对它们的思考越是深沉和持久，它们在我心灵中唤起的惊奇和敬畏就会越历久弥新，一个是我们头顶上浩瀚的星空，另一个就是我们心中的道德律令。对这两者，我不可当做隐蔽在黑暗中或是夸大其辞的东西到我的视野之外去寻求和猜测；我看到它们在我眼前，并把它们直接与我的实存的意识联结起来。前者从我在外部感官世界中所占据的位置开始，并把我身处其中的联结扩展到世界之上的世界、星系组成的星系这样的恢宏无涯，此外还扩展到它们的循环运动及其开始和延续的无穷时间。后者从我的不可见的自我、我的人格开始并把我呈现在这样一个世界中，这个世界具有真实的无限性，但只有对于知性才可以察觉到，并且我认识到我与这个世界（但由此同时也就与所有那些可见世界）不是像在前者那里处于只是偶然的联结中，而是处于普遍必然的联结中。前面那个无数世界堆积的景象仿佛取消了我作为一个动物性被造物的重要性，这种被造物在它（我们不知道怎样）被赋予了一个短时间的生命力之后，又不得不把它曾由以形成的那种物质还回给这个（只是宇宙中的一个点的）星球。反之，后面这一景象则把我作为一个理智者的价值通过我的人格无限地提升了，在这种人格中道德律向我展示了一种不依赖于动物性、甚至不依赖于整个感性世界的生活，这些至少都是可以从我凭借这个法则而存有的合目的性使命中得到核准的，这种使命不受此生的条件和界限的局限，而是进向无限的。有两种东西，我们越是经常、越是执着地思考它们，心中越是充满永远新鲜、有增无减的赞叹和敬畏——我们头上的灿烂星空，我们心中的道德法则"，从西方视野重申了人类道德的庄严和宽广，再次在全世界范围内激起了对这一古老主题的严肃思考。为了给人类的道德立法，康德写下了著名的三大批判中的《实践理性批判》，深刻而严肃的反省了道德的基础与条件，他最后得到的结论是"道德是先验的"，这个结论可以看成是西方文明从逻辑的角度对王阳明"致良知"命题做出的回应，并没有超出王阳明的观念范畴。最近一个对道德作严肃而全盘思考的恰恰是西方人，这是值得我们注意的。

（2）启蒙运动可以看成是"新民"目的革命性发展

三纲中的"亲民"历来解说纷纭，二程朱熹把它解释为"新民"，是富有创见的解释。所谓"新民"，就是"以周文化人""以文化人"并使人"成人"的意思。周代建立太学，特别重视教化，周代以"礼乐"治国，自然以"礼乐"教人，礼教代有更替，乐教在后来被尊为"诗教"，都是周的遗传。孔子以"六经"教人，也是秉承这种教化观念。子思作《中庸》，记载"天命之谓性，率性之谓道，修道之谓教"，孔子《论语》第一篇"学而时习之"就是讲的教学问题，荀子留下了《劝学篇》，"道济天下之溺"的韩愈写下了《师说》，可见教化的传统在中国的源远流长。直到现在，西方人还惊叹华人的好学，这就是传统的力量。

但是唐代以来，这种"新民"，在理论和内容上却并没有什么大的发展。

发展"新民"思想和方法的是西方17世纪、18世纪的启蒙运动思想家。

17世纪、18世纪，启蒙思想家孟德斯鸠、伏尔泰、狄罗德、卢梭、霍布斯、洛克等人，发起了轰轰烈烈的以"理性"为核心对人民思想进行启蒙的启蒙运动。启蒙运动的思想最后由康德《什么是启蒙》[①]（1784）一文做出了总结：

[①]（德）康德：《答复这个问题："什么是启蒙？"》，《何兆武汉译思想名著5：历史理性批判文集》，天津：天津人民出版社：2014年，第22—30页。

启蒙运动就是人类脱离自己所加之于自己的不成熟状态，不成熟状态就是不经别人的引导，就对运用自己的理智无能为力。当其原因不在于缺乏理智，而在于不经别人的引导就缺乏勇气与决心去加以运用时，那么这种不成熟状态就是自己所加之于自己的了。Sapere aude! 要有勇气运用你自己的理智! 这就是启蒙运动的口号。

懒惰和怯懦乃是何以有如此大量的人，当大自然早已把他们从外界的引导之下释放出来以后（naturaliter maiorennes）时，却仍然愿意终身处于不成熟状态之中，以及别人何以那么轻而易举地就俨然以他们的保护人自居的原因所在。处于不成熟状态是那么安逸。如果我有一部书能替我有理解，有一位牧师能替我有良心，有一位医生能替我规定食谱，等等；那么我自己就用不着操心了。只要能对我合算，我就无需去思想：自有别人会替我去做这类伤脑筋的事。

绝大部分人（其中包括全部的女性）都把步入成熟状态认为除了是非常之艰辛而外并且还是非常之危险的；这一点老早就被每一个一片好心在从事监护他们的保护人关注到了。保护人首先是使他们的牲口愚蠢，并且小心提防着这些温驯的畜牲不要竟敢冒险从锁着他们的摇车里面迈出一步；然后就向他们指出他们企图单独行走时会威胁他们的那种危险。可是这种危险实际上并不那么大，因为他们跌过几交之后就终于能学会走路的；然而只要有过一次这类事例，就会使人心惊胆战并且往往吓得完全不敢再去尝试了。

任何一个个人要从几乎已经成为自己天性的那种不成熟状态之中奋斗出来，都是很艰难的。他甚至于已经爱好它了，并且确实暂时还不能运用他自己的理智，因为人们从来都不允许他去做这种尝试。条例和公式这类他那天分的合理运用、或者不如说误用的机械产物，就是对终古长存的不成熟状态的一副脚桎。谁要是抛开它，也就不过是在极狭窄的沟渠上做了一次不可靠的跳跃而已，因为他并不习惯于这类自由的运动。因此就只有很少数的人才能通过自己精神的奋斗而摆脱不成熟的状态，并且从而迈出切实的步伐来。

然而公众要启蒙自己，却是很可能的；只要允许他们自由，这还确实几乎是无可避免的。因为哪怕是在为广大人群所设立的保护者们中间，也总会发现一些有独立思想的人；他们自己在抛却了不成熟状态的羁绊之后，就会传播合理地估计自己的价值以及每个人的本分就在于思想其自身的那种精神。这里面特别值得注意的是：公众本来是被他们套上了这种羁绊的，但当他们的保护者（其本身是不可能有任何启蒙的）中竟有一些人鼓动他们的时候，此后却强迫保护者们自身也处于其中了；种下偏见是那么有害，因为他们终于报复了本来是他们的教唆者或者是他们教唆者的先行者的那些人。因而公众只能是很缓慢地获得启蒙。通过一场革命或许很可以实现推翻个人专制以及贪婪心和权势欲的压迫，但却绝不能实现思想方式的真正改革；而新的偏见也正如旧的一样，将会成为驾驭缺少思想的广大人群的圈套。

然而，这一启蒙运动除了自由而外并不需要任何别的东西，而且还确乎是一切可以称之为自由的东西之中最无害的东西，那就是在一切事情上都有公开运用自己理性的自由。可是我却听到从四面八方都发出这样的叫喊：不许争辩！军官说：不许争辩，只许操练！税吏说：不许争辩，只许纳税。神甫说：不许争辩，只许信仰。（举世只有一位君主说：可以争辩，随便争多少，随便争什么，但是要听话！君主指普鲁士腓德烈大王）处都有对自由的限制。

然则，哪些限制是有碍启蒙的，哪些不是，反而是足以促进它的呢？--我回答说：必须永远有公开运用自己理性的自由，并且唯有它才能带来人类的启蒙。私下运用自己的理性往往会被限制得很狭隘，虽则不致因此而特别妨碍启蒙运动的进步。而我所理解的对自己理性的公开运用，则是指任何人作为学者在全部听众面前所能做的那种运用。一个人在其所受任的一定公职岗位或者职务上所能运用的自己的理性，我就称之为私下的运用。

……

凡是一个民族可以总结为法律的任何东西，其试金石都在于这样一个问题：一个民族是不是可以把这样一种法律加之于其自身？它可能在一个有限的短时期之内就好像是在期待着另一种更好的似的，为的是好实行一种制度，使得每一个公民而尤其是牧师都能有自由以学者的身份公开地，也就是通过著作，对现行组织的缺点发表自己的言论。这种新实行的制度将要一直延续下去，直到对这类事情性质的洞见已经是那么公开地到来并且得到了证实，以至于通过他们联合（即使是并不一致）的呼声而可以向王位提出建议，以便对这一依据他们更好的洞见的概念而结合成另一种已经改变了的宗教组织加以保护，而又不至于妨碍那些仍愿保留在旧组织之中的人们。

……

如果现在有人问："我们目前是不是生活在一个启蒙了的时代？"那么回答就是："并不是，但确实是在一个启蒙运动的时代。"

……

1784年9月30日，于普鲁士哥尼斯堡

启蒙思想家是从理念创新和制度设置两个方面展开启蒙运动的。霍布斯提出了"社会契约创造国家，君权民授"观点，卢梭据此写出了《社会契约论》；洛克在思想上反思霍布斯，提出"国家的目的是保护私有财产；私有财产是人权的基础"思想，在制度设计上则提出"立法、行政、外交分属议会和君主的分权思想"；后者被孟德斯鸠发展成为"三权分立"原则，写出《论法的精神》，孟德斯鸠还在《论法的精神》提出了"君主立宪制"是制度设计；伏尔泰被誉为启蒙运动的"思想之王"，他强烈反对专制制度，提出"天赋人权，人生而自由和平等"思想，从思想上领导了启蒙运动；卢梭也主张"天赋人权"，他把"天赋人权"进一步发展成为"人民主权"，提出了"社会契约论"；狄罗德是百科全书式的启蒙思想家，他坚持"国家源于社会契约""君权来自人民协议"思想，并提出"适合人性的政体终将带给人民自由平等"；康德是启蒙运动思想的总结者，他指出启蒙运动的核心是"人应该自己独立思考，理性判断，将自己从不成熟状态提升到成熟状态"（"Aufklärung ist der Ausgang des Menschen aus seiner selbst verschuldeten Unmündigkeit. Unmündigkeit ist das Unvermögen, sich seines Verstandes ohne Leitung eines anderen zu bedienen." – Immanuel Kant: Was ist Aufklärung?"）。

启蒙思想家从理性的角度，深入探讨了人类群体中的个人与国家的关系，提出了自由、平等、天赋人权、私有财产、社会契约、人民主权、三权分立、政体、君主立宪制、理性、启蒙运动等一系列天才的理念，这些都是启蒙思想家创造出来的原创性思想，代表着人类对"新民"的思考达到了一个前所未有的高度，为三百年以来人类的发展指出了方向。

启蒙思想家这一场轰轰烈烈的"新民"运动的手段也是全新的，就是一切诉诸"理性"，高扬理性精神。我们曾在孔子的身上，看到某种强烈的理性的影子，如《论语》讲"知之为知之，不知为不知，是知也""子不语力怪乱神""未能事人，焉能事鬼""未知生，焉知死""祭神如神在""我非生而知之者，好古，敏以求之者""生而知之者，上也；学而知之者，次也；困而学之，又其次也；困而不学，民斯为下矣"。然而，如此深刻运用理性手段反思人的状态、人与国家的关系，国家制度的起源、本质、作用、未来，这是前所未有的。

（3）古希腊以来的科学体系可以看成是"格物致知"的深度实践

必须承认，近现代影响人类最深远的两件事情，确实如陈独秀所概括的，就是"科学与民主"。

2000多年前，中国人就提出了"格物、致知、正心、诚意、修身、齐家、治国、平天下"的思想框架，在这个框架中，"格物"是基础。然而，不得不承认，包括周代的天文学、早期的墨学，受易经影响的数学、少数中医学、博物学，以及一些技术领域如四大发明的较多创造外，"格物"在中国长达2000多年的历史长河中，一直处于技术领域的经验状态（当然，1600年之前的整个世界，成绩也都不大），没有发展出科学的成熟状态。

即使朱熹以天才的眼光在800多年前看到了"格物"条对现实的重要意义，但是，他也没能逃出一般儒家重人事，轻自然研究的习惯，他的确提出了"格物即理"的观念，然而，发展出来的"万物皆有理"的"理学"，却更多是一种社会伦理学。对于格物条的再阐释，一直到鸦片战争后，才逐渐引起有识之士的注意。然而这个时候，中国人除了被动接受西方庞大的科学知识之外，没有多少余力去对文化的整合作任何思考了。近代中国的中西文化交流以这种方式进行，是令人遗憾的。

公正地讲，说中国人天生不关注科学，是过激的。我们观察明朝一次著名的中西文化交流事件"礼部尚书王弘诲引荐天主教传教士利玛窦进京觐见"中王弘诲对科学与宗教的不同态度，可以窥见一斑。

　　王弘诲（1542—1616），字绍传，号忠铭，琼州定安县龙梅乡人。5岁入塾读书，9岁就童子试，13岁入县学，17岁在县学受到岭南诸道学政督导李逊赏识，以为"南溟奇甸，后文庄百余年，而有子哉"，与其子同行同学。20岁（嘉靖四十年），以第一名中举；赴会试，遇父病而返，父卒，服丧至23岁；除丧礼毕娶周氏。24岁（嘉靖四十四年），中进士，选庶吉士；25岁受上疏前海瑞托后事，后海瑞以疏杖刑入狱，冒死探护；26岁（隆庆元年）护外舅丧请告回乡。29岁，四月丁未，授翰林检讨；五月充《世宗实录》纂修；母去世，回乡服丧至32岁。35岁（万历四年），上《拟改海南兵备道为提学道疏》；《实录》成，晋翰林编修；36岁，任会试房考，《拟改海南兵备道为提学道疏》批行礼部。38岁，为国子司业；41岁，晋升南京右春坊右谕德；42岁，登南京国子监祭酒。43岁，二月进南京吏部右侍郎，十二月改北京礼部右侍郎，充《会典》副总裁，兼经筵讲官；44岁，转礼部左侍郎，《会典》成，加太子宾客，充日讲三品，满考，掌詹士府教习庶吉士；45岁，充翰林院侍读学士，任考试官；46岁海瑞卒，作《海忠介公传》；47岁十月为吏部左侍郎。48岁，正月主持会试，取焦竑等三百五十人；六月升南京礼部尚书，著《文字谈苑》付梓；49岁，上《请建储公疏》请立太子，上《礼部题禁风俗奢靡事宜疏》请禁奢靡，作《清海碑》志征黎事；50岁，兴修礼部碑，上《请建储公第二疏》《慎重诏令疏》《请召对豫教疏》，南礼部主事汪应蛟、汤显祖作文立石表方孝孺墓，应作《方正学先生祠堂庙》，是年上疏告休；51岁，上《乞霁威俯宥疏》请宽大臣，上《请朝讲公疏》请恢复朝讲，九月考满，请假回乡，途中作吴越之游，留下游记《吴记》《越记》及大量山水诗作（《宿卧佛寺》《彭蠡湖》《积金峰》《雨中望焦山》《张公洞》《苏堤怀古》《游净寺编参五百应真像》《晓起由灵隐登北高峰绝顶》《游明昌寺》《舟行杂咏》《恒山》《焦山》《燕矶观音阁》《游茅山》《文昌祠》《岳武穆祠》《黄龙潭》《梅花帐》《惠山泉》《天池》《藏经阁》《放鹤亭》《石佛寺》《望湖亭》《天游峰》《仙长峰》《水帘洞》《游南华》《逍遥洞》）；秋，途经韶州，与传教士利玛窦相交。52岁，居乡，建尚友书院。54岁，十一月起复旧任；55岁，引利玛窦往南京；56岁，主持会试，上《议征剿黎寇并图善后事宜疏》；57岁，引利玛窦入京，遇日朝战争，引见皇帝未遂；58岁，请利玛窦观看祭孔，十月致仕。74岁（1615），万历四十三年五月，卒于家。著有《尚友堂集》《南涅奇甸》《吴越游记》《来鹤轩集》《居乡约言》《天池草》等书，多散佚，今仅见《天池草》及附于其中的《吴越游记》。《天池草》屡经重修，今存康熙本、吴典家藏本、民国二十四年海南丛书本以及土力半点校2003年海南先贤诗文丛刊本《天池草》，末者以康熙本为底本，参以海本，附汇若干遗文、资料而成。王弘诲的生平《明史》无传，其事迹散见于各种资料，王力平《海隅名臣——晚明王弘诲研究》书末附有作者所撰王弘诲年谱，可参看。

　　观王弘诲的一生，在文化上实无大的建树，但在与利玛窦交往，引利玛窦入京这件事情上，却是可以载入中西文化交流史册的。

　　王弘诲处于晚明思想活跃时期。一方面，距儒家思想的大创造时代虽已有一段时间，大思想家王阳明、湛若水、王艮在他出生的前后已相继去世，心学传播却方兴未艾，其深度与广度正以难以置信的速度扩布增长，并激励佛学界和道学界的反应。另一方面，以利玛窦为首的西方传教士相继进入中国，带来了完全异质的西方宗教与科学文化。这一时期，各种文化思潮开始交流融汇，甚至出现了激烈的交锋与碰撞，典型事件如李贽的弃儒入释，利玛窦与雪浪大师论辩等，尤以利玛窦援儒排释，吸引徐光启等人"驱佛补儒"，最为成功，使中国思想界出现了前所未有的变局。王弘诲正是相伴这种情况入掌国子监祭酒、礼部尚书，执中华文化界之牛耳，以第一人的身份伴随、观察、适应、推动甚至协调引领这股思想潮流。

毋庸置疑，这1000年未有的变局的各方，儒学、佛家、道学、基督教，以及科学思想，其复杂性远远超出只各掌握其中三种资源的王弘诲与利玛窦的理解范围。考察这一过程，中国的儒释道思想刚刚借助心学完成了一次大融合，成为事变的一方，基督教则已借助亚里斯多德等学说形成了相对规模的古典科学观，并在应对新科学过程中正积累新经验，成为事变的另一方，而事变的开始则是由利玛窦一方以援儒抗佛政策牢牢把握主动，王弘诲及其所代表的中国思想界一开始处于被动应付，应对参与的局面，事变的演变固然由利玛窦主导，但后来均超出了双方的理解范围。然而，作为儒学精英，王弘诲在这一事件中表现出了儒家杰出知识分子的宽阔胸怀。首先，作为礼部尚书，最高文化机关长官，王弘诲对诸学采取的是兼收并蓄的学问态度，他敏锐意识到利玛窦新思想中的新知识与新科学成分，对其采取了开放吸纳的态度，数次意图将其介绍给皇帝，同时对本土佛家和道家也表现出了并行不悖的做法，对佛家多参与探讨其佛理，对道家则主要取其全生性命之学；其次，在交往过程中，王弘诲始终保持了儒家知识分子的独立身份、宽容态度与持平观点，并对自己的世界观保持了深博的自信。考察王弘诲的思想行为，虽然他并非当时思想界最富创造性的人物，但他仍能代表一般中国知识分子的状况，由他确实能够看到当时思想领域融合交通的复杂局面，能够看到背后隐藏的危机重重的现状及难以预测的未来。

王弘诲通过引荐传教士利玛窦到南京和北京，为早期西学东渐做出了重要贡献，已有玛窦本人及其他西方学者做了详尽记载。由于某种原因，今存《天池草》中已看不见任何王弘诲与基督教接触的痕迹。双方接触的事迹，主要记载在《利玛窦中国札记》[1]中。从札记可以肯定，王弘诲对于基督教传教士，基本上是以学者相交，王弘诲对上帝的态度与孔子相近，存而不问，采取了沉默态度，他主要感兴趣的除道德探讨外，是附着在西方神父身上的新的知识、观念与体系，包括其伦理、数学、天文、物理、地理学等。据《利玛窦中国札记》记载：

> 利玛窦听说我们所认识的王某在他从北京去南方海南岛他的故乡的旅途当中，曾访问过在韶州的传教团并同神父们非常熟悉。他还听说此人已被皇帝重新召回南京，主管第一部，叫做吏部（Li pu）的……他曾答应当他回到朝廷时，他

---

[1] 利玛窦、金尼阁：《利玛窦中国札记》，何高济、王遵仲、李申译，北京：中华书局，1983年。

将让神父们和他一起修改中国历法中关于星座的某些错误，以及解决一些其它数学上的难题……他特别喜欢他曾在韶州见过的玻璃三棱镜，他认为这是一块具有巨大价值的宝石……他很高兴不仅要他们陪他一起去南京，而且还一起去北京，他将到那里去一个月以庆贺皇帝的诞辰……他认为这会是向皇帝献礼的好机会，这些礼品都是他先前从未见过的……象在过去其他的场合那样。有这样一位特殊的大官同行，要比护照更保险，实际上他们做这次旅行会使南昌的居住点更为安全，并加强了整个传教团的地位……在去南京的航程当中，他们和尚书更加熟悉了，并以适当的赠礼赢得了他的孩子和仆人们的情谊……一座钟送给了王尚书，他学会了开动和在必要时进行调整……王尚书由于未能在南京实现他的计划而感到失望，但又不愿在接受大礼后食言，就决定带着神父们同他一起去北京。一旦到了那里，他认为可以通过与他关系友好的宫廷太监把礼品献给皇帝……尚书非常高兴地观看了这幅世界地图，使他感到惊讶的是他能看到在这样一个小小的表面上雕刻出广阔的世界，包括那么多新国家的名称和它们的习俗一览。他愿意非常仔细地反复观看它，力求记住这个世界的新概念……在他送给尚书的礼品中，有一幅这个地图的摹本是作为他自己的原作赠送的。中国最早的石刻方法和后来的制版方法曾在本书第一卷加以说明。当尚书看到他所得到的地图与他认为是利玛窦神父所摹的这一幅极为相似时，便把利玛窦叫来说"你看我们也有世界地图。这是我从南京总督那里得来的一幅，同我从你那里得来的那幅完全一样。利玛窦一眼就显然看出，他是在看自己的作品。他说他第一次是在肇庆刊印这幅地图，把复本送给了他的朋友，它就流传到了这里。他的主人听到这些非常高兴，因为这使他对礼品更为满意……和中国之间的海湾。由于日本已进犯朝鲜，天津卫特别任命丁一位总督，在他的指挥下许多舰队正准备去援助朝鲜人。整个河上布满了战舰，满载军队，但神父们所乘坐的马船却挤石：这些船中间安然通过，未遇阻拦……不久之后，教士们到达北京；他们到尚书府去，他们是受到他的保护的。尚书由一条陆路而来，省了大量的时间和精力。他让他们住在他府中舒适的住房中，因为他喜欢他们作伴，希望他们靠近他，他并且立即向他所熟识的皇宫太监转土他们的申请。这个太监也答应尽力促成这件如此重要的事，并要求看看神父们和他们给皇帝带来的礼品……他告诉他们，由于各种原因他不能代表外国人向皇帝进言，特别是在这个非常时期，战争就在墙外进行着，朝鲜的战争谣传日益增多，许多人死于战争，日本正准备侵犯中国。他还向他们肯定说，中国人对外国人不加分辨，认为他们全都相同，或者几乎相同，所以可能把神父们当作日本人。由于同样的原因和友人的劝告，尚书也开始认识到，使自己卷入外国人的事是很危险的，而且对自己的努力感到绝望，所以想把神父们送回南京去。对神父们来说，计划尚未表明完全无望，为了避免使这么大的劳动和开销被浪费掉，他们在尚书走后又在北京停留了一个月，租了一所房子居住。按照规定，限期一到，尚书必须离开。所有因故到朝廷来向皇帝庆贺的官员，都必须在一个月之内离开北京城，回到自己各个的岗位任职……尚书作为神父们的保护人，听说他的同僚们对利玛窦神父的深情厚谊，开始表现出更大的勇气和决心。曾有些官员在对待这件事的态度上错误地影响了别人的，现在也都一致予以赞助。他们知道他们的尚书需要为神父们取得一个永久的地盘，因此表示尊重他，他们也都赞助此事……于是利玛窦神父就租了一座不大惹人注目但还宽敞的住……利玛窦神父和他的朋友吏部尚书十分担心留在临清过冬的神父们会落入这些凶徒的魔掌。在王尚书看来，宦官们不可能放过神父们的宝贵行囊的，但是利玛窦神父却掩饰起自己的担心并安慰他说，上帝会证明他是怎样小心翼翼要保护自己的事业的。经过几个月的冬季和旅程，神父们到来了。他们一路通行无阻，甚至于不知道有危险存在，尚书得知以后，大为惊奇。他认为这完全称得上是一个奇迹。因此，他对神意和信仰的兴趣更浓厚了；因而从那时起，他总是很喜欢别人向他进一步讲解它。但是，使他认识信仰的真理是一回事，使他接受它的神圣义务那就意味着抛弃姬妾内宠的羁绊，则又是另外一回事了……我们的朋友王尚书正回他的故乡。皇帝准许他辞官回乡，是因为一些同他竞争的大臣们妨碍了他晋升到他认为自己所应有的荣誉地位。临行时，他向他在北京的朋友们发了信，推荐神父们到首都去工作。①

从整个记载看，利玛窦避谈了王弘诲对上帝的态度，只在最后委婉宣称"从那时起，他总是很喜欢别人向他进一步讲解它。但是，使他认识信仰的真理是一回事，使他接受它的神圣义务那就意味着抛弃姬妾内宠的羁绊，则又是另外一回事了"，将王弘诲不入教仅仅解释为无法抛弃妻妾生活，恐怕是隔膜之言或者故意的诲词，从这些诲词可以看出，王弘诲对基督教教义虽然表现出了极大兴趣，却并没有皈依的意思，这种态度如此明显，以致他的神父朋友都意识到不可能使他接受新教义。另一个方面，从记载还可以看出王弘诲对利玛窦主要感兴趣的点，一是历法、二是数学、三是科学仪器三棱镜、四是地理学仪器地图，公正的讲，这些几乎都是属于新知识新科学的范畴，也就是说，真正打动王弘诲的是附着在基督教神父身上的新科学。其实，如果翻看利玛窦对中国人的记载，会发现早期中国士人对基督教的基本态度大致是非常朴素的：

由于各种原因，他吸引了许多来访者。他列举了六条原因：观看外国人及其携来的稀奇物品的好奇心，研究把汞转化为银的秘诀，学习数学及视觉记忆的愿望，最后才是对灵魂得救的关怀，但受这最后一种动机所驱使的人要比其他的人少得多。②

---

①利玛窦、金尼阁：《利玛窦中国札记》，何高济，王尊仲，李申译，北京：中华书局，1983年，第315—383页。

②利玛窦、金尼阁：《利玛窦中国札记》，何高济，王尊仲，李申译，北京：中华书局，1983年，第698页。

虽然利玛窦利用科学为手段来传播信仰，显然取得了暂时的效果。但中国人还是能够觉察出二者的区别。王弘诲既保持着儒家学者持正的态度和对新事物的敏锐求知意识，又保持了儒家知识分子的独立身份，这在当时来讲是十分合适的。关于利玛窦利用"原始儒家"和"科学"传教的策略，利玛窦本人和研究者都有相当直接的说明：

> 中国人中间所流传的各教派都是混乱不堪的，只有起源于自然法则和儒教的君主们所径直公认的那一教派除外。正是这一教派人们称之为儒士，因为正如古人所描述的那样，人们发现这一派人很少有什么是人们有理由应该加以驳斥的。一个严肃而绝口不谈自己认为没有很好理解的东西的人是很少有可能犯错误的。因此，我们的神父们就要把这一派的权威引为己用，只讲自孔夫子之后所应该增补的东西，因为他生活在救世主耶稣基督降临之前的五百多年。"[1]

> 把儒士派的大多数吸引到我们的观点方面来具有很大的好处，他们拥护孔夫子，所以可以对孔夫子著作中所遗留下的这种或那种不肯定的东西作出有利于我们的解释。这样一来，我们的人就可以博得儒士们的极大好感，而他们是不崇拜偶像的。[2]

> 在有关中国文人的著作对我们信仰一事的帮助问题上，我想以第八点来结束这一讨论。教皇陛下可能会理解，这个帝国共有三大教派：其中最古老的一个就是儒教，他们今天治理着中国，正如他们一贯地那样；另外两个则是偶像崇拜者，尽管在他们之间也有区别，但他们始终是儒教攻击的对象。即使儒生们不谈超自然，但他们在道德方面却和我们几乎完全一致。因而，在我所著的书中，我就以称赞他们而开始并利用他们来攻击别人，而不直接去加以批驳，虽则解释了他们和我们信仰不一致的观点。我就以这种方式获得了他们的信任，以至于不仅文人们不再是我的敌人，而且还成了我的朋友……如果我们要向这三个教派作斗争的话，那就还有更多的事情要做。然而，我不放弃攻击当时儒生中的某些新观点，他们并不想追随古人。这样，他们中间有许多人就成了基督徒；他们宣誓并领了圣餐，在他们的才智所允许的范围内努力传播我们神圣的信仰。"[3]

而早期中国最杰出的西学学者也深为这一态度所感染，如皈依天主教的徐光启：

> 在问到基督教法的主要内容是什么的时候，徐光启就非常确切地用了四个字

　　[1]利玛窦、金尼阁：《利玛窦中国札记》，何高济，王尊仲，李申译，北京：中华书局，1983年，第448页。

　　[2]利玛窦、金尼阁：《利玛窦中国札记》，何高济，王尊仲，李申译，北京：中华书局，1983年，第663—664页。

　　[3]利玛窦、金尼阁：《利玛窦中国札记》，何高济，王尊仲，李申译，北京：中华书局，1983年，第685—686页。

来概括:"驱佛补儒",也就是说"它驱除(佛教的)偶像并补足儒生的教法"。[1]

作为礼部尚书的王弘诲,能够保持清醒而积极的态度,既欢迎外来文化的进入,又对外来文化有选择性地接纳,这在当时确乎是非常难得的。从王弘诲的态度,看不出他对"格物"性质的科学有任何的偏见。

然而,即使如王弘诲这样的理性,中国人也仍然没有自行发展出近现代科学,这又是为什么呢?

对此,著名的科学家爱因斯坦曾有一个非常经典的意见,我认为是非常深刻的,值得中国人注意。中国古代技术如此发达,到最后却没有产生科学,反而被西方超越了,这是一个连西方人都感到困惑的问题。1953年斯伟泽给爱因斯坦写了一封信,在信中提出了自己的疑问,那就是为什么近代的中国产生不了科学。针对这个问题,爱因斯坦专门给斯伟泽写了一封回信,在信中就中国为什么没有产生科学进行了解释:

> 西方科学的发展是以两个伟大的成就为基础:希腊哲学家发明形式逻辑体系(在欧几里得几何中),以及(在文艺复兴时期)发现通过系统的实验可能找出因果关系。在我看来,中国的贤哲没有走上这两步,那是用不着惊奇的。作出这些发现是令人惊奇的。

这个解释非常清晰,就是说,以研究客观对象的规律为目的的科学,一方面需要严密的逻辑推理能力,另一方面需要有现代实验思想,而这两种手段,在中国都不存在或不成熟。中国传统儒士如王弘诲一样,的确有超于常人的理性精神,但这种精神却没有发展到如《几何原本》那样精密复杂,足以作为一般逻辑推理能力训练蓝本的程度;中国古代的技术的确发达,但这种技术只是基于解决单个现实问题,而没有发展到像伽利略那样将实验与数学结合起来寻找事物因果关系的程度。

八目中的格物致知,朱熹本人虽然提示大家注意,却没有能力发展它,后来的中国人没有很好地发展它,但西方文明把它发展到了科学昌明的境界。

(4) 市场经济和民主政治可以看成是"治国"目的的现代实践

对于"治国",中西方的发展各不相同。晚明之前,中国人在"治国"方面领先于世。晚明之后,中国人在"治国"方面停滞不前,而西方人在治国方面逐渐发展出了高度的文明。

中国人对治国方面的发展,见于明代邱濬的《大学衍义补》和晚明黄宗羲的《明夷待访录》。

邱濬在入国子监第二年末,59岁,"开始纂述《大学衍义补》"[2],"谓西山真氏《大学衍义》有资治道,而于治国平天下之事缺焉;乃才经传子史有及于'治国平天

---

①利玛窦、金尼阁:《利玛窦中国札记》,何高济,王尊仲,李申译,北京:中华书局,1983年,第663页。

②周伟民、唐玲玲:《邱濬年谱》,海口:海南出版社,2006年,第5119页。

下'，附以己见，作《大学衍义补》"①；67岁"《大学衍义补》一书告成"②。在邱濬
所有的私编书中，《大学衍义补》最为典要，当时称善其"有补政治"③，明孝宗称赞
"考据精详，论述赅博"④，"神宗复合梓行，亲为制序"⑤，今人则更看重其"劳动决
定商品价值的论点"⑥"'民自为市'的工商管理政策"⑦"'三币之法'……封建时
代一个空前绝后的杰出的货币制度设计"⑧，一举奠定了邱濬一流经济学家、理学家
的身份，

《大学衍义补》一书，"平生精力，尽在是书，苟有所见，皆不外此。"⑨撮其要而
言，总而言之，则"本一""用万""明理""适欲"⑩八字可以尽，分而言之，则有
"诚意""正朝廷""正百官""固邦本""制国用""明礼乐""秩祭祀""崇教化""备
规制""慎刑宪""严武备""驭夷狄""成功化"等诸种条目。其中，最有光彩的是其
"本一""用万""遂欲""制国用""崇教化"思想。

"本一"思想，指本于儒家，又指本于一心。邱濬一生服膺儒学，立尧舜禹文武
周孔孟周张程朱为道统，对孔孟程朱均极推崇，立《朱子学的》而为之继⑪。但是，
邱濬不是腐儒，程朱理学到邱濬的身上已经有了某种变化。尝称"念惟天下之大，亦
本在于一身"⑫，"万化之本原，一心之妙用……人为万物之灵……是岂无故而然哉？
亦惟本乎一心焉尔"⑬，已经显示出了理学向心学的转向。这种转向对邱濬的文学和
经济有显著影响。

"用万"思想，邱濬提出"人心之微，其用散于万事"⑭"窃以谓儒者之学，有体
有用，体虽本乎一理，用则散于万事"⑮。"用万"的思想使邱濬能够挣脱理学过于专
注内心修养的束缚，而将纷纭复杂的现实社会纳入研究视野，最终超越前儒们的单纯
慎修功夫，开拓出治国平天下的新型境界。邱濬于经济、政治、军事、教育、文化、

①何乔新：《光禄大夫武英殿大学士文庄公神道碑文》，《丘濬集》，北京：中华书局，1974年，
第5048页。

②周伟民、唐玲玲：《丘濬年谱》，第5129页。

③《明孝宗实录》卷七，转引自《丘濬年谱》，《丘濬集》，北京：中华书局，1974年，第5130页。

④《明孝宗实录》卷七，转引自《丘濬年谱》，《丘濬集》，北京：中华书局，1974年，第5130页。

⑤纪晓岚：《四库全书总目提要》，《丘濬集》北京：中华书局，1974年，第5130页。

⑥《丘濬集》北京：中华书局，1974年，第3页。

⑦《丘濬集》北京：中华书局，1974年，第3页。

⑧《丘濬集》北京：中华书局，1974年，第3页。

⑨丘濬：《入阁辞任第三奏》，《丘濬集》，北京：中华书局，1974年，第3962页。

⑩笔者概括，散见于《进大学衍义补表》

⑪张伯行《朱子学的原序》云："朱子集周、张、二程之言，作《近思录》，为孔、曾、思、孟之
阶梯，文庄作《学的》，为周、张、二程之阶梯。"《丘濬集》北京：中华书局，1974年，第3302页。

⑫丘濬：《进大学衍义补表》，《丘濬集》，北京：中华书局，1974年，第10页。

⑬丘濬：《大学衍义补》卷一百六十《治国平天下之要成功化》，《丘濬集》北京：中华书局，
1974年，第2502页。

⑭丘濬：《进大学衍义补表》，《丘濬集》，北京：中华书局，第10页。

⑮丘濬：《大学衍义补原序》，《丘濬集》，北京：中华书局，第4页。

文学、史学无不关注，《大学衍义补》提出十二个大问题一百一十九个小问题，最得力于这种"用万"思想。晚明出现顾黄王等视野开阔、通晓百家的经世大家，邱濬可谓早启其端。

"遂欲"思想是邱濬得风气之先的创新。对"人欲"的看法是儒学发展的一道门槛，孔子曾提出"克己复礼为仁"，程朱理学倡导"存天理，灭人欲"，邱濬作为儒学继承者，自然不能完全反对传统观点，但是，受社会新风潮的影响，邱濬已相当程度上摆脱了传统观点的束缚，形成了自己的看法。《进大学衍义补表》称："事皆有理，必事事皆得其宜；人皆有心，须人人不拂所欲"[1]，提出"人人不拂所欲"，即是对人欲进行了鲜明的肯定，这已经是全新的人文精神了。邱濬对民本的关注，对经济的深究，对历史的意见，对教育的重视，对文化的看法，及其诗文特别是诗歌创作，因为这种新的人文精神的渗透，都散发出了异样的光彩。其中，邱濬的诗学思想，尤得风气之先，值得一提。

"制国用"思想，就是研究经济活动规律发展国民经济。史载邱濬"以经济自负"[2]，绝非浪得虚名。《大学衍义补》提出了系统的国家经济治理方略，包含着非常丰富的经济思想，其中关于商品经济、货币贸易方面的论述，尤为今人看重。

纵观邱濬的一生，早期发奋求学，中期勤于治学，晚期勉力为官，基本上遵循了儒家修齐治平的理念。但是，受商品经济和自由贸易的影响，通过引入新的经济因素、治理策略和相关理念，邱濬对新经济条件下儒家的治平体系建构进行了探索，创造性发展了儒家的治平道路，极大丰富了儒家关于国家治理特别是经济治理方面的策略理论。邱濬的思想探索为儒家的近现代化提供了一种极可借鉴的模板。

西方人对治国方略的发展则始于近代。在经济领域，西方人发展出了高度发达的商品经济，实现了国家的高度富裕，亚当·斯密出版《富国论》，从经济角度论述了古典政治经济学，后来马克思写出了《资本论》，也是从经济角度讨论资本主义国家发展的逻辑。在政治领域，西方启蒙思想家、政治家们设计、创造出了一整套国家政治理论，以及支撑这种国家治理的思想理念。关于西方政治制度的成就，可以借鉴前美国总统小布什的一段演讲来说明：

> 人类千万年的历史，最为珍贵的不是令人炫目的科技，不是浩瀚的大师们的经典著作，不是政客们天花乱坠的演讲，而是实现了对统治者的驯服，实现了（用民主的方式）把他们关在笼子里的梦想。因为只有驯服了他们，把他们关起来，他们才不会害人。我现在就是站在笼子里向你们讲话……这个笼子四周插着五根栅栏，那就是选票、言论自由、司法独立、军队国家化和三权分立。

小布什的演讲的确概括出了西方政治文明在"治国"方面的主要特色和成就。

---

① 丘濬：《进大学衍义补表》，《丘濬集》，北京：中华书局，第10页。
② 张廷玉：《明史》卷一百八十一《丘濬传》，北京：中华书局，1974年，第4808页。

4.8.2.3　补救中西文明缺陷，可以增补入"三纲八目"体系的条目

"立"与"和"可以作为两个对当代现实具有极端救弊作用的理念，引入"三纲八目"体系，作为全新的纲目存在。

西方文明最大的缺陷是什么？就是太过于讲冲突。从荷马史诗的"战争乐观主义"，到中世纪的宗教战争狂热，到资本主义崇尚的自由竞争，到达尔文的"自然选择，适者生存"，到黑格尔的对立发展、叔本华的"他人即地狱"、尼采的"超人"哲学，到马克思的阶级斗争，到两次世界大战的爆发，核武器的生产，到冷战思维，到西方人至今尊奉的外交理念"没有永恒的朋友，只有永恒的利益"，无不是以"冲突"为理念核心。直到不久前亨林顿提出"文明的冲突"，接二连三发生在世界各地的"恐怖主义"活动，横扫整个世界，以牺牲环境为代价的征服自然、改造自然的"生产力发展至上"观念，也还是以冲突为核心理念。"冲突"观念的过分强调到现在已经成为危及整个人类和地球生命的问题。而中华文化中恰恰有一个观念：和（唱和），表达了唱和、共存、互动、互利、双赢、共同体、天人合一、和而不同等观念，可以作为"冲突"观念很好的平衡。

传统儒家文明最大的缺陷是什么？就是太过于讲求群体。讲求群体，后来发展成为忽视个体和个性，政治上的专制主义，静态的"和谐"观念（与动态的唱和不一样），极大限制了中华文明的发展潜力。而西方文明中的个体主义、个性主义、人权、自由等观念，可以很好补救中国的不足。在这所有的学说中，马斯洛的个人需求学说，可以说是西方关于个人研究的集大成理论，同时又是最为通俗的理论；将这个观念与中国文化中固有的（论语中就已经提出来）但后来没有成分发展起来的"立己"观念相结合，就能发展出一种全新的个人主义"五立"的境界。

（1）"立"——立我的观念（五立）：对中国传统忽视个体存在的群态文明的救弊

所谓立，就是"立己"，就是挺立自我。其意义，我们可以引入马斯洛的需求理论进行阐述，就是挺立并追求人作为个体存在的基本需求满足，表现为"五立"：生理需求满足、安全需求满足、社交需求满足、尊严需求满足、潜能发挥需求满足。

1）孔子提出"立"的观念，将"立"（立己）与"达"（达人）并提，但我们可以根据孔、孟等人对"立"与"达"的诸种用法，将"立"与"达"概念作以区分，"立"即"立己"，针对自己，"达"即达人，针对他人，形成一组对应的概念。以下为孔孟在不同场合的提法：

子曰：己欲立而立人，己欲达而达人。（论语）——这句话将"己"与"人"对立

子曰：吾十有五而至于学，三十而立，四十而不惑，五十而知天命，六十而耳顺，七十二宗心所欲，不逾矩。（论语）——这句话提出"立"就是"自立"的意思

子路问君子。子曰："修己以敬。"曰："如斯而已乎？"曰："修己以安人。"曰："如斯而已乎？"曰："修己以安百姓。修己以安百姓，尧舜其犹病诸？"——这句话

也将"己"与"人""百姓"对立

穷则独善其身，达则兼济天下。（孟子 尽心上）

子曰：君子不器。（论语）——这句话反映了儒家重视个体的存在意义的倾向

2）"成家立业""安身立命"这些民间用法蕴含了"立"作为个人需求满足的丰富含义。

3）马斯洛的需求理论，概括了人作为自然的生物和社会的动物的诸般需求，并将这些需求作为个人的存在维度来看待，这与儒家的"立"的概念非常相近。但在对人的存在的认识上，又远远丰富于儒家的理解。马斯洛认为，人作为社会的动物和自然的生物，有一系列的基本需求，按从较低层次到较高层次可以把它们划分为：

生理需求（physiological needs）如：食物、水、空气、性欲、健康。

安全需求（safety needs）如人身安全、生活稳定以及免遭痛苦、威胁或疾病

社交需求或曰爱和归属感（Love and belonging）如友谊、爱情、亲情，以及隶属关系的需求

尊重（esteem）如：成就、名声、地位和晋升机会等个人尊严

自我实现或潜能发挥（self-actualization）如道德、审美、求知、健体

自我超越需求（self-Transcendence needs）

（最后一种需求通常不作为马斯洛需求层次理论中必要的层次，大多会将其并入自我实现需求当中）

"五立"就是追求追求个体多维度的正当需求满足。马斯洛的需求理论第一次全面而深刻的将个人放在实践的存在的位置上进行审视，第一次将人作为一个全面发展的具有丰富维度的物种和社会动物进行审视，较之于历史上对于人的单一的描述和思考，是一次历史性的飞跃。尤其对于儒士文化而言，更有巨大的现实意义，使我们更为客观、更为理性、更为自然的去理解个人的存在，以及发生在个体身上的种种复杂的行为动向。

过往的儒家道德往往忽视个体的存在意义，将个体附着在群体道德的框架上，压抑个体正当的生理需求，安全的需求，过于强调社交的需求，对多数人的尊严需求都缺乏应有关注，过于鼓吹潜能发挥需求中的道德需求、审美需求，却往往忽视求知需求的培养。马斯洛的需求理论是对于儒家"立己"观念的充实，"五立"观念的提出对中国文化具有非凡意义。

20世纪以来发生在中国的五四运动，有人把它称为启蒙运动。而其中最深刻的，当数鲁迅的"掊群体，张个性"个人主义提倡。鲁迅一生追求的目的，就是"立人"，使传统的中国人变成现代的中国人，而他所使用的方法，就是启民智，反专制，倡导个人主义以对抗传统过于发达的群性。鲁迅坚持不懈的进行"国民性批判"，批判的就是没有个体主张的"奴性主义"及其文化习惯。但是鲁迅的启蒙并没有进行下去，抗日救亡和图存的紧急现实压缩了中国人对于个体自由和价值的追求，一切都让步于群体的救亡和发展。按照康德对启蒙的定义"启蒙是一个自由任用理性处理自己问

题，使自己脱离不成熟状态的过程"，"五立"可以从很高的视角给我们一个关于自我认识的参考，使我们能够更清晰地注意到启蒙实际包含的五个英语，使我们能够更加客观地评价近百年来中国文化的发展成绩与不足。

（2）"和"——动态的"唱和""和物"观念：对中国静态"和谐"文明和西方极端不稳定"冲突"文明的救弊

"和"（唱和，念第四声）是本人拈出来的观念，绝不同于传统的静态的"和"（和谐，难第二声）。这个观念有以下一些特点。

1）"和"（唱和）的观念源自传统儒家。

它与传统的"和谐"观念同源，都源自"周易"，是对变化体系中的各要素关系的共存描述。

2）"和"（唱和）的理念可以有效拯救传统"和谐"观念带来的弊端。

"和"（唱和，念第四声）的观念，绝不同于"和"（和谐，念第二声）。和（唱和）是动态的，和（和谐）是静态的；和（唱和）强调互动，沟通、交流、变化，和（和谐）强调静态，不变；和（唱和）倡导竞争，提倡良性对抗，和（和谐）反对竞争，不容许对抗存在。对于一种文化而言，和（唱和）是一种年轻的积极的健康的发展的态势，而"和"是一种要么过于幼稚要么过于老成的消极的不健康的保守的态势。"和"（唱和）导致的结果是体系的蓬勃发展，和（和谐）最终的结果是走向僵化、死亡。

3）"和"（唱和）倡导"竞争"。

可以与西方"竞争"观念完美融合，并对该观念中的消极因素加以控制。

4）"和"（唱和）不同于西方"冲突"观念。

二者对事物存在的理解不同，唱和观念对人类显得更为深刻、丰富、友好。

5）"和"（唱和）具备一些表述清晰的原则。

简明清晰的"和而不同"原则，深受世界不同地方、不同文化、不同国家、不同身份的人们的欢迎，可以称为普遍交往原则。

内涵丰富的"天人合一"理念，纠正了西方对于人与自然关系的紧张理解，与现代环保主义、动物保护主义、生物保护主义、绿色理念等新型理念不谋而合，可以成为人与自然关系的指导原则。

6）"和"（唱和）的观念在当代广泛传播。

唱和的观念在当代政治、经济、外交、体育、科技、环保等众多领域已经发生了重大作用，正日益成为引领人类未来，代替传统消极的"和谐"主义，具有破坏性的"冲突"主义，代表人类健康方向的主流理念。如它在各个领域中的表现：

政治领域：对话代替战争；

经济领域，有序的市场经济模式，"一带一路"理念、互利双赢理念；

体育领域，奥林匹克运动会、世界杯（各种体育竞技）等模式；

音乐领域：各种盛大的流行音乐会

科技领域：互联网（互联网经济，互联网模式、互联网观念）；

国与国关系：命运共同体观念、地球村观念

人与自然关系上：天人合一观念，衍生出绿色发展观念（自然保护主义，生物多样性保护）、动物保护主义

文化领域：各种娱乐文化、消费文化

7）"和"（唱和）理念正在各个领域形成创新模式

"和"（唱和）物理念正以巨大魅力席卷人类社会，通过创新的政治模式、科技模式、经济模式、体育模式、娱乐模式，将人与社会、人与自然、国家与国家、整个地球变成一个相互沟通、相互理解、相互依存、相互促进、互惠互利、互动发展的命运共同体。

8）"和"（唱和）具有很高的文化品质，可以作为儒家理论创新的一个典范存在。

(3)"达"——"达人"观念：对中国修齐治平伦理文明的总结

作为"立"的对立面，我们也可以树立起"达"这个概念，以概括儒士文化"修齐治平"思维中腔调群体的一面。"达"，就是使家庭、国家、他人变得更好。"达"在中国文化中国的最高理想就是"大同"，如今演变为"共产主义"的理想，可以说是最具中国特色的文化理念。

4.8.2.4　儒士文化自我更新的一个可能体系

(1) 四纲：格立达和（念去声）

依托"三纲八目"，借鉴西方文明的发展，我们从中抽绎出一个涵盖中西文化精华，关于儒家文化的自我更新的一个可能体系：格物——立己——达人——和物，简称为"格立达和"。

格物以求知究理，进于科学；立己以挺立自我，达于"五立"；达人以服务社会，修齐治平；和物以与物唱和，顺应自然，归于天人合一。四纲之行，格物为基，和物为极，立己存我，达人益世，由近而远，由简而繁，纲举目张，序而不乱。

(2) 十目：格立乐由创修齐治平和（念第四声）

将"四纲"进行扩充，得到一个包含10个条目的更为具体的行为纲领。

物有三格，类序一易以求其理；定义假设推理证明以求其数；立法、设符、造具、实验以求其用；三格而物质昌明，科学挺立。

人有五立，生理追求为一立，安全追求为二立，社交追求为三立，尊严追求为四立；发挥潜能为五立。人莫不有五立，然而鲜有能齐行者。庸人唯重于生理安全之立，哲人多重于尊严潜能之立。五立齐行，圣人安之。

天命之谓性，率性之谓道，修道之谓教，从教之谓学。性道教学，顺者为乐，故乐本于内，非是外求。率性即求自由，自由本乎天命，故自由本于命，非是妄求。

温故而知新，求新以发故。创新之道，学之极也，亦本乎天性而已。

修齐治平，礼在其中。

　　修身以求德、智、体、美，以扬真、善、美、健。君子修学以求知，修礼以得仁，修艺以得美、修体以得健。百科诸家，皆知之源；孝诚忠信，皆仁之术；琴棋书画，皆美之科；坐立跑跳，田径球术，皆修体之道。

　　家为人之所本，修身以及于齐家，固天命之所施，文明之惠化所在。

　　治国之术，众制竞存，其间差异，亦宜深思。有以自由、平等、博爱为理念，以人权、契约、分权为原则，以言论自由、三权分立、多党制、军队国家化、选票为普遍特征者；有以共同富裕、社会主义为理念，以公有制、民主集中制、无产阶级专政为原则、以生产力主导、一党领导、人民代表为主要特征者；亦有以精英、实用、诚信为原则，崇尚权威政治者。诸种制度，各有所长，亦各有短，借鉴融合，取长补短，固时代之所需，非特能固守而不变也。

　　和物者，与物唱和，和于自然也。天人同途，求其异者，西方文化也，求其同者，中华文化也，求其动突者，西方文化也，求其静谐者，中华文化也。万物唱和，于冲突中求之，固不得其性，于静态中求之，亦失之其胜，中西各有所弊，宜各去所短，扬其两长。今日世界，唯互动、共赢，互惠、互利，求同存异，彼此呼应，取长补短，共同发展，于动态中求其和谐，方为达道。人与自然之互相唱和，相互成就，亦如是理，践自然而肆人欲，灭人欲而求和谐，皆不得其宜也，非人类之天命也。

4.8.3　儒士文化的自我更新是具有包容性的文化融合与创新之路

　　格律文化的问题，具体到诗词曲对联，包含着两个层面，表层是文化形式和内容的适应变化渐进改良问题，深层则是思维方式的适应和改良问题。而思维方式的问题，由儒士文化的自我更新来解决是最完美的。而幸运的是，儒士文化在其根基上其恰恰就拥有一种广阔、深沉的特色，其理性与感性并重的思维、对待智慧和情感的持中态度、对待异质文化的学习和宽容，反省和自我更新的基调，特别宽广的关于人和宇宙理解，关于人类社会的理解，这些与现代社会进程并无相悖。所以，我们并不需要担心诗词曲联等文化与现代文化思维相冲突问题。我们需要在一种理性的氛围之中，逐渐将想现代诗生活、思维方式从儒士文化中开拓出来，从诗词曲联的角度来讲，就是将他们渐进的改良，与现代汉语语言，现代生活内容更多的关联起来。而这个任务，是可以承担的。

　　将科学与民主从儒家文化中培养起来，将儒家文化引领到世界文化的前沿，这当然需要一定的魄力和勇气，但更重要的是脚踏实地地去做批评融合工作，因为儒家文化本身就提供了这样的魄力和视野。儒家文化的自我更新既是文化复兴之路，更是文化创新之路，文化的延续性在这种自我更新中自然得到解决，而文化的创新也在自我更新之中自然完成，这些底层思维的延续性得到解决，则传统诗词曲联所面临的传承创新问题，就会迎刃而解。

　　总的来讲，传统诗词曲联植根于儒士传统文化，其创作、文本构成、传播方式、接受模式都受儒士思维方式的深层制约，一旦儒士文化断裂，则传统诗词曲文化必然面临着儒士潜网失控的危局，发展、扩大、更新传统儒士思维方式而不是全盘保留或全盘西化，是解决危局的最自然方式。

结语：明夷律话①

诗以律动、境界为上。有境界者自成高格，有律动者自成生命。

万物旋舞于目前，万声唱和于耳内，万象宾至于心中，万彩纷沓于灵底，是为律动。

今之知境界者多，知律动者少，高格者殊多，知音者殊少，今之病矣。

孔子三百零五篇，皆弦歌之，嵇生离别谴世，奏《广陵曲》，是古之知律者也。

诗无律动，则不足以动人，不足以劝世，不足以为宇宙黑白，不足以抵生命之大道。生命之道，无非皆律也。高者镗鞳铿訇，低者莺莺喁语，深者沉郁顿挫，浅者浅斟低唱，其远者炎炎，其近者詹詹，其大者虽宇宙而莫能外，其小者虽稊米而能有节，恢恢宏宏，欢欢皇皇，莫不唱和，莫不中道，莫不律动。律动者，生命之大韵也。

先秦舞乐，盛唐诗书，宋词元曲，皆气脉流转，精神焕发，是律动之最涵富最有生命者。

子曰，始作，翕如也，从之，纯如也，皦如也，绎如也，以成，其律动之谓乎。

知道而未知律动者，是不知道，是未中道，是未见生命。

律动者皆有象，是为格律。诗有诗律，书有书律，画有画律，乐有乐律，舞有舞律。知格律者，方能为律动。

有知律者，有中律者。知律者初知道也，中律者正中道也。知律者不足，中律者足。

诗之律动，半在格律。格律以成，律动半成。

有韵之律动，有节之律动，有调之律动。韵之律动者，协韵也；节之律动者，节奏也；调之律动，声调平仄也。诗歌之律动分合者，押韵、协节、调声也。协韵而成韵律，生命之以类相和也，协节而成节律，生命之如海潮涨落也，协调以成声律，生命之如五彩栉节纷呈也。

中国诗歌，律动缤纷。韵律之美者莫若诗经，声律之美者莫若唐律，节律之美者莫若宋词。

---

①本书以诗话方式作结，以相对简洁、通俗的方式，为全书庞大、严密的格律学体系及其论证，提供一个中国化的阐释版本，希望对读者阅读本著起到一个提纲挈领的作用。

《诗经》之律动者，大抵颂不如雅，雅不如风。涵泳《秦风·蒹葭》《王风·黍离》《绿衣》《伐檀》《关雎》《芣苢》数篇，声气氤氲，气韵流动，转折跌宕，一片神行，真有如风行水上，折玉齿而漱于波澜。非深于律动者，不能为此。

《诗经》之韵动焕妙者，莫若《周南·芣苢》，方玉润评之曰"读者试平心静气涵咏此诗，恍听田家妇女三三五五于平原秀野、风和日丽中群歌互答，余音袅袅，若远若近，忽断忽续，不知其情之何以移，而神之何以旷，则此诗可不必细绎而自得其妙焉"，非特谓其意境非凡，更在其声韵平和，律动不朽。

《黍离》之制，最是沉痛，其律动一如其失国之悲，句首平铺，次句叹息，中句却故反诘，仿若喃喃自语不可约束，至末句方作呐喊，便如旷野之中忽起风雨。全诗若思若问，若哽若咽，又复重章叠韵，一唱三叹，于一篇徘徊迷离文字中叫人失其所。

《芣苢》之律动，令人和悦；《蒹葭》之律动，令人惆怅；《黍离》之律动，令人沉痛；《伐檀》之律动，令人悲悯；《桃夭》之律动，令人欢快；《无衣》之律动，令人感奋；《七月》之律动，有如娓娓道来；《东山》之律动，好似呢喃自语。

叠字之美者，在先秦则有"昔我往矣，杨柳依依，今我来思，雨雪霏霏"，在汉魏则有"迢迢牵牛星，皎皎河汉女。纤纤擢素手，札札弄机杼"，在六朝则有"采莲南塘秋，莲花过人头。低头弄莲子，莲子清如水"，在李唐则有"春江潮水连海平，海上明月共潮生。滟滟随波千万里，何处春江无月明"，在宋则有"寻寻觅觅，冷冷清清，凄凄惨惨戚戚"，在今亦有"我独自徘徊在悠长、悠长又寂寥的雨巷，我希望逢着一个丁香一样的，结着愁怨的姑娘"。叠字之美，律动之最简者。叠字之美而能如许，何况其他。

音乐家之制，律动最富。嵇康有《长清》《短侧》，清真有《六丑》《四犯》，白石有《暗香》《梅令》。虽多湮灭无闻，然悬揣其律动曲折处，令人有不胜向往之致。王国维于清真多所龃龉，然评其词"拗怒之中，自饶和婉。曼声促节，繁会相宜，清浊抑扬，辘轳交往。两宋之间，一人而已"，盖于其词之律动曲折亦有感佩焉。

寻寻觅觅，冷冷清清，凄凄惨惨戚戚，十四字如切金击玉，磋银错石，唇舌相接，齿牙纷凑，于一片繁音促响之中点染境界，律动之清绝，真乃公孙大娘舞剑手也。

大江东去，浪淘尽，千古风流人物，律动纵横。

无境界故不能成诗，有境界而无律动者亦不能成诗也。《西洲曲》《春江花月夜》《雨巷》，皆律动宏富者，学诗者宜先从此类入。

节律繁复者，大致诗不如词，词不如自由诗。然自由诗最难做，非是无律动也，是律动最繁复最自由最明转天然而无迹可寻也。

《采莲曲》之"江南可采莲，莲叶何田田，鱼戏莲叶间。鱼戏莲叶东，鱼戏莲叶西，鱼戏莲叶南，鱼戏莲叶北"，于韵律之外别生一种律趣，在诗歌中最是难得。

长短句之律动优美，故以词为大成。然《诗经》之《黍离》《伐檀》，早兆其端。

北朝之"敕勒川，阴山下。天似穹庐，笼盖四野。天苍苍，野茫茫。风吹草低见牛羊"，三四相衔，偶奇错和，律动尤其横放杰出。

韵式不同，律动各异。一韵到底者和谐，换韵者摇曳。句句韵者缠绵，隔句韵者中和。转韵者流动，抱韵者顾盼，交韵者顿挫，插韵者灵妙。复韵元者益气浓烈，联章韵者澹荡多情。尾韵者深远而含蕴，头韵者最宜先声夺人。

诗若无韵，律动无根，必得有韵，方始和谐，方始变化，方始顿挫，方始摇曳，方始一唱三叹，方始婉惬多姿。有韵者则气息生矣，血脉生矣，生机生矣，则顿起，则热烈、则浪漫，则高兴，则气韵流布生命于是乎如江河开浚，波浪自涌，生生不息矣。无韵者，则生气委顿，难与言诗也。

律动无方者，节奏也。节奏变化者，难言也。其中若有易言者，其惟诗词节律者乎。汉语诗词，演化缓慢，节律取简，声律取繁。汉语诗词节律之最衷裹定于长短句，其古典诗歌之幸者乎。

律动其难言也。乐律已其难言，诗之格律更其难言。盖格律尚动，既备格律，复含乐律，非独乐之五音、八律、宫调、顿挫、旋律、节奏，即言之四声、平仄、五音、轻重，并阴阳清浊、长短章句、韵式变化，亦须皆加注意焉。易安尚言"诗文分平侧，而歌词分五音，又分五声，又分六律，又分清浊轻重"，其此之谓乎。

句式不同，律动亦异。三言者短促有力，四言者铿锵顿住，五言者平和有致，六言者耿介廉直，七言者声舒而味永，八言者调疏而语迟，九言者缠绵摇曳而语致多姿，此其粗者也。至其律动之精者，白日依山尽不同于人闲桂花落，秦时明月汉时关不同于昔人已乘黄鹤去，桃红复看宿雨不同于古道西风瘦马，故国不堪回首月明中不同于万里夕阳垂地大江流，盖四声靡勒，阴阳开合，唇齿会至，诸种影响亦与有力焉，非神明精净不能入其微也。

三言最古，律动短劲，汉赋最喜用之，词作之中，六州歌头、满江红，如张孝祥、岳飞诸作，用之最美，取其清壮也。然长吉有诗云："幽兰露，如啼眼。无物结同心，烟花不堪剪。草如茵，松如盖，风为裳，水为佩。油壁车，夕相待。冷翠烛，劳光彩。西陵下，风吹雨"，感伤流连，语低声慢，独臻婉妙，真制音妙手也。

律动之如长江大河，涛涛不绝，故非一体一构之律式所能拘束。又如春草曼生，生生不息，故非一韵一调之律式所能节制。然不由一体一构之律式，不从一韵一调之节制，亦难以达于涛涛不绝之律动，合于生生不息之气韵也。

明律动者，谓之知音。凡知音，必吟、唱、诵、读、歌、赋、哼、啸，合于口耳而默然于心，而后于胸中自然洞彻诸种律式，押韵、协节、调声灿灿然如无隐者，庶几可谓之知音，庶几则可以制律。

气质不同，律动自异。以唐音而言，王摩诘诗律动清亮，孟襄阳诗律动温和，高达夫诗律动苍迈，岑嘉州诗律动倔奇；太白诗律动豪放，少陵诗律动沉郁，乐天诗律动流荡，微之诗律动亲切；韩退之诗律动遒劲，柳子厚诗律动清绮，刘梦得诗律动粗犷，孟东野诗律动涩苦；李长吉诗律动诡谲，贾阆仙诗律动简古，杜紫薇诗律动俊朗，李义山诗律动蕴藉。以词而论，则有飞卿词律动幽丽，后主词律动缠绵；同叔词律动雍容，耆卿词律动平畅；东坡词律动清旷，小山词律动轻敏；清真词律动温婉，少游词律动润泽；易安词律动纤细，希真词律动闲适；芦川词律动呜咽，于湖词律动飞扬；稼轩词律动雄豪，龙川词律动嘹远；龙州词律动欢快；放翁词律动韵秀；白石词律动清空，梦窗词律动密实；玉田词律动干净，草窗词律动绵渺。

时代不同，律动亦不同。大抵而言，诗经律动秀美，汉赋律动雄放，骈文律动严整，诗词律动和雅。即以诗词论，唐诗律动严、整、威、武，宋词律动要、眇、宜、修，诗庄而词媚，在律动亦有然。

诗庄而词媚，何也？诗主齐言，威武严整，词胜长短句，错落摇曳，节律不同，律动自异，此其一也；诗多平韵到底，和谐稳称，词胜平仄转韵，和声摇曳，韵律不一，律动亦异，此其二也；诗用粘对，语调中庸，词多叠式，语调缠绵，声律不同，律动亦异，此其三也；诗初胜在汉末，豪婉并举，词初胜在花间，婉约当红，典则不同，传承自异，此其四也；诗盛在魏唐，传歌者男女并美，词胜在北宋，传歌者大为女流，风气已成，积习难转，此其五也。以此观之，则诗庄而词媚，曰历史则尚有以，曰体制则多不然，曰律动则尚有以，曰境界则大不然。即以历史论，早期太白歌辞，云瑶杂曲，庄媚并举，并无偏废，惜宋人多未见之也，至坡公出，号令天下，雄曲遂入词坛，一新词人耳目，坡公亦自谓别是一家，然即今观之，此中颇多误会，亦堪惆怅也。王静安言"词之为体，要眇宜修，能言诗之所不能言，而不能尽言诗之所能言。诗之境阔，词之言长"，以律动观之则有以，以境界视之则不必然，今之作者宜当仔细辨析。

词中领字，宜用去声。一字之领，提起全篇律动精神。

格律有品。前后协韵，进退有序，声调初会，此为下品。韵气徐徐，进退中节，声调抑扬，此为中品，韵气洋洋，节律顿挫，声调飞动，此为上品。韵气流动，如水布春田，节奏纷沓，如鼓点击玉，声调和鸣，如百鸟朝凤，斯可为妙品；韵气贯注，如春临万物而欣欣，节奏飞腾，如万马奔腾而涛涛，声调悠远，如佛说庄严而殇殇，斯可为神品矣。

格律之品，从于口，验于耳，而成于心。大抵律动通达者越下品，律动悠扬者越中品，律动悠远者居上品，横竖烂漫者为妙品，玄寂无声者为神品。律动初成，尚不足以言品也。

验之于人，则太白、少陵、摩诘、江宁，庶几可谓律动神品者乎？东坡、稼轩、清真、白石，庶几可谓律动妙品者乎。

质之于诗，则《苤苢》《蒹葭》《短歌》《龟虽寿》，《赤勒》《采莲》《西洲》《春江》，《辋川》《从军》《蜀道》《将进酒》，《登高》《秋兴》《枫桥》《锦瑟》，《八声甘州》《大江东去》《水调歌头》《满江红》，北朝之《木兰辞》黛玉之《葬花调》、乐天之《长恨歌》、长吉之《苏小小》，余光中之《乡愁》、戴望舒之《雨巷》、徐志摩之《再别康桥》、刘大白之《教我如何不想她》，庶几可谓律动神品代表者乎？《黍离》

《伐檀》《鹿鸣》《子衿》，《咏怀》《十九首》《饮酒》《归园》，后主之《虞美人》《相见欢》、耆卿之《雨霖铃》《望海潮》，小山之《梦后楼台》《彩袖殷勤》、易安之《红藕香残》《寻寻觅觅》，清真之《风老莺雏》《并刀如水》、冯温之《西风愁起》《小山重叠》，稼轩之《东风夜放》《枕簟溪堂》《醉里挑灯》、放翁之《诉衷情》《卜算子》《钗头凤》，同叔之《一曲新词》少游之《雾失楼台》、白石之《二十四桥》梦窗之《箭径酸风》，庶几可谓律动妙品代表者也。

"你未看此花时，此花与汝心同归于寂。你来看此花时，则此花颜色一时明白起来。便知此花不在你的心外。"此言和也。知和者，可与言律动矣。

天下但有大唱，不待其言而自成律，天下但有大和，不待其音而自律动。

小唱则小和，中唱则中和，大唱则大和。小唱则入调，中唱则中道，大唱则入和。大唱大和者，神品也。

小唱小和者，格调也，中唱中和者，气韵也，大唱大和者，神韵也。

为天地立心，为生民立命，为往圣继绝学，为万世开太平，无此胸襟气度者，无足以与言大和。

律动有八格，曰纵横，曰顿挫，曰悠扬，曰烂漫，曰婉妙，曰清澈，曰简致，曰流美。纵横如筘鼓悲鸣，顿挫如战鼓严整，悠扬如古寺钟声，烂漫如山野鸟啼，婉妙如笙箫声默，清澈如田园笛磬，简致如木鱼苶苶，流美如河水晕晕。以文章视之，则庄子国策故纵横之国手也，扬马鲍庾故顿挫之领袖也，屈骚楚辞故悠扬之大师也，陶潜东坡故烂漫之鳌头也，至于律动婉妙，宜推宋明小品，格律清澈，则惟山水诸作，律动简致，首推论老儒林，格律流美，则八家诸作皆足以当之。

律动非以八格为限，八格者，别其高下、徐疾、长短、婉直也。八格之内，亦以比对为宜，孤涧独流，不足以分众水之制，单泉只湖，无足以别万水之体。八格之外，则或分、或合、或损、或益，孳滋繁衍，亦须多加措意焉。

文章之律动纵横者，吾国则吾最爱庄周之说鱼、说剑、说连葬、说任公子垂钓；次则《国策》之苏秦说齐、颜斶说士、庄辛说楚、太子质齐；次则枚乘之说涛、子长之说乐、子云之说武、太冲之说吴；次则宋玉之说风、贾谊之过秦、鲍照之赋芜城、庾信之哀江南；次则唐宋以下诸家，如龙门之歌《滕阁》、樊川之歌《阿房》、韩子之说《进学》、东坡之赋《赤壁》、子由之书《太尉》、中郎之传《文长》；迨及当代，亦有梁任公之颂少年中国、周豫才之记刘和珍君。豫才尤为大才，其《祝福》《呐喊自序》《颂雪》《颂大欢喜》《颂颓败线》诸篇，并皆律动纵横，入神之作也。他国则吾最爱古埃及之《亡灵书》、古巴比伦之《吉尔伽美什》、古希腊之《荷马史诗》、古希伯来之《创世纪》《约伯记》，古罗马之《论崇高》、近世尼采之《查拉图斯特拉如是说》，惠特曼之《草叶集》《自由之歌》。西方小说中亦多有律动纵横之片段，如巴尔扎克的伏脱冷的世故的雄辩，萨特的默尔索的存在主义的呐喊，陀思妥耶夫斯基的依留莎的血泪的控诉，伊凡的犀利的质疑，雨果的巴黎圣母院的壮丽的晨曦，巴黎上空的恢弘的钟声。较之吾国喜用短句，他国之文动辄数十百千言长句，虽节度之精准或有不及，然其浩浩汤汤横无际涯之律动，则多超中国一般文章。

豫才《记念刘和珍君》云："我只觉得所住的并非人间。四十多个青年的血，洋溢在我的周围，使我难于呼吸视听，那里还能有什么言语？长歌当哭，是必须在痛定之后的。而此后几个所谓学者文人的阴险的论调，尤使我觉得悲哀。我已经出离愤怒了。我将深味这非人间的浓黑的悲凉；以我的最大哀痛显示于非人间，使它们快意于我的苦痛，就将这作为后死者的菲薄的祭品，奉献于逝者的灵前。"《雪》之颂云："朔方的雪花在纷飞之后，却永远如粉，如沙，他们决不粘连，撒在屋上，地上，枯草上，就是这样。屋上的雪是早已就有消化了的，因为屋里居人的火的温热。别的，在晴天之下，旋风忽来，便蓬勃地奋飞，在日光中灿灿地生光，如包藏火焰的大雾，旋转而且升腾，弥漫太空，使太空旋转而且升腾地闪烁。"《祝福》云："我在蒙胧中，又隐约听到远处的爆竹声联绵不断，似乎合成一天音响的浓云，夹着团团飞舞的雪花，拥抱了全市镇。我在这繁响的拥抱中，也懒散而且舒适，从白天以至初夜的疑虑，全给祝福的空气一扫而空了，只觉得天地圣众歆享了牲醴和香烟，都醉醺醺的在空中蹒跚，豫备给鲁镇的人们以无限的幸福。"《呐喊自序》云："在我自己，本以为现在是已经并非一个切迫而不能已于言的人了，但或者也还未能忘怀于当日自己的寂寞的悲哀罢，所以有时候仍不免呐喊几声，聊以慰藉那在寂寞里奔驰的猛士，使他不惮于前驱。"《复仇》云："鲜红的热血，就循着那后面，在比密密层层地爬在墙壁上的槐蚕更其密的血管里奔流，散出温热。于是各以这温热互相蛊惑，煽动，牵引，拼命希求偎倚，接吻，拥抱，以得生命的沉酣的大欢喜。但倘若用一柄尖锐的利刃，只一击，穿透这桃红色的，菲薄的皮肤，将见那鲜红的热血激箭似的以所有温热直接灌溉杀戮者；其次，则给以冰冷的呼吸，示以淡白的嘴唇，使之人性茫然，得到生命的飞扬的极致的大欢喜；而其自身，则永远沉浸于生命的飞扬的极致的大欢喜中。"《颓败线的颤动》云："她在深夜中尽走，一直走到无边的荒野；四面都是荒野，头上只有高天，并无一个虫鸟飞过。她赤身露体地，石像似的站在荒野的中央，于一刹那间照见过往的一切：饥饿，苦痛，惊异，羞辱，欢欣，于是发抖；害苦，委屈，带累，于是痉挛；杀，于是平静……又于一刹那间将一切并合：眷念与决绝，爱抚与复仇，养育与歼除，祝福与咒诅……她于是举两手尽量向天，口唇间漏出人与兽的，非人间所有，所以无词的言语。"数篇文字，其节度如斧戈交接不暇长短，其气象如蒸云腾雾不辨牛马，其情绪如山崩地裂不可遏抑，其气势如长川奔流不择泾渭，真律动纵横，入神之作也，方之子云老庄无气馁也。

律动之纵横者，大唱大和也，生命之大极致、大欢乐也，必有高远之思想、雄深之视野、浓烈之情感、娴熟之技术，加以长久之积累酝酿，瞬间之灵感涌现，六者缺一而不能为纵横也。

律动悠扬者，莫过于《九歌》。试取湘君湘夫人，于风和日丽之日，明窗亮几之旁平心而诵之，但觉其声调雍和而气息圆润，节度舒缓而韵度从容，恍若如闻钟声度入夕林，又若如闻晚祷散在田野，真有天女散花而悠扬不尽之感也。

律动之简致者，最是难得。《论语》《春秋》《世说》《儒林》，往往有之。如《论语》之记子颂川流"子在川上曰，逝者如斯夫"，不过散淡几字，读之却有一种廖远无尽之意。《论语》之记子评颜子"一箪食，一瓢饮，在陋巷，人不堪其忧，回也不改其乐，贤哉回也，贤哉回也"，韵致简短而意味深长，尺幅之中自有一股一唱三叹之势。孔子世家载子路死于卫，孔子病，子贡请见，孔子方负杖逍遥于门，曰，"赐，汝来何其晚也"，孔子因叹，歌曰，"太山坏乎！梁柱摧乎！哲人萎乎！"一问一叹之间，如使人闻惊雷，听棒喝。又如《世说新语》载袁彦伯为谢安南司马，都下诸人送至濑乡，将别，既自凄惘，叹曰，"江山辽落，居然有万里之势"，又载顾长康从会稽还，人问山川之美，顾云"千岩竞秀，万壑争流，草木蒙笼其上，若云兴霞蔚"。《儒林外史》记黄梅时节，天气烦躁，王冕放牛倦了，在绿草地上坐着，须臾，浓云密布，一阵大雨过了，那黑云边上镶着白云，渐渐散去，透出一派日光来，照耀得满湖通红，湖边上山，青一块，紫一块，绿一块，树枝上都像水洗过一番的，尤其绿得可爱，湖里有十来枝荷花，苞子上清水滴滴，荷叶上水珠滚来滚去，王冕看了一回，心里想道"古人说'人在画图中'，其实不错"；又记游雨花台绝顶，望着隔江的山色，岚翠鲜明，那江中来往的船只，帆樯历历可数，那一轮红日，沉沉的傍着山头下去了。如此种种，皆简致而摇曳之章，朴素而天下莫能与之争美之篇也。

《越人歌》云："今夕何夕兮，搴舟中流。今日何日兮，得与王子同舟。蒙羞被好兮，不訾诟耻。心几顽而不绝兮，得知王子。山有木兮木有枝，心悦君兮君不知。"《桂殿秋》云："思往事，渡江干，青蛾低映越山看。共眠一舸听秋雨，小簟轻衾各自寒。"两词皆境界婉妙，律动清澈。吴越风流，虽经两千年，而未稍改变也。

吴越风流，百年之后，尚得而闻欤？

童子解吟《长恨歌》，胡儿能唱《琵琶曲》，何哉，律动流美也。律动流美者虽雅而能动人也；律动流美者虽俗而能传世也；律动流美者虽短而能令人感兴也；律动流美者虽长而能令人不厌也。日朝之地多听白乐天歌，凡有井水处皆能歌柳词，其率由此乎。

渊明《饮酒诗》序云："余闲居寡欢，兼比夜已长，偶有名酒，无夕不饮，顾影独尽。忽焉复醉。既醉之后，辄题数句自娱，纸墨遂多。辞无诠次，聊命故人书之，以为欢笑尔。"五柳先生传云："先生不知何许人也，亦不详其姓字，宅边有五柳树，因以为号焉。闲静少言，不慕荣利。好读书，不求甚解；每有会意，便欣然忘食。性嗜酒，家贫不能常得。亲旧知其如此，或置酒而招之；造饮辄尽，期在必醉。既醉而退，曾不吝情去留。环堵萧然，不蔽风日；短褐穿结，箪瓢屡空，晏如也。常著文章自娱，颇示己志。忘怀得失，以此自终。"两篇文字，皆长短不由，声韵不度，然如饮者在船，明月萧疏，篙白刺水，居然不醉，深得律动烂漫之真谛。

格律有精有粗，若其粗者，人人得而闻与，若其精者，虽知音亦有所不足。

汉语古典诗歌格律，若其粗者，十六字可以尽之矣，曰一长一短，一曲一直，四声相配，前后相和。一长一短者，节奏也；一曲一直者，平仄也；四声相配者，平上去入也；前后相和者，句尾韵也。

爱情之美，美在初见，如静女其姝，俟我于城隅，爱而不见，搔首踟蹰；美在相思，如青青子衿，悠悠我心，纵我不往，子宁不嗣音；美在热恋，如彼采葛兮，一日不见，如三月兮；美在龃龉，如彼狡童兮，不与我言兮，维子之故，使我不能餐兮；美在怨怒，如子惠思我，褰裳涉溱，子不我思，岂无他人，狂童之狂也且；美在阻截，如将仲子兮，无逾我里，无折我树杞，岂敢爱之，畏我父母，仲可怀也，父母之言亦可畏也；美相相誓，如死生契阔，与子成说，执子之手，与子偕老；美在和谐，如桃之夭夭，灼灼其华，之子于归，宜其室家；美在不期而遇，如野有蔓草，零露溥兮，有美一人，清扬婉兮，邂逅相遇，适我愿兮；美在相爱而不得，如求之不得，寤寐思服，优哉游哉，辗转反侧。皆气韵切浅，律动清澈之作也。方之西方，则惟所罗门雅歌之咏叹可以当之。

试取《雅歌》观之：我的佳偶，你甚美丽，你甚美丽。你的眼在帕子内好像鸽子眼。你的头发如同山羊群卧在基列山旁。你的牙齿如新剪毛的一群母羊，洗净上来，个个都有双生，没有一只丧掉子的。你的唇好像一条朱红线，你的嘴也秀美。你的两太阳在帕子内，如同一块石榴。你的颈项好像大卫建造收藏军器的高台，其上悬挂一千盾牌，都是勇士的藤牌。你的两乳好像百合花中吃草的一对小鹿，就是母鹿双生的。我要往没药山和乳香冈去，直等到天起凉风，日影飞去的时候回来。虽经翻译损益，声韵已不复睹，然清澈之律动仍皎然在人耳目。

诗经写爱情，律动亦颇有异。有关雎之顿挫，有击鼓之婉妙，有蒹葭之悠扬，有硕人之烂漫。即同是一诗，律动或亦有变，如击鼓之例，总之则曰婉妙，分之则各相异，"击鼓其镗，踊跃用兵，土国城漕，我独南行"，律动顿挫也，"从孙子仲，平陈与宋，不我以归，忧心有忡"，律动简致也，"爰居爰处，爰丧其马，于以求之，于林之下"，律动婉妙也，"死生契阔，与子成说，执子之手，与子偕老"，律动悠扬也，"于嗟阔兮，不我活兮，于嗟洵兮，不我信兮"律动烂漫也。一诗之中，律动凡四变，愈转愈深，愈转愈细，有繁复纡徐不尽之味。

古今之言美人者，硕人简致，高唐纵横，李夫人顿挫，雅歌清澈，各尽其妙。

观《约伯记》，偎兮瑟兮，赫兮喧兮，律动惊怖莫可名状。

观以色列人之哀歌巴比伦河边的哭泣，真律动幽婉沉痛深极，方之中国，惟黍离之悲可以及之。然黍离内省，诗篇外求，又自不同。

诗篇第一百三十七篇

我们曾在巴比伦的河边坐下，

一追想锡安就哭了。

我们把琴挂在那里的柳树上。

因为在那里，掳掠我们的要我们唱歌，

抢夺我们的，要我们作乐，说：
"给我们唱一首锡安歌吧！"
我们怎能在外邦唱耶和华的歌呢？
耶路撒冷啊，我若忘记你，
情愿我的右手忘记技巧。
我若不记念你，
若不看耶路撒冷过于我所最喜乐的，
情愿我的舌头贴于上膛。
耶路撒冷遭难的日子，以东人说：
"拆毁，拆毁，直拆到根基！"
耶和华啊求你记念这仇。
将要被灭的巴比伦城啊，
报复你像你待我们的，那人便为有福。
拿你的婴孩摔在磐石上的，那人便为有福。

　　诗歌翻译，最损律动：节律或能移留，韵律名存实变，声律则必全非。故译诗律动，最是难寻，若有律动，半赖创造，能得邂逅，最堪珍惜。如飞白之译惠特曼《我在路易斯安啦看见一颗栎树在生长》，申奥之译休斯《黑人谈河流》，金人之译肖洛霍夫《哥萨克古歌》，律动能得纵横之气。

我在路易斯安那看见一棵栎树在生长

[美] 惠特曼　译/飞白

我在路易斯安那看见一棵栎树在生长
它独自屹立着，树枝上垂着苔藓，
没有任何伴侣，它在那儿长着，迸发出暗绿色的欢乐的树叶，
它的气度粗鲁，刚直，健壮，使我联想起自己，
但我惊讶于它如何能孤独屹立附近没有一个朋友而仍能
迸发出欢乐的树叶，因为我明知我做不到，
于是我折下一根小枝上面带有若干叶子，并给它缠上一点苔藓，
带走了它，插在我房间里在我眼界内，
我对我亲爱的朋友们的思念并不需要提醒，
（因为我相信近来我对他们的思念压倒了一切，）
但这树枝对我仍然是一个奇妙的象征，它使我想到男子气概的爱；
尽管啊，尽管这棵栎树在路易斯安那孤独屹立在一片辽阔中闪烁发光，
附近没有一个朋友一个情侣而一辈子不停地迸发出欢乐的树叶，
而我明知我做不到。

黑人谈河流

〔美〕兰斯敦·休斯　译/申奥

我了解河流，

我了解像世界一样古老的河流，

比人类血管中流动的血流还要古老的河流。

我的灵魂变得像河流一般的深邃。

当朝霞初升，我沐浴在幼发拉底斯河。

我在刚果河旁搭茅棚，波声催我入梦。

我俯视着尼罗河，在河畔建起了金字塔。

当阿伯·林肯南下新奥尔良，

我听到密西西比河在歌唱，

我看到河流混浊的胸膛

被落日染成一片黄金。

我了解河流，

古老的，幽暗的河流。

我的灵魂变得像河流一般深沉。

哥萨克古歌

〔苏联〕肖洛霍夫　译/金人

我们光荣的土地不用犁来翻耕……

我们的土地用马蹄来翻耕

光荣的土地上种的是哥萨克的头颅，

静静的顿河到处装点着年轻的寡妇，

我们的父亲，静静的顿河上到处是孤儿，

父母的眼泪随着顿河的波涛翻滚

噢噫，静静的顿河，我们的父亲！

噢噫，静静的顿河，你的水流为什么这样浑？

啊呀，我静静的顿河的流水怎么能不浑！

寒泉从静静的河底向外奔流，

银白色的鱼儿在顿河的中流翻滚

飞白之译桑德堡的《草》，张曙光之译米沃什《诱惑》，余振之译莱蒙托夫《祖国》，律动能得顿挫之致：

草

[美] 桑德堡   译/飞白

让奥斯特里茨和滑铁卢尸如山积，
把他们铲进坑，再让我干活——
我是草；我掩盖一切。

让葛梯斯堡尸如山积，
让依普尔和凡尔登尸如山积，
把他们铲进坑，再让我干活。

两年，十年，于是旅客们问乘务员：
这是什么地方？我们到了何处？

我是草。
让我干活。

诱惑

[波兰] 米·沃什   译/张曙光

我在星空下散步，
在山脊上眺望城市的灯火，
带着我的伙伴，那颗凄凉的灵魂，
它游荡并在说教，
说起我不是必然地，如果不是我，那么另一个人
也会来到这里，试图理解他的时代。
即便我很久以前死去也不会有变化。
那些相同的星辰，城市和乡村
将会被另外的眼睛观望。
世界和它的劳作将一如既往。

看在基督份上，离开我，
我说，你已经折磨够我。
不应由我来判断人们的召唤。
而我的价值，如果有，无论如何我不知晓。

祖国

[俄] 莱蒙托夫   译/余振

我爱祖国，但却用的是奇异的爱情！

连我的理智也不能把它制胜。
无论是鲜血换来的光荣，
无论是充满了高傲的虔诚的宁静，
无论是那远古时代的神圣的传言，
都不能激起我心中的慰藉的幻梦。

但是我爱——自己不知道为什么——
它那草原上凄清冷漠的沉静，
它那随风晃动的无尽的森林，
它那大海似地汹涌的河水的奔腾，
我爱乘着车奔上那村落间的小路，
用缓慢的目光透过那苍茫的夜色，
惦念着自己夜间住宿之处，迎接着
道路旁点点微微颤动的灯火。

我爱那野火冒起的轻烟，
草原上过夜的大队车马，
苍黄的田野中小山头上，
那一对闪着微光的白桦。
我怀着人所不知的快乐，
望着堆满谷物的打谷场，
覆盖着稻草的农家草房，
镶嵌着浮雕窗板的小窗，
而在有露水的节日夜晚，
在那醉酒的农人笑谈中，
观看那伴着口哨的舞蹈，
我可以直看到夜半更深。

荒芜之译惠特曼《船长》，飞白之译丁尼生《辉煌的夕照》，飞白之译巴尔蒙特《我用幻想追捕熄灭的白昼》，叶君健之译洛尔迦《两个姑娘——给马希谟·吉哈诺》，律动能得悠扬之态：

辉煌的夕照

［英］丁尼生　译/飞白

辉煌的夕照映着城堡，
映着古老的雪峰之巅；
长长的金光在湖面摇荡，
野性的瀑布壮丽地飞溅。

吹吧，号角，吹吧，惊起那荒野的回声，

吹吧，号角；回声呼应，一声声轻了，更轻，更轻。

听啊，听仔细！它微弱而清晰，

越去越远却越明朗，

啊，又远又甜，传自峭壁悬岩，

精灵之国的号角在隐约吹响！

吹吧，让我们听那紫色的幽谷回应，

吹吧，号角；回声呼应，一声声轻了，更轻，更轻。

爱人啊，回声在天边溶化，

在山野，在河面熄灭，消散；

咱俩的回声在心灵间应答，

却不断增强，永远，永远。

吹吧，号角，吹吧，惊起那荒野的回声，

呼应吧，回声，呼应，一声声轻了，更轻，更轻。

船长

[美] 惠特曼　译/荒芜

啊，船长！我的船长！我们的艰苦航程已经终结；

这只船渡过了一切风险，我们争取的胜利已经获得；

港口在望，我听见钟声在响，人们都在欢呼，

千万只眼都在望着这只稳定的船，它显得威严而英武；

但是，啊！心哟！心哟！心哟！

呵，鲜红的血液长流；

甲板上躺着我们的船长，

倒下来了，冷了，死了。

啊，船长，我们的船长！起来听听钟声；

起来，旗帜正为你飘扬，军号正为你发出颤音；

为你，送来了无数花束的花环，为你，人们挤满了海岸，

这熙熙攘攘的人群，他们为你欢呼，他们热情的脸转朝着你；

这里，船长！亲爱的父亲！

我这只手臂把你的头支起；

在甲板上像是在一场梦里，

你倒下来了，冷了，死了。

我的船长不回答，它的嘴唇苍白而静寂；

我的父亲感觉不到我的手臂，他已经没有知觉，也没有脉息；
这只船安安稳稳下了锚，已经结束了他的航程；
这只胜利的船，从艰苦的旅程归来，大功已经告成：
欢呼吧，呵，海岸！鸣响吧，呵，钟声！
可是我踏着悲哀的步子，
在我的船长躺着的甲板上走来走去，
他倒下了，冷了，死了！

我用幻想追捕熄灭的白昼

[俄] 巴尔蒙特　译/飞白

我用幻想追捕熄灭的白昼，
熄灭的白昼拖着影子逝去．
我登上高塔，梯级在颤悠，
梯级颤悠悠在我脚下战栗。

我越登越高，只觉得越发清朗
越发清朗地显出远方的轮廓，
围绕着我传来隐约的音响，
隐约的音响传自地下和天国。

我越登越高，只见越发莹澈，
越发莹澈地闪着瞌睡的峰顶
他们用告别之光抚爱着我，
温柔地抚爱我朦胧的眼睛。

我的脚下已是夜色幽幽，
夜色幽幽覆盖沉睡的大地，
但对于我，还亮着昼之火球，
昼之火球正在远方烧尽自己。

我懂得了追捕昏暗的白昼，
昏暗的白昼抱着影子逝去，
我越登越高，梯级在颤悠，
梯级颤悠悠在我脚下战栗。

两个姑娘——给马希谟·吉哈诺（之一）拉·洛娜

[西班牙] 洛尔迦　译/叶君健

在橙子树下

她洗濯孩子穿的布衣裙，
她有绿色的眼睛，
她有紫罗兰色的声音。

嗳！亲爱的，
在开满花的橙子树下！

池塘路的水
浮着太阳光荡漾，
在那个小橄榄树林里，
有一只麻雀在歌唱。

嗳！亲爱的，
在开满了花的橙子树下！

拉·洛娜很快就用完
一块肥皂，
这时有三个年轻的斗牛士来到。

嗳！亲爱的，
在开满了花的橙子树下！

韩逸之译《天赋》，田原之译谷川俊太郎《春的临终》，叶君健之译洛尔迦《两个姑娘——给马希谟·吉哈诺（之二）安巴罗，律动能得烂漫之意：

天赋
［波兰］切·米沃什　译/韩逸

日子过得多么舒畅。
晨雾早早消散，我在院中劳动。
成群蜂鸟流连在金银花丛。
人世间我再也不需要别的事物。
没有任何人值得我羡慕。
遇到什么逆运，我都把它忘在一边。
想到往昔的日子，也不觉得羞惭。
我一身轻快，毫无痛苦。
昂首远望，唯见湛蓝大海上点点白帆

春的临终

[日] 谷川俊太郎　译/田原

我把活着喜欢过了
先睡觉吧，小鸟们
我把活着喜欢过了

因为远处有呼唤我的东西
我把悲伤喜欢过了
可以睡觉了哟　孩子们
我把悲伤喜欢过了

我把笑喜欢过了
像穿破的鞋子
我把等待也喜欢过了
像过去的偶人

打开窗　然后一句话
让我聆听是谁在大喊
是的
因为我把恼怒喜欢过了

睡吧　小鸟们
我把活着喜欢过了
早晨，我把洗脸也喜欢过了

两个姑娘——给马希谟·吉哈诺（之二）安巴罗

[西班牙] 洛尔迦　译/叶君健

安巴罗哟，
你穿着白衣，
在屋子里多么孤寂！
（在素馨花和月下香之间，
你是一条平分线。）

你从院子里倾听，
那机灵商人的叫卖声
和那金丝雀的宛啭——
它是多么娇嫩！

你在下午凝望

那隐藏着鸟儿的柏树颤抖，

于是在你的画布上

慢慢地把许多字样刺绣。

安巴罗哟，

你穿着白衣，

在屋子里多么孤寂！

安巴罗哟，

我多么难于向你开口，

说：我爱你！

赵毅衡之译弗罗斯特《遇见黑夜》，余光中之译洛尔迦《骑士之歌》，无名氏之译金素月《金达莱花》，律动能得婉妙之姿：

熟悉黑夜

[美] 罗伯特·佛罗斯特　译/赵毅衡

我早就已经熟悉这种黑夜。

我冒雨出去——又冒雨归来，

我已经越出街灯照亮的边界。

我看到这城里最惨的小巷。

我经过敲钟的守夜人身边，

我低垂下眼睛，不愿多讲。

我站定，我的脚步再听不见，

打另一条街翻过屋顶传来

远处一声被人打断的叫喊，

但那不是叫我回去，也不是再见，

在更远处，在远离人间的高处，

有一樽发光的钟悬在天边。

它宣称时间既不错误又不正确，

但我早就已经熟悉这种黑夜。

骑士之歌

[西班牙] 洛尔迦　译/余光中

科尔多巴

孤悬在天涯
漆黑的小马
橄榄满袋在鞍边悬挂
这条路我虽然早认识
今生已到不了科尔多巴

穿过原野，穿过烈风
赤红的月亮，漆黑的马
死亡正在俯视我，
在戍楼上，在科尔多巴

唉，何其漫长的路途
唉，何其英勇的小马
唉，死亡已经在等待着我
等我赶路去科尔多巴

科尔多巴
孤悬在天涯

金达莱花

[朝] 金素月　译/无名氏

当你厌倦
想离我而去
我将默默为你送行

在宁边的药山
采摘满怀的金达莱花
铺洒在你离去的路上

请你一步一步
踩踏鲜花铺就的路
离我而去

当你厌倦
想离我而去
我至死也不会流泪

飞白之译《亡灵书：宛若莲花》，赵毅衡之译沃伦《世事沧桑话鸟鸣》，郑振铎之译泰
戈尔《吉檀迦利》，律动能得清澈之质：

亡灵书：宛若莲花

[埃及] 亡灵书　译/飞白

我是纯洁的莲花
拉神的气息养育了我
辉煌地发芽

我从黑暗的地下升起
进入阳光的世界
在田野开花

世事沧桑话鸟鸣

[美] 沃伦　译/赵毅衡

那只是一只鸟在晚上鸣叫，我认不出是什么鸟
当我从泉边取水回来，走过满是石头的牧场，
我站得那么静，头上的天空和木桶里的天空一样静。

多少年过去，多少地方多少脸都淡漠了，有的人已谢世
而我站在远方，夜那么静，我终于肯定
我最怀念的，不是那些终将消逝的东西，
而是鸟鸣时那种宁静。

最初的茉莉花

[印] 泰戈尔　译/郑振铎

呵，这些茉莉花，这些白的茉莉花！
我仿佛记得我第一次双手满捧着这些茉莉花，
这些白的茉莉花的时候。
我喜爱那日光，那天空，那绿色的大地；
我听见那河水潺潺的流声，在黑漆的午夜里传过来；
秋天的夕阳，在荒原上大路转角处迎我，
如新妇揭起她的面纱迎接好的爱人。
但我想起孩提时第一次捧在手里的白茉莉，心里充满着甜蜜的回忆。

我生平有过许多快活的日子，在节日宴会的晚上，
我曾跟着说笑话的人大笑。
在灰暗的雨天的早晨，我吟哦过许多飘逸的诗篇。
我颈上戴过爱人手织的醉花的花圈，作为晚装。
但我想起孩提时第一次捧在手里的白茉莉，心里充满着甜蜜的回忆。

王佐良之译麦克迪尔米德《摇摆的石头》①，飞白之译克里斯蒂娜《歌》，郑敏之译罗伯特·勃莱《圣诞驱车送二老回家》、里尔克《圣母哀悼基督》，王佐良之译什格菲尔特沙逊《枭》②律动能得简致之格：

摇摆的石头

［苏格兰］麦克迪尔米德　译/王佐良

在收获季节寒冷的半夜，
世界像一块石头
摇摆在天空下。
凄凉的回忆起了又落，
像风卷雪花。

像风卷雪花　　我已认不出了
石头上刻着的文字。
何况浮名如青苔，
历史如地衣，
早把一切掩埋。

歌

［英］克里斯蒂娜·罗塞蒂　译/飞白

在我死后，亲爱的，
不要为我唱哀歌；
不要在我头边种蔷薇，
也不要栽翠柏。
让青草把我覆盖，
再撒上玉珠露滴；
你愿记得就记得，
你愿忘记就忘记。

我不再看到荫影，
我不再感到雨珠，
我不再听到夜莺
唱得如泣如诉。
我将在薄暮中做梦，

---

① 王佐良：《英国诗史》，南京：译林出版社，1997年，第484页。
② 王佐良：《英国诗史》，南京：译林出版社，1997年，第425—426页。

这薄暮不升也不降；
也许我将会记得，
也许我将会相忘。

圣诞驾车送双亲回家

[美] 罗伯特·勃莱　译/郑敏

穿过风雪，我驾车送二老
在山崖边他们衰弱的身躯感到犹豫
我向山谷高喊
只有积雪给我回答
他们悄悄地谈话
说到提水，吃橘子
孙子的照片，昨晚忘记拿了
他们打开自己的家门，身影消失了
橡树在林中倒下，谁能听见？
隔着千里的沉寂
他们这样紧紧挨近地坐着
好像被雪挤压在一起

圣母哀悼基督

[奥地利] 里尔克　译/郑敏

现在我的悲伤达到顶峰
充满我的整个生命，无法倾诉
我凝视，木然如石
僵硬直穿我的内心

虽然我已变成岩石，却还记得
你怎样成长
长成高高健壮的少年
你的影子在分开时遮盖了我
这悲痛太深沉
我的心无法理解，承担

现在你躺在我的膝上
现在我再也不能
用生命带给你生命

枭

[英] 什格菲尔特沙逊　译/王佐良

我走下山，饿了，但还没饿晕，
冷，但身上还有一点热气，
顶得住北风；疲倦了，正好能享受
屋顶下一夜的好睡。

在旅店里我有吃，有火，有休息，
还记得刚才怎样饿，冷，疲倦。
黑夜完全关在门外，除了
一阵枭叫，叫得何等悲惨。

这叫声来自山上，清楚，嘶长，
不是乐音，没有理由高兴，
它告诉我逃过了什么，
而别人没有，在我投宿的一夜。

我吃得有味道，我的休息
也有味道，但我清醒，因为有
那枭为所有躺在星空下的人嘶叫，
士兵们，穷人们，他们无一点乐趣。

飞白之译丘特切夫《我又伫立在涅瓦桥头》、叶芝《茵尼斯弗利岛》，诸家集译之叶芝《当你老了》，律动能得流美之风。

我又伫立在涅瓦桥头

[俄] 丘特切夫　译/飞白

我又伫立在涅瓦桥头
像当年我也活着的时候，
凝望着这一江春水
像梦一样慢慢地流。

蓝天上不见一点星星，
苍白的美景一片寂静。
唯有沉思的涅瓦河上
流泻着一天月色如银。

究竟这一切全是梦幻，

> 还是当真我重新看见
> 我俩在这轮明月之下
> 生前曾见过的画面？"

茵尼斯弗利岛

[爱尔兰] 叶芝　译/飞白

我就要起身走了，到茵尼斯弗利岛，
造座小茅屋在那里，枝条编墙糊上泥；
我要养上一箱蜜蜂，种上九行豆角，
独住在蜂声嗡嗡的林间草地。

那儿安宁会降临我，安宁慢慢儿滴下来，
从晨的面纱滴落到蛐蛐歌唱的地方；
那儿半夜闪着微光，中午染着紫红光彩，
而黄昏织满了红雀的翅膀。

我就要起身走了，因为从早到晚从夜到朝
我听得湖水在不断地轻轻拍岸；
不论我站在马路上还是在灰色人行道，
总听得它在我心灵深处呼唤。

当你老了

[爱尔兰] 叶芝　译/集译

当你老了，白发苍苍，睡意朦胧，（飞白）
炉火旁打盹，请取下这部诗篇，（飞白）
慢慢读，回想你过去眼神的柔和，（袁可嘉）
回想它们昔日浓重的阴影；

多少人爱你青春欢畅的时辰，
爱慕你的美丽，假意或者真心，（袁可嘉）
只有一个人爱你那朝圣者的灵魂，（袁可嘉）
爱你衰老了的脸上痛苦的皱纹；（袁可嘉）

垂下头来，在红光闪耀的炉子旁，（袁可嘉）
凄然地轻轻诉说那爱情的消逝，（袁可嘉）
逝去的爱，如今已步上高山，（飞白）
在密密星群里埋藏它的赧颜。（飞白）

其中摇摆的石头、世事沧桑话鸟鸣数篇，格律之美，即置于汉语诗中亦不稍逊色。

有律动，则精神。无律动，则不精神。精神，则有生命，不精神，则生命顿萎。生命顿萎，则不可以言艺。

能为律动，则焕发，则使人感兴，则歌，则舞，则诗，则画、则书、则武、则瑜伽、则禅定。艺术然后兴。

有境界而无律动者，"我思故我在"是也，可与言哲学而不足与言道也。

有理性而无律动者，今之学科是也，可与言科学而不足与言艺也。

能为律动，则兴。

书之律动易见，画之律动难闻。

书之律动易见，草则纵横，楷则顿挫，行则流美，隶则婉约，篆书悠扬，甲金清澈。用笔则或行、或走、或住、或卧，结字则或起、或承、或转、或合，章法则或如风行水上、或如车过泥辙，或如电闪雷鸣、或如烟霞满目。

画之律动难闻，若强说之，则白石草虫简致而婉妙，王维山水婉妙而简致，敦煌壁画浪漫而悠扬，吴道子人物悠扬而浪漫。米开朗琪罗人物纵横而悠扬，列宾人物纵横而顿挫，库贝尔的人物纵横而简致，罗丹人物纵横而烂漫。鲁本斯人物悠扬而纵横，德洛克洛瓦人物悠扬而烂漫，拉斐尔人物悠扬而婉妙。霍贝玛风景简致而清澈，柯罗风景简致而顿挫。米勒风景烂漫而悠扬，莫奈风景烂漫而流美。塞尚兼有顿挫、纵横、烂漫，毕加索兼有顿挫、纵横、简致，梵高兼有烂漫、纵横、简致。画之律动难闻矣。

有阳刚之律动，有阴柔之律动，于武中最易观之。少林、功夫、健美操，阳刚之律动也；武当、瑜伽、太极，阴柔之律动也。

有文舞，有武舞，文舞者律动阴柔，武舞者律动阳刚。

律动之兴者，以诗言志，以歌永言，以声依永，以律和声，言之不足故嗟叹之，嗟叹之不足故咏歌之，永歌之不足故不知手之舞之足之蹈。诗言志者，言志之外化而成诗也，歌永言者，言诗之吟长而成歌也，声依永者，言声之拖长而成调也，以律和声者，言器之配合以壮声也，言之不足故嗟叹之，言吟诵之始也，嗟叹之不足故永歌之，言说唱之成也，永歌之不足故不知手之舞之，足之蹈之，言吟唱之大兴而忘形也。

永言其于律动者大矣。民歌者籁之以发声，乐府者取之以成律，吟诵者文之以动兴，说唱者持之以成艺，方戏曲艺恃之以动众，梵呗道诵用之以劝世。中国音乐，半赖永言，不知永言者，不能懂中国故乐，不能为汉语知音，不能知中文律动之幽渺精微也。

永言所成，必为方乐。凡乐之成，有以声定乐，有以器定乐，永言所成，以声定乐也，则汉语故乐，半为方乐，斯可言矣。

方乐之成，全籁永言，节永成腔，斯为创造。永言之秘，率在方音，转音成腔，殊音殊异。方音之异，用在声调，声调永之，南腔北调成矣。故曰方音声调不同者有多少，方乐曲艺种类即有多少；方音声调之风格若何，方乐曲调之风格即若何。所谓五里不同音，十里不同俗，则知汉语方乐之类，实有千百，然皆系于方言声调，虽万变而莫离其宗。曹植造梵呗，约睹此秘；萧子良集转读，大行是学；旗亭唱诗，民间习传；太白造曲，文士并尚；关汉卿制作北曲，深谙此理；永嘉人制作南戏，都用此道；魏良辅改良昆曲，聚之、混之、美之、饰之，缘以昆声，杂以众戏，化以众音，咸取其美，故能大成南音，用臻神妙。观今日佛道之秘音，方戏之遗留，凡佛音、道诵、京剧、黄梅、越剧、豫剧、秦腔、粤剧、京韵大鼓、湖北鼓书，并弹词说唱、吟诵小调之类，虽经流布辗转，吸收变化，并时空或已离创调之日甚远，其离方音之远近故有不同，然睹其旋律转折，觅其方音原始，皆有迹可循，非无故也；至有甚者能追迹方言之变，保其永言之质而至于今日，如诗词吟诵、戏教唱诵者，为永言之活化石，斯必将成中国未来文化创造之一新轨范。故曰方戏之别，系于声调；知此道者，则近于知中国戏曲；民歌之别，系于声调，知此道者，则近于知中国音乐；梵呗道诵之别，系于声调，知此道者，则近于知中国教诵；吟诵说唱之别系于声调，知此道者，则近于知中国歌诗曲艺也。

方乐之兴，率在永言，永言活泼，创造百生，随时变化，可以无倦。

方乐之衰，率在腔调，腔调既成，不能更新，日久僵化，必使人厌。

永言其婉妙矣。盖永言缘于母语，但遵字调，于字调走向之外可以随心而高低其音，可以随心而长短其调，可以随心而徐疾节奏，可以随心而或说或唱，其不变者深掣而变化者多方，是最契合于艺术之兴艺术之创造者。永言即创造也。

南腔北调成，永言亡。永言亡，方戏衰。

要之者不在于能明永言，而在于能行永言。能行永言，则传统可以承续，可以发展，可以创新，可以为千百之新音乐而弗失故我。然则，非兼收并蓄，多学多识，并深于文明之创造精神者，能为此乎？呜呼，各领风骚数百年，吾辈其能待乎？

竹竿律、粘对律、叠式律、声律配合律，是可并称古典汉语四大声律；若再加以叠配律、节配律，则可称汉语六大格律。竹竿律者，交替使用双平双仄形成汉语语调之规律也，是为汉语一切平仄律句之总体设计，可名为古典汉语第一声律。粘对律者，交替使用同型律句（两种平韵句或两种仄韵句）组织押韵句形成诗体之规律也，是为汉语最重要诗体律诗之形成规律，可名为古典汉语第二声律。叠式律者，重复使用同种律句（两种平韵句或两种仄韵句）组织押韵句形成诗体之规律也，是为近千词牌、两千余词体之最常遵用体式制造规律，可名为古典汉语第三声律。声乐配合律者，永言律也，以字行腔律也，即声调拖衍形成乐音之规律，或曰语音之声调走向与乐音之旋律走向相互配合之规律也，是为古典民歌、乐府、声诗、说唱曲艺、吟诵吟唱、地方戏曲之原始生成规律，亦可谓汉民族最特色之音乐规律也，因其大彰于近代方戏曲艺，故序之曰古典汉语第四声律。叠配律者，声音或意象相叠相成之规律也，是为齐言诗、对仗对联、骈文赋体等众多文体节奏意境之生成规律也，因依次序之为古典汉语第五格律。节配律者，律节相配形成节奏之规律也，是为骚体、四六、词牌长短句之主要节奏构成规律也，因次序之为古典汉语第六格律。汉语六大格律，前三系乎声律，第四并系声乐，第五指称节律而衍及意境，第六主指节律。

六大格律者，古人多视而不见、见而不谈、谈而不详、详而未究也。竹竿律者古今皆知，而言之详者则惟当代启功；粘对律者王昌龄已然叙及，然述之确者则至清初王士禛；叠式律造词牌者莫不自明，及其识者已是当下明夷生；叠配律可曰古今皆知而不言，节配律则古今多用而不觉，皆近于不知也；至于声乐配合律，歌永言者似知之，以字行腔者似知之，并吟诵说唱民歌曲艺制造者皆似知之，然其用而不觉、觉而不谈、谈而不详、详而未究者遍是。若声调配合律者，几于一部汉语歌乐史也，其境遇尚且如此，其他有不如者何如，传统文艺之衰落其可知也。然则律动其能遏抑乎，律动终不能遏抑也。有明而觉，扬而兴者，其有待于来者乎。

六大格律者，其多为古之创造，然于今日之汉语亦有用乎？析而可知也。大抵而言，竹竿、粘对、叠式三律有赖于古典律节，已不可用；叠配、节配、声乐配三律所赖古今皆通，今日不废。

曾不以思想、文化、风俗、习惯为四旧而破之乎，然四旧为一个民族一切文明之肇造也；曾不以用典为为文之累赘乎，然用典为一个民族历史记忆之传承也；曾不以八股为面目可憎者乎，然八股为一个民族美学意识之旁溢也，曾不以骈律为汉魏风骨晋宋莫传之罪人乎，然骈律实六朝风流之最后花叶、唐音宋韵之前驱先声也。今之律动之说，亦有觉其为遗文故实，必欲驱之而后快者乎；亦有谓其为雕虫小技，亦欲弃之而不屑一顾者乎；亦有觉其为无补于世，时为流连遗憾而不胜感伤者乎。

呜呼，落日西沉，青山渐远，晚霞庄严，忽焉复逝。律动幽眇，谁能复会。即此怀怆，悠哉悠哉。

呜呼，江山自在，律动悠深，大树飘零，病树前程，流河在侧，未舍昼夜，沉舟千帆，投钜莫停。

参考文献

专著：

1. 曹旭. 诗品集注[M]. 上海：上海古籍出版社，1994.

2. 曾昭岷，王兆鹏，等. 全唐五代词[M]. 北京：中华书局，1999.

3. 陈柏全. 古典诗歌研究汇刊：第1辑，第19册：清代诗话中格律研究[M]. 台北：花木兰文化出版社，2007.

4. 陈柏全. 古典诗歌研究汇刊：第4辑，第13册：宋代诗话中格律研究[M]. 台北：花木兰文化出版社，2008.

5. 陈炳铮. 中国古典诗歌译写集及吟诵论文[M]. 北京：作家出版社，2003.

6. 陈冬根. 解缙传说整理与研究[M]. 南昌：江西人民出版社，2011.

7. 陈光良. 海南疍民迁徙及其对三亚经济文化的影响[C]//詹长智，吴皖民主编. 海南疍家文化论丛——首届三亚疍家文化论坛文集. 海口：南方出版社，2015.

8. 陈明源. 常用词牌详介[M]. 北京：人民日报出版社，1987.

9. 陈去病. 高柳两君子传殷安如. 陈去病诗文集. 北京：社会科学文献出版社，2009.

10. 陈去病. 南社雅集小启[C]//南社丛刻·第四集. 扬州：广陵古籍刻印社，1996.

11. 陈望道. 修辞学发凡[M]. 上海：上海教育出版社，1979.

12. 陈应行. 吟窗杂录[M]. 北京：中华书局，1997.

13. 褚斌杰. 中国古代文体概论[M]. 北京：北京大学出版社，1990.

14. 丁福保. 历代诗话续编[M]. 北京：中华书局，1983.

15. 杜晓勤. 齐梁诗歌向盛唐诗歌的嬗变[M]. 北京：北京大学出版社，2009.

16. 范文澜. 文心雕龙注[M]. 北京：人民文学出版社，1958.

17. 方东润. 诗经原始[M]. 李先耕点校. 北京：中华书局，1986.

18. 飞白. 世界名诗鉴赏辞典[M]. 桂林：漓江出版社，1989.

19. 飞白. 外国名诗鉴赏辞典[M]. 石家庄：河北人民出版社，1989.

20. 冯胜利. 汉语的韵律、词法与句法[M]. 北京：北京大学出版社，1997.

21. 高旭. 南社启[M]//高旭集. 北京：社会科学文献出版社，2003.

22. 戈载. 词林正韵[M]. 上海：上海古籍古籍出版社，1981.

23. 葛洪，西京杂记[M].汉魏丛书版本，长春：吉林大学出版社，1992.

24. 龚联寿.联话丛编[M].南昌：江西人民出版社，2000.

25. 龚自珍.龚自珍全集（第二辑）[M].王佩诤校.上海人民出版社，1975.

26. 古田敬一.中国文学的对句艺术[M].李淼译，长春：吉林文史出版社，1989.

27. 古衍奎.汉字源流字典[M].北京：华夏出版社，2003.

28. 郭茂倩.乐府诗集[M].卷44，上海：上海古籍出版社，1992.

29. 郭锡良.汉语史论集[M].北京：商务印书馆，1997.

30. 胡适.白话文学史[M].北京：北京大学出版社，1998.

31. 胡适.词选[M].北京：中华书局，1998.

32. 胡雪冈.温州文献丛书（第四辑).上海：上海社科出版社，2006.

33. 华东师范大学中文系古典文学研究室编.词学研究论文集（1911—1949）[C].上海：上海古籍出版社，1988.

34. 华东师范大学中文系古典文学研究室编.词学研究论文集（1949—1979）[C].上海：上海古籍出版社，1982.

35. 卡西尔.人论[M]，甘阳，译.上海：上海文艺出版社，1986.

36. 郎加纳斯.论崇高[M]//西方文论选，上海：上海译文出版社，1979.

37. 李纯一.先秦音乐史[M].北京：人民音乐出版社，1994.

38. 李斗.扬州画舫录[M].北京：中华书局，1960.

39. 李贺诗歌集注[M].王琦，等，上海：上海古籍出版社，1977.

40. 李立信.言诗之起源与发展[M].台北：新文丰出版有限公司，2001.

41. 利玛窦，金尼阁.利玛窦中国札记[M].何高济，王尊仲，李申，译.北京：中华书局，1983.

42. 梁启超.情圣杜甫[M]//梁任公学术讲演集（第一册），上海：商务印书馆，1922.

43. 梁启超.中国之美文及其历史[M].北京：东方出版社，1996.

44. 梁章矩，等.楹联丛话全编[M].李鼎霞点校，北京：北京出版社，1996.

45. 林庚.林庚楚辞研究两种[M].北京：清华大学出版社，2006.

46. 林庚.诗人屈原及其作品研究[M].上海：棠棣出版社，1953.

47. 铃木虎雄.五言诗发生时期之疑问[M].上海：神州国光社，1930.

48. 刘超文，等.解缙及其传说[M].南昌：江西人民出版社，1982.

49. 刘大白.白屋说诗[M].北京：开明书店，1983.

50. 刘大杰.中国文学发展史[M].上海：复旦大学出版社，2006.

51. 刘复.四声实验录[M].上海：中华书局，1924.

52. 刘俐李.汉语声调论[M].南京：南京师范大学出版社，2004.

53. 刘麟生.中国骈文史[M].北京：东方出版社，1996.

54. 刘扬忠.宋词研究之路[M].天津：天津教育出版社，1989.

55. 刘尧民.词与音乐[M].昆明：云南人民出版社，1982.

56. 刘永济.宋词声律探源大纲词论[M]//刘永济集.北京：中华书局，2007.

57. 柳村.古典诗词曲格律研究[M].上海：百家出版社，2007.

58. 龙榆生.词曲概论[M].北京：北京出版社，2004.

59. 龙榆生.唐宋词格律[M].上海：上海古籍出版社，1978.

60. 卢盛江.文镜秘府论汇校汇考[M].上海：中华书局，2006.

61. 鲁迅.汉文学史纲要（第六篇）[M].北京：人民文学出版社，2006..

62. 鲁迅.鲁迅全集（第一卷）[M].北京：人民文学出版社，1981.

63. 逯钦立.先秦两汉魏晋南北朝[M].北京：中华书局，1983.

64. 罗根泽.五言诗起源说评录[M].上海：上海古籍出版社，2009.

65. 洛地.词乐曲唱[M].北京：人民音乐出版社，2001.

66. 洛地.词体构成[M].北京：中华书局，2009.

67. 马兴荣，吴熊和，曹济平.中国词学大辞典[M].杭州：浙江教育出版社，1986.

68. 缪钺.曹植与五言诗体[A]//缪钺全集.石家庄：河北教育出版社，2004.

69. 木斋.古诗十九首与建安诗歌研究[M].北京：人民出版社，2009.

70. 宁忌浮.汉语韵书史（金元卷）[M].上海：上海人民出版社，2016.

71. 宁忌浮.汉语韵书史（明代卷）[M].上海：上海人民出版社，2009.

72. 潘慎.词律辞典[M].太原：山西人民出版社，1991.

73. 启功.汉语现象论丛[M].北京：中华书局，1997.

74. 启功.诗文声律论稿[M].北京：中华书局，2002.

75. 钱钟书.谈艺录[M].北京：中华书局，1984..

76. 秦汉音乐史料[M].吉联抗，辑译，上海：上海文艺出版社，1981.

77. 秦巘.词系[M].邓魁英，刘永泰，整理.北京：北京师范大学出版社，1996.

78. 全汉赋[M].费振刚，等辑校，北京：北京大学出版社，1993.

79. 任半塘.唐声诗[M].上海：上海古籍出版社，1982.

80. 任中杰，王延龄.燕乐三书[M].哈尔滨：黑龙江人民出版社，1986.

81. 商务印书馆编辑部.辞源[M].北京：商务印书馆，1979.

82. 尚学锋，过常宝，郭英德等.中国古典文学接受史[M].济南：山东教育出版社，2005.

83. 沈不沉."温州腔"新论[M]//叶长海.曲学.上海：上海古籍出版社，2015.

84. 沈知白.中国音乐史纲要[M].上海：上海文艺出版社，1982.

85. 施议对.词与音乐关系研究[M].北京：中华书局，2008.

86. 石锋.实验音系学探索[M].北京：北京大学出版社，2009.

87. 松浦友久.中国诗歌原理[M].孙昌武，郑天刚，译.台北：洪叶文化事业公司，1993.

88. 苏珊·朗格.艺术问题[M].北京：中国社会科学出版社，1983.

89. 孙克强.唐宋人词话[M].郑州：河南文艺出版社，1999.

90. 孙正刚. 词学新探[M]. 天津：天津人民出版社，1980.

91. 唐圭璋，编. 词话丛编[G]. 北京：中华书局，1986.

92. 唐圭璋，编. 词学论丛[G]. 上海：上海古籍出版社，1986.

93. 唐圭璋. 宋词四考[M]. 南京：江苏文艺出版社，1959.

94. 唐胄. 正德琼台志[M]. 海口：海南出版社，2006.

95. 田青. 净土天音：田青音乐学研究文集[M]. 济南：山东文艺出版社，2002.

96. 涂宗涛. 诗词曲格律纲要[M]. 北京：人民出版社，2010.

97. 宛敏灏. 词学概论[M]. 北京：中华书局，2009.

98. 万树. 词律[M]. 上海：上海古籍出版社，1984.

99. 万树. 词律[M]. 上海：上海古籍出版社，1993.

100. 汪广洋. 凤池吟稿（第五卷）[M]. 台北：台湾商务出版社，1984.

101. 王大鹏，张宝坤，田树森，诸天寅，等. 中国历代诗话选[M]. 长沙：岳麓书社，1985.

102. 王德明. 中国古代诗歌句法理论的发展[M]. 桂林：广西师范大学出版社，2000.

103. 王光祈. 中国诗词曲之轻重律[M]. 北京：中华书局，1933.

104. 王克让. 河岳英灵集注[M]. 成都：巴蜀书社，2006.

105. 王昆吾. 隋唐五代燕乐杂言歌辞集研究[M]. 北京：中华书局，1996.

106. 王力. 汉语诗律学[M]. 上海：上海教育出版社，1962.

107. 王力. 汉语诗律学[M]. 上海：上海教育出版社，2005.

108. 王力. 王力文集[M]. 济南：山东教育出版社，1989.

109. 王奕清. 钦定词谱[M]. 北京：中国书店，1983.

110. 王逸，洪兴祖. 楚辞章句补注[M]. 长春：吉林人民出版社，1999.

111. 王瑛. 中国古典诗词特殊句法举隅[M]. 北京：新华出版社，1999.

112. 王兆鹏. 词学史料学[M]. 北京：中华书局，2004.

113. 王兆鹏. 唐宋词史论[M]. 北京：人民文学出版社，2000.

114. 王志亭. 现代民族格律与现代民族格律诗[M]. 济南：山东人民出版社，2006.

115. 王佐良. 英国诗史[M]. 南京：译林出版社，1997.

116. 吴奔星. 中国新诗鉴赏大辞典[M]. 南京：江苏文艺出版社，1988.

117. 吴刚毅. 地方传说与风俗[M]. 北京：炎黄文化出版社，2001

118. 吴洁敏，朱宏达. 汉语节律学[M]. 北京：语文出版社，2001.

119. 吴梅. 吴梅全集[M]. 河北：河北教育出版社，2002.

120. 吴藕汀、吴小汀. 词调名辞典[M]. 上海：上海书店出版社，2005.

121. 吴水田. 话说疍民文化[M]. 广州：广东经济出版社，2013.

122. 吴相洲. 永明体与音乐关系研究[M]. 北京大学出版社，2006.

123. 吴小平. 中古五言诗研究[M]. 南京：江苏古籍出版社，1998.

124. 吴熊和. 唐宋词通论[M]. 杭州：浙江古籍出版社，2001.

125. 吴丈蜀. 词学概说[M]. 北京：中华书局，2000.

126. 吴志刚，杨达. 双音节声调组合的轻重音的听辨现象[C]//第六届国际汉语教学讨论会论文选，北京：中国社会科学杂志出版社，2010.

127. 吴宗济，林茂灿. 实验语音学概要[M]. 北京：高等教育出版社，1989.

128. 夏承焘. 夏承焘集（第二册）[M]. 杭州：浙江古籍出版社，1997.

129. 萧涤非. 汉魏六朝乐府文学史[M]. 北京：人民文学出版社，1984.

130. 萧统. 文选注[M]. 李善注，上海：上海古籍出版社，1986.

131. 徐渭. 南词叙录[M]//中国古典戏曲论著集成（第三册），北京：中国戏剧出版社，1982.

132. 鄢化志. 中国古代杂体诗通论[M]. 北京：北京大学出版社，2001.

133. 严羽. 沧浪诗话校释[M]. 郭绍虞，校释. 北京：人民文学出版社，1983.

134. 羊基广. 词牌格律[M]. 成都：巴蜀书社，2008.

135. 杨天石. 南社史长编[M]，北京：中国人民大学出版社，1995.

136. 杨铁夫笺释，陈邦彦、张奇惠点校，吴梦窗词笺释[M]. 广州：广东人民出版社，1992.

137. 杨晓霭. 宋代声诗研究[M]. 北京：中华书局，2008.

138. 杨荫浏. 中国古代音乐史稿[M]. 北京：人民音乐出版社，1980.

139. 杨志学. 诗歌传播研究[M]. 武汉：华中师范大学出版社，2015.

140. 叶德均. 宋元明清讲唱文学[M]. 北京：商务印书馆，2015.

141. 易闻晓. 中国诗句法论[M]. 济南：齐鲁书社，2006.

142. 游国恩，等. 中国文学史[M]. 北京：人民文学出版社，2004.

143. 余悦. 解学士传奇[M]. 北京：中国民间文艺出版社，1988.

144. 俞建章，叶舒宪. 符号：语言与艺术[M]. 上海：上海人民出版社，1988.

145. 俞为民. 昆曲格律研究[M]. 南京：南京大学出版社，2009.

146. 俞为民. 中国古代曲体文学格律研究[M]. 北京：中华书局，2012.

147. 俞振飞. 粟庐曲谱[M]. 上海：上海辞书出版社，2011.

148. 玉台新咏笺注[M]. 穆克宏，点校，北京：中华书局，1985.

149. 袁行霈. 中国文学史[M]. 北京：高等教育出版社，1999.

150. 詹安泰. 詹安泰词学论稿[M]. 汤擎民，整理. 广州：广东人民出版社，1984.

151. 张伯伟. 全唐五代诗格校考[M]. 西安：陕西人民教育出版社，1997.

152. 张伯伟. 中国古代文学批评方法研究[M]. 北京：中华书局，2002.

153. 张双棣. 淮南子用韵考[M]. 北京：商务印书馆，2010.

154. 张文. 民间文学入门[M]. 石家庄：花山文艺出版社，1988.

155. 张炎. 乐府指迷[M]. 夏承焘校注，北京：人民文学出版社，1981.

156. 张璋，等. 历代词话[M]. 郑州：大象出版社，2002.

157. 赵元任. 语言问题[M]. 北京：商务印书馆，1980.

158. 赵元任. 赵元任语言学论文集[M]. 吴宗济、赵新那编, 北京：商务印书馆, 2001.

159. 赵元任. 中国音韵里的规范问题[A]//赵元任语言学论文集. 北京：商务印书馆, 2002.

160. 郑石喜. 疍家岁月[M]. 三亚疍家人文化陈列馆, 2015.

161. 郑欣淼. 中华诗词学会三十年：历程、积累与记忆——《三十年大事记》《三十年论文选》《三十年诗词选》总序[A]//林峰. 中华诗词学会三十年论文选. 北京：中国文史出版社, 2017.

162. 中国艺术研究院音乐研究所. 中国音乐词典[M]. 北京：人民音乐出版社, 1984.

163. 周法高. 说平仄（《中研院史语所集刊》第13本)[M]. 北京：商务出版社, 1948.

164. 周仕慧. 论乐府诗中的三言节奏与词[A]//纪念辛弃疾逝世800周年学术研讨会论文汇编. 北京：大众文艺出版社, 2007.

165. 朱光潜. 诗论[M]. 合肥：安徽教育出版社, 2006.

166. 庄永平. 中国古代声乐腔词关系史考[M]. 上海：上海三联书店, 2017.

硕博论文：

1. 边玉朋. 再论八股文[D]. 大连：辽宁师范大学, 2005.

2. 陈江南. 闽东疍民民歌同周边汉、畲音乐之比较研究[D]. 福州：福建师范大学, 2008.

3. 陈演. 粤语吟诵的自然发声方法探索研究[D]. 贵阳：贵州师范大学, 2014.

4. 邓正辉. 八股文技巧和聊斋志异的创作[D]. 济南：山东大学, 2006

5. 高名扬. 科举八股文专题研究[D]. 杭州：浙江大学, 2005.

6. 高学本. 昆剧的形成和艺术价值[D]. 兰州：兰州大学, 2007.

7. 耿振生. 北京话轻声探源[D]. 北京：北京大学, 2013.

8. 胡慧锦. 明代启祯年间八股文理论批评探微[D]. 沈阳：辽宁大学, 2015.

9. 黄迎霞. 解缙文学研究[D]. 武汉：湖北大学, 2012.

10. 江艳. 举业金针——清代八股文读本研究[D]. 上海：华东师范大学, 2014.

11. 金波. 唐宋六言诗研究[D]. 北京：北京师范大学, 2007.

12. 金春岚. 明清八股文程式研究[D]. 上海：华东师范大学, 2013.

13. 柯继红. 中国诗歌形式研究——以长短句节奏与格律为中心[D]. 北京：北京师范大学, 2011.

14. 李昂. 从魏良辅到叶堂——明清度曲理论发展研究[D]. 苏州：苏州大学, 2016.

15. 李丽霞. 近代汉语声调的分化研究[D]. 福州：福建师范大学, 2007.

16. 李茹. 八股文修辞艺术探究[D]. 黄石：湖北师范学院, 2014.

17. 刘复. 四声试验录[D]. 巴黎：巴黎大学, 1924.

18. 刘燕. 八股文价值研究[D]. 兰州：西北师范大学, 2006.

19. 马琳萍. 香囊记与八股文关系之研究[D]. 石家庄：河北师范大学, 2005.

20. 孟茜. 现代汉语双音节轻声词的轻声化功能动因研究——以《现代汉语词典》（第5版）为例[D]. 石家庄：河北师范大学，2009.

21. 潘月飞. 由八股文和申论反思传统写作文化[D]. 长春：长春理工大学，2011.

22. 史宝辉. 汉语普通话词重音的音系学研究[D]. 北京：北京语言大学，2004.

23. 孙黎. 传统吟诵中的咬字和润腔特征在声乐演唱中的借鉴与运用[D]. 北京：中央民族大学，2011.

24. 唐爱霞. 古代六言诗研究[D]. 杭州：浙江大学，2009.

25. 陶映竹. 传播与接受视阈中的宋代词坛唱和研究[D]. 苏州：苏州大学，2018.

26. 田子爽. 游戏八股文研究[D]. 扬州：扬州大学，2013.

27. 王金凤. 对联艺术的继承和发展[D]. 呼和浩特：内蒙古大学，2009.

28. 王一淇. "八度标调、唱调法"应用于对英语母语者的声调教学探索[D]. 沈阳：辽宁大学，2013.

29. 吴畏. 对联的认知研究及其计算机实现[D]. 成都：成都理工大学，2015.

30. 项聪颖. 明代文学思潮视域下的八股文研究[D]. 杭州：浙江工业大学，2010.

31. 杨大方. 文化语言学视野中的对联研究[D]. 北京：中央民族大学，2004.

32. 杨锋. 中国传统吟诵研究[D]. 北京：北京大学，2012.

33. 杨绛. 中国传统咏诵研究[D]. 北京：北京大学，2008.

34. 杨甜. 对联的承袭与演变[D]. 兰州：兰州大学，2016.

35. 姚冬媚. 八股文对现代写作教学的借鉴作用[D]. 福州：福建师范大学，2013.

36. 岳娟娟. 唐代唱和诗研究[D]. 上海：复旦大学，2004.

37. 张经建. 当代格律诗词创作研究[D]. 南京：南京师范大学，2008.

38. 张瓅文. 魏良辅曲律与中国民族声乐艺术[D]. 武汉：武汉音乐学院，2012.

39. 张旭. 试论现代汉语双音节轻声词[D]. 天津：天津师范大学，2005.

40. 赵文慧. 明代两部曲律中的唱曲要诀及借鉴和运用[D]. 武汉：武汉音乐学院，2017.

41. 赵永强. 八股文与明清古文和诗歌[D]. 扬州：扬州大学，2005.

42. 郑超群. 八股文韵律研究[D]. 福州：福建师范大学，2016.

43. 郑永慧. 张溥八股文编选活动考论[D]. 武汉：华中师范大学，2013.

44. 邹世杰. 汉语对偶修辞格研究[D]. 长春：长春理工大学，2012.

期刊论文：

45. 白朝晖. 三言句式在词中的出现及其词体意义[J]. 文学遗产，2010（05）.

46. 蔡宗齐，李冠兰. 节奏·句式·诗境——古典诗歌传统的新解读[J]. 中山大学学报（社科版），2009（02）.

47. 曹文. 声调感知对比报告——关于平调的研究[J]. 世界汉语教学（第24卷），2010（02）.

48. 曾肖. 南朝五言八句诗的组诗形态与题材类型[J]. 广西社会科学，2005（03）.

49. 陈本益.汉语诗歌句式的构成和演变的规律[J].南昌大学学报（人社版），2003，（02）.

50. 陈洪波.论汉大赋"以奇为美"的审美特质——兼及汉大赋的兴盛与衰亡原因[J].汉江论坛，1994（05）.

51. 陈石研.基于新媒体视野下大学生教育与管理的对策探讨[J].海南热带海洋学院学报，2017（01）.

52. 陈伟湛.商代甲骨文词汇与《诗—商颂》的比较[J].中山大学学报（社科版），2002（01）.

53. 陈友康.中国诗体发展的累积性增长规律[J].云南社会主义学院学报，2015（3）.

54. 戴建业.论元嘉七言古诗诗体的成熟———兼论七古艺术形式的演进[J].文艺研究，2008（8）.

55. 戴伟华.论五言诗的起源——从"诗言志""诗缘情"的差异说起[J].中国社会科学，2005（06）.

56. 邓国栋."平仄"今说[J].咸阳师专学报，1997（05）.

57. 杜爱英.关于辘轳体、进退格[J].古典文学知识，2000（02）.

58. 段伶."平仄律"质疑[J].大理学院学报，2009（07）.

59. 冯胜利.北京话的轻声及其韵律变量的语法功能[J].语言科学，2012（06）：586-594.

60. 傅暮蓉.佛教梵呗华化之始考辨[J].中央音乐（季刊），2012（04）.

61. 高飞胜.论开封方言字调对开封二夹弦唱腔的影响[J].开封教育学院学报，2009（03）.

62. 高航发.《九宫大成北词宫谱》各声调乐字调值拟测[J].语言研究，2008（02）.

63. 葛晓音.论汉魏三言诗的发展及其与七言的关系[J].上海大学学报，2006（03）.

64. 葛晓音.唐杂言诗的节奏特征和发展趋向——兼论六言和杂言的关系[J].文学遗产，2008（03）.

65. 葛晓音.早期七言的体式特征和生成原理———兼论汉魏七言诗发展滞后的原因[J].中国社会科学，2007（03）.

66. 葛晓音.中古七言体式的转型——兼论"杂古"归入"七古"类的原因[J].北京大学学报（哲社版），2008（02）.

67. 顾昊.试论古汉语平仄对立的本质[J].盐城师专学报（社会科学版），1987（04）.

68. 贺建成.对仗——中和之美的范[J].文艺研究，1996（05）.

69. 胡雪冈.张协状元三题.温州腔的形成[J].温州师范学院学报，2001（04）

70. 黄凤显.屈辞"三字结构"与古代诗歌句式[J].广西民族学院学报（哲社版），2003（03）.

71. 简宗梧.汉赋流源与价值之商榷——汉赋炜字源流考[J].文史哲，1980.

72. 康金声.论汉赋的语言成就[J].山西大学学报，1986（01）

73. 柯继红.论汉大赋的崇高风格[J].四川文理学院学报，2010（04）.

74. 孔慧芳.合肥话轻声模式研究——基于频率效应的视角[J].安徽理工大学学报，2018，（05）.

75. 李军.论李贺诗歌蒙太奇式意象组合的结构方式[J].盐城工学院学报，2002（02）

76. 李伶俐.20世纪汉语轻声研究综述[J].语文研究，2002（03）.

77. 李祥文.中国古代诗歌的句式选择[J].四川师范学院学报（哲社版），1999（04）.

78. 李翔翔，何丹.《诗经》的四言句式与周代诗歌的四拍式节奏[J].浙江师范大学学报，2000（06）

79. 李荀华.试论五言古诗对仗的律化[J].嘉应学院学报（哲社版），2005（01）

80. 李荀华.五言平仄顿式对式和粘式的律定[J].韶关学院学报（社会科学），2007（08）

81. 李钟秦.轻声词趣谈[J].学科教学，2006（03）.

82. 李壮鹰.对偶与中国文化——启功《汉语现象学论丛》读后[J].北京师范大学学报（社会科学版），1996（04）.

83. 林庚.五七言和它的三字尾[J].文学评论，1959（2）.

84. 林海权.论六言近体诗的格律[J].厦门广播电视大学学报，1999（02）

85. 林培安.佛教梵呗传入东土后的华化和演变[J].音乐艺术，1998（03）

86. 林溪漫.探究福州"疍民"渔歌[J].大众文艺，2016（24）

87. 林亦.论六言诗的格律[J].文学遗产，1996（01）

88. 林瑀欢，李丽云.《现代汉语词典》（第6版）轻声词处理问题刍议[J].河北师范大学学报，2017（06）.

89. 刘锋.海南疍家调的音乐形态与演唱特点——以陵水县新村港疍民聚居区为例[J].音乐创作，2016（09）

90. 刘海霞.普通话轻声的声学特征和读法[J].语文学刊，2008（09）.

91. 刘美娟.轻声词规范的柔性化趋势——《普通话水平测试事实纲要》评析[J].语文学刊，2007（22）.

92. 刘文斌.二言诗的成因及其意义[J].鸡西大学学报，2009（05）.

93. 刘湘兰.南朝梵呗与清商乐[J].中山大学学报（社科版），2003（06）.

94. 刘蕴璇.通感说略[J].内蒙古社会科学，1994（04）.

95. 刘竹庵.元人一代宗李贺[J].洛阳师专学报，1996（04）

96. 陆丙甫，王小盾.现代诗歌声律的声调问题—新诗宜用去声、非去声的对立来取代平、仄的对立[J].天津师范大学学报（社会科学版），1982（06）

97. 陆致极.关于声调理论的探索[J].汉语学习，1986（04）.

98. 洛地."歌永言"，我国（汉族）歌唱的特征——王小盾《论汉文化的"诗言志，歌永言"传统》读后[J].天津音乐学院学报，2011（03）.

99. 木斋.论汉魏五言诗为两种不同的诗体[J].中国韵文学刊，2013（01）.

100. 木斋. 试论五言诗的成立及其形成的三个时期[J]. 山西大学学报, 2005 (05).

101. 年玉萍, 何丹妮. 千阳方言轻声字声学特性分析[J]. 宝鸡文理学院学报 (社科版), 2018 (04).

102. 欧明俊. 古代诗体界说之清理与反思[J]. 兰州大学学报 (社科版), 2010 (05).

103. 戚雅君. 应视 "轻声" 为一种独立的声调[J]. 语文月刊, 2000 (05).

104. 钱志熙. 论魏晋南北朝乐府体五言的文体演变———兼论其与徒诗五言体之间文体上的分合关系[J]. 中山大学学报 (社科版), 2009 (03).

105. 钱钟书. 通感[J]. 文学评论, 1963 (01).

106. 石毓智. 中古的音节演化与诗歌形式变迁[J]. 学术研究, 2005 (2)..

107. 宋雪伟. 试析古典诗歌用韵与情感表达之关系[J]. 海南热带海洋学院学报, 2017 (4).

108. 孙建军. 汉语四言句式略论[J]. 西南民族学院学报 (哲社版), 1996 (02).

109. 孙可人. 论岭南地区咸水歌的音乐形态及风格特征[J]. 歌海, 2016 (02).

110. 孙鹏祥. 吟诵自然发声方法研究[J]. 四川戏剧, 2014 (06).

111. 孙尚勇. 九言诗考[J]. 聊城大学学报, 2005 (06).

112. 孙亭玉. 班固《咏史诗》的真实性质疑[J]. 长沙水电师院社会科学报, 1996 (06).

113. 唐元, 张静. 汉代文人五言诗的个体抒情与群体认同[J]. 中国韵文学刊, 2011 (03).

114. 唐子恒. 关于汉赋语言的两点思考[J]. 文史哲, 1990 (05).

115. 田育奇, 肖庆伟. 论吴文英词的梦幻构思[J]. 漳州师范学院学报, 2001 (02).

116. 王今晖. 从几种诗体之比较看五言体崛起的必然性——以先秦至两汉时期汉语词汇的发展为中心[J]. 山东师范大学学报 (人文社科版), 2003 (03).

117. 王珂. 论格律诗是汉诗的定型诗体及唐代的诗体格局[J]. 烟台师范学院学报, 2003 (03).

118. 王珂. 论唐代以后古代汉诗的诗体建设[J]. 齐鲁学刊, 2004 (06).

119. 王珂. 新诗诗体学的历史、现状与未来——兼论新诗诗体学的构建策略[J]. 河南社会科学, 2012 (08).

120. 王珂. 新诗现代性建设要重视八大诗体[J]. 河南社会科学, 2015 (10).

121. 王龙. 论汉大赋的美学特征及其悖论[J]. 西南第二民族学院学报, 2002 (03).

122. 王乃元, 孟宪章. 五言今体诗平仄句式初探[J]. 徐州师范大学学报 (哲社版), 2007 (06).

123. 王绍生. 六言诗体研究[J]. 中州学刊, 2004 (05).

124. 王书才. 简说汉唐三言诗[J]. 语文教学研究, 2007 (01).

125. 王淑梅. "鱼山梵呗" 的源流演化及乐谱形式[J]. 徐州师范大学学报 (哲社版), 2011 (05).

126. 王文华. 中国现代诗体总结研究[J]. 南方论刊, 2016 (02).

127. 王延模.上古声调研究综述[J].现代语文（语言研究版），2008（02）.

128. 王禹琪.五言诗发生问题研究述评[J].剑南文学（经典教苑），2011（04）.

129. 王正威.古代六言诗发生论[J].天水师范学院学报，2003（03）.

130. 魏刚强.调值的轻声和调类的轻声[J].方言，2000（01）.

131. 巫称喜.试论五言近体诗组合与选择原则[J].江西教育学院学报（社会科学），2001（01）.

132. 吴大顺.论汉魏五言古诗的生成与流传[J].郑州大学学报，2005（03）.

133. 吴宗济.赵元任先生在汉语声调上的研究贡献[J].清华大学学报，1996（03）.

134. 武平英."苏李诗"真伪研究综述与辨析[J].学理论，2010（29）.

135. 肖明君.中国咸水歌研究综述——以知网和万方收录为依据[J].黄河之声，2015（02）.

136. 徐枢.轻声的作用[J].语文学习，1980（07）.

137. 许云和.梵呗、转读、伎乐供养与南朝诗歌关系试论[J].文学遗产，1996（03）.

138. 杨琳.从五杂俎诗到杂俎文——谈杂俎体诗文的发展过程[J].古籍整理研究学刊，2006（04）.

139. 叶桂桐.四声为什么分平仄两类[J].古汉语研究，1997（02）.

140. 叶嘉莹.拆碎七宝楼台（谈梦窗词之现代观）[J].（上、下），南开学报，1980（01、02）.

141. 易闻晓.中国诗的韵律节奏与句式特征[J].中国韵文学刊，2007（04）.

142. 于全有，李现乐.对偶与汉文化关系研究综述[J].沈阳师范大学学报（社会科学版），2006（05）.

143. 袁佳佳."象以典刑"之两解[J].文学评论，2011（06）

144. 张崇琛.大汉气象的生动体现——论汉大赋的壮大之美[J].甘肃广播电视大学学报，2004（02）

145. 张洪明.汉语近体诗声律模式的物质基础[J].中国社会科学，1987（04）.

146. 张玲，黄桂林.海南咸水歌的演变及其原因分析[J].南海学刊，2017（02）.

147. 张培锋.诗歌吟诵的活化石——论中国佛教的梵呗、诵读与古代诗歌的吟诵关系[J].南开学报（哲社版，2013（03）.

148. 张弦生.六言诗的发展轨迹[J].漳州师范学院学报，2006（01）.

149. 张岩.试论中古声调及其演变[J].语文学刊，2010（05）.

150. 张应斌.二言诗与中国文学的起源[J].嘉应大学学报，1998（04）.

151. 张应斌.论三言诗[J].武陵学刊，1998（01）.

152. 张玉来.《中原音韵》时代汉语声调的调类与调值[J].古汉语研究，2010（02）.

153. 赵凯，费良华.基于五度标调法 精确描述汉语声调[J].广州广播电视大学学报，2017（01）.

154. 赵敏俐.歌诗与诵诗：汉代诗歌的文体流变及功能分化[J].首都师范大学学

报（社科版），2007（06）.

155. 赵敏俐.论中国诗歌发展道路从上古到中古的历史变更——兼谈汉诗创作新趋向和诗赋分途问题[J].辽宁大学学报，1990（03）.

156. 赵敏俐.七言诗并非源于楚辞体之辨说——从《相和歌·今有人》与《九歌·山鬼》的比较说起[J].深圳大学学报（人文社科版），2008（03）.

157. 赵敏俐.四言诗与五言诗的句法结构和语言功能研究[J].中州学刊，1996（03）.

158. 赵仁珪.宋词结构的发展[J].北京师范大学学报，1996（03）.

159. 郑骅雄.现代汉语声调类型的九度分析[J].语文研究，1988（01）.

160. 周俊.三亚咸水歌的社会功能分析[J].名作欣赏，2016（02）.

161. 周威兵.庄子和汉大赋的"大美"[J].安徽教育学院学报，2006（01）.

162. 周有光.声调标记的技术问题[J].拼音，1956（02）.

163. 周远斌.论三言诗[J].文学评论，2007（04）.

164. 朱世英.神寒未必骨重——论李贺诗歌的思想核心和艺术特色[J].安徽大学学报，1980（03）

165. 朱晓农.声调类型学大要——对调型的研究[J].方言，2014（03）.

166. 朱晓农.语言语音学和音法学：理论新框架[J].语言研究，2011（01）.

附　录

附录1　研究样本厘定的详细方案[①]

第一节　研究样本厘定概说

（与绪论之0.3之一、二、三、四、五相同，从略）

第二节　全唐宋金元词排名

一、全宋词排名

（一）全宋词词调统计说明

（1）宋词牌统计所用书：《全宋词作者词调索引》，高喜田、寇琪编，中华书局1992年版；本索引据中华书局1965年版《全宋词》和1981年版《全宋词补辑》编制。

（2）同调异名处理依索引规范。索引参考吴藕汀《调名索引》，以常见调名为主目，异称附注主目后列出。

（3）不入统计者有以下几项：

a.《存目词》皆误，不入统计。

b.《全宋词作者词调索引》159页所录"断句"，不入统计。

c. 1965年版《全宋词》3060—3066页录王义山作乐语长短句唱词21首，诗15首及致语、遣队等8段，均不入统计。

d.《全宋词作者词调索引》167—174页录"失调名"词，不入统计。

（4）《订补续记》收词，入统计。

（5）原始表排序依检索，按四角号码排序。

（二）统计结果

为复查的方便，我们按《全宋词作者词调索引》先做全宋词统计原始表，将此表保留。然后变换上表，按词牌的含词量排名，得本书所需全宋词排名表。为节省篇幅，行文时将前表省略，将后表置于附录。即有：

表1：全宋词统计原始表（略）

表2：全宋词排名表（略）

[①] 参见柯继红《中国诗歌形式研究——以长短句节奏格律为中心》第一章"常用百体"，台北：花木兰文化出版社，2018年，第17—74页。

二、全唐五代词排名

(一) 全唐五代词词调统计说明

（1）所用书：《全唐五代词作者及词调索引》谢惠平编（附于《全唐五代词》下，曾昭岷、曹济平、王兆鹏、刘尊明编著，中华书局1999年版）。

（2）同调异名不合并。

（3）以下两类不入统计：

A.《索引》末引"失调名"词58首，不入统计。

B.《索引》中"存"，"附"，为存目词及附录的非唐五代人作品，不入统计。

（4）《索引》有正编、副编之分，副编亦暂入统计（如五更转、水鼓子之类）。

（5）原始表排序依索引，按首字笔画排列，画数相同则按起笔横竖撇点折顺序排列，再同则按次字笔画排列。

(二) 统计结果

为复查的方便，我们按《全唐五代词作者及词调索引》先做全唐五代词统计原始表，将此表保留。然后变换上表，按词牌的含词量排名，得本书所需的全唐五代词排名表。为节省篇幅，行文时将前者省略，后者置于附录。即有：

表3：全唐五代词统计原始表（略）

表4：全唐五代词排名表（略）

三、全金元词排名

(一) 全金元词词调统计说明

（1）用书：

《全金元词词牌索引(1)》，日本，荻原正树，人文研究，1999年第98期，第133—156页。

《全金元词词牌索引(2)》，日，荻原正树，人文研究，2000年第99期，第111—136页。

《全金元词词牌索引(3)》，日，荻原正树，人文研究，2000年第100期，第211—244页。

《全金元词词牌索引(4)》，日，荻原正树，人文研究，2000年第100期，第135—162页。

《全金元词词牌索引(5)》，日，荻原正树，人文研究，2001年第102期，第111—151页。

（2）索引5中"缺名未群"部分、"补遗"部分均不入统计。

（3）排序依索引自然排序。

(二) 统计结果

为复查的方便，我们按《全金元词词牌索引》先做全金元词统计原始表，将此表保留。然后变换上表，按词牌的含词量排名，得本书所需全金元词排名表。为节省篇幅，行文时将前者省略，后者置于附录。即有：

表5：全金元词统计原始表（略）

表6：全金元词排名表（略）

四、唐宋金元词总排名

(一) 唐宋金元词统计说明

在《全唐五代词排名》《全宋词排名》《全金元词排名》三表的基础上，作全唐宋金元词总排名表：

（1）按汉语字母排序，混合三表；

（2）同名合并；

（3）同调异名极明显外，暂不合并；

（4）由于两个原因——一是三表中后二表本身未做异名合并工作；二是三表异名合并甄别辨析工作亦极繁难——故所得排名亦暂时仅为粗略，以下皆称初步。

（二）统计结果

为复查的方便，我们按上述方法得到全唐宋金元词统计原始表，将此表保留。然后变换上表，按词牌的含词量排名，得本书所需《全唐宋金元词总排名（初步）》。为节省篇幅，行文时将前者省略，后者置于附录。即有：

表7：唐宋金元词统计原始表（略）

表8：全唐宋金元词总排名表（初步）（见表附-1）

表附-1　全唐宋金元词总排名（初步）

排序	词牌名	唐五代	宋	金元	总计
1.	浣溪沙	95	820	129	1044
2.	水调歌头	1	748	175	924
3.	鹧鸪天		674	190	864
4.	菩萨蛮	85	614	69	768
5.	西江月	46	491	220	757
6.	满江红		550	163	713
7.	临江仙	34	494	176	704
8.	满庭芳	1	350	330	681
9.	念奴娇		617	61	678
10.	沁园春	20	438	177	635
11.	蝶恋花	1	501	72	574
12.	望江南	720			720
13.	清平乐	18	366	129	513
14.	减字木兰花		438	74	512
15.	点绛唇	1	393	108	502
16.	贺新郎		439		439
17.	南乡子	39	265	126	430
18.	玉楼春（律7木兰花）	13	351	36	400
19.	渔家傲	5	266	107	378
20.	虞美人	24	307	35	366
21.	木兰花慢		153	197	350

续表

排序	词牌名	唐五代	宋	金元	总计
22.	好事近		302	16	318
23.	踏莎行		229	87	316
24.	水龙吟	1	315		316
25.	朝中措		259	49	308
26.	十二时	272	36		308
27.	南歌子	27	261	14	302
28.	谒金门	17	236	39	292
29.	江城子	14	193	78	285
30.	卜操作数	1	243	40	284
31.	如梦令		184	74	258
32.	鹊桥仙		185	70	255
33.	蓦山溪		191	50	241
34.	望江南(忆江南)	19	189	24	232
35.	柳梢青		188	30	218
36.	采桑子(律4丑奴儿)	17	178	15	210
37.	生查子	19	183	5	207
38.	诉衷情	11	161	33	205
39.	阮郎归	1	179	21	201
40.	洞仙歌	4	164	30	198
41.	浪淘沙	19	177		196
42.	感皇恩(典359—209泛青苔,1084苏幕遮1278小重山)	5	111	63	179
43.	青玉案		142	29	171
44.	忆秦娥	2	138	18	158
45.	八声甘州		126	23	149
46.	小重山	6	117	24	147
47.	醉落魄(一斛珠)		143	4	147
48.	齐天乐		119	27	146
49.	杨柳枝(谱1、3添声杨柳枝)	112	15	17	144
50.	瑞鹤仙		121	22	143
51.	喜迁莺	10	101	30	141
52.	摸鱼儿		140	36	176
53.	太常引		20	114	134
54.	苏幕遮		28	105	133
55.	长相思	11	118	3	132

续表

排序	词牌名	唐五代	宋	金元	总计
56.	行香子		63	66	129
57.	定风波	12	86	29	127
58.	瑞鹧鸪		64	56	120
59.	风入松		65	54	119
60.	醉蓬莱		107	5	112
61.	声声慢		87	22	109
62.	永遇乐	4	78	27	109
63.	导引		99	5	104
64.	眼儿媚		94	10	104
65.	霜天晓角	1	99	3	103
66.	一剪梅		68	30	98
67.	巫山一段云	8	7	82	97
68.	桃源忆故人		56	38	94
69.	更漏子	27	62	3	92
70.	汉宫春	1	78	10	89
71.	千秋岁(念奴娇)		76	11	87
72.	祝英台近		85	2	87
73.	少年游		83	4	87
74.	渔父词(成1典1453渔歌子)	19	60	8	87
75.	忆王孙(典1408—378河传)		54	32	86
76.	渔父(律1铺1典1453渔歌子,典1452渔父引)	29	30	24	83
77.	清心镜(典421红窗迥)			81	81
78.	五陵春		47	27	74
79.	望蓬莱(忆江南)			72	72
80.	乌夜啼(相见欢)	4	56	9	69
81.	五更转	69			69
82.	酒泉子	37	22	9	68
83.	无梦令(如梦令)			68	68
84.	烛影摇红(律6忆故人)		48	17	65
85.	踏云行(典1101踏莎行)			64	64
86.	醉江月(念奴娇)	1		64	64
87.	风流子(又调内家娇,故单独立目)	3	48	9	60
88.	长思仙(长相思)			60	60
89.	最高楼		45	15	60

续表

排序	词牌名	唐五代	宋	金元	总计
90.	摸鱼子(律19摸鱼儿)			58	58
91.	糖多令(也作唐)(律9典1112唐多令)		50	7	57
92.	望海潮		39	18	57
93.	捣练子	11		52	52
94.	夜行船(律7雨中花,成55雨中花令)		46	6	52
95.	一落索		47	2	49
96.	人月圆		12	35	47
97.	天仙子	11	29	5	45
98.	苏武慢(选冠子)			45	45
99.	南柯子(南歌子)			44	44
100.	浪淘沙(浪淘沙令)			44	44
101.	杏花天		43	1	44
102.	(湁元)丹砂(成3典460浣溪沙)			43	43
103.	河传	19	19	5	43
104.	花心动		34	9	43
105.	鹦鹉曲(典413黑漆弩)			43	43
106.	昭君怨		33	9	42
107.	满路花(促拍满路花)		28	13	41
108.	雨中花(雨中花慢、雨中花令、夜行船)	1	31	8	40
109.	拨棹歌	39			39
110.	水鼓子	39			39
111.	益寿美金花(减字木兰花)			39	39
112.	应天长	13	26		39
113.	凤栖梧(蝶恋花)			38	38
114.	恋绣衾		34	4	38
115.	画堂春		36	2	38
116.	黄鹤洞中仙(典57卜操作数)			38	38
117.	春光好	10	28		38
118.	多丽		34	3	37
119.	玉蝴蝶	2	28	7	37
120.	御街行		34	3	37
121.	六州歌头	1	26	9	36
122.	品令		32	3	35
123.	惜分飞		33	2	35

排序	词牌名	唐五代	宋	金元	总计
124.	水调歌	11	24		35
125.	过秦楼		33	1	34
126.	醉花阴		33	1	34
127.	玉漏迟		18	16	34
128.	兰陵王		33	6	39
129.	贺圣朝	1	17	15	33
130.	热心香（典1296行香子）			33	33
131.	思佳客（按：有两调，一即字谣，一即鹧鸪天）		33		33
132.	无俗念（念奴娇）	1		33	33
133.	捣练子		32		32
134.	摊破浣溪沙（谱7山花子典成3—4琴调相思引463浣溪沙）		30	2	32
135.	解连环		32		32
136.	桂枝香		28	3	31
137.	金莲出玉花（典493减字木兰花）			31	31
138.	二郎神		25	6	31
139.	夜游宫		29	2	31
140.	女冠子	21	7	2	30
141.	高阳台（律10庆春泽）		26	4	30
142.	破阵子	5	20	4	29
143.	梅花引（江城梅花引）		14	15	29
144.	惜奴娇		28	1	29
145.	忆旧游		26	3	29
146.	万年春（典175点绛唇）			29	29
147.	探春令		23	5	28
148.	贺新郎（贺新凉）			28	28
149.	燕归梁		27	1	28
150.	万年欢		26	2	28
151.	皇帝感	27			27
152.	春从天上来	1	3	23	27
153.	蓬莱阁（忆秦娥）			26	26
154.	调笑令		23	3	26
155.	天香		21	5	26
156.	六州		26		26
157.	百字令（念奴娇）			25	25

续表

排序	词牌名	唐五代	宋	金元	总计
158.	调笑	2	23		25
159.	柳枝词	25			25
160.	石州慢		10	15	25
161.	宴清都		23	2	25
162.	迎春乐		21	4	25
163.	殢人娇		24		24
164.	归朝欢		16	8	24
165.	解佩令	1	10	13	24
166.	绛都春		20	4	24
167.	相见欢	3	21	1	25
168.	抛球乐	15	3	5	23
169.	法曲献仙音		19	4	23
170.	凤凰台上忆吹箫(忆吹箫)		15	8	23
171.	六么令(典686六么)	1	19	3	23
172.	战掉丑奴儿			23	23
173.	竹枝	23			23
174.	疏影		21	2	23
175.	望月婆罗门引(谱18婆罗门引)			23	23
176.	步蟾宫	1	20	1	22
177.	婆罗门	4	18		22
178.	东风第一枝		15	7	22
179.	江城梅花引		19	3	22
180.	神光灿(典990声声慢)			22	22
181.	锁窗寒(又名琐窗寒、琐寒窗)		21	1	22
182.	宴桃源	3	19		22
183.	月上海棠		7	15	22
184.	扑金索			21	21
185.	法驾导引		17	4	21
186.	大江东去(念奴娇)			21	21
187.	十报恩(典936瑞鹧鸪)			21	21
188.	扫花游		21		21
189.	一丛花		21		21
190.	玉炉三涧雪(典1233西江月)			21	21
191.	宝鼎现		20		20

续表

排序	词牌名	唐五代	宋	金元	总计
192.	渡江云		17	3	20
193.	九张机		20		20
194.	真珠帘		20		20
195.	秋蕊香		19		19
196.	一尊红		17	2	19
197.	八宝妆(亦作装)		18		18
198.	金人捧露盘		17	1	18
199.	清商怨		18		18
200.	庆清朝		18		18
201.	鹧鸪引(典1546鹧鸪天)			18	18
202.	哨遍		17	1	18
203.	杨柳枝寿杯词	18			18
204.	望远行	5	8	5	18
205.	婆罗门引			17	17
206.	滴滴金		16	1	17
207.	江梅引(江城梅花引)			17	17
208.	绮罗香		14	3	17
209.	秦楼月(忆秦娥)			17	17
210.	新荷叶		17		17
211.	莺啼序	1	14	2	17
212.	梧桐树	5		17	17
213.	步虚词	9	7		16
214.	大酺		15	1	16
215.	玲珑四犯		15	1	16
216.	红窗迥		5	11	16
217.	庆春宫		16		16
218.	西河		15	1	16
219.	惜黄花		6	10	16
220.	荷叶杯	14	1		15
221.	倦寻芳		14	1	15
222.	倾杯		15		15
223.	折丹桂(步蟾宫)		7	8	15
224.	意难忘		13	2	15
225.	雨中花慢		14	1	15

续表

排序	词牌名	唐五代	宋	金元	总计
226.	得道阳(典936瑞鹧鸪)			14	14
227.	态逍遥			14	14
228.	江神子(江城子)	1		14	14
229.	七娘子		14		14
230.	暗香		13	1	14
231.	瑶台第一层		7	7	14
232.	雨霖铃		7	7	14
233.	粉蝶儿		8	5	13
234.	道无情(典1538昭君怨)			13	13
235.	定西番	10	3		13
236.	荔枝香		13		13
237.	绿头鸭(律20多丽)			13	13
238.	归国谣	8	5		13
239.	好女儿		13		13
240.	花犯		12	1	13
241.	解语花		13		13
242.	金盏子(盏亦作琖)		8	5	13
243.	菊花新		13		13
244.	琴调相思引(相思引)		12	1	13
245.	夏云峰(谱22—36典1258544金明迟)		11	2	13
246.	谢师恩			13	13
247.	绣薄眉			13	13
248.	传言玉女		12	1	13
249.	瑞龙吟		11	2	13
250.	醉太平		13		13
251.	醉桃源(阮郎归,桃源忆故人)	3		13	13
252.	思越人(按:有三调,思越人、朝天子、鹧鸪天)	7	6		13
253.	尾犯		12	1	13
254.	望梅花	2	2	9	13
255.	于飞乐		13		13
256.	渔歌子	8		13	21
257.	雨中花令		13		13
258.	月中仙(月中桂)			13	13

续表

排序	词牌名	唐五代	宋	金元	总计
259.	卖花声(律1浪淘沙·10谢池春、谱10浪淘沙令·15谢池春、成1浪淘沙、典594浪淘沙令·1288谢池春)		8	4	12
260.	铁丹砂(典594浪淘沙令)			12	12
261.	调笑转踏		12		12
262.	南浦		9	3	12
263.	留春令		12		12
264.	两同心		12		12
265.	隔浦莲		12		12
266.	河满子(河亦作何)		12		12
267.	极相思		12		12
268.	金鸡叫			12	12
269.	心月照溪云(典749蓦山溪)			12	12
270.	钗头凤(铺10撷芳词)		9	3	12
271.	上林春	5	7		12
272.	霜叶飞		11	1	12
273.	采桑子			12	12
274.	塞翁吟		12		12
275.	三姝媚		12		12
276.	一寸金	2	8	2	12
277.	养家苦			12	12
278.	悟南柯(典767南歌子)			12	12
279.	渔家傲引		12		12
280.	报师恩(典936瑞鹧鸪)			11	11
281.	梦江南词	11			11
282.	法曲		11		11
283.	番禺调笑		11		11
284.	东坡引		11		11
285.	剔银灯		10	1	11
286.	霓裳中序第一		10	1	11
287.	柳枝	11			11
288.	锦堂春(又名相见欢)		11		11
289.	秋霁		10	1	11
290.	秋夜雨		11		11
291.	清莲池上客(青玉案)			11	11

续表

排序	词牌名	唐五代	宋	金元	总计
292.	垂丝钓		11		11
293.	水调词	11			11
294.	早梅芳		11		11
295.	采莲		11		11
296.	一叶舟（昭君怨）			11	11
297.	瑶台月		5	6	11
298.	鱼游春水	1	8	2	11
299.	玉堂春		3	8	11
300.	八六子	1	9		10
301.	薄媚		10		10
302.	步步娇			10	10
303.	扑蝴蝶	1	9		10
304.	唐多令			10	10
305.	鹤冲天（典400—1243喜迁莺）	1	8	1	10
306.	后庭花	5	5		10
307.	画锦堂		9	1	10
308.	黄莺儿		5	5	10
309.	青门引（梁州令；青门饮）		8	2	10
310.	青杏儿（律4促拍丑奴儿；典1109摊破南乡子）			10	10
311.	潇湘神		10		10
312.	春草碧（谱17番枪子）		1	9	10
313.	上丹宵（典547金人捧露盘）			10	10
314.	四仙韵（典494减字木兰花）			10	10
315.	三奠子			10	10
316.	安公子		10		10
317.	伊州歌	10			10
318.	野庵曲		10		10
319.	夜合花		10		10
320.	迎仙客		1	9	10
321.	渔歌		10		10
322.	玉烛新		9	1	10
323.	氐州第一		8	1	9
324.	太平时		9		9
325.	探芳信		9		9

续表

排序	词牌名	唐五代	宋	金元	总计
326.	探春慢（探春）		8	1	9
327.	浪淘沙令		9		9
328.	海棠春		7	2	9
329.	华胥引		9		9
330.	红林擒近		9		9
331.	解蹀躞		9		9
332.	金缕曲（律20谱36典406贺新郎）	1		9	9
333.	金蕉叶		8	1	9
334.	金菊对芙蓉		5	4	9
335.	谢池春		8	1	9
336.	征招		9		9
337.	竹枝词	9			9
338.	川拔棹			9	9
339.	上平西（典547金人捧露盘）			9	9
340.	采莲子	9			9
341.	三登乐		9		9
342.	夜飞鹊		9		9
343.	宴山亭（"宴"亦作"燕"）（典1333燕山亭）		8	1	9
344.	尉迟杯		8	1	9
345.	浣沙溪（成3浣溪沙）			9	9
346.	遍地锦			8	8
347.	满江红慢（典708满江红）			8	8
348.	梦玉人引		8		8
349.	木兰花（谱11木兰花令）	10		8	8
350.	大圣乐		7	1	8
351.	调笑集句		8		8
352.	六丑		8		8
353.	孤鸾		6	2	8
354.	归去来兮引		8		8
355.	看花回		8		8
356.	何满子	8			8
357.	黑漆弩（谱10鹦鹉曲）			8	8
358.	黄河清（典470黄河清慢）		2	6	8
359.	芰荷香		7	1	8

续表

排序	词牌名	唐五代	宋	金元	总计
360.	江神子令(典501江城子)			8	8
361.	江月晃重山			8	8
362.	菊花天			8	8
363.	惜芳时(思归乐)			8	8
364.	喜秋天	8			8
365.	霜角(典1033霜天晓角)			8	8
366.	侧犯		8		8
367.	渔父舞		8		8
368.	玉连环		8		8
369.	碧牡丹		7		7
370.	梦江南	7			7
371.	奉裸歌		7		7
372.	凤归云	4	3		7
373.	凤衔杯		7		7
374.	端正好		7		7
375.	太清舞		7		7
376.	糖多令(唐多令)			7	7
377.	连理枝	2	5		7
378.	梁州令		7		7
379.	陆州歌	7			7
380.	归田乐		7		7
381.	河渎神	6	1		7
382.	河传令			7	7
383.	还京乐	1	6		7
384.	戚氏		6	1	7
385.	绮寮怨		7		7
386.	千秋岁引		7		7
387.	庆春泽		7		7
388.	西平乐		7		7
389.	小秦王	2	5		7
390.	仙乡子(南香子)			7	7
391.	啄木儿		1	6	7
392.	丑奴儿慢		7		7
393.	长亭怨		7		7

排序	词牌名	唐五代	宋	金元	总计
394.	十样花		7		7
395.	侍香金童		5	2	7
396.	山亭柳		2	5	7
397.	水仙子	5	2		7
398.	双雁儿		5	2	7
399.	忍辱仙人(典1455渔家傲)			7	7
400.	醉公子	6	1		7
401.	促拍丑奴儿(促拍南乡子,促排采桑子摊破南乡子)		4	3	7
402.	三部乐		7		7
403.	阿那曲	7			7
404.	忆江南	7			7
405.	忆瑶姬		7		7
406.	扬州慢		7		7
407.	五更出舍郎			7	7
408.	月下笛		6	1	7
409.	薄幸		6		6
410.	拜星月		6		6
411.	芳草		6		6
412.	凤凰阁		6		6
413.	斗百花		6		6
414.	度清宵		6		6
415.	踏青游		6		6
416.	亭前柳		6		6
417.	内家娇	2	4		6
418.	凉州歌	6			6
419.	归来曲(典1396忆江南)			6	6
420.	桂殿秋		6		6
421.	好离乡(典774南乡子)			6	6
422.	金鼎一溪云(典1180巫山一段云)			6	6
423.	锦堂春(乌夜啼)			6	6
424.	江神子慢(江城子慢)			6	6
425.	曲江秋	1	4	1	6
426.	西地锦		6		6
427.	惜秋华		6		6

续表

排序	词牌名	唐五代	宋	金元	总计
428.	谢新恩	6			6
429.	十月桃		6		6
430.	室垣春		6		6
431.	沙塞子		6		6
432.	双调望江南		6		6
433.	醉花间	6			6
434.	醉春风		6		6
435.	苍梧谣		6		6
436.	促拍满路花	7		6	6
437.	三台	4	2		6
438.	欸乃曲	5	1		6
439.	一枝春		4	2	6
440.	宴瑶池		6		6
441.	舞马词	6			6
442.	望夫歌	6			6
443.	望仙门		6		6
444.	玉团儿		6		6
445.	玉女摇仙佩		4	2	6
446.	遇仙槎（典992生查子）			6	6
447.	八归		3	2	5
448.	百字谣（念奴娇）			5	5
449.	步步高	5		5	5
450.	迷神引		4	1	5
451.	凤箫吟		5		5
452.	倒犯		5		5
453.	丹凤吟		5		5
454.	丁香结		5		5
455.	定风波令		5		5
456.	夺锦标			5	5
457.	离别难	3	1	1	5
458.	离亭宴		5		5
459.	留客住		2	3	5
460.	两双雁儿			5	5
461.	甘州子	5			5

续表

排序	词牌名	唐五代	宋	金元	总计
462.	甘草子		4	1	5
463.	感庭秋（谱7撼庭秋）		2	3	5
464.	鼓笛令		5		5
465.	辊金丸			5	5
466.	画夜乐		5		5
467.	解红	2		5	5
468.	解怨结（解佩令）			5	5
469.	金盏倒垂莲（盏亦作琖）		5		5
470.	喜朝天		5		5
471.	相思令		5		5
472.	相思引		5		5
473.	折红梅		5		5
474.	谪仙怨	4	1		5
475.	赤枣子	2	3		5
476.	茶瓶儿		4	1	5
477.	水云游（典474黄莺儿令）			5	5
478.	绕佛阁（"绕"亦作"遶"）		5		5
479.	醉思仙		5		5
480.	醉翁操		5		5
481.	思帝乡	5			5
482.	忆帝京		5		5
483.	宴春台		5		5
484.	杨柳枝词	5			5
485.	吴音子	1	3	1	5
486.	五灵妙仙（典1283小镇西犯）			5	5
487.	五更令			5	5
488.	悟黄梁（典1328燕归梁）			5	5
489.	望汉月		5		5
490.	玉交枝		5		5
491.	月华清		3	2	5
492.	上行杯	5			5
493.	（渔元）溪沙			4	4
494.	八拍蛮	3	1		4
495.	拨棹子	2	2		4

续表

排序	词牌名	唐五代	宋	金元	总计
496.	卜操作数慢	1	3		4
497.	百草词	4			4
498.	凤来朝		3	1	4
499.	大官乐			4	4
500.	带马行(典865青玉案)			4	4
501.	斗百草词	4			4
502.	洞中天(典1546鹧鸪天)			4	4
503.	台城路(齐天乐)			4	4
504.	偷声木兰花		4		4
505.	摊破丑奴儿		4		4
506.	柳初新		4		4
507.	柳含烟	4			4
508.	绿华		4		4
509.	隔浦莲近		4		4
510.	隔浦莲近拍		4		4
511.	聒龙谣		4		4
512.	国香		4		4
513.	宫中调笑	4			4
514.	开元乐		4		4
515.	合宫歌		4		4
516.	何满子词	4			4
517.	憨郭郎			4	4
518.	回波词	4			4
519.	蕙兰芳引		3	1	4
520.	换骨头			4	4
521.	戛金钗		4		4
522.	解愁			4	4
523.	角招		2	2	4
524.	锦园春		4		4
525.	江南弄			4	4
526.	江南好		4		4
527.	江南三台	4			4
528.	降仙台		4		4
529.	凄凉犯		4		4

续表

排序	词牌名	唐五代	宋	金元	总计
530.	曲游春		4		4
531.	西溪子	4			4
532.	惜黄花慢		4		4
533.	惜红衣		4		4
534.	系裙腰（另调《芳草渡》）		4		4
535.	系梧桐		4		4
536.	遐方怨	4			4
537.	下水船		4		4
538.	夏初临		4		4
539.	新添声杨柳枝	4			4
540.	香山会		1	3	4
541.	雪梅香		3	1	4
542.	折花三台		4		4
543.	昼夜乐			4	4
544.	长寿乐		4		4
545.	声声令		4		4
546.	双头莲		4		4
547.	双双燕		2	2	4
548.	四时乐		4		4
549.	四园竹		4		4
550.	扫花游（扫地游）			4	4
551.	三台令	4			4
552.	宜男草		4		4
553.	瑶华		4		4
554.	宴琼林		4		4
555.	引驾行		4		4
556.	无闷		4		4
557.	无愁可解	1	1	2	4
558.	威仪辞			4	4
559.	鱼歌子	4			4
560.	渔父咏（典1455渔家傲）			4	4
561.	渔家傲引·破子		4		4
562.	玉抱肚	1	2	1	4
563.	薄命女	3			3

续表

排序	词牌名	唐五代	宋	金元	总计
564.	白苎		3		3
565.	百宝妆(新雁过妆楼)			3	3
566.	拜新月	3			3
567.	遍地兰(遍亦作徧)		3		3
568.	破阵乐	1	2		3
569.	梅花曲		3		3
570.	满宫花	3			3
571.	满朝欢		3		3
572.	明月逐人来		3		3
573.	木兰花令(木兰花)			3	3
574.	飞雪满群山		3		3
575.	拂霓裳		3		3
576.	淡黄柳		3		3
577.	登仙门			3	3
578.	笛家弄		3		3
579.	洞天春		1	2	3
580.	踏歌		3		3
581.	桃花曲(忆少年)			3	3
582.	透碧宵		3		3
583.	摊破木兰花		3		3
584.	摊声浣溪沙		3		3
585.	腊梅香		3		3
586.	老君吟(典5爱芦花)			3	3
587.	楼心月		3		3
588.	浪淘沙慢		3		3
589.	临江仙引		3		3
590.	甘露歌		3		3
591.	感恩多	3			3
592.	古调(口关)令			3	3
593.	刮鼓社			3	3
594.	桂华明		3		3
595.	合欢带		3		3
596.	恨欢迟(恨来迟)		1	2	3
597.	胡捣练		3		3

续表

排序	词牌名	唐五代	宋	金元	总计
598.	花发沁园春		3		3
599.	花间诉衷情(典1089)			3	3
600.	红窗听		3		3
601.	红窗怨		3		3
602.	红芍药		1	2	3
603.	剑气词	3			3
604.	金凤钩		3		3
605.	锦帐春		3		3
606.	江南春	2	1		3
607.	秋风清	2	1		3
608.	秋色横空(烛影摇红)			3	3
609.	千年调		3		3
610.	清平调	3			3
611.	庆金枝		3		3
612.	西施		3		3
613.	喜团圆		3		3
614.	下手迟			3	3
615.	小桃红		3		3
616.	闲中好	3			3
617.	献忠心	3			3
618.	柘枝舞		3		3
619.	摘红英(撷芳词)		2	1	3
620.	镇西		3		3
621.	驻马听		3		3
622.	中兴乐	3			3
623.	城头月		3		3
624.	山花子	3			3
625.	子夜歌	1	2		3
626.	醉垂鞭		3		3
627.	四块玉(典1079四犯令)			3	3
628.	塞孤		2	1	3
629.	三字令	1	2		3
630.	一井金		2	1	3
631.	忆眠时	3			3

续表

排序	词牌名	唐五代	宋	金元	总计
632.	又锁门			3	3
633.	盐角儿		3		3
634.	无漏子(典325更漏子)			3	3
635.	望月婆罗门(谱18婆罗门引)			3	3
636.	云雾敛			3	3
637.	八节长欢		2		2
638.	白观音(典26白鹤子)			2	2
639.	白雪		2		2
640.	步月		2		2
641.	破字令		2		2
642.	平调发引		2		2
643.	扑金灯			2	2
644.	莫思乡(典744南乡子)			2	2
645.	眉妩		2		2
646.	梅子黄时雨		2		2
647.	幔卷袖		2		2
648.	迷仙引		2		2
649.	蕃女怨	2			2
650.	翻香令		2		2
651.	泛兰州		2		2
652.	放心闲			2	2
653.	风光好	1	1		2
654.	风中柳(谢池春)			2	2
655.	大有		2		2
656.	倒垂柳		2		2
657.	道成归(典922阮郎归)			2	2
658.	斗百草		2		2
659.	杜韦娘		2		2
660.	洞玄歌			2	2
661.	踏歌词	2			2
662.	特地新			2	2
663.	摊破南香子		2		2
664.	摊破诉衷情		2		2
665.	探芳讯		2		2

续表

排序	词牌名	唐五代	宋	金元	总计
666.	调啸词		2		2
667.	天门谣		2		2
668.	天道无亲（典303甘草子）			2	2
669.	脱银袍		2		2
670.	南楼令（唐多令）			2	2
671.	乐府乌衣怨（典143点绛唇）			2	2
672.	乐游曲	2			2
673.	楼上曲		2		2
674.	浪涛沙	2			2
675.	离苦海（典611离别难）			2	2
676.	鬲溪梅令		2		2
677.	柳青娘	2			2
678.	六桥行		2		2
679.	连理枝			2	2
680.	恋情深	2			2
681.	林钟商小品		2		2
682.	露华（露华忆）			2	2
683.	轮台子		2		2
684.	隔蒲莲（隔蒲莲近拍）？			2	2
685.	甘露滴乔松		1	1	2
686.	甘州遍	2			2
687.	古阳关		2		2
688.	郭郎儿慢			2	2
689.	过涧歇近		2		2
690.	归去来		2		2
691.	广谪仙怨	2			2
692.	宫中三台	2			2
693.	纥那曲	2			2
694.	荷花媚	1	1		2
695.	贺明朝	2			2
696.	贺圣朝影		2		2
697.	海棠春令		2		2
698.	海月谣		2		2
699.	撼庭竹		2		2

续表

排序	词牌名	唐五代	宋	金元	总计
700.	恨春迟		2		2
701.	蕙兰芳		2		2
702.	黄鹂绕碧树		2		2
703.	红林擒进			2	2
704.	红罗袄		2		2
705.	集贤宾（接贤宾）		1	1	2
706.	祭天神		2		2
707.	佳人醉		2		2
708.	解连环			2	2
709.	减字木兰花慢（典759木兰花慢）			2	2
710.	金童捧露盘			2	2
711.	金莲堂（典1213惜黄花）			2	2
712.	金缕歌（谱36典406贺新郎）			2	2
713.	金缕词（谱36典406贺新郎）			2	2
714.	金花叶			2	2
715.	金错刀	2			2
716.	锦缠道		2		2
717.	锦园春犯		2		2
718.	江城子慢		2		2
719.	降中央			2	2
720.	菊花新			2	2
721.	七宝玲珑			2	2
722.	秋日田父词		2		2
723.	秋夜月	1	1		2
724.	千金意	1	1		2
725.	青房并蒂莲		2		2
726.	清波引		2		2
727.	倾杯（倾杯乐）			2	2
728.	倾杯令		2		2
729.	倾杯乐	2			2
730.	情久长		2		2
731.	庆佳节		2		2
732.	庆千秋		2		2
733.	庆春时		2		2

续表

排序	词牌名	唐五代	宋	金元	总计
734.	劝金船		2		2
735.	西楼月（春晓曲）			2	2
736.	西湖月		2		2
737.	西子妆慢		2		2
738.	惜春令		2		2
739.	喜迁莺慢		2		2
740.	系云腰（系裙腰）			2	2
741.	夏日宴黉堂		2		2
742.	逍遥乐		1	1	2
743.	逍遥令（典1396亿江南）			2	2
744.	绣定针			2	2
745.	绣停针		1	1	2
746.	献衷心	2			2
747.	相思会		2		2
748.	湘灵瑟		2		2
749.	向湖边		2		2
750.	雪狮儿		2		2
751.	寻梅		2		2
752.	摘得新	2			2
753.	棹棹棹			2	2
754.	真欢乐（典1563昼夜乐）			2	2
755.	章台柳	2			2
756.	竹马子		2		2
757.	竹枝子	2			2
758.	祝英台（律11祝英台近）			2	2
759.	卓牌儿		2		2
760.	转调丑奴儿（典1111摊破南香子）		1	1	2
761.	姹莺娇（惜奴娇）			2	2
762.	超彼岸			2	2
763.	朝天子		2		2
764.	朝玉阶		2		2
765.	长相思慢		2		2
766.	长寿仙促拍		2		2
767.	长生乐		2		2

续表

排序	词牌名	唐五代	宋	金元	总计
768.	成功了			2	2
769.	垂杨		1	1	2
770.	传妙道(典113传花枝)			2	2
771.	春晓曲		2		2
772.	狮儿词			2	2
773.	石州词		2		2
774.	使牛子		1	1	2
775.	纱窗恨	2			2
776.	少年心		2		2
777.	神仙会(典1267相思会)			2	2
778.	水调	2			2
779.	舜韶新		2		2
780.	如鱼水		2		2
781.	瑞鹧鸪慢		2		2
782.	瑞珠宫(1363夜游宫)			2	2
783.	睿恩新		2		2
784.	思归乐		2		2
785.	思远人		2		2
786.	扫地舞		2		2
787.	三台春曲		2		2
788.	三光会合			2	2
789.	送征衣	1	1		2
790.	阿曹婆词	2			2
791.	安平乐		2		2
792.	安平乐慢		2		2
793.	一斛珠	2			2
794.	一枝花(促拍满路花)			2	2
795.	一丛花令		2		2
796.	宜静三台			2	2
797.	忆闷令		2		2
798.	忆东坡		2		2
799.	忆桃园		2		2
800.	忆仙姿	2			2
801.	夜半乐		2		2

续表

排序	词牌名	唐五代	宋	金元	总计
802.	阳台梦	1	1		2
803.	莺穿柳			2	2
804.	五福降中天		2		2
805.	五彩结同心		2		2
806.	浣溪沙			2	2
807.	万年欢慢		2		2
808.	闻鹃啼(全宋词P1641失题词)		2		2
809.	汪秀才		2		2
810.	望仙楼		2		2
811.	渔父引	2			2
812.	玉女摇仙辈(典1496玉女摇仙佩)			2	2
813.	玉胡蝶			2	2
814.	玉花洞(典650留春令)			2	2
815.	玉京秋		2		2
816.	玉京山(典1278小重山)			2	2
817.	遇仙亭			2	2
818.	远朝归		2		2
819.	怨回纥	2			2
820.	怨春郎		2		2
821.	怨三三		2		2
822.	八音谐		1		1
823.	芭蕉雨		1		1
824.	薄媚摘遍		1		1
825.	百媚娘		1		1
826.	百岁令		1		1
827.	百宜娇		1		1
828.	北邙月	1			1
829.	被花恼		1		1
830.	保寿乐		1		1
831.	碧桃春(阮郎归)			1	1
832.	碧玉箫		1		1
833.	别仙子	1			1
834.	别怨		1		1
835.	鬓边华		1		1

续表

排序	词牌名	唐五代	宋	金元	总计
836.	步虚词令		1		1
837.	步云鞋(典922软翻鞋)			1	1
838.	怕春归(典1288谢池春)			1	1
839.	婆罗门令		1		1
840.	琵琶仙		1		1
841.	品字令		1		1
842.	平等会(相思会)			1	1
843.	浦湘曲		1		1
844.	马家春慢		1		1
845.	摩思归	1			1
846.	陌上花			1	1
847.	买陂塘(摸鱼儿)			1	1
848.	麦秀雨歧	1			1
849.	梅弄影		1		1
850.	梅香慢		1		1
851.	梅梢月(典443花心动)			1	1
852.	媚妩			1	1
853.	茅山逢故人			1	1
854.	满路花巖(典132促拍满路花)			1	1
855.	满宫春		1		1
856.	满朝欢令		1		1
857.	孟家蝉		1		1
858.	梦芙蓉		1		1
859.	梦兰堂		1		1
860.	梦横塘		1		1
861.	梦还京		1		1
862.	梦仙乡		1		1
863.	梦行云		1		1
864.	梦游仙(戚氏)			1	1
865.	梦扬州		1		1
866.	明月斜	1			1
867.	明月照高楼慢		1		1
868.	鸣梭		1		1
869.	暮花天		1		1

排序	词牌名	唐五代	宋	金元	总计
870.	穆护沙			1	1
871.	法曲第二		1		1
872.	飞龙宴		1		1
873.	番枪子		1		1
874.	泛龙舟词	1			1
875.	泛清波摘遍		1		1
876.	粉蝶饵慢		1		1
877.	芳草渡	1			1
878.	风瀑竹		1		1
879.	风马令			1	1
880.	风马儿			1	1
881.	凤楼春	1			1
882.	凤鸾双舞		1		1
883.	凤凰枝令		1		1
884.	凤池吟		1		1
885.	凤时春		1		1
886.	芙蓉月		1		1
887.	袚陵歌		1		1
888.	福寿千春		1		1
889.	大椿		1		1
890.	德报怨(典1535昭君怨)			1	1
891.	捣练子令	1			1
892.	导引词			1	1
893.	豆叶黄(忆王孙)			1	1
894.	斗百花近拍		1		1
895.	斗鸡回		1		1
896.	斗修行(典222斗白花近拍)			1	1
897.	斗鹌鹑			1	1
898.	丹凤吟(典150-333孤鸾)		1		1
899.	帝台春		1		1
900.	吊严陵		1		1
901.	钿带长中腔		1		1
902.	定风波慢		1		1
903.	渡江吟		1		1

续表

排序	词牌名	唐五代	宋	金元	总计
904.	东风齐着力		1		1
905.	踏雪行(谱13踏莎行)			1	1
906.	踏莎行慢		1		1
907.	踏阳春	1			1
908.	太平令			1	1
909.	太清歌词		1		1
910.	秦边陲	1			1
911.	桃园忆故人(谱7桃源忆故人)			1	1
912.	头盏曲		1		1
913.	探芳新		1		1
914.	唐河传		1		1
915.	调笑歌		1		1
916.	天下乐		1		1
917.	天香慢			1	1
918.	添春色		1		1
919.	添子采桑子(典81采桑子)			1	1
920.	添字丑奴儿		1		1
921.	鞓红		1		1
922.	酴醾香			1	1
923.	南乡一剪梅			1	1
924.	南徐好		1		1
925.	乐世词	1			1
926.	浪淘沙近		1		1
927.	荔子丹		1		1
928.	柳垂金		1		1
929.	柳腰轻		1		1
930.	柳摇金		1		1
931.	六国朝			1	1
932.	六国朝令			1	1
933.	六花飞		1		1
934.	恋芳春慢		1		1
935.	恋香衾		1		1
936.	梁州歌	1			1
937.	玲珑玉		1		1

续表

排序	词牌名	唐五代	宋	金元	总计
938.	菱花怨		1		1
939.	罗唝曲	1			1
940.	落梅慢		1		1
941.	落梅风		1		1
942.	落梅花		1		1
943.	龙门令		1		1
944.	龙山会		1		1
945.	绿盖舞风轻		1		1
946.	歌头	1			1
947.	隔帘听		1		1
948.	隔帘花		1		1
949.	隔溪梅令			1	1
950.	高山流水		1		1
951.	甘州令		1		1
952.	甘州歌	1			1
953.	甘州曲	1			1
954.	感皇恩令		1		1
955.	感恩多令		1		1
956.	感恩深		1		1
957.	孤馆深沈		1		1
958.	孤鹰			1	1
959.	古调歌		1		1
960.	古乌夜啼（典1249想见欢）			1	1
961.	古香慢		1		1
962.	古四北洞仙歌		1		1
963.	郭郎儿近拍		1		1
964.	过涧歇		1		1
965.	闺怨无闷		1		1
966.	归田乐令		1		1
967.	归朝歌		1		1
968.	归自谣		1		1
969.	桂枝香慢		1		1
970.	辊绣球		1		1
971.	宫怨春	1			1

续表

排序	词牌名	唐五代	宋	金元	总计
972.	酷相思		1		1
973.	跨金鸾			1	1
974.	快活年		1		1
975.	快活年近拍		1		1
976.	喝火令		1		1
977.	荷叶铺水面		1		1
978.	贺新凉(贺新郎)			1	1
979.	好时光	1			1
980.	缑山月			1	1
981.	后庭宴	1			1
982.	恨来迟		1		1
983.	胡捣练令		1		1
984.	胡渭州	1			1
985.	蝴蝶儿	1			1
986.	花发状元红慢		1		1
987.	花非花	1			1
988.	花落寒窗		1		1
989.	花酒令		1		1
990.	花前饮		1		1
991.	花上月令		1		1
992.	华清引		1		1
993.	华溪仄(典1402忆秦娥)			1	1
994.	化生儿(典1406双雁儿)			1	1
995.	画堂春令		1		1
996.	回纥	1			1
997.	回波乐	1			1
998.	蕙清风		1		1
999.	寰海清		1		1
1000.	换遍歌头		1		1
1001.	换巢鸾凤		1		1
1002.	黄鹤绕碧树			1	1
1003.	黄鹤引		1		1
1004.	黄钟乐	1			1
1005.	黄莺儿令			1	1

续表

排序	词牌名	唐五代	宋	金元	总计
1006.	红楼慢		1		1
1007.	红袖扶			1	1
1008.	家山好		1		1
1009.	夹竹桃花		1		1
1010.	接宾贤	1			1
1011.	结带巾		1		1
1012.	解仙佩		1		1
1013.	教池回		1		1
1014.	娇木笪		1		1
1015.	减兰	1			1
1016.	减字采桑子			1	1
1017.	翦牡丹		1		1
1018.	剑器近		1		1
1019.	荐金莲		1		1
1020.	金浮图	1			1
1021.	金殿乐慢		1		1
1022.	金莲绕凤楼		1		1
1023.	金陵	1			1
1024.	金落索		1		1
1025.	金缕衣(典406贺新郎)			1	1
1026.	金鸡叫警刘公			1	1
1027.	金钱子		1		1
1028.	金盏子慢		1		1
1029.	金盏子令		1		1
1030.	金盏儿			1	1
1031.	锦被堆		1		1
1032.	锦标归		1		1
1033.	锦棠春			1	1
1034.	锦香囊		1		1
1035.	锦缠绊		1		1
1036.	锦瑟清商引		1		1
1037.	江南柳		1		1
1038.	江楼令		1		1
1039.	江海引			1	1

续表

排序	词牌名	唐五代	宋	金元	总计
1040.	锯解令		1		1
1041.	俊蛾儿			1	1
1042.	七骑子			1	1
1043.	期夜月		1		1
1044.	且坐令		1		1
1045.	峭寒轻		1		1
1046.	秋兰老		1		1
1047.	秋千儿词		1		1
1048.	秋宵吟		1		1
1049.	秋蕊香令		1		1
1050.	秋蕊香引		1		1
1051.	秋思		1		1
1052.	千春词		1		1
1053.	秦刷子		1		1
1054.	琴调相思令		1		1
1055.	青梅引			1	1
1056.	青门怨		1		1
1057.	青山远		1		1
1058.	清平乐破子		1		1
1059.	清风满桂楼		1		1
1060.	清心月(典922软翻鞋)			1	1
1061.	清夜游		1		1
1062.	倾杯近		1		1
1063.	倾杯序		1		1
1064.	晴偏好		1		1
1065.	庆宫春(高阳台)			1	1
1066.	庆青春		1		1
1067.	庆寿宵		1		1
1068.	曲玉管		1		1
1069.	缺月挂疏桐(卜操作数)			1	1
1070.	西江月慢		1		1
1071.	西窗烛		1		1
1072.	西吴曲		1		1
1073.	熙州慢		1		1

续表

排序	词牌名	唐五代	宋	金元	总计
1074.	惜寒梅		1		1
1075.	惜花春起早		1		1
1076.	惜花春起早慢		1		1
1077.	惜花容		1		1
1078.	惜春郎		1		1
1079.	惜时芳		1		1
1080.	惜婴娇（典1217惜奴娇）			1	1
1081.	惜余欢		1		1
1082.	惜余妍		1		1
1083.	喜长新		1		1
1084.	潇湘忆故人慢		1		1
1085.	小抛球乐令		1		1
1086.	小木兰花		1		1
1087.	小梁州		1		1
1088.	献天寿慢		1		1
1089.	献天寿令		1		1
1090.	献金杯		1		1
1091.	献仙桃		1		1
1092.	新水令		1		1
1093.	湘江静		1		1
1094.	湘春夜月		1		1
1095.	想车音（兀令）		1		1
1096.	行香子慢		1		1
1097.	杏花天慢		1		1
1098.	杏园芳	1			1
1099.	雪明鹁鹊夜		1		1
1100.	雪花飞		1		1
1101.	雪野渔舟		1		1
1102.	宣清		1		1
1103.	宣州竹		1		1
1104.	折花令		1		1
1105.	折新荷引		1		1
1106.	柘枝行		1		1
1107.	柘枝引	1			1

续表

排序	词牌名	唐五代	宋	金元	总计
1108.	占春芳		1		1
1109.	珍珠帘(典1550真珠莲)			1	1
1110.	珍珠令		1		1
1111.	真珠帘(律15珍珠帘)			1	1
1112.	真珠髻		1		1
1113.	枕屏儿		1		1
1114.	枕瓶子(枕屏儿)			1	1
1115.	征部乐		1		1
1116.	征招调中腔		1		1
1117.	郑郎子词	1			1
1118.	竹马儿		1		1
1119.	竹香子		1		1
1120.	祝英台令		1		1
1121.	爪茉莉		1		1
1122.	卓牌子慢		1		1
1123.	卓牌子近		1		1
1124.	卓罗特髻		1		1
1125.	转调木兰花			1	1
1126.	转调定风波		1		1
1127.	转调踏莎行(踏莎行)			1	1
1128.	转调采桂枝(典81采桑子)			1	1
1129.	转应词	1			1
1130.	中腔令		1		1
1131.	长命女	1			1
1132.	长庭怨慢			1	1
1133.	长寿仙			1	1
1134.	唱马一枝花(典132促拍满路花)			1	1
1135.	唱金缕		1		1
1136.	楚宫春		1		1
1137.	楚宫春慢		1		1
1138.	垂丝钓近		1		1
1139.	传花枝		1		1
1140.	春风袅娜		1		1
1141.	春归怨		1		1

排序	词牌名	唐五代	宋	金元	总计
1142.	春晴		1		1
1143.	春夏两相期		1		1
1144.	春雪间早梅		1		1
1145.	春声碎		1		1
1146.	春从天外来(典118春从天上来)			1	1
1147.	春云怨		1		1
1148.	师师令		1		1
1149.	十六贤		1		1
1150.	十六字令(归字谣苍梧谣)			1	1
1151.	十二时慢		1		1
1152.	石湖仙		1		1
1153.	石州	1			1
1154.	拾菜娘(典936瑞鹧鸪1546鹧鸪天)			1	1
1155.	拾翠羽		1		1
1156.	少年游慢		1		1
1157.	受恩深			1	1
1158.	寿楼春		1		1
1159.	寿山曲	1			1
1160.	山亭宴		1		1
1161.	山亭宴慢		1		1
1162.	山庄劝酒		1		1
1163.	神清秀(典362海棠春)			1	1
1164.	赏南枝		1		1
1165.	赏松菊		1		1
1166.	上楼春		1		1
1167.	上林春慢		1		1
1168.	上升花(典443花心动)			1	1
1169.	升平乐		1		1
1170.	胜州令		1		1
1171.	圣葫芦			1	1
1172.	疏帘淡月(典353桂枝香)			1	1
1173.	蜀葵花			1	1
1174.	蜀溪春		1		1
1175.	耍鼓令		1		1

续表

排序	词牌名	唐五代	宋	金元	总计
1176.	水龙吟慢		1		1
1177.	水龙吟令		1		1
1178.	水晶帘		1		1
1179.	睡花阴令		1		1
1180.	霜花腴		1		1
1181.	双头莲令		1		1
1182.	双鸂鶒		1		1
1183.	双声子		1		1
1184.	双瑞莲		1		1
1185.	双韵子		1		1
1186.	绕地游		1		1
1187.	绕池游慢		1		1
1188.	冉冉云		1		1
1189.	人月圆令		1		1
1190.	如此江山(齐天乐)			1	1
1191.	入塞		1		1
1192.	蕊珠闲		1		1
1193.	瑞庭花引		1		1
1194.	瑞云浓		1		1
1195.	瑞云浓慢		1		1
1196.	阮瑶台			1	1
1197.	软翻鞋			1	1
1198.	紫黄香慢		1		1
1199.	紫玉箫		1		1
1200.	字字变	1			1
1201.	再团圆		1		1
1202.	早梅香		1		1
1203.	早春怨(柳梢青)			1	1
1204.	澡兰香		1		1
1205.	醉亭楼		1		1
1206.	醉红妆		1		1
1207.	醉乡曲		1		1
1208.	醉妆词	1			1
1209.	醉中归			1	1

续表

排序	词牌名	唐五代	宋	金元	总计
1210.	醉瑶池		1		1
1211.	醉吟商小品		1		1
1212.	辞百师(典1129添声杨柳枝)			1	1
1213.	采明珠		1		1
1214.	采绿吟		1		1
1215.	彩凤飞		1		1
1216.	彩云归		1		1
1217.	采莲曲	1			1
1218.	彩鸾归令		1		1
1219.	簇水		1		1
1220.	簇水近		1		1
1221.	翠楼吟		1		1
1222.	翠羽吟		1		1
1223.	思仙会(典1267相思会)			1	1
1224.	四槛花		1		1
1225.	四字令(醉太平)			1	1
1226.	似娘儿		1		1
1227.	撒金钱		1		1
1228.	塞姑	1			1
1229.	扫地花		1		1
1230.	三台词	1			1
1231.	散天花		1		1
1232.	散余霞		1		1
1233.	苏武令		1		1
1234.	索酒		1		1
1235.	遂宁好		1		1
1236.	松风慢			1	1
1237.	松梢月		1		1
1238.	送入我门来		1		1
1239.	爱芦花			1	1
1240.	爱月夜眠迟		1		1
1241.	爱月夜眠迟慢		1		1
1242.	暗香疏影		1		1
1243.	二郎神慢			1	1

续表

排序	词牌名	唐五代	宋	金元	总计
1244.	二色莲		1		1
1245.	二色宫桃		1		1
1246.	一片子	1			1
1247.	一叶落	1			1
1248.	伊州		1		1
1249.	伊州三台		1		1
1250.	伊州三台令		1		1
1251.	伊川令		1		1
1252.	夷则商国香慢		1		1
1253.	倚风娇近		1		1
1254.	倚楼人		1		1
1255.	倚西楼		1		1
1256.	忆黄梅		1		1
1257.	忆吹箫慢		1		1
1258.	忆少年令		1		1
1259.	鸭头绿(谱37典229多丽)			1	1
1260.	遥天奉翠华引		1		1
1261.	瑶花慢(律17瑶花、谱31瑶华)			1	1
1262.	瑶华慢(律17瑶花、谱31瑶华)			1	1
1263.	瑶阶草		1		1
1264.	游月宫令		1		1
1265.	有有令		1		1
1266.	檐前铁		1		1
1267.	宴清堂		1		1
1268.	宴春台慢		1		1
1269.	雁灵妙方(典1046双雁儿)			1	1
1270.	雁侵云慢		1		1
1271.	厌世忆朝元			1	1
1272.	燕归慢			1	1
1273.	燕归来		1		1
1274.	燕瑶池(谱9月江吟25八声甘州)			1	1
1275.	饮马歌		1		1
1276.	阳台路		1		1
1277.	阳台怨		1		1

排序	词牌名	唐五代	宋	金元	总计
1278.	阳关三迭		1		1
1279.	阳关引（按：又调古阳关，兹不录）		1		1
1280.	阳春		1		1
1281.	阳春曲		1		1
1282.	应景乐		1		1
1283.	樱桃歌	1			1
1284.	莺声绕红楼		1		1
1285.	迎新春		1		1
1286.	迎春乐令		1		1
1287.	映山红		1		1
1288.	映山红慢		1		1
1289.	梧桐引		1		1
1290.	无月不登楼		1		1
1291.	武林春		1		1
1292.	舞春风	1			1
1293.	舞杨花		1		1
1294.	误桃园		1		1
1295.	瓦盆歌			1	1
1296.	维扬好		1		1
1297.	尉迟杯慢		1		1
1298.	渭城曲	1			1
1299.	玩瑶台			1	1
1300.	浣溪沙慢		1		1
1301.	万里春		1		1
1302.	闻鹊喜		1		1
1303.	王子高六么大曲		1		1
1304.	王孙信		1		1
1305.	望梅词		1		1
1306.	望明河		1		1
1307.	望南云慢		1		1
1308.	望江梅	1			1
1309.	望江东		1		1
1310.	望江怨	1			1

续表

排序	词牌名	唐五代	宋	金元	总计
1311.	望湘人		1		1
1312.	望春回		1		1
1313.	望云崖引		1		1
1314.	于飞乐令		1		1
1315.	虞主歌		1		1
1316.	虞神		1		1
1317.	虞神歌		1		1
1318.	渔父家风		1		1
1319.	玉梅令		1		1
1320.	玉梅香慢		1		1
1321.	玉簟凉		1		1
1322.	玉女摇仙佩			1	1
1323.	玉女迎春慢		1		1
1324.	玉阑干		1		1
1325.	玉珑璁(律8钗头凤,铺10撷芳词)			1	1
1326.	玉合	1			1
1327.	玉交梭			1	1
1328.	玉京谣		1		1
1329.	玉山枕		1		1
1330.	玉人歌		1		1
1331.	玉耳坠金环(烛影摇红)			1	1
1332.	玉液泉			1	1
1333.	玉叶重黄		1		1
1334.	月边娇		1		1
1335.	月当厅		1		1
1336.	月宫春	1			1
1337.	月华清慢		1		1
1338.	月中桂		1		1
1339.	月中行(月宫春)			1	1
1340.	月上海棠慢		1		1
1341.	越溪春		1		1
1342.	怨春闺	1			1
1343.	怨王孙	1			1
1344.	愿成双			1	1

排序	词牌名	唐五代	宋	金元	总计
1345.	云鬟松令		1		1
1346.	云仙引		1		1
1347.	韵令		1		1
1348.	永同欢		1		1
1349.	永裕陵歌		1		1
总计					30696

五、全唐宋金元词初步排名统计结果简要说明

在没有进行异名合并前，我们可以由初步排名结果得到一些关于词调的初步印象，这些初步印象虽然不够精确，但仍然能够帮助我们理解唐宋金元人运用词调的基本情形。

（一）词牌存词状况

统计存词100首以上的词牌有65个；存词50首以上的词牌有94个；存词20首以上的词牌有195个；存词10首以上的词牌有322个；存词10首以下的词牌有1017个；存词2首以下的词牌有713个；存词仅1首的词牌有528个。即：

表附-2　词牌存词数量区间统计

每词牌存词数量/首	1	2	3	4	5	6～9	10～19	20～49	50～99	100以上
词牌数/个	528	185	64	70	45	125	323	195	94	65

（二）存词排名前百位词牌名单

浣溪沙	水调歌头	鹧鸪天	菩萨蛮	西江月
满江红	临江仙	满庭芳	念奴娇	沁园春
蝶恋花	兵要望江南	清平乐	减字木兰花	点绛唇
贺新郎	南乡子	玉楼春	渔家傲	虞美人
木兰花慢	好事近	踏莎行	水龙吟	朝中措
十二时	南歌子	谒金门	江城子	卜算子
如梦令	鹊桥仙	蓦山溪	望江南	柳梢青
采桑子	生查子	诉衷情	阮郎归	洞仙歌
浪淘沙	感皇恩	青玉案	忆秦娥	八声甘州
小重山	醉落魄	齐天乐	杨柳枝	瑞鹤仙
喜迁莺	摸鱼儿	太常引	苏幕遮	长相思
行香子	定风波	瑞鹧鸪	风入松	醉蓬莱
声声慢	永遇乐	导引	眼儿媚	霜天晓角
一剪梅	巫山一段云	桃源忆故人	更漏子	汉宫春
千秋岁	祝英台近	少年游	渔父词	忆王孙

渔父	清心镜	五陵春	望蓬莱	乌夜啼
五更转	酒泉子	无梦令	烛影摇红	踏云行
酹江月	风流子	长思仙	最高楼	摸鱼子
糖多令	望海潮	捣练子	夜行船	一落索
人月圆	天仙子	苏武慢	南柯子	浪淘沙

（三）前百名词牌的一些特点

粗略统计，排名前99的词牌中：只有唐人才用的词牌名有兵要望江南（实即望江南）；唐代没出现的词牌有50首；只有宋人才用的词牌有贺新郎、摸鱼儿；宋没有的词牌有清心镜、望蓬莱、五更转、无梦令、踏云行、酹江月、长思仙、摸鱼子、捣练子、苏武慢；宋人首次使用的词牌有41个；金元人首次使用的词牌有清心镜、望蓬莱、无梦令、踏云行、酹江月、长思仙、摸鱼子、苏武慢；金元没有的词牌有7个。

（四）前百名词牌中唐宋金元长盛不衰的词牌（存词数均在10首以上）。

表附-3　常用百体词牌中长盛不衰的20体词牌

调名	唐词数量/首	宋词数量/首	金元词数量/首	总计存词量/首
浣溪沙	95	820	129	1044
菩萨蛮	85	614	69	768
西江月	46	491	220	757
临江仙	34	494	176	704
沁园春	20	438	177	635
清平乐	18	366	129	513
南乡子	39	265	126	430
玉楼春	13	351	36	400
虞美人	24	307	35	366
南歌子	27	261	14	302
谒金门	17	236	39	292
江城子	14	193	78	285
望江南	19	189	24	232
采桑子	17	178	15	210
诉衷情	11	161	33	205
杨柳枝	112	15	17	144
喜迁莺	10	101	30	141
定风波	12	86	29	127
渔父词	19	60	8	87
渔父	29	30	24	83

第三节　常用百调异名考厘定

一、厘定方法说明——"考异名，并同调"

根据全唐宋金元词总排名表确立词之常用百调，其基本方法是"考异名，并同调"，即结合三大词谱及《词调名辞典》提示，以全唐宋金元词初步排名为基础，对排位靠前的词牌进行异名辨析，数据合并，以准确找到排名前一百位的词牌，厘定其为"常用百调"。

可行性说明：虽然因工作量过大，无法对全部词调进行异名删并工作，但对前一百几十位的词牌进行异名辨析工作，还是可行的。而且，这样做对本书研究也没有不妥。本书目的在于寻找常用百调，排名靠后的词牌除非会被合并到前百位词牌中，否则对本书研究将无影响。而在对排名靠前的一百几十个词牌进行异名合并工作的时候，将充分考察其可能存在的各种异名，故而不会遗漏排名靠后的那些对本书结果有效的异名词牌。

二、词调异名考及存词数据修正

本部分进行词调异名考，根据异名考结果和数据对常用百调进行异名合并和重新排名。

（一）《浣溪沙》异名考及存词数据修正

（小庭花、浣溪纱、浣纱溪、酥丹砂、酥溪沙）

考1：题名《酥丹砂》43首皆为《浣溪沙》——唐圭璋1979版《全金元词》收《酥丹砂》43首，其中马钰40首（322—324页，374—376页），丘处机3首（472页），马钰《酥丹砂-檿住虚无撮住空》前有马钰序"本名浣溪沙，赞师叔玉蟾普明澄寂和公真人辞世"（374页），丘处机《浣溪沙-云水飘飘物外吟》下有唐圭璋题"景金本注云，三首本名浣溪沙"（472页），且所有格律全合《浣溪沙》"777-777"格，则可判定，《酥丹砂》43首皆为《浣溪沙》。《词律》言《浣溪沙》别名未提《酥丹砂》。

考2：题名《酥溪沙》4首皆为《浣溪沙》——唐圭璋1979版《全金元词》收《酥溪沙》4首（550页），作者王吉昌，考其格律，与平韵《浣溪沙》全同，则其词牌当属《浣溪沙》。《词律》言《浣溪沙》别名未提《酥溪沙》。

《浣溪沙》统计数据更改：《浣溪沙》原录金元129首，唐至金元总1044首；并入金元词《酥丹砂》43首和《酥溪沙》4首后，计全金元176首，总1091首。

（二）《水调歌头》异名考及存词数据修正

（江南好、花犯念奴、水调歌、水调）

考1：《词律》"水调歌头"目"梦窗名江南好"质疑——《词律》"水调歌头"目录中云"九十五字，白石名花犯念奴，梦窗名江南好，按此调梦窗稿作江南好，前忆江南亦名江南好，与此无涉"，正文中云"九十五字，梦窗名江南好，白石名花犯念奴"（卷十四，十九——324页）。查唐圭璋《全宋词》共收题名《江南好》词四首，分别为1册119页叶清臣《江南好-丞相有才俾造化》、1册266页曾布《江南好-

江南客》，3册2093页赵师侠《江南好－天共水》、4册2903页吴文英《江南好－行锦归来》。叶作疑为《忆江南》残作；曾赵二作均系双调《忆江南》。吴作补所缺一字，为95字，但句式全不似《词律》所列"水调歌头"格式。不知万树何以断定"此调梦窗稿作江南好"。吴作前有小序，说到"越翼日，吾侪载酒问奇字，时齐示江南好词，纪梦前夕之事，辄次韵"，则似可推断，此《江南好》为次韵之作，偶然命名可能性不大，当为当时大家熟悉一独立词牌。（《忆江南》数据统计当增此三首《江南好》）

考2：《词律》"水调歌头"目"白石名花犯念奴"质疑——《词律》"水调歌头"目录中云"九十五字，白石名花犯念奴，梦窗名江南好，按此调梦窗稿作江南好，前忆江南亦名江南好，与此无涉"，正文中云"九十五字，梦窗名江南好，白石名花犯念奴"（卷十四，十九——324页）。查唐圭璋《全宋词》无周邦彦花犯念奴词；《全宋词》共收题名《花犯》词11首（其中有存周邦彦《花犯》词1首（609页）），《绣鸾凤花犯》1首，《全金元词》收《花犯》词1首，韩奕作（1155页），都与《词律》"水调歌头"句式全异；则《花犯》当为一独立词调。周邦彦"水调歌头"《全宋词》仅存残词《水调歌头－今夜月华满》一首（630页）。不知《词律》"白石名花犯念奴"所据。

考3：《水调歌头》次句断句释疑——《词律》列苏词"明月几时有"为格式，云"不知至何年十一字，语气一贯，有于四字一顿者，有于六字一顿者，平仄亦稍有不同，但随笔所致所至，不必拘定"，极是正确，可以《全宋词》录《水调歌头》两格均存为证。

考4：《全宋词》题为《水调歌》词24首应并入《水调歌头》词牌——《全宋词》录24首题为《水调歌》词（索引121页），其句式格式全同《水调歌头》（次句断句亦有两种，四六断较常见），故应并入《水调歌头》词牌。

考5：《唐五代词》录《水调》2首，《水调词》11首，《水调歌》11首，均非《水调歌头》词。

《水调歌头》统计数据更改：《水调歌头》录唐至金元词924首；并入《水调歌》词，宋24首，总计得词948首。

（三）《鹧鸪天》异名考及存词数据修正

[思佳客1046、思越人1048、鹧鸪引、醉梅花1、千叶莲1、避少年2、剪朝霞1、第一花1、半死桐2；于中好、归国谣、瑞鹧鸪、丹阳词、木兰花、洞中天（索引4）]

《词调名辞典》1021页"鹧鸪天　又名：一井金、千叶莲、半死桐、于中好、拾菜娘、思佳客、思越人、洞中天、看瑞香、第一花、禁烟、剪朝霞、醉梅花、锦鹧鸪、避少年、离歌、鹧鸪引、鹧鸪飞、骊歌一叠"

考1：《全宋词》收题名思佳客33首应并入《鹧鸪天》，题名《思佳客令》1首应入《归国谣》——《索引》397页录思佳客33首，《思佳客令》1首，其下注"按：有两调，一即归字谣，一即鹧鸪天"，考33首皆系55字《鹧鸪天》，统计时应并入

《鹧鸪天》。《全宋词》3 册 P3255 录赵彦端 34 字《思佳客令》，索引 179 页并入《归国谣》；《词律》鹧鸪天目录下注"按此调虽有别名而与归国谣之又名思佳客及五十四字之《于中好》全异"，并于《归国谣》词牌条目下列全词，作同样处理。（据词律，则《瑞鹧鸪》正格为 56 字七律"7-7-7-7/7-7-7-7"；《鹧鸪天》正格为 55 字近七律"7-7-7-7/33-7-7-7"，《于中好》又为《端正好》，正格为 54 字折腰七律"7-34-7-33/7-34-7-33"）

考 2（思越人异名考）：（1）题名"思越人"唐五代词 8 首，七首应归"思越人"调，一首应归"朝天子"调——《全唐五代词》收题名思越人 8 首（见附索引 14 页），其中七首为 51 字思越人正格"33-6-7-6/7-6-7-6"，唯下册页 705 冯延巳一首"酒醒情怀恶"格式大异，为"5-34-4-4/3-5-7-3-34"，与《全宋词》收 2 首题名《朝天子》格近（见索引 347 页）。唐至金元《朝天子》词仅 2 首，2 册页 1204 杨无咎词"小阁宽如掌"格为"5-34-4-4/35-7-3-34"；4 册页 2643"暮雨频飘洒"格为"5-6-4-3/5-7-3-34"。唐圭璋《全宋词》将此首列入《朝天子》存目，索引思越人下云"按：有三调，思越人、朝天子、鹧鸪天"。王兆鹏《全唐五代词》705 页考辩称"《晁氏琴趣》外篇卷六作朝天子，词谱卷六采之为朝天子体，注云：'唐教坊曲名。阳春集名思越人。'查教坊记未列朝天子曲名，任半塘教坊记笺订附录六载教坊记以外之唐五代曲名一百四十六首，亦无朝天子，而有思越人，则朝天子非唐五代时曲名已显然，词谱所云非是"，并于后一页考此词为冯作。按唐说归入《朝天子》较合理，王说于格式不符待考。（2）题名"思越人"宋词 5 首题名"半死桐"宋词 1 首皆应归入"鹧鸪天"调——《全宋词》收 5 首题名"思越人"词、1 首题名"半死桐"词，均为 55 字鹧鸪天格"7777/33777"，索引 397 页皆归入"思越人"名下，实应并入鹧鸪天词牌。

考 3：金元无题名"思越人"词。

考 4：题名"鹧鸪引"金元词 18 首均应入《鹧鸪天》词牌——《全金元词》收王恽《鹧鸪引》18 首（680—682 页），丘处机《拾菜娘》1 首（鸣鹤馀音卷之四），与 55 字鹧鸪天格全同，故应并入《鹧鸪天》词牌。

考 5：全金元词收洞中天 4 首应并入《鹧鸪天》词牌。

《鹧鸪天》统计数据更改：鹧鸪天原有词 864 首（1 首题名"半死桐"词已收入），并入《全宋词》题名"思佳客"33 首，《全宋词》题名"思越人"5 首，《全金元词》题名"鹧鸪引"词 18 首邱处机《拾菜娘》1 首、洞中天 4 首，共计并入 61 首，最后得词 1025 首。

（四）《菩萨蛮》异名考及存词数据修正

（子夜歌、重叠金、巫山一片云）

《子夜歌》考——词律目录下注"四十四字，蛮不必作鬘，又名子夜歌，重叠金，巫山一片云，与巫山一段云无涉；按此调本青莲制，后人别名为子夜歌，可厌，况子夜歌另有一百十七字正调在也，图谱载罗壶秋作菩萨蛮慢一首，查系解连环别名，故不录。"查《全唐五代词》收《子夜歌》1首，"7755-5555"格，为《菩萨蛮》正调；《全宋词》收《子夜歌》2首（见索引138页），分别为1册511页《子夜歌-三更月》，45字"3-7-3-44/7-7-3-44"格，5册3314页《子夜歌-视春衫》，117字"76-76-445-763/76-445-56-445-344"格，均与《菩萨蛮》格不同，《词律》卷20定117字为《子夜歌》正格。45字为何格待考。

《菩萨蛮》统计数据更改：并入《全唐五代词》收《子夜歌》1首，原为768首，今为769首。

（五）《西江月》异名考及存词数据修正

（步虚词，白萍香）

考：唐至金元16首题名《步虚词》，1首当归入《西江月》调——词律《西江月》目录下云"五十字，平仄互叶，又名步虚词，白萍香"，列"6676-6676"为正格。考《步虚词》，《全唐五代词》收9首，8首为绝句体，1首为82页收录"仙女侍"，"33777"格，王兆鹏考辩为词，仍与西江月大异；《全宋词》题名《步虚词》7首（索引147页），其中，范成大自作题名《白玉楼步虚词六首》6首（1622页），平韵27字"35775"格，词前自序云"简斋有法驾导引歌词，乃依其体，作步虚词六章，以遗从善"，考宋法驾导引17首（含陈与义3首，1068页），"335775"格，皆重叠首句，去除首句则已与此合，金元法驾导引4首，则有已去首句，则此《白玉楼步虚词六首》6首当归入《法驾导引》，另1首题名《步虚词》词为页2292程珌"休怪频年司鑰"，是典型《西江月》格。另《全宋词》收《步虚子令》1首，格为"7-5-45-33/7-33-46-33"，自成一格。金元无步虚词。由以上知，唐至金元16首题名《步虚词》词，只1首当归入《西江月》调。

《西江月》统计数据更改：并入《全唐五代词》收《步虚词》1首，原为757首，今为758首。

（六）《满江红》异名考及存词数据修正

（满江红慢）

考：《全金元词》收《满江红慢》8首，均为93字《满江红》格，应并入《满江红》。（姬翼作品《满江红慢》共6首）

《满江红》统计数据更改：原有713首，并入《全金元词》收《满江红慢》8首，增至721首。

（七）临江仙异名考

（庭院深深、瑞鹤仙令、鸳鸯梦、雁后归）

考：词律目录下注"按此体因李易安词而名庭院深深"，正文下列54、56、58、60、62、74、93字格14体。《全宋词》（索引440页）已将瑞鹤仙令2首（瑞鹤仙本调102字，与此不同）、鸳鸯梦1首、雁后归3首（1册页533），皆为60字"76755/76755"格，并入临江仙。《全宋词》另有页48"临江仙引"3首，"2233-6-55-445/76-55-66"格，独立成调。

（八）满庭芳异名考

（锁阳台、满庭霜、满庭芳慢、潇湘夜雨、潇湘雨、转调满庭芳）

考：《词律》目录注："九十三字，又一体，前后地七句俱七字，又名锁阳台、满庭霜，又一体，九十五字，后五句平仄异。"正文注95字为常用格。有"山抹微云"和"风老莺雏，鱼肥栀子"名作。《全宋词》索引录题名满庭霜10首、满庭芳慢1首、潇湘夜雨5首、潇湘雨1首、转调满庭芳2首为此格。

（九）念奴娇异名考及存词数据修正

（庆长春、百字谣、百字歌、百字令、酹江月、双翠羽、淮甸春、湘月、大江词、大江西上曲、大江乘、大江东去、太平欢、壶中乐、壶中天慢、赤壁词）

考：唐与金元未并入念奴娇词牌的词116首应并入念奴娇词牌——《全宋词》索引念奴娇下录题名庆长春1、百字谣12、百字歌5、百字令14、酹江月100、双翠羽1、淮甸春1、湘月4、大江词1、大江西上曲1、大江乘1、大江东去2、太平欢1、壶中乐31、壶中天慢2、赤壁词1。据此查唐与金元未并入念奴娇词牌的词调有：百字令《全金元词》录25首，百字谣《全金元词》录5首，"酹江月"《全唐五代词》录1首《全金元词》录64首，大江东去《全金元词》录21首，共116首，应并入念奴娇词牌。（百字谣（律16念奴娇、谱28念奴娇、拾8念奴娇、典783念奴娇）索引5；百字令（律16念奴娇、谱28念奴娇、拾8念奴娇、典783念奴娇）索引5）

（十）沁园春异名考及存词数据修正

（洞庭春色、寿星明、念离群、大圣乐）

考：《全宋词》洞庭春色归属索引与词律矛盾——《全宋词》索引"沁园春"下录题名洞庭春色9、寿星明3、念离群1。查唐与金元无此几种题名词。《词律》"沁园春"录2体，114字正体，目录下注"一百十四字，又名寿星明，又一体，一百十五字……按词统谓词调又名大圣乐洞庭春色，非也"；"洞庭春色"目录下注"一百十三字，按此调与沁园春相似而后段第二句不同，查书舟有此调亦名洞庭春色，必是各体，故另收之"。则洞庭春色归属索引与词律矛盾，待考。（大圣乐归属无矛盾，《全宋词》索引录7首，另成调，全金元词录1首）

另，据张廷杰《俄藏黑水城文献中的元佚词》（《宁夏大学学报（人文社会科学版）》2006年01期），在《俄藏黑水城文献》（汉文部分）第五册中，保留着手写的《大圣乐》等九调十首词，这笔可贵的文献资料是为元佚词，从作品内容判断，作者当为修仙悟道之山人隐者抑或是仕途失意的落泊文人，其词格式有与《词谱》不相合者，为词律研究者提供了新的资料依据。

沁园春存词数据暂不更改。

（十一）减字木兰花异名考及存词数据修正

表附-4　与"木兰花"名称相关的词牌统计

相关词调	唐词存量	宋词存量	宋词异名	金元词存量
玉楼春（律7木兰花）	13	351	西湖曲1、木兰花98、木兰花令25、续渔歌1、归风便1、梦相亲1、东邻妙1、呈纤手1	36
木兰花（谱11木兰花令）	10			8（索引5）
木兰花令（木兰花）				3（索引5）
减兰	1			
减字木兰花		438	天下乐令1、减兰11、木兰香1、木兰花减字5	74
益寿美金花（典493减字木兰花）				39（索引1）
金莲出玉花（典493减字木兰花）				31
小木兰花		1（页3818，减兰正格）		
春晓曲		2（西楼月1）		
步蟾宫	1	20		1
木兰花慢		153		197（索引5）
减字木兰花慢（典759木兰花慢）				2
偷声木兰花		4		
摊破木兰花		3		
天下乐		1		

1. 减字木兰花、木兰花、玉楼春、木兰花慢、步蟾宫、木兰花令、偷声木兰花调名辩

据词律列木兰花5体、减字木兰花1体（44字体"47-47-47-47"格）、偷声木兰花1体（50字体"77-47-77-47"格）、木兰花慢2体（101字列2体）。其中，木兰花5体分别为——52字体"337-337-337-337"格；54字体"337-337-77-77"格；55字体"77-337-77-77"格；56字体"77-77-77-77"格（列体2，一名玉楼春，一名春晓曲或惜春容），词律木兰花目录注"又一体，56字，即玉楼春，又名春晓曲，惜春容。按木兰花唐人所作，如上四体是矣，句多参差，平仄亦多不拘，至宋名玉楼春，则七言八句皆整齐者矣，须记八句二字先平后仄相间用之。又名春晓曲，与27字者不同"，正文56字体后注"前后俱七言四句，此宋体也，按唐词木兰花如前所列四体是矣，其七字八句者名玉楼春，至宋则皆用七言，而或名之曰玉楼春，或名之曰木兰

花，又或加令字，两体遂合为一，想必有所据，故今不立玉楼春之名，而载注前三体之后，盖恐收玉楼春则如此叶词无所附，而体同名异不成画一耳。按搨玉楼春如家临长信往来道等，句中平仄不拘，顾魏承斑为有纪律，然不如宋人平仄整齐。盖首句第二字用平，次句第二字用仄，三平四仄五平六仄七平八仄，是有定格，可从也。其顾魏词，惟于前后第三句第二字用平余六句第二字皆仄，而魏词后起叶韵，顾词后起用仄声而不叶韵，又自不同。今不备录者，因此调宋人合之曰木兰花，而本谱不敢以唐之玉楼春改名木兰花也。若欲作顾魏唐腔仍名曰玉楼春可耳。按步蟾宫亦五十六字八句，每句七字，然第二四六句皆上三下四，不可为图谱等书混列所误。"考春晓曲，仅全宋词2首，二册页808朱敦儒春晓曲"7-6-7-7"格，二册1104页邓肃西楼月（下注"即春晓曲"）"7-33-7-7"格。均为27字，并无与玉楼春56字同格的，词律谓"又名春晓曲，与27字者不同"必有他据。又考步蟾宫：全唐五代词1295页录一首作"734-76-734-734"，全宋词第二册1204页杨无咎二首，一作"734-3434-734-3434"，一首作"734-734-734-76"，其他尚未计，足以说明未定格，词律录四体，分别为55字体734-76-734-734格，56字体734-734-734-734格，57字体734-3434-734-3534格，59字体734-3534-734-333-34格（59字格词律录黄庭坚词，以为若去一字，纠正一字，则与57字体合），并以56字体为正体，以为与56字玉楼春基本区别在于"步蟾宫亦五十六字八句，每句七字，然第二四六句皆上三下四"。

另有摊破木兰花：全宋词录贺铸三首，见索引367页，分别为528页二首"744-744-77-744"格，530页一首"744-7--/744-744"格，与木兰花关系待考（注：摊破现象参考全宋词索引367页所列"摊破诉衷情、摊破丑奴儿、摊破江城子、摊破浣溪沙（添字浣溪沙）、摊破南香子、摊破木兰花、摊声浣溪沙"。

《钦定词谱》另列木兰花令11体，与木兰花调关系须再考。

2. 减字木兰花异名考及存词数据修正

《词调名辞典》："减字木兰花　又名：小木兰花、天下乐令、木兰香、四仙韵、金莲出玉花、益寿美金花、减兰"（吴藕汀，上海书店出版社2005年版，页676；注，"减字"现象研究参考同书676—678页列9体题名减字：减字木兰花、减字木兰花慢、减字采桑子、减字南乡子、减字重叠金、减字浣溪沙、减字临江仙、减字满路花、减字鹧鸪天、减兰）

考：全金元词31首金莲出玉花、39首益寿美金花、全唐五代1首减兰、全宋词1首小木兰应并入减字木兰花调，得词总计584首——全金元31首金莲出玉花，马钰占18（页380），丘处机占7，王丹桂占6。除马钰有5首为"36-36-36-36"格，其他均为正格"47-47-47-47"。380页马钰题名金莲出玉花词下自注"本名减字木兰花，赠大毕先生"。考词律减字木兰花下失录"36-36-36-36"格，木兰、偷声木兰下亦无，拾遗亦不载。

补考：天下乐、天下乐令不同格辩——全宋词五册3832页录无名氏天下乐令一首，"47-444/47-47"格，只比减字木兰花正格多一字，索引237页归入减字木兰花，似合理；全宋词二册1202页录天下乐一首"雪后雨儿雨后雪"，"7-33-7-34/35-33-7-33"格，与天下乐令全不同格。两者关系待考。

（十二）渔父异名考及存词数据修正

（渔父、渔父词、渔父引）

表附-5　与"渔夫"名称相关的词牌统计

相关词调	唐词存量	宋词存量	宋词异名	金元词存量	格式情况
渔父（律1铺1典1453渔歌子，典1452渔父引）	29正格	30（P2310 四首"3375"格；P330 四首"33676"格；P3876 一首"337-336-337-336"格；其他与其他题名如左均为正格）	谁学得1、君不悟1、君看取1、渔歌子10、渔父乐1、堪画看1、无一事1	24正格（2首P46，19 首P937-939，2首P1131）	正格；"3375"格；"33676"格；"337-336-337-336"格；
渔父家风		1"7565-333-444"格			"7565-333-444"格
渔父词（成1典1453渔歌子）	19正格（P977收顾况一首"666"格为特殊）	60.P893正格；P711双阙		8 正格（2首P807，4首P809，2首P915）	除1首特殊外全正格
渔父引	2"7777"格				"7777"格
渔父舞		8"77737"格（单片渔家傲）			单片渔家傲
渔父咏（典1455渔家傲）				4（4首 P238"77737-77737"格全同渔家傲）	同渔家傲
渔歌		10"77737"格（相当于单片渔家傲）			单片渔家傲
渔歌子	8"337-336-337-336"			13正格（2首P48，8首P1133，3P1311-P1312）	唐为"337-336-337-336"金元为正格

渔父词牌群关系复杂，中国优秀硕士学位论文全文数据库有论文《论文人渔父词（中唐至元）》可资参看。根据比较，可以得到以下一些结论。

1. 词牌格可分为四类：渔父渔父词渔歌子一类，正格或"337-336-337-336"格。其中，渔父渔父词句型基本同。唐渔父渔歌子句型区别甚明：前为正格，后为"337-336-337-336"格（可称为渔歌子格）；宋无题名渔歌子词，渔父中混入一渔歌子句型的词；金元题名渔歌子词遂有二格，题名渔父者未变）；渔父舞渔歌渔父咏一类，前二渔家傲格，后者单片渔家傲格（渔父舞渔歌仅宋有，渔父咏仅金元有。《全唐五代词》981页有渔家傲词牌考辩，其词为单片。推测渔家傲格系渔父所演化，但需证据。

词律收渔家傲调2格，句型同而韵异；另有忆王孙句型与单片渔家傲全同）；渔父引一类，绝句格；渔父家风自成一格"7565-333-444"。

2. 存词数正格单调173，正格双调1，"337-336-337-336"格9（可称为渔歌子格），单片渔家傲格18，渔家傲格4，绝句格2，渔父家风格1，"3375"格4，"33676"格4，顾况格1。

3. 各格演变路径：唐有正格、绝句格、顾况格、渔歌子格；宋有正格、渔歌子格、双调格、单片渔家傲格、"3375"格、"33676"格、渔父家风格；金元唯正格、渔歌子格、渔家傲格。

渔父存词数据修正：题名渔父83首渔父词87首多为正格可合并为渔父得170首。

（十三）望江南异名考及存词数据修正

（望蓬莱、兵要望江南、忆江南、安阳好、梦江南、忆江南）

据表7有——

表附-6　与"望江南"名称相关的词牌统计

相关词调	唐词存量	宋词存量	宋词异名	金元词存量
望江南(忆江南)	19正格(单双调)	189(除P371二首P636一首残外，皆正格；双调多)	安阳好11(双调)、梦江南2(双调)、忆江南1(双调)	24(P1142 二首P1248-1249十首单调,余为双调)
忆江南	7(4首单调正格；P704-705冯延巳二首双调"74477-74577"格，P1279一首单调"55775"格，P1280附本事考辨)			
兵要望江南	720正格(P186说明,P438附考辨)			
望蓬莱(忆江南)				72皆双调正格

考：全宋词检索54页安阳好下有二误：一、梦江南不当在安阳好目下；二、梦江南下录帘不卷页码无此词。

望江南数据更改：题名忆江南7首、兵要望江南720首、望蓬莱词72首，皆应并入望江南，总得词1031首——忆江南词律作三体：单调、双调、冯延巳体；下注"二十七字，又名梦江南、谢秋娘、梦江口、望江南、春去也"，目录注"二十七字，又名梦江南、望江南、望江梅、江南好、梦江口、归塞北、春去也、谢秋娘，按梦窗水调歌头亦名江南好，与此无涉"。据上表及实际格律情况，忆江南、兵要望江南皆可并入望江南。故望江南数目由232增至1031首。

（十四）长相思异名考及存词数据修正

（长思仙）

据表7有——

表附-7　与"长相思"名称相关的词牌统计

相关词调	唐词存量	宋词存量	宋词异名	金元词存量
长相思	11（3首"5555-7665"格；5首"3375-3375"汴水流格；P971一首 P992二首皆五绝格；	118（除6首各不同格外，余皆汴水流格）	山渐青1、吴山青2、越山青1、长相思令7	3（皆汴水流格）
长相思慢		2 皆"446-446-454-534—546-534-434-346"格	望扬州1	
长思仙（长相思）				60（皆汴水流格）

考1：全金元词题名长思仙60首，应并入长相思调——理由一，60首皆汴水流格；理由二，页500录王丹桂题名长思仙词，本词下注"本名长相思，赠平山刘志常、神山刘志本"。

考2：全宋词题名长相思慢2首，可以考虑并入长相思调——理由，全宋词录长相思各不同格6首，其中一首1册457页秦观-铁瓮城高，与5册3157页题名长相思慢词格全同，全宋词作贺铸-望扬州，与另一首同时录入长相思慢中。长相思慢二首与其他5首题名长相思词格式大致相同，全宋词将其他5首均归入长相思，则此二首亦应归并。词律长相思下录杨无咎-急雨回风，其格式与长相思慢秦词全同，则秦词亦当并入。全宋词录长相思各不同格6首推测当为长相思慢——充分说明词牌句型不稳定：

1册33页柳永-（京妓）画鼓喧街"446-644—544-34—564-444-434-346"

1册457页秦观-铁瓮城高"446-446-454-534—546-534-434-346"（与长相思慢同）

2册620页周邦彦（高调）-夜色澄明"446-464-454-434-564-444-434-544"

2册1042页长相思令-谭意哥-旧燕归巢"446-464-436-46-3444-444-434-346"

3册1499页袁去华-叶舞殷红"446-446-454-534-3444-534-434-346"

5册3773页无名氏-潇洒江梅春早处"7745-7745"

全宋词录长相思慢二首：

1册526页贺铸-望扬州（即上列秦观-铁瓮城高）

5册3157页日折霜（草字头-詹）

词律长相思下录杨无咎-急雨回风"446-446-454-534-546-534-434-346"作另一体。

长相思存词数据修正：全金元词题名长思仙60首，全宋词题名长相思慢2首，计62首并入长相思调得词194首。

（十五）摸鱼儿异名考及存词数据修正

（摸鱼子）

据表7有：

表附-8　与"摸鱼儿"名称相关的词牌统计

相关词调	唐词存量	宋词存量	宋词异名	金元词存量
摸鱼子(律19摸鱼儿)				58
摸鱼儿		140	山鬼谣1、安庆摸1、摸鱼子9、买陂塘5	36
买陂塘(摸鱼儿)				1(索引4)

摸鱼儿数据更改：摸鱼儿摸鱼子同调，摸鱼儿58首、摸鱼子176首、全金元词买陂塘1首应合并入摸鱼儿词牌，共得词235首。

（十六）踏莎行异名考及存词数据修正

（踏云行、踏雪行、踏莎行慢）

据表7有：

表附-9　与"踏莎行"名称相关的词牌统计

相关词调	唐词存量	宋词存量	宋词异名	金元词存量
踏雪行（谱13踏莎行）				1(晓古通今、无名氏下/1293)
踏莎行		229(正格"44777—重"；五册P3822载无名氏《踏莎行-和赵制机赋梅-瘦影横斜》倒数句为"王令人梦里说相思,被谁惊破霜天晓"为典型衬字。)	度新声1、平阳兴1、江南曲1、潇潇雨1、芳洲泊1芳心苦1、柳长春1、转调踏莎行2、思牛女1、晕眉山1、题醉袖1、阳羡歌1、惜余春1	87
踏莎行慢		1		
踏阳春	1			
踏云行（典1101踏莎行）				64(其他皆正格无异,唯马钰32首中有一首P311下注"又-赠薛公-藏头",为藏头"33-666/重"格)

考1：全宋词载踏莎行异名考——1册506页录贺铸"惜余春-踏莎行七首"，以下依次录入题醉袖、阳羡歌、芳心苦、平阳兴、晕眉山、思牛女，则推断此七名皆异名。1册532页录贺铸"江南春—踏莎行"，以下依次录入"二-潇潇雨""三-度新声"，格亦合，知此三者皆异名。3册1820页录赵长卿"柳长春-卜董倅"一首，格合，全宋词归入踏莎行调下。转调踏莎行，全宋词收2首，一首3册1458页赵彦端"转调踏莎行路宜人生日"，"44-53-45—53/重"格，一首3册2104页陈亮"转调踏莎行上巳道中作"，"44-53-44-44/44-54-44-44"格，两者略有微差，可看出填词句型不稳定，但与踏莎行正格大异，不知为何并入。

考2：踏雪行当并入踏莎行调—踏雪行，仅全金元词下册1293页录无名氏"晓古通今"一首，录者注"此下原有柳梢青依稀晓星明灭一首未注名氏,案此首见投辖录词,乃宋人依托词"。索引录词谱归入踏莎行调下。

考3：踏云行当并入踏莎行调——全金元词录64首，其他皆正格无异，唯马钰32首中有一首为藏头"33-666/重"格（311页下注"又-赠薛公-藏头"）。索引录词谱全归入踏莎行调下。

考4：踏莎行慢非踏莎行——踏莎行慢仅有全宋词156页录欧阳修一首"独自上孤舟"，格为"55-44-5-33/444-733-333-37"，与踏莎行格全无干。

考5：踏阳春与踏莎行无关——全唐五代词1088页录存疑踏阳春词，作"3777格"（全唐诗作"33777"格），附本事与考辩，只字未提与踏莎行相关。

踏莎行及存词数据修正：全金元词踏雪行1首踏云行64首，计65首，当并入踏莎行调，总得词381首。

（十七）南歌子异名考及存词数据修正

（南柯子）

据表7有：

表附-10　与"南歌子"名称相关的词牌统计

相关词调	唐词存量	宋词存量	宋词异名	金元词存量
南歌子	27	261	望秦川3、醉厌厌1、宴齐云1、南柯子52、凤蝶令1	14（索引4）
南柯子（南歌子）				44（索引4）
悟南柯（典767南歌子）				12（见索引2：除页265王喆一首为"55773-55745"格外，其他皆为"55745-重"格

考1：全唐五代词南歌子存录情况——133页录3首南歌子"不是厨中串""不信长相忆""竿蜡为红烛"系五言律绝——考辩称"以上三首与花间集所载南歌子单调长短句体、宋人双调长短句体不同。然《云溪友议》明谓是南歌子词，故入正编"。115-116页录5首南歌子为"55553"格。456页录1首、525-526页3首南歌子为"55763"格。589页录2首为"55763-重"格。641-642页录2首为"55763-5545"格。903-904页录2首为"55765-重"格，后一首缺下片。923-927页录6首皆不同格，附注说明为敦煌曲子词，第一首为"55765-55735"格，第二首为"55765-55773"格，第三首为"55745-55763"格，第四首为"55765-55763"格，第五首为"55766-55765"格，第六首为"55765-55766"格。

考2：全金元词（索引4）南歌子（律1、谱1、拾27、成1、典767）存录情况——有4格12首，分别为：我爱折阳好/28"55763"格（原作十爱词，无调名，据词律补）；榴破狸肌血/40"55745-5579"格；洞草萋萋绿/56"55763-重"格；暖日供晴书/129"55745-重"格；人日过三日/132　同上格（原误作南乡子、据词律改）；洞锁猿驯静 王吉昌 上/562同上格；固蒂恢机柄 王吉昌 上/562同上格；绝念驱墨丑 王吉昌 上/562同上格；烛点心光吐 王吉昌 上/562同上格；灵腑诸尘净 王吉昌 上/562同上格；极品

轻肥贵 王吉昌 上/563同上格；大药西南采 王吉昌 上/563同上格；气射秋光冷 王吉昌上/563同上格；刬蔓悬秋露 梁寅 下/1078同上格。

考3：全金元词（索引4）南柯子存录情况——总44首分列2格，分别为：100页元好问3首"55763-重"格；176页王喆2首、马钰12首、谭处端2首、郝大通1首、侯善渊14首、刘志渊4首、袁易4首、朱晞颜1首、邵亨贞1首为"55745-重"格（其中袁易845页、842页两处末句"9字格"）。

南歌子存词数据修正：全金元词收悟南柯12首南柯子44首均为"55745-重"格应并入南歌子词牌。共得词358首。

（十八）卜算子异名考及存词数据修正

（黄鹤洞中仙）

据表7有：

表附-11　与"卜算子"名称相关的词牌统计

相关词调	唐词存量	宋词存量	宋词异名	金元词存量
卜算子	1	243	卜操作数令1、眉峰碧1	40
卜算子慢	1	3		
黄鹤洞中仙（典57卜操作数）				38
缺月挂疏桐（卜操作数）				1（谱5卜算子、典57卜算子）索引2

考索引2：黄鹤洞中仙（典57卜算子）一般为正格。260—261页录王喆3首正格，后面录又6首，第一首下注"前后各喝马一声"，其中5首为"55735-重"格（较正格多一三字喝马），另1首下注"又 藏头"，为每句少一字的"44624"藏头格。261页录王喆另一首格全不同，为"44354-5366"格，下注"藏头"，不知何故。291页马钰4首其中三首为"55755-重"格，一首为正格。297页录马钰"前后各喝马一声"5首，为"55735-重"格，接着录"又 藏头"1首，后面间隔录一首格全不同，为"44354-5366"格，下注"继重阳韵 藏头"（与王喆情况雷同）。

卜算子存词数据修正：全金元词录黄鹤洞中仙38首、缺月挂疏桐1首应并入卜算子词牌，共得词323首。

（十九）南乡子异名考及存词数据修正

（好离乡、仙乡子）

据表7有：

表附-12　与"南乡子"名称相关的词牌统计

相关词调	唐词存量	宋词存量	宋词异名	金元词存量
南乡子	39	265		126
好离乡（典774南乡子）				6
仙乡子（南乡子）				7
莫思乡（典744南乡子）				2（索引4）

考：好离乡（典774南乡子）据索引2有6首，分别为：浊坐向南汉 丘庭机 上/473；鼪草猫彗{诠 丘庭机 上/473（景金本注云：二首本名南乡子）；人本是神仙（本名南乡子）王丹桂 上/489；坐久欲胧晴 王丹桂 上/490；联与话行藏 王丹桂 上/490；一个好明师 王丹桂 上/490。全金元词好离乡下均有原注标为本名南乡子，格亦同于南乡子"57727-重"格，应并入。全金元词录仙乡子7首（页535有4首）、莫思乡2首格同于南乡子正格，亦应并入。

南乡子存词数据修正：全金元词好离乡6首、仙乡子7首、莫思乡2首应并入南乡子词牌，总得词445首。

（二十）贺新郎异名考及存词数据修正

（金缕曲、金缕词、金缕衣、金缕歌）

据表7有：

表附-13　与"贺新郎"名称相关的词牌统计

相关词调	唐词存量	宋词存量	宋词异名	金元词存量
贺新郎		439	乳燕飞15、貂裘换酒1、贺新凉26、金缕衣1、金缕词2、金缕歌2、金缕曲31	
贺新郎				28
贺新凉（贺新郎）				1
金缕歌（谱36典406贺新郎）				2
金缕曲（律20谱36典406贺新郎）	1			9
金缕词（谱36典406贺新郎）				2
金缕衣（典406贺新郎）				1

考1：金缕曲（律20贺新郎、谱36贺新郎、典406贺新郎）索引2存9首，分别为：乐府宁无路　张之翰 下/719；同首茅山路　张之翰 下/719；走遍江南路　张之翰 下/719；未过松江去　张之翰 下/719；此博谁名汝　张之翰 下/719；风雨惊春暮　张之翰 下/719；乍到蓉城路　陆文圭 下/826；卜宅椒园里　谢应芳 下/1063；南浦蹄帆暮　梁寅 下/1083。皆为贺新郎格。

考2：金缕词（谱36贺新郎、典406贺新郎）　索引2存2首，分别为：西子湖边路 张翥 下/1001；烟草长洲苑 张翥 下/1001。皆贺新郎格。

贺新郎存词数据更改：全金元词收金缕曲9、金缕词2、金缕衣1、金缕歌2、贺新凉1、贺新郎28首，均应并入116字贺新郎词牌。总得词482首。

（二十一）感皇恩、苏幕遮、小重山异名辩及存词数据修正

据表7有：

表附-14　与"感皇恩、苏幕遮、小重山"名称相关的词牌统计

相关词调	唐词存量	宋词存量	宋词异名	金元词存量
感皇恩(典359-209泛青苔,1084苏幕遮1278小重山)	5	111	泛情苔1、人南渡1	63
小重山	6	117	群玉轩1、璧月堂1、小重山令2、小冲山2	24
玉京山(典1278小重山)				2
苏幕遮		28		105
云雾敛(典1084苏幕遮)				3(索引1云:雾敛(典1084苏幕遮))

考1——小重山,词律卷八列1体,58字格"7-53-7-35/5-53-7-35",举蒋捷"晴浦溶溶明断霞"为例,并将结句6字格均视为偶然。"按语"断张先感皇恩调为又一体60字格"7-53-7-36/5-53-7-36",较前者上下片结句各多一字。全金元词收玉京山2首(失笑迷阴化不来 王诘 上/264;慷慨男见跳出来 马钰 上/300),与小重山正格同,索引1归入(典1278小重山)合理。

考2——感皇恩,词律卷九例4体。分别为:张先"廊庙当时共代工"60字体"7-53-7-36/5-53-7-36"格,赵长卿"碧水侵芙蓉"65字体"54-7-46-7/44-7-46-7"格,周邦彦"小阁依晴空"67字调"54-7-46-53/44-7-46-53"格,周紫芝"无事小神仙"68字体"54-7-46-53/45-7-46-53"格,周词下注"与片闲田地五字,然各家俱用前67字体"。全宋词收录111首感皇恩(见索引页375-377),除张先三首以7字句开端外,余都为5字句开端。张先3首情况如下:全宋词页59,"万乘靴袍御紫宸","7-53-7-35/5-53-7-35"58字格,下注"调名原作小重山,兹从其底本知不足斋丛书本张子野词作感皇恩";全宋词页61,"廊庙当时共代工","7-53-7-333/5-53-7-333"60字格,下注"案此首调名原从黄校作小重山,今改正";全宋词76页,"延寿芸香七世孙","7-53-7-333/5-53-7-333"同上格。显然,张先此三首格与小重山多同而与感皇恩多异,词律与全宋词皆断为感皇恩恐为张先词文献所误,不妥,词律案语断为小重山又一体,似较合适。由此可定小重山正格58字格"7-53-7-35/5-53-7-35",感皇恩正格67字调"54-7-46-53/44-7-46-53",苏幕遮正格62字格"33-45-7-45/重"。

考3——苏幕遮,词律卷9仅列周邦彦一格,"33-45-7-45/重"62字格。全金元词页408-409收云雾敛3首(匿光辉 谛庭端 上/408;仿修持 潭尘端 上/408;告行人 谛庭端 上/409),皆"33-45-7-45/重"62字格,与词律苏幕遮句型同,索引1归入(典1084苏幕遮)为合理。

感皇恩存词数据更改:剔除张先三首题名感皇恩词,共得词176首。

小重山存词数据更改:全金元词题名玉京山2首、全宋词张先三首题名感皇恩并入小重山,共得词152首。

苏幕遮存词数据更改：并入全金元词页408-409收云雾敛3首，共得词136首。

（二十二）乌夜啼异名考及存词数据修正

（相见欢、锦堂春、锦棠春）

《词调名辞典》400页："相见欢 又名：上小楼、上西楼、月上瓜州、古乌夜啼、西楼、西楼子、秋夜月、乌夜啼、忆真妃、忆真娘"

据表7有：

表附-15 与"乌夜啼"名称相关的词牌统计

相关词调	唐词存量	宋词存量	宋词异名	金元词存量
乌夜啼（相见欢）	4	56	圣无忧3	9
相见欢	3	21	西楼子2、上西楼1、月上瓜州1、忆真妃1	1
锦堂春（又名相见欢）		11		
锦堂春（乌夜啼）				6
锦棠春				1

乌夜啼存词数据更改：全唐宋金元题名相见欢25首、全宋词锦堂春11首、全金元词锦堂春6首锦棠春1首并入乌夜啼词牌，共得词112首。

（二十三）点绛唇异名考及存词数据修正

（乐府乌衣怨、万年春）

《词调名辞典》943页"点绛唇 又名：一痕沙、十八香、沙头雨、南浦月、寻瑶草、万年春、点樱桃"

据表7有：

表附-16 与"点绛唇"名称相关的词牌统计

相关词调	唐词存量	宋词存量	宋词异名	金元词存量
点绛唇	1	393	沙头雨1、南浦月1	108
万年春（典175点绛唇）				29（索引4）
乐府乌衣怨（典173点绛唇）				2（索引1：香冷云兜 元好间上/115；绣佛长齐 元好间上/116）

点绛唇存词数据更改：全金元词万年春29首乐府乌衣怨2首应并入点绛唇词牌，共得词533首。

（二十四）浪淘沙异名辩及存词数据修正

（浪淘沙令）《词调名辞典》506页录调名混乱。

表附-17 与"浪淘沙"名称相关的词牌统计

相关词调	唐词存量	宋词存量	宋词异名	金元词存量
浪涛沙	2			
浪淘沙	19	177		
浪淘沙(律1、谱1·10浪淘沙令、拾2·7、成1、典592·594浪淘沙令)				44(索引5)
浪淘沙慢		3		
浪淘沙令		9	过龙门3	
浪淘沙近		1		
卖花声(律1浪淘沙·10谢池春、谱10浪淘沙令·15谢池春、成1浪淘沙、典594浪淘沙令·1288谢池春)		8		4(索引5)

　　浪淘沙存词数据更改:上表中,除浪淘沙令、浪淘沙慢之外,均须并入浪淘沙,得词263首。

(二十五)雨中花(夜行船)异名考及存词数据修正

表附-18 与"雨中花"名称相关的词牌统计

相关词调	唐词存量	宋词存量	宋词异名	金元词存量
雨中花(雨中花慢、雨中花令、夜行船)	1	31(索引P1022)		8
雨中花令		13	问歌颦1	
夜行船(律7雨中花,成55雨中花令)		46	夜厌厌1、明月棹孤舟2	6
雨中花慢		14		1

　　雨中花存词数据更改:《词调名辞典》318页录雨中花、雨中花令,356页录夜行船,体格混乱。词律页180将夜行船并入雨中花,但亦略存疑。今从词律,将两者相并,得雨中花共105首。

(二十六)忆秦娥异名考及存词数据修正

　　据表7有:

表附-19 与"忆秦娥"名称相关的词牌统计

相关词调	唐词存量	宋词存量	宋词异名	金元词存量
忆秦娥	2	138	碧云深1、子夜歌1、双荷叶1、秦楼月40	18
蓬莱阁(谱5忆秦娥、典1402忆秦娥)				26(索引5)
秦楼月(忆秦娥)				17
华溪仄(典1402忆秦娥)				1

　　忆秦娥存词数据更改:更改为总计202。

（二十七）蝶恋花（凤栖梧）异名考及存词数据修正

据表7有：

表附-20　与"蝶恋花"名称相关的词牌统计

相关词调	唐词存量	宋词存量	宋词异名	金元词存量
凤栖梧（律9蝶悬花、谱13蝶悬花、典176蝶悬花）				38（索引5）
蝶恋花	1	501	望长安1、一箩金2、西笑吟1、鱼水同欢1、江如鍊1、桃源行1、花舞（半首蝶恋花）11、黄金缕1、鹊踏枝9、转调蝶恋花2、卷珠帘3、凤栖梧（亦作栖）49	72

蝶恋花存词数据更改：据词律将全金元词凤栖梧38首并入蝶恋花词牌，共得词612首。

（二十八）如梦令（无梦令）异名考及存词数据修正

据表7有：

表附-21　与"如梦令"名称相关的词牌统计

相关词调	唐词存量	宋词存量	宋词异名	金元词存量
如梦令		184	不见2、比梅1、古记3、如意令2、忆仙姿15	74
无梦令（谱2如梦令、成2、典916如梦令）				68（索引5）

如梦令存词数据修正：全金元词无梦令68并入如梦令词牌，总得词326首。

（二十九）更漏子（无漏子）异名考及存词数据修正

表附-22　与"更漏子"名称相关的词牌统计

相关词调	唐词存量	宋词存量	宋词异名	金元词存量
更漏子	27	62	付金钗1、翻翠袖1、独倚楼1	
无漏子（典325更漏子）				3（索引5）

更漏子存词数据修正：全金元词无漏子3首并入更漏子词牌，总得词92首。

（三十）生查子（遇仙磋）异名考及存词数据修正

表附-23　与"生查子"名称相关的词牌统计

相关词调	唐词存量	宋词存量	宋词异名	金元词存量
生查子	19	183	绿罗裙1、愁风月1、陌上郎1	5
遇仙槎（典992生查子）				6（索引2）

生查子存词数据修正：全金元词遇仙槎6首并入生查子词牌，共得词213首。

（三十一）江城子异名考及存词数据修正
（江城梅花引、江神子令、江神子）

表附-24　与"江城子"名称相关的词牌统计

相关词调	唐词存量	宋词存量	宋词异名	金元词存量
江城梅花引		19	西湖明月引2、江梅引5、摊破江城子1、明月引3	3
江城子	14	193	江神子75	78
江城子慢		2	江神子慢1	
江神子（江城子）	1			14
江神子慢（江城子慢）				6（索引2）
江神子令（典501江城子）				8（索引2）
江月晃重山				8

江城子存词数据修正：江城梅花引22首、江神子15首、江神子令8首并入江城子调，共得词330首。

（三十二）瑞鹧鸪异名考及存词数据修正

表附-25　与"瑞鹧鸪"名称相关的词牌统计

相关词调	唐词存量	宋词存量	宋词异名	金元词存量
瑞鹧鸪		64	鹧鸪词1、吹柳絮1、舞春风1	56
瑞鹧鸪慢		2		
报师恩（典936瑞鹧鸪）				11（索引5）
得道阳（典936瑞鹧鸪）				14（索引4）
十报恩（典936瑞鹧鸪）				21（索引2）

瑞鹧鸪存词数据修正：瑞鹧鸪慢2首、报师恩11首、得道阳14首、十报恩21首均并入瑞鹧鸪，共得词168首。

（三十三）阮郎归（道成皇）异名考及存词数据修正

表附-26　与"阮郎归"名称相关的词牌统计

相关词调	唐词存量	宋词存量	宋词异名	金元词存量
阮郎归	1	179	醉桃园37、碧桃春1、月宫春、月中行1	21
道成归（典922阮郎归）				2（索引4）

阮郎归存词数据修正：道成归2首并入阮郎归，共得词203首。

（三十四）杨柳枝（添声杨柳枝）异名考及存词数据修正

表附-27　与"杨柳枝"名称相关的词牌统计

相关词调	唐词存量	宋词存量	宋词异名	金元词存量
杨柳枝（律1、谱1·3添声杨柳枝、成1、典1129添声杨柳枝·1342）	112	15	柳枝2	17（索引5）
杨柳枝寿杯词	18			
杨柳枝词	5			

杨柳枝存词数据修正：杨柳枝寿杯词18首、杨柳枝词5首并入杨柳枝，共得词167首。

（三十五）唐多令异名考及存词数据修正

表附-28　与"唐多令"名称相关的词牌统计

相关词调	唐词存量	宋词存量	宋词异名	金元词存量
唐多令				10
糖多令（也作唐）（律9典1112唐多令）		50	南楼令13	7

唐多令存词数据修正：唐多令1首并入糖多令，共得词67首。

（三十六）十二时辩

题名"十二时"词计四类。一类见《全唐五代词》副编，272首，"33777-7777"格；其他36首均见《全宋词》（索引页284），其中一类为三字起首，居多；一类6首为七字起首，较少；一类7首又名忆少年；还有四字起首1首（《全宋词》另录有十二时慢词1首）。另，《康熙词谱》卷一录题名"十二时慢"词，下注"宋鼓吹四曲之一。《花草粹编》无'慢'字；《康熙词谱》卷一录忆少年词牌，注因朱敦儒又名《十二时》。综上所述，《十二时》当以唐五代词为正格。格式如下："（禅门十二时）夜半子，夜半子。众生重重萦俗事。不能禅顶定自观心，何日得悟真如理。豪强富贵暂时间，究竟终归不免死。非论我辈是凡尘，自古君王亦如此。"（《全宋词》1105页）

三、常用百调

据上述异名合并数据，修正《唐宋金元词排名》，得《常用百调》。

第四节　一调多体现象考及常用百体厘定

常用百调多存在"一调多体"现象，一调多体现象是词体的普遍现象，为得到研究样本之"常用百体"，本书拟定"常用百调，一调一体"的选择原则。

一、"一调多体"现象考（见本书"论'一调多体'现象"节，此处从略）

二、从常用百调到常用百体

常用百调96%具有一调多体现象，要研究词体的普遍构成规律，就必须继续缩小研究对象范围。每调厘定一体作为研究样本在理论上具有必要性，在方法上是可能的。

从一调多体的地位和数量看，厘定一体作为研究对象是绝对必要的。其必要性体现在：（1）一调多体往往在"言"和"律"上大同小异，形成一个具有渊源的相似句型体系（可以将一调多体形成的词体系列称为一个词系；词系概念比词调概念更能说明词调的集合性质，也能澄清关于一调多体的诸多误解和混淆；在词系中，不同词体的地位是不一样的），这决定了必须选择一个代表词体进入研究视野。如将全部词体作为长短句研究对象，则势必造成资料上的极大重复。（2）一调的多数体式往往存词数量不多，不具有典型性，不可以作为研究代表。

　　厘定一调一体在方法上也是可能的。其可能性表现在：（1）一调多体往往在"言"和"律"上大同小异，形成具有渊源的相似句型体系，保证了选择一个词体作为整个词牌格式代表的可能性；（2）实际操作层面，《钦定词谱》经过繁复比勘，推出了"正体"概念，开创了选择代表性词体的先河。词谱将首出的最常用词体确定为某词牌的"正体"，具有科学性，为本书一调一体的选择提供了基本依据。因为同一词调宋代或早期大家填得最多的词体自然是最成熟，最能代表该词调性质的文学体式，这种体式往往集合了其先出体式的优势，对其后出词体具有示范意义，为多数后期词家所效仿模拟，在一定程度上可视为该词牌的词体代表。（3）理论上的代表词体应该是该词牌存词最多最好的词体，而存词多、早、好正是"正体"的选择标准，多数情况下，存词最多最好的词体恰好就是"正体"。

　　基于以上原因，我们简化"每调一体"的选择方法：以钦定词谱所定"正体"为基本参考对象，斟酌存词数量，每调择出最能代表该调特征的一个体式，集为"常用百体"。

三、常用百体

　　省略从常用百调到百体的具体细节，本书直接以表格形式给出常用百体。

四、常用百体的代表性检讨

　　我们将常用百体确定为研究样本，现在对已确定的常用百体的代表性作简要分析。

　　在常用百体中，

　　①小令：中调：长调＝64：17：19

　　②单调：双调＝12：88

　　③平韵：仄韵：混韵＝42：44：14

　　④全首完全合律：56首

　　⑤盛中唐：晚唐：北宋：南渡：南宋：金元＝7：31：57：1：3：1

　　⑥温、韦、冯、欧、柳、苏、周＝5：4：4：4：7：6：5

　　从常用百体的基本状况看，常用百体在各方面都具有良好的代表性，完全可以胜任研究样本的任务。这主要体现在：从小令中调长调的比例看，小令约占60%，中调长调数量相当，各占20%左右，这与宋词的基本状况是大致吻合的；从单双调的比例看，双调占到近90%，这与"双调作为词体最成熟的体制"的事实是吻合的；从押韵情况看，平韵词仄韵词大致相当，平仄混韵词约占到一半，词体的各种押韵情况全都包含在内了；从合律情况看，全首完全合律（以后还要详细考察）的词体占到一半，这也说明这些词体是完全成熟的词体；从选词的创作时间看，晚唐五代和北宋词占常用百体的近90%，这与词体从成熟到兴盛的时期是大致吻合的（值的注意的是，常用百体中，南宋词只选有3首，这与我们通常情况下关于词在南宋又发展到一个高潮的印象似乎不合，但是考虑到本书研究对象是"词体"，从词体创生角度看，南宋已不突出，则这个样本与客观事实还是基本吻合的）；最后，从这些样本的创造者、作家而言，也具有非常良好的代表性，晚唐五代作家包括温韦冯，北宋作家包括欧柳苏周，7个大家选词共占35%，选词最多的作家包括晚唐五代及北宋各大作家，这很符合词体创造的客观实际情况。

　　总之，从各个方面看，本章厘定的"常用百体"在词体中具有非常全面的代表性。常用百体作为研究样本的良好代表性，是本书全部研究的坚实基础。

附录2　常用百体

1	浣溪沙	**浣溪沙**　双调四十二字，前段三句三平韵，后段三句两平韵　韩偓 宿醉离愁慢髻鬟韵六铢衣薄惹轻寒韵慵红闷翠掩青鸾韵　罗袜况兼金菡萏句 雪肌仍是玉琅 ◎●○○●●○　○○○●●○○　◎○○●●○○　⊙●○○○●●　◎ ○⊙●●○ 玕韵骨香腰细更沈檀韵 ○　○○⊙●●○○
2	望江南	**忆江南**　单调二十七字，五句三平韵　白居易 江南好句风景旧曾谙韵日出江花红胜火句春来江水绿如蓝韵能不忆江南韵 ○○●　○●●○○　●●○○○●●　○○○●●○○　○●●○○
3	鹧鸪天	**鹧鸪天**　双调五十五字，前段四句三平韵，后段五句三平韵　晏几道 彩袖殷勤捧玉钟韵当年拚却醉颜红韵舞低杨柳楼心月句歌尽桃花扇影风韵 从别后句忆相 ◎●○○●●○　⊙○○●●○○　◎○◎●○○●　⊙●○○●●○　○ ◎●　●○ 逢韵几回魂梦与君同韵今宵剩把银釭照句犹恐相逢是梦中韵 ○　◎○○●●○○　○○◎●○○●　○●○○●●○
4	水调歌头	**水调歌头**　双调九十五字，前段九句四平韵，后段十句四平韵　毛滂 九金增宋重句八玉变秦余韵千年清浸句先净河洛出图书韵一段升平光景句不 但五星循轨句万点共 ◎⊙○◎●　●●●○○　◎○○●　○●●○○　◎◎○○◎●　◎ ●○○⊙●　●●●○○ 连珠韵垂衣本神圣句补衮妙工夫韵　朝元去句锵环佩句冷云衢韵芝房雅奏句 仪凤矫首听笙竽韵 ○○　○○●○●　●●●○○　○○●　○○●　●○○　○○●● ●○○●●○○ 天近黄麾仗晓句春早红鸾扇暖句迟日上金铺韵万岁南山色句不老对唐虞韵 ⊙●○○●●　⊙●○○●●　○●●○○　●●○○●　◎●●○○

续表

5	念奴娇	**念奴娇**　双调一百字，前后段各十句，四仄韵　　苏轼 凭空眺远句见长空万里句云无留迹韵桂魄飞来光射处句冷浸一天秋碧韵玉宇琼楼句乘鸾来去句 ⊙○○●　●○○●　○○○●　⊙○○●　●●○○●　○●○○　○○○● ○○　○●○● 人在清凉国韵江山如画句望中烟树历历韵　我醉拍手狂歌句举杯邀月句对影成三客韵起舞徘 ⊙●○○●　○○○●　●○○●●●　●●●○○　●○○●　●○○○● ○●　○●○⊙ 徊风露下句今夕不知何夕韵便欲乘风句翻然归去句何用骑鹏翼韵水晶宫里句一声吹断横笛韵 ○○●●　○●●○○●　●●○○　○○○●　○●○○●　●○○●　⊙○○●○●
6	菩萨蛮	**菩萨蛮**　双调四十四字，前后段各四句，两仄韵、两平韵　　李白 平林漠漠烟如织仄韵寒山一带伤心碧韵暝色入高楼平韵有人楼上愁韵　玉阶 空伫立换仄韵宿 ⊙○⊙●○○●　⊙○⊙●○○●　⊙●●○○　⊙○○●○ ●　○ 鸟归飞急韵何处是归程换平韵长亭更短亭韵 ●○○●　○●●○○　⊙○⊙●○
7	西江月	**西江月**　双调五十字，前后段各四句，两平韵、一叶韵　　柳永 凤额绣帘高卷句兽钚朱户频摇韵两竿红日上花梢韵春睡恹恹难觉叶　好梦枉 随飞絮句闲愁 ⊙●⊙○○●　⊙○⊙●○○　⊙○⊙●●○○　⊙●⊙○⊙● ⊙●　⊙○ 浓胜香醪韵不成雨暮与云朝韵又是韶光过了叶 ⊙●○○　●○●●●○○　⊙●○○●●
8	满江红	**满江红**　双调九十三字，前段八句四仄韵，后段十句五仄韵　　柳永 暮雨初收句长川静读征帆夜落韵临岛屿读蓼烟疏淡句苇风萧索韵几许渔人横 短艇句尽将灯火归村 ◎●○○　○○●●○○●　○●●●○○●　●○○●　●●○○ ●●　●○○●○ 落韵遣行客读当此念回程句伤漂泊韵　桐江好句烟漠漠韵波似染句山如削韵 ●　●○●●○●●○○　○⊙●　○○●　○●●　○○●　○○● ⊙○○●　●⊙ 鱼跃韵游宦区区成底事句平生况有云泉约韵归去来读一曲仲宣吟句从军乐韵 ○●　○●○○○●●　○○●●○○●　○●○●●●○○　○○●
9	临江仙	**临江仙**　双调五十四字，前后段各四句，三平韵　　和凝 海棠香老春江晚句小楼雾穀空蒙韵翠鬟初出绣帘中韵麝烟鸾佩惹苹风韵　碾 玉钗摇鹦鹉战句 ⊙○○●○○●　●○⊙●○○　⊙○⊙●●○○　●○○●●○○ ⊙○○●● 雪肌云鬓将融韵含情遥指碧波东韵越王台殿蓼花红韵 ●○○●○○　○○○●●○○　⊙○⊙●●○○

续表

10	满庭芳	**满庭芳　双调九十五字，前后段各十句，四平韵　晏几道** 南苑吹花句西楼题叶句故园欢事重重韵凭阑秋思句闲记旧相逢韵几处歌云梦雨句可怜便读流水西 ⊙●○○句○●○●句◎○●●○○韵○○●句⊙●●○○句◎●●○○句●○○读 ●　○●⊙●　○●○ 东韵别来久句浅情未有句锦字系征鸿韵　年光还少味句开残槛菊句落尽溪桐韵漫留得句尊前淡 ○●●○●句○○●●句●●●○○韵○○○●●句○○●●句●●○○韵●○●句○○○ ●○读　⊙○○ 月西风韵此恨谁堪共说句清愁付读绿酒杯中韵佳期在句归时待把句香袖看啼红韵 ●○○韵◎●○○●●句○○●读●●○○韵○○●句○○●●句○●●○○韵 ○○
11	沁园春	**沁园春　双调一百十四字，前段十三句四平韵，后段十二句五平韵　苏轼** 孤馆灯青句野店鸡号句旅枕梦残韵渐月华收练句晨霜耿耿句云山摛锦句朝露溥溥韵世路无穷句 ⊙●○○句◎●○○句●●○○韵●●○○●句○○●●句⊙○○●句⊙●○○韵●●○○句 ○○　◎●○○ 劳生有限句似此区区长鲜欢韵微吟罢句凭征鞍无语句往事千端韵　当时共客长安韵似二陆读 ⊙○●●句◎●○○○●○韵○○●句◎○○●●句◎●○○韵　○○●●○○韵●●●读 ○　●○● 初来俱少年韵有笔头千字句胸中万卷句致君尧舜句此事何难韵用舍由时句行藏在我句袖手何妨 ⊙○◎●○韵●●○○●句○○●●句●○○●句⊙●○○韵●●○○句○○●●句●●○○ ○○●　◎●○○ 闲处看韵身长健句但优游卒岁句且斗尊前韵 ○●●韵○○●句●○○●●句●●○○韵
12	减字木兰花	**减字木兰花　双调四十四字，前后段各四句，两仄韵、两平韵　欧阳修** 歌檀敛袂仄韵缭绕雕梁尘暗起韵柔润清圆平韵百啭明珠一线穿韵　樱唇玉齿仄韵天上仙音心 ⊙○○●仄韵　○●⊙○○●●仄韵　⊙●○○平韵　◎●○○●●○平韵　⊙○●●仄韵　⊙○ ○○○ 下事韵留住行云平韵满座迷魂酒半醺韵 ●●韵　○●○○平韵　●●○○●●○平韵
13	蝶恋花	**蝶恋花　双调六十字，前后段各五句，四仄韵　冯延巳** 六曲阑干偎碧树韵杨柳风轻句展尽黄金缕韵谁把钿筝移玉柱韵穿帘海燕双飞去韵　满眼游丝 ◎●○○○●●仄韵　○●○○句●●○○●仄韵　○●○○○●●仄韵　○○●●○○●仄韵 ●　○●⊙○ 兼落絮韵红杏开时句一霎清明雨韵浓睡觉来莺乱语韵惊残好梦无寻处韵 ○●●韵　○●○○句●●○○●韵　○●●○○●●韵　○○●●○○●韵

续表

14	点绛唇	**点绛唇**　双调四十一字，前段四句三仄韵，后段五句四仄韵　　冯延巳 荫绿围红句飞琼家在桃源住韵画桥当路韵临水开朱户韵　柳径春深句行到关情处韵噤不语韵 ◎●○○　◎○○●●　○○●　◎○○●　◎●○○● ●　⊙● 意凭风絮韵吹向郎边去韵 ◎○○●　◎●○○●
15	清平乐	**清平乐**　双调四十六字，前段四句四仄韵，后段四句三平韵　　李白 禁闱清夜仄韵月探金窗罅韵玉帐鸳鸯喷兰麝韵时落银灯香灺韵　女伴莫话孤眠平韵六宫罗 ◎○◎●　◎●○○●　◎●○○○●●　◎●○○◎● ◎○◎○ 绮三千韵一笑皆生百媚句宸游教在谁边韵 ●○○　◎●○○●●　○○◎●○○
16	贺新郎	**贺新郎**　双调一百十六字，前后段各十句，六仄韵　　叶梦得 睡起流莺语韵掩苍苔读房栊向晓句乱红无数韵吹尽残花无人问句惟有垂杨自舞韵渐暖霭读初回 ⊙●○○●　●○○　◎○◎●　◎○○●　○●○○○●●　◎●○○●●　◎●●　○○●　⊙○ ●　◎○●　⊙○ 轻暑韵宝扇重寻明月影句暗尘侵读上有乘鸾女韵惊旧恨句镇如许韵　江南梦断蘅江渚韵浪黏 ⊙●　◎●○○○●●　◎○○　●●○○●　○◎●　●○●　○○◎●○○●　◎○ ◎○●　◎○◎● 天读蒲萄涨绿句半空烟雨韵无限楼前沧波意句谁采蘋花寄取韵但怅望读兰舟容与韵万里云帆何 ⊙　○○●●　◎○○●　○●○○○●●　○●○○●●　◎●●　○○◎●　◎●○○○ ◎●　◎●○○● 时到句送孤鸿读目断千山阻韵谁为我句唱金缕韵 ⊙●　●○○　●●○○●　○◎●　●○●
17	南乡子	**南乡子**　单调二十七字，五句两平韵、三仄韵　　欧阳炯 画舸停桡平韵槿花篱外竹横桥韵水上游人沙上女仄韵回顾韵笑指芭蕉林里住韵 ●●○○　◎○◎●●○○　◎●○○○●●　○●　◎●○○○●●
18	玉楼春	**玉楼春**　双调五十六字，前后段各四句，三仄韵　　顾夐 拂水双飞来去燕韵曲槛小屏山六扇韵春愁凝思结眉心句绿绮懒调红锦荐韵 ◎●◎○○●●　◎○◎●○○●　◎○◎●●○○　◎●◎○○●● 话别多情声欲战韵玉箸痕留红粉面韵镇长独立到黄昏句却怕良宵频梦见韵 ●　◎○○●●　◎○○●○○●●　○○◎●●○○　●●○○○●●

续表

19	踏莎行	**踏莎行**　双调五十八字，前后段各五句，三仄韵　晏殊 细草愁烟句幽花怯露韵凭阑总是消魂处韵日高深院静无人句时时海燕双飞去韵　带缓罗衣句 ◎●○○　○●●　⊙○●●　⊙○●　○○◎●○○●　⊙○◎●○○● ●　⊙●●○○ 香残蕙炷韵天长不禁迢迢路韵垂杨只解惹春风句何曾系得行人住韵 ⊙○◎●　⊙○◎●○○●　⊙○◎●●○○　⊙○◎●○○●
20	渔家傲	**渔家傲**　双调六十二字，前后段各五句，五仄韵　晏殊 画鼓声中昏又晓韵时光只解催人老韵求得浅欢风日好韵齐揭调韵神仙一曲渔家傲韵　绿水悠 ◎●○○○●●　○○◎●○○●　○◎◎○○●●　○●●　◎○◎●○○● ○●　◎●○⊙ 悠天杳杳韵浮生岂得长年少韵莫惜醉来开口笑韵须信道韵人间万事何时了韵 ○○●●　○○◎●○○●　◎●◎○○●●　○●●　○○◎●○○●
21	虞美人	**虞美人**　双调五十六字，前后段各四句，两仄韵、两平韵　李煜 风回小院庭芜绿仄韵柳眼春相续韵凭阑半日独无言平韵依旧竹声新月读似当年韵　笙歌未散 ⊙○◎●○○●　◎●○○●　⊙○◎●●○○　◎●◎○○●●○○ ⊙○●● 尊罍在换仄韵池面冰初解韵烛明香暗画阑深换平韵满鬓清霜残雪读思难禁韵 ○○●●　○○◎●　◎○⊙●●○○　◎●○○○●●○○
22	南歌子	**南歌子**　单调二十三字，五句三平韵　温庭筠 手里金鹦鹉句胸前绣凤凰韵偷眼暗形相韵不如从嫁与句作鸳鸯韵 ●●○○●　○○●●○　○●●○○　●○○●●　●○○
23	木兰花慢	**木兰花慢**　双调一百一字，前段十句五平韵，后段十句七平韵　柳永 坼桐花烂漫句乍疏雨读洗清明韵正艳杏烧林句细桃绣野句芳景如屏韵倾城韵 尽寻胜赏句骤雕鞍绀 ●○○●●　●○●　●○○　●◎●○○　⊙○◎●　○●○○　○○ ●○○●　●○○ 幰出郊坰韵风暖繁弦脆管句万家竞奏新声韵　盈盈韵斗草踏青韵人艳冶读递 逢迎韵向路傍读往 ●●○○　○●○○●●　◎○◎●○○　○○　●●●○　○◎●　● ○　◎○●●○ 往遗簪堕珥句珠翠纵横韵欢情韵对佳丽地句信金罍罄竭玉山倾韵拚却明朝永 日句画堂一枕春醒韵 ●○○●　○●◎○　○○　●○●●　●○○◎●●○○　●●○○● ●　◎○●●○○
24	江城子	**江城子**　单调三十五字，七句五平韵　韦庄 髻鬟狼藉黛眉长韵出兰房韵别檀郎韵角声呜咽读星斗渐微茫韵露冷月残人未 起句留不住句泪 ⊙○◎●●○○　●○○　◎○○　●○○●　○●●○○　◎●●○○● ●　⊙○●　● 千行韵 ○○

续表

25	如梦令	**如梦令**　单调三十三字，七句五仄韵、一叠韵　庄宗 曾宴桃源深洞韵一曲舞鸾歌凤韵长记别伊时句和泪出门相送韵如梦韵如梦叠残月落花烟重韵 ⊙●⊙○○●韵　⊙●⊙○○●韵　⊙●⊙○○●句　⊙●⊙○○●韵　⊙● 叠　⊙●韵 ⊙●⊙○○●韵
26	卜算子	**卜算子**　双调四十四字，前后段各四句，两仄韵　苏轼 缺月挂疏桐句漏断人初静韵时见幽人独往来句缥缈孤鸿影韵　惊起却回头句有恨无人省韵拣 ○○●○○句　●●○○●韵　⊙●○○●●○句　⊙●○○●韵 ●○○●句　⊙●○○●韵 尽寒枝不肯栖句寂寞沙洲冷韵 ●○○●●○句　●●○○●韵
27	好事近	**好事近**　双调四十五字，前后段各四句，两仄韵　宋祁 睡起玉屏风句吹去乱红犹落韵天气骤生轻暖句衬沉香帏箔韵　珠帘约住海棠风句愁拖两眉 ●●●○○句　○●●○○●韵　⊙●⊙○○●句　●○○○●韵 ⊙　⊙○○●韵 角韵昨夜一庭明月句冷秋千红索韵 ●　●●●○○●句　●○○○●韵
28	水龙吟	**水龙吟**　双调一百二字，前段十一句四仄韵，后段十一句五仄韵　苏轼 霜寒烟冷蒹葭老句天外征鸿嘹唳韵银河秋晚长门灯悄句一声初至韵应念潇湘句岸遥人静句水 ⊙○⊙●○○●句　⊙○⊙○○●韵　⊙○⊙●⊙○⊙●句　⊙○⊙●韵　⊙●○○句　⊙○⊙●句　⊙○ ○　○○⊙●韵　　○ 多菰米韵乍望极平田句徘徊欲下句依前被读风惊起韵　须信衡阳万里韵有谁家读锦书遥寄韵 ○⊙●韵　●●●○○句　○○●●句　⊙○●●○○●韵　⊙●○○⊙●韵　⊙○○读●○○●韵 ○　○○⊙句　　○ 万重云外句斜行横阵句才疏又缀韵仙掌月明句石头城下句影摇寒水韵念征衣 ●○○●句　○○○●句　○○●●韵　○●●○句　⊙○○●句　⊙○○●韵　●○○ ●●　○○○● 有盈盈泪韵 ⊙○○●韵
29	朝中措	**朝中措**　双调四十八字，前段四句三平韵，后段五句两平韵　欧阳修 平山阑槛倚晴空韵山色有无中韵手种堂前垂柳句别来几度春风韵　文章太守 句挥毫万字句 ⊙○⊙●●○○韵　⊙●●○○韵　⊙●⊙○⊙●句　⊙○⊙●○○韵 ⊙○⊙● 一饮千钟韵行乐直须年少句尊前看取衰翁韵 ◎●○○韵　⊙●⊙○○●句　⊙○⊙●○○韵
30	十二时	**十二时**（禅门十二时） 夜半子，夜半子。众生重重萦俗事。不能禅顶定自观心，何日得悟真如理。豪强富贵暂时间，究竟终归不免死。非论我辈是凡尘，自古君王亦如此。（《全宋词》P1105）

续表

31	谒金门	**谒金门**　双调四十五字，前后段各四句，四仄韵　韦庄 空相忆韵无计得传消息韵天上嫦娥人不识韵寄书何处觅韵　新睡觉来无力韵不忍看伊书迹韵 ⊙⊙●　⊙●○○●　⊙○●○○●●　◎○○●●　◎●○○●　○ ●○○● 满院落花春寂寂韵断肠芳草碧韵 ◎●○○●●　⊙⊙●●
32	浪淘沙	**浪淘沙令**　双调五十四字，前后段各五句，四平韵　李煜 帘外雨潺潺韵春意阑珊韵罗衾不耐五更寒韵梦里不知身是客句一晌贪欢韵 独自莫凭阑韵 ⊙●●○○　⊙●○○　⊙○⊙●●○○　⊙●⊙○○●●　⊙●○○ ●●○○ 无限江山韵别时容易见时难韵流水落花春去也句天上人间韵 ⊙●○○　◎◎○●●○○　⊙●◎○○●●　⊙●○○
33	鹊桥仙	**鹊桥仙**　双调五十六字，前后段各五句，两仄韵　欧阳修 月波清霁句烟容明淡读灵汉旧期还至韵鹊迎桥路接天津句映夹岸读星榆点缀韵　云屏未卷句 ◎○○●　⊙○○●　⊙●○○●●　◎○○●●○○　◎●●　○○●● ●　⊙○○● 仙鸡催晓句肠断去年情味韵多应天意不教长句恁恐把读欢娱容易韵 ○○○●　⊙●●○○●　⊙○○●●○○　◎●●　○○◎●
34	蓦山溪	**蓦山溪**　双调八十二字，前后段各九句，三仄韵　程垓 老来风味句是事都无可韵只爱小书舟读剩围着读琅玕几个韵呼风约月句随分 乐生涯句不羡富句 ◎○○●　⊙●○○●　◎●●○○　●○⊙读○○●　⊙○⊙●　◎● ●○○　◎○○ 不忧贫句不怕乌蟾堕韵　三杯径醉句转觉乾坤大韵醉后百篇诗句尽从他读龙 吟鹤和韵升沉万 ◎○○　⊙●○○●　○○●●　⊙●○○●　⊙●●○○　●○○读○ ○●　⊙○○ 事句还与本来天句青云上句白云间句一任安排我韵 ●　⊙○●○○　○○●　●○○　⊙●○○●
35	摸鱼儿	**摸鱼儿**　双调一百十六字，前段十句六仄韵，后段十一句七仄韵　晁补之 买陂塘读旋栽杨柳句依稀淮岸湘浦韵东皋雨足轻痕涨句沙嘴鹭来鸥聚韵堪爱 处韵最好是读一川 ●○○读⊙○○●　⊙○⊙●○●　⊙○⊙●○○●　⊙●⊙○○●　○○ ●　⊙●●读○○ 夜月光流渚韵无人自舞韵任翠幕张天句柔茵藉地句酒尽未能去韵　青绫被句 休忆金闺故步韵 ◎●○○●　○○●●　●●●○○　○○●●　◎●●○●　○○● ●○○◎● ◎●○○ 儒冠曾把身误韵弓刀千骑成何事句荒了邵平瓜圃韵君试觑韵满青镜读星星鬓 影今如许韵功名浪 ⊙○⊙●○●　⊙○⊙●○○●　⊙⊙●○○●　⊙●●　⊙○●读○○● ●○○● ◎○○ 语韵便做得班超句封侯万里句归计恐迟暮韵 ●　◎●●○○　○○●●　○●●○●

续表

36	柳梢青	**柳梢青　双调四十九字，前段六句三平韵，后段五句三平韵**　秦观 岸草平沙韵吴王故苑句柳袅烟斜韵雨后寒轻句风前香细句春在梨花韵　行人一棹天涯韵酒 ◎○◎●　◎○◎●　◎●○○　◎●○○　⊙●○○　⊙○○ ●○○　⊙ 醒处读残阳乱鸦韵门外秋千句墙头红粉句深院谁家韵 ◎●　○○●○　⊙●○○　○●○●　⊙●○○
37	生查子	**生查子　双调四十字，前后段各四句，两仄韵**　韩偓 侍女动妆奁句故故惊人睡韵那知本未眠句背面偷垂泪韵　懒卸凤头钗句羞入 鸳鸯被韵时复见 ◎◎◎⊙○　◎●○○●　◎○⊙●○　◎●○○●　◎○◎●○　◎●○○ ○●　⊙●● 残灯句和烟坠金穗韵 ○○　⊙⊙●○
38	采桑子	**采桑子　双调四十四字，前后段各四句，三平韵**　和凝 蝤蛴领上诃梨子句绣带双垂韵椒户闲时韵竞学樗蒲赌荔枝韵　丛头鞋子红编 细句裙窄金丝韵 ◎○◎●○○●　◎●○○　⊙●○○　◎●○○◎●○　◎○◎●○○ ●　⊙●○○ 无事颦眉韵春思翻教阿母疑韵 ⊙●○○　○○◎●○○
39	诉衷情	**诉衷情　单调三十三字，十一句五仄韵、六平韵**　温庭筠 莺语仄韵花舞韵春昼午韵雨霏微平韵金带枕换仄韵宫锦韵凤凰帷平韵柳弱莺 交飞韵依依韵辽阳 ○●　○●　○●○　●○○　●○○●　●○　○○○　●●○ ○○　⊙○ 音信稀韵梦中归韵 ○●○　●○○
40	阮郎归	**阮郎归　双调四十七字，前段四句四平韵，后段五句四平韵**　李煜 东风吹水日衔山韵春来长自闲韵落花狼藉酒阑珊韵笙歌醉梦间韵　春睡觉句 晚妆残韵无人整 ⊙○◎●●○○　○○◎●○　◎○◎●●○○　◎○◎●○　⊙◎● ○○　○○○ 翠鬟韵留连光景惜朱颜韵黄昏独倚阑韵 ●○　○○○●●○○　○○●●○
41	洞仙歌	**洞仙歌　双调八十三字，前段六句三仄韵，后段七句三仄韵**　苏轼 冰肌玉骨句自清凉无汗韵水殿风来暗香满韵绣帘开读一点明月窥人句人未寝 句欹枕钗横鬓乱韵 ◎○◎●　●○○◎●　◎●○○●○●　◎○○●●○○●○○　○◎●　○●○○◎● 起来携素手句庭户无声句时见疏星渡河汉韵试问夜如何读夜已三更句金波淡 读玉绳低转韵 ◎○◎⊙●　⊙●○○　⊙●○○●○●　◎●●○○　●●○○　⊙○● ●　◎●○⊙● 但屈指读西风几时来句又不道读流年暗中偷换韵 ◎●●　○○◎●○　⊙●●　○○◎●○○●

续表

42	忆秦娥	**忆秦娥**　双调四十六字，前后段各五句，三仄韵、一叠韵　*李白* 箫声咽韵秦娥梦断秦楼月韵秦楼月叠年年柳色句灞陵伤别韵　乐游原上清秋节韵咸阳古道 ⊙○●　○○⊙●○○●　○○●　⊙○⊙●　⊙○●●　⊙○⊙●○○●　○○● ●　⊙○○● 音尘绝韵音尘绝叠西风残照句汉家陵阙韵 ○○●韵○○●　⊙○⊙●句◎○⊙●韵
43	长相思（长思仙、长相思慢）	**长相思**　双调三十六字，前后段各四句三平韵、一叠韵　*白居易* 汴水流韵泗水流叠流到瓜州古渡头韵吴山点点愁韵　思悠悠韵恨悠悠叠恨到归时方始休韵月明人倚楼韵 ○○○　○○○　○●○○●●○　○○●●○　○○○　●○○　●●○○○●○　●○○●○
44	感皇恩	**感皇恩**　双调六十七字，前后段各七句，四仄韵　*毛滂* 绿水小河亭句朱阑碧甃韵江月娟娟上高柳韵画楼缥缈句尽挂银纱帘绣韵月明知我意句来相就韵 ◎●●○○　○○●●　○●○○●○●　●○⊙●　⊙●○○○●　●○⊙●●　○○● 银字吹笙句金貂取酒韵小小微风弄襟袖韵宝熏浓炷句人共博山烟瘦韵露凉钗燕冷句更深后韵 ○●○○　○○●●　●●○○●○●　●○○●　○●○○○●　●○○●●　⊙○●
45	青玉案	**青玉案**　双调六十七字，前后段各六句，五仄韵　*贺铸* 凌波不过横塘路韵但目送读芳尘去韵锦瑟年华谁与度韵月楼花院句绮窗朱户韵惟有春知处韵 ⊙○⊙●○○●　●●●⊙○○●　⊙●○○○●●　⊙○⊙●　⊙○⊙●　○●○○● 碧云冉冉蘅皋暮韵彩笔空题断肠句韵试问闲愁知几许韵一川烟草句满城风絮韵梅子黄时雨韵 ◎○⊙●○○●　⊙●○○●○●　⊙○⊙●○○●　⊙○⊙●　⊙○⊙●　○●○○●
46	渔父	**渔歌子**　单调二十七字，五句四平韵　*张志和* 西塞山前白鹭飞韵桃花流水鳜鱼肥韵青箬笠句绿蓑衣韵斜风细雨不须归韵 ⊙●○○●●○　○○⊙●●○○　○●●　●○○　⊙○⊙●●○○
47	瑞鹧鸪	**瑞鹧鸪**　双调五十六字，前段四句三平韵，后段四句两平韵　*冯延巳* 才罢严妆怨晓风韵粉墙画壁宋家东韵蕙兰有恨枝犹绿句桃李无言花自红韵燕燕巢时罗幕 ○●○○●●○　●○●●●○○　●○●●○○●　○●○○○●○　●●○○○● 卷句莺莺啼处凤楼空韵少年薄幸知何处句每夜归来春梦中韵 ●　○○○●●○○　●○●●○○●句●●○○○●○
48	杨柳枝	**杨柳枝**　单调二十八字，四句三平韵　*温庭筠* 金缕毵毵碧瓦沟韵六宫眉黛惹香愁韵晚来更带龙池雨句半拂阑干半入楼韵 ○●○○●●○　●○○●●○○　●○⊙●○○●　●●○○●●○

续表

49	小重山	小重山　双调五十八字，前后段各四句，四平韵　　薛昭蕴 春到长门春草青韵玉阶华露滴读月胧明韵东风吹断玉箫声韵宫漏促读帘外晓啼莺韵　愁起梦 ⊙●○○○●○　◎○○●●　●○○　⊙⊙⊙○○●○　⊙○●　⊙●● ○○　⊙●● 难成韵红妆流宿泪读不胜情韵手捼裙带绕花行韵思君切读罗幌暗尘生韵 ○○韵○○○●●　●○○韵⊙○⊙●●○○韵○○●读○●●○○韵
50	八声甘州	八声甘州　双调九十七字，前后段各九句，四平韵　　柳永 对潇潇暮雨洒江天句一番洗清秋韵渐霜风凄紧句关河冷落句残照当楼韵是处 红衰翠减句苒苒物 ●⊙○●●○○　⊙○●○○韵●○○⊙●　○○●●　⊙●○○韵●● ⊙○●●　○○● 华休韵惟有长江水句无语东流韵　不忍登高临远句望故乡渺渺句归思难收韵 叹年来踪迹句何 ○○韵⊙●○○●　○●○○韵　●●○○○●　⊙●○●●　○○○○韵 ⊙○○⊙●　⊙ 事苦淹留韵想佳人读妆楼长望句误几回读天际识归舟韵争知我读倚阑干处句 正恁凝愁韵 ●●○○韵●○○读○○○●　●●○读○●●○○韵○○●读●○○● ◎●○○韵
51	醉落魄	一斛珠　双调五十七字，前后段各五句，四仄韵　　李煜 晚妆初过韵沈檀轻注些儿个韵向人微露丁香颗韵一曲清歌句暂引樱桃破韵 罗袖裛残殷色 ◎○○●韵⊙○○●○○●韵◎○⊙●○○●韵●●○○　◎●○○●韵 ●○○○● 可韵杯深旋被香醪涴韵绣床斜凭娇无那韵烂嚼红茸句笑向檀郎唾韵 ●韵○○⊙●○○●韵●○○●○○●韵●●○○　●●○○●韵
52	齐天乐	齐天乐　双调一百二字，前段十句五仄韵，后段十一句五仄韵　周邦彦 绿芜凋尽台城路句殊乡又逢秋晚韵暮雨生寒句鸣蛩劝织句深阁时闻裁剪韵云 窗静掩韵叹重拂罗 ◎○○●○○●韵⊙○⊙●○●韵◎●○○　◎○⊙●　⊙●○○○●韵⊙ ○●●韵●○●○ 裀句顿疏花簟韵尚有练囊句露萤清夜照书卷韵　荆江留滞最久句故人相望处 句离思何限韵渭 ○句●○○●韵●●●○　◎○○●●○●韵　○○○●●●　●○○●● 句○○○●韵● 水西风句长安乱叶句空忆诗情宛转韵凭高望远韵正玉液新篘句蟹螯初荐韵醉 倒山翁句但愁斜照 ●○○　○○●●　⊙●○○●●韵○○●●韵⊙●●○○　●○○●韵◎ ●○○　●○○● 敛韵 ●韵

续表

53	瑞鹤仙	**瑞鹤仙**　双调一百二字，前段十一句七仄韵，后段十一句六仄韵　周邦彦 悄郊园带郭韵行路永句客去车尘漠漠韵斜阳映山落韵敛余红句犹恋孤城阑角韵凌波步弱韵过短 ●○○○●○ ○○● ●○○○●● ○○●○● ○○○ ○●○○● ○○●● ○● 亭读何用素约韵有流莺劝我句重解雕鞍句缓引春酌韵　不记归时早暮句上马谁扶句醒眠朱阁韵 ○ ○ ○○●● ●○○●● ○○○○ ●●○● ●●○○●● ●○○○ ○○○● ⊙ ●○○● 惊飚动幕韵扶残醉句绕红药韵叹西园句已是花深无地句东风何事又恶韵任流光过却韵犹喜洞天 ⊙○●● ○○● ●○● ●○○ ●●○○○● ○○○●●● ●○○●● ○○● ●●○ ●○○● 自乐韵 ●●
54	喜迁莺	**喜迁莺**　双调四十七字，前段五句四平韵，后段五句两仄韵、两平韵　韦庄 街鼓动句禁城开平韵天上探人回韵凤衔金榜出云来韵平地一声雷韵　莺已迁句龙已化仄韵 ⊙○● ●○○ ○●●○○ ⊙○○●●○○ ○●●○○ ○●○ ○●● ◎● 一夜满城车马韵家家楼上簇神仙换平韵争看鹤冲天韵 ◎●●○○● ○○○●●○○ ⊙●●○○
55	苏幕遮	**苏幕遮**　双调六十二字，前后段各七句，四仄韵　范仲淹 碧云天句黄叶地韵秋色连波句波上寒烟翠韵山映斜阳天接水韵芳草无情句更在斜阳外韵　黯 ●○○ ○●● ○●○○ ○●○○● ○●○○○●● ○●○○ ●●○○● ○ 乡魂句追旅思韵夜夜除非句好梦留人睡韵明月楼高休独倚韵酒入愁肠句化作相思泪韵 ○○ ○●● ●●○○ ●●○○● ○●○○○●● ●●○○ ●●○○●
56	太常引	**太常引**　双调四十九字，前段四句四平韵，后段五句三平韵　辛弃疾 仙机似欲织纤罗韵仿佛度金梭韵无奈玉纤何韵却弹作读清商恨多韵　珠帘影里句如花半 ⊙○⊙●●○○ ⊙●●○○ ⊙●●○○ ●○●●○○ ⊙○⊙● 面句绝胜隔帘歌韵世路苦风波韵且痛饮读公无渡河韵 ● ○●●○○ ⊙●●○○ ⊙●●○○
57	行香子	**行香子**　双调六十六字，前段八句四平韵，后段八句三平韵　晁补之 前岁栽桃句今岁成蹊韵更黄鹂久住相知韵微行清露句细履斜晖韵对林中侣句闲中我句醉中谁韵 ⊙●○○ ⊙●○○ ●○○●●○○ ⊙○○● ●●○○ ●○○● ⊙○● ●○○ 何妨到老韵常闲常醉句任功名生事俱非韵衰颜难强句拙语多迟韵但醉同行句月同坐句影同归韵 ⊙○●● ○○○● ●○○○●○○ ⊙○○● ●●○○ ●●○○ ◎○● ●○○

续表

58	定风波	**定风波**　双调六十二字，前段五句三平韵、两仄韵，后段六句四仄韵、两平韵　欧阳炯 暖日闲窗映碧纱平韵小池春水浸明霞韵数树海棠红欲尽仄韵争忍韵玉闺深掩过年华平韵　独凭 ◎●○○○●○　○○⊙●●○○　○●○●○○●　⊙●　○○○●○ ○　◎● 绣床方寸乱换仄韵肠断韵泪珠穿破脸边花平韵邻舍女郎相借问换仄韵音信韵教人羞道未还家平韵 ◎○○●●　⊙●　○○◎●●○○　○●○○○●●　⊙●　○○◎●●○○ ○○
59	风入松	**风入松**　双调七十四字，前后段各六句，四平韵　晏几道 柳阴庭院杏梢墙韵依旧巫阳韵凤箫已远青楼在句水沈烟读复暖前香韵临镜舞鸾离照句倚筝飞雁 ◎○⊙●●○○　◎●○○　◎●○○⊙●●　○○●　◎○○　◎○⊙●○○　◎●○○ ○⊙●　◎○○ 辞行韵　坠鞭人意自凄凉韵泪眼回肠韵断云残雨当年事句到如今读几度难忘韵两袖晓风花 ○○　◎○○●●○○　◎●○○　◎○○●○○●　⊙○○●●○○ ◎●○○⊙ 陌句一帘夜月兰堂韵 ●　○○◎●○○
60	醉蓬莱	**醉蓬莱**　双调九十七字，前段十一句四仄韵，后段十二句四仄韵　柳永 渐亭皋叶下句陇首云飞句素秋新霁韵华阙中天句锁葱葱佳气韵嫩菊黄深句拒霜红浅句近宝阶香 ●⊙○●●　⊙●○○　◎○○●　○●○○　◎○○●　◎○○○　◎○○●　◎●○○ 砌韵玉宇无尘句金茎有露句碧天如水韵　正值升平句万几多暇句夜色澄鲜句漏声迢递韵南极 ●　◎●○○　◎○◎●　◎○○●　○●○○　◎●○○　◎●○○　◎○◎●　● ○○　◎●　⊙● 星中句有老人呈瑞韵此际宸游句凤辇何处句度管弦清脆韵太液波翻句披香帘卷句月明风细韵 ○○　◎●○○●　◎●○○　◎●○○　◎●○○●　◎●○○　◎○◎●　⊙●○○ ●　◎●○○●
61	乌夜啼 （相见欢）	**相见欢**　双调三十六字，前段三句三平韵，后段四句两仄韵、两平韵　薛昭蕴 罗袜绣袂香红平韵画堂中韵细草平沙蕃马读小屏风韵　卷罗幕仄韵凭妆阁韵思无穷平韵暮雨 ⊙●●○○平韵●●○韵○●○○◎●读●○○韵　●○●仄韵○⊙●韵●○○平韵●● ○　⊙● 轻烟魂断读隔帘栊韵 ⊙○⊙●●　●○○

续表

62	声声慢	**声声慢**　双调九十九字，前段九句四平韵，后段八句四平韵　晁补之 朱门深掩句摆荡春风句无情镇欲轻飞韵断肠如雪撩乱句去点人衣韵朝来半和细雨句向谁家读东馆 ⊙○○● 　○○○● 　●○○○○○● 　●●○○ 　⊙○○○ ◎● 　●○○ 　⊙○● 西池韵算未肯读似桃含红蕊句留待郎归韵　还记章台往事句别后纵读青青似旧时垂韵灞岸行人 ○○ 　●●○ 　●○○●○○● 　○○○○ 　◎○○ 　○○○● ○○ 　●●○● 多少句竟折柔枝韵而今恨啼露叶句镇香街读抛掷因谁韵又争可读炉郎夸春草句步步相随韵 ○●○ 　●●○○ 　○○●○● 　●○○ 　⊙●○○ 　●○ 　●○○○ ● 　●●○○
63	永遇乐	**永遇乐**　双调一百四字，前后段各十一句，四仄韵　苏轼 明月如霜句好风如水句清景无限韵曲港跳鱼句圆荷泻露句寂寞无人见韵纮如五鼓句铿然一叶句黯 ⊙●○○ 　○○○● 　○○○● 　◎●○○ 　○○●● 　○○○● 　○○ ◎● 　○○○● 　◎ 黯梦云惊断韵夜茫茫读重寻无处句觉来小园行遍韵　天涯倦客句山中归路句望断故园心眼韵燕 ●◎○○● 　●○○●○○● 　●○●○○● 　○○●● 　○○○● 　◎●●○○● ●○○● 　◎ 子楼空句佳人何在句空锁楼中燕韵古今如梦句何曾梦觉句但有旧欢新怨韵异时对读黄楼夜景句为 ●○○ 　○○○● 　○●○○● 　●○○● 　○○●● 　●●●○○● 　◎ ○○ 　●○○● 　◎ 余浩叹韵 ○●●
64	雨中花	**雨中花令**　双调五十一字，前后段各四句，三仄韵　晏殊 剪翠妆红欲就韵折得清香满袖韵一对鸳鸯眠未足句叶下长相守韵　莫傍细条寻嫩藕韵怕绿 ◎●○○●● 　○⊙○○●● 　◎●○○○●● 　●●○○● 　◎●●○○●● 　●●○○ ●● 　●○◎ 刺读胃衣伤手韵可惜许读月明风露好句恰在人归后韵 ● 　●○○● 　●●●读●○○●● 　○●○○●
65	导引	**导引**　双调五十字，前段五句三平韵，后段四句三平韵　无名氏 皇家盛事句三殿庆重重韵圣主极推崇韵瑶编宝列相辉映句归美意何穷韵　钧韶九奏度春风韵 ⊙○●● 　○●●○○ 　●●●○○ 　○○●●○○● 　⊙●●○○ 　⊙○●●●○○ ◎●●○○ 彩仗焕仪容韵欢声和气弥寰宇句皇寿与天同韵 ◎●●○○ 　⊙⊙○●○○● 　⊙●●○○

续表

66	眼儿媚	**眼儿媚**　双调四十八字，前段五句三平韵，后段五句两平韵　左誉 楼上黄昏杏花寒韵斜月小阑干韵一双燕子句两行归雁句画角声残韵　绮窗人在东风里句 ○●○○●○○●◎●○○●　◎○●○○　○●○○●　○○●○○　○○●● ○○● 洒泪对春闲韵也应似旧句盈盈秋水句淡淡青山韵 ◎●●○○　○○○●　⊙○○●　◎●○○
67	霜天晓角	**霜天晓角**　双调四十三字，前段四句三仄韵，后段五句四仄韵　林逋 冰清霜洁韵昨夜梅花发韵甚处玉龙三弄句声摇动读枝头月韵　梦绝韵金兽热韵晓寒兰烬灭韵 ⊙○○●　●●○○●　⊙●●○○●　○●●○○●　◎○●　⊙●●　◎⊙○● 更卷珠帘清赏句且莫扫读阶前雪韵 ◎●○○●　○○●　⊙○●
68	一剪梅	**一剪梅**　双调六十字，前后段各六句，三平韵　周邦彦 一剪梅花万样娇韵斜插疏枝句略点梅梢韵轻盈微笑舞低回句何事尊前句拍手相招韵　夜渐寒 ◎●○○●●○　⊙●○○　●●○○　⊙○◎●●○○　⊙●○○　●●○○ ○○　○●⊙ 深酒渐消韵袖里时闻句玉钏轻敲韵城头谁恁促残更句银漏何如句且慢明朝韵 ○●●○○　●●○○　●●○○　○○○●●○○　○●○○　●●○○
69	巫山一段云	**巫山一段云**　双调四十六字，前段四句三平韵，后段四句两仄韵、两平韵　唐昭宗 蝶舞梨园雪句莺啼柳带烟平韵小池残日艳阳天韵苎萝山又山韵　青鸟不来愁绝仄韵忍看鸳 ◎●○○●　○○●●○○　◎○○●●○○　◎⊙●○○ ◎●⊙ 鸯双结韵春风一等少年心换平韵闲情恨不禁韵 ○○●●　○○●●●○○　○○●●○
70	桃源忆故人	**桃源忆故人**　双调四十八字，前后段各四句，四仄韵　欧阳修 梅梢弄粉香犹嫩韵欲寄江南春信韵别后愁肠萦损韵说与伊争稳韵　小炉独守寒灰烬韵忍 ◎○◎●○○●　◎●○○○●　◎●○○○●　◎●○○●　◎○○●○○● ○● 泪低头画尽韵眉上万重新恨韵竟日无人问韵 ●⊙○○●　◎●●○○●　●●○○●
71	更漏子	**更漏子**　双调四十六字，前段六句两仄韵、两平韵，后段六句三仄韵、两平韵　温庭筠 玉炉香句红烛泪仄韵偏照画堂秋思韵眉翠薄句鬓云残平韵夜长衾枕寒韵　梧桐树换仄韵三更 ◎○○　○●●　◎●●○○●　○●●　●○○　◎○○○● ⊙○ 雨韵不道离情正苦韵一叶叶句一声声换平韵空阶滴到明韵 ●　◎●○○●●　●●●　●○○　⊙○●○○

续表

72	汉宫春	**汉宫春** 双调九十六字，前后段各九句，四平韵　晁冲之 黯黯离怀句向东门系马句南浦移舟韵熏风乱飞燕子句时下轻鸥韵无情渭水句问谁教读日日东流韵 ◎●○○　●○○●　○●○○　○○○◎●　◎●○○　◎○◎● ●○⊙　◎●○○ 常是送读行人去句后烟波一向离愁韵　回首旧游如梦句记踏青挑饮句拾翠狂游韵无端彩云易 ⊙●●○○●　●○○●○○　◎●●○○●　●○○●　◎●○○ ○　◎○○○⊙ 散句覆水难收韵风流未老句拌千金读重入扬州韵应又似读当年载酒句依前明占青楼韵 ●　◎●○○　○○●●　○○○●　○○○●　◎●○○　○○● ●○○
73	千秋岁 （念奴娇）	**千秋岁** 双调七十一字，前后段各八句，五仄韵　秦观 柳边沙外韵城郭轻寒退韵花影乱句莺声碎韵飘零疏酒盏句离别宽衣带韵人不见句碧云暮合空相 ◎○○●　⊙●○○●　◎●●　○○●　⊙○○●●　○●○○●　○◎●　◎○◎●○○ ●　⊙○○●○○ 对韵　忆昔西池会韵鸳鸯同飞盖韵携手处句今谁在韵日边清梦断句镜里朱颜改韵春去也读落 ●　●●○○●　○○○●●　○●●　○○●　●○○●●　⊙●○○●　○●●读● 红万点愁如海韵 ○◎●○○●
74	祝英台近	**祝英台近** 双调七十七字，前段八句三仄韵，后段八句四仄韵　程核 坠红轻句浓绿润句深院又春晚韵睡起恹恹句无语小妆懒韵可堪三月风光句五更魂梦句又都被读 ●○○　◎●●　◎●●○●　◎●○○　◎●●○●　◎○○●○○　◎○◎●　○○● 杜鹃催趱韵　怎消遣韵人道愁与春归句春归愁未断韵闲倚银屏句羞怕泪痕满韵断肠沉水重 ◎●○●　◎○●　○●○●○○　○○○●●　◎●○○　○●●○●　◎○◎●● 熏句瑶琴闲理句奈依旧读夜寒人远韵 ○　○○○●　●○●读●○○●
75	少年游	**少年游** 双调五十字，前段五句三平韵，后段五句两平韵　晏殊 芙蓉花发去年枝韵双燕欲归飞韵兰堂风软句金炉香暖句新曲动帘帷韵　家人并上千春寿句 ⊙○○●●○○　◎●●○○　◎●○○　◎●○○　○●●○○ ○○● 深意满琼卮韵绿鬓朱颜句道家装束句长似少年时韵 ⊙●●○○　◎◎○○　●◎●●　⊙●●○○

续表

76	忆王孙	**忆王孙**　单调三十一字，五句五平韵　秦观 萋萋芳草忆王孙韵柳外楼高空断魂韵杜宇声声不忍闻韵欲黄昏韵雨打梨花深闭门韵 ⊙○⊙●●○○　●●○○○●○　○●○○○●○　●○○　●●○○○●○ ●○
77	清心镜	**红窗迥**　双调五十三字，前段六句四仄韵，后段五句三仄韵　周邦彦 几日来句真个醉韵早窗外乱红句已深半指韵花影被风摇碎韵拥春醒未起韵 有个人人生济 ○●○句○●●韵●○●●○○句●○●●韵○●●○○●韵●○○●●韵 ●⊙○○● 楚句向耳边问道句今朝醒未韵情性漫腾腾地韵恼得人越醉韵 ●句●●○●●句○○●●韵○●●○○●韵●●○●●韵
78	五陵春	**武陵春**　双调四十八字，前后段各四句，三平韵　毛滂 风过冰檐环佩响句宿雾在华茵韵剩落瑶花衬月明韵嫌怕有纤尘韵　凤口衔灯 金炫转句人醉 ⊙●○○○●●句⊙●●○○韵⊙●○○●●○韵○●●○○韵⊙○○● ◎●　⊙●○○ 觉寒轻韵但得清光解照人韵不负五更春韵 ●○○韵●●○○●●○韵●●●○○韵
79	五更转	**五更转　(维摩五更转)** 一更初，一更初。医王设教有多途。维摩权疾徙方丈，莲花宝相坐街衢。
80	酒泉子	**酒泉子**　双调四十字，前段五句两平韵、两仄韵，后段五句三仄韵、一 平韵　温庭筠 花映柳条平韵闲向绿萍池上仄韵凭阑干句窥细浪韵雨潇潇平韵　近来音信两 疏索换仄韵洞房 ⊙●●○平韵⊙●●○○●仄韵●○○句○●●句●○○平韵　⊙○●● ○○仄韵○⊙ 空寂寞韵掩银屏句垂翠箔韵度春宵平韵 ○○●韵●○○句○●●韵●○○平韵
81	糖多令	**唐多令**　双调六十字，前后段各五句，四平韵　刘过 芦叶满汀洲韵寒沙带浅流韵二十年读重过南楼韵柳下系船犹未稳句能几日读 又中秋韵　黄河 ⊙●●○○韵⊙○●●○韵●●○读⊙●○○韵⊙●●○○●●句⊙○● ●○○　⊙● 断矶头韵故人曾到不韵旧江山读浑是新愁韵欲买桂花同载酒句终不似读少年 游韵 ●○○韵●○○●●句●○○读⊙●○○韵●●●○○●●句○●●读⊙○ ○○
82	烛影摇红	**烛影摇红**　双调四十八字，前段四句两仄韵，后段五句三仄韵　毛滂 老景萧条句送君归去添凄断韵赠君明月满前溪句直到西湖畔韵　门掩绿苔应 遍韵为黄花读 ◎●○○句●○○●○○●韵◎○○●●○○句⊙●○○●韵　⊙○●●○ ●　●○⊙ 频开醉眼韵橘奴无恙句蝶子相迎句寒窗日短韵 ○○●●韵●○○●句●●○○句○○●●韵

续表

83	风流子	**风流子**　单调三十四字，八句六仄韵　　孙光宪 楼依长衢欲暮韵暂见神仙伴侣韵微傅粉句拢梳头句隐映画帘开处韵无语韵无绪韵慢曳罗裙归去韵 ○●⊙○○● 　○●⊙●○● 　○●● 　●○○ 　⊙●●○○●● 　○● 　○ ● 　◎●⊙○○●
84	最高楼	**最高楼**　双调八十一字，前段八句四平韵，后段八句两仄韵、三平韵 辛弃疾 花知否句花一似何郎平韵又似沈东阳韵瘦棱棱地天然白句冷清清地许多香韵笑东君句还又向句 ○⊙● 　⊙●○○○ 　◎●●○○ 　⊙○●●○○● 　◎○○●●○○ 　●○○ 　⊙●● ○○ 　○●◎ 北枝忙韵　著一阵读霎时间底雪仄韵更一个读缺些儿底月韵山下路读水边墙平韵风流怕有人 ●○○ 　⊙○●●○○●● 　●○● 　○●○●● 　○●● 　⊙○○ 　○○●●○ ○●○ 知处句影儿守定竹旁厢韵且饶他句桃李趁句少年场韵 ○● 　◎●●●●○○ 　●○○ 　○●● 　●○○
85	望海潮	**望海潮**　双调一百七字，前段十一句五平韵，后段十一句六平韵　　柳永 东南形胜句江湖都会句钱塘自古繁华韵烟柳画桥句风帘翠幕句参差十万人家韵云树绕堤沙韵怒涛 ⊙○○● 　○○⊙● 　○○●●○○ 　⊙●●○ 　○○●● 　○○⊙●○○ 　⊙●●○ ○ 　⊙●●○ 卷霜雪句天堑无涯韵市列珠玑句户盈罗绮竞豪奢韵　重湖叠巘清佳韵有三秋 ●○● 　○●○○ 　⊙●○○ 　⊙○○●●○○ 　⊙○⊙●○○ 　●○○ 桂子句十里荷花韵 ●● 　◎●○○ 羌管弄晴句菱歌泛夜句嬉嬉钓叟莲娃韵千骑拥高牙韵乘醉听箫鼓句吟赏烟霞 ○●●○ 　○○●● 　○○●●○○ 　○●●○○ 　⊙●○○● 　○●○ ○ 　○●⊙○○ 　⊙ 去凤池夸韵 ●●○○
86	捣练子	**捣练子**　单调二十七字，五句三平韵　　冯延巳 深院静句小庭空韵断续寒砧断续风韵无奈夜长人不寐句数声和月到帘栊韵 ⊙●● 　●○○ 　◎●○○◎●○ 　●●●○○●● 　●○⊙●●○○
87	一络索	**一络索**　双调四十四字，前后段各四句，三仄韵　　梅苑无名氏 腊后东风微透韵越梅时候韵一枝芳信到江南句来报先春秀韵　宿醉频拈轻嗅 ●●○○○● 　●○○● 　●○○●●○○ 　○●○○● 　●●○○○● 韵堪醒残酒韵笛 ○○○● 　● 声容易莫相催句留待纤纤手韵 ○○●●●○○ 　○●○○●

续表

88	人月圆	**人月圆** 双调四十八字，前段五句两平韵，后段六句两平韵　王诜 小桃枝上春来早句初试薄罗衣韵年年此夜句华灯竞处句人月圆时韵　禁街箫鼓句寒轻夜 ◎○◎●○○　●●○○　⊙●○○　⊙●○○　◎●○○ ●　⊙○○ 永句纤手同携韵夜阑人静句千门笑语句声在帘帏韵 ●　⊙●○○　◎○⊙●　⊙●○○　⊙●○○
89	天仙子	**天仙子** 单调三十四字，六句五仄韵　皇甫松 晴野鹭鸶飞一只韵水葒花发秋江碧韵刘郎此别天仙句登绮席韵泪珠滴韵十 二晚峰高历历韵 ⊙●●○○●●　◎○⊙●○○●　○○⊙●○○　●⊙●　●○●　⊙● ●○○●●
90	苏武慢 （选冠子）	**选冠子** 双调一百十一字，前段十二句四仄韵，后段十一句四仄韵　周 邦彦 水浴清蟾句叶喧凉吹句巷陌雨声初断韵闲依露井句笑扑流萤句惹破画罗轻扇 韵人静夜久凭阑句愁 ◎●○○　⊙●○○　●●⊙○○● ●　⊙●○○⊙　⊙ 不归眠句立残更箭韵叹年华一瞬句人今千里句梦沉书远韵　空见说读鬓怯琼 梳句容销金镜句渐 ●○○　⊙○⊙●　●○○⊙●　○○○●　⊙○○●　⊙●●○○ ○　⊙●○○ 懒趁时匀染韵梅风地溽句虹雨苔滋句一架舞红都变韵谁信无聊句为伊才减江 淹句情伤荀倩韵但明 ●○○⊙●　○○●●　○●○○　●●⊙○○●　⊙●○○　⊙○○●○ ○　⊙●○●　●○ 河影下句还看疏星几点韵 ○○●　○●○○●●
91	杏花天	**杏花天** 双调五十四字，前后段各四句，四仄韵　朱敦儒 浅春庭院东风晓韵细雨打读鸳鸯寒悄韵花尖望见秋千了韵无路踏青斗草韵 人别后读碧云 ◎○◎●○○●　⊙●●　○○○●　⊙○●●○○●　⊙●●○○● ◎●　○○ 信杳韵对好景读愁多欢少韵等他燕子传音耗韵红杏开还未到韵 ◎●　●●●　○○○●　⊙○⊙●○○●　⊙●○○●●
92	河传	**河传** 双调五十五字，前段七句两仄韵、五平韵，后段七句三仄韵、 四平韵　温庭筠 湖上仄韵闲望韵雨萧萧平韵烟浦花桥路遥韵谢娘翠蛾愁不销韵终朝韵梦魂迷 晚潮韵　荡子天 ⊙●　○●　●○○　⊙●○○●○　⊙○⊙●○○　○○　⊙○○ ○●　○○⊙ 涯归棹远换仄韵春已晚韵莺语空肠断韵若耶溪换平韵溪水西韵柳堤韵不闻郎 马嘶韵 ⊙⊙○●　○●●　⊙●○○●　●○○　○●○　○○　●○○○

93	花心动	**花心动**　双调一百四字，前段十句四仄韵，后段八句五仄韵　　史达祖 风约帘波句锦机寒读难遮海棠烟雨韵夜酒未苏句春枕犹欹句曾是误成歌舞韵半赛薇帐云头散句奈 ⊙●○○句　●○○　○○○●○○●　◎　●○○句　⊙　○●○○句　⊙　○●○○● ●○○○●○○●　　◎ 愁味读不随香去韵尽沉静句文园更渴句有人知否韵　懒记温柔旧处韵偏只怕读临风见他桃树韵 ⊙　●　○○●●句○○●句○○●●句⊙○○●　◎　●●○○●●句○○○●○○● ○○●○○●　○ 绣户锁尘句锦瑟空弦句无复画眉心绪韵待拈银管书春恨句被双燕读替人言语韵望不尽读垂杨几千 ◎●○○句　●○○○●句◎　○○○●○●　◎　●○○●○○●句●○●　●○○●　◎　●○●　○○○ ●　●○●　○○○● 万缕韵 ●●　◎
94	鹦鹉曲	**鹦鹉曲**　双调五十四字，前段四句三仄韵，后段四句两仄韵　　白无咎 侬家鹦鹉洲边住韵是个不识字渔父韵浪花中读一叶扁舟句睡煞江南烟雨韵觉来时读满眼青 ○○○●○○●　◎　○●●●●○●　◎　●○○　●●○○句　●●○○○●　◎　●○○　●●○ ●　⊙○　○●●○ 山句抖擞绿蓑归去韵算从前读错怨天公句甚也有读安排我处韵 ○句●●●○○●　◎　●○○　●●○○句　●●●　○○●●　◎
95	昭君怨	**昭君怨**　双调四十字，前后段各四句，两仄韵、两平韵　　万俟咏 春到南楼雪尽仄韵惊动灯期花信韵小雨一番寒平韵倚阑干韵　莫把阑干频倚换仄韵一望几重 ⊙●⊙○○●　●　○●○○○●　●　◎●●○○　○　◎○○　○　◎●○○○●　●　◎○○ ◎○ 烟水韵何处是京华换平韵暮云遮韵 ⊙●　◎　○●●○○　○　●○○　○
96	满路化 （促拍满路花）	**促拍花满路**　双调八十三字，前后段各八句，四平韵　　柳永 香靥融春雪句翠鬓弹秋烟韵楚腰纤细正笄年韵凤帏夜短句偏爱日高眠韵起来贪颠耍句只恁残却 ⊙○○○●句　●●●○○　○　●○○●●○○　○　●○●●句⊙●●○○　○　⊙●○○●句　◎○ ○○●　◎●○○ 黛眉句不整花钿韵　有时携手闲坐句偎倚绿窗前韵温柔情态尽人怜韵画堂春过句悄悄落花 ●○句●●○○　○　　●○○●○●句○●●○○　○　○○○●●○○　○　●○○●句●●●○ ●　●○●○○ 天韵长是娇痴处句尤殢檀郎句未教拆了秋千韵 ○　○　○●○○●句　⊙○○○句●●●●○○　○

续表

97	拨棹歌	**拨棹子**　双调六十一字，前段五句五仄韵，后段四句四仄韵　　尹鹗 风切切韵深秋月韵十朵芙蓉繁艳歇韵凭小槛读细腰无力韵空赢得读目断魂飞 何处说韵　寸心 ○●●　　○⊙●　　⊙●⊙○○●●　　○●●　　◎○○●　　○○●　　◎●○○ ○●●　◎○ 恰似丁香结韵看看瘦尽胸前雪韵偏挂恨读少年抛掷韵羞睹见读绣被堆红闲不 彻韵 　　●●⊙○●　⊙○●○○●●　○○●　○○○●　⊙○●　●●○○○ 　　●●
98	水鼓子	朝廷赏罚不逡巡,宜事书家出阁频。当日进黄闻数纸,即凭酬答有功人。 平起首句押韵七绝为正体(见《全唐五代词》P1123-1135)
99	应天长	**应天长**　双调五十字，前后段各五句，四仄韵　　韦庄 绿槐阴里黄鹂语韵深院无人春昼午韵画帘垂句金凤舞韵寂寞绣屏香一炷韵 碧天云句无定 ◎○⊙○○●韵⊙○⊙●○○●　○○○　⊙○●　⊙●●○○●●　● ○○　●○○● 处韵空有梦魂来去韵夜夜绿窗风雨韵断肠君信否韵 　●　⊙●●○○●　◎●⊙○○●　●○○⊙●○●
100	恋绣衾	**恋绣衾**　双调五十四字，前段四句三平韵，后段四句两平韵　　朱敦儒 木落江南感未平韵雨潇潇读衰鬓到今韵甚处是读长安路句水连空读山锁暮云 韵　老人对酒 ◎○○○⊙○○　●⊙○　○○●○　○○●　○○●　●⊙○　●○● ○　⊙○○● 今如此句一番新读残梦暗惊韵又是洒读黄花泪句问明年读此会怎生韵 ○○●　●○○　⊙●●○　●●○　○○●　●○⊙　●●○

附录3 新诗一百首

1.《相隔一层纸》刘大白

2.《叫我如何不想她》刘半农

3.《炉中煤——眷念祖国的情绪》郭沫若

4.《天上的街市》郭沫若

5.《太阳礼赞》郭沫若

6.《囚歌》叶挺

7.《别了，哥哥》殷夫

8.《再别康桥》徐志摩

9.《雪花的快乐》徐志摩

10.《偶然》徐志摩

11.《葬我》朱湘

12.《夜歌》朱湘

13.《雨巷》戴望舒

14.《我用残损的手掌》戴望舒

15.《死水》闻一多

16.《寂寞》卞之琳

17.《断章》卞之琳

18.《我从Cafe中出来》王独清

19.《落花》穆木天

20.《我是一条河》冯至

21.《蛇》冯至

22.《老马》臧克家

23.《有的人——纪念鲁迅逝世十三周年有感》臧克家

24.《假使我们不去打仗》田间

25.《坚壁》田间

26.《悬崖边的树》曾卓

27.《乡愁》余光中

28.《错误》郑愁予

29.《智慧之歌》穆旦

30.《冬》穆旦

31.《停电之后》穆旦

32.《礁石》艾青

33.《我爱这土地》艾青

34.《树》艾青

35.《镜中》张枣

36.《面朝大海，春暖花开》海子

37.《姐姐，今夜我在德令哈》海子

38.《大自然》海子

39.《一代人》顾城

40.《这是四点零八分的北京》食指

41.《重量》韩瀚

42.《冬日》杨键

43.《如果你随我到了山上》大别

44.《我常常走在民国的街道上》施施然

45.《小小炊烟》李南

46.《多情人小安》林何曾

47.《丹青见》陈先发

48.《鱼篓令》陈先发

49.《母亲本纪》陈先发

50.《秩序的顶点》陈先发

51.《病中吟》陈先发

52.《青蝙蝠》陈先发

53.《短诗三章：落叶·月光·天鹅》何三坡

54.《见与不见》仓央嘉措

55.《十诫诗》仓央嘉措

56.《短诗五章：原创·古诗·孤独·成长·灯》姜二嫚

57.《站在大田边上望我的女人》老柯

58.《掘土机》老柯

59.《摇摆的石头》（英）休·麦克迪尔米兰　王佐良译

60.《金达莱花》（朝）金素月

61.《世事沧桑话鸟鸣》（美）沃伦　飞渡译

62.《天赋》（波兰）米·沃什　韩逸译

63.《那么少》（波兰）米·沃什　张曙光译

64.《诱惑》（波兰）米·沃什　张曙光译

65.《熟悉黑夜》（美）罗伯特·佛罗斯特　赵毅衡译

66.《圣诞驶车送双亲回家》（美）罗伯特·勃莱　郑敏译

67.《枭》（英）爱德华·汤玛斯　王佐良译

68.《黑人谈河流》（美国）休斯　邹绛译

69.《春的临终》（日）谷川俊太郎　田原译

70.《圣母哀悼基督》（德）里尔克　刘文飞译

71.《最初的茉莉花》（印度）泰戈尔　郑振铎译

72.《新月集·金色花》（印度）泰戈尔　郑振铎译

73.《吉檀迦利41：我的情人》（印度）泰戈尔　冰心译

74.《我在路易斯安那看见一棵栎树在生长》（美）惠特曼　赵萝蕤译

75.《我歌唱一个人的自身》（美）惠特曼　楚图南　李野光译

76.《啊，船长！我的船长！》（美）惠特曼　荒芜译

77.《我又伫立在涅瓦桥头》（俄）丘特切夫　飞白译

78.《哥萨克古歌》〔苏联〕肖霍洛夫

79.《祖国》（俄）莱蒙托夫

80.《骑士之歌》（西班牙）洛尔迦　余秋雨译

81.《两个姑娘——给马希谟·吉哈诺》（西班牙）洛尔迦　叶君健译

82.《茵尼斯弗利岛》（爱尔兰）叶芝　飞白译

83.《当你老了》（爱尔兰）叶芝　袁可嘉译

84.《辉煌的夕照》（英）丁尼生　飞白译

85.《歌》（英）克里斯蒂娜-罗塞蒂　飞白译

86.《我用幻想追捕熄灭的白昼》（俄）巴尔蒙特　飞白译

87.《草》（美）卡尔·桑德堡　飞白译

88.《法兰西花园》（塞内加尔）莱·塞·桑戈尔　张放译

89.《先知·论孩子》（黎巴嫩）纪伯伦　冰心译

90.《上帝对幼儿园的孩子是仁慈的》（以色列）耶胡达·阿米亥　Yehuda Amichai》
王伟庆译

91.《我就是那朵花》（阿根廷）阿尔韦西娜·斯托尔尼　王央乐译

92.《不受影响的人》（美）艾德里安娜·里奇　郑敏译

93.《黑马》（俄）布洛茨基　吴迪译

94.《阿赫玛托娃百年祭》（俄）阿赫玛托娃　刘文飞译

95.《鱼》（英）毕肖普（Elizabeth Bishop）　桑克译

96.《在地铁车站》（美）庞德　飞白译

97.《泥泞时候的两个流浪者》（美）弗罗斯特　刘尔威译

98.《幸福》（美）詹姆士·奈特　王佐良译

99.《河流》（美）雷蒙德·卡佛　郑敏译

100.《囚徒》（南非）奥斯瓦尔德·姆沙利　叶君健译

附录4 常用百体非律句图示

按：

（1）句读原则：凡韵段末皆断作句号；《词谱》点为"读"处皆加方框；

（2）异读字加黑；

（3）非律句加下划线，其中：必拗者涂红；应拗而可律者涂蓝；应律而可拗者涂绿；

（4）按一般句式处理不合律但按一字豆句式处理合律者涂灰。

1. 浣溪沙　双调四十二字，前段三句三平韵，后段三句两平韵　韩偓

宿醉离愁慢髻鬟，六铢衣薄惹轻寒。慵红闷翠掩青鸾。

罗袜况兼金菡萏，雪肌仍是玉琅玕。骨香腰细更沈檀。

2. 忆江南　单调二十七字，五句三平韵　白居易

江南好，风景旧曾谙。日出江花红胜火，春来江水绿如蓝。能不忆江南。

3. 鹧鸪天　双调五十五字，前段四句三平韵，后段五句三平韵　晏几道

彩袖殷勤捧玉钟。当年拼却醉颜红。舞低杨柳楼心月，歌尽桃花扇影风。

从别后，忆相逢。几回魂梦与君同。今宵剩把银釭照，犹恐相逢是梦中。

4. 水调歌头　双调九十五字，前段九句四平韵，后段十句四平韵　毛滂

九金增宋重，八玉变秦余。千年清浸，先净河洛出图书。一段升平光景，不但五星循轨，万点共连珠。垂衣本神圣，补衮妙工夫。

朝元去，锵环佩，冷云衢。芝房雅奏，仪凤矫首听笙竽。天近黄麾仗晓，春早红鸾扇暖，迟日上金铺。万岁南山色，不老对唐虞。

5. 念奴娇　双调一百字，前后段各十句，四仄韵　苏轼

凭空眺远，见长空万里，云无留迹。桂魄飞来光射处，冷浸一天秋碧。玉宇琼楼，乘鸾来去，人在清凉国。江山如画，望中烟树历历。

我醉拍手狂歌，举杯邀月，对影成三客。起舞徘徊风露下，今夕不知何夕。

便欲乘风，翻然归去，何用骑鹏翼。水晶宫里，<u>一声吹断横笛</u>。

6. **菩萨蛮** 双调四十四字，前后段各四句，两仄韵、两平韵　李白

平林漠漠烟如织。寒山一带伤心碧。暝色入高楼。有人楼上愁。
玉阶空伫立。宿鸟归飞急。何处是归程。长亭更短亭。

7. **西江月** 双调五十字，前后段各四句，两平韵、一叶韵　柳永

凤额绣帘高卷，兽环朱户频摇。两竿红日上花梢。春睡恹恹难觉。
好梦枉随飞絮，闲愁浓胜香醪。不成雨暮与云朝。又是韶光过了。

8. **满江红** 双调九十三字，前段八句四仄韵，后段十句五仄韵　柳永

暮雨初收，长川静，征帆夜落。临岛屿、蓼烟疏淡，苇风萧索。几许渔人横短艇，尽将灯火归村落。<u>遣行客</u>，当此念回程，伤漂泊。

桐江好，烟漠漠。波似染，山如削。绕严陵滩畔，鹭飞鱼跃。游宦区区成底事，平生况有云泉约。<u>归去来</u>，一曲仲宣吟，从军乐。

9. **临江仙** 双调五十四字，前后段各四句，三平韵　和凝

海棠香老春江晚，小楼雾縠空濛。翠鬟初出绣帘中。麝烟鸾佩惹苹风。
碾玉钗摇鸂鶒战，雪肌云鬓将融。含情遥指碧波东。越王台殿蓼花红。

10. **满庭芳** 双调九十五字，前后段各十句，四平韵　晏几道

南苑吹花，西楼题叶，故园欢事重重。凭阑秋思，闲记旧相逢。几处歌云梦雨，<u>可怜便</u>，流水西东。<u>别来久</u>，浅情未有，锦字系征鸿。

年光还少味，开残槛菊，落尽溪桐。<u>漫留得</u>，尊前淡月西风。此恨谁堪共说，清愁付、绿酒杯中。佳期在，归时待把，香袖看啼红。

11. **沁园春** 双调一百十四字，前段十三句四平韵，后段十二句五平韵　苏轼

孤馆灯青，野店鸡号，旅枕梦残。渐月华收练，晨霜耿耿，云山摛锦，朝露漙漙。世路无穷，劳生有限，似此区区长鲜欢。微吟罢，凭征鞍无语，往事千端。

当时共客长安。<u>似二陆</u>、初来俱少年。有笔头千字，胸中万卷，致君尧舜，此事何难。用舍由时，行藏在我，袖手何妨闲处看。身长健，但优游卒岁，且斗尊前。

12. **减字木兰花** 双调四十四字，前后段各四句，两仄韵、两平韵　欧阳修

歌檀敛袂。缭绕雕梁尘暗起。柔润清圆。百琲明珠一线穿。

樱唇玉齿。天上仙音心下事。留住行云。满座迷魂酒半醺。

13. 蝶恋花　双调六十字，前后段各五句，四仄韵　冯延巳

六曲阑干偎碧树。杨柳风轻，展尽黄金缕。谁把钿筝移玉柱。穿帘海燕双飞去。

满眼游丝兼落絮。红杏开时，一霎清明雨。浓睡觉来莺乱语。惊残好梦无寻处。

14. 点绛唇　双调四十一字，前段四句三仄韵，后段五句四仄韵　冯延巳

荫绿围红，飞琼家在桃源住。画桥当路。临水开朱户。

柳径春深，行到关情处。颦不语。意凭风絮。吹向郎边去。

15. 清平乐　双调四十六字，前段四句四仄韵，后段四句三平韵　李白

禁闱清夜。月探金窗蟀。玉帐鸳鸯喷兰麝。时落银灯香炧。

女伴莫话孤眠。六宫罗绮三千。一笑皆生百媚，宸游教在谁边。

16. 贺新郎　双调一百十六字，前后段各十句，六仄韵　叶梦得

睡起流莺语。掩苍苔，房栊向晚，乱红无数。吹尽残花无人问，惟有垂杨自舞。渐暖霭，初回轻暑。宝扇重寻明月影，暗尘侵，上有乘鸾女。惊旧恨，镇如许。

江南梦断蘅江渚。浪黏天，蒲萄涨绿，半空烟雨。无限楼前沧波意，谁采苹花寄取。但怅望，兰舟容与。万里云帆何时到，送孤鸿，目断千山阻。谁为我，唱金缕。

17. 南乡子　单调二十七字，五句两平韵、三仄韵　欧阳炯

画舸停桡。槿花篱外竹横桥。水上游人沙上女。回顾。笑指芭蕉林里住。

18. 玉楼春　双调五十六字，前后段各四句，三仄韵　顾夐

拂水双飞来去燕。曲槛小屏山六扇。春愁凝思结眉心，绿绮懒调红锦荐。话别多情声欲战。玉箸痕留红粉面。镇长独立到黄昏，却怕良宵频梦见。

19. 踏莎行　双调五十八字，前后段各五句，三仄韵　晏殊

细草愁烟，幽花怯露。凭阑总是消魂处。日高深院静无人，时时海燕双飞去。

带缓罗衣，香残蕙炷。天长不禁迢迢路。垂杨只解惹春风，何曾系得行人住。

20. 渔家傲　双调六十二字，前后段各五句，五仄韵　晏殊

画鼓声中昏又晓。时光只解催人老。求得浅欢风日好。齐揭调。神仙一曲渔家傲。

绿水悠悠天杳杳。浮生岂得长年少。莫惜醉来开口笑。须信道。人间万事何时了。

21. 虞美人　双调五十六字，前后段各四句，两仄韵、两平韵　李煜

风回小院庭芜绿。柳眼春相续。凭阑半日独无言。依旧竹声新月，似当年。

笙歌未散尊罍在。池面冰初解。烛明香暗画阑深。满鬓清霜残雪，思难禁。

22. 南歌子　单调二十三字，五句三平韵　温庭筠

手里金鹦鹉，胸前绣凤凰。偷眼暗形相。不如从嫁与，作鸳鸯。

23. 木兰花慢　双调一百一字，前段十句五平韵，后段十句七平韵　柳永

坼桐花烂漫，乍疏雨，洗清明。正艳杏烧林，缃桃绣野，芳景如屏。倾城。尽寻胜赏，骤雕鞍绀幰出郊坰。风暖繁弦脆管，万家竞奏新声。

盈盈。斗草踏青。人艳冶，递逢迎。向路傍，往往遗簪堕珥，珠翠纵横。欢情。对佳丽地，信金罍罄竭玉山倾。拚却明朝永日，画堂一枕春醒。

24. 卜算子　双调四十四字，前后段各四句，两仄韵　苏轼

缺月挂疏桐，漏断人初静。时见幽人独往来，缥缈孤鸿影。
惊起却回头，有恨无人省。拣尽寒枝不肯栖，寂寞沙洲冷。

25. 好事近　双调四十五字，前后段各四句，两仄韵　宋祁

睡起玉屏风，吹去乱红犹落。天气骤生轻暖，衬沈香帷箔。
珠帘约住海棠风，愁拖两眉角。昨夜一庭明月，冷秋千红索。

26. 水龙吟　双调一百二字，前段十一句四仄韵，后段十一句五仄韵　苏轼

霜寒烟冷蒹葭老，天外征鸿嘹唳。银河秋晚，长门灯悄，一声初至。应念潇湘，岸遥人静，水多菰米。乍望极平田，徘徊欲下，依前被，风惊起。

须信衡阳万里。有谁家，锦书遥寄。万重云外，斜行横阵，才疏又缀。仙掌月明，石头城下，影摇寒水。念征衣未捣，佳人拂杵，有盈盈泪。

27. 朝中措　双调四十八字，前段四句三平韵，后段五句两平韵　欧阳修

平山阑槛倚情空。山色有无中。手种堂前垂柳，别来几度春风。

文章太守，挥毫万字，一饮千钟。行乐直须年少，尊前看取衰翁。

28. 十二时（禅门十二时）

夜半子，夜半子。众生重重萦俗事。不能禅定自观心，何日得悟真如理。

豪强富贵暂时间，究竟终归不免死。非论我辈是凡尘，自古君王亦如此。

（《全宋词》P1105）

29. 谒金门　双调四十五字，前后段各四句，四仄韵　韦庄

空相忆。无计得传消息。天上嫦娥人不识。寄书何处觅。

新睡觉来无力。不忍看伊书迹。满院落花春寂寂。断肠芳草碧。

30. 江城子　单调三十五字，七句五平韵　韦庄

髻鬟狼藉黛眉长。出兰房。别檀郎。角声呜咽，星斗渐微茫。露冷月残人未起，留不住，泪千行。

31. 如梦令　单调三十三字，七句五仄韵、一叠韵　庄宗

曾宴桃源深洞。一曲舞鸾歌凤。长记别伊时，和泪出门相送。如梦。如梦。残月落花烟重。

32. 鹊桥仙　双调五十六字，前后段各五句，两仄韵　欧阳修

月波清霁，烟容明淡，灵汉旧期还至。鹊迎桥路接天津，映夹岸，星榆点缀。

云屏未卷，仙鸡催晓，肠断去年情味。多应天意不教长，恁恐把，欢娱容易。

33. 蓦山溪　双调八十二字，前后段各九句，三仄韵　程垓

老来风味，是事都无可。只爱小书舟，剩围著，琅玕几个。呼风约月，随分乐生涯，不羡富，不忧贫，不怕乌蟾堕。

三杯径醉，转觉乾坤大。醉后百篇诗，尽从他，龙吟鹤和。升沈万事，还与本来天，青云上，白云间，一任安排我。

34. 摸鱼儿　双调一百十六字，前段十句六仄韵，后段十一句七仄韵　晁补之

买陂塘，旋栽杨柳，依稀淮岸湘浦。东皋雨足轻痕涨，沙嘴鹭来鸥聚。堪

爱处。<u>最好是</u>，一川夜月光流渚。无人自舞。任翠幕张天，柔茵藉地，<u>酒尽未</u>
<u>能去</u>。

青绫被，休忆金闺故步。儒冠曾把身误。弓刀千骑成何事，荒了邵平瓜圃。
君试觑。<u>满青镜</u>，星星鬓影今如许。功名浪语。便做得班超，封侯万里，<u>归计恐</u>
<u>迟暮</u>。

35. 柳梢青　双调四十九字，前段六句三平韵，后段五句三平韵　　秦观

岸草平沙。吴王故苑，柳袅烟斜。雨后寒轻，风前香细，春在梨花。
行人一棹天涯。<u>酒醒处</u>，<u>残阳乱鸦</u>。门外秋千，墙头红粉，深院谁家。

36. 采桑子　双调四十四字，前后段各四句，三平韵　　和凝

蝤蛴领上诃梨子，绣带双垂。椒户闲时。竞学摴蒲赌荔枝。
丛头鞋子红编细，裙窣金丝。无事颦眉。春思翻教阿母疑。

37. 生查子　双调四十字，前后段各四句，两仄韵　　韩偓

侍女动妆奁，故故惊人睡。那知本未眠，背面偷垂泪。
懒卸凤头钗，羞入鸳鸯被。时复见残灯，<u>和烟坠金穗</u>。

38. 诉衷情令　双调四十四字，前段四句三平韵，后段六句三平韵　　晏殊

青梅煮酒斗时新。天气欲残春。<u>东城南陌花下</u>，逢著意中人。
回绣袂，展香茵。叙情亲。此时拌作，千尺游丝，惹住朝云。

39. 阮郎归　双调四十七字，前段四句四平韵，后段五句四平韵　　李煜

东风吹水日衔山。春来长自闲。落花狼藉酒阑珊。笙歌醉梦间。
春睡觉，晚妆残。无人整翠鬟。留连光景惜朱颜。黄昏独倚阑。

40. 洞仙歌　双调八十三字，前段六句三仄韵，后段七句三仄韵　　苏轼

冰肌玉骨，自清凉无汗。水殿风来暗香满。绣帘开，<u>一点明月窥人</u>，人未
寝，欹枕钗横鬓乱。
起来携素手，庭户无声，<u>时见疏星渡河汉</u>。试问夜如何，夜已三更，金波
淡，玉绳低转。<u>但屈指</u>，西风几时来，又不道，流年暗中偷换。

41. 浪淘沙令　双调五十四字，前后段各五句，四平韵　　李煜

帘外雨潺潺。春意阑珊。罗衾不耐五更寒。梦里不知身是客，一晌贪欢。
独自莫凭阑。无限江山。别时容易见时难。流水落花春去也，天上人间。

42. 长相思 双调三十六字，前后段各四句三平韵、一叠韵 白居易

汴水流。泗水流。流到瓜州古渡头。吴山点点愁。

思悠悠。恨悠悠。恨到归时方始休。月明人倚楼。

43. 感皇恩 双调六十七字，前后段各七句，四仄韵 毛滂

绿水小河亭，朱阑碧甃。江月娟娟上高柳。画楼缥缈，尽挂窗纱帘绣。月明知我意，来相就。

银字吹笙，金貂取酒。小小微风弄襟袖。宝熏浓燕，人共博山烟瘦。露凉钗燕冷，更深后。

44. 青玉案 双调六十七字，前后段各六句，五仄韵 贺铸

凌波不过横塘路。但目送，芳尘去。锦瑟年华谁与度。月楼花院，绮窗朱户。惟有春知处。

碧云冉冉蘅皋暮。彩笔空题断肠句。试问闲愁知几许。一川烟草，满城风絮。梅子黄时雨。

45. 渔歌子 单调二十七字，五句四平韵 张志和

西塞山前白鹭飞。桃花流水鳜鱼肥。青箬笠，绿蓑衣。斜风细雨不须归。

46. 忆秦娥 双调四十六字，前后段各五句，三仄韵、一叠韵 李白

箫声咽。秦娥梦断秦楼月。秦楼月，年年柳色，灞陵伤别。

乐游原上清秋节。咸阳古道音尘绝。音尘绝。西风残照，汉家陵阙。

47. 小重山 双调五十八字，前后段各四句，四平韵 薛昭蕴

春到长门春草青。玉阶华露滴，月胧明。东风吹断玉箫声。宫漏促，帘外晓啼莺。

愁起梦难成。红妆流宿泪，不胜情。手挼裙带绕花行。思君切，罗幌暗尘生。

48. 八声甘州 双调九十七字，前后段各九句，四平韵 柳永

对潇潇暮雨洒江天，一番洗清秋。渐霜风凄紧，关河冷落，残照当楼。是处红衰翠减，苒苒物华休。惟有长江水，无语东流。

不忍登高临远，望故乡渺渺，归思难收。叹年来踪迹，何事苦淹留。想佳人，妆楼颙望，误几回，天际识归舟。争知我，倚阑干处，正恁凝愁。

49. 一斛珠　双调五十七字，前后段各五句，四仄韵　李煜

晚妆初过。沈檀轻注些儿个。向人微露丁香颗。一曲清歌，暂引樱桃破。

罗袖裛残殷色可。杯深旋被香醪涴。绣床斜凭娇无那。烂嚼红茸，笑向檀郎唾。

50. 齐天乐　双调一百二字，前段十句五仄韵，后段十一句五仄韵　周邦彦

绿芜凋尽台城路，殊乡又逢秋晚。暮雨生寒，鸣蛩劝织，深阁时闻裁剪。云窗静掩。叹重拂罗裀，顿疏花簟。尚有练囊，露萤清夜照书卷。

荆江留滞最久，故人相望处，离思何限。渭水西风，长安乱叶，空忆诗情宛转。凭高望远。正玉液新篘，蟹螯初荐。醉倒山翁，但愁斜照敛。

51. 杨柳枝　单调二十八字，四句三平韵　温庭筠

金缕毵毵碧瓦沟。六宫眉黛惹香愁。晚来更带龙池雨，半拂阑干半入楼。

52. 瑞鹤仙　双调一百二字，前段十一句七仄韵，后段十一句六仄韵　周邦彦

悄郊园带郭。行路永，客去车尘漠漠。斜阳映山落。敛余红，犹恋孤城阑角。凌波步弱。过短亭，何用素约。有流莺劝我，重解雕鞍，缓引春酌。

不记归时早暮，上马谁扶，醒眠朱阁。惊飙动幕。扶残醉，绕红药。叹西园，已是花深无地，东风何事又恶。任流光过却。犹喜洞天自乐。

53. 喜迁莺　双调四十七字，前段五句四平韵，后段五句两仄韵、两平韵　韦庄

街鼓动，禁城开。天上探人回。凤衔金榜出云来。平地一声雷。

莺已迁，龙已化。一夜满城车马。家家楼上簇神仙。争看鹤冲天。

54. 苏幕遮　双调六十二字，前后段各七句，四仄韵　范仲淹

碧云天，黄叶地。秋色连波，波上寒烟翠。山映斜阳天接水。芳草无情，更在斜阳外。

黯乡魂，追旅思。夜夜除非，好梦留人睡。明月楼高休独倚。酒入愁肠，化作相思泪。

55. 太常引　双调四十九字，前段四句四平韵，后段五句三平韵　辛弃疾

仙机似欲织纤罗。仿佛度金梭。无奈玉纤何。却弹作，清商恨多。

珠帘影里，如花半面，绝胜隔帘歌。世路苦风波。且痛饮，公无渡河。

56. 行香子　双调六十六字，前段八句四平韵，后段八句三平韵　　晁补之

前岁栽桃，今岁成蹊。更黄鹂久住相知。微行清露，细履斜晖。对林中侣，闲中我，醉中谁。

何妨到老，常闲常醉，任功名生事俱非。衰颜难强，拙语多迟。但醉同行，<u>月同坐</u>，影同归。

57. 定风波　双调六十二字，前段五句三平韵、两仄韵，
　　　　　　后段六句四仄韵、两平韵　　欧阳炯

暖日闲窗映碧纱。小池春水浸明霞。数树海棠红欲尽。争忍。玉闺深掩过年华。

独凭绣床方寸乱。肠断。泪珠穿破脸边花。邻舍女郎相借问。音信。教人羞道未还家。

58. 瑞鹧鸪　双调五十六字，前段四句三平韵，后段四句两平韵　　冯延巳

才罢严妆怨晓风。粉墙画壁宋家东。蕙兰有恨枝犹绿，<u>桃李无言花自红</u>。
燕燕巢时罗幕卷，莺莺啼处凤楼空。少年薄幸知何处，<u>每夜归来春梦中</u>。

59. 风入松　双调七十四字，前后段各六句，四平韵　　晏几道

柳阴庭院杏梢墙。依旧巫阳。凤箫已远青楼在，水沈烟，复暖前香。临镜舞鸾离照，倚筝飞雁辞行。

坠鞭人意自凄凉。泪眼回肠。断云残雨当年事，到如今，几度难忘。两袖晓风花陌，一帘夜月兰堂。

60. 醉蓬莱　双调九十七字，前段十一句四仄韵，后段十二句四仄韵　　柳永

渐亭皋叶下，陇首云飞，素秋新霁。华阙中天，锁葱葱佳气。嫩菊黄深，拒霜红浅，近宝阶香砌。玉宇无尘，金茎有露，碧天如水。

正值升平，万几多暇，夜色澄鲜，漏声迢递。南极星中，有老人呈瑞。此际宸游，凤辇何处，度管弦清脆。太液波翻，披香帘卷，月明风细。

61. 相见欢　双调三十六字，前段三句三平韵，后段四句两仄韵、两平韵　　薛昭蕴

罗袜绣袂香红。画堂中。细草平沙蕃马，小屏风。
<u>卷罗幕</u>。凭妆阁。思无穷。暮雨轻烟魂断，隔帘栊。

62. 声声慢 双调九十九字，前段九句四平韵，后段八句四平韵 晁补之

朱门深掩，摆荡春风，无情镇欲轻飞。断肠如雪撩乱，去点人衣。朝来半和细雨，向谁家、东馆西池。算未肯，似桃含红蕊，留待郎归。

还记章台往事，别后纵，青青似旧时垂。灞岸行人多少，竟折柔枝。而今恨啼露叶，镇香街、抛掷因谁。又争可，妒郎夸春草，步步相随。

63. 永遇乐 双调一百四字，前后段各十一句，四仄韵 苏轼

明月如霜，好风如水，清景无限。曲港跳鱼，圆荷泻露，寂寞无人见。紞如五鼓，铮然一叶，黯黯梦云惊断。夜茫茫，重寻无处，觉来小园行遍。

天涯倦客，山中归路，望断故园心眼。燕子楼空，佳人何在，空锁楼中燕。古今如梦，何曾梦觉，但有旧欢新怨。异时对，黄楼夜景，为余浩叹。

64. 导引 双调五十字，前段五句三平韵，后段四句三平韵
《宋史·乐志》 无名氏

皇家盛事，三殿庆重重。圣主极推崇。瑶编宝列相辉映，归美意何穷。
钧韶九奏度春风。彩仗焕仪容。欢声和气弥寰宇，皇寿与天同。

65. 眼儿媚 双调四十八字，前段五句三平韵，后段五句两平韵 左誉

楼上黄昏杏花寒。斜月小阑干。一双燕子，两行归雁，画角声残。
绮窗人在东风里，洒泪对春闲。也应似旧，盈盈秋水，淡淡青山。

66. 霜天晓角 双调四十三字，前段四句三仄韵，后段五句四仄韵 林逋

冰清霜洁。昨夜梅花发。甚处玉龙三弄，声摇动，枝头月。
梦绝。金兽热。晓寒兰烬灭。更卷珠帘清赏，且莫扫，阶前雪。

67. 雨中花令 双调五十一字，前后段各四句，三仄韵 晏殊

剪翠妆红欲就。折得清香满袖。一对鸳鸯眠未足，叶下长相守。
莫傍细条寻嫩藕。怕绿刺、胃衣伤手。可惜许，月明风露好，恰在人归后。

68. 一剪梅 双调六十字，前后段各六句，三平韵 周邦彦

一剪梅花万样娇。斜插疏枝，略点梅梢。轻盈微笑舞低回，何事尊前，拍手相招。

夜渐寒深酒渐消。袖里时闻，玉钏轻敲。城头谁恁促残更，银漏何如，且慢明朝。

69. 巫山一段云　双调四十六字，前段四句三平韵，后段四句两仄韵、两平韵　唐昭宗

蝶舞梨园雪，莺啼柳带烟。小池残日艳阳天。芳萝山又山。

青鸟不来愁绝。忍看鸳鸯双结。春风一等少年心。闲情恨不禁。

70. 桃源忆故人　双调四十八字，前后段各四句，四仄韵　欧阳修

梅梢弄粉香犹嫩。欲寄江南春信。别后愁肠萦损。说与伊争稳。

小炉独守寒灰烬。忍泪低头画尽。眉上万重新恨。竟日无人问。

71. 更漏子　双调四十六字，前段六句两仄韵、两平韵，
后段六句三仄韵、两平韵　温庭筠

玉炉香，红烛泪。偏照画堂秋思。眉翠薄，鬓云残。夜长衾枕寒。

梧桐树。三更雨。不道离情正苦。一叶叶，一声声。空阶滴到明。

72. 汉宫春　双调九十六字，前后段各九句，四平韵　晁冲之

黯黯离怀，向东门系马，南浦移舟。薰风乱飞燕子，时下轻鸥。无情渭水，问谁教，日日东流。常是送，行人去后，烟波一向离愁。

回首旧游如梦，记踏青携饮，拾翠狂游。无端彩云易散，覆水难收。风流未老，拚千金，重入扬州。应又似，当年载酒，依前明占青楼。

73. 千秋岁　双调七十一字，前后段各八句，五仄韵　秦观

柳边沙外。城郭轻寒退。花影乱，莺声碎。飘零疏酒盏，离别宽衣带。人不见，碧云暮合空相对。

忆昔西池会。鸳鹭同飞盖。携手处，今谁在。日边清梦断，镜里朱颜改。春去也，落红万点愁如海。

74. 祝英台近　双调七十七字，前段八句三仄韵，后段八句四仄韵　程垓

坠红轻，浓绿润，深院又春晚。睡起恹恹，无语小妆懒。可堪三月风光，五更魂梦，又都被，杜鹃催趱。

怎消遣。人道愁与春归，春归愁未断。闲倚银屏，羞怕泪痕满。断肠沈水重熏，瑶琴闲理，奈依旧，夜寒人远。

75. 少年游　双调五十字，前段五句三平韵，后段五句两平韵　晏殊

芙蓉花发去年枝。双燕欲归飞。兰堂风软，金炉香暖，新曲动帘帷。

家人并上千春寿，深意满琼卮。绿鬓朱颜，道家装束，长似少年时。

76. 忆王孙　单调三十一字，五句五平韵　秦观

萋萋芳草忆王孙。柳外楼高空断魂。杜宇声声不忍闻。欲黄昏。雨打梨花深闭门。

77. 红窗迥　双调五十三字，前段六句四仄韵，后段五句三仄韵　周邦彦

几日来，真个醉。早窗外乱红，已深半指。花影被风摇碎。拥春醒未起。有个人人生济楚，向耳边问道，今朝醒未。情性漫腾腾地。恼得人越醉。

78. 武陵春　双调四十八字，前后段各四句，三平韵　毛滂

风过冰檐环佩响，宿雾在华茵。剩落瑶花衬月明。嫌怕有纤尘。凤口衔灯金炫转，人醉觉寒轻。但得清光解照人。不负五更春

33777；全唐五代词P1113

79. 五更转（维摩五更转）

一更初，一更初。医王设教有多途。维摩权疾徙方丈，莲花宝相坐街衢。

80. 酒泉子　双调四十字，前段五句两平韵、两仄韵，
后段五句三仄韵、一平韵　温庭筠

花映柳条。闲向绿萍池上。凭阑干，窥细浪。雨潇潇。
近来音信两疏索。洞房空寂寞。掩银屏，垂翠箔。度春宵。

81. 烛影摇红　双调四十八字，前段四句两仄韵，后段五句三仄韵　毛滂

老景萧条，送君归去添凄断。赠君明月满前溪，直到西湖畔。
门掩绿苔应遍。为黄花，频开醉眼。橘奴无恙，蝶子相迎，寒窗日短。

82. 风流子　单调三十四字，八句六仄韵　孙光宪

楼依长衢欲暮。瞥见神仙伴侣。微傅粉，拢梳头，隐映画帘开处。无语。无绪。慢曳罗裙归去。

83. 最高楼　双调八十一字，前段八句四平韵，后段八句两仄韵、三平韵　辛弃疾

花知否，花一似何郎。又似沈东阳。瘦棱棱地天然白，冷清清地许多香。笑东君，还又向，北枝忙。
著一阵，霎时间底雪。更一个，缺些儿底月。山下路，水边墙。风流怕有人知处，影儿守定竹旁厢。且饶他，桃李趁，少年场。

84. 唐多令　双调六十字，前后段各五句，四平韵　刘过

芦叶满汀洲。寒沙带浅流。二十年，重过南楼。柳下系船犹未稳，能几口，又中秋。

黄河断矶头。故人曾到不。旧江山，浑是新愁。欲买桂花同载酒，终不似，少年游。

85. 望海潮　双调一百七字，前段十一句五平韵，后段十一句六平韵　柳永

东南形胜，江湖都会，钱塘自古繁华。烟柳画桥，风帘翠幕，参差十万人家。云树绕堤沙，<u>怒涛卷霜雪</u>，天堑无涯。市列珠玑，户盈罗绮，竞豪奢。

重湖叠巘清佳，有三秋桂子，十里荷花。羌管弄晴，菱歌泛夜，嬉嬉钓叟莲娃。千骑拥高牙。乘醉听箫鼓，吟赏烟霞。异日图将好景，归去凤池夸。

86. 捣练子　单调二十七字，五句三平韵　冯延巳

深院静，小庭空。断续寒砧断续风。无奈夜长人不寐，数声和月到帘栊。

87. 一络索　双调四十四字，前后段各四句，三仄韵　梅苑　无名氏

腊后东风微透。越梅时候。一枝芳信到江南，来报先春秀。
宿醉频拈轻嗅。堪醒残酒。笛声容易莫相催，留待纤纤手。

88. 人月圆　双调四十八字，前段五句两平韵，后段六句两平韵　王诜

小桃枝上春来早，初试薄罗衣。年年此夜，华灯竞处，人月圆时。
禁街箫鼓，寒轻夜永，纤手同携。夜阑人静，千门笑语，声在帘帏。

89. 天仙子　单调三十四字，六句五仄韵　皇甫松

晴野鹭鸶飞一只。水葓花发秋江碧。刘郎此日别天仙，登绮席，<u>泪珠滴</u>。十二晚峰高历历。

90. 选冠子　双调一百十一字，前段十二句四仄韵，后段十一句四仄韵　周邦彦

水浴清蟾，叶喧凉吹，巷陌雨声初断。闲依露井，笑扑流萤，惹破画罗轻扇。<u>人静夜久凭阑</u>，愁不归眠，立残更箭。叹年华一瞬，人今千里，梦沈书远。

空见说，鬓怯琼梳，容销金镜，渐懒趁时匀染。梅风地溽，虹雨苔滋，一架舞红都变。谁信无聊，为伊才减江淹，情伤荀倩。但明河影下，还看疏星几点。

91. 杏花天　双调五十四字，前后段各四句，四仄韵　朱敦儒

浅春庭院东风晓。<u>细雨打</u>，鸳鸯寒悄。花尖望见秋千了。无路踏青斗草。

人别后，碧云信杳。对好景，愁多欢少。等他燕子传音耗。红杏开还未到。

92. 河传　双调五十五字，前段七句两仄韵、五平韵，
后段七句三仄韵、四平韵　温庭筠

湖上。闲望。雨萧萧。烟浦花桥路遥。谢娘翠蛾愁不销。终朝。梦魂迷晚潮。

荡子天涯归棹远。春已晚。莺语空肠断。若耶溪。溪水西。柳堤。不闻郎马嘶。

93. 花心动　双调一百四字，前段十句四仄韵，后段八句五仄韵　史达祖

风约帘波，锦机寒，难遮海棠烟雨。夜酒未苏，春枕犹敧，曾是误成歌舞。半褰藏帐云头散，奈愁味，不随香去。尽沈静，文园更渴，有人知否。

懒记温柔旧处。偏只怕，临风见他桃树。绣户锁尘，锦瑟空弦，无复画眉心绪。待拈银管书春恨，被双燕，替人言语。望不尽，垂杨几千万缕。

94. 鹦鹉曲　双调五十四字，前段四句三仄韵，后段四句两仄韵　白无咎

侬家鹦鹉洲边住。是个不识字渔父。浪花中，一叶扁舟，睡煞江南烟雨。

觉来时，满眼青山，抖擞绿蓑归去。算从前，错怨天公，甚也有，安排我处。

95. 昭君怨　双调四十字，前后段各四句，两仄韵、两平韵　万俟咏

春到南楼雪尽。惊动灯期花信。小雨一番寒。倚阑干。
莫把阑干频倚。一望几重烟水。何处是京华。暮云遮。

96. 促拍花满路　双调八十三字，前后段各八句，四平韵　柳永

香靥融春雪，翠鬓軃秋烟。楚腰纤细正笄年。凤帏夜短，偏爱日高眠。起来贪颠耍，只恁残却黛眉，不整花钿。

有时携手闲坐，偎倚绿窗前。温柔情态尽人怜。画堂春过，悄悄落花天。长是娇痴处，尤殢檀郎，未教折了秋千。

97. 拨棹子　双调六十一字，前段五句五仄韵，后段四句四仄韵　尹鹗

风切切。深秋月。十朵芙蓉繁艳歇。凭小槛，细腰无力。空赢得，目断魂飞何处说。

寸心恰似丁香结。看看瘦尽胸前雪。偏挂恨，少年抛掷。羞睹见，绣被堆红闲不彻。

98. 水鼓子　平起首句押韵七绝为正体（见《全唐五代词》P1123—1135）

朝廷赏罚不逡巡。宣事书家出阁频。当日进黄闻数纸，即凭酬答有功人。

99. 应天长　双调五十字，前后段各五句，四仄韵　　韦庄

绿槐阴里黄鹂语。深院无人春昼午。画帘垂，金凤舞。寂寞绣屏香一炷。

碧天云，无定处。空有梦魂来去。夜夜绿窗风雨。断肠君信否。

100. 恋绣衾　双调五十四字，前段四句三平韵，后段四句两平韵　　朱敦儒

木落江南感未平。雨潇潇，衰鬓到今。甚处是，长安路，水连空，山锁暮云。

老人对酒今如此，一番新，残梦暗惊。又是洒，黄花泪，问明年，此会怎生。

附录5 唐诗三百首80首五律非律句图示

说明：

（1）选自唐诗三百首卷三——五律，序号系按原书排列添加；

（2）以下划线标示非律句（统计共115句）；

（3）以加点标示非律句中的"平平仄平仄"型近律句（统计共42句）；

（4）平仄判断以刘渊平水韵为标准，疑难处参之以广韵。

090. 经邹鲁祭孔子而叹之 唐玄宗

夫子何为者，栖栖一代中。地犹鄹氏邑，宅即鲁王宫。

叹凤嗟身否？伤麟怨道穷。今看两楹奠，当与梦时同。

091. 望月怀远 张九龄

海上生明月，天涯共此时。情人怨遥夜，竟夕起相思！

灭烛怜光满，披衣觉露滋。不堪盈手赠，还寝梦佳期。

092. 送杜少府之任蜀州 王勃

城阙辅三秦，风烟望五津。与君离别意，同是宦游人。

海内存知己，天涯若比邻。无为在歧路，儿女共沾巾。

093. 在狱咏蝉并序 骆宾王

西陆蝉声唱，南冠客思侵。那堪玄鬓影，来对白头吟！

露重飞难进，风多响易沉。无人信高洁，谁为表予心？

094. 和晋陵路丞早春游望 杜审言

独有宦游人，偏惊物候新。云霞出海曙，梅柳渡江春。

淑气催黄鸟，晴光转绿苹。忽闻歌古调，归思欲沾巾。

095. 杂诗 沈佺期

闻道黄龙戍，频年不解兵。可怜闺里月，长在汉家营。

少妇今春意，良人昨夜情。谁能将旗鼓，一为取龙城？

096. 题大庾岭北驿 宋之问

阳月南飞雁，传闻至此回。我行殊未已，何日复归来？
江静潮初落，林昏瘴不开。明朝望乡处，应见陇头梅。

097. 次北固山下 王湾

客路青山外，行舟绿水前。潮平两岸阔，风正一帆悬。
海日生残夜，江春入旧年。乡书何处达？归雁洛阳边。

098. 题破山寺后禅院 常建

清晨入古寺，初日照高林。曲径通幽处，禅房花木深。
山光悦鸟性，潭影空人心。万籁此俱寂，惟馀钟磬音。

099. 寄左省杜拾遗 岑参

联步趋丹陛，分曹限紫微。晓随天仗入，暮惹御香归。
白发悲花落，青云羡鸟飞。圣朝无阙事，自觉谏书稀。

100. 赠孟浩然 李白

吾爱孟夫子，风流天下闻。红颜弃轩冕，白首卧松云。
醉月频中圣，迷花不事君。高山安可仰，徒此挹清芬。

101. 渡荆门送别 李白

渡远荆门外，来从楚国游。山随平野尽，江入大荒流。
月下飞天镜，云生结海楼。仍怜故乡水，万里送行舟。

102. 送友人 李白

青山横北郭，白水绕东城。此地一为别，孤蓬万里征。
浮云游子意，落日故人情。挥手自兹去，萧萧班马鸣。

103. 听蜀僧浚弹琴 李白

蜀僧抱绿绮，西下峨眉峰。为我一挥手，如听万壑松。
客心洗流水，馀响入霜钟。不觉碧山暮，秋云暗几重。

104. 夜泊牛渚怀古 李白

牛渚西江夜，青天无片云。登舟望秋月，空忆谢将军。

余亦能高咏，斯人不可闻。<u>明朝挂帆席</u>，枫叶落纷纷。

105. 月夜　杜甫

今夜鄜州月，闺中只独看。<u>遥怜小儿女</u>，未解忆长安。
香雾云鬟湿，清辉玉臂寒。<u>何时倚虚幌</u>，双照泪痕干？

106. 春望　杜甫

国破山河在，城春草木深。感时花溅泪，恨别鸟惊心。
烽火连三月，家书抵万金。白头搔更短，浑欲不胜簪。

107. 春宿左省　杜甫

花隐掖垣暮，啾啾栖鸟过。<u>星临万户动</u>，月傍九霄多。
不寝听金钥，因风想玉珂。<u>明朝有封事</u>，数问夜如何？

108. 杜甫：至德二载甫自京金光门出，问道归凤翔。
乾元初从左拾遗移华州掾。与亲故别，因出此门。有悲往事。

此道昔归顺，<u>西郊胡正繁</u>。至今残破胆，应有未招魂。
近得归京邑，移官岂至尊？无才日衰老，驻马望千门。

109. 月夜忆舍弟　杜甫

戍鼓断人行，秋边一雁声。露从今夜白，月是故乡明。
有弟皆分散，无家问死生。寄书长不达，况乃未休兵。

110. 天末怀李白　杜甫

<u>凉风起天末</u>，君子意如何？<u>鸿雁几时到</u>，<u>江湖秋水多</u>。
文章憎命达，魑魅喜人过。应共冤魂语，投诗赠汨罗。

111. 奉济驿重送严公四韵　杜甫

<u>远送从此别</u>，青山空复情。<u>几时杯重把</u>，昨夜月同行。
列郡讴歌惜，三朝出入荣。<u>将村独归处</u>，寂寞养残生。

112. 别房太尉墓　杜甫

<u>他乡复行役</u>，驻马别孤坟。近泪无干土，低空有断云。
对棋陪谢傅，把剑觅徐君。唯见林花落，莺啼送客闻。

113. 旅夜书怀　杜甫

细草微风岸，危樯独夜舟。星垂平野阔，月涌大江流。
名岂文章著？官应老病休。飘飘何所似，天地一沙鸥。

114. 登岳阳楼　杜甫

昔闻洞庭水，今上岳阳楼。吴楚东南坼，乾坤日夜浮。
亲朋无一字，老病有孤舟。戎马关山北，凭轩涕泗流。

115. 辋川闲居赠裴秀才迪　王维

寒山转苍翠，秋水日潺湲。倚杖柴门外，临风听暮蝉。
渡头馀落日，墟里上孤烟。复值接舆醉，狂歌五柳前。

116. 山居秋暝　王维

空山新雨后，天气晚来秋。明月松间照，清泉石上流。
竹喧归浣女，莲动下渔舟。随意春芳歇，王孙自可留。

117. 归嵩山作　王维

清川带长薄，车马去闲闲。流水如有意，暮禽相与还。
荒城临古渡，落日满秋山。迢递嵩高下，归来且闭关。

118. 终南山　王维

太乙近天都，连山接海隅。白云回望合，青霭入看无。
分野中峰变，阴晴众壑殊。欲投人处宿，隔水问樵夫。

119. 酬张少府　王维

晚年惟好静，万事不关心。自顾无长策，空知返旧林。
松风吹解带，山月照弹琴。君问穷通理，渔歌入浦深。

120. 过香积寺　王维

不知香积寺，数里入云峰。古木无人径，深山何处钟？
泉声咽危石，日色冷青松。薄暮空潭曲，安禅制毒龙。

121. 送梓州李使君　王维

万壑树参天，千山响杜鹃。山中一夜雨，树杪百重泉。
汉女输橦布，巴人讼芋田。文翁翻教授，不敢倚先贤。

122. 汉江临眺 王维

楚塞三湘接，荆门九派通。江流天地外，山色有无中。
郡邑浮前浦，波澜动远空。襄阳好风日，留醉与山翁。

123. 终南别业 王维

中岁颇好道，晚家南山陲。兴来每独往，胜事空自知。
行到水穷处，坐看云起时。偶然值林叟，谈笑无还期。

124. 望洞庭湖赠张丞相 孟浩然

八月湖水平，涵虚混太清。气蒸云梦泽，波撼岳阳城。
欲济无舟楫，端居耻圣明。坐观垂钓者，空有羡鱼情。

125. 与诸子登岘山 孟浩然

人事有代谢，往来成古今。江山留胜迹，我辈复登临。
水落鱼梁浅，天寒梦泽深。羊公碑字在，读罢泪沾襟。

126. 清明日宴梅道士房 孟浩然

林卧愁春尽，开轩览物华。忽逢青鸟使，邀入赤松家。
丹灶初开火，仙桃正发花。童颜若可驻，何惜醉流霞！

127. 岁暮归南山 孟浩然

北阙休上书，南山归敝庐。不才明主弃，多病故人疏。
白发催年老，青阳逼岁除。永怀愁不寐，松月夜窗墟。

128. 过故人庄 孟浩然

故人具鸡黍，邀我至田家。绿树村边合，青山郭外斜。
开轩面场圃，把酒话桑麻。待到重阳日，还来就菊花。

129. 秦中感秋寄远上人 孟浩然

一丘尝欲卧，三径苦无资。北土非吾愿，东林怀我师。
黄金燃桂尽，壮志逐年衰。日夕凉风至，闻蝉但益悲。

130. 宿桐庐江寄广陵旧游 孟浩然

山暝听猿愁，沧江急夜流。风鸣两岸叶，月照一孤舟。
建德非吾土，维扬忆旧游。还将两行泪，遥寄海西头。

131. 留别王侍御维　孟浩然

寂寂竟何待，朝朝空自归。欲寻芳草去，惜与故人违。
当路谁相假，知音世所稀。只应守寂寞，还掩故园扉。

132. 早寒江上有怀　孟浩然

木落雁南渡，北风江上寒。我家襄水曲，遥隔楚云端。
乡泪客中尽，孤帆天际看。迷津欲有问，平海夕漫漫。

133. 秋日登吴公台上寺远眺　刘长卿

古台摇落后，秋日望乡心。野寺人来少，云峰水隔深。
夕阳依旧垒，寒磬满空林。惆怅南朝事，长江独至今。

134. 送李中丞归汉阳别业　刘常卿

流落征南将，曾驱十万师。罢归无旧业，老去恋明时。
独立三边静，轻生一剑知。茫茫江汉上，日暮复何之。

135. 饯别王十一南游　刘长卿

望君烟水阔，挥手泪沾巾。飞鸟没何处，青山空向人。
长江一帆远，落日五湖春。谁见汀洲上，相思愁白苹？

136. 寻南溪常山道人隐居　刘长卿

一路经行处，莓苔见履痕。白云依静渚，春草闭闲门。
过雨看松色，随山到水源。溪花与禅意，相对亦忘言。

137. 新年作　刘长卿

乡心新岁切，天畔独潸然。老至居人下，春归在客先。
岭猿同旦暮，江柳共风烟。已似长沙傅，从今又几年？

138. 送僧归日本　钱起

上国随缘住，来途若梦行。浮天沧海远，去世法舟轻。
水月通禅寂，鱼龙听梵声。惟怜一灯影，万里眼中明。

139. 谷口书斋寄杨补阙　钱起

泉壑带茅茨，云霞生薛帷。竹怜新雨后，山爱夕阳时。
闲鹭栖常早，秋花落更迟。家童扫萝径，昨与故人期。

140. 淮上喜会梁川故人 韦应物

江汉曾为客，相逢每醉还。浮云一别后，流水十年间。
欢笑情如旧，萧疏鬓已斑。何因北归去，淮上对秋山。

141. 赋得暮雨送李胄 韦应物

楚江微雨里，建业暮钟时。漠漠帆来重，冥冥鸟去迟。
海门深不见，浦树远含滋。相送情无限，沾襟比散丝。

142. 酬程延秋夜即事见赠 韩翃

长簟迎风早，空城澹月华。星河秋一雁，砧杵夜千家。
节候看应晚，心期卧亦赊。向来吟秀句，不觉已鸣鸦。

143. 阙题 刘眘虚

道由白云尽，春与青溪长。时有落花至，远随流水香。
闲门向山路，深柳读书堂。幽映每白日，清辉照衣裳。

144. 江乡故人偶集客舍 戴叔伦

天秋月又满，城阙夜千重。还作江南会，翻疑梦里逢。
风枝惊暗鹊，露草覆寒虫。羁旅长堪醉，相留畏晓钟。

145. 李端公 卢纶

故关衰草遍，离别正堪悲！路出寒云外，人归暮雪时。
少孤为客早，多难识君迟。掩泪空相向，风尘何处期？

146. 喜见外弟又言别 李益

十年离乱后，长大一相逢。问姓惊初见，称名忆旧容。
别来沧海事，语罢暮天钟。明日巴陵道，秋山又几重。

147. 云阳馆与韩绅宿别 司空曙

故人江海别，几度隔山川。乍见翻疑梦，相悲各问年。
孤灯寒照雨，深竹暗浮烟。更有明朝恨，离杯惜共传。

148. 喜外弟卢纶见宿 司空曙

静夜四无邻，荒居旧业贫。雨中黄叶树，灯下白头人。
以我独沉久，愧君相访频。平生自有分，况是蔡家亲！

149. 贼平后送人北归　司空曙

世乱同南去，时清独北还。他乡生白发，旧国见青山。
晓月过残垒，繁星宿故关。寒禽与衰草，处处伴愁颜。

150. 蜀先主庙　刘禹锡

天地英雄气，千秋尚凛然！势分三足鼎，业复五铢钱。
得相能开国，生儿不象贤。凄凉蜀故妓，来舞魏宫前。

151. 没蕃故人　张籍

前年伐月支，城下没全师。蕃汉断消息，死生长别离。
无人收废帐，归马识残旗。欲祭疑君在，天涯哭此时。

152. 赋得古原草送别　白居易

离离原上草，一岁一枯荣。野火烧不尽，春风吹又生。
远芳侵古道，晴翠接荒城。又送王孙去，萋萋满别情。

153. 旅宿　杜牧

旅馆无良伴，凝情自悄然。寒灯思旧事，断雁警愁眠。
远梦归侵晓，家书到隔年。沧江好烟月，门系钓鱼船。

154. 秋日赴阙题潼关驿楼　许浑

红叶晚萧萧，长亭酒一瓢。残云归太华，疏雨过中条。
树色随山迥，河声入海遥。帝乡明日到，犹自梦渔樵。

155. 早秋　许浑

遥夜泛清瑟，西风生翠萝。残萤栖玉露，早雁拂银河。
高树晓还密，远山晴更多。淮南一叶下，自觉老烟波。

156. 蝉　李商隐

本以高难饱，徒劳恨费声。五更疏欲断，一树碧无情。
薄宦梗犹泛，故园芜已平。烦君最相警，我亦举家清。

157. 风雨　李商隐

凄凉宝剑篇，羁泊欲穷年。黄叶仍风雨，青楼自管弦。
新知遭薄俗，旧好隔良缘。心断新丰酒，销愁斗几千。

158. 落花 李商隐

高阁客竟去，小园花乱飞。参差连曲陌，迢递送斜晖。
肠断未忍扫，眼穿仍欲归。芳心向春尽，所得是沾衣。

159. 凉思 李商隐

客去波平槛，蝉休露满枝。永怀当此节，倚立自移时。
北斗兼春远，南陵寓使迟。天涯占梦数，疑误有新知。

160. 北青萝 李商隐

残阳西入崦，茅屋访孤僧。落叶人何在？寒云路几层？
独敲初夜磬，闲倚一枝藤。世界微尘里，吾宁爱与憎。

161. 送人东游 温庭筠

荒戍落黄叶，浩然离故关。高风汉阳渡，初日郢门山。
江上几人在？天涯孤棹还。何当重相见，樽酒慰离颜？

162. 灞上秋居 马戴

灞原风雨定，晚见雁行频。落叶他乡树，寒灯独夜人。
空园白露滴，孤壁野僧邻。寄卧郊扉久，何年致此身？

163. 楚江怀古 马戴

露气寒光集，微阳下楚丘。猿啼洞庭树，人在木兰舟。
广泽生明月，苍山夹乱流。云中君不见，竟夕自悲秋。

164. 书边事 张乔

调角断清秋，征人倚戍楼。春风对青冢，白日落梁州。
大漠无兵阻，穷边有客游。蕃情似此水，长愿向南流。

165. 巴山道中除夜有怀 崔涂

迢递三巴路，羁危万里身。乱山残雪夜，孤独异乡春。
渐与骨肉远，转於僮仆亲。那堪正飘泊，明日岁华新。

166. 孤雁 崔涂

几行归塞尽，片影独何之？暮雨相呼失，寒塘欲下迟。
渚云低暗渡，关月冷相随。未必逢矰缴，孤飞自可疑。

167. 春宫怨　杜荀鹤

早被婵娟误，欲妆临镜慵。承恩不在貌，教妾若为容。
风暖鸟声碎，日高花影重。年年越溪女，相忆采芙蓉。

168. 章台夜思　韦庄

清瑟怨遥夜，绕弦风雨哀。孤灯闻楚角，残月下章台。
芳草已云暮，故人殊未来。乡书不可寄，秋雁又南回。

169. 寻陆鸿渐不遇　僧皎然

移家虽带郭，野径入桑麻。近种篱边菊，秋来未著花。
扣门无犬吠，欲去问西家。报到山中去，归来每日斜。

附录6　白话对联百副精选

作者按：百幅白话对联精选为笔者辑，收录对联为白话或近白话，主要资料来源有三：一是景常春的《近现代恸人对联辑注》；二是梁章钜的《楹联丛话》、余德全的《对联通》、朱承平的《对偶辞格》及网文《对联中的白话类》《白话文对联集锦（1）（2）》等；三是作者自撰或改编联。

无我相无人相无寿者相
有善缘有德缘有大福缘
【注】乾隆八旬寿诞楹联，出自《万寿盛诞》。

不爱财、不饮酒、不爱妇人是个老头陀；祇应眉宇间带两字英雄，担搁了五百年入山正果
又要忠、又要孝、又要风流好场大冤尊；若非胞胎里有三分痴钝，险些做十八滩顺水行舟
【注】世所传关帝庙乩笔联。

拜斯人便思学斯人，莫混帐磕了头去
入此山须要出此山，当仔细扪着心来
【注】周栎园（亮公）仙霞岭巅关帝庙联。对语本闽谚到来福地非为福出得仙霞始是仙。

登此山一半已是壶天
造绝顶千重尚多福地
【注】廷曙犀郡守（鐕）泰山半山壶天阁联。

泉自几时冷起
峰从何处飞来
【注】董其昌题西湖飞来峰下冷泉亭联，用教中机锋语。

飞峰一动不如一静
念佛求人不如求己
【注】西湖飞来峰下冷泉亭联。《七修类稿》。钝相。

翠翠红红，处处莺莺燕燕

风风雨雨，年年暮暮朝朝

【注】西湖孤山下花神庙旧联。曼调柔情情景恰称。

愿天下有情人都成了眷属

是前生注定事莫错过姻缘

【注】西湖孤山下花神庙旁月老祠金书联。集琵琶记西厢记两院本成句。

一百零八记钟声唤起万家春梦

二十又四番风信吹香七里山塘

【注】苏州虎丘花神庙联。

月色如昼

江流有声

【注】陈恪勤（鹏年）题焦山之麓松寥阁联。

见机而作

入土为安

横批：死而后已

【注】陈寅恪西南联大时期联。

民国万税

天下太贫

【注】刘师亮改口号题联。

虽是毫末生意

确实顶上功夫

【注】清道光年间理发店联。

两舟并行，橹速不如帆快

八音齐奏，笛清难比箫和

【注】据传为文臣武将对话联。

守郡继先人，看江水长流，剩几个当年父老

析薪绵世泽，原黄堂少住，留一日此日甘棠

【注】袁简斋（枚）为陈省斋继其父署守镇江代作对联。《随园诗话》。

跨太白楼之上，鸳瓦排云，倚画栏，一味乡愁已渐近钟阜晴岚六朝城郭

横彭蠡江而西，鹭涛堆雪，唤沙鸥，共谈宦迹最难忘峨眉春水万里风帆

【注】汪恩题安徽城外大观亭联。汪吴人曾宦四川此联乃守安庆时所作。

依然极浦遥山，想见阁中帝子
安得长风巨浪，送来江上才人
【注】宋牧仲滕王阁联。

帝子长洲，仙人旧馆
将军武库，学士词宗
【注】阮芸台（元）滕王阁联

依然故我
又是新年
【注】汪应琨门联。

生活根据地
居住自由权
【注】这谐趣门联。

两个荷包蛋
一张万年红
【注】清乾隆年间，李调元任广东学政时，想为一家小吃店题联。店家忙做好一碗荷包蛋端上，并备好一张"万年红"纸。李题了此联，店家连声赞道："好！好！"李再书横批"好好"。以后，小店以"好好"之名声闻远近。

愿将当世事
告与后人知
【注】题甘肃兰州五泉山浚源寺。

上去切莫大意
下来须要小心
【注】题湖北武当山南天门。

无不读书豪杰
有打瞌睡神仙
【注】程铭题湖北黄冈睡仙亭。

此中大有乐处
来者即是主人
【注】蔡清禅题辽宁营口公园西茅亭。

放开肚皮吃饭
立定脚跟做人
【注】某相国自题联。

劝老哥不忙回去

看小旦就要出来

【注】题四川德阳城隍庙戏台。

那些事你都要做

这一鞭我定不饶

【注】题四川成都灵祖殿。

任凭你这样做法

且看他如何下场

【注】题浙江绍兴城隍庙戏台。

自古未闻粪有税

而今只剩屁无捐

【注】刘师亮嘲旧社会苛捐杂税太多。

何必与人谈政治

不如为我写文章

【注】贺胡适五十寿辰。胡适主张少谈政治多做学问。

好大胆敢来见我

快回头切莫害人

【注】题湖北武当山朝山神道治世玄岳坊。

来到半山坐一坐

再行五里天上天

【注】题安徽九华山钓鱼台。

这条路谁人不走

那件事劝你莫为

【注】题四川泸县城隍庙。

说什么新年旧岁

还不定昨日今朝

【注】1938年湖南芷江春联。

桐叶自当年剪得

凤凰于何日飞来

【注】杨二酉题山西太原晋祠待凤轩。

悔不尽千差万错

悟透了后果前因

【注】寇璞

噫，天下事，天下事

咳，世间人，世间人

【注】题河南南阳土地庙。

升官发财，请走别路

贪生怕死，莫入此门

【注】1924年，孙中山先生在广州创办黄埔军校，军校大门悬此联。

革命尚未成功

同志仍需努力

【注】1923年孙中山在国民党恳亲大会上的题词。

把往事今朝重提起

破工夫明日早些来

【注】题北京京师戏馆。

我心虽慈，于法不宥

大家猛醒，及早回头

【注】题四川成都灵祖殿。

事到万难，必须放胆

理无两可，总要平心

【注】陈绝善。

有甚心儿须向别处去

无大面子莫到这里来

【注】题衙署。

向上来，地步高人一着

望远处，眼界宽我十分

【注】题路亭。

到此来坐坐，无分你我

过去当歇歇，各走东西

【注】题浙江杭州涌金门外黑亭（景名"亭湾骑射"）

祝愿小先生三元及第

恭喜大老板四季发财

【注】裁缝店老板与蔡锷对答联。

险些儿做了五经魁首

好汉子让他一个头名

【注】某生中亚魁后自题。

嫩头的绿叶，渐发芽了

巧舌似黄莺，真好听呀

【注】题音乐学校。

大路一条，到此齐心向上

好山四面，归来另眼相看

【注】题江苏苏州灵岩山继庐亭。

小儿不识道理，上桌偷食

村人有甚文章，中场出题

不生事，不怕事，自然无事

能爱人，能恶人，方是正人

本利轻微，捐税请少抽点

生命宝贵，自由该放宽些

莫怪和尚们这般大样

请看护法者岂是小人

【注】嘲寺僧。

想如何为人，便如何做

要怎样收获，先怎样栽

【注】刘东岩挽胡适。据胡适语写成。

民犹是也，国犹是也，勿分南北

总而言之，统而言之，不是东西

【注】白话文入对联始于五四前后。军阀混战时期，此联盛传一时。此联为愤世嫉俗之作，愤"民国"，斥"总统"，把全国一团糟的状况，一举而渲泄以出。

为何死了七个同学

只因不习十分钟操

【注】1918年，毛泽东在湖南长沙第一师范学校读书，当时校方对体育课很不重视，连每天上午10分钟的课间操也不搞，繁重的课程压垮了同学的身体。这一

年，竟病死了7个。在为死者举行的追悼会上，毛泽东作了此副对联。

广州暴动不死，平江暴动不死，如今竟牺牲，堪恨大祸从天降。

革命战争有功，游击战争有功，毕生何奋斗，好教后者继君来。

【注】1931年9月15日中央苏区第三次"反围剿"的最后一仗，红军高级将领黄公略不幸中弹牺牲。在追悼大会上，毛泽东满怀哀痛，亲笔撰写了此幅挽联，悬于会场两侧。

读诗是诗，举动是诗，毕生行径都是诗，诗的意味参透了，随遇自有乐土

乘船可死，驱车可死，斗室坐卧也可死，死于飞机偶然者，不必视为畏途

【注】1931年诗人徐志摩乘飞机在济南遇难，出身翰林的北京大学校长蔡元培，一反平时为人温柔敦厚，严谨"拘墟"之态，写下了此幅白话挽联。此联豁达自然，如谈玄理，颇有魏晋风度，堪称白话文对联的上乘。

三点钟开会，五点钟到齐，是否革命精神应该如此

一桌子水果，半桌子点心，忘了前敌将士饥饿未曾

【注】1927年北伐期间，一次武汉国民政府邀请冯玉祥将军出席会议，时间订于某日下午三时正，冯玉祥按时到达会场。可一看，会场上一个人也没有，只见桌上摆满高级香烟和糖果，琳琅满目。直到下午五点，国民政府要员才慢腾腾地走进来。冯玉祥很是气愤，当场作此联，几句口语，明白如话，却入木三分地刻画出国民政府大员官僚主义和享乐主义的作风，读来令人解颐。

捧着一颗心来

不带半根草去

【注】陶行知题南京晓庄师范学校六联之五。这是陶行知撰写并悬挂在自己办公室里的一副白话文对联。上联抒发了自己为民谋利，赤胆忠心，全心全意的坦荡情怀。下联表露出自己大公无私，不置家产，鞠躬尽瘁的坚定信念。他的一生实践证明他不愧是一位捧着心献给人民的教育家。

千教万教教人求真

千学万学学做真人

【注】这副对联是陶行知在1945年为广东大埔百侯中学撰写的校歌中的两句话，此联文提出了对教师和学生的希望，体现了陶行知在教育思想上富有创见，在教育实践中勇于探索的精神。

池中莲苞攥红拳，打谁

岸上麻叶伸绿掌，要啥

没甚来由，敢向江边卖水

有些意思，故来锦上添花

大肚能容，容天下难容的事
开口便笑，笑世上可笑些人
【注】笔者改旧联

穷鬼哥快出去，莫要纠缠小弟
财神爷请进来，何妨照看晚生

为名忙，为利忙，忙里偷闲，喝杯茶去
劳心苦，劳力苦，苦中作乐，拿壶酒来

咦，哪里放炮
哦，他们过年
【注】1945年春节出现于湖南湘西某县城郊一土地庙的这副对联，是用土地公与土地婆一问一答的方式写成的讽刺联。原联传为：公公问："哪里放炮?"婆婆说："他们过年。"

风声，雨声，读书的声音，声声皆能入耳
家事，国事，天下的事情，事事都要关心
【注】笔者改旧联

要钱，要权，可以不要脸
谈房，谈车，切莫谈自由
【注】笔者作，2017年5月2日晚。

花儿为什么这样红
世事几曾有如许怪
【注】笔者作，讽刺今之时事多怪。2017年5月2日晚。

少与我讲仁德，俗了
别和我谈理想，戒了
【注】笔者作，2017年5月2日晚。

点的是烟，抽的却是寂寞
听着是话，见着无非谎言
【注】笔者作，有感于时代，2017年5月2日晚。

活着的时候开心点，因为我们要死很久
年轻的时候抓紧些，毕竟大家都老得快
【注】笔者作，2017年5月2日晚。

就算是believe中间也藏了一个lie；
无奈何爱里面偏缺了一颗心
【注】笔者作，2017年5月2日晚。

奶球也能山寨
神马都是浮云
【注】笔者作，2017年5月3日晨。

本山有难
杜甫很忙
【注】笔者作，2017年5月3日晨。

山寨有山寨的本领，谁敢说指鹿为马
酱油是酱油的无能，永远是吃瓜群众
【注】笔者作，2017年5月3日晨。

控不如帝，帝不如达人，然而都是吃瓜群众
秀不如雷，雷不如忽悠，虽然并非叉腰亚龙
【注】笔者作，2017年5月3日晨。

博士生，硕士生，本科生，生生不息
上一届，这一届，下一届，届届失业
横批：愿读服输

不明真相——哪里不明真相
别有用心——是真别有用心
横批：诸葛亮吃萤火虫
【注】笔者作，剌当日官方用语，2017年5月18日星期四。

有专家就好，装门弄面
要大师做甚，抵手绊脚
【注】笔者作，2017年5月3日星期三上午。

自孔夫子至杜甫，仁义未曾衰落，都可以拜为老师朋友
从黄宗羲到鲁迅，民智亚待启发，何妨碍认作学者知音
【注】笔者作，2017年5月3日星期三上午。

山高路远，何不一路欣赏风景，何必让风雨遮蔽了秀色
海阔天空，且自天天放任自由，且随它鸥鹭不疑我真心
【注】笔者作，2017年5月3日星期三上午。

求通民情

愿闻己过

【注】林则徐自勉联，作于江苏为按察使时，约为1823年，题于官署门上。联语集于明代王阳明的话。

海纳百川，有容乃大

壁立千仞，无欲则纲

【注】林则徐自勉联，作于1841年任两广总督时。

砥砺以须，问天下头颅有几

及锋而试，看老夫手段如何

【注】石达开题剃头店，作于起事之前。

五千里秦树蜀山，我原过客

一万顷荷花秋水，中有诗人

【注】曾国藩1843年任四川乡试主考官，题新都县城桂湖，桂湖系明文学家杨慎故居。

不为圣贤，便为禽兽

莫问收获，但问耕耘

【注】曾国藩格言联。

来往行人，须知爱惜花柳

春秋佳日，切莫辜负湖山

【注】清兵部尚书彭玉麟（1816—1890）晚年退寓杭州西湖题杭州西湖联。

什么天主教，说甚天圣天神，绝天理，灭天伦，真到天讨天诛，天才有眼

这般地方官，尽是地匪地棍，穿地心，挖地骨，闹到地覆地翻，地尽无皮

【注】清末四川大足反洋教运动领袖挑煤工余栋臣1890—1898年间宣扬起义革命联。

人影镜中，被一片花光围住

霜华秋后，看四山峦翠飞来

【注】谭嗣同题甘肃布政司署憩园，时约1884年父任甘肃布政使。

揽湖海英雄力维时局

勖沅湘子弟共赞中兴

【注】谭嗣同题长沙时务学堂联，时1897年10月谭嗣同创办事务学堂。

酒席上谈的，茶桌上谈的，不离房子

江南过来的，江北过来的，全是官员

【注】笔者参加某学术会议有感自撰联。

家无儋石
心雄万夫

【注】谭嗣同莽苍苍斋自题联。

百折不回，十七次铁血精神，始有去年今日
一笔勾销，四千年帝王历史，才成民主共和

【注】黄兴1912年10月题武昌起义周年纪念大会。

前年杀吴禄祯，去年杀张振武，今年又杀宋教仁
你说是应桂馨，他说是洪述祖，我说确是袁世凯

【注】此联题挽宋教仁，作于1913年4月宋教仁被杀后，不具名，当时影响很大，据《黄克强先生荣哀录》载当为黄兴作。

白眼十年，看到了这番民国规模，从兹瞑目
青巾一顶，收拾起千古状元袍笏，说甚头衔

【注】黄兴挽黄思永，约作于民国后不久。

是南来第一雄关，只有天在上头，许壮士生还，将军夜渡
作西蜀千年屏障，会当秋登绝顶，看滇池月小，黔岭云低

【注】1916年1月，北上讨袁，夜渡赤水河，晨登雪山关时，蔡锷与朱德合作联。后由当地县令刻于关门石柱。事见四川泸州市博物馆藏《沛云堂立雪杂录》。

愿乘风破万里浪
甘面壁读十年书

【注】孙中山自勉联

唤起民众，导之以奋斗
实现革命，继之以努力

【注】孙中山1920年元旦新年励志联。

讲自由从牺牲着手
谋解放须热血换来

【注】湖南衡山枫林区农工会总代表李玉邕（1871—1925）1923年9月贺湖南衡山岳北农工会成立联。

六四岁身首分离，是奇害奇冤奇污奇诈，只有向阎王一诉

百余里灵魂归去，愿我妻我子我媳我孙，都来报戴天之仇
【注】湖南衡山枫林区农工会总代表李玉邕1923年11月被捕入狱自挽联，后于狱中两年多折磨致死。

先生虽死精神不死
凶手犹在公理何在
【注】五卅运动上海总工会副委员长刘华挽顾正红联，于1925年5月24日五卅惨案牺牲者顾正红追悼会作。

两脚踏中西文化
一心评宇宙文章
【注】梁启超题林语堂联，约作于20世纪20年代后期。

是革命家，是教育家，怀如此奇才，生而无愧
为祖国死，为大众死，仗这般大义，死又何妨
【注】中共安徽代理省委书记王步文1931年被捕入狱自挽联。

谤满天下，泪满天下
创造共和，再造共和
【注】1916年6月黄兴病逝章太炎挽联。

死了就算罢了
活着又该怎样
【注】鲁迅挽1926年三·一八惨案。

人生得一知己足矣
斯世当以同怀视之
【注】1933年鲁迅赠瞿秋白。

是中国自由神，三民五权，推翻历史数千年专制之局
愿吾侪后死者，齐心协力，完成先生一二建未竟之功
【注】蔡元培挽孙中山。

谈话是诗，举动是诗，毕生行径都是诗，诗的意味渗透了，随遇自有乐土
乘船可死，驱车可死，斗室里卧也可死，死于飞机偶然者，不必视为畏途
【注】蔡元培挽徐志摩联。

温柔诚挚乃朋友中朋友
纯洁天真是诗人的诗人
【注】韩湘眉挽徐志摩。

著述最严谨，非徒中国小说史

遗言太沉痛，莫做空头文学家

【注】蔡元培挽鲁迅。

推到一时豪杰

扩拓万古心雄

【注】陈独秀1904年为汪元放题芜湖科学图书社，时上海亚东图书馆主办之一汪元放到芜湖开办科学图书社。

居家莫想快乐

处世须知艰难

【注】左权书勉家人，1924年左权考入程潜举办的孙中山大本营陆军讲武学校，离家前撰题于家门。

和马牛羊鸡犬豚做朋友

对稻粱菽麦黍稷下功夫

【注】陶行知题南京晓庄师范学校六联之一。

以宇宙为教师

奉自然做宗师

【注】陶行知题南京晓庄师范学校六联之二。

谁说非学校，就算非学校

彼且为婴儿，与之为婴儿

【注】1927年11月原晓庄师范学校扩建幼稚园陶行知题联。

寿比萧伯纳，短一些未必不会长河落日

功追高尔基，专心点或者当能更上层楼

【注】用叶挺寿郭沫若联评郭沫若。

要独裁残杀学生之政府，从来没有好结果

反内战代表人民的公意，补救一定能成功

【注】1945年李公朴挽"一二·一"惨案烈士联。

为和平民主同一团结奔走而牺牲，同声一哭

合党政军民男女老少遇险以殉难，各有千秋

【注】国民参政会参政员、上海法学院院长褚辅成参与1946年4月19日重庆各界举办"四八"遇难烈士追悼大会，挽四八遇难烈士联。

真学问都从悲愤起

大文豪何掸斧钺加

【注】冯玉祥1936年赠出狱杜重远。

尺山尺水永留血迹

一花一木想见英风

【注】冯玉祥1936年11月题滦州起义烈士陵园。滦州起义系1912年清军第二十镇官兵发动的武装起义，被袁世凯曹锟镇压，领导者施从云、王金铭皆力战而死。

孝子贤孙，须先救国

志士仁人，最重保民

【注】1938年冯弘谦从部队回家乡安徽巢县组织民众抗日游击队时冯玉祥书赠。

要想着收我失地

别忘了还我山河

【注】冯玉祥1943年3月6日游青城山，书悬于天师洞接待室。

昆明为热泪流积，所辈国家人士连遭毒手

历史是鲜血造成，要争政治民主岂惧杀身

【注】张澜1946年8月8日参与成都各界蓉光电影院举行李公朴闻一多追悼会撰写挽联。

好幅臭皮囊，为你忙着过九十载，而今可要交卸了

这般新世界，纵我活不到一百岁，及身已见太平来

【注】柳亚子自挽联作于1956年病逝前夕。

这世界如何了得，请大家要遵从你说的话语彻底去干

纵身躯有时安息，愿先生永留在我们的心头片瞬勿离

【注】沈钧儒1936年10月上海鲁迅安葬悼念活动上挽鲁迅联。

无所住

俨若思

【注】沈钧儒约1947年赠张澜。

爱自由如发妻

换太平一腔血

【注】于右任1900年述志联，书于作者早年小相侧。

我不为私交哭，我不为民立报与国民党哭，我为中华民国前途哭

君岂与武贼仇，君岂与应桂馨及洪述祖仇，君与专制魔王余尊仇
【注】于右任1913年4月上海主祭"宋教仁追悼会"题挽联。

计利当计天下利
求名应求万世名
【注】于右任1961年赠蒋经国。

几百青年，三间老屋，如此鞠躬尽瘁，到死方休，为人可以师矣
廿年朋友，万方风云，回忆亡命归来，望门投止，道义何敢忘乎
【注】于右任于解放前挽上海城东女校校长杨白民。

学生在学校里座谈，暴徒在群众中掷弹，是谁人指使那个凶手
最高学府何等尊严，青年生命何等宝贵，请你们扪着自己良心
【注】于右任参与1946年"一二·一"惨案烈士追悼会挽联。

四日杀二贤，人人愤激，愤激夺去了我公生命
殃民复祸国，个个怒吼，怒吼起来了大地光明
【注】吴玉章挽陶行知联，二贤指李公朴闻一多。

兵甲富胸中，纵教他虏骑横飞，也怕那范老小子
忧乐关天下，愿今人砥砺奋起，都学这秀才先生
【注】冯玉祥题范公亭，约作于1930年代初寓居泰山时。

赤化赤化，有些学者名流和新闻记者还在那里诬陷
白死白死，所谓帝国主义和国民政府原是一样东西
【注】周作人挽三·一八惨案烈士。

一战捷临沂，再战捷随枣，伟哉将军精神不死
打到鸭绿江，建设新中国，责在朝野团结图存
【注】1940年延安"张自忠追悼会"彭德怀与朱德合挽。

新文化中旧道德的楷模
旧伦理中新思想的师表
【注】1962年2月蒋介石挽胡适联。

提高警惕，肃清一切特务分子
防止偏差，不要冤枉一个好人
【注】董必武赠政法机关。1955年秋，董任最高人民法院院长时，深入甘肃考察工作，听兰州政法部门汇报，甘肃岩昌县连降雹、雨，农业受灾，当时群众在庙前求神止雨，乡干部前往制止，与群众发生争执，结果挤塌压伤了群众，群众气愤之下殴打捆绑了乡干部。岩昌县法院即以利用迷信煽动群众篡权的反革命

罪，判处了几位群众的死刑、徒刑。董听或，指示要复查此案，并写此联赠勉政法工作者。

与有肝胆人共事
从无字句处读书
【注】周恩来自勉联。

贵有恒，何必三更起五更睡
最无益，只怕一日曝十日寒
【注】毛泽东治学联，作于湖南第一师范读书时。

无用之人不死，有用之人愤死，我为民国前途哭
去年追到杨公，今年追悼易公，其奈长沙后进何
【注】1921年8月长沙"易越村追悼会"毛泽东挽联。

国共合作的基础为何？孙先生云：共产主义是三民主义的好朋友
抗日胜利的原因安在？国人皆曰：侵略战线是和平战线的死对头
【注】1938年毛泽东挽孙中山及抗战烈士。1938年3月延安举行孙中山逝世13周年纪念会和抗战牺牲将士追悼大会时作。原有三副，今仅存一。

争民主，反内战，纵特务干扰，管他怎的
水龙头，手榴弹，早司空见惯，吓不了人
【注】1945年邓初民挽一二·一惨案烈士。

尽管既老且病
还得勤学苦干
【注】1964年邓初民自勉联。

生命何足重，妻子何足恋，刀锯何足畏，所争者真民主
富贵不能淫，贫贱不能移，威武不能屈，此之谓大丈夫
【注】郭绍虞与人合挽李公朴闻一多。

家庭制度不推翻，妇女焉得解放
社会阶级须打破，我等才得自由
【注】1923邓颖超与人合挽张嗣婧，时天津女子师范学院女权运动联盟支部举行"张嗣婧追悼会"。

能编能导能演，是剧坛的全能
敢说敢写敢做，是吾人的模范
【注】曹禺1942年于重庆戏剧界贺洪深寿。

竟然杀了你，于先生，于先生！在这个时代，有如此国家

切莫放过他，刽子手，刽子手！既不许自由，讲什么民主

【注】唐弢1947年11月挽于子三烈士（一说于镇华烈士）。

只有几文钱，你也求，他也求，给谁是好

不做半点事，朝来拜，夕来拜，教我为难

【注】某地财神庙，香火极盛，好事者题联。见《对联通-对联的写作方式与要求-风格》。

水自西湖借得

竹从南国移来

【注】天津水上公园联。见《对联通-对联的写作方式与要求-风格》。

一枝笔挺起江汉间，到最上层，放开肚皮，直吞将八百里洞庭，九百里云梦

千年事幻在沧桑里，是真才人，自有眼界，哪管他去早了黄鹤，来迟了青莲

【注】清陈宝裕题黄鹤楼联。

黑林铺出白额虎，红眉绿眼，黄大嫂亲眼看见

金马寺现银龙驹，铜鞍铁镫，锡老匠铅手拉着

【注】昆明城郊文人与补锅匠对联。

南海圣人再传弟子

大清皇帝同学少年

【注】1925年陈寅恪戏赠清华大学研究院学生，时陈与梁启超、王国维同为任清华研究生院四大导师。

孙行者

祖冲之

【注】陈寅恪拟1932年清华大学入学国文试题及答案。周祖谟、刘子钦所对为"胡适之"。当时另一上联为"清华园水木清华"试卷命题出联。

不通家法，科学玄学

语无伦次，中文西文

【注】陈寅恪讽清华大学校长罗家伦。

卑鄙是卑鄙者的通行证

高尚是高尚者的墓志铭

【注】北岛诗歌《回答》中的诗句联。

依然故我

又是新年

【注】汪应琨门联。

放开肚皮吃饭

立定脚跟做人

【注】某相国自题联。

到南天门歇歇脚，喝杯茶去

登祝融顶看看山，携朵云来

【注】南岳南天门是登祝融顶的必经之路，1983年此处修建一茶亭，湘潭大学教授羊春秋作此联。

愿天下有情人都成了眷属

是前生注定事莫错过姻缘

【注】黄人瑞题杭州西湖月老祠

清白为人

正直传家

【注】启功自勉撰

学高为师

身正为范

【注】启功为北师大校训撰写联。

大处着眼，小处着手；

多谈问题，少谈主义。

【注】胡适赠吴晗联。

大胆假设，小心求证；

认真作事，严肃做人。

【注】胡适自题联。

有几分证据说几分话

做一天和尚撞一天钟

【注】胡适题临安天目山禅源寺联。

大胆的假设，小心的求证

少说点空话，多读点好书

【注】胡适自题联。

打虎带路有功

圈羊宰网当罪

【注】时事联。

说真话办实事一身正气
不枉法不受贿两袖清风
横批：查无此人

【注】网络无名氏联。

爱妻，爱子，爱家庭，不爱健康等于零
有钱，有权，有成功，没有健康一场空

【注】网络无名氏对联。

附录7　中国诗文兴象——格律发生模式

诗文发生模式，如附图-1所示。

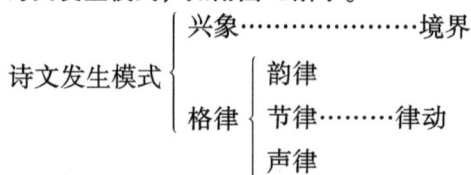

```
                ┌ 兴象················境界
                │
诗文发生模式 ┤      ┌ 韵律
                │      │
                └ 格律 ┤ 节律········律动
                       │
                       └ 声律
```

附图-1　诗文发生模式

中国古典诗歌的韵律发生模式，如附图-2所示。

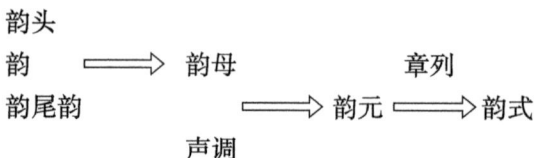

```
韵头
韵    ⟹  韵母              章列
韵尾韵      ⟹ 韵元 ⟹ 韵式
        声调
```

附图-2　中国古典诗歌的韵律发生模式

中国古典诗文的节律发生模式，如附图-3所示。

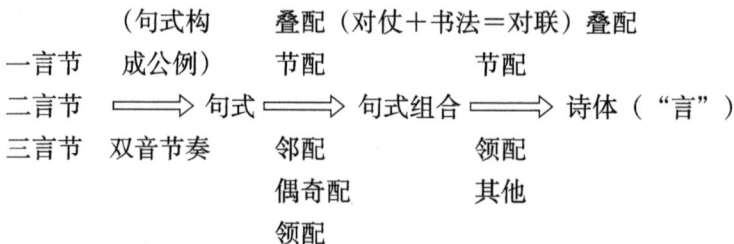

```
        （句式构       叠配（对仗＋书法＝对联）叠配
一言节   成公例）    节配            节配
二言节  ⟹ 句式 ⟹ 句式组合 ⟹ 诗体（"言"）
三言节   双音节奏    邻配           领配
                 偶奇配         其他
                 领配
```

附图-3　中国古典诗文的节律发生模式

中国古典诗文的声律发生模式，如附图-4所示。

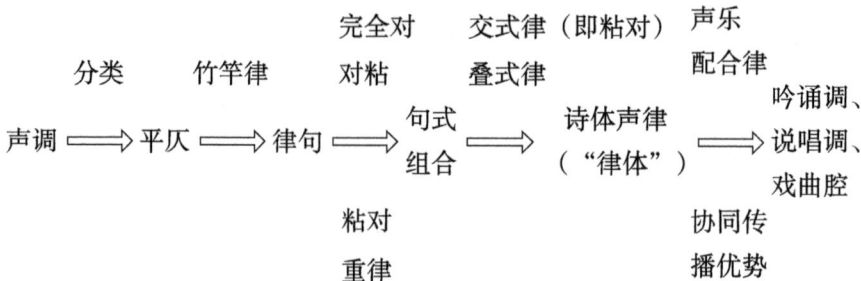

```
                    完全对   交式律（即粘对）  声乐
                                            配合律
        分类   竹竿律   对粘    叠式律
                                                 吟诵调、
                            句式          诗体声律   说唱调、
声调 ⟹ 平仄 ⟹ 律句 ⟹ 组合 ⟹ （"律体"） ⟹ 戏曲腔
                            粘对                协同传
                            重律                播优势
```

附图-4　中国古典诗文的声律发生模式

中国诗文的兴象发生模式，如附图-5所示。

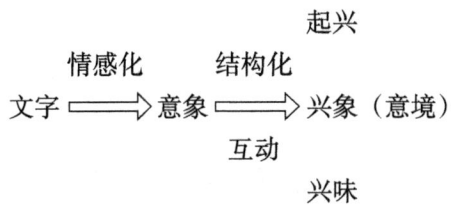

$$起兴$$

$$情感化 \qquad 结构化$$

$$文字 \Longrightarrow 意象 \Longrightarrow 兴象（意境）$$

$$互动$$

$$兴味$$

附图-5 中国诗文的兴象发生模式

附录8　本书原创术语提要

律：单元在时空关系中有规律的呈现，有时又指在时空关系中呈现出的有规律系列，律包含单元与配合两个要素，律是最合适用范围是声音，包括乐音和语音。

律学：研究一切律现象及其规律的学问，从性质上讲，律学是研究律的单元及其配合的学问。

格律：包涵广义、普通义、狭义三种内涵。广义泛指一切声音的律化，包括语言和音乐；普通义是指语言的律化，包括韵化、节化、调化等情形；狭义则是指声调的律化，即声律。一般取普通义，适用于所有语言，构成诗歌的基本特征。格律是语言的音乐性的本质原因。

节律：语言的节奏，是指律节在语言中的有规律呈现，构成诗歌的最重要格律形式。

韵律：语言的押韵，是指韵元在语言中的有规律呈现，构成诗歌的基本格律形式之一。

声律：语言的调化，是指调元（包括声调或平仄等）在语言中的有规律呈现，构成有声调语言的诗歌的格律形式之一。

律动：声音在时空中有规律的呈现显示出的生命化特征。

格律学：研究语音的律化即押韵、协节、调声的学问，包括韵律学、节律学、声律学等门类。

节律学：研究语言节奏，或曰研究语音的节化的学问。

韵律学：研究语言押韵，或曰研究语言的韵化的学问。

声律学：研究有声调语言的声调配合即调化的学问。

格律文艺：格律文化样式，是指由稳定的语音律化模式衍生形成的特征文艺样式，包括格律文学及其衍生文艺，总称为格律文艺。格律文艺是格律文化的存在方式，是格律文化的核心与载体。从构成上讲，格律文艺包括底层特征语音律化模式及表观附着体。一般的格律文艺包括诗、词、曲、对联、骈文、吟诵等。

格律文化：一切与格律即语音律化相关的文化现象和规律的总称。

汉语格律文化：是指建立在汉民族共同语基础之上，以汉语格律（汉语语音律化）为核心，以诗词曲文为基础载体，以文学（诗、词、曲、骈文、赋）、声乐（歌曲）、吟诵、曲艺表演、音像艺术、对联等为宏观表现样式的一种复合文化形式，是中华民族最具传统、最具民族特色、最具文化品质、曾经最流行的文化类型，其存在对中国人的气质塑造产生过深远影响。

律元：律的单元称律元，律元的寻求是律学的第一问题。

律节：节律的单元，即语言节奏化的单元。

韵元：韵律的单元，即语言韵化的单元。

调元：声律的单元，即语言调化的单元。

律化：指律的配合，包括韵化、节化、调化等，律化遵循复现、协对、节奏、侧重等基本原理。

韵化：韵的律化，即言语中韵的配合，又称叶韵，其结果形成韵式。韵化是语言律化（格律）的初级形式之一。

节化：节奏化或曰节的律化，即言语中节的配合，又称调节，其结果形成节奏体式。节化是语言律化（格律）的初级形式之一。

调化：言语中声调的律化，即有声调语言中的声调配合，又称协调，其结果形成调式。调化是语言律化（格律）的高级形式之一。调化包括字调、句调、篇调的律化，平仄分化是字调律化的一种结果，竹竿律是句调律化的一种结果，粘对律和叠式律是篇调律化的两种结果。调化的目标是形成语调，简称为调；调是有声调语言的律化的高级形式。

律式：律化的方式称律式，包括韵式（叶韵）、节奏样式（调节）、语调样式等

韵式：协韵的方式。

韵制：一定时代一定语言体系内在生成的韵类体系。如广韵、切韵、平水韵、十三辙等。

自然韵制：自然语言体系内在生成的韵类体系，如中原音韵、十三辙等。

约定韵制：人工约定的综合性韵制，如平水韵、词林正韵。

韵素：韵元的构成要素，包括韵头、韵腹、韵尾、声调等，韵头在汉语协韵中的贡献非常之小，几乎可以忽略不计，声调又分四声、平仄，故汉语韵元的实际韵素是韵腹、韵尾、四声、平仄。

韵素的等级：韵素对叶韵的不同贡献程度，由此分出叶韵的宽、严，如汉语韵素的等级地位依次是韵腹、韵尾、平仄、四声。

复韵元：在汉语诗歌或韵文中存在的特殊协韵现象，就是韵位双字或多字连协，

即协韵的韵元是双连韵元或多连韵元。

联章韵式：在一篇数章的诗歌中，由篇主韵与章换韵联合构成的特殊押韵方式，如《诗经-草虫》《叫我如何不想他》中的押韵。联章韵式是诗经的特征韵式。

首句押韵绝句体韵式：四句一章的诗歌中第一、二、四句句尾押韵的方式。由于来自于隔句押韵的绝句体的稍加变化，故称首句押韵绝句体韵式，如《蒹葭》《短歌行-人生几何》的首四句，均采用这种叶韵方式。

双音节奏观：古典汉语诗歌由双音节奏主导的高度统一的节奏模式。

句式通用模式：古典汉诗句式高度统一的节奏模式，表示为：

$p \times$［一字领］$+ n \times$［二言节］$+ q \times$［三字尾］（$1p + 2n + 3q$，其中 p、$q = 0$ 或 1，$n = 0 \sim 3$）

句式通用模式是由双音节奏观主导的成熟节奏模式。

叠配：句式通过叠加搭配形成齐言组合的原则，是汉语句式组合乃至诗体形成的基本原则之一。

节配：尾部节奏相同的句式之间的相互组合原则，即"二字尾句式"与"二字尾句式"搭配组合，"三字尾句式"与"三字尾句式"搭配组合的原则。是汉语句式组合乃至诗体形成的基本原则之一。

领配：古典二言、三言、四言、五言、六言、七言通过添加领字而形成一字逗句式的原则。领配是骚体句式和词牌句式常用的成句原则。

竹竿律：启功先生提出的律句判断标准，即凡从"平平仄仄平平仄仄……"竹竿上截下来的句式即合律的规律。

完美律句：完全遵循竹竿律的句式称为完美律句。

律句：各言句式凡符合以下两原则（1）偶位遵守竹竿律（即偶位平仄交替）（2）三字脚遵守竹竿律，即为律句，不符合者称为非律句

叠式律：词牌的押韵句使倾向于用同种类型律句，造成格律彼此重复的规律，在平韵词中主要表现为使用"n平平"型律句，俗称"平平叠"，在仄韵词中表现为使用"n平仄"型律句，俗称"平仄叠"。叠式律是词体格律的基本规律，适用于60%以上词牌。

儒士潜网控制：汉语格律文化的创造和传播过程受儒士文化潜在制约和深度控制的规律。这种控制绝不仅仅表现为参与格律文化制造者的儒士身份塑造方面，更为深刻的是体现为儒士文化对格律文化的主题、题材、内容、风格、甚至形式体裁各个方面的深度参与与制约。

作者即意见领袖：对社会传播有清晰认知的作者，对自己作品抱有较高社会期待，而通过语言、行为、活动等各种途径，亲身参与自身作品传播过程的现象。作者

即意见领袖发生有三个前提：一是作者亲身参与创作；二是作者对自己作品有传播期待；三是作者有意见领袖意识及传播才能。

深度拟态环境：一种文化形态在其发展过程中，其作者、作品、读者同时深度参与其传播过程，造成作者意见领袖化，作品融媒化，读者传媒化，从而形成的一种传播上的自我促进态势。这种传播上的自我促进态势，与这种文化的真实状况和地位往往不符，对于活动其中的人而言仿若第二环境，呈现出一种拟态环境性质，我们将这种在传播上具有自我促进优势的拟态环境，称之为深度拟态环境。深度拟态环境是流行文化存在的原因。

读者传媒化：由读者粉丝化而形成的传播效应。

融媒艺术：单一文艺门类通过深度基因融合而形成具有有序文化结构、多级召唤功能的融合性文艺样式，如对联、宋词、吟诵等。

融媒的多级召唤功能：像书法和对联这样的融媒形式，仿佛天生就隐含着一种量身定制的多元分层欣赏结构，召唤着不同文化程度不同级别的接收者的分别参与，我们将这种分级传播性质称之为融媒的多级召唤功能。融媒的多级召唤功能是由融媒的多元文化基因和有序文化结构所决定的。

融媒传播优势：融媒艺术远胜于单媒艺术的传播优势，如词牌之于诗，对联之于对对，吟诵之于普通歌唱。

声乐配合律：多声调语言语调与乐调之间粗略相配的规律，主要表现为声调调形走向与乐调旋律走向之间的粗略相配（个别时候也表现为声调强弱变化与乐调的关联），具体表现为"永言律""吟诵律""说唱律""以字行腔律"等声乐模式。声乐配合律是中国（汉语）音乐的主要产生方式，同时也是汉语诗文的重要传播方式。

特征字调旋律：有声调语言（及其方言）的声调在乐度标调过程中呈现出来的一组具有区别意义的音乐旋律。"特征字调旋律"是有声调语言"声乐配合配合律"形成的基础，是"歌永言""依字行腔"的原因，显示了有声调语言所具有的先天音乐性。特征字调旋律尤其对于中国文化具有广泛意义，是理解中国方艺（包括诗词吟诵、佛唱、道诵、鼓书说唱、民歌、民间叫卖调、民间小唱、地方戏曲）的基础，对于研究中国文艺和希望创造新文艺的人们而言，是不能不关注的重要问题。

腔调本辞：由"永言""依字行腔"等形成的能够基本反映一种方言"特征字调旋律"面貌的歌曲或戏曲的歌辞片段。腔调本辞的寻找对于探索方言戏曲的形成演变历史具有重要意义

声乐配合技术三要点：指行腔、润腔、板腔，是对魏良辅曲唱技术三要素的综合改进，适用于有声调语言的诗词吟诵、戏曲曲唱、自由吟唱等各种场合。其中，行腔是指依"特征字调旋律"唱字，即魏良辅所称的"正字"，戏曲一般称"依字行腔"，

润腔是指对字调链旋律接进行各种润色美化，包括"顿音、断音、摇音、颤音、滑音、泣音"等各种创造，板腔是指为吟唱旋律配上合适的节奏，俗称合板或应板。

显性文化空间：指文化流行的地域空间。

隐性文化空间：与显地域空间相对应，建立在文化的创造性基因的基础之上，由文化的创造者、传承者、受者和隐含受者共同构成的流动空间。

隐性文化空间竞争：指隐性文化空间与文化的耗散空间争夺隐含受众的过程。

创造者：一种特定文化空间的创造性基因的第一发现者或发明者。一般而言，一种文化的创造者总是非常有限的，并在时间上处于源远流长的文化生命的久远源头，寻找创造者往往是非常困难的。而且群体性的文化参与与传承视角往往也使得当今大众对于创造者的存在充满怀疑，更加加剧了寻根的困难性。

创造性基因：一种文化最具特色的基因构成，俗称文化基因，创造性基因是一种文化存在病保持连续性的深层原因。

传承者：一种文化的传承和发展者，传承者是文化的作品，是隐性文化空间的直接承担者，其存在质量和数量，直接决定着文化空间的数量和质量，或者说，决定了那种文化的未来。

传承结构：文化的创造性基因的代际传承形成的一种传承人链条。

培养树：文化传承结构的表观样式。创造性基因代际传承形成的传承结构绝不是想我们想象中的那样是自发形成的，而是充满着主动的教育和培养努力，我们将其称之为培养树。

传承效率：反映文化盛衰的上下代的传承人数量对比。从培养树看，如果文化空间的代际传承保持住一对一传承效率，则培养树处于平衡生长，隐性文化空间保持稳定；如果代际传承保持一对多传承效率，则培养树不断长大，隐性文化空间不断扩大；如果代际传承低于一对一传承效率，则培养树萎缩，隐性文化空间不断缩小。

传承者假设：一种文化空间总是需要一定数量的传承者，才能够维持基本稳定。那么，一个文化到底需要多少传承者呢？考虑到代际、自然耗散以及人的记忆容量等因素，我们假定，一种文化至少需要每代3~7个独立传承者才能维持其基本传承，我们将其称之为传承者假设。

受众与隐含受众：一种特定文化总有其受众与隐含受众。相对于传承者是创造性基因的领悟者，受众则只需要是创造性基因的欣赏者，隐含受众则是创造性基因的潜在欣赏者。隐含受众一种文化空间之外的旁观者，它不属于隐性空间范畴，但它是隐性空间的争夺对象，会左右隐性空间的体积增长，是隐性空间的潜在制约因素，对理解文化遗产的传承与保护有独特作用。

隐含受众层级：依据隐含受众与普通受众距离，或者说隐含受众转化为普通受众的潜力大小，而对隐含受众进行的层级区分。隐含受众并不是一个铁板一块的群体，它往往是可以分级或分层的，这种层级对于我们理解和保护一种文化有重要意义。

CCSX 分析：一种以创造者——传承人——受众——需求满足为链条的文化空间结构能功分析方法。该方法特别适用于非物质文化遗产分析，能够能够为非物质文化遗产的认知、利用和保护提供新的视角。

唱和：所谓唱和，就是指在唱和期待的催动下，唱者与和者在唱和场域中，依托唱和载体，依据唱和程式规范而进行的深度交往；或者更简单讲，凡对等、即时、在场，以潜在规范程式、高度成熟文本进行的互动交流，皆可名之为唱和。唱和是一种在特定场域中发生的高度成熟、具有规范程序的积极交往行为，它包含呼应和共同作为两种基本模式，具有互动性、积极交往性和规范程序三个特征，在中国古代，它早期典型体现为音乐唱和、礼尚往来，文人雅聚，后期典型体现为诗词唱和、对仗活动。

唱和空间：一种隐喻的文化空间，是指发生在唱和事件中，由唱和者、唱和载体、唱和场域和唱和程式规范共同构成的有机文化空间，唱和者、唱和载体、唱和场域、唱和程式规范，构成唱和空间的四个基本要素。

唱和期待：唱和双方对于唱和行为的效果期许和展望。

唱和场域：唱和事件发生的特定时空场所，譬如节日、朝会、宴席、山水游赏、送别、登临、亭台楼观题壁等，这些场域并不是漫无目的生成的，而是经过历史和文化长期选择沉淀的结果，具有约定俗成的特性。

唱和程式规范：唱和程式，唱和仪式，是指唱和过程所蕴含的具有严谨目的、方法、步骤、忌讳，蕴含着整套礼仪规范的程式。这种程式是长期养成，必须经过学习才能掌握的。

唱和载体：唱和的承载形式。是唱和存在的主要标志，是判断唱和存在的主要依据。凡唱和必然具备具体可考的唱和形式和载体形式，这些载体形式表现为礼节、乐句、内和词段、联句、诗词、联语、书信文章等各种具体事物。唱和载体分为自足性载体和非自足性载体两类，唱和载体的形式决定了唱和的基本类型。

唱和传播模式：人际之间通过唱和进行的文化传播模式。

唱和传播优势：唱和传播模式具备的天然传播优势。唱和传播优势由唱和的双重空间（唱和空间与唱和传承空间）引起的叠加传播优势，唱和空间的同境共鸣效应，唱和事件的故事魅力共同组成。

　　唱和的同境现象：就是唱和所具有的同时、同地、同题、同韵（拈韵、次韵）、对等身份、双向、互动等特征，包含唱和者身份同境、唱和场域同境（同时、同地）、唱和程式同境（双向、互动）、唱和载体同境（同题、同韵［拈韵、次韵］）等几种情形。

　　常用百体：为研究需要，从10396首唐宋金元词中挑选出来的最常用的一百个词体一百首词。

　　格律四原理：律的配合遵循的复现、协对、节奏、侧重四个基本原则。

　　行腔三原则：同字乐配合技术三要点。

　　声律发生模式：语言的声律的生成模式，即由调元形成律句句调、篇章语调的模式。

　　节律发生模式：语言的节奏的生成模式，即律节形成句式、句群、诗体的模式。

附录9　目见1840年以来绝妙诗词

伯潜约游鼓山

王子飞鸟山看红叶饮扇屋

晚登吴园小台

八月廿七日挈孥渡江居武昌大潮街湖舍二首

劳人

十二月初九日渡海其二其三

李园

南京节署西园

吴氏草堂其一、二

清友园探梅其一

湖上

南皮尚书急招入鄂雪中过芜湖

闻胡琴有触其一

过眼二首

四月十一夜步江岸

四月廿七日晨起

秋声

十月二十六夜作

答严几道其一、二

石遗示早睡早起二诗

答多竹山二首

坐忘

犀园读画图

和立之极乐寺坐雨韵

马诗癯求题刘平国拓本

残夜其二

楼外

题雷峰塔经卷

长庚

重九其一、二

与陈仁先傅治乡徐愈斋会饮其一、二

薛庐同子朋待月

闭户

九日

闰三月十二日示坐客

东坡生日集翁铁梅斋中

陈寅恪 14 首

忆故居　陈寅恪

辛丑七月雨僧老友自重庆来广州承询近况赋此答之

丙申六十七岁初度晓莹置酒为寿赋此酬谢

贫女

阅报戏作二绝

南朝

挽王静安先生

纯阳观梅花

庚寅人日

庚寅元夕用东坡韵

一九五四年钱受之东山诗集末附甲申元日诗云"衰残敢负苍生望，自理东山旧管弦"戏题一绝

甲午春朱曳自杭州寄示观新排长生殿传奇诗因亦赋答绝句五首近戏撰论再生缘一文故诗语牵连及之也

残春

丁亥春日清华园作

丁亥除夕作

钱钟书 1 首

阅世　钱钟书

毛泽东 23 首

沁园春·雪

沁园春·长沙

水调歌头·游泳

清平乐·六盘山

忆秦娥·娄山关

菩萨蛮·大柏地

采桑子·重阳

菩萨蛮·黄鹤楼

卜算子·咏梅

为女民兵题照

为李进同志题所摄庐山仙人洞照

人民解放军占领南京

到韶山

给彭德怀同志

送瘟神

种桃道人4首

沈醉东风

嘱妻

岁晚思梅

梅者如人，未可择其生，却可择其死。时逢岁晚，感江梅尽落，遂成七言

胡云飞11首

书愤

自题小像

春感十首次丘仓海韵其七其八

戏咏五四，亦用义山曲江韵回寄乖崖

西港海滩独坐游東绝句四章其三

贺新郎·握此嶙峋手

儿歌行

一纸行

忠犬行

驯犬行二章其一

徐晋如1首

读矫庵新绝子年来点检宿耆微云满苍山雪满扉我辈他年成故老人间万事已全非率

和 徐晋如

胡马1首

别清华

龙洲剑客1首

毕业自励

三江有月2首

有所梦

三江因公去上海十日，沪办见我初次到此，接待甚是周到，但……

俗夫1首

无题·难忍喧嚣乱耳聪

象皮4首

学诗不记几秋春

无题·自有清心笑楚狂

鹧鸪天·送友

虞美人·中秋

聆雅山房1首

南歌子·云细柔微卷